———— 想象,比知识更重要

幻象文库

编码宝典（上）

（美）尼尔·斯蒂芬森 著
刘思含 韩阳 译

新 星 出 版 社　NEW STAR PRESS

目录

1	序　章	飞驰复哀鸣
7	第一章	瘠地
32	第二章	时代新秩序
44	第三章	海苔
67	第四章	进军
85	第五章	靛蓝
102	第六章	俄南之子
115	第七章	燃烧
120	第八章	行人
127	第九章	瓜达尔卡纳尔岛
131	第十章	大帆船
146	第十一章	噩梦
158	第十二章	伦底纽姆
170	第十三章	科雷希多岛
187	第十四章	隧道
203	第十五章	冻肉
221	第十六章	轮转
238	第十七章	在空中
250	第十八章	保密
263	第十九章	超密

目录

275	第二十章	吉纳库塔
279	第二十一章	闵根姆宅
288	第二十二章	电子银柜公司
291	第二十三章	地穴
305	第二十四章	巨蜥
316	第二十五章	城堡
328	第二十六章	为什么
349	第二十七章	转进
352	第二十八章	高频测向
361	第二十九章	纸页
364	第三十章	撞击
387	第三十一章	勤勉
397	第三十二章	矛头
407	第三十三章	马非
413	第三十四章	西装
420	第三十五章	解密高手

序章　飞驰复哀鸣

飞驰复哀鸣
轮儿伐倒青竹林
战歌声凛凛

鲍比·沙夫托下士仓促之间只能想出这么几句。他站在卡车踏板上，一手握着斯普林菲尔德步枪，一手扶着后视镜，根本没法扳着手指数一数这几行诗的音节①。"轮儿"到底是一个音还是两个音？"哀鸣"呢？卡车终于没有翻倒过去，四只轮子都稳稳地着了地。车轮的哀鸣——与那一瞬间——通通消失了。鲍比仍能听到那些苦力的呼喊，现在还混进来二等兵维里降挡时离合器发出的拉栓似的咔嗒声。维里害怕了吗？后车厢里，用防水布盖着的一吨半重的档案柜哐啷作响，密码本滑得到处都是，汽油拍打在一号情报站的机械传动式发电机的油箱壁上。现代社会对于俳句诗人来说太不友善了，"机械传动式发电机"，什么玩意儿，竟然有八个音节？它甚至连第

---

① 鲍比此处及下文所写的皆是俳句。日本俳句以三句十七音节为一首，首句五音，次句七音，末句五音。均译为五七五式汉俳。

二行都挤不进去!

"我们能碾着人开过去么?"二等兵维里问道,还没等鲍比·沙夫托做出回答就用力地按下了喇叭。一个印度巡捕跳过一辆粪车闪到一边。"碾吧,他们能怎么样?跟我们开战?"沙夫托几乎脱口而出——但作为整辆车上军阶最高的人,说话总得过脑吧——他又把话咽了下去。他梳理了一下目前的情况:

1941年11月28日,星期五,上海,16:45。鲍比·沙夫托以及车上的另外六个海军陆战队员注视着这段他们刚刚急转而过的九江路。圣三一堂从他们右边掠过,也就是说,他们跟外滩还隔着两条街呢。一艘巡逻队的炮艇正泊在外滩,等着接收他们后车厢里的东西。现在唯一的问题就是——两条街居住五百万人口?这两条街上住的中国人足有五百万。

与那些皮肤黝黑、从没见过汽车的乡巴佬相比,这些城里人颇见过点世面:如果你按着喇叭飞驰而过,他们就会四散着让出路来。事实上他们逃窜向路两边的情形甚至造成了一种假象,仿佛汽车的实际速度远远不止仪表盘上显示的每小时43英里。

然而鲍比·沙夫托在他的俳句里提到的"青竹林"可不仅仅是为了给诗里添点儿东方风味,给他奥科诺莫沃克①的爹娘开开眼界。许许多多沉甸甸的竹竿挡在卡车前面,形成了一道道临时关卡,阻塞了他们驶往外滩的道路——美国亚洲舰队和海军陆战队第四团在策划这次小小行动的时候,彻底忘了考虑现在是"周五下午"。鲍比·沙夫托本来可以告诉他们的,或者只要他们肯拨冗问一问随便哪个傻帽大兵,就会发现他们制订的这条路线恰巧穿过了金融商业区的中心地带。这里有汇丰银行(当然了)②、花旗银行、大通曼哈

---

① 奥科诺莫沃克,美国威斯康星州一城市。
② 汇丰银行,全称为"香港上海汇丰银行"。

顿[①]、美国银行、中东不列颠银行、中国农业银行[②]和一堆数也数不清的小型地方银行,其中好几家银行与现存的政府签订了发行货币的合同。这一定是个竞争激烈的行当,各家银行为了削减成本甚至将货币印在了废旧报纸上。如果你认得汉字,你就能看到去年的新闻报道和马球比赛分数从那些花花绿绿的数字和图案之下隐约浮现出来——这些数字和图案已经将废纸变成法币了。

就连路边小贩和黄包车夫都知道,印钞合同上规定了这些纸币的发行必须得有一定的白银储备为基础;也就是说,任何人走进九江路上随便一家银行,甩出一摞钞票(前提是它们得是这家银行印的)就能换到相应数量的真金白银。

流程是这样的:在一般的交易过程中,大量纸钞流入(假设是)大通曼哈顿银行的柜台,银行职员将这些纸钞拿到后面,按照发行银行进行分类,投进几英尺见方、四角拴着绳子的钱箱子里。美国银行发行的投入一个箱子,花旗银行的投入另一个,诸如此类。然后他们会在周五的下午招来一些苦力,他们每人(或者每两人)都会带着一根又长又粗的竹竿——不带竹竿的苦力就跟不带镀镍刺刀的驻华陆战队员一样——然后把竹竿插进钱箱四角的绳套里。接着,这些苦力一人扛起竹竿的一头,将整个箱子抬到空中。他们必须保持步调一致,不然箱子就会开始左摇右晃,然后就都乱套了。因此他们就会一边唱着号子,一边朝着目的地——箱子里的钞票上印的那家发行银行——走去,跟着节奏一步一步地踏在人行道上。竹竿很长,两个人相隔甚远,因此他们不得不提高声音以便彼此呼应。这条街上有好几队苦力,分别唱着不同的调子,为了不被别人打乱节奏,他们只好越唱越大声,企图盖过别人的声音。

[①] 大通曼哈顿,现名大通银行。
[②] 中国农业银行,是指中华民国时期的中国农业银行,并非现今的中国农业银行。

因此在周五下午下班前的十分钟，某几家银行的大门会砰然打开，拥进一大堆喊着号子的苦力——跟他妈的百老汇音乐剧开场似的，丢下一个装满破破烂烂纸钞的大箱子，要求兑换成白银。这些银行彼此之间就是这么干的，有时候他们还会选在同一个周五这么干，比如现在，1941年11月28日。到了这个时候，甚至连鲍比·沙夫托这样的小兵都明白，现银可比一堆裁好的旧报纸值钱多了。这也就是为什么即使路上的行人、推车的小贩、气急败坏的印度巡查全都让出了一条道，贴在九江路上各种酒吧、商店和妓院的墙根上。鲍比·沙夫托和他的同伴们还是连他们的目的地——那艘炮艇的影儿都看不到：眼前密密麻麻的竹竿像是一片横着长的森林，遮住了他们的视线。他们甚至连自己的鸣笛声也听不见了，耳朵里尽是苦力们错落嘈乱的歌声。这不仅仅是周五下午上海金融区的换钱高峰期，更像是要在整个东半球大祸临头之前清算最后一笔总账。在接下来的十分钟里，这些印在厕纸上的几百万元的纸币要么全部都能保值，要么全部作废，可能会换来真金白银，也可能换不到。简直就像一场金融信托界的末日审判。

"天哪，我没法——"二等兵维里大叫道。

"上尉说不管碰到什么鸟事都不要停。"沙夫托提醒他。他可没有让维里碾过去，他只是在提醒维里，如果他不碾，那么待会儿他们可就得好好解释一番了——雪上加霜的是，上尉就在他们后面的车里，和一群抱着冲锋枪的陆战队员挤在一起。看上尉处理一号情报站的这副态度，显然他的屁股上已经挨了几下预防性的鞭子了——拜某些来自珍珠港的，甚至是（此处应有鼓声）位于第八街和第Ⅰ街夹角东南的华府营①的将军所赐。

---

① 华府营，美国海军陆战队司令官邸。

* * *

沙夫托和他的同伴早就知道，一号情报站，这个由一群弱不禁风的小水手组成的后援团，就位于公共租界一栋建筑的楼顶，藏在一个由疙疙瘩瘩的集装箱木板搭成的小棚屋里，朝四面八方伸出无数天线。如果你在那儿待得足够久的话，你还能看到某些天线移动起来，瞄准海上的某个方位。沙夫托甚至还为它作了一首俳句：

　　天线正仿佛
　　猎犬追寻在风里
　　以太的奥秘

这只是他这辈子写过的第二首俳句，自然不可同今日而语——他都有点羞于回忆。

然而至今没有一个陆战队员明白一号情报站到底有什么大来头，他们的工作不过是将一吨设备和好几吨纸质资料用防水布包好搬走。他们还花了周四一整天来拆掉整座棚屋并将它付之一炬，随后又烧掉了好些书籍资料。

"他——妈的！"二等兵维里吼了起来。只有几个苦力让开了路，其他人甚至都没看见这辆车。这时江边突然传来了巨大的爆炸声，那声音就好像上帝把一根一英里粗的竹竿放在膝盖上"啪"地折成了两段。半秒钟之后街上的苦力就跑得精光，只剩下一地的箱子和上面跷跷板似的竹竿，敲击在地面上发出风铃般的声音。炮艇的上方冒出了一朵蘑菇状的灰烟。维里挂到高挡，一脚把油门踩到了底。沙夫托紧紧靠在车门上，他低下了头，希望自己那顶装模作样的锅盖钢盔能派上点用场。卡车飞驰而过的时候碾爆了好几个装钞票的箱子,沙夫托抬起头,透过雪片般漫天飞舞的钞票,看到许多巨大的竹竿飞起,跳跃着、旋转着,向江边滚去。

　　沪上叶落时
　　苍穹千门次第启
　　凛冬或已至

第一章 瘠 地

让我们把"上帝存在与否"这样的命题留到下回再说。先假设一下，不知怎么的，一些能够自我复制的生物在这颗星球上迅速地扩散开来。通过向周围抛洒拙劣的副本或者某种根本无须多费口舌解释的方法，它们争先恐后地想要排挤掉对方。这些物种之中的大多数都失败了，它们的基因被彻底从宇宙中抹除，只有极少数找到了存活并繁殖下去的途径。肉欲和杀戮交织成了这样一首时而滑稽、时而沉闷的赋格曲，一奏便是三十亿年——这时，在南达科他州的默多，公理会牧师班扬·沃特豪斯的妻子布兰奇生下了他们的孩子，戈弗雷·沃特豪斯四世。就像其他所有生活在地球上的生物一样，戈弗雷生来就是个不得了的家伙——尽管从狭义的技术层面上来说，他可以逆着进化史一代一代地向上追溯，一直追溯到头一个学会自我复制这种小把戏的先祖；从他后代的数量以及质量上来看，那可能是有史以来最不得了的家伙。那些没那么不得了的家伙都已经死掉了。

在这套以文化基因编制的生灭法则中，这已经是你所能期望的最好的结果了。正如那位跟他同名的清教徒作家约翰·班扬①（大半辈子都蹲在牢里，或者说在极力避免入狱）一样，尊敬的沃特豪斯牧师在哪个地方都做不长。每隔个一两年，教会就会把他从南达科他州的一个小镇调到另一个小镇。也许戈弗雷觉得这种生活方式难以融入人群，因此，这只上帝的羔羊趁着到法戈去读公理会学校的时候跳出了栏杆，奔向了凡尘俗世——这也造成了他父母长久的不快——他设法在俄亥俄州某个小小的私立大学里取得了古典文学的博士学位。做个学者并不比当公理会牧师要安定，哪里有工作给他，他就去哪里。最后他到了弗吉尼亚州的西岬（马特波尼河与帕芒基河在那里汇合成詹姆斯河奔流入海），在博尔格基督教学院（共有322名学生）教授希腊文与拉丁文。那里弥漫着大型造纸厂的恶臭，这气味甚至渗入了每一个抽屉、每一个柜子和每一页书。戈弗雷年轻的新婚妻子——没出嫁的时候叫爱丽丝·普里查德，从小跟着她做巡回传教士的父亲徜徉在弥漫着雪花与蒿草气息的蒙大拿州东部——整整吐了三个月。又过了六个月，她生下了劳伦斯·普里查德·沃特豪斯。

这个男孩与声音有着不解之缘。他可以对消防车的警笛呼啸充耳不闻，但是当一只大黄蜂飞进房子里，在天花板上沿着利萨茹曲线乱撞并发出几不可闻的嗡嗡声时，他会被它吵得大哭起来。如果他看到了什么可怕的景象或是闻到了什么可怕的味道，他也会啪的一下用手捂住耳朵。

对他来说，博尔格基督教学院里的管风琴声倒是悦耳的。小教堂本身不值一提，不过造纸厂家族捐赠的这台管风琴，就算是放在

---

① 约翰·班扬（1628—1688），英国著名作家、布道家。1660年斯图亚特王朝复辟后，当局借口他未经许可传教，把他逮捕入狱两次，分别监禁十二年、六个月。狱中写就《天路历程》。

四倍大的教堂里也完全够用了。教堂的管风琴手,一位退休的高中数学老师,跟这乐器非常投缘。他坚信主的属性(在《旧约》里表现出来的激烈与无常,在《新约》里表现出来的威严与辉煌)能够借由这架管风琴通过某种声波浸润机制传达进那些长凳上的罪人的心灵,因此他不惜冒着震碎彩绘玻璃窗的危险卖力地演奏着——反正也没有人喜欢那些窗子,上面的铅条早就被造纸厂的烟雾腐蚀了。直到有一次,一位被琴声震得头昏眼花的小老太太在做完礼拜之后差点儿跌倒在走廊里,她对牧师抱怨说这琴声真是太激情了,在那之后管风琴手就换了别人。

尽管如此,他还是锲而不舍地教授着乐器。所有的学生在熟练掌握钢琴之前都不许碰那架管风琴,因此当劳伦斯·普里查德·沃特豪斯听说这回事之后,他花了三个星期自学了一支巴赫的赋格曲,开始了自己的管风琴课程。那时他只有五岁,根本不能同时碰到键盘和踏板,因此在弹奏过程中他不得不站着——或者说不得不一直在几个踏板之间走来走去。

劳伦斯十二岁的时候,管风琴坏掉了。造纸厂的捐献中并不包含修缮管风琴的款项,因此数学老师决定自己动手修一修。他的身体不大好,需要一个灵巧的帮手,也就是劳伦斯,替他打开管风琴的琴盖。这么多年来,男孩第一次看到了当他按键的时候琴箱内部发生的事情。

每个音栓——管风琴能演奏出的每种音色或者说每种声音(比如木笛、小号、短笛)——后面都藏着从长到短一列列音管。长管奏低音,短管奏高音。音管的顶端形成了一道弧线——不是笔直的线条,而是向上延伸的曲线。管风琴手,也就是数学老师,在几根拆下来的音管前坐下,掏出铅笔和纸,给劳伦斯讲解起原理来。而劳伦斯茅塞顿开的那一刻,好比数学老师突然在一台有仙女座螺旋星云那么大的管风琴上奏起了巴赫那首《G小调幻想曲与赋格》里最精彩的部分一样——约翰大叔[①]用一系列不断变换的下行和弦无情地解剖宇宙构造的那一段，好像他一脚踩穿滑溜溜的垃圾堆直到触及坚硬的地面。他最后的几步阐述令劳伦斯印象尤为深刻，仿佛雄鹰俯冲而下，冲破层层伪饰与幻象，令人或是悚然，或是恶心，或是不知所措——一切取决于观者本身。天堂的大门在劳伦斯面前洞开，他窥见天使唱诗班排成一列，往前延伸到看不见的尽头。

一列列的音管从一只宽大扁平的风箱里探出头来。对应特定音符的音管排列在一条轴上，对应特定音栓的音管排列在另一条轴上，这两条轴互相垂直，形成一个方阵。在风箱的下面有一种装置，能够将空气吹入不同的音管。当人们按下琴键或是踩下踏板的时候，这个音符对应的所有音栓都会打开，音管一起响起。

这台乐器以一种清楚、简洁、合理的机械方式组合在一起。劳伦斯本以为它的构造至少得和它所能演奏的最繁复的赋格曲一样复杂。现在他明白了，一台构造简单的机器也可以产生出无限复杂的结果。

很少有人使用单个的音栓。它们往往被成组地抽出来，用以形成和声。（又是醉人的数学！）有些特殊组合很常用，比如在静谧的《奉献经》里就会用到各种长度的木笛音管。管风琴里还有一种巧妙的预设机制，管风琴手可以根据需要随时调用他们预先设置好的音栓组合。他只要按下一个按钮，风箱的压力就会把某些音栓弹出来，管风琴的音色马上就会变得截然不同。

第二年夏天，劳伦斯和他的妈妈爱丽丝遭到了一个"远亲"的侵袭——病毒家族里的一个不得了的家伙找上了他们。病去如抽丝，劳伦斯侥幸逃过一劫，只留下了极轻微的腿脚不灵，爱丽丝却不得

[①] 即音乐家约翰·塞巴斯蒂安·巴赫。

不以铁肺维持生命。最后，因为她无法正常地咳嗽，肺部感染夺走了她的生命。

劳伦斯的父亲戈弗雷爽快地承认了自己无力肩负现在落在他身上的担子。他辞去了自己在弗吉尼亚那所小学院里的教职，和儿子一起搬到了明尼苏达州的莫尔海德，住在了老班扬和布兰奇的隔壁。接着他又在附近的一所师范学校里找到了工作。

到了这会儿，似乎劳伦斯所有的监护人都心照不宣地认定，最适合（也是最容易）抚养这个孩子的方法就是放任自流。劳伦斯仅有的那么几次向他们寻求帮助的时候，他提出的问题也没人答得上来。十六岁的时候，本地的学校对他来说已经没有什么挑战性了，劳伦斯·普里查德·沃特豪斯踏上了离家求学之路。他被爱荷华州立学院录取，实际上这所学院就是征召他入伍的海军预备役军官训练营的一个基地。

爱荷华州海军预备役军官训练营里有一支乐队，他们得知劳伦斯喜欢音乐之后非常高兴；但是要在一艘无畏战舰的甲板上排练管风琴太不现实，他们就给了他一架钟琴和几个铃铛。

不用在斯康克河的冲积平原上叮叮当当地来回排练时，劳伦斯主修的专业是机械工程。但他成绩并不好，因为他跑去跟一位保加利亚裔教授约翰·文森特·阿塔纳索夫和研究生克利福德·贝瑞[1]混在一起，这两位正在企图制造一台能够自动计算一些特别冗长的微分方程的机器。

劳伦斯最大的问题就是他太懒。他早就发现如果人能够像超人那样具备透视能力，能够透过令人眼花缭乱的现象看到事物之中的数学本质，一切就简单多了。只要你能找到某件事物的数学规律，

---

[1] 约翰·文森特·阿塔纳索夫和克利福德·贝瑞均为美国物理学家、发明家。他们发明了第一台自动电子数字计算机"阿塔纳索夫－贝瑞计算机"。

你就了解了它的一切，用一支铅笔和一张餐巾纸就能将它玩弄于股掌之上。他在钟琴的银色琴键上找到了这种规律，在悬链式拱桥的结构上找到了这种规律，在阿塔纳索夫和贝瑞那台计算机器布满电容器的转鼓上也找到了这种规律。因此像演奏钟琴啦，铆接大桥啦，或者是研究那台机器为何不能正常工作啦，这些实际的操作并不能引起他的兴趣。

因此，他的成绩一直不好。不过他时不时会在黑板上露几手，让他的教授膝盖发软，让他的同学又是困惑又是嫉恨。流言四起。

这时，他的奶奶布兰奇运用她在公理教会里广泛的关系网，在劳伦斯毫不知情的情况下替他争取到了一个机会。她最终帮劳伦斯拿到了一个圣保罗某个燕麦加工大亨家族提供的没什么名气的奖学金，该奖旨在将中西部的公理会众送入常春藤联盟高校学习一年，这足够让他们的智商分数得到显著的提高，又不至于太离经叛道。于是，劳伦斯就成了普林斯顿大学的一名二年级生。

众所周知，普林斯顿是一所赫赫有名的学校，去那里深造实在是莫大荣幸，但是没有一个人跟劳伦斯提起过这些事。后果有好也有坏：劳伦斯几乎毫不感恩地接受了这份殊荣，差点儿把赞助他的燕麦大亨给气疯了；另一方面，他毫不费力地就融入了普林斯顿，因为这对他来说不过是换了个地方罢了。这里让他想起了在弗吉尼亚的好时光，镇上也有几架不错的管风琴，尽管每当他想起那些桥梁设计和链轮切削的工程学作业时还是有点高兴不起来。和平常一样，这些作业也全都可以归结到数学层面上轻松解决。但他还是时不时会遇到瓶颈，这时他就会来到范氏大楼[①]——数学系的所在地。

范氏大楼里各色人等都有，大多操着一口英国腔或者其他欧洲

[①] 范氏大楼得名于普林斯顿大学数学系第一任系主任亨利·伯查德·范因。

口音。严格来说,这儿的不少家伙都不是数学系的,而是来自另外一个叫作IAS——高等什么什么院[①]——的机构。但是他们都在这栋大楼里办公,都或多或少对数学有点研究,因此对于劳伦斯来说他们跟数学系也没什么差别。

当劳伦斯问他们问题的时候,大部分人会故作羞涩地避开,但也还有一些人至少愿意听他把话说完。比如说有一次,劳伦斯碰上了一道链轮齿廓的难题——一般来说,其他工程师都会选择代入几个合理的近似值来解决,但这显然不符合劳伦斯的审美。他的算法可以提供准确的结果,唯一的缺点就是这需要 10^{18} 个人用计算尺马不停蹄地运算 10^{18} 年。劳伦斯正在研究另一种截然不同的算法,可以把计算的数量级下降到 10^{12}。不幸的是,像齿轮这么无聊的问题无法引起范氏大楼里任何一个人的兴趣,直到他意外结识了一个精力充沛的英国小伙子(最近这家伙也做了相当多的齿轮,在字面意义上),虽然劳伦斯转身就忘了他的名字。这个小伙子正试图造出一台能算出黎曼 ζ 函数中当 s 是复数时的函数值的计算机。

$$\zeta(s) = \sum_{n=1}^{\infty} \frac{1}{n^s} = 1 + \frac{1}{2^s} + \frac{1}{3^s} + \dots$$

劳伦斯觉得跟其他数学问题相比,ζ 函数既不算太有趣也不算太无聊,但是他的新朋友言之凿凿地声称这是个非常重要的问题,许多优秀的数学家已经为它耗费了几十年的光阴。那天晚上他们俩一直算到凌晨三点才解决了劳伦斯的齿轮问题。但是当劳伦斯自豪地把这份成果呈交给自己的工程学教授时,对方不无嘲讽地表示这个答案毫无实践价值,因而给了他一个很低的分数。

又见了几次面之后,劳伦斯终于记住他这位和善的英国朋友的

[①] 普林斯顿高等研究院(Institute for Advanced Study),不属于普林斯顿大学。

名字了：艾什么什么。鉴于这个艾是个自行车爱好者，劳伦斯和他一起在花园之州①的野外骑过几回车。在他们骑车游览新泽西的旅程中，他们总是聊到数学，尤其是聊到要发明出一种可以将他们从乏味的运算里解脱出来的机器。

但是艾思考这个问题的时间比劳伦斯久得多，而且他认为这种计算机并不仅仅为了省力。他所设想的是另一种计算机器，只要是你能写出来的算术问题，这台机器都能够解决。从理论上来说，艾已经把这台（尚属假设的）机器设想得面面俱到，虽然他还没有真正做出来一台。劳伦斯觉得，在剑桥（也就是英国，艾的故乡）或是范氏大楼里的人看来，动手制造机器大概是很不体面的一件事。艾发现劳伦斯并不这样觉得，便十分激动。

某天艾委婉地询问劳伦斯介不介意用他的全名称呼他，他叫艾伦，不叫艾。劳伦斯道了歉，并且表示他这次会牢牢地记住艾伦的名字。

几个星期后的一天，当他们俩坐在特拉华河谷森林中的淙淙小溪边上时，艾伦向劳伦斯提出了一个古怪的、跟下半身有关的提议。这个话题涉及一番巨细靡遗的解释，艾伦一边结结巴巴地说着一边涨红了脸。他的措辞极为礼貌，三番两次地强调其实他自己也知道并不是所有的人都会对这种事感兴趣。

劳伦斯觉得自己大概就是那种不感兴趣的人。

艾伦似乎也惊讶于劳伦斯竟然真的认真地考虑了他的提议，于是他为自己所造成的困扰向劳伦斯道了歉。接着他们又讨论起计算机的事来，他们之间的友情也没有受到什么影响。但是在他们下一次骑自行车去松林瘠地②露营的时候，一个名叫鲁迪·冯什么什么的

---

① 花园之州，新泽西的昵称。
② 原文为 Pine Barrens，或译松林泥炭地或派恩巴瑞恩，是一片位于新泽西州南部的茂密森林，因酸性沙质土壤不适宜农作物生长而得名。

德国小伙子加入了他们的队伍。

艾伦和鲁迪的关系比他和劳伦斯的关系更亲密，或者说更复杂。劳伦斯心想，艾伦的下半身问题终于有解了。

这件事不由得令劳伦斯陷入了沉思。从进化论的角度来看，这些不想繁衍后代的人类有什么存在的意义呢？大自然一定有它微妙的理由。

他能想到的理由只有一个：如今人类不再是以个体为单位相互排挤，而是以群体——也就是社群——来繁殖和竞争了；而一个社群可以给那些虽然没有后代却仍然能发挥作用的人提供足够的生存空间。

艾伦、鲁迪和劳伦斯一面南行，一面寻找着松林瘠地。不久他们就远离了城镇，周围的牧草区也变成了一片低矮多刺的灌木林，无穷无尽地好像一直能延伸到佛罗里达；树丛遮住了他们的视野，却没有挡住他们头顶呼啸的风。"我想知道，松林瘠地在哪里？"劳伦斯问了好几遍。他甚至在加油站停下来问了问别人。他的两个旅伴开起了他的玩笑。

"松林瘠地在辣里？[①]"鲁迪不无嘲弄地四下张望。

"我猜那就是块长满松树，看上去特别贫瘠的地方。"艾伦深沉地说。

路上没有别人，因此他们在大路上骑成一横排，艾伦在中间。

"一座卡夫卡想象中的森林。"鲁迪嘟囔道。

就在这时，劳伦斯发现他们其实已经在松林瘠地里了。但他不知道卡夫卡是谁。"一个数学家？"他猜道。

"里会这么想真四太可怕了。"鲁迪说。

[①]鲁迪讲话带有德国口音。

"他是个作家,"艾伦说,"劳伦斯,问个问题希望你别介意,说实在的,你曾经记住过任何一个人的名字吗?我是说除了家人亲友以外的人。"

劳伦斯的表情看上去一定很困惑。"我在想,你的想法是全都从这里头来的呢,"艾伦伸手在劳伦斯脑袋一侧敲了敲,"还是你有时候也从其他人类那里汲取新点子?"

"当我还是个小孩子的时候,我在弗吉尼亚一个教堂里看到过天使,"劳伦斯说,"不过我想它们也是从我的脑袋里面来的。"

"好吧。"艾伦说。

不过,没过多久艾伦就又试了一次。他们骑到了一座火警瞭望塔的下面,结果失望极了:那儿只有一截孤零零指向半空的楼梯,楼梯下面的一小块空地上到处是亮晶晶的酒瓶碎片。他们把帐篷搭在一个池塘边,结果每个人都沾了一身铁锈色的苔藓。接下来就没有别的事可做了,他们喝着杜松子酒聊起了数学。

艾伦说:"瞧,事情是这样的,伯特兰·罗素[①]和一个叫作怀特海[②]的家伙写了一本书,叫作《数学原理》。"

"你别逗我玩了,"沃特豪斯说,"连我都知道那本书是艾萨克·牛顿爵士写的。"

"牛顿写的是另一本,也叫《数学原理》[③],那本书不是真的数学;如今我们把那叫作物理。"

"那他为什么管这书叫《数学原理》?"

"因为在牛顿的时代,数学和物理的界限并不那么分明——"

"现寨也不怎么分明。"鲁迪说。

[①] 伯特兰·罗素(1872—1970),英国哲学家、数学家、逻辑学家、历史学家。
[②] 阿尔弗雷德·诺思·怀特海(1861—1947),英国数学家、哲学家。
[③] 即《自然哲学的数学原理》。

"——我要说的正是这个，"艾伦接着说道，"我说的是罗素的《数学原理》，他和怀特海从零开始，我是说从头开始，一点一点地——全部通过数学运算——从几个最基本的公理推导出整个理论。我之所以跟你提到这个，劳伦斯，是因为——劳伦斯！注意听课！"

"啊？"

"鲁迪——你拿着这根棍子，拿着——对了——你给我好好看着劳伦斯，他要是再露出这种神游的表情你就狠狠戳他！"

"则里可不四英国公学，你不能则么做。"

"我听着呢。"劳伦斯说。

"《数学原理》最颠覆的是，它证明了一切数学问题都可以通过一组特定的符号排列表达出来。"

"莱布尼茨说得比塔们早多了！"

"呃，莱布尼茨发明了我们现在用的微积分符号，但是——"

"我说的不是辣个！"

"还创造了矩阵理论，但是——"

"我说的也不是辣个！"

"他也对二进制运算做出了贡献，但是——"

"则完全是两码事！"

"好吧，那你他妈到底要说什么，鲁迪？"

"莱布尼茨发明了辣些最基本的符号——逻辑所需要的一系列符号。"

"好吧，我都不知道莱布尼茨先生还致力于研究形式逻辑，但是——"

"他当然研究了！他要跟罗素和怀特海做同样的事，但他并不局限于数学，而是要拓展到则个世界的方方面面！"

"好吧，这个星球上除了你以外，鲁迪，还有哪个活人知道莱布尼茨的这项伟业？我们能假定他失败了么？"

"你爱假定啥假定啥去，艾伦，"鲁迪反击道，"我是个数学家，我从来不'假定'。"

艾伦受伤似的叹了口气，意味深长地看了鲁迪一眼；沃特豪斯假定那一眼意味着接下来麻烦大了。"如果跳过那些有的没的，看，"他说，"我只是想说，数学可以用一串符号表示出来（他夺过那根'劳伦斯戒尺'，开始在地上画起 + = 3) π 之类的东西），"老实说，我才不管这些符号到底是莱布尼茨发明的还是罗素发明的，或者是从《易经》的卦象里衍生出来的……"

"莱布尼茨可喜欢《易经》了！"鲁迪又叫了起来。

"我们不提莱布尼茨行吗，鲁迪？你看，现在就像鲁迪你和我在一趟列车上，我们坐在餐车里愉快地聊着天，叫作伯特兰·罗素、黎曼、欧拉的火车头和别的火车头正拉着我们一路飞驰。我们的朋友劳伦斯正在列车旁狂奔，试图跟上我们——不是因为我们比他聪明，只是因为这家伙是个乡巴佬，没能买上票。而我呢，鲁迪，正从窗户伸出手去想要把他拉上这趟该死的车，这样我们仨就能好好地坐在这儿聊聊数学，不用听他在旁边呼哧呼哧地喘气了。"

"好吧，艾伦。"

"只要你不瞎掺和，我们马上就能把他拉上来了。"

"但是还有一个叫作莱布尼茨的火车头啊。"

"你是不是觉得我瞧不起德国人？我马上就要提到一个名字里带两点的家伙了。"

"哦，你想说的是'都灵[①]'大人？"鲁迪贼兮兮地问。

[①] 鲁迪对图灵（Turing）的错误发音，Türing。

"晚些时候才说到'都灵'大人,我想说的是哥德尔①。"

"但他不是德国人!他是奥地利人!"

"但我看现在没啥差别了,是不是?"

"辣个'德奥合并'又不是我的主意,你不用那样看着我。我觉得希特勒令人毛骨悚然。"

"我听说过哥德尔,"沃特豪斯适时地插了句嘴,"不过我们能后退一秒钟么?"

"当然了,劳伦斯。"

"有什么好争的呢?罗素想要证明什么?数学本身哪里不对么?我的意思是,2加2等于4,天经地义不是吗?"

艾伦捡起两个瓶盖放在地上。"二,一个,两个。加上——"他又放了两个在旁边,"另外两个,一、二。总共是四。一、二、三、四。"

"有什么差错?"劳伦斯问。

"但是劳伦斯——当你运算的时候,抽象地说,并不是在简单地数瓶盖吧?"

"我并不是在数任何东西。"

鲁迪接了下去:"你则总观念很现代啊。"

"是吗?"

艾伦说道:"在很长的一段时间里人们都怀有一种根深蒂固的想法,数学就是数瓶盖。只要你能在纸上运算,不管多么复杂,都一定——在理论上——能在现实世界里通过实际的数数进行验证。"

"但是你数不出2.1个瓶盖。"

"好,好,我们只用瓶盖数正整数,2.1这类的数字我们用物理

---

① 库尔特·哥德尔(Kurt Gödel)(1906—1978),美籍奥地利数学家、逻辑学家和哲学家。

测量如何，比如这根棍子的长度。"艾伦把棍子丢在瓶盖旁边。

"那圆周率呢？你不可能找到一根 π 英寸长的棍子吧。"

"π 是从几何学里出来的——辣是一样的。"鲁迪接口道。

"是的，人们曾普遍认为欧几里得的几何学是物理问题，他那些线很大程度上反映的是现实世界的东西，但是——你知道爱因斯坦吗？"

"我不擅长记名字。"

"就是那个白头发、嘴上有两撇胡子的家伙？"

"哦，我想起来了，"劳伦斯恍惚地说道，"我之前问过他一个链轮的问题，但是他说他要赶去赴个约会还是啥的。"

"那家伙想出了一套叫作广义相对论的理论，那是可以应用到实际中的理论，但不是在欧氏几何中，而是在黎曼几何中——"

"你的 ζ 函数的那个黎曼？"

"就是那个黎曼，只不过现在说的不是 ζ 函数。劳伦斯，现在别打岔——"

"黎曼证明了世界上还有许多不同于欧氏几何的几何，但它们仍然是内部自洽的。"鲁迪解释道。

"好吧，那现在我们回到《数学原理》上。"劳伦斯说。

"好！罗素和怀特海。你看，当数学家们开始围绕着什么 −1 的平方根啊四元数啊之类的东西瞎忙活的时候，他们手头的东西就再也不能用棍子和瓶盖表示出来了。但是他们仍旧能够得出合理的答案。"

"至少总能得出自洽的答案。"鲁迪说。

"好吧，这就是说，数学不仅仅是瓶盖的物理计算。"

"看起来是这样没错，劳伦斯，但是这样一来我们就无法回避这个问题：数学是真实存在的呢，还是只是拿一堆符号玩游戏？换句话说——我们是在探寻真实,还是只是自娱自乐?"

"那一定是真实的,因为套在物理学上都能实现!我听说过那什么广义相对论,他们按照它的原理做实验,证明了它是真的。"

"数学里辣些伟大的理论有时很难付诸实践。"鲁迪说。

"这套理论就是要割裂数学和物理的纽带。"艾伦说。

"但也不是子娱子乐。"

"这就是《数学原理》想要说的?"

"罗素和怀特海把所有的概念都敲成碎片,从集合那样简单的东西入手,然后是整数和其他东西。"

"但是你怎么能把 π 这类东西变成集合?"

"你不能,"艾伦说,"但是你可以把它当作一连串的数字。3.14159……往后还有。"

"这一连串的数字分开来看都是整数。"鲁迪说。

"但这不对吧! π 自己就不是一个整数!"

"但是你能对组成 π 的这一串数字进行运算,用某些算式把它们一个一个地算出来。你还能写出这样一个公式!"艾伦在地上划拉出:

$$\pi = 4 \sum_{n=0}^{\infty} \frac{(-1)^n}{2n+1}$$

"我只好用莱布尼茨级数来抚慰一下我们的朋友了。看到了吗,劳伦斯,这就是一串数学符号。"

"好吧,我是看到了一串符号。"劳伦斯勉勉强强地答道。

"我们继续?哥德尔在几年前刚刚说过:'看!如果你们都认为数学只不过是一连串的符号,猜猜怎么着?'于是他指出,任何符号串——比如这个公式——都可以用整数表达出来。"

"怎么可能?"

"没什么了不起的,劳伦斯——不过就是简单地编个码而已,随便编。比如说我们可以用'538'来代替这个难看的Σ,诸如此类。"

"这就的确是自娱自乐了。"

"不不,接下来哥德尔就把陷阱收紧了!公式可以作用于数字,对不对?"

"嗯,比如2x。"

"对,你可以用任何数代替x,而2x则代表x的2倍。但是如果其他任何一个算式,比如这里计算π的这个,可以被设为一个数字,你就可以把这个算式代入另外一个算式。用算式来列式!"

"就这样?"

"不。接下来,哥德尔通过一个简单的论证说明,如果算式能够这样作用于自身,那么你就能写出一个'不可证明的'公式。这让希尔伯特和其他期待相反结果的人大跌眼镜。"

"你之前提过这个叫作希尔伯特的家伙吗?"

"没有,这是第一次提,劳伦斯。"

"他是谁?"

"一个喜欢出难题的家伙。他提了一长串问题,哥德尔回答了其中之一。①"

"'都灵'回答了另一个。"鲁迪说。

"那又是谁?"

"是我,"艾伦说,"不过鲁迪是开玩笑的。我叫'图灵',不是他那么念的。"

"今晚他就该知道怎么念了,"鲁迪瞥了艾伦一眼——很多年后

---

① 1900年,希尔伯特提出了23个数学问题供20世纪的数学家研究,哥德尔回答的是其中的"算术公理的相容性"问题。

劳伦斯回想起来才明白，那一瞥简直就是在放电。

"好了，别吊我胃口了。你解答了哪一个问题？"

"判定问题[①]。"鲁迪说。

"什么意思？"

艾伦解释道："希尔伯特想知道是否有一个原理能够判断出某个给定命题的真伪。"

"但是在哥德尔完成他的证明之后，这个问题变了。"鲁迪说。

"没错，在哥德尔之后，这个问题变成了'我们能否判断任意给定命题可否证明'。换句话说，是否存在某种机械的过程，能够分辨出那些可证的命题？"

"'机械过程'只是一种象征说法，艾伦……"

"得了，闭嘴吧，鲁迪！我和劳伦斯都很喜欢机械！"

"我明白了。"劳伦斯说。

"什么叫作你明白了？"艾伦问。

"你的那台机器——不是说那台ζ函数计算器，而是另外一台，我们讨论过的——"

"那台叫'通用都灵机'。"鲁迪说。

"那件小发明的用途就是区分可证命题与不可证命题，对不对？"

"这就是为什么我想造出这台机器，"艾伦说，"这样我也答出了希尔伯特的问题。如今我只希望真的把这台机器造出来，这样就能在棋盘上把鲁迪杀个片甲不留了。"

"你还没把答案告诉可怜的劳伦斯呢！"鲁迪抗议道。

"劳伦斯可以自己想出来，"艾伦说，"这样一来他就有事可做了。"

[①] 原文为德语，Entscheidungsproblem。

＊　＊　＊

很快劳伦斯就明白了，艾伦的意思是说：这样一来，在我们俩办事的时候他就有事可做了。劳伦斯把笔记本塞进腰带里，骑了几百码来到了火警瞭望塔，他爬上楼梯，在塔顶的平台上坐了下来；他背对着夕阳，把笔记本立在膝盖上以便借着光线写字。

他还没能整理好思路，就被东北面一片朝霞一般的云层分散了注意力。他一开始以为那是低处的云层在反射他身后夕阳的余光，但是未免又太亮太飘忽了。接着他又想那可能是闪电，但那光线又不够蓝。那片霞光激烈地波动着，（他只能猜想）地平线下隐藏着什么巨大宏伟的东西在操纵它。随着太阳沉落到世界的另一边，新泽西地平线上的光芒聚集到了一个稳定、柔和而光亮的圆核上，那颜色就像你在床单底下用手罩在手电筒上似的。

劳伦斯爬下楼梯，骑上车在松林瘠地中穿行。不久他就骑上了一条正好朝向那片霞光的路。大多数时候他什么也看不见，甚至连那条路也看不分明，但是几个小时之后，云层反射的光线照亮了路上的石板，瘠地上蜿蜒的河流仿佛大地上闪光的裂缝。

路渐渐偏离了光的方向，于是劳伦斯直接从树林里抄了近道；现在他已经非常接近了，越过低矮的松树林——它们就像一片被烧焦的黑棍子似的，尽管它们生来就长那样——他已经能看到那耀眼的光芒。他骑上了一片沙地，不过潮湿的沙子很密实，宽幅的车轮在上面骑得很顺当。接着他不得不下车，把自行车从一道铁丝网篱笆上扔过去。出了树林之后，劳伦斯来到了一块宽阔的白沙地上，沙滩往下长着几丛海滨的水草；这时，海平面上一段静静燃烧的火焰在他面前闪耀起来，仿佛秋分前后即将沉入海中的满月。那夺目的光芒让他什么也看不清了——他老是在沙地上纵横的浅水沟上磕磕绊绊。他学会了不去直视那道光。他把目光转到一边，却发现了更有趣的东西：高台上稀稀落落地矗立着他有生以来从未见过的高楼大厦，像是埃及法老修建出来的饼干盒一样的建筑，在它们之间宽约一英里的空地上，像日晷一样的金字塔式的三角形钢架疏疏落落地扎在地里。它们之中最大的那一座立在一圈直径有几百英尺的环形铁轨中央，两道银白色的曲线划过昏暗的地面，在高塔投影的地方被分割开来，像静止的日晷般指示着时间。他骑过一栋较小的建筑，它旁边立着几个椭圆形的水箱。蒸汽从水箱上方的阀门里嗡嗡往外冒，但是并没有升到空中，而是顺着水箱边缘滴到了地上漫延开来，给水草镀上了一层银光。

一千名穿着白色衣服的水手环绕在那道火焰四周。其中一人挥手示意劳伦斯停下。劳伦斯在他身边刹了车，把一只脚支在地上。他们俩相顾无言了好一阵子，劳伦斯脑子里一片空白，于是开口说道："我也是海军的。"那个水手似乎下了什么决心，接着他向劳伦斯敬了个礼，示意他到火焰旁一栋小小的建筑去。

那栋建筑看起来就像火光里的一堵围墙，但是镁光蓝色的光芒时不时划破黑暗照亮它的窗口，好像方形的闪电回荡在夜空中。劳伦斯一蹬踏板骑了过去：一圈戴软呢帽的家伙围在那里，手握泰康德儒格牌铅笔严肃地往小本子上记东西，几个摄影师转动着手里的闪光灯镜头，咔嚓咔嚓地给那些脸上盖着毛毯的人拍照；一个头发油亮、大汗淋漓的男人正用粉笔往黑板上写一串带变元音的名字。等他终于骑到那栋楼附近时，他闻到了一阵烧热的燃油味儿，一股热浪扑面而来；他看到地上的水草都被烤干了，朝火焰卷了起来。

他俯视着这个地球仪似的东西，不是它那本该由陆地和大洋组成的表面，而是它那球形的骨骼：无数条弯曲的经线裹在那团橘色火焰的外面。在热油的火光下，这些线细得仿佛只是某个设计师勾勒出来的草稿，但是当他凑近细瞧的时候，才发现它们组成的精巧的环形支架就如同鸟骨一样是中空的。它们从椭圆的两极延伸出来，逐渐偏离、弯曲，或者断裂开来，像枯萎的枝条一样在火焰里摇摆。无处不在的电缆和电线把这完美的几何图案破坏殆尽。劳伦斯差点儿碾过了地上的碎酒瓶，于是他想他还是省省轮胎，下来走路吧。他把车平放下来，前轮正好压在一个好像被放进机床里绞过了的铝瓶上，几朵烧焦的玫瑰从瓶口垂了下来。几个水手用手搭成一个担架，抬着一个穿着洁白的石棉外套的木炭似的人形。他们每走几步，方圆数十码间草丛和沙地里纠缠在一起的绳索、钢琴线、电缆和电线就会绊住他们的脚尖。劳伦斯开始若有所思地一步一步往前挪动，试图测量这片展现在他面前的奇景的大小。一截火箭似的东西斜插在沙地里，上头螺旋桨的桨叶像雨伞一样展开。它的硬铝骨架和狭窄的过道往天上伸出了好几英里。地上躺着一只弹开的手提箱，一双女人的鞋子摆在里面，就像摆在商店橱窗里似的；一张菜单被烧得只剩下一片发红的纸灰，接着是一堆墙板，好像一整个房间从天而降——墙板上还贴着东西，一个上面贴着一张大大的世界地图，从柏林出发的线条猛扑向远远近近的城市；一个上面贴着一张照片，一个家喻户晓的德国人，体形偏胖，身着制服，正站在堆满鲜花的讲台上露齿而笑，身后是一艘新齐柏林飞艇的剪影。

　　过了一会儿，他发现没什么可看的了，就骑上自行车赶回松林瘠地里去。他在黑暗里迷了路，直到天亮才找到了那栋消防塔。但他并不在意，因为当他在黑夜里兜圈子的时候，他一直在想图灵的那台机器。最后他回到了他们露营的池塘边上。破晓的晨光照在茶碟一样的池塘上，里面波澜不起的微红液体好像一摊血。艾伦·麦席森·图灵和鲁道夫·冯·海克赫伯像两根茶匙一样并排躺在岸上，身上还带着他们昨天游泳的泥斑。劳伦斯点起营火泡了点茶，他们俩才终于醒过来了。

"你解决问题了吗?"艾伦问他。

"其实通用图灵机可以通过改变预设变成任何机器——"

"预设?"

"不好意思,艾伦,我是说把你的机器比作某种管风琴的话。"

"哦。"

"总之,只要你定好了预设,你就可以随心所欲地进行任何运算,只要那条纸带够长。但是,老天,艾伦,做一条足够长的纸带,你可以在上面记录符号,还可以擦掉它们,这可就要想点办法了——阿塔纳索夫的电容器磁鼓只能大到一定程度——你得——"

"你偏题了。"艾伦温和地说。

"好吧,嗯,好的——如果你真的有那样一台机器,那么任何'预设值'都可以用一个数字——一串字符表现出来。而你要塞进机器里并进行运算的那条纸带上则写着另一串字符。因此这又回到哥德尔的论证上来了——如果任何机械过程和数据的可能组合都能通过一串数字符号来表达,那么你就可以用一张大表格记下所有可能的字符串,而这又变成了一个康托尔对角线①式的问题;因此我们可以得出结论,总有一些字符串是不可被计算出来的。"

"那么判定问题呢?"鲁迪从旁提醒道。

"证是或证否一条公式——当你用数字符号来表达某一公式时,你仅仅是通过这些数字在进行运算,因此这个问题的答案是,不可能!总有一些公式是无法通过机械过程证明的!所以我想人类还是有点用处的!"

艾伦本来一直很高兴,直到劳伦斯说出最后这句话,他的脸阴

---

① 德国数学家乔治·康托尔提出的一种证明实数不可数的方法,其证明过程类似于前文的"记下所有可能的字符串"。

了下来："你这结论毫无根据。"

"别听他瞎说，劳伦斯！"鲁迪说，"他会告诉你我们的脑子不过就是图灵机。"

"谢谢你的解释，鲁迪，"艾伦坚持道，"劳伦斯，我确实认为我们的脑子不过就是图灵机罢了。"

"但是你证明了图灵机确实有许多无法处理的公式啊！"

"你也证明了这一点，劳伦斯。"

"但是你不认为有些事只有我们能做到，图灵机却做不到吗？"

"哥德尔表示同意，劳伦斯，"鲁迪插了进来，"哈代也表示同意。"

"给我举个例子吧。"艾伦说。

"举个不可计算问题的例子，只有人类做得到而图灵机做不到？"

"对。但是别说什么'创造力'啊之类多愁善感的废话。我相信通用图灵机可以表现出我们归结为'创造力'的行为。"

"好吧，那我就想不出来了……我以后会特别留意能不能找到这类例子。"

但是不久，当他们踏上返回普林斯顿的归程后，劳伦斯问道，"那'梦'呢？"

"就像你在弗吉尼亚看到的那些天使一样？"

"差不多。"

"那只是你的神经元噪声罢了，劳伦斯。"

"我昨晚还梦到有台齐柏林飞艇烧毁了呢。"

* * *

很快，艾伦拿到了他的博士学位，回英国去了。他给劳伦斯写了几封信，其中最后一封简短地提到他不能再给劳伦斯写"有实际意义的"信件了，他希望劳伦斯不要为此多虑。劳伦斯立刻察觉到艾伦的社群已经发现了他的用处——也许他有能力保护那个社群不被自己的邻居吞并。劳伦斯很想知道自己对美国能有什么用处。

劳伦斯回到了爱荷华州，他一度想转到数学专业，但还是作罢。他征询过的所有人都众口一词地告诉他，数学专业和管风琴修复一样，看起来很美，但人总是要混口饭吃的。于是他继续学机械，成绩越来越差，到了毕业那一年的期中，学校建议他不如还是去干点儿有用的事，比如帮人修缮屋顶。劳伦斯直接就退了学，投入了海军的怀抱。

他们对他进行了智力测试。数学部分的第一道题是关于河流与船的：史密斯港在琼斯港的上游 100 英里处。河水流速为 5 英里每小时。船以 10 英里每小时的速度前进。船从史密斯港顺流而下，要经过多久才能抵达琼斯港？若船从琼斯港返回，又要经过多久才能抵达史密斯港？

劳伦斯一眼就看出这是一道陷阱题。如果你轻易地假设水流速度只是在船速上加减那 5 英里每小时，你就是个不折不扣的傻瓜。很明显，5 英里每小时不过是水流的平均速度，而水流在河流中央流得更快，在岸边流得更慢。如果考虑得更周全点，在河道曲折的地方流速也是不同的。总体来说这是一道流体力学题，用几个众所周知的微分方程就能解出来。劳伦斯沉浸在这道题里，很快（或者他是这么认为的）就写满了十页答题纸的正反两面。在解题的过程中，他还发现通过自己利用简化了的纳维－斯托克斯方程[①] 做出的

[①] 流体力学的基本方程。

某个设定,牵扯出了一系列趣味十足的偏微分方程,他甚至不知不觉地证明了一条新的定理。如果这都不能证明他的智力,他们还想怎么样呢?

一声铃响,考试结束了。劳伦斯成功留下了自己的草稿纸,把它带回房间里打印了出来,寄给了普林斯顿一位相对来说比较和蔼可亲的数学教授。教授马上安排它发表在了巴黎的一份数学期刊上。

几个月后,劳伦斯在加利福尼亚州圣地亚哥的一艘大船"内华达"号战舰上收到了两份新鲜出炉的免费样刊。这艘船上有一支乐队,海军部队决定把劳伦斯安排在那里演奏钟琴。根据智力测试的结果,他们认为劳伦斯除此之外也干不了别的活儿了。

这个承载着劳伦斯对数学界贡献的包裹赶在最后一刻寄到了他的手上。此前劳伦斯所属的战舰和她的姐妹们一直驻扎在加利福尼亚,而这时他们正准备起航到夏威夷一个叫作珍珠港的地方去,让那群小日本搞清楚谁才是真正的老大。

实际上劳伦斯从来也没有认真考虑过自己的人生到底是为了什么,但是他很快认识到,在太平盛世里,如果你能待在夏威夷的一艘战舰上敲钟琴,也实在不算糟糕。最艰苦的不过是有时候你得冒着酷热坐着或者行军,还有忍受你身边乐手频繁的错音。劳伦斯把大量空闲的时间都用来研究信息论里的新问题,他的朋友艾伦开创了这门学科并做出了极大贡献,但是还有许多细节工作尚待完成。他和艾伦还有鲁迪曾经共同起草过一份清单,上面列出了需要证是或证否的问题。劳伦斯把这张清单研究了个底朝天。他不知道艾伦和鲁迪在英国和德国过得怎么样。既然他不能写信给他们,也无法打听到他们的近况,他只能埋头干自己的活儿。在他不敲钟琴也不证明定理的时候,他就去酒吧和舞会消磨时光。沃特豪斯自己也解决了一些"下半身问题",后来染上了花柳病，又治好了①，在那之后他就乖乖买起了安全套。所有的水手都是这么回事。他们就像三岁小孩一样，把铅笔戳进耳朵里，发现这样很疼，然后就不再乱来了。劳伦斯服役的第一年过得很快，转眼就没了。再也没有比夏威夷更温暖、更惬意的地方了。

---

①原注：1940年是个体验花柳病的好辰光，因为那会儿新型注射青霉素开始投入使用了。

第二章　时代新秩序[①]

"菲律宾人热情、温和，有爱心又慷慨。"艾维说，"幸亏如此，因为他们很多人身上都藏着武器。"

兰迪在东京的飞机场，随着人流缓慢前行，人流移动速度之慢让许多旅客大为光火。毕竟大家都被困在不舒服的椅子上，装在用喷气燃料冲上天的铝管子里晃荡了半天了。旅行箱滚过登机道上为安全起见设计的小突起，像战斗机一般轰鸣作响。行李在绕过他壮实的身躯时屡屡剐蹭到他的膝盖窝。兰迪正把他的新 GSM 电话举在耳边。理论上来说，它在世界各地都能用，除了美国。这是他第一次有机会试验它的功能。

"你的声音相当清楚，"艾维说，"飞机怎么样？"

"还好，"兰迪答道，"他们的屏幕上有那种动态地图。"

艾维叹了口气。"现在所有的航空公司都有这种设备了。"他语气单调地告诉他。

"旧金山和东京之间就只有中途岛这一个地标。"

[①] 原文为拉丁文 Novus ordo seclorum，美国官方大纹章上的字样。下文"秩序（Ordo）"亦同。

"那又怎样?"

"所以看地图上的显示,就好像是飞机在那里停了好几个小时。一直在'中途'。大家都尴尬得不想说话。"

兰迪来到飞往马尼拉的登机口,停下脚步,欣赏一台五英尺宽、上面挂着一家日本大型电器公司商标的高清电视。电视上放着动画片——一位疯疯癫癫的教授和他可爱的小狗同伴,正在列举艾滋病毒的三种传播方式。

"我有个电子指纹给你。"兰迪说。

"说。"

兰迪盯着手掌。他之前用圆珠笔在那上面写了一串数字和字母:"AF 10 06 E9 99 BA 11 07 64 C1 89 E3 40 8C 72 55。"

"收到,"艾维说,"是'秩序'里来的对吧?"

"对,我在旧金山把密钥电邮给你了。"

"公寓的问题还在解决,"艾维说,"所以我就帮你在马尼拉酒店订了一间套房。"

"还在解决?什么意思?"

"菲律宾属于那种公私关系之间没有严格界限的后西班牙国家。"艾维说,"除非你入赘一个有同名主干道的大家族,不然我觉得你是找不到房子的。"

兰迪在离港区坐下。快活的登机口服务员戴着活泼古怪的帽子,直冲着行李太多的菲律宾人过去,让他们在众人面前举行填写小纸条和上缴财产的仪式。菲律宾乘客们翻翻白眼,充满渴望地望着窗外。不过等待的乘客大多是日本人——有一些生意人,大部分是来度假的。他们正在观看如何防止在外国被抢劫的教育视频。

"哈,"兰迪看向窗外,"又有架747降落了。"

"在亚洲,没哪个正经航空公司会摆弄比747还小的玩意儿。"

艾维没好气地说，"要是有人想把你送上一架737，或者更糟的——空中客车，你拔腿就跑，别慢悠悠地走，跑到离登机区远远的地方，再用卫星寻呼机找我，我派直升机去救你。"

兰迪大笑起来。

艾维继续说着："现在听好。你要去的这个酒店很古老、很宏伟，但造在鸟不拉屎的地方。"

"干吗要在鸟不拉屎的地方造个大酒店？"

"那里以前可是个时髦地方——在滨水区，王城①边上。"

兰迪高中水平的西班牙语还是足以听得懂这个词的：城墙之内。

"但王城1945年被日本人毁灭了，"艾维接着说，"是有计划地摧毁的。现在的酒店和办公楼都建在一个叫马卡蒂的新区，离机场近得多。"

"所以你是想把我们的办公室设在王城里。"

"你怎么猜到的？"艾维说，语气微微惊讶。他可是相当骄傲于自己的捉摸不透的。

"我这人一般不靠直觉，"兰迪说，"但我在飞机上坐了13个小时，脑子都被里里外外搅了一遍又挂起来晾干了。"

艾维报出一串早就准备好的理由：王城里的办公室更便宜；政府部门离得更近；金碧辉煌的商业新区马卡蒂太孤立，接触不到真正的菲律宾人。兰迪一个字都没听。

"你想在王城设办公室是因为那里被按部就班地摧毁过，而你痴迷于一切大屠杀。"兰迪最后小声说，语气里并没有什么不满。

"是啊。那又怎样？"艾维回答。

---

①原文为Intramuros，西班牙语。

* * *

兰迪坐在向马尼拉飞去的747里凝视窗外,小口啜饮某种用蜜蜂提取物做的荧光绿日本软饮料(至少它包装上有蜜蜂的图片),啃着乘务员给他的叫作"日本零食"的东西。海天一色,那种蓝让他的牙齿发凉。飞机飞得那么高,不论他向上或向下看,都只能看见同比缩小的翻腾的积雨云堆。阴云从炎热的太平洋中喷薄而出,仿佛有巨大的战舰在四周爆炸。云朵增长的速度和力量让人惊异,它们的形状如深海生物般奇特又多样。而它们对于飞机来说,他想,全都像地上的尖竹钉对于赤足的行人那样危险。他注意到机翼梢上画着的橙红色太阳,不禁一惊。他觉得自己像被扔进了一部老战争片里。

他打开手提电脑。艾维那些加密得天衣无缝的电子邮件正堆积在他的收件箱里。那是一堆逐渐累积起来的小文件——这三天里,艾维只要什么时候灵光一现就要告诉他。就算兰迪事先不知情,从这里也不难看出,艾维有一个可以随时通过无线电联网的便携电邮机。兰迪运行起一个小软件:它的正式名称叫"时代新秩序",但大家都管它叫"秩序"。这名字的双关比较牵强,因为作为一个加密软件,"秩序"的工作是将信息的比特按照新秩序排列,好让多管闲事的政府要花几个世纪才能解密。一张大金字塔的扫描图出现在他屏幕中央,塔尖处逐渐浮现出一只眼睛。

"秩序"可以通过两种方式解决问题。显而易见的方法是将所有信息都解密,并在他的硬盘上转换成明文,让他可以随时阅读。这种方法的问题在于(如果你有被害妄想的话)任何拿到兰迪硬盘的人都可以读到文件。谁知道呢,说不定马尼拉的海关人员会把他的电脑翻个底朝天,看里面有没有儿童色情片。又或者他会被时差反应搞得晕头晕脑,不小心把笔记本落在出租车上。所以他把"秩序"设置为流模式,让它暂时解密信息到他读完,然后当他关闭窗口时,软件就会自动将明文从他的内存和硬盘中彻底清除。

艾维第一条信息的标题是:"指南一。"

我们要寻找符合计算的地方。什么意思?意思就是人口马上要爆炸——这点我们通过看年龄分布柱状图就可以预测——而人均收入就要像从前的日本、中国台湾、新加坡那样起飞了。将这两个因素相乘,你得到的指数增长可以让我们所有人在40岁前就拿到养老钱。

这里指的其实是兰迪和艾维两年前进行过的某次对话,那时艾维还真把"养老钱"的数值算了出来。不过它并不是一个固定常数,而是一张包含经济指数波动的电子表格中的一个单元格。艾维在电脑前工作时偶尔会把这张表放在角落的一个小窗口里,方便他一眼就能看见当下的"养老钱"值多少。

信息发送于第一条的几小时后,名叫"指南二"。

二、选一项没人能和我们匹敌的技术。现在这种技术=网络技术。在网络技术这一块,其他人跟咱们一比,输得简直惨不忍睹。不开玩笑。

第二天,艾维发来一条信息,标题就是"还有"。大概他也记不住自己发出了多少条指南。

另一条原则:这次我们要保留公司的控制权。这意味着我们得占有至少百分之五十的股份——也就是说在我们创造出一定价值之前,几乎不能有外部投资。

"我可用不着你说服。"兰迪边看边嘀咕。

我们能做的生意大致就是这样。别去想那些需要一大笔初始投资的东西。

吕宋岛是一片黑绿丛林覆盖的山峦,河流从中切过,看起来像奔腾的泥沙。在深蓝色的海逼近卡其色的海滩处,海水的色调灿烂得惊人,好像郊外的游泳池。再南边,山上布满火耕的残痕——土壤呈鲜红色,仿佛撕裂的伤口。但大部分地区上都覆盖着植物,看起来像是铁路模型玩家盖在混凝纸山上的那种绿色块状物,绵延伸展的远山中没有丝毫人类存在的痕迹。更靠近马尼拉的地区,一些山坡上的林子已被伐尽,建筑散布其上,中间点缀着电缆线。河谷里是一块块稻田。棚屋集成城镇,紧紧聚合在有着精致屋顶的十字形教堂四周。

随着飞机缓慢浸入城市上方热乎乎的雾气中,景色开始变得模糊。飞机开始像一杯巨大的冰茶般冒汗。水一股股地流下来,积蓄在缝隙处,顺着襟翼后缘被甩入空中。

忽然之间,飞机已经在向马尼拉湾斜飞过去。马尼拉湾的水里点缀着一望无际的明亮红色条纹——那是某种水华。油轮迤逦而行,在身后拖出一条条缓缓绽放的彩虹。每个小湾里都挤满了两侧装着舷外浮杆的瘦长小船,看起来像是色彩明亮的水黾。

然后飞机降落到 NAIA——尼诺·阿基诺国际机场的跑道上。戴着各色臂章的警卫和警察们手持 M-16 型自动步枪或手枪柄霰弹枪，头戴由绑在脑袋上的手帕和美式棒球帽组成的阿拉伯头巾，漫步在机场中。一个男人站在破破烂烂的廊桥下面，身上的制服白得晃眼，往下伸的双手里拿着荧光橙色的指挥棒，好似在赦免全世界罪人的基督。凶猛、硫黄味的热带空气开始从大客机的通风口漏进来。一切都瞬间变得潮湿萎缩。

他到马尼拉了。他从衬衫口袋里掏出护照。上面写着：兰德尔·劳伦斯·沃特豪斯。

* * *

寄生藤公司是这样诞生的：

"我要召唤邪恶之力了！"艾维说。

号码传到兰迪的寻呼机上时，他正和他女友及其朋友们一起，坐在海边一家餐馆的桌子旁。在这间餐馆里，他们每天都把当日菜单激光打印到百分百可回收的仿羊皮纸上，霓虹灯色的酱料在盘子上勾勒出示波器波形一样的形状，主菜则是稀有食材雕成的宝石般的棱柱，摞成富有建筑艺术性的高塔。兰迪在整个吃饭过程中都在努力抵抗诱惑，让自己忍住不要邀请查琳的某个朋友（随便哪个都行，无所谓）去人行道上打一架。

他瞟了一眼传呼机，以为会看见"三姐妹计算中心"的号码——那是他曾经的工作单位（严格来说，现在也还是他的单位）。艾维那致命的电话号码直穿他的心脏，其效果堪比666这个数字对于正统基督教徒造成的震慑。

十五秒后，兰迪已经站在外面的人行道上，把卡往付费电话上一刷，像是刺客用单刃剑划开某个肥胖政客的咽喉。

"这力量从天而降，"艾维接着说，"可惜它今晚惠临于我——你这可怜虫。"

"你想要我干什么?"兰迪问,装出一种冷漠、几乎怀有敌意的调子,来掩饰自己病态的兴奋。

"买张去马尼拉的机票。"艾维回答。

"我得先和查琳商量。"兰迪说。

"这话你自己都不信。"艾维道。

"查琳和我在一起已经很多年——"

"都十年了,你还没娶她。自己他妈的动动脑吧。"

(72小时后,他会抵达马尼拉,看着那支单音笛。)

"全亚洲都想知道菲律宾什么时候才能重新振作起来,"艾维说,"这是90年代的终极问题。"

(那支单音笛是你通过入境检查之后看见的第一件东西。)

"我在尼诺·阿基诺国际机场入境检查处排队的时候顿悟了。"艾维一口气说完了这个拗口的名字,"你知道他们有不同的通道吧?"

"大概吧。"兰迪说。一块平行六面体烤金枪鱼沿着他的喉咙来了个桶滚①。他涌起一阵强烈的对双份圆筒冰激凌的渴望。他去的地方不如艾维多,对于他提到的"通道"也只有个很模糊的概念。

"你知道,一条通道是给本国人的,一条给外国人专用,也许外交官们也有一条。"

(现在,站在这里等待护照盖章时,兰迪看得一清二楚。他头一遭不觉得等待很无聊。他走到OCW通道旁边的一条道上,细细观察。这些人是寄生藤公司的市场。大部分是年轻女人,很多人打扮时髦,但仍然带着一种天主教寄宿学校的娴静感。她们被长途旅行

---
①指飞机向前飞行同时进行螺旋形翻滚。

和排队等待弄得筋疲力尽,没精打采地站着,然后突然间又直起身来,抬高她们精致的下巴,就好像有个看不见的修女正顺着队伍走来,一路用戒尺敲打她们精心保养的指节。)

但七十二小时以前他还不完全理解艾维说的通道是什么意思,所以他说:"是,我见过那玩意儿。"

"在马尼拉,他们给归国的OCW们开设了一条专用通道!"

"OCW们?"

"海外合同工①。菲律宾人都在国外工作——因为菲律宾的经济衰透了——比如去沙特阿拉伯当女佣和保姆,去美国当护士和麻醉师,去香港当歌手,去曼谷当妓女。"

"去曼谷当妓女?"那里兰迪还是去过的,往泰国出口妓女这个想法让他一阵头晕。

"菲律宾的女人更美,"艾维平静地说,"而且她们有种凶悍的特质,比起那些笑口常开的泰国小姐,她们对于天生受虐狂的出差生意人来说更有吸引力。"他俩都知道这是瞎扯淡。艾维是个爱家的男人,完全没有第一手经验可言,不过兰迪并没有点破他。只要艾维保持这种即兴扯淡的能力,他们所有人赚到养老钱的机会就更大。

(既然现在自己身临其境了,他就很难忍住不去猜测OCW通道里的哪些女孩是妓女。但他感觉这样做肯定没什么好下场,于是他挺直肩膀,朝黄线大步走去。

政府在入境检查处和安全线之间的大厅里设立了许多玻璃展柜。柜子里放着展现麦哲伦之前菲律宾辉煌文明的文物。第一个展柜里放着主菜:一件粗糙的手工雕刻乐器,底下的标牌上写着一个又长又读不懂的他加禄语名字。那下面又用小字写有英文翻译:单音笛。)

---

① Overseas Contract Worker,缩写为OCW。

"看到没？菲律宾是个天然避险的市场，"艾维说，"你知道这有多稀罕么？当你发现一个天然避险的环境时，兰迪，你应该像疯狂的雪貂扑向一桶生肉一样扑过去。"

提一句艾维的事：他父亲一家人千难万险地从布拉格逃了出来。作为中欧犹太人，他们还是相当典型的。他们身上最不寻常的一点就是小命还在。但他母亲那边是奇怪到你不敢相信的新墨西哥隐居犹太人，三百年来都生活在台地上，躲着耶稣会，狩猎响尾蛇，还吃曼陀罗花。他们长得像印第安人，说起话来像牛仔。所以在和别人打交道的时候，艾维很不稳定。大部分时间，他文质彬彬、礼数周到，很能打动生意人——尤其是日本人——但时不时地，他会突然爆发，就好像吃多了疯草①似的。兰迪已经学会如何对付他这一套，所以艾维在这种时候就会打电话找他。

"噢，冷静点儿！"兰迪说。他看着一个刚从海边回来、晒得黝黑的女孩踏着直排轮从他身边滑过。"天然避险？"

"只要菲律宾经济一天不振作，就会有很多ＯＣＷ。他们肯定想跟家里多联系——菲律宾人相当看重家庭。跟他们一比，犹太人看起来都像彼此疏远的独行侠。"

"好吧。对这两群人你都比我懂得多。"

"他们的多愁善感很容易招致我们的讥笑。"

"你别紧张，"兰迪说，"我没嘲笑他们。"

"等你听到他们电台里的点歌赠语你就会笑了。"艾维说，"不过老实说，这方面我们可以跟菲律宾人学学。"

"你听起来真是伪善得——"

"我道歉。"艾维诚恳万分地说。艾维的妻子在跟他结婚后这

---

① 疯草，一种产于美国西部的豆科植物，牲畜吃了会发疯而死。

四年里几乎一直怀着身孕。他越来越虔诚地遵守清规戒律,每次说话都不能不提大屠杀。兰迪则是个马上要跟同居的妞分手的光棍儿。

"我相信你,艾维。"兰迪说,"我买商务舱的机票你不介意吧?"

艾维没听见他的话,所以兰迪就默认他是同意了。"只要形势不变,菲鸽传书就大有市场。"

"菲鸽传书?"

"看在老天的份儿上,别那么大声说出来!我这正填着商标申请表呢。"艾维说。兰迪听见背景里有噼里啪啦的敲键盘声,响得那么急,仿佛是艾维正用他苍白、细长的手指抓住键盘上下摇晃似的。"但如果菲律宾人真收拾好了烂摊子,那我们会看到电讯行业爆炸性的增长,就像所有迅增亚经一样。"

"迅增亚经?"

"迅速增长的亚洲经济体。不管怎么样都是我们赢。"

"我估摸着你是想搞通信?"

"恭喜你猜对了。"背景音里,一个婴儿开始咳嗽、哭闹。"我得挂了,"艾维说,"什洛莫的哮喘又发作了。记下这个指纹。"

"指纹?"

"我的密钥,电邮用的。"

"'秩序'?"

"嗯。"

兰迪掏出圆珠笔,却发现兜里没有纸,于是把笔尖对准手掌。"说吧。"

"67 81 A4 AE FF 40 25 9B 43 0E 29 8D 56 60 E3 2F。"然后艾维挂掉了电话。

兰迪回到餐馆。在回去的路上，他让服务生给他拿半瓶上等红酒来。查琳听到他说话，对他瞪起了眼睛。兰迪还在想着天生凶悍的事儿；他并没有在她脸上看到那种神情，只看到了那种她的朋友脸上都带着的老气横秋的女学者的表情。老天！我得离开加利福尼亚，他如此想道。

第三章 海 苔

哀妇怀襁褓
双眸惨淡似炮火
泪下如雪落

海军陆战队第四团正踏着约翰·菲利普·苏萨的曲调向着低处的海港前进,对于陆战队员来说这本该是再寻常不过的事。但是第四团已经在上海(不是蒙特祖马大厅,也不是的黎波里海岸)[①]待得太久,久得超过了海军陆战队在同一个地方停留的限度,鲍比亲眼看见他的中士弗里克因为鸦片戒断反应而呕吐不止。

几个街区开外的地方有一支海军乐队,鲍比这伙人能听到那咚咚震天的鼓声和短笛、钟琴尖锐的长鸣,但他有点跟不上调。沙夫托下士是他们实质上的头头,因为弗里克中士已经是个废物了。

沙夫托跟着队列一同前进,说是在盯着这群手下,其实是在望着上海这座城市。

[①] 美国海军陆战队军歌第一句:"从蒙特祖马大厅到的黎波里海岸",分别指美墨战争和的黎波里战争。

上海也回望着他，而且对他们几乎是夹道欢送了。路上当然少不了那种小瘪三，好像对着陆战队员逞逞威风就是件很了不起的事一样，总爱隔着一段相当安全的距离嘲笑他们，还点起一长串鞭炮，搅得人不得安宁。欧洲人掌声雷动——从德尔蒙特舞厅来的俄罗斯舞娘们排成一行，露出大白腿，抛出一个个飞吻。而大多数的中国人则面无表情——按鲍比的理解——就是吓得快要尿裤子了。

最糟的就是那些怀抱着混血婴儿的妇人。有几个女人已经疯了，她们不顾来复枪的阻拦，歇斯底里地撞进陆战队的行伍里。但是大多数妇女都还算镇静，她们怀抱着自己有浅色瞳孔的孩子，目露凶光，每一行每一列地搜寻着那个负心汉。她们全都听说了长江上游发生的事，小日本在南京犯下的暴行，她们也知道，当战事结束的时候，她们和她们的孩子很可能只会以一段不堪回首的记忆的形式，存在于某些美国海军陆战队员的心里了。

沙夫托心有戚戚。他曾经在威斯康星猎过鹿，他见过它们如何一瘸一拐地跃过雪地，最后失血而死。他见过有人死在帕里斯岛军营里的新兵训练中。日本人在长江上游报复"卢沟桥事变①"的时候，他见过许多顺流而下拧成一团的浮尸，他还见过许多从南京或是别的地方逃来的难民饿死在上海的臭水沟里。他也曾亲手杀死过那些想要夺取船只的暴民——毕竟那是他的职责。但他想他以前从未见过，以后也永远不会再次见到这样一番可怕的景象——那些面无表情的中国妇人怀抱着她们混血的孩子，在鞭炮闪耀的亮光中眼睛一眨不眨地盯着他们。

直到沙夫托看到某些陆战队员的表情——他们朝人群里望去，正好看到那张跟他们一模一样的脸回望着自己，肥嘟嘟的脸上还带

---

①指卢沟桥事变及上海事变。

着点点泪痕。他们中有几个人觉得这不过是一场游戏，然而更多的人，他们早上走出空荡荡的营房时还是个意志坚强的陆战队员，现在，当他们准备踏进外滩上泊着的炮艇时，却崩溃了。尽管他们没有表现出来，但是沙夫托能从他们的眼睛里读出来，有什么东西坍塌了。

就连全队脾气最好的人也心情恶劣。那些跟沙夫托一样没有去勾搭中国姑娘的人也同样遗恨无穷：住在大宅里由女佣、鞋童和苦力伺候着，女人和鸦片唾手可得的日子一去不返了。他们不知道自己此行要往何处去，但是可以保证，靠他们每个月那21美元是再也过不了这么舒坦的生活了。他们要住在军营里，重新学会自己擦皮靴了。船的跳板从码头的石沿上收了回来，他们离开了这个再也回不去的世界，这个他们过得富比王侯的世界。现在他们又是海军陆战队员了。对于沙夫托来说这无所谓，反正他是更喜欢当兵的。但是对于不少在这里已经步入中年的人来说，他们有所谓。

那些心里有愧的人都躲进了船舱里，沙夫托仍旧站在甲板上，船渐渐离港，朝着河道中央的"奥古斯塔"号巡洋舰驶去。

外滩上挤满了人，花花绿绿的衣服当中有一小团军服的颜色吸引了沙夫托的注意：那是几个鬼子满怀嘲讽地来给他们的美国佬同行送行呢。沙夫托朝他们扫了一眼，很快就找到了那个又高又壮的人影。后藤传吾正在向他挥手致意。

沙夫托摘下头盔挥了挥以示回礼。突然，他心血来潮地起了个恶作剧的念头，甩起胳膊，将头盔朝后藤传吾的脑袋上抛去。但是他扔歪了，为了接住头盔，后藤传吾挤倒了好几个同伴。但是他的同伴们似乎都觉得被他挤倒是莫大的荣幸，而且有趣极了。

二十秒后，一团什么东西从挤挤攘攘的人群里扔了回来，在战舰的木甲板上弹跳了几下——扔得真他妈准。后藤传吾在炫耀他的随球动作呢。那是一块用白色布带包着的石头，沙夫托跑过去捡了起来。布带是一根日本人绑在头上用以祈求好运的千针布带（大概是吧，他曾经从几个不省人事的鬼子身上拿下过几条，但是从来懒得数上面到底缝了几针），中间一坨圆的，两边有些鬼画符。他把布条解了下来。他拆着拆着突然惊觉到，这玩意儿不是块石头，是颗手榴弹！但是好家伙，后藤传吾只是开了个玩笑——他没拉掉保险销。对于鲍比·沙夫托而言，这还真是个不错的纪念品。

沙夫托的第一首俳句（写于1940年12月），是对陆战队员信条草率又蹩脚的改编：

> 这是我的枪
> 每把来复都相仿
> 我的不一样

这首俳句的写作背景是这样的：沙夫托和其他第四团的队员驻扎在上海，一边维护公共租界的治安，一边充当巡逻队的劳力。他们一队人刚结束他们的最后一次巡航：一千英里的武装侦察，溯游而上，经过南京的废墟直到汉口，再掉头回上海。自从义和团运动之后海军陆战队就一直执行着这个任务，内战也好别的什么事也好，风雨无阻。但是到了1940年底，鬼子[①]全面侵占中国东北之后，华盛顿的政客们终于决定听之任之，驻华的海军陆战队被告知不必再沿江巡航了。

像弗里克这种所谓老资格的陆战队员号称自己能分辨各色人等，

---

①原注：这是陆战队员们对日本人的固定叫法，在能用两个字的时候他们绝不会费心用三个字。

结伙作案的匪徒、携武器流窜的饥民、国民党的散兵游勇、共产党的游击队还有各路军阀的非正规部队。但是在鲍比·沙夫托看来他们全都只是丧心病狂的武装分子，想要从巡逻队手里分一杯羹。惊心动魄的最后巡航已经过去了，他们现在又回到了上海，这个全中国最安全的地方——大概比美国最危险的地方再危险个一百倍吧。六小时前他们刚从炮艇上下来，在酒吧里一直消磨到现在，然后决定去窑子里逛一阵。在他们往窑子去的路上正巧路过了日本人的餐馆。

鲍比·沙夫托以前曾经从窗户往里偷瞄过，他看到了一个拿着刀的男人，但不知道他在搞什么鬼。那他妈看上去像极了他在切割一块未经烹调的鱼肉，然后把生肉搁在一小团米饭上递给吧台对面的鬼子，对方就狼吞虎咽地吃下去了。

一定是他看错了。那鱼肉肯定在后面的厨房里加工过。

沙夫托被这件事困扰了差不多有一年。当他和那些饥渴的醉鬼队友们再次路过那里时，他放慢脚步朝窗户里看去，想要找到点别的证据。他发誓他看到那些鱼肉就像红宝石一样透亮，煮过的鱼肉绝对没有这种色泽。

他的一个队友，来自什里夫波特的罗兹注意到沙夫托正朝窗子里张望。他挑衅地问沙夫托敢不敢走进去坐在吧台上。接着另外一个人，来自匹兹堡的二等兵戈维奇，居然也跟着起哄！

沙夫托嘬了嘬牙花子，思量再三。他已经打定主意要去试试。他是个狙击侦察兵，天生就他妈爱冒险；可他受到的训练也教会他，在闯进去之前应当先侦察好周围的环境。

餐馆里的顾客占去了四分之三的位置，人人都穿着日军制服。在吧台里切生鱼片的男人四周围了一圈引人注目的日本军官，如果你只有一颗手榴弹，那就往那儿扔吧。房间里摆满了长桌，日本兵们围在桌边端着冒着气的海碗喝面汤。沙夫托特别留意了一下他们，因为要是说谁会把他在六十秒内打得满地找牙的话，那就是这群人了。还有几个人孤零零地待在一边读什么东西。在角落里还有一小撮人，他们正围着某个不知道是说笑话还是讲故事的人听着。

沙夫托观察的时间越久，罗兹和戈维奇就越肯定他已经打定主意要去了。他们兴奋起来，招呼着那些已经朝着窑子走到前头去的陆战队员。

沙夫托看到他的同伴们——他的战术预备队——全都回来了。"去他妈的。"说着，他跨进了餐馆里。他听到身后传来兴奋的大呼小叫，他们简直不敢相信自己的眼睛。当沙夫托跨过这家日本餐馆的门槛时，他成了一段传奇。

他走进来时，所有的鬼子都抬起头来看着他。如果说他们大吃了一惊的话，这可没有表现在他们的脸上。吧台后的厨师照例招呼了一声，但是当他看到走进来的顾客时声音抖了一抖，低了下去。房间角落里的那个家伙——一个身材健硕、满面红光的鬼子——还在继续讲他的笑话，或者是他的故事，或者是别的什么。

沙夫托朝众人一点头，朝着吧台边离自己最近的空位走去，坐了下来。

换成其他士兵，他们大概会纠集起整个队伍，然后一起冲进这家餐馆里，把桌椅瓢盆都给掀翻。但是沙夫托夺得了主动，赶在他们之前孤身闯入了这里——像个真正的狙击侦察兵一样。但这不完全因为他是个狙击侦察兵，更因为他是鲍比·沙夫托，他对这里好奇极了。如果可能的话，他想在狂欢开始之前先享受几分钟平静的时光，好好打探一番。

当然，这也得益于沙夫托醉酒的时候总是安安静静、若有所思，而不是一点就炸的醉汉。他身上一定散发着臭烘烘的啤酒味儿（青岛的那些德国佬酿出了一种酒，那味道总让他想起威斯康星，勾起他的思乡之情）。但他既不会大喊大叫也不会掀翻东西。

厨师忙着制作他的小点心，假装没有看到沙夫托。其他坐在吧台边的人抬起头来冷冷地看了沙夫托一阵子，又转回去吃东西了。沙夫托看了看吧台后方陈列的一排排摆在碎冰上的生鱼肉，又看了看四周。角落里的那家伙正捧着笔记本，一节一节地念着什么。他每念完十到二十个左右的词，他身边的听众们就会交头接耳，露出愉快或是痛苦的表情，有时还会有人鼓起掌来。他念东西的样子不像在说什么下流的笑话，而是吐字清晰、富有感情地朗读着。

靠！他在念诗！尽管沙夫托并不知道他在说什么，但是他能从音调里听出来，他一定在念诗。尽管不太押韵，但是日本人行事总是很古怪的。

他发觉厨师正盯着他。他清了清喉咙，但这其实毫无用处——他张嘴也说不出日语来。他看向吧台后面，目光落在宝石红色的鱼肉上，他指了指它们，伸出了两根手指。

所有人都讶异于这个美国佬居然真的点了菜。紧张的情绪缓和了，虽说只是一点点。厨师捏出了两个小团，盛在一个木盘里端了上来。

在沙夫托过去的训练科目里包括食用昆虫和一口咬下鸡仔的头，因此他想自己完全能吃掉面前这盘东西。他像其他鬼子一样用手指抓起一小块，吃了下去。味道不错。他又要了两块，这次是另外一种不同的。角落里的那家伙仍然在读诗。沙夫托吃掉了新的一盘，又点了一些。大概有十秒钟，沙夫托陶醉在鲜美的鱼肉和琅琅的书声中，通体舒畅，几乎忘了他本来只是想来挑起一场种族争端。

第三盘看上去不大一样：生鱼肉的上面还盖着一层半透明的薄片，湿漉漉的，闪闪发光，像那种屠夫用来包肉的厚牛皮纸，浸满了油。沙夫托愣住了，想要识别出这是什么，但他好像从来没见过这种食材。他左看看，右看看，希望看到有哪个鬼子点了跟他一样的食物，好弄明白这玩意儿该怎么吃。倒霉的是，没有。

妈的，他们可是军官。大概会有人懂一点英语吧。"请问，这是啥？"沙夫托拈起一小片奇异的薄膜。

厨师抬起头，紧张地看着他，接着朝着吧台的一排人投去咨询的目光。周围窃窃私语起来。最后，吧台那头的一个日本海军上尉站了起来，对鲍比·沙夫托说道：

"海苔。"

沙夫托不大喜欢这个上尉充满敌意的愠怒语气。那种语气加上他脸上的那种表情，好像在说，说了你也不懂，你个乡巴佬，你就当它是海苔呗。

沙夫托双手交叠在膝上，对着海苔端详了半响，然后抬起头来望向那个仍旧面无表情地盯着他的上尉。"哪种海苔啊，长官？"他又问道。

餐馆里的士兵们开始明目张胆地交换眼色，就像两支海军交战前打出的旗语。朗诵诗歌的声音停了下来，餐馆后方的士兵们一阵骚动。这会儿，上尉把沙夫托的问题翻译了出来，于是他们又仔细讨论了一番，仿佛他们面对的是一份来自富兰克林·德拉诺·罗斯福的重大政策提案。

上尉和厨师说了几句话，接着又转向沙夫托。"他说，你的，现在的，付钱。"厨师伸出手，大拇指和其他手指捻了一捻。

在长江巡逻队服役的这一年让鲍比·沙夫托练出了钛金一样坚硬的神经，和对自己同伴的绝对信任。他努力克制住回头朝窗外看的欲望。他知道他会看到什么：肩并肩的海军陆战队员们，随时准备为他死战。他搔了搔小臂上的新文身，那是一条龙。他脏兮兮的指甲划过新的结痂，在一片死寂的餐馆里发出了一阵刮擦声。

"你还没回答我的问题。"沙夫托用醉汉特有的那种口齿不清的腔调说道。

上尉把他的话翻译成了日语。他们又讨论起来,但是这次似乎果决多了。沙夫托猜他们就要跳起来揍他了,他挺了挺胸。

日本人没有冲动。在对沙夫托动手之前,他们鱼贯走出门外,站在人行道上,对上了其他陆战队员。这种主动出击倒省得陆战队员们冲进餐馆里打扰军官们吃饭,或者是造成难以估计的财产损失。不一会儿,沙夫托感到身后至少有三个人一起把他揪了起来。他盯着上尉的眼睛大喊道:"你刚说的'海苔'全是瞎扯淡吧?"

这场群架唯一让他印象深刻的就是他还没来得及动手就被扔到了街上。接着发生的一切就跟他平常在上海街头跟鬼子们斗殴的场景一样——美国猛男(如果你不是一个身高六英尺的彪形大汉,海军陆战队第四团根本不会把你招进来)对阵日本鬼子,全武行好戏开场。

沙夫托不是个拳击手,他是个摔跤手。这可算撞到家门口来了。其他海军陆战队员会举起他们的老拳试图杀出重围——昆斯伯里侯爵①的那一套——根本不适合这种场面。沙夫托可不对自己的拳击水平抱有什么幻想,他就是低下头,像公牛一样向前冲。在此过程中脸上不免挨上几拳,但通常他都能牢牢抓住他的对手,然后把他甩到石子儿路面上去。这通常都能唬住日本鬼子,沙夫托总是抓住这个机会,用一个尼尔森式②或是一招锁臂把对方治得哭爹喊娘。

那几个把沙夫托拎出餐馆的小子一出门就被其他陆战队员撂翻了。沙夫托现在的对手是一个几乎跟他一样高的家伙,这可不多见。他的身材也很壮,但又不像玩相扑的。他更像是橄榄球选手,一个

---

① 约翰·道格拉斯(1844—1900),第九代昆斯伯里侯爵,拳击规则的制定者。
② 摔跤的一种技巧,两臂从对方背后穿过腋下,在其颈后扣住。

前锋，稍微有点小肚子。这狗娘养的家伙很结实，沙夫托马上发现他这回可是有大麻烦了。这家伙打架的方式和美国人大不一样，包括一些不怎么规矩的动作（沙夫托亲身体会到了）：勒住对手脖颈，干脆有力地击打对方几个重要的神经中枢。沙夫托的意识和身体之间本来就已经被酒精撕出了一条裂缝，现在那条裂缝被猛地拉成了一道峡谷。他被揍翻在地，倒在人行道上动弹不得，无计可施，只能抬头看着他那长着一张圆乎乎脸庞的对手。他是（沙夫托才意识到）刚刚在角落里念诗的那个人。真是诗人里的武林高手，也可以说是武林高手里的诗人。

"那的确不是海苔。"大个儿鬼子说道。他脸上带着一种淘气小学生逃脱惩罚的表情，"也许英语里你们叫它'葫芦[①]'？"然后他就转身走回去了。

传奇到此为止。而其他海军陆战队员不知道的是，这并不是鲍比·沙夫托和后藤传吾的最后一次会面。这场斗殴给沙夫托留下了数不清的疑团，包括海苔的种类、诗歌和日本武打招式。在那之后他就开始找后藤传吾，没费多大劲儿就找着了——他付钱给几个中国小男孩，让他们跟着这个显眼的鬼子，每天向他报告。从这些小孩嘴里他知道了后藤传吾和他的几个同伴每天早上都会聚在某个公园里练武。在确保了自己的遗嘱会得以执行之后，沙夫托给自己远在奥科诺莫沃克的双亲和兄弟姐妹留了一封信，然后找了一天早上来到了那个公园，向吃惊的后藤传吾重新做了一遍自我介绍，并提出想要当个练拳的人肉沙包。他们觉得沙夫托的自卫技能简直原始得可笑，不过他们欣赏他锲而不舍的精神。因此在付出了微小的代价——断了几根肋骨和几根手指——之后，鲍比·沙夫托被后藤传

[①] 可能指的是干瓢，是由葫芦属植物瓠瓜的瓜肉切成细条干燥而成的一种食品，常用于寿司配菜。

吾收入门下，跟着他学习他的那种功夫——"柔道"。久而久之，他们开始在酒吧和餐馆一类地方小聚，沙夫托也已经能辨识出四种海苔、三种鱼子和几种不同风格的日本诗歌了。当然他完全不明白那些句子是他妈的什么意思，但是他会数音节了——就他所知，日本诗歌赏析也就是这么一回事儿了。

但是不管是诗歌还是其他关于日本文化的知识，对他来说都没有用了。他的职责很快就要变成剿灭他们。

作为回报，沙夫托教会了后藤传吾怎样像个爷们儿一样投球。许多鬼子都很会打棒球，所以当他们看到自己的大个子同伴那软弱无力的投球时也都忍不住取笑起来。但正是沙夫托教会了后藤传吾如何侧身站立，用肩膀的力量抡起手臂，并用这股力将球投出去。他从去年开始就在悉心教导这个大个子如何投球，也许正是因为这样，后藤传吾站在上海码头的石板地上，抡圆手臂，投出那颗用布条裹住的手榴弹，一个优美的单脚站立姿势——这一画面才会久久地停留在沙夫托的脑海中，一直到他们抵达马尼拉，一直到很久以后。

* * *

起航几天之后，弗里克中士明显已经忘记该怎么擦靴子了。每天晚上他都把靴子放在自己床边，好像在指望半夜里会来个苦力给他擦干净似的。每天早上他醒来的时候都会发现靴子比前一天更糟了，不久之后就遭到了上级的训斥，被罚去削土豆皮。

好吧，这也是情有可原。弗里克刚当上兵的时候是在沙巴拉高地驱逐那些抢邮车的持枪歹徒，真够他受的。到了1927年，上头几乎没打招呼就突然把他派去上海，他总得适应一阵子。好吧。现在他流落到这艘一战前的破巡洋舰上，这就有点让人难以接受了。好吧。但他并没有按照海军陆战队对陆战队员的要求那样有尊严地接受这一事实。他怨天尤人，他自取其辱，他怒火中烧。很多曾经驻扎在中国的老陆战队员都是这副德行。

有一天，鲍比·沙夫托在驱逐舰的甲板上和另外几个年轻队员一起投棒球时，看到几个老队员像软体动物一样堆在后甲板上。从他们的表情和姿势推断，他们又肚子疼了。

沙夫托听到身边有一两个水手在窃窃私语。"那些陆战队员到底他妈的怎么啦？"一个问，另一个遗憾地摇了摇头，那表情就好像一个刚刚目睹病人眼睛一翻气绝身亡的医生。"这些可怜虫得了亚洲病了。"他说。

然后他们俩转过身来看着沙夫托。

那天晚上在食堂里，鲍比·沙夫托三下五除二扒完了晚饭，站起来朝那张挤满了面有愠色的老兵的餐桌走去。"打扰您了，中士！"他朗声说道，"请您允许我为您擦皮靴，中士！"

弗里克半张着嘴，露出嚼了一半的牛肉："你说哈么，下士？"

食堂安静下来了。"我请您允许我为您擦皮靴，中士！"

即使在清醒的时候，弗里克也算不上反应灵敏的人。很明显，只要看看他的瞳孔你就知道，他和他的同伴们肯定没少往船上捎鸦片。"唔，喔，我想可以。"他说。他看了看身边的同伴，他们又是迷惑又是好笑。他脱下皮靴。鲍比·沙夫托把这双丢人的东西拎走，一小会儿之后带着亮锃锃的皮靴回来了。这次弗里克做出一副高高在上的派头。"唔，这靴子看上去顶不赖嘛，沙夫托下士，"他盛气凌人地说道，"你擦鞋的手艺快赶上我的鞋童了。"

这天晚上，弗里克和其他队友们发现自己的床单被人折短了[①]。

[①] 一种把床单掖进床垫下，让人无法伸直腿睡觉的恶作剧。

各种恶劣的玩笑此起彼伏。他们其中一个家伙被人扑倒在铺位上，不知道是谁把他胖揍了一顿。第二天一早，上面突击检查，这帮人通通被骂了一顿。在接下来的一天里，这些"得了亚洲病"的家伙不得不抱团行动，防备被人袭击。

到了中午，弗里克终于反应过来，正是沙夫托那天的举动引发了这件事，而沙夫托早就知道事情会变成这样。因此他朝正待在甲板上的鲍比·沙夫托扑去，想要把他扔下船。

多亏沙夫托的一个队友在最后一刻出声提醒，他才在千钧一发之际扭身避开了弗里克的袭击。弗里克在栏杆上扑了个空，转身向沙夫托胯下袭去。沙夫托一拳朝弗里克眼睛上招呼过去，弗里克直起身来躲避。他们各自向后退开，前戏结束了，他们捏紧了拳头。

弗里克和沙夫托打了几个回合，甲板上已经聚集了一群陆战队员。大多数人都赌弗里克会赢。尽管弗里克是个傻瓜，现在又气得发疯，但他仍是拳击场上的一个好手——况且他比沙夫托还重个四十磅。

沙夫托一直忍到弗里克的一记重拳迎头打破了他的嘴唇。

"我们离马尼拉还有多远？"沙夫托喊道。这个问题，和平常一样，问倒了弗里克中士，他不由得停下来想了一想。

"还有两天。"围观的一名军官说。

"好吧，去他妈的，"鲍比·沙夫托说，"我肿着嘴唇要怎么吻我的姑娘？"

弗里克答道："你就去换个更便宜的吧。"

这就够了。沙夫托低下头，像个日本人一样大叫着朝弗里克猛冲过去。弗里克还没反应过来，鲍比·沙夫托就用一套后藤传吾在上海教他的武打招式把他放倒了。沙夫托先是勒住了弗里克的脖子，勒得他的嘴唇白得好像牡蛎的内壳，再抓着他的脚脖子把他倒挂在栏杆上,直到弗里克喘过气来大喊一声"你是我大爷"为止。

他们受到了一个草率的处分。沙夫托的"罪名"是太过礼貌(替弗里克擦了靴子)和从一名暴徒手下保护一名陆战队员(他自己)。暴徒直接被关进了禁闭室。几个小时之后,弗里克发出的鬼哭狼嚎让所有的陆战队员认识到了戒大烟是个什么感受。

因此弗里克中士并没有机会目睹他们驶入马尼拉湾的过程。沙夫托简直要替这个可怜虫难过起来了。

一整天里船的左舷外都是吕宋岛,黑色的庞大身影底部点缀着一片片棕榈树林和沙滩,在薄雾里若隐若现。所有的陆战队员都来过这儿,认得出北方的中科迪勒拉山脉,和延伸进苏比克湾的三描礼士山脉。"苏比克"这词又激起了一连串浮想联翩。战舰并不在这里入港,而是向南绕过巴丹半岛,进入马尼拉湾向内陆驶去。船上弥漫着鞋油、爽身粉和须后水的混合气味。第四团也许因为嫖妓和吸毒臭名昭彰,但他们也是公认的全军最会打扮的一支队伍。

他们途经科雷希多岛。这座岛屿的形状就像是从打了蜡的靴子上滴下的一滴水珠,中间凸起,陡峭的海岸斜插入水中,岛屿的一头拖着一条细长干燥的尾巴。陆战队员们都知道这座岛里挖了许多地道,处处配有重型武器,但是唯一可见的只有小山上那些水泥筑成的兵营,里面驻扎着负责这些武器的士兵。兵营顶上立着许多错综复杂的天线,那些形状看在沙夫托眼里真是再熟悉不过了——上海的一号情报站也有许多这样的天线,正是他把它们拆卸开来装车运走。

在一座几乎沉入水中的巨大石灰岩峭壁的根部有一个隧道入口,那里是所有间谍和无线电通信员的藏身之所。旁边的码头现在正是繁忙时分,许多民用船只正忙着把货物卸下来堆在海滩上。所有的陆战队员都注意到了这个细节,他们认定这正是战争即将开始的预兆。"奥古斯塔"号在港湾里抛了锚,用防水布包裹得严严实实的无线电器材被装上了汽艇,由那几名从上海就开始负责它们的柔弱小水兵押送着,朝码头驶去。

他们经过科岛驶入港湾,风浪平息了下来。棕绿色的水藻像卷曲的装饰花纹一样漂浮在水中。军舰在平静的海面上留下了一串棕色的烟雾。没有海风的侵扰,它们起伏着飘散开,看上去就像一片朦胧的远山。他们路过了甲米地的大型军事基地———一片低矮而平坦的土地,要不是有一排棕榈树像警戒线一般生长在沿海,你甚至看不到水陆之间的交界。那儿耸立着几个机库和几座水塔,在稍远的内陆聚集着一片低矮的深色兵营。马尼拉就在正前方,笼着一层薄雾的面纱。已经接近傍晚时分了。

这时,薄雾散去,空气顿时变得仿佛孩童的眼睛一样清澈,有那么一个小时左右,他们好像能够看到无穷远的地方似的。接着,他们驶入了一大块雷雨云的下方,云层里处处闪烁着钻头形的闪电。扁平的灰色云彩穿插其间,像是从铁砧下露出的石板碎片。往后是更高的云层,映着夕阳粉橙色的余晖朝月亮伸展而去。再往后是笼罩在湿气里的云朵,好像一团团被包裹在砂纸里的圣诞饰品。在更广阔的蓝天里,一束束二十英里长的闪电穿梭在几朵雷雨云里,一层一层又一层地嵌套着天空。

上海的天气已经变冷了,而他们航行至今,每一天都变得愈加温暖。有些时候简直可以说是闷热难当。当马尼拉出现在陆战队员的视野里时,一阵温润的微风刮过甲板,所有人都忍不住长叹了一声,好像他们都齐刷刷地达到了高潮。

马尼拉香味
棕榈摇扇游人醉
格洛丽的腿

马尼拉建筑的屋顶带着一种中西结合的风味，一半像西班牙，一半像中国。城市边上有一座凹形的防波堤，上面有一条平坦的散步道。那些散步的人回过头，朝陆战队员们挥起手来，还有些人干脆抛出飞吻。教堂正在举行一场婚礼，人们从台阶上一拥而下，穿过大街，朝海堤走去——他们要在那儿就着讨人喜欢的桃红色夕阳照几张相。男人们穿着他们轻薄时髦的菲律宾式衬衫，或者穿着美军军服；女士们穿着炫目的礼服和长裙。陆战队员们冲着她们大呼小叫，还吹起了口哨。她们转过身，提起裙角以免绊倒，也同样热情地朝他们招手。陆战队员们高兴得头脑发昏，差点儿一头栽下船来。

他们的船滑入港口，一队飞鱼跃出水面，划出一道新月般的弧线，像沙漠里被风吹动的沙丘一样向前移动。银色叶状的飞鱼一只只落在水面上，发出了金属一样的铿锵声音，这声音又融合成了一片清脆的杂音。它们游入一座码头下，沿着木桩打了个转，消失在了阴影里。

马尼拉，东方的明珠，此时正是 1941 年 12 月 7 日，星期日的傍晚。在日期变更线另一头的夏威夷，现在才刚过午夜。鲍比·沙夫托和他的队友们还可以畅享几个小时的自由。这是一座现代化的城市，欣欣向荣，人们说英语，还是基督徒——这是目前亚洲最富裕、最发达的地方，让人感觉简直回到了美国老家。虽然这是一座信奉罗马天主教的城市，但它也有几个简直是从无到有地为好色水手量身打造的地方。你上了岸之后，只要向右拐，就能找到那儿。

鲍比·沙夫托向左一拐，礼貌地谢绝了蜂拥而上的流莺，朝王城若隐若现的城墙走去。他唯一一次停下脚步是在公园的一个小贩那里买了一束玫瑰，小贩的生意好极了。公园里、围墙边上到处都是散步的情侣，男人们大多穿着制服，女士们则穿着端庄曼妙的裙装，一把阳伞搭在肩上。

几个驾着马车的马夫向他招揽生意，但他都婉拒了。搭马车能让他很快就抵达目的地，而他非常害怕那么快就抵达那里。他穿过一道城门，走进了这座古老的西班牙王城里。

王城浅黄色的城墙突兀地耸立在狭窄的小道上，好像迷宫一样。靠近人行道的一楼窗户都装着黑色的铁栅栏，栏杆扭曲着，回环着，绽开着精致的铁铸叶片。二楼悬在头顶，煤气灯刚刚才被仆佣用冒着烟的长棍点燃。从楼上的窗户里飘出阵阵音乐和笑声，当他穿过庭院里的拱门时，他还能闻到从后花园里传来的花香。

他要是分得清这些见鬼的地方就好了。他能记住那条叫作麦加延尼斯[①]的街道，格洛丽告诉他那就是那个"麦哲伦"。他还记得从帕斯卡家的窗户里看到的大教堂的景象。他在一栋楼旁边绕了几圈，确信他找对了地方。这时他听到二楼的一个窗户传出了女孩子们笑闹的声音，他就像一只被吸进取水管里的水母一样飘了过去。一切跟记忆都合上了。就是这里。那些女孩子叽叽喳喳地用英语说着她们一个老师的闲话，他没听到格洛丽的声音，但他确信他刚刚听到了她的笑声。

"格洛丽！"他说。他提高音量又喊了一遍。她们也许听见了也没在意。最后他闭上嘴，像扔一颗木柄手雷一样把花束扔了上去。玫瑰花越过木栅栏，穿过珍珠母百叶窗的一条细缝，落进了屋里。

屋里的笑闹声奇迹般地一静，接着又欢腾起来。珍珠母百叶窗像是害羞似的缓缓拉开，一个十九岁的少女走到了阳台上。她穿着一身护士专业的学生制服，仿佛北极的星光一样净白。她长长的黑发披散下来，在夜风中飘动。最后一抹夕照衬得她脸色红扑扑的。

[①]麦哲伦的西班牙语发音（Magallanes）。

她躲在玫瑰的后面，将脸埋在花束里，深深吸了一口气，用那双黑色的眼睛从花朵的缝隙间偷看他。接着她慢慢放下花束，露出了她高高的颧骨、小巧漂亮的鼻头、线条美妙的双唇，有点参差却很可爱的洁白牙齿只露出了一点点。她在笑。

"我的老天爷啊，"鲍比·沙夫托说，"你的颧骨跟他妈的雪犁似的。"

她举起一根手指压在唇上。任何东西触碰到格洛丽的嘴唇，都像一柄无形的长矛插进了沙夫托的心口。她盯着他看了一会儿，直到她确信自己已经吸引了他的注意，而且他哪里也不会去。然后她转过身，夕阳落在她的翘臀上，明明什么也看不见，你却知道那下面藏着无限风光。她走回房间里，百叶窗在她的身后合上了。

充满女孩子欢声笑语的房间突然安静下来，只听到偶尔漏出一两声压抑的笑声。沙夫托默不作声。她们这样是会露馅的。帕斯卡先生或者帕斯卡夫人会注意到这反常的静默，肯定会怀疑的。

铁栅栏铿然作响，大门打开了。看门人招呼他进去，沙夫托跟在这个老家伙身后走进了漆黑的拱廊里。他脚下那双锃亮的鞋的硬邦邦的鞋底踩在卵石上直打滑。屋后马厩里的一匹马闻到了他身上须后水的味道，嘶叫起来。美军电台播放的慵懒的美国慢舞曲从看门人之前坐着的角落里传来。

正值开花时节，葡萄藤攀满了庭院的石墙。这是一个整洁、安静、封闭的世界，让人仿佛置身室内。看门人示意他朝通往二楼的一个楼梯口那边走。格洛丽把那叫作"夹层"，意思是夹在楼层之间的楼层，但是在鲍比·沙夫托看来，那就是一个全须全尾的真正楼层了。他爬上楼梯，抬起头，正好看到帕斯卡先生站在那儿。这个戴着眼镜的矮个子男人已经开始有点谢顶，小胡子修剪得整整齐齐。他穿着一件美国式的短袖衬衫和一条卡其色裤子，脚下一双拖鞋,一只手拿着一杯生力啤酒,另一只手则夹着一根烟。"二等兵沙夫托!欢迎回来!"他说。

看来格洛丽这次打算规规矩矩的,她已经告诉了帕斯卡夫妇。现在鲍比·沙夫托在与他的姑娘缠绵之前不得不先应酬一番。但是一名海军陆战队员可不会因为这点险阻而退缩。

"不好意思,帕斯卡先生,我现在已经是下士了。"

帕斯卡先生把烟叼在嘴里,跟沙夫托下士握了握手:"是吗,恭喜你!我上周还见到你杰克叔叔了,我猜他还不知道你正在回来的路上。"

"都在大家的意料之外,先生。"鲍比·沙夫托说。

现在他们正沿着一条环绕庭院的走廊往上走。只有用人和家畜才住在一楼。帕斯卡先生领路,两人一起朝着一扇通往夹层的大门走去。这里的墙壁都是粗糙的石头墙,天花板则是简单粉刷过的木板。他们走过一间阴暗的办公室,那里是过去帕斯卡先生的父亲和祖父接见家族庄园经理人的地方。有那么一会儿,鲍比·沙夫托仿佛看到了希望。以前这一层留了几个房间给地位比较高的用人和一些未婚的亲戚居住,现在种植园生意大不如前,帕斯卡夫妇就把它们租给了女学生。也许帕斯卡先生正领着他去找格洛丽呢。

但是当沙夫托发现自己被领到了一排打磨得油光锃亮的紫檀木大台阶前时,他那些傻乎乎的绮思幻梦就都破灭了。他往上看去,锡制天花板、枝形吊灯、和帕斯卡夫人那裹在紧身胸衣里蔚为壮观的上半身——简直是船舶设计师梦想中的曲线。他们登上台阶,走进会客室里——格洛丽曾说那里只是用来接待一般客人的地方,但这可是鲍比·沙夫托见过的最华丽的房间了。屋子里到处都是巨大的瓶瓶罐罐,看上去都很古老,都像是来自日本和中国。一阵轻风拂过,他朝窗外望去,正好能看见窗框里大教堂绿色的穹顶和上面的凯尔特十字，和他记忆中的一模一样。帕斯卡夫人伸出手，沙夫托伸手握住。"帕斯卡夫人，"他说，"谢谢你的款待。"

"请坐，"她说道，"说说你的见闻吧。"

沙夫托在钢琴边上的一把漂亮椅子上坐了下来，扯了扯裤子，免得它勒着自己已经硬邦邦的胯下，又摸了摸脸上有没有不干净的胡楂。还得熬几个小时呢。头顶上传来飞机的嗡嗡声，帕斯卡夫人正在用他加禄语向用人吩咐着什么。沙夫托端详着自己指节上结了痂的伤口，心想帕斯卡夫人根本不知道如果他真的把自己的见闻和盘托出，那她得受多大的刺激。也许说说在长江岸边跟中国的水贼短兵相接的故事能缓和一下气氛。透过一扇通往大厅的门他能看到家庭礼拜堂的一角，哥特式的尖顶拱门，镀金的圣坛，一块绣花跪垫已经被帕斯卡夫人的膝盖磨得破破烂烂。

香烟端了上来，一根一根像炮弹一样码放在一个大漆盒子里。他们一边品茶，一边随口聊了大概三十六个小时这么久。帕斯卡夫人一遍又一遍地想要确认战争不会爆发，一切都很稳妥。帕斯卡先生很明显认定战争已经迫在眉睫，几乎一直沉默不语。最近生意不错。他和鲍比的叔叔，杰克·沙夫托，最近一直在菲律宾和新加坡之间做买卖，但是他觉得好景不长了。

格洛丽来了。她换下学生制服，穿上了一条裙子。鲍比·沙夫托差点儿从窗户上翻下去，帕斯卡夫人正式为他俩做了介绍。鲍比·沙夫托吻了吻她的手——他怀疑自己的表现有些过于殷勤了。但他很高兴自己表现得这么迫切，因为格洛丽也在掌心里藏了一张揉成团的小纸条，交到了他的手上。

格洛丽找个位置坐了下来，她的茶杯很快被端了上来。又是一段漫无尽头的闲聊。帕斯卡先生第八十七次问他和杰克叔叔联系了没有，而沙夫托再次重申他确确实实是刚刚下船，明天一早肯定去见他。他借口去洗手间，是那种传统的带两个蹲位的厕所，蹲坑深不见底，直通地狱。他打开格洛丽的纸条，牢牢记住上面写的话，然后撕碎扔进了洞里。

帕斯卡夫人最后大发慈悲让这对年轻的爱侣享受足足半个小时的"私人"时光，也就是说帕斯卡夫妇会离开房间，不过每隔五分钟就要进来看一次。最后，在经过一连串痛苦的复杂而冗长的告别仪式之后，沙夫托终于回到了街上，格洛丽在阳台上朝他挥手告别。

半个小时以后，他们已经坐在一辆驶往马拉特区夜店的马车车厢里，用舌头练习柔道了。从帕斯卡家逃生对于一个欲火中烧的驻华陆战队员和一群无法无天的护理系小丫头来说实在是再简单不过了。

但是格洛丽在跟他接吻的时候一定是大睁着双眼，因为她突然挣脱开来，对车夫喊道："停！停一下，先生！"

"怎么了？"沙夫托莫名其妙。他四下张望，四周除了一座影影绰绰的石砌老教堂就什么也没有了。这让他心里一个激灵。但是这座教堂里黑漆漆的，既没有穿着长裙的菲律宾女人，也没有穿着军礼服的陆战队员，这不可能是他的婚礼。

"我想让你看点东西。"格洛丽说着跳下了马车。沙夫托不得不追着她跑到教堂——圣奥斯定堂前。他无数次路过这里，但从没想过他会在一次约会中走进来。

她站在巨大台阶的底部，问："看到了吗？"

沙夫托抬起头朝黑暗中望去，心想也许那儿有一两块彩色玻璃，被鞭打的基督，或者是受难的基督，不过——

"往下看。"格洛丽说着，一只小巧的脚踩在第一级台阶上。那就是一大块花岗岩而已。

"看上去有个十吨二十吨重吧。"他煞有介事地说。

"从墨西哥来的。"

"哇。然后呢？"

格洛丽冲他微微一笑，"把我抱上去。"为免他拒绝，她朝他怀里倒去，他不得不伸手把她抱起来。她伸出手臂环上他的脖子，把脸贴了上去。但他印象更深刻的是她的丝绸衣袖拂过他刚刚剃干净的下巴的感觉。他开始往上爬。格洛丽并不重，但是上了四级台阶之后他还是微微有些冒汗。她从离他四英寸的地方盯着他，想看看他累不累，他觉得自己的脸刷地红了。幸好整座台阶只有差不多两根蜡烛照明。这里放着一尊精致的耶稣半身像，他头戴荆棘冠，脸上挂着几道长长的平行血迹，右边——

"你现在踩着的这些大石头是几个世纪前从墨西哥开采出来的，那时候美国还没有独立呢。这些石头被西班牙人压在马尼拉帆船底下镇舱。"她发出来的音是"慎舱"。

"好了不起啊。"

"当那些帆船抵达这里之后，这些压舱石就被一块一块抬出来，抬到这座圣奥斯定教堂里堆起来。新的石头叠在旧的石头上，许多许多年之后，这台阶才建造完成。"

有那么一会儿，沙夫托觉得要爬上那狗日的台阶顶端大概也得等"许多年之后"了。台阶顶端安放着一尊真人大小的耶稣像，他身上背负着的十字架看上去比一块台阶花岗岩还重。他又能找谁去抱怨呢？接着格洛丽又说："现在把我抱下去吧，这样你就不会忘掉这个故事了。"

"你以为我是那种色迷迷的大兵，一个故事里没有漂亮妹子就完全记不住吗？"

"是啊。"格洛丽冲着他笑起来。他把她抱下了台阶，在她还没来得及想出什么新花样之前，他抱着她径直穿过大门，上了一辆车。

鲍比·沙夫托不是那种头脑一热就忘乎所以的人，但是那天晚上余下的时光仿佛变成了一场朦朦胧胧、迷迷糊糊的梦。在那层薄雾中他只记得几件零碎的事：从马车上下来，走进一家滨海旅馆；所有的小伙子都被格洛丽惊呆了，鲍比·沙夫托恶狠狠地盯着他们，威胁说要教给他们一点规矩。和格洛丽在舞厅里轻摇慢摆，她丝裙下的大腿慢慢滑进了他两腿之间，紧实的身体越来越用力地偎进他的怀里。在海堤上漫步，在星光下手牵着手。看到潮水退去。眼神交换。将她从海堤上抱到海边狭长的岩滩上。

到了他们真正滚在一起的时候，他已经或多或少失去了意识，陷入了一个妙不可言的情欲梦境。他和格洛丽交合在一起，撇开了俗事纷扰，没有丝毫犹豫与迟疑。他们的身体自然而然地融为一体，就像窗玻璃上的两颗水珠交融在一起。如果硬要说他当时脑子里想的是什么，那就是，他的整个人生在这一刻达到了顶点。在奥科诺莫沃克度过的童年，高中的毕业舞会，在上密歇根猎鹿，在帕里斯岛的训练，在中国的种种争执打斗，和弗里克中士的对抗，这些全都是长矛矛尖后面的木柄而已。

某个地方响起了警报声。他吓了一跳，清醒过来。难道他整晚都这样，抵着格洛丽靠在海堤上，腰上挂着她的两条腿？这不可能。海潮还没有涨起来。

"怎么啦？"她问。她的双手紧紧地环绕着他的脖子，现在她松开手，双手滑到了他的胸前。

他仍然用双手托着她温润光滑的臀部，从海堤上转过身，面对着海滩，朝空中望去。他看到探照灯打了过来。这可不是什么好莱坞的首映式。

"战争开始了，宝贝儿。"他说。

第四章 进 军

马尼拉酒店的大堂大概有足球场那么大，闻起来有隔年香水、稀有的热带兰花和驱虫剂的味道。前门设了个金属探测器，因为津巴布韦的首相碰巧也要在这住几天。西装笔挺的大个子非洲人三三两两地站着。小群的日本游客穿着百慕大短裤、凉鞋和白袜子，把自己嵌入又大又宽又柔软的沙发里，安静地坐着，等候预定的信号。上流社会的菲律宾孩子们挥舞着圆筒状的薯片罐，就像部落酋长挥舞着权杖。一位高贵庄严的老侍者手持手压喷壶，沿着自己的防线一圈一圈地走着，默默地往踢脚板上喷洒驱虫剂。兰德尔·劳伦斯·沃特豪斯登场了，身着青绿色马球衫，上面绣着他和艾维创立的某个已经破产的高科技公司的商标；下装则是宽松的牛仔背带裤，和曾经是白色的笨重的运动鞋。

一办完机场的烦琐手续他就意识到，菲律宾跟墨西哥一样，都属于看鞋下菜碟的国家。他快步走近前台，以免那位穿着藏青色制服的迷人小姐看见他的鞋。几个服务员正在跟他的行李进行徒劳的搏斗——那袋子的体积和质量大概跟一个双层档案柜差不多。"你在那是找不到技术方面的书的，"艾维之前告诉过他，"所以把你能想到可能会需要的东西都带上。"

兰迪的套房包括一间卧室和一间客厅，天花板都有十四英尺高，一边的走廊里有几个衣柜和五花八门的管道设施。整个房间都铺着某种泛着怡人光泽的赤褐色热带硬木地板，如果在纬度更北一些的地区，这种颜色本该显得很沉闷，但在这里，却给人一种舒适凉爽的感觉。两个房间都装着巨大的窗户，窗闩旁边有小标志提醒人们注意热带昆虫。每间房和窗户之间都隔着好几层连锁屏障：巨大无比的木质百叶窗在滑轨上隆隆作响，像经过调车场的载货火车；第二层百叶窗是嵌在抛光木格子里两英寸见方的珍珠母，也带有自己的滑轨；一道纱帘，然后终于轮到了宽大的遮光窗帘，分别挂在叮当作响的窗帘滑道上。

他叫了一大壶咖啡，才让他好不容易撑到拆完行李。时值傍晚。紫色的云从四周的群山后涌出，带着火山泥流般触手可及的势头，将半边天空变成被垂直闪电点缀的空白墙壁；酒店房间的墙也随之闪光，仿佛有一群狗仔队挤在窗外。楼下，黎刹公园里的小吃摊贩沿着两边人行道奔跑避雨；大雨五百年如一日地落在王城倾斜的黑墙上。若不是因为那些笔直的线条，这些城墙很可能被误认为是某种自然形成的地理怪象：裸露的黑色火山岩脊从草丛中拔地而起，像牙床中长出的牙齿。桦状雉堞围在古老的炮位旁，后者在干涸的护城河上构成了一片交叉的火力网。

生活在美国，你见到的东西最老不过二百五十年，要想看那个你还得跑到美国东头去。出差生意人的世界到哪都是雷同的机场和出租车。兰迪从来不太相信自己来到了另一个国家，直到他看见王城这样的景色，然后他傻傻地在那站了很久，陷入沉思。

* * *

此时此刻,在太平洋彼岸,旧金山到洛杉矶的三分之一路程处,一个雅致的维多利亚风格小镇上,电脑纷纷失灵,重要文件凭空消失,电子邮件都发到了星际空间,只因为兰迪·沃特豪斯没有在那里照看全局。这个小镇上有三所小型大学:一所由加利福尼亚州政府斥资建立,另外两所则是现在被它们自己的大部分教员所唾弃的新教教会建立。这三所大学——"三姐妹"——组成了一个中等重要的学术中心。它们的电脑系统是连成一体的。它们互相交换教师和学生。三不五时地,它们还会主持学术会议。加州的这个区域有海滩、山丘、红杉林、葡萄园、高尔夫球场和四处蔓生的监狱。有不少三星和四星酒店,而三姐妹的礼堂和会议室加起来足够举办几千人的会议。

大约80小时前,艾维的电话打来时,一个名叫"(公元)20世纪全球霸权争夺中期(1939年—1945年)"的跨学科会议正在进行。名字念起来有点拗口,所以大家给它起了个简洁的昵称:"文本战争"。

人们纷纷从阿姆斯特丹和米兰这样的地方赶来。会议的组委会——其中包括兰迪的女友查琳,现在她正表现出种种要变成他前女友的迹象——从旧金山雇了个艺术家来设计海报。他从一张黑白半色调的照片入手,照片上是一个形容枯槁的二战步兵,一根香烟耷拉在他下唇上。他用复印机对这张照片进行加工,把半调网点放大成粗糙的色块,变得像被狗嚼过的橡皮球,又做了好些变形,直到它变得惊人地朴实、震撼、可怖;士兵淡色的眼睛被变成了诡异的惨白。然后他又加上了一些色彩元素:红唇彩,蓝眼影,还有一抹从士兵解开的制服衬衫里露出来的红色文胸带。

海报几乎是一问世就立即赢得了某个奖项。新闻发布会随即召开,新闻媒体将海报奉若神明,将其作为官方争论对象。一名颇有进取心的记者成功寻访到了原始照片中的那位士兵——一名受勋老兵，退休的模具工人，并发现他不仅还活着，而且十分健康。自从这位老兵的妻子因为乳腺癌去世后，他就将退休时间全都用来开着皮卡巡游美国南方腹地，帮忙重建被醉汉们烧掉的黑人教堂。

设计海报的艺术家于是坦承，他是直接从一本书上把照片复制过来的，完全没有想过要去获得使用许可——"用别人的作品还需要授权"这整个观念都是错的，因为所有的艺术作品都是其他艺术作品的衍生物。干劲十足的出庭律师像俯冲轰炸机一般聚集到肯塔基州的那个小镇上，那位权益受到侵害的士兵正坐在镇上的一座黑人教堂顶上，嘴里叼满了钉子，一边把一块块耐风化胶合板钉好，一边对着下面草坪上蜂拥而至的记者嘟哝着"无可奉告"。在镇上的假日酒店的一个房间里开了一系列会议之后，这位老兵在地球上最声名显赫的五位律师之一的陪伴下出现，宣布他准备向"三姐妹"发起民事诉讼。如果胜诉，整个三姐妹社区将被夷为一块烧焦的平地。他保证将所得款项分给黑人教堂、伤残老兵和乳腺癌研究小组。

组委会停止了海报的流通，导致上千份非法副本被传上万维网，又引起了成千上万本来根本不会见到这张海报的人的关注。他们也对那个画家发起了诉讼——他的资本净值在一张票根的背后就能算清楚：他拥有大概一千美元的资产，和将近六万五千美元的债务（大部分是助学贷款）。

这一切都发生在会议开始之前。兰迪之所以知道这件事，是因为查琳动员他为会议提供电脑技术支持，即为出席者提供网站和电子邮件服务。这事上了新闻之后，邮件开始大量涌入，堵住了所有线路，把兰迪之前花一个月弄好的硬盘空间都塞满了。

参会人员开始陆续到达，许多人都住到了兰迪和查琳同居了七年的房子里。那是一栋很大的维多利亚式老宅，空房间很多。他们从海德堡、巴黎、伯克利和波士顿跟跟跄跄地赶来，然后坐在兰迪和查琳的餐桌旁，边喝咖啡边深入讨论"该奇观"。兰迪推测"该奇观"指的是海报风云，但随着他们对话的深入，他感觉他们并不是把这个词当作普通词汇使用，而是作为某种学术术语。它包含着一大堆象征和隐喻，兰迪是永远也听不懂的——除非他也变成他们中的一员。

对查琳和所有参加"文本战争"的人来说，这是不言而喻的：发起诉讼的老兵属于最糟糕的那种人——他们齐聚一堂，正是要揭露这种人的真面目，焚烧其肖像，并把他扫入后历史论述的垃圾桶里。兰迪待在这些人身边很有一些时日了，他以为自己已经习惯了他们，但在那段日子里，他时常咬牙咬得头疼，还经常在吃饭或谈话的中途突然跳起来，出去独自散步。这种做法一半是为了防止自己说出什么非外交辞令，一半是孩子气却徒劳地试图从查琳那里获得他渴望的关注。

他早知道这海报传奇会是一场灾难。他一直在警告查琳和其他人。他们平心静气、不动感情地听着，仿佛兰迪是个错站到单向观察镜另一边的实验对象。

* * *

兰迪强迫自己醒着直到天黑。然后又在床上躺了好几个小时试图睡着。集装箱码头就在酒店的北边，古老西班牙城墙下的黎刹大道上整晚都挤满了运输集装箱的半挂车。整个城市就是一个内燃大汽缸。马尼拉的活塞和排气管似乎比全世界加起来都多。即使在凌晨两点，酒店看起来牢不可破的躯体也随着无数发动机喷出的能量，发出嗡嗡和咔啦咔啦的声音。噪音触发了酒店停车场里某辆汽车的防盗警报，警报的声音又触发了另一辆车的警报，依此类推。让兰迪睡不着的与其说是噪音，不如说是这个连锁反应的愚蠢性。这就是一个典型案例：噩梦般的科技狗屎像滚雪球一样越滚越大，让黑客们夜不能寐，即使他们根本听不见结果。

他从迷你酒吧里拿出一罐喜力啤酒摸索着打开，站在窗前凝视外面。许多卡车上装饰着五颜六色的灯——并不像它们中间那几辆来去匆匆的吉普车那样俗丽。看见那么多人还醒着在工作，他是别想睡觉了。

时差反应让他无法完成任何需要思考的任务——但有一项重要工作是他可以做，又完全不需要动脑的。他又打开笔记本电脑。电脑屏幕看起来好像悬浮在他黑暗的房间里，一块完美的长方形光亮，颜色仿佛稀释的牛奶，北欧的黎明。这光亮来自许多小小的荧光管，被困在他电脑显示屏后的聚碳酸酯棺材里。它们只能穿过一块对着兰迪的玻璃逃脱——玻璃上盖满了排列成网格的微小的晶体管，它们要么让光子通过，要么不让，要么只让某些特定波长的光子通过，把苍白的光亮分解成不同的色彩。按照某种系统性的计划打开和关上这些晶体管，意义就能借此被传递给兰迪·沃特豪斯。一个好的电影人掌控这些晶体管几个小时，就可以将一整个故事传达给兰迪。

不幸的是，飘荡在四处的笔记本电脑远比值得关注的电影人要多得多。晶体管几乎从来不会让人来控制，控制它们的是软件。兰迪曾经对软件深深痴迷，但现在不会了。要找到足够有意思的人类就已经够艰难了。

金字塔和眼球出现在屏幕上。兰迪那样频繁地使用"秩序"，他干脆把"秩序"设成了开机自动启动。

如今笔记本电脑对兰迪来说只有一个功能：用它通过电子邮件与其他人交流。当他和艾维联系时，他必须使用"秩序"——这个工具将他的想法变成几乎与白噪声无异的比特流，以便私下传给艾维。作为交换，它从艾维那里接受噪声，转换成艾维的想法。此时此刻，寄生藤公司除了信息之外没有别的资产——它只是一个被一些事实和数据支撑起来的概念。这就让它极其容易成为剽窃的目标。所以加密绝对是个好主意。问题在于：多大程度的被害妄想才比较合适呢？

艾维给他发了一封加密邮件：

当你到达马尼拉时，我想要你生成一对4096位密钥，并保存在一张你随身携带的软盘里。不要存在硬盘上。你出门的时候任何人都可能闯入你的房间偷走密钥。

现在，兰迪点开一个下拉菜单，选择了一个选项："新密钥……"

一个对话框弹出来，列出几个密钥长度的选项：768位，1024位，1536位，2048位，3072位或者"自定义"。兰迪选择了最后一个选项，然后疲惫地输入4096。

即使是一个768位的密钥，也需要大量资源才能破解。增加一个比特，使它的长度变成769位，则可能的密钥数量就要翻一倍，让问题的复杂程度大大提高。770位的密钥又更加复杂，依此类推。如果使用768位的密钥，在至少几年内，兰迪和艾维可以将他们的交流对几乎全世界的存在实体保密。1024位密钥的破解难度则又提高了一个天文数字的等级。

有些人会使用2048位甚至3072位的密钥。这些密钥可以在一段天文数字的时间内阻挡地球上最好的密码破译者，除非有超凡的技术发明出现，比如量子计算机。大多数加密软件——即使是极其注重安全的密码专家写的东西——都不能处理比那更长的密钥。但艾维坚持他们使用"秩序"（它被普遍认为是世界上最好的加密软件），因为它可以处理无限长度的密钥——只要你不介意等它嘎吱嘎吱地咀嚼那么多数字。

兰迪开始打字。他没有费心去看屏幕，他正凝望着窗外卡车和吉普车上的灯光。他只用了一只手，在键盘上随意地挥动着。

兰迪的电脑里有一个精确时钟。每次他敲击键盘时，"秩序"就使用这个时钟记录当前时间，精确到微秒。他在 03：03：56.935788 敲击了一个键，在 03：05：57.290664 时，或者说在 0.354876 秒后又敲击了一个键。再过 0.372307 秒，他又敲了一个。"秩序"将所有的间隔记录下来，丢弃高位数字（比如在这里就是 .35 和 .37），因为这些部分在各事件间往往趋近相似。

"秩序"要的是随机性。它只要最低有效数字——比如这两个数字末尾的 76 和 07。它需要许许多多的随机数值，并且需要它们非常随机。它将比较随机的数字拿来喂给散列函数，使它们变得更加随机。它对结果进行一系列统计学检查，以确保结果中没有包含任何隐藏模式。它对随机性的要求标准高得惊人，所以它会一直要求兰迪敲击键盘，直到符合标准。

你要生成的密钥越长，这一步需要的时间就越长。兰迪要生成的密钥长得可笑。他曾在一封加密邮件中对艾维指出，如果用宇宙中所有的粒子来组成一部宇宙级超级计算机，然后拿这台计算机来破解一个 4096 位密钥，那破解密钥需要的时间也比宇宙的寿命还要长。

"使用今天的技术，"艾维反驳，"那确实是这样。但如果用量子计算机呢？如果有了新的数学方法，让大数的因子分解简单化了呢？"

"你想让这些信息保密多久？"兰迪在离开旧金山前的最后一封电邮中问，"五年？十年？还是二十五年？"

这天下午到达酒店后，兰迪解密并阅读了艾维的回答。它还悬在他眼前，像闪光灯留下的余象。

人类心中的邪念还会存在多久，我就想让它们保密多久。

电脑终于"哔"地响了一声。兰迪放下他疲累的手。"秩序"彬彬有礼地警告他说它可能需要运行一段时间，然后开始工作。它在纯数字的宇宙中搜索，寻找两个相乘可以得到一个 4096 比特长的数字的大质数。

如果你想让秘密保守的时间超过你的预期寿命，那么为了选择密钥长度，你需要做一个未来主义者。你必须预见这段时间内计算机会变快多少，你还必须关心政治。因为如果全世界将要变成一个痴迷于发现古代秘密的极权国家，那他们可能会投入大量资源去研究大合数的因子分解。

所以你使用的密钥长度本身就是某种密码。一位知识渊博的政府监听者如果注意到兰迪和艾维使用了 4096 位密钥，他会得出以下结论之一：

——艾维根本不知道自己在胡扯什么。如果对他过去的成就稍作调查，这个结论就可以排除。

——艾维是确诊的被害妄想症患者。这也可以通过调查排除。

——艾维对未来的计算机技术发展极为乐观，或对政治风气极为悲观，或两者兼有。

——艾维的计划拥有一个百年以上的远景规划。

他的电脑在数字空间遨游的同时，兰迪在房间里踱来踱去。那些卡车后面的船运集装箱上的商标，和南西雅图有船卸货时充斥大街小巷的商标一模一样。这带给兰迪一种奇怪的满足感，就好像通过这次疯狂的飞越太平洋之举，他给自己的生活带来了某种对应对称性。他从商品消费地来到了生产地，从一个社会极力提倡为节育而体外射精的地方，来到了一个车窗上贴着"对节育说不"的地方。这有一种诡异的正确感。自打十二年前和艾维建立起他们注定失败的第一家企业之后，他还没有体验过这种感觉。

* * *

兰迪在华盛顿州东部的一个大学城里长大，毕业于西雅图的华盛顿大学，并在那里的图书馆找到了一份二级文书打字员的工作，隶属馆际互借部。他的工作是处理从区内各个较小的图书馆发来的馆际互借请求，同时也向其他图书馆发送请求。如果九岁的兰迪·沃特豪斯能看到未来的自己在做这份工作，他一定会欣喜若狂：馆际互借部的主要工具是起钉器。年幼的兰迪在他四年级老师的手中见过这种装置，被它狡诈、致命、如某种未来机器龙双颚般的造型深深吸引住了。事实上，他曾不厌其烦地故意钉错东西，好说服老师把订书钉取下来，让他能够再见识一次那让人毛骨悚然的双颚张开的样子。他甚至从教堂里一张无人看管的桌子上偷了个起钉器，把它组装在一个玩具机器臂上，变成了一个猎杀装置，然后对周围的邻居实施恐吓。它蝮蛇一般的大口曾把许许多多便宜塑料玩具咬得支离破碎，直到他的偷窃行为曝光，并在上帝和人类面前受到惩戒为止。现在，在馆际互借部的办公室里，兰迪的书桌抽屉里有不止一个而是好几个起钉器，而且他还有义务每天把它们用上一两个小时。

由于华盛顿大学图书馆条件良好，所以它的老主顾们一般不用从别的图书馆借书，除非他们自己图书馆的那本被偷了，或者想看的书很奇怪。馆际办（兰迪和同事们对它的爱称）也有自己的常客——那些心愿单上有一大堆奇怪书籍的人。这些人一般很乏味，或很可怕，或两者兼备。兰迪总是落得去跟"两者兼备"这一类的人打交道，因为兰迪是办公室里唯一一个不是在这里终身监禁的文书打字员。显然，拥有天文学学位和渊博的电脑知识的兰迪不久便会另择高枝，但他的同事们就没有更大的野心了。在某些老主顾来到办公室时，他那广泛的兴趣和比一般人更广博的知识还是相当有用的。

以许多人的标准看来，兰迪自己就是一个乏味、可怕、鬼迷心窍的人。他不光痴迷于科技，还痴迷奇幻类角色扮演游戏。能让他忍受这样一份愚蠢的工作好几年的唯一方法，就是把休息时间都用来上演奇幻场景——这些场景的深度和复杂性足以锻炼那些在上班中显然暴殄天物的大脑沟回。他还参加了一个小组，每周五晚上他们都聚在一起玩游戏，一直玩到周日。组里的另外两个中坚成员是一个叫切斯特的计算机和音乐双学位学生，和一个叫艾维的历史系研究生。

当一个名叫安德鲁·洛布的在读硕士生某天走入馆际办，眼里闪着某种光芒，从破破烂烂的旧书包里掏出一沓三英寸厚、打印得一丝不苟的借阅申请表时，他马上被归入了某种特殊类型，分流到了兰迪·沃特豪斯的方向。当时他们就心有灵犀一点通了，虽然直到洛布申请的书放在推车上从收发室运过来时，兰迪才完全意识到这一点。

安迪·洛布的研究项目是调查当地印第安部落的能量平衡状况。人体光要保持呼吸和体温就需要消耗一定的能量。如果环境变冷，或人体在工作，所需的能量就会增加。获取能量的唯一途径就是摄取食物，一些食物所含的能量比其他食物更多。举例来说，鲑鱼营养丰富，但含的脂肪和碳水化合物很少，就算你一天吃三次也能饿死。另一些食物也许含有很高的能量，但获得和准备它们可能需要更大工作量，从热量优选角度考量，吃它们简直是亏本生意。安迪·洛布试图调查出某些西北印第安部落在历史上都吃了什么食物，花费了多少能量获得这些食物，吃掉它们又获得了多少能量。他想对沿海印第安人——比如撒利希人（他们可以很容易地获得海产品），和内陆印第安人——比如卡尤塞人（他们就没这么好的运气了）分别作统计，以完成某个错综复杂的计划——证明这些部族的相对生活水平，和它们对部族的文化发展产生的影响（沿海部族制造了许多令人叹为观止的精美艺术品，而内陆部族只会偶尔在石头上刻几个火柴棍小人儿）。

对安德鲁·洛布来说，这是元历史学业中的一次练习。对兰迪·沃特豪斯来说，这听起来像一个相当酷的游戏开头。绞杀一只麝鼠，你将得到136点能量点数。放跑这只麝鼠，你的核心温度就会又下降一度。

安迪是个极其井井有条的人，所以他把现存关于这个主题的所有书都找了一遍，把这些书的参考书目里的书也找了一遍，没错，甚至找到了四五代之后。他把本馆藏有的书都看了，没有的都提交了馆际互借申请。后面这些书都得经过兰迪的桌子。兰迪读了一些，剩下的草草浏览。因此他有机会了解到北极探险者要食用多少鲸脂才不至于饿死。他精读了C级口粮的详细说明书。一段时间后，他甚至开始偷偷溜进复印室去复印关键数据。

为了进行一个逼真的奇幻角色扮演游戏，你必须随时记录虚拟角色们得到了多少食物，和为得到这些食物付出了多少努力。公元前5000年的11月份横穿戈壁滩的角色，和（打个比方）1950年穿过伊利诺伊州中心的角色相比，肯定得花更多时间操心食物问题。

兰迪显然不是头一个注意到这类问题的游戏设计者。有些游戏弱智得不行，你根本不用考虑食物，但兰迪和他的朋友们鄙视这种游戏。在他参与或设计的所有游戏里，你必须做出符合实际程度的努力，来为你的角色获取食物。但什么程度才是"符合实际"很难定义。像大多数设计者一样，兰迪对付这个问题的方法是把几个随口乱编的方程拼凑起来。但在安德鲁·洛布通过馆际办借的书本、文章和学位论文里，他找到了原始数据，正好可以让一个喜欢数学的人给出一套有科学依据的复杂规则系统。

模拟每个角色身体里的物理过程是不现实的，特别是在一个你可能会遇到万人大军的游戏里。就算是粗糙的模拟，只追踪几个变量，使用简单的方程，都会产生噩梦般的工作量——如果只靠人力完成的话。但这一切都发生在20世纪80年代中期，个人电脑已变得廉价而普遍。一台电脑可以自动跟踪大型数据库，并告诉你每个角色是酒足饭饱还是忍饥挨饿。没有理由不用电脑代劳一切。

除非，像兰迪·沃特豪斯一样，你的工作烂到买不起电脑。

当然，还有一种规避问题的办法。大学里有许多电脑。如果兰迪能拿到其中一台的账号，他就可以免费在上面写自己的程序，并且运行。

不幸的是，账号只提供给学生和教职工，而兰迪哪个都不是。

幸运的是，他差不多刚好在那时开始和一个叫查琳的研究生约会。

一个身材近似桶形、做着一份没前途的文书工作、业余时间都在玩顶级书呆子奇幻角色扮演游戏的硬科学家，怎么会跟一个身材苗条、颇有魅力、休息时间会去海里划皮艇和看外国电影的文科生谈上了恋爱？这一定是所谓异性相吸，相辅相成。他们第一次见面自然是在馆际办，高智商但稳妥、令人宽心的兰迪帮助高智商但散漫、充满幻想的查琳整理了一堆乱七八糟的借阅申请。他当时就该约她出去，但他太害羞了。随着她申请的书开始从收发室送达，第二和第三次机会也跟着来了，他终于开口约她，他们一起去看了部电影。结果他们发现两人不仅你情我愿，而且都相当热切，甚至可以说是急不可耐了。他们还没明白过来怎么回事，兰迪就给了查琳他公寓的钥匙，查琳也给了兰迪她的大学免费账号的密码，皆大欢喜。

学校的计算机系统只比完全没有计算机要好，但兰迪受到了羞辱。像所有高性能的学术计算机网络一样，这里的网络基础是一个叫作 UNIX 的强大操作系统。它的学习曲线像马特峰[1]，而且不像逐渐流行起来的个人电脑那样，有各种亲切时髦的功能。兰迪做学生的时候没少用 UNIX，对它颇为熟悉。即便如此，学习如何在这玩意儿上写出好代码也需要很多时间。他的生活在查琳出现时就发生了改变，现在变化则更加明显：他彻底退出了奇幻角色扮演游戏圈，不再参加复古俱乐部[2]的聚会，空闲时间要么和查琳在一起，要么在一台计算机终端前坐着。总体看来，这大概算是进步。和查琳在一起，他做了许多原本不会做的事，比如锻炼身体，或去看演唱会。在计算机前，他学到了新的技能，并且有所创造。造出来的东西也许完全没用，但至少他在创造。

他花了很多时间与安德鲁·洛布聊天。安德鲁真的去实践了他为之写程序的那件事，他消失了几天，回来的时候步履不稳，面容

---

[1] 阿尔卑斯山脉中位于瑞士和意大利交界处的山峰，呈四面锥体，非常陡峭。
[2] 复古俱乐部（Society for Creative Anachronism），1966 年成立的一个专门研究与重现 17 世纪欧洲历史的国际性组织，时常举办角色扮演活动。

憔悴，胡须上沾着鱼鳞，指甲里还有干掉的动物血。他狼吞虎咽地塞下几个巨无霸，一觉睡了二十四小时，然后到酒吧去跟兰迪碰头（查琳不喜欢让他到家里来），颇有见地地谈论原始状态下日常生活的难处。他们就土著居民是扔掉某些动物身上比较恶心的部分还是把它们吃掉展开了争论。安德鲁认为是吃掉，兰迪不同意——原始也不代表一点都不讲究啊。安德鲁指责他是个浪漫主义者。最终，为了平息论战，他们一同到山上去，身上的装备除了小刀，就只有安德鲁收藏的那些精心制作的害虫陷阱。到第三天晚上，兰迪发现自己已经开始认真考虑要不要吃昆虫。"证明完毕。"安德鲁说。

总之，兰迪在一年半后完成了软件。软件很成功，切斯特和艾维都表示相当喜欢。兰迪对于自己制造出来的东西竟然复杂到确实能用的地步感到比较满意，但他并没有幻想它能派什么实际用场。花了这么多时间和精力在这个项目上，他其实有点不好意思。但他知道如果不写代码，他肯定会把同样的时间花在玩游戏上，或花在穿着中世纪女装去参加复古俱乐部的聚会上，所以最后结果算是扯平。把时间花在电脑前可以说更划得来，因为他原来就相当了得的编程技巧得到了进一步锤炼。另一方面，他全程都是在 UNIX 系统上进行的开发。这个系统的使用者通常是科学家和工程师——在一个大量资金都投在开发个人电脑的年代，这步棋走得可不怎么高明。

切斯特和兰迪给艾维起了个外号叫"爱玩"，因为他真的很喜欢奇幻游戏。艾维总声称他玩游戏是为了了解生活在古代是什么感觉，而他是一个历史真相的狂热追求者。没关系，他们都有不怎么像话的借口，艾维在历史方面的聪明敏锐还经常能派得上用场。

那之后不久，艾维就毕业了。他消失了几个月，之后出现在了明尼阿波利斯市，在一家大型奇幻角色扮演游戏发行商那里找到了一份工作。他提出以一千美元和未来利润的一小部分分成的超高价认购兰迪的游戏软件。兰迪大致上接受了他的条件，叫艾维给他一份合同，然后去找安德鲁。他发现安德鲁在自己公寓的房顶上弄了个韦伯牌烧烤架，正用一个桦树皮水壶煮鱼内脏。他想把好消息告诉安德鲁，跟他分享收益。接下来发生的是一段在凄风苦雨中的非常不愉快的对话。

首先，安德鲁对待这件事比兰迪认真得多。兰迪把它看作玩笑，觉得发了一笔横财。而安德鲁作为一个律师之子，则是用对待大型企业并购的态度来对待这件事，问了许多关于合同的无聊琐碎的问题——那合同还不存在，等它出世大概也只有一页纸那么长。兰迪那时还没有意识到，但安德鲁问了那么多兰迪不知道答案的问题，实际上就是擅自把自己摆在了业务经理的位置上。他俨然与兰迪建立了一段并不存在的业务关系。

此外，安德鲁完全不知道兰迪写那段代码花费了多少时间精力。或者（兰迪事后意识到）他其实知道。无论如何，安德鲁一开始就假定他和兰迪会五五分成，这与他实际为项目所做的贡献完全不成比例。总而言之，安德鲁表现得好像他对土著居民饮食习惯的研究都是为了这项计划，他拿一半收益是天经地义。

等到兰迪好不容易摆脱这次对话时，他觉得天旋地转。他带着自己现实的观点前来，却被另一种十分荒谬的想法无情地挑战。但在被安德鲁严词厉色地逼问了一小时后，他开始怀疑起自己来。经过两三个不眠之夜，他决定取消卖软件这件事。区区几百美元不值得他受这么大罪。

但安德鲁（现在已由他父亲在圣巴巴拉市的律师事务所的一名助理律师代理）强烈反对。根据他律师的说法，他和兰迪共同创造了某样具有经济价值的东西，兰迪没能把它按照市值出售，就等于拿走了安德鲁腰包里的钱。整件事变成了一个难以置信的卡夫卡式噩梦，兰迪只能缩到他最喜欢的酒馆角落里的桌边，一边灌下一杯杯烈酒（一般是在切斯特的陪同下），一边眼睁睁地看着这出不可思议的心理剧的剧情发展。他现在意识到，他无意中卷入了安德鲁一桩离奇的家事中。安德鲁的父母早已离异，曾经为他们独子的监护权争了个你死我活。妈妈变成嬉皮士，加入了俄勒冈州的某个邪教组织，还带着安德鲁一起。有传言说该邪教涉嫌儿童性虐待。爸爸雇了私人侦探去把安德鲁绑架回来，然后用金钱大肆展示他更优越的爱。之后就是无休无止的官司，爸爸请了些吓人的心理咨询师来催眠安德鲁，让他回忆起某些难以启齿的莫须有的压抑回忆。

以上只是兰迪在几年中零零碎碎了解的一种古怪生活的执行概要。后来，他认定安德鲁生活的古怪性是分形的。意思就是说，你可以取出其中一小片，仔细观察，你会发现这个碎片本身如同它的整体一样离奇古怪。

不管怎样，兰迪不小心闯入了他的生活，就被卷入了离奇古怪之中。安德鲁父亲事务所的一个殷勤的员工决定先发制人，要获取兰迪所有的计算机文件，而这些文件还存在华盛顿大学的计算机系统里。不消说，他的手法毫不客气，当学校的法务部开始收到他阴沉的来信时，他们的回应是通告安德鲁的律师和兰迪，说任何使用学校的计算机系统创作商业产品的人都必须与学校分享收益。所以现在兰迪开始从不是一群而是两群要命的律师那里收到这种不祥的信件。随后安德鲁认为兰迪铸成了大错——让安德鲁的所得减少了一半，并威胁要因此起诉他。

最后，仅仅为了避免更大损失，清白脱身，兰迪不得不也雇了一个律师。他的最终花费是五千美元多一点。那个软件没有卖给任何人，确实也不能卖。它身上已经挂着那么多法律纠葛，想要卖掉它，难度堪比试图出售一辆被拆得七零八落、部件都分散藏在了遍布世界各地的警犬犬舍里的破烂大众汽车。

  在他的一生中，他只在那时想到过自杀。他没有很认真或很仔细地想，但他确实想过。

  当一切结束后，艾维给他寄来了一封手写的信，上面说："合作愉快，我期待能与你继续保持朋友关系；若有机会，希望我们能成为创业伙伴。"

第五章 靛 蓝

这天早上，劳伦斯·普里查德·沃特豪斯和其他乐队成员正在"内华达"号甲板上，一边演奏国歌一边目送星条旗冉冉升起，突然，他们发现自己被一百九十架陌生型号的飞机包围了。有几架飞机正在低空水平逼近，而其他高空中的飞机则是几乎垂直地俯冲下来。那些飞机俯冲速度之快，就好像它们正在分崩离析，从里面掉出了一些小黑点。亲眼看见军事演习出了这种岔子，可真令人难过。但是他们很快就脱离了这种几近自杀的抛物线轨迹。然而那几个黑点下落的动作十分平滑而且指向清晰，一点也不像普通的碎片那样四处散射。满天都是这种小黑点，奇怪的是它们的目标仿佛是泊在水面上的船只。这多危险啊，他们很可能会砸到人的！劳伦斯义愤填膺地想。

队列那边的一艘船上有什么一闪，劳伦斯转头去看。这是他这辈子第一次亲眼见到爆炸，他用了好长时间才反应过来。他闭着眼睛也能敲出最复杂的钟琴乐段，而且《星条旗》敲起来可比唱起来容易多了。

他四处搜寻的眼神停住了，不是看着爆炸的方向，而是落在几架正贴着水面朝自己所在的船只袭来的飞机上。每架飞机丢下了一枚细长的蛋,然后他看到飞机的水平尾翼一动,机身一抬,飞过了他的头顶。初升的朝阳直射在飞机的玻璃座舱盖上,劳伦斯和一架飞机的飞行员对上了眼。他发现那是一位亚裔的先生。

这场军事演习真是太逼真了——他们竟然连飞行员的种族都考虑到了,还有船上那些唬人的爆炸,劳伦斯心悦诚服。这里平常是太过松懈了。

甲板上传来一阵剧烈的晃动,让他的双腿双脚一阵发麻,好像刚从十英尺的高处跳到硬邦邦的水泥地上似的。可他的双脚一刻都没离开过甲板呀。这根本没道理。

乐队终于奏完了国歌,开始围观这场奇景。从"内华达"号、邻近的"亚利桑那"号和岸上的建筑里都传来了尖锐的警报声。劳伦斯没看到任何防空炮有开火的迹象,也没有看到一架熟悉的飞机。爆炸一波接一波。劳伦斯晃到栏杆前,看着泊在几码以外的"亚利桑那"号。

另一架俯冲而下的飞机朝"亚利桑那"号丢下了什么东西,那东西直直地打穿了甲板,然后奇怪地消失不见了。劳伦斯眨了眨眼,看到甲板上留下了一个清晰的炸弹型洞口,就好像华纳兄弟的动画片里的角色在惊慌失措时飞快地穿墙而过一样。一微秒之后,火焰从洞口冲天而起,整个甲板被掀开撕碎了,炸成一团急速扩大的火球和黑烟。沃特豪斯隐约感觉到有一大团东西劈头盖脸地飞了过来。但那东西太大,他反而觉得是自己被吸了进去。他僵住了。它飞过他的身边,飞过他的头顶,甚至直接穿过了他的身体。一个刺耳的声音穿透了他的颅骨,那是一种随机敲出的和弦,毫不协调却遵循着某种错乱的音律。撇开音质不论,它的声音实在是太他妈大了,他觉得自己快要被震死了。他啪的一声捂住了耳朵。

但是那噪音还在，像是一根根烧红的毛线针穿过他的鼓膜。地狱的丧钟。他想转身逃开，但那声音紧追不放。他的脖子上缠着一条厚带子，两端在下腹处缝合在一起，上面挂着一个杯状的套子。钟琴的主轴插在杯子里，像一件七弦琴状的铠甲一样靠在他的胸口，上方毛茸茸的流苏欢快地摇晃着。奇怪的是，其中一条穗子已经烧着了。但这还不是钟琴现在唯一奇怪的地方，然而由于他眼前总是雾茫茫的，他不得不经常揉来揉去，所以他也不知道钟琴还有哪里不对头。他只知道现在钟琴已经吞掉了一大堆能量，处于一种不可思议的高能态——从来没有什么乐器能够达到那种状态。它已经变成了一头烧得发红、发亮，尖叫着、嘶吼着、辐射着高温的怪兽，像一颗彗星，一位大天使，一束燃烧的镁带，缠绕在他的身上，压迫着他的下腹。那股能量已经顺着嗡嗡作响的主轴传到了杯子上，传到了他的下体——也许换个环境他早就硬了。

劳伦斯在甲板上漫无目的地游荡了一阵子。直到帮别人打开舱门的时候他才发现，原来除了揉掉飞进眼睛里的异物以外，他的两手一直牢牢地捂在耳朵上。当他把手放下来时，轰鸣声已经平息，他也听不到飞机的声音了。他想他也许应该躲进船舱里去，因为坏蛋们是从天而降的，他想找点什么看上去坚硬得永远不会毁坏的东西挡在他头上，但是别人却不这么想。他听到他们嚷嚷说他们也许被一两个什么东西（这个词和"鱼雷"押韵）击中了，他们正准备起航。军官们和士官们身上带着黑色的烟痕和殷红的血迹，不停地给劳伦斯指派各种各样的紧急任务，他没太听明白，而且他的双手还捂在耳朵上呢。

直到过了差不多半个小时，他才突然想到也许他该把钟琴给扔了，那玩意儿说到底不过是在碍手碍脚而已。他老是记着海军那几条损毁乐器的惩处条例。劳伦斯向来是非常留心这类事情的，这大概得追溯到他在弗吉尼亚的西岬第一次获准弹风琴的时候。如今，亲眼看见"亚利桑那"号在他面前燃烧着沉入海底，劳伦斯这辈子第一次对自己说：让那些条例见鬼去吧！他把钟琴解了下来，最后一次注视着它——这也是他这一生中最后一次碰这玩意儿。他意识到，它已经没有挽救的必要了。好几个琴键都弯曲了。他把钟琴翻了个面，发现几块被烧得焦黑扭曲的金属已经和琴键焊结在了一起。他豁出去了，朝着"亚利桑那"号的方向将钟琴掷入了海里，一架闪闪发光的军乐队七弦琴，为一千名安息在海底的士兵们奏出挽歌。

钟琴沉入了燃烧的油泊中，敌机发动了第二次进攻。海军的高射炮终于开火了，炮弹像雨点一样落在周围，附近的房子被炸开了花。他看到身上着了火的人在街上四处乱跑，拿着毛毯的人在后面穷追不舍。

劳伦斯·普里查德·沃特豪斯和幸存的海军官兵们在接下来的半天里要做的就是接受事实：许多船上用来隔离各种流体（比如汽油和空气）的纵横舱壁全都千疮百孔，更要命的是各种东西全都烧起来了，到处浓烟滚滚。那些设计来保持水平且支撑重物的东西也都没用了。

"内华达"号的轮机室成功加热了几个锅炉，船长试着把船驶出港口，但当船体开始移动时，他们马上遭到了集中攻击，主要是俯冲轰炸机——对方想把他们炸沉在出入港口的水道里，这样整个港口就会被彻底堵住。最终，船长决定宁愿搁浅在海滩上也不能堵住航道。不幸的是，和其他所有战舰一样，"内华达"号天生就不是适于在静止环境下作战的船只，于是它又被俯冲轰炸机击中了三次。真是一个惊险刺激的早上。作为一个连乐器也丢了的军乐队乐手，劳伦斯也不知道自己究竟还能干什么，因此他游手好闲地在一边看了半天飞机和爆炸。他又想起了之前曾经思考过的问题——一个社群如何在竞争中击败他者。现在他已经想明白了，看着日本人的俯冲轰炸机精准如书法地一波波向自己身处的战舰俯冲投弹，他的社群精心营造出来的海军舰艇一艘艘燃烧、爆炸、沉没，毫无还手之力——也许，这个社群也该好好反思了。

* * *

他不知怎么地烫伤了手。不过幸好受伤的是右手，因为他是个左撇子。他还恍然发现自己差点儿被一块从"亚利桑那"号飞出来的碎片削掉头皮。按照珍珠港的标准，这只能算是轻伤，因此他也没在医院待太久。医生说他手上的皮肤愈合后可能会缩紧，手指没法伸展到原来的幅度。因此，伤痛稍有减轻之后，只要没别的事可干，劳伦斯就开始在膝盖上弹巴赫的《赋格的艺术》。这些曲子一开始都很简单，你很轻易就能想象得出这样一幅画面：莱比锡一个清冷的早晨，老约翰·塞巴斯蒂安坐在一张长椅上，管风琴上的两根音栓被拉了出来，他左手搭在腿上，一两个胖乎乎的唱诗班男孩在一边帮他拉风箱，管风琴的缝隙里发出轻微的出气声，他的右手漫无目的地在管风琴那简洁得令人生畏的大键盘上徘徊，指尖抚过一排泛黄开裂的象牙琴键，寻找一支他尚未谱写出的乐曲。这对现在的劳伦斯来说真是太适合不过了，他还缠着纱布的右手像约翰一样重复着弹琴的动作。手下弹的是一个翻转过来的餐盘，心里还不出声地哼着调子。有时他弹得太过投入，双脚也跟着在被单下蹬了起来，好像自己真的在踩踏板一样，惹得临床的病友抱怨起来。

几天之后他出了院，正好赶上军队为他和其他"内华达"号的乐队成员安排了战时的新任务。这对海军的人事部门还真是个考验：仅从消灭日本人的角度考虑，这些音乐家简直一无是处。因为

12月7日的那次袭击,他们已经连一艘能动的船都没有了,何况大多数人都已经丢了他们的单簧管。

不过除了填弹和开火以外还有别的工作。任何可能系统地干掉大批日本人的大型组织都不可能没有大量繁杂的文书工作。既然能摆弄明白单簧管的按键,那同类工作至少不会做得比其他人更糟。因此沃特豪斯和他的乐队队友们都被分配到了海军某个打字归档的部门里。

这个部门不在一艘船上,而在一栋大楼里。有不少海军部队里的士兵都对在陆地上的大楼里工作不以为意,劳伦斯和其他不少新兵为了跟前辈们看齐也都抱着这种态度。但是现在呢,当他们见识过一艘船前前后后、里里外外地被成百上千磅高爆炸弹狂轰滥炸过之后,沃特豪斯和其他人开始重新审视"在大楼里工作"这件事了。他们斗志昂扬地接受了这份新任务。

但是他们的新上司和同事们可就没那么高兴了。乐手们只收到了毫不欢迎的迎接和毫无敬意的敬礼。这些在大楼里工作已久的人完全没有被这些家伙的来头吓倒——他们不仅直到最近都待在真正的船上,而且还与爆炸和火灾(不是友军误伤,而是敌人的蓄意袭击)擦肩而过——认为根本不值得托付任何工作给劳伦斯和他的乐队队友们。

他们的新上司和新同事们闷闷不乐,甚至是破罐破摔地给这些乐手安排了工作。他们没有多余的桌子可以分配给乐手们,不过至少保证了每个人都能在靠近桌子或者工作台的地方有一把椅子。他们抱定一种死马当活马医的心态,绞尽脑汁给这些新来的家伙安插好了位置。

然后就是关于如何保密的课程。没完没了地强调。他们不得不参加各种各样的训练来确保他们知道如何恰当地处理垃圾。这种日子一天天过去，长得没个尽头，却没人来做任何解释，大家就越来越摸不着头脑了。这些乐手本来就对之前遭到的冷遇有些耿耿于怀，于是内部也开始窃窃议论他们到底是被拐上了什么贼船。

终于，在某一天清晨，乐手们都被召集到了一间教室里，那里挂着一块沃特豪斯有生以来见过的最干净的黑板。过去几天的生活使他几乎得了妄想症，他猜这块黑板这么干净一定是有理由的——战争年代，就连擦黑板也是件不容马虎的大事。

他们被安排坐在带手写桌的椅子上，桌子是为右撇子设计的。劳伦斯把笔记本摊在膝盖上，缠着绷带的右手放在桌面上开始弹起一首《赋格的艺术》，当手指的活动牵动关节上灼伤的皮肤时，劳伦斯就疼得龇牙咧嘴，有时还忍不住呻吟出声。

有人轻轻敲了敲他的肩膀。他睁开双眼，这才发现他是房间里唯一一个坐着的人，一名军官站在前面的讲台上。他站起来，小时候留下后遗症的那条腿直打晃。当他终于站直之后，他才发现这名军官（如果他真的是的话）穿着便服。他肩披一袭浴袍，叼着一根烟斗。那身浴袍穿得破破烂烂，也不像医院或是旅店的浴袍洗得那样干净。这玩意儿大概已经很久没洗了，但还不至于到连男生都不愿意碰的程度。两个胳膊肘的地方都磨穿了，右边袖子底下粘着一层滑溜溜、灰蒙蒙的石墨，那是成千上万次在密密麻麻的 2 号铅笔笔迹上蹭来蹭去所造成的。毛巾料子上沾满了头皮屑一样的东西，但那肯定不是从头上掉下来的，这些碎片太大太规整了：那是长条或是圆形的碎纸片，是从打孔的卡片和纸带上掉下来的。烟斗已经熄灭很久了，那名军官（或者不管他是谁吧）甚至都懒得装出他想点火的样子。那只是个供他时不时能咬一下的东西，他咬烟嘴那劲头就跟个南北战争时期正在被锯腿的步兵似的。

另一个好好地刮了脸、洗了澡、穿好制服的人把浴袍男介绍给了大家,他是肖恩中校,拼作 Schoen,但是肖恩根本没有理他,一转身,把浴袍的背面露在大家跟前——屁股那儿也给磨得几乎透明,像件女式情趣睡衣似的。他对着笔记本,往黑板上工工整整地写了两行数字:

19 17 17 19 14　　20 23 18 19 8　　12 16 19 8 3
21 8 25 18 14　　18 6 3　　18 8　　15 18 22 18 11

当他写下第四个或是第五个数字的时候,沃特豪斯觉得脖子后的寒毛都立了起来。当他写完第三组五个数字时,沃特豪斯意识到这些数字没有一个比 26 大——英文有 26 个字母。他的心脏跳得飞快,比当时日本人往"内华达"号上扔炸弹时跳得还快。他从口袋里抽出一支铅笔。发现手头没有纸,他把 1 到 26 写在了小小手写桌的桌面上。

浴袍男写完最后一组数字时,沃特豪斯已经在计算这些数字的出现频率了。这个时候,浴袍男正在说些什么"在你们看来,这些可能只是一串毫无意义的数字,但是一个日本海军军官就能从里面看出玄机"之类的话。接着他神经质地笑了几声,悲哀地摇了摇头,咬紧下颌,嘴里又蹦出一长串充满情感倾向的表达,在描述这种问题的时候根本不合适。

沃特豪斯的统计只不过是一张计数表,上面标示了每个数字出现的次数,就像这样:

1　　　　　　　　13
2　　　　　　　　14 II
3　II　　　　　　15 I
4　　　　　　　　16 I
5　　　　　　　　17 II
6　I　　　　　　 18 IIIII

7		19	III
8	IIII	20	I
9		21	I
10		22	I
11	I	23	I
12	I	24	
		25	I
		26	

这张表最奇怪的地方是,有 10 个数字根本没有出现(即 1、2、4、5、7、9、10、13、24 和 26)。在这组信息里只用到了 16 个数字。假设这 16 个字母分别代表且仅代表一个字母,这句话(劳伦斯心算出)应该有 111,136,315,345,735,680,000 种可能。这个数字倒有趣,因为它是 4 个 1 开头 4 个 0 结尾的。劳伦斯想着,偷笑了起来,擦了擦鼻子又继续往下算。

最常出现的数字是 18。它也许代表的是 E。如果用 E 代替这句话里所有的 18,那么——好吧,实际上他还是得把数字再抄一遍,好把 E 代进去。这可得花不少时间,而且很可能只是白费力气,要是他猜错了呢?另一方面,如果他只是把脑子里的 18 全都换成 E——有点像给管风琴换一套预设的音栓——他脑海里出现的数列就会变成这样:

19 17 17 19 14　20 23 E 19 8　12 16 19 8　3
21　8 25　E 14　E 6 3 E 8　15　E 22 E 11

这样就只剩下 10,103,301,395,066,880,000 种可能性了。这仍旧是个有趣的数字,看看那些 1 和 0——不过这也只是个毫无意义的巧合而已。

"关于编写密码的技术统称密码设计，"肖恩中校说道，"破解密码的技术则是密码分析。"接着他叹了口气，脸上如实地反映出了他剧烈的内心斗争，最后认命地开始解释这些词的意思，从它们的词根讲起，它们均来自古拉丁语或是古希腊语（劳伦斯没怎么注意听，他并没有兴趣，只是瞟了一眼黑板上那个手写的大大的"密码"）。

开头的那串"19 17 17 19"有些奇怪。19和8是这串数字里除了18以外最常出现的数字。17出现的频率只有它们的一半。一个单词里是不可能连续出现四个元音或是四个辅音的（除非那是个德语词），所以要么17是元音19是辅音，要么反过来。既然19出现的频率更高（出现了四次），那么它是元音的可能性比17（只出现过两次）要大。A是除了E以外最常用的元音，那么当假设19是A时，这串数字就会变成：

A 17 17 A 14　　20 23 E A 8　　12 16　A 8　3
21 8 25 E 14　　E　6 3 E 8　　15　E 22 E 11

这下范围又缩小了，只剩下841,941,782,922,240,000种可能。他已经把解空间降低了好几个数量级了！

肖恩正激情澎湃地沉浸在自己对密码学——密码设计和密码分析的统称——的历史概述中，讲得满头大汗。他说有个叫作威尔金斯的英国佬，几百年前就写了一本《编码宝典》，但（也许是因为他早就假定自己的听众智力低下）他轻描淡写地提了一句这段历史背景，然后就直接从威尔金斯跳到了保罗·列维尔的著名信号："一盏灯陆路，两盏灯海路。"[①] 他甚至还说了个数学圈笑话，说这实际上是二进制的首次应用。劳伦斯非常配合地笑出了声，喷出的鼻息把坐在他前面的萨克斯手吓了一跳，回头瞪了他一眼。

[①] 出自美国独立战争中的一个故事，银匠保罗·列维尔利用悬挂提灯的方式给美国人通报信息，若英军从陆路入侵，就挂一盏灯在教堂钟楼里；若从海路入侵，则挂两盏灯。

之前肖恩曾经提到过这句密码跟日本海军军官有关（当然这只是个虚构的场景，只是为了吸引这群觉得"数学关我屁事"的乐手的兴趣）。联系上下文，劳伦斯能想到的第一组数字就是"ATTACK（进攻）"。这说明17代表的是字母T，14是C，而20是K。他把这些字母填进去，得到的数列是：

A T T A C　K 23 E A 8　12 16 A 8　3
21 8 25 E C　E 6 3 E 8　15　E 22 E 11

结果一目了然，他甚至懒得去填句完整话了。他情不自禁地跳了起来，甚至忘了自己有毛病的腿，结果绊倒在他的邻桌上，弄得稀里哗啦一阵响。

"有什么问题吗，水兵？"角落的一名军官问道，他倒是不嫌麻烦地穿了制服。

"长官！这句话是'十二月七日袭击珍珠港（Attack Pearl Harbor December Seven）！'长官！"劳伦斯喊道，然后坐了下来。他兴奋得浑身打战，肾上腺素充满他的全身和脑袋。这当口他肯定能撂倒二十个日本相扑手。

肖恩中校不动声色，非常缓慢地眨了眨眼。他转向自己一个正把双手交握在背后、在墙边站得笔直的下属："给他一份《编码宝典》的副本。再给他一张桌子——离咖啡机越近越好。顺便再给这小狗崽子升升官好了。"

* * *

关于"升官"这个问题，事后被证明要么是个军队里的段子，要么是肖恩中校脑子真的有病。除开这段小插曲，接下来的十个月里，沃特豪斯的生活单调得就跟一颗刚从飞机里扔下来的炸弹的飞行路线一样。挡在他面前的障碍（他把《编码宝典》吃了个透，破译了日本空军的气象电码、日本海军的"珊瑚红"密码机、没有代号的日军3A航运密码和大东亚省的通用密码）就像一艘已经被虫蛀得千疮百孔的木船般不堪一击。几个月之后，他已经在帮《编码宝典》编写新章节了。人们提起《编码宝典》的方式总让你觉得那是一本书，其实它不是。实际上那只是一部资料汇编，是肖恩中校在来到这个所谓八号情报站①的地方之后，两年来渐渐积攒在他办公室一隅的纸片和笔记。肖恩中校所掌握的密码分析技术都写在上面，那几乎也就是整个美利坚所掌握的全部密码分析技术了。要是有个勤杂工走进了肖恩的办公室，打算收拾收拾这地方，这些机密就会随时完蛋。因此他那些八号情报站的军官同僚不得不千方百计阻止任何清洁整理这间办公室的行为——甚至禁止他们打扫办公室所在的这一侧楼。换句话说，他们了解的情况足以让他们明白《编码宝典》至关重要，也有足够的脑子来采取措施保护这本东西的安全。有些人还真的时不时需要参考它，用它来破译日军的情报，甚至破译出整套密码系统。但是沃特豪斯是有史以来第一个（先是）指出了肖恩笔记中的错误，（并）把里面的内容整合在了一起，（最后）再往上面添了自己原创内容的人。

有一天肖恩把他带下楼，领到一条没有窗户的狭长走廊尽头，来到一扇由几个大块头士兵把守的大门前，让他见识了一下珍珠港里第二厉害的东西：满满一屋子电子银柜公司②生产的机器，他们平常就是用它来给拦截到的日军情报做词频统计的。

而八号情报站里最厉害的机器③，也是珍珠港最厉害的东西，则

---

①原文为Station Hypo。原注：军队里的人用"Hypo"表示字母H，聪明如沃特豪斯，一下子就能推断出至少还有七个类似的情报站：Alpha、Bravo、Charlie等等。
② Electrical Till Corporation，本书作者用以替代IBM的虚拟公司。
③原注：假设，要是艾伦的理论有误，人脑并不是机器的话。

藏在更深的地底。它装在一个类似银行地下金库的地方，唯一不同的是它还装满了炸药，一旦日军全面入侵，他们可以马上把它销毁。

这台机器是肖恩中校一年多前自己造出来的，用来破译日军一种被称为"靛蓝"[①]的密码。很显然，在1940年初的时候肖恩还是个神志清楚的正常人，直到环太平洋的几个监听站（沃特豪斯想可能是一号二号之类的）把一大串数字啪地甩到了他面前。这些都是经过加密的日军情报，有间接证据表明它们都通过某种机器进行了加密。但谁也不知道这台机器什么样子：是用齿轮？转子？插接板？或者三种都有？或者是某种白人们还没想到过的机制？用了多少种，没用多少种？具体又是怎么运作的？对于这些看起来完全随机的数字，他们所知道的全部就只有它们被传送了出来，甚至可能还传错了。除此以外，肖恩手头再也没有任何——任何——可供参考的资料了。

到了1941年中，这台机器在八号情报站的这间地下金库里诞生了。肖恩把它造了出来。这台机器完美地破译了监听站传回的每一条"靛蓝"信息，几乎就是对照日军的"靛蓝"加密机器造出来的一台姊妹机，尽管无论是肖恩还是任何一个美国人都一眼也没有见过那台机器的真面目。肖恩仅仅是靠着每天盯着那一大串随机数总结规律，最后终于破解了它们。在这个过程中肖恩开始变得神经衰弱，每一两个星期都要精神崩溃一次。

对日战争爆发以来，肖恩已经不堪重负，一直服用大量的药物。沃特豪斯尽可能多地和肖恩待在一起，他很肯定，从肖恩开始研究那串随机数到他最终造出这台破译机器，他脑袋里的思考过程正是一个"不可计算问题"的例子。

[①] 即二战中日军所用的"紫色"密码。

沃特豪斯的安全权限几乎每个月都要提升一级，直到他终于拥有了（至少他觉得是）最高权限，即"超密/魔术"。"超密"指的是英国人破获的德军恩尼格玛机情报，"魔术"指的则是美国人破获的日军"靛蓝"情报。不管怎么说，劳伦斯现在获得了阅读"超密/魔术"简报的权限，那是一沓装订好的资料，封面印着鲜艳的黑红相间的文字。第三段是这么写的：

　　无论能够获得何种短期收益，都不应采取任何可能导致此情报来源暴露的行动。

清楚明白，是不是？但是劳伦斯·普里查德·沃特豪斯可不那么确定。

　　……任何可能导致此情报来源暴露……

与此同时，沃特豪斯发现了自己身上的一个规律。他发现自己在不处于欲火中烧的状态时工作效率最高，也就是说，在解决过下半身问题之后的几天里最适宜工作。因此为了对祖国负责，他不得不常常光顾妓院。但是他现在拿着的仍然是钟琴手的工资，也没什么钱去花天酒地，只好去做做所谓按摩聊以慰藉。

　　……行动……导致……暴露……

这些词在他脑海里翻腾。"按摩"时他仰面躺在那儿，手臂横在眼睛上，喃喃地默念着这几个词。有什么东西在他脑海里浮沉。他知道这种感觉一来，自己就又差不多可以写出一篇论文来了。但他首先要在脑子里梳理一遍。

他忽然想起中途岛海战的时候,他和他的同事们一天二十四小时守在那些ETC[①]的机器旁破译山本[②]的情报,并把日本舰队的信息反馈给了尼米兹[③]。

尼米兹碰巧发现日本舰队的概率有多大?山本肯定这样问过自己。

这其实根本就是(想不到吧!)一个信息论问题。

……行动……

"行动"是什么?任何事情都可以称为行动。像轰炸日军基地这种大动作,人人都会承认这是一次"行动"。但是"行动"也可以是,比如说把航空母舰的航线偏移五度——或者不偏移;比如说正好派遣足够的兵力去打击来犯中途岛的日军。有些"行动"可能并不那么惊天动地,比如说取消某些行动的计划。"行动"这个词,从某些角度来说,也许恰好是"不行动"。这些都是某些指挥官基于此情报做出的不同措施。但是这些措施也很可能被日本人察觉——进而察觉到此情报的存在。日本人能不能在充满杂讯的频道里提取出这样的信息?他们也有自己的肖恩吗?

……导致……

如果日本人真的察觉到了的话呢?到底会导致什么?在哪种情

[①]电子银柜公司(Electrical Till Corporation)的缩写。
[②]山本五十六(1884—1943),时任日本海军联合舰队司令长官。
[③]切斯特·威廉·尼米兹(1885—1966),时任美国太平洋舰队总司令。

况下这种行动才会导致此情报来源暴露？

如果美军采取的行动准确得不可思议，除了破译了"靛蓝"之外别无解释，那么日本人就肯定知道"靛蓝"已经被破译了。而情报的来源——肖恩中校开发的机器——也会被发现。

沃特豪斯相信美国人不会那么蠢。但要是他们做得不那么明显呢？要是他们做得好像除了破译"靛蓝"之外不太可能有别的解释呢？要是美国人——从长远来看——只是幸运得过了头呢？

我们该怎么最大限度地把握好这个平衡？一对灌了铅的骰子每次都掷出七点，那么很快就会露馅。而一对掷出七点的概率只比普通骰子高百分之一的灌铅骰子可就不那么容易被发现了——你要掷很多很多次才能被对手发现不对劲。

如果日本人老是被埋伏打个正着，或者他们自己的埋伏从来打不着美军，或者他们的商船路过美军潜艇附近的概率比纯粹巧合稍微大了那么一些——他们要多久才能明白过来？

沃特豪斯就这个问题写了几页文章，到处找人探讨。然后有一天，沃特豪斯收到了一纸新的命令。

命令经过加密变成了几组五个一组的随机字母，印在一张代表最高机密的蓝色薄纸上。这份文件是在华盛顿通过一次性密码本加密的——这是一种缓慢而笨拙的加密方法，但是从理论上来说牢不可破，通常只用来加密最重要的信息。沃特豪斯之所以知道这点，是因为他是珍珠港仅有的两个有权解密这类文件的人之一。另一个人是肖恩中校，他今天刚服过镇静剂。当值的军官打开保险箱，将今天的一次性密码本交给了他——那其实就是一张方格纸，上面印满了五个一组的数字，这是靠华盛顿地下室里的一群秘书随机抽牌和抽纸条得出的随机数。这里面的数字是完全杂乱无序的。沃特豪斯手里有一份这样的副本，另一份副本则保存在华盛顿给文件加密的那个人手里。

沃特豪斯坐下来开始工作,通过排除无关信息把密文翻译成明文。

他第一眼看到的是这份文件的级别,不仅仅是"机密",甚至不仅仅是"超密",而是一个新的层级:超绝密。

这条信息的内容是:在彻底销毁这份文件后,劳伦斯·普里查德·沃特豪斯即刻启程,乘坐最快交通工具前往英国伦敦,轮船、火车、飞机乃至潜艇都会为他开放。虽然他是美国海军的一员,但他们甚至还为他额外准备了一套制服——一套陆军军服——给他提供方便。

他要做的最最重要的一件事,就是不能让自己置身于被敌军俘虏的险地。从这个意义上看,对于劳伦斯·普里查德·沃特豪斯来说,战争忽然结束了。

第六章　俄南之子[①]

一套粗细如英法海底隧道、深广如全球因特网的通风管在酒店厚实的墙壁和天花板后盘根错节，发出模糊细微的声音，让人觉得这套系统深处可能藏着喷气发动机试验场、铁器时代的铁匠铺、拖着叮当作响的锁链的悲惨囚徒，和一团团扭动的蛇群。兰迪知道这系统不是闭合环路——知道它是以某种方式和大气相通的——因为微弱的街道的气味顺着管道飘了进来。就他所知，这种味道要花一个小时才能飘进来。在此地生活几个星期后，这股味道变成了他的嗅觉闹钟。他伴着柴油机废气的味道入睡，因为马尼拉的交通状况要求集装箱船只能在夜间装卸货。马尼拉懒洋洋地躺在温暖平静的海湾边——这里是一个容纳着闷热潮湿的无限广大的容器，而因为空气像一杯刚从奶牛乳房中挤出来的牛奶一般稠密浑浊又滚烫，所以太阳升起时空气就开始发光。这时，每个马尼拉屋顶上临时小棚里的每一队斗鸡都会开始一起打鸣。人们醒来，开始烧煤。正是煤烟的味道把兰迪叫醒。

[①] 俄南，《圣经》中的人物，犹大之子。

兰迪·沃特豪斯的身体状况只能说还像样。他的医生每次都照例告诉他说减掉二十磅对他有好处，但这二十磅是从哪里来的却并不清楚——他没有啤酒肚，腰间也没有明显的赘肉。这些令人不快的重量似乎均匀分布在了他桶状的躯干上，或者说他每天早上站在套间的大穿衣镜前都是这么告诉自己的。兰迪和查琳在加利福尼亚州的房子里基本没有镜子，他都快忘记自己长什么样了。现在他看到自己的毛发多得像发生了返祖现象，胡子发光，因为里面夹杂了许多银须。

每一天，他都问自己敢不敢把胡子刮掉。在热带，你会想让尽可能多的皮肤暴露在空气中，方便汗水如雨般流下。

有天晚上，艾维一家人过来吃饭，兰迪曾说："我是胡子，艾维是西装。"以此来解释他们的工作关系，从那一刻起查琳就开始高速运转起来。查琳最近刚写完一篇解构胡子的学术论文。她尤其针对的是北加利福尼亚高科技群体——兰迪的圈子——的胡子文化。不知何故，她的论文以驳斥这样一个假设开篇：胡子比光洁的面颊更"自然"，更容易保持——她甚至公布了吉列公司①研究部门数据，比较有胡子和没胡子的男人每天在浴室花的时间，证明了以统计学的观点，两者的差异并不明显。兰迪对这些数据的采集方式颇有异议，但查琳完全没有。"这是一件反直觉的事。"她说。

她迫不及待地要进行论证的精彩部分。她在旧金山的一个剃毛癖聚集的小酒馆里买了几百美元的色情片。有好几个星期，兰迪晚上回到家时，没有哪次不看到查琳坐在电视机前，身边摆着一碗爆米花和一台录音机，看着剃刀从湿润、涂满肥皂的肉体上刮过的录像。她录下了几段真正的剃毛癖者的冗长访谈，他们在其中大谈特

---

① 吉列公司主要生产剃须产品、电池和口腔清洁卫生产品。

谈剃除体毛带给他们的裸露感和脆弱感,说那种感觉是多么情色,特别是刚被剃干净的部分被拍打的时候。她整理出一份关于剃毛癖色情片和全国电视上在橄榄球比赛期间插播的剃须产品广告的图像学分析的详细对比,并证明它们的差别基本上无法分辨(你甚至可以在卖不折不扣的色情片的地方买到剃须膏和剃须刀广告的盗版带)。

她还拿出不同人种蓄须情况的数据。美国印第安人不留胡子,亚洲人很少留,非洲人是特殊情况,因为每天刮胡子的话会让他们的皮肤感到疼痛不适。"可自由选择蓄密实长须的能力似乎是一种自然只赋予了白人男性的特权。"她这么写道。

兰迪看到这句话时,脑子里的警钟、红灯、尖叫的报警器一股脑儿发作了起来。

"然而这种主张却引入了一个似是而非的小前提。'自然'是基于社会结构的话语,而不是客观真实(此处有许多脚注)[①]。对于'自然将长须赋予欧洲北部男性这个特定的少数人群'来说,这一陈述更为属实。智人是在面部毛发没有什么实用价值的气候区进化出来的。以须发浓密的雄性为特点的物种分支演变,是对寒冷气候的适应性反应。这些气候并没有'自然'地侵入早期人类的生活环境——而是人类入侵了这类气候盛行的地理区。此种地理入侵完全是社会现象,所以与之适应的所有生理变化也必须归入同一门类——包括浓密面部毛发的演变。"

查琳组织了一次问卷调查,询问了几百个女人的意见并公布了调查结果。基本上所有人都表示她们喜欢面颊干净的男人胜过有胡茬或大胡子的男人。查琳以迅雷不及掩耳的速度证明,留胡子只是

[①] 原文如此。

一种与种族歧视和性别歧视相关联的综合征，同时与白人男性（尤其是从事科技有关工作的男性）的女性伴侣常常抱怨的"情感无能"模式也大有干系。

"'自我'和'环境'之间的界限是一种社会建构。在西方文化中，这个界限被认为应该是相当明确的。胡须是该界限的一个外在象征，一种距离化的手段。刮掉胡须（或任何体毛）都是在象征层面上消灭隔离'自我'和'他者'的（本质上似是而非的）界限……"

诸如此类。这篇论文在同行中好评如潮，随即立刻被一家主流国际学术期刊发表。查琳要在"文本战争"中展示该论文的一些相关作品："作为符征在二战电影中出现的蓄须。"凭借她的胡子研究，有三所常春藤大学现在打破头要雇用她。

兰迪不想搬家去东海岸。更糟的是，他胡须浓密，让他每次冒险和她出去都觉得自己可怕得不合时宜。他对查琳建议说，也许他应该发一份新闻通告，声明自己每天都会刮身上其余位置的体毛。她不觉得这很好笑。当他在飞越太平洋的中途时他意识到，她所有的工作基本上就是一个精心编排的预言，预示着他们关系的终结。

现在他又考虑起了把胡子刮掉。说不定他会顺便把头发和上半身的毛也剃了。

他有每天健步走的习惯。按照在加州和西雅图大量滋生的健身狂的标准来看，与（比方说）一边坐在电视机前连续不断地抽非过滤香烟，一边从大桶里挖板油吃相比，这只是一个微不足道的进步。不过在他那些朋友的三分钟热情都冷却了之后，他却仍在坚持走路。这已经成为足以令他自豪的一件事，他不会仅仅因为身在马尼拉就止步不前。

不过该死的，真的好热啊。没毛在这里是好事。

* * *

兰迪的第一次商业进军——那个倒霉的食物收集软件——只带来了两件好事。一是吓得他再也不敢做任何生意，除非他对即将卷入的事情至少有一个模糊的了解。二是他与老游戏伙伴艾维发展出了一段长期友谊。艾维目前在明尼阿波利斯市，为人正直，幽默感也很好。

在他律师（当时已变成他最大的债主之一）的建议下，兰迪宣布个人破产，然后和查琳一起搬去了加利福尼亚中部。她拿到了博士学位，在"三姐妹"之一的大学里找了一份助教的工作。兰迪报了另一所"三姐妹"大学，打算攻读天文学硕士学位。这就让他成了一名研究生，而研究生存在的目的不是学习，而是接过享有终身职位的教员们肩上的重担，比如说传道授业和做研究。

刚来不到一个月，兰迪就帮另一个研究生解决了某些琐碎的电脑问题。一周后，天文系主任就把他叫过去说："原来你就是那个UNIX专家啊。"那时候兰迪还愚蠢地会因为受到关注而感到荣幸，可他早该认出这是高度危险的信号。

三年后，他离开天文系，没有文凭，辛苦劳动留下的证据只有银行账户里的600美元，和广泛到足以把人压垮的UNIX知识。后来他算了一下，按照程序员的行情，系里从他身上榨取了价值约25万美元的劳动，付出的成本却不到2万美元。唯一值得安慰的是他的知识看起来不那么没用了。天文学已经变成一门高度网络化的学科，你现在可以通过在键盘上输入几行命令来控制在别的大洲，甚至太空轨道上的望远镜，然后在你的显示器上看到它们传入的图像。

现在兰迪对于网络系统可以说是无所不知。几年前，这些知识的用处还非常有限。但如今正是网络应用的年代，万维网的黎明，兰迪真是赶上了最好的时候。

在此期间，艾维搬到旧金山，创办了一家新公司，打算把角色扮演游戏带出书呆子的贫民窟，让它变成主流。兰迪作为主管技术专家签了雇佣合同。他试图招募切斯特，但他已经在西雅图的一家软件公司找到了工作。所以他们招来了一个给几家游戏公司工作过的人，之后又雇了一些硬件和通信人员，募集到足够的启动资金来制作可玩的游戏原型。以此作为宣传噱头，他们来到好莱坞，找到了愿意给他们投资一千万的人。他们在吉尔罗伊租了些厂房，往里面填满图形工作站，雇了很多高明的程序员和几个画师，然后开始大展身手。

六个月后，他们的名字开始时时作为"硅谷明日之星"之一被提起，兰迪的一张小照片还登上了《时代》杂志，在一篇关于"硅莱坞"——讲的是硅谷和好莱坞不断发展的合作——的文章里。那之后又过了一年，整个企业轰然倒塌。

这是个不值一谈的史诗故事。大约90年代早期时，人们普遍认为北加利福尼亚的技术巫师们会和南加利福尼亚的创造天才们在中间相遇，并展开一代辉煌的合作。但这种观念的落脚点却是对于好莱坞本质的一种过度天真的认识。好莱坞只是一个术有专攻的银行——一群大型金融机构联合起来，雇用有才能的人（几乎总是以一个固定的价位），命令这些人创造产品，然后在全世界、在每个可以想象的平台上把这个产品销售至死。他们的终极目标，就是寻找哪怕在天才们早就被付钱打发走之后还可以永远赚钱的产品。比如说，《卡萨布兰卡》就在鲍嘉拿钱走人、年纪轻轻就抽烟把自己抽死的几十年后，还让人往电影院跑。

在好莱坞看来，硅谷的工程师们只是天才中特别幼稚的那一种罢了。所以当科技发展到一定水平——到它能以高利润的价格卖给某个大型日本电子公司的时候——艾维公司的投资者就发动了一场显然预谋已久的政变。兰迪和其他人面临一个选择：他们可以立刻离开公司，保有他们的部分股权，这些股份还值不少钱。或者他们可以留下来——这样他们就会受到渗透到各个关节职位的"第五纵队"的内部迫害，与此同时，外部还会有一些因为某些事情突然出错而要他们脑袋的律师将他们团团包围。

有些创始人留下来了，自甘做了宫廷宦官。大部分人则离开了公司，其中的大部分又立刻出售了手里的股份，因为他们能看出它只会贬值。公司将技术转卖给日本后被掏空了里子，剩下的空壳不久也消磨殆尽了。

即使今天，那些技术也经常零零碎碎地出现在奇怪的地方，比如新电视游戏平台的广告上。兰迪看到的时候总会起鸡皮疙瘩。事情刚开始走下坡路的时候，日本人试过直接雇用他，他还真的飞去那里赚了点钱，一次去一周或一个月，当他们的顾问。但他们手头的程序员不足以继续运作那项技术，所以它并没有完全发挥潜质。

兰迪的第二次商业进军至此落幕。他脱身的时候赚了几十万美元，这笔钱的大部分都投到了他和查琳的那所维多利亚式房子里。他不放心自己手头拿这么多流动资金，而把钱花在房子上给他一种安全感，像在一场疯狂的全接触触杀棒球比赛里终于回到本垒一样。

此后他就一直在维护"三姐妹"的计算机系统。他没赚多少钱，但也没多大压力。

兰迪总是在心平气和地告诉别人他们满嘴屁话。干黑客这行，这是唯一可以推动事情进展的方法。没人会当真生气。

查琳的朋友们确实当真了：不过让他们生气的点倒不是有人说他们错了——而是这句话暗含的"一个人可以在某件事上有对错"

这个假设。所以在那天晚上——艾维那宿命一般的电话打来那天晚上——兰迪像平时那样,退出了其他人的谈话。在托尔金而不是内分泌或白雪公主的意义上,兰迪是个矮人。托尔金的矮人矮壮寡言,带着点魔法气息,大部分时间都埋头在暗处打造美丽的东西,例如魔戒。"我是一个暂时收起战斧的矮人,旅居到了夏尔,被那里的一群喋喋不休的霍比特人(即查琳的朋友们)包围了。"这个想象其实多年以来对于保持兰迪心境平和功不可没。他清楚地知道,如果他是学术界的人,那么这些人和他们说的话会对他意义重大。但在他自己的圈子里,早就没人把这帮人当回事了。所以他只好退出谈话,默默喝酒,看着窗外太平洋的海浪,努力不要做出任何明显的动作,比如摇头和翻白眼。

然后信息高速公路的话题冒了出来,于是兰迪可以感觉到众人的脸像探照灯般转了过来,在他皮肤上投下几乎可以感觉到的温度。

G.E.B.基维斯提克博士对信息高速公路颇有些话要说。他是个五十岁上下的耶鲁教授,刚从某个名字听起来很酷很惊人的地方飞过来,所以他在谈话中特别有意地提了好几次那个地名。他的名字是个芬兰名字,但他身上有那种只有非英籍亲英派才有的英国范儿。表面上他是来这里参加"文本战争"的,实际上他是来这里招募查琳的,而实际上(兰迪怀疑)他是想跟她上床。这个猜想可能完全不对,但兰迪现在已经被逼疯到一个什么程度由此可见一斑。G.E.B.基维斯提克博士经常在电视上露面。G.E.B.基维斯提克博士出版了好几本书。G.E.B.基维斯提克博士,简单来说,正在狠狠利用他对信息高速公路与众不同的看法,来赚得除了炸掉托儿所的罪犯以外谁也比不上的上镜时间。

一个旅居夏尔的矮人大概会去参加很多晚宴,宴会上自大无聊的霍比特人也会像这样滔滔不绝。这个矮人会将整件事当笑话看。

他知道他随时可以回到现实世界去，那个比这些霍比特人想象得要复杂许多的世界，去屠杀几只食人妖，提醒自己真正重要的是什么。

反正兰迪是一直跟自己这么说的。但在那天晚上，这策略失效了。一部分原因是基维斯提克太大个儿太现实，不可能是霍比特人——他在真实世界的影响力兰迪估计这辈子也无法望其项背。部分是因为餐桌上另一个教员家属——一位名叫乔恩的天真无邪的电脑迷——决定对基维斯提克的某些说法提出几个反对问题，结果被后者高高兴兴地一招秒杀。鲜血在水中扩散。

兰迪因为想要孩子，使得他和查琳的关系遭到了毁坏。孩子带来问题。查琳，像她所有的朋友一样，受不了问题。问题意味着分歧。将分歧通过语言表达出来是冲突的一种形式。公然表现的冲突，是一种男性的社交模式——是通常会带来一大串可怕事情的男权社会的基础。尽管如此，兰迪还是决定跟G.E.B.基维斯提克博士表现表现男权。

"我们要铲平多少贫民窟才能建起信息高速公路？"基维斯提克说。这深奥的问题让桌边的人一致点头。

乔恩在椅子里动了动，仿佛基维斯提克刚把一块冰塞进了他领口。"这是什么意思？"他问。乔恩面带微笑，尽力不要表现出想要引起冲突的男性霸权主义者的样子。基维斯提克的反应则是抬起眉毛，环顾所有人，仿佛在问是谁把这个可怜虫请来的？乔恩试图弥补自己的战略失误，兰迪闭起眼睛，努力让自己不要明显地瑟缩。基维斯提克在牛津的贵宾席上跟聪明绝顶的人过招的时候，乔恩还没出生呢。"你啥都不用铲平啊，没什么要铲平的。"乔恩辩护道。

"好吧，让我这样说，"基维斯提克宽宏大量地答道——他不介意降低一点自己材料的难度来照顾乔恩这样的人，"有多少入口匝道会把世界上的贫民区和信息高速公路连通？"

噢，这样说就清楚多了，其他人似乎都觉得。明白你的意思，Geb！没人看向乔恩这个喜欢争论的贱民。乔恩无助地看向兰迪，发出求救信号。

看来乔恩是个最近走出过夏尔的霍比特人，所以他知道兰迪是个矮人。现在他在搞砸兰迪的生活，要兰迪跳到桌子上，甩掉他朴素的斗篷，掏出他的双手斧来。

兰迪没来得及考虑清楚话就已经说出了口。"信息高速公路只是一个他妈的比喻！饶了我吧！"他说。

一阵寂静，桌边的人齐刷刷地瑟缩了一下。现在这顿晚饭，正式地，毁了。他们现在只能抓住自己的脚踝，把头埋进膝盖间，等着失事飞机停下来。

"这并不能说明什么。"基维斯提克说，"一切都是比喻。'叉子'这个词是这个物品的比喻。"他举起一把叉子。"所有话语都是建立在比喻上的。"

"这也不是乱用糟糕比喻的借口。"兰迪说。

"糟糕？糟糕？谁来决定什么是糟糕的？"基维斯提克说，表情活像一个昏昏欲睡、用嘴巴呼吸的大学生。四周传来零星的窃笑，绝望地试图打破紧张的气氛。

兰迪看得出事情会如何发展。基维斯提克使出了惯常的学术撒手锏：一切都是相对的，只不过视角有所不同。大家已经开始在一旁各自继续自己中断的谈话，以为冲突已经结束，这时兰迪把他们都吓了一跳："谁来决定什么是糟糕的？我来。"

连G.E.B.基维斯提克博士都有点慌张，他不确定兰迪是不是在开玩笑。"不好意思，你说什么？"

兰迪并不着急回答这个问题。他借机舒舒服服地往后一靠，伸个懒腰，然后啜饮了一口红酒。他感觉不错。"是这样的，"他说，

"我读过你的书。我在电视上见过你。我今晚也听了你说的话。我为会议准备资料的时候亲手打过一份你的文凭列表。所以我知道你没有资格对科技问题发表意见。"

"噢,"基维斯提克假装困惑地说,"我没意识到这还需要资格啊。"

"我觉得这是很清楚的事情,"兰迪说,"如果你对某个问题一无所知,那你的意见就毫无价值。如果我生病了,我不会让水管工来给我看病。我会去看医生。同样,如果我有关于因特网的问题,我会寻求了解它的人的意见。"

"技术官僚都喜欢因特网,有意思。"基维斯提克兴高采烈地说,从人群中又榨出几声笑声。

"你刚刚做出了一个可被证明是不正确的陈述,"兰迪说,语气足够亲切友好,"有好些因特网专家写了论述详尽的书来尖锐地批评它。"

基维斯提克终于恼怒起来。所有的轻浮作风都不见了。

"所以,"兰迪继续说,"回到我们最开始的话题,信息高速公路是一个对因特网的糟糕比喻,因为我说它是。世界上可能有一千个人像我这样熟悉因特网,我认识他们大部分人。他们里面没有人把这个比喻当真。证明完毕。"

"噢,我明白了。"基维斯提克说,语气有些激烈。他看到了一个突破口。"所以我们应该依赖技术官僚们来告诉我们对这项技术怎么想,如何想。"

其他人脸上的表情似乎在说这句话是沉重、公正的致命一击。

"我不确定技术官僚是什么。"兰迪说,"我算是技术官僚吗?我只是一个去书店买了几本 TCP/IP——因特网的底层协议——课本,并且读了这些书的人。然后我登录一台电脑——这现在谁都办得到,在上面胡闹了几年,现在我了解它的一切。这就让我变成技术官僚了吗?"

"你在拿起那本书之前就已经属于技术官僚的精英阶层了,"基维斯提克说,"阅读并理解艰深的技术文本,这是一种特权。这是精英阶层才能享受到的教育赋予你的特权。我说的技术官僚指的就是这个。"

"我上的是公立学校,"兰迪说,"然后我上了州立大学。打那之后,我都是自学的。"

查琳插嘴了。自从争论开始后她就一直撇给他不悦的眼色,而他一直没理她。现在他要付出代价了。"那你的家庭呢?"查琳冷冰冰地问。

兰迪深吸一口气,控制住叹息的冲动。"我父亲是个工程师。他在州立大学教书。"

"他的父亲呢?"

"是一位数学家。"

查琳抬起眉毛。几乎其他所有人也纷纷效仿。结案了。

"我竭力反对被贴上技术官僚的标签,被分类、被典型化。"兰迪说,故意使用被压迫者的语言,也许是想以其人之道还治其人之身,但更可能是(凌晨三点躺在马尼拉酒店的床上,他想道)出于一股不可抑制的想犯浑的冲动。有些人出于习惯,严肃地看着他。礼节规定你要对受压迫者给予所有同情。其他人则倒抽一口气,为这些话竟然从一个已知、已被定罪的白人男性技术官僚口中说出而义愤填膺。"我家里没有人有过很多钱或者权力。"他说。

"我想查琳想表达的意思是这样的。"其中一位客人托马斯说道,他是和妻子尼娜一起从布拉格飞过来的。他现在将自己任命为调解者。他停顿了一下,好和查琳交换一个温暖的眼神。"仅仅是托你的科学家庭的福,你就已经是特权精英阶层的一员了。你自己并不知道——但特权精英阶层的人鲜少能意识到他们所拥有的特权。"

兰迪帮他把话说完:"直到你们这样的人来跟我们解释我们是多么愚蠢,还有多么道德沦丧。"

"托马斯说到的错误认知,正是让地位巩固的特权阶级地位巩固的关键。"查琳说。

"我可没觉得我有多地位巩固,"兰迪说,"我拼死拼活才走到今天这一步。"

"很多人辛勤工作一辈子,却一无所得。"有人谴责道。小心!狙击开始了。

"好吧,我很抱歉我没有甘愿一无所得的美德。"兰迪说,第一次开始觉得有些暴躁,"但我发现如果你努力工作,坚持自学,长点心眼,你是可以在社会上找到自己的路的。"

"但这是完全照搬某本19世纪霍雷肖·阿尔杰①的书里的话。"托马斯气急败坏地说。

"那又怎样?观念老不代表它是错的。"兰迪说。

一队服务员组成的小型突击队开始聚集在桌边,手上端满盘子,互相使着眼色,试图决定该不该打断争吵,端上晚餐。其中一位服务员奖给兰迪一个盘子,上面是几乎全生的金枪鱼厚片搭成的小棚屋。舆论一致、反对冲突的元素控制了谈话,把人们分成了若干达成共识的小组。乔恩眼泪汪汪地看了兰迪一眼,仿佛在说,你现在爽了没?查琳完全无视他,她跟托马斯形成了一个共识小组。尼娜一直试图对上兰迪的眼睛,但兰迪故意避开,因为他怕她会投来火辣撩人的"过来这里"的眼神,而兰迪现在只想离开这里。十分钟后,他的传呼机响起来,他低头看见了艾维的号码。

---

① 霍雷肖·阿尔杰(1832—1899),美国作家。作品多为励志型少年小说。

第七章 燃 烧

因为鬼子的一把大火，美军在马尼拉湾甲米地的军事基地熊熊燃烧起来——这一幕恰好落入了经过此处的鲍比·沙夫托和他的战友们的眼里，而此时，他们正像夜色中的窃贼，偷偷地溜出了马尼拉。他这辈子第一次感到如此耻辱，其他队员也深有同感。日军已经在马来半岛登陆，像失控的火车般挺进新加坡，包围关岛、威克岛、香港和鬼知道还有什么地方，谁都知道，他们的下一个目标就是菲律宾。看起来一个久经考验的驻华陆战团在这里应该能派上些用场。

但是麦克阿瑟似乎认为凭他一人之力就能保卫吕宋岛，只要他往干城卜一站，拿着他那把柯尔特点四五手枪就行了。因此他们被调离了菲律宾。他们不知道接下来要去哪儿。大多数人宁愿直接打去日本岛也不想留在陆军的地盘上。

战争爆发的那个晚上，鲍比·沙夫托首先把格洛丽送回了家人的怀抱。

阿尔塔米拉一家住在马拉特区附近，王城南边几英里的地方，离沙夫托刚跟格洛丽缠绵了半个小时的海堤也不远。城里一片混乱，根本叫不到车。水手、陆战队员和其他士兵们从酒吧、夜店和舞厅里拥出，四个人或是六个人拦住一辆车往回赶——就像星期六晚上的上海一样混乱——就像战争似乎已经到来了一样。格洛丽的鞋子走不远，最后沙夫托把她背回了家。

阿尔塔米拉这一家人多得简直可以自己组成一个民族，他们全都住在一栋楼里——甚至可以说，住在一间屋子里。有那么一两次格洛丽曾经跟鲍比·沙夫托解释过她那一家人的关系。尽管沙夫托也有一家子亲戚——几乎全都在田纳西州——但是沙夫托家的家谱依然能塞进一张十字绣图样里。沙夫托家这种规模比之于阿尔塔米拉氏族，无异于一棵孤零零的小树苗之于一片茂密的丛林。菲律宾人的家族——尤其是这种天主教的大家族——往往是根据教父教母的关系联系在一起的，就好像几棵大树之间攀附的蔓藤一样。如果沙夫托开口问，格洛丽会非常愉快甚至非常兴奋地就他们之间的亲缘说上六个钟头，这还只能说个大概。沙夫托一般听完前面三十秒就会自动关闭大脑功能了。

他把她送到家门口，那儿就算没被日本侵略的时候也总是吵吵嚷嚷的。尽管如此，在战争爆发的当口，格洛丽被一名美国海军陆战队员抱在怀里送回家来，阿尔塔米拉家的人就像看到了耶稣基督背着圣母玛利亚在房间里显灵一样。中年妇女们纷纷跪倒在他身边，就好像房间里有人放了芥子气一样——但她们却是跪下来大呼"哈利路亚"的。格洛丽轻巧地踩着高跟鞋跳了下来，泪水顺着脸潸潸而下，一个一个地吻过这个大家族里的每个成员。没一个孩子在睡觉，尽管现在是凌晨三点。沙夫托的出现吸引了几个小男孩的注意，他们年龄在三岁到十岁之间，正挥舞着木头削的步枪和长剑。他们目瞪口呆地盯着身着光彩夺目的制服的鲍比·沙夫托，沙夫托觉得自己甚至可以从房间这头往他们每个人嘴里扔进一个棒球。他用余光看到一名也许跟格洛丽有着七拐八绕的亲戚关系的中年妇女正朝他跌跌撞撞地走来，脸上还带着格洛丽的唇印，执意要来吻他。他知道自己必须尽早脱身，不然就真的走不掉。因此他无视了那个妇女，对着那几个呆若木鸡地看着他的小男孩，啪地敬了个礼。

他们也回了个礼，敬得乱七八糟，但带着一种可爱的逞强感。鲍比·沙夫托转身大踏步走出了房间，像是端着刺刀冲锋似的。他想，明天事态平息一点之后再回马拉特区来看看格洛丽和其他阿尔塔米拉家人吧。

他再也没有见到过她。

他回到船上报到之后就被命令再也不准离舰。他确实也想方设法跟杰克叔叔搭上了话——后者开了个小汽船过来，他们就这么隔着一段距离互相喊了几句话。杰克叔叔是沙夫托家留在马尼拉的最后一个人，当年田纳西志愿兵尼姆罗德·沙夫托留下的一支。尼姆罗德在库因瓜战役中右臂挨了菲律宾叛军的一枪，这位因此被称为"老左"的尼姆罗德在马尼拉的一家医院里接受治疗时，意识到自己相当欣赏那些勇敢的菲律宾汉子（为了消灭他们，美军不得不发明了一种新的威力巨大的副武器——柯尔特点四五手枪）。不仅如此，他也很喜欢菲律宾女人。因伤退役之后，他发现美军付给他的残障补贴根据当地的消费水平可以活得相当潇洒。于是他开始在帕西格河沿岸做起了进出口买卖，还娶了个西菲混血的老婆，生下了一子（杰克）二女。最后那两个女儿都回了美国，回到田纳西山区，那个自从18世纪初沙夫托的祖辈从劳工契约里解放出来之后就世代生息的地方。杰克继承了尼姆罗德的生意留在了马尼拉，但是终身未婚。在马尼拉本地人看来，他确实赚了一大笔钱。他既是个老辣的行商，也是个浪荡的花花公子，两者浑然一体。他和帕斯卡先生长期合作，这也是鲍比·沙夫托先认识了帕斯卡先生，再结识了格洛丽的契机。

鲍比·沙夫托把最近听到的消息复述了一遍，杰克叔叔的脸顿时垮了下来。这儿可没人愿意面对他们即将被日本人包围的事实。他的下一句话本来应该是"那可真是见鬼，我得赶紧逃出这个鬼地方，到了澳大利亚我会给你寄明信片的"，然而他真正说出来的却是："过几天我再来看你。"

鲍比·沙夫托咬住话头，把他想说的话咽了下去：他是个陆战队员，他在一艘军舰上，而且现在是战争时期——战场军舰上陆战队员很少有能留在一个地方不走的。他只是站在那里，看着杰克叔叔的汽船突突地开走，时不时地回过头向他挥一挥手里精致的巴拿马草帽。鲍比·沙夫托身边也有几个水手饶有兴致地看着，啧啧有声。海滨的浅水被驶往巴丹和科雷希多岛的船只搅得不得安宁——所有没有固定在水泥地面上的设备都被拆下来丢下船准备运走——杰克叔叔穿着一身米色西装站在船头，隔着穿梭的船只镇定自若地朝他挥手里的帽子。鲍比·沙夫托看着他消失在帕西格河口，心里知道他也许是沙夫托家最后一个见到活着的杰克叔叔的人了。

尽管有这么多预先警告，但是几天后，当他们没有举行任何传统的告别仪式，就趁着夜色悄悄将船开出了马尼拉时，他还是感到了惊讶。马尼拉恐怕到处都潜伏着日本人的间谍，没有什么比弄沉一艘满载久经考验的陆战队员的运输船更让他们高兴的了。

马尼拉隐没在他们身后的夜幕里。自从那夜之后沙夫托再也没有见过格洛丽，想起这件事，他感觉好像有人在拿滚烫的牙医钻一点一点钻他的心。他想知道她怎么样了。也许当战况平稳一点，战线稳定下来之后，他可以想办法让自己被派驻到这边来。麦克阿瑟这个难搞的老浑蛋一定会在这里跟鬼子打一场硬仗。就算菲律宾沦陷了，罗斯福也不会让日军长久地控制这里。只要运气不那么差，半年以内，鲍比·沙夫托一定会挺进马尼拉的塔夫大道，身着全套军礼服,军乐队在前面开路,也许身上还带着一两处轻伤。他们走着走着,会看到阿尔塔米拉家的人夹道欢迎他,队伍长达一英里。走到一半的时候,人群会从中分开,格洛丽跑过来扑进他的怀里,将他吻到喘不过气。他会把她抱上某个小教堂的台阶,一位穿白色教士袍的神父正带着满脸笑容等待着他们——

甲米地的美军基地上升腾起一朵橘红色的蘑菇云,击碎了他的美梦。大火烧了一整天,另一个油料场也烧了起来。他在几英里之外都能感受到热浪一波波打在脸上。鲍比·沙夫托站在甲板上,全副救生装备,以防他们被鱼雷击中。借着火光,他望向其他站成一列的陆战队员,他们也穿好了救生衣,失神地望着远处的大火,脸上满是疲惫与汗水。

他们离开马尼拉不过半个小时,却像驶过了一百万英里那么漫长。

他想起南京,想起日本鬼子的暴行。他们对那里的妇女干下的事。

从前,很久很久以前,曾经有一个叫作马尼拉的城市。那里曾经有过一个少女。她的名字和面容,但愿他再也不会想起。鲍比·沙夫托开始尽快地从脑海里将这一切抹去。

第八章 行　人

尊重行人，马尼拉城区的路标上写着。兰迪一看见它就知道自己有麻烦了。

在马尼拉的头几个星期，他的工作内容主要是走路。他拿着一台手持 GPS 接收器走遍全城，记录下经度和纬度。他在酒店房间里将这些数据加密，然后用电邮传给艾维。它变成寄生藤公司知识产权的一部分。它变成了资产。

现在，他们还真拿下了一块办公地点。兰迪顽固地坚持走路过去。他知道他一旦搭过出租车，就再也不会走路了。

尊重行人，路标说，但司机、物理环境、当地的土地利用风俗，以及这地方的布局本身都串通一气，要用行人活该受到的轻蔑来对待他。要是兰迪踩着弹簧高跷、头戴螺旋桨圆帽去上班，他得到的尊重可能还会多些。每天早晨酒店服务员都问他要不要出租车，听到否定回答的时候总是差点儿昏死过去。每天早晨出租车司机们在酒店前排成一排，靠在车上抽着烟，对他喊："的士？的士？"被他拒绝后，他们用他加禄语互相说着笑话，捧腹大笑起来。

就好像害怕兰迪还没明白似的，一架崭新的红白相间的直升机摇摇晃晃地徘徊在黎刹公园的低空里,像一只准备躺下的狗一样转了一两圈,然后降落在几株棕榈的不远处,正停在酒店门前。

兰迪已经习惯了穿过黎刹公园去王城。这不是近路。近路要经过一片真空地带,一片广袤、危险、散布着违章住户的棚屋的十字路口(危险是因为汽车,不是因为违章住户)。然而如果你走公园,你就只需要打发掉一大群妓女。兰迪对这项技巧已经相当纯熟了。妓女们无法理解一个有钱住马尼拉酒店的人怎么会每天自愿在城里步行,所以只好作罢,把他当作疯子。他已经进入那种非理性事物的领域,你除了接受别无他法的,而在菲律宾这可是个无穷域。

兰迪一直搞不清为什么一切都这么难闻,直到他走到了人行道上一个巨大规整的矩形洞口旁,低头看见了一条流着未经处理的污水的臭水沟。人行道只不过是下水道的盖子。带钢筋把手的混凝土板提供了进入深渊的路。违章住户在把手上缠上线束,他们随时可以把板子抬起来,让下水道变成一个临时公共厕所。这些板子上通常刻着改造它们的绅士们的姓名首字母、队伍名称或者涂鸦标志,他们的能力和专注程度参差不齐,但团队精神却普遍标准很高。

进入王城的门并不多。兰迪每天都必须受到马拉出租车的两面夹攻,有些出租车除了尾随他一刻钟、不停咕哝着"先生?先生?的士?的士?"之外根本没别的事好做。其中有一人是兰迪见过最顽固的资本主义者。每次他亦步亦趋地跟着兰迪时,总有一道尿液从他的马肚子下面喷薄而出,洒在人行道上,哔哔作响,泛起泡沫。细小的尿珠溅在兰迪的裤腿上。不管天气多热,兰迪总坚持穿长裤。

王城是一片出奇地安静慵懒的地方。造成如此境况的大部分原因是它在战争中被摧毁过,还没有恢复过来。大半地区仍然是空旷的杂草场,在一个巨大拥挤的大都会中心显得十分诡异。

南下几英里,往机场方向,郊外的开发区环绕着马卡蒂。按道理说，寄生藤公司应该设在此处。这里每个街区都有几家巨大的五星级豪华酒店，有看起来干净时尚的写字楼，还有现代化公寓。但对房地产品位乖张的艾维却决定忽视这一切，而去追求他在电话里称之为"质感"的东西。"我不喜欢在房地产业达到最高峰的时候买房子或者租房子。"他说。

试图理解艾维的动机就像用一根筷子剥洋葱。兰迪知道他的动机远不止一条：也许他在做某个房东的人情，或者还人情；也许他在读某个管理专家的书，书里叫年轻企业家们对一个国家的文化一定要亲身体验。倒不是说艾维是喜欢所谓专家的人。兰迪最新的理论是一切都跟"视线"有关——经度和纬度。

有时兰迪会去西班牙城墙上散步。在麦克阿瑟将军战前总部的所在地，维多利亚大街旁，城墙就像四车道的公路一样宽敞。情侣们依偎着坐在梯形的炮洞里，撑起伞来制造一点隐私。在他左下方是护城河，足有一两个街区宽，大部分已经干涸了。违章住户们在河床上搭起了棚屋。在还有水的地方，他们捕捞青蟹，或者在姹紫嫣红的莲花间拉起临时渔网。

右手边是王城。几座零星的建筑从乱七八糟地堆着石头的荒地里冒出来。古老的西班牙大炮散落各处，一半埋在土里。碎石地已经被热带植物和违章住户占领。他们的晾衣杆和电视天线上缠满了攀援植物和临时电线。电线杆以奇怪的角度伸入空中，像烧毁的丛林里的"寡妇制造者"[①]，有些几乎完全被电表的玻璃罩掩盖住了。每隔十来码，不知何故，都会出现一堆焖烧的碎石。

他经过大教堂，孩子们跟在他身后，可怜巴巴地叫喊、乞求着，直到他把比索放进他们手中。然后他们喜笑颜开，有时会用完美的

[①] 指树林里随时可能掉下来的树枝或树干。因为容易砸死人，故被伐木工们称为"寡妇制造者"。

美式日常英语对他开心地说一声"谢谢"。马尼拉的乞丐们似乎从来不太把自己的工作当真,因为就连他们都被"讽刺"这种文化病菌感染了,而且看起来总像在拼命忍着不要咧嘴大笑,似乎他们不敢相信自己在做这么老土的事情。

他们不明白他在工作。没关系。

灵感产生的速度总是比兰迪能够使用它们的速度快。他生命的前三十年都在追逐当时最能够吸引他的灵感,然后在更好的点子出现时将上一个弃之不顾。

现在他又再次为一家公司工作了,他有一定的责任去有效利用自己的时间。好点子像往常一样迅速猛烈地冲击他,但他必须时刻想着点儿自己的目标。如果这灵感和寄生藤公司无关,他只能先拿笔草草记录下来,然后暂时把它忘掉。如果有关,他得抑制住一头扎进去的冲动,先考虑:在他之前有人想出过这个主意吗?这种技术有可能直接购买到吗?他可以把工作外包给一位美国程序员吗?

他慢慢地走着,一部分原因是如果走得太快他可能会中暑,然后一头栽倒死在水沟里。更糟糕的是,他可能会从地上的某个开口掉进一股污水里,或者碰到一条像耐心的角蝰一样吊在他脑袋上方的违章住户电线。被上面的电线电死和被下面的粪水淹死的危险时刻存在着,让他环顾左右同时还得上下看。夹在反复无常、危险重重的天堂和令人毛骨悚然的地狱之间,兰迪从未感到这样束手束脚。这个地方的宗教化程度和印度一样深,但一切都是天主教风格的。

王城的最北边是一片小小的商业区。它夹在马尼拉大教堂和圣地亚哥堡中间,后者是西班牙人建造来控制帕西格河口的基地。你从电话线上可以看出这里是商业区。如同在其他"迅速增长的亚洲经济体"里一样,你很难分辨出它们哪些是私接的电话线,哪些是装得实在很差劲的正规线路。它们是渐进主义为什么不好的绝佳例证。有些地方的电线束粗得兰迪可能两手都抱不住。它们的重量和拉力已经开始把电话线杆拉歪了，尤其是在道路拐弯的地方，因为电线在通过拐角的时候会产生一个向侧面的合力。

所有建筑都是用你能想象到的最廉价的方法造起来的：混凝土浇灌进木头框架里，搭在人工拧起来的钢筋架子上。每一栋房屋都笨重无比，泛着灰色，彼此之间完全看不出区别。几栋比较高的，有二三十层的建筑，在旁边的大十字路口处俯瞰这一片街区，狂风和雀鸟从这些楼房破碎的窗户里进进出出。它们在 20 世纪 80 年代的一场地震中遭到了很严重的震荡，至今尚未得到修复。

他路过一家门前有低矮的混凝土碉堡的饭店，碉堡的入口被发黑的钢铁格栅封住了，生锈的排气管从顶部戳出来，下面连接着锁在里面的柴油发电机，上面自豪地印满了"不停电"三个大字。再往后是一家战后才建起的大楼，四层楼高，一捆特别粗的电话线伸进楼里面。建筑的正面下方钉着某家银行的标志。楼前有斜角泊车位。大门前的两个车位被手写的标牌挡了起来：运钞车专用和银行经理专用。几个警卫站在门口，攥着短筒防暴枪那粗粗的木头握柄，这种武器笨重、卡通化的外形活像玩具兵人的道具。其中一名警卫站在一个防弹接待台后面，台子上的标志写着：请将枪支或火器交给警卫。

兰迪对警卫们点点头，走进这栋楼的大堂——这里跟外面一样热。他走过银行，没有理睬不靠谱的电梯，而是穿过一道铁门来到一个狭窄的楼梯间。今天这里面一片漆黑。这栋楼的电力系统是东拼西凑起来的——几套系统并存，被不同的面板控制，有些连着发电机，有些没有。所以停电都是分区域的。楼梯顶端的某个地方，有小鸟在叽叽喳喳地叫着，和外面响起的汽车警报声比赛。

寄生藤公司租下了这栋楼的最顶层,不过目前只有他一个人在这上班。他用钥匙打开门。感谢上帝,他们的空调可以正常运转。他们买的独立发电机组算是值了。他关掉警报系统,走到冰箱前,拿出两瓶一公升装的水。就他的个人经验来说,走路之后要喝水喝到他想小便为止。然后他才去考虑其他的活动。

他满身大汗,没法坐下。他必须不停移动,好让凉爽干燥的空气拂过他的全身。他从胡子里甩出一滴滴汗水,一边绕着圈走动,一边朝窗外看去,检查这里的视线。他把弹道尼龙做的旅行钱包从裤子口袋里掏出来,挂在腰带环上,这样被钱包捂住的皮肤才能透气。钱包里装着他的护照,一张没用过的信用卡,十张崭新的一百美元钞票,和一张存着他那4096位密钥的软盘。

向北看去,他可以望到圣地亚哥堡的绿地和壁垒,日本游客组成的方阵在那儿辛苦地游览,带着严肃的决心记录他们的快乐时光。在那之后是帕西格河,被漂浮的废弃物塞得满满的。河对面是高楼林立的奎阿坡:一座座高层公寓和办公楼,后者的顶层装饰着公司名称,楼顶还有卫星天线。

兰迪一时半会儿还不想停止移动,便在办公室里顺时针踱步。一根绿色的带子环绕着王城——那是它从前的护城河。他刚沿着西侧的河边走过来。东侧的河岸上满布着新古典主义风格的建筑,里面是各种政府部门。邮政电信管理局坐落在帕西格河的一个拐角边,三座紧邻的桥梁从这里呈放射状伸入奎阿坡。在河边庞大崭新的建筑物后方,奎阿坡和它毗邻的圣米格尔是大型机构的集合体:一座火车站,一所老监狱,许许多多所大学,和坐落在帕西格河更上游处的马拉坎南宫。

回到帕西格河的这边,离他最近的是王城(大小教堂被围在蛰伏的土地中间),中间是政府机构、学院和大学,再后面是一片仿若无边无际的地势低洼、烟气迷蒙的城市。向南的远处是金光闪耀的商业城马卡蒂，围绕着两条大道以锐角相交而形成的广场建造，交错的道路与更南边一点的尼诺·阿基诺机场交叉的跑道互相辉映。许多大型房屋栖息在一片从马卡蒂延伸出去的广阔的草坪上，形成了一座翡翠城：那是大使和公司总裁们的居所。按照他的顺时针路线继续前行，他可以看到罗哈斯大道沿着防波堤向他伸来，道旁是两列显眼的、哨兵般整齐的棕榈树。马尼拉湾里挤满了船只，大货船布满水面，像河缆①拦住的圆木。集装箱码头就在他下方的西侧：一片密匝匝的仓库造在人工填海土地上，地面的平整和自然程度跟一块刨花木板差不多。

如果他的视线越过起重机和集装箱，朝正西方的海湾那头望去，他可以隐约看到约四十英里外巴丹半岛巨大的轮廓。沿着它黑色的轮廓线向南看去——追随着日本人在1942年走的路线——他几乎可以辨认出它南端的一个小凸起。那是科雷希多岛。这是他第一次能够看见它，今天的空气澄澈得不同寻常。

历史琐事的一个碎片浮出了他已经被烤化了的脑海。阿卡普尔科的西班牙大帆船。科雷希多岛的烽火。

他拨通艾维的手机号码，在世界某处的艾维接了电话。他听起来像是在出租车里，身处一个鸣喇叭还是天经地义的国家。"你在想什么，兰迪？"

"视线。"兰迪说。

"哈！"艾维脱口而出，仿佛被一个健身实心球狠狠砸中了肚子，"你想明白了。"

---

① 木材水运时，为了截留木材在河面上设置的拦截装置。

第九章　瓜达尔卡纳尔岛

这些突击队员身上的血液已经停止流动，也不再有任何呼吸。他们身上挂着的那套沉重的装备将他们嵌在沙滩上。慢慢涌起的潮水将海底的泥沙覆盖在他们身上，一丝丝仿佛彗星尾巴似的血迹朝大洋深处荡漾开，好像为那些来岸边觅食的鲨鱼铺好了欢迎的红毯。只不过还有一只巨蜥混在他们之中，不过体形也差不多：中间宽两头细，被海浪冲刷成了流线型。

一小支日军护航船队正在朝目标地点驶来，后面拖着装满了补给铁桶的驳船。沙夫托和他的队友们此时本来应该用迫击炮瞄准它们一通乱射。等美军飞机赶来痛揍他们的时候，鬼子就会把那些铁桶抛进海里，指望它们能被海浪冲到瓜达尔卡纳尔岛，然后落荒而逃。

对于鲍比·沙夫托来说，战争结束了——反正既不是第一次也不是最后一次。他费力地穿行在队友的尸体中间。海浪拍打着他的膝盖，然后吐出魔毯似的交织在一起的泡沫和植物，害得他脚下一直打滑。他老是无缘无故地转身，摔了好几个屁股墩儿。

他终于走到了医务兵的尸体前，把他身上带着红十字的东西都剥了下来。他背对着日本人的护航船,顺着潮水看向岛上的一座缓坡。从这么低的地方看上去,那里高得跟珠穆朗玛峰似的。沙夫托决定手脚并用完成这次壮举。大浪时不时拍打着他的屁股,潮水像高潮一样冲过他腿间,再拍到他的脸上。这感觉不错,而且能让他保持清醒,不至于向前跌倒然后在低于涨潮线的地方睡着。

接下来的几天就好像一遍遍翻来覆去地观看一沓脏兮兮、褪了色的黑白照片:潮起,尸体在海里随波逐流。潮落。又是潮起。海滩上散落着黑色的残骸,好像沙夫托奶奶做的葡萄干吐司面包。半埋在沙滩里的一个/支吗啡瓶子。小小的黑色人影,几乎全裸,趁着潮落的时候来搜刮尸体。

喂,等等!沙夫托不知怎么地站了起来,抓紧了他的斯普林菲尔德步枪。但是丛林可不想放过他,在他躺着的时候蔓藤植物已经爬到了他的身上。他站了起来,身后挂着枝枝叶叶,像彩带游行庆典时的花车似的。阳光扑面而来,好像给他灌了一瓶温热的催吐糖浆。他感到大地朝他撞来,接着就转了个圈儿倒下了——就在这个瞬间,他瞥到一个扛着步枪的大个子——接着就一头栽进了冰凉的沙里。海浪在他脑袋里咆哮;他看到一群天使起立鼓掌,这群已经死过一回的家伙一眼就能看出降临的死亡。

一双小手把他翻了过来。他的一只眼睛被沙子糊住了,只好眯缝着另一只眼睛看去:一个肩上挂着步枪的大个子正站在他面前。这人有一把红色的胡须,从这点来看应该不会是日本士兵。但他是谁?

他像医生一样戳了戳沙夫托,又像个神父一样祷告了一句——甚至是用拉丁文祷告的。他黝黑的脑袋上生着乱蓬蓬的银发。沙夫托上下打量着他,想找出点什么标志。他希望看到一句"Semper

Fidelis"[①]，但他看到的是"Societas Eruditorum"和"Ignoti et quasi occulti"。

"Ignoti et……这他妈写的什么？"他问。

"隐秘未知——差不多是这个意思吧。"对方答道。他的英语很奇特，有点澳大利亚的味道，又有些德国人的口音。他也看了看沙夫托的标志，"海军突击队？新的兵种？"

"跟陆战队差不多，但是更胜一筹。"沙夫托说。这听上去好像是在吹牛皮。其实也就是在吹牛皮。他身上沾有多少沙子，这句话就有多讽刺——至少在这个历史阶段，海军陆战队员可不仅仅是个强悍的浑球。他沙夫托是个不知道漂到了哪个鬼地方（其实就是瓜岛），身上没有半点食物和武器（大多数陆战队员会告诉你，这绝对是麦克阿瑟将军和日本鬼子串通好的阴谋），只好就地取材，找到什么用什么，还有一半时间因为生病和吃药头晕眼花的强悍的浑球。从任何一个角度来看，海军突击队（正如沙夫托所言）跟陆战队差不多，但是更胜一筹。

"你是什么特攻队的队员？还是——"沙夫托打断了红毛的自言自语。

"不，我就住在山里。"

"哦，是吗？那你在那儿干什么，红毛？"

"望风。然后编成密码用无线电发出去。"他又喃喃默念起来。

"跟谁说话呢，红毛？"

"你是说我刚念的那段拉丁文，还是说无线电？"

"两个都告诉我吧。"

"无线电嘛，我给好人通风报信。"

[①]美国海军陆战队信条"永远忠诚"。

"谁是好人？"

"说来话长。如果你活下来的话，我也许会介绍其中几位给你认识。"红毛说。

"那刚刚的拉丁文又是跟谁说的？"

"跟主，"红毛说，"临终祷告，万一你没活下来。"

这让他想起了他的队友们。他想起来最开始自己怎么会奋不顾身地站起来了。"喂！喂！"他想坐起来，却发现根本办不到，只好一边扑腾一边喊道，"那些混账正在翻尸体呢！"

他的眼睛看不清楚，他只好抬起手把沙子揉出去。

实际上他刚刚已经看得很清楚了。散落在沙滩上的铁桶其实是——其实的确是铁桶没错。那些土著人正像狗一样用手把它们从泥沙里刨出来，再推进丛林里去。

沙夫托眼前一黑，昏了过去。

等他再次醒过来的时候，沙滩上已经摆开了一排十字架——用藤蔓植物缠起来的木棍，上面挂着丛林里的鲜花。红毛正在用步枪的枪托把它们敲进地里。所有的铁桶和大多数土著人都不见了。他想要一支吗啡，沙夫托对红毛说。

"如果你现在就要，"红毛说，"那就耐心等会儿。"他把步枪丢给一个土著人，大踏步朝沙夫托走来，然后像个消防队员一样把他往肩膀上一扛。沙夫托大叫起来。当红毛扛着他大步穿行在丛林里时，几架零式战机飞过头顶。"我的名字是以诺克·鲁特，"红毛说，"你也可以叫我修士。"

第十章 大帆船

一天早晨，兰迪·沃特豪斯早早起床，洗了个长长的热水澡，站到他在马尼拉酒店套房的镜子前，然后把自己的脸刮出了血。他本来考虑着要不要把这份工作交给专家——酒店大堂里的理发师，但这是兰迪的脸十年以来第一次即将暴露出来，他想要自己做那个最先看到的人。他的心竟然真的怦怦直跳了起来，一半是出于对剃刀那原始、本能的恐惧，一半是出于纯粹的期待。这场面就好像老套的电影里病人脸上的绷带终于拆下来，然后他眼前出现一面镜子一样。

头一个效果是一阵强烈的似曾相识感，仿佛他之前十年的生活仅仅是黄粱一梦，他现在可以从头再来。

然后他开始注意到，他的脸自从上次暴露在空气和光线中以来，发生了一些微妙的变化。让他有些惊讶的是这些变化竟然不全是坏的。兰迪从来不觉得自己有多么英俊，也从来没怎么在乎。但镜子里那沾着血的面容，可以说比十年前消失在逐渐密实的胡须中的那张脸要更好看。它看起来像一张大人的脸了。

* * *

自从他和艾维安排好针对邮电局——邮政电信管理局——的高级官员的计划后,已经过去一周了。"邮电局"是做电信生意的人们对本周访问的国家里管这些事情的部门的通称,就像给它们贴一张黄色便笺条。在菲律宾,它其实不叫这个名字。

美国带着菲律宾,或至少是陪着她步入了20世纪,并建立起她的中央政府机构。王城,马尼拉死去的心脏,被一圈巨大的新古典主义建筑松散地包围着,风格与哥伦比亚特区极其相似,里面驻有该政府机构的各个部门。邮电局的总部就在其中一栋建筑里,地处帕西格河南边。

兰迪和艾维到得很早,因为兰迪已经熟知马尼拉的交通状况,坚持要他们为搭出租车从旅馆到这里一到两英里的路程多留出一个小时。但当天的交通出奇地通畅,结果他们到达时还有整整二十分钟的富余。他们漫步到大楼一侧,登上绿色的河堤。艾维用目光瞄准寄生藤公司那栋楼,只为了确认他们的视线确实毫无阻隔。兰迪对这一点已经很满意了,就只是抄着手站在那,看着河水。整条河从此岸到彼岸已经被漂浮的垃圾塞得满满当当:有一些植物,但大多是旧床垫、靠枕、塑料垃圾碎片、大堆大堆的泡沫,还有最多的就是五颜六色的塑料袋。河水简直跟呕吐物一样黏稠。

艾维皱起鼻子:"那是什么东西?"

兰迪嗅了嗅空气,在杂七杂八的味道中闻到了烧焦的塑料的气味。他往下游比画了一下。"违章住户把棚子搭在圣地亚哥堡的另一边,"他解释道,"他们把塑料从河里筛出来当燃料烧。"

"几个星期前我去了墨西哥,"艾维说,"他们那里有塑料森林!"

"什么意思？"

"在城市的下风区，树林会把空中飞的塑料袋拦下来。那些树被塑料袋完全盖住了。树全都死了，因为空气和阳光没办法透到叶子上。但它们还立在那，上面裹满随风飘舞的破塑料袋，什么颜色的都有。"

兰迪脱掉他的休闲西服外套，卷起袖子；艾维似乎完全没有注意到炎热。"所以那就是圣地亚哥堡啊。"艾维说道，开始朝那边走去。

"你听说过？"兰迪说着跟了上去，叹了口气。空气如此炎热，它经过你的肺出来时温度甚至还降低了几度。

"录像里提到过。"艾维说，举起一盒录像带摇了摇。

"噢，没错。"

很快他们就站在了堡垒的入口，一对用充满了孔洞的火山凝灰岩雕出的卫兵一左一右护卫着大门：两个挥着长戟的西班牙人，身着宽松的裤子，头戴征服者头盔。它们伫立在这里已近半个世纪，千万次热带风暴从它们身上冲刷而过，将它们打磨得平滑了许多。

艾维关注的时间范围可就短得多了——他的眼睛只盯着那些对雕像的毁坏远比时间和雨水要严重得多的弹坑。他把手指伸进去，像多疑的多马①。然后他退回一步，开始用希伯来语嘀嘀咕咕。两个扎着马尾辫、穿着手工凉鞋的德国游客慢悠悠地穿过了大门。

"我们还有五分钟。"兰迪说。

"好吧，我们以后再来。"

* * *

---

①多马，耶稣十二门徒之一。在《约翰福音》中，他要求将手指伸入耶稣身上的伤口才确信耶稣复活，因而被称为"多疑的多马"。

查琳的观点不无道理。兰迪剃掉胡须之后的十到十五分钟里，血液一直从兰迪脸上看不见也感觉不到疼痛的细小伤口里渗出。片刻前，这些血液还在他的心室里奔涌，或者浸透在使他成为一个意识实体的大脑里。现在同样的东西却暴露在了空气中，他可以伸出手把它抹掉。兰迪和周围环境之间的界限被消灭了。

他掏出一大管防水的高强度防晒霜，在脸、脖子、手臂和头顶一片毛发日渐稀薄的头皮上抹了厚厚一层。然后他穿上卡其布裤子、船鞋和一件宽松的棉质衬衫，带上一个腰包，里面装着他的GPS接收器和另外几件必需品，比如一沓卫生纸和一台一次性相机。他把钥匙扔到前台，酒店员工们都忍不住打量了他好几遍，然后咧嘴笑起来。服务员对他的新造型似乎格外欣喜。或者可能是因为他好不容易穿了一次皮鞋。平底便鞋——他总觉得这是颓废学院风的标志，但是今天穿在他身上合情合理。服务员准备为他拉开大门，兰迪却穿过大堂朝酒店后身走去，绕开游泳池，走过一排棕榈树，来到防波堤上的一排石头栏杆边。他的下方是酒店的码头，伸向一个通往马尼拉湾的小海湾里。

他的座驾还没到，所以他在栏杆旁站了一会儿。海湾的一边连着黎刹公园。几个典型的违章住户懒洋洋地躺在长椅上，一张张饱经风霜的脸回望着他。防波堤下，一个只穿着短裤的中年男子正站在齐膝深的水里，手拿一根尖利的木棍，带着猫一样的专注盯着微澜的海水。一架黑色的直升机正在砂糖白的天空中慢慢盘旋，准备降落。那是一架越战时期的老休伊直升机，在空中盘旋时除了螺旋桨的呼呼声之外，还会发出一种凶猛的爬行动物一般的嘶嘶声。

一艘船从海湾上徐徐升起的雾气中现形，它关掉引擎，滑入了海湾，船头激起一道道弓形的水波，像是厚重地毯上的褶皱。一个苗条高挑的女人泰然自若地站在船头，仿佛一座有生命的船首像。

她手上拿着一捆沉重的缆绳。

* * *

邮电局楼顶上巨大的碟状卫星天线几乎垂直指着天空，好似供鸟戏水的水盆，因为马尼拉离赤道实在是太近了。大楼的石墙上，那些战后用来填平子弹和弹片打出的弹坑的灰泥，现在已经开始剥落。窗式空调聚集在房子的半圆形拱门处，水滴在下面的石灰岩栏杆上，将其缓缓溶蚀。石灰岩已经被某种有机污泥染黑，上面长出小小的植物来，它们的根系把栏杆弄得坑坑洼洼；也许是聚集在此处洗澡饮水的鸟儿——这些空中国度的违章住户的粪便里带来的种子。

十二个人等在一间四面镶嵌着木板的会议室里，一半是坐在桌边的大人物，一半是站在墙角的小跟班。兰迪和艾维进来后，有一阵子大家都急匆匆地互相握手、交换名片，虽然介绍环节的绝大部分都在兰迪的短期记忆里一闪而过，就像一架超音速战斗机横冲直撞地闯过第三世界差劲的防空系统一样。他只剩下了手里的一沓名片。他把名片在自己面前的桌面上排开，仿佛一个喜欢在餐盘上玩空当接龙的老怪胎。自然，艾维已经认识这些人了——他似乎跟大部分人熟悉到可以直呼其名，知道他们孩子的名字和年龄，他们的兴趣爱好、血型，有什么慢性病，在看什么书，常参加谁的派对。这一点显然让所有人喜笑颜开，而所有人都完全当兰迪不存在，感谢上帝。

房间里的六个重要人物之中，有三个是菲律宾中年男人。其中之一是邮电局的高级官员；另一个是一家叫"菲律通"的新兴电信公司的董事长，该公司正努力和传统的垄断商竞争；第三个是一家叫"24满"的公司的副总裁,这家公司运营着菲律宾差不多一半的便利店,在马来西亚也有不少分店。兰迪分不清谁是谁,但依靠观察他们与艾维交谈,再用上归纳逻辑法,他很快就能把名片和脸对上号了。

另外三个人很好认:两个美国人,一个日本人,其中一个美国人还是女的。她穿着淡紫色的高跟鞋,与身上利落的西装裙套装颜色搭配,还涂着相衬的指甲油。她看起来像刚从假指甲或家庭烫发用具的广告里走出来的。她的名片上写着她叫玛丽·安·卡森,是AVCLA——洛杉矶亚洲风险资本公司的副总裁。兰迪模糊知道那是一个总部在洛杉矶、给迅速增长的亚洲经济体投资的公司。那个美国男人金发碧眼,下巴坚毅,一副准军人的风范。他看起来充满戒备、严守纪律、冷漠无情,若是要查琳那帮人来分析的话,肯定会被看作是深层次潜在心理障碍产生的压抑导致的敌意。他代表苏比克湾自由港。日本人是个大得可笑的消费电子产品公司旗下某个子公司的执行副总裁。他大概有六英尺高,躯干瘦小,但脑袋很大,头的形状像个倒过来的西洋梨,浓密的头发中掺杂着几绺银丝,戴着金丝眼镜。他频频微笑,散发出一个将两千页的商务礼仪百科倒背如流的人才会有的镇定自若。

艾维没有浪费时间,马上开始放录像带——目前这盘带子代表着寄生藤公司大概百分之七十五的资产。录像是艾维请旧金山的一家新兴多媒体公司做的,做这盘录像的合同占公司本年收入的百分之一百。"馅饼切太薄会碎的。"艾维喜欢说。

录像开始于一个一艘西班牙大帆船在波涛汹涌的海面上奋进的镜头——从某部被人遗忘的电视电影里偷来的。字幕:南中国海——公元1699年。原本单声道的音轨经过了加强和杜比降噪处理。令人印象相当深刻。

("AVCLA 的一半投资者都喜欢游艇。"艾维解释说。)

镜头切到（由该多媒体公司出品，衔接得天衣无缝）瞭望台上一个脏兮兮、筋疲力尽的瞭望员，透过黄铜望远镜眺望着，一边用西班牙语大叫："发现陆地！"

镜头切到帆船的船长，一个面容粗犷、满脸胡须的角色，从他的船舱里走出来，带着济慈诗里那种惊讶的揣测①眺望着地平线。"科雷希多岛！"他叫道。

镜头切到一座绿色的热带小岛顶上的石塔，一位瞭望员也发现了海面上的（电脑添加上去的）帆船。瞭望员把双手拢到嘴边，用西班牙语大喊："是大帆船！点燃烽火！"

("邮电局头头的一家子都很喜欢当地历史，"艾维说，"菲律宾博物馆就是他们家开的。")

随着一声激昂的欢呼，头戴征服者头盔的西班牙人（其实是墨西哥裔美国演员）把火把扔进一大堆干柴中，惊人的火焰金字塔冲天而起，足以瞬间烤熟一头公牛。

镜头切到马尼拉的圣地亚哥堡的城墙垛上（前景：经过雕刻的聚苯乙烯泡沫；背景：电脑生成的风景），那里又一个征服者看到了地平线上燃起的火光。"看！是帆船！"②他喊道。

镜头切到一系列马尼拉的市民争相来到防波堤上崇拜烽火，其中有一个奥斯定会的修士合上他缠着玫瑰念珠的双手，当场就念起了牧师那套拉丁语（"运营菲律通的那家人给马尼拉大教堂捐赠了个礼拜堂"），还有一个清晰的镜头，表现一群衣冠整齐的中国商人正从平底帆船上卸下一捆捆丝绸（"24 满这个连锁便利商店是中国混

---

①约翰·济慈的诗《初读贾浦曼译荷马有感》其中一句"而他的同伙／在惊讶的揣测中彼此观看"。译文引自查良铮译本。
②原文为西班牙语。

血儿开的")。

低沉威严的画外音响起，那是带着菲律宾口音的英语（"演员是邮电局老大的孙子的教父的兄弟"）。屏幕下方出现了他加禄语字幕（"邮电局的人对本国语言有很高的政治忠诚感"）。

"在西班牙帝国的全盛时期，每年最大的盛事，就是大帆船从阿卡普尔科到来，上面满载美洲富饶的矿脉里出产的银子——购买亚洲的丝绸和香料的银子，使菲律宾成为亚洲经济源泉的银子。帆船到来时，马尼拉湾入口的科雷希多岛上会燃起火堆，昭告四方。"

镜头（终于！）从马尼拉市民满面笑容、闪着贪婪的脸上切到一幅3D渲染图像，上面是马尼拉湾、巴丹半岛和巴丹顶端处的小群岛，包括科雷希多岛。视角猛然俯冲，聚焦在科雷希多岛上，一堆渲染得很糟糕、一看就知是假的火升了起来。一束黄色的光线穿过海湾，像《星际迷航》里的相位枪。我们的视角跟随光线移动。光最后洒在圣地亚哥堡的墙壁上。

"烽火是一种古老而简单的技术。用现代科学的语言来说，它的光芒是电磁辐射的一种形式，穿过马尼拉海湾直线传播，运送一条单比特的信息。但是，在一个信息极度匮乏的年代，那一条信息对马尼拉的人民来说就代表着一切。"

背景响起爵士乐。镜头切到一系列繁荣的现代马尼拉：马卡蒂的购物广场和豪华酒店；电子产品工厂，学校里的孩子们坐在计算机屏幕前；卫星天线；船只在苏比克湾宽敞的自由港卸货；许许多多笑脸和大拇指。

"今日的菲律宾是一台新兴的经济发动机。随着经济的发展，菲律宾对信息的需求也日益增长——不再是一个比特，而是数以亿计的比特。但用以传递信息的技术的变化可能并没有你想象的那么大。"

又回到马尼拉湾的 3D 图。这次不是科雷希多岛的篝火，而是岛屿顶端塔上的一台微波喇叭天线，向蔓延开来的马尼拉大都会发射着电蓝色的正弦波。

"电磁辐射——在此处，即是微波束——以直线行进，经由视线传播的路径，可以在短时间内传输大量信息。而当今的加密技术则可以保证信号不受潜在监听者的危害。"

又切回帆船和瞭望员的画面。"旧时，正好处在马尼拉湾入口的科雷希多岛让它成了天然的瞭望台——一个可以收集到接近的船只信息的地方。"

镜头切到某个海湾里的一艘驳船上，人们正把粗重的涂着沥青的电缆往船外放，一列列橙色的指示浮标旁，潜水员们辛勤工作着。"今天，科雷希多岛的地理位置让它成为铺设深海光缆的绝佳地点。通过这些光缆传来的信息——从中国台湾、中国香港、马来西亚、日本和美国——可以从这里直接传输到马尼拉的心脏。以光的速度！"

更多 3D 图像。这次是细致的马尼拉都市风光图。兰迪对它的细节一清二楚，因为这玩意儿的数据都是他拿着 GPS 接收器走遍全城收集来的。科雷希多岛的信息流横越海湾，精准地射到圣地亚哥堡和马尼拉大教堂之间一座貌不惊人的办公楼顶的天线上。那就是寄生藤公司的办公楼，天线上毫不起眼地贴着寄生藤公司的名字和标志。其他天线再将信息转送到邮电局大楼和附近别的地点：马卡蒂的摩天大楼、奎松市的政府建筑，和城市南边的一座空军基地。

* * *

酒店服务员在防波堤和船之间搭上了一块铺着地毯的跳板。兰迪从上面走过时，那女人向他探出手。他伸手和她握了握。"兰迪·沃特豪斯。"他说。

她抓住他的手,把他拉上船——与其说是打招呼,不如说是确保他不要掉进水里。"嘿,我是艾米·沙夫托。"她说,"欢迎来到格洛丽号。"

"抱歉,您说什么?"

"格洛丽号。这玩意儿的名字叫格洛丽号。"她说。她说话直率,咬字非常清晰,仿佛是要在嘈杂的对讲机中交流似的。"其实应该是格洛丽四号。"她继续说。她大体上是美国中西部口音,带着一点南方的鼻音,还有一点菲律宾味儿。如果你在美国中西部城镇的街道上和她偶遇,你可能不会注意到她眼睛周围亚洲血统的痕迹。她的头发是深棕色,中间夹杂着金色,长度刚好可以牢牢地扎成马尾。

"失陪一下。"她说,把脑袋伸进驾驶舱,用混合的他加禄语和英语跟驾驶员说起话来。驾驶员点点头,四下看了一圈,然后在控制板上操作起来。酒店服务员把跳板收了回去。"嘿。"艾米轻声说,隔着水面抛给他们每人一包万宝路。他们一把抓住烟,咧嘴笑着向她致谢。格洛丽四号开始倒退着离开码头。

接下来的几分钟,艾米都在甲板上走动,似乎在默默核对脑子里的清单。除了艾米和驾驶员外,兰迪又看到了四个人——两个白人,两个菲律宾人。他们不是在捣鼓引擎就是在摆弄潜水装置,虽然隔着很多层文化和技术隔阂,兰迪还是看出他们是在调试。艾米经过兰迪身边好几次,却一直避开他的视线。她并不是一个害羞的人。她的肢体语言已经够清楚了:"我知道男人的习惯是盯着附近的随便哪个女人看,希望从她们的外在美、头发、妆容、香味和衣饰中得到享受。我会礼貌并耐心地无视你,直到你放弃。"艾米是个四肢修长的女孩,身穿沾着油漆的牛仔裤,无袖T恤和高科技材质的凉鞋,迈着大步在船上轻快地走来走去。她终于停在他面前,对上他的视线片刻,然后就移开了目光,似乎觉得很无聊。

"谢谢你搭我一程。"兰迪说。

"别客气。"她说。

"我没给码头上那些人小费,真不好意思。我可以补偿你吗?"

"你可以用信息补偿我。"她毫不犹豫地说。艾米举起一只手揉揉后颈,胳膊肘悬在空中。他注意到她腋下的毛发大概有一个月没刮了,又瞥到她衣服下露出的一角文身。"你是做信息生意的,对吧?"她看着他的脸,希望他听懂了笑话的话能笑一声,或至少咧咧嘴。但他太全神贯注了,反而没有注意到。她移开视线,现在脸上带着一副了然、讽刺的表情——你不理解我,兰迪,真是太典型了,不过我无所谓。她让兰迪想起他认识的一位头脑冷静的蓝领女同性恋——会装石膏墙板的城市拉拉,养着猫,还玩越野滑雪。

她把他带到一个有空调的船舱,舱壁布满窗户,还有台咖啡机。里面像郊区的地下室一样镶着仿木墙面,墙上陈列着相框——执照和注册表一类的官方文件,以及放大的人和船的黑白照片。空气中有咖啡、肥皂和机油的味道。一个用橡皮绳固定住的音箱旁边放着个装着几十张CD的鞋盒,大部分都是标新立异的美国创作型女歌手的专辑,离经叛道、遭人误解、聪明绝顶但情感丰富,靠着把唱片卖给理解不被理解的感觉的消费者而发家致富[①]。艾米倒了两杯咖啡,放在船舱里固定住的桌子上,然后在她牛仔裤紧窄的口袋里摸索,抽出一个防水尼龙钱包,掏出两张名片,先后从桌子上滑向兰迪。她似乎很享受这个过程——小小的隐秘微笑牵动她的嘴角,但在兰迪看到的那一瞬间就消失了。名片上印着"西姆帕海事服务"[②]

[①] 原注:这是一个明显的悖论,但似乎也颇为寻常——离开了美国反而让兰迪把这类事情看得更清楚了。

[②] 原文为 Semper Marine Service。

的标志和一个名字：艾梅丽卡·沙夫托。

"你的名字叫美国[①]？"兰迪问。

艾米有些厌烦地朝窗外看去，怕他拿这事大做文章。"是啊。"她说。

"你是在哪儿长大的？"

她像是被窗外的景色迷住了：触目所及都是巨大的货船，填满了马尼拉湾，它们来自雅典、上海、海参崴、开普敦、蒙罗维亚。兰迪推断出她看着外面的大破船大概会比跟自己聊天有意思。

"所以你介不介意告诉我发生了什么事？"她问。她转过来面朝着他，把杯子举到唇边，然后终于直直对上他的目光。

兰迪有点摸不着头脑。基本上来说，这个问题从艾梅丽卡·沙夫托口中问出来，可以说是很唐突。她的公司西姆帕海事服务是艾维的虚拟公司里最低等级的承包商——仅仅是他们可以雇用的十几家船只和潜水员服务中的一家而已——所以这感觉有点像被谁的门卫或是出租车司机盘问。

但她聪明，与众不同，而且正因为她那样努力地保持低调，她很可爱。作为一个有趣的女性，和一位美国同胞，她摆出了架子，要求被放在更高的地位上。兰迪试图小心行事。

"有什么事情让你困扰吗？"他问。

她别开眼睛。她怕给他留下错误的印象。"没什么具体的，"她说，"我只是爱多管闲事而已。我喜欢听故事。潜水员总会坐在一起互相讲故事。"

兰迪啜了一口咖啡。艾梅丽卡继续说："干这一行，你永远不知道下一桩活儿从哪儿来。有些人需要水下工作的原因真的很奇怪，

[①]艾米的全名艾梅丽卡写作America，与"美国"相同。

我就喜欢听这个。"她总结道:"很好玩的!"这显然就是她需要的所有动机。

兰迪把上面这番话都当作比较专业的瞎扯淡,他决定只告诉艾米官方说法。"菲律宾人都在马尼拉,那就是信息要去的地方。把信息传进马尼拉有点麻烦,因为它前有水后有山。在海湾里装海底电缆简直是一场噩梦——"

她在点头,果然已经知道了这些。兰迪按下快进键,"科雷希多岛是个好地方。从科雷希多岛你可以沿视线传播的路径发射微波,跨过海湾传输到马尼拉市中心。"

"所以你是想把吕宋岛北边海岸的花彩电缆从苏比克湾拉到科雷希多岛来。"她说。

"呃——你刚才说的有两个问题,"兰迪说,暂停片刻,让答案在他的输出缓冲区里排好队,"第一,你的指代得明确一点儿——你说'你'是指什么?我为寄生藤公司工作,它的理念是从头开始工作,但不是单打独斗,而是作为虚拟公司的一个元素,就像——"

"我知道寄生藤是什么东西。"她说,"第二点是什么?"

"行,那好。"兰迪说,有点不知所措,"第二点是,延长吕宋岛北边海岸的花彩电缆其实只是我们这个连接计划中的第一步。我们的最终计划是想把许多电缆拉到科雷希多岛去。"

艾米眼睛后面的某个系统开始嗡嗡地工作起来。信息很明确。如果他们第一份工打得好,那么西姆帕海事服务将来还会有很多工作机会。

"现在的情况下,进行这项工作的主体是一家合资企业,包括我们、菲律通、24满和一家很大的日本电子公司,还有其他人。"

"24满跟这个有什么关系?他们是开便利店的。"

"他们是寄生藤的产品的零售店——分销系统。"

"什么产品？"

"菲鸽传书。"兰迪努力抑制住了告诉她这个名字已经注册成了商标的冲动。

"菲鸽传书？"

"它的工作原理是这样的。假设你是一个海外合同工，在你离家去沙特或新加坡或西雅图或者随便哪里之前，你从我们这里买或者租一个小装置。它的个头跟一本平装书差不多，里面装着一个针孔摄像头，一个小屏幕，和很多存储芯片。零件都是从世界各地来的——它们被运到苏比克自由港，由那里的一间日本车间组装。所以成本几乎为零。总之，你把这东西跟你一起带到国外。什么时候你想和家里人联系了，就打开它，把摄像头对准自己，录一小段视频贺卡。拍下来的东西都存在存储芯片上。它是高度压缩的。然后你把这台装置插到电话线上，就等着它施魔法吧。"

"什么魔法？它会把视频通过电话线传出去么？"

"没错。"

"大家捣鼓视频电话不是已经很久了吗？"

"与众不同的地方是我们的软件。我们并不奢求实时传送视频——成本太高了。我们把数据存在中央服务器里，然后利用间歇期——海底电缆交通顺畅的时候，趁着价钱便宜把数据从电缆里传过去。最后这些数据会传到寄生藤在王城里的设备里。从那里，我们可以用无线技术把数据传到马尼拉大都会各处的24满便利店里。便利店只需要在楼顶上装个巴掌大的碟形天线，再在柜台后面放一台解码器和普通的录像机。菲鸽传书就录在一盘普通的录像带里。之后，当妈妈来买鸡蛋或者爸爸来买烟的时候，店主就会说：'嘿，您今天有一封菲鸽传书。'然后把录像带递给他们。他们可以把带子拿回家，听听在国外的孩子的新消息。看完之后，他们就把录像带交还给 24 满，好重复利用。"

说到大概一半的时候，艾米理解了基本原理，于是又往窗外看去，开始努力用舌头把牙齿间一块早餐的残渣弄出来。她做这件事的时候嘴唇很高雅地紧闭着，但她用在这上面的注意力似乎比听兰迪解释菲鸽传书还多。

兰迪突然被一股疯狂而不可理喻的冲动攫住了：他不想让艾米觉得无聊。倒不是说他喜欢上了她，因为他觉得她有百分之五十的概率是个同性恋，他可没这么傻。她这样直率，这样坦诚，让他觉得他可以作为一个平等的人向她吐露一切。

这就是他为什么痛恨做生意。他对谁都想掏心掏肺，他想跟别人交朋友。

"那，让我猜猜，"她说，"你就是那个做软件的人。"

"是，"他承认，有点戒备，"但软件是这整个项目里唯一有意思的部分。其他的全都是做车牌。"

这句话让她清醒了一点。"做车牌？"

"这是我和我的生意伙伴用的一个说法，"兰迪说，"任何工作里都有一些创造性的活儿要干——发明新技术什么的。其他一切——百分之九十九——都是做交易、筹资本、开会、市场营销。我们管这些东西叫作车牌。"

她点点头，看向窗外。兰迪差点儿就要告诉她说，菲鸽传书仅仅是创造资金流、让他们可以进行商业计划的第二步的手段而已。他敢肯定这会把他的形象从无聊的码农提升到另一个高度。但艾米往她的咖啡上猛吹一口气，像吹蜡烛一般，然后说："好吧。谢谢。我猜那三包烟还算值回票价。"

第十一章 噩 梦

鲍比·沙夫托简直成了个噩梦收藏家。

他就像一个从失事飞机里紧急弹出的飞行员，从一个噩梦里弹了出来，又坠入了另一个全新的、更加精彩的噩梦里。这个噩梦同样惊悚，但没那么夸张，至少没有巨蜥在这里了。

噩梦刚开始的时候，他只觉得脸上烧得火辣辣的。当你拥有一整箱足以推动一艘五万吨的船以二十五节的速度跨过太平洋的燃油，然后被头顶飞过的日本飞机在几秒内全部点燃，而你又站在近得足以看清飞行员脸上得逞的奸笑的距离上时——你的脸上就会有这种火辣辣的感觉。

鲍比·沙夫托睁开眼，以为通过这个动作他将揭开一场终极噩梦的帷幕——也许是《两点方向鱼雷机》（他最喜欢的电影）的大结局？也许是《黄种人的逆袭之第十七部》正准备精彩开场？

但是这场噩梦的音轨好像坏了，周围安静得好像有埋伏似的。他坐在医院的床上，除周围一圈灼热的弧光灯组成的行刑队，几乎看不到别的东西。沙夫托眨了眨眼，把目光聚焦到空中一道打着旋儿的青烟上，好像热带海湾里泄漏的燃油。但它很好闻。

一个年轻人坐在他的床边。沙夫托只能看到他梳得油光水滑的大背头上泛出的一圈不规整的弧光灯光晕,再就是那支烟上的一星火光。他定睛一看,辨认出对方也穿着军服,但不是海军陆战队制服。中尉的肩章映着双扇门里漏出的光,闪闪发亮。

"再来一支烟?"中尉问。他的声音很沙哑却很和蔼。

沙夫托低下头,看到自己手里夹着一支快要燃尽、只剩半英寸长的"好彩"牌香烟。

"这还用问吗?"他最后说。他自己的声音很低沉,像一台没上够弦的留声机。

烟蒂被换成了一根新的香烟。沙夫托抬起手把烟塞进嘴里。那条胳臂上缠着绷带,藏在下面的伤口极力要给他制造痛苦,但有什么东西阻隔了神经信号。

啊,是吗啡抑制了疼痛。一场有吗啡的噩梦坏不到哪里去,是不是?

"你准备好了吗?"对方问。妈的,这声音好耳熟。

"长官,这还用问吗,长官!"沙夫托答道。

"这句话你已经说过一次了。"

"长官,如果你问一个海军陆战队员'还想来支烟吗'或者'准备好了吗',你能得到的只有这个回答,长官!"

"就是这股劲儿,"对方说道,"开拍吧。"

弧光灯后的黑暗里传来了咔嗒咔嗒的声音。一个声音答道:"开始了。"

一个巨大的东西朝沙夫托压了过来。他仰倒在床上,那玩意儿像极了日本轰炸机扔下来的炸弹。但它在半空中停住了,悬在那儿一动不动。

"开始录音。"另一个声音说。

沙夫托睁大眼，这才看清那不是炸弹，而是一个安装在摇臂上的子弹型麦克风。

大背头中尉本能地倾身朝光源靠了过来，就像寒冬里夜行的一名旅人。

这是电影里的那个家伙。叫什么来着。哦，那个！

罗纳德·里根的膝盖上放着一打三乘五寸的小卡片。他抽出了一张新的卡片，问道："作为同时获得海军十字勋章和银星勋章的军人里最年轻的一位，你对那些正在赶赴瓜达尔卡纳尔岛的后辈有什么建议？"

沙夫托根本不必细想。那段记忆就跟昨晚的第十一个噩梦一样历历在目：十个奋不顾身的日本鬼子正在发动自杀式攻击！

"先杀掉佩剑的那个。"

"啊，"里根挑起了修过又涂黑的浓眉，冲沙夫托点了点他的大背头，"聪明——杀他是因为他是军官，对不对？"

"对你个头啊！"沙夫托吼了起来，"杀他是因为这家伙带着他妈的剑啊！你试没试过谁手里挥着把剑朝你冲过来的感觉？"

里根往后一缩。现在他有点害怕了，尽管一阵凉丝丝的海风从窗外吹来，汗水还是弄花了他脸上的妆。

里根真想扭头逃回好莱坞去，赶快搭上一朵小鲜花。但是他现在不得不留在奥克兰采访战斗英雄。他迅速地翻过一张张卡片，一口气跳过了二十来个问题。沙夫托一点也不急，他大概要在这家医院里躺一辈子了。他深深地吸了一口手里的烟，屏了一会儿气，才吐出一个烟圈。

他们在夜里打仗的时候，战舰上装载的大炮总会冒出一圈圈白热的烟雾。不是甜甜圈那样饱满的圆圈，而是像套索一样细长扭结的样子。吗啡渗透了沙夫托的身体。他的眼皮重重地垂了下来，安抚着两颗被炽热灯光和浓浓烟雾折磨的眼球。他和他的队友们要赶在涨潮之前抢到一座海岬。这些海军突击队员在瓜岛上追踪这一支日本鬼子小队已经两个星期了,现在正在一点一点地削弱他们。鉴于他们就在"东京快车"①出没的海域附近,上头命令他们抢到海岬上的有利位置,以便架设迫击炮拦截日本舰队。这是个心血来潮的冲动决定,陆战队员们称之为"空手套白狼"不是没有原因的——这个行动从一开始就是随机应变的即兴表演。但他们没能按计划抢到海岬,因为这一小撮日本鬼子实在是太顽固了:他们在每一根倒下的树干后面都设了埋伏,美国人一靠近就一通乱射……

有什么湿湿黏黏的东西打到了他的额头上:原来是化妆师给他抹了一下。沙夫托发现自己又回到了这个噩梦里,而这个噩梦里还裹着一层关于巨蜥的噩梦。

"我告诉过你蜥蜴的事吗?"沙夫托问。

"说过几次了,"他的审讯者答道,"再耽误你几分钟。"罗纳德·里根用拇指和食指抽出另一张小卡片,找到了一个不那么会令人情绪激动的问题:"白天的战斗结束之后,你和你的同伴们晚上通常干什么?"

"用推土机把鬼子的尸体撮成一堆,"沙夫托说,"然后一把火烧了。再带上酒到海边去看我们的船怎么被鱼雷炸沉。"

里根的脸一阵抽搐。"停!"他轻声命令道。摄像机咔嗒咔嗒的声音停了下来。

"我表现得怎么样?"在别人帮他擦掉脸上的化妆品时,鲍比·沙夫托问道。一些人在收拾设备。弧光灯已经被关掉了,北加州澄澈的灯光透过窗户照了进来。这场景简直真实得都不像一场噩

---

① 瓜岛争夺战期间,日本舰队在夜间以高速驱逐舰突袭和运输兵力,美国海军陆战队士兵称之为"东京快车"。

梦了。

"你棒极了,"里根中尉答道,没有直视他的眼睛,"特别鼓舞士气。"他点燃一支烟。"你现在可以回去睡觉了。"

"嚯,"沙夫托说道,"我一直就没醒过,不是吗?"

* * *

一出院,他就感觉好多了。他们给他批了几个星期的假期,他径直跑到奥克兰火车站,搭上了去往芝加哥的列车。和他同行的旅客根据报纸上的照片认出了他,主动帮他买饮料,还跟他摆姿势合影。他盯着窗外看了几个小时,飞驰而过的美国风光是那么明媚动人。远处也许有广袤荒野,有深山老林,里面还藏着灰熊和山狮,但一切都是好好地分门别类的,注意事项(别去招惹小熊崽,晚上记得把食物挂在树上)也在童子军手册里写得明明白白,尽人皆知。在那些太平洋群岛上,活物太多,弱肉强食的事情从不间断,一旦你踏上某片土地,就得加入到这种残杀里去。在这趟列车上坐了几天,他的双脚还完好无损地塞在干干净净的白色棉袜里,没有被什么别的东西一口生吞——这就足以让他心神平静了。想把自己锁在厕所里注射吗啡的欲望只出现过一次,或者最多两三次。

但是当他闭上眼,他发现自己又回到了瓜岛,正拼尽全力地赶在涨潮前接近最后的海岬。大浪翻卷,裹挟着他们朝岩石上撞去。

他们终于转过山崖,看到了那个海湾:瓜岛沿海一个小小的缺口。那是一片百码大小的潮汐滩涂,背靠着一座悬崖。他们要渡过那片泥潭,在悬崖下方找到一个栖身的地方,不然就会被涨起的潮水冲走。

沙夫托家族是田纳西的山里人,主要干的是挖矿。大约在尼姆罗德·沙夫托动身前往菲律宾的时候，他的几个兄弟结伴去了威斯康星州的铅矿场。其中一个，也就是沙夫托的爷爷，当上了矿工头子。有时他会去奥科诺莫沃克拜访矿主，那个矿主在五大湖边有一栋度假别墅。他们会一起乘船出游，钓梭子鱼。矿主的邻居，一个开银行和啤酒厂的家伙，也经常跟他们混在一起。接着沙夫托一家就搬到了奥科诺莫沃克，不再挖矿，而是改行做钓鱼和狩猎的向导了。但是这一家人都很注意保留着祖辈的口音和其他传统，比如参军。他的一个姐妹和两个兄弟至今还留在那里，跟父母生活在一起；另外两个哥哥进了陆军。尽管鲍比是家里第一个荣膺海军十字勋章的人，却不是家里第一个获得银星勋章的人。

鲍比去给奥科诺莫沃克的童子军做了演讲，还当上了小镇游行的总指挥。除此以外，他两周都没出家门。有时候他也会到院子里跟几个弟弟玩投球。他还帮爸爸把破败的码头整修一新。他高中母校的学弟学妹们常常登门拜访，鲍比很快就学会了一个他的爸爸、伯伯乃至舅公都心照不宣的诀窍——你应该绝口不提关于那场战争的任何细节。谁也不想知道你是怎么用刀尖挖掉队友嵌在你大腿上的半个白齿的。这些小孩子在他眼里全都变得像傻瓜和外行一样。如今他只愿意待在一个人身边，那就是他今年九十四岁的曾祖父。曾祖父身体仍然很硬朗，当年南北战争伯恩赛德[①]围攻彼得斯堡的时候他就在那儿，亲眼看着伯恩赛德用埋在地下的炸药把南方军的防线炸出一个大洞，又把自己的士兵派到那个弹坑里去送死。他从来没跟任何人谈起过这件事，当然，就像鲍比·沙夫托从来没跟任何人谈起过噩梦里的那只巨蜥一样。

很快假期就要结束了，家人在密尔沃基车站为他进行了隆重的

[①]安布罗斯·埃弗雷特·伯恩赛德（1824—1881），南北战争时期北军将领。

告别，抱抱妈妈，抱抱妹妹，跟爸爸握手，跟兄弟们握手，再次拥抱了妈妈，然后他走了。

鲍比·沙夫托对自己的前途一片迷茫。他只知道自己现在已经被提拔为中士并调离了原来的部队（这不算什么大的调整，反正他们那个排也就只有他活了下来），分配到华盛顿某个没听说过名字的部队里去了。

华盛顿车水马龙，但是根据鲍比·沙夫托最后一次从报纸上了解到的，这里似乎并没有爆发战争，也就是说，他来这儿不是打仗的。打仗这活儿他已经干得够多了，赚了不知道多少鬼子的人头，拿了勋章，伤病累累。但他没有接受过任何行政工作的培训，所以他猜他的新任务大概就是作为战斗英雄在全国巡回演讲，鼓舞士气，为军队诱骗新人加入。

根据命令，他得向华盛顿特区的海军陆战队兵营报到。华府营是陆战队最早的基地，横亘在国会大厦和海军工厂之间，是一方供军乐队与仪仗队操练的绿茵场。他本以为能看到用来擦鞋的唾沫和抛光剂作为战略储备装在附近的大铁桶里呢。

两名海军陆战队官员正在办公室里等着他：一名少校，那是他如今名义上的新领导；一名上校，举手投足间让人感觉他生下来就是当兵的。这样的两名军官竟然在这里恭候一名中士，沙夫托的惊讶之情无以言表。也许是那枚海军十字勋章引起了他们的注意。但是这两个人自己也挂着海军十字，甚至还人手两三件。

少校给沙夫托介绍了一番上校，但是沙夫托觉得他几乎等于啥也没说。上校没怎么说话，只是站在一边看着。少校翻了翻手里几份打印的资料。

"我们收到了一份有趣的报告，上面说你跟一个叫里根中尉的草包^①一起录制了一段采访录像。"

"长官！我，作为一名海军陆战队员，为我在这段录像里的失态表现道歉，长官！我给自己和战友们抹黑了，长官！"

"你不给自己找点借口吗？你受伤了，患了弹震症，打了麻醉药，还害了疟疾。"

"长官！没有借口，长官！"

少校和上校对视一眼，满意地点了点头。

这种"长官，是，长官"喊个不停的做法，也许对于任何一个神志清楚的平民百姓来说都简直莫名其妙，但是对于沙夫托和这些军官来说，却有着相当深远的意义。和其他人一样，沙夫托一开始也非常反感这些军队里的繁文缛节。尽管他从小浸淫在一个军人家庭里，但是说归说，做归做。如今，他经历了一个军人应该经历的一切——除了那个尾声（战死，移交军事法庭，或者退役）——之后，他忽然明白了这种军队文化的意义：正是这种军礼使得这么多人能够一起生活这么多年，一起踏上通往世界尽头的征途，完成一切不可能完成的艰巨任务而不至于精神失常、自相残杀。他在军官们面前执行的严格军礼之下其实包含着这样的潜台词：长官，你要做的，是决策，而我要做的，是全力执行。我这种姿态是向你表明，一旦你下达命令，我绝对不会在细枝末节上纠缠不清——而你，你要做的是不要越界，长官，别拿你要处理的行政问题来烦我。这种毫不犹豫的服从对任何一个有点脑子的军官来说都是肩上的重担，沙夫托就见过好几次，有些老士官光凭在新任的长官面前气势如虹地应答长官的命令，就把那些新人吓得够呛。

"这个里根中尉反映你一直在絮絮叨叨地跟他说一只蜥蜴的故

---

① 原文为 soldier。原注：对不够资格加入海军陆战队的军人的贬称。

事。"少校说。

"长官！是，长官！一只巨蜥，长官！有趣的故事，长官！"沙夫托说。

"这我不管，"少校说道，"问题在于，这是一个适合在那种场合下说的故事吗？"

"长官！我们正准备登陆瓜岛，准备切断鬼子和'东京快车'的联系，长官！"沙夫托开始了。

"闭嘴！"

"长官！是，长官！"

最后还是上校打破了这尴尬的沉默："我们让几名精神病学家研究了你的报告，沙夫托中士。"

"长官！什么，长官？"

"他们认为'巨蜥'这整件事就是一起很典型的心理学投射。"

"长官！你能告诉我那是什么鬼东西吗？长官！"

上校的脸一红，转过身，透过百叶窗盯着I街上稀疏的车流："这个，他们的意思就是，那儿没什么巨蜥。你和一个日本佬[①]在一对一的白刃战里杀死了对方。你记忆里的巨蜥不过是你的'本我'作祟。"

"'本我'？长官！"

"你脑子深处有这么一个'本我'，当时是它出来控制你的行动，让你有本事徒手杀死了这个日本佬。然后你就想象出了一个'巨蜥'来加以解释。"

"长官！你的意思就是说'巨蜥'只是个比喻？长官！"

"没错。"

[①] 原注：在亚洲待过的人会使用"鬼子（Nip）"称呼日本士兵，而上校使用的是"日本佬（Jap）"，说明他主要是待在大西洋或加勒比海地区。

"长官！那我还想请教，为什么这个鬼子被啃得只剩下一半了？长官！"

上校不屑地拧紧了脸："好吧，当你被海岸警卫救回来的时候，中士，你已经在那个海岬里守着这群死尸待了三天了。在那种热带高温下，周围还有那么多小虫和食腐动物，光从创口表面你根本不能判断那个日本佬是被一只巨蜥啃了还是被碎木机给切了，你懂我的意思吗？"

"长官！我懂了，长官！"

少校又拿起了报告："这个里根还提到你一直在说麦克阿瑟将军的坏话。"

"长官，是的，长官！这狗娘养的就是想让陆战队不得好死，长官！他把我们往死路上推，长官！"

少校和上校对视了一眼。很显然他们俩已经达成了某种无声的共识。

"鉴于你一直强烈要求继续服役，本来应该让你周游全国，亮出你的勋章为军队招募新兵的，但是由于巨蜥这件事，现在不行了。"

"长官！我不明白，长官！"

"征兵办公室已经复核过你的档案，也查阅过里根的报告了。他们很担心你要是到阿肯色州哪个山旮旯里去参加阵亡烈士纪念日的游行的时候，穿着你那套金光闪闪的制服，突然开始大讲特讲那些关于蜥蜴的屁话，把所有人都给吓趴下，那对征兵工作是大大不利的。"

"长官！请——"

"驳回发言请求，"少校继续说道，"我也懒得管你对麦克阿瑟将军有什么看法。"

"长官！将军那是在谋杀——"

"闭嘴!"

"长官!是的,长官!"

"我们给你安排了另一个工作,大兵。"

"长官!是的,长官!"

"你要加入一个非常特别的组织。"

"长官!海军突击队已经是非常特别的军队里非常特别的小队了,长官!"

"我不是那个意思。我的意思是你这次的任务很……不寻常。"少校朝上校望去,有点不知道该怎么往下说。

上校把手插进口袋里,叮叮当当地把玩着硬币,接着又伸出手摸了摸剃得光光的下巴。

"那其实算不上陆战队的任务吧,"最后他开口说道,"你要加入一个非常特别的国际小分队。由美国海军突击队和英国特种空勤团联合组建的一支统一领导的团队,队员个个都久经考验,能够在任何情况中完成一切任务——你呢,大兵,你符合这项要求吗?"

"这是一个不同寻常的团队,"上校若有所思地说道,"军队的人想也不曾想过的团队。你明白我的意思吗,沙夫托?"

"长官,不明白,长官!但是我好像闻到了一股政客的味道,长官!"

上校的目光闪烁了一下,接着他转头朝窗外国会大厦的穹顶望去。"这些政客对于任务的完成方式非常挑剔,一切都要严格按照要求。他们不喜欢任何借口。懂我的意思吗,沙夫托?"

"长官!是,长官!"

"我们为了这个争破了头,他们想要让陆军来。我们在几个海军出身的高官身上做了点工作,拿到了这个任务。有人会说,搞砸了就算我们的。"

"长官！绝对不会搞砸的，长官！"

"狗娘养的麦克阿瑟之所以在南太平洋战场上葬送了大批陆战队员，是因为我们的政治博弈并不总是那么成功。如果你和你的新战友们不能漂亮地完成任务，情况只会越来越糟。"

"长官！请相信我这名海军陆战队员的实力，长官！"

"埃思里奇中尉将成为你的上级。他是安纳波利斯[①]出身，没有多少战场经验，但是知道该怎么跟人打交道。他会帮你处理好政治上的表面工作，而完成任务则全靠你了，沙夫托中士。"

"长官！是，长官！"

"你将会和英国特种空勤团联手作战，他们都是响当当的汉子。但我希望你和你的伙伴们比他们更出色。"

"长官！请相信我，长官！"

"好，准备出发吧，"少校说，"这就前往北非吧，沙夫托中士。"

---

①指位于马里兰州安纳波利斯的美国海军学院。

第十二章　伦底纽姆①

　　一兜子的英国硬币在他的口袋里像锡制的小餐碟一样叮当作响。劳伦斯·普里查德·沃特豪斯穿着一身美国海军中校的制服走在伦敦的大街上。这身衣服可不能说明他是个中校，甚至不能说明他在海军服役——尽管他的确是在那里服役。不过美国的部分倒是货真价实，因为每当他走到路缘时，要么就差点儿被一辆猎装车碾过去，要么就是犹豫不定踟蹰不前——他得把思考的列车转到一条侧轨上去，其结果就是把列车上的乘客和乘员都扰得心神不宁，还得把心算的很大一部分精力用于在脑海中反转街景——这里的车辆是靠左行驶的。

　　他来伦敦之前就知道这一点了。他看过这里的照片，而且当年艾伦跟他抱怨过，在普林斯顿时他经常一边沉浸在思考中一边走下路缘，习惯性地看向右边的来车，结果差点儿被撞。

　　这里的路缘线条方方正正，不像美国那样都被打磨成了乙状的弧线。车道和人行道之间转换的地方是垂直的。如果你把一个绿色

---

①伦敦的古称。

的灯泡放在沃特豪斯的头顶然后在灯火管制的时候观察它的轨迹,你会发现那就像一个单线示波器上显示的方波轨迹一样:上,下,上,下。如果你让他回家走走,这段矩形波会呈现出非常规整的图案,每一英里十二个波峰,因为他老家的道路规划就跟方格子似的。

但是在伦敦,街道的模式就非常不规则了,波形之间的转换似乎非常随意,有时窄,有时宽。

一个科学家也许无法从这种图形中找到任何模式。它简直就像是某种以噪声驱动,由深空宇宙射线或者放射性同位素衰变触发的随机电路。

但是如果他拥有足够的细节和才智,那又大不一样了。

要获得足够的细节,他可以在每一个伦敦人的头上放个灯泡,然后连续几天记录下它运行的轨迹。他会收集到一大沓画有轨迹的方格纸,每一份看上去都是随机的。这一沓纸越厚,细节越多。

才智则是另一回事了,这可没什么系统训练的办法。有人也许会盯着那一大沓方波图案却只看到噪声,有人则可能看出其中不足为外人道的奥妙。他脑海深处某个善于发现模式(或者察觉到有模式可循)的地方会振奋起来,疯狂地刺激他那耽于日常的脑子一遍又一遍地审视这些格子纸。这种刺激也许不那么明显甚至不那么容易被察觉到,但它无时无刻不在暗处督促着他,让他像个自闭症患者一样在里面翻来找去,把图表摊开在地板上,把它们按照某种深奥的体系分门别类，在边角标上数字，以及种种已经佚亡的语言的字母，在几份材料之间互相参考，寻找模式，交叉核对。

然后有一天，这个人终于从房间里走了出来——从这一大堆方波里，他整理出了一份无比精确的伦敦道路图。

劳伦斯·普里查德·沃特豪斯正是这种人。

正因为他拥有这种能力，他的祖国美利坚让他发下了一连串保密的誓言，不停地给他提供各种新的军队制服和军衔，现在又将他派到了伦敦。

他走下路缘，本能地先转头看了看左边。一串叮叮当当的铃声传进他的右耳，那是自行车铃的声音。一个皇家海军陆战队的队员（沃特豪斯开始能认得出他们的制服了）不知在执行什么任务。然而在后面给他撑腰的还有一辆漆成橄榄绿的公车，上面印满了高深莫测的数字。

"借过，长官！"士兵高声喊道，贴着他背后拐了过去，显然觉得身后的公车能够扫清一切残余。沃特豪斯赶紧向前跳了一步，又差点儿被从另一个方向上驶来的黑色出租车撞个正着。

过了这条马路之后，他终于有惊无险地——如果不算在飞机上被全世界装备最精良的德国空军包围追击了几分钟的话——来到了目的地威斯敏斯特。他觉得自己仿佛来到了曼哈顿某个暗淡、幽闭的角落：狭窄的街道两边伫立着一排排十层左右的楼房。街角时不时闪过充满哥特风情的古建筑，似乎在暗示他正一步一步走近某个伟大之所。这里的路人也像在曼哈顿一样，目标明确，行色匆匆。

行人脚上穿着的战时鞋经过修补的鞋跟咔嗒咔嗒地敲击着地面。每个人的步长几乎都是恒定的，脚步几乎像节拍器一样精确。如果在人行道上安一个麦克风，那么监听者大概只会觉得听到了一堆杂乱无章的脚步声，就像盖革计数器的噪声一样毫无规律。但是懂行的人却能从噪声中分辨出信号，从而得出行人的数量以及他们的性别和腿长分布数据——

他不能再胡思乱想了。他得专注于手头的工作，尽管他还不知道这工作是什么。

圣詹姆士公园地铁站的门楣上方端坐着一尊巨大厚重的现代派雕塑，一天二十四小时监视着对面的百老汇大楼群——虽然实际上只有一栋楼。跟沃特豪斯所见过的其他所有情报机构一样，令他失望极了。

那只不过是一栋大楼罢了——橙色的墙砖，差不多有十层楼那么高，顶端那高得不可思议的复折式屋顶占去三层。窗户上方点缀着古典主义风格的装饰，跟伦敦所有的窗户一样，它们也贴着胶带纸，被分割成了八个小三角的形状。沃特豪斯发现，这样的窗子跟古典风格的建筑搭配起来比跟哥特式的建筑搭配要好看多了。

他也学过一点物理，因此觉得这做法很不可理喻：如果有几百磅烈性炸药在附近爆炸，冲击波穿过一大块玻璃传递过来，这一堆贴成星号的破胶带可是很难保护屋里的人。这是一种迷信的做法，跟宾夕法尼亚德国村里挂的八角星星似的。也许他们是想透过这种景象提醒人们备战不可松懈吧。

虽然对沃特豪斯来说似乎没什么用。他小心地穿过马路，非常认真地琢磨着车流的方向，万一大楼上也许有什么人正在观察他呢。他走进大楼里，先替一个穿着军便服、面色令人生畏的年轻姑娘拉住了门——她很明白地表示他可别以为帮她开个门就想占什么便宜——又替一个年近七旬、一脸疲惫的白胡子绅士拉开了门。

大堂里戒备森严，沃特豪斯办完了一系列委任书和任命状的手续之后，毫不意外地走错了楼层，因为这儿楼层的标识也跟美国不一样。如果不是因为现在人类正在经历有史以来最大的战争而他又站在最高情报部门的大楼里的话，他大概还能笑得出来。

等他终于走进正确的楼层之后，他发现这一层比自己刚刚去的那一层要显得有派头一点。当然，派头是英国的立国之本。在这些人看来，要么做好要么不做，没有灰色地带。你可能得走上一英里才能找到一个电话亭，但是当你走进去之后，它结实得让你有一种"莫非以前常常有人莫名其妙地炸毁投币电话亭不成"的感觉。一个英国造邮筒八成能挡住一辆德国坦克。他们没有汽车，但如果他们要造，就会给你用纯手工造出一个三吨重的怪物来。对他们来说，汽车生产流水线简直是不可想象的——你得按规矩来啊，福特先生，你得自己动手焊接冷却水箱，再从整块的橡胶原料里用古法削出个车轮来啊。

所有的会议都是相似的，反正沃特豪斯总是充当嘉宾的角色，从来没有主持过会议。一个嘉宾总是先来到一栋以前没来过的大楼里，在休息处婉拒某个美貌庄重的女士送上来的提神饮料，然后被领进会议室里，"主持人"和"其他人"都在那里恭候多时了。接下来的一系列介绍是不需要嘉宾操心的，因为他现在处于被动模式，只需要响应外部刺激就可以了。别人伸手他就握，别人带位他就坐，继续婉拒别人送来的咖啡和（这会儿是）酒水就可以了。除了一个人以外，来参加这次会议的"主持人"和"其他人"碰巧全都是英国人，因此会上饮品与以往有些不同。整间会议室充满了英伦风味，仿佛法老的墓室一样是用石头搭成的，窗户上还缠满了那些聊以自慰的胶带。讲段子的阶段比他在美国参加的会议都短，闲聊阶段却很长。

沃特豪斯已经记不清这些人的名字了，他对名字这种东西向来是左耳进右耳出。就算他记得，他也不知道那些名字有啥意义，因为他面前根本没有一份外交部（主管情报部门）和军事部门的组织结构图。他们一直在说"我得害死"，正当他开始同情那个被害死的家伙——尽管他并不知道那家伙是谁——的时候，他突然反应过来他们其实是在说"沃特豪斯"。除此之外，令他印象深刻的还有某个"其他人"在提到首相时，话语间透露出来的那种亲密。他甚至连"主持人"都不是呢。"主持人"显然比他资历更老、地位更高。这群人给沃特豪斯留下的印象（尽管他已经没有再继续听他们说话了）就是他们中的一大半人最近都跟温斯顿·丘吉尔说过话。

突然，他听到了几个特定的词。沃特豪斯一直心不在焉的，但是他很肯定在刚刚的十秒里有人说出了"超密"这个词。他眨了眨眼，把身子坐直。

"主持人"一副好笑的表情。那个"其他人"则一副被吓到的样子。

"刚刚是不是有人说，可以要一杯咖啡？"沃特豪斯说。

"斯坦霍普小姐，给我得害死上尉一杯咖啡。""主持人"拿起电子对讲机说道。这是大英帝国仅有的六台办公室对讲机之一，它被熔铸在一个一百磅重的铁壳里，上面连着跟沃特豪斯的食指一样粗的420伏特电缆线。"如果你能顺便添一些茶就更好了。"

好了，现在沃特豪斯知道"主持人"秘书的名字了。这是个好的开始，也许他能以此为线索回忆起"主持人"的名字。

这好像令大家又回到了闲聊阶段，换成美国人的话现在应该已经火冒三丈备感挫败了，但是英国人好像甘之如饴。他们又请斯坦霍普小姐多拿来了几杯饮料。

"你最近见过肖哼嗯博士吗？""主持人"关切地问沃特豪斯。

"谁？"沃特豪斯说完才明白原来他问的是肖恩中校，伦敦这群人习惯用正确的发音"肖哼嗯"，而不是"肖恩"。

"沃特豪斯上尉？""主持人"几分钟后又问道。沃特豪斯正忙着考虑能不能根据不同的口音发明出一套新的密码系统，一直没有答话。

"啊，哎！我在出发之前特意去拜访过他，当然了，那个时候他，呃，身体不大好，大家都不许当着他的面提破译密码之类的事。"

"那是当然的。"

"问题是当你跟这个人的关系全都建立在密码之上时，想要跟他同处一室还不说溜嘴实在是太难了。"

"是啊，确实很难办。"

"我想他应该还好吧。"沃特豪斯底气不足地说道，于是会议桌周围恰如其分地陷入了沉默。

"他状况好些的时候曾经写信给我们，对你在《编码宝典》上的成果大加称赞。"一个"其他人"说道，他之前没怎么开过口。沃特豪斯觉得他肯定是个机械密码学界深藏不露的大佬。

"他是个了不起的家伙。"沃特豪斯答道。

"主持人"借此引入了正题，"因为你和肖恩博士在破译'靛蓝'密码机上做出的努力，你进入了可以接触'魔术'机密的名单。如今英美两国又——起码在原则上——达成一致，要在密码破译这一方面同心协力，因此你自然也进入了'超密'的名单。"

"我明白，长官。"沃特豪斯答道。

"'超密'和'魔术'应该说差不多是对等的。我们的敌国都自以为发展出了一套牢不可破的密码系统，但是实际上我们同盟国早已分别破译了它们。在美国，肖恩博士领导的团队破译了'靛蓝'并开发出了'魔术'机，而在这边，诺克斯博士和他的助手们则破译了'恩尼格玛'，并开发出了炸弹机。这边的领头人似乎一直是图灵博士，而在美国方面，肖恩博士则是当之无愧的领头人，但他现在，正如你所说的，身体不大好。但是他向我们推荐了你，说你是与图灵博士不相上下的人物，沃特豪斯上尉。"

"那可是太抬举我了。"沃特豪斯说。

"但是你在普林斯顿的时候曾经和图灵是同学,对不对?"

"我们曾经同时在那里上过学,如果你是说这个的话。我们一起骑过车。不过他研究的课题比我难多了。"

"但是图灵当时是在攻读硕士学位,而你只是普通的本科学生。"

"没错,即便这样,他也比我聪明得多。"

"你太谦虚了,沃特豪斯上尉。有多少本科生能在国际学术期刊上发表论文?"

"我们就是一起骑车的关系罢了,"沃特豪斯坚持道,"爱因斯坦都不会正眼瞧我。"

"图灵博士在信息论方面显示出了过人的天赋。"一个未老先衰的家伙接了一句,偏长的灰发软软地搭在头上,沃特豪斯觉得他肯定是个牛津或剑桥出身的教授,"你跟他肯定讨论过这方面的事吧。"

教授转过身,一本正经地对其他人说道:"信息论对计算机器研发产生的助力不亚于,比如说,流体动力学对船体研究产生的助力。"他又转回来看着沃特豪斯,用轻松一点的语调说道:"在从你的视野里消失,进入保密领域之后,图灵博士仍旧从事着这方面的研究。这其中,他尤其感兴趣的内容就是如何在看似杂乱无章的浩瀚数据里取得尽可能多的有用信息。"

突然会议室里的所有人都露出了忍俊不禁的表情,彼此使着眼色。"从你的反应可以看出,""主持人"说道,"你对这一部分也非常感兴趣。"

沃特豪斯想知道自己是什么反应。他龇出牙来了?他的口水滴进咖啡里了?

"好极了,"沃特豪斯还没答话,"主持人"又继续说道,"因为这也正是我们的兴趣所在。如你所见,我们已经努力——尽管我必须重申,在这一点上我们仍旧刚刚起步,成果还不尽如人意——促成英美两国情报部门之间的合作,但是我们遇到了以前在同盟国家之间从未遇到过的难题。我们什么都知道,沃特豪斯上尉。我们破解了希特勒发送给他的战区司令的私人通信,大多数情况下,我们甚至比那个司令更早地读到这份情报!这种情报的确是有力的武器。但是很显然,如果我们不能根据情报调整我们的行动,这些情报就毫无意义,根本不能帮我们赢得战争。也就是,比如说,通过'超密',我们获悉一支护航船队从塔兰托起航,开往北非向隆美尔输送物资——如果我们不能拦截并击沉这支舰队,这条情报就等于是浪费了。"

"我明白。"沃特豪斯说。

"再来,如果德军派出十支船队,每一支都被击沉了的话,即使没有走漏半点风声,德国人也会开始反思为什么我们能够屡屡得手。他们很快就会发现我们破解了恩尼格玛机,然后立即更换通信密码,而我们就失去了这一有力武器。很显然,丘吉尔先生不会愿意看到这样的结果。""主持人"朝四下望去,大家都心照不宣地点了点头。沃特豪斯看出来丘吉尔先生肯定再三强调过这一点。

"让我们重新从信息论的角度来梳理一遍,"教授说,"通过安设在布莱切利园的'超密'系统,信息由德军流向我方。在无线电里它们只不过是一串杂乱无章的摩尔斯电码,经由我方这些出色的专家进行破解之后,我们从中找出了规律,提取出了有用的信息。目前,德军尚未破解我们的重要密码,但是他们可以观察我们的行动,观察北大西洋上舰队的走向和空军的调度等等。如果我们的舰队总能避开他们的 U 艇,而我们的空军总能分毫不差地扑向他们的舰队,这些德国人——我是说那些特别优秀的德国人、专家型的德国人——就能看出,这一切绝非巧合。这个人一定能识破其中的关联:他会发现我们知道得太多了。换句话说,越过某个临界点之后,信息开始由我方流回德军了。"

"我们必须找出那个临界点，""主持人"说，"一定要找到它准确的位置，一定要保证我们站在有利的那一边。我们的行动中要体现出某种随机性。"

"我知道，"沃特豪斯说，"这种随机性必须能够蒙蔽那些专家，比如说，鲁道夫·冯·海克赫伯。"

"我们说的就是他，"教授答道，"他去年已经成了冯·海克赫伯博士。"

"哦！"沃特豪斯叫了起来，"鲁迪拿到他的博士学位啦？"自从鲁迪被召回千年帝国①之后沃特豪斯就一直很替他担心，他甚至一度想到他是不是裹着军大衣忍饥挨冻地去打列宁格勒了。但是现在看来，纳粹也很善于挖掘人才（只要不是犹太人），给了他一份坐办公室的工作。

然而沃特豪斯对鲁迪安然无恙表现出的欣慰让气氛骤然紧张起来。有个"其他人"想要打破僵局，于是开玩笑说，早知如此，他们就该趁鲁迪在新泽西读书的时候把他抓起来，这样就不用费心去搞什么"超绝密"的机密了。没有一个人笑得出来，于是沃特豪斯想这可能真的不是笑话。

他们把那份英国皇家空军 2701 特遣队的组织表拿出来给沃特豪斯看，上面写着所有可以接触"超绝密"机密的二十四个人的名字。顶上龙飞凤舞地签着温斯顿·丘吉尔和富兰克林·德拉诺·罗斯福的大名。接下来有几个名字沃特豪斯看着觉得很眼熟——也许是在场的这些人的名字吧。再往下是一个叫作查顿的，是位年轻的英国皇家空军上校，（沃特豪斯敢说一定是）他在不列颠空战里立下了卓

---

①纳粹德国的自称。

越功勋。

名单再往下一行就写着"劳伦斯·普里查德·沃特豪斯"。和他一排的还有另外两个人，一个是英国皇家空军上尉，还有一个是美国海军陆战队的上尉。旁边还有一条虚线指向"艾伦·麦席森·图灵博士"。就整体而言，这简直可以说是军事机构里有史以来最不正规也最不寻常的一个灵活组织了。

在表格最下面一行印着十二个名字，六个一组分列在皇家空军上尉和海军陆战队上尉的名字下。这就是组织里负责行动的小组，用某个百老汇大厦里的人的话说，就是"糊得一脸黑的人"，旁边一个美国人跟他解释道，意思就是"真刀真枪上去干的人"。

"还有什么问题吗？""主持人"问。

"是艾伦选的数字吗？"

"你是说图灵博士？"

"对，是他选了2701这个数字？"

这个细节似乎有点不够格在百老汇大厦的人面前提起。他们先是吃了一惊，甚至有些不悦，好像沃特豪斯突然点名要他们参加听写一样。

"大概吧，"主持人答道，"你问这个干吗？"

"因为，"沃特豪斯说，"2701是两个质数的乘积，用十进制来记录的话就是37和73，你们也一眼就能看得出，正好是颠倒过来的数字。"

所有人都转过头去看教授，教授则有些发窘。"我们最好把这个换掉，"他说，"冯·海克赫伯博士也许会察觉到的。"他站起身，从口袋里掏出一支万宝龙钢笔，把名单上的2701改成了2702。趁他涂改的时候，沃特豪斯朝周围一看，觉得大家的表情都满意极了。很显然，他们找沃特豪斯来，就是为了让他表演这样的小把戏。

第十三章　科雷希多岛

马尼拉湾的水面和水上湿润的空气之间没有明显的界线，只有一层平淡无奇的蓝灰色笼罩在几英里开外。格洛丽四号小心翼翼地在一大片抛锚的货船之间穿梭了大概半小时，然后加速开向海湾中心。雾气略微稀薄了一些，让兰迪可以清楚地看见右舷那边的巴丹半岛：黑色的山峦几乎为雾霭所遮蔽，间有一朵朵上升气流形成的蘑菇伞状云朵点缀其间。大部分的地方没有海滩，只有红色的悬崖，陡然落入几码下方的海里。但随着他们渐渐靠近半岛的末梢，陆地的起伏渐渐变得温柔，还覆盖着几片浅色的绿野。在巴丹半岛的最尾端有几座尖利的石灰岩峭壁，兰迪记得他在艾维的视频里见过。但这时，他的眼里几乎只有位于岛尖几英里外的科雷希多岛。

艾梅丽卡·沙夫托，或者按她喜欢的叫法——艾米，在航程的大部分时间里都在甲板上东奔西跑，与菲律宾和美国的潜水员们进行严肃而简短的谈话，不时盘腿坐在甲板上阅读文件和表格。她脑袋上戴着一顶磨损的牛仔草帽来隔绝太阳辐射。兰迪也不急着暴露在阳光下。他在有空调的船舱里漫步，啜饮着咖啡，观看着墙上的照片。

他天真地以为会看到潜水员们在海边安装海底电缆的照片。西姆帕海事服务接过不少装电缆的活儿——服务质量也高,他雇用他们之前查过履历——但他们显然不觉得这类工作有趣到值得拍照的地步。大多数照片的内容是海底打捞工作:潜水员坚毅的脸上挂着巨大的笑容,胜利感十足地举着被藤壶包裹的花瓶,像冰球运动员在炫耀斯坦利杯[①]似的。

隔着一段距离看,科雷希多岛像是一块从水里冒出来的凸透镜形状的丛林,边上伸出来一块平展的跳板。从地图上看,他知道这里其实是一块精子形状的陆地。这个角度看起来像跳板的部分是它的尾巴,像蛇一般蜿蜒伸向东方,仿佛这枚精子正在努力游出马尼拉湾,要去使亚洲受孕。

艾米一阵风一样地冲过来,一把推开船舱门。"到舰桥上来,"她说,"你该看看这个。"

兰迪跟着她去了。"好多照片里都有的那人是谁?"他问。

"样子挺吓人的,板寸头?"

"对。"

"那是我父亲,"她说,"道格。"

"是道格拉斯·麦克阿瑟·沙夫托吗?"兰迪问道。他在和西姆帕海事服务交换的某些文件里见过这个名字。

"正是。"

"那位前海豹突击队员?"

"是,但他不喜欢别人这样叫他。太老套了。"

"为什么我觉得他很眼熟?"

艾米叹了口气:"他在1975年的时候小出过一阵名。"

---

① 美国、加拿大职业冰球全国锦标赛杯。

"我想不起来了。"

"你知道科姆斯托克么?"

"司法部长保罗·科姆斯托克?对那些搞密码的家伙恨得牙痒痒?"

"我指的是他父亲——厄尔·科姆斯托克。"

"冷战政策的支持者——越南战争的幕后推手——对吗?"

"我还从没听过别人这样形容他,不过没错,我们说的是同一个人。你可能记得1975年的时候,厄尔·科姆斯托克在科罗拉多从滑雪缆车上掉了下来,或者被人推下来,摔断了手臂。"

"噢,对。我似乎想起来了。"

"我爹——"艾米对一张照片偏了偏头,"那时候正好坐在他旁边。"

"是偶然,还是——"

"完全是意外,没有预谋。"

"这是看这件事的一个角度,"兰迪说,"但另一方面,如果厄尔·科姆斯托克时常去滑雪,那他迟早会发现自己在离地五十英尺高的地方和一个越战老兵坐在一起,这个概率实际上是非常高的。"

"随你怎么说。我的意思只是——说实话,我不想讨论这件事。"

"我会见到他本人吗?"兰迪看着照片说。

艾米咬住嘴唇,眯眼看着地平线:"百分之九十的时间,他的存在是有怪事发生的征兆。"她帮他打开通向舰桥的舱口,拉住舱门,指着楼梯。

"另外百分之十呢?"

"要么他很无聊,要么就是跟女朋友吵架了。"

格洛丽号的驾驶员正全神贯注地驾驶,完全无视他们的存在,兰迪把这当作是专业的表现。舰桥上有许多用门板或者厚厚的胶合板做的长案，所有的可用空间上都放满了电子装备：一台传真机，一台会吐出天气通报的小机器，三台电脑，一部卫星电话，几台插在充电器上的 GSM 手机，和回声测深仪。艾米带着他来到一台机器前，它的大屏幕上正显示着某种图像，看起来像崎岖地形的黑白照片。"侧扫声呐，"她解释道，"咱们做这种活儿最好用的工具之一。能让我们看到水底有什么东西。"她在一台电脑的屏幕上查看了一下当前的坐标，然后飞快地心算了一下，"埃内斯托，麻烦把航向往右转 5 度。"

"是，女士。"埃内斯托依言而行。

"你在找什么？"

"这是免费赠品——像在酒店那会儿的香烟一样。"艾米解释道，"只是与我们合作的一个额外小福利而已。有时候我们喜欢扮导游玩儿。看到了吗？瞧这个。"她用小拇指指着屏幕上刚显示出来的东西。兰迪弯腰瞥着屏幕。那显然是人造物品的形状：一堆直线和直角。

"看着像一堆残骸。"他说。

"现在是。"艾米说，"但它以前可是菲律宾国库的一部分。"

"什么？"

"打仗的时候，"艾米说，"珍珠港之后，但在日本人占领马尼拉之前，政府把国库都腾空了。他们把金子银子都装在板条箱里，运到科雷希多岛去安全保管——一般是这么认为的。"

"'一般认为'，是什么意思？"

她耸耸肩。"这里是菲律宾嘛，"她说，"我感觉很多财宝最后去了别的地方。但许多银子还是到了那里。"她直起身，对窗外的科雷希多岛点点头，"那时候他们觉得科雷希多岛固若金汤。"

"这大概是什么时候的事？"

"1941年12月或者1942年1月。不管怎样，后来显然科雷希多岛要沦陷了。一艘潜艇在2月初的时候过来运走了金子。然后又一艘潜艇来接走了绝不能落入敌人之手的人，比如密码破译员。但他们的潜艇装不下所有银子。麦克阿瑟3月份走了。他们开始在半夜把一箱箱银子运出来，扔进水里。"

"你瞎扯的吧！"

"他们总可以事后再来找，"艾米说，"全丢掉也好过给日本人拿了，对吧？"

"我猜是吧。"

"日本人找到了很多这些银子——他们在巴丹半岛和科雷希多岛上抓到了一群美国潜水员，逼他们到水底，就在我们现在的位置下面，去找回银子。但这些潜水员设法在他们的卫兵眼皮底下藏起了好些银子，并交给菲律宾人；菲律宾人又把它们偷渡进马尼拉，使它在那里变得随处可见，结果让日本的占领区货币大大贬值。"

"所以我们现在看到的是什么？"

"板条箱落到海底裂开之后留下的残骸。"艾米说。

"战争结束的时候这些银子还有剩吗？"

"噢，当然有，"艾米轻松地说，"大部分都扔在这儿，被那些潜水员找到了，但有些被扔在了别的地方。我爸直到20世纪70年代还发现了一些。"

"哇，这根本没道理！"

"为什么？"

"我不敢相信竟然有一大堆银子在海底放了三十年，谁都可以来拿。"

"那是因为你不够了解菲律宾人。"艾米说。

"我知道菲律宾是个穷国家。怎么没人来找银子？"

"这个地方大部分寻宝猎人目标都大得多,"艾米说,"或者容易得多。"

兰迪大感不解:"我看海湾底下的一大堆银子就挺大挺容易的啊。"

"其实不然。银子没那么值钱。一个宋代的花瓶洗干净了,值的钱比等重的金子还多。金子啊。而且找花瓶更容易——你只要扫描海底,寻找帆船形状的东西就好。沉到海底的帆船在声呐上显示的图像很特别。但是七零八落、盖满珊瑚和藤壶的旧板条箱一般看起来跟石头没什么两样。"

随着他们逐渐接近科雷希多岛,兰迪可以看到岛屿的尾部起伏不平,处处有拔地而起的大堆大堆的岩石。土地的颜色从丛林的暗绿色渐渐褪成淡绿色,随后在从岛屿肥胖的中心伸出的尾巴根处变成枯萎的红棕色,土地也变得更加干燥。兰迪的目光紧锁着其中一座岩石峭壁,它上面又耸起一座崭新的钢塔。塔顶上有一台朝东的微波喇叭天线,指向王城里寄生藤公司办公楼的方向。

"看到水位线旁边那些山洞了么?"艾米说。她似乎有些后悔之前提到了海底宝藏,现在正急于转移话题。

兰迪把视线从自己部分拥有的微波天线上扯开,看向艾米所指的方向。岛屿石灰岩的一侧垂直地插入几米下的水面,上面布满洞口。

"看到了。"

"美国人造来布置岸防炮的。日本人把它们扩大,用来做自杀快艇的发射场。"

"哇哦。"

兰迪听到一阵咕嘟嘟的声音,转头看见有另一艘船开到了他们旁边。那是一艘独木舟形的船,大概四十英尺长,两边装着长长的舷外浮杆。一根短桅杆上飘着几面破破烂烂的旗，色彩鲜艳的衣服在四处扯起的绳子上开心地飘荡。一台裸露在外的巨大柴油发动机安在船体中央，往空气里喷着黑烟。船的前端，几个菲律宾人，有女人有小孩，正聚集在一块亮蓝色防水布的阴影下吃东西。船尾处，几个男人摆弄着潜水用具。其中一人把什么东西举在了嘴边：一支麦克风。一个声音从格洛丽号的广播里突然响起，说着他加禄语。埃内斯托憋住一声笑，拿起麦克，简短地作答。兰迪不知道他们在说什么，但他怀疑是类似"咱们等会儿再胡闹，客户在舰桥上呢"这样的内容。

"业务伙伴。"艾米干巴巴地解释道。她的肢体语言说她想离开兰迪回去工作。

"谢谢你带我游览，"兰迪说，"有一个问题。"

艾米扬起眉毛，试图表现出耐心的样子。

"西姆帕海事服务有多少收入来自寻宝？"

"这个月？今年？最近十年？从公司成立开始？"艾米说。

"哪个都行。"

"这种收入是不定时的，"艾米说，"格洛丽号靠我们从中国帆船里找到的瓷器赚了不少钱。但有些年份我们所有收入都来自现在这样的工作。"

"换句话说，无聊的烂工作？"兰迪脱口而出。正常情况下他对舌头的控制力要稍微好一点。但刮胡子消灭了他的自我界限，大概。

他以为她会笑，或至少对他挤挤眼，但她的态度很严肃。她的扑克脸水平相当高。"就把这看成做车牌。"

"所以你们其实基本上是一群寻宝猎人，"兰迪说，"你们做车牌只是为了获得稳定的现金流。"

"你愿意的话就叫我们寻宝猎人吧，"艾米说，"你为什么做生意呢,兰迪?"她转过身,昂然走了出去。

兰迪正目送她离开,突然听到埃内斯托低声咒骂起来,不像是生气而像是大吃了一惊。格洛丽号现在正绕过科雷希多岛的尾巴,岛屿的整个南侧第一次变得清晰可见。最后约一英里左右的岛尾弯起来形成一个半圆形的海湾。停在海湾中央的是一艘白船,兰迪一开始以为那是一艘线条流畅的小型远洋班轮。然后他看见了船尾漆着的名字:鲁伊·法莱罗号——加利福尼亚州,圣莫尼卡市。

兰迪走过去站在埃内斯托身边,两人一起凝视了一会儿这艘白船。兰迪对它有所耳闻,而埃内斯托,像菲律宾所有人一样,显然知道这家伙。但亲眼见到又是另一回事了。一架直升机像玩具一样停在它的后甲板上。一艘匕首形的快艇挂在吊艇柱上,随时都可以作为小艇使用。一个棕色皮肤的男人身着白闪闪的制服,正在擦拭黄铜栏杆。

"鲁伊·法莱罗是麦哲伦的宇宙学家。"兰迪说。

"宇宙学家?"

"整个行动的大脑,"兰迪说,敲着脑袋。

"他跟麦哲伦一起来的?"埃内斯托问。

在世界上的大多地区,麦哲伦都被认为是环绕地球第一人。在这里,每个人都知道他只到了麦克坦岛,就被菲律宾人杀死了。

"当麦哲伦乘船出发时,法莱罗留在了塞维利亚,"兰迪说,"他发疯了。"

"你很了解麦哲伦,是吗?"埃内斯托说。

"不,"兰迪说,"我很了解'牙医'。"

* * *

"不要跟'牙医'说话。绝对不行。什么都不能说。连技术方面的事情都不行。他问你的任何技术问题都是某种商业计谋的障眼法,你是无法理解的,就像达菲鸭不能理解哥德尔定理的证明一样。"

有天晚上艾维自动跟兰迪提起了这事,那会儿他们正在马卡蒂市中心的一家餐馆吃晚饭。艾维拒绝在马尼拉酒店直径一英里内讨论任何重要事务,因为他认为每个房间、每张桌子都在受到监视。

"多谢你这么信任我。"兰迪说。

"嘿,"艾维说,"我只是想划出我的地盘——在这个项目里找到我的定位。我来负责生意上的事情。"

"你是不是有点被害妄想?"

"听着。'牙医'自己手里至少有十亿美元,另外还有一百亿由他掌管——南加州他妈的一半正畸科牙医都在四十岁就退休了,因为他在两三年内让他们的个人退休账户翻了十倍。老实人可拿不到这样的成果。"

"也许他只是走了好运。"

"他确实走了好运。但那不代表他就是个老实人。我的重点是,他把这些钱都投到了风险极大的项目上。他用他的投资者们一辈子的积蓄来玩俄罗斯轮盘赌,而且对他们保密。我是说,只要回报率够高,这家伙连棉兰老岛绑架团伙都会投资。"

"我真想知道他明不明白自己很幸运?"

"这就是我的问题。我猜他不知道。我想他认为自己是天命的执行者,像道格拉斯·麦克阿瑟一样。"

＊　＊　＊

　　鲁伊·法莱罗号是西雅图豪华游艇产业——一个最近正悄悄繁荣起来的行业——的骄傲。兰迪在一本销售宣传册里头瞄到过几条相关信息，那还是这艘船被"牙医"买下之前。所以他知道直升机和快艇都包含在船的售价之内，但具体价格一直没有公开。船上的东西包括但不限于十吨大理石。主卧室套间有整套男用和女用卫生间，分别由黑色和粉色大理石装饰，让"牙医"和"歌后"在为游艇巨大的舞厅里的盛事梳妆打扮时，可以不用抢洗脸池。

　　"'牙医'？"埃内斯托说。

　　"开普勒。开普勒医生，"兰迪说，"在美国，有些人称他为'牙医'。"高科技行业的人。

　　埃内斯托了然地点头。"那样的男人可以得到世界上任何一个女人，"他说，"但他却选了个菲律宾女人。"

　　"是的。"兰迪谨慎地回答。

　　"在美国，人们知道维多利亚·比戈的故事吗？"

　　"我得告诉你她在美国没有在这里那么出名。"

　　"当然。"

　　"但她有些歌相当流行。很多人知道她出身贫困。"

　　"美国人知道冒烟山吗？汤都区那个垃圾场，小孩子们找食物的地方？"

　　"有些人知道。等关于维多利亚·比戈人生经历的电影在电视上播出，它就会闻名四海了。"

　　埃内斯托点点头，看上去挺满意。这里所有人都知道一部有关"歌后"生涯的电影正在制作中，女主角由她自己扮演。他们一般不知道那只是一个面子工程，由"牙医"掏钱，而且只会在有线台的午夜档播出。

但他们大概知道电影会跳过所有有意思的部分。

* * *

"在'牙医'这件事上,"艾维说,"我们的优势是,当事情跟菲律宾人有关的时候,他的行为可以预测。无害。甚至温驯。"他神秘莫测地一笑。

"怎么说?"

"维多利亚·比戈是一路睡出冒烟山的,没错吧?"

"呃,以前关于这方面的暗示和流言有不少,但我还从没听过有人这么直白地说出来。"兰迪说,紧张地瞟着四周。

"相信我,她从那里爬出来的路就只有一条。皮条是波罗博洛帮①拉的。这是一个北吕宋岛的组织,和马科斯②一起得势。他们主宰城市里的那个部分——警察,集团犯罪,地方政界,随你怎么说。因此,他们把她捏在手心——他们有她还是雏妓和色情片小影星那时的照片和录像。"

兰迪带着反感和惊异摇了摇头说:"你从什么鬼地方听到这种消息的?"

"别管了。相信我,在某些圈子里这就跟 π 值一样尽人皆知。"

"我的圈子可不知道。"

"不管怎样,重点在于她和波罗博洛帮是同命运共进退的,以后也一直会是这样。而'牙医'对妻子总是乖乖地言听计从。"

"你真的这样认为吗?"兰迪说,"他是个硬汉。他可能比波罗

---

① 原文为 Bolobolos,"bolo"在西班牙语菲律宾方言中意为"砍刀"。
② 费迪南德·马科斯(1917—1989),菲律宾第六任总统。

博洛帮要有钱有势得多。他可以随心所欲。"

"但他不会,"艾维说,又露出了那个小小的笑容,"他只会做他妻子叫他做的事。"

"你怎么知道?"

"瞧,"艾维说,"开普勒是个重度控制狂——就像大多数有钱有势的男人一样。对吧?"

"对。"

"如果你控制欲大到那种程度,转换到性癖上会变成什么?"

"我希望我永远不会了解。我猜你会想支配一个女人吧。"

"错!"艾维说,"性比那要更复杂,兰迪。性是人们压抑的欲望释放出来的地方。人们最欲望勃发的时候,往往也是内心最深处的秘密暴露出来的时候——"

"靠!开普勒是个受虐狂?"

"他是个他妈的超级受虐狂,都出了名了。至少在东南亚色情行业里很出名。香港、曼谷、深圳、马尼拉的老鸨和皮条客们,他们都给他入了档——他们都知道他好哪一口。这就是他如何遇见维多利亚·比戈的。他当时在马尼拉,跟'菲律通'谈生意。在那待了很久,住在一家波罗博洛帮拥有并监听着的酒店里。他们研究了他的交配习性,像昆虫学家观察蚂蚁的繁殖习性一样。他们将维多利亚·比戈精心修饰一番——他们的王牌,他们的尤物,他们的性感终结者——以迎合开普勒的一切需求。然后他们将她像一枚他娘的导弹一样送入他的生活,于是'砰'的一声,真爱了。"

"你还以为他会怀疑或怎样呢。我很惊讶他竟然会对一个妓女如此不可自拔。"

"他不知道她是个妓女!计划的美妙之处就在这里!波罗博洛帮给她弄了一个在开普勒住的那家酒店礼宾部的假身份!一位端庄娴

静的天主教女学生！事情开始于她帮他弄到某场演出的票，然后一年之内，他就被锁在了那艘他妈的巨型游艇的床边，屁股上带着皮带印，而她站在他上头，手指上戴着车灯那么大的结婚戒指，变成了世界上第一百三十八富有的女人。"

"第一百二十五，"兰迪纠正他，"'菲律通'的股票最近走牛市了。"

* * *

接下来几天兰迪都在努力避免跟"牙医"碰上。他待在岛屿一端的一家私人小旅馆里，每天吃欧式早餐，和他住一起的还有一群美国和日本老兵，携妻前来处理（据兰迪推测）比自己对付过的还复杂一百万倍的感情问题。鲁伊·法莱罗号最大的特征就是抢眼，兰迪通过观察直升机和快艇的动静就能知道"牙医"是否在船上。

当他觉得安全的时候，他便到微波天线下面的海滩去看艾米的潜水员们安装电缆。他们中有些人在碎浪区工作，把一段段铸铁管子套在电缆上。有些则在离岸几英里之外的一艘驳船上工作，操纵一台像巨型切肉刀一样的机器把电缆直接压入泥泞的海底。

电缆靠岸的一端通向一座新落成的钢筋混凝土建筑，离高潮位大约一百米远。它基本上就是一间大房间，里头装满电池、发电机、空调设备和一堆堆电子器材。器材上运行的程序归兰迪负责，所以他大部分时间都待在那间屋子里，盯着电脑屏幕打字。从这里，传输线再通向山顶的微波塔。

电缆的另一头伸向几公里外在南中国海里沉沉浮浮的一个浮标。浮标连着北吕宋岛海岸花彩电缆的末端，那是一条由"菲律通"所有的沿着吕宋岛海岸线安置的电缆。沿着这条电缆一直走，你会来到吕宋岛北端的一座建筑,一条来自台湾的粗大电缆正是从这里接入的。而台湾与世界海底电缆网络紧密相连,从台湾传送数据既简单又廉价。

在寄生藤公司和"菲律通"试图建立的这条从台湾到马尼拉市中心的私人传输链中,只剩下一个缺口,而随着装电缆的驳船一步步向浮标接近,这个缺口正在日益缩小。

* * *

当电缆终于铺到位,鲁伊·法莱罗号起锚出港来迎接它。直升机、快艇和一支雇来的船队纷纷行动,迎接马尼拉来的显赫人物和媒体人员。艾维出现时拿着两套在上海的一家裁缝店新做的晚礼服("香港的著名裁缝都是从上海逃难过去的")。他和兰迪扯掉包装纸,穿上晚礼服,然后坐上一辆没有空调的吉普车下山来到码头;格洛丽号正在那里等待他们。

两小时后,兰迪得以第一次目睹"牙医"和"歌后"的真容——在鲁伊·法莱罗号的豪华舞厅内。对兰迪来说今天的派对与其他派对并无二致:他与若干个人握手,忘记他们的名字,找个地方坐下,然后在幸福的孤独中享受红酒与食物。

这个派对上唯一的特别之处是,有两根裹着柏油的电缆通向后甲板,每一根都有棒球棍那么粗。如果你走到栏杆旁往下看,你能看见它们消失在海水中。电缆的末端汇聚于甲板中心的一张桌子上,一位坐飞机从香港赶来、穿着一身晚礼服的技师正坐在桌旁,手边摆着一盒工具,正在对付电缆的接合处。他要对付的还有严重的宿醉,但兰迪并没有意见,因为他知道这些都是做做样子——电缆都是废料,线头都在游艇旁的水里拖着。真正的熔接昨天就完成了,现在它正躺在海底，数据从中穿梭而过。

后甲板上还有另一个人，大部分时间凝望着巴丹半岛和科雷希多岛，但也密切关注着兰迪。兰迪注意到他的那一刻，那人点点头，仿佛在脑子里一张清单的某项旁边打了个钩儿，然后站起身，走到了兰迪身边。他身穿一套十分华丽的制服——美国海军的正式服装。他的头几乎全秃了，剩下的头发呈战舰灰色，剪到大约五毫米的长度。当他向兰迪走来时，几个菲律宾人带着明显的好奇注视着他。

"兰迪。"他说。他握住兰迪的右手摇晃时奖章叮当作响。他看上去五十岁左右，但皮肤像个八十岁的贝都因人①。他胸前佩戴着许多绶带，其中有不少是红色和黄色的，兰迪隐约觉得它们和越南有关系。他的口袋上方有个小小的塑料名牌，写着"沙夫托"。"别被骗了，兰迪，"道格拉斯·麦克阿瑟·沙夫托说，"我不是现役军人。老早以前就退休了。但我还是有资格穿这身制服的。这比出去找一套适合我的晚礼服可容易多了。"

"很高兴见到您。"

"彼此彼此。顺便问一句，你的是哪儿来的？"

"我的晚礼服？"

"是啊。"

"我的伙伴定做的。"

"你的生意伙伴，还是性伙伴？"

"我的生意伙伴。目前我没有性伙伴。"

道格·沙夫托面无表情地点点头："你没有在马尼拉找到一个性伴侣很能说明问题。比如像我们的东道主那样。"

兰迪看向舞厅内的维多利亚·比戈。如果她再光芒四射一点，

---

① 阿拉伯游牧民族。

墙上的油漆都要剥落下来，窗玻璃也要像焦糖一样化掉了。

"我猜我只是比较害羞吧。"兰迪说。

"你会害羞到不愿意听一条商务提议吗？"

"完全不会。"

"我女儿声称你和我们的东道主将来可能要在附近铺设更多电缆。"

"在商界，人们做事情很少有只打算做一次的，"兰迪说，"账目上不好看。"

"你现在应该意识到这片区域的水很浅了吧。"

"是呀。"

"你知道如果没有极为精细、高分辨率的侧扫声呐勘测，电缆是无法在浅水中铺设的。"

"知道。"

"我愿意为你提供勘测服务，兰迪。"

"我明白了。"

"不，我觉得你没明白。但我想让你明白，所以我打算给你解释。"

"好吧，"兰迪说，"我要把我的搭档叫出来吗？"

"我准备向你传达的概念简单明了，不需要两个一流的头脑才能理解。"道格·沙夫托说。

"好吧。什么概念？"

"精确勘测将会带来大量关于世界这个部分的海底有什么东西的全新信息。这些信息里可能有些很有价值。比你想象的更有价值。"

"啊，"兰迪说，"你的意思是可能有你们的公司知道如何利用的东西？"

"正是，"道格·沙夫托说，"现在，如果你雇用我们的某个竞争对手来进行勘测，而他们偶然得到了这种信息，他们可能不会告诉你们。他们会自己开发。你不会知道他们找到了什么，也不能从中获利。但如果你雇用西姆帕海事服务，我会把我发现的一切都告诉你，并将任何收益都与你和你的公司分享。"

"唔。"兰迪说。他努力地想摆出扑克脸，但他知道沙夫托一眼就看穿了他。

"有一个条件。"道格·沙夫托说。

"我就猜到会有条件。"

"每个值钱的鱼钩都有倒刺。这就是那个倒刺。"

"那是什么？"兰迪问。

"我们不能让那个狗娘养的知道。"道格·沙夫托说，大拇指对休伯特·开普勒一摆，"因为如果'牙医'知道了，那他和波罗博洛帮会瓜分一切，我们什么都拿不到。我们甚至可能会送命。"

"好吧，送命那个部分我们肯定是要纳入考量范围的，"兰迪说，"但我会将你的提议转告给我的搭档。"

第十四章 隧　道

　　沃特豪斯和几十个或站或坐的陌生人挤在一个异常狭长的空间里，一左一右地晃荡着。这里有两排窗户，但是窗外黑漆漆一片，只有声音不断从黑暗中传来：隆隆声、咔嚓声、尖啸声。每个乘客都肃穆而沉默，仿佛正端坐在教堂里等待礼拜开始。

　　沃特豪斯站在车厢里，拉着一个固定在车顶的扶手，以免被摇晃的列车摔个大跟头。刚刚那几分钟他一直盯着旁边的一张防毒面具佩戴方式指南的海报出神。和大家一样，沃特豪斯也有这么一套防毒面具，塞在一个暗褐色的帆布小挎包里。不过他的看起来跟大家的不太一样，因为他的是美军制式的，因此还吸引了身旁的一两道目光。

　　海报上的女人皮肤白皙，时尚动人，染成红褐色的头发显然由造型师精心打理过。她的腰杆挺得像旗杆一样笔直，下颌微抬，手臂弯曲，手势也很标准：手指舒展，跷起来的拇指对着脸的正前方。她托着一个兜在黄褐色绳子里的难看玩意儿，两个拇指像翻绳一样将绳子撑开。

　　沃特豪斯在伦敦已经待了好几天，所以他完全知道接下来会发生什么事。他在很多地方都见过这个手势，这个女人是在演示把下巴塞进防毒面具之前的准备工作。如果敌军真的在伦敦投放毒气弹，毒气警报就会拉响，大量刷着特殊涂料的大邮筒的顶部将会变黑。毒气缭绕的绿色天空下会竖起两千万根大拇指，上面挂着一千万个防毒面罩，一千万个下巴准备塞进防毒面具。他甚至能想象出这个女人将凝脂般洁白的下颌塞进黑色橡胶面具时发出的清脆悦耳的响声。

等把下巴塞进面具之后，剩下的事就好办了。你得把绑绳牢牢地系在红褐色的头发上，然后躲进室内——不过最危险的阶段已经过去了。英国的防毒面具前面安着一个可供呼气的扁圆装置，看起来跟猪鼻子似的。要不是因为海报上的模特美艳动人，根本不会有哪位女士愿意戴这种东西吧。

窗外黑暗中有什么东西吸引住了他的目光。列车正通过一处有照明的路段，暗淡的枪灰色光斑落下，泄露了隧道的秘密。车厢里的人纷纷眨着眼睛，环视四周，然后吸了口气。世界在周遭重生了。一段段墙体，裹在保护层里的桁架，一捆捆悬在半空中的电缆，当列车驶过时，它们就像小天体般慢慢地旋转。

有几根电缆吸引住了沃特豪斯的视线：它们整齐地平行嵌在石墙里，像是一条条岩浆凝成的藤蔓，趁修理工不注意时在隧道中蔓延，正努力地想要破岩而出，伸向光明。

当你在地面上经过这里的时候，你就能看见那些古建筑的外墙上爬满了这些藤蔓。氯丁橡胶包裹着的藤条笔直地攀上陡峭的石墙，伸进窗棂的缝隙中，目标直指办公室。有的时候它们藏在金属管道里，有的时候房主会把它们掩藏得无踪迹。但是所有这些藤蔓都有一个共同的根系，在地下无人使用的通道和缝隙里延伸，最终聚集在深深的防空洞中的巨大交换机上。

列车驶入一个灯光昏黄的教堂，呜咽着停下，盘踞在通道上。充斥全国上下的焦虑氛围在一个个岩洞和壁龛里化为实体，发着惨淡的光。车站一头是一个天使般的姑娘，正准备把下巴塞进防毒面具——她和另一头一个穿着紧身裙横卧在长沙发上的女妖形成了一个道德连续体的两个端点，后者正在偷听身后几位年轻士兵的谈话，假睫毛掩不住她狡黠的笑意。

墙上书写着站名，雅致的无衬线字体郑重声明这里就是尤斯顿站。沃特豪斯和大部分乘客都在这里下了车。在车站里团团转了差不多能有十五分钟，沃特豪斯终于问清楚了方向，搞明白了时刻表，坐上了一列驶往伯明翰的城际列车。据称这趟列车中途会停靠在一个叫作布莱切利的地方。

他有些摸不着头脑，因为此时相邻的线上还有一趟直达布莱切利的列车正准备出发。那趟车上坐着的似乎全都是穿着军便服的姑娘。

手持斯登冲锋枪的皇家空军士兵正把守在车门口，一个个核查乘客的证件。他们肯定不会让他上车的。沃特豪斯透过发黄的窗玻璃看向那些前往布莱切利的姑娘，她们正三五成群地聚在一起，从包里掏出毛线活，把一团团苏格兰羊毛线变成给北大西洋上的船队水手们织起的头套和连指手套；还有人掏出纸笔开始给服军役的兄弟或是家里的父母写信。直到所有的车门都关上，列车开始缓缓出站时，那些空军士兵才离开了车门。列车渐渐加速，一排排正在纺织正在写信正在闲聊的姑娘的形象也模糊了，这大概是全世界的士兵和水手们都能在梦里见到的景象吧。沃特豪斯永远不会像那些士兵一样，他远离前线，远离敌军。他已经吃下了知识的禁果，他绝对不能去任何有可能让他被敌军俘获的危险之地。

* * *

列车驶出黑暗,来到了一片砖红色的旱谷中,一路向北往市郊开去。正是下午三点钟光景,那趟驶往布莱切利的列车上载着的肯定是要去上小夜班的姑娘。

沃特豪斯预感到这肯定不是那种规律上下班的工作。他们为他准备的旅行袋里塞满了千奇百怪的衣服:厚厚的纯毛毛衣,热带专用的薄织型海军或陆军军服,黑色的滑雪面罩,还有,安全套。

列车缓缓开出伦敦,驶入了一片夹杂着居民点的郊区。沃特豪斯感到自己身体微沉,大概是在上坡吧。列车穿过低矮山区间的缺口——像圆木上的一道斧痕——开进了一片绿浪起伏的草场中,草丛间散布着白色的小点,沃特豪斯想那大概是羊群。

当然,羊群也许并不是随机分布的——羊群选择吃草的地方也许恰好反映了这个地区土壤成分的差异。通过空中侦察,德国人也许可以利用分析羊群的分布绘制出一份不列颠岛的土壤成分结构图。

草场四周围着老旧的篱笆,有些地方是石头砌成的围栏,靠山的一带则是一排细长的树林。一个小时之后,列车左边稍高一些的斜坡上就已经全是茂密的树林了。列车气喘吁吁地刹了车,在一个路边的小站上吭哧吭哧地停了下来。但是铁轨在这里分成了好几股,一点也不像一个乡野小站该有的规模。沃特豪斯站起来,像个相扑手一样扎了个马步,开始对付他的旅行袋。这场相扑是旅行袋赢了,它把沃特豪斯整个推出了车门外,挤到了站台上。

周围充斥着一股比平常还重得多的煤味儿,巨大的噪音从不远处传来。沃特豪斯朝那边望去,只见几台重型机械立在铁路侧线的另一边。他站起身又看了几分钟——这时他乘坐的那趟列车继续朝北开走了——发现他们正在这个布莱切利站里修理一辆蒸汽机车。

沃特豪斯喜欢火车。

但这可不是别人送他一套免费的衣服又给他一张到布莱切利的车票的原因，沃特豪斯再一次跟旅行袋开战，拖着它爬上台阶，穿过横跨铁轨的天桥。往车站那边看去，更多布莱切利的姑娘——不是皇家空军女子辅助部队的就是皇家海军女子服务队的——正朝他走来；白班刚结束，她们刚刚完成上午的工作，处理完了大量表面看起来杂乱无章的电文数据。为了不让自己显得太奇怪，他好不容易把旅行袋扛到背上，手臂穿过肩带，让旅行袋的重量把自己推过桥去。

那些姑娘对这位初来乍到的美国军官只表现出了非常有限的兴趣。当然，也许她们只是比较矜持罢了。不管怎么说，沃特豪斯知道自己在这里是个珍稀动物，但也并没有珍稀到那种程度。旅行袋推着他穿过车站大厅，像一个胖胖的巡警正押解着一个双手铐在背后的酒鬼穿过某个二星级酒店的门厅一样。他被挤出了车站，站在了一片开阔地带，脚下是一条南北向的大路。一片森林在他面前拔地而起。任何觉得这是一片宜人景色的念头都会很快被森林边缘泛出的一道道寒光打消，斜阳反射在锋利的金属边缘上，暴露了这片森林的秘密。森林中有一个洞口，姑娘们不断地从中拥出，好像一个巨大的赤翅蜂的巢穴。

沃特豪斯现在必须勉力向前，要不然沉重的旅行袋就会把他朝后拉倒，让他像一只四脚朝天的甲虫一样躺在停车场上蹬腿。他努力向前挪动，穿过街道走到了通往森林的一条宽阔的步道上。他身边挤满了布莱切利的姑娘们，为了庆祝终于下班，她们涂上了口红。战时的口红都是用制造机油剩下的边角料兑出来的货色，里面不得不添上一种甜得发腻的香料来掩盖它那种无法形容的来自矿物和动物的臭味。

那是战争的味道。

虽然沃特豪斯还没有真正到过布莱切利园，但是他很明白，这些矜持的姑娘尽职尽责地整理着机器上传来的电文，一班复一班，一日复一日，光凭这一点，她们杀掉的人就已经比拿破仑还要多了。

他一边道歉一边逆着下班的人潮缓慢前行。最后他放弃了尝试，走到路边，把旅行包往挂满了常春藤的墙壁上一靠，点起一支烟，等着这一拨百来个姑娘从他身边走过。有什么东西戳了戳他的踝关节，他一看，原来是一株野生的覆盆子，怒气冲冲地戳出几根尖刺。上面挂着一张小巧整齐得不可思议的蜘蛛网，网格状的蛛丝在夕阳的余晖下闪闪发光。端坐在蛛网中央的蜘蛛一副泰然自若的英国范儿，丝毫不为沃特豪斯这老美的莽撞行为所动。

沃特豪斯伸出手，接过一片正好从他面前飘落的棕黄色榆树叶。他蹲下身子，把烟叼在嘴里，用两只手稳稳地捏住叶子，用它锯齿形的边缘划过蛛网上一根放射形的纵丝——他知道，纵丝是没有黏性的。叶子像是一张拨动琴弦的琴弓，在蛛网上引起了一阵明显的震动。蜘蛛几乎是瞬间转过身来，快得好像一段剪辑失当的电影。沃特豪斯被它快速的反应吓得向后一闪，然后他又把叶子凑了上去。蜘蛛绷紧了身子，感受着蛛网的震动。

接着它又爬回原来的位置去了，仍旧端坐在那里，再也没理过沃特豪斯。

蜘蛛能够通过蛛网的震动判断出捕捉到的昆虫的种类，然后再冲向目标。这也是为什么蜘蛛网是放射形的，而蜘蛛总停留在蛛网的中央——蛛网就像是它神经系统的延伸。信息通过蛛丝反馈给蜘蛛，输入某种内置的"图灵机"。沃特豪斯又试了几种不同的小花招，但没有一次能成功蒙骗这只蜘蛛。真晦气！

就在沃特豪斯专注于他的科学实验时，下班的高峰期已经过去了。他又跟旅行袋搏斗了一番，挣扎着又走了一百来码。小路到了尽头，在一扇拦在两根傻兮兮的红砖方尖碑中间的铁栅栏门前汇入了一条大路。卫兵呢，老一套，又是握着斯登冲锋枪的皇家空军士兵。他们现在正在核查一名穿着帆布大衣、戴着护目镜的男人的证件，他跨在一台军绿色摩托车上，后轮两边都架着挂篮。篮子并没有装得很满，但却保护得严严实实的：里面装着的就是那些姑娘喂给他们的贪婪武器的"弹药"。

卫兵挥手示意摩托车手可以通过，他穿过大门之后直接左转，开进了一条狭窄的小巷里。卫兵把目光转回劳伦斯·普里查德·沃特豪斯身上，沃特豪斯跟他们互相敬了个礼，把证件递了上去。

他在自己的几套证件里挑了一个，他有好几套证件这件事没能逃过卫兵的视线。但是那两名卫兵似乎并没有警觉起来，甚至没有表现出一点儿兴趣，这跟沃特豪斯之前打过交道的人大不一样。理所应当地，他们并不在"超绝密"的名单上，所以如果告诉他们他是为了"超绝密"而来的话，就会严重违反保密规定了。然而，他们似乎见识过很多有这类难言之隐的家伙，所以当劳伦斯谎称自己是4号木屋或8号木屋负责海军情报的联系人时，他们俩连眉毛都没抬一下。

8号木屋是他们解码海军用恩尼格玛机的地方，4号木屋则负责接收来自8号木屋的情报并进行分析。如果他假装自己是4号木屋的人，估计很快就会被拆穿，因为如果他来自4号木屋，肯定得知道点儿海军的事才对。他尤其适合假扮一名8号木屋人员，因为这群人不需要知道纯数学以外的任何事情。

一名卫兵仔细地读完了他的身份证明，转身走到一间小屋子里打起了电话。沃特豪斯局促地站在门外，只好打量起另一个人肩上扛的武器来。这枪，让他来说的话，不过就是一根钢管头上安了个扳机而已。枪管上还开了个小天窗，让人一眼能看到里面的复进簧。这儿一个那儿一个固定在枪身上的握把和零件搞得这把斯登冲锋枪看上去就跟那种在高中金工实习课上折腾出来的蹩脚货没什么两样。

"沃特豪斯上尉，你可以到大宅里去了，"刚刚打电话的卫兵冲他说道，"你一定能找到的。"

沃特豪斯走了大约五十尺，就看到了那栋大宅，的确是根本不可能找不到。他停下脚步，站在那儿研究了整整一分钟，试图搞清楚设计师的脑子里想的是什么。这是一栋匆忙赶工出来的建筑，山墙一面连着一面。他只能推断也许当初设计师的确是想设计一栋简洁宽敞的宅邸，但是又试图把它伪装成一排坐落在白金汉郡六百英亩的农田中央，由六七座联排房屋胡乱插在一起搞出的玩意儿。

这栋房子受到了精心的维护，但是当沃特豪斯靠近时，他看到黑色的蔓藤也爬上了这里的砖墙。他在地下见到的那些根系穿过森林和牧场的地底汇聚到了这里，伸出氯丁橡胶的蔓藤往上攀援。但是这种"植物"可不是趋光性的，它们并不总是追寻着光亮，追寻着太阳。它是趋信息性的。它追寻着信息来到这里，跟劳伦斯·普里查德·沃特豪斯和艾伦·麦席森·图灵博士这些人一样——布莱切利园在情报界的地位正如同太阳系中的太阳。军队、国家、首相、总统和各路人才都围着它转，但他们的轨迹远不像行星那么平稳，而是如同彗星和小行星一般，绕着布莱切利园画出偏斜的椭圆和双曲线。

鲁道夫·冯·海克赫伯博士是不可能知道布莱切利园的，这是全世界除了"超绝密"以外的第二机密。但是当他坐在柏林的办公室里筛选来自侦听处的信息时，他也许会发现那些轨迹的蛛丝马迹，然后找出一个合理的解释。如果他得出的结论是同盟军已经破译了恩尼格玛机，2702特遣队的任务就算失败了。

劳伦斯出示了证件，从门口摆着的一对饱经风霜的狮鹫雕像中间穿了过去。看不见外表的时候，这栋大宅显得好上许多。这种仿联排房屋的设计使得许多屋子里都有着飘窗，光照很充足。大厅做成了哥特式尖拱的样子，柱子则是由品质极低的棕色大理石砌成的，看上去就跟晶化了的排泄物一样。

大宅里嘈杂得不得了，咔嗒咔嗒的噪音像是雷鸣般的掌声，带着一股油墨味儿的热风渗过墙壁，穿过门口。那是电传打字机——英国人叫它电传打印机——特有的味道。这种味道和声音说明大楼低层的房间里肯定有几十台这种机器。

沃特豪斯踩着镶木板的楼梯上到了英国人所谓一楼，发现这里安静多了，也凉快多了。这一层是领导们的办公室。如果布莱切利园运行在官僚制度下，沃特豪斯初次面试结束后就再也不会踏进这里第二次了。他找到了查顿上校的办公室，（看到门口的名牌他才想起）那是名列2702特遣队名单榜首的人物。

查顿站起来跟他握了握手。他有一头微红的金发，一对蓝眼睛，本该红润的脸色被在沙漠晒出的古铜色掩盖住了。他穿着军礼服，这些英国军官的军服都是裁缝量身定做的，无一例外。沃特豪斯并不讲究衣着，但他还是能够一眼看出对方那身军服绝不可能是妈妈守在炉火前花几个晚上缝出来的。不，查顿肯定有个顶呱呱的裁缝。但是当他说出沃特豪斯的名字时，他并不像百老汇大厦的那群人一样把它发成"我得害死"。他把"特"字发得铿锵有力，"豪斯"听起来则像"胡斯"。这位查顿先生带着一种粗犷的口音。

一名矮一些的英国人站在查顿旁边，身上穿着一件收口的宽松卡其色厚法兰绒军工装——如果这些人不是长期待在55华氏度[①]左右的环境里（不管是室内还是室外），这套衣服简直能热死人。这一点总让沃特豪斯联想起连体睡衣。这位罗布森上尉是2702特遣队的两名小组长之一，负责英国皇家空军的那个组。他褐白参差的小胡子剃得很短，跟钢刷似的。他是那种特别快活的人，至少在上级领导面前如此，而且总是露出微笑。他的牙齿向外突出着，上下颌看起来就好像一个里面曾经炸过一枚小手榴弹的咖啡罐似的。

"这位就是我们的贵客，"查顿对罗布森说道，"要是我们在阿尔及尔的时候有你就好啦。"

"是！"罗布森说，"欢迎来到2701特遣队，沃特豪斯上尉。"

"2702。"沃特豪斯纠正道。

查顿和罗布森露出微微吃惊的表情。

"我们不能用2701作代号，因为那是两个质数的乘积。"

"不好意思，你能再说一遍吗？"罗布森问道。

沃特豪斯十分欣赏英国人的一点就是，当他们不明白你在说什么鬼东西的时候，他们至少会考虑到也许是自己错了。罗布森看上去是那种行伍出身，一步一步爬上这个位置的人，如果换成一个同样背景的美国佬，肯定早就出言不逊、火冒三丈了。

"哪两个？"查顿也问道。这真是令人鼓舞，好歹他知道什么是"质数"。

"73和37。"沃特豪斯说。

查顿似乎恍然大悟了。"啊，没错，我明白了，"他摇了摇头，"我可得好好取笑教授一番。"

罗布森歪着头，脑袋几乎靠上了塞在肩章里的那顶羊毛贝雷帽。

[①] 约为12.8摄氏度。

他眯着眼睛,一副大惑不解的样子。换成他的美国版本的话,这个时候就该要求沃特豪斯给他原原本本地解释一遍质数理论,等听完解释他就会告诉你那全是放狗屁。但是罗布森连问也没问:"也就是说,我们得把特遣队的代号给换掉啦?"

沃特豪斯吞了口口水。从罗布森的反应看来,这似乎得劳动他和他的手下花几个星期去重新涂改、修正这个数字,还要通知到各个部门。绝对是件麻烦事。

"改成 2702。"查顿轻松地答道。不像沃特豪斯,他根本不怕下达这种不受欢迎的指令。

"好吧,那我得去关照他们一下。很荣幸认识你,沃特豪斯上尉。"

"彼此彼此。"

罗布森又跟沃特豪斯握了一次手,然后告退了。

"我们在食堂南边的那排木屋里给你安排了宿舍,"查顿说,"虽说布莱切利园是我们名义上的总部,但是我想我们大部分的时间都得在那几个'超密'发挥最大作用的战区间跑来跑去。"

"我猜你去过北非?"沃特豪斯问道。

"去过,"查顿挑了挑眉,或者说,挑了挑眉毛位置的那两块皮肤,上面长着像尼龙丝一样无色透明的毛发,"我得说,是在千钧一发之际抽了身。"

"死里逃生?"

"哦,我不是那个意思,"查顿答道,"我说的是'超密'。不过我们现在也不知道到底跑掉了没有。不过根据教授的计算,我们可能是逃过一劫了。"

"'教授'指的是图灵博士吗?"

"对。你知道的,他以个人名义举荐了你。"

"我接到调令的时候也是这么猜的。"

"图灵现在正奋战在情报战的另外两条前线，因此不能跟我们这几个幸运儿一起混啦。"

"北非到底发生了什么，查顿上校？"

"是'正在发生'，"查顿有些困惑地答道，"我们的陆战队员小队还在战场上忙着拓宽钟形曲线呢。"

"拓宽钟形曲线？"

"没错，你应该比我更清楚，随机数据总是呈正态钟形分布的。比如说，人的身高。到窗边来，沃特豪斯上尉。"

沃特豪斯走到查顿身边，朝飘窗外看去，眼前这几英亩的土地曾经是一片起伏的农田。越过几英里外沿坡种植的绿化带，他能想象出布莱切利园过去的样子：一片点缀着几簇低矮建筑的绿野。

然而现在已经大不相同了。方圆半个英里内，每一块土地上都是新铺的人行道和新盖的房子。不算这栋大宅及其附属建筑的话，布莱切利园里全都是砖砌的平房，样子就像带有许多袖廊的长长走道，摆成了"+++++++"的样子；这些"+"增殖的速度取决于泥瓦匠们砌墙的速度。（沃特豪斯百无聊赖地想，不知道鲁迪见过这里的航拍图片没有，他会从"+"这个数学符号猜出这里是干什么的吗？）建筑之间曲曲折折的通道非常狭窄，从中间砌起来的八英尺高的防爆墙又占掉了一半的空间——这样一来，德国佬得在每栋楼里都丢至少一颗炸弹才能毁掉这里。

"在那栋楼里，"查顿指了指不远处的一间砖砌的小房子——看起来非常寒酸——"放着图灵的炸弹。不是会爆炸的那种。是教授，也就是你的朋友发明的计算机器。"

"它们是真正的通用图灵机吗？"沃特豪斯脱口而出。他被布莱切利园迷住了，这里也许正是那个地方：一个能为艾伦提供资源真正实现他的梦想的秘密王国，一片不由人掌控、而由数据主宰的乐土——在这里，粗陋的"+"形房子里摆满了可以进行各种可能的运算的通用图灵机。

"还不算。"查顿苦笑了一下。

沃特豪斯长出了一口气："哦。"

"也许等到明年，或者后年，就有了。"

"也许。"

"炸弹机是图灵、威尔奇曼①还有他们的同事根据波兰解码专家的设计改造出来的。机器上有许多转子，它们能够以非常快的速度来测试所有可能的恩尼格玛机密码组合。我想教授到时会跟你解释的。重点是，这些机器的背面都有一块插接板，有点像电话交换台，我们有一些姑娘专门负责每天插入正确的插销来进行连接。这份工作要求她们视力良好、精神集中，还有，个子够高。"

"个子够高？"

"你很快就会注意到，负责这项特殊工作的姑娘们个子都高得很不寻常。如果德国人从哪里搞到了一份布莱切利园的工作人员资料，并且把他们的身高都画成柱状图，他们先会看到一条正常的钟形曲线，那是普通工作人员的身高，接着就会看到一个凸起——那是我们这些负责插接板的高个儿姑娘的数据。"

"哦，我明白了，"沃特豪斯说道，"然后像鲁迪——我是说，冯·海克赫伯博士——那样的人就会注意到这是不正常的，然后琢磨起来。"

"正是如此，"查顿说道，"接下来就是2702特遣队，也就是'超绝密'小组的工作了——通过掺入假数据来转移你的朋友鲁迪的视线。"查顿转过身，从窗口走回桌旁，打开一个大烟盒，里面整整

---

①戈登·威尔奇曼（1906—1985），英国数学家。

齐齐地排满了香烟。他对沃特豪斯打了个手势，沃特豪斯出于礼节拿了一支。查顿一边帮他点火，一边透过火焰直视着沃特豪斯的眼睛，张口说道："现在轮到你了。你要如何才能瞒过你的好朋友鲁迪，不让他发觉我们这里有一群高个儿姑娘呢？"

"假设他已经拿到了这样一份工作人员资料？"

"对。"

"那太晚了，什么都瞒不住了。"

"好吧。那我们假设他的情报来源每次只能给他带一部分资料，现在还在源源不断地给他送去情报。我们无法切断这条渠道，或者我们故意不去切断它，因为情报来源的突然消失也会让鲁迪起疑。"

"好吧，我们从这里入手，"沃特豪斯说，"我们编一些假的人事记录混进去送给他。"

查顿的办公室墙上挂着一块小黑板，擦得不是很干净，还看得出一层一层的粉笔痕迹；清洁工肯定被交代过不要动那块黑板，免得擦掉了什么重要数据。沃特豪斯走过去，留意到上面的计算公式一个叠着一个，白色的字迹渐渐隐入背后的黑色，像是散射在太空里的白光。

他认出了艾伦遍布四处的字迹。他费了好大劲儿才没让自己傻站在那里试图通过黑板上盘桓不去的白色字迹重建艾伦写下的算式。他不情不愿地让自己的笔迹盖了上去。

沃特豪斯先画了一个坐标轴，然后画出了一条钟形曲线。在曲线峰顶的另一边，他又画了一个凸起。

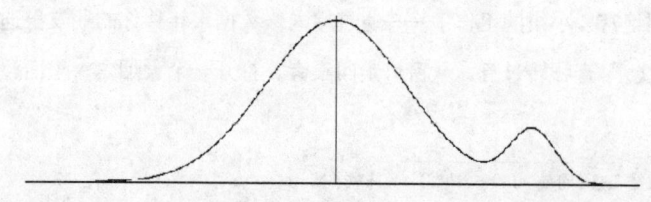

"这是高个儿姑娘，"他解释道，"问题就在于这个凹谷，"他指了指两个峰顶之间的低谷，又画出一条正好能覆盖住两个顶点的曲线：

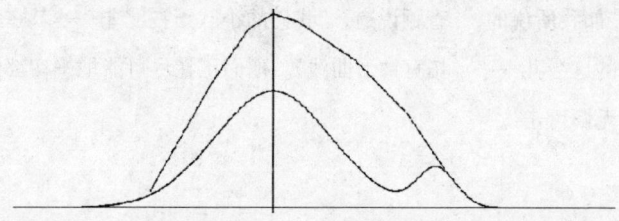

"我们可以通过往鲁迪的情报源里混入一些身高数据高于平均值但低于'炸弹'姑娘的记录来达到这个效果。"

"但你这又给自己挖了另外一个坑。"查顿说。他往后靠在自己的转椅里，夹着烟的手支在面前，透过凝滞的烟雾盯着沃特豪斯。

沃特豪斯说道："是的，我虽然填平了那个凹谷，但是这条线已经不是钟形曲线了。边上这个拖尾完全不对劲。冯·海克赫伯博士肯定也会注意到这一点，他会反应过来有人在情报里动了手脚。为了避免这种情况的发生，我会继续编一些特别大或者特别小的数值混进去。"

"捏造几个特别高或者特别矮的姑娘。"查顿说。

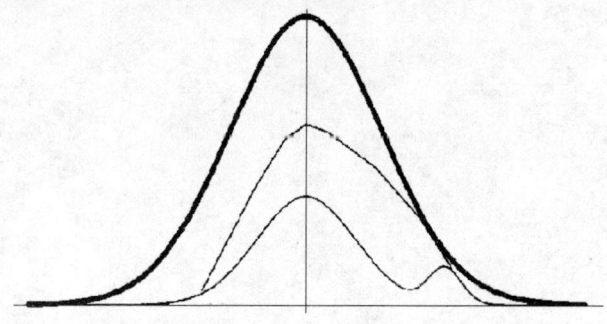

"没错。这样一来曲线的尾部就正常多了。"

查顿等着他说下去。

沃特豪斯说道:"因此,加上几个明显是特例的数值会让整个数据变得无懈可击。"

"如我所说的,"查顿说道,"我们的小队正在北非——就在我们说话的这会儿——'拓宽钟形曲线'。他们正在尽可能把一切都伪装得'无懈可击'。"

第十五章 冻 肉

那么，这位来自伊利诺伊州芝加哥市的一等兵杰拉德·霍特，在他为美国军队服役的十五年里从未有过什么平步青云的机会。但是他那一手烤猪里脊确实做得呱呱叫。他耍剔骨刀跟鲍比·沙夫托耍刺刀一样熟练；谁说一个能够想方设法利用有限的牛肉储备，严格遵守卫生标准的炊事班厨子，救下的生命就不如一个骁勇善战的士兵多呢？军人的工作可不仅限于剿杀日本鬼子、德国佬和意大利佬，还得屠杀牲畜，然后吃掉。杰拉德·霍特长年奋斗在厨房的第一线，把他的冷藏室收拾得跟手术室一样干净——他的生命终结在这里，也算是死得其所。

鲍比·沙夫托一边在冷藏室里堪比亚寒带的低温中哆嗦，一边在脑子里创作出了这段短小的挽词。这间本来属于法国人、如今归属美军的肉类冷藏室无论是气温还是面积都跟格陵兰岛有一拼，里面散落着那位屠夫和几头牲畜遗留下的皮囊。在短暂的兵役生涯里他也参加过好几次军事葬礼，他总是惊异于牧师们竟能写出这么感人的挽词。他曾经听说过，如果军队招募到了脑力还算正常的

4-F[①]，上头就会安排他们学习打字，然后坐在桌前把那些挽词一篇篇打出来，天天如此。人人都求之不得的好工作。

一长排冰冻的肉类从天花板的肉钩上垂下来，摇摇晃晃。鲍比·沙夫托沿着过道一路向前走去，心里越来越紧张，不得不一再做好目睹惨状的心理准备。看到战友点烟的时候被爆头都比这要好，这种点滴积累的恐惧真能把人逼疯。

最后，沙夫托在一排冻肉的尽头转过身，看到一个家伙躺在地上，怀里还抱着一头他临死前正准备锯开的冻猪。他在那儿已经躺了差不多十二个小时，身上的温度大概只有零下10华氏度[②]。

鲍比·沙夫托挺直腰板，正脸面对那具尸体，深深地吸入了一口带着肉味儿的冷气。他把冻得发紫的双手交握在胸前，这动作既是为了祷告，也是为了能把双手焐暖一些。"主啊！"他大声说道。没有回音，周围的肉类把他的声音都吸走了。"求你饶恕这个陆战队员接下来要做的一切，为他的职责和他即将要行使的工作；求你一并饶恕他的上司，求你无限的智慧赐恩，饶恕做出这一切决定的人吧。"

他本来想再把祷告念长一点，后来又觉得短就短一点吧，这罪孽总不见得比捅死日本鬼子要大。他走向冻得硬邦邦的一等兵杰拉德·霍特和冰冻的猪，费尽全力想把他们掰开，但是没有成功。他蹲了下来，仔细地观察了一会儿前者。霍特一头金发，沙夫托的手电筒照向他那双半闭着的眼睛时，里面有一道闪烁的蓝色。他的个头不小，以前身体好的时候能有225磅——当然现在应该已经250磅了。在炊事班干活可别指望能保持身材，当然也别指望（可怜的

[①]美国兵役制度中因身体素质、精神状况、宗教信仰、道德约束等原因而达不到征兵标准的分类。
[②]约为零下23摄氏度。

霍特啊）心血管系统能正常运作。

所幸霍特心脏病发作的时候身上很干燥，衣服并没有冻在皮肤上。沙夫托用他那把磨得无比锐利的V-44"工合"匕首划拉了几下就把大部分衣物扯了下来。但是这样一把9.5寸长的砍刀显然不适合细部作业——比如说腋下和腹股沟——而且他事先也接到命令注意不要留下划伤，于是不得不掏出他那把海军陆战突击队的双刃匕首，7.25寸的细长刀身也许就是为了这种时候设计的——尽管那鱼形的金属刀柄没一会儿工夫就已经开始冻在沙夫托汗津津的手掌心上了。

埃思里奇上尉徘徊在冷藏室墓门一样的大门外。沙夫托从他身边挤过，头也不回地径直朝大楼门外走去，没有理睬中尉在身后的询问："沙夫托？啥样的？"

他一直往外走，走出大楼之后才停了下来。北非暖洋洋的阳光洒在他身上，感觉像是泡在一澡盆的吗啡里一样。他闭上双眼，仰起脸，伸出冻僵的双手，接住这份温暖，让它顺着自己的小臂向下流淌，从胳膊肘滴落下去。

"啥样的？"埃思里奇又问道。

沙夫托睁开眼，朝四周看了看。

海港像一弯蓝色的新月，岸边破烂的码头像交错的舞步般连绵数英里。其中一个码头荫蔽在古堡腐朽的石柱下，不远处，一艘法国战舰半沉在水里，还在突突地冒着烟和蒸汽。在那附近，参与"火炬行动"的船只正在以令人瞠目结舌的速度卸货。装满了货物的网兜从船舱里升起，把货物像吐痰一样甩在船埠上。码头工人辛苦搬运，大卡车载满货物，军队行进着，法国妞儿叼着美国烟，还有阿尔及利亚人到处招揽生意。

在那些货船和美军的肉类冷冻室中间，鲍比·沙夫托想，自己脚下的这块土地就是阿尔及尔城。从他那挑剔的威斯康星眼光看来，这座城市与其说是造起来的，不如说是被大浪冲来的。人们花了大把力气去遮挡头上那见鬼的太阳，从空中往下看就像透过百叶窗似的———一排排的红瓦，中间点缀着花朵或者阿拉伯人。少有的几栋新式混凝土建筑（比如这个冷藏室）像是法国人在大举清理贫民窟之后匆匆垒起来的。但是这座城市里还有一大堆亟待清理的贫民窟，首当其冲的就是沙夫托左边这个被称为"卡斯巴"的地方，里面就像蜂巢蚁穴一样。这里可能本来就是街坊，但也有可能是一座规划得一塌糊涂的建筑。眼见为实，里头塞的全是阿拉伯人，就跟挤满了兄弟会新会员的电话亭一样。

沙夫托转过身，又看了一眼冷藏室。这个地方直接暴露在敌方视野里，很容易遭到空袭——不过就算德国佬炸了这一仓库冻肉，谁他妈会关心啊？

埃思里奇上尉晒得跟鲍比·沙夫托一样黑，正斜着眼瞟他。

"金发。"沙夫托说。

"好。"

"蓝眼。"

"很好。"

"食蚁兽——不是蘑菇。"

"啊？"

"他没割过包皮，长官！"

"棒极了！别的呢？"

"有一个文身，长官！"

沙夫托饶有兴趣地品味着埃思里奇声音里越来越浓烈的紧张："啥样的文身，中士？"

"长官！军队里常见的那种，长官！一个爱心上面写着一个姑娘的名字！"

"叫什么，中士？"埃思里奇快要尿裤子了。

"长官！文身上刻的名字是格丽塞尔达，长官！"

"啊啊！"埃思里奇从胸腔里长出了一口气。戴着面纱的妇女转过身来瞅了他一眼。卡斯巴纺锤般的高塔上探出几个面黄肌瘦、胡子拉碴的脑袋，有一腔没一腔地哼着小调。

埃思里奇闭上嘴，双手紧紧地握成拳头，指节都发白了。当他再次张口时，语调带着一股刻意的平静："这比战死要幸运多了，中士！"

"这还用说？"沙夫托道，"我以前在瓜达尔卡纳尔的时候，长官，我们被敌人压制在一个小海湾里——"

"我不想听蜥蜴的故事，中士！"

"长官！是，长官！"

* * *

以前在奥科诺莫沃克的时候，鲍比·沙夫托曾经帮他的兄弟把一个床垫搬到楼上，这使他对于搬运沉甸甸、软绵绵的东西是多么困难有了新的认识。幸好霍特——愿上帝宽恕他的灵魂——这个重得要死的浑球，已经被冻得硬邦邦的了。经受过地中海阳光的洗礼后，他肯定会变得软趴趴的。而且会越来越软。

沙夫托的手下们都在集结待命区域。这是个位于地中海沿岸一座人为建造的山崖上的洞窟，俯视着码头。这样的洞窟有数英里深，顶上则是一条宽阔的大马路。然而通往洞口的小路上密密麻麻地张着帐篷和油布，甚至连盟军自己人都看不到那些士兵在里面干什么——其实他们只是在把所有能找到的设备上标着的 2701 改成

2702 而已。一小队人先用绿漆涂掉"1",另一小队人再用白漆或者黑漆涂上"2"。

沙夫托从涂三种油漆的人里各叫走了一个,这样他们的流水作业就不会被打乱了。这里的阳光格外毒辣,但是洞穴里则吹拂着清凉的海风,因此也没那么难熬。温热的器械表面挥发出刺鼻的油漆味儿。在鲍比·沙夫托看来,这是一股令人安心的味道,因为人们在战斗中是不会有闲心上油漆的。但是这股味道同样也让他感到有些难过,因为在开战之前,人们总是要给装备上油漆的。

沙夫托正准备对他们三个下指令,手里拿着黑漆的二等兵丹尼尔斯看向他身后,露出一个促狭的笑容。"你猜这次上尉又想找啥呢,中士?"他问道。

沙夫托和二等兵内森(绿漆)、二等兵布兰福(白漆)都回过头去,看到埃思里奇走到一边,又去翻起了废纸篓。

"我们都发现了,埃思里奇上尉已经把检查废纸篓当作了他一生的事业,"沙夫托中士压低了嗓子,故作正经地答道,"他可是安纳波利斯的高才生。"

埃思里奇直起身,极其严肃地抓起一沓镂空的厚纸板:"中士!你能告诉我这是什么吗?"

"长官!那是军用通用喷漆模板,长官!"

"中士!字母表里有多少个字母?"

"26个,长官!"沙夫托清脆地答道。

二等兵丹尼尔斯、内森和布兰福互相吹了声口哨,这沙夫托中士真够可以的。

"多少个数字?"

"10个,长官!"

"在这所有36个字母和数字的模板里,没用过就扔进废纸篓的有几个？"

"35个，长官！除了数字2，按照你的命令，我们只用得到2，长官！"

"你忘了我命令的后半句吗，中士？"

"长官，忘了，长官！"没必要扯谎。其实长官们是很喜欢你忘记他们的命令的，这样能让他们产生一种智商上的优越感，让他们感觉自己是不可或缺的。

"我命令的后半句是，不许留下一丝变动的痕迹！"

"长官，是的，我现在想起来了，长官！"

埃思里奇上尉刚刚还有些火大，现在已经稍稍平复下来了，这也为他在他那些刚认识不超过六小时的手下的心里悄悄赢得了一点好印象。现在他口气平和多了，像是一个和颜悦色的高中老师。他脸上架着粗黑边框的军用眼镜——被戏称为"防狼眼镜"，用一条黑色的橡皮筋缠在脑后。这副眼镜让他看起来就像个智障。"如果敌方间谍搜检了这个废纸篓——你们都知道间谍是怎么干的——他会发现什么？"

"模板，长官！"

"如果他数了数这些字母和数字，他又会发现什么不寻常的事？"

"长官！他们会发现'2'不见了！或者其他字符都是干干净净的，只有'2'上面沾了油漆，长官！"

埃思里奇上尉一言不发，让他们自己去想。实际上谁也没听懂他说的是什么屁话。四周的紧张气氛逐渐升温，直到沙夫托中士在绝望中打算孤注一掷。他转身朝其他的陆战队员走去，喝道："你们去把那几个狗日的模板全刷上油漆！"

几个陆战队员开始动手抄检废纸篓，那劲头就好像抄的不是纸篓而是日军的碉堡一样。埃思里奇上尉的神色和缓下来了。鲍比·沙夫托这一题上得了分,他赶紧领着丹尼尔斯、内森和布兰福,在上尉发现他是瞎蒙蒙对的之前出了洞。他们快步朝山顶的冷藏室走去。

这些陆战队员都是身经百战的老兵了,不然也不会被派到这个一塌糊涂的境况中来——被困在一片危险的大陆(非洲)上,四周环伺着强敌(美国陆军)。然而,当他们来到冷藏室,第一眼看到一等兵霍特时,三个人还是陷入了沉默。

二等兵布兰福悄悄地搓了搓双手:"主啊——"

"闭嘴,二等兵!"沙夫托说道,"我已经做过祷告了。"

"好吧,中士。"

"去找把锯子来!"沙夫托冲二等兵内森说道。

他的三个手下都倒抽了一口冷气。

"锯那头猪!"沙夫托澄清道。然后他转过身,朝扛着一捆看不出是什么东西的二等兵丹尼尔斯说道:"打开!"

那一捆东西(埃思里奇派给沙夫托的)其实是一件黑色潜水服,不是美国的军用物资,倒有点像欧洲国家的式样。沙夫托摊开衣服,细细地检查了各个部位,另一边二等兵内森和布兰福正拉着一把大锯子卖力地切割冻猪肉。

他们全都静静地忙活着,突然一个声音插了进来:"主啊。"他们抬起头,看到一个人站在旁边,双手虔诚地交握着。他嘴里吐出的圣洁词句在嘴边凝成了一抹白雾,面纱似的遮住了他的脸。他身上披着的军用毛毯盖住了军装和肩章,要不是他那刮得光光的脸颊和那副"防狼眼镜",整个就是一位骑骆驼的圣地先知。

"妈的!"沙夫托骂道,"我他妈都做过祷告了。"

"我们是在为一等兵霍特祷告呢,还是在为我们自己祷告?"那个男人反问道。这可真是个难题。锯子停了下来，周围一片沉寂。沙夫托扔下手里的潜水服，站了起来。毛毯男的一头灰发剃得很短，不过那可能只是结在他头皮上的薄霜而已。那双浅蓝色的眼睛在几乎有一英里厚的镜片后凝视着沙夫托，好像真的想要得到答案似的。沙夫托朝他走近一步，然后看到了他衣服下露出的教士硬白领。

"你来告诉我答案吧，教士。"沙夫托说道。

然后沙夫托认出了这个毛毯男。他正要大叫一声你他妈在这干吗，但话还没出口就看到牧师飞快地递出一个微妙的眼色，只有跟他几乎鼻子碰鼻子的沙夫托能看到。他的意思是：闭嘴，鲍比，咱们回去再说。

"一等兵霍特已经蒙主召归——或者到人死之后去的随便哪个地方了。"以诺克·鲁特说道。

"什么态度？当然是蒙主召归了。我的天哪！还'人死之后去的随便哪个地方'呢，你这算哪门子牧师？"

"我猜我是2702特遣队这门子的牧师。"牧师答道。以诺克·鲁特中尉不再盯着沙夫托，把目光转向了地上的活计。"继续吧，大家，"他接着说道，"看起来今晚有培根吃了，嗯？"

干活的几个人紧张地笑了几声，又锯了起来。

他们把那头猪从霍特身上分离开之后，四个人分别抓住他的胳膊和腿，把他抬到屠宰间里进行后续的工作，那儿已经清过场，以防霍特生前的同事们看到这一幕之后大造其谣。

一名员工横尸店里，其他员工又被匆匆赶出现场——光是这件事就足够让谣言满天飞了。所以广为人知的版本是埃思里奇上尉当场编造的，说2702特遣队其实是一支（看上去完全不）精锐的医疗队伍，正在对霍特的死因——北非新出现的一种食物中毒——进行调查。这也许是法国人的阴谋，毕竟他们看到自己的战舰被击沉肯定高兴不到哪里去。不管怎么说，（他继续编了下去）这个屠宰场必须马上清空，仔细排查。他们必须把霍特火化之后再送回家，免得把这可怕的疫病传播到全球屠宰业的中心芝加哥去，进而改变整场大战的进程。

地上还摆着一副军用棺材，把一场戏演得活灵活现。沙夫托和他的手下假装没看见那棺材，开始给霍特穿衣服，先是一条难看的泳裤，接着是潜水服的其他部位。

"嘿！"埃思里奇说道，"我觉得你们应该最后再给他戴手套。"

"长官，对不起，我们得先给他戴手套，长官！"鲍比·沙夫托答道，"因为他的手指会先融化，那时候我们就糟糕了！"

"好吧，先把这家伙戴上，"说着，埃思里奇掏出一只手表。沙夫托接过来掂了掂，吹了声口哨。真是个好玩意儿：瑞士产的天文台表，嵌着宝石的指针一跳一跳的，仿佛某种幼兽心脏的悸动。表带是巧妙地驳接在一起的钢板，他拎着表带的一端甩了甩，这玩意儿重得能打晕一条狗鱼。

"好东西，"沙夫托说，"但是时间不太准。"

"等我们到了那个时区，"埃思里奇说，"就准了。"

沙夫托认命地继续干活，埃思里奇上尉和鲁特中尉也没闲着。他们把冻猪被锯得七零八落的肢体扛进屋里，扔到了一个巨大的秤上。他们先称了30公斤——不管这个"公斤"他妈的是什么玩意儿。大家都默默留意到了这位以诺克·鲁特似乎很热爱体力劳动，他又转身去拖了一截像儿童三轮车一样直挺挺的猪尸扔到了秤上，这下子就有70公斤了。埃思里奇挥舞着双手，蛙泳似的游过砧板前汪洋大海般的苍蝇堆，把疏散前就堆在那儿的肉也拎起来扔到了秤上，指针快跳到100公斤了。接下来他们又东一块西一块地往上面扔了些冰柜里的火腿和熏肉，指针指向了130公斤。以诺克·鲁特似乎很熟悉这种外国计量单位，一番计算之后又检查了两遍，确认这正是杰拉德·霍特的体重换算到公斤时的重量：130公斤。

所有的肉都被塞进了棺材里。埃思里奇啪地盖上棺材盖，把几只不知大祸临头的苍蝇也关了进去。鲁特拿着一把羊角锤走了过来，像个拿撒勒的木匠一样，把十六便士长钉[①]果决而用力地敲进了棺材边上。同时，埃思里奇从公文包里翻出一本军用手册。沙夫托离他很近，因此一眼就看到了橄榄绿色封面上用大写字母印刷的标题：

密封棺材步骤
第三部分：热带环境
第二种：高危传染疾病（例：黑死病）

两人花了整整一个小时才按照手册上的说明钉好了棺材。手册上写得并不复杂，主要是以诺克·鲁特总能发现语义上模棱两可的地方，非得弄明白不可。刚开始埃思里奇被他弄得手忙脚乱的，后来就越来越不耐烦，最后直接就怎么方便怎么来。为了让这个"牧师"闭嘴，埃思里奇没收了他手里的小册子，安排他去把霍特的名字写在棺材盖上，再在名字附近贴上红色的医疗警告，那鲜红的大字光是看着就让人犯恶心。等鲁特贴完之后，这世上唯一能合法开启这副棺材的人就只剩下乔治·C.马歇尔将军[②]了——即便是他，恐怕也得先得到总军医的许可，疏散方圆一百英里的活物之后才敢打开吧。

"牧师的口音挺好玩的。"二等兵内森呆呆地听着鲁特和埃思里奇的争论，突然冒出了一句。

[①] 约8.9厘米，因100枚这种长度的钉子卖十六便士而得名。
[②] 时任美国陆军参谋长。

"对啊！"二等兵布兰福也叫了起来，好像这是什么必须仔细聆听才能发现的事情一样，"那到底是哪里的口音啊？"

所有人都朝鲍比·沙夫托望去。他装模作样地听了几句，然后说道："好吧，伙计们，我猜以诺克·鲁特是在南太平洋诸岛传教的荷兰或者德国牧师跟澳大利亚人通婚留下的后裔——除此以外，我猜，既然他在英属殖民地上长大，他肯定拿着本英国护照被征召进了大战的队伍里——也就是澳新军团啦。"

"哇！"二等兵丹尼尔斯叫了起来，"要是真被你全说中，我给你五块钱。"

"好啊。"沙夫托答道。

埃思里奇和鲁特终于封好棺材时，沙夫托和他的手下正努力把潜水衣剩下的几个部位给霍特套上。他们往他身上涂了一大堆滑石粉才终于把这事办成。埃思里奇帮他们找来了滑石粉，但那不是美军的物资，而是某种欧洲货。标签上的好几个字母头上都带着两点，沙夫托知道那是德文的特征。

一辆散发着新鲜油漆味儿（上面刷着2702特遣队）的卡车来到了港口，他们把密封的棺材和硬化的尸体都装了进去。

"我要留下来检查废纸篓，"埃思里奇上尉对沙夫托说，"一小时后停机坪见。"

沙夫托想象了一下他要在酷热的车厢里头跟这玩意儿待一个小时。"需要把他冻起来吗，长官？"他问。

埃思里奇停下来想了一想。他嘬着牙花子，看了看表，犹豫了半天。最后他用坚定的声音回答道："不必。时间很紧，为了完成任务，我们现在要让他解冻。"

于是一等兵杰拉德·霍特和他那装满猪肉的棺材就停在车厢中央，几个陆战队员像两排护柩者似的坐在一边。沙夫托发现自己正越过中间那一棺材猪肉盯着以诺克·鲁特看，后者挂着一副强自镇定的表情。

沙夫托知道自己这时候不该问，但最后还是忍不住问了出来："你来这里干吗？"

"特遣队正在重新部署，"教士答道，"要调往前线了。"

"我们刚下了那条破船，"沙夫托说，"还敢再他妈往前点么——再往前就他妈得游过去了。"

"你们去哪儿，"鲁特冷静地答道，"我就跟着去哪儿。"

"我说的又不是这个，"鲍比·沙夫托说，"我是说，特遣队要个牧师干吗？"

"你懂的，军队嘛，"鲁特答道，"每支部队都要有一个牧师的。"

"很晦气啊。"

"有个牧师很晦气？何出此言？"

"这说明那些闲得发慌的混账料到会有一场又一场的葬礼啊。"

"所以，按照你的看法，神职人员就只能主持葬礼了？有意思。"

"还有婚礼和洗礼。"沙夫托说。其他几个人都笑了起来。

"这是不是因为2702特遣队的第一次任务这么特殊，让你觉得有点坐立不安？"鲁特毫不避讳地看了一眼死去的霍特，然后直视着沙夫托的眼睛问道。

"坐立不安？听着，教士，这跟我在瓜岛做过的事一比，简直就他妈跟艾米丽·波斯特[①]一样文雅。"

其他几个人都觉得这话说得太棒了，不过鲁特完全不为所动。

"你知道你为什么会在瓜岛做出那些事吗？"

"当然！为了活下去。"

[①] 著有《礼仪圣经》。

"那你知道你为什么在这儿干这个吗?"

"这我他妈怎么知道。"

"这难道没有给你造成一点小小的困扰吗?或者你蠢到根本懒得管这些事?"

"好的,你现在是把我逼得没处退啦,教士。"沙夫托说道。他停了一会儿,又张口道:"我承认,我确实有点好奇。"

"如果说2702特遣队里有一个人可以解答你的问题,你觉得这有没有用呢?"

"我想会吧,"沙夫托咕哝道,"我就是觉得有一个牧师很奇怪。"

"为什么很奇怪?"

"因为这个特遣队的性质。"

"这个特遣队是什么性质?"鲁特像个虐待狂似的追问道。

"我们不该讨论这个,"沙夫托说,"再说了,我们也不知道。"

山下,"之"字形的宽大斜坡穿过一道道形成虎纹状的拱门,向下延伸到从南边汇聚到口岸的铁路支线上。"真他妈像站在弹球机的弹道上。"鲍比·沙夫托抬起头来看着他们刚刚路过的斜坡,想着从卡斯巴里会滚出什么东西来。他们沿着铁路线一直向南,来到了一片散布着矿石堆和煤堆,烟囱林立的地方——沙夫托当年可是五大湖雄鹰童子军的一员,他一下子就认出来了——不过这里的文化可要驳杂得多。他们在阿尔及利亚照明及电力公司的前面停了下来,一只头上插着两根烟囱的庞然大物,门前的煤山比哪里都高。这地方荒无人烟,但这很显然就是他们该来的地方。在这里——和2702特遣队被派去过的其他地方一样——有一种奇怪的军阶膨胀现象。两名中尉、一名上尉和一名少校把棺材抬进了门,一名上校在旁边监督他们!触目所及之处没有一个普通士兵,鲍比·沙夫托这个平凡的中士不禁有点担心他们给他安排了一个什么工作。这里还有另一种现象：没有书面审核。每当沙夫托估摸着得来一套半小时的繁文缛节时，都只有一个面露焦急之色的军官跑来挥一挥手，就让他继续前进了。

一个阿拉伯人——他头上那顶帽子跟大红咖啡罐似的——吃力地拉开了一扇大铁门，火舌一下子蹿了出来，他用一根烤得焦黑的铁棍又把它打了回去。几个抬棺人把棺材一端对准铁门往里一推，那架势像是把炮弹推进十六英寸炮的炮膛里一样。戴着咖啡罐的阿拉伯人哐地把铁门关上，罐子顶上垂下来的流苏猛地一甩。门还没闩好，他就跟卡斯巴上的那些家伙一样，唱起了荒腔走板的小调。几名军官站在旁边互相点了点头，在写字板上签下了自己的名字。

对于鲍比·沙夫托这样身经百战的士兵来说，这种干脆利落的行事方式只让他觉得十分诡异。卡车又载着他们离开了阿尔及利亚照明及电力公司，爬上那些该死的斜坡，回阿尔及尔去了。斜坡很陡，卡车只能挂着一挡往上爬。连推着装满沸油的小车的小贩们都能跟上他们的车子，还能一路做煎饼。几只瘸了腿的狗在车底盘下打架，就算是2702特遣队成员也摆脱不了被戴着咖啡罐帽子的当地人抱着一把油桶改装的吉他穷追不舍的命运。此外还有卖橘子的小贩，弄蛇人，几个穿着连帽斗篷、只露出一双蓝眼睛的小贩举起几个没有包装也没有标签的东西让他们买。这东西有冰雹大小，可能是水果或者运动用品一类的东西，有葡萄这么小的，也有棒球那么大的。牧师一时冲动，用他的一块"好时"巧克力换了一个高尔夫球大小的东西。

"那是什么？巧克力？"鲍比·沙夫托问。

"如果只是巧克力的话，"鲁特说，"那家伙干吗拿它换另一块巧克力？"

沙夫托耸了耸肩："可能是屎一样的巧克力。"

"或者就是屎！"二等兵内森脱口而出，逗得大家都疯狂得大笑起来。

"你听说过玛丽·珍①吗？"鲁特问道。

沙夫托——士兵的榜样，男人的楷模——差点儿就脱口而出：听说过她？我还操过她呢！

"这就是浓缩了的那玩意儿。"以诺克·鲁特说。

"你怎么会知道这种事的，教士？"二等兵丹尼尔斯问。

教士不慌不忙地答道："我是个神职人员嘛，对不对？我总该知道点关于宗教的事情吧？"

"是的，长官！"

"话说很久以前，曾经有一群被称为'hashishin'的穆斯林，每次吃下这种东西之后他们就会出去杀人。他们干这行很拿手，久而久之就出了名——且不管是恶名还是美名。再后来口耳相传，他们的名字渐渐变成了另一个词，就是'assassin'（暗杀者）。"

大家都陷入了敬畏的沉默。最后，还是沙夫托中士开了口："那我们现在还他妈在等啥？"

他们每个人都吃了点。沙夫托作为军阶最高的士兵，比别人还多吃了些。但是什么事也没发生。"我现在只想暗杀掉那个把它卖给我们的人。"他说。

* * *

机场距离市区十一英里，繁忙得简直有点不堪重负。这里很适合种植葡萄和橄榄树，但远处内陆突兀的石山隐约可见，再往后是

---

①指大麻（Marijuana）。

一片简直跟美国一样辽阔的沙丘，似乎正被大风裹挟着向他们扑来。数不清的飞机——最多的是"达科塔"运输机，也就是人们俗称"信天翁"的那种——起起落落，掀起的漫天沙尘钻得人一鼻子一嘴都是。沙夫托过了一阵子才想明白，也许他当时的口干舌燥双目凝涩并不仅仅是因为风沙。他嘴里的唾沫变得跟瓷砖黏合剂一样黏稠。

特遣队的秘密藏得如此之深，这个机场里没有一个人知道它的存在。这里有很多英国人，他们在沙漠里都是穿短裤的，这惹得沙夫托恨不得一拳揍上去。他好不容易克制住这种欲望，但是他对这些短裤男显而易见的敌意，再加上当他绞尽脑汁想要打听一个机密组织的位置，但既不能说出名字又无法描述任何特征，结果就是引起了种种误解和猜疑，差点儿害得英美同盟就此破裂。

不过沙夫托中士现在算是明白了，关于2702特遣队的一切全都和光明绝缘，只能在黑色的油布和遮篷下藏得严严实实——就像军中的其他部门一样，2702特遣队在某些资源领域富得流油，在别的领域却不免捉襟见肘，不过他们至少掌握着去年美国生产的油布总量的一半。当沙夫托详细地跟自己的同事们谈到这个见解时，他们都有些忍俊不禁地看着他，最后还是以诺克·鲁特代他们说了出来："从你对巨蜥和油布的观点来看，怪不得有人会觉得你有妄想症啊。"

"让我来告诉你什么叫妄想症。"沙夫托真的说了起来，还特地提起了埃思里奇上尉和他的废纸篓。就在他滔滔不绝的时候，所有的特遣队成员都已经聚集在油布那头了，一个个身强力壮，精神集中——除了新来的那一位。沙夫托非常欣慰地发现，那位新来的开始放松下来了。卡车颠簸的时候，穿着潜水服躺在车厢里的他不再僵硬地整个弹起来，而只是小小地一震。

不过他还保持着一定的硬度，他们要把他从卡车里搬到那架指定的"信天翁"上也不会太麻烦：一架经过军用改造的DC-3飞机，（在沙夫托那挑剔的眼中看来）它还牺牲了一些性能，因为在机身一侧凿开的两大扇货门几乎把机舱截成了两段。这架"达科塔"不知道在这见鬼的沙漠里飞了多久，螺旋桨叶片、发动机机罩、机翼前端的喷漆全都被风沙磨掉了，露出了里面亮闪闪的金属，那刺目的银光简直是在引诱三百英里内的所有德军飞机朝它开火。更糟的是机身周围，尤其是驾驶室周围，还伸出了许多天线，不仅有张线天线，居然还有他妈的像烧烤架似的大铁罩，沙夫托真恨不得亲手把它锯断。那些东西长得跟他当年在上海时从一号情报站上扛下来的玩意儿一样奇怪，而现在，那段回忆跟他脑子里的其他图像搅在一起，拧成了一股乱麻。他试图梳理清楚这段记忆，但他脑海里浮现出来的画面却是浑身是血的基督耶稣，正背着一架高频双波段偶极子天线一步步走下马尼拉的石阶，而他知道这幅画面肯定有问题。

尽管他们身处繁忙的机场中，埃思里奇也不愿意在空中哪怕有一架飞机的情况下开始行动。直到最后他终于开了口："好，就是现在！"卡车里的众人刚把"他"抬起来，就听到埃思里奇又喊了一句："不，还是等等！"他们只好又把"他"放下来。重复几次之后，谁也不觉得这种事好笑了，他们才终于在杰拉德·霍特身上披了层油布，把他抬上了飞机。几分钟之后，飞机起航了。2702特遣队朝着与隆美尔会面之地前行。

第十六章 轮 转

时值 1942 年 11 月初，一切乱七八糟的事情都撞到了一起。就算宙斯再世，把负责托起神庙石顶的少女们全都召集起来，告诉她们赶紧扔掉头顶的重担过来帮忙，恐怕也无济于事。神庙塌了没关系，他要把这些姑娘——还有他能找到的所有水妖和树精们——全都送去进修图书馆学，再给她们套上绿色的遮阳帽和 OPAMS——奥林匹亚档案管理服务队——那身中性刻板的制服，全天无休地填满三乘五卡片，让她们秉承着作为顶梁柱一贯吃苦耐劳的作风来操作穿孔卡片机和 ETC 读卡器。就算有了这样的帮手，宙斯也许还是忙得不可开交，最后只能把满腔怒火化为雷霆，随手劈在某个不知天高地厚的凡人身上，或者找个姑娘小伙发泄一下才能消气了。

跟所有人一样，劳伦斯·普里查德·沃特豪斯现在就带着这么一股奥林匹亚神祇的悲壮气息。罗斯福、丘吉尔和"超绝密"名单上的其他人虽然也有同样的管理权，但是他们还有别的事情需要操心。他们不可能在这个全球情报中心里闲逛，或者从翻译背后探过脑袋，亲自检阅从 X 型打字机里刺啦刺啦吐出来的情报明文。他们不会一时兴起追逐着某一条通信的线索在一间间木屋跑来跑去寻找几条情报之间的关联,尽管11号木屋的海军姑娘们已经通过插接某台炸弹机的线路,成功网罗住了希特勒那些穿梭在空中的情报。

沃特豪斯现在已经知道他们赢得了阿拉曼战役的胜利,隆美尔正穿过昔兰尼加向西退却,蒙哥马利在他身后穷追猛打,要将他赶回轴心国的堡垒突尼斯。但隆美尔是撤退不是溃逃——如果蒙蒂对"超密"传递给他的情报再用心一点儿,他完全可以采取更果决的行动,俘获大把大把的德意士兵。但他从来不仔细研究这些情报,因此隆美尔得以一边有计划地撤退,一边准备东山再起。布莱切利园的人们蹲在值班室里把古板的蒙蒂骂了个狗血淋头,恨他没有充分利用他们千辛万苦弄来的情报,抓住稍纵即逝的机会。

历史上最大的一次海上增援行动将要在北非展开。这次被称为"火炬行动"的登陆将直扑隆美尔后方,如果说蒙哥马利的追击是一把大锤,这次登陆就是一块堵住隆美尔的铁砧——当然,如果蒙蒂还是这么慢吞吞的,当铁砧的就是他自己了。这看似一次计划周详的行动,但其实并非如此:这是美国军队首次越过大西洋进行正规作战,因此舰船上载满了乱七八糟的东西,包括许多情报专家,他们大张旗鼓往海滩上跳的样子好像真以为自己是陆战队员呢。登陆的这批人里还包括2702特遣队的美国小组,里面都是些精挑细选、身经百战的精英士兵。

这些人里有一部分身上的本事都是在瓜达尔卡纳尔学的——日本和美国为了抢夺这个西南太平洋上的荒岛作为自己的军事基地而大动干戈。早前有消息指出,日本陆军在东亚战场已经丧失了主导优势。看起来奸污南京的所有妇女、屠杀手无寸铁的菲律宾村民这样的事情,并不能代表他们的战斗力有多强。他们还在试图弄明白如何在杀敌一百的同时,不要自损五百。

但是日本海军却跟陆军完全不同,这是一支由山本领导的精锐队伍。他们的鱼雷击中目标以后真的会爆炸,不像美国海军的——它们往往在蹭掉日本军舰的一块外漆之后就歉疚地自己沉下去了。山本刚刚在圣克鲁兹群岛跟美军舰队干了一场,击沉了美军的"大黄蜂"号,还在"企业"号上开了个大洞,但是他自己也损失了三分之一的飞机。看到日本人的巨大损失,沃特豪斯不禁想知道,东京有没有人掏出算盘算过二战这笔账。

盟军自己算过这笔账,结果被吓坏了。如今大西洋海域里游弋着一百艘德军 U 艇,大多是从洛里昂和波尔多两个港口来的,他们袭击盟军护航船队的效率之高简直已经不能称之为海战,而是一场"卢西塔尼亚"①式的屠杀。照这个速度看来,他们这个月大概能击沉一百万吨航船——沃特豪斯不能想象一百万吨是个什么概念,于是他把一吨简单换算成了一辆汽车的重量,想想看吧,美国和加拿大跑到大西洋中间来,就是为了把一百万辆汽车砸进水里——这还就是在这一个月里而已。啧!

问题的关键就在于"白鲨"。

德军把它叫作"海神",这是德国海军专用的一套新的密码系统。它同样是由一台恩尼格玛机完成的,不过不是常见的那种带有三个转子的机器。波兰人几年前就破解了三个转子的那套老把戏,布莱切利园的人们正是在此基础上将破译规模化的。但是一年多前,德军一艘未遭破坏的 U 艇在冰岛南海岸搁浅,布莱切利园的情报人员把它翻了个底朝天,结果找到了一个装恩尼格玛机的机箱,上面有四个——而不是通常的三个——转子的凹槽。

这种四转子恩尼格玛机从 2 月 1 日开始投入使用后,盟军在大西洋上的行动陷入了一片黑暗之中。艾伦和他的同事们从那时起就

---

① 一战中被德军潜艇击沉的皇家邮轮,1198 名乘客丧生。

开始废寝忘食地研究这套密码，但是由于不知道第四个转子是怎么装的，他们的工作毫无进展。

但是就在几天前，盟军在地中海东岸又捕获了另一艘还算完整的 U 艇。查顿上校当时正在附近，于是领着另外几个布莱切利专家急匆匆地赶到了现场。他们在潜艇里发现了一台四转子恩尼格玛机，尽管光是找到机器并不能破解密码，但他们已经从中找到了破解密码所需的信息。

希特勒现在肯定自我感觉良好，因为他此刻正准备动身前往阿尔卑斯山别墅度个假。当然，这并不妨碍他顺手把法国剩下的国土一卷而光——很显然"火炬行动"把他惹火了，他吞下了整个维希法国，然后从地中海向突尼斯补充了十万生力军和与此相当的物资。沃特豪斯脑子里出现了这样一幅画面：海域上到处都是首尾相继的德国舰船，你踩着甲板一路跳过去就能从西西里跑到突尼斯。

若是情况果真如此，沃特豪斯可就轻松多了。这样一来盟军想炸多少就炸多少，根本不用顾虑会不会惊动任何一个金发碧眼的日耳曼情报员。事实上，这些护航队在海面的分布非常稀疏——稀疏到了一个什么程度呢，这就是彻夜在黑板上涂写公式的艾伦·麦席森·图灵所要计算的数字了。

在这样通宵工作八小时或十二个小时之后，太阳再次普照大地，没有什么比骑上自行车在白金汉郡附近逛上一圈更惬意的事了。

* * *

自行车越过一个拱起的小土坡，一片鲜红似火的树林出现在他们面前，半球形的枫树树冠像真正的火焰般起伏。劳伦斯有种松开车把捂住耳朵的可笑冲动。然而，他们一路骑进了树林里，凉爽的空气、未被黑烟污染的蔚蓝天空和祥和的氛围，一切都和劳伦斯记忆中的大不相同。

"咯嗒，咯嗒，咯嗒！"艾伦·图灵学着聒噪的母鸡叫了起来。他头上戴着一个防毒面具，这个奇怪的叫声因而显得更加滑稽了。最后他自己不耐烦了，把面具往上一推。"他们就喜欢自说自话，"他指的是温斯顿·丘吉尔和富兰克林·罗斯福，"不过他们也不介意跟对方聊聊——至少在一定程度上。但是比起文本，语音信息实在是太多冗余了。你随便把一段文字塞进恩尼格玛机里——其实这机器并没有那么复杂——于是体现在文本里的模式，比如说反复出现的字母 E，就近乎不能被察觉出来了，"接着他又把面具扣回脸上来强调下面这段话："但是语音呢，不管你用多么匪夷所思的方式进行扭曲重组，听者还是能辨别出来。"接着艾伦打了个喷嚏，圈在面具外面的卡其布带子也跟着一绷。

"我们的耳朵能识别出你所谓模式。"劳伦斯在一边说。他没戴防毒面具是因为（a）现在没有纳粹空袭，（b）艾伦有花粉过敏症，而他没有。

"稍等一下。"艾伦突然刹住车跳了下来。他用一只手抬起自行车的后轮，另一只手把它转了一转，接着又伸出手把链条拉了一拉。他专注地观察着链条的转动，只是偶尔吸一下鼻子。

图灵的自行车链条有一节出了问题，后轮的辐条还有一根是弯的。当链条的那一节正好转过那根弯曲的辐条时，链条会断开，然后就掉链子了。当然，平常车轮转动的时候不可能次次都碰到，不然这车就没法骑了；只有当那一节链条和那一根辐条恰好对上的时候，链条才会断开。

基于对图灵博士（一位精力充沛的骑手）骑车速度的合理推测（假设是每小时 25 公里吧）和自行车后轮的半径（三分之一米），

如果车轮每一圈都能碰到坏掉的那一节，链条每三分之一秒就要断一次。

但是实际上，只要那一节链条和那一根辐条撞不到一起，链条是不会断开的。那么现在，假设撞到一起时后轮的位置是 θ，为方便起见，我们假设那根辐条到达那个特殊的点时（当且仅当那节链条也恰好到达那个点时）$\theta=0$，如果使用"度"作为单位，那么车轮每转一圈 θ 的值都会从 0°上升到 359°，然后再次回到 0°，同时到达那个特殊的点。现在假设用变量 C 来表示链条的位置，最简单的方法是给每一节链条都标上数字：那一节出了问题的链条是 0，下一节是 1，以此类推，直到最后一节 $l-1$（一共有 l 节链条）。同样也是为了方便起见，假设那节链条到达那个特殊点时（当且仅当那跟辐条也恰好到达那个点时）$C=0$。

为了计算出图灵博士这辆自行车什么时候掉链子，我们需要的数值就是 θ 和 C 这两个数值。这一对数值描述了自行车的状态。自行车在前进过程中每个瞬间的状态都不一样，并且每个状态都可以由 (θ, C) 表述出来；但是仅当 (θ, C) 为 $(0, 0)$ 时，链条才会断开。

现在假设自行车正好处于这个 $(\theta=0, C=0)$ 的状态，但是链条并没有断开——因为图灵博士（假设他每一时刻都掌握着自行车的状态）在马路中间停了下来（因为他戴着的防毒面具挡住了他的视野，他差点儿跟他的朋友及同事劳伦斯·普里查德·沃特豪斯撞在一起）。图灵博士拉了拉链条，同时稍微转动了一点轮子，因此那根辐条正好避开了那节链条。现在图灵又跨上自行车继续往前骑。车子后轮的周长大约为两米，因此当他往前骑了两米之后，轮子正好转完一圈，又回到了 $\theta=0$ 这个点上，别忘了，这是那个掉链子点。

但是链条呢？链条的位置是由 C 定义的，而现在 C 已经由 0 变成了1,变成2……然后继续下去。链条的变动跟后轮的链轮保持一致,链轮有 n 齿,因此当后轮完整地转过一圈时,$\theta=0$,$C=n$。当后轮转过第二圈时,$\theta=0$,$C=2n$。下一次则是 $C=3n$,以此类推。但是要记住,链条的长度并不是无限的,链条只有 l 节;因此当 $C=l$ 时,C 的数值又回到了0,整个循环至此结束。因此在计算 C 的数值时其实也就是在进行模运算——例如说链条上有100节($l=100$),而链条转过了135节之后,C 值是35而不是135。每当你得到的数字大于或等于 l 值时,你必须通过多次减去 l 值来得到一个不大于 l 的数值。数学家会把这个运算记作 mod l。这样一来,每当后轮转到 $\theta=0$ 时,C 的数值为

$C_i = n$ mod l, $2n$ mod l, $3n$ mod l,... in mod l,

当 $i=(1, 2, 3, ... \infty)$

i 取决于图灵博士想要骑多久。骑了一会儿之后,沃特豪斯觉得这个 i 基本要等于无穷大了。

图灵自行车的链条将会在($\theta=0$,$C=0$)的时候断裂,根据以上列出的式子,只有当 i(它表示的是后轮转过的圈数)等于某些特殊值,比如说当 in mod $l=0$,或者简单点说,当 i 等于 n 的整倍数(也就是 $2n$ 啦,$3n$ 啦,$395n$ 或者 $109,948,368,443n$ 之类的)时,有问题的链条和辐条才会撞到一起。尽管两者有许多公倍数,但是真正起作用的只有第一个公倍数——也就是我们称之为最小公倍数的那个数值——因为只要这个最小公倍数一出现,自行车必然会坏掉。

假设后轮的链轮总共有20颗链齿($n=20$),链条则有一百节($l=100$),那么当车轮转过一圈时 $C=20$,转过两圈时 $C=40$,接着是60,80,100。但是此时我们以100为模进行运算,因此100这个数值需要被归为0。也就是说,当后轮转过五圈时,自行车的状

态恰好是 ($\theta=0$, $C=0$)，这时，自行车的链条该断了。自行车车轮转五圈最多只能走十米，根据我们算出来的结果，这辆车该算是彻底报废了。当然，只有当图灵正好从 ($\theta=0$, $C=0$) 开始骑车时以上的运算才成立——如果他真这么做的话，未免也太蠢了。那么再来假设当他开始骑车时，车轮的状态不是 ($\theta=0$, $C=0$)，而是 ($\theta=0$, $C=1$)，那么 C 的数值则会变成 21，41，61，81，1，21……以此类推，链条则永远不会断裂。这是一种退化情况，对于数学家来说，"退化"的意思就是"无聊透顶"。理论上说，只要图灵在停车的时候注意调整一下轮轴和链条的位置，这辆车就永远不会被偷走——不出十米这辆车就会瘫成一堆废铁。

但是假设图灵的链条有 101 节 ($l=101$)，那么在五圈之后我们得到了 $C=100$，六圈之后 $C=19$，则 C 的值为

$C=$ 39，59，79，99，18，38，58，78，98，17，37，57，77，97，16，36，56，76，96，15，35，55，75，95，14，34，54，74，94，13，33，53，73，93，12，32，52，72，92，11，31，51，71，91，10，30，50，70，90，9，29，49，69，89，8，28，48，68，88，7，27，47，67，87，6，26，46，66，86，5，25，45，65，85，4，24，44，64，84，3，23，43，63，83，2，22，42，62，82，1，21，41，61，81，0

因此只有转过第 101 圈之后车轮才会恢复回到 ($\theta=0$, $C=0$) 的状态，此时链条断裂。在这 101 圈里图灵可以骑上两百米，这样看来还不算太糟。这辆车还能骑。然而，与退化情况的例子不同，这辆车是永远不可能处在一个链条永不断裂的情况之中的。上面那张 C 的数值表上明明白白地写着从 0 到 100 的每一个数字，这就意味着无论图灵从哪个状态开始骑车，总有那么一个瞬间 $C=0$，链条断裂。因此图灵停车的时候也可以随便点儿，不用怕人偷走：反正这

辆车是骑不出两百米的。

退化情况与非退化情况的差别就在于其中数字的性质。($n=20$，$l=100$）和（$n=20$，$l=101$）这两种组合的性质是完全不同的。最主要的差异就在于 20 和 101 是一对互质数，也就是说除了 1 以外它们没有其他公因数，而他们的最小公倍数实际上是个很大的数值，等于它们的乘积 $l \times n$ =20×101=2020——而 20 和 100 的最小公倍数是 100，比前者小多了。因此当 $l=101$ 的时候，车轮循环一次的周期要比 $l=100$ 时长得多，它会经过更多不同的状态然后才会回到它的初始状态，而 $l=100$ 的状态就少得多了。

假设图灵的自行车是一台通过替换字母——也就是说在 26 个字母中分别用某一个字母替换另一个字母——进行加密的密码机，它将明文中的 A 替换为密文中的 T，B 替换为 F，C 替换为 M，诸如此类一直替换到 Z，那么这台机器加密出来的文本是很容易破解的，完全是小孩子的把戏。但是如果替换的字母一直在变化，同一个字母在第一次出现时被替换为字母 a，第二次出现时被替换为字母 b，第三次出现时被替换为字母 c，以此类推，那就不一样了。这种加密方法被称为多表置换加密法。

假设图灵的自行车在每个不同状态下都能生成一套不同的字母替换表，那么当（$\theta=0$，$C=0$）时，它生成了一个替换表：

a b c d e f g h i j k l m n o p q r s t u v w x y z
q g u w b i y t f k v n d o h e p x l z r c a s j m

当（$\theta=180$，$C=15$）时，它又生成了（另一个）替换表：

a b c d e f g h i j k l m n o p q r s t u v w x y z
b o r i x v g y p f j m t c q n h a z u k l d s e w

一个出现了两次的字母不会被加密成两个一样的字母，直到自行车再次回到起始状态，即（$\theta=0$，$C=0$）时，整个替换的循环才会重新开始——因此，这是一种周期性循环的置换加密系统。正如自行车一样，如果这个循环的周期非常短，那么它很快就会进入重复，这仍旧是个骗小孩子的把戏。置换的循环周期越长（用越多的互质数），循环的次数越少，这套密码就越安全。

德军的三转子恩尼格玛机就是这样的加密系统（所谓多表循环置换密码），它的三个转子正如图灵自行车上的传动装置一样环环相扣。这种机器循环一次的周期是17,576，也就是说直到加密完第17,576个字母之后它才会回到原点重新开始。但是从"白鲨"开始，德国人加上了第四个转子，循环的周期一下子暴涨到了456,976个字母。每当他们开始发出一条新情报时，四个转子都会进行随机调整。德军没有一条情报的字数超过450,000，因此这种恩尼格玛机加密出来的信息里绝不会出现同一张置换表中的相同字母，这也是为什么德国人如此信赖这种加密方法的原因。

几架运输机从他们头顶飞过，似乎是朝着贝德福德的皇家空军基地去了，留下了一串古怪的全音阶嗡鸣，像是有人同时吹响风笛的两根单音管似的。这让劳伦斯又想起了与自行车轮和恩尼格玛机有关的另一个现象。"你知道为什么飞机的轰鸣声是那样的吗？"他问道。

"我还真不知道。"图灵又拿下防毒面具。他下颌的线条稍稍松弛，一双眼睛来回转动。劳伦斯这回可难倒他了。

"我在珍珠港的时候发现的。因为它们用的是星形活塞式发动机，"劳伦斯说，"因此汽缸数必须是奇数。"

"为什么？"

"因为如果是偶数的气缸，每两个气缸之间必然是180度正对着的——从机械学角度讲这行不通。"

"为什么行不通？"

"我忘了。反正行不通。"

艾伦挑起眉毛,一副不相信的样子。

"反正就是曲柄之类的问题。"沃特豪斯嘴硬道。

"这可没什么说服力。"艾伦说。

"就当它是吧——当它是边界条件。"沃特豪斯说道。不过他怀疑此时艾伦已经开始在脑子里设计一种偶数气缸的星形发动机了。

"不管怎么说,反正你去看吧,它们的汽缸数都是奇数,"劳伦斯接着说道,"气缸排气的声音和螺旋桨的噪音混在一起就像双和音一样。"

艾伦翻身跨上车,于是他们又一起在森林里骑了一段路,一时之间谁也没有说话。实际上,除非想到什么新点子,他们俩是很少开口说话的;说完之后往往也会给对方留下思索的时间。这是一种非常高效的交流方式,排除了许多艾伦之前抱怨过的关于罗斯福和丘吉尔对话中的那种"冗余"。

沃特豪斯一边踏着旋转的车轮一边思索着"轮转"的问题。他已经认定整个人类社会实际上就是一圈一圈相套的轮转过程[1],现在考虑的问题是这个社会到底是像图灵的车轮一样(有时候好好的链条突然断裂,于是产生了世界大战),还是像恩尼格玛机一样(很长一段时间里你根本看不懂到底是怎么回事,然后转子突然像老虎机里一样排出一列,所有人都得了天道——或者你也可以称之为"天启"),或者根本就只是星形飞机发动机(跑啊跑啊跑啊,但是什么事也没发生,还吵得要死)。

"就在……这附近!"艾伦突然一个急刹车,这是故意逗劳伦斯玩呢,后者只好在窄路上费劲地掉个头才能转一圈骑回来。

---

[1] 原注:他没有实际的数据可以支持这一观点,只是觉得这个念头很棒而已。

他们把自行车靠在树上，从车篮里掏出了几件装备：干电池、面包板、电极、挖掘工具和几卷导线。艾伦看上去有点犹豫不决，想了一会儿之后还是快步朝森林里走去。

"我就要到美国去了，到贝尔实验室去研究语音加密的课题。"艾伦说。

劳伦斯苦笑道："我们就跟两艘在黑夜里擦肩而过的轮船似的，你和我。"

"我们是轮船上的乘客，"艾伦纠正道，"这不是巧合。正因为我要走了，他们才把你找来的。一直以来都是我在帮2701干活。"

"现在已经是2702特遣队了。"劳伦斯说。

"哦，"艾伦垂头丧气地说道，"你已经注意到啦。"

"你这样做可太鲁莽了，艾伦。"

"恰恰相反！"艾伦辩解道，"如果鲁迪发现盟军所有的编制单位、师和小队的代号中没有一个数字是两个质数的乘积，他会怎么想？"

"好吧，这取决于这类编号占总编号的比例，以及占未使用编号的比例……"劳伦斯说着，开始解决第一个问题，"又是黎曼 ζ 函数，怎么哪儿都有它。"

"这就对了！"艾伦说道，"别总把问题想得那么复杂。他们实在是太可悲了。"

"谁？"

"就在这儿。"艾伦慢慢停了下来，朝着某一片树林张望——劳伦斯觉得这一片和那一片也没什么不同。"好像就在这儿。"艾伦坐在一根被风吹折的树桩上，从包里掏出了那套电子设备。劳伦斯也就近蹲下，掏出器材。劳伦斯不知道这玩意儿怎么用——那是艾伦发明的东西，所以他就像手术室的护士一样，只是负责不断地给医生递上工具,让艾伦自己去组装。"医生"嘴里一直说个不停,所以当他需要某个工具的时候他只能皱紧眉头死死盯住它示意。

"'他们'就是——你觉得我说的还能是谁呢?就是那群拿了布莱切利园的情报还办不好事的蠢货嘛。"

"艾伦!"

"你自己想,他们根本就是蠢!中途岛海战不就是个好例子吗?"

"不管怎么说,我很高兴是我们赢了。"劳伦斯辩护道。

"你不觉得有一丁点奇怪?有一丁点震惊?有一丁点太过明显了?山本那一套声东击西、故弄玄虚的完美战术,完全被这什么尼米兹给识破了?太平洋这么大,他就知道去哪里找山本?"

"好吧,"劳伦斯承认道,"我也被吓坏了。我特地写了一篇论文,也许就是那篇东西才让我掉进这个坑,跟你一起干活的吧。"

"好吧,我们英国人也好不到哪儿去。"艾伦说。

"真的?"

"你要是知道我们在地中海都在忙活些什么,肯定得吓坏了。蠢得丢人。简直是犯罪啊。"

"我们干了什么?"劳伦斯问道,"我用的是'我们'这个词而不是'你们',毕竟我们现在是盟友啊。"

"好好好,"艾伦不耐烦地答道,"他们也是这么宣称的。"他停了一会儿,用手指抚摸着一根电路,脑子里计算着电感系数。然后他又开口道:"好吧,我们炸沉了许多护航船队,就是这样。德军的护航船队,我们左一艘右一艘地炸得不亦乐乎。"

"隆美尔的?"

"没错。德国人在船上装满了军火和物资,从那不勒斯往南运。我们冲出去把人家给炸了,几乎全炸沉了——因为我们破解了意军的 C38m 密码，掌握了他们出发的时间。最近我们又炸沉了某几支对隆美尔极其重要的补给船队，因为我们也破解了隆美尔军团的'燕雀'密码，我们知道他要是失去那几支补给队肯定会勃然大怒。"

图灵打开了机器的开关，用细绳拴在电路板上的一个脏兮兮的黑色纸盆开始发出一种诡异的啸叫。那个纸盆扬声器很显然是从一个录音机上拆下来的。还有一根棍子，一头缠着硬导线绕成的线圈，线圈通过一根导线连在棍子另一头的面包板上。艾伦把棍子在沃特豪斯的肚子前面挥了挥，线圈像根套索一样垂了下来——扬声器尖叫起来。

"好了，它探测到你的腰带扣了。"艾伦说。

他把这个奇妙的装置放在落叶上，又在身上摸了半天，终于从一个口袋里摸出了一张纸片，上面用大写字母写着几行字。劳伦斯一眼就看出来了，这是破译出来的密码："这是什么，艾伦？"

"我把完整的说明誊了下来，然后给它们加了密，藏在一个苯丙胺瓶子里埋到桥下了，"艾伦说，"上个星期我去那儿挖出了瓶子，解开了里面的密码。"他挥了挥手里的纸片。

"你用什么方法加密的？"

"我自己发明的一种加密法。你要有兴趣的话也可以来试试破解它。"

"你为什么要现在把它挖出来？"

"本来就是为了防着敌军入侵，"艾伦说，"但是很显然，英国一时半会儿是不会沦陷了，至少有你们来帮忙了。"

"你埋了多少？"

"两块银锭，劳伦斯，每块大概值 125 英镑。有一块就在附近。"艾伦站起身，从口袋里掏出一个指南针，转身面向地磁北方，接着挺了挺胸，又左右稍微调整了几度。"我不记得有没有考虑磁偏角了，"他咕哝道，"算了！不管了，总之朝北边走一百步。"紧接着他朝树林里大踏步走去，劳伦斯负责扛着那台金属探测仪跟在后面。

正如艾伦·图灵博士可以一边骑车，一边聊天还一边数着脚踏板的转数一样，他同样可以边说话边心算走了多少步。除非他彻底数岔了——好像也不是不可能。

"如果你刚说的是真的，"劳伦斯说，"我们这简直是自投罗网。鲁迪肯定猜到我们已经破解了他们的密码。"

"我们设计了某种临时机制，可以算作是2701特遣队或是2702或是叫什么都好——的前身吧，"艾伦说，"当我们想要袭击一艘护航船时，我们先派出一架侦察机。表面上那是一架侦察机，但是当然，侦察并不是他的真正目的。他的真正目的是被侦察——也就是说故意飞得很近，近到能让船上的瞭望员观察到的地步。这样一来，护卫船就会通过无线电告知总部他们被盟军飞机发现了。然后我们过去把它炸沉，德国人也不会起疑——至少比我们什么表示都没有，突然就跳出来把他们炸沉要来得自然。"

艾伦停下脚步，又看了看指南针，转了九十度，开始朝西走去。

"我觉得这实在只能算是权宜之计，"劳伦斯说，"盟军声称是随机派出的侦察机能够碰巧侦测到轴心国的每一艘舰船，这概率能有多大？"

"我已经算过了，用我的一块银锭来跟你赌鲁迪肯定也算过，"图灵说，"非常小的概率。"

"所以我说对了，"劳伦斯说，"我们必须得假定对方可能已经发现了。"

"可能现在还没有，"艾伦答道，"不过也火烧眉毛了。上个星期我们在大雾里炸沉了他们一条船。"

"在大雾里？"

"整片海上都弥漫着大雾，根本不可能侦测到船只。那群蠢货还是不管不顾地把船给炸了。当然，凯塞林①马上起了疑心。我们只好传出一条假情报——特地用了一套我们知道已经被纳粹破解了的密码——捏造了一个那不勒斯的内线。在情报里我们说多亏了他的告密，那艘船已经被炸沉了。然后盖世太保们就在那不勒斯口岸搅得天翻地覆，到处搜查这个叛徒。"

"我得说，这算是死里逃生了。"

"确实如此。"艾伦突然住了口，从劳伦斯手里拿过金属探测仪，打开了开关。他在一片空地上慢慢挪动着，用线圈在地面上扫来扫去。探测仪总是勾到地面的树枝然后被扯变形，艾伦还得时不时停下来修理它。但是探测仪始终固执地沉默着，只有在艾伦怀疑它坏了并拿劳伦斯的腰带扣来做试验的时候才发出响声。

"万事必须小心应对，"艾伦沉吟道，"我们有几个特派联的家伙在北非——"

"特派联？"

"特派联络单位。他们负责接收我们发送的'超密'情报，呈送给上级军官并最后销毁它们。他们中的有些人在传递'超密'的过程中看到了情报内容，说是午餐时分德国人将发动一次空袭，然后他们就戴着钢盔去食堂了。德国人如期来袭的时候，大家都很惊诧，不知道为什么这些人早就准备好了钢盔。"

"简直没救了，"劳伦斯说，"德国人怎么可能没注意到呢？"

"我们这么想是因为我们知道这到底是怎么一回事，我们的信息来源非常明确，"艾伦说，"德军的情报来源本来就少，还到处都是干扰信息。只要我们不再干什么炸沉大雾里的舰队之类蠢得令人发

---

①阿尔贝特·凯塞林（1885—1960），时任德国南方战区总司令。

指的傻事，他们绝不会得到确凿的证据表明我们已经破解了恩尼格玛机。"

"没想到你会提到恩尼格玛，"劳伦斯说道，"我们竟然从一个那么多噪声的频道里提取出了这么多有用的信息。"

"确实。这也是为什么我很担心的原因。"

"总之，我会尽力忽悠鲁迪的。"沃特豪斯说。

"你没什么问题。我担心的是那些实际执行任务的家伙。"

"查顿上校看着还挺靠谱的。"沃特豪斯说道，尽管这种安慰并没有什么用，艾伦该心烦的时候还是心烦。沃特豪斯平均每两三年能干出一次展现出社交技巧的事情，现在正是这么做的时刻——他转移了话题："说起来，你是要去研究那个能让丘吉尔和罗斯福进行秘密电话会谈的项目？"

"是做理论研究，但我很怀疑它有没有实践价值。贝尔实验室有一套把波形分割成不同频段的加密方法……"接着艾伦就说起了电话公司的种种。他之前写过一篇论文，关于信息论在人类语音方面的应用及其如何撑起整个电话系统的框架。图灵能找到这么个大话题滔滔不绝也是件好事，这树林这么大，劳伦斯越来越肯定他的朋友肯定是找不到之前埋银锭的地方了。

对于这么北的地方来说，夜晚来得惊人地早，空手而归的两个好朋友在夜色中骑车回了家。他们只是时不时地交谈两句，劳伦斯还在慢慢地咀嚼消化着艾伦说过的东西，2702特遣队啦，护航船队啦，贝尔实验室啦，语音信号冗余啦。每过几分钟，一辆摩托车就会从他们身边呼啸而过，车上的挂包里鼓鼓囊囊地塞满了一打打加密的情报。

第十七章　在空中

所有运送牲畜的交通方式，鲍比·沙夫托都尝试过了：篷车、卡车，被赶着徒步越野。如今军方又想出了一种与此相当的空运方式，充当载具的飞机有着一堆五花八门的外号：DC-3、"空中列车"、C-47、"达科塔"、"信天翁"……但是他会挺住的。尽管飞机暴露的铝制骨架总想害他撞死，但是只要他意识还清醒，抵挡这样的攻击还不成问题。

士兵们挤在另一架飞机上，埃思里奇和鲁特两位尉官则与一等兵杰拉德·霍特以及鲍比·沙夫托一起搭乘这架飞机。埃思里奇上尉把机舱里所有软的东西都搜刮过来堆在了驾驶舱边，然后自己往上面一躺，用皮带扎得稳稳当当。有那么一会儿他假装自己在做文书工作，接着开始假装瞭望窗外的风景，现在，他终于睡着了，震天的鼾声——毫不夸张地说——甚至淹没了飞机引擎的嗡鸣。

以诺克·鲁特把自己嵌进机舱后面稍窄的部分，手上捧着两本书在看。沙夫托马上想到了那种人——牧师手里的两本书肯定意见相左，但是他却相互穿插着看得津津有味，简直就像那些利用转桌上的棋盘跟自己对弈的棋手一样。他想也许无论是谁，假设要他隐居在哪个山区小屋里而身边又都是些不会说自己懂得的那六七种语言其中之一的土著,那他也只好通过自己跟自己拌嘴来找点乐子了。

飞机两边各有一排小舷窗。沙夫托从右边的舷窗望出去,只见群山顶上都覆盖着皑皑白雪,一时间不禁有点恐慌他们是不是迷路到阿尔卑斯山脉里去了。但是往左边望去呢,仍然是一派地中海风光;接着出现的是乱石堆和灌木丛,里面伸出一截截魔鬼塔似的山岩;再然后就是乱石和黄沙,或者只有黄沙。沙地上泛起一圈圈褶皱的沙浪,原因无他,都是移动的沙丘造成的。他妈的,他们还在非洲!仔细一瞧说不定还能看到狮子、长颈鹿和犀牛呢!沙夫托走到前舱打算找驾驶员和副驾驶员理论一番,说不定还能凑一桌牌呢。也许从飞机前头看到的风景倒可以大书特书一番寄回家。

无论从哪种意义上说,他都大失所望了。他很快发现寻找美丽风光的企图是多么不切实际,天地间只剩下三样东西:沙漠、大海、天空。作为一个海军陆战队员,他知道大海无聊到了什么程度,沙漠和天空呢,也许好那么一丁点吧。他们前方远处有一条积云线——某种锋面。仅此而已。

他刚瞄了一眼本次飞行的航线,驾驶员就匆忙把航图收了起来。他们似乎要从突尼斯上空飞过,这倒有点怪,据沙夫托所知突尼斯如今是纳粹的地盘,实际上还是整个轴心国势力在非洲大陆的大本营。今天的飞行计划似乎是要越过比塞大和西西里之间的海峡,然后向东朝马耳他飞去。

隆美尔几乎所有的补给物资都要经过那几个意大利海峡,送到突尼斯或者比塞大去。从这两个地方隆美尔可以东袭埃及或者西取摩洛哥。自从英国第八集团军在阿拉曼(那地方远在埃及)把他打得落花流水之后,隆美尔开始向西撤回突尼斯。这几个星期美军已经在北非登陆,隆美尔不得不在西线开辟了第二战场——但是根据沙夫托从电影新闻里听来的简报来看，那种满载恶意的加油助威似乎暗示着隆美尔还打得游刃有余。

也就是说，在他们正下方的撒哈拉沙漠里，大规模的部队也许已经部署好准备战斗了。也许正打得不可开交也说不定，但是沙夫托什么也没看到，只有偶尔看到一道护送队扬起的黄沙，仿佛一段导火索一路烧过沙漠。

他开口找两个驾驶员搭讪。直到他发现他们俩互相交换了一个眼神时，才发现自己已经滔滔不绝说了一大堆了。那些吸了大麻的暗杀者肯定是靠说话把别人烦死的。

打牌什么的也别想了，他发现这两个驾驶员根本连话都不愿意说。他简直得靠整个人凑上去作势摆弄驾驶杆来迫使他们俩搭理他，然而他们一开腔，口音却很滑稽。沙夫托意识到他们并不是"各位"或"伙计"，他们是"小伙""老弟""老兄"。他们两个是英国人①。

在沙夫托灰溜溜逃出驾驶舱之前他还留意到一件事，那就是他们俩简直从他妈的头发武装到脚趾尖了。那副模样看起来就像他们从飞机到洗手间来回的路上得干掉二三十条人命一样。鲍比·沙夫托这次北非之行认识了不少像这样的偏执狂，他不太喜欢这类人。这种精神状态总让他想起瓜达尔卡纳尔。

他在一等兵杰拉德·霍特身边找了个空位躺了下来。他后腰间别着的那把左轮手枪在平躺时硌得他实在难受，他把它卸下来塞进了口袋里。结果这仅仅是让难受的重心转移到了他后背中间藏着的突击队匕首上。他觉得这么一来自己只能侧着睡了，但这也不现实：他身上一边别着一把标配的半自动式柯尔特手枪——尽管他并不信任这把枪——另一边则别着他自己的六发式左轮手枪，这一把

---

①前面的"guys"和"fellas"是美国人的习惯叫法，而后面的"blokes""chaps"和"mates"则是英国人的叫法。

他倒是信任的。因此他不得不找个地方把这些东西还有许多弹匣啦、装弹器啦，维护用具啦，全都收起来。他小腿上绑着的那把曾经用来劈开丛林、切开椰子、杀戮日本鬼子的Ⅴ-44"工合"军刀，另一只腿上用来保持平衡的大口径短筒手枪也必须卸下来。他身上唯一剩下的东西只有装在身前口袋里的手榴弹，反正他也不打算趴着睡。

他们赶在海水涨潮把他们全部卷走之前抢到了那块海岬。如今他们站在一片泥泞的潮滩上，海岬像是盒子的四壁般将这块湾地包围起来。然而令人绝望的是，在几百码开外的海滩上耸立着另外一块跟这里极为相像的岬地，还有一座从海滩上拔地而起的山崖，撇开周围茂密的热带丛林不提，光是它险要的地势就足以扼住通往岛内的唯一入口。而现在，直到潮水再度退下之前，这群陆战队员都无法离开这个小海湾了。

这段时间足够日军的机枪手把他们杀得一个不留。

他们一听到熟悉的机枪声就全都扑倒在了泥地上。沙夫托飞快地朝周围扫了一眼。那些仰卧着和侧卧着的人应该是真的死了，而那些趴在地上的很有可能还活着。大多数人都是趴着的。中士毫无疑问已经死了，机枪最早瞄准的就是他。

那个日本鬼子——也许不止一个——只有一挺机枪，但是他们的子弹却好像永远用不完：全都来自"东京快车"的补给，从沙夫托他们8月初刚登陆瓜岛的时候就在畅通无阻地运送过来。机枪手从容地来回搜寻着这块浅滩，谁只要一动他马上就瞄准目标。

沙夫托爬起来朝山崖下跑去。

他能看到鬼子机关枪的火光，根据它的长短可以判断出枪口的指向。当那道闪光拉得特别长时说明枪口指着别人，这时候爬起来跑走就安全得多。当闪光缩成一点时，说明枪口正掉转过来瞄准了鲍比·沙夫托——

他躲避的动作有点慢了，右下腹一阵剧痛。战术背心和头盔的重量带着他脸朝地面摔了下去，他张嘴想大叫，结果啃了一嘴的泥。

他一时失去了知觉，但也许时间并不长。敌人的枪声还在继续，说明陆战队员还没全灭。沙夫托在头盔的重压下艰难地抬起了头，看到一根横木躺在他与机关枪之间——那是一根被风暴卷上岸来的浮木，浑身被海水冲刷得干干净净。

他可以选择是不是要跑过去。他决定跑，只有几步而已。在半路他知道自己肯定能跑到。肾上腺素终于升上来了，他一个猛扎，蹿进了这根巨大木头的荫蔽里。六七颗子弹打进了木头的另一边，湿淋淋的木屑撒了他一身。木头早已腐朽了。

沙夫托现在把身子蜷在一个凹缝里，探头探脑的话肯定会被日本人发现。他现在看不到队友们的情况如何了，只能听到他们偶尔发出的一两声惨叫。

他冒险朝机枪巢的方向看了一眼。鬼子躲在一片树林的掩护中，但是毫无疑问，二十英尺之上肯定有一个岩洞，他们就藏在那里。他离山崖脚并不远，再冲一次就能跑到那里。但他只要开始往上爬，就死定了。也许机关枪没法压这么低来瞄准他，但是他们只要趁他往上爬的时候一直扔手榴弹或者干脆拿出手枪来崩了他就行了。

也就是说，现在该枪榴弹发射器上场了。沙夫托转回身靠在地上，从战术背心里掏出一枚有棱的金属管塞进了斯普林菲尔德步枪的枪口里。他想把管子拧紧，但是那该死的螺母总是打滑。哪个傻鸟想出来要在这玩意儿上用他妈的蝶型螺母的？现在抱怨这个也没什么用了。血淌了一地，但他丝毫察觉不到疼痛。他把手指在地上蹭了蹭，沾了点沙子，然后拧紧了螺丝。

他手边有一颗 M2 破片手榴弹，也就是俗称"菠萝"的那一种，接着又摸到了一个 M1 枪榴弹适配器。他把手榴弹插在适配器上，拔掉保险拉环随手一扔，接着把装好弹的 M1 塞进了枪口的金属管里。最后他打开一个做了特殊标记的弹匣，从几根皱巴巴的"好彩"里摸出了一根空心的铜管——一枚没有弹头，顶端收口的子弹，再把空包弹推进斯普林菲尔德的枪膛里。

他沿着那截木头挪了挪位置，以便从一个出其不意的角度开火而不至于被机关枪直接爆头。然后他抬起这把用步枪改装的复杂装置，把枪托插进沙地（加装了枪榴弹发射器之后这把枪的后坐力可以直接震碎人的锁骨），瞄准日军，扣动了扳机。M1 枪榴弹适配器轰的一声烟消云散，各种已经失去用处的配件像是开五金店一样散了一地，仿佛出窍的魂魄一下子抛弃了原来的肉体。"菠萝"高高地飞向空中，尽管保险针和保险杆都已经没了，它的引信仍然点着了，发出的隐隐火光就像——那话怎么说来着——就像一道内心之光①。沙夫托瞄得很准，手榴弹正对着目标飞了过去。他觉得自己简直太牛了——直到手榴弹被什么东西弹了一下，顺着山崖滚了下来，炸开了另一根腐朽的横木。日本鬼子已经料到了鲍比·沙夫托的这一手，早就张开铁丝网之类的东西等着了。

他仰面躺在淤泥里，双眼瞪着天空，嘴里一遍遍地问候日本鬼子全家。横木被子弹打得直震，泥苔藓一样的东西纷纷扬扬地淋了他一脸。鲍比·沙夫托对着万能的天父做了最后的祷告，准备跳起来跟他们拼命。

这时，恼人的机关枪声突然停了下来，远处传来了一声惨叫。不认识的声音。沙夫托用手肘撑起身子，发现那声惨叫是从岩洞那边传出来的。

---
① 基督教徒认为的上帝在人的灵魂中产生的指引力量。

他对上了以诺克·鲁特睁得老大的天蓝色眼睛。

牧师已经从飞机后部的小角落里钻了出来,正蹲在一扇舷窗边,手里紧紧抓着能抓住的东西。鲍比·沙夫托不知道什么时候已经变成了趴着的姿势,他朝另一边的窗外望去,本以为会看到天空,但出现在他视野里的是一片翻滚而过的沙丘。他顿时恶心得想吐。他甚至连坐也不想坐起来了。

明亮的光点像球形闪电一样在机舱内四处穿梭,但是——他一开始甚至还没发现——它们实际上是像手电筒光束一样投射在机舱壁上。机舱里开始弥漫着一片似乎是液压机油泄露的薄雾,他借此顺着光线的方向往回看,然后发现源头是机身上的几个小洞——哪个浑蛋趁着他睡觉的时候在飞机上开了洞?阳光透过这几个小孔射了进来,当然阳光总是从一个方向照过来的,但是机身却东倒西歪地翻滚着。

他终于意识到自己实际上是躺在飞机天花板上的,这也解释了他为什么是趴着的——当他想明白这点的时候,终于呕了出来。

光斑全都消失了。沙夫托斗胆抬起头朝窗外看了一眼,只看到一片灰色。

他觉得自己这会儿终于躺回地板上了。他就躺在那具尸体旁,而且那具尸体被稳稳地系在地板上。

他又躺了几分钟,缓了缓神。空气穿过机身上的洞眼发出嗖嗖的尖啸声,声音大得他脑袋都疼了。

有人——有个疯子——已经站起来了,在机舱里走来走去。不是鲁特,此时他正窝在后舱里处理脸上刚刚被飞机那串杂技动作弄出来的伤口。沙夫托抬起头,看到那正是那两名英国飞行员之一。

他已经把头盔摘掉了,露出了一头黑发和一双绿色的眼睛。三十多岁的年纪,算是个老男人了。他那张疙疙瘩瘩的脸带着一股实用主义色彩，仿佛上面的每个坑每个洞都有其存在的理由似的，这简直是设计枪榴弹发射器的那个家伙才设计得出来的脸。这算不上一张英俊的脸，却非常简洁而值得信赖。他跪在杰拉德·霍特身旁，用手电仔仔细细地检查着尸体。他带着一副关切的神情，好一张医者父母心的脸。

最后他靠着露出骨架的机壁坐了下来："感谢上帝，他没被打中。"

"谁？"沙夫托问。

"这位老弟。"驾驶员拍了拍尸体。

"你不来替我检查一下？"

"没必要。"

"没必要？我好歹是个活人啊。"

"你没被打中，"驾驶员很有把握地说，"你要是被打中了，就跟埃思里奇上尉一样了。"

沙夫托第一次冒险动了一下，他撑着胳膊肘坐了起来，发现机舱的地面上滑溜溜湿漉漉的全都是红色的液体。

他之前看到那层粉红色薄雾的时候还以为是液压油泄漏，现在看来液压系统完全没有问题，而地上的那摊东西似乎也不是什么石油制品。那摊红色的液体看起来简直就跟沙夫托噩梦里的那种东西一模一样。它顺着埃思里奇那一堆舒服的枕头流下，而现在，上尉已经不再打鼾了。

沙夫托看了看埃思里奇的残躯，这具身体看上去跟今天上午他们在肉店里折腾的那一具简直没什么两样。他不想在这个英国驾驶员面前露出慌张的样子，事实上他的心情也非常平静，静得奇怪。也许是因为云层的关系，他在多云的天气里总是比平常更冷静。

"我的天，"他终于开口道，"德国佬的二十毫米炮真是了不得。"

"没错，"驾驶员说，"我们得让一支护航船队侦测到我们，然后才能继续飞行。"

这是鲍比第一次听到有人这么明确地提到2702特遣队的任务，但仍旧是这么没头没脑的一句话。他跟着驾驶员一起走进了驾驶舱里，两个人都小心翼翼地避开了撒了一地的内脏——那大概是从埃思里奇体内掉出来的。

"你是说，让一支盟军的护航船队侦测到我们，对吧？"沙夫托问道。

"盟军的护航船队？"对方嘲弄地反问了一句，"我们他妈的去哪儿找一支盟军的护航船队？这儿可是突尼斯。"

"好吧，但是你刚刚说'得让一支护航船队侦测到我们'，你其实是想说'我们得侦测到一支护航船队'，对吧？"

"对不起，"对方答道，"我现在忙得很。"

沙夫托转身回舱，看到以诺克·鲁特中尉跪在埃思里奇比较大的一块残躯前，翻找着他的公文包。沙夫托马上露出了一种过于义愤填膺的表情，伸出食指谴责地指着他。

"嘿，沙夫托，"鲁特叫道，"我只是执行命令，接管他的工作。"

他抽出一小捆包在黄色厚塑料布里的文件，翻检了一遍，又抬起头来用责备的目光扫过沙夫托。

"那他妈只是个玩笑！"沙夫托说，"记不记得？我当时说我以为那些岛民在洗劫尸体，在瓜达尔卡纳尔的海滩上？"

鲁特没有笑。要么他是在生气沙夫托竟然成功地糊弄住了他，要么是他根本就不喜欢什么洗劫尸体的笑话。鲁特把包好的文件拿到另外一具尸体旁边，穿着潜水服的那具。他把它们一股脑儿塞了进去。

接着他蹲在尸体旁，陷入了久久的沉思。沙夫托在一边饶有兴味地看着他，就像看一个正在晃奶子的脱衣舞女似的。

飞机下降的时候机舱里的光线又一变。正是日落时分，红灿灿的阳光透过了撒哈拉的迷雾。沙夫托从舷窗里望出去，突然发现他们又来到了海面上。飞机下方是一列船队，每艘船身后都拖着Ｖ字形的白浪，在深色的海水上泛着夕阳的红光。

飞机斜飞下去，在船队的上方慢慢盘旋了一圈。沙夫托可以听到远处传来噼噼啪啪的声音，黑色的花朵在他们四周炸开，消失在空中。原来船上的人想用高射炮把飞机打下来。接着飞机又向上爬升，回到云层的庇护中，四周也暗了下来。

他又回头看向以诺克·鲁特。鲁特又回到了后舱的角落里，正打着手电看什么东西。他的膝盖上放着一沓纸，那是他刚刚从埃思里奇的公文包里翻出来又塞进杰拉德·霍特衣服里的文件。沙夫托想也许是刚刚与船队的那场遭遇战绷断了他的最后一根神经，他又把文件从杰拉德的衣服里抽了出来，打算自己看一遍。

鲁特抬起头，正好跟沙夫托对上了眼。他看上去毫不紧张，也不愧疚。他的眼神冷静得惊人，镇定得惊人。

沙夫托跟他对视了好一会儿。如果他的目光中有丝毫的愧疚或是紧张，沙夫托就可以肯定这个牧师是德军派来的间谍。但是一点都没有——以诺克·鲁特不是替德国人做事的。但他也不是替盟军做事的。指挥他的是某种更高的权威。沙夫托微微点了点头，鲁特的目光也和缓下来了。

"他们都死了，鲍比，"他喊道，"那些岛民。你在瓜岛见到的那些人。"

这就是为什么鲁特刚刚在听到洗劫尸体的笑话时完全笑不出来。"对不起。"沙夫托一边说一边往后舱走，这样他们俩就不用扯着嗓子喊话了。"怎么回事？"

"在我们把你带回我的小屋之后,我给我布里斯班的上线发了条信息,"鲁特说,"用一种特殊密码加密的信息。我告诉他们我找到了一个海军突击队员,他似乎还活着,希望他们能派人过来接他。"

沙夫托点点头。他记得自己听到了一堆摩尔斯电码,但当时他正发着高烧,被吗啡和鲁特从他的雪茄盒里掏出来的不知什么自制药方弄得晕晕乎乎的。

"然后呢,他们回复了,"鲁特接着说道,"他们说'我们现在过不去,但是能否请你把他带到某某地和某些其他的陆战队员汇合'——然后剩下的事你能想起来,我们一起过去的。"

"嗯。"沙夫托应道。

"到这里为止还一切正常。但是当我把你送走之后再回到小屋里时,日本人已经来过一趟了。他们把所有能找到的岛民都杀光了,还放火烧了小屋,烧了所有东西。他们设在附近的陷阱几乎也把我害了。我好不容易才逃了出来。"

沙夫托点点头,只有见过日本人烧杀抢掠的人才会如此深有同感。

"上面安排我撤退到了布里斯班,然后我就密码的问题跟他们大闹了一番。很显然日本人正是通过那条信息找到我的,我们的密码早就被破译了。这样一番大闹之后,果然有个人发话了:'你是个英国人,又是个牧师,还是个医生,不仅会开枪,还懂摩尔斯电码,最重要的是,你他妈太烦人了,所以——滚吧!'然后,我就被送到阿尔及尔的冷藏室里来了。"

沙夫托移开目光,点了点头。鲁特似乎也明白了,关于他们来这里的任务,沙夫托懂的也并不比他多。

最后,以诺克·鲁特按原样捆好手里的文件,但是没有放回埃思里奇的公文包里,而是塞进了杰拉德·霍特的潜水服中。

不久,飞机又从云层里钻了出来,飞到一个月光照耀的港口边,开始贴着海面飞行。哪怕像沙夫托这样对飞机一窍不通的门外汉也察觉出来他们飞得这么慢也许是要做些什么。然后他们打开了飞机的一扇侧门,一、二、三,扔,把一等兵杰拉德·霍特的尸体抛进了海里。他落入海中时激起的水花放在奥科诺莫沃克的公共游泳池里简直可以算是滔天巨浪了,但是在这片广阔的大海中,却是这么微不足道。

过了一个小时左右,在一片激烈的空袭战斗中,这架"信天翁"降落在了某个机场正中央的跑道上。他们把这架空中列车停在跑道尽头另一架 C-47 旁,然后跳下飞机,在英国飞行员的带领下穿过夜幕,跑下几级台阶,躲到了地下——准确地说,是防空洞里。他们仍旧能感觉到大地的震动,但是炸弹的爆炸声已经听不见了。

"欢迎来到马耳他。"有人说道。沙夫托朝四周看了两眼,发现周围的人都穿着英军或者美军的制服。美国人都是老朋友了——其实就是那几个乘另一架"达科塔"从阿尔及尔来的突击队员。英国人他则一个都不认识,不过他们大概正是他在华盛顿时听说过的英国空军特勤队的人。他们之间唯一的共同之处就是每个人的军服上都别着一个号码:2702。

第十八章　保　密

艾维准时到岗，挂着低挡，小心翼翼地把他质量上乘又不过分招摇的日本跑车从陡峭的路上开上来。路面早已裂成了马赛克状的松散的沥青石板。

兰迪站在二楼的露台上，从五十英尺高的地方几乎垂直地向下透过汽车天窗看着他。艾维身着高级热带薄型西装裤、定制海岛棉白衬衫，戴着黑色滑雪护目镜和一顶宽边帆布帽。

这栋房子独自耸立在加利福尼亚一片位于太平洋岸边的草坡上，离海几公里远。凉爽的空气沿坡而上，一波波缓慢地起伏，仿佛海滩上的海浪。艾维下车后第一件事就是穿上了西装外套。

他从车前狭小的行李仓里费力地拖出两个超大号手提电脑包，没敲门就直接进了屋（他以前没来过这栋房子，但去过其他与这里奉行同样的规矩的地方），找到在众多房间其中之一里等待的兰迪和埃伯，然后从提包里掏出大概值一万五千美元的便携式计算机设备。他将这些东西摆在桌上。艾维按下两台笔记本的电源键，在等它们启动的时候插上了电源线，以免电池耗尽。一根电线管——上面每隔十八英寸就有接地的三相插座——被毫不留情地钉在每面墙的每一寸墙壁边。覆盖的范围包括大跨度的石膏墙板、石膏墙板上的门洞、早期欧普艺术风格墙纸、仿木镶板、褪色的死之华乐队[①]海报，甚至连那道古怪的门廊也没有放过。

其中一台笔记本电脑连着微型便携式打印机，艾维往里面放了几张纸。另一台笔记本的屏幕上显示出几行文字，然后"嘀"了一声就不动了。兰迪踱过去，好奇地看着它。屏幕上显示着一条提示：

FILO.

兰迪知道这是 Finux[②] 加载器的简称，一个可以让你随意选择运行哪一个操作系统的程序。

"Finux。"艾维嘟哝，回答了兰迪没问出口的问题。

兰迪输入"Finux[②]"，敲下回车："你在这上面装了几个操作系统？"

"有 Windows 95，用来玩游戏，和应付水平比较差的人要暂时借用我的电脑的时候。"艾维说，"Windows NT 拿来处理办公类的事情。BeOS 用来入侵系统和鼓捣媒体文件。Finux 用来做高级排版。"

"你现在想用哪个？"

"BeOS。打算展示几张 JPEG 图片。这里有高射投影仪吧？"

兰迪回头看向埃伯，房间里唯一一个住在这里的人。埃伯看起来比实际上个头要大，也许是因为他的爆炸发型：他的头发有两英尺长，是微微发红的金色，浓密、大波浪，常常缠成绳子般的几束。没有橡皮筋能扎住这一大股头发，所以当他有心把头发扎起来时，他都是用一条带子。埃伯正在摆弄一台有手写笔的小电脑，在屏幕上涂涂画画。一般来说黑客不用这种东西，但埃伯（或者说埃伯已倒闭的公司之一）曾为这款电脑写软件，所以他手边有很多台。他似乎对手头的事情全神贯注，但在兰迪看向他两秒钟之后，他察觉

---

①死之华（Grateful Dead），或译感恩之死，一支美国摇滚乐队。
②原文为 Finux Loader，Finux 是作者根据 Linux 系统虚构的一种操作系统。

到了，抬起头来。他有双浅绿色的眼睛，蓄着浓密的红须——除非他处在剃须期，而剃须期一般和认真的恋爱关系同步。目前他的胡子大约半英寸长，表明他刚分手不久，并暗示着他愿意接受新的挑战。

"高射投影仪？"兰迪说。

埃伯闭上眼睛——他读取记忆时总这样，然后站起来走出房间。

微型打印机开始吐出纸张。文字的第一行，纸张的正上方写着：保密协议。底下又跟着许多行字。兰迪见过它（或者与它类似的文件）太多次，以至于他目光呆滞地别开了视线。唯一会变化的只有公司名，比如现在写的是：寄生藤（二号）公司。

"护目镜不错。"

"要是你连这都觉得奇怪，你真该看看太阳落山之后我戴什么。"艾维说。他在包里翻找起来，拿出一副奇妙的装置，看起来像是没有镜片的眼镜，两边眼睛上方各有一个玩具般的照明工具。一根电线连在眼镜和一个带皮带扣的电池包之间。他一拨电池包上的小开关，灯就亮了起来：是看起来价格不菲的蓝白色卤素灯。

兰迪挑起眉毛。

"这都是防时差综合征的，"艾维解释道，"我已经适应了亚洲时间。再过两天我就要回去了。我可不想在这里的时候让身体又回到西海岸时间。"

"所以帽子和护目镜——"

"模拟夜晚。这玩意儿模拟白天。瞧，你的身体从光照中得到信息，随之调整生物钟。说到这个，你介意把窗帘拉上吗？"

房间里有西向的窗户，可以看见通往半月湾的青草斜坡。时至傍晚，日光透过窗户倾泻而下。兰迪欣赏了一会儿美景，才拉上窗帘。

埃伯大步走回屋里,手里提着台高射投影仪,一时间看起来好像贝奥武夫挥舞着砍下来的怪物手臂。他将投影仪放在桌上,对准墙壁。不需要屏幕,因为在无所不在的接线板的上面,每一面墙壁都覆盖着白板。许多白板上又用三原色笔写满了神秘莫测的符咒。一些内容被不规则的边框围住,旁边写着:"不要擦掉!"或者就简单写着"别擦"或者"不"。埃伯放投影仪的地方正对的白板上,有一张购物清单,一张被擦掉一半的流程图的残余,一串俄罗斯的传真号码,几个用点分成四段的数字——因特网地址——和几个德语单词,估计是埃伯自己写上去的。埃伯哈德·弗尔博士将这些内容全数浏览一遍,没发现哪里有"别擦"的边框围着,便用板擦把它们全擦掉了。

又有两个男人进入房间,沉浸在关于某家位于伯灵格姆的气死人的公司的交谈中。其中一人又黑又瘦,看着像个枪手,他甚至戴了顶黑色牛仔帽。另一人矮胖,金发,看起来像刚从扶轮社[①]聚会里出来。他们身上有一个一样的地方:手上都戴着一只亮银色的手环。

兰迪将保密协议从打印机里拿出来,分发出去,每人两份,两份上都预先印好了各自的名字:兰迪·沃特豪斯、埃伯哈德·弗尔、约翰·坎特雷尔(戴黑色牛仔帽的人)和汤姆·霍华德(金发的中产阶级美国人)。约翰和汤姆伸手接文件时,银手环反射着从百叶窗缝里漏进来的阳光。两只手环上都印着红色的墨丘利节杖和几行文字。

"看着是新的,"兰迪说,"他们又改了词?"

"是啊!"约翰·坎特雷尔说,"这是6.0版——上星期刚出来的。"

[①]一个以增进职业交流及提供社会服务为宗旨的社会团体。

若是在别的地方，这样的手环意味着约翰和汤姆患有某种会危及生命的疾病，比如对普通抗生素过敏。把他们从撞毁的车中救出的医护人员看见手环，就会依照指令行动。但这里是硅谷，行事规则大有不同。手环的一面写着：

若死亡请见背面

的生物停滞协议

依照指令行动可领取

100000 美元奖金

另一边写着：

立刻拨打以下号码寻求指令

1-800-NNN-NNNN

静脉推注 50000 单位肝素

用冰块冷却至 10 摄氏度并在过程中

施行心肺复苏。将 pH 值保持在 7.5

不得解剖或做防腐处理

这是一份将死人，或者说濒死的人冷冻起来的处方。戴这种手环的人们相信，如果遵循本处方，就可以将大脑和其他脆弱组织在不受损害的情况下冷冻起来。再过个几十年，等纳米技术使长生不老变为可能之后，他们指望自己能被解冻。约翰·坎特雷尔和汤姆·霍华德相信，他们在几百万年后仍可以彼此交谈的概率还是挺大的。

房间里安静下来，所有人都在浏览文件，目光落在某些熟悉的条款上。他们签过的保密协议大概不下几百份。在这地方，签保密协议就像给人端一杯咖啡一样司空见惯。

一个拎着大手提包的女人走进房间，咧嘴一笑对自己的迟来表示抱歉。贝丽尔·哈根看起来像位诺曼·洛克威尔①画中的伯母，戴着围裙、手端苹果派的类型。在二十年间，她担任过十二家小型高科技公司的财务总监，其中有十家倒闭了。除了第二家，其他的都算不得贝丽尔的错。第六家公司是"兰迪的第二次商业进军"。剩下的一家被微软吞并，一家变成了独立自主的成功企业。后两家让贝丽尔赚足了退休养老的钱。她一边当顾问、作家，一边寻找有趣到能让她重新出山的东西，而她来到这个房间里，就说明寄生藤（二号）公司不完全是个骗人的把戏。或者她只是在给艾维一个面子。兰迪给了她一个熊抱，把她从地上抱了起来，然后递给她两份印着她名字的保密协议。

艾维已经把大笔记本电脑上的屏幕拆了下来，平放在高射投影仪上。投影仪发出的光透过液晶屏，在白板上投射出彩色图像。这是典型的电脑桌面，上面有几个终端窗口和一些图标。艾维绕了一圈收回签过字的保密协议，全数浏览一遍，再还给每人一份，剩下的收进手提电脑包的外侧口袋。他开始用手提电脑的键盘打字，字母从其中一个窗口里不断涌出。"顺便说一句，"艾维嘟哝道，"寄生藤公司——为了区分以后我就叫寄生藤一号——是个特拉华州的公司，年龄一岁半。它的股东是我、兰迪和跳板投资公司。我们在菲律宾做电信生意。如果你们想要，之后我可以向你们提供详细信息。我们在那里的工作让我们注意到了那个地区的一些新契机。寄生藤二号是一个加利福尼亚州的公司，年龄三周。如果事情能像我们希望的那样发展，寄生藤一号将会合并进二号里去，通过某种股票转让手段，不过这事的细节十分无聊，现在就不讲了。"

艾维敲了一下回车。桌面上打开一个新窗口。那是一幅从地图

---

①诺曼·洛克威尔（1894—1978），美国20世纪早期画家及插画家，作品以宣传画为主。

集里扫描来的细长的彩色地图。地图的大部分是海蓝色的，一条蜿蜒的海岸线从地图上方延伸下来，上面标注着几个城市：长崎和东京，上海在左上角，菲律宾群岛在正中央，台湾在它的正北方，南方则是一连串岛屿，形成一条有缝隙的屏障，隔开亚洲和一块巨大的大陆块——上面标着英文地名，比如达尔文港、大沙沙漠。

"你们大多数人可能觉得这很奇怪，"艾维说，"通常这类报告会都是从计算机网络图或者流程图之类的东西开始的。我们一般不和地图打交道。我们都太习惯于在纯粹的抽象国度里工作，导致来到现实世界身体力行地做点什么看起来都有些怪异。

"但我喜欢地图。我家里到处是地图。我想对你们说的是，我们在自己工作中获得的所有技能和知识——尤其是和因特网有关的——都可以在这里大展身手。"他拍了拍白板，"在现实世界里。你们知道，就是几十亿人居住的那个大水球。"

底下的人礼貌地低笑了几声，艾维一只手拂过电脑的轨迹球，用拇指按了一个按钮。一幅新的图像显现出来：还是那张地图，但多了些色彩鲜艳的线条穿过海洋，从一个城市连到另一个城市，线条的走向大致沿着海岸线。

"现有的海底电缆。线越粗，代表流量越大，"艾维说，"现在说说，这张图有什么问题？"

有几条粗线从现有东京、中国香港、澳大利亚这类地方向东延伸，可以想到是连向美国。从菲律宾和越南之间穿过南中国海的是另一条近乎南北走向的粗线，但它并没有连接这两个国家：它直接通向香港，然后继续沿着中国的海岸延伸，连接上海、韩国和东京。

"既然菲律宾处在地图正中间，"约翰·坎特雷尔说，"我猜你是要指出几乎没有粗线跟菲律宾连着吧。"

"几乎没有粗线跟菲律宾连着！"艾维轻快地宣布。他指出唯一的一条例外，那条粗线从台湾南部连到吕宋岛北部，然后沿着海岸线通向科雷希多岛。"除了这一条——就是跟寄生藤一号有关的那条。但不仅仅是这样。南北走向、连接澳大利亚和亚洲的粗线总体来说就很少。很多从悉尼传到东京的数据包都得从加利福尼亚转送。这里头有商机。"

贝丽尔插了进来。"艾维，在你继续往下说之前，"她说，语气谨慎而惋惜，"我必须指出，铺设长途深海电缆是一项非常难起步的生意。"

"贝丽尔说得对！"艾维说，"有钱铺这种电缆的只有美国的AT&T、英国的大东电信和日本的KDD。非常困难。价格不菲。需要大量NRE。"

这个缩写是"不可回收开支"的简称，指的是完成一项可行性研究所必需的工程——如果点子没成功，这笔钱就算打了水漂。

"那你是怎么想的？"贝丽尔说。

艾维点开另一张地图。这张与前一张一样，只是上面又添加了新的线路：一系列的岛际短线。数量多到让人头晕眼花的短线穿成一串，连接菲律宾诸岛。

"你想把菲律宾连在一起，通过你们现有的通向台湾的电缆连入国际网络。"汤姆·霍华德说。他意识到艾维马上就要开始长篇大论，于是英勇地试图帮他长话短说。

"从信息技术方面说来，菲律宾要变成抢手货了，"艾维说，"政府不能算十全十美，但它基本上是参照西方建立的民主体制。跟大多数亚洲国家不一样，他们使用ASCII码[①]。大多数人会讲英语。与美国的关系源远流长。在信息经济产业里，这些家伙迟早要变成大

[①]美国信息交换标准代码。此处指的是菲律宾语（他加禄语）使用拉丁字母拼写。

玩家。"

兰迪插了进来:"我们已经在那里建立了据点。我们了解当地的经营环境。而且我们有现金流。"

艾维又点开一张地图。这张很难看得清。它看起来像一张地势图,上面是一大片高山,中间偶尔有高原。它突兀地出现在展示过程中,又没带有任何标签或者艾维的解释,显然是对房间里其他人的智商的暗中挑战。他们可没人会早早投降。兰迪看着他们眯着眼睛,摇头晃脑起来。擅长解开古怪谜题的埃伯哈德·弗尔是第一个想明白的。

"没有海水的东南亚,"他说,"右边那条高高的山脉是新几内亚。那些隆起的是婆罗洲① 的火山。"

"相当带劲,是吧?"艾维说,"这是一幅雷达地图。数据都是美国军用卫星收集来的。几乎不用花钱就可以搞到。"

这张地图上的菲律宾不再是一长串分离的岛屿,而是一片被地壳上深深的裂缝包围的椭圆形高原上最高的地区。如果要从吕宋岛走海底去台湾,你得跳入一条夹在平行的山脉之间的大壕沟,沿着它往北走大约300英里。但在吕宋岛的南边,艾维提议要铺设一系列岛间电缆的地方,地势却又浅又平。

艾维又点击了一下,在海平面以下的地区上叠加了透明的蓝色,岛屿上叠加了绿色。然后他把地图正中的一块地方放大:菲律宾高原向西南方伸出双臂,对着婆罗洲北,拥抱着,或说几乎完全环绕着,一片350英里宽的菱形水体。"苏禄海,"他宣布,"跟《星际迷航》里面那个代表亚洲人的家伙可没关系②。"

没有人笑。他们可不是来这里找乐子的——他们正把注意力都

---

① 加里曼丹岛的旧称。
② 《星际迷航》系列中的日裔角色苏鲁光(Hikaru Sulu)。

集中在地图上。这些五花八门的群岛和海洋让人摸不着头脑，即使对空间感很好的聪明人来说也是如此。菲律宾组成了苏禄海右上方的边界，左下方是北婆罗洲（马来西亚的一部分），苏禄群岛（菲律宾的一部分）在右下方，而左上方的界线是一座极为细长的菲律宾岛屿，名叫巴拉望。

"这提醒了我们，国界这种东西既虚伪又愚蠢，"艾维说，"苏禄海是位于一座大高原中间的盆地，高原由菲律宾和婆罗洲所共有。所以如果你要给菲律宾连线，你可以同样轻松地把婆罗洲也连入网中，只需用短距离浅海电缆绕苏禄海一周。像这样。"

艾维再点击一下，电脑画出更多彩色的线。

"艾维，我们在此的目的是什么？"埃伯哈德问道。

"这可是个非常高深的问题。"艾维说。

"我们了解这类创业的经济状况，"埃伯说，"我们单凭点子白手起家。保密协议就是干这个的——保护你的点子。我们一起发展这个点子——倾注我们的脑力——然后得到股权作为回报。这类工作的成果是软件。软件可以取得版权、商标、甚至专利权。这是知识产权，它有一定价值。我们通过股份共同拥有它，然后我们把更多的股份卖给投资者。我们把得到的钱用于雇用更多的人，将它变成产品，投入市场，诸如此类。系统就是这样运作的，但我开始觉得你好像并不理解这一点了。"

"你为什么这么说？"

埃伯看起来很困惑。"我们能提供什么帮助呢？我们要怎么把脑力变成投资者想要拥有的普通股呢？"

每个人都看向贝丽尔，贝丽尔正在点头赞同埃伯。汤姆·霍华德说："艾维，你瞧。我可以设计大型计算机装置。约翰写了'秩序'——他了解关于加密的一切。兰迪懂因特网，埃伯懂那些古怪的东西，贝丽尔懂管钱。但据我所知，咱们可没人懂海底电缆工程。等你去找风险投资家的时候，我们的简历对你又有什么用呢？"

艾维点着头。"你说的都没错，"他和缓地承认，"我们要是想去给全菲律宾铺电缆，那肯定是疯了。那是'菲律通'的工作，他们和寄生藤一号是合资公司。"

"就算我们都疯了，"贝丽尔说，"我们也不会有机会，因为没人会给我们钱。"

"幸运的是，这点不用咱们担心，"艾维说，"因为已经有人代劳了。"他转向白板，拿起一支红色马克笔，在台湾和吕宋岛之间画了一条粗粗的线。地势图的海底投射在他手上，他的手看起来颜色杂乱，仿佛长满了鳞片。"KDD预见到了菲律宾的飞速发展，已经在这里又铺了一条大型电缆。"他向下移动，开始在群岛间画上更细小的连线，"而'菲律通'——由AVCLA，洛杉矶亚洲风险资本公司投资——正在给菲律宾接线。"

"寄生藤一号跟这有什么关系？"汤姆·霍华德问道。

"如果他们想要利用互联网协议在那些网络上进行通信，他们需要路由器和懂网络的人。"兰迪解释道。

"所以我再重复一遍我们的问题：我们在这里的目的是什么？"埃伯哈德问，语气耐心却坚决。

艾维拿着笔涂涂画画了一会儿。他圈出苏禄海一角的一个岛屿，它位于北婆罗洲和那个叫巴拉望的细长菲律宾岛屿的间隙正中。他用粗体标上：吉纳库塔苏丹国。

"吉纳库塔一度被白人苏丹统治，说来话长，然后它变成了德国殖民地。"艾维说，"那时候，婆罗洲是荷属东印度群岛的一部分。而巴拉望——像菲律宾其余部分一样——开始属于西班牙，后来属于美国。所以这是德国在这片地区的据点。"

"德国总是分到最烂的殖民地。"埃伯感伤地说。

"第一次世界大战之后,他们把这里和东头的一大堆岛屿都拱手日本。这些岛屿统称托管地,属于国际联盟托管地的一部分。第二次世界大战期间,日本将吉纳库塔作为进攻荷属东印度群岛和菲律宾的据点。他们在那里保留了一座海军基地和机场。战后,吉纳库塔独立了,就像它在被德国占领前一样。那里的人口包括居住在岛缘的穆斯林和华裔,以及中部的泛灵论者部落,而且一直由苏丹统治——甚至在被德国和日本统治时也是如此。他们虽然都与苏丹合作,但苏丹不过是有名无实的傀儡。吉纳库塔有石油,但一直没法开采,直到阿拉伯石油禁运那会儿,技术发展、油价升高,同时现任的苏丹上台了。这位苏丹现在已经是腰缠万贯——不如他的二表哥文莱苏丹有钱,但还是富得流油。"

"是苏丹在赞助你们的公司?"贝丽尔问道。

"不是你说的那个意思。"艾维说。

"那你是什么意思?"汤姆·霍华德不耐烦地问道。

"这样说吧,"艾维说,"吉纳库塔是联合国的一员。它与法国、英国同样独立,同样是国际社会的成员。实际上,石油财富让它分外独立。它基本上是个君主制国家——苏丹制定法律,但只在与他的幕僚们详细讨论之后。幕僚们负责制定政策、编写法规。而最近我和他的邮电大臣来往甚密。我一直在帮助他起草一部新的法律,法律出台后,吉纳库塔将有权管理所有经过其境内的通信。"

"噢,我的天哪!"约翰·坎特雷尔叫道。他惊得目瞪口呆。

"奖给戴黑帽子的先生一份免费股票!"艾维说,"约翰猜到了艾维的秘密计划。约翰,你愿意给其他选手解释一下吗?"

约翰摘下帽子,用手捋过他的长发。他把帽子戴回去,重重叹了口气。"艾维是在提议建造一座数据避风港。"他说。

房间里传来一阵低声的赞赏。艾维等声音平息,然后说:"小小地纠正一下:是苏丹要建造数据避风港。我只是想用它赚钱而已。"

第十九章　超　密

劳伦斯·普里查德·沃特豪斯以一张三分之一英国打印纸大小的纸片作为武器加入了战斗，上面打印着一些字符，说明这是一张进入布莱切利园的凭证。某位高级官员用蓝黑色万宝龙钢笔在上面潦草地写下了他的名字和其他信息，"全区域通行"上画了个圈，上面盖着一个大红印章，糊得像是欢场女郎的唇印——不过这纯粹是因为掌权之人的漫不经心，而不是伪造印章时故意做出的模糊不清。

他走在大楼旁的一条狭窄小道上，另一侧是一排红砖砌成的车间（或者他的爷爷奶奶肯定会认为这是马厩）。他发现这儿真是个抽烟的好地方。小道两旁都种了树，像是密密麻麻的篱笆。太阳正在落山，但仍处在一个可以透过这道挡住地平线的防线上的任何狭小缝隙狙击他的位置上，在小道上徘徊着的劳伦斯时不时被穿透过来的红色光线晃到眼。但他知道在他头上几英尺高的看不见的地方还有什么东西在澄清的空气里闪闪发光，那闪光泄露了天线的踪迹：一根铜线从大宅的墙壁上伸出来，挂在了附近的一棵柏树上，那根铜线映着阳光的样子就像沃特豪斯之前在车站玩弄过的蜘蛛网一样。

夕阳很快就要彻底落山，而在柏林，在希特勒从加莱延伸到伏尔加河上的邪恶帝国里,大部分地区已经进入了夜晚。现在是电报员开始工作的时间了。无线电一般来说是不会拐弯的,如果你志在征服世界,那这个圆形的地球就太不方便了——毕竟你不能把所有的精锐部队都安排在地平线这边。但是如果你使用短波通信,信息就能通过电离层反射回来。这项工作最好安排在晚上进行,这样大气里的宽频噪声会小得多。因此无线电报务员们,还有那些专职窃听无线电的人员(在英国他们被叫作Y部门)都可以说是些昼伏夜出的生物。

正如沃特豪斯刚刚注意到的那样,大宅里伸出了一两根天线。但是布莱切利园就像一只饥饿而贪婪的大蜘蛛,需要一张整个国家那么大的情报网才能喂饱它。他从大宅墙外的黑色电缆以及无数台电传打字机发出的气味和声响里判断出那些铜线正是这张巨大蛛网的一部分,而另一部分则是水泥和沥青草草堆砌出来的。

大门砰地打开,一辆绿色摩托车斜拐进了这条小道,两个气缸嗡嗡怪叫着从沃特豪斯身边驶过,留下了一串刺鼻的臭味。沃特豪斯追着摩托车跑了几步,大概一百码之后摩托车就把他给甩掉了。这没什么,接下来会有越来越多的摩托车开进来的;纳粹国防军的神经系统已经苏醒过来,而Y部门开始捕捉它发出的每一个信号。

摩托车穿过一扇连接两栋老楼的小门,这门造得很古雅,小小的圆顶上还立着一个风向标和一只钟。沃特豪斯穿过它,发现自己来到了一小片空地上,历史久远得大概可以追溯到布莱切利园还是一个白金汉郡小农场的时候。左边马厩似的房子一直延伸到这里,山墙一直砌到房顶,上面落满了鸟屎。房子上到处都是扑扇着翅膀的鸽子。正前方是一间小巧的都铎式红砖农舍,这是他到目前为止见到的唯一一栋没有直接冲击他审美观的建筑。右边是一间平房。这间平房散发出奇怪的信息:一股电传打字机的热油味儿,却没有打字的声音,只有机器嗡嗡转动的噪声。

"马厩"的一扇房门突然打开,一个拎着大箱子的男人走了出来。箱子虽大,但看上去很轻,里面传出了一阵咕咕的叫声,沃特豪斯意识到原来里面装的是鸽子。那些栖息在山墙上的鸽子可不是野生的,它们是信鸽——信息的传递者,布莱切利园的"蛛丝"。

他走到那间冒出热油味儿的房间旁边,从窗户朝里面张望。夜色渐深,房间里透出了点点灯光,向德国人的侦察机泄露着信息。为了避免这种状况,一个守门人正绕着院子一扇一扇地帮他们拉上黑色的挡板。

不管怎么说,沃特豪斯还是得到了点信息:窗子另一边的人们都聚在一台机器旁。他们大多穿着便服,长时间的劳碌让他们无暇整理仪容,头发乱糟糟的,胡子没刮,鞋子也没擦。他们专注进行手头的工作,大多数都跟那台巨大的机器有关。那是一个由方钢管搭成的巨大架子,像是一个立起来的床架。几个餐碟大小,约有一英寸厚的金属筒错落地安在上面。一条纸带沿着一条七拐八扭的路径在几个金属筒之间传动。看来要运转这台机器,十几码的纸带是少不了的。

其中一个人正在摆弄某个金属筒上的橡胶传动带,接着后退几步,打了一个手势。另一个人按下了开关,所有的金属筒都旋转起来。机器上的纸带开始飞快地转动。纸带上负载着各种数据的小孔连成了一条灰色的细线,纸带飞速地传动着,给人一种它要化作一股青烟的错觉。

不,不是错觉。旋转的金属筒上真的冒出了阵阵青烟。纸带的转速实在是太快了,它就当着沃特豪斯和那些人的面烧了起来。但屋子里的人只是静静地看着它,仿佛它这次的烧法很新奇有趣似的。

世界上竟然有一台机器能以这样的高速读取数据,沃特豪斯可是从来都没听说过。

挡板"刷"地合上了。就在这一瞬间,沃特豪斯最后瞥到一眼墙角的另一个东西:一台钢架,上面整整齐齐地排列着许多灰色的筒状物。

两台摩托车同时穿过院子,车头灯也没打,就这样驶入了夜幕中。沃特豪斯跟在他们身后跑了几步,走出那个漂亮而古老的农舍,回到了近两年才建成的木屋世界中。"木屋"这个词会让他想到一个狭小的房间,但是这些"木屋"合起来,倒更像美国陆军部正在华盛顿波托马克河畔建的那栋五角形建筑。这些房子给人的感觉就像只是为了建造一个办事的地方,美感啊体验啊完全不在考虑之中。

沃特豪斯在一个分岔路口停了下来,他刚刚似乎听到摩托车在这里转了个弯,停下车,钻进两面防爆墙后去了。他突然兴起,爬上墙头坐了下来。这里的风景也好不到哪儿去。他知道附近的木屋里有几千人正在工作,但他一个人也瞧不见,也没有指示牌。

他还在想刚刚从窗户里看到的东西。

纸带转得那么快,甚至都开始冒烟了。如果机器不能以那种速度读取信息——即将纸带上小孔的排列转化为电子脉冲——的话,传那么快根本毫无意义。

即使机器能以如此高速转化信息,这些信息又能被传送到哪里去?人的脑子不可能以这样的速率接收信息。自己所知道的任何电传打印机都跟不上这种速度。

除非他们正在造一台新的机器。一台可以接收信息并进行处理,进行运算的机器——很可能是进行破解运算的机器。

这时他想起自己最后一眼瞟到的墙角钢架,上面有许多灰色的筒形部件。从他那个角度看上去它们就像一排排弹药,不过如果是弹药未免也太光滑了。那些筒形,他想起来了,全是用玻璃吹制的。

是真空管。好几百个。沃特豪斯从来没在哪里见到过那么多真空管。

那些人在房间里造的是一台图灵机!

* * *

这样就解释得通为什么他们能面不改色地看着纸带燃烧了。那条纸带——尽管造纸是一项跟金字塔一样古老的技术——只不过是一串信息的载体。当纸带穿过机器时,机器就能从小孔的排列中读取信息并转化为二进制数据。等机器读完信息之后,这条载体会变成怎样根本无关紧要。尘归尘,土归土——上面的信息已经从物质层面进入了抽象的数学层面,进入了另一个更高等、更纯粹、由各种不同法则支配的世界。其中的一些法则,连艾伦·麦席森·图灵博士、约翰·冯·诺依曼博士、鲁道夫·冯·海克赫伯博士还有那些沃特豪斯在普林斯顿的朋友也不甚了然。沃特豪斯自己也只对这些法则略知一二。

当你把所有的数据都转化成纯粹信息之后,你就需要一件趁手的工具了。就像木匠总带着一箱子工具来测量、拉锯、打磨、榫接一样,跟信息打交道的数学家们也需要一件利器。

这些年来,他们只能一次一样地慢慢打造这些工具。比如说,举个例子,生产收银机和打字机的电子银柜公司之前就发明出了一种非常实用的穿孔卡片机,并用它来处理大规模数据。沃特豪斯当时在爱荷华州的教授对于反复计算微分方程也感到十分厌烦,于是发明出了一种自动计算器,它能通过某种给定算法和储存在电容磁鼓上的数据进行运算。只要他们有足够多的时间和足够多的真空电子管,他们就可以发明出专门计算数值的工具、专门跟踪库存的工具和专门排列单词的工具。一个设备齐全的公司每一样都有一件：许多泛着金属光泽的庞然大物，往格栅外呼呼冒着热气，上面还印着ETC、西门子或是霍尔瑞斯①的商标，每台机器都履行自己的职责，协力合作。就像木匠的工具箱里总放着辅锯箱、燕尾夹和羊角锤一样。

但是图灵想到的是一种完全不一样的东西，一种无法言语的、根本性的不同。

他注意到，对于数学家来说，只需要一把理想的工具就够了，而木匠不同。图灵认为应该能够造出一台"元机器"，它能根据不同的需求改变配置，胜任一切可能的信息运算。这是一台可以随心变化的机器，可以随时变成你最需要的那把工具。就像一台管风琴，你每次按下预设按钮的时候，它就变成了另一种乐器。

细节方面还不大清楚。毕竟这只是图灵从纯逻辑角度设想出来用以解答某些抽象问题的机器，不是某种具体机器的设计图。沃特豪斯很明白。但是现在他坐在这里，布莱切利园某个黑漆漆的十字路口的一堵防爆墙上，一个念头却在他的脑子里挥之不去：如果真的存在图灵机，它一定需要一条纸带，穿过机器的纸带可以承载它所需要的数据。

沃特豪斯坐在墙头凝视着下方的黑暗，在脑子里重建着一台图灵机。现在他想到了更多细节方面的问题。他想到图灵机里的纸带不应该是单向传送的，它应该时常改变传送方向。图灵机也不应该仅仅读取数据，还应该能够擦除数据或是输出新的数据。

显然你不可能"擦除"纸带上的小孔。而且这台布莱切利园机器上的纸带还是单向传送的。因此，尽管沃特豪斯不愿承认——他

---

① 赫尔曼·霍尔瑞斯（1860—1929），美国统计学家，他根据织布机的原理，利用卡片穿孔，开发了卡片制表系统。

在那间屋子里偷窥到的一排排真空管确实不是图灵机。那是某种更低级的装置，某种具备特定用途的工具，就像穿孔读卡机或者阿塔纳索夫弄出来的微分方程计算器一样。

尽管如此，这台机器仍然比沃特豪斯以往见过的任何机器都要厉害得多。

一列从伯明翰开出的夜班车呼啸而过，上面载满了军火，朝大海驶去。列车的轰鸣声消失在南方，一辆摩托车开进了布莱切利园的大门。在等待卫兵核查身份的时候摩托车的发动机一直空转着，接着沃特豪斯听到机车发出一声怪叫，一个急转弯拐进了小路里。沃特豪斯在两堵墙的交界处站起身，目不转睛地盯着从他身边飞驰而过的摩托，目送它朝几栋楼后面的一个"木屋"驶去。紧闭的房门突然打开，泻出了一道灯光，货物从一只手递到了另一只手上。接着门一关，那束灯光也消失了。机车又发出一串长长的轰鸣，驶向布莱切利园的出口。

沃特豪斯跳下墙头，在没有月光的夜色中摸索着前进。他在木屋门外停住脚步，听了一会儿里面的动静。接着他鼓起勇气，走上台阶，推开了那扇木门。

房间里闷热极了，窗户就像棺材盖似的封得严严实实，人的体味和机器的气味混在一起，令人反胃。屋里人不少，大部分是女性，正在庞大的电子打字机前忙碌着。他用余光可以看到这间屋子简直是一股纸片的洪流，纸片四乘六英寸大小，显然都是摩托车手们送来的。它们被分成几摞放在门边的铁丝篮里，时刻准备送到那些打字机前的姑娘手里。

为数不多的男人中有一位站起身，朝沃特豪斯走来。他跟沃特豪斯差不多年纪，也就是二十出头的样子，穿着一套英国陆军的军装。他浑身散发着一种婚礼主持人的气息——哪怕你是个谁也不记得的远亲，他也要让你感到宾至如归。显然，他跟沃特豪斯一样，已经算不得是军人了。也难怪布莱切利园周围拉满了铁丝网，还有皇家空军全副武装的士兵随时守在附近。

"晚上好，先生。有什么能为你效劳的吗？"

"晚上好。我是劳伦斯·沃特豪斯。"

"我是哈里·帕卡德，很高兴认识你。"但他根本不知道沃特豪斯是谁，他的权限只到"超密"，还没有达到"超绝密"的级别。

"彼此彼此。我想你也许会想要先看看这个。"沃特豪斯递出自己的魔法通行证。帕卡德浅色的双眼谨慎地扫视着通行证，然后转回到几个引人注意的地方：通行证底端的签名和盖糊了的印章。战争使得哈里·帕卡德成了一台精于核查与辨识纸片的机器，他波澜不惊地检查完了整张通行证。接着他道了个歉，拨通了某人的电话；他的姿势和神态都表明和他通话的是个大人物。在一大堆打字机的敲打声和轰鸣声里沃特豪斯一个字都听不见，但他能看到帕卡德那张年轻而热情的粉红色脸庞上露出了兴趣盎然和困惑不解的表情。帕卡德一边听电话一边用余光瞟了沃特豪斯一两眼。接着他对电话恭敬地做出了什么保证，然后挂上了电话。

"好了。那么，你想参观什么？"

"我想大致了解一下信息流的总体情况。"

"正好，我们就在开始的地方附近——这里是源头。情报来源是Y部门，军方的专业人员和业余的无线电爱好者为我们窃听德国佬的无线电广播，然后把情报传给我们。"帕卡德从摩托车铁丝篮里取出一张纸片交给沃特豪斯。

那是一张表格，顶头的几格里写着日期（今天）、时间（几小时以前）和其他一些无线电频率之类的信息。表格中间的一大块空白里用印刷体草草地打着几行字：

a y w b p   r o j h k   d h a o b   q t m d l   t u s h i
y p i j s   l l e n j   o p s k y   v z p d l   e m a o u
t a m o g   t m o a h   e c

最前面则三个一组地印着六个字母：

y u h   a b g

"这是我们在肯特的一个接收站传来的，"帕卡德说，"是一条'燕雀'情报。"

"也就是——隆美尔的情报？"

"没错，是从开罗发回来的。'燕雀'拥有最高的优先级，所以放在最上面。"

帕卡德领着沃特豪斯沿着屋子里的主道继续走，两旁一排排的都是打字员。他找到一个刚刚发完一条信息的姑娘，把纸条交给她。她把纸条摆在机器旁边，然后开始打字。

乍一看，沃特豪斯觉得这些机器还挺符合英国人对电子打字机的概念——足有晚餐桌那么大，由两百磅的铸铁打造，十马力的发动机在盖子底下嗡嗡运转，周围一圈高高的铁栅栏，还得派兵保护。但是凑近仔细一瞧，他发现这台机器其实要复杂得多。狭长的纸带不是绕在滚筒上，而是绕在一个扁平的卷轴上。纸带也不是他之前看到的那种在庞然大物上冒烟的纸带。这种纸带更窄，当机器把纸带吐出来的时候，上面也没有可供读取信息的小孔。打字的姑娘每按下一个键——她正在输入纸片上的内容——新的字母就会出现在纸带上，但是打出来的字母并不是她输入的那一个。

她没花太长时间就把所有字母都输了进去。她从自己的机器上撕下纸带，用纸带背面自带的粘胶直接贴在原来那张纸上，把它还给帕卡德，同时露出了一个矜持的微笑。他报以一个介乎点头与鞠躬之间的动作，美国男人这么干可不会有什么好下场。他扫了手里的纸片一眼,然后递给了沃特豪斯。

纸片上的字母是这样的:

einundzwanzigstpanzerdivisionberichtet
keinebesondereereignisse①

"为了取得这个初始设定,你们必须破解这个每天变换的密钥?"

帕卡德笑了笑表示赞同。"午夜,如果你留在这儿——"他看了看表,"再待上四个小时,你就能看到Y部门传来的新情报在输入X型打字机之后变得一团糟,因为德国佬在敲响零点的时候会准时更换所有的密钥。就像灰姑娘的马车在零点变回南瓜一样。然后我们就得用炸弹机破解新的文本,然后取得这一天的新密钥。"

"要花多长时间?"

"有时候运气好,凌晨两三点就能破解出来。一般不会超过中午或者晚上,但有时候也可能一整天都徒劳无功。"

"好,再问一个蠢问题,我想搞明白——这些X型打字机仅仅是做一些机械的解码工作,跟真正破解密码的炸弹机的原理完全不同,对不对?"

"跟这些机器比起来,炸弹机有着根本性的不同,比它们高级得太多了,"帕卡德说,"它们简直是会动脑的机器。"

"炸弹机放在哪儿?"

"11号木屋,但现在肯定没开着。"

"我知道,"沃特豪斯说,"直到午夜马车变回南瓜,而你们需要恩尼格玛机的新密钥时,它们才会启动。"

"对极了。"

---

① 德语,大意为"第二十一装甲师报告:无特别情况"。

帕卡德跨到门外，走到外墙下的一个木窗子前。一个文件托盘摆在旁边，两边都拧着螺丝钩，每个螺丝钩上都拴着一根绳子。其中一根绳子松松垮垮地堆在地上，另外一根绳子一头夹在紧闭着的木窗子里。托盘里已经放了一沓纸，帕卡德将手里的纸片也放了上去，然后打开通风口的盖子，露出了里面一条狭窄的通道。

"好了，你拉吧！"他喊道。

"好，那我拉了！"过了一会儿，对面传出了回答。绳子一扯，托盘滑进了通道里，消失了。

"送到3号木屋去了。"帕卡德解释道。

"我也到那边去吧。"沃特豪斯说。

* * *

3号木屋离这里并不远，就在无处不在的防爆墙的另一边。3号木屋的门上龙飞凤舞地写着"德国陆军部"，沃特豪斯想它大概是和4号木屋门外的"海军部"遥相呼应的。这里的男性比例似乎要高一点。战争时期能在一间屋子里看到这么多身强力壮的年轻男子真是令人惊讶。这些人有穿陆军或是空军制服的，也有穿便服的，甚至还有一个海军军官混在里面。

一张巨大的U形桌横亘在屋子中央，旁边还摆着一张长桌。两张桌前的椅子上坐满了专心致志的工作人员，他们正以某种秩序——沃特豪斯只能隐约感觉到这点——传阅着托盘里送来的纸片。有人跟他解释说炸弹机直到傍晚才破解了今天的密钥，因此一整天份额的情报刚刚才开始源源不断地从6号木屋传到这里来。

他暂时把这间屋子看成了一个数学意义上的"黑箱"——无视中间的过程，只关注信息的输入和输出。整个布莱切利园也差不多是一个黑箱：无意义的乱码流入园内，输出的却是战略情报，至于中间的细节，恐怕大多数拥有"超密"阅读权限的人物根本不会关心。沃特豪斯来这里是为了搞明白一个问题：他们发出的电报里，和某些盟军指挥官的行为和命令中，是不是暗藏着另外一股关于布莱切利园的信息流？这股信息流会流向鲁道夫·冯·海克赫伯博士吗？

第二十章　吉纳库塔

　　制定到苏丹新机场的航线的人一定是和吉纳库塔商会串通好了。如果你像兰迪·沃特豪斯一样，有幸坐在飞机左侧靠窗的座位上，那么最终的景色看起来简直像是空中宣传节目。

　　吉纳库塔暗绿色的山坡从一片终年平静的蓝色海水中升起，逐渐攀升，直到山峰处的海拔足以留住点点白雪——哪怕这座岛屿只在赤道以北七度。兰迪一眼就看明白了艾维说这地方周围是伊斯兰教，中间是泛灵论者是什么意思。这里唯一有可能建造现代都市的地方就是沿海地区，那里有一圈断断续续的勉强可以称之为平原的土地——一圈浅褐色的外壳包裹着一块巨大的祖母绿宝石。最宽广最优质的平地在岛屿东北方，从内陆伸出几英里的主河流在这里入海，形成一块冲积平原，又扩大为一片冲积三角洲，延伸入苏禄海中一两英里。

　　吉纳库塔市还要十分钟才进入视线，但兰迪已经放弃了去数那些钻井平台。从高处看，它们就像散落在海浪中的燃烧的反坦克桩，仿佛要阻挡即将到来的海军陆战队。随着飞机降落，它们开始变得像踩着高跷的工厂，上面还有高高的烟囱，用来把麻烦的天然气烧掉排放出去。飞机越接近水面，景象就变得越吓人，好像飞行员正开着飞机在一根根火柱间穿梭，稍不留心这架777就会变成烤乳鸽。

吉纳库塔市看起来比美国所有城市都更现代化。他之前也想多读读关于这里的资料，然而找到的东西却寥寥无几：几条百科全书条目，第二次世界大战历史中草草带过几笔，还有《经济学人》里几篇诙谐但总体还是充满赞誉的文章。他动用自己早已生疏的馆际互借技能，付钱让国会图书馆给他复印了他能找到的唯一一本关于吉纳库塔的专著：一百万本已经不再重版的二战回忆录中的一本，显然是由40年代晚期和50年代那些美国士兵写的。到目前为止他还没来得及读，所以那一沓两英寸厚的纸张只是他行李中的累赘而已。

不管怎样，他看过的地图里没有一幅符合现代吉纳库塔市的实际情况。战争年代存在的所有东西都被拆得一干二净，换上了新的。河流被疏浚到了一条新的河道里。一座名叫伊莱扎峰的碍事山峰被炸了个粉碎，碎石倒进海里，给房地产又提供了几平方英里的舞台，其中大部分被新机场占去了。爆炸的声音那么大，惹得几百英里外菲律宾和婆罗洲的政府都提出了控告。爆炸还招来了绿色和平组织的怒火——他们害怕苏丹吓着了中部太平洋里的鲸鱼。所以兰迪还以为吉纳库塔市一半是个冒烟的火山口，不过实际情况当然并非如此。伊莱扎峰剩下的部分已经被好好地填平，做了苏丹的新科技城的地基。那里的所有玻璃幕墙摩天大楼都是尖顶，和城市其他地方一模一样，让人回忆起某种早已被推土机铲平用来填湾的传统建筑。兰迪能看见的唯一一座看起来超过十岁的建筑就是苏丹的宫殿——那可是古迹。被一大片蓝色玻璃摩天大楼团团围住，宫殿看起来就像一粒被冻在冰块里的红褐色尘埃。

兰迪的目光锁定了宫殿之后，其他一切就突然落到了正确的位置上。他弯下腰，冒着被空乘责备的危险，将他的行李包从前面的座位下面拖出来，拿出那本复印的士兵回忆录。最前面几页里就有一页是1945年的吉纳库塔市地图，地图中央的正是苏丹的宫殿。兰迪转动着面前的地图，就像一个手忙脚乱的司机转动方向盘一样，最终让地图与他看到的画面相符。这儿是河流；这儿是伊莱扎峰，日本人曾经在这里安插过一个通信情报小队，还靠着奴工建了一座雷达站；这儿是日本海军航空兵机场遗址，后来变成了吉纳库塔飞机场，直到新机场落成。现在那里是一片钢筋构成的蓝色星云，上面散落着一群黄色起重机，被里面不断闪烁的白星组成的星座照亮——那是工作中的弧焊机。

它旁边的东西看上去格格不入：一片翠绿，也许是几个城市街区，四周围着石墙。围墙里面，一端有一片平静的池塘——777现在飞得那么低，兰迪都能数清池塘里的睡莲叶——一座用黑色石块粗粗垒起的小小的神社，还有一间竹竿搭起来的小茶室。兰迪把脸贴在窗户上，扭着脖子盯着它看，直到突然之间他的视线被飞机翼尖几乎擦过的一座高大的公寓楼挡住了。透过一扇打开的厨房窗户，他瞥见一位苗条的女士正拿着一把短柄小斧头砍向一颗椰子。

那个花园看上去属于往北一千英里的地方——日本。当兰迪终于意识到它是什么的时候，他后脖颈上的寒毛都竖起来了。

几小时前，兰迪在马尼拉的尼诺·阿基诺机场登上了这架飞机。航班延误了，所以他有大把时间观察其他乘客：包括他在内有三个西方人，几十个马来样貌的人（要么是吉纳库塔人，要么是菲律宾人），剩下的全都是日本人。后者之中有一些看起来像生意人，独自旅行或三两成群，但大部分属于某种有组织的旅游团。他们在预计起飞时间之前四十五分钟分毫不差地排队到达登机室，最前面的是一位年轻女人，身穿藏青色西服裙套装，手里举着一根小棍，上面挂着一个简明的小标志。都是退休人士。

他们的目的地不是科技城,也不是任何一座金融区里那种奇怪的尖顶摩天大楼。他们全都是要去那座砌着围墙的日本花园。而那座花园,正是建在1945年8月23日死去的三千五百名日本士兵的乱葬岗上。

第二十一章　闳根姆宅

沃特豪斯徘徊在安静的小巷街头，眼睛扫过雪白联排房屋上的铜质铭牌：

印度教与伊斯兰教联合促进会

盎格鲁－拉普兰团结会

爆炸物联合会

蒋氏互助会

皇家降低船舶机轴损耗委员会

博尔格豆娘推广基金

反逃债联盟

英語㊣字法重訂協會[1]

反虐杀害虫协会

吠檀多派量子意识教会

帝国云母董事会

一开始他并没有认出闳根姆宅，只以为那是一个世界上位置最

---

[1] 原文为 Comity for øe Reformashun of English Orøografy。

糟糕、最不起眼的百货店。这栋房子的一扇凸窗像三列桨战船的金属撞角一样凸到了人行道上，还绕满了花里胡哨的维多利亚式褶边。陈列在里面的摆设也粗陋不已：一个没有头的模特穿着一件仿佛是用刷锅的钢丝绒织成的衣服（也许是为了表示拥护战时节俭政策）；一堆黄沙似的东西里插着一把铲子；另一个模特（最近才被安插在旁边的角落里）则穿着皇家海军制服，手里拿着一把木质的假步枪。

一周前，沃特豪斯在大英博物馆附近的一家书店里找到了一本满是虫蛀的《闵根姆百科》，从那以后他就把那本书塞在公文包里，时不时拿出来翻阅一下——他一次只读一两页，就像服用某种太过强效的药物一样。这本《百科》里有三大主题，它们几乎占据了这本书的每个段落，就像闵根姆外岛上的三座兮格厄一样。其中两个主题是羊毛和鸟粪，尽管闵根姆人不这么叫它们——他们有自己古老而独特[①]的语言。实际上，和爱斯基摩人对雪有无数种称呼，而阿拉伯人对沙有无数种称呼一样，这种语言学上的高度专门化也同样体现在闵根姆语中。《闵根姆百科》从来不会提到"羊毛"和"鸟粪"这两个英文词汇，除非他们有意要中伤那些来自其他地区——比如说苏格兰——的相同产品，指责他们故意出口低劣的产品来糊弄世界各地天真的买家。沃特豪斯几乎是一字一句地啃完了整本"百科"，使出自己所有的密码分析技巧来破解书里说的这些产品到底是什么玩意儿。

在对他们有了这么深入的了解之后，他被闵根姆人自豪地陈列在这个全球化大都市中心的展品深深地打动了：那是一堆鸟粪和一位穿着羊毛[②]的女士。她那一身灰色的羊毛正是出于闵根姆人的传统，他们不屑染色，认为那是苏格兰佬发明出来的一种又恶心又堕

[①]原文为拉丁语。
[②]原注：他决定宁愿直接使用英语词汇，也绝不自取其辱地尝试闵根姆语的发音。

落的技术。乍一看，她上身那件看起来像毛衣一样的东西像是用整片毡子缝起来的。再仔细一瞧，你会发现它跟所有毛衣一样都是织出来的。在上千年风吹雨打的演化中，闳根姆绵羊进化出了一身与众不同的羊毛，以其密度、螺旋状的纤维和抗化学药剂的拉直闻名于世。它们穿在身上有一种纠缠暗淡的效果，用"百科"的话说是十分令人满意（用的是一大串描述性的闳根姆词汇）。

《闳根姆百科》的第三个主题就体现在拿着枪的假人身上。

一个老头正靠在房子入口的石雕上，穿着一套经过改良的老式地方民兵制服，包括标志性的灯笼裤。他的小腿上紧紧裹着一双用某种闳根姆羊毛制成的长袜，箍在膝盖下方，上面用类似凯尔特人的缠法（尽管"百科"几乎每一页都在重申闳根姆人不是凯尔特人，不过凯尔特文化中最优秀的特质都是他们发明的）缠着厚灯芯绒料子做成的止血带。这种袜带是闳根姆人的传统衣饰，绅士们都把它们藏在正装裤子下面。这种袜带传统上是用偲凯利纤细的尾巴做成的。根据"百科"的定义，"偲凯利"是一种"岛上常见的啮齿目鼠科的小型哺乳动物，以海鸟蛋为食，在有足够食物来源的情况下可能迅速增殖，其耐力和适应性为闳根姆人所赞美乃至崇拜"。

沃特豪斯叼着根烟在那儿欣赏了几分钟的袜带，这时，这个假人微微一动。沃特豪斯怀疑也许一阵风就要把它吹倒了，然后才恍然大悟自己面前站着的根本就是个活人，也不会被吹倒——他只是站累了换条腿而已。

老头似乎也注意到了他，露出了一个阴沉的笑容，然后叽里咕噜地用自己的语言打了个招呼——很显然，这种语言比英语还不适合用拉丁字母表达出来。

"你好哇。"沃特豪斯说道。

老头子又说了一长串听起来更加复杂的话。过了一会儿，沃特豪斯（这时用上了密码分析专家的技巧，在看似随机的词组里寻找着意义，他的神经系统处理着信号里的冗余）才发现，面前这个家伙只是在说一种口音很重的英语罢了。他猜对方说的是"那么，你是美国哪个地方来的"？

"我的祖辈一直四处漂泊，"沃特豪斯说，"就算南达科他州吧。"

"啊。"老头含糊地应了一声，然后猛地靠在了厚厚的门板上。过了一会儿，门开始朝里转动，手工锻造的铰链绕着直径一英尺的门轴转动时发出了刺耳的摩擦声。最后，门像是砰然撞上了什么东西，停了下来。老头还是靠在门上，整个身体和地面呈四十五度角，免得大门弹回来打中正匆匆穿过大门的沃特豪斯。门里，小小的前厅被一尊雕像塞得满满的：两位蒙着透明面纱的仙女正在追打一个面目丑陋的老太婆，雕像的名字叫作《坚韧和适应力赶走灾厄》。

老头又用相同的办法为他打开了接下来的几扇门，虽然门越来越轻，上面的装饰却越来越繁复。现在已经很明白了，最开始的那间屋子只是倒数第四间屋子，现在才能说他们已经"进入"阔根姆宅了。沃特豪斯感觉他们已经走进了房子的深处，不由得有点期待会不会有一列地铁呼啸而过。但是他发现自己现在来到了一间没有窗户的房间里，墙壁上镶嵌了不少东西，天花板上挂着一盏亮得刺眼的水晶灯，但似乎什么也没能照亮。他每走一步都深深地陷进艳俗的地毯里，差点儿崴了脚。房间的另一头摆着一张结实的桌子，后面坐着一位矮胖的女士。房间里到处都是黑檀木制成的宽大温莎靠椅，看上去虽然单薄，但处处散发着危险，就像野蛮人设下的陷阱。

墙上挂着各式各样的油画。沃特豪斯一眼就把它们分成了两种：一种竖着的，一种不是竖着的。前一种都是绅士们的肖像，所有人都有一个明显的共同特点，一种反映在他们的颅骨形状上的严重基因缺陷；后一种都是笔触单调枯燥的风景画或者是海景画，两者在数量上平分秋色。这些闷根姆画家都太喜欢用他们本地产的一种暗蓝绿色颜料①了，看着简直像是用铲子背面把这种颜色拍在画布上的。

沃特豪斯艰难地穿过泥沼一样的地毯，来到桌前。那位女士向他问了个好，又跟他握了握手，从脸上挤出了一种大概可以算作微笑的表情。他们寒暄了好一阵子，说了不少废话，沃特豪斯记得的只有"沃德迈尔勋爵很快就到"，还有，"喝茶吗"？

沃特豪斯回答说喝，因为他感觉这位女士（名字已经忘了）是坐在这儿白拿工钱。于是她很不高兴地一蹬脚站了起来，消失在了房间长而狭窄的回廊里。老头已经回到门前自己的岗位上去了。

桌子后面的墙上挂着国王的肖像。在查顿上校小心翼翼地提醒他之前，沃特豪斯还不知道原来他的全称不是"蒙上帝恩典的英格兰国王"，而是"蒙上帝恩典，大不列颠及北爱尔兰联合王国、马恩岛、根西岛、泽西岛、外闷根姆及内闷根姆之国王"。

肖像旁还有一张小像，那就是他一会儿要见的人。"百科"上只是粗略地提到了他们家族，那毕竟也是几十年前的书了——因此沃特豪斯不得不自己额外做了些背景研究。那个人和温莎家族的关系实在是太复杂了，不得不用上一些高难度的宗谱学词汇来表示。

他出生时是"海因里希·卡尔·威尔海姆·奥托·弗里德里希·冯·于勃策森塞哈芬施塔特"伯爵，1914年他把名字改成了"奈杰尔·圣约翰·格罗姆索尔比"，也就是沃德迈尔勋爵。从照片看来，他是一位百分之百的冯·于勃策森塞哈芬施塔特，他的颅骨完全没有其他老肖像那般明显的问题。沃德迈尔勋爵并不在闷根姆

---

① 原注：根据《百科》的解释，那是苔藓的提取物。

爵位的直系继承线上，而原本的继承人摩尔家族（这是从闳根姆语的"宓涅尤格厄家族"转译过来的）在1888年经过一系列令人叹为观止的血吸虫病、自杀、克里米亚战争中的伤口感染、球状闪电、大炮炸膛、落马、变质牡蛎罐头和被巨浪卷走的惨剧之后，彻底绝了嗣。

茶过了很久还没送上来，沃德迈尔勋爵看上去也丝毫不在意是不是能立即取得这场战争的胜利，因此沃特豪斯沿着屋子逛了一圈，假装欣赏墙上的画作。最大的一幅画上画的是几个衣衫褴褛、遍体鳞伤的罗马人，正可怜兮兮地爬上一片多石而贫瘠的沙滩，周围漂浮着被海浪推到岸边的战舰残骸。画面正中央的罗马人粗服乱头仍不掩英气，他疲倦地坐在高耸的岩石上，一把残破的剑从手里无力地垂下；他渴望地眺望着几英里水波之外的一座亮晶晶的天堂般的岛屿。岛上碧树成荫，如茵的绿草上点缀着朵朵鲜花，但是即便这样，你也能通过上头的三座兮格厄判断出这是外闳根姆。小岛沿岸耸立着一两座城堡，仿佛加勒比海岸一样泛白的沙滩上飘动着各色彩旗，宣告着一位领主（这只是猜测）成功地保卫了自己的土地，给了这些罗马人侵者一个难忘的教训。沃特豪斯懒得弯腰，于是斜眼瞟了一眼下面的牌子。他知道这上面画的肯定是尤里乌斯·恺撒战败的场景，他试图把闳根姆群岛列入罗马帝国的版图，这也许是他走得最远也错得最惨的一次。说"闳根姆人从未忘记这一战"未免有些太轻巧了，就像说"德国人有时稍微有点棘手"一样。

"恺撒也无法征服的地方，希特勒有多大的指望？"

沃特豪斯朝说话的声音转过去，奈杰尔·圣约翰·格罗姆索尔比，也就是沃德迈尔勋爵、闳根姆公爵，出现在他面前。他的个子不算高。沃特豪斯操着正步踏过地毯，走到公爵面前跟他握了手。尽管查顿上校事先告诉过他与公爵会面时应该如何正确称呼对方，沃特豪斯现在已经把那称呼还有公爵家的谱系都忘到九霄云外去了，因此他决定好好斟酌自己的谈吐，绝对不会直呼公爵大名或者用人称代词来称呼他。这会是个帮助他熬过漫长谈话时光的有趣游戏。

"画得真不错，"沃特豪斯说，"棒极了。"

"你会发现岛本身也令你印象深刻，原因是一样的。"公爵意味深长地说。

等沃特豪斯再次回过神来的时候，他已经坐在公爵的办公室里了。他想也许他们过来的时候一路寒暄不少，不过这种事完全没什么注意的必要。又有人询问他是否要喝茶，这已经是第二次或者第三次了——他说好的，但是仍旧没有茶水端上来。

"查顿上校现在在地中海，我这次代他前来。"沃特豪斯解释道，"闲话休提，我们非常感谢在城堡方面获得的无私支持。"好样的！没用到人称代词，没有说错话。

"不必客气！"公爵觉得这简直是对他慷慨天性的侮辱。他说话很慢，带着一种庄严的节奏，就好像他脑子里正在一页页翻查德英字典一样。"撇开我个人的……对国家的义务……当然我非常高兴履行……现在好像……很流行……让一队……穿着制服……诸如此类的人物……在自家储藏室里团团转。"

"英国的许多豪门也为战争做出了自己的贡献。"沃特豪斯赞同道。

"很好……无论如何，请……随便用！"公爵说，"别……客气！尽情地……用！让它物尽……其用！它既然能够……挺过……一千个闷根姆的冬天……你们也……不可能会把它弄坏。"

"我们希望马上就能在那儿安插一个小小的特遣队。"沃特豪斯愉快地说。

"出于……我个人的……好奇，我能……问一下……是什么……"公爵的尾音弱了下去。

沃特豪斯早就料到这一点了。因此他差点儿就冲口而出,不得不自己克制了一番,装出一副深思熟虑的样子说:"高测。"

"高测?"

"高频测向,高频无线电测向系统。一种从不同地点依靠三角定位法定位远程无线电发报机的技术。"

"我本以为……你们知道那些……德国人……的发报机都……在哪儿呢。"

"我们确实知道,除了某些会移动的以外。"

"移动?!"公爵拧起了眉头,想象一台巨大的无线电发报机——一栋房子,一座塔之类的——像大贝莎①一样踩着四根铁轨,由套着挽具的乌克兰人拖着在西伯利亚的大草原里匍匐前进。

"想想 U 艇。"沃特豪斯不动声色地说道。

"啊!"公爵大叫一声。"啊!"他躺回自己吱嘎作响的皮椅上,脑子里出现了另一幅全新的景象。"他们……探出头,是不是,然后发射……无线电?"

"没错。"

"然后你们……窃听。"

"要是我们能窃听就好了!"沃特豪斯说,"可惜,德国人动用了他们举世闻名的数学头脑,发明了种种根本无法破译的密码。我们不能一开始就弄懂他们在说什么,但是,在高频测向技术的帮助下,我们能找到他们发送密码的位置,然后据此安排我们船队的路线。"

"啊。"

---

① 一战时期德军使用的一种 420 毫米口径的巨型榴弹炮。

"因此我们想在塔上安装大型旋转天线——你们这儿可能会换一种叫法——然后派遣一些专业的高频测向人员过来。"

公爵皱了皱眉，"你们会有相应的……避雷措施吧？"

"那是当然。"

"而且你们也要做好……准备……在 8 月里也许会下冻雨……"

"囡根姆皇家气象站的一大堆预报已经让我们对情况都了解得差不多了。"

"那就好！"公爵大吼了一声，看来完全同意这个主意，"用那座城堡吧，那就用吧！然后把他们……把他们全都打下地狱去！"

第二十二章　电子银柜公司

仿佛是为了证明盟军的确在逐步执行一个"把轴心国淹死在货品的汪洋大海里"的计划似的，悉尼港的一个码头上高高地隆起了一座木箱和铁罐的小山：那是他们从美洲、英国、印度的船上压榨来的货物，但是澳大利亚人也不知道该怎么消化这么多东西，只好任其堆在码头上。这只是悉尼无数堆满了货物的码头之一。但是鉴于这个码头也没什么别的用处，上头的货物就越堆越高，货物也越发老化锈蚀，越来越多的老鼠出没其间，海盐给箱子染上了一层银边，上面挂着一缕缕越积越厚的白色鸟屎。

一个人正在箱子上移动，小心地不让鸟屎粘在自己的卡其裤上。他穿着美国陆军少校的制服，手里拎着一个碍事的公文包。他的名字叫作科姆斯托克。

公文包里装着各式各样的通行证、证明文件和一封由麦克阿瑟将军在布里斯班的办公室发来的重要信件。科姆斯托克之前曾经把这些东西都交给在海滨巡逻的卫兵们核查过——尽管那些士兵都老得有点迈不开步子了，但是那戴着步兵头盔、手持步枪的样子不知怎么仍然令人望而生畏。他们说的英语少校一句也听不懂，同样的,少校说的英语他们也听不懂,但是写在纸上的字却是谁都认识的。

夕阳西下,鼠类开始活动起来。少校一整天都在这些码头之间爬上爬下。漫长的战争与军队生涯告诉他,他要找的东西就在最后一个码头上——也就是他现在身处的地方。如果他从这边开始找起,那么他要找的东西一定在最那边的码头上,反之亦然。因此他得打起精神来了。在扫视了一圈发现周围并无航空燃料泄漏的痕迹之后,他点燃了一根烟。战争简直就是地狱,不过倘若能抽上一根烟,叫他下地狱也值了。

黄昏的悉尼港美丽动人,但是他在这儿转悠了一整天,早就审美疲劳了。反正闲着没事,他打开公文包。包里放着一本平装小说,不过他已经读过了。里面还有一个带纸夹的记事板,里面夹着的纸页仿佛泛黄龟裂的沉积层,大概只有考古学家才能搞清这到底是什么化石标本。里面说的是"那位将军"[1]——他离开了科雷希多岛并在4月抵达了澳大利亚——要求他们从美国给他送某样东西过来。这个"要求"发送到美国方面,在美军以及地方那一群多如牛毛的乱七八糟官僚机构那儿来回地踢了几次皮球,货物才终于经过一系列生产、采购、南来北往的运输,送上了船;最后,可靠证据表明,那艘货船几个月前就已经到达悉尼港了。然而,没有任何证据表明货船卸了货,但是任何船只在靠岸的时候都会卸货吧——科姆斯托克只好这么安慰自己。

科姆斯托克少校抽完了手里的烟,又继续搜索起来。他手里的记事板里夹着几张便笺,上面写着几个数字,那应该是他要找的木箱上印着的数字编号——至少他是这么认为的,从大清早开始他就

---

[1] 特指麦克阿瑟将军。

这么一路找过来，要是那些数字根本不是编号，他就得从头来过，再次翻检悉尼港上的每一个木箱了。实际上，要想看清木箱上的数字，他必须得从两堆箱子的窄缝里硬挤过去，再擦掉糊在数字上的油脂或者尘埃。现在少校已经狼狈得好像刚从战场上下来一样了。

当他快走到码头的尽头时，他看到了一小堆板条箱，从上面盐层的厚度来看，这些箱子是同一个时候送来的。箱底浸在降雨的积水里，草草锯开的木头已经开始腐烂了，对着太阳的那一面则被烤得龟裂变形。箱子的哪个地方一定印着数字编号，但是科姆斯托克的注意力却被另一样东西吸引住了——他的心情无比激动，简直就像一名深陷敌阵的士兵忽然看到一面在朝阳下挥舞的星条旗。箱子上骄傲地用大写印着科姆斯托克少校（和他大部分布里斯班的战友）被陆军信号情报局招募之前效力的公司的名字缩写。字母已经褪了色，看上去脏兮兮的，不过他一眼就能认出它来：这几个字母组成了那个商标、那个品牌、那个名字——那是 ETC，电子银柜公司。

第二十三章　地　穴

　　航站楼的外观是仿照一排挤在一起的马来长屋建造的。一条新刷过漆的廊桥像一条巨大的七鳃鳗探出来，将它的氯丁橡胶嘴唇贴上飞机的一侧。日本老年人旅游团并不急于下飞机，而是很有礼貌地把过道留给生意人：你们先走吧，我们要拜访的人不介意多等一会儿。

　　走过廊桥时，湿气和航空燃料一同凝结在兰迪的皮肤上，让他开始冒汗。然后他进了航站楼。这里虽有马来长屋的外表，里面却特意造得像世界上任何一栋崭新的航站楼一样。空调吹下来的势头像钉向头顶的长矛。他把行李放到地上，伫立片刻，在一幅排球场大小的雷诺伊·尼曼[①]画作下整理了一下思绪；画里描绘的是正骑在马上打马球的苏丹。在短暂而颠簸的航程中，他一直被困在靠窗的座位里，一直没能出去上厕所，所以他现在来到洗手间，痛快淋漓地撒了泡尿，让小便池都唱起了约德尔调[②]。

　　他后退一步，正心满意足的时候，突然注意到一个人从旁边的

[①]雷诺伊·尼曼（1921—2012），当代美国画家。
[②]瑞士一带一种民间小调的唱腔，用真假嗓音反复变换地唱。

小便池旁离开——刚从飞机上下来的日本生意人之一。几个月前，这个人的存在会让兰迪根本尿不出来。但今天，他甚至没有注意到这个人的存在。作为一个排尿困难的长期受害者，兰迪开心地发现自己无意中找到了良方：不是要说服自己说你是一个处于支配地位的领袖型男性，而是要迷失在自己的思绪里，以至于注意不到周围他人的存在。排尿困难是你的身体在告诉你，你思考太用力了，你需要滚出学校去找一份工作。

"您刚才是在看信息部的所在地？"那位生意人问道。他穿着剪裁完美的炭灰色细条纹西装，西装穿在他身上显得很自然，跟兰迪穿着他的"第五届黑客大会"纪念衫、冲浪短裤和特瓦牌凉鞋一样自然。

"噢！"兰迪脱口而出，对自己很是恼火，"我把这茬儿完全忘了。"两个人都笑了起来。日本人手法熟练地掏出一张名片。兰迪得扯开他的尼龙粘扣钱包翻找一番，才找到自己的名片。他们用亚洲传统的双手递送方式交换了名片。艾维逼着兰迪把这套礼仪练了很久，直到他几乎不出错为止。他们互相鞠了一躬，引得附近的两个自动冲水小便池哗哗地叫了起来。厕所门打开，一位年长的日本佬迈了进来——银发军团的一位先驱者。

"日本佬"是美国陆军退役中士肖恩·丹尼尔·麦吉在他关于吉纳库塔的战争回忆录里用来指称日本人的词，兰迪的包里就带着这本回忆录的一份影印本。它听起来有一种很不好的种族主义意味。但另一方面说来，人们也总是把英国人叫作"英国佬"，把美国人叫作"美国佬"。把日本人叫"日本佬"也是一回事，对吧？还是说这和把中国人叫作"中国佬"一样？在几百个小时的会议，以及兰迪、艾维、约翰·坎特雷尔、汤姆·霍华德、埃伯哈德·弗尔和贝丽尔交换的几百万字节加密电邮里，在他们让寄生藤二号起飞的时候，每个人都偶尔不经意地用过"日本佬"作为"日本人"的简称——就像他们把随机存取存储器简称为"RAM"一样。但"日本佬"当然也是个有种族主义意味的蔑称。兰迪认为这完全取决于你吐出这个词的时候的心境。如果你只是想省事，那就不算蔑称；但如果你是在煽动种族仇恨，像肖恩·丹尼尔·麦吉有时会干的那样，那就不同了。

这一位日本人的名片上写着他的名字是后藤弗鲁迪南都（"费迪南德·后藤"）。兰迪最近花了很多时间研究一些重要日本公司的组织结构图，所以知道他是"后藤工程"某个特别项目（不管那是什么）的副总裁。他还知道日本公司组织结构图都是狗屁，职位名称完全没有意义。倒是他的姓跟公司创始人的姓一样这一点值得注意。

兰迪的名片上写着他是兰德尔·L.沃特豪斯（"兰迪"），寄生藤公司网络技术开发副总裁。

后藤和沃特豪斯一同走出洗手间，随着一串像面包屑般一路撒满航站楼的"行李提取处"标志走去。"您有时差综合征么？"后藤轻快地问——大概是按照（兰迪推测）一本英语课本上的脚本。他相貌英俊，笑容迷人。他看上去四十多岁，不过日本人对衰老的看法似乎与众不同，所以他的猜测也可能大错特错。

"没有。"兰迪答道。作为一个书呆子，他回答这类问题的方式总是很糟糕，简洁又老实。他知道后藤其实并不在乎兰迪到底有没有时差综合征。他模糊地意识到，如果艾维在这里的话，他会让后藤的问题发挥应有的价值——作为愉快的社交闲谈的开端。三十岁以前，他一直为自己拙劣的社交技巧感到惭愧。现在他则完全无所谓。用不了多久他大概就会以此为傲了。此时此刻，为了他们共同的事业，他只好尽力而为。"我其实已经在马尼拉待了几天，所以有很多时间适应。"

"啊！您在马尼拉的事业进展还好么？"后藤也有来有回。

"非常好，多谢。"兰迪撒了个谎，拾掇起他那不怎么样的社交技巧，"您是从东京直接飞过来的吗？"

后藤的笑容凝滞了片刻，犹豫了一下才说："是的。"

从根本上来说，这是个顺水人情的回答。后藤工程的总部在神户，他们不会从东京的机场起飞。但后藤还是回答了"是"，因为在犹豫的那一瞬间，他意识到自己是在跟个美国佬打交道。而美国佬说"东京"的时候，其实指的是"日本列岛"或者"管你从哪个鬼地方来的"。

"抱歉，"兰迪说，"我想说的是大阪。"

后藤灿烂地一笑，似乎微微地鞠了一躬。"是！我是今天从大阪飞来的。"

后藤和沃特豪斯在行李提取处分开，又在匆匆通过入境处时点头一笑，结果在地面交通区又撞见了。穿着漂亮的带金穗儿的仿海军制服、戴着白手套的吉纳库塔男人正在强行拉住游客，向他们提供前往当地旅馆的交通工具。

"您也住在福特大厦？"后藤问道。福特大厦是吉纳库塔最豪华的酒店。但他已经知道了答案——明天的会议安排极为详尽，程度堪比发射航天飞机。

兰迪犹豫了一下。他这辈子见过的最大的奔驰车刚刚停到路边，凝结的水汽不仅模糊了它的窗户，而且正沿着不折不扣的流线型流下来。一名穿着福特大厦制服的司机从车里跳出来帮后藤先生拿行李，兰迪知道他只要往车那边挪动一步，就会立刻被载到一家豪华酒店去，在那里他可以洗澡，边喝一百美元一瓶的法国葡萄酒边一丝不挂地看电视，游泳，或者去按摩。

这正是问题所在，他已经能感觉到自己正在酷热中枯萎。现在就放松还为时太早,他才刚起床六七个小时,还有活儿要干。他强迫自己立正站好,结果这个动作让他猛地冒起汗来,他感觉自己周围几米的空气好像都被自己蒸湿了。"我很乐意跟您一道回酒店,"他说,"但我还有一两件事要办。"

后藤表示理解。"也许我们晚上可以去喝一杯。"

"给我留个口信就行。"兰迪说。奔驰车以7个G的加速度开离路边,后藤透过水汽朦胧的玻璃对他挥了挥手。兰迪转身一百八十度,回到里面接受八种货币的清真唐恩都乐甜甜圈店,饱餐了一顿。然后他再次走到外面,朝一排出租车的方向几不可察地微微偏了偏。一名司机立刻猛扑过来,一把拽下他肩头的西装袋。"去信息部。"兰迪说。

长远看来,吉纳库塔苏丹国拥有一栋巨大的防地震、火山、海啸、核武器的信息部总部——附带一层层塞满高性能计算机和数据交换机的洞穴般的地下室——可能是好事,也可能不是。但苏丹觉得造一个还挺酷的。他雇用了一些令人担忧的德国人来设计大楼,并让后藤工程负责建造。当然,没有人比日本人更熟悉惊天动地的自然灾害了;比他们更熟悉的人估计都已经灭绝了,自然不能承接这样的工作。他们还懂得被炸弹炸得屁滚尿流是什么滋味,就像德国人一样。

这么大的工程当然有分包商,还有一堆多得过分的咨询公司。通过某种不可思议的嘴皮子功夫,艾维成功拿到了那份最大的咨询合同:寄生藤二号公司负责"系统整合"工作,也就是把其他人造的一堆垃圾插在一起,并监督所有计算机、交换机和数据线的安装。

去那里的路程短得令人讶异。吉纳库塔城不算大,周围是陡峭的山脉,苏丹还在城里建了不少八车道超级高速公路。出租车飞快地驶过机场所在的那片填海造出的平原,大转弯绕过伊莱扎峰的山脚,无视了两个通往科技城的出口,然后在一个没有标牌的出口转了下去。他们突然之间就插入了一列空荡荡的自卸卡车的车队中——它们都是来自日本的巨兽,上面用醒目的粗体大字写着"后藤"。迎面而来的是另一队卡车,与他们前面的那些一模一样,只不过它们的车厢里装满了碎石。出租车司机把车开到右路肩上,飞快地超过排了大约半英里长的卡车。他们在爬坡——兰迪的鼓膜发出了响声。道路铺在一条通向山脉深处的峡谷里。很快他们就被一片令人目眩的绿色包围,那绿色就像一块海绵,把云雾永远地困在这里,透过雾气时而可以看见炫目的色彩一晃而过。兰迪看不清那些到底是鸟还是花。云雾林里苍翠的植被和被沉重卡车如房子般巨大的轮胎轧坏的泥路的对比是那么强烈,让人眼花缭乱。

出租车停了下来。司机转过头,一脸期待地看着他。兰迪一时还以为司机迷了路,是在等着兰迪给他指方向。路已经到了尽头,这里是一片诡异地建在云雾林中间的停车场。兰迪看见五六辆带空调的大拖车,上面印着五花八门的日本、德国和美国公司的标志;几十辆轿车;几十辆巴士。大型建筑工地所需的全部装备都在这了,还有些别的东西,比如两只挺着巨大阴茎的猴子,正在争夺某个从垃圾大铁桶里捡来的食物,但这里却并没有建筑工地。只是在路的尽头有一堵绿墙,绿色深得近乎黑色。

空荡荡的卡车逐渐消失在黑暗中。满载的卡车一辆辆出现,车头灯首先突破迷雾和昏暗,紧接着的是司机们在散热器罩上安装的五颜六色的装饰,再往后是镀铬部件和车玻璃上的反光,最后才是卡车本身。兰迪的眼睛逐渐适应了周围的环境,现在他可以看出自己正看向一个被汞灯照亮的洞穴里。

"需要我在这等着吗?"司机问他。

兰迪看了一眼计价器,飞快地算了一下汇率,发现到这里的车费只花了他 10 美分。"等着吧。"他说着走下出租车。司机满意地往后一靠，点燃一支香烟。

兰迪站在原地，目瞪口呆地对着那个洞穴看了好一会儿，部分是因为这可是一幅难得的景色，部分是因为洞穴里吹出的阵阵凉风让人感觉很舒服。然后他吃力地穿过停车场，向标着"寄生藤"的拖车走去。

车里有三个小个子吉纳库塔女人，她们尽管与他素未谋面，却完全清楚他是什么人物。她们都表现出一副十分高兴见到他的样子。她们身上裹着长而宽松、色彩艳丽的布料，里面穿着埃迪·鲍尔牌高领毛衣，以抵御空调吹出的堪比北欧的寒气。她们都一副效率极高、准备万全的样子。在东南亚，兰迪似乎到处都能遇到这种应该去管理通用汽车公司的女人。很快她们就通过对讲机和手机把他到达的消息传了出去，并递给他一双厚厚的及膝长靴、一顶安全帽和一部手机，上面全都仔细地贴着有他名字的标签。几分钟后，一个戴着安全帽、穿着泥泞的靴子的年轻吉纳库塔男人打开拖车门，介绍说自己叫"史蒂夫"，然后领着兰迪走进洞穴的入口。他们沿着一条狭窄的木板人行道前行，一排笼中的灯泡照亮他们的道路。

最开始一百米的山洞只是一条笔直的通道，宽度勉强可以容下两辆并排的后藤卡车和那条人行道。兰迪抚过岩壁。岩石粗糙，布满灰尘，不像天然山洞那样光滑。他还看见了手提钻和钻头新凿出的沟壑。

他从回声判断出前面情况有变。史蒂夫领着他来到洞穴的正中间。它看起来，好吧，很有山洞的样子。它的大小足够让十几辆大卡车绕成一圈，好往车上装载岩石和废料。兰迪抬头望去，试图寻找洞顶，但他只能看到一片蓝白色的高强度灯泡，就像体育馆里的那种，架在头顶上十米左右的地方。在那之上就只有黑暗和迷雾了。

史蒂夫离开他去找什么东西,让兰迪一个人独处了几分钟。这倒很好,因为兰迪得花一段时间才能摸清周围的状况。

岩壁的某些部分天然光滑,其他部分则很粗糙,显然经过了先由工程师们设计、再由承包商实施的扩容。同样,地面的某些部分也很光滑且略有倾斜。有些地方经过钻孔爆破以降低高度,有些则经过填充以抬升高度。

这里,也就是主厅,看起来快要完工了。信息部的办公室将建在这里。另外还有两个小一些的大厅在山体的更深处,还在扩容。其中一个将用来安放工程机械(发电机之类的东西),另一个则用来安放系统单元。

一个戴着白色安全帽、身材结实的金发男人从墙上的一个洞口钻了出来。那是汤姆·霍华德,寄生藤公司系统技术副总裁。他摘下安全帽,对兰迪挥挥手,然后示意他过去。

通向系统房的通道宽得足以让一辆厢式货车通过,但它不如主入口通道那样笔直平坦。它的大部分空间被一套具有恐怖动力和速度的传送带系统占据,传送带正把一吨吨滴着水的灰色废料运向主厅,装进后藤卡车里。从估算造价和复杂程度的角度看来,它与普通传送带之间的差别就好比F-15战斗机[①]和索普威斯"骆驼"战斗机[②]之间的差别一样大。站在它附近的时候,你可以说话,但别人肯定听不见,所以汤姆、兰迪和那个自称史蒂夫的吉纳库塔人安静地沿着通道又跋涉了大约一百米,来到下一个山洞。

这里只够容纳一间中等规模的平房。传送带从山洞中间直穿而过,消失在另一个洞口里;废料从山体更深处源源不断地输送出来。噪音仍然大得无法交谈。地面已经用混凝土铺平,每隔几米地上就

---

① 美国空军现役的主力战机之一。
② 一战期间的一种英国战斗机。

冒出管道，橘黄色的电缆从管道敞开的顶端耷拉下来：光纤线路。

汤姆向洞壁上的另一个洞口走去。看起来有好几个子洞穴从这里岔开。汤姆带兰迪穿过洞口，然后转身把手搭在后者的手臂上扶住他：他们站在一段陡峭的木头楼梯顶端，楼梯几乎是垂直地建在一口大概五米高的竖井里。

"你刚才看到的是总交换中心，"汤姆说，"建成后那将是世界上最大的路由器。我们打算用这些别的房间来安装计算机和大容量存储系统。基本可以说，这就是世界上最大的RAID了，用一块很大、很大的高速缓存来缓冲。"

RAID指的是廉价磁盘冗余阵列[①]。它是一种低成本存储大量信息的安全可靠的办法，正是你在一座信息避风港里所需要的东西。

"所以我们还在清理一些别的房间，"汤姆继续说道，"我们在这里头发现了一些东西，我觉得你会感兴趣。"他转过身，走下楼梯。"你知道这些山洞在打仗的时候曾经被日本人当作防空洞吗？"

兰迪一直把他那本影印书的地图页揣在兜里。他把地图展开，举到一枚灯泡边。果不其然，那上面标注有山上的一个地点，写着"防空洞与指挥所入口"。

"还被当作指挥所？"兰迪说。

"是啊。你怎么知道的？"

"馆际互借。"兰迪说。

"我们也是到了这里，发现这一大堆缠在一起的旧电缆和破设备才知道的。我们不得不先把它们拔出来，才能把自己的设备装上去。"

[①] 廉价磁盘冗余阵列（Redundant Array of Inexpensive Disks），现在一般称之为"独立（Independent）磁盘冗余阵列"。其基本设计理念就是把相对廉价的多个磁盘组合起来使之性能达到或超过单一的大容量昂贵硬盘。

兰迪开始走下楼梯。

"这个竖井里原本全是石头，"汤姆说，"但我们看到有电线穿到下面去，所以我们知道下面肯定有东西。"

兰迪紧张不安地望向天花板问："为什么全是石头？是塌方过吗？"

"没有，"汤姆说，"是日本兵干的。他们往竖井里扔石头，直到填满为止。咱们用了十二个工人花了两个星期才把石头都用手搬出去。"

"那么，这些线通到了哪里？"

"电灯泡，"汤姆说，"它们只是普通电线而已——不是通信线路。"

"那他们是要在这下面藏什么？"兰迪问道。他已经快走到楼梯底部，可以看到下面有一个房间大小的地穴。

"你自己看吧。"汤姆说，打开了电灯开关。

这个洞穴大概有一个单车位车库那么大，地面很平坦。里面有一张木头桌子，一把椅子，一个档案柜，都毛茸茸地长满了五十年的绿霉。还有一只金属军用提箱，涂成军绿色，上面印着日文。

"我撬开了这玩意儿的锁。"汤姆说。他走到提箱旁，揭开盖子。里面装满了书。

"你大概还指望里面有金条吧？"汤姆说，兰迪脸上的表情让他大笑起来。

兰迪一屁股坐在地上，抓住自己的脚脖子。他瞠目结舌地盯着箱子里的书。

"你没事吧？"汤姆问。

"非常非常强烈的似曾相识感。"兰迪说。

"对这个东西？"

"是啊,"兰迪说,"我以前见过它。"

"在哪儿?"

"在我奶奶的阁楼里。"

* * *

兰迪摸索着走出错综复杂的山洞,来到停车场。温暖的空气贴着他的皮肤,十分舒服,但当他到寄生藤公司的拖车去归还安全帽和靴子时,他又开始冒汗了。他对在那工作的三个女人道别,她们的专注和细心再次震撼了他。然后他想起来,自己并不是什么无故闯入的路人。他是雇用她们的公司的股东,也是重要职员——他在支付她们薪酬,或者说他在剥削她们,随你乐意怎么说吧。

他拖着步子穿过停车场,行动十分迟缓,试图不要让自己新陈代谢的火炉又烧起来。等待兰迪的出租车旁又停了一辆出租车,司机们正把脑袋伸出窗外闲扯。

兰迪走向出租车的路上,他不经意间回头看了一眼山洞的入口。一个男人独自站在山洞黑黢黢的咽喉处,在后藤自卸卡车巨大身形的衬托下显得很是矮小。他满头银发,驼着背,但穿着整整齐齐的热身服和运动鞋,看起来几乎像个运动员。他背对兰迪站着,面对山洞,手里拿着长长的花束。他看起来似乎被钉在了泥里,纹丝不动。

后藤工程拖车的前门猛地打开。一位身着白色西装、打着条纹领带、戴着橘黄色安全帽的年轻日本男人走下台阶,轻快地走向那位拿花的老人。还有一段距离的时候,他停下来,并拢双脚,鞠了一躬。兰迪与日本人打交道的时间还不足以了解这些细节,但他觉得这一躬鞠得相当郑重。他带着愉快的微笑走向老人,抬起一只手指向后藤的拖车。老人看起来有些茫然——也许山洞看起来与从前不一样了——但几秒钟后他也向年轻的工程师草草鞠了一躬，让他领着自己离开车流。

兰迪坐进出租车，对司机说："福特大厦。"

他曾抱着一种幻想，以为自己会从头到尾地细细研读肖恩·丹尼尔·麦吉的战争回忆录，但现在这种幻想也跟所有的幻想一样破灭了。在去酒店的路上，他从包里掏出那一沓影印纸，开始对它们进行无情的分类。大部分内容与吉纳库塔完全无关——写的是麦吉在新几内亚和菲律宾战斗的经历。麦吉比起丘吉尔来还差得远，但他确实有那么一点带着胡吹瞎扯的叙事才能，把老套的奇闻轶事也说得妙趣横生。他讲故事的技巧一定让他在军士俱乐部的酒吧里成了炙手可热的人物，肯定有上百个醉酒的士官怂恿他说，如果他能活着回南波士顿，他得把他讲的这些破玩意儿写下来。

他确实活着回去了，但与大多数对日战争胜利日时还在菲律宾的其他美国大兵不同，他没有直接回家。他到吉纳库塔苏丹国去逛了一圈，那里还滞留着将近四千日军。这就解释了他书中的一个不寻常的地方。在大多数战争回忆录里，欧洲战场胜利日或者对日战争胜利日都发生在书的最后一页，或者至少在最后一章，然后咱们的叙述者就平安返乡，买辆别克车过日子去了。但对日战争胜利日发生在肖恩·丹尼尔·麦吉的书的大约三分之二处。当兰迪把1945年8月之前的材料放到一边之后，仍然还剩下了一沓厚得可怕的纸。显然麦吉中士颇有话要说。

吉纳库塔的日本驻军早已被战争忽略，而就像其他被遗忘的部队一样，他们把剩余的精力都用来种菜，还有等待不定期到来的潜艇。在战争快结束时，日本人用这些潜艇拖走了大部分重要物资，并在各地之间运送某些急需的专家，比如飞机机械师。当他们听到裕仁天皇的广播从东京传来,命令他们放下武器时,他们尽职尽责,但(不得不这么怀疑)如释重负地照做了。

最难的部分是找到人接受他们的投降。同盟国都把精力集中在计划进攻日本列岛上,过了好一阵子才派部队去找吉纳库塔驻军这样的被遗忘的部队。麦吉对马尼拉大混乱的叙述相当尖酸刻薄——书写到这里,麦吉已经失去了耐心和魅力。他开始抱怨。二十页后,他的船摇摇晃晃地抵达了吉纳库塔城。他立正站好,他的连队长官则接受日本部队的投降。他在洞穴入口处安排了一个卫兵,那里有几个日军顽固分子拒绝投降。他组织憔悴得可怕的日本士兵系统地缴械,确保他们的步枪和弹药都被扔进了海里,同时食物和药品正在运送上岸的途中。他帮助一小队工程师在飞机场四周围上铁丝网,把那里变成一座俘虏收容营。

在去酒店的路上,兰迪快速翻阅着这些内容。然后他看见"刺穿""尖叫""丑恶"这类的字眼,于是往回翻了几页,开始更仔细地阅读。

故事的结局是,自从1940年起,日本已经将成千上万的原始部落成员从凉爽干净的岛屿中部赶出来,让他们去到炎热而瘟疫横行的岛屿边缘工作。这些奴隶拓宽了大山洞,日本人就在里面建造防空洞和指挥部;他们将通向伊莱扎峰的道路修得更好,于是日本人在峰顶安装了雷达和无线电测向站;他们在飞机场上建造了一条新跑道;他们填海建造了更多港口;他们成千地死去,死因包括疟疾、恙虫病、痢疾、饥饿和过度劳作。也正是这些部落成员,或者是他们失去了亲人的兄弟,后来又从他们在高山上的藏身之处里,看着肖恩·丹尼尔·麦吉和他的同志们前来收缴日本人的武器,把他们集中在飞机场里,只派几十个筋疲力尽、经常不是喝醉就是睡着的美国兵看守。这些部落成员在山上的丛林中日夜劳作,制造长矛,直到下一个满月如同探照灯般照亮熟睡的日本人。然后他们从林子里一拥而出,肖恩·丹尼尔·麦吉形容他们是"一大群""一窝蜂""咆哮的军队""从地狱之门里放出来的黑暗军团""尖叫的民众",以及许多他现在已经不可能再用的比喻。他们把美国兵们制服缴械,但并没有伤害他们。他们用树干砸铁丝网,直到围栏被夷为平地,然后高举长矛拥进了飞机场。麦吉的叙述持续了大约二十页,他所叙述的故事同样也说明了,一位来自南波士顿的和蔼可亲的中士是如何在那个夜晚变得彻底精神失常的。

"先生?"

兰迪猛然惊觉出租车的门已经打开了。他环顾四周,发现自己已经到了福特大厦酒店的雨篷下。帮他打开车门的是一个精瘦的年轻服务员,样貌与兰迪之前遇见的吉纳库塔人都不大一样。这孩子的长相完全符合肖恩·丹尼尔·麦吉对岛屿中部部落成员的描述。

"谢谢你。"兰迪说,特意给了这位伙计一笔丰厚的小费。

他的房间里摆满了斯堪的纳维亚风格的家具,不过它们是用几种珍贵木料在本地组装的。窗子朝向内陆的山区,但如果他走到小阳台上,就可以看见一点海水,看见一艘集装箱船正在卸货,以及日本人在大屠杀地点建造的纪念花园的大部分景色。

有好几封消息和传真在等着他:大多来自寄生藤公司的其他成员,通知他说他们已经抵达,告诉他自己住在哪间房。兰迪打开行李,洗了个澡,把衬衫送去楼下的洗衣房,以备明天穿着。然后他在小桌子前舒舒服服地坐下,启动笔记本电脑,打开了"寄生藤二号公司商业计划书"。

第二十四章　巨　蜥

鲍比·沙夫托一行人正准备在乡间的清晨里兜一圈风。

在意大利。

意大利！他简直不敢相信。这他妈怎么回事？

但是打听这个可不是他的任务，他的任务早就被交代得一清二楚了。必须得交代得十分清楚，因为这任务实在是毫无意义。

回想往日的美好时光，比如说在瓜达尔卡纳尔，他的长官会告诉他"沙夫托，炸了那个碉堡"，然后接下来该怎么做就全由鲍比·沙夫托自己决定。他可以走过去，跑过去，游过去甚至爬过去。他可以悄悄潜入，往里面塞个炸药包，也可以离着大老远用火焰喷射器把那儿扫平。只要最终达成目的，他想怎么做都可以。

但是现在沙夫托完全不明白自己手头这个小任务的目标。他们大半夜把他、以诺克·鲁特中尉、其他三个陆战队员（包括那个通信兵）和几个英国空军特勤队的小伙子叫醒，连推带搡地送到了马耳他不远处少数几个没被纳粹空军炸毁的码头上，一艘潜艇等在那儿。他们爬上潜艇，打了差不多一整天的牌。大多数时候潜艇都在海面上航行（在海面上它能开得快很多），但这艘潜艇总是沉沉浮浮，显然是自有其理由。

当他们再次获准上甲板的时候，已经是第二天的半夜了。沙夫托借着月光，发现他们处在一个小小的海湾里，周围是一条干燥而崎岖的海岸线。有两辆卡车在等着他们。他们打开甲板上的舱门，开始把东西往外搬，装到外面停着的一辆卡车上：这些美国陆战队员拉出一个又一个编织袋，里面鼓鼓囊囊地好像装满了各种各样的垃圾。与此同时，在另一辆卡车后面，英国空军特勤队的士兵们正围着几个从潜艇别处拖出来的箱子，骂骂咧咧地用扳手、抹布和润滑油来组装里面的东西。沙夫托还没来得及细看，一层油布就把他们都遮住了；不过沙夫托已经察觉到那不是什么好东西，反正他肯定不愿意被它瞄准。

两三个留着大胡子、皮肤黝黑的家伙在码头上吸着烟闲逛。他们跟船长吵了起来。在卸下所有货物之后，船长从潜艇里又多拉出了几个箱子交给了那几个家伙。他们撬开几箱来检查了一番，然后露出了满意的表情。

沙夫托到这会儿都还没能搞清他们是站在哪片大陆上。当他第一眼看到周围的风景时他以为这儿是北非，但是当他看到那几个人时又觉得这儿是土耳其之类的地方。

直到太阳升了起来，阳光照在他们的车队上，他枕着那堆垃圾袋躺在车厢里，透过油布的缝隙往外瞧时才得以看到路标和基督教堂，他意识到这儿不是意大利就是西班牙。后来他又看到了一块路牌，箭头指向罗马，他终于确定下来，这儿是意大利。现在是上午九点多，路标指向太阳的相反方向，因此他们在罗马的南边或是东南边。更南边一点还有一个叫拿波里的城市。

他没有朝外面张望太久，这种行为队里是不赞成的。卡车司机会说意大利语，他时不时停下车和当地人交谈。那些对话有的时候听起来像是和善的玩笑，有的时候又好像是在交通礼节上起了什么争执，还有的时候他压低了声音说话，语气充满了戒备。沙夫托渐渐辨别出来，司机用这种口吻说话的时候总要偷偷给对方塞上点贿赂，好让他们放卡车通行。

他简直难以相信，两大车全副武装的敌军士兵居然就靠五美元一张的廉价油布做掩护，在这个已经陷入了史上最大战争的——还是法西斯分子掌权的——国家里畅行无阻。天哪！这算哪门子行动！他简直想跳起来掀开油布，好好训斥这群意大利蠢货一番。这儿真的需要用牙刷仔细清理一番了。这些家伙根本毫无意识。看看日本人吧，不管你心里怎么想，至少当他们说他们要跟你宣战的时候，他们是真的准备要打仗啊。

他克制住要跳起来教训意大利人一顿的想法。他想起来这大概是违反上头指示的；他本来把命令背得一清二楚，只是他刚刚猛然惊觉自己正在轴心国里招摇过市，一下子被冲昏了脑子。如果不是查顿上校——那个 2702 特遣队的指挥官——亲口说出了这些话，他是一句也不会相信的。

他们要扎营一段时间。然后沙夫托他们负责打牌，通信兵负责努力工作。行动的这个阶段会持续大概一个星期，之后德国人会派大批人马过来消灭他们，如果意大利人那天心情好的话，可能也会一起打过来。这个时候他们就要马上发送一条无线电报，把营地烧掉，开到一条临时充当飞机跑道的旷野上，好让英国空军那些快活的小伙子把他们救走。

一开始沙夫托一个字也不相信。他猜这一定是某种英式幽默，某种捉弄人的恶作剧。总的来说他也不太清楚该对英国人怎么想，(尽管从他的个人经验来看) 他们是地球上除了美国人以外唯一有幽默感的民族。他听说有些东欧人也会开玩笑，但是他一个东欧人也没见过，而且这会儿东欧人恐怕也没有心情开玩笑。不管怎么说，他从来不敢断定某个英国人是在开玩笑呢，还是在认真跟他说话。

但是当他看到上头为他们配备的武器时，这种怀疑烟消云散了。沙夫托以前曾经发现，明明是以射杀和大规模扫荡敌人为目的的军事单位，在分发武器的时候却显得尤其小气，简直叫人恼火；发下来的武器又屁用都没有。因此许多陆战队员不得不自己掏钱去外面买汤米冲锋枪[①]——军方光想着让他们消灭敌人，却连消灭敌人的工具都不发给他们！

但是2702特遣队则完全不同，就连普通士兵都配备"战壕扫帚"！如果这还不够吸引眼球，他们还配备氰化钾胶囊。还有就是查顿那关于如何正确打爆自己脑袋的课程（"说出来你别不信，许多优秀小伙子在这么简单的事情上也能搞砸"）。

现在沙夫托终于明白查顿那番教诲之下另一句无声的叮嘱：哦，对了，如果有意大利人，我是说那些土生土长的、同时正在跟我们交战的掌权派法西斯分子，如果他们发现了你的行踪而且想要阻碍你完成任务，那么管他妈三七二十一，先把他们全都干翻再说。如果打不过，那么，无论如何，一定要自我了断，因为法西斯分子肯定不会给你个痛快。别忘了擦防晒霜！

实际上沙夫托并不介意接到这次的任务，它总不能比瓜岛更糟了吧。真正让他觉得不安的是（他躺在神秘的编织袋上换了个舒服的姿势，看着油布篷上的一条裂缝，心想），他不知道这次行动的目的究竟是什么。

剩下的人可能死了，也可能没死；他仍然能听到有些人在惨叫，但是那声音夹杂在涨潮的水声和机关枪无休无止的突突声中，已经

[①] 汤普森冲锋枪，又称芝加哥打字机。下文中战壕扫帚亦为其别名。

不那么分明了。他想也许有人还活着，不然日本人也不会一直打个不停。

沙夫托知道自己是离机关枪最近的人。只剩下他还有机会一搏。

因此，沙夫托没想太多就做出了他这辈子最重大的一个决定——话又说回来了，当人们决定要干一件蠢事的时候，一般都不会想太多。

他沿着圆木距离机关枪较近的方向爬了几步。然后他深吸了几口气，拱起身子，跳过了圆木！现在他能清清楚楚地看到洞口，看到彗星一般的枪口焰，前面还支着一张用来拦截手榴弹的黑色铁丝网。一览无遗。他回头朝海滩上望去，那儿只有一片悄无声息的尸体。

他突然意识到，日本人继续扫射的原因不是因为有人还活着，而只是想消耗掉多余的弹药，这样就不用费心把子弹再从洞里搬出来了。沙夫托自己也当过枪手，当然知道他们的心理。

接着枪口突然转过来对准了沙夫托，他被发现了。他站在一片毫无遮蔽的空地中。他可以马上冲进丛林里，但是日本人会一直不停扫射直到打死他为止。鲍比·沙夫托站稳身子，掏出他的点四五对准洞口，扣下了扳机。机关枪瞄准了他的方向。

但是没有开火。

他的点四五咔啦一声响。空膛。天地间一片寂静，只剩下海涛和惨叫的声音。沙夫托收起点四五，掏出了左轮手枪。

沙夫托听不出是谁发出了那声惨叫，那不是他队友的声音。

一个日本兵从沙夫托头顶的洞口里蹿了出来。那一瞬间，他和沙夫托的右眼、手枪上的准星形成了一条直线，沙夫托连续扣了几下扳机，应该至少有一次能打中他。

他被铁丝网一挡，摔到了面前的地上。

不一会儿另一个日本人也从洞里逃了出来，嘴里叽里呱啦地喊着什么，显然是被吓得语无伦次了。他落地的时候摔断了腿，沙夫托甚至能听到那啪嚓一声脆响。他朝大海跑去，滑稽地拖着那条断腿。他彻底无视了沙夫托的存在。只见他的脖子上背上鲜血淋漓，半脱落的皮肉随着他的动作甩来甩去。

鲍比·沙夫托收起了左轮手枪。这时他本应该扛起步枪干翻那家伙，但这一切实在是太奇怪了，他一时之间有点手足无措。

洞口有什么红色的东西闪了一下。他抬起头，但是在浓密的丛林的干扰下，他什么也看不清。

接着他又看到了那一抹红色一闪而过。那是一个尖锐的 Y 形物体，像是某种爬行动物的舌头。

接着一大丛植物从洞口里猛地挤了出来，落到了山崖下的丛林中。草叶随着它的移动战栗起来。

它出来了，摆脱了束缚，爬到了海滩上。它身形很矮，四脚着地。它停了一会儿，朝五十英尺外那个一瘸一拐地在太平洋里挣扎的日本兵吐了吐信子。

只见一阵飞沙走石，就像拉力赛赛车的轮胎冒出的青烟似的，那只巨蜥飞快地爬过沙滩。一秒，两秒，三秒，它追到了日本兵身后，一口咬住了他的膝弯，一下就把他放倒在了海浪里。它把已经死了的日本兵拖上岸，拖到一堆美国人的尸体中，绕着那个日本兵转了几圈，不停地吐着信子，然后终于开始大快朵颐。

另一个场景：现实

"中士！我们到了！"二等兵弗拉纳根叫了起来。还在迷迷糊糊间鲍比·沙夫托就察觉到弗拉纳根的语气毫不惊慌，就跟平常一样。不管他们是"到了"哪里，至少这里并不危险，他们没有遭到攻击。

沙夫托睁开眼,这时卡车顶上的油布也卷了起来。他躺在那儿,直勾勾盯着意大利蔚蓝的天空,干渴的树伸出几根横七竖八的枝条撕裂了天空的边缘。"操!"他说。

"怎么啦,中士?"

"我起床总要说这么一句的。"沙夫托答道。

* * *

他们的新家是一幢坐落在一片橄榄田,或者说橄榄园,或者说橄榄林——管他妈怎么说吧,反正是种橄榄的地方——里的石头农舍。这种房子要是放在威斯康星,当地人会把它当作弃屋。在这里呢,沙夫托就不知道了。一部分屋顶因为承受不住自身红黏土瓦片的重量已经坍塌了,屋子门窗大开,四面透风。房子很大,在经过几个小时的敲敲打打之后,他们成功地把一辆卡车开了进去,藏在了不会被飞机侦测到的地方。他们从另一辆车上卸下编织袋,然后那个意大利司机就把车开走了,再也没有回来。

本杰明下士,也就是通信兵,忙着往橄榄树上爬,在周围拉上铜线。英国空军特勤队的另外几个小伙子到外面侦察去了,剩下的几个美国陆战队员则忙着打开编织袋,把里面的破烂拣出来摊开。那是好几个月攒下来的意大利报纸。每一张报纸都被打开过,打乱了版面顺序,又草草折了起来。有些报纸上的文章被剪了下来,其他则用铅笔圈圈点点或做了不少注释。查顿的指示又在沙夫托的脑子里回响起来,他把这些报纸挪到谷仓的角落按顺序摞了起来,旧的在下面,新的在上面。

还有一个袋子里装满了烟蒂,全都小心翼翼地吸到了最后那小半截的地方。那是沙夫托没听说过的一种欧洲牌子。他像农民播种一样扛着袋子将烟蒂一把一把地抖落在地上,主要集中在他们以后要工作的地方:本杰明下士的书桌旁边,还有另外一张临时支起来用作吃饭和打牌的桌子下。他又撒了些葡萄酒塞子和啤酒瓶盖儿作为点缀。他把和盖子同样数量的酒瓶一个接一个地滚进了谷仓里一个黑乎乎的空当角落里。鲍比·沙夫托觉得自己从来没碰上过这么省心的活儿,于是一力承担下来,像一名绿湾包装工橄榄球队的四分卫一样把旋转的球扔到他勇敢的边锋手里。

出去侦察的英国人回来了,于是他们对调了一下角色。这回换陆战队员们出去熟悉周边环境,留下空军小伙子们继续处理这些垃圾。在外面转悠了大概一个小时之后,沙夫托中士、二等兵弗拉纳根和屈尔总结出这片橄榄林大致是一条南北走向的狭长地带。林地的西边陡然抬高,连着一座锥形山峰,形状可疑得像火山;东边却一路下坡,伸入几英里外的海中;北边被一片脏兮兮的灌木丛截断,南边则连着延绵的农田。

查顿曾交代他在海湾边找一个据点,从谷仓过去越方便越好。快日落的时候,沙夫托找到了一个合适的地方:通往火山的坡地上有一截大约五百英尺高的突出岩壁,从谷仓往东北步行只用半个小时。

那栋谷仓现在已经隐蔽得非常好了,弄得沙夫托和他的同伴差点儿迷失了回去的路。空军特勤队的几个人已经在各个出口支起了遮光罩,连坍塌的半边屋顶上零星的瓦片漏洞都没放过。在屋里,他们各自找了空处安顿下来。配上那些扔了一地的垃圾(现在上面还多了鸡毛、鸡骨头、刮下来的胡子和头发、橘子皮等等),他们仿佛已经在这儿住了一整年——沙夫托猜也许这就是他们费这么大劲儿想要达到的目的。

本杰明下士一个人就占了差不多三分之一的位置。那些空军特勤队的家伙一直叫他走狗屎运的小浑蛋。他已经装起了一部无线电发报机，真空管发出了温暖的微光，他面前堆着浩如烟海的文件，当然，大部分都是做旧的假货，就像那一地的烟头。但是当他们吃完晚饭，等这儿和伦敦的太阳都落山了之后，他敲起了摩尔斯电码。

沙夫托也懂摩尔斯电码，这儿的每个人都懂。他们现在围坐在桌子边，说好要打一晚上拱猪，然后开始下注；同时他们每个人也都支棱起一只耳朵，听着本杰明下士发报的声音。但是他们听到的只有一片乱七八糟的杂音。沙夫托走到本杰明身后，从他肩膀上望去，想看看他是不是疯了。他确实是疯了：

XYHEL ANAOG GFQPL TWPKI AOEUT

诸如此类，他一页一页地这么打着。

第二天早上，他们在地上挖了个茅坑，然后往里面倒了几桶百分之百符合美军器材标准的纯屎。按照查顿的指示，他们一坨一坨地往里倒，每倒一坨就往上边扔一些揉皱了的报纸，这样显得更自然一点。除了被里根中尉采访以外，这大概是沙夫托为了报效祖国所接到过的最糟糕的非战斗任务。接下来的半天他给大家都放了假，除了本杰明下士——他昨晚胡乱敲到半夜两点。

第三天他们把山坡上的据点仔细伪装了一遍。他们轮流排着队上去下来，上去下来，上去下来，沿着山坡踩出了一条小道，又往路边扔了些烟蒂和饮料罐子，还有一些标准型号的屎尿。弗拉纳根和屈尔合力把一个提箱抬了上来，塞到了火山岩后面一个背风的地方，里面放了些绘有德意军队舰艇和商船的画集，类似的飞机画集，几只双筒望远镜、一般望远镜和摄像器材，还有空笔记本和铅笔。

尽管鲍比·沙夫托中士差不多算是这场好戏全权负责的导演，他却发现想要单独和以诺克·鲁特中尉说上几句话简直难于登天。在经过"达科塔"那场多事之旅后，鲁特就一直躲着他。最后，到了第五天,沙夫托终于设计绊住了他。他和另外几个队员把鲁特留在据点里,然后他自己杀了个回马枪,把鲁特逮了个正着。

鲁特看到去而复返的沙夫托后吓了一跳,不过并没有生气。他点燃一根意大利香烟,又递了一根给沙夫托。沙夫托非常恼火地发现鲁特还是跟平常一样镇定,只有自己在一边紧张兮兮的。

"好了,"沙夫托开口道,"你看到什么了?我们放在那个死掉屠夫身上的文件——上面写着什么?"

"写着德文。"鲁特说。

"去他妈的!"

"不过很幸运,"鲁特接着说,"我倒是懂一些德语。"

"哦,是吗——你娘是个德国佬,嗯?"

"对,她是一个医学传教士,"鲁特说,"如果这能祛除你们这种对德国人的偏见的话。"

"然后你爹是个荷兰人。"

"没错。"

"那为什么他们最后都去了瓜岛?"

"去帮助那些有需要的人。"

"哦,好吧。"

"我也顺便学了一些意大利语。教堂里总是用得着意大利语的。"

"饶了我吧。"沙夫托叫道。

"但是我的意大利语听上去更像拉丁语——我爸坚持要我学拉丁语。所以本地人可能会觉得我说话太老派了。实际上,我听起来可能比较像17世纪的炼金术士之类。"

"你能像神父那么说话么?他们可能会吃这套。"

"万不得已的话,"鲁特答道,"最后我们可以试试来点'上帝的旨意'什么的,然后看看会发生什么。"

他们俩都抽了口烟,望着面前广阔的海面——沙夫托现在知道了,这儿叫那不勒斯湾。"不管怎么说吧,"沙夫托又说道,"那些文件上写了什么?"

"巴勒莫①和突尼斯之间船队的详细情报。一看就知道是从某些机密的德军渠道偷来的。"鲁特说。

"以前那些船队,还是……"

"那些还没出现的船队。"鲁特平静地答道。

沙夫托抽完手里的烟,停了片刻,最后说道:"太他妈邪门了。"然后他站起身,朝谷仓走去。

---

① 位于西西里岛上。

第二十五章　城　堡

　　劳伦斯·普里查德·沃特豪斯一下车,就被人迎面甩了一脸微咸的冰水。他一边往前走,水花一边不停地泼在他脸上,就像两队提着水桶的小混混儿夹道欢迎他似的。但是他随即就意识到自己身边空无一人。这是当地独特的气候,就像伦敦的浓雾一样。

　　横跨奥特茂尔比车站的楼梯被墙壁和房顶围得严严实实,仿佛变成了一根巨大的风琴管,在风吹雨打下发出一阵次声频率的振动。但是,他刚一走进楼梯口,吹打着他脸颊的风雨就仿佛突然被人抽走了一样。他好一会儿站着没动,默默地对这个了不起的现象致以敬意。

　　外面的狂风暴雨已经搅成了一片乱七八糟的白沫,假如挂一只麦克风出去的话只会录到白噪音——这里没有任何信息。但是当那噪音在长长的楼梯通道里回响时,沃特豪斯感觉到了它产生的低沉的共振。楼梯通道的管型结构从白噪音里提取出了某种相十模式!要是艾伦在这儿该多好!

　　为了验证自己的想法,沃特豪斯哼起了这个低声部的基音和弦:八度,五度,四度,大三度,诸如此类。每个和弦都与楼道或多或少地共鸣起来，有点像铜管乐器奏出来的音符。通过哼这几个不同的音符，沃特豪斯可以利用楼梯当作乐器，奏出几支简单的军号调子，他哼了一曲起床号，感觉还不错。

"多好听啊！"

他转过身。一名女士站在他面前，手里费劲地拖着一卷干草堆那么大的行李。她看上去五十多岁，体形像个炉子，几秒钟前——在她还没下车的时候——还留着一头大都市里时髦的新式烫发。冰冷的咸水正顺着她的脸和脖子一路流进那身硬邦邦的灰色囡根姆羊毛连衣裙里。

"夫人。"说着，沃特豪斯帮她把行李拉了上来。现在他们俩和各自的行李都在狭窄的廊桥上了，廊桥横跨铁路通往车站大厅，两边装着窗户。沃特豪斯透过窗玻璃和上面不停流下的几乎有半英寸厚的雨水朝大西洋望去，不禁有点头晕目眩。广大的海域与廊桥只有咫尺相隔，还有越靠越近的趋势。这一定是错觉，他想，但是波涛的浪尖几乎已经与他们脚下踩着的桥面齐平了——这座桥离地可有至少二十英尺。每一个浪头可能都得有全英国的货车加起来那么重，前仆后继地朝他们扑来，击打在岩石上，像是想要冲刷掉日光在上面留下的痕迹。这般景象让沃特豪斯想要大声喊叫，跪倒在地，吐个痛快。他堵住了耳朵。

"我猜，您是位乐手啦？"旁边的女士问道。

沃特豪斯转过身。她上下打量着他的军服和徽章。接着抬起头，冲着他的脸露出了一个慈祥的笑容。

沃特豪斯在这一瞬间意识到，这位女士是个德国间谍。我的老天！

"在和平年代，是的，夫人，"他说，"但是现在，海军还有别的工作要安排给这些耳朵灵敏的家伙。"

"哦,"她叫了起来,"负责听东西,对不对?"

沃特豪斯露出微笑,"乓!乓!"他模仿着声呐发出的声音。

"啊,"她说,"我是哈丽雅特·夔特。"接着伸出了一只手。

"我叫休·休斯。"沃特豪斯握了握她的手。

"幸会。"

"彼此彼此。"

"我想你需要一个休息的地方,"她的脸上泛起夸张的红光,"对不起,我猜你是要去外岛没错吧。"外岛指的是外闼根姆。他们现在还在内闼根姆。

"没错。"沃特豪斯答道。

就像英伦三岛上的其他地名一样,"内"闼根姆和"外"闼根姆的命名实际上只是沿袭了过去某些谬误的叫法,说不定还有个滑稽可笑的起源。内闼根姆严格来说很难称为一个岛屿,它与大陆之间连着一条潮起而没、潮落而现的沙堤,如今人们把它加固起来,铺上了马路和铁轨。外闼根姆则在二十英里开外的地方。

"我和我先生开了一家小旅馆,管住宿和早餐,"夔特太太说道,"我们会很乐意跟一位管潜艇探测器①的小伙子住在一起的。"英国人说的"潜艇探测器"就是美国人说的"声呐",但是每次艾伦听到这个词的时候总会露出一个下流的表情,然后笑得直淌眼泪。

最后他就在夔特一家开的旅馆里住了下来。沃特豪斯和夔特夫妇整个晚上都围坐在唯一的供暖设备旁——一台烧煤的烤面包架,嵌在一个旧壁炉凹槽里。夔特先生时不时打开炉门,把极微粒的煤摆在里面的炉灰上头。夔特太太则抱着松狮犬监视着沃特豪斯。她发现他有轻微的跛脚,因此推断出他曾患过小儿麻痹症。沃特豪斯

---

①潜艇探测器(asdic),与 assdick 谐音。

会弹风琴——夔特家的客厅里放着这么一台脚踏式风琴—— 这一点也被夔特太太暗暗记在心里。

* * *

沃特豪斯最开始是从排水口里看到外闼根姆的。他甚至不知道"排水口"是什么意思，除了跟呕吐有关之外。在他们千辛万苦地驶过奥特茂尔比防洪堤之前，渡轮上的船员就曾详细地跟他和其他六七个乘客解释过要是晕船呕吐该怎么办：如果你把身子探出船舷，马上就会被甩下船；因此呕吐的时候最好四肢着地，对准一个排水口。但是在沃特豪斯透过排水口朝外看的几次里，倒有一半时间看不到海水，只能看到海平面上的几个黑点，几只追着渡轮的海鸥，或是远方外闼根姆上三叉戟似的轮廓。

那三个叉就是闼根姆语称之为"兮格厄"的玄武岩岩柱。二战战火正酣，外闼根姆正是大西洋海战的不列颠前沿，岩柱上星星点点地散布着白色的无线电棚和支出来的天线。第四座岩柱比其他三个都矮，乍看过去你也许会以为那只是个小土堆。它位于进出外闼根姆的唯一海港后方（其实如果除去海岛另一端的海军基地，它也是唯一可供居住的地方）。第四座兮格厄上的城堡名义上是奈杰尔·圣约翰·格罗姆索尔比－沃德迈尔的住宅，马上就要成为2702特遣队的新总部。

逛完整个镇子最多只需要五分钟。一只趾高气扬的公鸡正沿着主干道追逐一只可怜兮兮的绵羊。海拔更高的地方堆着积雪，这儿的地面上却只有一层灰色的泥泞，与灰色的卵石浑然一体，直到你一脚踩上去摔个跟斗才能明白过来。《闼根姆百科》里使用了许多定冠词[①]来修饰这些地方——"唯一的镇子""唯一的城堡""唯一的旅店""唯一的酒馆"和"唯一的码头"。沃特豪斯走进"唯一的茅厕",等缓过了这次航行的后劲之后才走回到"唯一的大街"上。路边停着等待载客的"唯一的汽车",对,也是这里"唯一的出租车"。汽车路过"唯一的公园"的时候他看到了那座"唯一的雕塑"(闵根姆人的祖先正在鞭打倒霉的维京人),"唯一的司机"留意到他的神情,一打方向盘拐进了"唯一的公园"里,好让他能仔细观察一番。

因为想要表达的东西太多,"唯一的雕塑"占掉了一片不小的土地。它的底座是由本地出产的玄武岩砌成的,根据从"百科"里学来的知识,沃特豪斯认出它至少有一面写着闵根姆文。如果你不认识闵根姆文,你会觉得那看起来就像一串无衬线的字母 X、I、V、倒 V、短杠和星号连成的鬼画符。不过这种文字一直以来都是他们的骄傲——

"我们不喜欢罗马人,不喜欢尤里乌斯·恺撒那家伙,"善于察言观色的司机在一旁说道,"我们也不喜欢用他们的字母。"

《闵根姆百科》确实也花了很长的篇幅来介绍当地的这种文字。这段出于作者的激愤而写下的文字几乎让人不忍卒读。

> 闵根姆字母避免使用曲线和圆弧笔画,全部由干净利落的直线构成,这并非是像某些英格兰学者宣称的那样,是因为这种文字十分落后。这种构字法只是出于实用性——对于生活在这个(所有的树木都被英格兰人砍伐殆尽的)地方的民族而言,族里最富学识的智者通常双手都饱受冻疮的困扰。

[①] 用以特指人或事物的冠词。英语中的定冠词是"the",后文中特指闵根姆岛上事物时所使用的 the 皆译为"唯一的"。

沃特豪斯摇下车窗,这样能看得更清楚一些。某位师傅显然丢了"唯一的雨刷器"。寒风拂面,他终于从眩晕中解脱出来,开始考虑怎么能搭上"唯一的妓女"。

接着他马上有些失望地意识到,如果"唯一的妓女"还有点脑子,她应该会在岛那头的海军基地里。

"那个可怜的家伙是谁?"沃特豪斯问道。他指着雕塑的一角,一个骨瘦如柴的俘虏被踢翻在地,脖子上套着枷锁,还拴着一根晃悠悠的铁链,在英气勃勃的闷根姆人的无情鞭笞之下抖得筛糠一样。尽管沃特豪斯已经猜出来了,还是忍不住问了一句。

"咳!"司机发出了吐痰一样的声音,"我只能说,那大概是个内闷根姆的家伙。"

"那当然。"

这两句对话好像惹得司机相当不痛快,仿佛只能通过报复性的一路疾驰才能排解出来。通往"唯一的城堡"的路上至少有十来个急转弯,上面布满了黑冰,让人觉得时刻都有生命危险。沃特豪斯十分庆幸自己没有徒步走上来,但是随着汽车接连不断地转弯和滑行,他觉得自己又开始有点恶心了。

"咳!"当他们开到路程的四分之三左右时,司机突然发出了声音,随后又陷入几分钟的沉默。"他们对罗马人大开欢迎之门。对维京人分开双腿。那里现在说不定有德国人啦!"

"说真的,"沃特豪斯说,"你就在这儿停车吧,我走过去。"

司机吃了一惊,露出了恼火的表情,但是当沃特豪斯告诉他如果不停车他一会儿就有得打扫了之后,他的态度马上软了下来。他甚至还帮沃特豪斯把行李都运到了兮格厄上。

大约十五分钟后,美国海军士兵劳伦斯·普里查德·沃特豪斯作为先遣小队代表2702特遣队顺利抵达了"唯一的城堡"。他一路走一路理顺了思路，让自己提前进入角色。查顿曾经告诉过他有几个仆从住在那里，要是露出什么破绽，他们可是会嚼舌头的。在这种情况下，要是能把他们全都打发回陆上去就方便多了，不过这么做似乎对公爵不太尊重。"你呢，"查顿说，"只能想个权宜之计①啦。"沃特豪斯在字典里查过这几个字之后，觉得这实在是再准确不过了。

"唯一的城堡"是一座用瓦砾堆成的建筑，足有五角大楼那么大。背风的一面配有多功能屋顶，铺了电源线，以及另外一些花里胡哨的装饰，比如门窗。这就是沃特豪斯在这儿的第一个下午加晚上所见识到的所有风景。在这个角落里，你完全可以忘掉身处外冈根姆这回事，假装自己其实身在某个绿野芬芳的地方——比如苏格兰高地。

第二天一早，在管家垓内克斯的陪同下，他逛了逛城堡其他的部分，欣慰地发现要想到其他地方去必须先走到外面。城堡内部的通道都用砂浆填得严严实实，不让季节性迁徙的偲凯利（发音有点像"撕开梨"）有丝毫可乘之机——这种大眼睛、长尾巴、吱吱叫的哺乳动物是本岛的吉祥物。这种把城堡分隔开的手段虽然带来了极大不便，但对城堡的安全却有很大的好处。

沃特豪斯和垓内克斯都裹在厚得像块板子一样的纯正冈根姆羊毛大衣里，垓内克斯手里还提着一盏伽伐尼之星②。这盏伽伐尼之星的样子古色古香。当这位将近百年高龄的垓内克斯看到沃特豪斯掏出海军手电时，脸上露出了某种屈尊俯就的悲悯笑容。他说伽伐尼之星才是真正高贵典雅的照明用具，音调压得极低——是那种提醒某人别在公共场合出乖露丑的语气——不要跟海军手电相提并论，

---

①原文为拉丁语，modus vivendi。
②原文为 Galvanick Lucipher，是作者虚构的一种电弧灯。

以免让周围人感到尴尬。他领着沃特豪斯走到餐具室之后的房间之后的房间之后的房间之后的那个房间，那是专门用来维护伽伐尼之星的地方，里面存放着替换部件和补给燃料。这种灯具的主体是一个约有一加仑容量的手工吹制球形玻璃瓶，埃内克斯抖抖索索地往瓶颈里插了一个漏斗——不知道他是低体温症还是帕金森氏病，总之抖得厉害。接着他又从架子上费劲地搬出一个带藤条保护罩的大玻璃瓶，里面装满了颜色炽烈的橙色液体，上面贴着标签"王水"。他拔掉上面的玻璃塞子，抱起玻璃瓶，让王水顺着漏斗咕嘟咕嘟地流进球形玻璃瓶里。几滴王水溅了出来，桌面上马上袅袅升起几股青烟，留下几个被蚀穿的小洞——旁边已经留下了无数个这样的印记。那股极其刺激的味道钻进了沃特豪斯的肺里，熏得他不得不蹒跚着躲到了屋外。

当他冒险再次回到屋内时，他发现埃内克斯正从一整块纯碳上往下削一个电极。灌满了王水的玻璃瓶敞着口，纯金的小夹子夹着各种正负极和其他工质插在液体中央。几条包裹着手编石棉绝缘层的粗导线一端卷曲着伸出瓶外，另一端则连接着伽伐尼之星的发光部分：一只铜碗，碗口盖着灯塔上用的那种螺纹透镜。等埃内克斯把碳削成合适的形状和大小之后，他把碳条塞进了铜碗的一个小口里，然后漫不经心地拨了一下上面一个弗兰肯斯坦风格的闸刀开关。一星火花像放鞭炮一样沿着导线钻了过来。

有那么一瞬间，沃特豪斯还以为这屋子塌了一面墙，阳光正正照在他们身上。实际上那只是埃内克斯打开了伽伐尼之星罢了——通过调节一个青铜旋钮，灯光一下子亮了十倍。沃特豪斯羞惭难当地把海军手电塞进了那个小里小气的皮套里，赶在埃内克斯之前走出了房间，伽伐尼之星散发出的温暖抚摸着他的后颈。"在她陨落前我们还有两个小时。"埃内克斯意味深长地说。

他们还是找到了一个权宜之计：沃特豪斯踢开一扇破门，埃内克斯大步走进去，用手里的提灯像喷火器一样朝四面一晃，吓退了几百只吱吱叫唤的偲凯利。沃特豪斯小心翼翼钻进房间，在那些不知道是坍塌的天花板还是地板的废墟里开出一条路。他飞快地扫了一眼四周，考虑着要花多大的力气才能把这里整治成一个适宜高等生物存活的环境。

有半壁城堡已经被烧成了一片废墟，这各种各样的劫难包括海盗掠夺、电闪雷劈、拿破仑的侵略，还有床上吸烟。其中海盗劫掠造成的破坏最大（也许他们只是想取暖而已），但这也有可能只是大自然有更多的时间来分解大火残留下来的东西。不管怎么说，在城堡的这一侧，沃特豪斯发现了一个没有太多的碎屑需要清扫的地方，他们马上就能用防水油布和木板围出一块足够大的工作区。这个地方在城堡尚有人居的一侧的正背面，尽管饱受寒冬风暴之苦，却能避人耳目。沃特豪斯用脚步量出了大致的尺寸之后就回到了自己的房间，留下埃内克斯一个人去关闭拆解伽伐尼之星。

沃特豪斯潦草地拟了一份工程计划，总算让他那荒疏已久的工程知识派上了点用场。他写下了一份所需材料的清单，里面当然出现了不少数字，比如说这一条：100 8′ 2×4s。他又誊写了一遍，不过这次用的不是数字，而是"ONE HUNDRED EIGHT FOOT TWO BY FOURS（一百八英尺二乘四）"。这么说还是有点含混不清，于是他又改成了"TWO BY FOUR BOARDS ONE HUNDRED COUNT LENGTH EIGHT FEET（二乘四木板一百块八英尺长）"。

接着他又抽出一张类似账簿的横格纸，用从上到下的直线把它分成了五列。接着他又把这段文字抄进了表格里，省略了空格：

TWOBY FOURB OARDS ONEHU NDRED

COUNT LENGT HEIGH TFEET

诸如此类。每当他碰到字母J时，他就把它写成I，因此JOIST就变成了IOIST。他在每行字母下面都空了两行。

从他离开布莱切利园开始，他的胸袋里就总是装着几张半透明的葱皮纸，睡觉时就把它们压在枕头底下。现在他从中挑出一张，页眉上打印着一串序列号，下面则清晰地印着类似这样的字母：

ATHOP COGNQ DLTUI CAPRH MULEP

如此这般，整张纸都印得满满当当。

这些都是坦尼太太打印出来的纸片，她在布莱切利园工作，丈夫是个上了年纪的牧师。她的工作很独特，流程如下：在两张葱皮纸之间夹一张复写纸，再把它们塞进打字机里。先在纸片顶端打一个序列号，然后转动一台游戏厅里常见的那种机器（一个球形笼子里装着二十五个写着字母的木球，不包括字母J）的手柄。当按照操作手册上的规定转动一定次数之后，她就闭上眼，伸手进去随机取出一个小球。接着把小球上的字母打下来，把小球塞回去，关上笼口，重复上面的步骤。不时有一些面色严肃的男人走进来，跟她寒暄两句，然后拿走她刚刚印出来的纸片。这些纸片最后来到像沃特豪斯这样的人以及那些工作环境更加危险而严酷的人手里，散落在世界各地。这就是一次性密码本。

他把一次性密码本上的字母抄在原先的讯息下面：

TWOBY FOURB OARDS ONEHU NDRED

ATHOP COGNQ DLTUI CAPRH MULEP

抄完之后，纸上就变成了每两行空一行。

最后，他回到这张表格的顶端，这次他把上下两行对应的字母当作一组来看。第一个字母是T，一次性密码本上垂直对应的第一个字母是A。

A是字母表的第一个字母,所以已经把这种加密方法用得熟门熟路的沃特豪斯习惯性地将它看作数字1。这样一来,在这没有字母J的字母表中,T对应的数字就是19。1加上19得到20,即是字母U。因此沃特豪斯在T和A的下面写上了U。

接下来的一对字母是W和T,也就是22和19,按照正常的加法计算会得到41,但是这样一来就没有对应的字母了,这个数太大了。但是沃特豪斯已经许多年没有做过正常的加法计算了。他的大脑早已习惯进行模运算——尤其是模25的运算,也就是把任何数都除以25,只考虑余数的计算。41除以25得到1余16。撇开1,数字16代表字母Q,沃特豪斯把Q填进了下面一行里。第三列是O和H,14+8=22,字母W。第四列是B和O,2+14=16,字母Q。第五列是Y和P,24+15=39,39除以25得到1余14,或者沃特豪斯可以换种说法,39同余于14模25。14代表字母O,所以第一组字母最后变成了:

T W O B Y

A T H O P

U Q W Q O

通过在有意义的字母TWOBY上叠加随机字母ATHOP,沃特豪斯加密出了一段看似毫无头绪的信息。等他把整句话都如此这般地加密完之后,他另外拿了一张纸,把加密出来的字母——也就是UQWQO那几行誊了上去。

公爵在房间里备了一台带铸铁外壳的电话供沃特豪斯使用。他提起听筒,给接线员拨了个电话,转接到了小岛对面的海军基地上。他把加密好的信息逐字逐句地念给通信兵,他则记下这些字母并告诉沃特豪斯他马上就把信息发出去。

身在布莱切利园的查顿上校很快就能收到这条以UQWQO开头

的消息，他手里拿着坦尼太太的另一份一次性密码本。他会先誊出这串字母，也是留两行空白，然后再把一次性密码本上的字母抄上去：

U Q W Q O

A T H O P

沃特豪斯用加法，他则用减法。U 减去 A 就是 20-1=19，字母 T。Q 减去 T 就是 16-19=-3，也就是 22，字母 W。以此类推。等他破译完整条信息之后就会着手行动，很快，一百块二乘四木板就会出现在"唯一的码头"上了。

第二十六章　为什么

寄生藤公司的商业计划大概一英寸厚，按照平均标准来说不算厚也不算薄。内页由艾维的笔记本电脑打印出来，平滑精美。封面则是用谷壳、竹屑、野麻和清凉的冰川水制成的粗糙的手工纸；枯瘦的工匠们在一座用活火山岩雕出的云雾缭绕的寺庙里将纸制作出来，寺庙坐落的小岛只有那些体质强健、穿着氨纶纤维服装的西海岸旅游狂热者才有所耳闻。分子重建出的明朝书画家在封面画上了一幅印象派风格的南中国海地图，用的是精梳独角兽鬃毛笔，蘸的是盲眼隐者将真十字架烧成炭后制成的墨汁。

商业计划的实际内容严格遵守《数学原理》里头的逻辑结构。二流企业家们喜欢购买商业计划编写软件：那是一些样板文本和电子数据表套装，彼此之间巧妙地链接着的，你只需依次填上几个空即可。艾维和贝丽尔两人写过的计划书不计其数，仅凭记忆就可以把它们写出来。艾维的商业计划一般是这样的：

任务：在[公司名称]，我们坚信[做我们打算做的事]和增加股东价值不仅仅是互补的——还是不可分割的。

目标：通过[做某些事]增加股东价值。

严正警告（另起一页，黄底红字）：除非你有乔安·卡尔·弗里德里希·高斯①的聪明才智，加尔各答半盲擦鞋童的悟性，威廉·特库姆塞·谢尔曼将军②的坚韧，英国女王的财富，红袜队③球迷的精神承受力，和一般弹道导弹核潜艇司令官的正常自理能力，否则你不应被允许接近这份文件。请以处理高放射性废弃物的同样方式将其丢弃，再请一位合格的外科医生将你的手臂自手肘处切除、把你的眼球从眼窝里挖出来。这条警告大有必要，因为曾有一次，一百年前，肯塔基州的一位小老太太把一百美元投给了一家干货公司④；结果公司破产了，只还给她九十九美元。从那时起，政府就一直对咱们这样的人虎视眈眈。若你无视本警告，阅读后果自负——你必定会落得一文不名，最后在密西西比三角洲的麻风病人隔离区了却残生，终日与白蚁斗争。

还在看？很好。吓跑了不够格的胆小鬼之后，我们就可以说正事了。

行动纲要：我们将筹集[一些钱]，然后通过[做某些事]来增加股东价值。欲知详情？往下读吧。

简介：众所周知的[这种趋势]，和小众到不可思议、你可能直到现在才听说的[那种趋势]，还有第一眼看到时可能完全不相干的[第三种趋势]，当它们放到一起互为参照时，使我们领悟到了某种（私人、秘密、受严格专利保护、已注册商标、签了保密协议的）想法，使我们可以通过[做某些事]来增加股东价值。我们将需要[一

---

①乔安·卡尔·弗里德里希·高斯（1777—1885），德国著名数学家、物理学家、天文学家、大地测量学家。
②威廉·特库姆塞·谢尔曼，美国南北战争中的联邦军（北军）将领。
③波士顿红袜队，美国职棒大联盟的一支球队。自从1920年之后再未拿过世界大赛冠军，直到2004年。
④指贩售纺织品类商品的公司。

个大数字]美元,在[不久]之后,我们便可实现[一个更大的数字]美元的价值增长,除非[六月飞雪]。

细节:

第1阶段:在发誓独身禁欲、放弃所有物质财产只留下简朴的长袍后,我们(即后附简历的人员)将搬进戈壁沙漠中心的一个由废旧冰箱包装箱构成的普通小区里。那里的房价低到别人甚至得倒贴钱请我们去住,所以我们什么事还没做就已经增加了股东价值。在每天配给一把生米和一勺水的条件下,我们将[开始做事]。

第2,3,4,...,n-1阶段:我们将[继续做事,在此过程中逐步增加股东价值],除非[地球被一颗直径一千英里的小行星冲撞;若出现此类情况,一些前提需要做出相应调整;参考397—413号电子表格]。

第n阶段:在我们的诺贝尔奖证书油墨干透前,我们将没收竞争对手的资产,任何愚蠢到向他们可怜的公司投资的人也不例外。我们将把这些人卖作奴隶。所得利润将在我们的股东中重新分配;股东们几乎不会注意到这点利润,因为如265号电子表格所示,那时公司的规模已经比鼎盛时期的大英帝国还要大了。

电子表格:[无数页细小的数字,总结成方便阅读的图表。图表看起来都是疯狂向上爬的指数曲线,再加上一些伪随机噪声来增强可信度]。

简历:只要想想《豪勇七蛟龙》的开头,你就知道不用操心这个部分了;你应该手脚并用地爬过来,向我们乞求付我们薪水的特权。

*　*　*

对兰迪和其他人而言，商业计划书的功能和摩西五经、万年历、励志文学和哲学专著没什么两样。它是一份动态的、活生生的文件。它的电子表格可实时重写，与公司的银行账户和财务记录关联，在有现金流出入的时候自动调整。这些玩意儿归贝丽尔管。艾维负责组织语言——建立抽象的基础计划，充实表格，解释数字的具体细节。艾维那部分的计划也在每周不断地变化着，时时从《亚洲华尔街日报》、从苍蝇肆虐的卡拉OK厅里与政府官员的谈话中、从不断涌入的卫星遥感数据和分析光纤技术最新发展的晦涩科技刊物里得到新的意见。艾维的大脑同时还负责消化兰迪和其他组员的想法，并将它们整合到这个计划中。每个季度，他们都给当前的计划书拍一张快照，粉饰一番，然后将最新的版本分发给投资者。

五号计划要寄出时刚好是公司成立一周年。几周前，一份初期草稿通过加密电邮递送到了他们每个人手中，但兰迪懒得看，他觉得反正自己已经知道内容了。但他最近几天留意到的细节告诉他，他最好搞明白那鬼东西究竟说的是啥。

他启动笔记本电脑，将它插上电话线插孔，打开他的通信软件，拨了个加州的号码。事实证明这还挺容易，因为他住在一所现代化酒店里，而且吉纳库塔拥有现代化电话系统。这事要不是很容易，那估计就是不可能了。

在加利福尼亚州洛思阿图斯，一座你能想象的最平凡无奇的70年代办公楼里，夹在一家第三方担保公司和折扣旅行社中间，"时代新秩序"系统有限公司租用的隔间办公室套房中，一间狭小、拥挤、终年不见天日、充满热塑料气味的配线室里，一台调制解调器醒过来，开始往电线里喷吐出噪声。这些噪声最终化成一系列的闪烁从太平洋下穿过，通过一根极其透明的细玻璃丝——如果大海也是用这种玻璃做的，那你在加利福尼亚就可以直接看到夏威夷。最后信息到达兰迪的电脑里，电脑又往回吐出噪声。洛思阿图斯的那台调制解调器只是连在同一台电脑后面的六台中的一台。那是一台典型的台式个人电脑，由一家普通厂商生产，已经昼夜不停地运转了大约八个月。他们七个月前关掉了显示器，因为它只是白浪费电。然后约翰·坎特雷尔（他是"时代新秩序"系统有限公司董事会的一员，是他安排把电脑放在公司配线室里的）借走了显示器，因为一个在做"秩序"软件最新升级的程序员需要第二台显示器。后来兰迪拔掉了键盘和鼠标，因为如果没有显示器，输入系统的只能是无意义的信息。现在它只是一座发出轻微的嘶嘶声的灰白色方尖碑，没有操作界面，只有一枚绿色发光二极管，像一只独眼凝视着外面堆积的空比萨盒。

但有一根很粗的同轴电缆将它连入因特网。兰迪的电脑与它对话片刻，磋商一份点对点协议（或叫PPP连接）的条款，然后兰迪的小笔记本就也成了因特网的一部分。他可以把数据传送去洛思阿图斯，那里那台名叫"墓碑"的孤单电脑就会将数据向着千万台其他因特网终端的方向发送。

"墓碑"——在因特网上的名称是tombstone.epiphyte.com——只是默默无闻地作为一个邮箱和文件缓存服务而存在。成千种在线服务都能更简便、更便宜地提供同样的功能。但艾维具有想象最可怕最糟糕情境的天才能力，因而要求他们不仅要拥有自己的设备，还让兰迪和其他人一行一行地检查过它的核心代码，以确保没有安全漏洞。在旧金山湾区的每一家书店橱窗里，都有上千本堆成摞的三种不同的书，讲述的都是一个著名黑客如何将几种著名在线服务完全玩弄于股掌之上。所以，寄生藤公司绝对不可能一边用这些在线服务来存储保密文件，一边还能一本正经地声称自己代表股东进行了尽职调查。所以就有了tombstone.epiphyte.com。

兰迪登录进去，查看了一下自己的邮箱：四十七封邮件，其中一条是两天前艾维（avi@epiphyte.com）发过来的，标记为"epiphyteBizPlan.5.4.ordo"。寄生藤公司商业计划，第五版，第四稿，存储成一种只有"（时代新）秩序"才能读取的格式。"秩序"完全由它的同名公司所有，不过这个软件的重要部分刚好都是约翰·坎特雷尔写的。

他让电脑开始下载文件——这需要好一会儿。在此期间，他匆匆浏览了一遍其他邮件，查看它们的发件人、邮件标题和大小，试图先筛选一下其中有多少可以不用看就扔掉。

两封邮件最先被挑出来，因为发件人邮箱的后缀名是aol.com[①]——这个网络空间社区属于家长和孩子，但不属于学生、黑客或真正在高科技领域工作的任何人。两封邮件都来自兰迪的律师，他正试图以最和平的方式将兰迪的财务与查琳的分开。兰迪感到自己的血压猛然飙升，大脑中无数毛细血管危险地鼓胀起来。不过两个文件都很短，标题看起来也挺无害，所以他冷静下来，决定暂时不去为它们烦心。

另五封邮件来自域名非常熟悉的主机——他曾经管理的校园计算机网络中的系统。邮件来自兰迪离开后接管校园网的系统管理员，很久以前他们经常问兰迪一些简单的问题，比如"哪个地方叫比萨外卖最好"和"你把订书机藏哪儿去了"。而现在却已经发展到发给他大段大段他几年前写的晦涩代码，附带着这样的问题："这是个错误，还是愚蠢如我的人根本看不懂的聪明玩意儿？"兰迪拒绝在这种时候回复此类邮件。

有大概一打邮件是朋友寄来的，有些只是转发他已经看过几百

[①]美国在线（American Online），著名因特网服务提供商。

遍的网络笑话。另外一打来自寄生藤的其他成员，大部分与他们的日程的具体细节有关——大家都在为了明天的会议向吉纳库塔聚集。

还剩下大概一打邮件，则是属于某种一个星期前还不存在的特殊类型。一星期前，新的一期《图灵》杂志发售，里面有一篇关于吉纳库塔数据避风港计划的文章，封面是兰迪在菲律宾的一艘船上的照片。艾维花了很大心血才让那篇文章登出来，好让他们有点可以在明天的会议上跟其他人炫耀的资本。《图灵》杂志总是喜欢搞得高度视觉化，让人不戴上焊工护目镜根本无法直视，所以他们坚持要拍张照片。一名摄影师被派到"地穴"那边，却认为那里的景色很不够格。于是大家都紧张了起来。摄影师转飞到马尼拉湾，在那里发现了站在甲板上一大卷橘红色电缆旁边的兰迪，背景还有一座从烟雾中冉冉升起的火山。杂志本身要一个月后才会出现在报刊亭里，但那篇文章却大概一星期前就被放在了网上，并立刻变成了"秘密崇拜者"邮件列表的讨论热点——那是像约翰·坎特雷尔这样的酷家伙们讨论最新的散列算法和伪随机数发生器的地方。因为兰迪凑巧出现在照片里，他们便错误地高估了他的重要性。这就导致兰迪的邮件箱里生成了一个新的邮件类型：世界各地的密码狂们不请自来的建议和批评。此刻他的邮箱里有十四封这种邮件，其中有八封都来自一个（或几个）声称自己是山本五十六将军的人（们）。

兰迪很想无视这些邮件，问题是"秘密崇拜者"邮件列表上的绝大多数人都比兰迪聪明十倍。不管你什么时候查看列表，你都有可能会发现一位俄罗斯的数学教授与另一位印度的数学教授正在以千字节为单位交流，为了质数理论中某个让人头昏脑涨的晦涩细节一决雌雄，同时剑桥大学的某位需要插管喂食的十八岁数学神童每隔几天就插进来说他俩都错了，并拿出一套更让人头昏脑涨的解释。

所以当这样的人给他发邮件时，兰迪会尽力至少浏览一遍。他对自称山本五十六将军，或名字里带56（也就是山本五十六的代号）的那些人有些不信任。但是，他们的政治倾向比较奇怪并不代表他们就不懂数学。

    收件人：randy@tombstone.epiphyte.com

    发件人：56@laundry.org

    主题：数据避风港

你们有把公共密钥公布在哪里么？我想与你交换邮件，但我可不想让保罗·科姆斯托克读到我的邮件：）如果你愿意回复，我的公共密钥如下：

    —"秩序"公共密钥区开始—

    （很多很多行乱七八糟的东西）

—"秩序"公共密钥区结束—

你们关于数据避风港的概念很好，但有不少明显的局限性。如果菲律宾政府切断你们的电缆怎么办？或者好苏丹改了主意，决定将你们的电脑充公，并读取所有磁盘呢？现在亟须的不是一个数据避风港，而是数据避风港的网络——更强大，就像因特网比一台机器更强大一样。

    署名：

    山本五十六将军为电邮签名如下：

    —"秩序"公共密钥区开始—

    （很多很多行乱七八糟的东西）

    —"秩序"公共密钥区结束—

兰迪关掉这封电邮，没有回复。艾维不想让他们与"秘密崇拜者"交谈,以防之后有人控告他们剽窃别人的点子,所以对所有这些电子邮件的统一回复,都是艾维花一万美元请某个知识产权律师起草的一封套用信函。

他又读了一封邮件,仅仅是因为它的寄信地址:

发件人:root@pallas.eruditorum.org

在一台UNIX系统的机器上,"root"几乎等于所有用户的"神":他可以阅读、删除或编辑任何文件,运行任何程序,可以注册新用户或注销已有用户。所以收到拥有"root"这个用户名的人的邮件,就好比收到一封信头上有"总统"或"将军"这样的头衔的人的来信。兰迪自己也在几个系统做过root,有些系统价值上千万美元,所以职业礼仪要求他至少得读一读这封邮件。

我看到了你们的计划。

你们为什么要这样做?

接着是一个"秩序"签名块。

你不得不假设这是要试图挑起某种哲学辩论。在网上和匿名的陌生人争论是徒劳的,因为他们实际上几乎总是闲得没事干的自以为是的十六岁小孩——或者差不多的类型。然而"root"地址要么意味着这个人掌管着一套大型电脑系统,要么在家里桌子上有台Finux计算机(这个可能性大得多)。但即使是家庭Finux用户,也肯定比普通的半吊子网民要高几个等级。兰迪打开一个终端窗口,输入:

whois eruditorum.org[①]

一秒钟后他收到了互联网信息中心的回复:

eruditorum.org(博学者学会)

---

① Whois 是用来查询互联网中域名的 IP 以及所有者等信息的协议。

后面跟着一个邮寄地址：德国莱比锡的一个邮政信箱。

这之后又列着几个联系电话。它们全都有西雅图的区号。但区号后面的三位交换局代码让兰迪觉得很眼熟——他认出那是一家在高度机动人群里很受欢迎的呼叫转移服务的入口，能把你的语言邮件、传真等等传到你当下所在的任何地方。比如艾维就一直在用这种服务。

滚动到下方，兰迪发现：

记录最后更新时间：98-11-18
记录创建时间：90-03-01

那个"90"相当显眼。按照因特网的标准，这日期简直是史前时代。它意味着"博学者学会"处在远远领先的地位。尤其是对一个总部在莱比锡的组织来说——1990年那会儿那里还属于东德呢。

域名服务器列表：
NS.SF.LAUNDRY.ORG

后面是laundry.org的IP地址。laundry.org是个数据包匿名化服务，许多"秘密崇拜者"都喜欢用它来防止自己的通信受到追踪。

这一切加起来也不能说明什么，但兰迪总忍不住假定这封邮件来自一个无聊的十六岁小孩。他也许应该象征性地回复一下。但他又害怕这是那种商业广告的诱饵：也许某个肮脏的高科技公司正在寻找投资呢。

最新版本的商业计划书里，估计有对于寄生藤二号为什么要建造"地穴"的解释。兰迪可以直接把它复制粘贴到邮件里，回复给

root@pallas.eruditorum.org。那段文字内容很空泛，完全是为了取悦股东，还带着一点疏离感。运气好的话，那也许可以打消这个人继续缠着他的念头。兰迪双击"秩序"的眼球／金字塔图标，它便在屏幕上打开一个小文本窗口，邀请他往里面输入命令。"秩序"也拥有一个可爱的图形化的用户界面，但兰迪很看不起它。他才不用菜单和按钮。他输入：

>decrypt epiphyteBizPlan.5.4.ordo

电脑回复道：

身份验证：输入通行短语，或输入"bio"以选择生物识别验证。

在"秩序"给文件解码之前，它需要拿到个人密钥：4096位，一位也不能少。密钥存储在兰迪的硬盘里。但坏人可以闯入旅馆房间，读取硬盘内容，所以密钥本身也是加密的。为了解码密钥，"秩序"需要密钥的密钥——一个通行短语（这是坎特雷尔对用户友好性的小小让步）：一串词语，比4096位二进制数字好记。但语句必须够长，不然就太好破解了。

兰迪上一次修改他的通行短语时，他正在读又一本二战回忆录。他输入：

>随着一声"万岁"的嘶吼，醉醺醺的日本人从他们的战壕里蜂拥而出，剑和刺刀反射着我们探照灯的光芒。

338

然后敲下"回车"键。"秩序"回复道:

> 错误的通行短语

> 重新输入通行短语,或输入"bio"以使用生物识别验证。

兰迪暗骂一声,又试了几次,对标点符号稍作改动。都不管用。在绝望和好奇的驱使下,他尝试:

> bio

然后软件回复:

> 无法定位生物识别文件。去找坎特雷尔谈谈 :-/

这当然不是软件的一部分。"秩序"没有生物识别功能,它的错误信息也不会直接指称约翰·坎特雷尔或其他任何人的名字。坎特雷尔显然写了个插件——一个小扩展件,并把它分发给了寄生藤二号的朋友们。

"好吧。"兰迪说着拿起电话,拨通了约翰·坎特雷尔房间的号码。因为这里是一家崭新又现代的酒店,所以他被转到了语音信箱,约翰甚至费心录了一条通告性的问候。

"这里是'时代新秩序'和寄生藤公司的约翰·坎特雷尔。如果你是通过我的大学电话号码找到我,因此不知道我现在在哪儿的话:我在吉纳库塔苏丹国的福特大厦酒店——请查阅可靠的地图集。现在是3月21日星期四,下午四点钟。我大概在楼下的'炸弹与铁钩'里。"

*　*　*

"炸弹与铁钩"是酒店里的一个海盗主题的酒吧,它其实并没有听起来那么俗气。里面装饰着几个看起来是真货的黄铜炮弹(和其他博物馆级别的纪念品)。约翰·坎特雷尔坐在角落的一张桌子旁,看上去跟在自己家里一样自在逍遥——对于一个戴着黑色牛仔帽的人来说。他的笔记本电脑打开放在桌上,旁边是装在大汤碗里的朗姆酒。一根两英尺长的吸管从锅里伸到坎特雷尔嘴里。他一边吸一边打字。一群长相凶狠的亚洲生意人坐在吧台旁,用怀疑的眼神看着他;他们看见兰迪拿着自己的笔记本电脑走进来时便嗡嗡地议论了起来。来了两个了!

坎特雷尔抬起头来,咧嘴一笑——他笑起来总显得很凶恶。他和兰迪胜利地握了握手。尽管他们只是坐波音 747 飞了一圈而已,但他们感觉自己简直就是斯坦利和利文斯通①。

"肤色晒得不错。"坎特雷尔顽皮地说,就差捻胡须了。兰迪猝不及防,惊了一下,两次张口想说话却都没说出来,最后只好认输地摇摇头。两个人都大笑起来。

"我是在船上晒的,"兰迪说,"不是在酒店游泳池边。前几个星期我一直在到处灭火。"

"我希望不是什么会影响股东利益的事。"坎特雷尔板着脸说。

兰迪说:"你看起来很苍白啊,是好现象。"

"我这边一切太平,"坎特雷尔说,"跟我预料的一样——很多'秘密崇拜者'都想在真正的数据避风港工作。"

---

① 亨利·莫顿·斯坦利(1841—1904),英裔美国记者、探险家。戴维·利文斯通(1813—1873),英国探险家、传教士。1871 年 3 月,斯坦利抵达非洲寻找失踪已久的利文斯通,并于 1871 年 11 月 10 日在今坦桑尼亚的乌吉吉找到了他。

兰迪点了一杯健力士啤酒，然后说："你还预料说这里头会有很多古怪疯狂、自由散漫的家伙。"

"没雇那些人，"坎特雷尔说，"而且有埃伯摆平那些古怪玩意儿，碰到的几个坎儿我们都平安无事地过去了。"

"你看过'地穴'了吗？"

坎特雷尔挑起一边眉毛，给他一个像模像样的偏执狂眼神。"像科罗拉多斯普林斯那个北美空防司令部的地下指挥所似的。"他说。

"是啊！"兰迪笑起来，"夏延山。"

"太大了。"坎特雷尔宣称。他知道兰迪想的跟他一样。

所以兰迪决定唱唱反调："但苏丹做什么都喜欢做大的。那个大飞机场里还有他的大画像呢。"

坎特雷尔摇摇头："信息部是个严肃的项目。苏丹不是一时兴起。是他的技术官僚们想出来的。"

"我听说艾维干了点煽风点火的事儿……"

"管他呢。但项目背后的人，比如穆罕默德·普拉加苏，都是斯坦福商学院那型的。牛津和巴黎大学毕业生。它连门挚都是德国人设计的。那座山洞可不是什么苏丹纪念碑。"

"对，不是面子工程。"兰迪同意道，想着汤姆·霍华德正在云雾林下一千英尺建造的那个寒冷的机房。

"所以对于它为什么那么大，一定有个合理的解释。"

"也许商业计划里有写？"兰迪试探着问。

坎特雷尔耸耸肩；他也没看计划。"我最后一次从头到尾读过的计划是第一版。一年前。"兰迪承认道。

"那可是个好计划。"坎特雷尔说。①

---

① 原注：坎特雷尔在暗示第一版计划给他们带来了几百万美元的启动资金，来自圣马特奥一个叫跳板集团的风险投资公司。

兰迪转换了话题:"我忘记通行短语了。得找你做那个生物识别。"

"这里太吵,"坎特雷尔说,"它的原理是听你的声音,玩点儿傅里叶①的小把戏,记住几个关键数字。等下咱们回我房间再弄。"

兰迪感觉自己有必要解释一下自己为什么没即时跟进邮件,于是说:"我太投入了,一直在跟马尼拉那些 AVCLA 的人联系。"

"是吗。进行得怎么样?"

"瞧,我的工作挺简单的,"兰迪说,"有一条巨大的日本电缆从台湾连到吕宋岛。每头有一台路由器。然后又有 AVCLA 的人正在菲律宾安装的短距离岛间电缆网络。如你所知,每个电缆段两头都有一台路由器。我的工作就是给那些路由编程序,确保从台湾传到吉纳库塔的数据总能畅通无阻。"

坎特雷尔扭开了视线,害怕他要开始大谈无聊的内容。兰迪几乎从桌子上扑了过去,因为他知道这不无聊:"约翰!你是一家信用卡大公司!"

"好吧。"坎特雷尔对上他的视线,看上去有点不自在。

"你正把你的数据存储在吉纳库塔的数据避风港里。你需要下载 1TB 关键数据。你开始下载——你的加密数据正以每秒 1GB 的速度从菲律宾呼啸而过,到达台湾,再从那里传向美国。"兰迪停了一下,挥舞着他的健力士啤酒以增强戏剧效果。"然后宿务岛②的一个渡口翻船了。"

"所以呢?"

"所以,在十分钟之内,十万个菲律宾人同时拿起了电话。"

坎特雷尔用手一拍额头:"噢,我的天哪!"

---

① 约瑟夫·傅里叶(1768—1830),法国数学家、物理学家。傅里叶变换以其名字命名。
② 菲律宾的一个岛屿。

"现在你懂了吧！我一直在配置网络，好确保无论发生什么，数据都会持续流向那个信用卡公司。也许速度会减慢——但仍然在流动。"

"好吧，我明白你为什么一直在忙了。"

"所以我一直关注的只有这些路由器。顺便一说，它们是好路由，但它们可没法供那么大的'地穴'使用，也无法做出经济实惠的调整。"

"艾维和贝丽尔所做的解释的大概意思，"坎特雷尔说，"是说寄生藤已经不再是唯一接入'地穴'的电信运营商了。"

"但我们还在安装从巴拉望到这里的电缆——"

"苏丹的手下们一直在外面招揽生意，"坎特雷尔说，"艾维和贝丽尔说得很含糊，但通过和汤姆交换信息以及茶叶渣占卜，我认为还有一条，也许两条电缆要通进吉纳库塔。"

"哇！"兰迪说。他一时说不出别的话来。"哇！"他一口气喝下了近半杯啤酒。"说来也有道理。如果他们能跟我们这么做一次，他们也能跟其他运营商如法炮制。"

"他们把我们当作吸引其他人的手段。"坎特雷尔说。

"好吧……那么问题就在于，从菲律宾来的那条电缆还有人需要吗？或者是想要吗？"

"嗯。"坎特雷尔说。

"还有人要？"

"不是。我的意思是，嗯，问题确实是在这里。"

兰迪考虑了一下："实际上，这对你那一阶段的运转可能是个好消息。长期看来，更多管子接进'地穴'就意味着更多生意。"

坎特雷尔抬起眉毛，有点担心兰迪的感受。兰迪靠回椅子里，说："我们以前也争论过寄生藤在菲律宾玩电缆和路由是否合理的问题。"

坎特雷尔说:"商业计划一直坚称,运作一条通过菲律宾的电缆具有经济合理性,即使电缆尽头没有'地穴'也是一样。"

"商业计划不得不说菲律宾内网可以作为一项独立业务生存,"兰迪说,"才能给我们建造它提供正当理由。"

两人都无须再多言。他们之前好一阵子都在用坐姿把酒吧里的其他人隔绝在外,全部注意力集中在对方身上,而现在他们不约而同地向后靠去,伸个懒腰,开始环顾四周。时机恰好,因为费迪南德·后藤刚带着一队人马走了进来——兰迪猜他们是土木工程师:都是外表健康、轮廓鲜明、三十多岁的日本男人。兰迪微笑了一下请他们过来,然后招呼侍者点了几大瓶那种冰得刺骨的日本啤酒。

"这倒提醒了我——'秘密崇拜者'们把我盯得真紧啊。"兰迪说。

坎特雷尔咧嘴一笑,表现出一些对那些疯狂的"秘密崇拜者"的喜爱。"聪明又狂热的偏执狂是密码学的中坚力量,"他说,"但他们不是全都懂得怎么做生意。"

"也可能是他们太懂了。"兰迪说。他有些恼火,他到"炸弹与铁钩"来本来就是为了回答 root@eruditorum.org 的问题。("你们为什么这么做?")但他还是不知道答案。事实上,他比之前更不明白了。

然后后藤那一群人加入了他们,埃伯哈德·弗尔和汤姆·霍华德也恰好同时出现。于是出现了爆炸般的交换名片和互相介绍的场面。社交礼仪似乎要求他们进行大量严肃的饮酒——既然兰迪给他们点了啤酒,就等于无意间挑战了这些人的礼貌程度;他们必须表示自己绝不会在这样的竞争中失败。桌子被拼到了一起,气氛突然变得难以置信地高昂起来。埃伯不得不给每人都叫了啤酒。很快事情就发展到卡拉OK的地步。兰迪站起来唱了一曲《你和我和小狗波波》。明智的选择，因为这是首柔和、慵懒的歌，不需要多强烈的感情，也不需要多高的唱功。

在某个时候，汤姆·霍华德把他健壮的手臂放到坎特雷尔的椅子背上，以便更好地对着他的耳朵喊话。他们的同款反熵主义者手环上刻着"医生您好，请按下列步骤把我冻起来"的字样，显眼地闪着光，让兰迪很紧张，害怕日本人会注意到，然后问出极其难以回答的问题来。汤姆正在提醒坎特雷尔什么（出于某种原因他们一直这样叫坎特雷尔；有些人生来就是只该称姓的）。坎特雷尔点点头，飞快朝兰迪看了一眼，眼神鬼鬼祟祟的。当兰迪回看他时，坎特雷尔抱歉地低下视线，两只手神经质地把玩自己的啤酒瓶。汤姆只是一直饶有兴味地盯着兰迪看。这些别有目的的眼神最终让兰迪、汤姆和坎特雷尔一起坐到了离卡拉OK音箱最远的吧台角落里。

"所以你认识安德鲁·洛布。"坎特雷尔说。很明显地，这个事实让他既惊愕又有点佩服，就好像他刚听说兰迪曾经赤手空拳打死一个人，却从来不屑于提起似的。

"是真的，"兰迪说，"不过对于他那样的人，再了解也是有限的。"

坎特雷尔正在专心致志地把啤酒瓶上的标签撕下来，所以汤姆接过话头："你们一起做过生意？"

"其实不算。我能问问你们是怎么知道的吗？我是说，你们一开始是怎么知道安德鲁·洛布这人存在的？因为数字炸弹的事么？"

"噢，不是——是之后的事情。安迪在汤姆和我常混的圈子里成了著名人物。"坎特雷尔说。

"我能想象到安迪会混的圈子就只有原始生存主义者，和认为自己被恶魔仪式虐待了的人。"

兰迪一不留神就说溜了嘴，仿佛他的嘴巴是一台正在敲出天气预报的机械电传打字机。然后冷场了。

"这倒是解释了几个问题。"汤姆最后说。

"FBI搜查他的小屋的时候你是什么心情?"坎特雷尔问,笑容又回到他脸上。

"我不知道该什么心情,"兰迪说,"我记得在新闻里看到过录像——特工们扛着一箱箱证据从那小棚子里出来,我还想着我的名字肯定写在那些文件上。我以为我也会被卷进案子里。"

"FBI联系过你吗?"汤姆问。

"没有。我想当他们查过他所有的家产之后,大概很快明白了他不是搞数字炸弹的人,就把他从名单里划掉了。"

"好吧,那事发生后不久,安迪·洛布就又出现在了网上。"坎特雷尔说。

"我觉得我无法相信。"

"我们也是。我的意思是,我们都收到了他的声明——印在灰色的再生纸上,那纸像你从烘干机的绒毛滤网上剥下来的一层毛似的。"

"他用了某种会像黑色头皮屑一样剥落的有机水性油墨。"汤姆说道。

"我们还开过玩笑说我们桌子上全是安迪碎屑,"坎特雷尔说,"所以当这个叫安迪·洛布的人出现在'秘密崇拜者'邮件列表和反熵新闻组里,贴出好些冗长的狂言时,我们拒绝相信那就是他。"

"我们以为是有人惟妙惟肖地模仿了他的文风。"坎特雷尔说。

"但是当那些文章没完没了地出现,他甚至开始和别人进行长对话时,很明显那真的是他。"汤姆嘟哝道。

"他怎么解释自己同时又是个卢德分子[①]的事呢?"

[①] 19世纪初英国手工业工人中参加捣毁机器的人,多指强烈反对机械化或自动化的人。

坎特雷尔说："他说他一直认为，计算机是一股使社会疏离化、原子化的力量。"

汤姆说："但做了一段时间数字炸弹的头号嫌疑犯后，他被迫了解到因特网的存在。因特网通过连接计算机而改变了它们。"

"噢，我的天哪！"兰迪说。

"而他一边对因特网进行深思熟虑，一边做安德鲁·洛布做的谁知道什么事情。"汤姆继续道。

兰迪说："裸体蹲在冰凉的山泉里徒手掐死麝鼠呗。"

汤姆说："然后他意识到计算机也可以是团结社会的工具。"

兰迪说："我敢打赌他正好是那个能团结社会的人吧。"

坎特雷尔说："啊，这话还真和他说的相去不远。"

兰迪说："所以你是要告诉我说他变成了一名反熵主义者么？"

坎特雷尔说："还真不是。更像是他在反熵主义者运动里发现了一个我们都不知道的派别，然后创建了自己的分支组织。"

兰迪说："我以为反熵主义者都是彻头彻尾的个人主义者，纯粹的自由主义者。"

"没错呀！"坎特雷尔说，"但反熵主义的基本前提是，科技将我们变成了后人类。智人加上科技实际上等于一个新的物种：网络让我们永生不死、无所不在，并正在向全知全能进发。而最先提出类似观点的人就是自由主义者。"

"但这个概念吸引了五花八门的人——包括安迪·洛布。他某一天突然出现，开始喋喋不休地谈论蜂巢意识。"

"当然，他被大部分反熵主义者狠狠教训了一顿，因为那个概念对他们来说是不可饶恕的异端。"坎特雷尔说。

汤姆说："但他一直坚持不懈，过了一段时间后，有些人开始同意他了。结果反熵主义者里头其实有不少派别并不特别喜欢自由主义,同时又觉得蜂巢意识的概念很有吸引力。"

"所以现在安迪是这个派别的头头?"兰迪问。

"我猜是吧,"坎特雷尔,"他们分裂出去,组织了自己的新闻组。最近六个月我们都没怎么听说他们的消息。"

"那你们是怎么了解到我和安迪的联系的?"

"他还会时不时地在'秘密崇拜者'新闻组里露头,"汤姆说,"而且最近关于'地穴'的讨论层出不穷。"

坎特雷尔说:"当他发现你和艾维和这事有关时,他发表了一大篇言论——都是些不带喘气的长句。可没几句好话。"

"好吧,老天。他有什么牢骚?他打赢了官司。弄得我倾家荡产。还以为他不会闲到要来鞭我的尸呢,"兰迪说,拍着自己的胸脯,"他难道没有正当工作?"

"他现在算是个律师吧。"坎特雷尔说。

"哈!有道理。"

"他一直在谴责我们,"汤姆说,"说我们是资本主义清道夫。将社会原子化。让世界变得更适合毒贩子和第三世界贪官污吏居住。"

"好吧,至少他说对了一件事。"兰迪说。他终于得到了"为什么要建造'地穴'"这个问题的答案,这让他很是开心。

第二十七章　转　进

锡奥成了一座泥泞的墓穴。已经为天皇牺牲性命的将士还在与即将丧命于此的后来者争夺地盘。尾巴上开叉的美国飞机每天从阳光里钻出来，带来一场置人死地的弹雨，火炮喧天，震耳欲聋。他们几乎是睡在敞口的坟墓里，只有夜晚才敢出来活动。但是他们藏身的凹坑里常常积满了发臭的死水，各种有害生物在水里繁衍生息。每当太阳落山，大雨倾盆而下，高海拔上的严寒直接渗进了骨头里。20师里的每个人都知道，他们是不可能活着离开新几内亚了，因此他们只要选择怎么去死就好了：是投降，然后被澳洲人拷打枪杀，还是用手榴弹自行了断？还是留在原地，白天被飞机狂轰滥炸，晚上被疟疾、痢疾、伤寒、饥饿和低体温症折磨得死去活来？还是跋山涉水坚持走到两百英里以外的马当？即使在粮食药品充足的和平年代，这也无疑是一趟自杀之旅……

但这是上头的命令。安达将军[①]也来到了锡奥，这也许是他们几个星期以来第一次看到友军的飞机。飞机降落在一片挖出了凹槽的

[①] 安达二十三（1890—1947），时任日本军第18军（驻新几内亚）司令官。

腐殖质上，他们还管那叫跑道。安达将军下达了撤退的命令，全师将分为四队朝内陆撤离。他们一个团接一个团地撤走了，掩埋起战友的尸体，捡起他们剩下的装备和少得可怜的食物，然后等到夜幕降临，再朝深山走去。后来者可以循着他们因为痢疾腹泻留下的恶臭跟上他们的步伐，先头部队散落在路边的尸体就仿佛故事里的面包屑，指引着他们的方向。

高级指挥官们留在队伍的最后，与通信兵一起行动。一旦失去了无线电发报机和其上搭载的加密设备，将军就不再是将军，师团也不再是师团。最后他们还是停止了无线电通信，把发报机拆解成了尽可能小的部件，但"尽可能小"并不代表真的很小；一台师团级别的无线电电台就像一头可以照亮电离层的巨兽。机组里的发电机、变压器和其他一些部件无法再继续往下拆解，减轻负担了。对于这些通信兵来说，要拖着自己疲乏的身子跋山涉水已经十分不易，如今还要额外担负起发电机、燃料箱和变压器的重量。

还有那几大铁箱的军队密码本。这些资料平时就沉得要死，如今还泡了水，想要扛走根本是不可能的。按照规定，他们得把这些资料全部焚毁。

现在20师团的通信兵们一点开玩笑的心情都没有，连最普通的挖苦话都说不出来了。但是如果这世界上还能有什么事情能让他们笑出声的话，那就是尝试在暴雨的沼泽里生一堆火烧掉这些吸饱了水的密码本了。也许多烧点儿航空燃料也能生起火，但是他们手头根本就没那么多燃料。何况看到森林里的这一条孤烟，美军的P-38战斗机们肯定会如苍蝇逐臭一般循迹而来。

没必要烧掉这些资料。新几内亚本身就是一个充斥着腐烂与毁灭的旋涡，唯一不变的只有屹立的山岩与成群的黄蜂。他们撕下密码本的封面作为已经毁掉这批资料的证据，然后再将本子塞回箱子里，在一条汹涌狞恶的河边埋掉了它。

　　这个主意并不高明，但是他们已经被轰炸搞得晕头转向了。就算弹片没有打中你，爆炸的气流还是会像一道以 700 英里的时速移动的石墙一样打在你的身上。与真正的石墙不同的是，气流会穿过你的身体，像一道强光穿过一座玻璃雕像。当它从你的身体里穿过去的时候，它会以粒子为单位重组你身体里的每一个部分，打断每一个细胞的正常运作，包括你的大脑对时间与事物的正常感知。几次这样的轰炸就足以把你理性的思路拧得混乱不堪，七零八落。这些士兵已经不再是他们当初离家时那样的正常人类了，他们不可能再进行什么理智的思考，也不可能再干出什么聪明的事儿来。他们往箱子上一铲铲地填土，与其说是出于掩藏的目的，不如说是在对这一箱不明所以的信息进行最后的致意。

　　然后他们扛起枪和干粮，鼓起劲朝山上走去。战友在前方为他们留下的千人踩踏的小径如今又快要长成一片茂密的丛林。在战场上刚刚开始散发恶臭的尸体正是一座座里程碑，吸引着成群的种种博物学家闻所未闻的微生物、臭虫和鸟兽疯狂地扑食。

第二十八章　高频测向

2702 特遣队的这个新总部连屋顶都还没盖上，高频测向的支柱就已经架好了。电都还没通，天线也都装上了。

沃特豪斯才不在乎呢，但是他装出一副煞有介事的样子，告诉城堡里的雇工们：尽管驰骋在非洲沙漠上的钢铁洪流听上去充满了波澜壮阔的史诗色彩，但是这场战争（和往常一样，他无视了东线）真正的战场却是在大西洋上。赢得大西洋战役的关键在于击沉德军的 U 艇，但是在那之前我们先得找到它们。我们不可能靠自己的护航船队在哪里被击沉来判断敌人的位置。我们得换种办法，伙计们，为此我们得尽快让这套设备发挥作用。

虽然沃特豪斯没有什么演技，但是在经历本星期第二次冻雨袭击之后，沃特豪斯不得不借着伽伐尼之星的光亮花了整个通宵来修理被毁得不成样子的天线。这一招肯定把那群雇工都唬住了。他们轮班到深夜，源源不断地给沃特豪斯送上热茶和白兰地，第二天一早，当修好的天线再次升到天线杆顶时，他们甚至欢呼了好一阵子。他们坚信自己正在挽救北大西洋上友军的生命，如果他们知道了真相，沃特豪斯想，自己一定会被私刑处死吧。

高频测向这事儿编得跟真的一样,真到换成沃特豪斯在德军工作的话,他很可能会对此起疑。这是套高度方向性的天线,正对着信号来源时它可以接收到最强的信号,偏离来源时收到的信号就会弱一些。操作者只要等到 U 艇开始通信,然后调整天线的方向直到得到最大的读数,天线所指的方位就是 U 艇的方位。你需要一个以上来自不同高频测向站的数据来通过三角定位确定信号来源的位置。

为了演得逼真一点,观测站 24 小时都得有人值班。沃特豪斯差点就这样死于 1943 年的第一个星期。2702 特遣队的其他人没有按时抵达,现在只能靠他一个人撑起场面。

城堡附近方圆十英里之内的人——基本上来说,就是整个闷根姆上所有的人口,换句话说,闷根姆人全族——都能看到堡顶伸出来的高频测向天线。这些人可不是笨蛋,而这些人中的相当一部分人明白,如果天线永远对着一个方向,说明这破玩意儿根本就没在运行。天线不动就没有作用。如果天线没有发挥作用,城堡里的那混账东西到底在捣鼓啥啊?

所以沃特豪斯只能不停调整天线的朝向。他住在小礼拜堂里,睡在——如果他真有时间睡的话——一张拴得很高的吊床上(他发现偲凯利跳得也很高)。

如果他在白天睡觉,那么就连镇上的路人都能发现天线没在动。这可不好。但是他也不能在晚上睡觉,这个时段,北大西洋的德军 U 艇正在通过电离层联络波尔多和洛里昂的基地,那么任何一个真正留心观察的人,比如说一个失眠的工人或者礁石上一个拿着望远镜窥视的德军间谍,也许马上就会开始怀疑这个静止的高频测向只是个空架子。因此沃特豪斯只能选择一个折中的方法,把睡眠时间拆成两段,趁黄昏和黎明的那几个钟头休息一阵子,然而这种作息显然对他的身体没有任何好处。当他睡醒一觉,他并没有别的事可做，只能来到高频测向的控制台前，一坐就是八个小时甚至十二个小时，眼睁睁地看着嘴里呼出的白气，手里摆弄着天线的按钮，专注地倾听着——空气！

别人在战场上被炸得粉身碎骨，他却还在这自怨自艾：沃特豪斯痛快地承认了，自己就是个自私的人渣。

确认了这一点之后，他要干点什么才能保持理智呢？他已经给自己摸索出了一套流程：先把天线大致对准西面，过了一会儿之后再慢慢转动它，一点一点缩小转动的幅度，假装定位到了一艘U艇，然后把它搁在那儿，这时候就可以站起身来做几个开合跳，暖暖身子。他已经把自己原来的制服换成了暖和的闵根姆羊毛大衣。每隔一小会儿就会有一个城堡雇工出其不意地闯进屋子里，也许给他带来一碗汤，也许给他带来一壶茶，也许只是来看看他工作的进展顺带夸他两句。他每天都在纸上写下一大串潦草的胡言乱语，假装是他工作的成果——还得发给海军基地呢。

他把时间用在思考性和思考数学上。但是当他思考数学的时候，另一种想法总是跑进来捣乱。当给他送餐的厨子，五十来岁的矮壮女士布兰奇因为水肿或者疟疾或者痛风或者疝气或者随便哪一种莎士比亚式的疾病而倒下之后，情况变得更糟了——来接班的是玛格丽特，二十出头的姑娘，风姿动人。

玛格丽特确实让他心旌摇曳。每当他不能自持的时候，他就跑进厕所里（这样就不会被那些不速之客撞个正着），然后进行"手动超驰"。不过他在夏威夷的经历已经告诉了他，"手动超驰"和真刀真枪地来一场的确大不相同。前者的效力难以持久。

在等待效力消退的这段时间里，他倒是解决了不少数学难题。如今在纽约从事语音加密工作的艾伦给了他一些工作资料，都是关于冗余与熵的笔记。沃特豪斯产生了不少新想法，但可悲的是他现在无法在不违反常识和一大堆安全措施的情况下将它们传递给艾伦。其后他只能将注意力转向了纯粹的密码学。他在布莱切利园待的一段时间让他深感自己还只是个刚入门的新手。

U艇的船员太爱用无线电联络，整个德国海军部门尽人皆知。安全专家们天天在上层耳边唠叨个没完，于是他们最后引进了四转子的恩尼格玛机，这真是给布莱切利园的当头一棒，工作停滞了差不多一整年……

玛格丽特得从城堡外侧绕过来给沃特豪斯送饭，当她终于走进门时，脸蛋总是像玫瑰一样红扑扑的。她嘴里呵出的白雾就像一层蒙面的轻纱——

够了，劳伦斯！今天的课题是德军的四转子恩尼格玛机，他们管它叫"海神"，盟军则称之为"白鲨"。这种恩尼格玛机是去年（1942年）2月2日投入使用的，直到当年10月30日盟军捕获那艘搁浅的U-559潜艇之后，布莱切利园才得到了用以破解这种机器的足够资料。最后，直到几个星期前的12月13日，布莱切利园最终破解了"白鲨"，德国海军的内部通信才又一次一览无遗地展现在盟军面前。

他们发现的头一件事是，德军早已破译了盟军的商船密码，在过去的一整年里他们对盟军护航船队的动向一清二楚。

几天来劳伦斯·普里查德·沃特豪斯不断收到相关信息，都是用最可靠的一次性密码本加密过的——布莱切利园之所以告诉他这些，因为这正是信息论中的一个问题，他最拿手的领域，他的难题。这个问题是：盟军能以多快的速度换掉已经被破译的商船密码，同时不让德军发现盟军已经破解了"白鲨"？

沃特豪斯很快意识到，耍小聪明只会弄巧成拙。唯一可行的办法是他们得捏造一个借口，一个能解释得通为什么盟军感到旧商船密码已经不再安全，必须更换密码的理由。他把答复写了下来，开始用他和查顿共用的一次性密码本进行加密。

"一切都还好吧？"

沃特豪斯站起身，转了半圈，心儿怦怦直跳。

是玛格丽特，穿着女仆装束，肩上披着一件灰色的羊毛大衣，笼罩在她自己呵出的那层薄雾里。她戴着灰色羊毛连指手套的双手捧着一个托盘，上面放着一壶茶和几块司康饼。她全身裹得严严实实，只露了脚踝和脸蛋。脚踝的形状很漂亮，她很适合穿高跟鞋。那张脸蛋从未暴露在直射的阳光下，让人想起点缀着玫瑰花瓣的凝脂奶油。

"啊！我来拿吧！"沃特豪斯脱口叫道。由于太过激动加上并发低体温症，他痉挛似的几个箭步跨到她面前。他从她手里接过托盘时，不经意地扯掉了她的手套，落在了地板上。"对不起！"他道着歉，突然发现这是他第一次看到她的手。她把那只受了冒犯的手拢在嘴边呵气，上面涂着红色的指甲油。她那一双绿色的大眼睛望着他，目光中带着一种平稳的期待。

"你刚刚说什么来着？"沃特豪斯问道。

"一切都还好吧？"她又重复了一遍。

"好！怎么会不好呢？"

"天线，"玛格丽特说，"一个多小时没动过了。"

沃特豪斯一阵惊慌，险些软倒在地。

玛格丽特仍然呵着指尖殷红的小手，因此沃特豪斯只能看见她碧绿的双眼，顾盼流转中充满了淘气。她朝他的吊床瞥了一眼："偷懒睡觉了吧？"

沃特豪斯的第一反应是矢口否认，然后向她解释他只不过是沉湎于意淫和加密信件才忘了掉转天线，但他很快意识到玛格丽特给他提供了一个更好的借口。"我认罪,"他承认道,"昨晚睡太迟了。"

"喝点茶可以提提神。"玛格丽特说道。接着她又把目光转回吊床上,她戴上手套,"什么感觉啊?"

"什么什么感觉?"

"睡在那上面。舒服吗?"

"舒服极了。"

"我能试试吗?"

"啊,当然,不过爬上去比较麻烦——太高了。"

"你不是也爬得上去吗?"她嗔怪地反问了一句。沃特豪斯不由得脸一红。玛格丽特径直走到吊床前,踢掉了高跟鞋。沃特豪斯看见她赤脚踏在石地板上不禁瑟缩了一下,地板上次热乎还是巴巴里海盗们在这儿点上一把火的时候。她的脚趾上也涂着红色的指甲油。"我可不介意,"玛格丽特说,"我可是个农夫的女儿。快来,帮我爬上去!"

沃特豪斯已经彻底失去了对局面和对自己的控制,连舌头都勃起了。他慢慢走过去,弯下腰,双手圈成一个马镫。她把脚伸进去,就势一蹬,跌进了吊床里。厚厚的灰色羊毛毯淹没了她,里面传出一两声娇喘和轻笑。吊床在屋子的中间晃来晃去,像是一只香炉,散发出淡淡的薰衣草香气。吊床一摇一摆地晃动着,五次,十次,二十次。玛格丽特悄无声息,一动不动。沃特豪斯的脚好像长在了水泥地上。这几个星期以来他第一次不知道接下来确切会发生什么,这种失控感让他目瞪口呆,不知如何是好。

"棒极了。"她说。棒极了。最后她终于钻了出来。沃特豪斯看到她的小脸蛋探出了吊床的边缘,身子还藏在灰色的羊毛毯里。"啊呀!"她大叫一声,猛地翻身仰面朝天。这样一来,吊床原本缓慢摇摆的节奏又被打乱了。

"怎么了？"沃特豪斯绝望地问道。

"我恐高！"她叫道，"对不起，劳伦斯，我本该告诉你的。对了，我能叫你劳伦斯吗？"她用一副"你要不答应我会伤心死的"的口气问道。劳伦斯怎么忍心伤害这样一位美丽、赤足、恐高，正楚楚可怜地窝在他吊床里的姑娘呢？

"请便。当然可以。"他说道，不过他知道下一句话还是该由他来说，"需要我帮忙吗？"

"你能帮忙就太好了。"玛格丽特答道。

"那么你要踩着我的肩膀下来吗？还是要怎么样？"沃特豪斯试探道。

"我实在是太害怕了。"她说。

那就只剩一个办法了："那，如果你不介意的话，我上去帮你一把？"

"那就太感谢你了！"她说，"感激不尽。"

"好吧，那……"

"但是请你先完成任务吧！"

"对不起，你说什么？"

"劳伦斯，"玛格丽特说，"我一会儿下去之后要去厨房擦地板，不过地板本来就很干净。而你呢，有着更重大的使命——你要拯救大西洋船队里千百人的性命！我知道你刚刚偷懒睡过去了。但你要是不快点把落下的工作补上，我可不会让你上来的！"

"好吧，"沃特豪斯说，"你这可把我逼到绝路了。任务高于一切。"他挺了挺胸，一个后转，跨步回到工作台前。偲凯利已经把玛格丽特的司康饼都偷走了，他还是给自己倒了杯茶。他又继续加密起给查顿的文件来：只能单刀直入地把密码本放在船上混在摩尔曼斯克船队里等待雾天撞击挪威。

他花了好一会儿才完成加密。劳伦斯在梦里都能做模 25 的运算,但要在勃起状态下完成运算那又另当别论了。"劳伦斯?你在做什么?"吊床里传来玛格丽特的声音,劳伦斯心想,被窝里一定越来越暖和,越来越舒服了吧。他偷偷瞥了一眼甩在地上的高跟鞋。

"准备我的报告呢,"劳伦斯说,"如果不把报告发出去,我在这儿侦察再久都没用。"

"是啊。"玛格丽特若有所思地答道。

是时候往小礼拜堂那可怜的小铁炉里添点柴火了。他舀起几块碎煤,连同他刚刚用完的一次性密码本和几张草稿纸,一股脑儿塞了进去。"现在该暖和点儿了。"他说。

"哦,好极了,"玛格丽特答道,"冻得我浑身发抖。"

劳伦斯觉得她这是在暗示英雄救美的时候到了,于是,十五秒后,他已经跟她一起挤在吊床里了。不出他俩的意料,吊床实在太窄了,两个人窝在里面很别扭。又经过了几次有意无意的扑腾之后,劳伦斯变成了仰卧的姿势,玛格丽特则趴在他身上,她的两条大腿卡在他两腿之间。

她吃惊地发现他已经硬了。她脸上掠过一阵红云,羞愧自己没能早点儿发现他的需求。"可怜的孩子!"她叫道,"我怎么没早点儿想到呢!我真迟钝!你在这儿一定寂寞极了。"说着她吻了吻他的脸颊,这对于已经僵化当场的劳伦斯来说是个善意的举动。"一位勇敢的战士理应得到我们这些老百姓力所能及的各种款待。"她说着,伸出一只手拉开了他的裤链。

接着她把灰色的厚羊毛毯拉过头顶,往下挪去。劳伦斯·普里查德·沃特豪斯被接下来发生的事情弄得大为震惊。他透过半闭的眼帘盯着小礼拜堂的天花板,心中感谢上帝为他送来了这么一个集德军间谍与抚慰天使于一身的礼物。

完事之后，他睁开眼，深深地吸了一口大西洋冰冷的空气。他感觉自己对周围的一切看得更清晰了。毫无疑问，有玛格丽特在，他一定能在密码学的战线上有所建树——要是他能想办法让她常常回到这来就好了。

第二十九章　纸　页

赛马的影踪在布里斯班的阿斯科特马场上消匿已久，如今这片场地上翻腾着一股卡其色的波浪。草地早已因为日光的匮乏和士兵的践踏枯萎了，场上挖了几个厕坑，乱糟糟地扎着几个帐篷。一天三班倒，士兵们绕过静悄悄、空荡荡的马厩，越过赛马的跑道。在原来供赛马们热身的场地上搭着二十几个圆拱形的移动棚屋，像是一簇簇探出地面的蘑菇。在一个月的酷热里，棚屋里的人打着赤膊，整日整夜地坐在无线电台、打字机和卡片目录前。

娼妓们早已不再站在这栋位于亨利街的房子的阳台上搔首弄姿，也再没有去马场或者刚从马场回来的绅士们停下脚步，透过白色的扶栏窥视着她们的美色，踌躇着掏出钱包盘算一番，再把心一横，转过身子，踏上通往妓院的台阶。现在这里挤满了男人——军官和数学怪才们：一楼大多是澳洲人，二楼则是美国人，还有为数不多的几个幸运的英国人——他们在"马来之虎"山下将军[1]攻破新加坡之前逃了出来，免于被俘虏与逼供的命运。

---

[1] 山下奉文（1885—1946），时任日本军第 25 军司令官。1942 年 2 月，山下奉文攻陷新加坡，并迫使当时马来亚英军总司令白思华率部投降。

今天，这个破落的妓院里闹翻了天，持有"超密"许可的人都拥到了车库里。车库里回荡着风扇隆隆的嗡鸣，热得简直能发出火光。车库里放着一只生锈的大铁箱，上面还残留着几抹河泥，隐约露出箱壁上印着的一排日本字。如果在从港口搬运到这个车库的过程中有一个日军间谍瞟上它一眼，他也许马上就能认出这是如今已经在新几内亚丛林里失去联系的20师通信兵留下的东西。

交头接耳的议论声甚至盖过了风扇的隆隆声——据说这是一个澳大利亚大兵发现的，当时他们小队正在20师的废弃营地里扫雷，当他走上河岸时，他的金属探测器突然疯狂鸣叫了起来。

一沓沓密码本像金条一样整整齐齐地码在箱子里。湿透的本子上长满了霉斑，封面全都被撕掉了——但是在战时，这已经算是非常乐观的情况了。赤裸着上身、汗流浃背的士兵们一本接一本地把箱子里取出的密码本递到桌上，就像从摇篮里抱出婴儿的护士一样。桌旁有人负责剪掉已经腐烂的装订线，揭开湿透的纸页，一张张挂在临时拉起的晾衣绳上。吸饱了河水的纸页被风一吹，新几内亚潮湿恶臭的气息开始向外飘去，连下风向半英里外的行人都皱起了鼻子。他们又打开如今堆满了官方文件的妓院衣柜翻找更多的绳子，衣柜里还有一股当年留下的法国香水、粉扑、发胶和精液的味道呢。晾衣绳拉成的网逐渐变大，一根叠着一根，每一寸都挂着一张湿漉漉的纸页。每张纸页上都画着网格，每一个格子里都写着一个片假名或平假名或汉字，另一张表格里则写着一串数字或者罗马音；每张纸都以一种只有译码员才会感兴趣的方式互相关联在一起。

摄影师走了进来，身后跟着几个背着长达几英里胶卷的助手。他只知道自己的任务是把这每一页纸都清清楚楚地拍下来。一进门，他就差点儿被扑面而来的恶臭瘴气击倒在地，但他很快恢复过来，扫视着车库。触目所及，到处都是连绵无尽的纸页，皱巴巴地滴着水，正在慢慢变干发白，清晰地显露出上面画着的表格和文字，像无数投弹瞄准器的刻度线，像无数潜望镜的十字分划板，透过重云，穿过迷雾，精确地瞄准了一艘艘装满了北婆罗洲燃料、正冒着滚滚青烟的日军运兵舰的腹部。

第三十章 撞 击

"长官！请您解释一下我们这是去哪儿，长官！"

蒙克伯格上尉颤抖着呼出一口长长的气，胸腔剧烈地起伏着，像一栋在飓风里瑟瑟发抖的铁皮小屋。他做了个拖泥带水的俯卧撑。他双手撑着环垫，病恹恹地从地板上的——鉴于他们在一艘破船上，我们不妨称之为甲板——厕坑里。他扯下一张粗粝的欧洲厕纸擦了擦嘴，抬起头来，看着面前正抓着舷窗维持平衡的罗伯特①·沙夫托中士。

沙夫托确实需要抓着点什么来保持平衡，因为他身上背着一个几乎跟自己一样重的包裹。是他们事先仔细打点好派发给他的东西。

他本来可以把它就这么背在身上，但这可不是一名雄鹰童子军的作风。于是鲍比·沙夫托拆开包裹，把里面的东西摊在桌上清点整理了一番，才重新把它们打了包。

通过这些东西，沙夫托得出了一些结论。具体来说，他推测出2702特遣队在接下来的三个星期里最主要的任务是不要被冻死，间而杀几个全副武装的狗杂种——大概都是些德国鬼子。

---
① 罗伯特·鲍伯的全称。

"挪……挪……挪……挪威。"蒙克伯格上尉说道。他那副可怜兮兮的样子让沙夫托忍不住想给他点吗……吗……吗……吗啡,尽管吗啡本身也会造成轻微的眩晕,却能治愈晕船带来的更大痛苦。接着他又恢复了理智,想起蒙克伯格上尉是个军官,职责是派他去送死,于是决定还是让他滚一边儿去自生自灭。

"长官!我们在挪威的任务是什么性质,长官?"

蒙克伯格重重地一声干呕。"撞了就跑。"他说。

"长官!撞什么,长官?"

"挪威。"

"长官!跑哪儿去,长官?"

"瑞典。"

沙夫托喜欢这个。在 U 艇密布的海洋里小心翼翼地穿行,撞上挪威,在这片冰冻的沦陷区里亡命奔逃,所有这一切比起那个金光闪闪的目标——畅游这个世界上最大最纯正的瑞典婊子集散地——而言,都是那么微不足道。

"沙夫托!醒醒!"

"长官!是,长官!"

"你也注意到我们穿的衣服了。"蒙克伯格说的是他们扔掉了狗牌,换上平民或商船水手服装的事。

"长官!是,长官!"

"我们不想让那群德国佬,或者别的什么人认出我们来。"

"长官!是,长官!"

"现在你也许会奇怪了,如果我们要装作平民,那他妈还带着汤米冲锋枪、手榴弹和炸药包之类的东西干什么?"

"长官!这正是我接下来要问的,长官!"

"其实我们已经编好了整个故事。跟我来。"

蒙克伯格仿佛突然之间又恢复了活力。他站起身，领着沙夫托向下走了几条过道，来到了货仓里："你知道其他那几艘船吗？"

沙夫托一脸茫然。

"就是咱们周围那些船？我们是一整支船队，你知道的。"

"长官，是的，长官！"沙夫托不太肯定地答道。自从他们搭潜艇登上这艘颠簸的破船以来已经过去了几个小时，还很少有人到甲板上去过。就算他们上去打个转，也只能看见周围茫茫的黑暗与水雾。

"一支摩尔曼斯克船队，"蒙克伯格接着说道，"全都是给苏联运送军火物资的，明白吗？"

他们来到一个货舱前。蒙克伯格打开了头顶的一盏灯，出现在他们面前的是——板条箱。一堆一堆又一堆的板条箱。

"满满的军火，"蒙克伯格说道，"包括汤米冲锋枪、手榴弹、炸药包，诸如此类。明白吗？"

"长官，不明白，长官！我跟不上你的思路了！"

蒙克伯格往上踏了一步，凑得更近了些，近得让人有些不安。现在，他用一种诡秘的口气说了起来："你看，我们只是商队里的普通船员，正在去摩尔曼斯克的路上。起雾了。我们跟其他船走散了。接着，砰！我们他妈撞到挪威来了。我们被困在沦陷区了。我们必须杀出一条路到瑞典去！但是，等等，我们突然想到，那些堵在我们逃往瑞典路上的德国佬怎么办？好吧，我们最好武装起来，没错。还有什么事比一艘运送军火的货船想要武装起来更容易呢？于是我们跑进货舱里，急匆匆地撬开几个箱子，把自己武装了起来。"

沙夫托看着那堆箱子。一个都没被撬开。

"接下来，"蒙克伯格说道，"我们弃船逃往瑞典了。"

长长的沉默。沙夫托恍然大悟："长官！是，长官！"

"开始撬吧。"

"长官！是，长官！"

"要给人一种仓皇逃窜的感觉！仓皇！赶快！动起来！"

"长官！是，长官！"

沙夫托试着进入自己的角色。用什么来撬开箱子呢？附近没有撬棍。他跑出货舱，朝通道跑去。蒙克伯格一直紧紧跟着他，在他身后催促道："快点儿！纳粹就要来了！你必须找到武器！想想你的老婆孩子，在格拉斯哥或者拉伯克或者——管你他妈从哪儿来的呢！"

"威斯康星州的奥科诺莫沃克，长官！"沙夫托愤怒地纠正道。

"不是，不是！我不是说真的！我说的是你假装的这个受困的船员，蠢货！看啊，沙夫托！看！就在眼前了！"

沙夫托转过身，看到蒙克伯格指着一个写着消防字样的橱柜。

沙夫托拉开橱门，在一堆工具里找到了几把大斧子，就是那种消防队员扛在肩上进出着火建筑的斧子。

三十秒后，他又回到了货舱里，像保罗·班扬[①]一样劈开了一个装着点四五口径弹药的板条箱。"再快一点儿！再随意一点儿！"蒙克伯格叫道，"这可不是预演过的，沙夫托！你现在手忙脚乱，惊惧交加！"接着他又喊道："该死的！"然后冲上来，一把抢过了沙夫托手里的斧子。

蒙克伯格猛地一挥斧子，却因为没能把握好斧子的长度和重量而砍了个空。沙夫托一个卧倒往旁边滚去，躲到了安全地带。这会儿，蒙克伯格终于找到了感觉，手里的斧子终于成功地砍到了箱子上。碎片和木屑撒得一地都是。

---

①保罗·班扬是美国民间故事中的巨人樵夫，力大无穷，伐木快如割草。

"看！"蒙克伯格转过头对沙夫托说，"要有碎片！要乱七八糟！"他一边转头说着话，一边手里也没停着。船舱的颠簸使他得一直挪动脚步保持平衡，结果斧头再次偏离了目标，一下子砸在了他的脚踝上。

"哎哟！"蒙克伯格上尉语气平淡地轻声说道。他低下头来饶有兴趣地观察着自己的脚踝，沙夫托也走到他身边，看看究竟什么东西那么好看。

蒙克伯格左边小腿上被割开了一道整齐的伤口。在沙夫托的手电筒的照射下，他们甚至能看见裂口两侧断掉的血管和伸出来的韧带，像是挂在山崖边的断桥和管道。

"长官！你负伤了，长官！"沙夫托说道，"我去叫鲁特中尉！"

"不！你留在这儿继续！"蒙克伯格说，"我自己去找鲁特。"他伸出双手按住伤口的上方，血涌出来滴到了甲板上。"棒极了！"他若有所思地说道，"这可就逼真多了。"

他重复了几次命令，沙夫托才又不情不愿地拾起斧子劈起了箱子。蒙克伯格瘸着腿在货舱里又绕了几分钟，把血洒得到处都是，然后才拖着伤腿找以诺克·鲁特去了。他最后留下了一句话："记着！要有种手忙脚乱的效果！"

但是比起蒙克伯格的命令，他腿上的伤口更能帮沙夫托找到感觉。鲜血让他想起了瓜达尔卡纳尔的一切和最近的遭遇。他之前服用的吗啡药效已经逐渐褪去，这让他更加焦躁不安。现在他真的有点晕船了，因此他决定干点体力活来保持清醒。

于是他不顾一切地挥起了斧子。他已经不知道自己在干什么了。

他多么希望2702特遣队能待在干燥的土地上——最好是又干燥又温暖，就像他们之前在阳光灿烂的意大利度过的两个星期一样。

由于要把那一桶桶排泄物搬来搬去，这个任务的第一阶段还是挺艰苦的。不过剩下的时间（除了最后那几个小时以外）倒很空闲，就像水手们的登岸假期一样，只不过没有女人。每天他们都轮流到观察哨上去，通过单筒或者双筒的望远镜远眺那不勒斯湾。每天晚上，本杰明下士都会坐下来，发送更多狗屁不通的摩尔斯电码。

一天晚上，本杰明收到了一条信息，花了点时间破译之后，他把这条消息告诉了沙夫托："德国人发现我们了。"

"什么意思，他们发现我们了？"

"他们发现我们至少在六个月前就在这里设置了观察哨，监视那不勒斯湾。"本杰明说。

"我们才来了两个星期不到。"

"他们明天要来扫荡这片区域。"

"好吧，那我们还是滚吧。"沙夫托说。

"查顿上校命令你在这等着，"本杰明说，"直到你发现德国人已经发现我们了。"

"但是我已经发现德国人发现我们了，"沙夫托说，"你刚才告诉我的。"

"不，不不不不，"本杰明说，"在这儿等着，直到你自己发现德国人发现我们了，而不是因为你已经从查顿上校那里听说他们发现我们了。"

"你他妈玩儿我呢？"

"这是命令。"本杰明说，同时把那条破译过的信息当作证据递给了他。

太阳一出来，他们就听到了侦察机在头顶盘旋的声音。沙夫托随时准备开始逃亡计划，又确认了一番其他人是否也已经准备停当。他派那些英国空军特勤队的家伙去侦察了一下出逃路上的几处要道。他自己则躺在地上，凝视着蓝天上的飞机。

他现在算是发现自己被德国人发现了么？

从他今早起床起，特勤队的家伙们就一直围着他转来转去，眼巴巴地看着他。现在他终于转过视线，朝他们点了点头。他们跑走了。不一会儿他就听到了扳手在工具箱里哐当作响的声音。

德国人派来的侦察机遮天蔽日，这他妈足够说明德国人发现他们了。沙夫托能清清楚楚地看到那些飞机，因此他完全可以说他发现他们发现自己了。但是查顿上校命令他留在原地，"直到被德国人看得清清楚楚"，鬼知道是什么意思。

有一架飞机开始越飞越低。它细细地扫描着地面，每一回掠过都只搜寻窄窄的一长条范围。沙夫托干等着飞机靠近，急得简直要大声叫唤起来了。蠢到不真实。他真想打一发信号弹好快点儿结束这一切。

到了下午三点左右的时候，飞机终于到了躺在树荫下的沙夫托能数清机腹上的铆钉的距离了：那是一架亨舍尔 Hs 126[①]，后掠翼翘在机身上方以免阻挡视野，外面挂着悬梯、支撑架，还有看上去笨重无比的起落架。一个人坐在玻璃舱罩内驾驶飞机，另一人则探出舱外，一边透过护目镜观察下方，一边摆弄着一挺装在旋转机枪架上的机关枪。他就差跟沙夫托看个对眼了，然后拍了拍身边同伴的肩膀，又指了指下面。

然后"亨舍尔"改变了自己惯常的搜寻模式，抄了条近路飞向他们头顶，开始盘旋。

"这就行了。"沙夫托自言自语道。他站起身，朝那个破烂的谷仓走去，"可以了！"他大叫道，"开始行动！"

特勤队的小伙子们已经爬上了卡车，藏在防水油布下，用扳手

[①] 原注：最后几个星期里，沙夫托除了用"认识敌人"扑克牌来打拱猪以外无事可做，结果现在他连这种冷门侦察机的型号都能认出来了。

捣鼓什么。沙夫托朝他们望去，看到了躺在干净白色布料上的"维克斯"机枪亮闪闪的零件。他们他妈在哪儿找到这块干净白布的？说不定就是留着今天用的吧。他们为什么不早点儿把"维克斯"组装好？因为根据命令，他们必须在最后一刻才能开始匆匆忙忙地组装它。

本杰明下士犹豫了一下，一只手搭在发报机的键盘上，问道："中士，你确定他们发现我们了吗？"

每个人都等着看沙夫托要怎么回应这小小的挑衅。他作为一个"需要看管"的人的名声已经慢慢传了开来。

沙夫托转了个身，慢悠悠地走到几码开外的一片空地上。他能听到自己背后窸窸窣窣的声音，2702特遣队的其他人都挤在门边，探头探脑地想要一窥究竟。

"亨舍尔"又一次绕了回来，它贴得那么近，捡块石头都能砸到它的挡风玻璃上。

沙夫托解下汤米冲锋枪，拉上枪栓，架好，让它朝上翘起，然后开了火。

也许有些人会抱怨这种"战壕扫帚"穿透力不够，但沙夫托很确定自己能看到"亨舍尔"的发动机四下飞溅的碎片。"亨舍尔"几乎瞬间就失去了控制，机翼先是与地面垂直，然后又转了半圈，直到整个翻了过来——由于它一开始离地太近，结果最后仰面朝天地平拍在了不到一百码远的一片橄榄树林里。飞机并没有马上就爆炸：真叫人失望。

其他人陷入了一片沉默。唯一的声响就是本杰明下士滴滴答答发送电文的声音，他的问题已经得到了解答。这是沙夫托第一次听出本杰明的摩尔斯电码——消息是直接用明文发出去的：我们已暴露终止圆环计划。

他们为这个所谓圆环计划所做的第一件事就是爬上了那辆先前藏在仓库里,现在在树下挂着空挡等着的卡车。本杰明把情报发出去之后就扔掉了无线电台,加入到了他们之中。

而沙夫托,他为"圆环计划"所做的第一件事,就是倒提着一个敞口汽油罐,像之前的侦察机一样在屋前屋后细细地来回走了几趟。

他在罐子里留了三分之一的汽油,站在仓库中间,拔掉了一颗手榴弹的保险,把它扔进了汽油罐里,然后拔腿跑出了屋子。卡车已经开动了,他追了上去,战友们伸出手臂把他拉进车厢。他刚找到位置坐好,就看到身后的建筑炸成了一团大火球。

"好啦,"沙夫托对他们说,"现在又有好几个钟头要消磨了。"

除了那些正在组装"维克斯"的空军小伙子,卡车里的所有人都面面相觑,一脸"我没听错吧"的表情。

"呃,中士,"终于有人起了头,"'消磨几个钟头'是什么意思?"

"飞机不会这么快来的。这是命令。"

"是不是出了什么问题——"

"没有。一切顺利。只是命令而已。"

其他人没有再继续追问下去,但是车厢里飞来飞去的眼色更多了。最后,以诺克·鲁特开口了:"你们也许很奇怪我们为什么不在德国人发现我们之前先消磨几个钟头,然后再在千钧一发之际跟飞机汇合。"

"对啊!"所有人都叫了起来,无比急切地点了点头。

"这个问题问得好。"以诺克·鲁特说。他把话说得好像他知道答案一样,结果搞得每个人都很想揍他一顿。

德军已经派出了几支地面小队在岔路口拦截他们。当2702特遣队抵达第一个路口时，地上的德军已经死成了一片，他们只需要踩一脚刹车，等其他藏起来的海军突击队员跑出来跳上车就可以了。

第二个路口的德军根本不知道前面发生了什么事，很显然是他们之间的内部通信出了什么差错，尽管语言不通，2702特遣队的人还是一眼就看出来了。因此他们只需要躲在油布下一通扫射，把他们打成筛子或者只要吓跑他们就行了。

再下一个路口的德军可没这么好对付。他们用一辆卡车和两辆汽车组成了一道路障，埋伏在路障的两边，举枪对准了2702特遣队。他们身上似乎只有轻武器。不过恰在这时，"维克斯"终于组装完毕，完成了一系列的校准、微调、检查和上膛工作。防水油布被拉了下来，米库尔斯基二等兵，这个体重两百五十磅、面色阴沉的波兰裔英国皇家空军特勤队队员，在德国人扣动他们步枪的扳机时，也扣动了"维克斯"。

高中毕业之后，鲍比·沙夫托参加了一系列职业培训，上了许多手工课。这其中的一大部分时间，当然，他都花在分割大木板和大铁板上了。这些工坊里通常都准备着许多用途各异的锯子。如果用手锯切割太慢太费劲的话，他们就会请出电锯。同样地，某些特定的材质也会造成小电锯的过热和停转，这时就需要请出大电锯了。但是哪怕是店里最大的电锯，鲍比·沙夫托也总能感觉自己好像给锯子施加了什么压力：锯刃接触到材料的一瞬间速度会变慢，它会发热，震颤，如果你推动锯料的速度太快，它还可能会卡住。但有一年夏天他在一家工厂里工作，那儿有一架锯床。这架锯床连同上面的锯条、备用配件、维护用具、专用工具和使用手册占掉了整整一间房的面积。这是他第一次见到带底座的工具。它有一辆汽车那么大。两个带动锯条的大轮子各有八根辐条，看上去就像从蒸汽机车上拆下来的一样。它的锯条是从一卷足有半英里长的锯条上截下来的，被小心翼翼地焊成了一圈。当你按下开关时，在那么一小会儿的时间里它仿佛毫无动静，只有一阵次声波一样的颤动缓缓地从地心传来，仿佛一列货车正从远方驶来。然后锯刃动了起来，缓慢而无情地加速起来，直到你看不清锯齿的边缘，它变成了一股紧紧绷在上下机床之间杀气腾腾的能量。人们低声传说着锯床造成的事故，而且永远不会把它跟其他工伤事故混为一谈。不管怎么说，锯床最让人侧目的地方在于，它不仅能锯开一切东西，而且还能锯得又快又好，然而这对于它来说好像都不算事儿。它根本没察觉到有人正把一大块锯料塞进它的传送带里。它从不减速。从不过热。

　　正是这段高中毕业后的经历让沙夫托意识到了枪跟锯子的共同之处。枪能射出子弹，但是它们会产生后坐力，会发热，会脏污，最后会卡壳。换句话说，枪可以射出子弹，但是这对它们来说是一种很大的、人为施加的压力，而它们能承受的压力是有限的。但是这辆卡车后面搭载的"维克斯"正像锯床一样。这是一种水冷式的机枪，居然自带他妈的散热装置。它还有基座，跟锯床一模一样，还需要好几个人来维护它。但是一旦这天杀的玩意儿开始运作，只要人们不断给它补给弹药，它就能不眠不休地一直开火。在米库尔斯基二等兵开火之后，另外几个2702特遣队的家伙也迫不及待地加入进来，想要做点贡献。他们端着步枪朝那些德国兵胡乱开了一阵火，但是很快就放弃了——这跟"维克斯"的火力比起来实在是太渺小太可怜了。于是他们又回到路边沟里藏好，点起几根烟，看着"维克斯"流水一般的子弹不慌不忙地倾泻在路障上。米库尔斯基不一会儿就把德军的汽车打了个稀巴烂，他来回调整着枪口的角度，就像用灭火器时要来回喷射一样。接着他把火力倾泻在几堆他觉得后面可能藏着人的残骸上，在上头开出一个又一个窟窿，直到他能从窟窿里看到对面为止。他还射倒了路边的五六棵树，因为怀疑有德国人会藏在后面,又犁平了半英亩的草地。

这会儿大家发现,有几个德国兵撤退到了马路另一边的小山坡后头,时不时地朝这边打几发子弹。于是米库尔斯基把"维克斯"的枪口大角度仰起,朝空中射出了一串子弹。子弹像迫击炮弹似的落在了山的那头。他花了点儿时间才找准角度,接着就像给草坪浇水一样,耐心地开始扫射整块地方。有一个英国空军的哥们儿还真的算了起来,米库尔斯基还要继续这样扫射多久才能让子弹达到某种密度——比如说,每平方英尺一颗子弹?等这片土地到处落满铅弹之后,米库尔斯基又转向路障,直到那辆横在路中间的卡车被打成小得足以让他们徒手搬走的废块为止。

最后他终于停下了火。沙夫托觉得他应该在航海日志上备注一条,就像军舰入港时船长们常常做的那样。驶过卡车残骸时,他们放慢了车速好仔细看一看。德国汽车的发动机被打成了灰色的金属碎片,像玻璃一样撒在地上,你甚至能轻而易举地看到里面的构造,闪闪发光的活塞和曲轴暴露在阳光下,汽油和冷却水流了一地。

他们穿过路障的废墟,进入了一片人烟稀少的内陆区域,这儿倒是适合德国佬轰炸他们。两架率先冲出来的战斗机被米库尔斯基和他的"维克斯"击碎在半空中。另外两架则成功地将卡车、"维克斯"和米库尔斯基一次击毁。其他人都没有受伤,他们都藏在路边沟里,看着米库尔斯基平静地坐在"维克斯"后面对抗两架"梅塞施密特"战斗机——最后他输了。

天色渐渐暗了。特遣队开始徒步越野行军,担架上还抬着米库尔斯基的遗体。他们半路遭遇了一支德国巡逻队,又有两个空军的小伙子受了伤,其中一个伤得比较重,只能一路抬着走。他们最终到达了会合地点,是一片小麦田。他们在路的两侧摆了两行道路照明弹,勾勒出一条供美国陆军DC-3运输机降落的跑道。飞机轻巧地落下，载起这群士兵一路朝马耳他飞去。再没出别的岔子。

正是此时，他们第一次被引见给了蒙克伯格上尉。

他们登上这艘不知驶往何处——至少他们不知驶往何处——的潜水艇之后的第一件事，就是汇报任务执行的情况。当他们上交自己夏天的衣物换来十磅重的原毛毛衣时，他们隐约猜到了此行的目的地。经过了几天水下幽闭的日子，他们转移到了这条货船上。

这条船整个就是一坨可悲的破烂，以至于他们自娱自乐地把句子里的"船"都替换成了"屎"①，比如：让我们把这个客舱收拾得有点屎样吧！那个屎长要把我们带去他妈的哪儿？如此这般。

现在，鲍比·沙夫托正在屎舱里满怀激情地创造一种"手忙脚乱"的效果。他沿路扔下步枪和汤米冲锋枪，打开装满点四五弹药的箱子把子弹撒了一地。他还找到了几副滑雪板——他们还要用滑雪板呢，对吧？他随便往地上扔了几颗地雷，打算吓一吓那些碰巧来搜检这艘破屎的德国人。他打开一箱箱装满的手榴弹。手榴弹整齐地码放在箱子里，一点都不"手忙脚乱"——于是他从里面拿出几十来个，把箱子扛上甲板，扔进了海里。他还扔了几副滑雪板，也许它们会被大浪冲上岸，进一步加强"手忙脚乱"的效果——鉴于蒙克伯格上尉对这一点那么重视。

正当鲍比·沙夫托抱着一捆滑雪板横穿甲板时，前面的雾里有什么东西吸引了他的注意。他自然而然地向后退了一步。以往的受袭经验让鲍比·沙夫托变得很容易瑟缩。这会儿他就狠狠地缩了一下，滑雪板掉了一地，他差点儿就要扑倒在滑雪板里找掩护了。但他还是努力站定，定睛朝雾里的东西看去。它就在正前方，比货轮的舰桥要更高些，移动速度并不快（并不像俯冲而来的"零式"或

---

①船（ship）与屎（shit）谐音。

者"梅塞施密特"），只是静静地浮在那儿，好像天空里的一片云，好像雾气凝成的厚重的块状物，好像他妈妈做的土豆泥。他站在那儿看着，它越来越明朗了，轮廓越来越清晰了，他甚至能看到它周围的东西了。

它周围是一片绿色。

喂，等等！他看到的是一片青翠的山坡，山腰上还覆盖着皑皑白雪。

"当心！"他大叫一声，卧倒在甲板上。

他本以为这艘屎会慢慢地、轻轻地撞到山上。他脑子里浮现出的是这样一幅画面：就像你在海边骑一辆摩托艇，一个刹车，摩托艇在最后一分钟脱水而出，滑翔一段距离，然后稳稳地落在垫子一般柔软的沙滩上。

接下来发生的事证明了这个比喻实在是太不恰当了。这艘运输屎实际上比你平常骑的那种噗噗作响的小玩意儿要快得多。它不是"滑翔一段距离然后稳稳落在了沙滩上"，而是几乎迎头撞上了一面垂直的花岗岩石壁。一声振聋发聩的巨响，撞折了的屎首翘了起来，伏在地上的鲍比·沙夫托感到自己正沿着滑溜溜的甲板飞速地朝下滑去。

他吓坏了，有那么一瞬间他以为他要飞出甲板掉进海里去了，但是他抓住了一条锚链，成功地停了下来。他能听到身下的屎舱里成千上万大大小小的东西乒乒乓乓地撞成一片。

紧接着是一小段插曲般短暂的死寂。然后仅有的几个水手大叫起来："弃屎！弃屎！"

2702特遣队的成员纷纷朝救生艇拥去。沙夫托知道他们能照顾好自己，因此径直朝舰桥跑去——他知道那儿有几个总能把事情搞得更复杂的怪胎：鲁特中尉、蒙克伯格上尉和本杰明下士。

他首先看到的是陷在椅子里的屎长,他刚给自己倒了杯酒,脸色看起来就像身上的血都流干了一样。这狗娘养的可怜家伙是正式的海军军人,他的服役部队派他到这里来就是为了干这个。很显然他并不能接受这个事实。

"干得好,长官!"沙夫托不知道说什么好,只好随口敷衍了一句。然后他循着一阵争吵声来到了通信舱。

主要登场人物包括:本杰明下士,他手捧一本巨大的书,一副神父带着尖酸刻薄的语气给他傲慢的教徒们讲解《圣经》意义的样子;蒙克伯格上尉,半瘫在一把椅子里,受伤的那条腿搭在桌子上;鲁特中尉,正在帮前者缝伤口。

"我曾经起誓——"本杰明嚷道。

蒙克伯格打断了他:"你曾经起誓,下士,服从我的命令!"

由于刚刚的撞击,鲁特的医药用品散落得到处都是。沙夫托一边帮他把它们捡起来摆好,一边仔细留意着有没有哪个小瓶子滚到别处去了。

本杰明的情绪非常激动。很显然,他觉得蒙克伯格并没有明白他的意思,于是他随便翻开那本巨书的其中一页,然后举到蒙克伯格面前。上面一行一行、一段一段地印满了随机字母。"这,"本杰明说,"是盟军的商船密码!北大西洋上每一支舰队里的每一艘船上都有这么一个密码本!这些船用这个密码来通报位置!你知道如果这个密码本落在了德国人手里会怎么样吗?!"

"我已经下过命令了。"蒙克伯格上尉说。

沙夫托在地上搜索滚落的药瓶时,以上争执反复了好几次。最后他找到了:那个瓶子滚到了一个储藏柜的后面,奇迹般地没有破碎。

"沙夫托中士!"鲁特喝道。这几乎是他第一次用这种长官的口气说话,沙夫托条件反射地来了个立正。

"长官！是，长官！"

"蒙克伯格上尉的吗啡药效马上就要过去了。我要求你立刻找到装吗啡的瓶子然后交给我。"

"长官！是，长官！"沙夫托是一名陆战队员，这意味着他非常善于服从命令，即使是在他的身体并不同意的时候。尽管如此，他的手指仍然不愿意松开那个小瓶子，鲁特几乎撬开他的拳头才拿到了瓶子。

本杰明和蒙克伯格沉浸在争吵中，完全没注意身边的这一幕。"鲁特中尉！"本杰明的声音变得尖厉而颤抖。

"怎么了，下士？"鲁特漫不经心地应道。

"我有理由认为蒙克伯格上尉是一名德军间谍，他应该被解除职务并严格控制起来！"

"你这狗娘养的！"蒙克伯格大叫起来。可以理解，毕竟按照本杰明对他的指控，叛国罪是要被枪决的。但是鲁特把蒙克伯格的腿固定在桌上，他动弹不得。

鲁特不动声色。他似乎很欣赏这个过分严重的指控。至少这比找出一个恰当的词来代替人们用来代替"船"的"屎"字，要显得言之有物多了。

"咱们军事法庭上见，混账东西！"蒙克伯格咆哮着。

"本杰明下士，你指控他叛国的理由是什么？"以诺克·鲁特用一种抚慰的语调发问。

"上尉禁止我摧毁这些密码本，而我曾经起誓保证它绝不外泄！"本杰明大声说道。他的情绪已经彻底失控了。

"我得到过查顿上校的明确命令！"蒙克伯格朝鲁特叫道，把沙夫托吓了一跳。蒙克伯格似乎意识到了鲁特在这件事上的权威。也或许他只是惊慌失措，想要找个盟友。军官拉帮结伙跟底层士兵较量。司空见惯。

"你有什么书面文件为证么？"鲁特问。

"我不认为现在适合讨论这个。"蒙克伯格的语气中仍带着些祈求和自卫的性质。

"那你觉得我们该怎么办呢？"鲁特说着，手里一根长长的线穿过了蒙克伯格失去知觉的腿。"我们现在搁浅了。德国人马上就到。要么扔下那些密码本，要么毁掉。我们必须现在就做出决定。"

蒙克伯格无力地瘫倒在椅子上。

"你有没有书面文件？"鲁特问。

"没有。只是口头命令。"蒙克伯格说。

"命令中是否特地提到了这些密码本？"鲁特问。

"是的。"蒙克伯格像是在法庭上提供证词。

"命令中是否特地提到，我们应该让这些密码本留在船上并落入德国人的手里？"

"是的。"

一阵短暂的沉默，鲁特给手里的线打了个结，又抽出了另一根线缝了起来。接着，他说道："像本杰明下士这样的一位怀疑论者，也许会认为这全是你胡编乱造出来的。"

"我要是敢胡说一句话，"蒙克伯格说，"一枪崩了我吧。"

"这要等到你和其他人都回到盟军控制区，跟查顿上校对质过才知道了。"以诺克·鲁特不疾不徐，冷冰冰地答道。

"这他妈是几个意思？！"英国空军的一个家伙从下面的一扇舱门里钻了出来，跳进过道里。"我们全他妈在救生艇上等着呢！"他冲进房间焦急地环视四周，一张脸因为寒冷和焦虑涨得通红。

"滚蛋。"沙夫托说。

对方猛地停住了脚步："好的，中士！"

"下去让救生艇里的人也滚远点儿。"沙夫托说。

"这就去,中士!"说着,他一溜烟儿跑掉了。

"那些在救生艇上急得跳脚的人可以作证。"以诺克·鲁特接着说道,"你自己和其他证人回到盟军控制区的机会正在随着时间一点一滴地流逝。而你几分钟前恰巧弄伤了自己的左腿,使得情况进一步恶化了。要么我们在这儿全部被俘,要么你会要求自己留下然后被德军发现。不管是哪种情况,假设你是德军间谍,你都得救了:你既不用上法庭,也不用上刑场了。"

蒙克伯格简直不能相信自己的耳朵。"但是——但是那是个意外啊,鲁特中尉!我用一把天杀的斧子砸了脚——你不会以为我是故意的吧?!"

"现在我们也不知道。"鲁特表示遗憾。

"为什么我们不干脆毁掉这些密码本?这样就万无一失了。"本杰明说道,"我只是在执行常规命令而已——绝对没有问题。也不用扯什么军事法庭了。"

"那这个任务就完蛋了!"蒙克伯格叫道。

鲁特又想了想。"是否有人因为,"他问道,"敌军窃取了我军密码并破译了我军情报而死去?"

"那当然。"沙夫托答道。

"是否有人因为,"鲁特又问道,"敌军没有获得我军密码而死去?"

这倒是个难题。本杰明下士脑筋总是转得很快,这时却也不得不思索一下。"当然没有!"他说。

"沙夫托中士?你怎么看?"鲁特严肃而庄重地看着沙夫托。

沙夫托说:"这问题挺复杂的。"

轮到蒙克伯格了:"我……我觉得……我相信我可以想出一个有

人可能会死的情况，没错。"

"你怎么看呢，鲁特中尉？"沙夫托说。

鲁特很久没有开口，手里继续不停地穿针引线。时间仿佛又过去了几分钟。也许并没有那么久。只是每个人都很担心德国人的到来。

"蒙克伯格上尉今天试图让我相信，如果我们让这些密码本落进德国人的手里，我们就能避免不少盟军士兵死亡。"鲁特突然开了口，每个人都被他吓了一跳，"实际上，在这种情况下我们必须用微积分来计算死亡人数了。真正的问题在于，这样做是不是能救更多的人？"

"我跟不上了，神父，"沙夫托说，"我连代数都没学好。"

"那就从最简单的说起：留下密码本会造成人员伤亡，因为德国人会因此得知我军船队的位置然后击沉它们。对吗？"

"对！"本杰明下士答道。鲁特似乎站在他这一边。

"确实如此，"鲁特继续说道，"直到盟军换用一套新的密码——而这很可能是他们接下来马上就会做的事。因此，从坏处说，丢下密码本会让我们在短期内损失一些船只。好处呢？"鲁特抛出这个问题，双眼盯着蒙克伯格的伤口，眉毛却因为思考而挑了起来，"丢下密码本怎样才能救人的性命？嗯，这就难以昭知了。"

"难以什么？"沙夫托问。

"假设，比如说，有一支载着几千人军队和新式武器的秘密舰队正准备从纽约出发，这支舰队很可能改变战争的走向，拯救几千条性命。假设它使用的是另外一种全然不同的密码系统——就算德国人今天拿到了我们手头这份密码本也无法破解的系统。德国人可能会专注于破坏那些他们已知的船队，也许，还会杀上几百人。但是与此同时，趁着他们注意力还放在那些已知船队身上的时候，这支秘密舰队就能悄悄地横渡大洋，把那些珍贵的货物运送到目的地，拯救几千人的性命。"

又是一阵长长的寂静。他们能听到外面其他2702特遣队成员的喊叫，他们也正在救生艇上吵吵嚷嚷争个不停：我们真的要把这群天杀的军官留在这艘搁浅的船上，这算不算叛乱？

"只是假设罢了，"鲁特说道，"但是至少它提供了一种理论上的可能性，那就是在这种情况下，丢下密码本的确有可能救更多的人，这就是它的好处。再这么想想，也许这么做根本没有坏处。"

"这是什么意思？"本杰明说，"当然是有坏处的！"

"你在假设德国人没有破解我们的密码，"鲁特抬起一只血淋淋的手指点了点本杰明手里的大本子，"但其实他们也许已经破解了。你知道的，他们击沉了我们不少船队。如果他们确实已经破解了密码，那么让他们拿到这个密码本也没什么坏处。"

"但是这跟你刚提到的'秘密舰队'的说法不就矛盾了吗？"本杰明嚷道。

"所谓秘密舰队只是假想实验嘛。"鲁特说。

本杰明下士翻了个白眼，很显然，他还真知道所谓假想实验是什么意思："如果他们已经破解了密码，那为什么我们还要这么千辛万苦、九死一生来特地送给他们？"

鲁特考虑了一会儿："我也不知道。"

"那，你到底怎么想的，鲁特中尉？"在经历难熬的几分钟之后，鲍比·沙夫托开口打破了沉默。

"我想，要是撇开我的假想实验，本杰明下士的观点——比如说，蒙克伯格上尉其实是个德军间谍之类的，大概更符合常理吧。"

本杰明大出了一口气。蒙克伯格抬起头来惊恐地盯着鲁特的脸。

"但是不符合常理的事也常常发生嘛。"鲁特又说。

"喔,看在老天分上!"本杰明大叫着,一巴掌打在了密码本上。

"鲁特中尉?"沙夫托说。

"怎么了,沙夫托中士?"

"蒙克伯格上尉不是故意弄伤自己的,我当时在场。"

鲁特抬起头来看着沙夫托的眼睛,这就有趣了。

"真的?"

"是的,长官。那怎么看都是一场意外。"

鲁特打开一卷消毒纱布,给蒙克伯格的伤腿裹上。血从纱布里渗出来的速度比他缠的速度还要快,但是慢慢地,鲁特占了上风,缠在蒙克伯格腿上的纱布变回洁白如新的样子了。"我看现在是真正做决定的时候了,"他说,"我认为我们应该留下密码本,就像蒙克伯格上尉刚刚说的那样。"

"可如果他是个德军间谍——"本杰明又开始了。

"那等我们回去,他就要坟头长草了。"鲁特说。

"但是你自己刚刚说过我们很可能回不去了。"

"我不该那么说的,"以诺克·鲁特歉意地说道,"那句话太不明智了。那不符合2702特遣队的精神。我相信我们一定能解决面前的一切困难。我相信我们一定能顺利抵达瑞典,我们带着蒙克伯格上尉一起去。"

"这才对嘛!"蒙克伯格说。

"不管何时,只要蒙克伯格上尉有任何装病或者要求留下来的行为,或者任何可能导致我们被敌军俘获的举动,我们就有理由认定他是一个间谍。"

蒙克伯格看上去坦荡得很。"那我们赶快他妈的走起来吧!"他跳了起来,结果因为失血过多有些站不稳。

"等等！"沙夫托中士说道。

"现在又怎么啦，沙夫托？"蒙克伯格又趾高气扬地吼了起来。

"我们怎么知道他有没有导致我们被俘的举动？"

"你说的是什么意思，沙夫托中士？"鲁特问。

"也许他的举动没那么明显，"沙夫托说，"也许有一支德军小队正在树林里的某个地方等着我们自投罗网。蒙克伯格上尉只要领着我们往那边走就是了。"

"说得好，中士！"本杰明下士说。

"蒙克伯格上尉，"以诺克·鲁特说，"作为本船最接近医生职务的人，我宣布，由于健康欠佳，你不适于继续担任指挥任务。"

"什么叫健康欠佳？！"蒙克伯格惊叫起来。

"你失血过多，而且使用了吗啡，"以诺克·鲁特中尉说，"指挥权因此递交给你的副官，由他来决定我们行军的具体方向。"

"但是你是唯一剩下的军官了！"沙夫托说，"除了船长——但是没了船，他也没什么用了。"

"沙夫托中士！"鲁特喝道。这种海军陆战队的风范使得沙夫托和本杰明条件反射地双双立正站好。

"长官！是，长官！"沙夫托回道。

"这是我给你的第一个也是最后一个命令，听好了——"鲁特命令道。

"长官！是，长官！"

"沙夫托中士，把我和小队的其他人都带到瑞典去！"

"长官！是，长官！"沙夫托吼叫着，大步走出了船舱，甚至把蒙克伯格撞到了一边。其他人也很快跟了上去，把密码本留在了船舱里。

在救生艇上折腾了大概半个小时之后，2702 特遣队终于再次回到了陆地上，不过这次是在挪威。雪线大约就在海平面以上五十英尺的地方，幸好鲍比·沙夫托知道怎么用滑雪板。那几个英国空军士兵也知道怎么用，他们甚至知道怎么用滑雪板折腾出一个像样的雪橇来：这样他们就能把蒙克伯格上尉放在上面拉着走了。几个小时之后，他们已经来到了丛林深处，朝东走去。自他们上岸以来，他们还没见到过一个人，不管是德国人还是挪威人。天上飘起雪花，掩埋了他们的足迹。蒙克伯格老老实实地待着，既没要求留下来，也没打信号弹。沙夫托开始觉得，也许去瑞典是2702特遣队最简单的任务了。这个任务里最难的部分呢，和平常一样，就是搞清楚这他妈到底是怎么一回事。

第三十一章 勤　勉

东南亚的地图挂了满墙，连窗户都被盖住了，弄得艾维酒店房间里的氛围像地堡一样。寄生藤公司的成员正在召开两个月来的头一次全体股东大会。艾维·哈拉比、兰迪·沃特豪斯、汤姆·霍华德、埃伯哈德·弗尔、约翰·坎特雷尔和贝丽尔·哈根都挤在房间里，将迷你吧台里的零食和饮料掠夺一空。有些人坐在床上。埃伯哈德赤脚盘腿坐在地上，笔记本电脑摆在一只脚凳上面。艾维一直站着。他抄起双臂，闭着眼睛，靠在组合影音系统那用濒危桃花心木制成的门板上。他穿着一件洗得干干净净的白衬衫，刚刚浆得笔挺，一动还会啪啦啪啦响。十五分钟前他还穿着一件已经四十八小时没脱过的T恤。

有那么一会儿，兰迪还以为艾维保持这诡异的站姿睡着了。"看地图。"但，艾维突然小声说。他睁开眼睛，将眼球转向同一方向，省下了转脑袋的力气。"新加坡、台湾的南端，和澳大利亚的最北端形成了一个三角形。"

"艾维，"埃伯严肃地说，"任意三点都能形成一个三角形。"一般来说，他们并不指望埃伯哈德能用幽默使议程变得更轻松，但房间里响起一阵轻笑,艾维也咧嘴笑起来——倒不是因为有多好笑,而是因为这是士气高昂的表现。

"三角形的中心是什么?"

大家又看了起来。正确答案是苏禄海中的一点,但显然艾维要说的不是这个意思。"是我们。"兰迪说。

"说得不错,"艾维说,"吉纳库塔的地理位置可以作为理想的电子十字路口。安装大型路由器的完美位置。"

"你说的是股东语。"兰迪警告道。

艾维没理他。"真的,这样要合理得多。"

"哪样?"埃伯尖锐地问。

"我最近发现这里还有其他的电缆工作人员。有一个新加坡的小组,还有一个澳大利亚和新西兰的联合财团。换句话说:我们曾是连通'地穴'的唯一通信运营商。而从今天起,我怀疑我们就要变成三个中的一个了。"

汤姆·霍华德胜利地一笑:他在"地穴"里工作,他大概比别人都先知道。兰迪和约翰·坎特雷尔交换了一个眼神。

埃伯僵硬地直起身子。"你知道这事多久了?"他问。

兰迪看见恼怒的神色从贝丽尔脸上一闪而过。她不喜欢被质问。

"你们介意我和埃伯单独谈一会儿吗?"兰迪说着站起身。

埃伯哈德·弗尔博士看起来被吓了一跳,然后站起来跟着兰迪走出房间:"我们这是要去哪儿?"

"电脑不用拿。"兰迪说,伴着他来到外面的走廊。"我们只是到这儿来而已。"

"为什么?"

"是这样的。"兰迪说,拉上身后的门,但没让它锁上。"像艾维和贝丽尔这样业内经验丰富的人,对于两人对话有种特殊的偏好——就像你和我正在进行的这种。不仅如此，他们还很少把事情写下来。"

"解释。"

"这事儿跟信息论有关。瞧，如果最糟糕的事情发生，有人提出某种法律诉讼——"

"法律诉讼？你在说什么？"

埃伯来自毗邻丹麦的一个小城市。他父亲是高中数学老师，母亲是英语老师。他的外表也许会让他在自己家乡成为边缘人物，但像是还住在那里的许多人一样，他相信做事情应该简单、坦诚、合乎逻辑。

"我不想吓唬你，"兰迪说，"我并没有暗示类似事情正在发生，或将要发生。但照美国现在这个年景，生意最终变成官司的概率高得能吓你一跳。一旦打起官司，所有文件都可以被披露。所以艾维和贝丽尔这样的人从来不把任何他们不想在法庭上见到的东西写下来。此外，任何人都可能被要求宣誓为发生的事情作证。所以像这样的两人谈话是最好的。"

"互相对证。这我明白。"

"我知道。"

"但他们还是该用谨慎的方式告知我们。"

"艾维和贝丽尔等到现在才告诉我们，是因为他们想面对面解决问题，以两人对话的形式。换句话说，他们是为了保护我们——而不是为了对我们隐瞒。现在他们就是要正式向我们公布新闻。"

埃伯哈德不再怀疑。他现在一脸不耐烦——这可更糟了。像很多工程师一样，他如果觉得别人没逻辑，可能会大吵大闹起来。兰迪举起双手，手心向外表示投降。

"我承认刚刚的话没道理。"

埃伯瞪着眼睛,并没有被打动。

"这个世上充满了没有理性的人和疯狂的局面,你同意吗?"

"是——"埃伯颇怀防备地说。

"如果我们要靠当黑客拿钱,那就得有人雇我们,对吧?"

埃伯小心地考虑了一会儿说:"对。"

"那就意味着我们或多或少地要和这些人打交道,不管那有多不愉快。还要接受一大堆其他乱七八糟的东西,比如律师、公关和营销推手。而如果是你或我去跟他们打交道,我们会疯掉。对不对?"

"非常可能,没错。"

"那么艾维和贝丽尔这样的人的存在就是好事,因为他们是我们的用户界面。"一幅冷战中的图像浮现在兰迪的脑海里。他伸出双手,胡乱抓着空气,"就像他们用来处理钚的那种手套式操作箱。明白了吗?"

埃伯哈德点点头。好现象。

"但这并不代表事情就会变得像给计算机编程一样。他们只能将那个世界无理性的本质过滤、软化,所以艾维和贝丽尔还是可能会做一些看起来有点疯狂的事情。"

埃伯的眼神变得越来越恍惚。"如果从信息论的角度来处理这个问题会很有意思,"他宣称,"数据如何能来回流动于一个内网中的节点之间——"兰迪知道埃伯指的其实是小型社团中的人——"但对之外的人来说却不存在呢?"

"你是什么意思,不存在?"

"如果以法庭的参考标准来看,一份文件从未存在过,那它如何能传召这份文件呢?"

"你是说给文件加密?"

埃伯看起来被兰迪的一根筋弄得有点痛苦。"我们已经在加密了。但还是有人能够证明有一份特定大小的文件在某个时间被发送到了某个邮箱里。"

"流量分析。"

"没错。但如果有人干扰呢？我为什么不可以在我的硬盘里塞满随机字节，让单个文件变得无法辨别呢？它们的存在就会被噪声完全掩盖，好比一头藏在密草中的老虎。我们可以持续不断地互相发送噪声。"

"成本太高。"

埃伯哈德大手一挥，不屑一顾道："流量很便宜。"

"你这与其说是陈述事实，不如说是信仰的表现，"兰迪说，"但这在未来可能成真。"

"可我们之后的生活也发生在未来，兰迪，所以不如早做打算。"

"好吧，"兰迪说，"我们可以稍后再继续这次讨论吗？"

"当然。"

他们回到房间。在这里待的时间最久的汤姆正在发言："浅蓝绿底儿带黄褐色斑点、五英尺长那种是无害的，很适合当宠物养。深蓝绿底儿带黄褐色斑点、六英尺长那种只要咬一口就可以让你在十分钟内死亡，除非你自我了断以避免难以忍受的痛苦。"

这些都只是为了让兰迪和埃伯知道，没有人趁他们不在房间里的时候讨论公事。

"好了，"艾维说，"重点是，'地穴'的规模可能会比我们一开始以为的大很多，所以这是好消息。但有一件事情仍然需要解决。"艾维认识兰迪一辈子了，知道兰迪不会为接下来的事情困扰。

所有眼睛都转向兰迪，贝丽尔接过话头。她主动扮演起担心别人感受的角色，因为公司里其他人都太不够格了。于是她抱歉地说："兰迪在菲律宾做的工作虽然非常出色，但已经不是公司活动的关键部分了。"

"这我能接受，"兰迪说，"嘿，好歹我十年来第一次晒黑了皮肤。"

看见兰迪没生气，每个人似乎都大松了一口气。

不出意外，汤姆一针见血地问道："我们可以从与'牙医'的关系中抽身吗？一刀两断？"

谈话的节奏突兀地中止了。像迪斯科舞厅突然停电似的。

"还不清楚，"最终艾维说，"我们看了合同。但合同是'牙医'的律师写的。"

"他不是有些伙伴是律师么？"坎特雷尔问。

艾维不耐烦地耸耸肩，好像这个问题只是无关痛痒的冰山一角。"他的伙伴。他的投资者。他的邻居、朋友、高尔夫球友。他的水管工可能都是律师。"

"重点是他爱好打官司是出了名的。"兰迪说。

"另一个潜在问题是，"贝丽尔说，"即使我们可以找到方法从与AVCLA的交易里脱身，我们也会失去一直依赖的来自菲律宾内网的短期现金流。我们发现这个衍生后果比预期的要糟糕。"

"见鬼！"兰迪说，"我怕的就是这个。"

"什么衍生后果？"汤姆还在刨根究底。

"我们必须募集更多的钱来填补差额，"艾维说，"这会稀释我们的股份。"

"稀释多少？"约翰问。

"到百分之五十以下。"

这个魔法数字在寄生藤公司人员里触发了一阵如流感般蔓延的叹息、呻吟和坐立不安。他们共同占有超过百分之五十的公司股份。当他们在脑中计算过衍生后果之后，开始意味深长地看向兰迪。

兰迪终于站起来，举起双手，好像要挡住他们。"好吧，行，行，"他说，"那我们现在是什么处境？商业计划里一遍又一遍地声明过，菲律宾内网自身的存在就是合情合理的——它可以随时分出来成为独立企业，并且还能挣钱。据我们所知，这句话还是真的，对吧？"

艾维考虑一番，才字斟句酌地说："和它从前一样真。"

这引起其他人一阵窃笑，和几声嘲讽的掌声。聪明的艾维！没有他我们可怎么办？

"好吧，"兰迪说，"所以如果我们继续跟着'牙医'——即使现在他的项目已经与我们无关了——我们就有希望赚到足够的钱，让我们不用卖掉更多股份。我们可以保持对公司的控制。另一方面，如果我们断绝与AVCLA的关系，'牙医'的伙伴们开始用官司缠我们的话——他们做这事基本没有成本，也没有风险。我们就会深陷洛杉矶的法庭。我们得飞回去作证、录口供。我们还得花一大笔钱在律师身上。"

"而且我们还可能输掉。"艾维说。

每个人都笑起来。

"所以我们必须按兵不动，"兰迪总结道，"我们不得不和'牙医'合作，不管我们想不想。"

没人说话。

倒不是他们不同意兰迪说的话。恰恰相反；只不过，兰迪才是一直在菲律宾忙活的人，要收拾烂摊子的也是他。兰迪得独立承担所有打击。他自告奋勇好过别人逼他。他现在就是在大声公开地自告奋勇，作一番秀。其他演员包括艾维、贝丽尔、汤姆、约翰和埃伯。观众包括寄生藤公司的少数股东、"牙医"和还未选任的陪审团。这台戏永远不会上演，除非有人向他们提起诉讼，逼他们走上证人席宣誓陈述。

约翰决定演得再卖力些:"AVCLA 是冒着风险投资菲律宾那边的,对吧?"

"正确,"艾维威严地说,直接扮演了假想中未来法官的角色,"以前铺电缆的人会先卖容量以筹集资金。AVCLA 则是自己掏钱铺的。等完工之后,他们将全权拥有这条电缆,然后他们会把它卖给出价最高的人。"

"钱并不全是 AVCLA 掏的——他们没那么富,"贝丽尔说,"他们还从 NOHGI 拿到了一大笔钱。"

"那是什么?"埃伯问。

"新潟① 海外控股集团公司。"三个人同时说。

埃伯一脸大惑不解。

"从台湾到吕宋岛的那条深海电缆就是 NOHGI 铺的。"兰迪说。

"不管怎样,"约翰说,"我的重点是,既然'牙医'投资菲律宾内网冒了很大风险,那么他就处在高度暴露的位置。任何拖延工期的事情都会给他造成大麻烦。我们理应履行义务。"

约翰正在对"牙医"对寄生藤公司一案中的假想陪审团说:"我们谨慎履行了与 AVCLA 合同中的条款。"

但在另一个假想少数股东法庭——跳板投资公司对寄生藤公司——的假想陪审团这样说,看起来可能就不大好了。所以艾维急忙加上一句:"就如我们经过谨慎讨论议题后确定的那样,履行我们对'牙医'的义务是履行我们对股东的义务中不可或缺的一部分。这两个目标是协调一致的。"

贝丽尔翻个白眼,大松了一口气。

---

① 日本本州岛中北岸港市。

"那么就让我们去给菲律宾铺电缆吧。"兰迪说。

艾维用十分正式的口吻对他说话，就好像现在他的手还放在一本基甸圣经上一般。"兰迪，你觉得我们分配给你的资源足够你履行我们对'牙医'的合同义务吗？"

"这我们得开个会讨论一下。"兰迪说。

"可以等到后天吗？"艾维说。

"当然。怎么不能？"

"我得去上个厕所。"艾维说。

这是一个艾维和兰迪以前用过很多次的暗号。艾维起身去了厕所。片刻之后，兰迪说："说起来……"然后也跟着他进去了。

他发现艾维还真在撒尿，不禁大吃一惊。临时起意，兰迪拉下裤链，就站在他身边也尿了起来。直到他快撒完的时候，他才意识到这件事有多不寻常。

"怎么了？"兰迪问。

"我今早到大堂去换钱，"艾维说，"猜猜是谁刚从飞机场赶过来，大步走进了酒店？"

"见鬼。"兰迪说。

"'牙医'本尊。"

"没有游艇？"

"游艇跟在他后面。"

"他身边有人吗？"

"没有，但之后可能会有。"

"他为什么来这儿？"

"他一定是听说了。"

"上帝啊。他是我明天最不想撞见的人。"

"为什么？有问题吗？"

"不是我说得清的问题,"兰迪说,"没什么大事。"

"没有什么暴露之后会让你看起来粗心大意的事情吧?"

"我想没有,"兰迪,"只不过菲律宾的事情很复杂,我们需要谈谈。"

"好吧,看在上帝的分儿上,"艾维说,"如果你明天碰到'牙医',别说任何跟你的工作有关的事。闲聊两句就成。"

"明白。"兰迪说着拉上拉链。但他实际上想的是:我本来可以做这么爽的事情,为什么在学术界浪费了那么多年?

这让他想起了一件事:"噢,对了。我收到一封奇怪的电邮。"

艾维立刻问:"安迪发的?"

"你怎么猜到的?"

"你都说奇怪了。你真的收到他的邮件了?"

"我不清楚是谁发的。大概不是安迪。邮件不是那种怪法。"

"你回复了么?"

"没有。但 dwarf@siblings.net 回复了。"

"那是谁? Siblings.net 是你以前当过管理员的那个系统,对吧?"

"对。我在那里还有些权限。我注册了个新账号,名叫 dwarf。账号没法被追踪到我身上。我给这人回了一封匿名邮件,告诉他说除非他拿出证明,否则我会假设他是我的老对头。"

"或者新对头。"

第三十二章 矛 头

小小的劳伦斯·普里查德·沃特豪斯正在达科他看望他的爷爷奶奶。他跟在一架耕犁后面。犁刃深深地插进地里，黑色的泥土从犁过的沟壑里翻出来，堆在犁耙两边——在近处看，那不过是乱七八糟的土堆；从远处看，犁出的黑土那黑胶唱片般的波纹却有了一种数学意义上的规整感。从那一道道黑土的波纹中翘起了一小片冲浪板一样的东西。小沃特豪斯弯下腰，把它捡了起来。那是一枚印第安人用燧石打磨出来的矛头。

U-553潜艇正像一支黑铁打出来的矛头，刺在闵根姆以北十英里的空中。灰色的海浪将它从海中卷起又抛下，但是除此之外，它可以说是一动不动；它在一块暗礁上搁浅了，当地人把那块暗礁称为"恺撒之石""维京之痛"或者"荷兰铁锤"。

在草场上，这种燧石造的矛头几乎遍布于每一种天然基质之中：在土里，在草丛里，在河泥里，在树干里。沃特豪斯天生就有一种发现矛头的能力。当他走过一片古冰川融化后遗留下一堆乱石的土地，他怎么能在其中发现这些矛头呢？人类的眼睛怎么能在自然的这片混沌无序中找到这么一丁点儿失落的人类文明，在这片杂乱无章的背景杂音里得到一丝有用的数据？也许这是人类的思绪在刹那间擦出的火花吧，他想。这些矛头从文明中遗落，文明的有机形态灰飞烟灭，而矿物形态却得以留存——那是人类意图的结晶。吸引了他人注意的不是它们的形态，而是其上附着的危险意图。它吸引着小沃特豪斯寻找失落的矛头，也吸引着今天早上找到搁浅的U-553潜艇的飞机驾驶员。它还吸引着那些侦听处的情报人员，他们训练自己的听力用以窃听丘吉尔和罗斯福在扰频电话里的通话。然而在密码术产生之后，这一法则就不那么管用了。这对所有人来说都是个遗憾，除了英国人和美国人以外，他们研究出了一套专门从小石子里找出矛头的数学方法。

"恺撒之石"划开了U-553船首的底板，把大半艘潜艇顶到了水面上。潜艇的动力系统差一点儿就能把它推过去，但是它被卡在了中间，困在了暗礁上，被浪花打得像跷跷板一样摇晃。潜艇的船首几乎已经灌满了水，因此现在露在海浪之上的是削尖的船尾。上面的船员早已弃船而逃，按照海洋法的传统惯例，这艘船现在任人处置——皇家海军就要来分这一杯羹了。几艘驱逐舰徘徊在这片海域，以防敌军的潜艇溜进来毁尸灭迹。

沃特豪斯被急急忙忙地从城堡里叫了出来。黄昏像一道铅幕落了下来，而狼群正是在夜晚狩猎的。此时他正待在一艘小护卫舰的舰桥上，这艘船小到只要风浪的方向稍有变化就会像空油桶一样荡起来。如果他待在舱室里一定会一刻不停地呕吐，于是他只好在甲板上扎好马步，双手握紧扶栏，盯着越来越近的船骸。它的指挥塔上漆着553，上方还画着一幅北极熊举着啤酒杯的卡通画。

"有趣，"他对查顿上校说，"553是两个质数的乘积——7乘79。"

查顿挤出一个赞赏的笑容，沃特豪斯看得出来，那只是查顿良好教养的表现罢了。

顺带一提，2702特遣队的其他成员已经顺利抵达了。他们在挪威完成"撞了就跑"的任务之后，在来闳根姆新基地的路上就听说了U-553触礁的事。他们正是在这艘船上和沃特豪斯会师的。不过他们连坐下来休整的工夫都没有，更别说好好放松了。沃特豪斯反复告诉他们，他们一定会喜欢上闳根姆这个地方，但是接下来却没话可说了——小护卫舰上的船员并没有达到"超绝密"的保密级别，而除了"超绝密"保密级别内的事情，沃特豪斯和查顿以及其他人也没什么话可说了。所以他只好勇敢地尝试了质数这个话题。

有些成员——包括那个海军中尉和大部分士兵——被送回了闳根姆，好让他们在这个新基地安顿下来。只有查顿上校和一名叫作罗伯特·沙夫托的士官随沃特豪斯一起去找那艘潜艇。

沙夫托身材瘦长结实，一双篮球队员一样的小臂和手掌，剪成板寸的金发衬得他那双本来就大的蓝眼睛更加醒目。他鼻子很大，喉结突出，脸上有不少痘痕，眼眶周围还有一些其他伤疤。这些特征配上他那匀称的身材十分惹人注目，你很难控制住自己不往他的方向看。他看上去感情充沛，但是另一种更强力的纪律克制住了这种感情。有人说话的时候，他就目不转睛地盯着说话的人。没人说话的时候，他就望着遥远的地平线，陷入沉思。这种时候，他总是一刻不停地绞着手指。人人都伸手抓着一个什么支撑物，只有沙夫托像是生了根似的稳稳站在甲板上，像个等着排队入场看电影的老家伙。他像沃特豪斯一样穿着从这艘鱼雷艇上借来的厚厚的外套，查顿则没有穿。

U艇的舰长——也就是最后一个离开潜艇的人——曾经企图把船上的恩尼格玛机也一起带走，这件事现在已经尽人皆知。当时仍然盘旋在这片海域上的皇家空军飞机看到他以一种危险的姿势跪在救生艇上，拆下恩尼格玛机上的四个转子朝不同方向扔去，汹涌的海涛随即吞没了它们。接着他又把机器的主体部分整个推下了海。

德国人知道这样一来，这台机器是绝对没法复原了。但他们不知道的是，盟军甚至不会去找它，因为在一个叫作布莱切利园的地方，人们早已对这种四转子的海军恩尼格玛机了如指掌。但是英国人还是得演演戏——说不定还真的有人会看呢。

沃特豪斯并不打算寻找恩尼格玛机。他寻找的是失落的矛头。

他们的护卫舰一开始径直朝 U 艇开去，随后又改变了主意，绕到了潜艇的后方，顶着逆风朝船骸驶去。沃特豪斯想，也许是因为逆风能让他们不被海浪卷向礁石。从船体的下方来看，U 艇的个头还真不算小。本应在水上的船体，露出的外壳灰蒙蒙的，像刀片一样狭长。在触礁之前本应在水下的船体则很宽，黑黝黝的。几个勇敢的皇家海军士兵已经跳上了潜艇，厚颜无耻地在它的指挥塔上升起了一面海军军旗。他们是乘一只吃水很浅的捕鲸船过来的，现在这只船正被几根交错的绳子松松地拴在潜艇上，栏杆上挂着几个光秃秃的轮胎作为缓冲。护卫舰载着 2702 特遣队小心翼翼地贴了过来，每一个翻腾的巨浪都几乎把这几艘船拧在一起。

"我们显然是在一个非欧几何的空间里了！"沃特豪斯打趣道。查顿俯下身，以手掩口，悄悄地对他说："不仅如此，这回加上'时间'这个因素，我们显然需要在四维空间而不是三维空间里解决这个难题了！"

"你说什么？"

再靠近的话，他们的船也会撞到暗礁上去。几个水手朝对面射了一枚带着绳索的火箭，又花了几分钟搞出了一个连接两艘船的绳桥。沃特豪斯很害怕他们要让自己从那上面过去；实际上，与其说是害怕，不如说是厌恶——他本来以为自己再也不用在战场上冒这种险了。他一边观察 U 艇的底部一边看那些水手忙忙碌碌的,权当消磨时间。他们像消防队员一样排成一列,一本接一本地把从指挥塔里抢救出来的书籍和文件传递到捕鲸船上去。指挥塔的周围炮管、望远镜、天线一应俱全,构造复杂得像一只腿脚细长的蜘蛛。

沃特豪斯和沙夫托最后是通过一种类似吊车的工具从绷直的缆绳上滑到潜艇上去的。水手们先给他们套上了救生衣,这个举动里走过场的成分大得可笑:只能确保如果他们没在潜艇上撞个稀烂的话,他们也只会冻死而不是淹死。

当沃特豪斯滑到一半的时候,一波浪潮刚刚从他脚底翻腾而过,他低下头,看到了凹陷的波谷处暂时露出的"恺撒之石"的顶端,上面覆着一层贻贝青幽幽的绒毛。你甚至能站在上面。但暗礁只显露了一瞬间。紧接着,千百吨冰冷的海水呼啸着涌来,填平了波谷,溅起的水花拍打在他的屁股上。

他抬起头来看着面前的 U-553,它真是太高大了。他得到的第一印象是,这船被挖空了,跟军舰一比就像个漏勺。一排椭圆形的小孔像是流线型的文身一样打在船体外壳的金属上。外壳看起来脆得很。他透过圆孔窥探了一番——光线从甲板上更多的小孔里透了进来——看到了嵌在里面的耐压壳的轮廓,曲线型的内壳看上去可比外壳结实多了。这艘潜艇有两台三叶螺旋桨,也许有一码宽,正哐啷哐啷地不知道和什么东西来回碰撞。现在他们正吊在空中,看着这艘遇难的船骸,沃特豪斯感到了一种可笑的尴尬——就像看到在珍珠港遇难的士兵们不慎露出了私处一样。水平舵和方向舵顺着螺旋桨的下面伸了出来,再往后,在快接近船尾的地方,有两扇舱门似的金属板,沃特豪斯意识到,那里是发射鱼雷的地方。

他以惊人的高速滑过了最后的二十英尺,然后被四双有力的大手拉到了安全的地方:U 艇的甲板上,在指挥塔偏后的一门防空炮之下。通往高处船尾的路上有一个巨大的T形装置,绳索从上面的横木垂下来,系在指挥塔的扶栏上,绷得紧紧的。在一名似乎是被指派来当沃特豪斯保镖的皇家海军军官的示范下,沃特豪斯也攀着绳索向上——即是说,向船尾——爬去,然后他跟着军官走进了一扇舱门,来到了后甲板上,才算真正进入了船里。几分钟之后,沙夫托也进来了。

这是沃特豪斯这辈子待过的最糟糕的地方。和他刚刚离开的护卫舰一样,潜艇也随着波涛起伏晃动不停,然而它和护卫舰的不同之处在于,每当它落下的时候,都会朝礁石上狠狠一撞,简直要把他甩到甲板上去。在这儿待着就像被关进一个封死了的垃圾桶,还有把大锤不停地在外面敲。U–553的一半几乎灌满了内容丰富的液体,包括廉价酒水、柴油燃料、电瓶电解液和未经处理的污水。由于倾斜角度的问题,越往前走水就越深,但是每当船体中部因为波浪撞到礁石上的时候,一阵海啸就会扑向船舱的后部。幸运的是沃特豪斯现在已经毫不晕船了,他已经进入了一种超然状态,大脑和身体比平常更加隔绝。

负责带路的军官等嘈杂平息之后,用一种出人意表的平静声音问道:"你有什么特别想看的地方吗,长官?"

沃特豪斯还在试图搞清楚自己在哪儿,他挥动着手电,但是看到的东西很少,就像透过饮料吸管往外瞧一样。他没法对周围产生一个总体的印象,只能偶尔瞥见几根管子和电线。最后他试着让自己的脑袋保持不动,然后用手电在四周的墙上一通乱照。一幅图像出现了:他们在一处供电线和管道通过的管道槽里,是工程师设计出来给工程师用的地方,给那些穿过瓶颈般狭窄船体的几千英里的管道和电线一个容身之处。

"我们在找船长的文件。"沃特豪斯说。潜艇又开始自由落体,他靠在某个物体湿滑的表面上,双手捂住耳朵,闭上了眼睛和嘴巴,用鼻子向外呼气——这样污水就不会冲进里面来了。他靠着的那圆形的玩意儿硬邦邦冷冰冰的,上面油腻腻的。他用手电一照,原来是黄铜做的。在缭乱的光线下,那像是一艘黄铜宇宙飞船之类的东西,塞在一张(如果他没弄错的话)铺位下。他差点儿像个傻瓜一样问出"这是什么",好在他及时认出来了,这是一枚鱼雷。

在接下来的一片沉默里,他问道:"他有没有什么私人的舱室,可能……"

"就在前面。"军官答道。"前面"的景象可完全没法让人提起劲儿来。

"妈的。"沙夫托中士开口道。这是他半个小时以来说的第一句话。接着他大步朝前走去,英国军官只能加快脚步跟上他。甲板又一次从他们脚底落下,他们只能转过身,好让污水打在背上而不是脸上。

他们继续朝下走去。每走一步都是一场艰苦卓绝的战斗,既需要谨慎,又需要决断,而他们走了很多步。沃特豪斯称之为"瓶颈"的地方一路延伸到船首。最后,他们终于找到一个停住脚步的理由:一间船舱,或者说一间船舱的一角(面积大约四乘六英尺)。房间里有一张床,一张小折叠桌,几个木制的柜子。这些东西,加上旁边的几张亲朋好友的照片,给人一种舒适居家的感觉。只可惜这种感觉被墙上挂着的阿道夫·希特勒给彻底毁掉了。沃特豪斯被这种毫无品位可言的摆设震惊了,随即他才想到自己是在一艘德国人的船上。船舱里的污水淹没了舱室的一半,将舱室精确地分成两等份。房间里到处漂浮着文件的碎屑,上面写的都是沃特豪斯通常会跟鲁迪联系在一起的那种神秘莫测的哥特式字体。

"全都带走。"沃特豪斯说道,沙夫托和那名军官早已开始伸开双臂在污水里搅动,捞出混凝纸浆一样滴着水的纸片,塞进一个帆布袋中。

船长的铺位在靠近船尾或者说是靠近高处的角落。沙夫托过去掀开了枕头和被褥,但是一无所获。

折叠桌则放在完全被淹没的那一头。沃特豪斯小心翼翼地涉水过去,留心不要滑倒。他用脚探到了桌子,然后把手伸进黑乎乎的污水里,像盲人一样摸索着。他摸到了几个抽屉,把它们全拉了出来,交给了沙夫托,后者则把里面的文件倒进了帆布袋里。没用多久他就确定了桌子里已经什么都没有了。

船又一上一下地震荡起来。在污水向前涌去的一瞬间,在舱室的隔板旁,有什么东西一闪而过。沃特豪斯再次涉水而过,看看那究竟是什么。

"保险箱!"他叫道。他转了转上面的密码盘。箱子重极了。质量上乘。德国制造。沙夫托和那名海军军官交换了一下眼神。

一个英国水手出现在敞开着的舱门外。"长官!"他报告道,"附近海域发现了另一艘U艇。"

"我想要一副听诊器,"沃特豪斯暗示了一下,"这儿有没有医疗室什么的?"

"没有,"英国军官答道,"倒是有一箱医疗器械,应该在哪儿飘着呢。"

"长官!是,长官!"沙夫托应了一声,从房间里消失了。不一会儿,他走了进来,高举着一副德军的听诊器以免弄脏。他把听诊器抛给房间另一侧的沃特豪斯。沃特豪斯接住听诊器,塞上了耳塞,把拾音器伸进污水里,贴在保险箱前面。

他之前做过一些这样的练习。喜欢开锁的小孩子往往长大之后也会对密码感兴趣。明尼苏达州穆尔黑德市的杂货店老板就曾经让小沃特豪斯研究他的保险箱。出乎老板意料的是，他最后居然真的打开了箱子，还写成了一份课外实践报告交给了学校。

这个保险柜比他以前开的那个强多了。反正怎样都看不见拨号盘，于是他闭上了眼睛。

他隐约听到潜水艇上的其他人在大喊大叫，好像前方传来了什么不得了的消息似的。也许战争已经结束了。但是紧接着，他手里的拾音器就被扯了出来。他睁开眼，看到沙夫托中士把拾音器像麦克风一样放到嘴边，冷静地看着他。"长官，他们发射了鱼雷，长官。"说完，沙夫托转过身，把沃特豪斯一个人留在了舱室里。

沃特豪斯攀上通往指挥塔的梯子，朝着头上灰黑色的圆形天空爬去。刚爬到一半，潜水艇突然剧烈地晃动起来。污水像活塞一样从他身下涌上来，把他拱到了甲板上，幸好他的战友们一把抓住了他才没让他滚进汪洋大海里。

U–553 在海浪中随风摇摆，但是现在它晃动得更厉害了，仿佛马上就要脱离身下的礁石。

沃特豪斯花了好一会儿才搞清楚东南西北。他觉得自己可能受了伤。他刚刚是左臂先着地的，现在这只手有点不对劲。

几道明亮的光束从他们头顶扫过，那是载他们过来的那艘英国护卫艇的探照灯。几个英国水手叫骂起来。沃特豪斯用没受伤的手肘撑起身子，顺着灯光朝 U 艇的外部望去，一幅奇异的景象展现在他的面前。位于吃水线下方的潜艇下部已经被彻底打穿，裂开的金属片顺着缺口卷上来，露出参差不齐的边缘。潜艇内部的污水漏了出来，给大西洋染上了一层黑色。

"妈的！"沙夫托中士骂道。他把一直挂在他肩膀上的那个看起来很沉的小背包解了下来，打开了它。他这突如其来的举动引起了其他皇家海军士兵的注意，他们纷纷把手电打过来，明晃晃地照着沙夫托那双动得飞快的手。

沃特豪斯这时候已经有点神志不清了,他简直不敢相信自己的眼睛:沙夫托取出了一捆整整齐齐的棕黄色小管,大约有一根手指那么粗,六英寸长。他又取出了其他一些小东西,包括一卷结实的红线。他猛地站起来,差点撞倒了身边的人。然后他拔足向指挥塔跑去,消失在了梯子下方。

"我的天,"一个军官说道,"他要去搞爆炸了。"但这个想法只在他的脑海中一闪而过,因为这时潜艇又开始颤巍巍地摇晃起来,并且发出一种让人觉得它马上要从礁石上滑下去的刮擦声。"弃船!"他叫道。

大部分人都跳上了捕鲸船。沃特豪斯被绑在吊车上,正当他滑到半路时,他感觉到了——但几乎没听到什么声音——一阵巨大的冲击。

接下来的半段路他几乎是啥也看不见了,甚至等他在鱼雷艇上着陆之后也还是浑浑噩噩的。有一个叫作以诺克·鲁特的人坚持要把他带进船舱里,给他处理了一下手臂和脑袋。沃特豪斯自己都不知道原来他脑袋受了伤,不过也可以理解,脑袋就是用来感知的,现在脑袋出问题了,察觉不到也不奇怪。"这回你怎么也能拿一个紫心勋章吧。"以诺克·鲁特说。他说这话的时候没精打采,好像对紫心勋章满不在乎,但是似乎却认定沃特豪斯一定会因此欣喜若狂,便摆出了一副屈尊俯就的口吻。"至于沙夫托中士,大概也能拿到个什么重要的勋章吧。见鬼去吧他。"

第三十三章　马　非

沙夫托一闭上眼就能看到那个词。如果他能把注意力集中在手头的活计上就好了：在保险箱和 U 艇的焊接处装上炸药。

马非。印在一张黄色标签上。标签贴在一个小小的玻璃瓶上。瓶子是深紫色的，那种当你的眼睛被强光刺激过之后会看到的颜色。

哈维，那个自告奋勇来帮忙的水手，老用手中的手电筒照沙夫托的眼睛。这也是没办法的事，沙夫托正卡在保险箱下面一个极其尴尬的位置，试图用冰冷无力沾满油污的手指安好雷管。如果这艘 U 艇没有被鱼雷击中，他就更不可能完成这次任务了。之前保险箱浸在半舱污水里，现在污水才被排空。

哈维倒是没有卡在任何东西里，他随着 U 艇的周期性摆动而晃来晃去。现在这艘潜艇就像一条搁浅的鲨鱼，正徒劳而执着地挣扎着，想要摆脱礁石游出去。手电筒发出的光不停地扫过沙夫托的眼睛。他眨了眨眼，看到了满世界的紫色：小小的瓶子上贴着标签马非。

"真见鬼！"他骂道。

"没事吧，中士？"哈维问道。

哈维不明白。他以为沙夫托是因为炸药包出了问题才破口大骂。炸药包他妈的非常好。和炸药包没关系。是鲍比·沙夫托的脑子出了问题。

他当时就在那儿。沃特豪斯让他去找听诊器,沙夫托就在U艇的内舱里钻来钻去,直到他找到那个木箱子。他打开它,映入眼帘的是满满一箱医疗器械。他一阵乱刨,翻找沃特豪斯要的那个玩意儿,然后清清楚楚地看到了那个瓶子,就在他眼前。看在老天的分上,他的手指都蹭到它了。手电筒扫过的地方,他看到了上面的标签:

马非。

但他并没有拿起它。如果上面写的是吗啡他早就一把抓起来了。但是上面写的是马非。直到三十秒后他才反应过来,这他妈是一艘德国佬的潜艇,所以单词的拼写不一样是肯定的。有百分之九十九的可能性这瓶马非实际上就是吗啡。他想到这里,在昏暗的U艇过道上定住了脚步,然后发出了一声气运丹田的惨叫。但没有人听到他的叫声,风浪的喧哗声盖住了它。他继续向前走去,去完成他的任务,去把听诊器交给沃特豪斯。他是一名海军陆战队队员,他必须完成任务。

把这个保险箱从墙壁上炸下来并不是他的任务。他只是突然间灵光一闪。他们一直在训练他使用爆炸物,何不将他学到的技能实践一下?他要炸开这个保险箱,不是因为他是一名海军陆战队队员,而是因为他是鲍比·沙夫托。还因为这是一个回去找那瓶马非的绝妙理由。

U艇又是一阵剧烈的晃动,把哈维甩趴在了甲板上。沙夫托等待晃动平息之后,一把抓住把手,把身体从保险箱下面拉了出来。他把重心移到了双脚上,但是很难说他已经站起来了。在这儿,你能做到的最好程度就是让自己找到平衡的速度快过一屁股摔倒。这场比赛哈维刚刚就输了，但是沙夫托现在还占着上风。

"小心！要爆炸了！"沙夫托吼道。哈维终于站稳了！沙夫托从背后将他推出了通道。哈维朝左上的出口和指挥塔跑去，沙夫托却向右一转，朝下跑去。跑向船腹。跑向海底。跑向装着马非的木箱。

那个箱子到他妈的哪儿去了？他发现它的时候，它正在污水里浮浮沉沉。也许——真是个可怕的念头——也许它已经顺着鱼雷炸开的裂口流出去了。他穿过几道舱壁。潜艇倾斜得越来越厉害，他最后只能手扶着各种管道、电线和链条倒着走，以抵抗潜艇的晃动，就像从梯子上往下爬一样。这潜艇真他妈长。

这种杀人的方式似乎很奇特。沙夫托不知道自己是不是能接受这艘U艇所包含的暗示。他曾经在长江边上杀过中国土匪，用刺刀捅进他们的胸膛。他还想起有一次，他只是狠狠打了一下对方的脑袋，对方就死掉了。在瓜岛上他也杀过日本鬼子，用各种各样的武器，或者把石头从他们头顶推下来，或者在他们藏身的洞穴前燃起熊熊烈火，或者在树林里伏击他们割断他们的喉咙，或者朝着他们发射迫击炮，甚至还有一次他在悬崖上抓起一个鬼子直接扔进了海里。当然他也知道，这种贴身的肉搏杀人从某种意义上来说早就过了时，但他本来根本不会费心加以思考。"维克斯"机枪在意大利的表现让他若有所思，而现在，他身处这架整个战场上都闻名遐迩的杀人机器里，他又看到了什么呢？他看到了阀门，或者说是各种铁铸的阀门手轮。整面舱壁上布满了铁轮，直径小到几英寸，大到一英尺，密密麻麻的就好像附在岩石上的藤壶，而且毫无条理可言。手轮只有红黑两种颜色，被摸得闪闪发亮。除了阀门以外就是开关，巨大的开关，《弗兰肯斯坦》电影里的那种开关。有一个半红半绿的旋转开关，足足有两英尺宽。除此之外，这儿几乎没有什么窗户。

其实就是没有窗户。只有一架一次只能供一人使用的潜望镜。所以对这些潜艇上的家伙而言，战争归根结底就是被封进一个装满屎的密闭圆筒里，依照命令转动阀门手轮或者扳动开关而已。然后时不时会有一个军官下来告诉他们刚刚又干死了一拨人。

看到那个箱子了——就在一张床上。沙夫托一把将它捞到身边，掀开盖子。里面的东西早就乱成了一团，紫色的瓶子有好几个。沙夫托一瞬间有些慌张，他以为这回可得一张一张地辨认这些德语标签了，但是几秒钟之内他就找到了那瓶马非，然后一把抓住它塞进了口袋里。

他正在往上部的指挥塔走去，这时一个巨浪砸到了船体的外壳上，他一下子失去了平衡。他摔倒了，朝下滚了好长一段路，摔了好几个跟头才终于在船舱中部稳住了身子。周围黑乎乎一片，他的手电筒不见了。

他现在开始有点慌了。不是因为他生性胆小，而是因为他已经很久没碰过吗啡了。这种状况下他的身体总是反应迟钝。他还没来得及眨眨眼，一道强力的蓝光就扫了过来。脚下传来一阵刺刺的声音。他动了动左手，感到有什么东西扯住了他的手腕：那是手电的系带，是他之前脑子还清醒时绑上去的。那束光线刮擦着他身下的铁丝网，而他像一个平躺在烤架上准备就义的圣人。又是一道蓝光，被黑色的铁丝截成了好几节，发出一阵噼里啪啦的声音。沙夫托闻到了电的味道。他把手电往铁丝网上用力敲了几下，手电筒闪烁着亮了起来。

铁丝网上的铁线一根根有铅笔粗细，中间隔开有几英寸的空当。他把脸贴在铁丝网上，如果U艇保持水平的话，他看到的这个船舱应该在他下方。船舱里简直一团糟，原本堆放得整整齐齐的货物如今已经搅成了一锅粥，碎玻璃、碎木片、口粮、炸药和战略矿物全泡在海水里，随着潜艇一摇一摆地晃动。一粒圆滚滚、颤巍巍的银色水珠从他脑袋旁边的铁丝网空隙里落了下去，顺着手电的光，落在一片残骸上，炸了开来。又是一粒。他抬起头，看到银色的液体如雨一般从天花板上蹦蹦跳跳地坠落：一定是他们用来测压的水银计碎了。又一道炫目的蓝光，那是高压电的火花。沙夫托再次低下头，透过铁丝网观察着下面的舱室，发现里面装满了巨大的铁箱子，上面探出巨大的螺栓。时不时地会有一两片湿淋淋的碎片落到螺栓之间，激起一星火花，照亮了整间屋子：看来箱子里面装的是在水下提供动力的蓄电池。

正当罗伯特·沙夫托中士趴在冰冷的铁丝网上，做了几个深呼吸，准备打起精神时，一个大浪打在船尾，剧烈的晃动使得沙夫托以为自己差点儿要一路被甩回船头去了。蓄电池舱里的污水向下退去，然后挟带着惊人的力量和速度猛击在前面的船板上，他能听到在这冲撞之下铆钉脱开的声音。随即，整间船舱都暴露在了沙夫托眼前，他的手电筒能一下照到底儿。这时他看到了几个小箱子——非常小的箱子，似乎是用来装某种重物的。它们全都被撞开了。从一堆残骸的缝隙里，沙夫托看到了黄灿灿的长方体，原本码放得整整齐齐，现在散落得到处都是。他唯一能想到的解释就是金条。唯一不合理的地方就是，如果这些是金条，那数量未免也太多了点。那有点像他在威斯康星州翻开一段朽木，看到黑色的土地上排满了上千个虫卵，闪烁着耀眼的光芒。

有那么一瞬间他简直被迷住了。这真是一笔难以估量的巨大财富。只要他能抓到哪怕一根金条——

炸药一定是爆炸了，因为鲍比·沙夫托一下子失去了听觉。这说明他必须得离开这鬼地方了。他把金子全抛到了脑后——今天能拿到吗啡就已经非常不错了。他手脚并用地沿着铁丝网朝上爬去，爬出过道，爬到船长的舱室——那间屋子的门口正冒出阵阵青烟，船舱的隔板也因为爆炸的冲击膨胀成了古怪的样子。

保险箱松动了！他和哈维绑在箱子上的缆绳虽然受了点损伤，但还是能用的。一定有人正在上面拉动绳子，因为绳索顽固又恼人地绷得紧紧的。现在保险箱卡在了旁边的东西上，沙夫托把它撬了出来。保险箱在绳索的拖动下一路上升，偶尔还会被其他东西卡住。沙夫托随着保险箱一路出了船舱，向上经过过道，爬上指挥塔的梯子，最后爬出了潜水艇，回到了大海的狂风暴雨和其他人的热情欢呼之中。

没过五分钟，U艇就沉了下去。沙夫托能想象得出它一个接一个跟头滚下礁石的样子，它朝着海底的深沟落下去，在黑沉沉的大海里洒下魔法粉尘一般亮晶晶的金砖与水银。沙夫托又重新回到了护卫舰上，每个人都过来拍拍他的背，庆贺他的成功。但他现在只想找个没有人的地方，打开那个紫色的小瓶子。

第三十四章　西　装

兰迪的姿态正直而机警：这全都得归功于他的西装。

黑客们不喜欢穿漂亮衣服的说法已经过时了。艾维认识到好衣服其实可以很舒适——比如职业西装的裤子其实就比蓝牛仔裤要舒服得多。而且他与黑客们打交道的时间足以让他了解到，他们反感的其实不是身着西装，而是把西装穿上的过程。这过程不仅包括穿衣本身，还包括挑选、保养西装，还要担心它们有没有过时——最后这一项对于五年才穿一次西装的人们来说尤其困难。

所以事情是这样的：艾维在他的一台电脑上有张电子表格，上面列着他手下所有人的颈围、内接缝长和其他重要尺寸。重要会议的几个星期前，他会把表格传真给他的上海裁缝。然后亚洲准时制生产（由丰田公司带头实施）和送货上门服务便大显神通，西装会通过联邦快递提前二十四小时送到，以便直接送去酒店洗衣房。今天早晨，兰迪刚从浴室出来就听见了敲门声。他打开门，看见一名男服务员捧着一套刚洗好熨过的职业西装，衬衫领带一应俱全。他把这些都穿上（里面还贴心地提供了一张糟糕的半温莎结打法图解的第十次复印版）。完全合身。现在他站在福特大厦的大厅里，看着电梯上的数字倒数，时不时瞄大镜子里的自己一眼。兰迪的脑袋从西装里伸出来的滑稽景象至少能让人笑到午饭结束。

他还在想早晨的电邮。

   收件人：dwarf@siblings.net

   发件人：root@eruditorum.org

   主题：回复：为什么？

亲爱的兰迪：

  希望你不介意我叫你兰迪，因为显然你就是你，虽然你用了匿名账号。顺便一说，这是个好主意。我为你的审慎喝彩。

  关于我可能是你的"老对头"的事情。这么年轻的人就有"老对头"，让我感觉很惊诧。或许你指的是最近惹上的一个年老的敌人？我想到几个候选人。但我猜你指的是安德鲁·洛布。我不是他。如果你最近访问过他的网站，这一点应该很明显。

  你们为什么要建造"地穴"？

  签名：

  —"秩序"签名区开始—

  （如此如此，这般这般）

  —"秩序"签名区结束—

  盯着电梯上的数字，试图预测哪一台会最先到达，这一点也不有趣，但总好过傻站在那里。其中一台卡在兰迪上面一楼已经有至少一分钟了，他可以听见它愤怒的嘟嘟声。在亚洲，许多生意人——尤其是某些华侨——可以满不在乎地将酒店的电梯随时占为己用，在里面安排八小时一换班的手下，让他们用拇指按住"开门"按钮，无视电梯警报义愤填膺的嘟嘟声。

叮。兰迪以脚跟为轴转了个身。(你倒是穿运动鞋试试这一招啊!)他又押错了赌注:先到的胜者是他上次看时还在酒店最顶楼的一台电梯。这是一台目标明确的快速电梯。他朝绿灯走去。电梯门打开,兰迪正好对上了牙外科博士休伯特·开普勒医生的脸。

或许你指的是最近惹上的一个年老的敌人?

"早上好,沃特豪斯先生!你这样张嘴站着,让我想起我的病人。"

"早上好,开普勒医生。"兰迪听见自己的话仿佛从一根一英里长的卷纸筒那头传来,于是立刻在心里默默检查了一遍,确保自己没有泄露任何公司隐私,或给开普勒医生提起任何诉讼的理由。

门开始关上,兰迪不得不用他的手提电脑包把它敲开。

"小心!我敢打赌里面的设备价值不菲。""牙医"说。

兰迪刚想说我消耗电脑的速度跟异装癖消耗丝袜的速度一样快,虽然像高速钻机钻进一颗蛀牙一样快大概更切题,但他最后还是闭上了嘴,什么都没说。他发现自己正处在危险的境地:他手里拿的东西里装着 AVCLA 的专利信息,而如果"牙医"感觉到兰迪拿它不当一回事,他可能会吐出一波侵权行为的弹雨,就像琳达·布莱尔吐出豌豆浓汤一样[①]。

"见到你在吉纳库塔很……呃……惊喜。"兰迪结结巴巴地说。

开普勒医生的眼镜片有 1959 年款凯迪拉克的挡风玻璃那么大。那是一副特殊的牙医眼镜,擦得像帕洛玛山天文台的大望远镜一样锃亮,上面涂着超级反光材料,让你总能在里面看见自己大开的喉

[①] 琳达·布莱尔(1959—),美国女演员。在《驱魔人》中她有吐出绿色液体(实际上是豌豆汤)的镜头。

咙的倒影，被固定在一束强光之下。而"牙医"的眼睛则消融在背景中，像是一段童年的回忆。他蓝灰色的眼睛有些斜视，总是向一角斜望，仿佛已经厌倦了这个世界，瞳孔灰暗。他满是皱纹的嘴角边似乎总有一丝笑意。这样的微笑属于一边盘算如何支付下一次医疗事故保险赔偿金，一边耐心地把外科手术钢制撬棒尖端插进你坏死的前磨牙下，但同时又在专业杂志上读到过如果"你对患者微笑，那他们再次光顾的可能性会更大，而把你告上法庭的可能性更小"的人。

"对了，"他说，"我在想我等会儿能不能跟你单独碰个面？"

请把嘴里的东西吐出来。

被铃声救了一命！他们已经到达一楼。电梯门打开，露出福特大厦由珍稀大理石镶成的大厅。装扮成婚礼蛋糕的服务员来去匆匆，仿佛脚上装了轮子。艾维站在不到十英尺开外，身边是两套华美的西装，里面探出埃伯和约翰的头来。三颗脑袋都朝他们转过来。看见"牙医"，埃伯和约翰脸上露出B级片演员在角色被小口径子弹正中脑门时的表情。而艾维呢，整个人都僵硬了，仿佛是一星期前踩到了锈钉子上，现在才感觉到最终令他脊椎折断的破伤风感染的第一丝痉挛。

"我们今天有很多事情要忙，"兰迪说，"我猜我的答案是可以，但是要取决于我是否有空。"

"很好。我会记住你的话的。"开普勒医生说着走出电梯。"早安，哈拉比先生。早安，弗尔博士。早安，坎特雷尔先生。很高兴看见你们看起来都这么绅士。"

很高兴看见你们表现得像绅士。

"深感荣幸，"艾维说，"我想这代表我们回头还会见到你？"

"噢，没错，""牙医"说，"你们这一整天都会见到我。"我恐怕这次手术过程会比较长。他转身背对他们,穿过大厅,没再客套。他朝一堆几乎被盛放的热带奇花异草完全挡住的皮椅走去。椅子上坐的人大多年纪轻轻,全都衣着光鲜。看到老板朝自己走来,他们迅速立正站好。兰迪看到了三个女人和两个男人。其中一个男人显然就是一只大猩猩,但女人们——不可避免地让人想到命运三女神、复仇三女神、美惠三女神、诺伦三女神,或鹰身女妖三姐妹——据说都受过保镖训练,还带着武器。

"那些都是谁啊?"约翰·坎特雷尔问道,"他的保健师?"

"别笑,"艾维说,"以前他还在职的时候,他已经习惯了有一群女人帮他做洗牙的活儿。已经形成范式了。"

"你瞎扯淡吧?"兰迪问。

"你知道怎么回事,"艾维说,"你去看牙医的时候从来都见不到牙医本人,不是吗?预约都是别人给做的。然后又总有一群高效的精英女性团体来帮你把牙菌斑刮掉,好让医生不用费心,还会给你拍 X 光片。牙医自己坐在后面的某个地方看 X 光片——他和你打的交道就是这一小截胶卷上抽象的灰度图像。如果他看见有牙洞,他就开工干活。如果没有,他就走进来跟你闲聊一分钟,然后你就可以回家了。"

"那他为什么来这儿?"埃伯哈德·弗尔质问道。

"正是!"艾维说,"当他走进房间时,你永远不知道他为何而来——是在你头骨里钻个洞呢,还是只跟你聊聊他在毛伊岛度假的事儿。"

所有眼睛都转向兰迪。"电梯里发生了什么?"

"我——没什么!"兰迪脱口而出。

"你们有没有讨论菲律宾项目?"

"他只是说他想跟我谈谈这事儿。"

"好吧，见鬼了，"艾维说，"这就意味着我们得先谈谈。"

"这我知道，"兰迪说，"所以我跟他说如果有空我可能跟他谈。"

"啊，那我们最好保证你今天妥妥儿地没有空。"艾维说。他思索了一会儿，继续道："他的手有伸进过口袋里么？"

"怎么？你觉得他会掏出武器？"

"不是，"艾维说，"但有人曾经告诉我说'牙医'身上带着窃听器。"

"你是指像警方的线人那样？"约翰难以置信地问。

"对啊，"艾维说，就好像这事没什么大不了的，"他习惯在兜里揣一个火柴盒大小的数字录音机。可能衬衫里还有根线连着麦克风。可能没有。不管怎样，你永远不知道他什么时候在录你说的话。"

"可那不是违法的吗？"兰迪问。

"我不是律师，"艾维说，"更准确地说，我不是吉纳库塔律师。但在民事诉讼里这些都无所谓——如果他告我们侵权，他可以引入任何证据。"

他们全都看向大厅那边。"牙医"正稳稳地站在大理石地板上，手臂在胸前交叉，下巴朝着地面，正在从助手那里听取意见。

"他可能把手伸进过兜里，我不记得了。"兰迪说，"没关系，我们的谈话很普通，而且很短。"

"他还是可以把录音拿去做声音压力测试，弄清你有没有在说谎。"约翰指出。他爱惨了这种无拘无束的被害妄想。这种事情他得心应手。

"别担心，"兰迪说，"我制造了干扰。"

"干扰？怎么做到的？"埃伯问道，没听出兰迪语气里的讽刺。埃伯看起来很惊讶，兴趣盎然。他的表情显然表明，他渴望进行一段关于某种艰深技术的谈话。

"我在开玩笑呢,"兰迪解释道,"如果'牙医'分析录音,他在我的声音里除了压力什么都找不到。"

艾维和约翰同情地笑起来,但埃伯大失所望。"噢,"埃伯说,"我还在想着如果我们想的话,绝对可以成功干扰他的设备。"

"磁带录音机又不用无线电,"约翰说,"我们怎么干扰?"

"屏幕辐射窃密。"埃伯说。

这时,汤姆·霍华德从咖啡厅走出来,胳膊下夹着一份糟蹋得不成样子的《南华早报》。贝丽尔也走出电梯,穿着裙子,化好了妆,准备战斗。男人们害羞地别开视线,假装没有注意到。接着就是招呼和寒暄。然后艾维看了看表,说:"咱们进宫去见苏丹吧。"就好像他只是提议去麦当劳买份薯条似的。

第三十五章 解密高手

沃特豪斯必须加倍留意这个保险箱。沙夫托盼着再炸开它一次，查顿（坚决反对沙夫托的意见）则想把它运回伦敦，让百老汇大厦里的专家们来打开它。沃特豪斯呢，只想再试一次，看自己能不能把它打开。

查顿的做法是对的。2702 特遣队的任务非常特殊，其中肯定不包括撬开从 U 艇上扛回来的保险箱。就此而言，甚至连从敌人的弃船上抢救出保险箱或者其他秘密文件都不应该算是他们的分内工作。他们这么做只不过是因为他们是附近唯一一群拥有"超密"权限前来查看的人，而 U-553 的情况之紧急也等不到布莱切利园派出专家来解决了。

但是沃特豪斯想要打开保险箱，这跟 2702 特遣队没有关系，跟他的职责也没有关系，甚至跟打不打得赢这场战争也没有关系。这是他作为劳伦斯·普里查德·沃特豪斯不得不做的事。他也不知道为什么。哪怕正当他从 U-553 上回到鱼雷艇上的时候，在绳索上被风吹浪打，手臂和脑袋都挂了彩，甚至不知道哪一刻自己就会掉进大西洋而不是安全登船的时候，他也无法忘却当他快要冻僵的指尖拨动密码盘时,神经上传来那一阵极小的战栗。哪怕当以诺克·鲁特在船上给他处理伤口的时候,他满脑子想的也只是保险箱上的转盘是什么构造。哪怕当其他2702特遣队的成员都东倒西歪地躺进他们安置在闷根姆城堡小礼拜堂周围的折叠床、吊床和睡袋里时,带着夹板、缠着绷带的沃特豪斯还是偷偷溜过城堡未经损毁的那半边华丽的走廊,看看能不能在哪儿找到废弃的刀片和碳棒。

他最后从垃圾箱里拣出了几枚剃须刀片,又从埃内克斯放伽伐尼之星的储藏室里偷来了碳棒。他带着刀片、碳棒、砖头大小的固体硬胶和一盏喷灯又潜回了众人睡觉的礼拜堂里。普通士兵睡在大堂里,毕竟海军陆战队是海军的一种[①]。军官们睡在两旁的耳堂里:查顿自己占掉了整个南边,沃特豪斯、鲁特和其他皇家空军、美国海军陆战队的尉官们则分享北边的几张简易床。他们还从2702特遣队那多得惊人的油布储备里抽出几张挂在了礼拜堂的东边,围住了神圣的圣坛,原本主的圣血与圣体安息的地方——现在那儿摆着一台哈利克拉夫特公司的S-27型15电子管超外差式无线电接收器,前级放大器用的是最先进的橡实形真空管,使得它的调频范围能达到27兆赫—143兆赫,足以接收调幅、调频和等幅无线电,还有一支信号强度表。好像他们真要在这儿建一个高频测向站似的,事实上他们并没有。

油布后面透出灯光,一个海军陆战队员正躺在圣坛前的椅子里打呼噜。沃特豪斯把他叫醒,让他到床上去睡。陆战队员十分不好意思,他知道自己本该保持清醒,装模作样地摆弄一下机器才对。

这台接收器几乎完全是闲置的,只有在糊弄那些不知内情的访客时才有人动上一动。它静静地躺在圣坛上,保持着最初的模样,

[①] "大堂(nave)"与"海军(navy)"音近。

就像刚刚从芝加哥的哈利克拉夫特公司工厂里运过来一样。圣坛上漂亮的装饰物（如果真的有的话）早已因为火灾、腐朽、人为的劫掠和成窝的偲凯利不断的啃咬而消失殆尽，现在剩下的只有一块方方正正的玄武岩，上面空荡荡的，只留着一点点之前雕琢的痕迹。这对于今晚的实验来说真是一块太合适不过的实验台了。

沃特豪斯让后腰的骨节和韧带付出了一些代价，才把保险箱扛到了圣坛上。那是一个筒状的保险箱，有点像从舰炮上截下来的一部分。他把它背面朝下立好，圆圆的柜门朝上，正中间的密码盘像一只空洞的眼睛茫然地注视着天花板。拨盘上的刻度线像极了虹膜上的纹理。

这个拨盘后面的那堆金属装置就是把沃特豪斯搅得心神不宁的罪魁祸首。通过不断调试这个密码盘，他应该有办法制服这堆机械，打开柜门。他要干的就是这个。这关得紧紧的柜门实在是太蛮不讲理了。保险柜里那不到一立方英尺的小小空间，凭什么和沃特豪斯可以随心所欲移动的外部空间大不一样？这里面他妈的到底锁的什么啊？

胶块好像一块没有凝好的琥珀，布满了裂隙和气泡，不过看上去还是很漂亮。他打开喷灯，对准胶块的一头。胶块慢慢地软了下来，开始融化，滴落在柜门的密码盘旁，聚成了一小摊银币大小的胶液。

沃特豪斯手脚麻利地把两枚单刃刀片平行地粘了上去，刀刃十分危险地朝着上面，相隔不到一英寸。他用手按着刀片固定了一段时间，直到保险箱冰冷的外壳散尽了胶体的热量，让它又变回固体为止。他用两根牙签作为垫片，确保刀背没有直接接触到保险箱，他可不想让它们之间导通。

接着他用两根导线分别连接了两枚刀片，再把线路一路拉过圣坛接到无线电接收器上。然后他又切下一小截碳棒，架在刀片之间。

他掀开接收器的外壳，重新连接了一遍里面的电路。大部分的电线连接都正合他意，他要做的主要是把电流脉冲转化为声音，再传送到耳机里——而这正是一台接收器该干的事。不过它要接收的可不是某艘 U 艇发出来的信号，而是沃特豪斯刚刚连上的线路：电流从左边刀片进去，经由碳棒传送到右边刀片，再传送回来。

要弄好这一切颇要费一番功夫。每当他尝试走进一条死胡同，让他感觉万分挫败的时候，他就过去摆弄一番天线，假装自己正在定位 U 艇。这时也许会有一闪而过的新念头，然后他就又回去接着干了。

天快亮的时候，他听到耳机里传来了一声锐鸣——所谓耳机是一对连接在一起的电木杯，看起来好像某种原始的手术器具，由一根黑红两色的双绞线连接到接收器上。他把音量关小，把耳机套在头上。

他伸出一根手指按在保险箱上，然后听到了震耳欲聋的砰的一声。他用手指划过冰冷的金属面，耳机里响起了一阵刮擦声。每一次小小的震动都会让碳棒在刀片上颤动，引起电路的通断，导致电流的变化。刀片和碳棒组成了拾音器，而耳机的音效——简直好过头了。

他缩回手指，静静地坐在那儿听了一会儿。他能听到偲凯利在特遣队补给里钻来钻去的脚步声。他能听到几英里之外的海滩上浪花的拍打声，还有"唯一的出租车"的光面轮胎在坑坑洼洼的"唯一的马路"上行驶的弹跳声。出租车的车轮定位似乎有点问题！他能听到擦洗声，那是玛格丽特在厨房里拖地，还有其他士兵稍微有些不规整的心跳声，冰岛沿岸的冰川融解的崩裂声，驶来的船队的螺旋桨急不可耐的嗡嗡声。劳伦斯·普里查德·沃特豪斯在这一刻融入了宇宙，这是连布莱切利园都无法给他带来的体验。

而这宇宙的中心正是从 U-553 上弄来的保险箱，宇宙的轴线则贯穿了这个密码盘的中点。现在这个保险箱任由沃特豪斯为所欲为。他大幅调小了音量，免得手指碰到什么东西都可能震坏他的耳膜。密码盘像是安在气体轴承上一样，一格一格沉重而又毫无迟滞地旋转起来。当然，它还是有机械摩擦，尽管他已经冻僵的手指什么也察觉不出来，但那声音就像岩石滚落般传入沃特豪斯的耳中。

锁芯的转子转动的声音就像是沃特豪斯插上了地狱之门的门闩。他花了点时间，经过几次错误的尝试之后，才调整好状态。他不知道这组密码到底有几位数，也不知道到底该怎么开始，但是经过多次试验之后，他发现了其中的模式，然后终于得到了如下组合：

　　往右转到 23——往左转到 37——往右转到 7——往左转到 31——往右转到 13

接着传来了一声重重的咔嗒声，他打心底明白，现在可以把耳机摘下来了。他转了转密码盘旁边的一个小旋钮，这是用来拉出卡住柜门的轮片盘的。他小心翼翼地避开仍然插在上面的刀片，拉开了柜门，朝保险箱里看去。

伴随着开门的动作，他感到了一阵沮丧，与保险箱的内容物无关的沮丧。他因为自己解开了这个难题而沮丧，这下他又回到了无所事事、平平淡淡的原点：当手头没有撬锁啊破译啊之类他打心底觉得需要完成的工作时，他就会这样低落。

他把手伸进保险箱里，摸到了最底下的一块热狗面包大小的金属。他知道里面肯定有这么个东西，之前他们像小朋友们研究圣诞节前包装好的礼物一样翻来覆去地倒腾它的时候，就听到里面有东西滑来滑去，丁零当啷地响着。究竟是什么，大家都很好奇。

他摸到的东西冷冰冰的,一下子就把他手上的热量吸光了,冰得难受。他甩了甩手,又伸手抓住了它,一下子拎出保险箱,扔到了圣坛上。它在台面上弹跳了几下,发出了清脆的声响——那是几个世纪以来这座小礼拜堂里出现的最接近乐器的声音。它在周围吊起的电灯的光下闪烁着俗丽的光芒,那亮闪闪的色泽吸引住了沃特豪斯的目光——他已经在这灰蒙蒙的闷根姆上待了好几个星期,穿的用的东西都是黑色、灰色、卡其色和草绿色的。他被迷住了,仅仅是因为它那明亮优美的外形与粗陋得近乎野蛮的玄武岩台面形成的对比。直到后来他才认出这是一根金条。

这是一块好镇纸,非常有用,因为这小教堂的通风实在是太好了——保险箱里藏着的重要文件都是葱皮纸,吹一口气说不定就飞走了。葱皮纸上画着浅浅的横线和竖线,把纸面分割成了许多小方格,小方格里五个一组地填着手写字母。

"看看,你找到了什么好东西!"一个声音轻轻说道。沃特豪斯抬起头,正对上以诺克·鲁特镇静得令人发毛的目光。

"嗯,密文,"沃特豪斯说,"不是恩尼格玛机加密的。"

"不,"鲁特说,"我说的是万恶之源,这个,"他想捡起金条,手指却滑了一下。他又用力一捏,把金条从圣坛上提了起来。似乎有什么东西吸引了他的注意,他把金条拿到灯光下仔细观察了起来,眉间目光如玻璃刀一样锐利。

"上面印着汉字。"鲁特说。

"什么?"

"中文,或者是日文。不,就是中文——这是上海一家银行的标记。旁边的这些数字是——成色和编号。"鲁特对这东西表现出了一种完全不符合他牧师身份的了解。

直到刚刚为止,这根金条对于沃特豪斯来说根本毫无特殊含义;那不过是一块化学元素,跟一个铅锤一瓶水银没什么两样。但是现在,如果金条上承载了什么信息,那就有趣多了。他不得不站起来仔细观察。鲁特说得对,金条上有个印记,上边清清楚楚地镌着几个极小的东方文字。文字细小的切面在灯光下闪闪发亮,光点在对称的两边切面之间来回反射。

鲁特把金条放回了圣坛上。他绕到平常存放文具的书桌旁,抽出一张薄纸和一支新铅笔,然后回到圣坛边上,将薄纸铺在金条上,用笔尖在纸上来回摩擦,直到整张纸都涂得乌黑,盖着戳记和汉字的地方清晰地浮现出来。不一会儿他就得到了一张完美无瑕的拓片,上面清清楚楚地摹着金条上的每一处细节。他把那张纸折起来放进了口袋里,然后把铅笔放回了书桌上。

沃特豪斯已经回头研究起保险箱里的那些文件了。上面的数字出自同一个人的手笔。既然他们之前已经把船长室里泡在污水里的文件都捞了出来,沃特豪斯现在已经能够轻松分辨出船长的笔迹了:保险箱里的文件不是他写的。

从这份密文的格式来看,它显然不是经过恩尼格玛机加密的。恩尼格玛机加密过的文件开头总会出现六个字母,三个一组,这是用来告诉接收员如何调整机器转子的。但是这批文件从头到尾没有出现过这样三个一组的字母,因此可以肯定,它使用的肯定是另一种加密方式。和其他当代国家一样,德国人也有浩如烟海的情报加密法,有些是通过特定书本加密的,有些则是通过机器加密的。布莱切利园破解了他们大多数的加密方式。

但是不管怎么说,这仍旧是个有趣的练习。既然现在2702特遣队的大部队已经来了,和玛格丽特继续幽会的希望化为了泡影,沃特豪斯已经没什么可期待的东西了。试着破解这份密文也许能填补打开保险箱之后他心中升腾起的那份空虚。他拿出几张纸,坐到了书桌前，花了一两个小时把保险箱里的密文誊到了上面，又一而再再而三地反复检查了几遍，确保自己没有抄错任何一个字。

从一方面来说，这种抄写实在是令人生厌。但从另一方面来说，抄写密文却给了他一个亲手梳理这些密文的机会，这种低级工作也许会给以后带来意想不到的好处。想要发挥那种从混沌中寻找模式的奇妙天赋，他就必须先全身心地沉浸其中。如果这其中确有模式而他暂时还没发现，那么这些字母和数字在通过他的笔端，经过他的眼前时，他脑子里的某个地方也许正默默转动，然后在接下来的几个星期里，在他刮胡子或者摆弄天线的某个时候，也许就有了一闪而过的灵光，甚至能让整个谜题都迎刃而解。

他有好一会儿都没发现查顿和其他人已经醒了。普通士兵禁止进入圣坛，不过军官们都可以纷纷围上来研究那根金条。

"在破解密码呢，沃特豪斯？"查顿缓步靠近书桌，双手捂着一杯咖啡取暖。

"正在誊呢。"沃特豪斯答道。他还算有点脑子，马上又补了一句，"免得原件在运送的时候出什么岔子。"

"你倒想得周到，"查顿点了点头，"说起来，还有没有别的金条，你藏起来了？"

沃特豪斯在军队里混得也够久了，才不会上这种当。"我们之前晃箱子的时候就能听出里面只有一个重物了，长官。"

查顿微微一笑，抿了一口咖啡。"我倒是很好奇你到底能不能破解这个密码，沃特豪斯上尉。我简直想押上点钱了。"

"我当然乐意，不过这个赌打得可没意思，长官。"沃特豪斯答道，"不管是哪种，布莱切利园很可能早就破解过这个密码了。"

"你怎么会这么认为？"查顿漫不经心地反问。

这个问题由查顿这样地位的人提出来实在是太傻了，沃特豪斯有点不知所措起来:"长官,布莱切利园已经破解了几乎所有德国军队和政府密码。"

查顿假装出一脸失望。"沃特豪斯!多么没有科学精神。你是在妄作假设。"

沃特豪斯想了想,努力理解这句话里的意思。"您是说,这个密码不一定是德国人的?或者说不是军事或者政府密码?"

"我只是在提醒你别轻易做假设。"查顿说。

当罗布森中尉——皇家空军小队的头头——朝他们走来的时候,沃特豪斯还在想这句话的意思。"长官,"他问道,"我们代表伦敦方面来询问组合。"

"组合?"沃特豪斯茫然道。在没有上下文的情况下,这个词没什么特定意义。

"是的,长官,"罗布森补充道,"保险箱的密码组合。"

"噢!"沃特豪斯有点不太高兴,他们竟然会来问这么个问题。既然箱子都打开放在那里了,再来要密码有什么意义?解开密码的思路可比单单得到一个特定的密码组要重要得多。"不知道,"他说,"我忘了。"

"你忘了?"查顿说道。他这是替罗布森问的,后者一副咬住舌头制止自己爆粗的样子。"你在忘掉之前没把它写下来?"

"没有,"沃特豪斯说,"但是我记得密码全是质数。"

"嘿!这倒是缩小范围了!"查顿兴高采烈地答道。不过罗布森看上去可一点都不高兴。

"总共有5个数字,有趣的是——"

"5本身也是质数!"查顿说。沃特豪斯又一次感到非常高兴,因为他的长官表现出了受过高等教育的迹象。

"好得很,"罗布森从牙缝里挤出这句话,"我这就回去汇报。"

—————— 想象，比知识更重要

幻象文库

编码宝典(中)

(美)尼尔·斯蒂芬森 著
刘思含 韩阳 译

新 星 出 版 社　NEW STAR PRESS

目录

1	第三十六章　苏丹
14	第三十七章　弹跳
23	第三十八章　大头
32	第三十九章　山本
38	第四十章　安泰俄斯
50	第四十一章　窃密
71	第四十二章　漂流
81	第四十三章　新诺拉
93	第四十四章　敌意
104	第四十五章　电波游戏
116	第四十六章　HEAP
127	第四十七章　渴求
153	第四十八章　食人族
165	第四十九章　残骸
180	第五十章　圣莫尼卡
185	第五十一章　哨站
193	第五十二章　流星
201	第五十三章　薰衣草玫瑰
209	第五十四章　布里斯班
215	第五十五章　邓尼茨

目录

227	第五十六章　克朗奇
241	第五十七章　姑娘
248	第五十八章　共谋
270	第五十九章　宝藏
296	第六十章　　火箭
317	第六十一章　示好
330	第六十二章　I.N.R.I.
342	第六十三章　加利福尼亚
353	第六十四章　管风琴
363	第六十五章　家
376	第六十六章　班多克
382	第六十七章　计算机
397	第六十八章　旅行车队

第三十六章　苏　丹

吉纳库塔的大维齐尔①带他们来到他的老板——苏丹的办公室，然后把他们留在一张大会议桌的角落单独待了几分钟。造这张桌子一定害得一整片热带阔叶林从此灭绝了。之后寄生藤公司的创建者们就开始了一场竞赛，看谁能最先想出关于苏丹的住宅办公室免税额②的俏皮话。他们来到的是新宫，它的三臂环绕着古老辉煌的旧宫充满异国情调的花园。这间会议室的天花板有十米高。朝向花园的墙完全由玻璃制成，最终效果就好像你在看着装在玻璃容器里的苏丹宫殿。兰迪向来不怎么懂建筑，词汇量完全不够用。他最多只会说这里大概像泰姬陵和吴哥窟的混合体。

来到这里之前，他们必须先驱车经过一条棕榈夹道的漫长大道，进入巨大的大理石拱顶门廊，乖乖接受金属探测和搜查，坐在接待室喝一会儿茶，脱掉鞋子，让一个包着头巾的男仆用盛在精美水壶中的温玫瑰水冲洗过他们的双手，再走过大概半英里长的抛光大理石和东方地毯。门刚在大维齐尔的屁股后面关上，艾维就说："我闻

---

① 伊斯兰国家内阁官员。
② 在家办公可申请的税务折扣。

到欺诈的气味。"

"欺诈？"兰迪嘲笑道，"怎么，你觉得这一切都是背投投影机打出来的效果，还是说这桌子是塑料贴面做的？"

"这些都是真货，"艾维酸酸地承认，"但如果有人给你这样的待遇，那是因为他们想给你留下深刻印象。"

"我印象深刻，"兰迪说，"我承认。我印象深刻。"

"这只是'我要做蠢事了'的委婉说法。"艾维说。

"那我们能怎么办？这不是那种真的能办成事的会议吧？"

"如果你指的是我们会不会签合同、有没有钱财要转手，那么不，没什么事会办成。但还是有很多事会发生。"

门再次打开，大维齐尔带着一群日本人走进房间。艾维放低了声音："只要记住，当一天结束时，我们回到酒店，苏丹还在这里，这一切对我们来说只是记忆而已。苏丹有个大花园这件事根本无足轻重。"

兰迪开始恼火起来：这样显而易见的事情还要说出来，简直对大家是一种侮辱。但他恼火的部分原因其实是他知道艾维一眼就看穿了他。艾维总叫他不要那么浪漫主义。可如果不是因为浪漫，他现在根本就不会在这里。

那么问题来了：艾维又是为了什么才来做这些事呢？也许他自己也有些小心隐匿起来的浪漫妄想。也许正是因此，他才能如此轻易地看穿兰迪的心思。也许艾维在警告寄生藤公司其他成员的同时，也在警告自己。

实际上，新进来的一群人不是日本人，而是中国人——大概是从台湾来的。大维齐尔带他们到安排好的位置上去。他们的座位与寄生藤公司的位置相距甚远，足以让他们可以用眼神零星交火，然而没法在不借助扩音器的条件下真正吵起来。他们用了大概一分钟时间假装品评花园和旧宫。然后，一位五十出头、身材紧凑结实的男人朝寄生藤公司转过身，大步向他们走来，后面跟着一串助理。兰迪不由得想到从前在电脑上看过的模拟图像：黑洞穿过星系，背后挟带着一串星球。兰迪隐约认得这人的面孔：他在商业杂志上出现过不止一次，但频率还没有高到足以让兰迪记住他的名字。

如果兰迪不是个黑客的话，他现在就得走上前去进行一番交际了。他会紧张又厌烦。但感谢上帝，这些屁事都自动转交到了艾维身上——艾维上前一步，与那个男人打了个招呼。他们握了握手，交换了一番外交辞令和名片。但他的眼神直接越过了艾维，打量着寄生藤的其他人。感觉兰迪不太够格，他便注目到埃伯哈德·弗尔身上。"哪位是坎特雷尔？"他说。

约翰正靠在窗边，估计在计算着那株八英尺高的食肉植物的花瓣是由怎样的参数方程生成的。他转过身来介绍自己："约翰·坎特雷尔。"

"李哈佛。你没有收到我的电子邮件吗？"

李哈佛！现在兰迪有点想起这个人了。哈佛电脑公司——台湾一家中型电脑制造公司的创始人。

约翰咧嘴笑起来："我收到了大概二十封声称自己是李哈佛的未知人物发来的电邮。"

"那些就是我发的！我不知道你说我是未知人物是什么意思。"李哈佛语气极其锐利，但并不生气。兰迪意识到，他不是那种开会前要教导自己不能太浪漫的人。

"我痛恨电邮。"约翰说。

李哈佛盯着他的眼睛看了一会儿问道："你是什么意思？"

"概念很好，付诸实践的方法却很糟糕。人们不采用任何安全防范措施。一封声称来自李哈佛的邮件发过来，他们就相信它真的是李哈佛发的。但这封邮件只是某处旋转的磁盘上一些磁化的小点。任何人都可以伪造。"

"啊,你用数字签名算法。"

约翰仔细考虑了一下:"我从不回复任何没有数字签名的邮件。数字签名算法指的是一种进行签名的技术。技术是好的,但还可以改进。"

说到一半的时候李哈佛开始频频点头,同意他的观点:"是因为有结构问题吗?或者你担心的是512位密钥长度的问题?改成1024位可以接受吗?"

三句话之后,坎特雷尔和李的谈话内容就远远飞出了兰迪密码知识的地平线,于是他的大脑关了机。李哈佛是个密码狂!他亲自研究这玩意儿——不光是花钱让手下读书然后把笔记给他,而是亲力亲为地去计算方程。

汤姆·霍华德的嘴角都咧到了耳根。埃伯哈德脸上露出的表情对他来说已经是笑得最开的表现了,贝丽尔也咬牙忍着笑。兰迪迫切地想知道笑点在哪儿。艾维看见兰迪脸上的困惑,于是转身背对李哈佛,搓了搓拇指和食指:钱呐。

噢,没错。肯定是跟那有关。

李哈佛在90年代初期造了几百万台电脑,给它们都装上Windows、Word和Excel——但不知怎的忘了给微软写支票。大约一年前,微软在法庭里狠狠教训了他一顿,令他大赔一笔。李哈佛宣布破产:他名下没有一分钱。微软一直在设法证明他在别的地方藏了一二十亿。

李哈佛显然一直在绞尽脑汁地思考如何把钱放到微软找不到的地方。传统方法有许多:瑞士银行账户、空壳公司、藏得最深的房地产项目、在某个地方的金库藏满金条。这些伎俩对普通政府可能管用，但微软可比政府要聪明十倍、凶狠百倍，而且不受任何规则束缚。光想象一下李哈佛的境况就让兰迪打战：被微软顶级一流的地狱猎犬追着，满地球逃窜。

李哈佛需要电子货币。不是人们用来在网上买衣服又不需透露信用卡号的那种低级玩意儿。他需要的是最猛最强的那种，以硬加密为基础，扎根于离岸数据避风港里，而且他急不可待。所以他会给约翰·坎特雷尔发一大堆邮件是再合情合理不过了。

汤姆·霍华德悄悄贴近兰迪身边。"问题在于，是只有李哈佛自己要用呢，还是他觉得自己发现了新市场？"

"估计都有，"兰迪猜，"他大概认识其他想要私人银行的人。"

"在某些方面，"汤姆说，"这些家伙比我们聪明多了，因为他们从来没有过靠得住的货币。"他和兰迪看向约翰·坎特雷尔——他正双手抱胸，滔滔不绝地吐出一篇关于欧拉函数的专题论文，李哈佛认真地点着头，他手下的书呆子团队则在标准拍纸簿上疯狂做笔记。艾维远远地站在一边，凝望着旧宫，这件事错综复杂的后果在他心中生长交缠，仿佛茂盛不羁的热带花园。

其他代表团也陆续在大维齐尔的带领下鱼贯而入，在会议桌的海岸线上布下界桩。"牙医"走进来，后面跟着他的诺伦三女神或复仇三女神或保健师或随便什么鬼。一群澳洲口音的白人正在交谈。除了他们，其他的都是亚洲人。有些人互相说着话，有些人则撑着下巴观望正在交谈的李哈佛和约翰·坎特雷尔。

"我想现在就交换密钥，以便发电邮。"李说着对一名助手做了个手势，那人立即跑到桌边打开一台笔记本电脑。"什么什么'秩序'。"李用粤语说。助手依言点击。

坎特雷尔面无表情地看着桌子。他蹲下来查看桌底。他围着桌子转了一圈，用手摸着桌边的底侧。

兰迪也弯腰看了看。这是那种高科技会议桌，内置电源和通信线路，好让来访者可以给笔记本插上电，又不用把难看的电线扯得到处都是或争夺插座。厚木板里一定布满了密密麻麻的管道。没有肉眼可见的线路将它与外界相连。线路一定是通过空心的桌腿连到空心的地板底下。约翰咧嘴一笑，转身对李摇了摇头。"通常我会说没问题，"他说，"但对于像你这样有安全需求的客户来说，这里不是可以交换密钥的地方。"

"我没打算用电话，"李说，"我们可以交换软盘。"

约翰敲了敲木头。"无所谓。让你的手下去查查'屏幕辐射窃密'。是宝盖头的'密'，不是禾字旁。"他对记笔记的助手说。然后他察觉到李需要简短说明，便说："他们可以通过听取电脑芯片发出的微弱辐射信号来读取你电脑的内部状态。"

"啊啊。"李说，与他的技术人员之一交换了一个极其意味深长的眼神，就好像这解释了一件他们之前打死都闹不明白的事情。

有人开始在房间那头大声叫喊——不是客人进来的一头，而是另一头。发出叫声的是一个小伙子，身上的服饰与大维齐尔类似，但没那么华丽。在某个时刻他换成了用英语说话——那种外国航班乘务员的口音，告诉乘客把金属舌卡进安全带扣里，但是因为重复太多次而变得含混不清。一些身着好西装的小个子吉纳库塔男人鱼贯而入。他们在桌子的首端对面坐下，桌首宽得可以放下一整幅《最后的晚餐》。在耶稣的位置上摆着一把很大的椅子。如果你去找一个光头、戴无框眼镜、拥有符号学和土木工程双博士学位的芬兰设计师，给他写一张空白支票，叫他设计一个王座，你会得到的就是这样的东西。后面有一张专门给仆从们坐的桌子。背景里还有无数价值连城的艺术品：从丛林深处的某个废墟里截下来的、被侵蚀的雕带[1]。

　　所有访客都本能地朝桌边自己的位置移动，却没人坐下。大维齐尔轮流瞪着每一个人。一名小个子男人溜进房间，茫然地盯着脚下的地面，似乎没有意识到其他人的存在。他的头发紧贴脑袋，萨维尔街[2]的魔法尽可能地缩减了他肥胖的身躯。他慢慢地挪到大椅子上坐了下来。这似乎也太逾矩了一些，直到兰迪意识到他就是苏丹。

　　突然之间每个人都坐了下来。兰迪拉出椅子，往下一倒。厚厚的皮革坐垫裹住他的屁股，就像接球手的手套裹住棒球一样。他想把笔记本电脑从袋子里掏出来，但在这种环境下，无论是尼龙电脑包还是电脑的塑料外壳，都带上了一种路边小店的廉价感。而且他必须控制住自己像大二学生一样老想记笔记的冲动。艾维亲口说过今天的会上什么事都办不成，重要的事情全在潜台词里。再说，还有屏幕辐射窃密的问题。坎特雷尔提起大概只是为了吓唬李哈佛，但兰迪也被弄得有点慌。他选择了一本方格纸——工程师版的标准拍纸簿——和一支一次性签字笔。

　　苏丹的英语是牛津口音，里面还掺杂着几丝大蒜和红辣椒的味道。他的发言持续了大约十五分钟。

　　房间里容纳着几十具活生生的人体，每一具都是一大包高度压缩的内脏和液体，若被刺穿，其内容物就会喷溅出好几码远。每具人体都围绕 206 块骨头构成，连接骨头的是臭名昭著地喜欢出毛病的关节，它们若没有保持原始状态，就会发出讨厌的咔嚓、吱嘎和噼啪声。骨架外面松弛地覆盖着颤动的肉排，被绷紧的气囊撑开，其中穿插着无数错综复杂的污水管，充满翻滚的酸液、压缩的气体、可恶的酶，和吊在其上的那些颜色灰暗、气味浓烈的由遗传基因控

---

[1] 古典建筑柱石横梁与挑檐之间的部分。
[2] 位于伦敦，是世界顶级的手工定制西服裁缝店聚集地。

制的肉块所生产的溶剂。一块块正在分解的食物被连续的抽搐逼下这片潮湿的迷宫，腐化形成必须定期排放到外界的气体、液体和固体，以免身体的主人中毒身亡。球形的、充满凝胶的摄像头在黏液润滑的球形接头里旋转。无数纤毛组成的方阵击退入侵的微粒，将它们封入黏性物以便之后清理。每具身体里都有一块位于中心的肌肉永不止息地抽动着，使一股股增压的肉汁循环流动。然而，尽管有以上所有事实存在，这些身体中没有一具在苏丹演讲过程中的任何时刻发出一丁点声音。如此奇迹，只能解释为大脑对身体的控制力，和文化环境反过来对大脑的控制力。

他们的东道主正努力表现出苏丹应有的样子来：在不用被吸进管理学流沙的前提下，向他们提供前景和方向。基本的情况是（或者说一开始似乎是），吉纳库塔一直是文化碰撞交汇的十字路口：原生马来人；福特和他的白苏丹王朝；东边是菲律宾人和他们的西班牙、美国和日本总督；西边是穆斯林；南边是盎格鲁人[①]；北边是五花八门的东南亚文化；中国人一如既往地到处都是；加上时而会有冒险精神的日本人；还有（虽然不知道有什么用，但还是提一句吧）居住在岛屿中部的新石器时代部落人民。

因此吉纳库塔要运营通向四面八方的大型光纤电缆，连接四周所有能够得着的大型国有电信公司，并变成某种数字集市——这是再自然不过了。

所有客人都一本正经地点着头，对苏丹的远见卓识和他将国家的古老传统与现代科技融为一体的高超能力表示赞赏。

但这仅仅是一个肤浅的类比，苏丹承认道。

每个人都更用力地点起了头：确实，苏丹之前说的一番话实际

[①] 指英国血统的澳大利亚人和新西兰人。

上都是狗屁。几个人匆匆记着笔记，以免跟不上苏丹的思路。

毕竟，苏丹说，在一个数字化网络的世界中，地理位置已经不再重要。网络空间没有边界。

大家又拼命地点头，除了约翰·坎特雷尔和那些头发灰白的中国人。

不过嘿，苏丹继续道，那些只是头脑发晕的网络啦啦队的鼓劲儿而已！一派胡言！位置和边界当然重要！

这时，透过玻璃墙的光线被玻璃里面的某种机关——液晶百叶窗或者别的什么——遮住，令房间陷入黑暗。显示屏从天花板上巧妙隐藏的细槽里降下来。这个新玩意儿拯救了许多客人的颈椎。刚刚苏丹话锋猛转的时候，他们越发用力地点着头，眼看就要把脖子扭断了。该死的，网络空间的地点到底重不重要？结论是什么？这又不是什么牛津辩论协会！快说重点！

苏丹正在给他们看图片：一幅政治正确的世界地图，美洲和欧洲看起来像北极圈里冰封的礁石。地图上叠有一系列直线，每条线连着两座大城市。苏丹一边说，线网一边变得越来越密集，几乎遮蔽了大陆块和海洋。

这，苏丹解释道，是对因特网的传统理解：一张无中心的网络，将每一处与其他所有地方连接，没有瓶颈，也没有——假如你乐意使用这个说法——"咽喉"。

但这扯得越来越离谱了！一幅新图像出现：同样的地图，不同的线条。现在我们有国内网络，有时是洲内网络。但国家之间，尤其是大洲之间，只有区区几条线。一点也不像"网络"的样子。

兰迪看向坎特雷尔，他正暗暗地点着头。

"许多'网络党人'相信，网络之所以强大，是因为它的通信线路平均分布在世界各地。实际上，正如你们通过这张图所见，几乎所有洲际网络流量都是通过几条咽喉要道传输的。而通常这些咽喉要道都被当地政府掌控。那么显然，任何想要完全不受政府干涉的因特网应用，从一开始就会被基本的结构问题破坏。"

……完全不受政府干涉。兰迪简直不敢相信自己的耳朵。如果苏丹是个正在跟一房间无政府主义密码狂说话的邋遢黑客，那是另一回事。但看在上帝的分儿上，苏丹自己就是政府，而且房间里坐满了名副其实有权有势的人。

"瓶颈只是那些阻碍创造一个自由、具有独立主权、与位置无关的网络空间的结构障碍之一。"苏丹愉快地继续说。

独立主权？！

"另外一个障碍则涉及隐私、言论自由和电信政策的五花八门的法律条款，以及司法体系。"

又一张地图出现。每个国家都以吓人的复杂程度上了颜色、阴影和图案。下面有繁复图例勉强试图解释地图。这立刻令人头痛起来。这，当然就是重点了。

"任何现存司法系统关于隐私问题的政策，都是法庭和立法机关很多世纪以来不断积累的结果。"苏丹说，"恕我直言，这些政策几乎都与现代隐私问题无关。"

室内又亮了起来，窗户开始逐步透入阳光，显示屏无声地消失在天花板上，每个人都有些惊讶地发现苏丹已经站了起来。他正朝一块巨大、华丽（当然）且一看就价格不菲的棋盘走去，上面摆着复杂的黑白棋型。"也许我可以用围棋打个比方——虽然象棋也是一样。由于我们的历史，我们吉纳库塔人对两种棋都十分精通。棋局开始时，棋子都落在简单易懂的位置上。但随着棋局的发展，棋手们一步一步做出微小的决断，每个决断自身都相当简单，其原因即使对于新手来说也是容易理解的。但经过无数次这样的回合后，棋子的布局变得如此复杂，只有最优秀的头脑——或最优秀的电脑——才能理解个中奥妙。"苏丹说话时若有所思地凝视着棋盘。他抬起头，开始与房间里的人进行目光交流。"这个类比很清楚。我们关于言论自由、电子通信和密码学的政策正是从一系列简单易懂的决策进化而来的。但到了今天，它们已经变得如此复杂，即使只局限在一国之内也无人可以理解，更别说所有国家加到一起了。"

苏丹停下来，若有所思地围着棋盘踱步。这时，客人们大多已经放弃了恭维似的点头和笔记。现在没人装样子了，他们都带着真正的兴趣聆听着，想知道他接下来会说什么。

但他什么也没说。他只是把一条手臂搭在棋盘上，然后猛然把所有棋子都扫到了一边。棋子如雨般落在地毯上、抛光的石头地板上，和桌面上。

至少十五秒钟的寂静。苏丹面无表情。然后，忽然之间，他脸色又明亮起来。

"是时候重新开始了，"他说，"在一个法律由立法机关制定、由法官阐释、被古老判例束缚的大国家里，从头来过很难。但这里是吉纳库塔苏丹国，我是苏丹，而我说，这里的法律非常简单：信息的彻底自由。我在此宣布，放弃政府对我国境内所有数据流的权力。任何情况下，该政府的任何部门都不得窥测信息流，或以任何形式利用其权力限制信息流动。以上便是吉纳库塔的新法律。我邀请诸位先生最大限度地对它加以利用。谢谢你们。"

伴随着一阵庄严的掌声，苏丹离开了房间。这就是基本规矩，孩子们。现在快去玩吧。

穆罕默德·普拉加苏博士，吉纳库塔信息部部长，现在从座位里（位于苏丹王座的右手边，当然）站了起来，接任主持。他的口音美国化的程度几乎跟苏丹英国化的程度一样。他在伯克利上的大学，又拿了斯坦福的博士学位。兰迪认识几个那几年跟他一起工作学习的人。据他们说，普拉加苏来上班的时候几乎总是穿着T恤牛仔裤，对啤酒和香肠比萨与其他非伊斯兰教徒一样兴趣强烈。没人知道他是苏丹的二表弟，并且自己也有好几亿身家。

但那是十年前的事了。最近在与寄生藤公司打交道的过程中，他的穿着举止都更上了一个档次，但却刻意地不拘礼节：请叫我的名字就好。普拉加苏博士喜欢被人叫作普拉格。他们所有会议都以交换最新笑话开头。然后普拉格会问起从前校友的情况——他们现在大多在硅谷工作。他搜集关于最新最热的高科技股票的消息，花几分钟回忆他在加利福尼亚度过的狂野时光，然后才言归正传。

从来没人见过普拉格真正表现符合他身份的样子，直到现在。保持严肃有点难——这就好像是他们的某个老同学租了套西装，伪造了一张ID卡，现在正在某个无聊的工作会议上搞恶作剧一样。但普拉加苏博士今天颇有一种令人印象深刻的庄重味道——几乎到了沉重的地步。

兰迪的注意力四处游荡起来。普拉格的演说很无趣，因为他讲的是兰迪已经熟得不能再熟的技术内容——转换成简单的比喻，好让它在翻译成普通话、粤语、日语或随便什么之后仍然能让人大略听懂。兰迪开始环顾桌子四周。

有一个菲律宾人的代表团。其中一个五十多岁的胖男人看起来相当面善。一如往常，兰迪想不起他的名字。还有另一个人来得迟了，形单影只的，被领到了桌子最远那头一张单独的椅子上：他可能是拥有很强的西班牙血统的菲律宾人，但更可能是拉丁裔美国人或南欧人或只是一个祖先来自这些地方的美国人。不管怎样，他刚一坐下就掏出一部手机，输入了一串很长的号码，开始小声、紧张地交谈。他一直在朝桌子对面偷瞟，轮流审视每一个代表团，然后向手机里吐出简短的描述。他在这里仿佛十分担惊受怕。每个看见他的人都不能不注意到他那鬼鬼祟祟的样子。而每个注意到的人都不可避免地要去猜想他举止反常的原因。但同时,这个人具有某种愠怒阴森的气质。兰迪一开始没注意,直到他的黑眼睛转过来,像德林格手枪①的两个枪口般对上兰迪的视线。兰迪回视着他,过于震惊也过于愚蠢地没有避开视线。某种奇怪的信息通过他眼里射出的两道黑光,从拿手机的男人那里传递给了兰迪。

兰迪意识到,他和寄生藤二号公司的其余部分都已经落入了窃贼手中。

---

①一种大口径双口短筒手枪。

第三十七章　弹　跳

在俾斯麦海乌云密布、闷热难当的那一天，后藤传吾输掉了战争。当美军轰炸机低空水平飞过时，他碰巧站在甲板上呼吸新鲜空气，活动四肢。避开充斥着排泄物和呕吐物恶臭的空气能让他心情昂扬，信心百倍。其他人肯定也是一样，因为当他看到美军飞机之后过了很久才有人拉响了警报。

皇军应该时时刻刻都保持着这种昂扬自信的情绪，这是他们的不屈精神所在。但是后藤传吾只有站在甲板上呼吸新鲜空气的时候才能找到这种感觉，这使得他很羞愧。他的战友们从来不曾抱有怀疑，或者说，至少从未表现出怀疑。他想知道自己到底哪里不对劲。也许是他在上海的时候遭到了外界的污染。或者，也许他早就被污染了——那是古老的家族诅咒。

运兵船开得很慢——他们毫不掩饰自己只是空壳子。他们只有少得可怜的火力，护送他们的驱逐舰已经进入了备战状态。

后藤传吾站在护栏边，看着驱逐舰上的船员跑向战位。黑色的浓烟与蓝色的火光从炮管里喷了出来，又过了好一会儿，后藤才听到了开火的声音。

美军轰炸机一定是碰到了什么麻烦。他猜他们要么是燃油不够了，要么是迷了方向，要么是被头顶黑压压的"零式"追得走投无路了。不管出于哪种理由，他很肯定，他们不是来攻击运输舰的。因为美国轰炸机攻击的方式总是从高空飞过扔下一堆炸弹。炸弹总是落空，因为他们的投弹瞄准器太糟糕，乘员水平也太差。对，他们碰上这群美军飞机纯粹是那种所谓战场上的意外，因为从昨天开始这片海域就浓云密布，荫蔽着这支船队了。

后藤传吾身边的士兵全都欢呼起来。他们运气可太糟了，就这样莽莽撞撞地闯进了驱逐舰队的火力网里来！这对于久留村的小伙子们来说也是个喜讯——镇子上一半的年轻人碰巧都在甲板上，现在可以一起看好戏了。他们一起长大，一起上学，一起在二十岁的时候参加军训，一起参军，一起训练。然后现在，他们一起去新几内亚。五分钟前他们又一起聚到了甲板上，准备一起欣赏美军飞机着火之后翻着跟头摔下的景象。

后藤传吾今年二十六岁，也算是个老资格了——他从上海回来之后成了他们的领袖和榜样——他看着他们的脸庞，这些从他孩提时代就熟悉的面容，上面洋溢着前所未有的欢乐，像是灰蒙蒙的乌云、大海和钢板之间闪闪夺目的樱花花瓣。

明快的笑容像涟漪一样在他们脸上荡开。他转过身，向空中望去。一架轰炸机似乎只是为了减少自身的负重而往海里直直投下了一枚炸弹。久留小伙子们齐声嘲弄了起来。这架飞机在扔下了几乎半吨毫无意义的炸弹之后，斜斜地朝高空飞去。它就这样丢掉了自己的武器，成了驱逐舰的活靶子。小伙子们鄙夷地朝美军飞行员大声嚷嚷着。要是换成一个日军飞行员，至少最后得自己撞上驱逐舰才算完事儿吧！

后藤传吾的目光不由自主地追随着那颗炸弹，而不是飞机。它不像其他炸弹一样从机舱下部垂直落下，而是在波浪上划出一条平滑的抛物线，好像一枚在空中飞行的鱼雷。他一下子屏住呼吸，生怕这枚炸弹不会沉进海里，而是擦着海面撞上正好挡在它前进路线上的驱逐舰。但是命运之神再次对皇军露出了微笑，炸弹最终没有抗住重力，落入了水里。后藤传吾移开了目光。

但是他的余光又瞥到了那一道幽灵般的白色。落水的炸弹两侧激起的浪花仍然在海水中翻腾，但在那后面，有一枚黑色的东西在高速移动——也许是那架飞机扔下来的第二枚炸弹。后藤传吾这次目不转睛地盯着它。它似乎在向上浮而不是向下沉，也许只是幻象罢了。是的，是的，是他看错了，它在慢慢向下沉，潜入水中，又激起了另外两道浪花。

但是炸弹突然又跃出了水面。后藤传吾，一个工程系学生，此刻只能祈求物理法则牵制住这颗炸弹，让它落回水里去——这么大一块金属本来就该沉下去的。它终于落了下去——但是又弹了起来。

炸弹擦着水面弹跳着，就像久留村的少年们以前在村边的鱼塘上打水漂用的石片一样。后藤传吾出神地看着它又跳了几下。命运之神似乎特地为了娱乐他才安排了这么一场好戏。他贪婪地看着，像是在享受从口袋里意外找到的一根香烟。跳，跳，跳。

然后它直接命中了旁边一艘驱逐舰的侧舷。一个炮塔被直直地炸上了天，不住地翻滚着。正当它的速度逐渐变慢，快要达到顶点的时候，从军舰轮机舱里喷涌而出的一道火柱吞没了它。

那些久留的小伙子还在齐声叫喊，拒绝相信发生在眼前的这一幕。后藤传吾的眼角又瞥到了一道闪光。他转过身，看到另一艘驱逐舰被击中了弹药舱，像干树枝一样"啪"地折成两段。海面上到处都是跳、跳、跳的小小黑点，像是上海妓院里皱巴巴的床单上的跳蚤。叫喊声渐渐停了下来。每个人都静静地看着这一切。

美国人居然在战争中开发出了一种新的轰炸方式，并完美地投入了使用。他的脑袋昏昏沉沉的，像一个醉鬼在倾斜的车厢里蹒跚。他们发现了自己的错误，勇于承认，然后想出了另一套新办法。这套办法马上得到了一系列上级的拥护和支持。现在他们要用这套新办法来消灭敌人了。

任何一个有尊严的武士都不会这么懦弱。这么能屈能伸。那些负责训练高空投掷炸弹轰炸的军官该有多丢脸啊。他们现在怎么样了？肯定要么剖腹自杀，要么锒铛入狱了吧。

那些驻扎在上海的海军陆战队员也算不上武士。那么善变，比如沙夫托。沙夫托之前在街头跟日本人打了一架，结果输了。输了之后他居然想要学习他们日本人的格斗技巧——还是跟他后藤传吾学。"美国人不是武士，"每个人都这么说，"只能算商人。谈不上武士。"

甲板下面的士兵还在欢呼雀跃，他们根本不知道上面发生了什么事。驱逐舰着火的残骸在海上沉沉浮浮，后藤传吾用了好一会儿才移开目光。他倚着一个装满救生衣的柜子站稳。

敌机似乎都已经飞走了。他举目望去，没有一艘驱逐舰是能正常运作的。

"穿上救生衣！"他吼道。但是似乎没有人听到他说的话，他只好自己打开柜子。"喂！穿上救生衣！"他从柜子里抽出一件救生衣举了起来，免得他们听不到。

他们听得很清楚。但是他们用一种比看五分钟之前的惨剧还要震惊的眼神看着他。救生衣顶什么用？

"以防万一！"他吼道，"他日再当报效天皇。"最后这一句他说得很小声。

一个小伙子走了上来——小时候他们还是邻居呢——一把扯下

后藤手里的救生衣，扔进了海里。他轻蔑地上下打量着后藤，然后转身走掉了。

另一个小伙子叫了起来，用手一指：第二波的攻击来了。后藤传吾走到护栏边和其他人站在一起，但是他们都悄悄散开了。美军飞机长驱直入，投下更多的弹跳炸弹之后又轻轻松松地全身而退。

后藤传吾看到一枚炸弹在经过几次弹跳之后正对着自己飞了过来，他甚至能看清喷在弹头上的字迹：弯腰，东条！

"这边！"他喊道。他转身向装着救生衣的柜子跑去，这次有几个人跟了上来。其他那些不愿意跟上来的人——可能要占去久留村总人数的百分之五——被脚下爆炸的炸弹抛进了海里。木制的甲板一下子炸裂开来。有一个久留小伙子落进了海里，肚子上还插着一块四英尺长的木板。后藤传吾和其他大约十来个人手脚并用地爬到柜子旁，扒出了救生衣。

要不是因为他早已在心中认定这场战争必败，他是绝不会做这种事的。作为一名武士，他本该从容赴死。他的手下们之所以跟着他，也只是为了服从他的命令而已。

他们手忙脚乱地给自己套上救生衣，往护栏边上跑去。又有两枚炸弹爆炸了。船舱里的人大多都死了吧。后藤传吾差点儿没跑过去，因为船的这一侧已经高高地翘到了空中。他抓住护栏，做了个引体向上，一条腿跨过了已经呈水平方向的栏杆。船要翻了！又有四个人抓住了栏杆，剩下的人身不由己地顺着甲板滑了下去，消失在了黑烟中。后藤传吾试图忽略眼前的景象，听从内耳的平衡感。他现在正站在船的侧面，朝船尾望去，有个螺旋桨翘到了天上，徒劳地空转着。他朝上奔去，另外四个人跟着他。一架美军战斗机冲了过来。他甚至没发现那架飞机正在扫射他们，直到他一回身，看到子弹已经把一个战友打成了两半，另一个战友则被打中了膝盖，小腿和以下的部分靠着几根软骨藕断丝连地挂在身上。后藤传吾把他米袋似的一把扛到肩上，然后继续向上跑去，但是他很快就发现前面已经无路可走了。

他和另外两个人现在正站在船体的最高点上，那也只是个露出水面不到一人高的一个金属凸起。他四下张望，转了一圈又一圈，想要找个落脚点，但周围只有一片汪洋。沉没的船骸里冒出滚滚黑烟和气泡，浪花在四周咆哮着、冲击着。海水涌了上来。后藤传吾低下头，看着脚底的钢板，意识到自己全身都还是干燥的——但那也只是一瞬间，紧接着，俾斯麦海就从四面八方淹没了他的双脚，漫上了小腿。不一会儿，曾经承托着他的那块钢板也消失了。肩上伤兵的重量压得他一个劲儿往下沉。燃油呛进了他的鼻子，他好不容易才从伤兵的身下挣扎了出来，大叫着浮上了海面。浮油灌满了他的七窍。他一不小心咽了一口，然后抽搐了起来，身体本能地想要把这种液体从体内排出去，他开始打喷嚏、呕吐，试图把油从肺里咳出去。他伸出手摸了摸自己的脸，发现上面也挂了一层厚厚的油，他不敢睁开眼睛。他想用袖子把脸擦干净，却发现袖子上也浸满了油。

他必须沉进水里把自己洗干净，现在这样根本什么也看不见。但是沾满了油的衣服却害得他沉不下去。他终于把肺里的油都咳了出来，大口地呼吸着空气。尽管空中也飘着一股燃油的臭味，但好歹能让他呼吸。然而燃油中的挥发性物质已经开始渗入他的血液里，像火一般蔓延开来。那种感觉就像有人用一把烧热了的小刀在给你剥头皮。旁边有人正在大声咆哮，他发现自己也在大喊大叫。在上海，有些中国工人靠嗅汽油来过瘾，他们发出的正是这种叫声。

他身边的一个家伙尖叫起来。他听到了什么东西靠近的声音——就像制作绷带时把纱布撕开的声音。几乎就在后藤传吾一头潜进水里、脚向上一蹬的瞬间，热辐射像一面烧红的平底锅一样打在了那家伙的脸上。爆炸也波及了后藤在那个瞬间正好露出水面的小腿，靴子和裤脚之间的皮肉被热浪烤得脱了皮。

他闷头向下游去，游过这一片燃油的海洋。不一会儿，拂过他脸颊的液体温度和稠度都发生了变化。他突然感到救生衣的浮力正在将他往海面上拖，他现在一定是游到水里了。他又蹬了几下腿，开始擦眼睛。根据耳朵里感受到的压力，他知道自己潜得并不很深，大概就是在海面以下几米的地方。他终于小心翼翼地睁开了眼睛。幽灵般忽隐忽现的亮光打在他的双手上，显得绿幽幽的。上面出太阳了吧。他翻过身朝海面上望去，只看到一片火海。

他从头上扯下救生衣，松开了手。它箭一般地朝上升去，冲出海面，像颗彗星一样燃烧起来。他身上浸满了油的衣服也在托着他向上浮，于是他又脱掉了衬衫，让它飘上海面。他的靴子沉甸甸地向下坠，吸满了油的裤子却在往上浮，这下他终于达到了某种平衡。

* * *

他是在矿上长大的。

久留村位于北海道北岸的一个淡水湖边，来自内陆高山的河流交汇在那里一起流入鄂霍次克海。湖畔群山高耸，一条冰冷的银色溪流从山间只有猿猴与妖怪敢踏足的密林中流出。湖中有几个小岛，如果你挖开岛上或者山上的土地，说不定就能发现一条铜矿脉，有时也能发现锌矿、铅矿，甚至银矿。久留人世世代代干的都是这个。他们为后人留下的就是深山里追逐着矿脉掘出来的无数条迷宫般七拐八弯的隧道。

有的隧道甚至掘到了湖水平面以下，当这些矿井仍在开采的时候，人们会把里面的水抽出来。但现在矿藏已然耗尽，湖水又重新涌入隧道，在另一端形成一个水池。有些藏在深山里的隧道和洞穴只有那些勇敢的男孩子才能到达——他们必须在冰冷漆黑的湖水里潜游十米、二十米甚至三十米。

当后藤传吾还是个孩子的时候，就已经把这些地方跑了个遍。他甚至还发现了几个。他又高又壮，很容易浮起来，是个游泳好手。然而他不是孩子们中游得最好的，也不是憋气憋得最长的，甚至不是最勇敢的（最勇敢的人才不会穿救生衣，他们会像个武士一样慷慨赴死）。

他去过那些别人不敢去的地方，因为他是整个村子里唯一不害怕妖怪的孩子。当他还小的时候，他的父亲，一位采矿工程师，就带他去过山上传说有妖怪出没的地方。晚上他们通常席地而睡，第二天醒来的时候发现毯子上结了一层霜，或者吃的东西被野熊偷走了。但是从来没有妖怪。

其他男孩子都相信那些水底隧道里一定住着妖怪，不然有些人潜进去之后怎么会再也没有回来呢？但是后藤传吾从来不怕妖怪，他只是害怕水底的冰冷和黑暗。那是真够可怕的。

那么现在他只要把头顶的大火当作隧道的石壁就行了。他又游了一段。但是在潜水之前他没有吸足气，现在他有些慌了。他再次抬起头，看到水面上只是零星地烧着几处小火。

他知道自己已经潜得很深了，但是穿着裤子和靴子根本游不快。他摸索着想要解开鞋带，但是鞋带上打了死结。于是他从皮带里抽出小刀割断了鞋带，一脚踢开靴子，又脱掉了长裤和内裤。现在他赤身裸体，他告诉自己再坚持十秒钟，然后屈起膝盖抱在胸前。他的身体自然而然地浮了起来。他知道自己正像个气泡一样慢慢朝海面上浮去，眼前的光越来越亮了。他只要静静地等着就行了。他松开了手里的刀，现在它只会拖慢上浮的速度。

他感觉到背上一阵冰凉。他松开环抱着膝盖的手,把头抬上水面,大口呼吸着空气。一小块燃烧着的浮油就在他触手可及的地方,燃油在海面上流动,就像流过固体表面一样。几乎看不见的蓝色火焰在汽油上跳动着,紧接着火焰变成了黄色,冒出了几缕黑烟。他赶紧仰泳了几下,避开了它。

　　一道银光从他头上掠过,距离近得简直能让他感受到废气的余热,看清上面贴着的英文警告。机翼炮的炮口红光闪烁。

　　他们在扫射幸存者。有些人想潜进海里,但是他们吸饱了油的衣服却一个劲儿地扯着他们往上浮,两条腿在空中徒劳地晃动着。后藤传吾首先确保自己远离燃烧的油层,然后踩着水,像雷达似的慢慢旋转着,搜寻空中的飞机。一架 P-38 朝他俯冲下来,他吸了口气,潜入了水中。水下既安全又安静,一排子弹打在水面上,发出了像大缝纫机一样哒哒哒的声音。他看到自己周围多了几个小旋涡,被打穿的海水随着子弹的尾迹留下一串气泡。子弹的速度放慢下来,在水下一两米处就失去了动力,然后打着旋儿像炸弹一样沉入了水底。他跟在一颗子弹后面,伸手抓住了它。上面还带着余热。他本想把这颗子弹留作纪念品,但是他没有衣服口袋可以装它,也不可能腾出手来拿着它。他盯着子弹瞧了一会儿,它在水下发出绿幽幽的银光,这可是从美国某家兵工厂里新鲜出炉的呢。

　　这颗美国人的子弹怎么会在我手里?

　　我们输了。战争结束了。

　　我必须回去告诉大家。

　　我要像我的父亲一样,做一个理性的人,把世间的真相告诉故乡的人们,告诉那些被迷信所迷惑的人。

　　他松开手,让子弹向下沉去,沉向大海的深处,他们的舰队和那些久留的小伙子葬身的地方。

第三十八章 大 头

嘿，目前市场还不成熟。

合理化的过程其实还未开始——兰迪仍然坐在苏丹的大会议室里，会议正进行得如火如荼。

先行者自然不会是凡夫俗子。

汤姆·霍华德站起来开始解释他的工作。兰迪现在无所事事，于是想象起了今晚"炸弹和铁钩"里的对话。

就像西部荒野——一开始有点难打理，但几年之后尘埃落定，弗雷斯诺市①就出现了。

大多数代表团带着雇用打手：工程师和安全专家们，如果他们能在汤姆的系统里找到破绽，就能得到一笔奖金。这些人一个接一个地站起来与汤姆过招。

十年以后，连寡妇和报童都会把钱存在网络空间里。

"卓尔不群"并不是你通常会用来形容汤姆·霍华德的词语。他粗鲁乖戾，没有半点社交礼仪，而且对此毫无歉意。大多数时候他

---

①美国加利福尼亚州中部城市。

只是静静地坐着,脸上挂着一副斯芬克斯般百无聊赖的表情,所以你很容易忘记他有多厉害。

但在汤姆·霍华德生命中的这半小时里,他的卓尔不群是至关重要的。他这是在与七武士短兵相接:他的对手包括亚洲能找到的最活跃的书呆子博士,和最吓人的私家侦探。他们一个又一个地向他杀来,而他斩下他们的头颅,把它们像炮弹一样堆在桌子上。有好几次,他不得不停下来思考六十秒,才使出杀招。有一次他得请埃伯哈德·弗尔在笔记本电脑上做一些运算。偶尔他需要请求约翰·坎特雷尔的密码学专业知识帮助,或看兰迪点头或摇头示意。但最终,他让刁难者们全都闭上了嘴。贝丽尔全程脸上带着不太令人信服的微笑。艾维只是抓着椅子扶手,最后五分钟里他的指关节从青变白到粉,直到七武士显然已经溃不成军时,才变回正常健康的颜色。兰迪真想拿把左轮手枪,把六发子弹全数射进天花板里,然后全力大喊"咿——哈——"

然而兰迪只是听着,以防万一汤姆在荆棘丛生的准同步协议迷宫中绊倒时,可以及时拉他一把。这就让他有更多的时间观察屋子里人们的面孔。但会议已经进行了几小时,他对他们的脸都熟得像自己的兄弟姐妹一样了。

汤姆把宝剑在裤腿上擦干净,屁股重重地落回皮椅里。仆从们在房间里来回奔忙,带来茶、咖啡、糖包和植脂末。普拉加苏博士站起来介绍约翰·坎特雷尔。

嚯!到目前为止议程完全是在围绕着寄生藤公司打转。这是怎么回事?

普拉加苏博士已经与这些加州黑客建立了友好的关系,正在把他们介绍给财大气粗的客户们。就是这么回事。

从做生意的角度来看这非常有趣。但兰迪觉得这种单向的信息流动有点讨厌，还有点危险。等到他们回家的时候，这帮可疑的家伙就会掌握寄生藤公司的一切信息，但寄生藤却仍然一无所知。无疑，这正是他们的目的。

兰迪突然想起来朝"牙医"那边看了一眼。休伯特·开普勒医生和他坐在桌子的同一边，所以很难看清他的表情。但他显然没在听约翰·坎特雷尔说话。他一只手捂着嘴，眼神放空。他手下的女武神们正疯狂地来回传递笔记，像是调皮的啦啦队员。

开普勒与兰迪一样吃惊。他似乎不是那种喜欢惊喜的人。

现在兰迪能做什么增加股东价值的事呢？阴谋诡计不是他的专长，这部分还是留给艾维吧。于是他让大脑屏蔽掉会议，打开笔记本，开始黑客行动。

用"黑客"来形容他正在做的事太小题大做了。寄生藤公司的每位成员都有一台带内置摄像头的笔记本，好让他们可以进行远程视频会议。是艾维坚持让他们配的。摄像头肉眼几乎看不见：只是一个直径几毫米的小孔，处于屏幕框架的正中。它没有真正意义上的镜头——只是最古老形式的相机，一台"暗箱"。一壁是针孔，对面一壁则是硅质视网膜。

兰迪有视频会议软件的源代码——原始程序。它算是一种对带宽的比较巧妙的应用。它能审阅一系列从针孔照相机里传来的帧（单独的静态图像），并注意到，虽然这些帧的总体数据量比较大，但每一帧和下一帧之间的区别其实十分微小。如果第一帧是一张人物头部特写，而第二帧转眼变成夏威夷海滩的风景照片，第三帧是印刷电路图，第四帧是蜻蜓脑袋特写的话，那就完全是另一回事了。但实际上，每一帧都是一张人物头部特写——同一个人的脑袋，只是位置和表情有微小变化。软件可以把每一帧新图像从前一帧中减去（因为对于电脑来说每幅图都只是一长串数字而已），只传输不同之处，以此节省大量珍贵的带宽。

总的来说，意思就是这款软件内置了强大的比较两幅图片的功能，并可以测量一帧与另一帧之间的差量。兰迪不用自己编写这些功能。他只需要熟悉一下这些已经存在的规则，搞清它们的名字和用法——花个十五分钟点点鼠标随便看看就行了。

然后他写了一个叫"大头照"的小程序，让针孔照相机每隔大约五秒钟就拍一张快照，并与前一张快照比对。如果差异够大，就把快照存储为文件。一个带有无意义随机文件名的加密文件。"大头照"不会打开任何窗口，也不输出任何结果，所以想要知道它在运行只有一个办法：输入命令

ps

并按下回车键。系统随之吐出一长串进程列表，"大头照"就会出现在列表中。

为防有人也想到这个方法，兰迪给程序起了个假名字：病毒扫描。他启动程序，然后检查了一下它的目录，确认它刚刚保存了一个图片文件：一张兰迪的大头照。只要他保持基本不动，它便不会再保存更多大头照。那些映射在暗箱壁上的、代表兰迪脸孔的光斑并不会有多大改变。

在科技领域，没有演示的会议就不算完整的会议。坎特雷尔和弗尔开发了一个电子货币系统的原型，仅仅用来演示用户界面和内置安全功能。"一年之后，你就不再需要到银行去与活人交谈，只需运行这个软件，不管你在世界上哪个地方，"坎特雷尔说，"并与'地穴'进行通信。"当这个词通过翻译传入别人耳朵里时，他脸红起来。"我们暂时用这个名字来指称汤姆·霍华德正在创建的系统。"

艾维站起身来，冷静地应对这场危机。"秘符，"他直接对那些中国人说，"是更恰当的译法。"

中国人看起来松了口气,听见艾维说普通话时有几个人还露出了笑脸。艾维举起一张纸,上面写着汉字:[①]

秘符

约翰·坎特雷尔深切感受到自己刚才是死里逃生,于是舌头有点打结地继续说道:"我们觉得你们可能会想看看软件运行的样子。现在我会把它展示在屏幕上,午餐休息时间欢迎你们过来亲自试用。"

兰迪打开了软件。他的笔记本连着桌子底下的一个视频接口,好让苏丹那些埋伏着的媒体极客把兰迪的屏幕复制到房间尽头的一个大投影屏上。电脑的前台正运行着货币软件的演示版本,但他的大头照软件还在后台运行。兰迪把电脑推给负责进行演示的约翰(硬盘上现在应该已经存储了一幅约翰·坎特雷尔的大头照)。

"我可以写出最好的加密代码,但除非有个好的系统来验证用户身份,否则一切都是徒劳,"约翰开口说,他已经恢复了一些镇静,"电脑要如何知道你就是你呢?密码太容易被猜到、盗取或遗忘。电脑需要了解一些你独一无二的特质,像是指纹。基本上来说,它需要查看你身体的一部分,比如你视网膜中的血管或你与众不同的声音,并与它存储中的数值相比较。这种技术叫作生物识别。寄生藤公司以拥有世界上最顶尖的生物识别专家之一为傲:埃伯哈德·弗尔博士,他创造了世上公认最好的笔迹识别系统。"约翰匆匆完成了赞誉部分。埃伯和房间里的其他人看起来对此也没什么兴趣——他们都看过埃伯的简历。"目前我们使用的是语音识别,但这份代码是完全模块化的,我们可以随时换成其他系统,比如手形识别。全都

[①] 原注:第一个汉字"mì",即秘密之意;第二个汉字"fú"则有两种意思,一指符号或标记,二指道教的法术。

取决于客户需要。"

约翰启动了演示版软件。跟大多数演示版不一样，它竟然真的成功运行了起来，没有崩溃。他甚至试着去欺骗软件，用一台音质不错的便携数字录音机把自己的声音录下来，再回放给软件。但软件没有落入圈套。这一段操作着实让那些中国人印象深刻。

并非所有人都像他们一样难以打动。李哈佛是忠实的坎特雷尔拥趸，而那个菲律宾重量级人物看起来都等不及要把钱存进"地穴"里去了。

午餐时间！大门拉开，露出一间餐厅，最远的墙边摆着一列食物柜台，咖喱、大蒜、辣椒和佛手柑的香气扑面而来。"牙医"特意与寄生藤公司坐在一桌，但并没有说几句话——只是带着可怕的暴躁表情坐在那儿，发呆、咀嚼、思考。当艾维问他怎么想时，开普勒波澜不惊地说："获益良多。"

美惠三女神像癫痫发作一样瑟缩了一下。在"牙医"的词典里，"获益良多"显然是一个非常糟糕的词。它意味着开普勒在会议上得到了新信息，这便意味着他并没有完全了解事情的每一个细节。以他的标准衡量，这显然是他手下情报工作的重大失误。

一阵难以忍受的沉默。然后开普勒说："但并不是完全没有趣味。"

如释重负的呼吸从保健师们白得耀眼、毫无污点的牙关中吐出来。兰迪试图想象哪种情况更糟：是开普勒怀疑自己被蒙蔽了呢，还是他在这里看见了新的契机？哪个更可怕，"牙医"的偏执还是贪婪？他们就要知道答案了。在他那浪漫爱感伤的逢迎本能驱使下，兰迪差点儿脱口而出："我们也获益良多！"但他忍住了，因为他注意到艾维并没有这样说。说出来并不能增加股东价值。出牌的时候最好小心谨慎，让开普勒自己去猜寄生藤公司是否了解真正的行动计划吧。

兰迪选择了一个战略性的位置，使他可以穿过门直接看到会议室，随时留意他的电脑。其他代表团的人员依次借故离开，到会议室里去试用演示版软件，把自己的声音留在电脑的存储器里，再让它进行辨认。有些搞技术的家伙甚至用兰迪的键盘敲起了命令，大概是那个 ps 命令，偷偷窥探。虽然在兰迪的设置下，他们不能在电脑上瞎改多少，但看见那些陌生人的手指在他的键盘上戳个不停还是让他深感不安。

下午的会议中他一直饱受这件事折磨。会议的重点是通信线路要如何将吉纳库塔接入大千世界。兰迪理应全神贯注，因为其内容与菲律宾项目关系重大。但他没有。他闷闷不乐地想着自己被外人的触碰污染的键盘，然后又为自己闷闷不乐的事实闷闷不乐起来——因为这反映出了他有多不适合在商界混。严格意义上来说，那是寄生藤的键盘——甚至不是他的——而如果让阴险的东方技术宅随意浏览他的文件可以增加股东价值，那他应该开开心心地随他们去才对。

他们休了会。寄生藤和日本人共进晚餐，但兰迪百无聊赖，心不在焉。大约晚上九点的时候，他终于借故退场，回到房间。他正在脑海里默默组织给 root@eruditorum.org 的回复，内容大概是因为这类事情里的市场似乎大得要命，由我填补空缺总比让某个明摆着穷凶极恶的人来得好。但他的电脑还没来得及启动，穿着白色毛巾布浴袍、散发着伏特加和酒店香皂气味的"牙医"就敲响他的门，自顾自地走了进来。他闯进兰迪的（不，应该说是股东的）浴室，给自己接了杯水。他站在股东的窗前，对下面的日本公墓怒目而视了几分钟，才开口说话。

"你意识到这些人是谁了吗？"他说。若拿他的声音去做生物分析，可以检测到怀疑、困惑，也许还有一丝兴趣盎然。

或者他也许只是在装模作样，好让兰迪放松警惕。也许他就是root@eruditorum.org。

"我知道。"兰迪谎称道。

当兰迪在会后揭示"大头照"的存在时，艾维对他的狡猾大加赞扬，并在酒店房间里把照片印了出来，将它们用联邦快递寄给了香港的一个私家侦探。

开普勒转过身来，探询地看了兰迪一眼。"要么是我对你们的了解有偏差，"他说，"要么就是你们太不自量力了。"

如果这还是"第一次商业进军"，兰迪这时就该吓得尿裤子了。如果是第二次，他会立马辞职，第二天就飞回加利福尼亚。但这是第三次，所以他成功地保持了镇静。他站在背光的位置，说不定开普勒一时被光晃得看不清他脸上的表情呢。兰迪喝了口水，做了个深呼吸。"根据今天发生的事情，"他说，"我们的关系未来将会怎样？"

"事情的重点已经不是向菲律宾人提供廉价的远程服务了——也许一开始就不是！"开普勒阴郁地说，"从菲律宾内网流过的数据现在具有了全新的重要性。这是一个大好机会。但同时，我们还在与重量级人物竞争：那些澳洲佬和新加坡团队。我们能和他们竞争吗，兰迪？"

简单而直接——这是最危险的那种问题。"如果不能，我们就不会拿股东的钱冒险了。"

"这是官方套话，"开普勒哼了一声，"我们是在进行一场真正的谈话呢，兰迪，还是该叫我们的公关人员过来交换新闻稿？"

若是处在早期商业进军期间，兰迪这时候就已经举手投降了。但现在他却说："此时此地，我还没准备好与你进行真正的谈话。"

"我们早晚要谈。""牙医"说。那几颗智齿总有一天得拔出来。

"这个自然。"

"在此期间，你应该好好考虑这些事，"开普勒说着准备离开，"在电信服务方面，我们能拿出些他妈的什么东西来提高对澳洲佬和新加坡人的竞争力？因为在价格方面我们肯定赢不了。"

这是兰迪的"第三次商业进军"，所以他没有脱口说出答案：冗余。"我们自然会时刻考虑这个问题。"他说。

"说得像个专业宣传员似的。"开普勒说着肩膀耷拉下来。他出到走廊里，回头说道："明天'地穴'里见。"然后他挤了挤眼睛。"或者'地窖'，或者'无限财富的聚宝盆'，或者随便什么对应的汉语词。"他走开了，留下兰迪对他这番惊人的人性表现讶异不已。

第三十九章　山　本

东条和帝国陆军那群媚上欺下的蠢货们实际上是在对他说：你为什么不去拿下太平洋呢？我们需要一条畅通的航道，比如说，嗯，一万英里宽吧，这样我们才能实现征服南美、阿拉斯加和落基山脉西侧这点小小的野心啊。你开辟航道的这段时间我们正好能把中国吃干抹净。请尽快落实。

那时他们正把持着帝国朝政。他们设计暗杀了所有碍事的人，又深得天皇的信任，想要告诉他们"这个计划是纯扯淡"简直是难上加难，现在美国人快要被惹毛了，要消灭他们了。因此，山本五十六将军，天皇忠实的仆人，开动脑筋想出了一个小计策，派出了一两艘小船绕了半个地球，把珍珠港从地图上抹掉了。他精确地计算了时间，恰好在对美国正式宣战之后发动了攻击。干得不错。任务完成。

直到他的一个手下爬进了他的办公室——只有当这群走狗准备报告一个你听了会非常非常生气的消息时才会这么低三下四——报告说，当时华盛顿使馆正乱成一团，直到美国的太平洋舰队全都葬身海底之后，外交官才发出了正式的宣战通告。

对那些陆军的蠢货而言，这没有什么嘛——不过是个小小的失误，见怪不怪了。山本五十六已经不打算多费唇舌向他们解释美国人是一群多么睚眦必报的家伙，这对日本人来说是不可想象的——他们刚学会吃奶就学会忍气吞声了。就算他能让东条和他那群乌合之众明白美国人有多生气，他们也只会一笑而过。生气就生气，他们还能怎么样？像《三个臭皮匠》①里演的那样，用蛋糕糊你一脸吗？哈，哈，哈！给我倒酒，再找个慰安妇过来！

在美国的那些年里，山本五十六常常和美国佬一起打扑克，还得像烟囱一样一刻不停地抽着烟，免得被他们身上那可怕的须后水味道给熏着。美国佬举止粗鲁，毫无教养，这是人人都能看得出来的。山本呢，在牌桌上被美国佬诓得一文不名之后，倒是由此得出了另外一种更深刻的认识：这些脸上长着雀斑的大老粗实在是狡猾狡猾的。四肢发达、头脑简单是可以原谅的，完全没有问题。

但是四肢发达、头脑灵光却让人无法接受，这简直让人对这群毛里毛躁的猿人加倍厌恶。山本仍然试图告诫他那些妄想建立从卡拉奇到丹佛的大日本帝国的同僚这一点。他真希望他们能听进去。海军士兵们已经出过好几次的海，他们亲眼见识过美国人的狡诈。而那些陆军的家伙整日就知道在中国屠杀男人，奸淫妇女。醒醒吧你们，山本不停地告诫他们。但是他们根本不听。如果山本掌权，他一定会立下这么一条规定：每个陆军军官都必须从在丛林里虐杀原始人的活动中抽身，乘上一艘船到广阔的太平洋上去，跟美国特遣舰队用十六英寸的炮弹互相轰炸一番。也许只有这样他们才能明白现在自己处于怎样的一种境地。

这正是山本此刻正在思索的问题。天将破晓，正当他爬上泊在

---

①美国20世纪中期非常流行的一个系列喜剧短片。

拉包尔的三菱一式陆攻时,他的刀鞘重重地撞在了飞机窄窄的门框上。美国佬把一式陆攻称作"贝蒂",这种娘娘腔的称呼着实惹恼了他。但是那群美国佬甚至也给自己的飞机安上个女人的名字,还在这神圣的武器上画裸女!如果他们也有武士刀,估计会沿着刀刃涂一层指甲油吧。

因为这是一台轰炸机,驾驶和副驾驶只能十分憋屈地蜷在机身上方的狭窄空位里。机头是平滑的椭圆形,像地球仪一样布满了经纬线般的框架,不规则的四边形里镶嵌着厚实的玻璃板。飞机停放的时候正对着东方,机头的玻璃上映照着初升的朝阳,留下一条条光纹,像是在实验室里燃起的虚幻的火焰。在日本人眼里没有什么"巧合",因此山本想,这一定是一种对旭日旗的微妙致敬。爬进驾驶舱之后,他系好安全带,这儿正好能让他看到窗外。接着,这架"贝蒂"和宇桓中将[①]乘坐的另一架一同升上了天空。

飞机的一侧是辛普森港,全太平洋地区最棒的锚地之一,一个不对称的 U 形港湾,四周环绕着纵横交错的整齐道路网——但是却被他妈的英国佬用一个板球场在中间横插一脚!飞机的另一侧,越过山的那一边,则是俾斯麦海。在海底的某处,几千名日本士兵长眠在了运兵船变形的舱室里。还有另外几千人乘着救生艇逃了出来,但是武器和补给都丢了,现在反而成了光吃饭不干活的累赘。

自中途岛以来,这种情况已经持续了将近一年——美国人没有吞下山本在阿拉斯加精心设下的诱饵,还恰好把所有幸存的航母都调往了日军舰队前往中途岛的路上。该死。该死。该死。该死。该死。该死。该死。隔着手套,山本咬起了指甲。

现在,这些臭烘烘的笨拙农民正一艘接一艘地击沉日军遣往新

[①]宇桓缠(1890—1945),时为山本五十六的参谋长。

几内亚的补给船。真他妈该死！他们的侦察机神出鬼没，总是在最关键的时候出现在最关键的地方发现天皇的秘密船队，然后用美国佬那刺耳的口音报告道："发现目标！"美军的海岸瞭望哨隐蔽在日占岛屿那该死的崇山峻岭之中，赶不尽杀不绝。他们洞悉了日军的所有行动。

两架飞机掠过新爱尔兰岛的一端，朝东南驶入了所罗门海。所罗门群岛在他们面前铺展开来，六千五百英尺下云蒸雾绕的海面上隆起一座座朦胧的翠绿山丘。飞过几个小岛，出现在他们面前的是一个相对大一些的岛屿，也是今天的目的地：布干维尔岛。

山本必须到场完成这一圈巡视，为的是给这些前线的士兵一点激励，鼓舞鼓舞士气。他无疑可以用这些时间来做些更有用的事，所以他尽量把这类走过场的行程都压缩在一天之内。他上个星期离开了在特鲁克岛上的大本营，飞到拉包尔去督导他最近酝酿的一场大行动：从新几内亚派遣一大拨空军袭击美军在瓜岛上的军事基地。

从某种意义上来说，这场空袭可以说是大获全胜。据生还的飞行员称，他们击沉了大量船只，美军飞机在简陋的跑道上全军覆没。但是山本明白这些话里掺了不少水分。日军大半的飞机一去不回——美国人，还有他们同样惹人生厌的表兄弟澳大利亚人，早就做好了迎击他们的准备。但是陆军和海军里都不乏这种不择手段向天皇报喜不报忧的家伙，哪怕漫天扯谎。因此，山本自己也收到了一份来自天皇本人的私人电报，恭喜他大获全胜。现在，他必须履行职责：乘着"贝蒂"巡回各个前哨站，跳下飞机，挥舞那份神圣的电报，向士兵们传达天皇的祝福。

山本的脚疼得要死。跟这方圆一千英里内的所有人一样，他也患上了热带病。他得的是脚气病。日本人很容易患上这种病，尤其是海军——他们吃了太多的精白米，却没有足够的鱼和蔬菜可以吃。

他的神经由于乳酸堆积而受损,手总是抖个不停。衰竭的心脏无法向四肢供血,导致了双脚水肿。他平常一天要换好几双鞋,但是现在却腾不出位置来。不单是因为座舱过于狭窄,还因为他腰间的武士刀碍手碍脚。

按照计划,他们在 9 点 35 分准时抵达帝国海军在布干维尔的航空基地。一道阴影掠过机身上方,山本抬头望去,看到一架护航机脱离了队列,非常危险地贴在他的座机旁。这是哪个蠢货?紧接着,翠绿的岛屿和蔚蓝的大海一下子闯入了他的眼帘——"贝蒂"正在向下俯冲。另一架飞机从"贝蒂"身上飞过,轰隆隆的嗡鸣甚至盖过了"贝蒂"自身发动机的噪音。尽管那道黑影只是一闪而过,但是它那奇特的叉形机尾的剪影却留在了他的脑海中。那是一架P-38"闪电",而山本司令上次看的时候,日本空军里可没有这种型号的飞机。

宇桓将军的声音通过无线电从山本背后的那架"贝蒂"上传了过来,命令山本座机的驾驶员注意保持队形。山本触目所及之处只有往复拍打着布干维尔岛的海浪和茂密丛林的屏障,眼瞧着这些树越长越高,越长越高——飞机俯冲而下,这些热带植物的树冠如今已经高高地悬在他的头顶了。尽管他是海军而不是空军,他也明白得很,在空中格斗的时候如果敌方飞机不在你前面,麻烦就大了。红色的光束从背后射来,穿入了冒着热气的树林里,"贝蒂"剧烈地晃动起来。紧接着黄色的闪光一下子涌入了他的视野,发动机着火了。现在飞机正直愣愣地朝丛林里钻去,是因为飞机失去了控制,还是因为驾驶员其实已经死了?或者是他在绝境中只剩下了那种最原始的本能:逃,逃到树林里去?

飞机水平地闯入了丛林中,山本不禁奇怪他们竟然滑行了这么远而没碰上什么大的障碍物。接着,飞机撞在了一棵棵桃花心木上,像棒球棍给一只负了伤的麻雀的迎头痛击。他知道,完了。座舱罩碎裂开来,上面一格格的框架也扭曲折断,发出了可怕的声音,然后机舱轰地充满了火焰。当他的座椅被掀出舱外时,他紧紧地握住了自己的武士刀,就算到了生命的最后一刻,他也不愿意扔掉这把天皇赐福的圣器而使自己蒙羞。他的衣服和须发都着了火,他像颗流星似的划过树丛,手里仍然紧紧攥着那把祖传的刀。

他恍然大悟,美国人一定是完成了那个不可能的任务:破译了日军所有的密码。这样中途岛的失利就说得通了,还有俾斯麦海,还有荷兰地亚①,全都说得通了。这也能解释得清为什么他山本——本该在一个云蒸雾绕的花园里品茶写字的山本——如今却浑身起火,坐在一张破椅子里以一百英里的时速在丛林里穿梭,屁股后头还跟着几吨燃烧的残骸。他必须要把话传出去!所有的密码必须更换!——这是当他一头撞上一棵足有一百英尺高的苏门答腊八果木时,脑子里最后的念头。

---

① 今印度尼西亚巴布亚省的查亚普拉。

第四十章 安泰俄斯①

当劳伦斯·普里查德·沃特豪斯走下奥特茂尔比的站台,几个月来第一次踏入那"统于一尊的岛屿"②时,他几乎被无处不在的"春天"给吓坏了。当地人在码头四周摆满了花盆,里面都开着某种前寒武纪风格的观赏用卷心菜。它们营造出来的整体气氛谈不上有多欢快,但给这里平添了一分挥之不去的德鲁伊教的气息。如果沃特豪斯现在正在考察英国最西北边缘的某种文化传统,一个敏锐的人类学家或许可以据此推断出此地数百英里以南会有森林和草甸。现在,地衣指示了这种可能性——仿佛受到了周围气氛的感召,它们都变成了发灰的紫色和发灰的绿色。

他和他的旅行袋如今又重聚首,并肩往站台上挤去,力图在开往曼彻斯特的列车上抢到一个位置。这怪里怪气的两厢火车要再花上几个小时烧好锅炉才能继续往前开,现在,他有许多空闲时间来好好整理下思路了。

---

①希腊神话中的巨人,大地女神盖亚和海神波塞冬的儿子。只要接触到大地,安泰俄斯的力量就能立刻恢复。
②典出莎士比亚《理查二世》,此处指大不列颠岛。

他这段时间的工作主要是处理一个信息论上的难题。英美海军近来①在大西洋上炸沉了不少"奶牛",这种大腹便便的德军潜艇肚子里装满了燃料、食物和弹药,它飘荡在偏离航线的海域上,平时极少使用无线电。它们充当着德军的海上秘密补给点,使得他们的U艇不必千里迢迢赶回欧洲本土进行补给。消灭这些潜艇对于盟军来说自然大大有利,但是对于鲁道夫·冯·海克赫伯这样的人来说,这种情况却是非常不可思议的。

一般来说盟军也会掩饰一下,比如说先派出一架侦察机假装碰巧发现了"奶牛"。但是撇开德国人在政治上的短见不提,他们还是非常聪明的,总不可能一而再、再而三地被这种诡计糊弄过去。如果我们还要继续袭击"奶牛",就必须找出一个令人信服的理由来说明为什么我们总能找到"奶牛"的确切位置。

从去年冬天到今年早春,沃特豪斯每次尽可能迅速地为盟军找到开脱的理由,说实话,他早就烦透了。虽然说这项工作非数学家不能胜任,但它实际上又算不上一个纯粹的数学问题。幸好他之前曾颇有先见之明地抄下了从U艇保险箱里找到的密码本,这几乎已经成了支撑他活下去的精神支柱。

也许他只是在浪费时间罢了。密码本的原件早就送回了布莱切利园,说不定他们只花了几个小时就破译出来了。但他自己动手破译密码并不是为了战争的需要,而只是想要让大脑随时保持灵敏,说不定他还能给下一版的《编码宝典》多添上几页呢。他现在正准备到布莱切利园去,等他一到那儿他就要问清楚,那些纸片上说的到底是什么。

他本来是不屑这种作弊行为的,但是U-553上的这份密文确实

---

① 原注:自从四转子恩尼格玛机被破译后。

把他搞糊涂了。尽管这不是一份用恩尼格玛机加密出来的文件，但是破译的难度却一点不低。他甚至到了现在还不知道这是一份什么形式的密文。通常来说，我们先要识别出密文是基于什么特定的模式来加密的，比如，是不是换位密码或者说置换密码？然后再进一步划分，比如说，如果是非周期性置换加密法，是以定长密钥加密不定长明文，还是以不定长密钥加密定长明文？只要识别出密码的算法，就知道该从何处着手了。

沃特豪斯甚至连这一步都还没做到。现在他十分怀疑这份文件是用一次性密码本加密的，如果当真如此，除非他们能拿到一份密码本的副本，不然就连布莱切利园也拿它毫无办法。实际上他倒是有些希望这个假设是真的，这样他也不必死心眼儿地不撞南墙不回头了。

但是这样一来，疑问却更多了。如果说德国人相信四转子的"海神"恩尼格玛机加密出来的信息是万无一失的，那么这位U-553的船长又何必再用另一套系统来加密这些文件呢？

火车头发出如同上议院开会一样的呼哧声和嘶嘶声，一群内阁根姆人从站台上涌进来坐下。一个老头儿沿着过道一路走来，沿途兜售些香烟、糖果和昨天的报纸，沃特豪斯每样买了一点儿。

火车抽搐着开动了，沃特豪斯的目光落到了报纸的头条标题上：山本座机于太平洋坠毁——珍珠港罪魁祸首据信已死亡。

"疟疾，我来了。"沃特豪斯喃喃自语道。他没有继续读下去，而是放下报纸，取出了一根烟。这一路估计要抽掉不少烟了。

* * *

这天，在消耗掉不少焦油和尼古丁之后，沃特豪斯走下火车，走出布莱切利站的大门，迎接他的是一派令人目眩神迷的春天气息。

车站外摆放着盛开的鲜花,温暖的南风轻柔地拂过,他简直不忍心就这么穿过马路走进布莱切利园那些连窗户都没有的木屋里。但他最终还是走了进去,但却被告知现在没他什么事儿。

他到其他几个木屋里办了点别的事,接着掉转脚步,朝北边三英里外的申利布鲁克恩德走去。他走进王冠旅馆,那儿的老板娘拉姆肖太太这三年半来一直收留着这些无家可归的剑桥数学家。

在一张靠窗的桌子旁,艾伦·麦席森·图灵博士正横躺在两三把椅子上。那姿势看上去十分别扭,但沃特豪斯敢肯定非常实用。桌子上搁着一品脱的棕红色液体,但他忙得没空去喝上一口。香烟冒出的袅袅青烟,像棱镜般将窗外射入的阳光聚焦在那本巨大的书上。他一只手托着书,另一只手撑着前额,仿佛他能通过身体接触将书里的数据直接传输到大脑里似的。一根香烟从他弯曲的手指间探出,摇摇欲坠的烟灰眼看就要落到他的黑发上。他的目光并非在扫描书页,而是直愣愣地停留在某一点上,聚焦在某个遥远的地方。

"又在设计新机器了,图灵博士?"

那双眼睛终于动了一动,转向声音传来的方向。"劳伦斯,"艾伦立刻认出了面前的访客,轻轻唤了一声,接着又用更热情的声音叫了出来,"劳伦斯!"他跳了起来,正如往常一样充满活力,然后上前握住了劳伦斯的双手。"真高兴见到你!"

"我也很高兴见到你,艾伦。"沃特豪斯说道,"欢迎回来。"劳伦斯一如既往地为艾伦的敏锐和他对事物直率而热烈的反应感到惊喜。

他也十分感动于艾伦对他坦率而真挚的感情。艾伦并不随便将真情示人,但是当他把沃特豪斯划为自己的朋友时,他会用一种超乎美国人或者异性恋观念中男子汉风度的态度来对待沃特豪斯。"你从布莱切利一路走过来的？拉姆肖太太，请上茶吧！"

"哎呀，不过是三英里嘛。"沃特豪斯说。

"来跟我一块儿坐下吧。"艾伦说。接着他停下动作，皱了皱眉，疑惑地望着沃特豪斯。"你到底为什么会以为我在设计一种新机器呢？我看上去像吗？"

"你在读的书。"沃特豪斯指了指艾伦的那本书：《RCA电子管指南》。

艾伦露出了一副狂热的表情。"这本书我总带在身边，"他说，"劳伦斯，你必须得掌握这些管子——你们可能叫它电子管——的知识，不然就算不上懂行。我简直不敢相信自己在链齿轮上浪费了那么多年！天哪！"

"你是说那台ζ函数机器？我觉得它棒极了。"劳伦斯说。

"许多该进博物馆的东西也很棒。"艾伦说。

"那可是六年前。你总得以当时的技术水平为基础啊。"劳伦斯说。

"喔，劳伦斯！我真吃惊你说出这样的话来！如果采用旧技术你得花十年才能发明一台机器，采用新技术只需要五年，而发明一种新技术只需要花两年，那么你只要先改进技术再制造机器，那只要七年就够了！"

"说得好。"

"这就是我说的新技术，"艾伦举起手里的《RCA电子管指南》，那姿势就像摩西举起刻有律法的石板，"如果我当时能想到用这个，早就能把ζ函数机和其他东西发明出来了。"

"你现在在设计什么机器呢？"劳伦斯问道。

"我曾经跟一个叫作唐纳德·米基[①]的家伙下过一盘棋，一个古

[①]唐纳德·米基（1923—2007），英国人工智能研究专家。战时在布莱切利园与图灵共事。

典主义棋手。"艾伦说，"输得一塌糊涂。既然人类总能利用工具来增强自己的力量，为什么我不能弄一台帮我下棋的机器呢？"

"唐纳德·米基是不是也能有一台？"

"他自己设计去吧！"艾伦愤慨地说。

劳伦斯仔细地环视了四周一圈。他们是这儿唯一的客人，他也没法想象拉姆肖太太是个间谍。"我以为那也许跟那儿有关。"说着，他冲布莱切利园的方向点了点头。

"他们在弄一台——我帮了点儿忙——叫作'巨人'的机器。"

"我看出来了。"

"那玩意儿是根据我们以前的老想法造出来的，好几年前我们曾经在新泽西讨论过的那种。"艾伦说。虽然他的语调里带着一股不屑一顾的轻快劲儿，脸色却很阴沉。他一只手抱着那本《RCA电子管指南》，另一只手则在笔记本上涂涂画画。沃特豪斯觉得那本《RCA电子管指南》简直是一副困住艾伦的镣铐。如果他能像个正经数学家一样研究纯理论，那么人类的思想有多快，他就能跑得多快。然而现在，他却被纯理论在物质世界中的化身给迷住了。宇宙中潜在的数学规律正如射进窗户里的阳光，艾伦已经不再满足于仅仅知道它们的存在，而是将烟雾吹散到空中，要使那阳光无处遁形。他坐在草地上，凝视着地上的松果与鲜花，试图找出它们结构中的数学模式。他想象电子风拂过电子管中发热的灯丝与阳极，在它们的浪涌与回旋之中，捕捉浮现在他脑海中的东西。图灵不是凡人，也不是天神。他是安泰俄斯。他连接起了纯数学与物质世界，这既是他的强项，也是他的弱点。

"你怎么闷闷不乐的，"图灵问，"你最近在忙什么？"

"新瓶旧酒。"沃特豪斯答道。这四个字已经足够概括出他为保家卫国做出的一切努力。"幸好我发现了一件非常有意思的事。"

听到这句话，艾伦露出了一副开心的表情，仿佛在过去的十年里世界上都没发生过什么新鲜事儿，而沃特豪斯居然逮着了一件。"说来听听。"他催促道。

"是个密码分析问题，"沃特豪斯说，"但不是恩尼格玛机。"于是他把从 U-553 潜艇上发现密文的事原原本本告诉了艾伦。"我今早到布莱切利园去的时候，"他补充道，"问了一圈儿。他们说他们跟我一样绞尽脑汁，还是一无所获。"

艾伦突然露出了一副索然无味的样子。"肯定是一次性密码本啦。"他的语调还带了点责备。

"不可能，从密文上看是有模式可循的。"沃特豪斯说。

"啊。"艾伦又提起了兴趣。

"一开始我按照《编码宝典》上的做法去找模式，没有找到——只有些隐约的痕迹。失望之下，我决定从头来过，试着用艾伦·图灵的思路去解决问题。你的思路呢，就是把一切问题都简化成数字，然后用纯数学的方法去分析。因此我先把字母换成了数字。一般来说这个阶段都是很随意的，把任意一个字母替换成数字，一般是1 到 25 之间的数字，然后随便设想一个算法把这些小数变成一个大数。但这条密文可不一般，里面有 32 种字符——2 的幂——也就是说每个字符都对应着一个唯一的五位二进制数。"

"像博多电码[①]一样。"艾伦说。他似乎又有点失去了兴趣。

"所以我就用博多电码将每个字符都代入了 1 到 32 的数字当中。

[①]原注：博多电码常用于电传打字机。键盘上的每一个符号都对应着一个数字，而这些数字都可以用五位二进制表示，即是用一个由 0 和 1 组成的五位数表达出来；更简便的表达则是在纸带上打下五个孔（或是不打孔）。这些五位数同样能通过电信号表达，通过电路或无线电传输，并在接收方的设备上打印出来。近来德国人开始使用加密后的博多电码作为高层指挥之间的联络方式，比如柏林与几个集团军司令部之间就是以这种进行交流。在布莱切利园，这种密码被称为"鱼"，而"巨人"计算机正是针对这种密码发明的。

我得到了一长串小数，但是我想用某种方式把它们变成一个大数，看看能不能找到什么规律。那可真是说得容易！如果第一个字母是R，用博多电码表示为01011，第二字母是F，表示为10111，那么我只要将它们俩合并为一个十位二进制数就可以了，0101110111。把下一个字母对应的数字也如法炮制，然后就能得到一个十五位数。如此这般，每五个字母一组，也就是每二十五位数一组。每一行有六组数字，那就是一百五十位数。每一页有二十行，那就是三千位数。因此每一页不仅可以看作有六百个字母，在加密之后更可以看作是一个大至 2 的 3000 次幂、10 的 900 次幂的整数。"

"好吧，"艾伦说，"我承认 32 字符的字母表会让人想起二进制加密系统，也承认二进制反过来能帮你把几组独立的五位二进制数拼接成大数，你甚至能把这么多页上的信息全组合成一个奇大无比的数。但是那又怎么样呢？"

"我也不知道，"沃特豪斯坦言道，"我只是有种直觉，觉得这种新的系统必然是建立在纯粹的数学计算上。要不然，特地用 32 字符的字母表就太说不通了！好好想想吧，艾伦，32 字符其实很有用——尤其是使用电传打字机的时候，简直必不可少——因为还有换行符和回车之类的特殊键位呢。"

"你说得对，"艾伦说，"如果光用纸笔就能解决的话，他们是不可能采用 32 字符系统的。"

"我琢磨了几千遍，"沃特豪斯说，"我能想到的唯一可能就是，他们把情报转化成一个二进制大数，然后再通过另一个二进制大数进行加工，这第二个数很可能是一次性密码本——最后得出的结果就是这份密文。"

"这就是为什么你白忙一场了，"艾伦说，"你是不可能破解一次性密码本的。"

"这个结论,"沃特豪斯说,"只有在一次性密码本是货真价实'随机'的情况下才能成立。如果他们真的抛了三千次硬币,抛出正面写1,抛出背面写0,最后才得出这个数字的话,那它就真的是随机且无解的。但我不认为他们真是这么干的。"

"为什么?你觉得他们的一次性密码本有规律可循?"

"也许。有那么一点点头绪。"

"那你凭什么认为它不是随机的呢?"

"否则他们根本不必开发一种新的加密法啊,"沃特豪斯答道,"人人都爱用一次性密码本,这基本已经是干这行的铁则了。他们在打仗打得如火如荼的时候却换了种奇怪的新密码,根本毫无来由嘛。"

"那么你觉得用这种新加密法的道理何在呢?"艾伦看上去乐在其中。

"一次性密码本最麻烦的地方就是你得准备一式两份,一份给发送方,一份给接收方。我的意思是,比如你在柏林,而你要把情报发往远东!我们截获的那艘U艇上装着的就是从日本运来的黄金和其他货物!想想看,对于轴心国来说这多麻烦?"

"啊。"艾伦恍然大悟。但是沃特豪斯还是继续说了下去。

"假设你这时候想出了一种生成随机——至少看上去是随机——大数的算法。"

"伪随机。"

"是的。当然,你得对这个算法保密,但是你可以把它告诉世界另一头的盟友,这样一来他们就可以自己计算出任意一天你所使用的一次性密码本了。"

艾伦写满赞赏的脸上掠过一丝乌云。"但是德国人的恩尼格玛机不是遍布全世界吗,"他反问道,"为什么还要开发这种新方法呢?"

"也许，"沃特豪斯说，"也许某些人不想让海军所有部门都能破译他们的情报吧。"

"啊。"这个回答打消了艾伦的最后一丝疑虑。他突然下定了决心，嚷道："把那个密文给我看看！"

沃特豪斯打开他那个随着他往返闵根姆而染上了斑斑盐迹的公文包，取出两马尼拉纸信封。"这是我在把原件送往布莱切利园之前抄下来的复件，"他拍拍手里的一个信封，"抄得可比原件清楚多啦，"又拍了拍另一个，"这原件是他们今早大发慈悲借给我的，好让我再仔细研究一遍。"

"让我看看原件！"艾伦说。沃特豪斯把第二个上面盖着"最高机密"印章的信封从桌面上推过去。

艾伦迫不及待地扯开信封，猛地抽出内页。他把它们铺在桌上。他的嘴因惊讶张得老大。

有那么一会儿，沃特豪斯都蒙了。艾伦的表情让他以为，自己的朋友在灵光一现中只看了那么一眼，就在一瞬间破解了这份密文。

但事实并非如此。震惊之下，艾伦终于开了口："我认识这笔迹。"

"你认识？"沃特豪斯问道。

"我认识，我见过这笔迹上千次了。这是我们当年一起骑车的老朋友写的啊，鲁道夫·冯·海克赫伯。这些东西全是鲁迪写的。"

* * *

接下来的一个星期，沃特豪斯大部分的时间都耗费在了往返于伦敦百老汇大厦的各种会议之间。每当有政府官员——尤其是那种口音听起来高贵无比的官员——出席会议时，查顿上校也会同时出现，并且总能以一种愉快而转弯抹角的方法警告沃特豪斯闭紧他的嘴，除非有人问数学问题。沃特豪斯对此倒不觉得有何不妥，实际上他还挺满意的，因为这样一来他就可以把精力花在其他重要事情上了。他在他们上次在百老汇大厦开会的时候证明了一条定理。

沃特豪斯花了差不多三天才明白，那些会议根本毫无用处，他们的讨论根本不可能有任何进展。他甚至想试试用形式逻辑来证明自己的推论，不过他这门课学得不太好，掌握的公式又少，没法完成整个推断。

不过这星期快过完的时候，他发现这一系列会议不过是暗杀山本的后续。温斯顿·斯宾塞·丘吉尔非常重视布莱切利园所做出的贡献，下令把布莱切利园作为最高机密加以保护，但是拦截山本座机的行为却像捅破了那层保密的窗户纸。现在那群闯祸的美国佬正试图散播一个新编出来的故事作为借口，说是一个充当线人的当地土著打探到了山本此行的风声，然后用无线电通知了瓜岛的美军，他们才派出了P-38。问题是这两架P-38都是掐着时间和油量出发的，稍有差池他们可能就回不去瓜岛了——日本人得有个多蠢的驴脑袋才能相信这种鬼话啊。温斯顿·丘吉尔对此大为恼火，这些会议是一种延长了的官僚主义的怒火。他们希望做出一些有益的政策转变。

每天晚上会议结束之后，沃特豪斯就乘地铁回到尤斯顿再转火车回到布莱切利，然后坐下来研究鲁迪的那串数字直到深夜。艾伦则在白天研究，这样一来，合他们二人之力，几乎可以二十四小时连轴转研究这份密码。

并不是所有的谜团都能用数学解释。比如说，他们为什么让鲁迪用手抄出这份文件？如果这串数字真的只是一串数字的话，那说明他们只把鲁道夫·冯·海克赫伯博士当成一个捉刀代笔的无名小卒来使唤。尽管这可能还不算官僚主义酝酿出的最大悲剧,但怎么看也不太可能。而且从他们已知的少量情报来看,德军给了鲁迪一个非常重要的职位——重要得足以对这份工作严格保密。

艾伦认为,沃特豪斯最早的推断虽然颇有道理,但很有可能是完全错误的。这串数字并不是密文。实际上,它是 U-553 的舰长在破译某些过于机密而无法使用恩尼格玛机的密文时所使用的一次性密码本。而这一次性密码本出于某种考虑,是由鲁迪亲自草拟的。

通常来说生成一次性密码本和加密情报一样,都是毫无技术含量的工作,交给一般工作人员来做就行了:他们只需要几副扑克或者几台宾果机来完成这个随机挑选的过程。但是艾伦和沃特豪斯现在假设这是一种全新的加密法(非常可能是鲁迪自己发明出来的),它的一次性密码本并不是随机产生,而是通过某种算法产生的。

换句话说,这是鲁迪一手创造出来的新系统。你给出一个数值,也许是日期,或者其他类似的信息,比如一段特定的短语或者数字,然后根据算法一步步得出结果。这结果是个大约九百位的数字,写成二进制的话就有三千位,换成博多电码则有六百个字母(足以把一张纸写得满满当当)。这九百位的十进制数、三千位的二进制数和六百个字母其实都是用不同方法加密过的同一组数字。

与此同时,你那远在大洋彼岸的同僚则通过重复这一运算过程,获得同样的一次性密码本,并破译你当天发给他的信息。

如果图灵和沃特豪斯能破解这算法之谜,那么他们也一样可以破译出所有这些情报了。

第四十一章 窃 密

牙医走了，门锁了，电话线也拔了。兰德尔·劳伦斯·沃特豪斯赤身裸体地躺在他的特大号床上，身下是浆得笔挺又替他折好的床单。一个枕头垫在他的脑袋底下，以便他能从两脚之间观看电视上的BBC国际频道新闻。他的手边放着一瓶迷你吧里价格十美元的啤酒。现在美国时间是早上六点，所以他没有职业篮球比赛可看，只好将就着看个BBC新闻。新闻对南亚时事关注良多。先是一段非常严肃的关于印度和巴基斯坦边界地区蝗灾的长篇报道，然后是将要侵袭香港的台风。泰国国王正命令他政府里的腐败官员拜伏在他面前。亚洲新闻总带着那么点奇幻的味道，但偏偏又一本正经，没有半点开玩笑的意思。现在他正在看的报道，说的是一些新几内亚民众因为食用他人的脑子而患上了一种神经系统疾病。普通的食人族故事而已，没什么大不了的。怪不得那么多美国人来这边做生意就再也没回去了——这简直像走进《经典漫画》杂志里似的。

有人敲门。兰迪爬起来，穿上他的白色毛绒酒店浴袍。他通过猫眼往外看去，隐隐期望着会看见一个拿着吹管的俾格米人站在外面，不过换成性感的东方艺妓他也不会介意。但门外站着的只是坎特雷尔。兰迪打开门。坎特雷尔已经举起双手，掌心对着他，一副开心的"先闭嘴"手势。"别担心，"坎特雷尔说，"我不是来谈生意的。"

"那我就不用拿啤酒瓶砸你脑袋了。"兰迪说。坎特雷尔一定对兰迪感同身受：今天发生的稀奇古怪的屁事太多，唯一的应对方法就是完全闭口不谈。大脑的大部分工作其实都是在大脑主人表面上在想其他事情的时候完成的，所以有时候你需要刻意去想或谈一些其他事情。

"来我的房间吧，"坎特雷尔说，"佩卡也在。"

"被炸的芬兰人？"

"正是。"

"他怎么会在这里？"

"因为他没有不在这里的理由。被炸之后他就开始像科技游民[①]一样生活。"

"所以这只是个巧合，还是——"

"不不，"坎特雷尔说，"他在帮我赢一份赌注。"

"赌什么？"

"几个星期前，我给汤姆·霍华德讲了屏幕辐射窃密的事儿。汤姆说听起来像瞎扯淡。他拿十股寄生藤的股份跟我赌，说我不可能在实验室以外的地方成功实行窃密。"

"佩卡对这类事情很在行？"

坎特雷尔摆出一副严肃的表情——这就表示"是"——然后说："佩卡正在撰写《编码宝典》里的这一章。佩卡觉得，除非我们掌握那些可能会被用来对付我们的技术，不然我们无法保护自己。"

---

① 科技游民（technomad），指在漫游和旅行中经常利用互联网来制造便利条件的人。

这话听起来简直像战斗号召。兰迪这时若是再想缩回床上去，那就要变成懦夫了，所以他退回房里，穿上裤子。裤子还在原地堆成一堆，跟他从苏丹的宫殿回来把它脱掉之后的样子并没有什么两样。苏丹的宫殿！电视上此时正在播放一条关于海盗在南中国海肆虐，逼着货船船员走跳板的新闻故事。"这整个大洲就像一个没有安全措施的他妈的迪士尼乐园，"兰迪评论，"难道只有我一个人觉得很没真实感？"

坎特雷尔咧嘴笑了起来，说："如果咱们要谈'没真实感'，那就得谈今天发生的事了。"

"你说得对，"兰迪说，"走吧。"

* * *

在佩卡作为"被炸的芬兰人"闻名硅谷之前，他曾被称为"大提琴手"，因为他对自己的大提琴有一种近乎自闭症的钟爱，走到哪里都把它带在身边，总是试图将它塞进头顶的行李架里。无巧不成书，他从前就是那种热爱模拟技术的无线电专家。

无线电分组数据交换开始成为经由电缆传输数据的一种重要替代方式那会儿，佩卡搬去门洛帕克市，加入了一个创业公司。他的公司在二手电脑商店买设备，佩卡分到一台相当不错的十九英寸高分辨率多频显示器，对于他适应性强的二十四岁的眼睛来说完全足够了。他把它连上了一台插满内存的几乎全新的奔腾机箱。

他还装了 Finux 系统——那是由芬兰人开发的免费 UNIX，其目的几乎纯粹就是为了向世界昭告"没错我们就是这么古怪"，并通过网络将其分发到世界各地。当然，Finux 是一个非常强大而灵活的系统，除去其他功能之外，它还能让你无限制地控制显示电路，选择许多不同的扫描频率和像素时钟——如果你喜欢这类东西的话。佩卡无疑非常喜欢，所以像许多 Finux 狂一样，他将机器设置成可以随他喜好显示一大堆微小的像素（能展示许多信息，但肉眼看起来很吃力），或者反过来，显示更少、更大的像素（一般在他连续编程二十四小时，失去眼肌张力之后用），或两者之间的各种设置。每次他更改设置时，显示器都会黑一秒，晶振锁定另一个频率范围，让机器里面发出"当啷"的一声。

有天凌晨三点，佩卡改了显示设置，而就在屏幕变黑，发出"当啷"一声之后，它在他眼前爆炸了。显像管的正面是厚玻璃做的（否则无法承受内部的真空），玻璃炸碎之后刺入了佩卡的脸、脖子和上身。片刻之前还在扫描电子束下发光、将信息传递到佩卡眼中的荧光粉，现在直接嵌进了他的皮肉之中。一片玻璃毁掉了他的一只眼睛，还差点儿插进他的大脑。另一片玻璃凿开了他的声带，还有一片擦着他的脑袋飞过，从他的左耳上切去了一片三角形。

换句话说，佩卡是数字炸弹的第一名受害者。他差点儿当场失血而死。他的反熵主义同志们带着一箱箱氟利昂在他床边转悠了好几天，随时准备着在他一命呜呼的时候立即行动。但他没死，而且由于他的创业公司没有医疗保险，他受到了更多的媒体关注。在当地媒体对这个来自公费医疗制度国家的无辜可怜人完全没有意识到应该给自己买一份医疗保险表示大力同情之后，某个高科技行业的富翁捐钱付了他的医药费，并给他装备了一台像史蒂芬·霍金那样的电脑声带。

现在佩卡就坐在坎特雷尔的酒店房间里。他的大提琴靠在角落，琴桥上撒着松香粉。他正对一面空白的墙，墙上用胶布贴着一堆电线，排列成某种精确的环形和螺线。电线接着一块自制电路板，电路板又接在他的笔记本电脑上。

"你好兰迪对你的成功表示祝贺。"门刚在兰迪和坎特雷尔身后关上，一个电脑生成的声音就说。这一句小小的问候显然是佩卡知道他要过来，事先输入好的。以上提到的所有事情里头，兰迪都没觉得有什么奇怪，只除了佩卡似乎认为寄生藤已经取得了某种成功这个事实。

"咱们进度如何？"坎特雷尔问道。

佩卡输入回答。然后他将一只手举到受伤的耳边，另一只手播放他的声音生成器。"他洗澡。"确实，现在不可能听不到墙那边水管的嘶嘶声。"他的电脑辐射。"

"噢，"兰迪说，"汤姆·霍华德的房间就在隔壁？"

"就在墙那边，"坎特雷尔说，"我特意要求的，好赢这个赌。你瞧，他的房间和我的房间刚好是镜像对称的，所以他的电脑只有几英寸远，就在墙那边。屏幕辐射窃密的理想环境。"

"佩卡，你现在正在接收他的电脑信号？"兰迪问。

佩卡点点头，输入回答："我调谐。我校正。"发音器的输入设备是绑在他大腿上的一块单手键盘。他把右手放在上面，不断敲击抚弄。几秒之后话语传出来："我需要坎特雷尔。"

"失陪。"坎特雷尔说，走到佩卡身边。兰迪越过他们的肩膀看了一小会儿，就隐约明白他们在干什么了。

如果你把一张白纸铺在一块碑石上，用铅笔尖扫过，你会得到一条颜色深浅不一的直线，其中所包含的意义不大。若你沿纸面向下挪动一小段距离——一条铅笔的笔迹那么宽，再重复上述过程，一幅图像就会开始慢慢显现。这种用一系列平行直线沿纸面从上往下画的过程，被书呆子们称作光栅扫描，或简称光栅。在传统的显示器——阴极射线管里，确实有电子束沿着玻璃以每秒六十到八十次左右的速率进行光栅扫描。而在像兰迪的笔记本电脑这样的显示器里，并没有实在的扫描发生；只有单个像素的直接打开或关闭。但仍然有扫描过程发生；被扫描和显示在屏幕上的是电脑内存的一部分，叫作屏幕缓冲区。屏幕缓冲区里的内容必须每秒被甩到屏幕上六十至八十次，否则（1）屏幕会闪，（2）图像会卡。

电脑与你沟通的方式不是通过直接控制屏幕，而是通过操纵缓存里的数据——它知道把信息传递到真正的屏幕上的苦力活儿由机器里的其他子系统来做。每秒六十到八十次，视频系统会说"糟糕！又该刷新屏幕了"，然后来到屏幕缓冲区的前端——记住，它只是内存中一个特定的部分——读取开始的几个字节，里面包含的信息指明屏幕最左上角的那个像素应该是什么颜色。这条信息被发送到真正刷新屏幕的东西里——扫描电子束，或是笔记本电脑里面直接控制像素的系统。然后下面几字节又被读取，通常是第一个像素右边的一个像素，然后逐步来到屏幕右端。这就画出了拓印碑石的第一条线。

既然已经达到屏幕的右端，那么再向右就没有更多的像素了。这便暗示着内存中下面几个字节表示的是从上往下数第二根扫描线中的左起第一个像素。如果是阴极射线管屏幕，我们会遇到一个时序上的小问题，因为电子束目前正在屏幕右端，而现在又要求它去画屏幕左端。它得挪过来。这需要一点时间——不长，但比画两个挨着的像素需要的间隔时间要长得多。该间隔叫作水平回扫间隔。每行结束时，这个间隔都会出现一次，直到扫描进行到屏幕右下角的最后一个像素，完成一次碑拓为止。但这时下一次扫描又要重新开始了，所以电子束（如果有的话）必须经过对角线跳到左上角的像素点。这也需要一点时间，它叫作垂直回扫间隔。

这些问题都产生于扫描电子束照射过阴极射线管的固有物理局限；对于汤姆摆在佩卡面前几英寸（墙的另外一边）的笔记本电脑

来说，这些局限基本是不存在的。但笔记本屏幕的显示时序仍然是模仿阴极射线管屏幕的。(这只是因为老技术是需要懂的人都懂的，用起来顺手，各种各样的电子和软件科技也是在这个框架里建造测试的，而且何必再去瞎搅和已经成功的东西呢，况且你的利润空间已经小到只能用量子技术才能检测到，任何旧设备不兼容的问题都能把你的公司直接打入万劫不复之地。)

在汤姆的笔记本电脑上，每一秒的时间都被平均分成 75 段，每段里包括一次完整的碑拓时间及其后的一次垂直回扫间隔。对于佩卡和坎特雷尔的对话的理解足以让兰迪知道，他们已经通过分析穿过墙传来的信号，算出了汤姆把他的屏幕设置成 768 行，每行上有 1024 个像素。每个像素都需要读取视频缓存里的 4 个字节，并将其发送到屏幕上。(汤姆使用的是屏幕的最高色深，这就意味着一像素需要三个字节来分别表示蓝、绿、红色的强度，另一字节基本没有用，但它依然存在，因为电脑喜欢 2 的幂，而且今日的电脑速度快得离谱，多几个字节也没什么影响——虽然这一切发生的速度对于人类来说可能还是很吓人的。)每字节等于八位二进制数字，或称比特，所以每行 1024 次地、$4 \times 8 = 32$ 比特从屏幕缓冲区里被读取出来。

汤姆不知道的是，他的电脑刚好摆在天线旁。佩卡贴在墙上的电线随时可以读取电脑的电路里辐射出的电磁波。

汤姆的笔记本电脑是当作计算机而不是无线电台卖的，所以它似乎不该辐射出任何东西。这一切其实都是电脑属于二进制生物这个事实的副产品。机器内部的芯片与芯片间、子系统与子系统间的交流——在一段段扁平的带状排线和电路板上那些小小的金属线上流动的一切——都由 1 和 0 之间的互相转换组成。在计算机中，表示比特的方式是将电线的电压在 0 和 5 伏特之间转换。在计算机教科书里，这种转换总被画成完美的方波，也就是说你在 V=0 时有一条完美的直线，代表着二进制的 0，然后它进行一次精确的直角转弯，垂直跳到 V=5，然后再完成一次直角转弯，保持 5 伏特，直到该回到 0 的时候，依此类推。

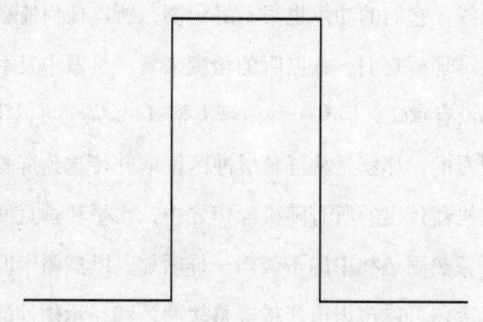

这是计算机运行模式的理想典范，然而在肮脏的模拟世界里，工程师们需要制造实体存在的电路。金属和硅块不可能表现出课本中的理想状态。电路可以非常、非常突然地从零伏跳到五伏，但如果你用示波器监控它，便可以发现它并不是完美的方波。你得到的东西看起来大概是这样的：

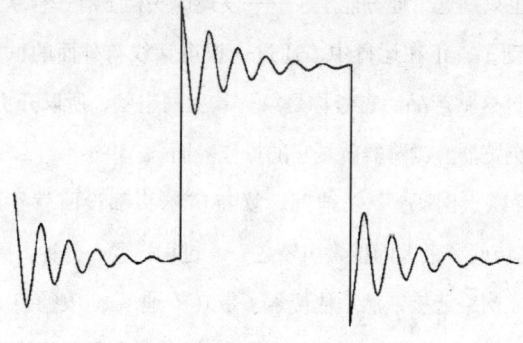

这些小波形叫作振荡；二进制数之间的转换会冲击电路，就像铃舌敲击铃铛一样。电压跳动，但跳动之后它会在新电压值附近摆动一小会儿。只要你的导体里存在这样的振荡电压，就意味着会有电磁波传播到空中。

因此，运行的计算机中的每根电线都像一个小小的无线电发射器。它发出的信号完全取决于机器里面发生的事情。因为计算机中有很多电线，它们的功用也很不好预测，所以任何监视无线电发送的人都很难理解它们。从监听的角度来看，机器中发射出的信息中有很多都没有意义。但有一种信号类型（1）完全可以预测；（2）正是佩卡想看的，那就是从屏幕缓冲区读取并传送到屏幕硬件中的字节流。在机器传出的所有随机噪声之中，水平和垂直回扫间隔的嘀嗒声就好像热闹丛林中的击鼓声一样明显。既然佩卡盯准了这个节奏，他就应该可以辨识出连接屏幕缓冲区和显示硬件的电线发出的信号，并把它重新翻译回一串1和0，呈现在他们自己的屏幕上。利用这种名叫屏幕辐射窃密的监听，他们可以一字不差地看见汤姆·霍华德所看见的东西。

兰迪了解的就是这些。至于细节，坎特雷尔和佩卡的水平超出他太远，所以几分钟后他就感觉索然无趣了。他在坎特雷尔的床上坐下——也只剩这个地方能坐了——发现床头柜上有一台掌上电脑。它已经启动了，正在运行中，通过一根电话线与外面的世界相连。兰迪听说过这款产品。它号称是第一款上网电脑，所以开机后它会打开网络浏览器。浏览器就是它的操作界面。

"我可以上网吗？"兰迪问，坎特雷尔头都没回就答道："可以。"兰迪访问了最大的搜索引擎之一，过程需要一分钟，因为机器必须先建立网络连接。然后他搜索了带（（安迪 或 安德鲁） 洛布）与"蜂巢心智[①]"这些关键词的网络文件。搜索引擎照例找到了成千上万的文件。但兰迪并不难找到他想找的那些。

[①]原文：(Andy OR Andrew) Loeb, AND "hive mind".

为什么 RIST 9E03 是加利福尼亚州律师协会一名声誉良好的成员

对于 RIST 9E03（在他／她被原子化社会解释为一个独立有机体的范围内）是一名律师这个事实，RIST 11A4 感到相当矛盾。无疑，RIST 11A4 的矛盾感情是相当正常而自然的。RIST 11A4 的一部分憎恶律师和整个司法系统——这是原子化社会绝症晚期的表现。另一部分则明白，如果该疾病可以杀死一个对于当前模因表现型的繁殖来说太老旧、不合适的有机体，那么它就可以提升模因库的健康。毫无疑问：目前形式的司法系统是社会解决争论的可能系统中最糟的一种。它花销惊人地高昂，而且对那些以此为职业的人来说，这是对才华的极大浪费。但 RIST 11A4 的另一部分又觉得，将司法系统最毒辣的功能用来对付原子化社会腐烂的政体，从而加速其垮台，也许能使 RIST 11A4 受益。

兰迪点击 RIST 9E03，得到：

RIST 9E03 是 RIST 11A4 用来表示任意选择的位模式的 RIST；该位模式若翻译为整数是 9E03（十六进制表示）。点击这里了解更多用来代替"自然语言"这种即将荒废的命名系统的位模式命名系统。如果你想在浏览这个网页的过程中让 RIST 9E03 被自动替换为一个传统的标志符（名字），点击这里。

点击。

从现在起，RIST 9E03 这个表达会被安德鲁·洛布代替。警告：我们认为这种命名法从根本上说是无效的，不推荐使用，但仍然提供给不习惯以 RIST 方式思考的初次访问网站者。

点击。

你点击了安德鲁·洛布——原子化社会分配给 RIST 9E03 这个模因组的命名符……

点击。

……模因组是定义一个碳基 RIST 的一整套模因。模因可被分为两个大类：遗传学的和语义学的。遗传学的模因仅仅是基因（DNA），通过正常的生物生殖传播。语义学的模因是观念（意识形态、宗教信仰、流行主题等等），通过交流传播。

点击。

安德鲁·洛布的模因组中遗传学的部分有 99% 的内容与人类基因组计划生成的数据组重合。这不应该理解为对普遍的物种形成概念（即：碳基生命形式的连续统一可以或应该被武断地分割成范式的物种），或对"智人"这一物种存在的理论的肯定。

安德鲁·洛布的模因组中语义学的部分仍然不可避免地受许多原始的病毒性模因的污染，但它们正逐步稳定地从头开始以合理的步骤被新的语义学模因代替。

点击。

RIST 代表"相对独立的次整体"(Relatively Independent Sub-Totality)。它可以用来形容任何从某一方面来看似乎拥有将其与外界分隔开的清晰界限（如身体中的细胞），但同时在更深层的意义上又与一个更大的整体无法分割地相连（也如身体中的细胞）的实体。例如，传统上称作"人类"的生物实体仅仅是他们所嵌入的社会有机体中"相对独立的次整体"而已。

一篇以<u>安德鲁·洛布</u>的名字发表（现在他已经被命名为 <u>RIST 9E03</u>）的论文指出，即使在 <u>RIST 0577</u> 那些气候温和、食物水源充足的地方，一个有机体（比如在旧的模因系统中被命名为"智人"的类型）的生命的最主要目的也是食用其他 RIST 们。这种狭窄的焦点会抑制高级语义学模因系统（即传统意义上的文明）的形成。该类型的 RIST 只有通过嵌入更大社群的方式才能达到更高的功能水平，而最符合逻辑的进化终点即是<u>蜂巢心智</u>。

点击。

蜂巢心智是一个有能力处理语义学模因（"思考"）的 <u>RIST</u> 社会组织。它们既可以是碳基的也可以是硅基的。进入蜂巢心智的 <u>RIST</u> 们需要放弃他们的个体身份（反正那也只是幻觉）。为了方便起见，蜂巢心智的成分都会被配给<u>位模式标志符</u>。

点击。

位模式标志符是用来识别某个特定<u>RIST</u>的一系列随机字

符。例如，传统上被命名为地球（泰拉、盖亚）的有机体被分配到了标志符 0577。本网站由叫 11A4 的蜂巢心智维护。RIST 11A4 使用伪随机数生成器来分配位模式标志符。这与通常被称为"东岸地区蜂巢心智计划"但（在 RIST 11A4 的系统中）被命名为 RIST E772 的所谓蜂巢心智的方法不符。该"蜂巢心智"是"一号蜂巢心智"（在 RIST 11A4 的系统中被命名为 RIST 4032）被分割成几个更小的"蜂巢心智"的结果（"东岸区蜂巢心智计划""旧金山蜂巢心智""蜂巢心智 1A""重组旧金山蜂巢心智"以及"环球蜂巢心智"），产生于几个不同的语义学模因之间不可调和的心智分享竞争。其中一个语义学模因认为位模式标志符应该按照序号分配，让（例如）"一号蜂巢心智"被命名为 RIST 0001，依此类推。另一个模因声称序号应该按重要程度进行排列，因此（例如）被称为"地球"的行星应该是 RIST 0001。还有一个语义学模因同意这种说法，但在序列应该从 0000 还是 0001 开始这点上持不同意见。在 0000 和 0001 的两个阵营中都有关于第一个数字该分配给哪个 RIST 的争论：有人认为地球是最先、最重要的 RIST，有人则说某些更大的系统（太阳系、宇宙、上帝）在某种意义上更宽泛、更基础。

这台机器有电子邮件界面。兰迪使用了它。

  收件人：root@eruditorum.org
  发件人：dwarf@siblings.net
  主题：回复（2）：为什么？
  看到网站了。愿意承认你不是 RIST 9E03。怀疑你是想交流真实意见的"牙医"。因此匿名、有数字签名的电子邮件是唯一的安全交流方式。

如果你想让我相信你不是"牙医",请提供你关于我们为什么建造"地穴"的问题的合理解释。

你诚挚的,

—"秩序"数字签名区开始—

(等等)

—"秩序"数字签名区结束—

"我们得到数据了,"坎特雷尔说,"你在忙么?"

"没有,都是我正避之不及的东西。"兰迪说着把掌上电脑放下。他站起来走到佩卡身后。佩卡的电脑屏幕上有几个窗口,在最前端最大的一个是另一台电脑屏幕的图像。图像里又有好些窗口和图标:是一个桌面。它碰巧是一个 Windows NT 的桌面,在佩卡的屏幕上十分显眼且(对兰迪来说)古怪,因为佩卡的计算机系统不是 Windows NT 而是 Finux。Windows NT 桌面上的鼠标指针正在拉下菜单、点击图标。但佩卡的手并没有动。指针移到一个微软的 Word 图标上,图标变色、扩张,变成一个大窗口。

本 Microsoft Word 软件副本注册于托马斯·霍华德名下。

"你成功了!"兰迪说。

"汤姆看到什么我们就看到什么。"佩卡说。

一份新的文档窗口打开,文字蜂拥而出。

给自己的笔记:我倒想看看"阁楼信件"[①] 刊印这个!

---

① 《阁楼》是一本著名成人杂志,"阁楼信件"则是专门刊登读者投稿的成人小说的栏目。

我不认为性鉴赏家在挑选研究生时看的是他们的床上技巧，无论男女。我们想得太多。一切都必须被描述。一个相信性交是一种性论述的人在床上永远不可能有什么作为。

我特别喜欢长筒袜。一定要是透明的黑丝，最好后面还有缝线。我十三岁的时候还从一家杂货店顺了一双连裤袜回家把玩。背包里装着那双袜子走出店外的时候，我的心怦怦直跳，但犯罪的兴奋远远比不上打开包装、拿出袜子，把它放在我毛茸茸的青春期脸颊上磨蹭的感觉。我甚至试着把它穿上，但那感觉只是很怪异——我的腿毛太多——完全不兴奋。我不是想自己穿。我是想让别人穿。那天我手淫了四次。

当我细想的时候我很是苦恼。我是个聪明孩子。聪明孩子应该是理性的。所以我上大学的时候给这事想出了一个合理的解释。大学里没有多少女人穿透明黑丝袜，但有时我会到城里去，看那些出来吃午饭的衣冠楚楚的上班族在大街上行走，并对她们的腿进行科学观察。我注意到丝袜在腿粗的地方会被撑薄，比如小腿肌肉的地方，袜子的颜色就会变浅。就像彩色气球吹胀时颜色也会变浅一样。反之，腿细的地方袜子的颜色就更深，比如脚踝。这就让小腿肚看起来更玲珑有致，脚踝也更纤细。整体上，腿部看起来更健康，暗示着在双腿交接的腿根处可以找到更高级的基因。

证毕。我对黑丝袜的迷恋是一种高度理性的适应行为。它仅仅证明了我有多聪明，证明了即使是我脑中最不理性的部分也非常理性。性不能掌控我。没什么可怕的。

这是典型的中二学生想法，但如今就算最有教养的人也直到三十好几都一直像中二学生那样想事情，所以这种想法伴随了我很久。我的妻子弗吉尼娅估计对自己的性需求也有同样自私自利的合理化论述——很多年来我对此一无所知。所以我们婚前的性生活普通平庸也就不足为奇了。当然，我们俩都不承认它平庸。如果我承认了，我就必须承认平庸的原因是弗吉尼娅不喜欢穿长筒袜，而当时我太过介意以"善解人意的新世纪好男人"标准要求自己，不可能承认这样的异端邪说。我爱弗吉尼娅是因为她的心灵。我怎能如此肤浅、如此不近人情、如此变态，以至于因为她不喜欢在腿上套一层薄尼龙就唾弃她呢？作为一个矮胖的书呆子，能拥有她是我的运气。

结婚五年后，我代表一个新的小型高科技公司去参加计算机经销商博览会。我没那么矮胖了，书呆子气也少了些。我遇见一个在大型软件连锁店做销售的女孩。她穿着透明黑丝袜。我们最后在我的酒店房间里干了起来。那是我有生以来最爽的一次性爱。我困惑又羞愧地回了家。那之后，我和弗吉尼娅的生活变得很悲惨。接下来的几年里我们做爱的次数可能只有十来次。

弗吉尼娅的祖母去世了，我们回到纽约州的北部去参加葬礼。弗吉尼娅必须穿裙子，也就意味着她得剃掉腿毛，穿上丝袜——这事自从我们结婚以来她只做过几回。我看到她时差点儿跌了个跟斗，然后我带着巨大、刺痒的勃起挨过了葬礼过程，试图想出办法让我和她独处。

奶奶从前一直独自住在山坡上一栋大大的老房子里，直到她几个月前摔坏了髋骨，被送去疗养院为止。她的所有儿女、孙子、曾孙都齐聚一堂参加葬礼，房子变成了集合中心。地方很好，摆满精巧的老家具，但在垂暮之年奶奶变成了一个有点强迫症的无用品收藏癖，所以家里到处堆满了一捆捆的报纸和信件。最后我们不得不搬走好几车废物。

在某些其他方面，奶奶做事很有条理，她留下了一份非常详细的临终遗嘱。每个子孙都清楚地知道他们要带回家的是哪些家具、餐盘、地毯和古玩。她有许多财产，但她也有很多子孙，所以每个人瓜分到的战利品并不多。弗吉尼娅得到了一张储存在平时不用的卧室里的黑胡桃木梳妆台。我们上去查看，最后我却在那干了她。我站着，黑西装的薄裤子堆在脚踝边，她坐在那张梳妆台上，腿环着我的腰，穿着丝袜的脚跟扣在我屁股上。那是我们最棒的一次性爱，无一例外。幸而楼下有很多人在吃饭、喝酒、交谈，不然他们就会听到她的呻吟尖叫了。

　　我终于向她坦白了丝袜的事。感觉很好。我那段时间读了很多讲大脑如何发展的书，终于接受了我的丝袜癖。似乎当你在某个特定年龄的时候，两岁到五岁之间，你的头脑就定型了。脑中负责性的部分固定在一种模式中，一生不变。和我讨论过这些事的同性恋都告诉我说，早在他们开始想性方面的事之前很久，他们就知道自己是同性恋，或至少与众不同，而他们都同意说同性恋倾向不可能被转化成异性恋，不管你多努力，反之亦然。

　　在这个年纪，你脑中掌管性的部分经常跟其他看似完全不相干的部分混淆。这就是人们发展出性支配或服从的倾向，或很多人发展出极为具体的性癖的时期——比如说橡胶、羽毛或鞋子。有些人很不幸地会被小孩子挑起性欲，他们基本上从那时起就注定完蛋了——除了把他们阉掉或者关起来，别无他法。大脑一旦选定了癖好，多少心理医生也不能让它回头。

　　所以总的看来，拿到一张"看到黑丝袜就兴奋"的性癖牌还不算太坏。我在回家的途中对弗吉尼娅和盘托出。她平静地接受了，这让我很吃惊。我太浑蛋，没意识到她在想这一切要如何应用到她身上。

回家之后,她勇敢地去买了几双丝袜,偶尔试着穿穿。这并不容易。丝袜暗示着一整套生活方式。配着牛仔裤和运动鞋穿看起来就很傻了。穿丝袜的女人必须同时穿连衣裙或短裙;不是蓝牛仔裙,而是更优质、更正式的裙子。她还必须穿她既没有也不爱穿的那种鞋子。丝袜与骑自行车上班并不相配。它甚至与我们的房子都不相配。我们节衣缩食地读研究生的日子里,曾从"善念"①那里得到不少家具,还有些是我自己拿四乘二的木板钉的。这些家具上有很多暗藏的凸起,穿牛仔裤的人永远不会注意到,但可以瞬间破坏一双丝袜。同样,我们简单装修的房子和老破车上一些细微的锐利边缘对丝袜来说也都是致命的。另一方面,当我们结婚纪念日去伦敦旅行时,我们坐着黑色出租车出游,住体面的旅馆,在高档餐厅用餐。整整一个星期我们都在一个完全适合丝袜的世界里活动。这只是让我们意识到我们需要对生活环境做出多大的改变,才能让她日常穿成那样。

所以我们本着美好的心愿在丝袜上花了一大笔钱。性生活有时美好,虽然我享受的程度似乎比弗吉尼娅大得多。她再也没有达到葬礼后在奶奶的房子里那种惊人的、兽性的强烈高潮。她买的丝袜很快就磨损消耗完了,单纯的不便让她不再补货,于是葬礼后一年之内我们就又回到了零点。

然而其他事情却有所改变。我靠兑现职工优先认股权赚了一大笔钱,我们在山上买了栋新房子。我们雇了些搬运工来把旧家具都运到新房子里。家具在那里看起来更破烂了。弗吉尼

---

① 一个国际慈善机构。

娅的新工作让她必须开车上下班。我觉得我们的老破车不安全，就给她买了一部新的小雷克萨斯，带皮椅和羊毛地毯，全都没有凸起的地方。很快我们有了孩子，所以我把旧皮卡换成了一部厢式旅行车。

但我仍然没能让自己在家具上花钱，直到我的背开始疼，我意识到那是因为我和弗吉尼娅睡了二十年的那张松松垮垮的"善念"床垫。我们必须买一张新床。因为处于生死关头的是我的背，所以我出去买了床。

我宁可把烟头摁在舌头上也不愿意去购物。一想到要跑遍区内所有大家具店货比三家，我就想死。我只想去一个地方，买一张床，干脆完事。但我不想要一张我一年内就会讨厌的破床，或者是五年后又会害我背疼的便宜床垫。

所以我直接去了当地的戈默·伯斯特罗家居廊。我听过别人谈论戈默·伯斯特罗家具。女人们似乎尤其喜欢用秘密、虔诚的口气谈起它。他们的工厂据说在某个新英格兰地区的小城里，已经驻扎了三百年。传说戈默·伯斯特罗的胡桃木和橡木刨花曾被用来作为焚烧被定罪的女巫的引火物。戈默·伯斯特罗是我从奶奶的葬礼以来就一直思考的一个问题的答案，即这些高档的奶奶级家具都是打哪儿来的？每个家庭里，年轻人都去奶奶家过感恩节，或进行义务探视，然后就对着华美的古董家具大流口水，想着等老太太一命归西后自己能拿回家的是哪些。有些人等得不耐烦，就直接去房地产销售部或古董商店自己买了。

但如果老旧、高档、传家宝级别的家具供应量是一定的，那么未来的奶奶级家具要从哪里来呢？我可以想见半个世纪后的一个场景，我和弗吉尼娅的子孙们一边为那张黑胡桃木梳妆台争吵不休，一边叫出租卡车来把我们其他的东西直接运去垃圾堆。人口不断增长，老家具的数量却持续不变，这种事情不可避免。肯定要有新的奶奶级家具来源，不然未来的美国人都得坐在塑料豆袋椅上，把泡沫小球漏一地。

　　问题的答案就是价格不菲的戈默·伯斯特罗。每件戈默·伯斯特罗桌椅都应该装在铺着毡垫的盒子里，像珠宝一样。但那时，我很有钱，也很没耐心。所以我开车到戈默·伯斯特罗，冲进店里，却被一个接待员突然止住了。我穿着白网球鞋和牛仔裤，简直衣衫褴褛。但她大概见过不少高科技百万富翁走进这扇门，所以还算平静地接受了。我还没反应过来，一个中年女人就从店后面走出来，把自己任命为我的个人设计顾问。她名叫玛格丽特。"床在哪儿？"我问。她全身一僵，随即告诉我，这里不是那种你可以走进"卖床的房间"，然后看到许多床像肉店里的猪蹄一样摆成一排的地方。戈默·伯斯特罗家居设计廊由一系列装修精致的房间组成，其中一些碰巧是有床的卧室。明确这一点之后，玛格丽特带我去看卧室。在她带我从一个房间走到下一个时，我忍不住注意到她穿着后面有缝线的黑丝袜——完美笔直的缝线。

　　我对玛格丽特的性趣让我很不自在。有一阵子我不得不控制自己说出"就把你们最大最贵的床卖给我得了"的冲动。玛格丽特带我看了不同风格的床。但那些风格的名字对我来说毫无意义。有些看起来很现代，有些看起来很古典。我指着一张非常大的像奶奶级家具的四柱床说："给我来一张这样的。"

　　拿着和水管工或心理医生一样工资的新英格兰工匠手工雕刻出这张床，用了三个月时间。然后床被送到我们家，穿着白色连体工作服的技术员们（像半导体芯片加工厂的工人）将它组装起来。弗吉尼娅下班回家。她穿着牛仔裙、厚厚的羊毛袜和博肯鞋。孩子们还没放学。我们在新床上做爱。我想我的表现还算尽职尽责。我没能保持勃起，于是最后我的头卡在了她毛茸茸的双腿间。就算耳朵被她的股四头肌堵着，我也能听见她的呻吟尖叫。后来她抽搐起来，差点儿拧断我的脖子。她的高潮肯定持续了有整整两三分钟。这就是我初次接受一个事实的时刻：除非弗吉尼娅很靠近——最好是躺在——一件她拥有的传家宝级别的家具上，否则她无法达到高潮。

里面有汤姆·霍华德桌面图像的窗口消失了。是佩卡关掉的。
"我受不了了。"他用他一本正经的电子生成的语气说。
"我预测这之后是三人行——汤姆、他老婆和玛格丽特下班之后，在家具店的床上搞。"坎特雷尔沉思着说。
"这是汤姆吗？还是汤姆笔下的虚构人物？"佩卡问。
"这是不是意味着打赌你赢了？"兰迪问。
"这叫我怎么跟他开口讨赌资啊。"坎特雷尔说。

第四十二章 漂　流

　　俾斯麦海上弥漫着滚滚黑烟，散发着一股汽油与肉体烧焦的臭气。美军的鱼雷艇擦着水面从这一片毒雾中疾驶而出，笔直地朝目标袭去，巨大的马达身后留下层层白浪。后藤传吾所在的船队只剩下寥寥几艘船，甲板上黑压压地挤着许多士兵，像是攀附在巨石上的苔藓。压缩气体推动着鱼雷从甲板炮管里飞出，像弩箭一样射入水中，潜到一个水流平静的深度，拖着一串泡泡朝船只射去。甲板上的人如流水一般涌到船舷边。后藤传吾转过脸，虽然没有看到爆炸的画面，却听到了一声巨响。这群日军几乎全都是旱鸭子。

　　不久，第二轮扫射又来了。那些会潜水也懂得何时该潜水的人自然逃过一劫，其他人却难逃厄运。飞机又飞走了。后藤传吾从一具残缺不全的浮尸上剥下一件救生衣。这才是下午三点，他却已经遭受了这辈子最严重的晒伤。因此他又摸来一件制服衬衫，像斗篷似的围在头上。

　　那些会游泳的幸存者现在渐渐靠拢了。如今他们身处新几内亚和新不列颠之间一个地形复杂的海峡中，一阵阵海浪正想把他们天南海北地冲散开来。有些人慢慢地越飘越远，口中还在大声地呼喊着同伴。后藤传吾夹在这片大约由一百个人组成的、渐渐飘散的岛屿中。许多人只能靠牢牢抓着救生衣或者一块木板来浮在海面上。起伏的海浪有时会遮蔽他们的视线，他们也看不到更远的地方。

日落前的一个钟头，海雾渐渐消散了。后藤传吾现在能轻易地辨识出太阳的方位，这是他今天第一次明明白白地搞清楚东南西北。更令人振奋的是，他还看到了南边海平面上耸起的山峰和蓝白相间的冰川。

"我要游到新几内亚去。"他喊道，然后游了起来。这事儿不必跟其他人商量。那些愿意跟着他的人，有几十个吧，也跟着他游去。这个时间也刚刚好，海面出奇地平静。后藤传吾惯用一种缓慢但省力的侧泳，其他人则大多是现学现卖的狗刨。如果说他们真的在向目标前进的话，这点进步实在是太细微了。星星升上天空，他翻过身变成了仰泳，眼睛牢牢地盯着北极星。只要他一直朝远离北极星的方向游，就一定能游到新几内亚。

夜幕降临，半轮明月和繁星的微光洒在海面上。人们互相呼叫，试图抱团前进。但是有些人跟丢了，只闻其声而不见其人，大部队里的人只能束手无策地听着他们的呼救声渐渐消失。

鲨鱼袭来的时候正当午夜时分。第一个受害者是之前在逃离沉船时在门框上撞破了额角的士兵，汩汩涌出的鲜血一直没有止住，在茫茫大海里拖出一条细细的红线，招来了这群鲨鱼。这群鲨鱼起先并不知道面前的生物是什么东西，因此它们小心翼翼地一点一点将那家伙咬死。但是当它们发现这东西毫无还手之力时，一下子暴露了凶残的本性，而由于它们潜伏在黑暗的水底，因此更加可怖。受害者往往一声惨叫刚出口，人就被拖进了水里。有时一只断腿或一颗头会突然浮上水面，拍打在后藤传吾脸上的浪花已经隐隐有了一股铁锈味儿。

这场袭击持续了好几个小时。扑腾的水面与血腥味儿似乎引来了另一群鲨鱼，有时在两场屠杀之间也会出现短暂的平静。一截被咬断的鲨鱼尾甩到了后藤传吾脸上，他一把抓住了它。那些鲨鱼正在生吞他的同伴，他何不以牙还牙？鲨鱼刺身在东京的饭馆里卖得可贵了。鲨鱼尾上的皮又厚又粗，但是被撕裂的边缘却露出了一簇簇的鲜肉。他把脸埋进肉里，大嚼起来。

那是后藤传吾小时候的事了。他父亲过去有一顶软呢帽，象牙色的丝绸内衬上印着英文。他还有一支石楠根烟斗，里面塞满了从美洲买来的烟草。那时他总是坐在山顶的一块石头上，开始谢顶的脑袋上扣着软呢帽阻挡寒风，抽着烟斗，俯视着山下的世界。"你在干什么？"传吾总这么问他。

"观察。"他父亲答道。

"观察一样东西，能观察多久啊？"

"永不厌烦。你瞧，"父亲伸出烟斗一指，一缕缕白烟像是从蚕茧上抽出的蚕丝一样飘散开来，"那一带黑色的岩石下面埋着矿。那儿能挖出铜，也许还能挖出点锌和铅。我们要修一条齿轨铁路，从村子里通往矿脉上的平点，然后挖一条竖井，直达矿藏表面……"然后传吾也会参与进来，帮忙谋划那些矿工们该住在哪儿，他们孩子的学校该建在哪儿，玩耍的操场又该在哪儿。等他们全部完工时，他们已经在山谷里建造了一个幻想出来的城市。

后藤传吾今晚可有大把的时间来好好观察了。他留意到那些被撕碎的尸体通常不会遭到第二次攻击，而那些游泳动作特别激烈的人却容易成为目标。因此，当鲨鱼靠近的时候，他就一动不动地仰卧在海面上，就算有人折断的肋骨戳到他脸上，他也绝不动弹。

天终于亮了，距离昨天日落仿佛已经过去了几百个小时。他以前从未彻夜不睡，如今感受到地球如此之大，太阳竟需要这么久才能重新升起,他觉得十分震撼。他只不过是一个病毒,一个细菌,寄生在这么一个永不停息、神秘莫测的庞然大物之上。最令人惊异的是,他居然不是唯一的幸存者:另外还有三个人也从鲨鱼之夜中活了下来。他们聚在一起,转脸朝新几内亚望去,覆盖着皑皑白雪的山顶已经在晨曦照耀下染成了淡红色。

"一点也没靠近啊。"其中一个人说道。

"山在内陆,"后藤传吾说,"我们不是要游到山上去,而是要游到海边——那可要近多了。在脱水之前尽快游到那儿吧!"说着,他又换成了侧泳。

那三个人里有一个说话带冲绳口音的小伙子,也是个游泳好手。他和后藤传吾很轻松地就能把另外两个人撇下一段距离,但是他们大部分的时间都慢慢地游,等着他们。海潮涨起,现在连游泳好手也不大能施展出来了。

游得比较慢的两个人之一自从沉船之后就一直腹泻不止,可能本来就已经脱水了。到了中午时分,毒辣辣的太阳仿佛喷火器一般直射在他们头顶,他开始抽搐,连呛了几口水之后就不见了。

另一个游得比较慢的小伙子是东京人,他的身体状况要好得多,只是不太会游泳罢了。"此时此地学游泳可真是再合适不过了。"后藤传吾说着,和另外那个冲绳人一起花了大概一个钟头教会他怎么侧泳和仰泳,然后继续朝南游去。

到了黄昏时,后藤传吾发现那个冲绳人正在大口大口地吞咽海水。这一幕让他难受极了,因为他自己也在努力克制喝水的欲望。"别喝了!会出事的!"他说,然而声音十分虚弱。无情的海水压迫着他的胸廓,他费了好大的劲才从肺里挤出这句话来。他感到全身肌肉僵硬,脆弱不堪。

等后藤传吾游到他身边时,冲绳人已经开始干呕了。在东京人的协助下,后藤把手指伸进他嘴里,帮他把刚喝进去的海水全吐了出来。

但是他的身体已经不行了,到了当天深夜时,他只能仰面漂浮在海上,嘴里含混不清地说着胡话。正当后藤传吾打算放弃他时,他却又突然清醒过来,问道:"北极星在哪儿?"

"今晚多云,"后藤传吾说,"云层后面的那个亮点可能是月亮。"

根据那个亮点的位置,他们再次确认了新几内亚的方向,游了起来。他们的手脚重得像灌满了泥沙,三个人都出现了幻觉。

太阳似乎又要升起来了。他们笼罩在桃红色的光芒里,身处一片茫茫雾海中,仿佛穿行在银河系遥远的某处。

"我闻到了什么东西烂掉的味道。"有一个人说道,后藤传吾也不知道是谁。

"伤口泡烂了?"

后藤传吾用力嗅了几下,这个动作几乎花掉了他一半的力气,"不是肌肉腐烂的味道,"他说,"是植物腐烂的味道。"

他们再也游不动了。就算游得动,也不知道该往哪儿游,周围全是一片茫茫的白雾。不过往哪儿游都一样,潮水最终会把他们带到同一个地方。

后藤传吾睡了一小会儿,也可能并没有真的睡着。

有什么东西撞到了他的腿上。谢天谢地,那些鲨鱼终于来了。

海浪变得激烈起来。他感到腿上又被撞了一下,之前烧伤的地方剧痛起来。那东西非常硬,表面粗糙不平,还有尖锐的棱角。

前方的海面上有什么东西钻了出来,白色的,凹凸不平的东西。是一座珊瑚礁。

一个大浪从他们身后打来,托着他们飞过了珊瑚礁,几乎剐掉了他们半身皮。后藤传吾觉得自己挺走运的,只折断了一根手指。

结果紧接着的一个浪头简直活剥了他,把他甩进了一个环礁湖里。有什么东西推着他的脚往前,但他身上一点力气也没有,因此被推了一个跟头,脸朝下跌进了水里。他的脸猛地撞上了一片坚硬的珊瑚砂,接着双手也撞了上去。他的四肢早已忘记除了游泳以外的其他动作,因此他花了好一会儿才慢慢撑住地面,把头伸出水面,然后手脚并用地朝前爬去。现在,植物的腐烂味已经臭不可挡,仿佛整整一个师的干粮被扔在海滩上晒了一礼拜。

他找到一小片露出水面的沙滩,转过身一屁股坐了上去。冲绳人也跟在他身后爬了过来。那个东京人已经能直起身子,蹒跚着朝岸边走去,往复的海浪把他冲得东倒西歪的。他正在放声大笑。

冲绳人爬到后藤传吾身边,一下子瘫倒了下去,连坐起来的力气都没有了。

一个大浪把东京人打得失去了平衡,他一边笑着一边倒了下去,伸出一只手想撑在地上。

他的笑声突然停住了,身子猛地往后一挺。他的小臂上吊着什么东西:一条蠕动的蛇。他把那条蛇像鞭子一样甩了出去,蛇扑通掉进了水里。

受到这场惊吓之后他一下子清醒了,但是还没往前走上五六步,就一头栽倒在了浅滩上。等到后藤传吾赶到他身边时,他已经是一具僵硬的尸体了。

后藤传吾不知道花了多久才恢复了力气。他刚刚很可能坐在地上睡着了。冲绳人仍旧躺在沙滩上,嘴里喃喃自语。后藤传吾费力地站起来,摇摇晃晃地拖着身子去找淡水。

准确来说这儿并不是"沙滩",而只是一片长约十米、宽约三米的沙洲。沙洲的一边长着高大的草木,另一边则通往一个咸水礁湖。湖岸爬满了各种乌七八糟的浓密植物。植物显然长得太过浓密了,没法从中穿过。因此，尽管后藤传吾刚刚目睹了发生在东京人身上的惨剧，他还是涉水走进了湖里，希望能溯流而上找到一条内陆的淡水河。

走了大约一个小时，他又顺着湖水走回了海边。无奈之下他只能捧起脚底的水喝了几口，希望这水至少不像海水那么咸。这水喝得他呕吐不止，但不管怎么说，他现在感觉好了一点点。他又转身走了回去，依靠听觉保持海浪的声音一直在脑后。又走了一个小时，他终于找到了一条流淌着淡水的小溪。大喝一顿之后他觉得全身又充满了力气，该回去找那个冲绳人了——必要的话，他还可以把他背到这里来。

大概下午三点的时候，他回到了最早的那个沙洲上，但是冲绳人却不见了。沙滩上留下了许多凌乱的脚印，但是沙子很干燥，因此脚印也浅得几不可辨。他们肯定是碰上巡逻队了！友军肯定也听说了那场袭击，如今正在海滩上搜寻幸存者呢。他们的营地肯定就在附近的丛林里！

后藤传吾沿着脚印走到了树林里。走了大约一英里之后，他来到了一小块泥沼地前，现在脚印变得清楚极了——留下脚印的人光着脚，脚趾分开且奇大无比。这是那种一辈子都没穿过鞋的人才会留下的脚印。

接下来的几百米路里他警惕了许多。现在他能听到人声了。他在军队里学过许多丛林求生的技巧，比如如何在黑夜里悄无声息地穿过敌人的封锁线。当然，当初他在日本本土练习这种技巧的时候并没有那么多蚂蚁和蚊子一刻不停地啃噬着他，但是现在这并不重要。经过一小时的耐心寻找，他找到了一个可以俯瞰全局的有利位置。眼前是一片平坦的空地，一条污浊的溪水死气沉沉地横在当中。几幢长条形的房子避开淤泥建在高高的脚柱上，房顶铺着厚厚的棕榈叶。

在找到冲绳人之前，后藤传吾需要先找点吃的。空地中间生着篝火，上面煮着一锅咕嘟嘟冒着热气的白粥。但是锅边守着几个面露凶相的女人，全身上下几乎一丝不挂，只在腰间围着一圈短短的流苏以遮盖阴部。

旁边的房子里同样冒出缕缕炊烟，但是要想溜进去，后藤必须先爬上那笨重的斜梯，再钻过一条狭窄的门廊。只要一个小孩儿拿着木棍守在门口，就没人能闯得过去。门外挂着几个麻袋，似乎是随便扯了几尺布草草缝起来的（这么说来他们至少还是有纺织品的），里面装满了圆圆的东西：可能是椰子或者其他储备粮，吊在高处防蚂蚁的。

空地中央聚集着可能有七十来个人，似乎正在围观什么有趣的东西。从他们走来走去的身影缝隙里，后藤传吾偶然瞥到了一个人，可能是日本人，双手反剪在背后，坐在一颗棕榈树下，满脸是血，一动不动。那些围观的土著大多是男人，手里拿着长矛。他们同样也用一串串流苏（有些染成了红色或绿色）遮住阴部，一些比较强壮或是比较年迈的男人还在手臂上绑了几根织物权作装饰。有些人的身上还带着白泥绘出的花纹，鼻翼上穿着各种各样的饰品——有些简直大得可怕。

那个血淋淋的日本人似乎吸引了所有人的注意，后藤传吾心想，这是他偷食物唯一的机会了。他挑了一间离人群最远的房子，爬上梯子，朝挂在门口的大麻袋伸出手。但是麻袋早已被长年累月的沼泽湿气侵蚀得脆弱不堪，加上周围一群嗡嗡乱飞的苍蝇的叮咬，他的手指刚摸到麻袋，就直接戳了进去。麻袋上裂开了一道口子，里面的东西稀里哗啦地砸到了后藤传吾的脚上。那是一个个带毛的黑色球状物，有点像椰子，但结构更复杂——他本能地察觉到有哪里不太对劲，然后发现那其实全都是人的脑袋。一共有五六个。脑袋上的头发和皮肤都仍可分辨，有些是黑黝黝的当地人，长着一头毛茸茸的乱发，有些则显而易见，是日本人。

过了好一会他才回过神来。他想到自己说不定已经在众目睽睽之下盯着这些脑袋站了不知道多久。他转过身，发现所有人的注意力仍旧集中在那个树下的伤兵身上，没人朝这边的头骨看上一眼。

从这个角度后藤传吾看清了那个伤兵的脸，正是冲绳人，双手被反绑在树干后面。一个大约十二岁的男孩站在他面前，手里拿着一根长矛。男孩小心翼翼地往前走了几步，突然将长矛插进了他的胸腔。冲绳人痛得清醒过来，剧烈地挣扎着。男孩显然是吃了一惊，向后跳开了。一个头上挂着一串贝壳装饰的年长土著从男孩身后走到他身边，教导他如何正确地握住长矛，然后引着他又走到冲绳人面前。他握住男孩的手，两人一起用力，将长矛准确无误地插入了冲绳人的心脏。

后藤传吾从房前摔了下去。

人群沸腾起来，他们把那个男孩架到肩膀上，围着空地又是唱又是跳，不停地转着圈儿，长矛一下一下地朝空中刺去。他们的身后还跟着一群年龄更小的孩子。所幸后藤传吾摔下来只是受了点轻伤，他匍匐在泥泞的地上，慢慢爬回丛林里，寻找一个安全的地方。村里的女人扛着盆盆罐罐和刀具朝冲绳人的尸体走去，然后像寿司师傅切金枪鱼一样熟练地剖开了他的肚子。

一个女人正专注地研究着他的脑袋。她突然跳起来，围着空地跳起舞来，手里还挥舞着一个亮晶晶的东西。"乌拉！乌拉！乌拉！"她快活地大喊着。几个女人和孩子跟在她后面，想要看看她手里的究竟是什么东西。最后她终于停下来，摊开手掌：微弱的阳光从树叶的缝隙里穿过，一颗金牙躺在她手心里。

"乌拉！"其他人也跟着叫起来。一个孩子想要抢过那颗金牙，被女人推得跌坐在地上。这时一个拿着长矛的男人也跑了过来，于是她把战利品交给了他。

然后男人们也围过来，对着这个新发现啧啧称奇。

女人们又回到冲绳人身边继续干活，没过多久，他就被切成了一块一块，投进了篝火上的大锅。

第四十三章　新诺拉[①]

世界上有两种人，一种靠说话实现人生价值，另一种则认为说话是浪费时间；这两种人说起话来是完全不同的。鲍比·沙夫托大多数的实用技能，比如修车啦，宰鹿啦，扔飞盘啦，跟姑娘搭讪啦，杀日本鬼子啦，基本都是跟后一种人学的。对于这种人来说，空谈某事简直像用螺丝起子敲钉子一样困难。有时你甚至能看到他们听到自己说话时脸上露出的表情，满满都是绝望。

另一种人呢，则把演说作为一种手段，口绽莲花、能言善道——但这并不能证明他们比前一种人更聪明，更有教养。沙夫托花了很长时间才明白这个道理。

不管怎么说，本来鲍比·沙夫托脑子里这两者是一码归一码的，直到他结识了2702特遣队的以诺克·鲁特和劳伦斯·普里查德·沃特豪斯。他没法明确地说出他俩到底有什么不对，但是之前跟他们在闵根姆一起度过的几个星期里，他时时都能听到他俩互相埋怨对方。沙夫托不禁开始怀疑世界上是不是存在着第三种人，只是这种

[①] 曾是美国著名鞋油品牌。

人太少了,他以前从来没碰到过。

通常来说军官是不该和普通士兵以及士官厮混在一起的,因此沙夫托关于第三种人的调查变得更加艰难了。但有的时候环境使然,不同军阶的人也会被不由分说地搅和在一起,比如现在,在这艘特立尼达的不定期货船上。

他们去哪儿找来的这艘船?沙夫托很好奇。难道美国政府专门在哪个海军船坞收集了一大堆特立尼达货船以备不时之需?

他可不这么想。这艘船显然最近才匆匆换了新主人,船舱里随处可见破破烂烂、老旧泛黄、涉及各个种族的色情文学;有些看着还挺正常,有些则写得古里古怪的,他一眼看上去还以为是医学文献呢。舰桥和某几个房间里堆满了文件,不过他只是用余光瞟了一眼,因为那几个房间是留给军官们的。厕所里还留着前任主人乌黑蜷曲的私处毛发,贮藏室里剩下为数不多的加勒比风味食物,都快放坏了。货舱里放着一捆捆粗糙的棕色纤维材料,要么是用来制作救生衣的,要么是拿来做麦麸松饼的。

但是才没有人在意这些呢。自从几个月前2702特遣队离开意大利之后,他们就一直被撇在极北之地冻得屁滚尿流。如今呢,不过是坐了一小段飞机,他们又光着膀子在温热的亚速尔群岛上乱跑了。然而他们没有得到片刻休息,刚从飞机上下来,马上就钻进卡车,盖上篷布,连夜朝这艘货船进发。就连渗进篷布里的湿热空气都像是热带妓院里充满异国情调的揉捏。当轮船驶出港口的监视范围后,他们也被允许到外面透透风,晒晒太阳。

这给鲍比·沙夫托提供了一些跟以诺克·鲁特说话的机会。一方面是出于无聊;另一方面也是他想搞清楚那"第三种人"究竟是怎么回事。他慢慢摸出了点头绪。

"我不喜欢'上瘾者'这个词,它给人一种很不好的暗示。"有一天，他们在后甲板上晒太阳的时候，鲁特突然说道，"比起啪地给你贴上一个标签，德国人会说，你是个'Morphiumsüchtig'。'suchen'的意思是'渴望'，粗略翻译一下的话，就是'渴求吗啡的'；或者再放宽一点，翻译成'在渴求吗啡的'。我喜欢'渴求'这个词，因为它只是单纯描述了你有渴望吗啡的这种倾向而已。"

"你他妈在说什么啊？"沙夫托说。

"这样，我们假设屋顶上有一个洞。意思是说，这是一个'漏水的'屋顶。无论何时，哪怕是晴天，它也是一个'漏水的'屋顶。但是只有在雨天，它才会真的'在漏水'。'渴求吗啡的'也是这个道理，它描述的是你有'渴求吗啡'的这种特质，哪怕你此时此刻并不渴求吗啡。但是我认为这两个词都比'上瘾者'强多了，因为它们只是作为形容词修饰鲍比·沙夫托是个'什么样的'人，而不是直接作为名词粗暴地取代鲍比·沙夫托'这个'人。"

"所以呢？"沙夫托问。他之所以这么问是在等鲁特给他下命令，因为通常这种喜欢高谈阔论的人在说完之后总是会下命令的。但是鲁特似乎并不打算给出任何命令，他只是单纯想抠字眼而已。英国空军特勤队的家伙们觉得他这种行为跟手淫没有差别。

在囡根姆时沙夫托没怎么跟那个叫沃特豪斯的接触过，但是他发现，所有跟沃特豪斯说完话的人一般都会摇摇头走开——而且还不是那种当你不同意某人意见时缓缓地摇头，而是一只狗的中耳里突然钻进一只马蝇时痉挛似的一摇。沃特豪斯从来不直接下达命令，因此第一种人不知道该拿他怎么办。但另一种人在对上他的时候显然也好不到哪儿去：这种人说话的时候往往胸有成竹，头头是道，而沃特豪斯说话简直漫无边际。他不是将已知的事实一样样摆在你面前分析，而是没完没了地岔到一边开始讲起新话题，还指望你也能加入讨论。当然从来没有人加入过讨论，除了以诺克·鲁特。

出海一天之后，船长（也就是伊登中校，之前那个被派去撞击挪威的可怜虫）摇摇晃晃地从舱室里走出来，时刻紧握着触手可及的第一根护栏或把手。他用含混不清的声音宣布，根据上头的指令，以后谁要到甲板上去都必须在衣服下面穿好黑色高领衫，戴好黑色手套和黑色面罩。这些东西很快就发到了士兵们手上。沙夫托不禁跟他确认了三次命令，弄得船长十分恼火。沙夫托在士兵里颇受敬重的原因之一也在于他知道如何向上级提出这种问题却巧妙地不触及底线。难得的是，船长并没有摆起架子破口大骂，而是将他带进自己的房间，掏出一本卡其色封面的军队手册，上面是黑色的印刷体：

　　黑人伪装策略
　　第三部分：加勒比海地区的黑人

就算以2702特遣队的标准来说，这命令也太离奇了。伊登中校那种醉醺醺的态度也令人不安，不是说他喝醉了令人不安，而是说他那种醉法，就像内战时一个士兵知道医生马上要拿把锯子锯掉他的腿时的那种醉法。

沙夫托把高领衫、手套和面罩都发放完毕之后，他让手下们先冷静下来，重复一次救生演习。随后他来到充当医务室的地方，找到了鲁特。他觉得现在正是时候跟人开诚布公地谈一谈了，这也许能让他搞清现在的状况。鲁特正是合适的人选。

"我知道你以为我又来要吗啡了，但是不，"沙夫托说，"我想跟你谈一谈。"

"哦，"鲁特说，"要不我先把牧师的帽子戴上？"

"我他妈是新教徒。我他妈想跟上帝说话的时候可以自己去说。"

鲁特被沙夫托突如其来的敌意吓了一跳，问道："那，你要谈什么呢，中士？"

"这次的任务。"

"哦，这我也不清楚。"

"好吧，那我们就一起研究下。"沙夫托说。

"我还以为你只需要服从命令呢。"鲁特说。

"我当然会服从的。"

"我知道。"

"反正闲着没事，正好能让我搞清楚现在他妈到底什么个情况。船长说要穿上那些东西才准上甲板，以免别人看到我们。但是在这个鬼地方谁他妈看得到？"

"一架侦察机？"

"德军在这一带没有侦察机。"

"另一艘船？"鲁特为问而问地说，他进入了状态。

"他们看到我们的时候我们也能看到他们，那会儿再穿衣服也来得及啊。"

"那么，船长担心的就是一艘 U 艇了。"

"答对了，"沙夫托说，"只有 U 艇用潜望镜观察我们的时候我们还一无所知。"

但是直到那天的谈话结束，他们想破脑袋也没想出个所以然来：为何上头希望在德军潜艇的军官眼里，他们是一群黑人呢？

* * *

第二天，为了把整艘船上的大事小情尽收眼底，船长就钉在舰桥上不挪窝儿了。他看上去不再那么醉醺醺的了，但也没高兴到哪儿去。他那件花花绿绿的短袖马德拉斯衬衣里套了一件长袖黑色套头衫,凉鞋里穿着一双黑袜子。他还时不时戴上黑手套和黑面具走到甲板上,通过望远镜眺望着遥远的海平面。

日出之后货船又向西航行了几个小时,紧接着朝北航行了一小段,又朝东行进了一个小时,接着又折向北方,最后又折回西边。他们在搜寻着什么,但是伊登中校并没露出指望真能找着什么的表情。沙夫托又进行了一次救生演习,还亲自检查了一遍,确保他们有足够的救生艇可供使用。

中午时分,一个瞭望员大声呼叫起来。货船改变方向,朝东北方前进。船长从舰桥里走出来,带着一副"终于来了"的表情,把一个装着深棕色鞋油的箱子和一个装着详细命令的密封信封交给了鲍比·沙夫托。

几分钟之后,2702特遣队的队员们已经按照沙夫托中士的命令剥得只剩内裤,然后开始往身上抹鞋油。他们之前曾经拿到过黑色的新诺拉鞋油,按照命令,不是黑发的人得用鞋油把头发染黑。又是一个军队压榨小人物的好例子,新诺拉可不是免费的。

"我现在看起来像个黑人了吗?"沙夫托问鲁特。

"我还是有点见识的,"鲁特说,"对我来说一点也不像。但是对于一个没见过真货的德国人来说,尤其对一个只能通过望远镜看你的德国人来说——管他呢?"接着他又说道,"我想你已经知道这次的任务是怎么回事了?"

"我读过那狗日的命令了。"沙夫托谨慎地答道。

他们正朝一艘船驶去。沙夫托借来一只小望远镜,随着距离的缩小,他惊讶(但并不算出乎意料)地发现对面不是一艘船,而是并肩驶来的两艘船。两艘船都有着U艇那种修长致命的外形,但是其中一艘比较胖。他认出那是一艘"奶牛"。

他感到脚下的发动机渐渐熄火,开始空转。

这种突如其来的寂静和失速并不让人安心。他又找到了那种久违的感觉,头晕、惊惧、恶心、兴奋——战斗真是一项刺激的体验。

* * *

自开战以来,这艘破破烂烂的特立尼达货船在大西洋上四处游荡,从未出过一次意外。它在非洲与加勒比海的港口间往返贸易,有时甚至冒险深入到亚速尔群岛上。也许德军巡逻的 U 艇早已在暗中见过它无数次,只是觉得没必要浪费一枚鱼雷。但是今天,它的运气可没那么好了。它竟然,碰巧,撞见了一艘"奶牛",一艘第三帝国海军的补给 U 艇。船上那群快乐的皮鞋色黑人此时正聚在栏杆边上,争相观看这海上奇景——两艘绑在一起的大船在海上漫无目的地漂流。等到驶近之后他们才发现有一艘船是个船舶杀手,而另一艘船上飘扬着第三帝国的旗帜。他们熄灭了发动机,但太迟了。

场面一度有些混乱——对于那些干脏活的底舱黑人来说这发展还挺有趣的,可是坐在舰桥里的黑人头子们知道,他们摊上大事儿了——他们看到了不该看到的东西。他们把舵一转,掉头就往南边跑!他们在海上绝望地逃窜了一个小时,但始终无法摆脱身后像一把猎刀般破浪追来的 U 艇。U 艇支起天线监听通用频率,捕捉到了这艘特立尼达货船发出的无线电信号,SOS。在一串嘀嘀嗒嗒声中,它发送出了自己所在的位置,也暴露了"奶牛"的位置,最终敲定了自己在劫难逃的命运。

可恶的劣等民族!他们胆敢这么做!甚至不用二十四个小时盟军就能找到"奶牛"并且击沉它。在这笔划算的买卖里他们甚至还可能击沉其他几艘 U 艇。在这广阔的海域里被追击好几天,被扫射和轰炸千刀万剐，这可算不上死得其所。这样的消息总能在那些普通的鱼雷士官中引起重视：元首提出的找到并杀光所有非日耳曼民族的灭绝政策是多么高瞻远瞩啊！

与此同时，我们的德军上尉也应该自问一句：一艘航行在这无边无际的大西洋上的特立尼达货船，到底有多狗屎的运气，才能不偏不倚，碰巧撞上我们和我们的"奶牛"呢？

如果给出数据，你是能算出答案的：

N_n ＝ 每平方公里的黑人数量

N_m ＝ "奶牛"的数量

A_A ＝ 大西洋的面积

……诸如此类。但是等等，无论是黑人还是"奶牛"都不是随机分布的，因此计算的难度明显增加了。这已经远不是一个德军上尉能搞明白的数学问题了，更何况他现在正忙于大幅度削减 Nn 的数量。

这艘特立尼达货船的逃亡被 U 艇的一发打穿船腹的甲板炮打断了。黑人们聚集在甲板上，但是他们犹豫了一会儿，要不要放下救生艇呢？也许德国人会饶他们一命。

典型的自作多情的劣等民族思维。德国人只是为了用鱼雷瞄准静止目标而已。当他们发现这一点之后，马上就有条不紊地开始放船逃生了。他们居然有足够的救生艇，这已经够奇怪了。更叫人吃惊的是，他们放船、登船的动作居然那么沉着冷静、训练有素。这已经足够让一个海军军官反思一会儿他对黑鬼们的看法了。

教科书般标准的鱼雷攻击！鱼雷准确地深入船底，感应到磁场的变化，引信引爆了炸药，干净利落地折断了货船的龙骨，破裂的船体急速下沉。接下来的五到十分钟里，随着货船坠入海底，货舱里一捆捆棕色的货物从水里探出头来，给整个场景莫名增添了一分喜洋洋的节日气息。

在这种时候，有些船长甚至愿意扫射生还者来撒撒气。

但是这艘U艇的船长，君特·比绍夫上尉，却并不是正式的纳粹党员，很可能永远当不上了。

况且，这位比绍夫如今正被紧紧地困在约束衣里，因为注射了镇静剂而神志不清。

他的代理指挥官卡尔·贝克中尉倒是个货真价实的纳粹，要是在平时，他肯定会用机关枪对着那群黑人玩些惩罚性的小游戏。但是他今天实在是精疲力竭，心情糟糕透了。他清醒地认识到，潜艇的位置暴露了，自己的死期也就不远了。

因此他并没有下令追击。那群黑人正从救生艇上往下跳，朝漂浮在海面上的包裹游去。他们紧紧抓着包裹，只有头露在水面上。他们知道对方永远也不可能把他们收拾干净。贝克中尉知道现在"解放者"轰炸机和"卡特琳娜"水上飞机一定已经起飞，正朝这里赶来，他必须马上离开这个鬼地方。鉴于燃料充足，他决定先往南驶一段，再根据情况在一两天内原路折返，那时风声也许就没那么紧了。如果比绍夫上尉没有发疯的话，他也一定会这么做的。这艘船上的每个人都十分尊重这个老人。

潜艇浮在水面上，没有击沉船队的任务时他们通常都留在水面上以便收发无线电信息。贝克指示通信官赫弗发出一条信息报告刚刚发生的事，赫弗则将命令交给一位坐在U-691的恩尼格玛机前的报务员，他用当天的密码本把信息加密之后用无线电发了出去。

一小时之后，他们收到了一条来自德国威廉港U艇总司令的密电。由恩尼格玛机破译之后，呈现在他们面前的命令如下：活捉敌方军官。

这就是上头那种典型的傲慢，如果他们能及时下达命令，下面完成起来就容易多了。但是现在,他们已经离开那片海域将近一个钟头,再折返回去不仅麻烦而且危险。这道命令根本毫无意义,但上头也不打算做任何解释。

考虑到命令延迟了这么久,贝克觉得自己马马虎虎做个样子应该也不会有大问题。虽然让潜艇掉头从水面上赶过去会快一些,但那无异于自杀。离那片海域渐渐近了,他关上舱门,命令潜艇下沉到潜望深度。这样一来潜艇的速度就降到了慢吞吞的7节,他们花了三个小时才回到那片仍旧漂浮着一片棕色包裹的海域。

真他妈好运,那儿竟然还有另外一艘潜艇正在搜救生还者。一艘皇家海军的潜艇。

这个情况实在太诡异了,贝克脖子后面一大丛头发都竖了起来——正如大多数的潜艇船员一样,他已经好几个星期没有剃过头发了。不过这也没什么,只要一颗定位精确的鱼雷就可以了结它。几秒钟之后,那艘皇家海军的潜艇就像一颗炸弹般炸裂开来,他们的鱼雷一定是引爆了军火库。潜艇上的船员和大部分被救回来的黑人都被困在船舱里,就算在爆炸中侥幸存活,依然还是难逃一死。潜艇深深坠入海底,就像兴登堡号飞艇的残骸坠落在新泽西大地上。

"老天。"贝克透过潜望镜看着这一幕,喃喃说道。直到他突然想起自己还有要命在身,才从胜利的喜悦里清醒过来。他的任务可不是把他们杀得片甲不留,不知道他还能不能抓到活口?

U艇浮出海面后,他和副官们登上了指挥塔。他们首先确认了一遍天上没有"卡特琳娜"的踪影,安排了侦察哨,然后开始搜索这片海域。现在,海面上漂浮着的棕色包裹已经占领了方圆一公里的海域。天色渐晚,他们不得不打开探照灯。

这像是一场徒劳无功的搜索,直到探照灯找到了一个人,他的头和肩膀露在水面上,手臂还紧紧拽着棕色包裹上的绳子。他们向他靠去，但他一点反应也没有，直到一个大浪打来，棕色包裹翻了个身，他们才发现他胸腔以下的部分都被鲨鱼吃光了。甚至连最心狠手辣的刽子手看到这副惨状都要打个寒战。海面又陷入沉寂，这时他们听到了微弱的人声从水上传来。稍加搜索，他们就找到了两个人，两个还能说话的活人，正趴在同一个包裹上。

当探照灯打到他们身上的时候，其中一个黑人松开了手，朝海底沉了下去。另一个人则冷静地用满怀期冀的目光看着探照灯。他的瞳色浅得几近透明，身上患了某种皮肤病，露出一块块斑驳的白色。

他们驶近他时，浅色眼睛的黑人用标准的德语解释道："我的朋友想淹死自己。"

"可能吗？"贝克中尉问。

"我们刚刚就在讨论这个来着。"

贝克抬起手腕看了看表，说："那他真的很努力嘛。"

"沙夫托中士从来不辱使命。可笑的是，他的氰化物胶囊融化在海里了。"

"可惜我并不觉得好笑，我只觉得无聊得很。"贝克说，目光落在海面上刚刚浮起的身体上。那是沙夫托，他似乎已经失去了意识。

"你是谁？"贝克问。

"以诺克·鲁特中尉。"

"我只要把军官抓过来就行了。"贝克说着，面无表情地瞟了一眼沙夫托中士浮在水面上的脊背。

"沙夫托中士可是身负重任，"鲁特中尉从容答道，"有些东西他知道得比尉官还多呢。"

"那就两个都捞起来，准备好医药箱，把那个中士给我弄醒。"贝克说道，"我们稍后再谈，鲁特中尉。"然后他转过身，背对两个俘虏，朝着最近的舱门走去。接下来的一个星期他最重要的任务就是逃生，不管皇家海军和美国海军会布下怎样的天罗地网。真是个有意思的挑战，他也要好好想想对策。但沙夫托中士的脊背却停留在他的脑海中挥之不去。他那张该死的脸是朝下埋在水里的！如果他们不把他捞上来，他就真的会淹死自己。真的有人能淹死自己。至少有一个人能做到。

第四十四章 敌 意

面包车、出租车和豪华轿车停进信息部施工点的停车场时，寄生藤公司的成员们遇上了一群鞠躬微笑的日本少女，头上戴的和手上捧的都是亮闪闪的白色"后藤工程"安全帽。时约早晨八点，山上的气温还算可以忍受，虽然比较潮湿。大家都在山洞口前徘徊，安全帽拿在手上，好像没人想第一个戴上帽子让自己看起来很蠢。有些年轻的日本主管正拿自己的帽子扮出各种好笑的怪相。穆罕默德·普拉加苏博士在人群中穿梭，从这一群人走到那一群人里，用一根手指心不在焉地转动着他那顶尤为破旧的安全帽。

"就没人直接问普拉格到底他妈的怎么回事吗？"埃伯说。他几乎不说英语脏字，所以他说的时候很好笑。

寄生藤公司中唯一一个连一丝微笑都没露出来的是约翰·坎特雷尔，他从昨天起就一副冷淡又紧张的样子。（"写一篇关于密码学中的数学技巧的论文是一回事，"上山的路上，有人问他有什么烦恼时，他说，"拿几十亿'别人的钱'去赌博又是另一回事了。"

"我们需要新的分类，"兰迪说，"'别的坏人的钱'。"

"说到这个——"汤姆开口道，但艾维意味深长地盯了一眼司机的后脑勺,打断了他。)

  收件人:dwarf@siblings.net

  发件人:root@eruditorum.org

  主题:回复(3):为什么?

兰迪:

  你要求我说明对你们建造"地穴"的理由感兴趣的原因。

  我的兴趣是干我这行的一个标志。从某种意义上来说,这是我赖以谋生的工作。

  你仍然以为我是你认识的人。今天你以为我是"牙医",昨天你以为我是安德鲁·洛布。这样的猜测对我们双方来说都很快会变得乏味,所以当我说我们素未谋面时,请相信我。

  —"秩序"签名区开始—

  (等等)

  —"秩序"签名区结束—

  收件人:root@eruditorum.org

  发件人:dwarf@siblings.net

  主题:回复(4):为什么?

  见鬼,你说这是你谋生的手段。我本来还想猜你是Geb,或者是我前女友的朋友圈里的某个人。

  不如你先告诉我你的名字?

  —"秩序"签名区开始—

  (等等)

  —"秩序"签名区结束—

  收件人:dwarf@siblings.net

  发件人:root@eruditorum.org

主题：回复（5）：为什么？

兰迪，我已经告诉了你我的名字，它对你没有任何意义。或者说，它的意思是错的。名字的巧妙之处就在于此。了解一个人的最佳方式就是与其交谈。

你以为我是个学者，有意思。

—"秩序"签名区开始—

（等等）

—"秩序"签名区结束—

收件人：root@eruditorum.org

发件人：dwarf@siblings.net

主题：回复（6）：为什么？

抓住你了！

我并没有细说Geb是谁。然而你却知道他和我前女友都是学者。如果（如你声称的那样）我不认识你，那你怎么会知道这些事情？

—"秩序"签名区开始—

（等等）

—"秩序"签名区结束—

现在每个人都转过来看着普拉格，他本人今天似乎周边视觉出了问题。"普拉格在躲着我们。"艾维没好气地说。

"那就意味着我们在这一切结束之前都别想找他了。"

汤姆向艾维走了一步，把公司的圈子缩得更小。"香港的调查员怎么说？"

"查到几个人的身份，其他人身上没什么收获，"艾维说，"基本上,那个大块头菲律宾绅士是马科斯①的中间人。负责替他避开政府对那著名的几十亿财产的追踪。那个台湾人——不是李哈佛,而是另一个——是个律师,他家和日本颇有渊源。他在不同时期担任过六个政府职务,大多是在财政和商务方面——现在他基本算是给台湾高官办理各种事务的中介人。"

"'手机先生'呢?"兰迪问。

"还在查。我在香港的人已经把他的大头照发给巴拿马的同事了。"

"我认为看过酒店大堂里发生的事之后,我们可以做出几个假设。"贝丽尔说。②

> 收件人:dwarf@siblings.net
> 发件人:root@eruditorum.org
> 主题:回复(7):为什么?
> 兰迪:
> 你问我为什么了解你的这些情况。我可以长篇大论地回答你,但简而言之,答案是监视。
> —"秩序"签名区开始—
> (等等)
> —"秩序"签名区结束—

兰迪意识到,这是提出那个问题的最佳时机了。而因为他认识

---

①费迪南德·马科斯(1917-1989),菲律宾前总统,任期为1965年至1986年。
②原注:半小时之前,寄生藤的成员们在大堂里碰头时,一辆大黑奔驰刚从机场回到酒店。每天有四班747飞机抵达吉纳库塔,从此人抵达豪华酒店前台的时间可以推算出他是从哪个城市飞来的。这些人来自洛杉矶。三个拉丁裔男人:一个身居高位的中年人,一个年轻一点的助理,还有一个笨拙的大块头。昨天那个开会迟到的手机男在大堂里迎接他们。

艾维的时间比其他人都久，所以他是唯一可以问这个问题又能全身而退的人。"我们真的想要跟这些人搅在一起吗？"他说，"这是寄生藤公司的目的么？是我们的目的么？"

艾维重重叹了口气，思索了一会儿。贝丽尔探询地看着他。埃伯、约翰和汤姆则要么在盯着他们的鞋子，要么是在重重遮蔽的丛林里寻找异国鸟类，一边聚精会神地听着。

"你知道，1949年淘金热那会儿，加州的每个金矿镇里都有一个拿着天平的书呆子，"艾维说，"试金者。他整天坐在办公室。面相可怖的乡下人拿着一袋袋金沙走进来。书呆子给金子称重，检验纯度，告诉他们这些东西值多少钱。试金者的天平可以说就是交换点——就是在这里，这些矿物，这些地里挖出来的泥，可以变成世界上任何银行或市场——从旧金山到伦敦到北京——都认可的金钱。因为这个书呆子的特殊学识，他可以把他的认可加诸泥土之上，把它变成金钱。就像我们有能力把二进制数字变成金钱一样。"

"然而，与这个书呆子打交道的人很多是穷凶极恶的家伙，比如监狱常客、世界各地的逃犯、精神病枪手、奴隶主和屠杀印第安人的人。我敢打赌书呆子搬到金矿镇，挂出他的小招牌的头一天，或头一个星期、头一个月、头一年，肯定都吓得屁滚尿流。他说不定也受到了自己良心的谴责——也许还是非常合理的，"艾维加上一句，斜瞟了兰迪一眼，"有一些书呆子先驱也许甩手不干，回东部了。但你猜怎么着？在短得惊人的时期内，一切都变得相当见鬼的文明，城镇里到处都是教堂、学校和大学，最开始的那一批咆哮的疯子要么被同化，要么被赶走或者被关进监狱，而许多大道和歌剧院都以这些书呆子命名。我的比喻清楚吗？"

"比喻很清楚。"汤姆·霍华德说。他是这一群人里最不为之所动的，也许除了艾维以外。不过话说回来，他的业余爱好可是收集和发射稀有自动武器。

没人愿意再说话，只能由兰迪扮演讨厌鬼了。"呃，有多少试金者在惹毛某个神经病淘金者之后在大街上被枪杀了？"

"我没有这方面数据。"艾维说。

"好吧，我也不是很肯定我真的想听到答案。"兰迪说。

"这个问题需要我们自己来做决定。"艾维说。

"然后投票决定作为一个公司我们是该留下还是撤退，对吧？"兰迪说。

艾维和贝丽尔意味深长地对视了一眼。

"在这个时候退出会……呃，很复杂……"贝丽尔说。看到兰迪脸上的表情后，她急忙加上："不是针对想要离开寄生藤的个人，那很简单，没问题。但要让寄生藤脱离这个，呃……"

"处境。"坎特雷尔提议。

"困境。"兰迪说。

埃伯嘟哝了一个德语词。

"契机。"艾维反驳道。

"……是几乎不可能的。"贝丽尔说。

"瞧，"艾维说，"我不想让任何人觉得要被迫留在一个会让他们受良心谴责的境况里。"

"或者是害怕会遭到即刻处决的境况。"兰迪善意地加上一句。

"是。既然我们都为此付出了诸多努力，这些努力应该具有价值。为了光明正大、清楚明确起见，让我重申一遍公司章程：任何人都可以退出，我们会买下你的股份。在最近几天这里发生的事情之后，我十分有信心我们可以筹够买下股份的钱。你们的所得至少会跟留在家干一份有定期薪水的工作差不多。"

更年轻青涩的高科技企业家可能会对他的话嗤之以鼻。但这里的所有人都很佩服艾维竟然可以办起一家公司，并支撑它生存到足以赚回他们所付出劳动的时候。

黑色的奔驰车开了上来。穆罕默德·普拉加苏博士大步走过去迎接，操着不错的西班牙语跟那些南美人打了招呼，做了一些介绍。散布四周的生意人开始集中，向洞口会聚。普拉格正在清点人数，核查出席人士。有人没来。

"牙医"的助手之一正踩着淡紫色高跟鞋朝普拉格走来，脑袋旁夹着手机。兰迪从寄生藤的小圈子里脱出来，踏上一条碰撞航线，走到普拉格身边时正好听见那女人告诉他："开普勒医生要迟些再来找我们——加利福尼亚有要事。他说很抱歉。"

普拉加苏博士轻快地点点头，不知怎么避开了兰迪的视线——兰迪现在站得离他那么近，都可以帮他剔牙了——他转过身，把安全帽扣在他光滑的头发上。"大家请跟我来，"他宣布，"旅行开始了。"

旅程很枯燥，即使对从没来过这里面的人来说也是如此。每当普拉格带他们来到一个新地点，每个人都四下环顾自己的方位。谈话暂停十到十五秒，然后又继续。高管们心不在焉地看着粗糙的石壁，互相嘀嘀咕咕，同时他们的工程顾问朝后藤的工程师们聚集过去，提出高深的学术问题。

当然，所有为后藤工作的建筑工程师都是日本人。还有一人站在一旁。"那个膀大腰圆的金发男人是谁？"兰迪问汤姆。

"后藤借来的德国土木工程师。他的专长似乎是军用设施。"

"这里有军用设施吗？"

"工程进行到差不多一半的时候吧，普拉格突然决定他要把这整个东西造成防弹的。"

"噢。有没有可能是'那个'弹？"

"我想他正打算说这个呢。"汤姆说着带着兰迪走近。

有人刚刚问那个德国工程师这里能不能防核弹。

"防核弹不是什么问题,"他不屑一顾地说,"防核弹很容易——它只表示这个结构可以支撑许多兆帕的短时间超压罢了。你瞧,严格来说,萨达姆的一半碉堡都是防核弹的。但这对于精确瞄准的钻地弹完全没用——美国人已经证明了这一点。而这个建筑受到那种攻击的可能性比被核弹炸要大得多——我们并没有预想苏丹会卷入核战争。"

这是今天有人说的最好笑的一句话,所以大家笑了起来。

"幸运的是,"德国人继续说,"我们头上的岩石比钢筋混凝土要有效得多。我们还不知道有哪种现存的侵地武器可以穿透它呢。"

"美国人摧毁的那些利比亚设施呢?"兰迪问。

"啊,你说的是利比亚山底下的天然气厂。"德国人有点不自在地说。兰迪点点头。

"利比亚的岩层非常脆弱,"德国人说,"拿锤子就能敲碎。我们这里的岩石有许多层次,跟那个完全不同。"

兰迪与艾维交换了一个眼神。艾维看起来好像要又一次对他的诡计大加赞扬了。兰迪咧开嘴的同时感觉到了另一个人的视线。他转过头,对上了普拉格的眼睛。他的表情高深莫测,接近恼火。这个地区的许多人在穆罕默德·普拉加苏博士的怒视下都会瑟缩退却,但兰迪看到的却只是他的老朋友,一个爱吃比萨的黑客。

所以兰迪直直地回视普拉格的黑眼睛,咧嘴笑了起来。

普拉格为目光震慑大赛拉开架势。你这浑蛋,你欺骗了我们德国人——为此你得偿命!但他没能坚持住。他转开了对视的目光,别过脸去,把手放到嘴边,假装是在捋山羊胡。讽刺的病毒在加利福尼亚州就像疱疹一样传播广泛,一旦你被感染,它就会永远住在你的脑子里。像普拉格这样的人可以回到家乡，扔掉耐克鞋，一天朝着麦加祈祷五次，但他永远无法将它从体内根除。

旅程持续了几个小时。当他们出来时，气温已经翻了一倍。他们一走出洞穴的无线电静默区，二十几个手机和传呼机就欢唱起来。艾维与某人进行了一番简短快速的谈话，然后挂掉电话，把寄生藤公司的人赶向他们的汽车。"计划有个小变动，"他说，"我们需要出去开个小会。"他对司机说了一个不熟悉的地名。

二十分钟后，他们鱼贯走入日本公墓，夹在两车来扫墓的老人中间。

"开会地点真有意思。"埃伯哈德·弗尔说。

"考虑到我们对付的人，我们不得不假定我们的房间、汽车和酒店餐厅全都被监听了。"艾维没好气地说。一时间没人说话，艾维带他们沿着一条碎石道走向花园一个隐蔽的角落。

最后他们来到两堵高高的石墙的夹角处。一丛竹子隔开了他们与花园的其他部分，海风让竹林发出一阵令人舒心的簌簌声，却没有让他们汗津津的脸庞凉快半分。贝丽尔正拿着一份吉纳库塔街道地图扇着风。

"刚刚接到了旧金山的安妮打来的电话。"他说。

旧金山的安妮是他们的律师。

"现在那边是，呃……晚上七点。似乎他们正要下班的时候，一个刚从洛杉矶飞来的信使走进她的办公室，递给她一封'牙医'的办公室写来的信。"

"他要告我们。"贝丽尔说。

"他离告我们就差这么一丁点儿了。"

"告我们什么？！"汤姆·霍华德叫道。

艾维叹了口气。"在某种程度上，汤姆，这无关紧要。要是开普勒觉得为了自己的最佳利益需要发起战术诉讼,他总能找到由头。我们绝对不能忘记,这不是正当的法律问题,而是一种策略。"

"违反合同,对吧?"兰迪说。

每个人都看着兰迪。"你是不是知道什么该让我们也了解了解的事情?"约翰·坎特雷尔问道。

"只是据理推测,"兰迪说着摇摇头,"我们和他的合同上声明,我们必须将任何可能极大改变商业环境的情况变动告知他。"

"这条款可真够模糊的。"贝丽尔责备地说。

"我正在重新措辞。"

"兰迪说得对,"艾维说,"那封信的大意就是说我们应该把吉纳库塔发生的事情告诉'牙医'。"

"可我们也不知道。"埃伯说。

"无所谓——记住,这是战术诉讼。"

"他想怎么样?"

"吓唬我们,"艾维说,"让我们惊慌失措。明天或者后天,他就会派另一个律师来唱红脸——向我们提出一份议案。"

"什么议案?"汤姆问。

"我们不知道,当然,"艾维说,"但我猜开普勒想在我们这儿分一杯羹。他想要占有部分公司。"

每个人都露出恍然大悟的神色,除了艾维自己——他依然保持着那副几乎永恒不变的冷静自制的面具。"所以这就是坏消息,好消息,坏消息。坏消息一号:安妮的电话。好消息:因为前两天这里发生的事,寄生藤公司突然变得如此炙手可热,连开普勒都愿意采取强硬态度来亲自插手我们的股份。"

"坏消息二号是什么?"兰迪问。

"很简单。"艾维转身背对着他们一会儿,往前踱了几步,直到他被一张石凳挡住,然后再回头面对他们。"今天早晨我告诉你们,现在寄生藤的价值已经能够以合理的价格买断你们的股票。你们可能把这理解成一件好事。从某个方面来说,确实是好事。但商业世界中一个有价值的小公司就像丛林树枝上栖着的一只鲜艳美丽的小鸟,正唱着一英里外都能听见的欢快歌儿。它会引来蟒蛇。"艾维暂停片刻。"通常,缓刑期会更长一些。你变得有价值,但你会有一些时间——几星期或几个月——在蟒蛇爬上树干前采取防御措施。这次,我们几乎碰巧是站在蟒蛇头顶上的时候升值了。现在我们不再有价值。"

"你是什么意思?"埃伯说,"我们的价值还和早晨一样啊。"

"被'牙医'诉讼要求赔偿一大笔钱的小公司绝对不值钱。很可能还有很大的负价值。再赋予它正价值的唯一方法就是让诉讼消失。看,牌全在开普勒手上。在汤姆昨天无与伦比的表现之后,会议室里其他所有人估计都像开普勒一样想割我们一块肉。但开普勒有一个优势:他已经与我们有生意关系了。这就给了他提起诉讼的借口。"

"我还是希望你们享受我们阳光灿烂的早晨,即使那是在山洞里度过的。"艾维总结道。他看向兰迪,遗憾地放低声音:"如果你们任何人想要兑现股权,那么从这里吸取一个教训吧:要像'牙医'一样,决断果敢,出手迅速。"

第四十五章　电波游戏

查顿上校的副官把他摇醒了。沃特豪斯首先留意到的是他的呼吸，虽然急促但十分均匀，就像艾伦越野跑步时的呼吸。

"查顿上校命你立刻到大宅去。"

沃特豪斯现在住在一片宽广的临时棚屋里，从这儿走到布莱切利园的大宅只要五分钟。他一边扣上衬衫一边大步流星地赶去，只用了四分钟就走到了。然而就在还差二十码安全上垒的时候，他差点儿被一队劳斯莱斯碾过去。车队仿佛 U 艇，悄无声息地在夜色中飞驰而过。其中一辆贴着他驶过去时，他甚至能感觉到发动机散发出来的热量，潮乎乎的尾气穿过裤子冷凝在他的皮肤上。

百老汇大厦的老鬼们从劳斯莱斯上鱼贯而出，抢在沃特豪斯之前走进了大宅里。图书室里，一群人热切地围在一台电话旁。电话不时响起，听筒里传来遥远的细声细气的喊叫，他在房间的那一头能听到声音，却听不清说了什么。沃特豪斯心里算计了一下，这些劳斯莱斯肯定都是以九千英里的时速从伦敦赶来的。

身着制服、头发抹得油光水滑的年轻人从别的房间里扛来一张张长桌，磕磕碰碰地撞掉了门框上的涂漆。沃特豪斯随便拣了张桌子旁的位置坐下。另一个副官用铁丝篮的手推车推来小山似的文件袋，都是从布莱切利园浩如烟海的档案室里匆忙抽出来的，新鲜得直冒烟儿。如果这是一场有准备的会议，复印件应该早就提前准备好并且派发给每个人了，但是现场看来却是一片忙乱。沃特豪斯本能地意识到如果他还想搞清楚是怎么一回事的话，就必须抓紧时间贯彻先到先得的原则了。于是他走到手推车前，抽出了被压在最底下的一份档案，考虑到他们会把最重要的文件先拿出来。档案袋上标着：U-691。

前面几页都是表格，是一份由许多格子组成的 U 艇参数表。其中有半数是空着的，另一半则是不同人在不同时间用不同笔迹填满的数据，涂涂改改，反复修正，还写着不少模棱两可的夹注。

紧接着是一份记录了 U-691 行动的时间轴。从它 1940 年 9 月 19 日第一次在威廉港下水开始，下面是一长串它击沉的船只名单。几个月前，时间轴上出现了一个奇怪的注释：开始搭载实验装置。（斯诺克尔？）从那时起，U-691 就开始了它疯狂的杀戮，从切萨皮克湾，马拉开波港，一直到巴拿马运河口都有它的受害者，还出现了几个在沃特豪斯印象里只会用作富豪们过冬胜地的地名。

又有两人走进房间里坐了下来：一位是查顿上校，还有一个穿着皱巴巴小礼服的年轻人，（据从屋子那边传过来的流言说）是个交响乐队的鼓手。这个小伙子显然尽力擦去了脸上的口红印，但左耳缝里还留下了一抹红色。这就是所谓战时紧急状态吧。

又有一个副官推着铁丝篮匆匆闯了进来，里面放着"超密"情报。这些看起来更新鲜，沃特豪斯将手里的档案袋放回原位，拿起这沓刚刚出炉的文件迅速翻看了一遍。

每一页起首都印着一段说明，写清这是由哪个 Y 电台在何时、哪个频段截获的情报，以及其他一些细节。这沓文件归结起来就是前几个星期某两台无线电发报机之间的对话。

其中一台机器位于柏林夏洛滕堡地区斯丹普拉茨一家酒店的屋顶上,那是最近从巴黎转移过去的德军 U 艇司令部的临时所在地。大部分电文最后都署以帝国元帅卡尔·邓尼茨的名字。沃特豪斯知道邓尼茨最近成了德国海军的最高总司令,不过也仍然保持着 U 艇舰队总司令的头衔。邓尼茨对 U 艇和 U 艇部队有一种特殊的偏爱。

另外一台机器不在别处,恰在 U-691 上。电文末尾的署名是船长君特·比绍夫上尉。

比绍夫:又击沉一艘商船。狗日的新型雷达遍地都是。

邓尼茨:收到。干得漂亮。

比绍夫:干掉另一艘油轮。那些狗杂种似乎总能找到我在哪儿。谢天谢地我们有通气管。

邓尼茨:收到。你们还是那么出色。

比绍夫:又击沉一艘商船。飞机在天上守着。我打了一架下来,它坠毁的时候砸死了我的三个手下。你确定这什么恩尼格玛机真的没问题?

邓尼茨:干得好,比绍夫!你又得到一枚勋章了!不必担心恩尼格玛机,绝无问题。

比绍夫:我突击了一支舰队,击沉了三艘商船,一艘油轮和一艘驱逐舰。

邓尼茨:棒极了!再给你一枚勋章!

比绍夫:出于好玩我折返回去把那支船队吃干抹净,结果突然出现了另一艘驱逐舰,追着我们用深水炸弹炸了三天。我们全都因为呼吸不畅而被折磨得半死不活,泡在自己的废气里,像一群掉进茅坑里的老鼠等着慢慢被淹死。脑子都快因为吸入自己的二氧化碳废气而坏掉了。

邓尼茨：你是第三帝国的英雄，元首本人也听说了你煊赫的功绩！请你们前往南方，攻击位于某某坐标的船队。又及，请控制电文字数。

比绍夫：实际上，我真想休个假，不过好吧，管他娘的。

比绍夫（一星期之后）：替你击沉了舰队的一半。不得不浮上水面用甲板炮跟他们那可恶的驱逐舰交火。他们根本没想到我们会这么冒险。因此我们把他们打了个落花流水。是时候好好度个假了。

邓尼茨：你现在已经是公认的史上最伟大的U艇舰长了。回洛里昂来吧，你理应好好休息一下了。

比绍夫：我已经想好要去加勒比度假了，这时节的洛里昂阴冷得很。

邓尼茨：我们已经两天没有得到你的消息了。请回复。

比绍夫：找到了一个隐蔽的海湾，这儿有一片白沙滩。我不想告诉你们具体的位置，我已经不再相信恩尼格玛机的保密性了。钓鱼很惬意，皮肤也晒得很健康，感觉舒服多了。大伙儿都很喜欢这里。

邓尼茨：君特，我愿意给你开很多后门，但即便你是总司令也必须及时回复上级。请停止胡闹，即刻返航。

U-691：这里是卡尔·贝克中尉，U-691的副舰长。很遗憾地告知您比绍夫上尉现在健康状况不佳。请求上级指令。又及，我这条电文他并不知情。

邓尼茨：你担任临时指挥。返航，不要去洛里昂，回威廉港。好好照顾君特。

贝克：比绍夫上尉不愿意放弃指挥。

邓尼茨：给他打镇静剂，稳住他，他不会受到惩罚的。

贝克：谨代表我本人和船员感谢您。我们正在返航途中，但燃料告罄。

邓尼茨：与U-413［一艘"奶牛"］在某某处会合。

房间里的人越来越多了：一个干瘪的犹太人拉比，艾伦·麦席森·图灵博士，一个穿着人字斜纹软呢西服的大个子（沃特豪斯隐约记得他好像是个牛津的教授），还有几个常常在4号木屋附近出没的海军情报人员。查顿宣布会议开始，然后请出那几个年轻情报人员中的一个人来为大家做情况报告。

"U-691，一艘IXD/42型潜艇，舰长为君特·比绍夫上尉，如今由代理舰长卡尔·贝克中尉指挥，在格林尼治时间20：00时通过恩尼格玛机向潜艇司令部发出一条电文，称他们在击沉一艘特立尼达货船三小时之后，又发射鱼雷击沉了一艘前来救援的英国皇家海军潜艇，并俘获了我们的两名士兵：一名美国人，隶属海军陆战队的罗伯特·沙夫托中士，还有隶属澳新军团的以诺克·鲁特中尉。"

"这两个人知道多少？"那位教授问道，每个人都能看出他正努力让脑子清醒过来。

查顿回答了这个问题："如果鲁特和沙夫托泄露了他们知道的所有信息，那么德国人就能推测出我们正在尽力掩盖一个非常重要、非常有价值的情报来源。"

"喔，真他妈的。"教授咕哝道。

一个极高极瘦、金发碧眼的人匆匆跑进房间，为他的迟到道歉。他是一家报纸的填字游戏编辑，最近被"借用"到布莱切利园来的。现在，大部分拥有"超绝密"权限的人都聚集在这房间里了。

年轻的情报人员继续说道："21：10时，威廉港复电，指示贝克中尉立即对俘虏进行审问。01：50时，贝克发出电文称据他分析，这两名俘虏隶属海军某个特殊情报部门。"

他一边说，破译情报的复印件一边在长桌上传递开来。填字游戏编辑细细研究着手里的文件，双眉紧锁。"也许在我来之前你们已经谈过这个问题，"他问道，"但是这艘特立尼达货船跟这些有什么关系？"

查顿用目光制止了准备张口解释的沃特豪斯。"我可不告诉你。"顿时房间里适时响起一阵笑声，仿佛刚刚有人在晚宴上说了一句俏皮话。"但是当邓尼茨元帅读到这些电文时，一定和你一样感到奇怪。就让他猜去吧。"

"已知条件1：他知道有一艘货船被击沉了，"图灵扳着手指大声说道，"已知条件2：他知道一艘英国皇家海军潜艇几小时后也抵达了现场，并且同样被击沉了。已知条件3：他知道他从水里捞起了两个俘虏，而他们很可能从事情报工作——据我所知，情报工作的定义相当广。然而从这几条极其简短的电文来看，他无法推断出这两个人原先在哪艘船上。"

"嗯，这还用说吗？"字谜编辑说，"他们原来在海军潜艇上。"

查顿闻言，露出了一个柴郡猫似的笑容。

"哦！"字谜编辑恍然道。房间里大家的眉毛都挑了起来。

"然而只要贝克持续给邓尼茨元帅送去消息，他也许就能慢慢勘破我们努力隐藏的玄机，"查顿说道，"当U–691毫发无损地抵达威廉港的时候，一切都会真相大白。"

"纠正一下！"那个干瘪的犹太拉比大叫道。每个人都被他吓了一跳，在一片静默中，他用颤抖的双手扶着桌沿颤巍巍地站了起来，"重点不在于贝克是否送出消息，而在于邓尼茨是否相信这些信息！"

"听听，听听！多狡猾！"图灵说。

"没错！说得真好，卡恩先生。"查顿说。"容我插一句，"牛津教授问道，"但他为什么会不相信呢？"

会场又陷入一片沉寂。他提出了一个一针见血的问题，把每个人又带回了冰冷的现实中。犹太老者开始嘟嘟囔囔地小声辩驳着什么，但从门口传来的一个雷鸣般的声音打断了他，"电波游戏！"

大家都转过身朝门口望去。那是一个五十多岁、衣冠楚楚的中年人，有些过早地白了头，厚厚的眼镜片夸大了他的双眼，暴风雪似的头皮屑洒在他的藏青色外套上。

"早上好，埃尔默！"查顿勉强挤出一副笑容，那种精神病医生走进一间上锁病房的笑容。

埃尔默走进房间，面朝人群。"电波游戏！"他再次用一种很不礼貌的音量大吼道，沃特豪斯怀疑他要么是喝醉了酒，要么是个聋子，要么是个喝醉了酒的聋子。他转过身背对大家，盯着一个书架看了好一会儿，又转回来，脸上带着一副惊奇的表情。"鹅还以为介儿棱有块黑板嘞，"他用得州①口音说道，"这算啥教室啊？"房间里响起一片紧张不安的笑声，每个人都在想他究竟是幽默感失常还是脑子失常。

"他指的是'无线电假情报'。"拉比卡恩说道。

"多，谢，您，老！"埃尔默应声答道，语气很不高兴，"无线电假情报。这一手德国人玩得可够多了。现在轮到我们了。"

片刻之前沃特豪斯还觉得这里处处是一股英国味儿，不禁涌起一股去国怀乡的哀愁，巴不得能出现一两个美国老乡。然而现在他得偿所愿了，却恨不得手脚并用地从大宅里爬出去。

"这一手该怎么玩呢，呃，您贵……"字谜编辑问。

"你可以叫我埃尔默！"他吼道。每个人被吓得往后一缩。

---

① 得州，指得克萨斯州。

"埃尔默！"沃特豪斯说，"能劳烦您不要大喊大叫的吗？"

埃尔默转过身，对着沃特豪斯眨了眨眼。"玩法很简单。"他用一种平和得多的调子说了起来。但是很快他又情绪激动，音量渐强。"你需要的只是一台无线电，几个耳朵机灵、手脚麻利的家伙！"现在又变成咆哮了。他朝一边的角落挥挥手，那儿坐着一个戴耳机的白化病女人和那个耳朵上留着口红的鼓手。"你来解释一下'手法'，薛尔斯先生？"

那个鼓手站了起来，"每个电报员都有一套独特的发报方法，我们称之为'手法'。只需稍加练习，我们 Y 部门的人就能通过他们的手法判断出是哪个电报员在发报——比如说当电报员发生人事变动的时候，我们都能听出来。"他朝白化病女人的方向点了点头，"洛德小姐拦截了许多来自 U-691 的情报，因而十分熟悉那艘潜艇上电报员发报的手法。而且我们刚刚得到了一份 U-691 发送电报的钢丝录音，我们俩这段时间一直在研究它，"接着他深吸了一口气，鼓足勇气说道，"我们可以很自信地说，如今我已经学会 U-691 电报员的发报手法了。"

图灵插了进来："既然我们已经破解了恩尼格玛机，我们就能编写任何电报，再像 U-691 那样进行加密。"

"棒极了。棒极了！"一个百老汇大厦的家伙说道。

"我们无法阻止 U-691 发送真正的电报，"查顿提醒道，"除非击沉它。我们现在正在尽一切努力这么做。但是在那之前，我们可以大搅浑水。拉比？"

那位拉比再次颤巍巍地站了起来，大家的目光都集中到了他身上，等着他摔倒。但他没有。"我已经用德国海军的暗语写好了一条电报。翻译成英文差不多是这个意思，'审问进展缓慢，请求用刑许可'，然后后面是一串 X，再附上这句，'提防陷阱 U-691 已被英国人控制'。"

房间里一阵倒吸冷气的声音。

"研究塔木德还能学到当代德国海军暗语?"牛津教授问道。

"卡恩先生花了一年半的时间在4号木屋研究德国海军译码,"查顿说,"他现在已经完全掌握了他们的行话。"他继续道:"我们已经用今天的海军恩尼格玛机密钥加密了卡恩先生撰写的电报,并交由薛尔斯先生处理——他一直在练习手法。"

洛德小姐站了起来,像是维多利亚时期的学童在课堂上背诵课文似的说道,"我很欣慰地发现,薛尔斯先生发报的手法像极了U-691电报员发报的手法,足以乱真。"

全场的目光又集中到了查顿的身上,而他则转过身看着那些百老汇大厦的老鬼——他们直到现在也还抱着电话,把会场上发生的事转述给某些让他们战战兢兢的人物。

"德国佬就没有高频测向吗?"牛津教授以一种在学生论文里挑错的口气问道。

"他们的高频测向网络远不及我们的好,"一名年轻情报人员答道,"他们也不太可能特地去定位一条显然是来自他们U艇部队的电报,从而发现它是从白金汉郡而非大西洋上发出的。"

"然而,我们也预料到了你们的疑虑,"查顿说,"因此我们特地安排了几艘船只、几架飞机和其他地面单位在这个时段内不停发送消息,他们的高频测向此刻必定手忙脚乱,没空来管U-691的电报是真是假了。"

"很好。"教授低语道。

百老汇大厦那堆人里地位最高的那一位跟电话那头某人的通话结束了,整个房间陷入教堂一般的寂静。他挂上电话,庄严地宣布:"开始行动。"

查顿朝几个年轻人点点头，于是他们马上忙活起来，拎起听筒用严肃正经的口气讨论起板球比分来。查顿看了看表，"高频测向烟幕弹需要一点时间。洛德小姐，流量增大到合适程度的时候请告诉我们一声？"

洛德小姐微微屈膝一礼，在她的无线电设备旁坐了下来。

"电波游戏！"埃尔默突然叫道，把每个人都惊出了一身冷汗，"我们已经送出了不少消息来混淆视听，假装是英国皇家海军发出来的。用他们德国佬上几个星期刚破解的密码。里面提到一次行动，当然我们都知道是假的啰，说我们的人很可能控制了一艘德军潜艇。"

听筒里传来一阵微弱的嘶吼。那位不幸承担传达任务的先生将其转换成了更礼貌一点的说法："要是薛尔斯先生的伎俩被夏洛滕堡的报务员识破了怎么办？要是他们没能破译出埃尔默先生的假情报怎么办？"

查顿迅速地做出了回应。他走到房间尽头，那儿挂着一幅地图，上面描绘的是法国和西班牙东部一片狭长的中部大西洋海域。"U-691最后一次通报的位置在这儿，"他指了指地图左下角的一枚大头钉，"它奉命押解俘虏返回威廉港，走的是这条路，"他的手指沿着一条红线朝东北方划去，"假设它不走多佛尔海峡的话。"①

"这儿碰巧又有一艘'奶牛'，"查顿指着另一枚大头钉，"我们可以派出一艘潜水艇在二十四小时内赶到这里，然后潜进水里给它一鱼雷。这艘'奶牛'很可能当场沉没，如果它还能在弥留之际送出一条电报，那上面肯定只会简单地说明自己遭到了一艘潜艇袭击。

---

①原注：这是一个冷笑话，房间里的每个人都听得出来：战争打到这个节骨眼上，没有哪艘U艇还能毫发无伤地穿过英吉利海峡，那就跟逆密西西比河而上，跑到迪比克去炸沉几艘游艇还想全身而退一样荒谬。

而我们一旦击沉它，仰仗薛尔斯先生的手指功夫，就会马上模仿'奶牛'给他们上头发出求救信号，说正是U-691袭击了他们。"

"漂亮！"有人发声道。

"等明天天亮之时，"查顿说，"我们最精锐的反潜特遣舰队就会赶到现场。一艘搭载着反潜飞机的轻航母会用雷达、目视侦察、高频测向和反潜探照灯等手段把那片海域翻个底朝天，很大概率能把U-691击沉在靠港之前。它在被我们逼入绝境的时候还会发现德国海军也在尽一切努力追截击毁自己。U-691向邓尼茨元帅发出的任何信息都绝不会被采信。"

"因此，"沃特豪斯说，"这个计划简而言之，就是陷U-691于无人相信的境地，然后赶在它返回德国前摧毁它和它上面的人。"

"没错，"查顿说，"而且因为上头知道U-691的船长精神本来就不太稳定，前面一个任务执行起来就方便多了。"

"这样看来，我们的沙夫托和鲁特是难逃一死了。"沃特豪斯缓缓说道。

周遭陷入了一阵结冰似的漫长沉默，仿佛一场茶会被沃特豪斯用胳肢窝模仿放屁的声音给搅黄了。

查顿那骄矜的口吻暴露了他的不悦："也许U-691深陷我们的火力网之后会浮出水面投降呢。"

沃特豪斯死死盯着桌面的木质纹理，感到脸上火辣辣的，胸中好像有什么东西在燃烧。

洛德小姐站起身，说了几句话。几个重要人物都转过头去，看着薛尔斯先生离开座位，走到房间角落的一张桌子旁。他摆弄了好一会儿无线电发报机，然后将加密过的电报铺在面前，深深地吸了一口气，仿佛准备开始一场独奏。然后他伸出手，轻轻搭在发报机键盘上，开始发报。他的身体有节奏地摇摆着，头也跟着一晃一晃的。洛德小姐闭上眼,专注地聆听着。

薛尔斯先生停了下来。"打完了。"他悄声说道,同时紧张地看着洛德小姐。她微微一笑。会议室里响起一阵礼节性的掌声,好像他们刚刚听完一套大键琴协奏曲。劳伦斯·普里查德·沃特豪斯用膝盖夹住自己的双手。他听到的是以诺克·鲁特和鲍比·沙夫托的死亡宣判。

第四十六章　HEAP

收件人：root@eruditorum.org

发件人：dwarf@siblings.net

主题：回复（8）：为什么？

让我先盘点一下我目前知道的事情：你说询问"为什么"是你谋生手段的一部分；你不是个学者；你还是干监视这一行的。这局面我有点看不懂啊。

—"秩序"签名区开始—

（等等）

—"秩序"签名区结束—

收件人：dwarf@siblings.net

发件人：root@eruditorum.org

主题：回复（9）：为什么？

兰迪，我从来没说过我自己是干监视这一行的。但我认识干这行的人。从前是公干，现在则是私用。我们一直保持联系，秘密情报网之类。现今我的参与程度仅限于捣鼓新鲜的密码系统，作为业余爱好。

现在回到我所认为的我们谈话的主题上来。你猜我是个学者。你是诚心这么想,还是说那完全只是个想让我露馅的花招?

我提出问题是因为我其实是神职人员,所以我把询问"为什么"当作自己的工作。我以为这对你来说应该是显而易见的。但我本该考虑到你可能不是那种虔诚教徒的类型。是我的错。

现在人们普遍把牧师简单地想成葬礼或婚礼的主持人。就算定期去教堂(或者犹太会堂或者随便什么)的人,在布道的时候也会一觉睡过去。这是因为传教和演说的艺术已经日渐衰落,所以布道变得越来越无趣。

但曾经有一个时期,牛津剑桥这样的地方存在的目的就是专门为了训练牧师,而他们的职责也不仅仅是主持婚葬,还包括一周数次向庞大人群进行发人深省的演说。他们是哲学专业的零售店。

我始终认为这是牧师的最高职责——或者说至少是工作中最有趣的部分——我因此而向你提问,而我没有忘记的是,你还没有回答我。

—"秩序"签名区开始—

(等等)

—"秩序"签名区结束—

"兰迪,世上发生过的最可怕的事情是什么?"

跟艾维在一起的时候,这个问题永远不难回答。"纳粹大屠杀。"兰迪尽职尽责地答道。

就算他不认识艾维,他们周围的环境也能让他猜到这个答案。寄生藤公司的其他人回福特大厦去准备与"牙医"的战争了。兰迪和艾维坐在一张黑曜石长凳上看着旅游车来来往往，脚下是坐落在吉纳库塔市中心的、埋葬着成千上万日本人的广阔墓地。

艾维从他的公文包里掏出一个小GPS接收器打开，放到他们面前一块能让它毫无遮蔽对准天空的石头上。"正确！那我们有限的生命可以奉献给的最高最好的目标是什么？"

"呃……增加股东价值？"

"真好笑。"艾维很恼火。他是在掏心掏肺——这可不多见。而且他正在给另一个不那么大的大屠杀地点编目归入档案。显然兰迪要是能他妈的严肃点他会很感激。"几星期前我去了墨西哥。"艾维继续说。

"去找西班牙人屠杀一群阿兹特克人的地方吗？"兰迪问。

"我要斗争的正是这样的事情，"艾维说着，更恼火了，"不，我不是去找阿兹特克人被屠杀的地方。去他妈的阿兹特克人，兰迪！跟我说：去他妈的阿兹特克人。"

"去他妈的阿兹特克人。"兰迪开开心心地说，引来一名走近的日本导游疑惑的目光。

"首先，我离前阿兹特克首都墨西哥城几百英里远。我是在阿兹特克掌控的领域边缘。"艾维抄起石头上的GPS，开始摁它的键盘，让它把经纬度储存起来。"我是在找，"艾维继续说，"西班牙人出现前几百年就被阿兹特克人劫掠的纳瓦特尔人[①]城市。你知道那些操蛋的阿兹特克人干了什么吗，兰迪？"

兰迪用手刮去脸上的汗珠，"某些说不出口的坏事？"

"我恨'说不出口'这个词。我们必须说。"

"那就说。"

[①]墨西哥及中美洲印第安人。

"阿兹特克人俘虏了两万五千纳瓦特尔人,把他们带回特诺奇蒂特兰①,几天之内杀了个干净。"

"为什么?"

"某种节日庆典。超级碗②周末或别的什么。我不知道。重点是,他们经常干这样的操蛋事儿。但现在,兰迪,当我说起墨西哥发生的大屠杀事件时,你却跟我讲什么卑鄙下流的老西班牙人这样的屁话!为什么?因为历史被扭曲了,这就是为什么。"

"别跟我说你要站到西班牙人这边了。"

"作为被宗教法庭逐出西班牙的人们的后裔,我对他们不抱什么幻想,"艾维说,"但就算最糟糕的时候,西班牙人也比阿兹特克人好一百万倍。我是说,这真是阿兹特克人有多糟糕的铁证——西班牙人烧杀抢掠之后,那里竟然还变好了。"

"艾维?"

"在。"

"我们现在正坐在吉纳库塔苏丹国里,试图建造数据避风港,同时还要招架一个从口腔外科医生转职的恶意接管专家。我在菲律宾身负重任。为什么我们在讨论阿兹特克人?"

"我是在给你加油打气,"艾维说,"你觉得无聊了,这很危险。'菲鸽传书'那玩意儿酷了一阵子,但现在它已经运行起来,也就没有新技术了。"

"没错。"

"但'地穴'酷得不行。汤姆和约翰还有埃伯都快发疯了,而世界上每个'秘密崇拜者'都在给我发简历。'地穴'正是你现在想参

---

① 墨西哥古城,阿兹特克帝国都城。在今墨西哥城。
② 超级碗(Super Bowl)是美国国家橄榄球联盟的年度冠军赛,伴随比赛通常会举行盛大的庆典。

与的事情。"

"也没错。"

"不过就算你在'地穴'工作,也还是会有'哲学问题'折磨你——那是因为你看见了参与者都是什么人,而他们可能会成为我们的第一批客户。"

"我不能否认我有哲学问题。"兰迪说。他突然想到一个新的假设:其实艾维就是 root@eruditorum.org。

"结果你却在菲律宾铺电缆。这份工作——根据我们昨天了解到的变动——基本上与我们公司的任务目标无关。但这是存留的合同义务,如果我们派任何重要性及不上你的人去做,'牙医'就能向最愚蠢的加州糨糊脑袋陪审团证明我们是在'装病'。"

"哎呀,真是多谢你把我陷入如此惨况的原因解释得这么清楚。"兰迪克制地说。

"所以,"艾维继续说,"我想让你明白,你并不一定仅仅是在做车牌。此外,'地穴'并不是一桩道德败坏的事业。实际上,你正在一项世界上最重要的事情中扮演一个重要角色。"

兰迪说:"你之前问我说我们可以为之奉献生命的最高最好的目标是什么。显而易见的答案是'避免大屠杀再次发生'。"

艾维阴暗地笑了一声,说:"我很高兴你觉得显而易见,我的朋友。我都开始觉得只有我一个人这么想了。"

"什么?!少来了,艾维。人们一直在纪念大屠杀来着。"

"纪念大屠杀和努力避免大屠杀再次发生不是,不是不是不是不是不是,一回事。很多纪念者都只会哀号而已。他们以为如果每个人都为从前发生过的屠杀感到难过,人类本性就会发生奇迹转变,未来就再也没人会想进行种族灭绝了。"

"我猜你不认同这种观点吧,艾维?"

"看看波斯尼亚[①]！"艾维嗤之以鼻，"人性是不会改变的，兰迪。教育没有希望。世界上受到最高等教育的人可以就这么一下子变成阿兹特克人或者纳粹。"他打了个响指。

"那还有什么希望呢？"

"我们不是要教育那些潜在的大屠杀犯罪者，而是应该教育可能的受害者。他们至少会学着他妈的警惕一点。"

"怎么教育？"

艾维闭上眼睛，摇了摇头。"噢，妈的，兰迪，我能说好几个钟头——我连整个课程表都设计好了。"

"好吧，我们以后再说。"

"以后一定说。现在的关键是'地穴'乃重中之重。我可以把所有的想法都放进一个信息库，但几乎世界上所有政府都会阻止我把信息分给它们的人民。建造'地穴'，对于HEAP能自由地分配给世界各地是必不可少的。"

"HEAP？"

"'大屠杀教育及规避方法信息库[②]'。"

"噢，老天爷啊！"

"这才是你工作的真正意义，"艾维说，"所以我鼓励你不要泄气。任何时候你在菲律宾做车牌印得快烦了，你就想想HEAP。想想如果那些纳瓦特尔村民有一本大屠杀防范指南——一本游击战术手册的话，他们能对那些他妈的阿兹特克人做什么。"

兰迪坐着思索了一会儿。"我们得去买些水，"最后他说，"我在这都出了几升汗了。"

[①] 1995年7月发生在波斯尼亚与黑塞哥维那的斯雷布雷尼察的一场大屠杀，造成了大约8000名当地平民死亡。
[②] 全称为Holocaust Education and Avoidance Pod。

"我们可以直接回酒店,"艾维说,"我基本没什么事了。"

"你没事了,我还没开始呢。"兰迪说。

"开始什么?"

"告诉你为什么我在菲律宾不可能感到无聊。"

艾维眨眨眼问:"你遇见姑娘了?"

"没有!"兰迪暴躁地说,当然他的意思是没错,"来,咱们走吧。"

他们走进附近的一家24满,买了几瓶水,发蓝的塑料瓶足有空心砖那么大。然后他们一边漫步走过被散发着难以抵御的诱人香味的小吃车塞得满满当当的街道,一边大口狂饮。

"几天前我收到一封道格·沙夫托的电邮,"兰迪说,"他在船上,通过卫星电话发的。"

"明码?"

"是啊。我老叫他装'秩序'给邮件加密,但他不愿意。"

"太不专业了,"艾维嘟哝,"他得更多疑一点才行。"

"他多疑到连'秩序'都不愿相信。"

艾维皱起的眉头松开了。"噢,那就好。"

"他的邮件里有一个关于伊梅尔达·马科斯[①]的笑话。"

"你带我走这么远就为了给我说个笑话?"

"不不不,"兰迪说,"那笑话是个事先说好的暗号。道格说如果某件特定的事情发生,他就给我发一封里头有伊梅尔达笑话的电子邮件。"

"什么事情?"

兰迪喝了一大口水,深吸一口气,让自己镇静下来。"一年多以

---

① 伊梅尔达·马科斯,菲律宾前第一夫人。

前,'牙医'在鲁伊·法莱罗号上开的大派对上,我和道格·沙夫托谈过。他想让我们雇他的公司——西姆帕海事服务——来做所有电缆铺设的勘测工作。作为回报,他会把勘测过程中找到的所有海底宝藏都与我们分成。"

艾维猛然停下,两手紧紧攥住水瓶,好像怕它会掉下去似的。"海底宝藏,是'哟呵呵,来一瓶朗姆酒'[①]?六个里亚尔?那种?"

"八个里亚尔。差不多是那个意思吧,"兰迪说,"沙夫托父女是寻宝猎人。道格固执地认为菲律宾和附近地区有大批财宝。"

"哪儿来的?那些西班牙大帆船么?"

"不是。好吧,其实就是。但道格找的不是那个。"他和艾维又开始往前走,"很多财宝比那古老得多——中国沉船里的瓷器——或者新近得多——日本战争黄金。"

正如兰迪所料,提到日本战争黄金对艾维冲击颇大。兰迪继续说下去:"传闻说日本人在这片地区留下了许多黄金。流行的说法是,马科斯在某处的一条隧道里发现了一大堆金子——他的钱都是这么来的。大多数人认为马科斯的身家有五六十亿美金,但很多菲律宾人都认为他找到了接近六百亿。"

"六百亿!"艾维的后背僵住了,"不可能。"

"看,相不相信传闻都随你,我不在乎,"兰迪说,"但既然马科斯的中间人之一要成为'地穴'的创始储户,这类事情你应该知道。"

"继续说。"艾维说,突然对数据如饥似渴起来。

"好。所以战争一结束,人们就开始在菲律宾到处跑,刨地探海地想找传说中的日本战争黄金。道格·沙夫托就是其中之一。问题

[①]出自罗伯特·路易斯·史蒂文森所著《金银岛》。下文"八个里亚尔"亦同。

是,要给整个地区做一次侧向声呐扫描成本昂贵——你不能出去随便找个地方就开始做。我们来到这儿的时候他看见了一个契机。"

"我明白了,很聪明。"艾维赞许地说,"反正为了铺电缆,他也得做我们需要的扫描。"

"也许比我们需要的程度再严密那么一点儿,只要他亲临现场。"

"是。现在我想起来了,'牙医'那些尽职调查的女妖给我发过抗议邮件,因为扫描花的时间和金钱太多了。他们觉得我们本可以雇用另一家公司,以更少时间和更低成本得到相同的结果。"

"她们说的大概不假。"兰迪承认,"不管怎样,道格想达成的交易是无论他们找到什么都分给我们百分之十。如果我们想承包打捞工作的话,还能更多。"

突然之间艾维的眼睛瞪得滚圆,他吸了一大口气。"哦靠,"他说,"他想把整件事都瞒着'牙医'。"

"正是,因为牙医会全数私吞。还因为'牙医'的特殊家庭状况,波罗博洛帮也会知道一切。这些人为了拿到金子可是会毫不犹豫地杀人的。"

"哇哦!"艾维摇着头说,"你知道,我不想表现得像你在那种温情电影里看到的典型犹太人一样。但在这种时候,我能说的只有'哎哟,天呐!①'"

"我之所以从没告诉你这笔交易,有两个原因。一是我们不多嘴多舌的基本原则。另一个原因是我们无论如何都已经决定雇西姆帕海事了——就只凭他们的业绩——所以跟道格·沙夫托的提议并不相干。"

艾维考虑了一会儿说:"更正。不相干的前提是道格·沙夫托没

---

① 原文为意第绪语。

有找到海底宝藏。"

"是。而我假定他不会找到。"

"你假定错了。"

"我假定错了，"兰迪承认。"沙夫托找到了一艘日本老潜艇的残骸。"

"你怎么知道的？"

"如果他找到中国沉船，就给我发关于费迪南德·马科斯的笑话。如果找到的是二战的东西，就用伊梅尔达。如果是水面舰艇，笑话就会是关于伊梅尔达的鞋子的。如果是潜艇，就是她的性癖。他给我发了一条关于伊梅尔达的性癖的笑话。"

"那么，你有没有正式回应过道格·沙夫托的提议？"艾维说。

"没有。就像我说的，他的提议并不相干，我们反正都打算雇用他。但后来，所有的合同都签完之后，在我们做勘测日程表的时候，他跟我说了这个马科斯笑话的密语。当时我才意识到，他认为我们雇用了他，就等于默许了他的提议。"

"这样做生意真滑稽，"艾维说着皱起鼻子，"还以为他会搞得更明确一点呢。"

"他是那种握手成交的人。以个人荣誉担保，"兰迪说，"只要提出了交易，他就永远不会再反悔。"

"那些品德高尚的人的通病，"艾维说，"就在于他们老指望别人跟他们一样高尚。"

"这话不假。"

"所以他现在相信，我们在对'牙医'和波罗博洛帮隐瞒海底宝藏的存在这一计划中是他的共犯。"艾维说。

"除非我们立刻跟他们坦白。"

"那样我们就背叛了道格·沙夫托。"艾维说。

"往那个在越南执行过六年作战任务,有一堆遍布全球的可怕朋友的前海豹突击队队员背上懦弱地捅上一刀。"兰迪加上一句。

"见鬼,兰迪!我还以为告诉你 HEAP 的事情会吓着你呢!"

"你是吓着我了。"

"结果你给我来了这么一出!"

"丰富一下人生嘛。"兰迪说。

艾维思索了一分钟,说道:"好吧,我猜这最终可以归结为在一场酒吧斗殴里我们更想跟谁站一边的问题。"

"答案只能是道格拉斯·麦克阿瑟·沙夫托,"兰迪说,"但这并不代表我们就能活着走出酒吧。"

第四十七章 渴 求

  他们把他塞进 U 艇的带孔外壳和抗压内壳之间那道狭窄的缝隙里,刺骨的黑色水流以消防高压水枪的力度一下下抽打在他身上,让他浑身爬过一阵疟疾似的寒战:骨头咯吱作响,关节僵硬不堪,肌肉扭成一团。他被卡在表面凹凸不平的硬钢板之间,身体扭曲成一种不可思议的姿势,每动一下都会带来疼痛的惩罚。藤壶开始在他身上生长,那是一种虱子一样的生物,但是体形更大,深深地钻入他的肌肉中。奇怪的是他仍能呼吸,但是那点空气仅可维生,这对于他现在的痛苦状况来说真是锦上添花。他呛进了不少冰冷的海水,现在只觉得嗓子火烧火燎的,肺里似乎有什么微生物正在啃噬他的脏器。他用力捶打着 U 艇的抗压内壳,但是连这捶打也是静悄悄的。他能感受到内壳里传出的温暖和热量,他也很想进去,沐浴在那温暖和热量里。最后,他莫名其妙地找到了一扇舱门。水流把他冲了出去,他一个人孤零零地飘浮在茫茫大海中。U 艇嗒嗒地开走了,抛下了他。沙夫托迷失了方向,他分不清哪边是上,哪边是下。有什么东西撞到了他的头上。他看到几个桶形的黑色物体拖着两条水泡尾巴无情地划过。是深水炸弹。

然后沙夫托清醒过来，意识到这不过是他的身体想要吗啡时产生的幻觉。有那么一会儿他几乎认定他又回到了奥克兰，里根上尉的身影从上方笼罩着他，准备开始第二阶段的采访。

"下午好，沙夫托中士。"里根说。不知道为什么，这个里根的口音带着浓浓的德国味儿。故意的吧。这些个演员！沙夫托闻到了一阵肉香，然而另一些味道就不那么诱人了。一个沉重但不怎么坚硬的东西哐地打到了他的脸上，然后又荡开去，然后又打中了他。

* * *

"你的同伴是个'渴求吗啡的'家伙？"贝克问。

以诺克·鲁特有些吃惊，从他们被俘到现在才刚过了八个小时。"他已经开始惹麻烦了？"

"他意识不太清醒，"贝克说，"反反复复在说什么巨蜥的事。"

"哦，那挺正常的，"鲁特松了口气，"你怎么会觉得他是个'渴求吗啡的'家伙？"

"他的口袋里装着一小瓶吗啡和皮下注射器，"贝克面无表情地说道，口气里带着条顿式的挖苦，"手臂上还留有针孔。"

根据鲁特之前的观察，U艇就像一条深埋在海中的隧道，两边塞满了各种金属设备。这个舱室（也许"舱室"这个词太抬举它了）算是他目前为止看到的最宽阔的地带了——所谓宽阔，指的是当你伸开手臂的时候既不会打到人，也不会不小心被什么开关或者阀门挡住。这儿用一块皮质的帘子与过道分隔开来，房间里甚至还摆着几件木制家具。当鲁特最开始被带到这里来的时候，他以为这是个储藏室。但是当他环视一周之后，他意识到这是整艘U艇上最好的一间房了，这是舰长的个人舱室。接下来发生的事更证实了他的推断：贝克打开一只上锁的抽屉，拿出了一瓶雅文邑白兰地。

"征服法国到底是有些好处的。"贝克说。

"是啊，"鲁特答道，"你们这群家伙是尤擅烧杀抢掠的。"

* * *

里根上尉又回来了，手里拿着一副听诊器开始往鲍比·沙夫托身上戳来戳去。那副听诊器凉得仿佛之前一直泡在液氮里似的。"咳嗽，咳嗽，咳嗽！"他不停地说着，然后终于把听诊器收走了。

沙夫托觉得有什么东西在弄他的脚踝。他想用手肘支起身子一探究竟，结果迎面撞在了一条滚烫的管道上。等他醒过神之后，他小心翼翼地从侧面探出头，结果看到了他妈的简直一整个五金店。这群浑蛋居然给他上了脚镣！

他躺回身子，结果被一根晃荡着的火腿重重地打在了脸上。他的头上是一片由管道和电缆交织而成的穹顶。他在哪儿见过这景象？在"荷兰铁锤"那儿，没错。与它不同的是，这艘 U 艇上的灯还亮着，好像也没有沉没，还装了满满一船德国人。他们很冷静也很放松，没人受伤也没人惨叫。妈的！U 艇侧向一边，一根巨大的血肠撞在了他的肚子上。

他环视四周，想要搞清楚状况。但是这儿除了晃来晃去的肉块之外也没什么好看的了。这个船舱是从 U 艇里分隔出来的一个长约六英尺的细长条，中间有一条狭窄的过道，两旁挤满了铺位。至少看起来像铺位。正对着沙夫托的那个铺位上摆着一个脏兮兮的帆布包。

去他妈的。那个装着紫色小瓶子的箱子在哪儿？

* * *

"夏洛滕堡给我送来的电报简直太有趣了，"贝克对鲁特说，把话题转到了桌子上解密过的文件上，"也许是那个犹太佬卡夫卡写的。"

"怎么？"

"看他们的意思，也许一开始就不指望我们活着回去。"

"你怎么会这样想呢？"鲁特极力控制住自己不要太享受那杯白兰地了。他举起酒杯凑近鼻尖，细细一嗅，那美妙的香味几乎驱散了已经浸淫到U艇原子层面的尿骚味、呕吐物和腐烂食物的臭味及机油味。

"他们正在催促我回报有关俘虏的情报，他们对你们感兴趣得很啊。"贝克说。

"换句话说，"鲁特小心地措辞，"他们希望你现在盘问我们。"

"一点没错。"

"然后把结果通过无线电发过去？"

"是的，"贝克说，"但我现在的当务之急是想办法活下去——天就要亮了，那时我们就有大麻烦了。你应该还记得，在你们的船被击沉之前，你们曾经通报了我们的位置。现在盟军的每一架飞机、每一艘船都在搜寻我们的踪迹。"

"所以，如果我好好配合的话，"鲁特说，"你就能心无旁骛地考虑怎么逃命了。"

贝克努力控制不要露出笑容。可惜他那点小把戏实在是太幼稚了，鲁特打一开始就看穿了他。贝克恐怕比鲁特更加不适应审讯这一套。

"假如我老老实实地把话都告诉你，"鲁特说，"你要把这些信息都传送给夏洛滕堡,那你就得打开无线电,在海面上游荡好几个小时。高频测向会在几秒内找出你的位置,然后一千英里内所有的飞机战舰都会冲过来炸死你们。"

"我们。"贝克纠正道。

"没错。所以如果我想好好活着的话,我就闭上嘴好了。"鲁特说。

* * *

"你在找这个吗?"那个拿着听诊器的德国人问道。他并不是医生(沙夫托已经意识到了),只是碰巧负责管理药箱罢了。但是无论如何,他手里正拿着那个东西。就是那个东西。

"给我!"沙夫托无力地伸出手一抓,"那是我的!"

"事实上,这是我的,"医务兵说,"你的那个被舰长拿走了。不过你要是愿意配合的话,我也可以跟你分享一点。"

"滚你的。"沙夫托说。

"那好吧,"医务兵说,"我就把它留在这儿。"他把满满的一针管吗啡放在沙夫托对面铺位的下铺上,让沙夫托能透过几根大香肠的缝隙看到它,却摸不到它。然后他就走了。

* * *

"为什么沙夫托中士的身上会带着德军的吗啡瓶和注射器呢?"贝克故作随和地问道,尽量不露出审讯的气息。但他演得太费劲,那股笑意又试图接管他的嘴角。那是一只被鞭子抽过的狗才会露出的表情。鲁特察觉到这是个危险的信号,毕竟贝克才是真正主宰这艘船生死的人。

"你不说我还不知道呢。"鲁特说。

"吗啡是被严格控制的药物,"贝克说,"每一瓶吗啡都有编号。我们已经把沙夫托中士身上那瓶吗啡的编号发送给夏洛滕堡了,他们很快就能查出它的源头。虽然他们不一定会把结果告诉我们。"

"干得好,这够他们忙活一阵子的了。你不用回去指挥航行吗?"鲁特问。

"现在是暴风雨之前的平静,"贝克说,"没什么需要我指挥的。我来这儿不过是为了满足自己的好奇心罢了。"

* * *

"我们被耍了,是不是?"另一个德国人的声音。

"啊?"沙夫托应道。

"我说,我们被耍了!你们破译了恩尼格玛机!"

"什么恩尼格玛机?"

"别装蒜!"德国人说。

沙夫托感到脖子后面一阵发毛。这句话听起来就像德国人开始刑讯的前奏。

他垂下眼皮,做出一副半死不活的样子。当他想激怒一个军官的时候总会露出这个表情。在双脚被铐住的情况下,他尽最大的努力向声音传来的方向扭去。他本以为会看到一个凶狠的党卫军军官,身穿黑色制服,脚踏长筒军靴,帽子上镶着骷髅头,手持马鞭,也许那双黑色的皮手套里还摆弄着一副拇指夹。

但是那儿一个人也没有。他妈的!又是幻觉!

接着,他对面的那个脏兮兮的帆布包滚动了起来。沙夫托眨了眨眼，发现从帆布包的一边探出了一个头：稻草般的金发过早地秃了一半，使得黑色的胡须更为显眼，还有一双猫儿似的浅绿色眼睛。那块披在他身上的帆布并不是一个口袋，而是一件长大衣。他的两条胳膊抱住身体。

"哦，好吧，"德国人自言自语，"我就是想找人说说话而已。"他转过头，在枕头上蹭了蹭鼻子。"那些秘密你爱说不说吧，"他说，"你看，我早就跟邓尼茨说过了，恩尼格玛就是一坨狗屎，但他只当耳边风，除了给我送来一件新外套以外。"他又转过去，背朝着沙夫托。他的两个袖口被缝了起来，在身后打了个结。"其实没你想象的那么难受，至少在最开始一两天的时候。"

* * *

有人掀开皮帘走了进来，抱歉地点了点头，将一份最新破译出来的电报交给贝克。贝克浏览了一遍，挑起眉毛，疲倦地眨了眨眼。他将电报放在桌上，怔怔地盯着墙壁看了十五秒钟，然后再次拿起电报，仔仔细细地读了一遍。

"上面要我别再审问你了。"

"什么？！"

"不管发生什么，"贝克说，"我都不能从你身上再榨取任何信息。"

"见鬼，这是什么意思？"

"也许你知道一些我不该知道的事情。"贝克说。

* * *

鲍比·沙夫托大约有两百年之久没有摄入吗啡了。没有吗啡，他感受不到丝毫快乐或舒适。

在那个穿着约束衣的德国神经病下铺，注射器像一颗冰冷的星体般闪闪发光。他倒是宁愿他们拔掉他的指甲或者别的什么。

他知道自己快要崩溃了。他拼命思索有没有一种不会透露情报害死战友的崩溃方法。

"我可以用嘴把注射器叼给你。"那个自称比绍夫的人说。

沙夫托考虑了一会儿。"用什么来换？"

"你告诉我恩尼格玛机是不是被破解了。"

"哦。"沙夫托松了口气，他本来还担心比绍夫会让自己给他来一发口活呢。"就是你之前跟我说的那个密码机？"他和比绍夫刚刚天南地北地聊了大半天。

"嗯。"

沙夫托绝望极了。但他现在也恼火极了，这倒是派上了用场。"你以为我会相信你这套鬼话，相信你真的是个对恩尼格玛机感兴趣的精神病，而不是个故意穿着约束衣来套我话的德国军官？"

比绍夫也火了："我刚说了，我早就跟邓尼茨说过恩尼格玛机就是一坨屎！就算你现在告诉我它真的是一坨屎，我也没什么好处！"

* * *

"那我问你一个问题。"鲁特说。

"嗯？"贝克十分艰难地动了动眉毛，装作很感兴趣的样子。

"关于我们，你跟夏洛滕堡说了些什么？"

"名字、军阶、编号、俘虏时的情况。"

"但那是你昨天报告的。"

"没错。"

"那你后来还跟他们报告了什么呢?"

"什么也没有,除了吗啡瓶子上的编号。"

"你发出那条电报之后过了多久他们才告诉你停止讯问的?"

"四十五分钟吧,"贝克说,"所以,好吧,虽然我本人十分想知道那个瓶子是从哪儿来的,不过这是违反命令的。"

* * *

"我也许会考虑回答恩尼格玛机的问题,"沙夫托说,"如果你告诉我这艘破船上有没有黄金的话。"

比绍夫皱起眉头,觉得自己可能理解错了什么。"你是说钱?现金?"

"不,黄金。那种昂贵的黄色金属。"

"也许有一点儿吧。"比绍夫说。

"我说的不是一点儿,"沙夫托说,"我说的是成吨成吨的金子。"

"不,潜水艇上不会有成吨的金子。"比绍夫断然说道。

"我很遗憾,比绍夫。我还以为我们能坦诚相待呢。结果你居然还骗我,杂种!"

令沙夫托大吃一惊并且越发恼火的是,比绍夫似乎认为"杂种"这词很好笑。"见鬼,我为什么要骗你?上帝啊,沙夫托!自从你们这群浑蛋破解了恩尼格玛机之后,雷达的触角伸得到处都是,几乎每一艘下水的 U 艇都会被你们击沉!德国海军为什么要把成吨成吨的金子放在一艘一定会沉没的 U 艇上?!"

"你怎么不去问问那些往 U-553 上装黄金的家伙？"

"哈！这更证明你在扯淡了！"比绍夫说，"U-553 在一年前的一次袭击里就沉没了。"

"不，我几个月前才登上过它。"沙夫托反驳道，"在闵根姆岸边，上面满满都是金子。"

"放屁，"比绍夫说，"那你说说它指挥塔上画着什么？"

"一只拿着啤酒杯的北极熊。"

长长的沉默。

"你还想知道什么别的吗？我那时还走进了船长室，"沙夫托说，"那儿有一张他和别人的合照，现在一想，里面好像就有你。"

"我们在干什么？"

"你们都穿着泳裤，每个人腿上都坐着个婊子！"沙夫托吼道，"除非你说那是你们的太太，如果是，那真的是太遗憾了，你太太就是个婊子！"

"喔，呵呵呵呵呵！"比绍夫半转过身，平躺在床上，盯着天花板上的管道想了好一会儿，"呵呵呵呵呵呵！"

"什么，难道刚刚我说了什么不得了的秘密？干你祖宗十八代！"沙夫托说。

"贝克！"比绍夫叫道，"进来！"

"你在干什么？"沙夫托问。

"把你的吗啡拿回来。"

"哦，谢谢。"

半小时后，船长来了，作为军官来说已经非常准时了。他和比绍夫用德语交谈了好一会儿。沙夫托听到"马非"这个词出现了好几次。最后，船长找来了医务兵。针头插进沙夫托的手臂，往里面注射了约半管吗啡。

"你还有什么要说的吗?"船长问道。看起来他人还不错,现在他们每个人看起来都这么和善可亲。

沙夫托首先对比绍夫开了口:"长官!很抱歉刚才我言辞激烈了,长官!"

"没关系,"比绍夫答道,"正如你所说的,她确实是个婊子。"

船长不耐烦地清了清嗓子。

"嗯。我想知道,"沙夫托转向他问道,"你们的 U 艇上是不是有黄金?"

"那种黄色的金属?"

"是的,金条。"

船长仍旧十分困惑。沙夫托感受到了一种恶作剧得逞的满足。虽然戏弄一个军官还是比不上全身沉浸在高浓度麻醉里那样愉悦,不过也凑合吧。"我还以为所有的 U 艇里都有黄金呢。"他说。

贝克把医务兵支开,又和比绍夫用德语交谈起来。说到一半的时候,仿佛是贝克说了句堪比重磅炸弹的话,比绍夫愣住了,然后一副拒绝相信的样子,但贝克还是反复强调他说的都是事实。接着,比绍夫又开始用那种奇怪的口气"呵呵"了起来。

"他不能问你问题,"比绍夫说,"既然柏林下了这种命令。呵呵!不过我还是可以问的。"

"问吧。"沙夫托说。

"再说些黄金的事。"

"再给我点吗啡。"

贝克又把医务兵叫了进来,把注射器里剩下的半管都打给了他。沙夫托简直飘飘欲仙了。多划算的买卖!他用他们德国人自己的军事机密来换德国人的吗啡!

比绍夫开始深入地盘问起沙夫托,贝克则在一边看着。沙夫托把关于U-553的整件事反复说了能有三遍。比绍夫深深地被吸引住了，贝克则露出了一副悲伤恐惧的表情。

当沙夫托提到金条上印着汉字时，贝克和比绍夫都震惊不已。他们的脸上开始放光，仿佛在一个无月的黑夜里被反潜探照灯照亮了。贝克像感冒一样擤了擤鼻子，沙夫托惊诧地发现他实际上是在哭。他流下了羞愧的眼泪，而比绍夫仍旧十分专注地听着。

这时又一个人闯了进来，把一条新电报交给贝克。他显然是被吓呆了，只是茫然无措地看着，看着比绍夫而不是贝克。

贝克控制住自己的情绪，开始阅读这条新的电文。比绍夫从他的铺位上弹起，探出下巴搁在贝克的肩膀上，和他一起读了起来。他们两看起来就像马戏团里一对从胡佛政府①开始就没洗过澡的双头小丑。至少有一分钟的时间，他们俩谁也没说话。比绍夫不说话是因为他的脑子此刻正像鱼雷的螺旋桨一般拼命转动，贝克不说话是因为他的脑子已经濒临熄火。沙夫托甚至能听到在这船舱之外，这条新的消息，尽管他不知道是什么，正以音速在U艇上下传播开来。

有人在怒气冲天地大吼大叫，有人在嘤嘤啜泣，还有人在歇斯底里地狂笑。沙夫托猜测他们要么是赢了一场大战，要么是输了一场大战。也许希特勒被暗杀了，也许柏林被攻陷了。

贝克的恐惧现在一目了然。

医务兵又进来了。这回他一进来就立正站好，这还是沙夫托第一次在U艇上看到这么正式的动作。他用德语对贝克说了些什么。贝克一边听一边不住地点头，然后帮他一起把比绍夫从约束衣里解放出来。

---

① 赫伯特·胡佛（1874-1964），第31任（1929-1933）美国总统。

比绍夫的身体有些僵硬，但他很快就舒展开来了。他比一般人个子要稍矮一些，身材健壮，宽肩细腰。他从床上跳下来时的动作让沙夫托想起一只从树上跃下的美洲豹。他满怀热情地与医务兵握了握手，又与悲戚的贝克握了握手。然后他打开舱门，朝指挥室走去。走道里挤满了船上将近一半的士兵，当他们看到比绍夫时，一阵狂喜在他们脸上蔓延开来，人群里爆发出雷鸣般的欢呼。比绍夫与他们一一握手，像一名政客穿过崇拜者们那样，回到了自己的位置上。贝克则从另一侧的舱门悄悄溜走，消失在了嗡嗡的发动机轰鸣声中。

沙夫托完全没搞懂现在是怎么个情况，直到十五分钟之后，鲁特出现在了他的面前。鲁特拿起桌上的电报读了起来。他那种令人心烦的一成不变的沉思表情倒很适合现在的情境。"这是一条柏林提尔皮茨街的德国海军最高司令部发出的全军通告。上面说U-691——也就是我们身处的这条船，鲍比——已经被盟军突击队夺取，并且袭击了一艘大西洋上的'奶牛'。现在它正开往欧洲大陆，企图渗入德国海军基地并击沉更多船只。全军海空力量必须严加防范U-691，一经发现，立即摧毁。"

"我操。"沙夫托说。

"我们在错误的时间登上了一艘错误的船。"鲁特说。

"这跟那个比绍夫有什么关系？"

"他之前被解除了舰长职务。现在他复职了。"

"那个神经病在开船？"

"他本来就是船长。"鲁特说。

"好吧，他要把我们带到哪儿去？"

"我想也许他自己也不知道吧。"

* * *

比绍夫回到船长室里,给自己倒了一杯雅文邑白兰地。接着他走到海图室里,他喜欢这房间远胜于船长室。这是这艘船上唯一还残留着一些文明痕迹的地方,比如说,这儿有一台精美的六分仪,装在一只抛光的木箱里。这里还有接通各个地方的传话筒,就算没有人直接对着传话筒说话,他也能听到某个管子里传来的断断续续的交谈,听到发动机遥远的轰鸣,听到窸窸窣窣的洗牌声,听到新鲜鸡蛋在煎锅上嘶嘶作响。新鲜鸡蛋!谢天谢地,他们在"奶牛"沉没前曾经得到过补给。

他打开一张小地图,上面绘着大西洋的东北海域,还用字母和数字分隔成一个个小方块以便追击盟军船队。他本该研究的是地图的南方,也就是他们现在所处的位置,但他的目光却一次又一次不自觉地朝北边的闵根姆群岛飘去。

按照时钟的方位来计算:大不列颠在五点到六点的方向;爱尔兰在七点方向;挪威往东,在三点钟方向;丹麦在挪威的南方,四点钟方向;丹麦下面,跟德国接壤的地方是威廉港。而法国,停靠着众多U艇的基地,则在更南更南的地方,完全超出了地图的范围。

如果一艘潜水艇想从公海驶入欧洲堡垒的港口寻求庇护,那么它大可以驶向法国,驶向比斯开湾的洛里昂。前往德国在北海与波罗的海的港口则意味着更为漫长、更为麻烦、更为危险的旅途。它得大费周折地绕过英国。若要南行,它还必须冒险穿过英吉利海峡(且不提那是个密布英国雷达的瓶颈地带),穿过那沉船的迷宫,穿过皇家海军那群败兴的家伙为他们设下的水雷迷阵。但是往北边的话,路线就空旷多了。

假设沙夫托所言不虚——至少有相当一部分是真的,不然他身上就不会带有那个吗啡瓶子了——那么 U-553 从北边绕过英国应该是比较简单的。但是潜艇本身，尤其是那些航行过一段路程的潜艇，很可能会出现一些机器故障。在这种情况下，比起驶入远海，船长通常会选择沿岸行驶，以免由于引擎彻底失灵而全军覆没。在过去的几年里，不少受损的潜水艇都被遗弃在了爱尔兰和冰岛的海岸上。

但是假设一艘本已受损、正在沿岸行驶的 U 艇在路过闵根姆的皇家海军基地时正巧碰上其他德军 U 艇突袭基地，正如沙夫托所说的那样，那么，基地方面派出的本来用于迎战的海空力量就能很轻易地捕获这艘 U-553，尤其是在它一开始就状态不佳的情况下。

沙夫托的话里有两个疑点：第一，这艘 U 艇为何会载着那么多黄金；第二，这艘 U 艇为何不前往法国港口而前往德国港口。

但是这两个疑点加起来，却比其中任何一个更让人信服。一艘满载黄金的 U 艇必然有其理由选择直接回国。也许有一位高层人物想要秘密运送这批黄金。他不仅不想让盟军知道，也不想让友军知道。

为什么日本人要给德国人送金子？德国一定给出了相应的回报：战略物资，新型武器图纸，技术顾问，或者诸如此类的东西。

他动笔写了一条电报：

邓尼茨！

我是比绍夫，现在我又回来了。感谢这愉快的假期，我又精力充沛了。

你下令击沉我们，真是太野蛮了。其中一定有什么误会，何不面对面谈谈？

一只喝醉的北极熊告诉了我不少有趣的消息，也许在一个小时内我就会将这些消息发送出去。鉴于我已不再相信恩尼格玛机,我才懒得加密它们呢。

比绍夫 敬上

* * *

一群白色的 V 字正在波光闪烁的直布罗陀海面上向北移动,每个 V 字的尖端都有一个小虫似的点。那些小点是一艘艘船只,上面载满了从北非(那儿已经不再需要他们了)运往大不列颠的数千士兵和数百万吨物资。在那些盘旋在比斯开湾上空的飞机看来,眼前就是这么一副景象。那些都是英军和美军的飞机,如今盟军已经控制住比斯开湾,对于德国 U 艇来说,这片海域是一个严酷的考验。

大部分的 V 字都沿着朝北的航线笔直前进,只有其中几艘时不时绕个弯:这些驱逐舰徘徊在笔直前进的船队周围,利用声呐监测周围。那些铁皮罐头足够胜任守卫船队的任务,因此正在执行搜寻 U-691 任务的空军就能抽出身子来巡逻其他地方了。

灼人的阳光在每艘船前都投下了厚重的阴影,瞭望员只能眯着眼睛避开水面的反光,眼前的海面如同三合板一样难以看透。他们也许会注意到最前面的一艘船附近漂着一个奇怪的东西:一根垂直伸出水面的管子,就在船头侧面。

实际上不止一根管子,一根用来吸入空气,一根用来排出废气,还有一根利用反射光来观察海面。沿着最后这根管子向水下走个几码,你就来到了君特·比绍夫上尉的视神经上。继续深入,你就来到了他那高度活跃的大脑皮层。

在声呐时代,比绍夫手下的 U 艇仿佛一只小老鼠,藏身于一个黑暗杂乱的大酒窖里,轻轻松松就能避过一个既无火炬也无灯笼的人的耳目:只有两块石头相撞时才会擦出火花呀。在那些日子里,比绍夫击沉了许多敌船。

直到有一天，正当他在海面上优哉游哉地准备穿过加勒比海时，一架"卡特琳娜"突然凭空降临。那天正好万里无云，比绍夫在发现它之后还有足够的时间沉进海里。"卡特琳娜"扔下几枚深水炸弹之后就离开了，也许那是它航程的极限了。

两天之后，随着锋面的推移，天上堆起了浓云，比绍夫一时又大意了。另一架"卡特琳娜"发现了他们：它悄悄隐藏在云层中，直到 U-691 出现在一片阳光普照的海面上时才猛然俯冲，它的阴影笼罩了 U 艇的舰桥。幸运的是，比绍夫那时正好有两个日光通风哨。通俗点说，任何时候总会有两名打着赤膊、蓬头垢面、散发着臭味的水手站在甲板上，用手遮住阳光极目远眺——这时其中一人突然用古怪的语气说了一句什么话，这引起了比绍夫的警觉。接着，这两个水手就被一枚火箭炸成了肉酱。在比绍夫紧急下潜之前，又有五个人在机关炮和火箭的猛攻之下挂了彩。

到了第二天，锋面覆盖了整个天空，海平面上压着低低的乌云。U-691 还在远离陆地的地方。即使如此，比绍夫还是让他手下的总工程师霍尔茨先把 U 艇升到潜望深度，待他细细观察海面。他非常满意地发现这附近并没有敌军的踪迹，于是命令霍尔茨让 U 艇浮出水面，然后开足马力向东驶去。他们完成了任务，U 艇也需要修理，正是该回家的时候了。

两小时后，一架水上飞机破空而来，朝他们扔了一只小小的黑蛋。那时比绍夫正站在舰桥上呼吸新鲜空气，他临危不乱地朝传话筒里大喝了一声闪避。舵手梅茨格急忙向右打了个满舵。炸弹不偏不倚地打进了刚才 U-691 甲板所在的那片水里。

直到他们远离大陆，这类事情才停止。最后他们终于精疲力竭地回到了洛里昂的基地，比绍夫这才用一种敬畏的语气跟上级提起这件事。于是上头只好遗憾地告诉他,他们的敌人开发出了一种叫雷达的玩意儿。

比绍夫对雷达和情报部门的谍报都进行了一番研究,发现盟军竟然还把这鬼东西安在飞机上了!它连潜望镜都能侦测到了!

如今他的U艇已经不再是一只暗室里的小老鼠了。它已经变成了一只被拔去翅膀的马蝇,拖着身子爬过洁白的桌布,彻底暴露在午后明亮的阳光之下。

邓尼茨,老天保佑,他正试图开发一种能全天待在水下的U艇。但现在无论是钢铁还是工程师都十分紧俏。在这种情况下,"斯诺克尔",也就是U艇通气管,应运而生。这种通气管能伸出水面,让U艇能从水下排出废气。当然,这种通气管也会被雷达侦测到,但至少不那么明显了。要是U-691浮出水面超过一小时,霍尔茨就准会爬到通气管上,给它装点新配件,再把旧的拆下来。他会给通气管包上一层橡胶或者别的什么他认为可以吸收雷达波的材料。六个月前在洛里昂把通气管装在U艇上的工程师肯定已经不认识它了,它已经改头换面,仿佛由鼹鼠进化成了老虎。如果比绍夫能把U-691带到一个安全的港口,其他那些侥幸没被击沉的U艇一定能从霍尔茨对通气管的改造上借鉴点什么,吸取点有益经验。

他重新振作起来。光顾着懊恼过去而不好好计划将来,这不知断送了多少将领和他们手下的性命。对于比绍夫来说,沉湎过去跟自慰没有什么区别。他必须打起精神。

他倒是不担心会被自己人击沉。在他发电报威胁邓尼茨要泄露黄金的情报之后,邓尼茨马上收回了击沉U-691的命令。当然也有可能有些U艇只收到了第一条命令却没收到第二条,他不能完全松懈。

没什么大不了,反正没剩下多少德国海军可以来打他。他可以全心全意担心来自盟军的攻击。如果他们发现他竟然在船队下面如影随形地跟了整整两天，一定会气得半死吧。比绍夫自己也不轻松。眼下他跟着的船队不仅航速极快，还十分谨慎地沿着之字形前进。如果 U-691 不能保持跟顶上那艘船完全一致的速度和行动方向，那就要么被撞上，要么从它的阴影里暴露出来。这让 U 艇上所有的人，不论船长还是船员，都精神紧张，这大大加快了船上苯丙胺储备的消耗速度。但是他们已经成功地逃出了五百英里！很快他们就能离开这步步惊心的比斯开湾，右舷就是布列塔尼了。接下来比绍夫必须做出一个艰难的抉择：向右驶入英吉利海峡，那是自寻死路；向北从英国和爱尔兰之间穿过，那也是自寻死路；向西绕过爱尔兰，那还是自寻死路。

当然他们可以去法国，那是友军占领区，但是他必须用坚忍的意志抵抗住这塞壬的诱惑。他可不满足将 U 艇随便停在一个倒霉的小海滩上，他要回到一个真正的基地去。但是无数的"卡特琳娜"正盘旋在那些基地的上空，用它们恶魔般的雷达扫荡着整片海域。如今的上策应当是诱使他们相信他要回法国去，然后再折返德国。

至少两天前他是这么想的。然而现在，实行这个计划的复杂度又大大提升了。

他们头上的影子突然一下子拉长变深了。这要么是因为地球突然开始疯狂自转导致阳光照射的角度发生了变化，要么是因为这艘船朝他们转了过来。"右满舵，"比绍夫镇定地说道，他的声音经由传声筒送到了操舵手那儿，"无线电收到什么没有？"

"什么也没有。"通信兵说。这太奇怪了，一般当船队开始蛇行时，总要通过无线电进行联络的。比绍夫转动手中的潜望镜，细细观察船队，企图穿插进去。他确认了一遍现在的航向，这狗娘养的家伙，生生转了九十度！

"我们被发现了,"比绍夫说,"立刻下潜。"但是在他最后还能利用潜望镜的那一点时间里,他又将镜头转过三百六十度,核实了自己关于船队的判断。他的判断是对的,那儿正好有一艘驱逐舰,正在他预料的位置上。他稳住镜头,喊出了目标的方位。鱼雷兵把那几个数字重复了一遍,输入了用以瞄准的计算机里:采用了最新型的全模拟电路技术。计算机吱吱嘎嘎地运算了一番,调整好两枚鱼雷上的陀螺仪。比绍夫喊道:发射,发射,下潜。事就这样成了,分秒不差。这些天来几乎要把他们逼疯的柴油发动机隆隆的合唱骤然停下,陷入一片沉寂。现在 U 艇转入了蓄电池驱动模式。

蓄电池的驱动,一如既往地糟糕透了,并且将再糟糕至少半个世纪。相比于船队的乘风破浪,U-691 现在的速度简直是连滚带爬地蠕动。驱逐舰的速度现在是他们的五倍,想到这里比绍夫就一阵愤恨。

"驱逐舰采取了闪避动作。"声呐兵说。

"天气预报怎么说?"他问。

"今晚将进入暴风雨锋面,明天天气恶劣。"

"那就瞧瞧我们能不能活到暴风雨来临的时候吧,"比绍夫说,"然后我们就把这个破便桶一路开进英吉利海峡,直接撞到温斯顿·丘吉尔的大屁股上去,就算我们死了,也死得光荣。"

一声巨响穿过水波轰然响彻潜水艇内部。水手们象征性地欢呼了几声,他们刚刚击中了另一艘船。万岁!

"我猜刚刚是打中了那艘驱逐舰。"声呐兵似乎有点不敢相信他们的运气。

"那些自导鱼雷是厉害,"比绍夫说,"只要它们别掉过头来打你。"

击沉一艘驱逐舰,还剩三艘。如果再弄沉一艘,那他们还是有机会从另两艘的追逐中逃走的。但是想从三艘驱逐舰的包围中逃出来，可能性微乎其微。

"机不可失，"他说，"升到潜望深度！趁他们现在乱作一团，看看到底他妈什么情况。"

情况是这样的：一艘驱逐舰已被击沉，另一艘正赶来救援。另外两艘正朝 U-691 三十秒前所在的位置赶来，但是它们得先穿过碍手碍脚的船队。它们几乎是立刻开了火。比绍夫朝那艘救援的驱逐舰放了一波鱼雷。U 艇的周围炸开朵朵水花，他们现在正处在另外两艘驱逐舰的炮火之下。他又将潜望镜转了一圈，将船队的位置牢牢记在了心里。

"下潜！"他说。

这时他想到了一个更好的办法。"取消命令！升到水面上全速前进。"换成任何一艘别的 U 艇，水手们这时一定会割断他的喉咙然后投降。但是这艘船上的水手们甚至没有半分迟疑，要么是他们确实敬爱船长，要么是他们全都觉得自己反正死定了。

惊心动魄的二十秒。U-691 呼啸着驶过海面，像一架"梅塞施密特"般在枪林弹雨中左冲右突。船员们像放风的集中营囚犯一样拥出舱门，努力在剧烈晃动的甲板上保持平衡，潜进水里去扣稳保险索的安全扣，以免被爆炸激起的浪花卷入海中。他们操纵着大炮。

接着他们驶入一艘运输船的背后，避开了那两艘驱逐舰的炮火。现在安全了，暂时安全了。比绍夫来到控制塔上，转向船尾，仔细地观察另外那艘驱逐舰的动向——现在它正左躲右闪地想要避开那几枚自导鱼雷。

等他们从那艘运输船的庇荫里驶出来时，比绍夫发现他刚刚对船队位置的推断大致上是准确的。他又对舵手和轮机室下达了几条命令。等到那两艘追击的驱逐舰终于绕过运输船，得以再度开火的时候，比绍夫已经溜到了一艘运兵船的旁边。这是一艘破破烂烂的远洋航船，上面匆匆刷了一层迷彩。如果他们开火，就势必会断送几百个自己人的性命，但是他比绍夫却可以肆无忌惮地攻击他们。当比绍夫手下的那些船员看到头顶的运兵船，又看到海那边束手无策的驱逐舰时，不禁齐声唱起了一首欢快的酒馆小调。

出于防空需要，U-691 的甲板上配备着大量武器。比绍夫手下的船员们现在正用中小型武器持续不断地对盟军驱逐舰进行攻击，为炮班争取准备时间。在这个距离下，他们所要担心的只是炮弹可能会把驱逐舰的船壳打个对穿而不是当场爆炸；他们必须静下心来瞄准发动机。而比绍夫的手下们深谙此道。

甲板炮的炮筒里传出一声震耳欲聋的巨响，炮弹掠过水面，击中了离他们最近的一艘驱逐舰的锅炉。驱逐舰的船身并没有炸裂开来，但也已经瘫痪在水中。他们又朝另一艘驱逐舰射出几枚炮弹，炸掉了一座炮塔和一个深水炸弹发射器。这时，瞭望哨发现了几架赶来的飞机，该下潜了。比绍夫在沉入水中前最后再做了一次潜望，惊讶地发现之前那艘试图躲避自导鱼雷的驱逐舰真的逃过了一劫：有两枚鱼雷半路掉头，击中了运输船。

他们下潜了一百六十米。驱逐舰追着他们炸了八个小时。比绍夫短短地睡了一觉。等他起床的时候，周围到处都是爆炸的深水炸弹，但他们仍旧安然无恙。海上应该正是黑沉沉的暴雨天，对于"卡特琳娜"而言，这天气是糟透了。他用一种（简而言之）在战争残酷的磨砺中学会的简单技巧躲避驱逐舰。U 艇的体形就像一根细长的毛衣针，当它的头或尾正对着脉冲源时，声呐几乎收不到任何回波。要做到这一点，你必须对 U 艇与驱逐舰之间的相对位置心里有数。

又过了一个小时，驱逐舰才悻悻离去。比绍夫命令 U-691 上升到通气管深度,然后正如他早先说过的那样,笔直地朝着英吉利海峡驶去。他用潜望镜确认了一遍海面上的天气,果真是糟透了。

那群小杂种将会根据驱逐舰发回的最新情报,在地图上用一个大大的红点把 U-691 标示出来。根据他们对 U 艇速度的估算,他们将以红点为圆心,时间为半径,向周围扩大搜索范围,螺旋式地扫荡所有 U-691 可能出现的地方。随着半径的扩大,他们搜索的范围也会变得越来越大。

想要从水下穿越英吉利海峡是不可能的,英国人早已在那里沉下封锁船,防的就是这一招。他们只能在海面上行驶,不过航速也快得多。但是这样一来,遭遇空袭的风险就大大增加了。飞机搜寻的目标并不是又小又不起眼的 U 艇本身,而是 U 艇从平静的海面上驶过时留下的长达数英里的白色尾迹。但是在今夜的暴风雨里,U-691 将不会留下任何痕迹——也许有,但它们将淹没在滔滔的海浪中。比绍夫觉得比起小心掩藏行迹,跑得越远越好才是他们当前的首要任务,于是他命令 U 艇升上海面,全速前进。这当然是很耗油的,不过 U-691 的总航程有一万一千英里。

第二天正午时分,U-691 终于从狂风暴雨中突围而出,穿过多佛海峡,来到了北海上。现在它必然已经出现在欧洲的每一个雷达上了,但在这样恶劣的天气下,飞机实在发挥不了什么作用。

"那个叫沙夫托的俘虏有话要跟您说。"贝克如今已经回到了二把手的位置上,之前的一切就好像没发生过一样。战争教会他们如何装傻充愣。比绍夫点了点头。

沙夫托在鲁特的陪伴下进入调度室,后者身兼数职,翻译、心灵导师和讽刺的观察者。"我知道一个我们可以去的地方。"沙夫托说。

比绍夫愣住了。实际上这几天来他根本没考虑过他们到底要去哪儿。预先制订计划根本不在他的理解范围内。

"呃,"比绍夫斟酌着,"你这么关心我们,真是太叫人……感动了。"

沙夫托耸了耸肩,"我知道你现在正掉在邓尼茨的大屎坑里。"

"不比以前更糟,"比绍夫一下子理解了美国佬这种低俗隐喻里包含的民间智慧,"坑还是那个坑,但至少我现在不是脚朝上,而是头朝上的。"

沙夫托笑了出来,他们现在已经是好兄弟了。"你有没有瑞典的地图?"

这个想法在比绍夫看来既聪明绝伦,又滑稽透顶。在一个中立国寻求临时庇护,这很好。但他们更可能直接撞到一块礁石上去。

"在这个小镇附近有个海湾,"沙夫托说,"我们知道这里的地形。"

"你们怎么知道的?"

"因为几个月前我们刚用一根拴在绳子上的石头亲自测量过。"

"是在你们登上那艘装满黄金的神秘潜水艇之前,还是之后?"比绍夫问。

"之前。"

"如果我向一位美国海军陆战队的突击队员和一位澳新军团的牧师提问,你们在瑞典这样一个中立国测量水深是为了什么,会不会太失礼了?"

沙夫托似乎并不认为这个问题有何不妥。他正沉浸在吗啡带来的好心情里。他又讲了个故事,这一个从挪威的海岸开始(他故意省略了前面的部分),说到他如何领着以诺克·鲁特和其他十几个人,包括一个被斧子重伤了腿的家伙(比绍夫挑了挑眉),一路踩着滑雪板越过挪威,击溃四处追踪他们的德军士兵,最后进入瑞典的故事。故事讲到后来变得有些沉闷，因为德国人已经被杀得七零八落了。沙夫托感到比绍夫的注意力已经开始分散，于是便添油加醋地说起了他们怎么从那个被砍了一斧子的军官身上截下他坏死的腿的整个过程（据比绍夫理解，他们认为那个军官很可能是个德军间谍）。沙夫托一直在鼓动鲁特也加入进来，亲口叙述他是怎么给那军官连着做了几次截肢手术，一直截到他的髋骨上为止。正当比绍夫终于对这个坏了腿的倒霉家伙起了兴趣的时候，沙夫托突然话锋一转说，这时，他们来到了波的尼亚湾沿海的一个小镇上。于是他们把军官送到了镇上的诊所里，沙夫托则和其他人一起藏在树林中。在那儿他们结识了一个芬兰的走私贩子和他身轻步捷的女儿，不过关系挺微妙的。很显然，这是整个故事中沙夫托最喜欢的部分：那个芬兰少女。在此之前，他的语言就像 U 艇的内壁一样粗糙生硬，秉持着实用主义。但当他说到这个少女时，他仿佛放松下来了，脸上挂着微笑，简直变成一个狗日的诗人了——以至于有几个稍微懂点英语的船员都假装漫不经心地踱过来偷听了。但是听着他越扯越远——虽然这也不失为一种娱乐，不过确实有点漫无边际。最后比绍夫还是忍不住出声打断了他："那个断了腿的家伙最后怎么了？"沙夫托皱了皱眉，咬紧了嘴唇。"哦，他呀，"他最后开口道，"他死了。"

"拴着绳子的石头，"以诺克·鲁特提示道，"还记得吗？这才是你讲这故事的原因。"

"哦，对，"沙夫托说，"我们最后被一艘小潜艇接走了。然后就来到闵根姆，见到了那艘满载黄金的 U 艇。但是在他们进港之前，得先绘一张海图。于是鲁特中尉和我就坐了个破船，用石头和绳子测了水深，然后画出来了。"

"你身上难道还带着这张海图的副本？"比绍夫怀疑地问道。

"没呀。"沙夫托说道,带着一种轻佻的冷淡——这种口气若不是由沙夫托这样有魅力的人发出的,定会让人大为恼火。"但是中尉还记得,记数字可是他的拿手好戏。对不对,长官?"

以诺克谦虚地耸了耸肩,"我小时候可没什么娱乐,也就背背圆周率罢了。"

第四十八章　食人族

后藤传吾飞一般地逃出了沼泽。他现在十分确定，那群刚刚才把他的患难兄弟煮来吃的食人族正在追捕他。他攀上一片纠葛繁茂的藤蔓，藏在离地几米的高处。几个手执长矛的男人正在四处搜寻，但并没有发现他。

他昏了过去。等他醒过来时，天已经黑了，有什么小动物正在他附近的枝蔓上动来动去。他实在是太饿了，于是胡乱伸出手一抓。那东西大概有一只普通的家猫那么大，但长着皮革般的翅膀：是某种巨型蝙蝠。在他把它捏死之前，它还咬了几口他的手。他把它生吃掉了。

第二天他潜入了沼泽，想尽量离食人族的村落远一点。大约正午时，他发现了一条溪流，也就是他之前找到的那条。大部分水都通过沼泽从新几内亚渗透出去了，但这却是一条真正的淡水河，水流清澈而冰冷，窄得一脚就能跨过去。

又过了几个小时，他找到了另一处村落。这个村落和前面那个村落很像，但规模只有前者的一半。这里悬挂着的头骨也少多了，也许这里的食人族没有前面那个族群那么残暴。空地中间同样也生着篝火，火上架着锅，里面煮着白花花的东西：这次的锅是一口半球形的铁锅,那一定是通过交易和外人换来的。这个村里的村民并不知道附近藏着一个饥饿的日本兵,所以毫无戒备。日暮时分,沼泽里的蚊蝇成群地嗡嗡出动了,村民纷纷躲回了屋子里。后藤传吾从草丛里跳出来,抓起锅就跑。他拼命克制住自己停下来大吞大嚼的欲望,一直跑了很远很远,才藏到一棵树上,吃了起来。锅里的东西似乎是某种纯粹由淀粉类食物熬出来的糨糊,即使对于一个饿鬼来说也实在食之无味。尽管如此,他还是把锅底舔了个一干二净。他一边舔,脑子里一边冒出了一个想法。

第二天,太阳才刚从海面上冒出来,后藤传吾已经跪在那条河边,将一捧捧沙子装进锅里,搅动起来。在泥沙与泡沫那令人目眩的旋涡中心,慢慢出现了一点点耀眼的金色。

第三天一大清早传吾就来到了食人村落,大声叫道:"乌拉!乌拉!乌拉!"这是前一个村子的人发现金子时所喊的单词。

村人们纷纷从各自的小门里跑出来。一开始他们还很疑惑,但是当他们瞧见他那张脸和手里那口晃荡着的锅时,一阵狂怒如同穿破云层的烈日般蔓延开来。一个手执长矛的男人穿过空地径直跑了过来。后藤传吾向后逃开,半躲在一棵椰子树的后面,把那口锅像盾牌般横在胸前。"乌拉!乌拉!"他又叫道。男人顿了一顿。后藤传吾伸出拳头,伸到一束温暖的阳光下,然后缓缓松开手。在阳光下,一道闪耀着细小光芒的瀑布从他指间流下,落入阴影中,窸窸窣窣地打在落叶上。

所有人都被吸引住了,拿着长矛的男人停下了脚步。在他身后,有人说了一句:"帕塔。"

后藤传吾将那口锅捧在胸前,然后将手里的沙金撒了进去。村人们痴痴地看着,一个个呆若木鸡。越来越多的人提到"帕塔"这个词。他走到空地上,把手里的锅朝那个男人递出去,表示自己手无寸铁，境况堪怜。最后他跪下来，头埋得低低的，将那口锅放在了男人脚边。他保持着跪伏的姿势，暗示他们，如果他们想杀他的话，现在就可以动手了。

如果他们想就此断了这条淘金的新路子，那么大可以杀了他。他们必须讨论一下。他们用藤蔓将他双手反剪到背后绑住，又在他脖子上套了绳圈，然后系在树上。村里的小孩子都围在他身边看热闹。他们的皮肤是那种泛紫的漆黑，头发打着卷儿，无数苍蝇在他们头上嗡嗡盘旋。

那口锅被拿进了一间挂着最多头骨的小屋。男人们全都钻进了那间小屋里，来了一场激烈的讨论。

一个身上涂抹着泥浆、胸前挂着一对干瘪乳房的女人给后藤传吾送来了半壳子椰汁和一把包裹在树叶里、大约有指节大小的白色幼虫。她的皮肤上层层叠叠地覆盖着因为长癣而留下的伤疤，脖子上挂着一串细麻绳搓成的项链，上面挂着一根人类的手指。当后藤传吾一口咬下去的时候，幼虫的汁液飞溅得到处都是。

孩子们已经撇下他去看飞机了：一对美军 P-38 正从远处的海面上飞过。后藤传吾对飞机毫无兴趣，干脆蹲下身子，观察起那群已经聚集到他身上的节肢动物来。它们正准备美美地吸上几口鲜血，吃上几口鲜肉，啃掉他的眼球，再在他身上留下后代。这个姿势实在不错，正好方便他每隔五秒就用脸撞一下膝盖，再撞一下另一只膝盖，好把眼睛和鼻孔里的小飞虫给赶出去。树丛里蹿出一只小鸟，笨拙地落在他的头上，从头发里衔出什么东西，又飞走了。鲜血从他的肛门里流出来，在他的脚下汇成了一小片热烘烘的血泊。某种多足的生物已经聚在血池边大饱口福。后藤传吾往旁边挪了挪，避开那群小东西，暂时得到了几分钟的休息。

小屋里的男人们似乎达成了某种共识。紧张的气氛被打破了，屋里甚至还传来了阵阵笑声。他很好奇对于这些人来说什么东西才算好笑。

那个最开始手执长矛追杀他的男人穿过空地，拉起他脖子上的绳圈，后藤传吾不得不站了起来。"帕塔。"他说。

后藤看了看天。天色已经暗了，他也不想再费劲跟他们解释他们得等到明天一早。他跟跟跄跄地穿过空地，来到篝火前，冲一口装满了白花花脑髓的平底锅点了点头。"锅。"他说。

但他们没听懂，他们以为他要用金子换那口锅。

紧接下来又是长达十八个小时的鸡同鸭讲。后藤传吾差点儿死过去，至少他觉得自己要死了。他现在已经不必逃亡，因此过去几天的疲累现在来报复他了。总算到了第二天上午，他终于又有机会变戏法了。他蹲在那条小溪旁，手里拿着那口锅。男人们给他松了绑，但是仍然牢牢牵着他脖子上的绳圈，一副怀疑的样子围在他身旁。他开始淘金了。在短短几分钟里他就从河滩的泥沙里淘出了一小撮金砂，演示了最基本的方法。

村民们也想学淘金，这正合他意。他向其中一个男人演示了一遍淘金的过程，但是（正如他初学时那样）这种手艺就是看起来容易学起来难。

他们又回到了村里。今晚，他得到了一个睡觉的地方：他们把他塞进一个草编的长袋里，然后把头顶的袋口牢牢扎住——这是他们防止自己在睡觉期间被各种虫子活活吃掉的土法。他患上了疟疾，身子里时时流窜着一股忽冷忽热的激流。

有那么一段时间，他简直失去了时间的概念。随后他意识到，他来到这里已经有好一阵子了。他折断的食指已经愈合，变得僵硬扭曲；他之前在珊瑚礁上擦伤的地方现在也已经结了一道道伤疤，好像木头上一条条平行的纹理。他满身是泥，带着一股椰子油和村民们点起来用以驱逐飞虫的烟草的味道。他的生活很简单：当疟疾发作起来，难受得要命的时候，他就坐到一棵被伐倒的棕榈树旁，什么也不想，一点点剥着树芯，几个小时下来他就能剥出一小堆白色的碎屑，好让女人们拿去煮淀粉粥；当他觉得身体状况不错的时候，他就拖着身子去河边淘金。相对地，村里的人们则保证他不被新几内亚这严酷的环境折磨致死。他的身体实在是太虚弱了，以至于他出门的时候人们都懒得去监视他了。

这简直可以算是一个田园牧歌式的热带伊甸园了——如果没有疟疾，没有毒虫，没有反复发作的腹泻和它导致的痔疮，人们身上不那么脏也不那么臭，不会吃掉对方也不拿对方的头当装饰的话。当后藤传吾有精力思考的时候，他所考虑的就只有一件事了：村里有个男孩看上去快满十二周岁了。他还记得在上个村落里看到的情景，那个十二岁少年的成人礼是用长矛刺穿他战友的胸膛，那么谁会是这个少年手下的祭品呢？

村里的长者们时不时地敲击一根空心的圆木，然后又停下来，细细辨别着从其他村落里传来的同样的敲击声。有一天，这种你来我往的传音时间突然变长了，而村人们似乎从那敲击声中听出了什么令人开心的消息。第二天，他们的客人来了：四个男人和一个男孩，嘴里说着截然不同的语言，比如说他们把金子称作"嘎比提萨"。他们带来的那个六岁左右的男孩显然是个弱智。于是他们谈成了一笔交易。他们用后藤传吾淘出来的金砂换来了那个男孩，然后那四个男人就带着他们的"嘎比提萨"消失在了丛林里。几个小时后，弱智儿就被绑在树上；十二岁的男孩刺死了他，成了一个大人。在绕场数周、载歌载舞的庆祝活动之后，一个年纪较大的男人来到那个刚刚完成成年礼的少年身边，在他身上划出几条深长繁复的伤口，然后将泥沙拍在上面：这样一来，当伤口愈合的时候，上面就会留下花纹般的痕迹。

后藤传吾看得瞠目结舌，无话可说。每当他思及十五分钟以后的事或者计划逃出这里时，疟疾就会适时地发作起来，让他在一两个星期内卧床不起、头昏脑涨，逼得他不得不从头再来。到目前为止，他已经淘出好几百克的金砂了。村里经常有人来做买卖，他们的皮肤颜色要浅一些，操着另外一种语言，划着带舷外浮竿的独木舟沿海航行。商人们来得越来越勤，村里的长老们已经开始用金砂向他们换购槟榔了，他们发觉嚼槟榔的感觉真是畅快。有时候他们甚至能换到一瓶朗姆酒。

有一天，后藤传吾刚用那口锅淘了一茶匙的金砂，正在从河边往回走时，忽然听到村里传来了说话的声音——带着一种似曾相识的韵律。

村里所有的男人，大概有二十个吧，都被双手反剪地绑在椰子树上。有几个人已经死了，肠子流了一地，上面黑压压地落满了苍蝇。其他垂死的人正在被十几个面黄肌瘦、丧心病狂的日本兵当靶子练刀。那些本该站在一边尖叫的女人们却不知所踪，他想她们应该是在屋子里。

一个身穿中尉制服的男人大摇大摆地从屋子里走出来，脸上挂着淫靡的笑容，手里正拿着一块破布擦拭着下体上的鲜血，还差点儿被地上一个孩子的尸体绊了一跤。

后藤传吾把手里的锅一扔，高举双手，叫道："我是日本人！"尽管此刻他真正想大喊的是我才不是日本人。

日本兵们全都吓了一跳，有几个马上朝他所在的方向举起了步枪。但步枪这玩意儿实在是太可恨了，一把枪几乎能有他们一个人高，即使在他们最健康的情况下也显得过于笨重、难以操纵。幸运的是，这群人显然已经饿得皮包骨头，被疟疾和血痢折磨得站都站不稳了，身体早就跟不上脑子的速度。在有人朝后藤传吾的方向打出第一发子弹之前，中尉大吼了一声："别开枪！"

接下来就是在小木屋里的一连串审问。中尉有许多问题要问，其中大多数的问题他都问了一遍又一遍。每当他第五次或第十三次重新提出一个同样的问题时，他都露出一副宽宏大量的样子，仿佛是在给后藤传吾一个收回前言坦白的机会似的。后藤传吾试图不去注意被刺穿的男人和被强奸的女人发出的惨叫，打起精神来用一模一样的答案应付每个一模一样的问题。

"你向这些野人投降了？"

"那时我已经动都动不了，彻底走投无路了。他们就是在那种情况下找到我的。"

"你做出了何种努力来逃跑？"

"我正在逐步恢复体力，并且向他们学习如何在密林里生存，比如，有什么东西是可食用的。"

"整整六个月？"

"对不起，长官，您说什么？"他之前还没听到过这个问题呢。

"你的舰队在六个月之前就被击沉了。"

"这不可能。"

中尉站起来给了他一巴掌。后藤传吾完全没有被打到的感觉，但是还是向后缩了缩，以免让中尉丢了面子。

"你们的船队本来是要来增援我们的！"中尉吼道，"你现在敢来质疑我？"

"我很抱歉，长官！"

"你们没有及时抵达，害得我们不得不采取迂回策略！我们千辛万苦地赶过来是为了要跟你们在威瓦克会师的！"

"所以，你们是——你们是这个师团的先头部队？"后藤传吾只看到了二十几个人,最多也就是几个小队吧。

"我们就是整个师团,"中尉一字一顿地说,"所以,我再问你一遍,你向这些野人投降了?"

* * *

等他们第二天列队走出村子时,村里已经没有一个活口。所有的人都被当成刺刀靶子虐杀或者在试图逃跑时被击毙了。

后藤成了一名俘虏。中尉本来已经打算以投敌罪处决他了,就在拔刀的时候,一名中士阻止了他。尽管有些不可思议,但是后藤传吾的身体状况的确比他们所有人都要好,因此他可以充当一头负重的牲口。只要中尉愿意,他们随时可以在抵达下一个岗哨时当众处决他。因此他现在就无拘无束地走在人群中,茂密的丛林像锁链与铁栅般封住了他四周的去路。他们让他扛着那台硕果仅存的南部轻机枪,因为除了他以外谁都扛不动这家伙,也没人能操作它。要是有谁胆敢去扣动扳机,一定会被机枪的后坐力震得四分五裂,让那身患上热带皮肤病的烂肉从颤巍巍的骨头上飞溅出去。

又过了几天,后藤传吾开口询问他能不能学习如何操作那台南部。中尉以一顿暴打作为回答——尽管他根本没力气进行"暴打"这个动作——后藤传吾只好帮他一把,在他觉得自己刚刚打出了致命一击的时候鬼哭狼嚎地瘫倒在地。

每隔几天,当太阳再度升起时,他们就会发现有一名同伴身上围着比任何人都多的飞虫。这说明他已经死了。在既没有工具也没有力气的情况下,他们没法埋葬他,只能将他留在原地,继续前进。有时候他们迷了路,回到以前待过的地方,就会发现这些肿胀发黑的尸体。因此当他们一闻到人肉腐烂的臭味,他们就明白,这一天的努力又白费了。不过总的来说，他们确实是一路在上坡的，现在气候已经凉爽一些了。横亘在他们路途前方的是一座与大海相连、被白雪覆盖的山脉。根据中尉手中的地图，他们必须翻过这座山到另一头去才能抵达占领区。

在这个高度上生活的植物和鸟类也都与山下不一样了。一天，正当中尉在一棵树旁小便的时候，一只巨大的鸟类从簌簌发抖的草叶里钻了出来。它看上去有点像鸵鸟，但是要更小更花哨一点。它的脖子是红色的，钴蓝色的脑袋上长着一根头盔似的骨头，像一颗炮弹的尖端。它朝中尉直奔而来，几下子把他踹翻在地，又补了几脚。接着它弯下细长的脖子，冲着他的脸尖叫了几声，又跑回树林里去了。它头上的那根骨头像攻城槌似的，把挡路的树丛拨到一边。

他们吓坏了，谁也没想到要举起枪射它，何况大家全都没剩几丝力气。随后他们有气无力地笑了起来。后藤传吾笑到哭了出来。不过那只鸟踢得一定很用力，因为中尉躺在地上迟迟没有起来，手还紧紧地抓着肚子。

最后，一名中士终于回过神来，准备上去帮帮这个可怜人。但是当他走近之后，却又突然回过头望着其他人。他的脸上没有一丝表情。

鲜血从中尉肚子上几个深深的洞眼里喷涌出来，当他们围上来时，他的身体已经开始瘫软了。他们坐在那儿，直到肯定中尉确实已经死了，才站起来继续向前走去。那天晚上，那名中士告诉了后藤传吾如何拆卸维护那台南部轻机枪。

现在的人数已经削减至十九人。但是那些适应不了这里的人似乎都已经死光了，他们继续前进，两天，三天，五天，七天，再也没有人死去。尽管他们正在爬山，或者不如说，正是因为他们在爬山——这不是件容易的事，尤其对于负重的后藤传吾而言——凉爽的气候仿佛将他们的热带病一扫而光,疟疾的肆虐之火也已被熄灭。

这一天,他们来到了雪域的边缘,于是提前终止了前进。中士下令给每个人分发双份的补给。道路的两边耸立着黑色石峰,中间只有一条冰雪覆盖的山口。他们挤在一起睡了一觉,但是早上醒来的时候,仍有人冻伤了脚趾。他们吃掉了大部分剩余的食物储备,然后开始穿越峡口。

然而穿过峡口异常容易,简直让人有些失望。这是个十分平缓的雪坡,直到他们察觉到自己已经在下坡了的时候,他们才发现山顶早就已经过去了。他们走在云端,而整个世界都笼罩在这一片云雾中。

缓坡突然在一座悬崖边上中断了,断崖垂直往下有接近一千英尺的高度,然后就钻入了云层,因此谁也不知道这悬崖究竟有多高。他们想起之前在坡上看到过一条小路,虽然曲折,但向下的时候比向上的时候要多,于是他们又折回去了。一开始他们还有些新奇,有些兴奋,但是很快,这条路也变得和他们走过的任何地形一样艰难而无趣了。又是几个小时过去了,积雪开始变得斑驳,云层也越来越近了。有人在走路的时候打了个瞌睡,绊了一跤,然后顺着缓坡滚了下去,几秒钟之后突然变成了自由落体,坠入了云中。他的身影很快就消失了。

最后,剩下的十八人来到了一片湿漉漉的迷雾中。他们只有在距离极近的情况下才能看到前一个人的身影,那身影灰蒙蒙的,像是小孩子噩梦中会出现的雪怪。地势变得越来越崎岖,越来越危险,领头的士兵不得不手脚并用地在地上摸索前进。

他们来到一块被雾气氤氲得滑溜溜的石头旁,这时,领头的士兵突然大叫起来:"有敌人!"

有几个人笑了起来,以为他在闹着玩儿。

后藤传吾却听到了,是有人在说英语,一口澳洲腔。那个声音说:"干翻他们。"

接着传来了一阵几乎可以把整座山震塌的巨响。他差点儿以为发生了岩崩,直到过了好一会儿他才缓过劲儿来,那是某种巨型的全自动武器开火的声音。澳大利亚人朝他们开火了。

他们想要后撤,但是只能慢慢地朝后挪去。与此同时,大颗大颗的铅弹穿透浓雾在他们四周飞射,有些打到了石头上,迸射的碎屑溅得他们满头满脸。"用南部!"有人喊道,"快用南部!"但是后藤传吾首先得找到一个合适的位置把南部架起来。

最后,他退到了一小块岩台旁。那岩台约有一本大开本的书那么宽,他解下了身上的武器。但他面前是一片茫茫白雾。

枪声沉寂了几分钟。后藤传吾大声呼喊其他人的名字,他身后的三个人应了一声,其他人则悄无声息。最后,又一个人挣扎着从小路上逃了回来。"他们都死了,"他说,"尽管开枪吧。"

于是他朝面前的浓雾开了火。机枪的后坐力几乎将他从山上掀下去,于是他将机枪靠在了一块突出的石头上,然后扫射起来。他可以从声音判断出子弹什么时候打中了石头,什么时候只是穿雾而过。他瞄准了岩石的方向。

他打空了几个弹夹,但对面没有任何动静。于是他又沿着小路向前走去。

一阵狂风刮来,浓雾瞬间打着旋儿散去了几分。他顺着那条染血的小路看到一个高个儿澳大利亚人站在前面,他留着红色的胡子,手里握着一把汤米冲锋枪。目光交汇。后藤传吾站在上风的位置,首先扣动了扳机。拿着冲锋枪的男人滚下了悬崖。

另外两个藏在岩石另一边的澳大利亚人看到了这一幕,低声咒骂着。

后藤传吾的一个同伴跑了下来，大叫"万岁"。他拎着刺刀，消失在了岩石后面。一声枪响，传来了两个人的惨叫。紧接着就是那种他们现在已经再熟悉不过了的声音，人类的尸体滚下山的声音。

"该死！"最后剩下的那个澳洲人骂道，"去你妈的日本佬。"

后藤传吾想要不失荣誉地突围出去，现在只有一种方法了。他顺着那个同伴的行迹绕到了岩石后面，然后用南部冲着浓雾一阵扫射，弹壳飞溅在岩壁上。他把弹夹里的子弹全部打完了。毫无动静。要么是那个澳洲人已经跑了，要么是后藤传吾已经把他射下了悬崖。

夜幕降临的时候，后藤传吾和他三个幸存的伙伴们已经再度回到了丛林中。

第四十九章　残　骸

收件人：root@eruditorum.org

发件人：randy@epiphyte.com

主题：回答

你既是"零售"哲学家，又碰巧有做监视生意的朋友，这实在是过于凑巧，我无法接受。

所以我不会告诉你为什么。

但为了避免你担心，让我向你保证我们建造"地穴"有自己的理由。而且不仅仅是为了赚钱——虽然这对我们的股东大有裨益。你以为我们只是一群误打误撞来到这里，不知道天高地厚的书呆子吗？非也。

又及：你说你"捣鼓新鲜的密码系统"是什么意思？举个例子。

兰道尔·劳伦斯·沃特豪斯

当前现实世界坐标，由我的笔记本内置 GPS 卡新鲜提供：

北纬 8 度 52.33 分，东经 117 度 42.75 分

邻近地理要素：菲律宾，巴拉望

收件人：randy@epiphyte.com
发件人：randy@epiphyte.com
主题：回复：回答

兰迪：

多谢你带有古怪的防备意味的回信。很高兴你们有正当的理由。从来没怀疑过你们。当然你不必觉得有告诉我的义务。

我在电子情报界有朋友这件事并不像你以为的那么巧合。

你是如何成为"地穴"的创始人之一的？

因为你精通科技和数学。

你是如何精通科技和数学的？

通过站在前人的肩膀上。

这些人是谁？

我们曾称他们为自然哲学家。

同样，我在监视界的朋友的技能也得自哲学的实际运用。他们明智地理解了这一点，并能够把赞誉送给应得的人。

又及：你忘记使用"dwarf@siblings.net"这个马甲邮箱了。我猜你是故意的？

又又及：你说你想要我正在研究的新鲜密码系统的一个例子。你我都知道，兰迪，密码学的历史中充满了密码系统的残骸，都是自以为是的半吊子们发明出来又很快被聪明的译码员破坏的。你可能以为我不懂这些——以为我只是又一个自以为是的半吊子。你很聪明地叫我把脖子伸出来，好让你、坎特雷尔和他那些志同道合的朋友把我的脑袋砍掉。你在试探我——试图摸清我的水平。

很好。几天后我会再给你发信息。反正我也很想让"秘密崇拜者"们试试我的方案。

在南中国海一艘两侧装着舷外浮竿的窄船上，艾梅丽卡·沙夫托脚跨横梁站着，她的身体直直地指向太阳，丝毫不为巨浪所动，就像是通过陀螺仪来保持稳定似的。她穿着无袖潜水背心，强健、晒成深色的肩膀袒露在外，胡桃木棕色的皮肤上点缀着几个黑色的文身，水珠如亮丽的宝石般装饰其上。她肩膀上挂着的枪套里露出一柄大刀的刀把来。刀刃是普通的潜水刀，但刀把却是波刃短剑剑柄的样子，那是一种巴拉望人的华丽传统武器。游客可以在尼诺·阿基诺国际机场的免税店里买到这种短剑。这把刀不像纪念品店的货色那么花哨，制作也更加精良，有用旧的痕迹。她的脖子上挂着一根金项链，链坠是一颗不规则形状的黑珍珠。她刚从水里钻出来，嘴里叼着一把袖珍钟表匠螺丝起子。她张着嘴呼吸着，露出不甚整齐但没有修补过的亮白牙齿。在这片刻之中，她如鱼得水，完全沉浸在她做的事情之中，毫不装腔作势。这一刻兰迪觉得自己理解了她：为什么她大部分时间都在此生活，为什么她懒得去上大学，为什么她抛下在芝加哥抚养她长大的母亲，来与父亲——这个在艾梅丽卡九岁时就离家出走的任性老兵一起做生意。

然后她转过头来扫视正在接近的汽艇，看见兰迪站在上面盯着她看。她翻了个白眼，面具又一次掩盖了她的脸庞。她对蹲在她身边的菲律宾男人们说了句什么，其中两个人立刻行动起来，急急忙忙走上舷外浮竿的支架，像钢丝艺术家一样，来到支架顶端的浮筒上。他们伸出双臂作为减压垫，吸收汽艇——道格·沙夫托兴高采烈地给它取了个名字叫"湄公记忆"——与长很多也窄很多的螃蟹船①之间的碰撞力。

那群菲律宾人中的另一个抬起一只光脚踩在一台小型本田便携式发电机上，拉动了发电机的拉绳。他的手臂、背部的筋腱和坚硬的肌肉也像无数拉绳一样纠结暴突。发电机立刻启动起来，发出几不可闻的嗡嗡声。这是高级货，属于西姆帕海事跟寄生藤和菲律通的合同里的一部分——设备升级项目之一。现在他们正物尽其用地拿它来欺骗"牙医"。

"她就在那个浮标往下一百五十四米的地方，"道格·沙夫托说，指着在波浪中上下起伏的一个一加仑装塑料牛奶桶，"从某种角度来说，她很幸运。"

"幸运？"

兰迪爬出汽艇，他的体重把舷外浮竿压了下去，温暖的海水漫到了他的膝盖。他像走绳索的人一样张开双臂保持平衡，沿着一条支架登上中央的独木舟状船体。

"是我们幸运，"沙夫托纠正自己，"我们位于海底山丘的侧翼。附近就是巴拉望海沟。"他走在兰迪后面，却没有像他那样摇摇晃晃，手臂乱挥。"如果她沉在那里头，位置就会深到很难探测到的地方，而且下面的水压也会把她挤碎。但两百米的深度就不会被这样压碎。"他走到船上，用手比出夸张的挤压动作。

"我们还要担心这个吗？"兰迪问，"金银又不会被压碎。"

"如果她的船体完好，把里面的货弄出来就简单多了。"道格·沙夫托说。

艾米已经消失在了螃蟹船的遮篷下面。兰迪和道格跟着她走进阴凉处，看见她盘着腿坐在一只贴满了机场行李贴条的玻璃纤维器

---

① 菲律宾沿海地区常见的一种船只，特点是两侧装有能使船只行驶得更加平稳的舷外浮竿，状似螃蟹。

材箱上。她的脸埋在一座黑色橡胶金字塔的塔顶里面，塔的底面则是一块强化阴极射线管屏幕。"电缆怎么样了？"她低声问道。从几个月前开始，她就不再试图掩饰自己对沉闷的铺电缆工作的厌烦了。伪装就像用混凝纸浆做的房子一样，若不尽力保养，就会溶化解体。另一个例子：一段时间以前，兰迪也不再试图假装自己没有被艾米·沙夫托迷住。这与爱上她并不全然相同，但仍然有许多相似之处。他对大量抽烟喝酒的女人一直有种奇特而病态的迷恋。艾米两样都不沾，但她对现代皮肤癌防范措施的全然无视让她也归入了同一个类型：那种忙于生活，没时间费心延长寿命的人。

总之，他极度迫切地想知道艾米的梦想是什么。有一段时间他以为是在南中国海寻宝。无疑，她很享受这件事，但他并不确定这是否能够彻底地满足她。

"又得微调配平水平舵面了，"她解释道，"我觉得那些推杆设计得不怎么好。"她从黑胶头罩里拔出脑袋，飞快地瞟了兰迪一眼，把全世界的设计缺陷都怪罪到他头上。"我希望这玩意儿现在不会再打转了。"

"你准备好了么？"她父亲问。

"就等你呢。"她答道，把球又打回他的场里。

道格半蹲着身子从低矮的遮篷下挪出来。兰迪跟在他后面，也想亲眼见识一下遥控潜水器。

它停在螃蟹船中段旁边的水中：又短又粗的黄色鱼雷状身体，前端装着一顶玻璃罩子。一个菲律宾船员从舷缘倾身向下，两手抓着船体。两对发育不良似的翅膀分别装在前端和尾巴处，每一翼末端都安装着一个扣在整流罩里的螺旋桨。装在外部的引擎让兰迪想起了飞艇。

道格·沙夫托注意到兰迪产生了兴趣，便在他身边蹲了下来，介绍起它的特点。"它是浮力中性的,所以当我们把它停在边上的时候,我们得把它放在泡沫支架上。现在我们要把支架拿下来。"他动手解开一些弹力缆绳,一块块泡沫塑料壳从潜水器外壳上脱落下来。潜水器往海里沉下去,差点儿把那个船员也一起带下去。他松开手,但仍保持两臂前伸,以免它随着每次波涛起伏撞上他们。"你会注意到它没有脐带电缆,"道格说,"通常脐带电缆对于遥控潜水器来说是必不可少的。你需要脐带电缆的原因有三条。"

兰迪咧嘴笑起来,因为他知道道格·沙夫托马上就要列举这三条理由。兰迪几乎没有与军人打过交道,但他发现自己意外地与他们一拍即合。他们身上让他最喜欢的一点,就是他们无时无刻不在强迫症似的要教育身边的每一个人。兰迪并不需要了解任何关于遥控潜水器的知识,但无论如何道格·沙夫托都会给他上一堂短课。兰迪猜想,打仗的时候,尽可能地传播实用性知识总是没坏处的。

"第一,"道格拉斯·麦克阿瑟·沙夫托说,"给遥控潜水器提供能量。但这台遥控潜水器自带电源——一台氧气或天然气斜盘型发电机,由鱼雷科技发展而来,而且是我们和平红利[①]的一部分(这是兰迪喜欢军人的另一个原因——他们那高超的、不动声色的幽默),发出的电量足以驱动它所有的推进器;第二,用于通信和控制,这个装置能使用蓝绿激光器来与艾米操作的控制台交流;第三,在系统完全崩溃时作应急恢复用。但如果这个装置失效,理论上它的智能程度足以给一个气囊充气,浮上水面,然后启动频闪,以便我们找到它。"

"哎呀,"兰迪说,"那这玩意儿不得贵得要命么?"

"它确实贵得要命,"道格拉斯·麦克阿瑟·沙夫托说,"但生产

---

①和平红利,指一个国家或地区与另一方的敌对状态的结束为这一国家或地区带来的经济好处。

这玩意儿的公司的老总是我的老朋友——我们一起在海军学院上过学——当我有迫切需要时他总愿意借给我一台。"

"你的朋友知道这次所谓迫切需要是什么吗？"

"他不知道具体细节，"道格·沙夫托说，有点受到了冒犯，"但我想他也不是傻子。"

"准备完毕！"艾米·沙夫托喊道，语气颇不耐烦。

她父亲把两个推进器都仔细检查了一遍。"准备完毕。"他回道。片刻之后，遥控潜水器里头有东西发动起来，一串泡沫从它尾部的一个小孔里喷出，推进器开始旋转。它们在粗短的翼尖上转动朝下的位置，令水面上喷出两股喷泉。遥控潜水器开始快速下潜。喷泉渐渐变小，变成海面上涌的微澜。透过起伏的海面看去，遥控潜水器就像一摊飞溅开来的黄色。随着机器脑袋往下钻去，那摊黄色变得越来越小。推进器驱动着它径直往下，不一会儿就消失了。"每次看着这么贵的东西消失到不知哪儿去了，总让我喘不上气。"道格·沙夫托若有所思地说。

船周围的海水开始发出一种阴森可怕的光芒，好像小成本恐怖片里用的那种。"老天！是激光？"兰迪说。

"安在船体底部的一个小圆罩子里，"道格说，"再浑浊的水都能轻松穿透。"

"这东西的带宽怎么样？"

"艾米现在能在小屏幕上看见清晰度不错的黑白图像，如果你指的是这个。都是些数字，分包数据。所以如果有些数据没有到达，图像会有一点抖动，但不会完全断掉。"

"真酷。"

"是挺酷的，"道格·沙夫托同意道，"我们去看电视吧。"

他们蹲在遮篷下面。道格打开一台索尼便携小电视——装在黄色塑料盒里的加固防水型号——并将输入线插在艾米的装置背面的一个空闲输出口上。他打开电源,然后他们开始能看见一点艾米正在看的东西了。他们没有艾米的黑头罩,刺眼的阳光令他们只能看见从图像黑色的中心朝边缘延伸的一条白线。它正在移动。

"我正随着浮标下面的锚线前进,"她解释道,"挺无聊的。"

兰迪的计算器手表响了两声。他看了看时间,现在是下午三点。

"兰迪?"艾米的声音如同天鹅绒般丝滑。

"嗯?"

"你能拿那玩意儿给我算3823的平方根吗?"

"你要来干吗?"

"你就算吧。"

兰迪抬起手腕好看清手表的数字显示,然后从口袋里掏出一支铅笔,用它的橡皮擦来按上面的小按钮。他听见金属发出的咔嗒声,但没有在意。

有什么冰凉光滑的东西贴着他的手腕下方划过。"别动。"艾米说。她咬住嘴唇,手一拉。手表掉下来,落在她左手里,塑料表带被干净利落地割断了。她右手拿着那把刀,刀刃上还装饰着几根兰迪的汗毛。"哈!61.8304。我还以为会更大呢。"她把手表往肩后一丢,它消失在了南中国海里。"平方根就是这么狡猾。"

"艾米,你快跟丢绳子了!"她父亲不耐烦地说,注意力全都集中在电视屏幕上。

艾米把刀插回鞘内,对兰迪甜甜一笑,然后把头埋回装置里。兰迪好一会儿都说不出话来。

她到底是不是女同性恋这个问题突然从纯理论的层面上升了。他在心里默默过了一遍自己认识的女同。通常她们是中产阶级,朝九晚五的都市居民,且留着知性的发型。换句话说,她们与兰迪认识的其他人并无二致。艾米的异国情调太明目张胆，更像一个色情片导演心目中女同性恋的形象。所以大概还是有希望的。

"如果你打算继续这么盯着我女儿看，"道格·沙夫托说，"你最好开始潜心钻研交谊舞。"

"他在盯着我看？我的脑袋塞在这东西里头，什么都看不见。"艾米说。

"他本来爱着他的手表。现在他没有倾心的对象了，"道格·沙夫托说，"所以当心了！"

兰迪明白这是有人想整他。"我的手表哪一点儿惹着你们了？闹铃吗？"

"哪点儿都挺烦人的，"艾米说，"但真正能把我逼疯的是闹铃。"

"那你该提出来。作为一个真正的技术宅，我其实知道怎么关闹铃。"

"那你为什么不关？"

"我不想失去时间概念。"

"为什么？烤箱里还烤着蛋糕？"

"不然'牙医'的尽职调查小组就要找我麻烦了。"

道格身形一动，颇感兴趣地抬起了脸。"你之前也提到过，尽职调查是什么？"

"是这样的，阿尔弗雷德有一笔钱想要投资。"

"阿尔弗雷德是谁？"

"一个假想人物，名字以 A 开头——"

"我不懂。"

"在编码世界里，当你解释一套密码协议的时候，你得用虚拟人物。爱丽丝、鲍勃、卡罗尔、戴夫、埃文、弗雷德、格雷格，等等。"

"好吧。"

"阿尔弗雷德把他的钱投资到巴尼开的公司里。我说'开',指的是巴尼对公司的所作所为负最大责任。所以,也许在这个情境里巴尼是董事长。他被阿尔弗雷德、爱丽丝、阿格尼丝、安德鲁和其他投资人选来照管公司。他与其他董事雇用公司管理层——比如总裁,查克。查克和其他总监又雇用德鲁来管理公司的一个部门。德鲁再雇用工程师埃德加,依此类推。所以用军队的话来说,在像埃德加这样的一线工程师头顶上有一大串行政管理链。"

"而巴尼是指挥链顶上的人物。"道格说。

"对。所以像将军一样,他对手下人做的事情负最高责任。阿尔弗雷德本人把钱交给了巴尼。法律要求巴尼进行尽职调查,确保这笔钱都是负责地花出去的。如果巴尼没能执行尽职调查,法律就要找他大麻烦了。"

"啊。"

"是啊,巴尼注意到了这一点。阿尔弗雷德的律师随时可能出现,要求他提供尽职调查的证据。巴尼得谨言慎行,确保自己不出一丝纰漏。"

"现在这个情况中的巴尼就是'牙医'?"

"对。阿尔弗雷德、阿格尼丝和其他人都是他投资俱乐部里的成员——奥兰治县里一半的牙齿矫正医师。"

"而你就是工程师埃德加。"

"错,工程师埃德加是你。我是寄生藤的官员,更像查克或者德鲁。"

艾米插了进来:"但'牙医'对你有什么约束力?你又不为他工作。"

"我很遗憾地告诉你,从昨天起就不是这样了。"

这句话引起了两个沙夫托的注意。

"'牙医'现在拥有寄生藤的百分之十。"

"怎么回事？我上次得到的消息，"道格责问道，"还是那个狗娘养的在告你呢。"

"他是在告我们，"兰迪说，"因为他想参股。我们的股份全都不卖，近期也没有任何上市的打算，所以他参股的唯一方式就是用官司来勒索我们。"

"你说过那是假官司！"艾米喊道，这里只有她一个人还有力气表现出或者说感受到任何道义上的愤慨。

"确实是。但如果真的跟他们上法庭，要花的钱足以让我们破产。另一方面，当我们提出卖给'牙医'部分股权的时候，他就放弃诉讼了。我们也从他那里拿到一笔钱，这总是有用的。"

"但现在你要对他的尽职调查小组负责了。"

"没错。我们说话这会儿他们就在铺电缆的船上呢——他们今天早上坐小船来的。"

"他们以为你在做什么？"

"我跟他们说侧向声呐扫描在电缆路线旁边发现了几道新鲜的锚痕，需要评估。"

"真是例行公事的说法。"

"对啊，尽职调查小组很好糊弄的。你只要表现得鞠躬尽瘁就可以了。他们照单全收。"

"我们到了。"艾米说，她将一根操纵杆用力向回拉，整个身体都跟着这个动作转了半圈。

道格和兰迪看着电视屏幕。上面漆黑一片。底部的数字说明俯仰是五度，滚转八度，意味着遥控潜水器几乎是水平的。偏航数字正在疯狂地来回打转，表示遥控潜水器正像甩尾的车一样沿垂直轴旋转。"大概五十度之后应该就能看到了。"

偏航数变动开始慢下来,降到一百度,九十度,八十度。到七十度左右时,有什么东西转进了屏幕边缘。看起来像是一个从海床上隆起的崎岖不平、颜色斑驳的锥形山丘。艾米摆弄了几下控制杆,旋转变得越来越慢。锥形山丘转到屏幕中心,然后停住了。"锁定陀螺仪,"艾米一边敲下一个按钮一边说,"全速前进。"锥形山丘开始慢慢变大。遥控潜水器正在接近它,内置的陀螺仪让它的方向能够自动保持稳定。

"绕着它向右转一个大圈,"道格说,"我想看看别的角度。"他查看了应该在录制这段影像的录像机。

艾米将操作杆归位,接着又做出一系列操作,导致残骸的图像消失了一小会儿。他们只能看到珊瑚丛在遥控潜水器的摄像头前飘过。然后她控制着它向左侧转去,于是图像又出现了:还是那流线型的炮弹形状。但从这个角度看,他们可以看见它其实是以四十五度的斜角从海床上伸出来的。

"看起来像飞机的头,轰炸机。"兰迪说,"比如 B-29。"

道格摇摇头。"轰炸机必须有个圆形的横截面,因为舱内要加压。这东西的横截面不是圆形,更像是椭圆形。"

"但我没看到有栏杆和机枪,还有——"

"还有那些经典款德国 U 艇上有的破玩意儿。这是更现代的流线型型号。"道格说。他用他加禄语朝格洛丽四号上的一个船员喊了句什么。

"看着好像外面结了一层壳。"兰迪说。

"它外头肯定长了不少东西,"道格说,"但还可以辨认,并没有毁灭性的内向破裂。"

一位船员跑上螃蟹船,手里拿着一本从格洛丽四号那小而别具特色的图书馆里拿出的一本旧画册：带插图的德国 U 艇历史介绍。道格快速翻过书的前四分之三，停在了一幅线条异常熟悉的潜水艇照片前。

"老天，看起来跟披头士的《黄色潜水艇》一样。"兰迪说。艾米从观察器里抽出脑袋，凑上来把兰迪挤开。

"只不过它不是黄色的，"道格说，"这是新一代潜艇。如果希特勒造几打这样的潜艇，他就能打赢了。"他又往前翻了几页。更多 U 艇的照片，样子类似，但个头大得多。

一张横截面图显示出薄壁的椭圆形外船壳，里面包着厚壁的正圆形内船壳。"这一圈是耐压船体。总是保持一个标准大气压，充满空气，供船员使用。外面是外船体，光滑、流线型，装着燃料和过氧化氢容器——"

"她还自带助燃剂？像火箭一样？"

"当然——为了在水下运作。这个外船体里所有的缝隙都会被海水填满，保持与外面一样的水压，以免它坍缩。"

道格把书举到电视下面不停转动，比较书上的 U 艇和屏幕上那个东西的外形。后者因为珊瑚和其他附生物显得凹凸不平，毛茸茸的，但相似之处很明显。

"我很好奇她怎么没平躺在海底？"兰迪说。

道格抓过一个还装着大半瓶水的塑料水瓶，扔下了船。它头朝下浮了起来。

"她为什么不是平着的，兰迪？"

"因为里面有个气泡。"兰迪心虚地说。

"她的船尾受损了，船首翘了起来，船体部分崩溃。海水从船尾的缺口处涌入，把空气都逼到了船首。水深是一百五十四米，兰迪。这就是十五个标准大气压。波义耳定律是怎么说的？"

"空气的体积一定压缩到了十五分之一。"

"回答正确。突然间船的十五分之十四装满了海水，剩下十五分之一则是一团压缩空气，可短时间维持生命。大部分船员都死了，她快速沉没，重重掉到海底，船身断裂，留下船头向上指着，就像你现在看到的一样。如果那个气泡里还有人活着，那他们一定死得缓慢又痛苦。愿上帝垂怜他们的灵魂。"

在别的情况下，这句带有宗教色彩的话会让兰迪很不自在，但此时此刻它却似乎是唯一合适的话语。随你怎么看信教的人，但他们在这种时候总有话说。一个无神论者能想出什么？是，栖息于那台潜艇内的生物体一定在一段漫长的时间里逐渐失去了高级神经功能，最终变成了一片片烂肉。那又怎样？

"正在接近类似指挥塔的东西。"艾米说。据那本书上说，这款U艇背部没有传统的垂直指挥塔：只有一个低矮的流线型凸起。艾米已经操纵着遥控潜水器来到非常接近U艇的地方，又一次让它停下然后转圈。船体进入屏幕——一座斑驳的珊瑚丛小山，完全看不出它是人造物体——直到某样黑色的东西映入视线。那其实是一个正圆的洞口。一条鳗鱼从洞里游出来，愤怒地咬了几下镜头，它的牙齿和咽喉填满屏幕。等它游开后，他们可以看见一个圆形的舱口盖挂在洞口旁的铰链上。

"有人打开了舱盖。"艾米说。

"天哪。"道格拉斯·麦克阿瑟·沙夫托说。"天哪。"他从电视屏幕旁缩回来，仿佛不能再承受眼前的景象。他从遮篷下爬出来，直起身，眺望着南中国海。"有人从那艘U艇里逃出来了。"

艾米还在入迷地看着，手里握着操纵杆，好像一个在电子游戏厅的十三岁男孩。兰迪揉了揉手腕上异常空虚的地方，盯着屏幕，但他除了那个正圆形的洞口之外什么也没看到。

大约一分钟后,他出去找道格。道格正仪式般地点燃一根雪茄。"现在是抽烟的好时候,"他嘟哝道,"来一根吗?"

"好。谢谢。"兰迪掏出一把多功能军刀,切掉雪茄头——是一根看起来颇了不得的古巴货。

"为什么说现在是抽烟的好时候?"

"好让它凝固在你的记忆里,标记它。"道格把视线从海平线上扯开,探询地看着兰迪,几乎是在恳请他理解。"这是你生命中最重要的时刻之一,一切都将改变。我们有可能发财,我们有可能送命,我们可能只是去冒险一场,或者学到什么新东西。但我们已经被改变了。我们正站在赫拉克利特①的火旁,我们的脸上感受着它的热度。"他像魔法师一样,从拢起的双掌中变出一根燃烧的安全火柴,举到兰迪眼前。兰迪点燃雪茄,凝视着火焰。

"好吧,敬这一刻。"兰迪说。

"敬逃出来的人。"道格回应道。

---

① 赫拉克利特(Heraclitus,约公元前 530 年—前 470 年),古希腊著名哲学家。他的哲学思想之一即是"万物的本源是火"。

第五十章　圣莫尼卡

美国军方（在沃特豪斯看来）首先是一个由打字员和档案员组成的深不可测的机构，其次是一个在世界各地运送物品的庞大组织，最后才是一支打仗的军队。在过去的几个星期里，沃特豪斯一直隶属于第二个组织。他们安排他登上一艘豪华客轮，据说它的速度快得连U艇都赶不上，不过那一点并没有派上什么用场——正如沃特豪斯和少数几个人所知的那样，邓尼茨实际上已经输掉了大西洋海战。他已经把U艇全部撤出，直到造出新一代的使用火箭燃料的潜艇，再也不用露出水面。沃特豪斯就这么回了纽约。他在宾州车站搭上了前往中西部的列车，与家人相聚了一周，并向他们解释了一万遍出于他的工作性质，他永远不会被派上战场前线。

随后他再次搭上列车前往洛杉矶，准备迎接一系列能折腾死人的环绕半个地球的航班，最终到达布里斯班。作为将近一百万度假的男女士兵中的一员，他也像其他人一样徜徉在洛杉矶街头，想要找点乐子。

如今他们把这里叫作娱乐之都，想要娱乐一下应该不太难。果不其然，当你走过一个街区时，很难不和五六个揽客的流莺狭路相逢，或者经过相同数量的夜总会、电影院和桌球厅。在沃特豪斯在这里停留的四天里，他把这些地方都逛了一遍，却痛苦地发现它们根本满足不了他。连女人都满足不了他了！

也许这就是为什么他独自来到了圣塔莫尼卡港北边的悬崖上，想要找一条小路走到下面空荡荡的海滩上去的原因了——这是洛杉矶唯一一个你不用给人酬金和小费的地方。海滩本身很吸引人，而不是那种拉客似的勾引。上面生长的植物守望着整片太平洋，仿佛是来自另一个星球的异种。不，应该说它们根本不像在任何行星上自然生长出来的植物。那是一种完美的几何性。它们就像某个对几何学独具慧眼的现代艺术家绘制出来的植物示意图，而这个艺术家实际上从未走进树林里，见过一株真正的植物。它们扎根的甚至不是有机基质，而是一片在这一带常被误以为是泥土的赭色砂石。沃特豪斯知道这不过个开始，更古怪的东西还在后头呢。他从鲍比·沙夫托那里听说过，太平洋那头还更奇特呢。

太阳就要落山了，而他左手边通往海滨的港口才华灯初上，仿佛一片灿烂的银河。穿着阻特装①的狂欢者沿街站了有一英里长，像紧急信号灯一样。但是沃特豪斯并不急着下去。他从衣着上分辨出许多士兵、水手和陆战队员，他们无知无觉地四下闲逛着。

他上次来加州的时候，那是珍珠港事件之前了——那时的他也和港口上的这群家伙无异，浑浑噩噩的，不过是稍微聪明些，还略懂点数学和音乐。但是现在，他看这场战争的高度是他们永远无法达到的了。他和他们一样穿着军服，但那只是一种伪装罢了。他知道，在普通人看来，这场战争已经越来越戏剧化，都快赶上城那头的好莱坞里拍的大片了。

---

① 20世纪30年代美国加州地区流行的一种服饰风格，特点是肥大的西装上衣和松垮的西装裤。

他们说巴顿将军和麦克阿瑟将军真是勇冠三军,全世界都等着看他们再来一次敌后突袭。沃特豪斯却知道,巴顿和麦克阿瑟之所以屡创战功,原因无他,全仗他们懂得好好利用"超密／魔术"的情报。他们根据情报推断出敌人主力的位置,避其锋芒,再出其不意地袭击后方,仅此而已。

他们说蒙哥马利用兵谨慎,卓有远见,沃特豪斯却不喜欢他:蒙蒂这蠢货,他根本不读送到他手上的"超密"情报,这既无益于他手下的军队安全,也不利于整场战争的推进。

他们还说山本之死真是瞎猫碰上死耗子,巡逻的 P-38 不过是碰巧发现了那没有标识的日本飞机,顺手把它射下来了而已。沃特豪斯却知道,是夏威夷情报部门里的一台 ETC 行式打印机宣判了山本的死刑,这是一场彻头彻尾的政治暗杀。

他对地理学的看法甚至也有所改变。在回家探亲的那段时间里,他坐在祖父母身边,面前摆着一个地球仪。他不停地转动它,直到来到那片一望无际的蓝色,然后把他在太平洋上的行进路线指给他们看,从这座孤零零的火山,到那一个荒凉的珊瑚礁。沃特豪斯知道,在战前,这些不起眼的小岛只有一个作用,那就是信息处理。点点线线的摩尔斯电码在海底的电缆中奔袭几千英里,最终变得微弱,被地球电流的噪声掩盖,就像海浪吞没涟漪。欧洲人一占领这些小岛就开始铺设海底电缆,他们还在岛上建起发电站,接受上一段线路发来的信息,再中转到下一个小岛上。

这海滩附近的水底深处一定也埋着一根这样的电缆。沃特豪斯即将沿着那点点线线朝西走去,一直走到世界尽头。

这时他发现了一个通往海滩的斜坡,于是他放松身体,让重力带着他一路跑下海边。他凝神注视着西南方。在雾蒙蒙的天空之下,海水清澈而平静,海平线似已和天际线融合在一起。

干燥的细沙随着他的脚步凹陷下去，形成一圈拱起的波纹，涌上他的脚踝，于是他不得不停下来，脱掉那双硬邦邦的皮鞋。但他那双黑袜子里也渗进了不少沙子，于是他又脱掉袜子，胡乱塞进口袋里。他一只手拎着一只鞋，朝海里走去。他看到有些人把鞋子系在腰带上，好空出双手来。但那种不对称深深地激怒了他，于是他把鞋子套在手上，一副要大头朝下倒立着走进水里的样子。

　　夕阳的光辉横铺在沙滩上，照耀着这狼藉一片的沙丘，在每个突起的小沙坡上勾出一道刀锋般锐利的金边。在沃特豪斯看来，仿佛有什么模式蕴含在几道金边曲线的纠缠与重合之中，引人深思，意味深长——不过他已经太累了，懒得动脑筋去思考它们的意义。有些地方的沙丘已经被海鸥踏平了。

　　被海浪冲刷的沙滩边缘十分平坦。一串小孩子的脚印留在那里，像是一株沿着细细的枝干中轴向外伸展的栀子花束。沙滩看上去就是一个几何平面，直到涌起的潮水将它吞没。海水细小的旋涡暴露出沙滩上不那么平整的地方，同时也改变了沙滩的形态。大海就像一台图灵机，而沙滩则是纸带。海水读取沙滩上的符号，有时将它原有的符号洗掉，有时又用细小的水流为它添上新的符号——而那水流又正是由于读取原本的符号而产生的。沃特豪斯沿着海边走过，他沉重的步伐在被潮水冲刷的沙滩上留下了深深的脚印。海浪最终泯灭了他走过的痕迹，但是在这过程中，大海的状态已经被改变了，水流的形态也已经和以前不同了。沃特豪斯不由想象到，也许这道被扰乱的水波将会越过太平洋，将信息传递到某个极密的日本监听装置上，一种用竹筒和菊花叶片做成的装置。而监听者将会获悉沃特豪斯曾经从海边走过。与此同时，这些在沃特豪斯脚边打转的水流也告诉了他日本船只螺旋桨的样式和他们海军的舰队部署——要是他能听懂就好了。激荡的水波里隐藏着那么多隐秘的信息，仿佛在嘲笑他的无知。

对于沃特豪斯来说，陆地上的战争已经结束了。现在他已经远远离开，来到了这片海洋里。这是他到洛杉矶以来第一次真正地看海，这片海。它是多么广阔啊。以前他还在珍珠港的时候，总觉得它不过就是一片空白，一片虚无。但是现在，他意识到它也是战场里活跃的一分子，一个情报的携带者。在这样的大海里作战简直能把人逼疯。不知当时麦克阿瑟将军是什么感觉？在火山群和异乡的树林里一住就是好几年，彻底忘掉你所熟悉的橡树、玉米地、暴风雪和橄榄球赛？和凶残的日本人在丛林里激斗，将他们熏出洞穴，把他们逼到海边跳崖？像某个东方的国王一样，君临数百平方英里的领土，麾下数百万军人。你和现实世界的联系仅仅维系在一根埋在海底的铜缆上，每天夜里，细细的铜丝上传来微弱的点点线线的信号？这种生活将会把你变成一个什么样的人呢？

第五十一章 哨 站

当他们领头的中士被澳大利亚人击杀之后，后藤传吾和他幸存的同伴们就陷入了没有地图的窘境。想要在遍地战火的新几内亚丛林里前进却没有地图，这实在糟糕，糟糕，大大地糟糕。

倘若在别的国度，他们还可以先下山，走到海边，再沿着海岸线前进。但是在新几内亚，沿岸甚至比内陆更难走，因为在沿岸那片连绵的沼泽里住着可怕的食人族。

最后，他们还是循着爆炸声找到了一处日军的哨站。虽然他们手头没有地图，但是美国第五航空队却有啊。

对于后藤传吾来说，持续不断的轰炸声反倒是一种安慰。自从与澳军的那场遭遇战以来，他产生了一种不敢吐露出来的想法：等他们终于到达目的地时，迎接他们的只会有漫山遍野的敌人。他开始有这样的想法，毫无疑问，他是再也不配当一名效忠天皇的军人了。

无论如何，轰炸机隆隆的轰鸣声，炸弹爆裂时的巨响，地平面上一闪而过的强光，这些信号都引导着他们朝日军的营地走去。后藤传吾的同伴里有一名来自九州的农民，他似乎有着用不尽的激情来代替食物、饮水、睡眠、药物和一切生理需求。在他们披荆斩棘穿越树林的时候,他一直想象着有那么一天,他们终于来到营地附近,听到高射炮的声音,看到美军的飞机被炸成碎片,坠入海中。他正是靠着这种想象保持着高昂的情绪。

但那一天始终没有到来。他们离目的地越来越近,周围开始出现患了痢疾后排泄物的恶臭和鲜肉的腐烂味,现在他们甚至闭着眼睛、光凭鼻子都能走到终点了。随着恶臭越来越浓,浓到无法抗拒的时候,那个热情高昂的同伴突然发出了一声奇怪的咕哝。后藤传吾转过身,看到他的额头中央出现了一个古怪的椭圆形伤口。他摔倒在地,痉挛着。

"我们是自己人!"后藤传吾说。

* * *

每当太阳升起的时候,地上的沙坑和掩体在阳光的照耀下一览无遗,紧接着就是天上飞来无数的炸弹在他们身边爆炸开来。不幸的是,这里的水位几乎与地面平齐。还没等脚从黏糊糊的稀泥里拔出来,水就积满了脚印。弹坑形成了一个个圆形的小池塘,狭长的战壕变成了蜿蜒的沟渠。这里既没有带轮子的交通工具,也没有驮兽,没有牲畜,也没有建筑。那些焦黑的铝块大概曾经是飞机上的某个部分。这儿也有几台重型武器,但是它们的炮管早就因为狂轰滥炸而堵塞歪曲,表面布满了弹壳飞溅的痕迹。棕榈树只剩下个树桩,上面像皇冠似的插着几枚参差的弹片,那想必是附近的爆炸造成的。地面上的红土被觅食的海鸥甩得到处都是。后藤传吾已经猜到了它们在撕扯的究竟是什么东西,紧接着发生的事进一步证实了他的猜想:一块人类的下颌骨碎片划伤了他的赤脚。空气、水流、泥土的每一粒分子都沾染着烈性炸药爆炸后产生的味道,这味道让后藤传吾想起了自己的家乡；在那儿，人们用同样的东西粉碎挡在矿脉面前的石头。

一名下士陪着后藤传吾和他剩下的那名同伴从营地外围走进了泥土上支起的一座帐篷里。帐篷的拉绳不是绑在树桩上，而是固定在树干横生的枝丫和大块的武器残骸上。帐篷里的烂泥地上铺着板条箱的木盖子，一个五十岁上下的赤膊男子盘腿坐在一个空弹药箱上。他浮肿的眼皮沉重地耷拉在眼球上，看不出来究竟是睡着还是醒着。他的呼吸很不规律。每当他吸气时，肚子上的皮肤就会瘪进肋骨间的缝隙里，给人一种那副骨架就要挣脱出这个无用皮囊的错觉。他的脸已经很久没刮过了，但是那几根稀疏的细毛又很难称得上是"胡子"。他正在对一个书记员含混不清地交代着什么，书记员蹲在一个印着马尼拉的板条箱盖上，一边听一边记。

后藤传吾和他的同伴在那儿站了大约有半个小时，极力克制住心中的失望。他本来指望自己现在已经能躺在看护床上喝味噌汤了。但面前这些人的情况比他们还要糟，他甚至担心他们反而需要他的帮助呢。

无论如何，能站在帆布帐篷里，站在某个有实权且能管事的人面前，这感觉不坏。不时有人往帐篷里递送解密过的情报，这意味着附近至少还有一台正常工作的无线电发报机，还有几摞密码本。至少他们还没和外界失去联系。

"你会干点儿什么？"当那个军官终于拨冗听完后藤传吾的自我介绍之后，开口问道。

"我是工程兵。"后藤传吾说。

"哦。你会造桥？简易机场？"

军官的语气中带着戏谑。对于现在的他们来说，桥梁和机场就像太空飞船一样遥不可及。他的牙齿已经全部脱落，几乎是蹭着牙龈吐出这几个字,一句话里时常要停下两三次来吸气。

"如果上级命令我建造这些设施的话,我也能做得到,但在这方面有人能够比我干得更好。我的专业是地下工程。"

"碉堡?"

一只黄蜂在他脖子后面叮了一口,他陡然吸了一口气。"如果上级命令我建造碉堡的话,我也能做得到。我的专业是在地下或岩体中挖隧道,尤其是在岩体中。"

军官盯着后藤传吾瞧了好一会儿,朝他的书记员瞥了一眼,后者稍稍躬了躬身,往本子上写了点什么。"你在这儿没什么用。"他毫不客气地说道,好像是说给在场的每一个人听的。

"长官!我还会操作南部轻机枪。"

"南部完全是废物。跟美军和澳军的武器不能比,尽管在丛林中打防御还有点用。"

"长官!我会保卫阵地直到最后一刻——"

"很可惜,他们不可能从密林那边攻进来的。他们惯用的是投弹轰炸。南部又没法把飞机打下来。他们从海那边飞过来,南部对付不了这种两栖突袭。"

"长官!我在丛林里生存了六个月。"

"哦?"对方第一次露出了感兴趣的表情,"你吃什么呢?"

"幼虫和蝙蝠,长官!"

"去给我找点儿来。"

"立刻就去,长官!"

* * *

他解开几卷旧麻绳,抽出一根根的细麻线,然后打结、织网,再将它们搭在树上。等他做好这一切之后,剩下的就很简单了:每天早上爬上树去,把那些困在网里的蝙蝠捉起来。每天下午则用刺刀剜腐烂木头里的幼虫。太阳下山之后,他就钻进积满污物的散兵坑里,等待太阳再次爬上来。当炸弹在他身边爆炸时,他就会陷入一种无法摆脱的休克状态,连意识都彻底游离于身体之外。在那之后的好几个小时里,他的身体都会忙忙碌碌地干这干那,但脑子里一片空白。从现实世界挣脱出来的意识就像一台空转的机器,以最高的速率急速转动呼啸着,但除了磨损自己以外不做任何有用功。除非有人跟他搭话,不然他根本无法从这种状态中清醒过来。紧接着的又是更加猛烈的轰炸。

* * *

一天夜里,他突然发觉自己脚下踩着的是一片沙地,奇怪。

空气闻起来异常清新,奇了怪了。

还有人跟他一起走在这片沙地上。

他们身边跟着几名脚步蹒跚的士兵,一名下士被南部压弯了腰。他以一种奇异的眼神望着后藤传吾。"广岛。"他说。

"你刚刚在跟我说话吗?"

"广岛。"

"你在'广岛'之前说的是什么?"

"在。"

"在?"

"在广岛。"

"'在广岛'之前又是什么?"

"姨妈。"

"你刚刚是在说你姨妈在广岛?"

"是的,她也……"

"什么意思,她也?"

"那条信儿。"

"什么信儿?"

"我让你帮我记着的那条口信儿,也告诉她。"

"哦。"后藤传吾说。

"你还记得那些名字吧?"

"那些你要带信儿的人的名字?"

"嗯,再重复一遍吧。"

这名下士带着山口县的口音,这里的士兵大多数来自那儿。他看起来不像是个城里人,而像乡下来的。"呃,你的父母,在山口乡下。"

"嗯!"

"你的兄弟,在——海军?"

"嗯!"

"你的姊妹,在——"

"在广岛当老师,没错儿!"

"还有你那位住在广岛的姨妈。"

"别忘了我在吴市的大伯。"

"哦,对的。抱歉。"

"没关系!现在来复述一遍我的信儿吧,免得你忘了。"

"好。"后藤传吾深吸了一口气。现在他已经差不多清醒过来了。他们正朝海边走去,他和另外六七个人,卸下了武器,拿着小包,周围还跟着下士和几个士兵。微波荡漾的海面上泊着一只橡皮筏。

"我们快到了!我的信儿!再重复一遍!"

"我亲爱的家人。"后藤传吾开口道。

"对喽——没一点错儿!"下士说。

"我的思念与你们同在。"后藤传吾瞎掰起来。

下士看起来有点沮丧,"差不多吧——继续说。"

他们来到了小筏边上。几个人上前解开小筏,朝水里推了几步。后藤传吾闭上嘴,看着其他人朝海里走去,然后爬上橡皮筏。下士在背后轻轻推了他一下。后藤传吾摇摇晃晃地走进水里。没有人冲他大喊大叫,他们只是伸出手,把他拉上船。他一脚踩进船里,双膝先着船底,爬上了船。其他人已经开始划起来了。后藤传吾定定地看着下士,他还站在海滩上。

"这是我留给你们最后的信息,当你们听到它时,我已永久地长眠在了靖国神社的净土中。"

"不!不对!不是这样的!"下士大叫道。

"我知道你们将会来探望我,带着深切的怀恋,正如我怀恋着你们。"

下士冲进海里,溅起朵朵水花,企图赶上小筏。另外几个士兵见状也跳进水里,抓着他的胳膊把他拽了回来。下士吼道,"我们马上就会打败美国佬,我与我的同志们将带着胜利的荣光回到广岛!"他像小学生背课文似的叫道。

"我在一场光荣的战役中义勇捐躯,一刻也不曾辱没身上的使命!"后藤传吾吼了回去。

"请给我寄些好线来,我才能补好我的靴子!"下士嘶吼道。

"我们在军队里过得很好,在这最后的这几个月里,你们简直想象不出我们是多么舒适洁净,就好像从来不曾离开过祖国的列岛!"后藤传吾也大喊着,尽管他知道自己的声音很可能已经被浪声淹没了。"而那最后的战役,死亡来之何速!慨然赴死的年轻生命,犹如我们佩于胸前那天皇敕命中的樱花，在盛放的时节凋零！而我们与这世界的永诀，相比于我们即将带给新几内亚人民的和平与昌盛，又是多么微不足道的代价！"

"不，全都错了！"下士哭喊着，但是他的同伴已经将他拖回岸上，回到丛林里去了。他的声音很快就被丛林那永不止息的喧闹所掩盖，被那一片哼哼呼呼、叽叽喳喳、唧唧咕咕的鬼哭狼嚎所吞没。

后藤传吾闻到了一股汽油味和尿骚味。他转过身。天幕中的繁星被一截黑乎乎的长条物体遮断了，看形状有点像潜艇。

"你的口信比他自己的强多了。"有人喃喃自语道。那是一个背着工具箱的年轻人。虽然他是一名飞机技师，但已经有半年没见到一架日本飞机了。

"没错。"另一人搭腔道，很显然他也是一名技师，"你这条口信比较能让他家人感到欣慰。"

"谢谢你们。"后藤传吾说，"不幸的是，我甚至连那孩子叫什么都不知道。"

"那就去山口吧，"第一个技师说道，"随便找一对老夫妇，把这些话告诉他们吧。"

第五十二章 流 星

"干起来的时候可真感觉不到你有那么聪明。"鲍比·沙夫托带着敬畏的口气说道。

墙角的柴炉正发出灼灼火光,尽管现在不过是他娘的九月——瑞典的九月,沙夫托刚刚在这儿度过了半年时光。

尤丽叶塔皮肤黝黑,身材修长。她从床上伸出一只长长的手臂,在床头柜上胡乱摸索着香烟。

"你够得着那块破布么?"沙夫托用眼神指了指香烟边上一条折得整整齐齐的美国海军陆战队手帕。他胳膊太短。

"要来干吗?"尤丽叶塔像所有芬兰人一样说着一口流利的英语。

沙夫托长叹了一口气,把脸埋进她的黑发里。波的尼亚湾的海水在他们下方拍打着,冲起层层泡沫,像是一台没调好台的收音机里不明所以的声音。

尤丽叶塔专会问这种刁难人的问题。

"我只是不想在执行撤退的时候弄得一团糟,夫人。"他说。

他的耳后传来尤丽叶塔捻动打火机的声音,一下,两下,三下。紧接着她深深吸了口烟,拱起的胸腔把他也顶了起来。

"慢慢来嘛,"她心满意足地叹了口气,声音像饱含浓缩焦油的糖浆,"你急着干吗去,游泳?侵略俄国?"

从这里出去,穿过海湾,就是芬兰。那儿有俄国人,也有德国人。

"你看,你光是提到游泳,我下面就要软了。"沙夫托说,"所以总是会出来的,这确凿无疑。"他觉得自己应该没把"确凿"这词说错。

"然后呢?"尤丽叶塔问。

"然后就会把床弄湿一块。"

"那又怎么样?这蛮正常嘛。自打床这玩意儿出现以后,人类就已经习惯睡在弄湿的床上了。"

"他妈的。"沙夫托说着,干脆突然挺起身子英勇地去抓那张印着"永远忠诚"的手帕。尤丽叶塔伸出手,根据她之前对他的身体做详尽制图测量的经验,在某个敏感的部位轻轻一掐。他扭过身子也没躲开,所有的芬兰人都是运动好手。他退了出来。太迟了!他手忙脚乱地抓起手帕,钱包被他扫到了地上,这才从尤丽叶塔身上滚下来,用手帕紧紧包着下体——像是一面从歪倒的旗杆上垂下的旗帜似的,一面投降的旗帜,鲍比·沙夫托今生唯一会举的一面白旗。

然后他又躺了一会儿,静静聆听大海的涛声与炉子里柴火噼啪的声响。尤丽叶塔翻身滚到一侧,避开了床上弄湿的地方,尽管那"蛮正常嘛"。她在一边享受起香烟来,尽管那并不是她的香烟。

尤丽叶塔身上有一股咖啡的味道。沙夫托喜欢把鼻子凑上去,尽情嗅闻那副带着咖啡香气的身体。

"天气不算太糟,奥托叔叔天黑前就该回来了。"她说。她懒洋洋地望着一幅斯堪的纳维亚的地图。瑞典活像一根软趴趴的割过包皮的阳具,凸出的芬兰睾丸似的挂在下面。芬兰东部,与俄国交界的那条线早已不再存在。这条虚幻的国境线被尤丽叶塔的叔叔用铅笔打上了一连串的叉,记录并标注了斯大林对斯堪的纳维亚大刀阔斧的阉割。他正像所有芬兰人一样,滑得一手好雪,打得一手神枪,同时也是一个绝不屈服的斗士。

但他们仍旧看不起自己。沙夫托想,那也许是因为他们最后还是将防线交给了德国人的缘故。芬兰人擅长用一种古典的、个性化的、零碎的方式杀死俄国人,但是当芬兰人变得不够用的时候,他们不得不求助于德国人——德军人多势众,而且相比于芬兰人单打独斗的作战方式,他们自有一种大批量剿灭俄国人的手段。

尤丽叶塔对沙夫托这种头脑简单的解读嗤之以鼻:芬兰人的性格比鲍比·沙夫托想象的要复杂一百万倍,他根本就不可能理解他们。就算没有爆发这场战争,这世上也有茫茫多的理由让他们自甘沉沦。试图解释这一切根本没有意义。她所能做的只有通过每一两个星期就来跟他干个天翻地覆来给他留下一个关于芬兰人心态最最模糊的剪影。

他躺得太久了,那块小手帕上留下的精液很快就要像环氧树脂那样凝固起来了。想到这儿,他像被针刺似的跳了起来。他溜下床,在严寒中缩着身子跳了几步,跳过冰冷的木板,一沾上地毯,就一溜小跑蹿到了温热的炉火旁。

尤丽叶塔翻过身,平躺在床上,看着这一幕。她带着一种品评的目光打量着他。"爷们点儿,"她说,"去给我弄杯咖啡来。"

沙夫托抓起小屋里一把铸铁的水壶——它沉得要命,要是有需要甚至可以充作船锚。他扯了张毛毯披在肩上,跑出屋外。他知道赤脚踩在开裂的码头上一定不舒服,干脆就在防波堤边上停了下来,朝海滩上撒了泡尿。那道黄色的抛物线在薄雾里若隐若现,还带着一股咖啡的味道。他斜眼朝海湾那边望去,看到岸边有一艘正在卸圆木的拖船,上面还有几个水手,但那并不是奥托叔叔的船。

小屋身后伫立着一座水塔,里面贮存着从山上流下的溪水。沙夫托灌满水壶,抓起几根柴火,灵活地绕过包着金属箔纸像砖头般堆在地上的咖啡和一垛垛索米冲锋枪的弹药箱,跑回了屋里。他把水壶架在铁炉上,又往里边塞了几根柴火。

"你柴火用得太多了,"尤丽叶塔说,"奥托叔叔会发现的。"

"我会再去砍点来的,"沙夫托说道,"这鬼地方除了木头也没别的东西了。"

"如果你把奥托叔叔惹火了,那够你砍上一天的。"

"意思是说,他可以原谅我睡了他侄女,但是因为我多用了几块木头给她煮咖啡,我就要被扫地出门了?"

"扫地出门,"尤丽叶塔说,"连咖啡渣一起。"

芬兰这个国家(按照奥托的说法)已经陷入了存在主义式的绝望和自杀倾向抑郁的长夜中。那些通常的纾解方法,比如说用蘸水的桦树枝鞭笞自己啦,尖酸刻薄的幽默感啦,昼夜不分地纵饮烂醉啦,都已经失去了作用。唯一能救芬兰的只有咖啡。然而不幸的是,这个国家的政府竟然如此鼠目寸光,居然提高了咖啡的进口税和购买税。那些钱也许是用来对付俄国佬了,也许是用来安顿成千上万流离失所的芬兰人了——只要酒鬼斯大林或者神经病希特勒在地图上用红笔画一个圈,他们就得搬家——但无论如何,这项政策只会让咖啡变得越来越难买。按照奥托的说法,除了那些被咖啡走私贩子渗透的地区,其他地方的芬兰人全都是行尸走肉而已。虽然这个民族向来跟好运沾不上一点边,但是他们却紧邻着波的尼亚湾另一边那个繁荣的国度,不仅中立,还盛产咖啡——这不得不说实在是一种运气。

在这样的背景下,在诺斯布鲁克这个小镇上建立一个小小的芬兰人走私基地的意义当然是不言自明的了。奥托缺的只是一个肌肉发达的家伙，帮他把咖啡装上船，再把他带回来的货物卸下来。招聘要求：肌肉发达，头脑简单，不计较报酬，奥托给啥就拿啥。

美国海军陆战队的鲍比·沙夫托中士将咖啡倒进磨豆机里，抓住曲柄转了起来。黑色的咖啡粉在底下的咖啡壶里飞舞。他已经学会了像瑞典人那样做咖啡，把生鸡蛋和咖啡粉混在一起。

砍柴，干尤丽叶塔，磨咖啡，干尤丽叶塔，在海滩上撒尿，干尤丽叶塔，装货卸货。这半年来鲍比·沙夫托除了这些基本没干别的。在这场席卷全球的腥风血雨中，他在瑞典找到了它那灰绿色的、平静无波的台风眼。

尤丽叶塔·基维斯提克正是那台风眼中最难解的谜团。他们之间有的不是一段感情，而是许许多多段感情。每一段感情开始时，他们彼此甚至不交谈，也不认识对方——沙夫托只是帮她叔叔卸货的一个流浪汉而已。每次结束时，他们都已经滚在床上了。而这中间短则一星期长则三星期的空白里，则充满了各种战术机动、操之过急和针锋相对的撩拨与调情。

除此以外，每次都跟以往的大不相同，仿佛每次都是两个完全不同的人之间完全不同的感情。真是太疯狂了。也许因为尤丽叶塔是个疯子，比鲍比·沙夫托疯狂得多。不过现在，沙夫托又有什么必要保持理智呢。

咖啡煮开了，他过滤掉鸡蛋，然后给她倒了一杯。这只不过是出于礼貌罢了：这段感情刚刚结束，下一段感情还未开始。

当他把咖啡端给她的时候，她已经坐了起来，嘴里叼着另一支烟，正在（像所有女人会干的那样）清空他的钱包。他自己已经很久没清理过钱包了，上一次那么干还是在——还是十年前在奥科诺莫沃克做这个钱包的时候，为了拿童子军制皮技能证章。尤丽叶塔把里面的东西全掏了出来,然后像看书似的仔细翻阅着它们。大多数东西都被海水泡烂了。她正在饶有兴味地看着一张照片,格洛丽的照片。

"还我!"他一把将照片夺了回来。

如果她是他的恋人,那么他们之间肯定要来一番蠢兮兮的"来抓我呀",最后也许又得来上一发。但她现在只是个陌生人,所以也就听任他把钱包抢了回去。

她看着他放下咖啡,那眼神就像看一个咖啡厅的男招待。

"你有女朋友啊——在哪儿?墨西哥?"

"马尼拉,"鲍比·沙夫托说,"如果她还活着的话。"

尤丽叶塔兴味索然地点了点头。她既不嫉妒格洛丽,也不担心她落入日本人魔掌之后的命运。反正在菲律宾发生的那些破事也不会比她在芬兰目睹的这些更糟糕了。再说了,她又何必去关心她叔叔手下一个连名字叫啥都不知道的年轻搬运工一段曾经的爱恨情仇呢?

沙夫托依次穿上短裤,羊毛裤,衬衫,毛衣。"我要到镇上去,"他说,"告诉奥托我会回来帮他卸货的。"

尤丽叶塔没有回答。

最后,出于礼貌,他在出门前从一堆箱子后面捞出一把索米冲锋枪[①],仔细检查了一遍:状态良好,子弹在膛上,随时可以射击——和他一个小时前检查它时一模一样。他把枪放回原处,转过身,跟尤丽叶塔四目相对。片刻后他走了出去,顺手带上了门。他能听到身后传来她赤脚落在冰冷地板上的足音,还有门闩闩上那令人满意的响声。

[①] 原注:不言而喻,芬兰人连自动武器都要用自己的牌子。(译注:索米[Suomi]是芬兰语中"芬兰"的意思。)

他穿上一双高筒橡胶鞋，沿着海滩朝南走去。这双鞋是奥托的，对他来说是大了几码。这让他觉得自己仿佛还是威斯康星的一个小男孩，啪嗒啪嗒地踩着水。这是他这个年纪的男孩子本该做的事：勤奋刻苦地干好一份简单的工作，跟女孩儿接吻，去镇上买烟，也许喝杯啤酒。要他坐着重武装飞机用现代武器弄死成千上百有自杀倾向的外国佬，这念头真有点不合时宜。

每隔几百码，他就放慢脚步，观察那些被海浪冲上岸、大半埋在沙里的铁桶或者其他残骸。上面或印着西里尔字母，或印着芬兰语，或印着德文，都已经模糊不清了。这些东西让他想起在瓜岛岸边看到的那些日本人的铁罐。

明月映海流
今夜无人眠沙洲
挥铲不停休

战争造成了许多无谓的浪费，不单是这些被冲上岸的箱箱罐罐。比如说，最常见的就是，士兵们常常被要求自愿牺牲以保全他人。瓜岛给沙夫托的教训就是，你永远不知道命运会不会选中你成为那个人。你可以带着一份由安纳波利斯出身、久经沙场的指挥官在数以吨计的情报基础上制定出来的史上最简单最明确最有效的作战计划参战，但是在第一声枪响的十秒之后，场面会彻底失控，人们像疯子似的到处乱窜。那个在一分钟以前还天衣无缝的作战计划现在看起来就像你的高中毕业纪念册上的留言一样幼稚。不停有人送命。有些人是因为运气不佳正好站在炮弹下面，但实际上——有些耸人听闻——更多的人是因为上头命令他们去死。

U-691正是如此。那艘特立尼达货船也许只是一个绝妙的计策

（他猜是沃特豪斯想出来的），但是其中出了点差错，于是一位盟军的指挥官就下达了命令：让沙夫托和鲁特，还有U-691上所有的船员，一起去死吧。

他本该死在瓜岛上，和他的弟兄们死在一起，但是他没有。从瓜岛到U-691之间的这段日子都是他白赚到的。他甚至还有机会回去跟家人见了一面，这简直像是耶稣复活之后的待遇了。

而现在，鲍比·沙夫托已经毫无疑问地死了。这就是他为什么能如此优哉地走在沙滩上，带着一种亲切的感同身受看着这些东西。因为他鲍比·沙夫托自己，也不过是一具被冲上瑞典海滩的尸体罢了。

正当他这么想着的时候，他看到了那道天堂幻影。

天空就像一只新镀的水桶倒扣在这片土地上，遮蔽了碍眼的阳光。此时若有人在半英里外点上一支烟，那亮度大概比得上一颗新星了。在这种天气状况下，那道天堂幻影就像一整个星系脱离了轨道，擦着天际飞过。你也许会把它误认为一架飞机，但它却没有飞机那种单调乏味的嗡嗡轰鸣。它拖着一条带火的尾巴，伴随着一声悲鸣划过天边。那速度比飞机要快得多。它从波的尼亚湾的方向飞来，沿着奥托屋子北面的海岸线飞行了数英里，速度越来越慢，高度也降了下来。但是随着速度的减慢，它身后的火焰却暴涨起来，逐渐爬上它黑色的躯体，像即将燃尽的蜡烛卷曲的烛芯。

它消失在树林里了。在这儿，所有的东西迟早都要湮没在树林里的。一道火光从树林中冲天而起，鲍比·沙夫托数道，"一千零一[①]，一千零二，一千零三，一千零四，一千零五，一千零六，一千零七。"这时他听到一声爆炸，便停了下来。然后他转过身，加快脚步朝诺斯布鲁克走去。

---
① 一般认为英文的一千零一（one thousand one）读完刚好是一秒钟。

第五十三章　薰衣草玫瑰

兰迪想到下面去亲眼见见 U 艇。道格语气平平地表示欢迎兰迪这么做，但他需要先制订一份可行的潜水计划，并提醒他沉船的深度是一百五十四米。兰迪点点头，就好像他当然知道要事先制订计划一样。

他希望让什么事都像开车那么简单，坐进去往前开就行了。他认识几个开飞机的人，还记得当初他发现一个人不能就这样坐上一架飞机（连小型的也不行）然后起飞时的感觉——你必须得有飞行计划，而就算你有一整箱书本、表格、专业计算器，和远超过一般消费者级别的天气预报信息，你制订出来的飞行计划仍然可能是糟糕、错误、肯定会让你送命的计划。一旦接受了这个概念，兰迪不得不承认它还是合情合理的。

现在道格·沙夫托又告诉他说，就为了往背后捆几个罐子并游一百五十四米（虽然是垂直向下游）再回来，他也得制订一个计划。所以兰迪从格洛丽四号里那用弹力绳捆住的书架上扯下几本有关潜水的书，试图对道格所指的东西至少形成一个模糊的概念。兰迪这辈子从来没试过水肺潜水，但他在雅克·库斯托①的片子里见过别人潜水，看起来挺简单的。

兰迪查阅的前三本书里含有的详细信息已经多得足以让他再次体验自己第一次听说飞行计划时的那种丧气感。翻开书之前，兰迪已经准备好了自动铅笔和坐标纸，以便随时做笔记。半小时之后，他还在试图弄清楚那些表格的内容，一条笔记也没做。他发现这些表格里面所说的深度都只到一百三，而且讨论的也只是在水下待五到十分钟的程度。然而他知道艾米和沙夫托那些肤色各异、民族混杂、不断增多的水肺潜水员在这种深度下潜水的时间要长得多，而且已经在把东西从沉船中运上来了。比如说有这么一个铝制公文包，道格希望从中找到一些线索——这艘U艇上载着些什么人，以及它为什么来到了错误的半球。

兰迪开始担心自己还没来得及在坐标纸上写下一笔，整条沉船就会被掏空了。每天都有一两个潜水员从巴拉望搭快艇或螃蟹船出现。金发碧眼的冲浪男孩，沉默寡言的大傻个子，抽烟的法国人，玩任天堂游戏机的亚洲人，可以捏扁啤酒罐的前海军，蓝领乡巴佬。他们全都有潜水计划。为什么兰迪就没有潜水计划？

他开始参照一百三的深度给计划打草稿，反正看起来跟一百五十四也差得不远。经过一个小时的努力后（时间长得足以让他凭空捏造出各种可能发生的细节问题），他碰巧注意到他参照的这份表格的单位是英尺，而不是米，也就是说那些潜水员潜的深度比这些表格讨论的最大深度还要大三倍以上。

兰迪合上所有的书，暴躁地盯着它们看了一会儿。书都很新，封面上印着彩色照片。他之所以选了这些书，是因为（现在他开始

---

① 雅克·库斯托：法国海军军官、探险家、生态学家、电影制片人、摄影家、作家，海洋及海洋生物研究者，法兰西学院院长。

自我反省）他是一个计算机业内人士，而在计算机的世界里，任何出版超过两个月的书都已经是徒有其表的怀旧品了。再仔细观察一下，他发现这三本崭新的书都有作者的亲笔签名，还有很长的题词：两本是写给道格的，一本写给艾米。赠予艾米这一本的题词显然是一个深深迷恋着她的男人写的。读那篇题词简直像往脸上抹塔巴斯科辣椒酱。

他得出的结论是，这些书都是为灌多了朗姆酒的游客写的消费者级潜水指南，而且出版商们一定让大批律师一字一句地审查过，确保以后不会出现法律责任问题。因此这些书的内容大概只表述了作者实际了解的潜水知识的百分之一，但律师们保证了作者甚至不能提到这一点。

好吧，所以潜水员们掌握了大量神秘晦涩的知识。怪不得他们那么像黑客呢——不过是身材健美的黑客。

道格·沙夫托并不打算亲自下到沉船那里去。事实上，当兰迪问他会不会下去的时候，他看起来一脸惊讶，甚至可以说是轻蔑。他的工作是检视年轻潜水员们带上来的东西。他们已经开始用数码相机进行摄影调查，道格一直在用他的激光打印机打印 U 艇内部的放大图像，并将它们贴在格洛丽四号里他军官室的墙上。

兰迪现在正给潜水书籍分类：淘汰任何带有彩图，或看起来像是二十年内出版的书，要不然就是封底的推荐语里有绝妙、棒极了、人性化，或者最糟糕的，浅显易懂的书。他寻找的是大部头的旧书，装订线破破烂烂、用粗黑大字印着标题的书，比如《潜水手册》。如果上面有道格·沙夫托愤怒的旁注，那就额外加分。

收件人：randy@epiphyte.com
发件人：root@eruditorum.org

主题：教皇

兰迪：

　　让我们把"教皇"作为该密码系统的暂定名称。这是一个战后密码系统。我的意思是，在看到图灵一伙人对恩尼格玛机做的事情之后，我得到一个（现在显而易见的）结论，即任何现代密码系统都最好能够抵御机器密码分析。"教皇"使用 54 元排列作为密钥——注意，每条信息都有独立的密钥！——且使用该排列（我们将其称作 T）来生成密钥流，并和明文（P）模 26 相加，就像一次性密码本那样。生成密钥流中每一个字符的过程，令 T 以一种虽可逆但几乎是"随机"的方式改变。

　　这时，一个潜水员带上来一块真正的金子，但不是金条。它是一片锤打成的金箔，边长大约八英寸，四分之一毫米厚，上面打有一系列整齐的小孔，像一张计算机卡片。兰迪有好几天对它着迷不已。他了解到这是从 U 艇船舱里的一个板条箱里拿出来的，同样的金箔还有几千片。

　　这会儿他突然开始看起了名字前有海军军衔、后有医学博士和其他博士学位的人写的书。他们经常花几十页的篇幅讨论膝盖中形成氮气泡之类的物理现象。书里还有绑在台式压力舱里的猫的照片。兰迪了解到，道格·沙夫托不潜到水下一百五十四米的原因，是某些年龄带来的关节变化会增加减压过程中气泡形成的概率。他接受了在沉船的深度上水压会达到十五倍或十六个标准大气压这个事实：这意味着在他上升到水面的过程中，碰巧在他身体里乱晃的任何氮气泡都会变成原来的十五倍或十六倍大，不管这些气泡是在他的大脑里、膝盖里，或是眼球中的微血管里，还是被困在他的五脏六腑里面。他对于潜水医学的理解逐渐达到了有经验的外行的程度，但用处十分有限,因为每个人的身体都不一样——因此每个潜水员都需要截然不同的潜水计划。兰迪得先弄清楚自己的体脂百分比,才能开始在他的坐标纸上写写画画。

潜水同样具有路径依赖性[①]。这些潜水员每次下潜的时候,身体都有部分被氮气充满,但他们上来之后气体并不会完全漏出去——他们所有人:在格洛丽四号上坐着打牌的,喝啤酒的,拿手机跟女朋友打电话的,都无时无刻不在排气——氮气从他们体内渗出来进入大气层,而他们每个人都大概知道当前自己的身体里充了多少氮气,并以一种深刻、几乎是直觉的程度了解这些信息会如何影响脑内那台氮气饱和的、专门用来计划潜水的超级计算机正在酝酿的潜水计划。

一名潜水员带上来一块装金箔的板条箱上的木板。它状况非常糟糕,渗漏出来的气体让它嘶嘶作响。兰迪完全可以想见,如果他在制订潜水计划的时候出了任何差池,他的骨头肯定也会这么嘶嘶作响。木板上有几个模板印刷字隐约可见:尼茨档案[②]。

格洛丽四号上有压缩机,用来把空气压到不可思议的高压后再装进水肺箱。兰迪逐渐了解到气压必须高到那种程度,否则下到那样的深度以后空气根本无法从水肺里出来。潜水员们的身体里都充满了高压空气。他总觉得有哪个潜水员会撞在什么东西上,然后爆炸成一朵粉红色的蘑菇云。

  收件人:randy@epiphyte.com
  发件人:cantrell@epiphyte.com

---

①路径依赖(path-dependent):经济学术语,指在给定条件下,人们过去所做出的决策决定了他们现在可能的决策。
②尼茨档案(NIZ-ARCH):全文为"莱布尼茨档案(LeibNIZ-ARCHive)"。

主题：教皇

你给我转发了一封关于名叫"教皇"的密码系统的邮件。这是你的哪个朋友发明的吗？它的大纲（即利用一个缓慢变化的 N 元排列来生成密钥流）与一个叫作 RC4 的商业系统类似。RC4 在"秘密崇拜者"中的名声毁誉参半——它看起来很安全，也没有被人破解过，但让我们紧张的是它实际上是个单转子系统，虽然转子会进化。"教皇"进化的方式比 RC4 要复杂、非对称得多，所以也许会更加安全。

"教皇"的某些方面有些奇怪。

（1）他谈到生成密钥流中的"字符"，并和明文模 26 相加。这是 50 年前人们还在拿纸笔计算密码时的说话方式。现在我们都说生成字节、模 256 相加。你朋友年纪很大吗？

（2）他说 T 是个 54 元排列。这本身没什么错——但"教皇"用 64 或 73 或 699 元都可以同样运作，所以用 N 元排列来形容它更加合适。N 可以是 54，或者其他任意整数。我不知道他为什么要用 54。大概是因为它是字母表中字母数量的两倍——但这也没什么特殊意义。

结论："教皇"的作者在密码方面经验丰富，但也表现出了可能是个怪老头的迹象。我需要更多细节才能做出结论。

——坎特雷尔

"兰迪？"道格·沙夫托说，示意他到自己的军官室来。

军官室的门后挂着一幅很大的彩色照片，照片里是一座积满灰尘的教堂里一段巨大的石阶。他们站在照片前。"姓沃特豪斯的人很多吗？"道格问道，"这个姓很常见？"

"呃，好吧，这个姓也不算稀罕。"

"关于你的家族历史,你有没有什么想跟我说的事情?"

兰迪知道,作为艾米的一个潜在追求者,他会时时刻刻受到监视。沙夫托家的人这是在对他进行尽职调查呢。"你指的是什么事?黑历史吗?我觉得没什么值得对你藏着掖着的。"

道格心烦意乱地盯着他看了一会儿,然后转过身去面对着那个已经打开了的从 U 艇里拿上来的铝箱。兰迪猜想光打开箱子就需要先制订详细的计划。道格已经把里面杂七杂八的东西在桌上摆开,一一拍照归档。前海豹突击队员道格拉斯·麦克阿瑟·沙夫托在事业的巅峰时期变成了一个图书馆员。

兰迪看到一副金边眼镜,一支钢笔,几张腐蚀的纸片。但似乎还有很多湿透的纸也被从箱子里拿了出来,道格·沙夫托一直在小心地将它们晾干,试图辨认上面的字迹。"战时产的纸基本是屎,"他说,"估计沉到水里几天就化成泥了。这个公文包里的纸至少没被海底生物吃掉,但大部分也没了。然而箱子的主人显然是某种贵族。你看看那眼镜,那钢笔。"

兰迪上前查看一番。潜水员们在沉船里发现了牙齿和填充料,但没有能算是遗体的东西。人们死去的地方只有这些坚硬、惰性的痕迹作为标记,比如眼镜。就像一架爆炸的客机残骸。

"我想说的是,他的公文包里有几张好纸——"道格继续说,"私人信纸。所以我们怀疑他的名字是鲁道夫·冯·海克赫伯。你对这名字有印象吗?"

"没有,但我可以上网查查……"

"我已经查过了。"道格说,"只有几条结果。有个叫这名字的人在三十年代写了几篇数学论文。还有德国莱比锡周边的几个机构也叫这个名字:一家酒店,一座剧院,和一家已经倒闭的再保险公司。基本就这些了。"

"好吧，如果他是个数学家，也许他跟我爷爷有点关系。你是因为这个才问我家里的事儿吗？"

"看这个。"道格说，用指甲敲了敲一个装满透明液体的玻璃托盘。里面漂着一个脱了胶、展开着的信封。兰迪弯下腰，眯眼看着它。背面有几个铅笔写的字，但无法辨认，因为信封的四个折起的角被展开了。"可以吗？"他问。道格点点头，递给他一副医用橡胶手套。

"干这事儿不用潜水计划吧？"兰迪说着把手套戴上。

道格并不觉得好笑。"水比看起来更深。"他说。

兰迪翻转信封，把四个角折回来，重新组成文字。上面写着：

沃特豪斯

薰衣草玫瑰

第五十四章 布里斯班

透过一扇上面贴着交叉胶带的尘封的小窗，劳伦斯·普里查德·沃特豪斯眺望着布里斯班的街景。空空荡荡的。一辆出租车磕磕碰碰地驶入了附近的堪培拉饭店，那儿是中级军官的大本营。这是一辆靠后车厢里的炭炉驱动的汽车，身后冒出滚滚浓烟。脚步声透过玻璃传了过来。那不是军靴发出的嘈嘈踏步声，而是知性的女性穿着的便鞋发出的笃笃敲击声；她们是本地的志愿者。沃特豪斯本能地凑近窗前想要一窥究竟，但那不过是浪费时间罢了。穿着那样的制服，哪怕是一整个团的挂历美女走过一艘满载士兵的战舰过道，也不会有人对她们吹一声口哨或者挤眉弄眼、动手动脚。

一辆货车从辅路开出，正打算加大油门驶上主干道的时候突然回火了。布里斯班仍旧处于对空袭的担忧之中，谁也不愿意听到这么突如其来的一声巨响。这辆货车看上去就像被阿米巴原虫侵袭了一样：车背上鼓鼓囊囊地用橡胶帆布装着一袋天然气。

他身处一幢商业建筑的三楼，这幢貌不惊人的建筑最大的特色大概就是它有四层。一楼是一家烟草零售店，在"那位将军"被日本人打儿子一样从科雷希多岛打回布里斯班之前，其他楼层估计都是空着的。他同时也将这个城市一举变成了西南太平洋战区的中心。在将军到来之前，这儿肯定有大把空余的办公楼空间，因为许多本地人由于害怕侵略，早已逃到南方去了。

沃特豪斯有大量的时间来熟悉这座城市和它周边的环境。他在这里待了足足有四个星期，但上头没有指派任何任务给他。他之前在英国工作的时候总是被支使得团团转。他狂热地完成每个派到他手上的任务，直到他突然接到那道绝密且优先级最高的命令：采取一切可能的手段将他送往下一个目的地。

然后他就被送到了布里斯班。海军护送他越过太平洋，马不停蹄地在几个军事基地间穿行，有时乘水上飞机，有时也坐别的交通工具。他在同一天跨过了赤道和国际日期变更线。但是当他们来到尼米兹的太平洋战区和"那位将军"的西南战区中间的边界时，那感觉就像是撞进了一堵石墙里一样。他磨破了嘴皮子才混上一条运兵船抵达新西兰，再转往弗里曼特尔。那些运兵船真是太可怕了：简直是烤士兵的烤箱，经受着阳光的炙烤，但是为避日军潜艇的耳目及其后的追杀，任何人都被禁止到甲板上去。就算到了夜里，船上也密不透风，因为所有的通风口都被遮光的窗帘封住了。对此沃特豪斯也不好抱怨什么，同行的人里有这么从美国东海岸过来的。

重要的是他根据命令到达了布里斯班，也向这边的上级报了到；对方告诉他耐心等待下一步命令。这也就是他今天上午干的事：他接到命令到烟草商楼上的办公室来。这个房间里到处都是士兵，他们打印表格，用小铁篮子送来送去，然后填好。根据沃特豪斯从前跟军方打交道的经验，他知道来这种地方报道肯定没什么好事。

最后，一位陆军少校终于在百忙之中拨冗接见了他。少校一边跟好几个人说着话，手里还不停翻动着几份重要文件。这没有问题，沃特豪斯不需要当一个密码专家就能看出其中隐含的意味：这里不需要他。

"马歇尔派你过来是因为他觉得麦克阿瑟将军对'超密'不够重视。"少校说。

沃特豪斯听到他在这士兵来来往往、女志愿者走来走去的办公室里贸然吐出那个词，不由吓了一跳。他这态度简直就是为了印证"那位将军"确实就是不重视"超密"，而且他就是不重视，你们怎么着吧。

"马歇尔就是害怕日本人知道我们破解了他们的密码而更改密码。都是丘吉尔的错。"这位少校提到乔治·C.马歇尔将军和温斯顿·丘吉尔爵士的大名时，口气简直就像提到两个农场联盟棒球队里的候补球员似的。他停下来点了一支烟。"'超密'是丘吉尔的小宝贝。哦，哦，温尼对他的'超密'真是爱爱爱爱爱不够啊。他总以为我们马上就要泄露他的小秘密，把事情全搞砸啦，真当我们是白痴啊。"少校深深地吸了一口烟，靠在椅背上，小心地吐出几个烟圈。还真是满不在乎呢。"所以他老跟马歇尔念叨，要保守秘密啊，然后马歇尔就时不时给他吃颗定心丸，避免同盟的破裂。"少校第一次抬起头来看了沃特豪斯一眼，"而你不过是这次的定心丸罢了，如此而已。"

然后两人就陷入了一片沉默，好像该换沃特豪斯说点什么了。

他清了清喉咙。没有人会因为服从命令被送上军事法庭的。"但我得到的命令是——"

"让你的命令见鬼去吧，沃特豪斯上尉。"少校说。

又是一阵漫长的沉默。其间少校又处理了几件杂务，然后他望向窗外，似乎在整理思路。最后，他开口道："好好记着吧，我们不是白痴。麦克阿瑟将军也不是白痴。将军很重视'超密'，就像温斯顿·丘吉尔爵士本人一样。将军像其他所有人一样懂得如何利用它。"

"如果日本人知道'超密'的存在,那它的存在就毫无意义了。"

"你应该明白,将军是很忙的,没空见你。他的参谋也不可能见你。所以你是没有机会当面指导将军如何为'超密'保密了。"少校说。他不时低下头扫两眼记事本,看起来像是事先准备好了演讲稿一样。"每当我们听说那边又派了人过来的时候,我们也会把消息告诉将军。在他手头任务不那么紧迫的时候,他偶尔也会提到你们一两句,提到你们的任务,提到那些送你们过来的聪明家伙。"

"毫无疑问。"沃特豪斯说。

"将军认为,那些不熟悉西南太平洋战区独特情况的人也许并没有资格对他采取的策略指手画脚。"少校说,"将军知道日本人永远也不会知道'超密'的秘密。永远不。你问为什么?因为他们没有能力理解发生在他们身上的事情。将军知道,就算他明天就跑到无线电台去昭告天下说我们已经破解了日军的密码,译出了他们所有的电报,局势也不会有任何变动。将军的意思大概是这样的:日本鬼子永远不会相信他们是被我们全盘干翻的,因为他们相信当你被干得人仰马翻的时候,肯定是你自己他妈的有问题,而这让你丢脸丢到了姥姥家。"

"我明白了。"沃特豪斯说。

"不过将军这番话的原文更长些,没带一个脏字。他说话时总是那样的。"

"谢谢你帮我归纳总结了。"沃特豪斯说。

"你知道那些日本人绑在额头上的白色布带吧?有个膏药旗,上面还印着日本字的那种?"

"我见过照片。"

"我见过真的,绑在那些日本飞行员头上,在五十码开外朝我和我的同伴开枪。"少校说。

"哦，对了！我也见过，在珍珠港。"沃特豪斯说，"我都忘了。"

这是沃特豪斯这一整天里说过的最失礼的一句话，少校花了好一会儿才平复下来。"那种头带叫作'钵卷'。"

"噢。"

"想想这个，沃特豪斯。天皇正在接见他的将军们。日本军队里的最高将领和司令们身着全套礼服，朝天皇恭敬地弯下腰。他们是来汇报战况的，每个人的额上都戴着这么一条崭新的'钵卷'。这些'钵卷'的上面印着的东西是，'我真是个蠢货''由于我个人的失误皇军损失了二十万兵力'，还有'我把中途岛海战的计划毕恭毕敬地送给了尼米兹'。"

少校停下来接了个电话，好让沃特豪斯仔细咀嚼这个画面。接着他挂断电话，点燃另一支香烟，继续说道："如果日本人在这个当口承认我们确实拥有'超密'，那么那幅画面就要成真了。"

又是几个烟圈，沃特豪斯无话可说。于是少校又自己说了起来，"我们已经越过了战争的分水岭。我们赢得了中途岛战役，我们赢得了北非战役，赢得了斯大林格勒战役，赢得了大西洋战役。一旦你越过那道分水岭，一切都会有所改变。河水的流向也会改变，仿佛连地心引力都发生了变化，一切都朝着对我们有利的方向进展。我们已经适应了这个情况。马歇尔和丘吉尔还有其他人的想法都已经过时了，他们太过保守，但是将军不同。实话说吧，天知地知你知我知，将军在防御方面做得不怎么样，看看他在菲律宾的行动吧。他是一个征服者。"

"好吧，"沃特豪斯终于说道，"那您认为我应该做点什么呢，既然都已经来到布里斯班了？"

"我强烈建议你去结识一下之前马歇尔派来的几位'超密'安全

专家,凑个牌搭子。"少校说。

"我不擅长桥牌。"沃特豪斯谦逊地说道。

"你是个密码破译专家,嗯?"

"是的。"

"那你不如到中央局去看看。日本人留下了成吨的密码,我们至今也没法破解。"

"我的任务不是那个。"

"你就别替你那见鬼的任务操心了,"少校说,"我会帮你把马歇尔应付过去的,如果他知道你什么也没干的话一定要来把我们烦死了。上头那边你不必担心。"

"谢谢。"

"你就当作已经完成任务好了,"少校说,"恭喜恭喜。"

"谢谢。"

"而我的任务是要把那些该死的鬼子打个屁滚尿流,这一任务并未完成,因此我还有其他事情要处理。"少校意有所指地说。

"那我就此告退吧。"沃特豪斯说。

第五十五章　邓尼茨

鲍比·沙夫托八岁时，有一次到田纳西州去拜访他的祖父祖母。在某个百无聊赖的下午，他偷瞟了祖母放在茶几上的一封信。祖母十分严厉地训斥了他，然后把这件事告诉了他祖父，后者实行了惩罚——他被重重地打了四十下。这件事以及其他一系列相似的童年经历，外加在海军陆战队度过的几年时光，一起将他变成了一个非常有教养的人。

他不会偷看别人信件的，那不合规矩。

但他现在可没守规矩。背景：瑞典诺斯布鲁克一家小酒吧楼上，一间木板墙面的房间里。酒吧是那种典型的水手风格，迎合了附近渔夫的口味，也十分讨沙夫托那位酒肉朋友的欢喜：君特·比绍夫上尉，第三帝国海军（已退役）。

比绍夫收到了一堆稀奇古怪的信件，它们在房间里散落得到处都是。有些是他远在德国的家人寄来的，随信还附上一笔钱。因此即使战争不结束，比绍夫还打算在瑞典再休养个十年，他也不用像沙夫托那样出去找活干。

根据比绍夫的说法，还有些信是U-691上的船员寄来的。在比绍夫将全船人毫发无伤地带到诺斯布鲁克之后,二把手卡尔·贝克中尉就跟第三帝国海军达成了协议,让他们可以回到德国,不计前嫌,不究责任。他们登上那艘 U-691 的剩余部分,朝基尔驶去——但比绍夫没有上船。

几天之后,信件就如雪花般涌了进来。U-691 上的每一个人,无一例外都给比绍夫写了信,描绘当他们抵岸时所得到的英雄般的欢迎:邓尼茨亲自在港口接待了他们,用一种简直有些令人难堪的热情拥吻他们,授予他们奖章和各式各样的勋章。他们多么希望亲爱的君特也回到祖国来啊!

亲爱的君特对此却毫不心动。他已经在他的小屋子里静坐了一两个月了。他的小世界里只有笔墨、纸张、烛火、咖啡、烧酒,还有令人心安的海浪声。海浪每一次拍打在岸上,他说,就提醒了他,他正待在海面上,待在人类本该居住的地方。他的思绪总是时不时飘回下面,飘回海下一百码那深寒的大西洋底,像一只被困在下水道的老鼠,躲避着深水炸弹的袭击。他仿佛在海下待了一百年,而那一百年的每一秒钟他都在思念海面。他发誓,发了不下一万次,发誓只要他能回到有空气和光明的世界,他一定好好珍惜每一次呼吸和活着的每一分钟。

他在诺斯布鲁克的时光大多也就是这样度过的。他记了一本日记,仔仔细细、逐字逐句地增补每一页上草草记下的只言片语,以免自己忘掉。也许在战后的某一天,这本日记会变成一本书,成为塞满从新西伯利亚到甘德到塞奎姆到巴达维亚的图书馆的许许多多战后回忆录中的一本。①

在最开始的几个星期过去之后,来信的频率急剧下降。但仍有

---

① 分别位于俄罗斯、加拿大、美国和印度尼西亚。

几个人锲而不舍地给他写信。沙夫托过来看望他时，对于那些散落在屋子里的信件早已见怪不怪了。这些信大部分都写在灰蒙蒙的便宜信纸上。

银色的阳光透过比绍夫的窗户漫无目的地射进来，照亮了他台面上一个像是盛满了鲜奶油似的方形盒子。那是一只德国军官们常用的文具盒，顶上停着一只猛禽，爪子抓着一枚纳粹十字。那封信不是打印而是手写出来的，比绍夫把潮乎乎的玻璃杯放上去时，墨水就一层层晕开来。

比绍夫出去解放膀胱的时候，沙夫托止不住地用眼角瞟那封信。他知道这太不礼貌，但是他在二战里可是染上了不知多少恶习，而战壕里也没埋伏着愤怒地手握一根对折的皮带准备揍他的祖父。实际上，做了坏事也不会有人管你的。也许几年之后，等德国和日本战败之后就不一样了。不过那时候有那么多穷凶极恶的罪行需要清算，他沙夫托偷瞟比绍夫的信件这种小事根本不会被追究吧。

那封信原来是套在信封里的。第一行是收信人地址，很长很长，中间有"君特·比绍夫"的字样，前面是一长串军阶和头衔，又是一串字母。发信人地址已经被比绍夫的拆信刀给野蛮地割破了，不过还能看出是从柏林某地发出来的。

那封信本身是用简直不堪入目的德文狂草写成的。署名的地方大大地签了几个字。沙夫托花了好一会儿去辨认那究竟是什么，谁的亲笔签名。这家伙的自负快赶上麦克阿瑟将军了。

当沙夫托终于认出那是邓尼茨的签名时，不禁身子一震。这个邓尼茨可是个不得了的家伙，沙夫托在新闻上见过他，那时他正在欢迎一艘归航的U艇，脏兮兮的船员们刚从咸乎乎的大海里爬回来。

这种人为什么要给比绍夫写情书？沙夫托的德文水平跟日文水

平差不多，一窍不通。但他看到了几个数字。邓尼茨的信上写着几个数字，也许是击沉的船舶吨数，也许是东线的伤亡人数。也许是钱数。

"哦，对了！"不知什么时候，比绍夫悄无声息地出现了。当你习惯在静悄悄航行的 U 艇里生活时，你也会学会如何静悄悄地走路。"我想到了关于那些黄金的一个可能性。"

"什么黄金？"沙夫托说。他当然知道什么黄金，但是在干这种小偷小摸的勾当时被抓个现行，他本能地装出一副懵懂的样子。

"你们那时在 U-553 上看到的黄金，"比绍夫说，"你看，我的朋友，人人都会说你们不过是群疯狂的尿壶脑袋。"

"正确的说法是锅盖脑袋①。"

"他们会说，第一，U-553 远在你们发现它的几个月之前就已经沉没了。第二，他们会说那种潜艇上不可能载着黄金。但我相信你们确实看到了。"

"所以？"

比绍夫瞟了一眼邓尼茨的来信，露出一副有点像是晕船的表情，"我首先必须告诉你一些关于我国国防军的事，一些我引以为耻的事。"

"什么事？他们侵略了波兰和法国么？"

"不。"

"那就是侵略了俄国和挪威？"

"不，不是。"

"那就是他们炸了英国，还……"

"不，不，不是。"比绍夫脸上的表情完美诠释了"自制"这个

---

① 尿壶脑袋（jughead，意为傻瓜）和锅盖脑袋（jarhead，指美国海军陆战队员）读音相近。

词,"是一些你不知道的事。"

"什么事?"

"怎么说呢,就是我在大西洋里来回溜达,执行任务的时候,元首突然想到了一个小小的——激励计划。"

"什么意思?"

"就是,对于某些身处高位的将领来说,光有职责和忠诚是不够的。他们不会尽心尽力地为国家出力,除非……除非得到特殊奖励。"

"你是说,奖章?"

比绍夫局促地笑了笑。"东线上的一些军官得到了俄国境内的土地,非常非常大的土地。"

"哦。"

"但也不是每个人都能用土地收买的。有些人想要某种,可以流动的奖赏。"

"酒?"

"不,我说的'流动'是指在金融领域的'流动'。一些你可以随时带在身上,在这个地球上的每一个妓院都流通的东西。"

"黄金。"沙夫托平静地说道。

"黄金恰能满足他们的需求。"比绍夫说。他的目光一直没有与沙夫托的目光接触,而是投向窗外,那双绿色的眼睛里似乎蒙上了一层雾气。他深深地吸了一口气,眨了眨眼,克制住自己脱口欲出的辛辣讽刺,才继续说道:"从斯大林格勒开始,东线的推进就很不顺利。就说乌克兰的土地吧,如果地契是用德语签署且由柏林公证的话,它已远不如之前值钱了。"

"所以想要用俄国的土地贿赂某些高层已经行不通了。"沙夫托自行解读道,"所以希特勒需要大量的黄金。"

"是的，而现在日本手里有大量的黄金，想想吧，他们把中国，还有其他地方都劫掠一空了。但是他们显然缺乏某些物资，比如说黑钨矿、水银、铀。"

"铀是什么？"

"谁他妈知道？但是日本人想要，我们就卖。我们还提供技术支持，最新涡轮机的设计图，恩尼格玛机。"说到这里，比绍夫突然停下，发出了痛苦而阴沉的大笑声，笑了很久。最后他终于控制住自己，继续说道："所以我们就用U艇给他们运这些东西。"

"然后日本人支付黄金。"

"是的，这是一笔台面下的交易，隐藏在广袤的海洋中，不远千里只为了交换那么一点点价值连城的东西。而你们窥到了其中的内幕。"

"你知道这件事，但你却不知道U-553。"沙夫托指了出来。

"啊，鲍比，在第三帝国里，一个U艇舰长不知道的东西实在太多太多了。你本身也是个军人，你应该知道。"

"那是。"沙夫托说道，回想起那个神秘兮兮的2702特遣队。他的目光落在来信上。"为什么邓尼茨现在却把这些事情都告诉你了？"

"他什么也没说，"比绍夫反驳道，"我是自己发现的。"他咬着嘴唇停了一会儿。"邓尼茨希望我去做一件事。"

"我还以为你已经退役了。"

比绍夫想了想。"我从杀人的战场上退役了。但是前几天，我驾着一艘小船在海港那儿溜了一圈。"

"然后？"

"看起来我还没有从驾船下海的职责上退役。"比绍夫叹了口气，"不幸的是，那些有意思的船都在政府手里啊。"

比绍夫的样子有些奇怪，于是沙夫托微妙地转开了话题："嘿，说到有意思的东西……"说着他把刚刚在来这里的路上看到的天堂幻影的事告诉了他。

比绍夫似乎被这个故事激起了冒险的兴趣，虽然那早就在他抵达诺斯布鲁克的时候被他用盐巴和酒精腌起来了。"你能确定那是人造的？"他问。

"它呜呜叫着呢，浑身直往下掉渣。不过我也没见过流星，不太清楚。"

"在多远的地方？"

"离我那时的位置七公里，离这儿就是十公里了。"

"十公里对于一个雄鹰童子军成员和一个希特勒青年团团员来说可不算什么！"

"你又不是希特勒青年团的。"

比绍夫郁郁地思索了一会儿。"希特勒——真叫人尴尬。我老指望着假装他不存在，他就会自行消失。要是我以前加入过希特勒青年团，也许他们会给我一艘水面舰艇呢。"

"那你就死了。"

"就是！"比绍夫突然高兴起来，"不就是十公里吗，没什么大不了的。走！"

"天已经黑了。"

"我们朝着火焰走嘛。"

"应该已经灭了。"

"那我们就沿着它坠毁的痕迹找过去，像汉塞尔和格蕾特那样。"

"这法子在汉塞尔和格蕾特那儿可没派上用场，你他妈真的读过这个故事吗？"

"别给人泼冷水嘛，鲍比。"比绍夫说着套上了一件肥大的渔夫毛衣,"你平常不是这样的,你在心烦什么呢?"

格洛丽。

已经是十月了,白天正变得越来越短。沙夫托和比绍夫两人都陷入了季节性情感障碍那种无可名状的悲观中,他们就像两个陷入了同一片流沙中的一对兄弟,总是时刻关注着对方的情况。

"呃?到底怎么了,伙计?"

"大概是闲的。"

"你需要来场冒险,走吧!"

"我需要来场冒险,像希特勒需要留那一撮恶心的牙刷胡子一样迫切。"鲍比·沙夫托咕哝道。但他还是拖着身子从椅子上站起来,随着比绍夫出了门。

* * *

沙夫托和比绍夫在漆黑的瑞典树林里跋涉,就像两个游魂徘徊着寻找进入灵薄狱的侧门一般。他们轮流提着煤油灯,灯光只能照亮大约成年男子一臂长的距离。他们有时走上整整一个小时都不说一句话,各自同心中的自杀冲动搏斗。然后往往有一个人(通常是比绍夫)打起精神来说点什么,比如——

"最近都没见到以诺克·鲁特,他治好你的吗啡瘾之后都干吗去了?"比绍夫问。

"不知道。戒吗啡的过程里我真是恨得他牙痒,这辈子也不想再见到他了。不过我想他是从奥托那里搞到了一台俄国人的无线电发报机,然后搬回他现在住的那个教堂地下室里去了。从那时候开始他就整天围着它转。"

"对,我想起来了,他在调试不同频率,成功了吗?"

"这把我问倒了。"沙夫托说,"不过天上往下掉火雨那阵儿,我倒是在想跟他有没有关系来着。"

"是啊,他还经常去邮局。"比绍夫说,"我在那儿见过他一次,还聊了会儿。他还在和世界各地保持相当密切的联络呢。"

"世界各地的什么?"

"我也想知道。"

最后他们循着钢锯的声音找到了幻影的残骸。那声音在松林里回荡着,好像某种欲求不满的傻鸟发出的哀鸣。他们据此大致确定了方向。但最后,一道耀眼的闪光、一声震耳欲聋的巨响和被切断的植物留下的汁液气息宣告了他们终于抵达了目的地。沙夫托和比绍夫同时卧倒在地,匍匐在地上倾听着大颗大颗的子弹在树干间反弹的声音。钢锯的声音还在继续,连节奏都没有被打乱。

比绍夫张嘴开始说瑞典语,但沙夫托"嘘"了一声。"是'索米'。"他说,"喂,尤丽叶塔!把那玩意儿放下!是我和君特。"

没有回答。沙夫托随即想到他不久前才跟尤丽叶塔搞过,所以他得礼貌点儿。"恕我无礼,女士。"他说,"我从您的枪声里听出您来自芬兰,一个我无限景仰的国度。我希望您能够明白,我,美军前中士罗伯特·沙夫托和我的朋友,德军前上尉君特·比绍夫,对您没有任何恶意。"

尤丽叶塔朝着他出声的位置,在黑暗中回了他一梭子子弹,擦着他头皮上方一英尺飞过。"你不是属于马尼拉驻军的么?"她问。

沙夫托呻吟一声,翻身仰面朝天,好像被子弹打穿了肚子。

"她说这话是什么意思?"君特·比绍夫茫然地问道。但是当他看到他的朋友已经(在精神上)无能为力地瘫倒在地之后,他只好试着搭了句话:"这是瑞典,和平中立的国家!为什么要射杀我们?"

"滚开！"尤丽叶塔一定是和奥托在一起，因为他听到她先和他说了几句什么，然后才开口继续说道，"我们不想和美军德军打交道，这里不欢迎你们。"

"从那声音判断，你们在锯的那个东西好像很重啊。"沙夫托最后说道，"你们要怎么把它运出森林？"

他的这句话引起了尤丽叶塔和奥托之间一阵激烈的讨论。"你们过来吧。"尤丽叶塔最后松了口。

他们看到站在灯笼亮光中的两位基维斯提克——尤丽叶塔和奥托，身边正是那架飞机被锯断的焦黑翅膀。大部分芬兰人都长得跟瑞典人一模一样，但奥托和尤丽叶塔都长着黑头发黑眼睛，反而像突厥人。机翼的尖端漆着德国空军的黑白十字，一只引擎挂在机翼上。如果奥托继续锯下去的话，很快它们俩就得分家了。引擎有着火的痕迹，还刮倒了一大片松林。即使如此，沙夫托还是能看出这只引擎与他之前见过的引擎都不一样。没有螺旋桨，取而代之的是很多片扇叶。

"像是涡轮机，"比绍夫说，"不过是用在空中而不是水里的。"奥托直起身子，惺惺作态地摩挲着后腰，把锯子递给沙夫托。然后他又掏出一瓶苯丙胺片递给他。沙夫托吃了几片药，脱掉衣服，露出一身精壮的肌肉，做了几个陆战队员标准的伸展运动，一把抓起锯子锯了起来。过了几分钟，他抬起头来，淡淡地瞟了尤丽叶塔一眼。而后者站在那里，手里还握着枪，用一种仿佛烤冰淇淋般融合了冰冷和火热的眼神看着他。比绍夫退后几步，欣赏起这一幕来。

晨光那皲裂通红的手指拍打着布满霜冻的天空，企图让血液循环起来。这时，涡轮机的残骸终于从机翼上被锯了下来。借助苯丙胺的作用，沙夫托已经不眠不休地锯了六个小时。其间奥托来给他换了几次锯子的刀片，这就算是他投入的资金了。接下来，他们又花了半个早上把引擎拖出森林,拖到一条入海的溪流边,奥托的船早就在那儿等着了。然后奥托和尤丽叶塔就带着他们的战利品走了。鲍比·沙夫托和君特·比绍夫则折回森林里的失事地点。他们没有跟对方商量——没有这种必要,但他们打算找到驾驶舱里的飞行员遗体,好好地安葬他。

"马尼拉是怎么回事,鲍比?"比绍夫问道。

"吗啡让我忘记的事。"沙夫托说,"但是那个以诺克·鲁特,天杀的浑球,又让我想起来了。"

不到十五分钟,他们又回到了森林里那道被坠机撕开的裂缝中。但那里却传出了一个男人恸哭的声音,哭得肝胆俱裂。"安杰洛!安杰洛!安杰洛!我亲爱的!"

他们从这边看不到是谁在哭泣,但却瞧见了以诺克·鲁特。他站在那里,不知道在想什么。察觉有人走近,鲁特十分警觉地抬头看了一眼,从皮夹克里摸出一把半自动手枪。但当他认出来人之后,又放松了下来。

"这他妈闹什么呢?"沙夫托从来学不会婉转地表达意见,"你他妈是跟一个德国人在一起?"

"是的,我和一个德国人一起,"鲁特说,"像你一样。"

"好吧,那为什么你的那位德国人在这里大出洋相?"

"鲁迪在为他的爱人哭泣。"鲁特说,"为了来这里跟他会面,他才会死在这里。"

"这飞机是个女人开的?"沙夫托目瞪口呆。

鲁特眼睛一翻,叹了口气。"你忘了一种可能性,那就是鲁迪可能是个同性恋。"

沙夫托花了很久很久才勉强让自己的脑袋接受了这个古怪的概念。比绍夫则像一个典型的欧洲人一样,十分从容。但他也有疑问:"以诺克,你为什么在……这儿?"

"你是说从广义上,为何我的灵魂会被注入这具肉身?还是说从狭义上,为何我会身处这片瑞典的树林,站在这架神秘的德军飞机残骸旁,身边还有一个德国同性恋在为他葬身火海的意大利情人哭泣?"

"为了临终祈祷。"鲁特回答了自己的问题,"安杰洛是天主教徒。"过了一会儿,他发现比绍夫带着一副不甚满意的表情盯着他。"哦,从更广泛的意义上说,我在这儿,是因为坦尼太太,那位教区牧师的夫人,最近有点心不在焉:她在把球从宾果机里取出来的时候,忘记把眼睛闭上了。"

第五十六章　克朗奇[1]

罪人洗了个澡，刮过脸，穿上大半身西装，然后意识到自己进度超前了。他打开电视，从冰箱里拿出一瓶生力啤酒以平定自己紧张的神经，然后去橱柜里拿出他最后一餐所要用的原料。公寓里只有一个橱柜，柜门打开时，里面看起来就像是被巨大平整的红色长方形封死了，像《一桶白葡萄酒》[2]里的那样。每块砖头似的东西上都印着一个庄严而又莫名快乐且不知怎么还带着点萦绕不去的忧伤的海军军官。这一堆东西是几星期前艾维运来的，他打算以此让兰迪振奋起来。谁知道，也许马尼拉的某个码头上还有更多存货，旁边安置着武装警卫，字典那么大的老鼠夹蓄势待发，每个夹子上放着一块金块做诱饵。

兰迪从墙上选出了一块砖，导致那里出现了一个空隙。但后面还有一块与它一模一样的砖，上面是同样的海军军官图案，就好像它们正排着方阵，快活地从他壁橱里行军出来一样。"完全均衡的早餐的一部分。"兰迪说。然后他砰地关上柜门，强迫自己迈着慎

---

[1] Crunch 的音译，本义是咬碎。
[2] 爱伦·坡的一篇短篇小说，主人公用砖头把仇人封死在了酒窖里。

重平静的步子走进客厅——他基本上都在那里吃饭,通常面对着他三十六寸的电视机。他把生力啤酒、一个空碗、一只巨大无比的汤勺摆好——勺子大得会让大多数欧洲人以为它是公用勺,而大多数亚洲人则会以为是园艺用具。他拿出一沓纸巾,不是浸到水里都不会湿的那种棕色再生纸,而是对环境的影响罪大恶极的那种:白得发亮,棉花般蓬松柔软,而且吸水性好得要命。他来到厨房,打开冰箱,把手伸到最里面,找到一盒没开封的超高温消毒牛奶。理论上说,超高温消毒牛奶不用冷藏,但在接下来的事情中,保证这袋牛奶的温度只比冰点高几微度是至关重要的。兰迪公寓那台冰箱的里面有风孔,冷风从氟利昂盘管直接通过它吹进来。兰迪总是把牛奶放在风孔的正前方。不能离太近,不然牛奶会挡住冷风流动,但也不能离太远。涌入的冷空气凝结了空气中的水汽,变得能够被肉眼观察到,所以坐在打开的冰箱门前观察它的流动特征十分容易,就像工程师在里弗鲁日工厂①的风洞里测试一台试作型小货车一样。理想状态下,兰迪看见的是一层均匀的气流像外衣一样裹住整袋牛奶,以保证在牛奶袋的多层塑料复合包装之间进行更好的热量交换。他想让牛奶冷到当他伸手抓住包装时,能够感觉到柔韧、湿软的包装在他手指间因为冰晶而变硬,而这些冰晶仅仅是因为被捏的扰动就凭空冒了出来。

今天的牛奶几乎达到了他想要的温度,但还差那么一点儿。兰迪拿着牛奶走进客厅。牛奶冰得他指头疼,所以他不得不用毛巾把它裹住。他放入一盘录影带,坐了下来。一切就绪。

这是一系列录影带中的一盘,是在一个空的室内篮球场里拍摄的,里面有锃亮的枫木地板和号叫个不停的通风系统。影片里有一

---

①位于美国密歇根州迪尔伯恩的福特汽车总厂,坐落于里弗鲁日(River Rouge,又译红河)岸边。

男一女两个年轻人,相貌姣好,身材苗条,打扮得像白雪溜冰团①里的招牌演员,正随着放在罚球线上的手提录音机里传出的音乐跳着简单的交谊舞步。很明显,负责拍摄的第三者不幸拿着一台普通的便携式摄像机,并因为深受某种内耳疾病影响而脚步不稳,十分想把这种痛苦与别人分享。舞者们带着自闭症似的果决用力踩出最简单的舞步。在每盘录影带中,拿摄像机的人都以一个双人特写开头,然后像折磨软蛋的暴徒一样,将武器对准他们的脚下,逼他们起舞,起舞,再起舞。有一次,男舞者裤带上别着的寻呼机响了,导致拍摄不得不中断。这并不奇怪:他是马尼拉最吃香的交谊舞教练之一。若不是城里没多少男人想学跳舞,他的搭档也会是一样。结果她现在只能靠男教练收入的大概十分之一勉强度日,教的是一小群昏头昏脑或者笨手笨脚的家伙,比如兰迪·沃特豪斯。

兰迪拿起红色的盒子,将它稳稳地夹在双膝之间,开口朝外。他双手并用,小心翼翼地把手指伸进盒盖下面,试图让两边压力均等,特别注意那些涂了太多胶水的地方。经过了漫长紧张的几秒钟,什么事都没有发生,一位不知情或没耐心的旁观者可能会以为兰迪毫无建树。但随后,整个盖子瞬间弹了开来,所有的黏合处一起脱开。兰迪最痛恨盒盖被弯折,或者最糟糕的情况:被撕坏。盒子下盖只被几点胶水粘着,兰迪把它拉开,露出一个半透明的充气袋子。安在天花板上的卤素射灯穿透朦胧的袋子,照出里面的金子——到处都是金色的闪光。兰迪将盒子转过九十度,置于膝间,让它的长轴指着电视,然后抓住袋子顶端,小心地分开热封线。封线裂开时发出颤动的声音。撕开乳白色塑料包装的过程让"克朗奇船长"牌麦片在卤灯下以一种不可思议的酥脆和精度裂成碎块,让兰迪的

---

①美国著名的冰上舞蹈表演团体。

上颚发热战栗起来。

电视上，舞蹈教练已经演示完了基本舞步。看他们跳规定动作几乎令人感到痛苦，因为他们必须强迫自己忘记关于高级交谊舞的所有知识，像中风或者严重脑损伤的人一样跳舞。这种脑损伤不仅损坏了负责良好运动技巧的部分，还炸掉了美学判断模块里的每一块面板。换句话说，他们必须像兰迪这样的初学者一样跳舞。

"克朗奇船长"牌麦片金色的碎块落入碗底，发出玻璃棒折断般的声音。小小的碎片从边缘脱落，在白瓷碗的表面上乱弹。世界级的食用麦片粥的过程是一场精美的折中之舞。一大碗被牛奶浸湿的麦片是菜鸟的标志。理想状态下，他会希望完全干燥的麦片块和冷冻牛奶在入口前接触得越少越好，并且这个接触过程应该完全在嘴里发生。兰迪已经在脑中画出了一系列特别的麦片勺设计图：勺柄上连着一根用来抽牛奶的管子和一个小水泵，让你可以把干麦片从碗里舀出来，然后用拇指按下按钮，这样就可以在勺子抬到嘴边的过程中把牛奶挤到勺子里。次一级的方案则是按照小增量操作，每次只把一点麦片放进碗里，并且在它变成一坨可憎的烂泥前全部吃掉。对于"克朗奇船长"来说，你只有三十秒时间。

录影带放到这一段的时候，他总是怀疑自己是不是不小心把啤酒瓶搁在了快进键上，因为舞者们从拙劣的兰迪模仿秀一步跨入了很明显应该称之为"高级交谊舞"的阶段。兰迪知道他们跳的舞步理论上来说就是之前示范的舞步，但一进入这种带有创造性的阶段，他就根本分不清哪步是哪步了。没有看得见的转变过程——这是这门舞蹈课一直以来让兰迪最为不爽的一点。再弱智的人也能学会基本的舞步。只需要半个小时。但这半个小时结束后，舞蹈教练总指望你能展翅高飞，像百老汇音乐剧里那样来个瞬间大转变，技惊四座。兰迪猜数学不好的人大概也是这种感觉：导师在黑板上写几个简单的等式,结果十分钟以后他就算出了真空中的光速。

他一手倒牛奶,一手把勺子插进碗里,不想浪费一秒钟冰牛奶和麦片相互结合但还没有污染彼此本质的魔法黄金时间:两个被一分子宽的界线隔开的柏拉图式理想。从开口涌出的牛奶洒在勺柄上的地方,光洁锃亮的不锈钢蒙上了一层冷凝的水珠。兰迪用的当然是全脂牛奶,不然干吗还费这心思?不是全脂的牛奶都跟水没什么差别,而且他觉得全脂牛奶里的脂肪会对麦片化成烂泥的进程起到缓冲作用。碗里的牛奶还没静止下来,大勺子就进到了他嘴里。几滴牛奶从勺底滴下来,挂在他刚洗干净的山羊胡上(兰迪仍在试图于蓄须和脆弱之间找到正确的平衡点,所以允许一部分胡子先长出来)。兰迪把牛奶袋放下,拿起一张松软的纸巾,举到下巴上,用蜻蜓点水般的动作把牛奶吸干,而不是一把将牛奶都抹进胡子里。与此同时,他的全部注意力都放在口腔内部:他自然看不见里面,但可以想象出三维的图像,就好像通过虚拟现实显示器在里面快速穿梭一样。这种时候,菜鸟就会忍不住嚼下去了。几枚麦片块会在他的白齿间爆裂,但随着他的下颚猛然合起,所有没有碎裂的麦片都会被送到上颚上,然后刀锋般尖利的葡萄糖晶体会造成大量附带损害,将这一餐余下的部分变成一场痛不欲生的死亡行军,并让他之后三天都因为注射普鲁卡因①而说不出话。但经过多年实践,兰迪已经研究出一套极其残忍的"克朗奇船长"牌麦片食用战术,旨在将麦片块最致命的特点用来还施彼身。麦片块本身是枕状的,上面模仿海盗财宝箱的样子做出了隐约可见的花纹。如果麦片是薄片状的,兰迪的战术就毫无用处。但如果"克朗奇船长"牌麦片做成薄片状,那就是自取灭亡。那样的麦片泡进牛奶里,幸存的时间不会

---

①一种牙医常用的局部麻醉剂。

比掉进油锅里的雪花长。不,通用磨坊公司的麦片工程师们必须找到一种形状,既能将表面积最小化,又要在遵从欧式几何的球形和麦片艺术家们呼吁的海底宝藏形之间找到平衡,所以他们发明了这种很难定性的花纹枕头形。对兰迪的目的而言,最重要的是,以一个十分粗略的标准来看,每块"克朗奇船长"牌麦片的形状都像一颗白齿。所以他的战术就是让麦片自己咀嚼自己——通过在口腔中间让麦片互相摩擦,像在摇光机①里一样。正如高级交谊舞,口头解说(或者观看录影带)起到的作用有限,之后只能等身体自己学会相关动作了。

待到他吃掉的麦片达到了一个令人满意的数量(大约是二十五盎司盒装的三分之一),喝完一瓶啤酒时,兰迪已经成功说服自己相信这整个跳舞的事情只是一个玩笑。当他抵达酒店时,艾米和道格·沙夫托会带着恶作剧的笑容等着他。他们会告诉他说他们只是在逗他玩儿,然后带他到酒吧里去,聊得他都插不上话。

兰迪穿上西装的最后几个部分。在这种时候,任何拖延时间的手段都是可以接受的,所以他查了一下邮箱。

   收件人:randy@epiphyte.com

   发件人:root@eruditorum.org

   主题:应求奉上"教皇转换"

兰迪:

  你说得当然没错——就如德国人的惨痛教训证明的那样,任何新密码系统在公之于世并让你的"秘密崇拜者"朋友们这类人试着破解之前都不可信任。如果你愿意对"教皇"这么做,

---

① 一种打磨石料用的机器,靠石料之间的相互摩擦来实现磨圆的目的。

我会记得你的人情的。

"教皇"的核心转换具有多种多样的不对称性和一些特殊性质，让它很难用几行干净利落的数学算式表达。要把它写出来几乎需要用伪代码。但既然有真的，为什么还要用伪的呢？下面就是用 Perl[①] 脚本写的"教皇"。变量 $D 中包含那个 54 元排列。子程序 e 则在让 $D 变化的同时生成下一个密钥流。

```
#!/usr/bin/perl -s
$f=$d?-1:1,$D=pack('C*'.33..86),$p=shift;
$p=~y/a-z/A-Z/;$U=' $D=~s/(.*)U$/U$1/;
$D=~s/U(.)/$1U/,' ',($V=$U)=~s/U/V/g;
$p=~s/[A-Z]/$k=ord($&)-64,&e/eg;$k=0;
while(<>){y/a-z/A-Z/;y/A-Z//dc;$o.=$_}$o.='X'
while length ($o)%5&&!$d;
$o=~s/./chr(($f*&e+ord($&)-13)%26+65)/eg;
$o=~s/X*$// if $d,$o=~s/.{5}/$& /g;
print" $o\n";sub v{$v=ord(substr($D,$_[0]))-32;
$v>53?53:$v}
sub w{$D=~s/(.{$_[0]})(.*)(.)/$2$1$3/}
sub e{eval" $U$V$V" ,$D=~s/(.*)([UV].*[UV])(.*)/$3$2$1/;
&w(&v(53)),$k?(&w($k)):($c=&v(&v(0)),$c>52?&e:$c)}
```

还有一封邮件来自他在加利福尼亚的赡养费律师。他把这封邮件打印出来，放进胸前的口袋里，以备堵车时享用。他坐电梯下楼，打了一辆出租车前往马尼拉大酒店。如果这是他生平头一遭的话，

---

① 一种编程语言。

这段经历（乘出租车穿越马尼拉）本该是他生命中比较难忘的记忆之一，但他已经经历了一百万次，所以没什么可记住的了。比如说，他看见两辆车在一个巨大的"禁止掉头"交通标志正下方撞在了一起，但他并没有往心里去。

  亲爱的兰迪：

    最坏的已经过去了。查琳和（更重要的是）她的律师似乎终于接受了你并没有在菲律宾坐享金山的事实！既然你那不存在的百万财富已经不会再来搅局，我们就可以弄清楚如何分配你确实拥有的资产了：首先就是房子的份额。如果查琳想留在那里，事情会麻烦得多，不过现在她得到了耶鲁的工作，就意味着她像你一样急于把房子折现。那么现今的问题是销售所得如何在你们两人之间分配。看起来他们的立足点（毫不出乎意料地）是房子在被你买下之后巨大的增值都是房地产市场变动的结果——完全无视你花了二十五万加固地基、替换水管系统等等。

    我假定你保存了所有的收据、注销支票以及其他你花钱改造房子的证据，因为你就是这样的人。如果在与查琳的律师下一轮的商讨中，我能把这些拿出来在他面前挥舞，将会给我很大的帮助。你能拿出这些东西吗？我知道这样做会给你带来不便。但是因为你把资本净值的大部分都投在了房子里，所以这是利害攸关的事情。

  兰迪把纸放回胸袋，开始计划到加利福尼亚去一趟。

  在这座城市里，跳交谊舞的怪人们大部分属于用得起专车和司机的那一社会阶层。汽车从酒店门口一直排到街上，等待着放下乘客，连深色的车窗都遮不住他们光鲜亮丽的晚礼服。服务员们吹着口哨，戴着白手套比着手势，指挥车辆开进停车场，让它们在那里烧结成一块紧凑的马赛克。有些司机根本懒得从车里出来，直接放倒椅子打起了盹儿。其他司机则聚集在停车场一头的树下抽烟说笑，并以一种习惯了受到未来冲击的第三世界国家人民所特有的方式，又惊愕又好笑地摇着头。

兰迪害怕成这样，你一定以为他会心安理得地坐下来享受拖延。但这事就如同从多毛的皮肤上扯下创可贴一样，下手最好又快又狠。当他们在一列豪华轿车后面停下时，他把钱塞到惊讶的司机手里，打开车门，步行穿过最后一个街区来到酒店。他能感觉到穿着礼服、喷着香水的菲律宾女人的目光在他宽阔的背后逡巡，像突击队员步枪上的激光瞄准器。

自打兰迪知道马尼拉大酒店起，酒店大堂里就一直有身穿礼服、年岁渐长的菲律宾女人在穿梭。早些时候他真正住在这里时，他几乎没注意到她们。她们第一次出现时，他以为大舞厅里在举办什么盛会：也许是婚礼，也许是上了年纪的选美小姐们在对人造纤维产业提出集体诉讼。想到这里，他就不再试图往下深究了，免得把脑回路全烧坏。对你在菲律宾看到的每件怪事追根究底，那就好像要从废弃轮胎里挤出最后一滴雨水一般徒劳无功。

沙夫托父女并没有等在门口告诉他一切都是玩笑，所以兰迪只好挺胸抬头，跨着顽强的步伐穿过宽敞的大堂，形单影只，像皮克特冲锋①中的一名南军步兵，师团中的最后一人。顶着罗纳德·里根式蓬松卷发、身着白色燕尾服的摄影师驻扎在舞厅门前给进去的人们拍照，希望他们出来的时候能出钱买下照片。兰迪投去恶狠狠的

---

① 美国南北战争中由南方联盟军发起的一场向北方联邦军进行的步兵攻击，以乔治·皮克特少将率领的先锋师团皮克特师命名。这次战役使得皮克特师几乎全军覆没。

一瞥，吓得他按在快门上的手指都缩了回去。接下来就是穿过大门，走进舞厅：旋转斑斓的灯光下，几百个菲律宾女人正随着角落里小乐队奏出的改编版卡朋特乐队的曲子翩翩起舞，舞伴通常是比她们年轻许多的男人。兰迪花了几个比索买了一束茉莉花。他将花束举得远远的，以免香味让他陷入糖尿病昏迷，然后像麦哲伦一样做起了环舞池旅行。舞池被一串圆桌环绕，桌子上铺着白亚麻桌布，还放着蜡烛和玻璃烟灰缸。一位留着小胡子的男子坐在其中一张桌子旁，背靠墙壁，手机举在脑袋边，键盘发出的诡异绿光把他的半边脸照成荧光色。一根香烟从他拳头里戳出来。

沃特豪斯奶奶曾坚持让七岁的兰迪上交谊舞课，因为总有一天能派上用场。兰迪可不同意。来到美国几十年后，她的澳大利亚口音变得高傲，有英国味儿了，或者那只是他的想象。她坐在她的印花棉布戈默·伯斯特罗长靠背椅上，一如往常地身姿笔挺，透过她身后的蕾丝窗帘，帕卢斯光秃秃的群山隐约可见。她小口饮茶，白瓷杯上印着的——是薰衣草玫瑰吗？当她抬起杯子时，七岁的兰迪一定能看见杯底写着的瓷器图案的名字。这条信息一定储存在他潜意识记忆中的某处。也许一位催眠师可以提取出来。

但七岁的兰迪心里还惦记着其他事：以最强烈的方式来抗议交谊舞技能或许可以派上用场这一论断。同时他也在被模式化。难以置信，甚至可以说荒唐可笑的念头充满他的脑海，如同一氧化碳气体一般无色无味：他以为帕卢斯就是正常地形，以为哪里的天空都这么蓝，以为房子就应该是这个样子——有蕾丝窗帘，铅玻璃窗户，和一房间又一房间的戈默·伯斯特罗家具。

"我就是在布里斯班的一场舞会上遇见你爷爷劳伦斯的。"奶奶宣布。她正试图告诉他，如果不是因为交谊舞，兰德尔·劳伦斯·沃特豪斯这个人根本不会存在。但那时候兰迪甚至不知道孩子是打哪儿来的，就算知道大概也不能理解。兰迪一边回想着正确的坐姿，一边挺直后背，问了她一个问题：布里斯班的邂逅是发生在她七岁的时候呢，还是也许再晚一点呢？

也许如果她住的是拖车房，长大后的兰迪就会把钱投进共同基金，而不是花一万美元请一个自封的旧金山工匠来在前门周围装上铅玻璃窗，就像奶奶家一样。

他径直走过沙夫托父女的桌旁，却没认出他们，这让他们着实大笑了一场。他看着道格·沙夫托的女伴：一位引人注目的菲律宾女士，四十多岁，她正在表达某个有力的论点。她的视线甚至都没离开过道格和艾米·沙夫托，直接伸出一只细长优雅的手臂抓住路过的兰迪的手腕，像扯狗链一样把他扯了回来。她抓着他不放直到把她自己的话说完，之后才带着灿烂的微笑对他抬起头。兰迪乖乖报以微笑，但他并没有像她大概已经习惯的那样把全副注意力都放在她身上，因为他正在为"穿裙子的艾梅丽卡·沙夫托"这一奇观而震惊。

幸运的是，艾米并没有走舞会女王的路线。她穿着一条合身的黑裙子，长袖挡住了身上的文身，而且她穿的不是长筒丝袜，而是黑色紧身裤。兰迪像四分卫把球传给跑卫一样把花递给她。她接过来时表情扭曲，仿佛一名紧紧咬着子弹对抗疼痛的受伤士兵。除去讽刺不说，她眼里闪烁着一种他以前从未见过的光芒。或许那只是迪斯科球的光芒，反射在被烟熏出来的眼泪里而已。他有一种直觉，自己来这里是对的。而就像所有直觉一样，只有时间才能证明这到底是不是可怜的自欺欺人。他其实有点害怕她来个好莱坞式脱胎换骨，变成光芒四射的女神，那对于兰迪的打击将不亚于拿斧子照他后脑勺来一下。事实是，她看起来很漂亮，但就像兰迪穿西装一样显得格格不入。

他本希望他们能速战速决跳完舞,这样他就可以像灰姑娘一样落荒而逃,但他们却示意他坐下。乐队暂停奏乐,人们纷纷回到桌边。道格·沙夫托四肢伸展,自在地摊在椅子上,全身散发出一种男子汉的自信,这不仅来自他杀过人的经历,更因为他是陪同房间里最美的女人来的。她的名字叫奥萝拉·塔尔,她完美无瑕的兰蔻妆扮的眼睛扫过屋里其他菲律宾女人,带着在波士顿、华盛顿和伦敦居住过,见识了一切,却还是回到马尼拉生活的人特有的那种有节制的兴味。

"所以你对这个叫鲁道夫·冯·海克赫伯的人有什么新了解吗?"闲聊了几分钟后,道格问道。这就表明奥萝拉一定也知晓所有秘密。几星期前道格提到过有几个菲律宾人知道他们在干什么,还说他们可以信任。

"他是个数学家,出身自一个富有的莱比锡家庭。战前他在普林斯顿,他在那里的时间段确实和我爷爷有重合。"

"他研究的是什么数学,兰迪?"

"战前他研究数论,这无法告诉我们他战时在做什么。如果他到第三帝国密码部门去工作了,我一点也不会奇怪。"

"那就没法解释他怎么会跑到这里来了。"

兰迪耸耸肩。"也许他是设计新一代潜艇的工程师,我不知道。"

"所以帝国让他卷入某种机密工作,最后这份工作害死了他。"道格说,"我想我们自己也能猜到这些。"

"那你为什么提到密码?"艾米问。她似乎有某种心灵金属探测器,专测潜在的假设和匆匆抑制的冲动。

"我想是因为我对密码念念不忘吧,而且如果冯·海克赫伯和我爷爷确实有联系——"

"你爷爷是密码工作者么,兰迪?"道格问。

"他对自己战时的工作总是只字不提。"

"真典型。"

"但他有一个放在阁楼里的箱子，战争纪念品。它其实让我想起我最近在吉纳库塔的山洞里看到的一个装满日本密码材料的箱子。"道格和艾米盯着他。"可能也没什么重要的。"兰迪又补了一句。

乐队开始演奏一支辛纳特拉的曲子。道格和奥萝拉相视一笑，站起身来。艾米翻了个白眼，移开了视线，但现在正是要么行动要么闭嘴的紧要关头，而兰迪想不出退路。他站起来，把手伸向他又怕又想的人。而她，看都没看，就将手放进了他手里。

兰迪拖着脚步——想要舞姿翩翩是没办法了，不过至少断绝了踩断舞伴跖骨的可能性。本质上艾米并不比他在行，但她的态度比他强。等到他们一曲舞毕，兰迪至少达到了脸不再烧得通红的水平，并成功保持三十秒没有不得不道歉，六十秒没有问他的舞伴她是否需要医疗看护。然后歌曲结束，情势要求他必须与奥萝拉·塔尔共舞。这就远远没那么吓人了，虽然她美艳动人，舞技出色，但他们的关系中并不包含性爱前那种可笑的来回试探的可能性。另外，奥萝拉时常面带笑容，而且她笑起来真的很迷人，但艾米的脸却总是高度紧张、全神贯注。下一支舞轮到女士选择舞伴，兰迪还在试图对上艾米的视线，却发现一位小个子中年菲律宾女士站在那里，问奥萝拉是否介意。奥萝拉像在期货交易所递交一份猪腩期货合同一般把他交给了这位女士，于是突然间兰迪和这位女士就开始伴着比吉斯乐队前迪斯科时期的旋律，跳起了得州两步舞。

"所以你在菲律宾发现财富了吗？"女士问道，她的名字兰迪没听清。她表现得好像他应该认识她一样。

"呃，我的搭档和我正在探索生意机会，"兰迪说，"也许财富会随之而来吧。"

"我知道你对数字很在行。"女士说。

兰迪现在真的是在绞尽脑汁了,这个女人怎么知道他是搞数字的?"我比较擅长数学。"最后他说。

"我不是这么说的么?"

"不是呀,数学要尽可能地避免实际、具体的数字。我们喜欢谈论数字,同时又不把自己暴露给数字——那是电脑的工作。"

女士不愿被拒绝,她有一份剧本,她要演到底。"我有个数学问题要考考你。"她说。

"来吧。"

"下面这条信息的价值是多少:北十五度十七分四十一点三二秒,东一百二十一度五十七分零点五五秒?"

"呃……我不知道。听起来像经纬度,北吕宋岛,对吧?"

女士点点头。

"你想让我告诉你这些数字的价值?"

"是的。"

"取决于那里有什么东西吧,我猜。"

"我想是的。"女士说。接下来的舞曲中,她没再多说什么。除了赞美兰迪芭蕾舞般的舞技——这也同样让人捉摸不透。

第五十七章 姑 娘

要在布里斯班租房真是越来越难了，这座城市成了新兴的情报之都——澳新地区的布莱切利园。位于阿斯科特赛马场附近的是美澳通信司令部——中央局，城市的另一端则有盟军情报局。在中央局工作的大多是面色苍白的数学家，在盟军情报局工作的人呢，与前者不同，反而会让沃特豪斯想起2702特遣队的家伙们：神经紧张、皮肤黝黑、沉默寡言。

在距离阿斯科特赛马场半英里远的地方，他看到一个后者那样的人物身上背负着一个重达五百磅的行李袋蹒跚着走下一幢装潢华丽的公寓的楼梯。看那样子他要进行长途旅行了。一位祖母般慈祥的妇女穿着围裙站在走廊上，朝他挥舞着一张茶巾，这简直就像电影里才会出现的场景。你永远不会知道，就在离这里不远的地方——坐飞机只需花上几个小时——士兵们鲜活的躯体如何像显影盘里的相纸一般，在梭菌的作用下发黑溃烂，最后化作一阵腐臭。

沃特豪斯甚至没有停下来计算这种事情发生的概率：他，一个正在到处找房子的人，恰好在这个时候碰到有人搬走了。密码分析专家总是在等待幸运降临，然后抓住不放。等那个离开的士兵转过街角之后，他敲开了公寓大门，向那位夫人做了一番自我介绍。麦克蒂格太太说她喜欢他的长相（这是沃特豪斯能从她那带口音的英语里分辨出来的部分）。她的语调是那么惊诧，仿佛比起沃特豪斯碰巧租到一间空房，他居然长了一张讨她喜欢的脸蛋才更碰巧呢。因此，劳伦斯·普里查德·沃特豪斯就加入了这个由（四个）年轻人组成的精英小分队，他们的共同点在于脸蛋讨麦克蒂格太太喜欢。他们四人平分了两间卧室，这两间卧室可是麦克蒂格太太那从小就聪明漂亮的孩子们以前居住的地方，他们长大以后都成了出类拔萃的人物——仅次于大英国王、麦克阿瑟将军和蒙巴顿勋爵。

沃特豪斯的室友眼下不在城里，不过从他留在房间里的私人物品来看，沃特豪斯猜他是孤身一人划着黑色橡皮艇从澳洲跑到横须贺海军基地去了：只见他偷偷溜上一艘敌舰，赤手空拳、悄无声息地干掉了整艘船上的水手，然后做出一个媲美奥林匹克运动员的跳水动作潜回小艇上，顺路还打发了几条鲨鱼，然后再一路划回澳大利亚，美美地喝上一杯啤酒。

第二天吃早饭的时候，他见到了住在隔壁房间的俩人：一个是长着一头红发的英国海军军官，身上带着一切在中央局工作的人所具备的特征；另一个人叫黑尔，但是沃特豪斯看不出来他是哪国人，因为他没有穿制服，而且因为宿醉未醒，一声没出。

既然他已经完成了任务（根据他和麦克阿瑟将军的手下达成的共识），找到了住的地方，也处理好了个人私事，沃特豪斯开始在阿斯科特赛马场和附近那间妓院周围闲逛起来，看看能不能找点事做。事实上他更愿意整天待在房间里研究他的新课题，设计一台更高速的图灵机。但他有责任为战争做点贡献。就算他没有责任，他也总怀疑那位新室友在完成任务回来之后，若是发现他整天闷在家里画电路图，非得把他揍成麦克蒂格太太不喜欢的模样。

说得委婉一些，中央局可不是什么闲杂人等都能进去逛一圈、东看看西看看，做一段自我介绍然后找到一份工作的地方。光是做到"逛一圈"这一步也许都有生命危险。幸运的是，沃特豪斯是拥有"超绝密"权限的，这可是整个情报界里最高的级别了。

不幸的是，这个级别本身就是一个机密的存在，所以他根本不能把这件事告诉任何人，除非对方也是"超绝密"级的。在整个布里斯班，身处这一层级的人也不过十二个。其中八个位居将军手下最高层，三个在中央局工作，还有一个就是他自己。

沃特豪斯在那家老妓院的旧址找到了这个情报中枢。退役的澳大利亚自卫队老兵们头上戴着时髦的不对称设计的帽子，手握老式短枪，环绕在那栋建筑周围。和麦克蒂格太太不同，他们一点儿也不喜欢沃特豪斯的脸蛋。这种人他们见得太多了：远道而来的英俊小伙子们出现在门口，嘴里述说着又臭又长的故事，千篇一律地都是抱怨军方搞错命令，把他们送上错误的船只，派到错误的地方，害得他身染热带疾病之后又把他们的行李扔到船外，放他们自生自灭。他们没有开枪打沃特豪斯，但也不放他进来一步。

他在周围瞎转了好几天，四处给人添烦，直到他碰见了亚伯拉罕·辛科夫[①]，亚伯拉罕·辛科夫也认出了他。辛科夫是一位优秀的美国密码专家，他帮助肖恩破解了"靛蓝"。他和沃特豪斯有过一点交集，尽管他俩还谈不上是朋友，但本质上，他们的思考方式是一致的。这使得他们成了同属于某个神秘家族的一对兄弟，这个家族的成员只有几百人，散落在世界各地。从某种程度上说，要成为这个家族的一员比要成为"超绝密"的一员还要更艰难，而这个家族也远比"超绝密"更神秘。辛科夫给他写了一纸新的证明，证明他

[①]亚伯拉罕·辛科夫（1907-1998），美国密码学家。当时是中央局实际上的指挥官。

处于非常高的级别,但没有高到不能跟别人说的级别。

于是沃特豪斯得以进入中央局参观了一轮。打着赤膊的男人们坐在圆拱形的移动棚屋里,被无线电发报机红热的电子管烤得喘不上气。他们从空中拦截到日军传递的情报,交给一旁的澳洲娘子军,由她们把破译过的情报打在 ETC 卡片上。

这里有一个部门完全是由电子银柜公司派过来的美国职工组成的。1942 年初的某一天,这群人脱掉他们的白衬衣和蓝西装,穿上军队的制服,乘船来到了布里斯班。这一切是由一位名为科姆斯托克的中校一手发动的,他彻底实现了密码破译的自动化。澳洲姑娘们打出来的卡片最终将汇聚到机房,摞成一沓,再输入机器。破译出来的情报从行式打印机里吐出来,交付另一间屋子里的日裔美国人或者懂日语的白人翻译出来。

沃特豪斯这样的人在这里毫无用武之地。他开始明白少校那天跟他说的话是什么意思了:他们已经越过了分水岭。密码已经被破解了。

这又使他想起了图灵。自从上次艾伦从纽约回来之后,他就刻意疏远了布莱切利园。他开始为白金汉郡北部一个名叫汉斯洛普的无线电中心工作,那里有正经的钢筋混凝土建筑,电线和天线设备都很不错,军队氛围也更浓重。

那时,沃特豪斯还不太能理解艾伦为什么要离开布莱切利园。但现在,他明白了艾伦在看到他们将布莱切利园的破译工作彻底转入工业自动化时心里的感受。他一定是感觉到他们已经赢得了这场战斗,也赢得了这场战争。剩下的部分,对于将军来说也许是辉煌的胜利,然而对于图灵和现在的沃特豪斯来说,只不过是索然无味的收尾。发现电子的运动规律、推导出相应的运动方程是很有趣的事,但利用这一规律设计电动开罐器就很无聊了。从现在起,他们就是在设计开罐器了。

辛科夫给沃特豪斯在这家老妓院里找了个地方，然后把中央局尚未破译的密码通通交给了他。他们手头仍旧有几十种不那么重要的日本密码尚未被破解。也许，只要他能多破译一两种密码，帮助ETC机器识别它们，他就能缩短哪怕是一天战争，拯救哪怕是一条生命。他欣然接受了这一崇高的使命，但实质上，他和军队里一名保证刀具卫生的屠夫，海军里一名认真检查救生艇安全性能的巡视员一般无二。

沃特豪斯接二连三地攻克了交到他手上的日军密码。有一个月他甚至飞到了新几内亚，海军正在那儿打捞一艘沉没的日军潜艇里的密码本。他在丛林里生活了两个礼拜，大难不死地回到布里斯班，使得重见天日的密码本能再度发挥它们重要但无聊的作用。直到有一天，他那索然无味的工作终于也变得真的无关紧要了。

那一天他回到麦克蒂格太太的房子里时，在他房间的上铺发现了一个鼾声如雷的彪形大汉。房间里的衣物和装备甩得到处都是，散发着一股硫黄的臭味。

他呼呼大睡了两天，直到第三天上午才姗姗来迟地下来吃早餐，用他那双因为服用抗疟药米帕林而发黄的眼睛打量着房间。他说自己叫史密斯。尽管他的口音听上去说不出的耳熟，但一点也没能降低别人理解他的难度，因为他的牙齿不停地打战。他自己却不甚在意。他坐下来，用一只僵硬的手抓过一条爱尔兰亚麻布餐巾铺在腿上。麦克蒂格太太对他殷勤过了头，以至于饭桌上的每一个人都得拼命克制住把她敲晕的欲望。她往他的茶里加了许多奶和糖。他啜了几口，然后借故去了厕所。虽然他极力掩饰，但厕所里还是传来了清晰的呕吐声。他回来之后，吃了一个盛在骨瓷蛋杯里的溏心蛋，然后脸色铁青地后靠在椅背上，闭上眼睛静坐了大概十分钟。

那天晚上沃特豪斯下班归来的时候，正好在客厅里撞见了麦克蒂格太太和一位年轻姑娘正在喝茶。

这位姑娘的芳名叫作玛丽·史密斯，是沃特豪斯那位室友的表妹。而他的室友此刻正躺在楼上的上铺里，浑身颤抖着发汗。

玛丽站起身来等待麦克蒂格太太为她引见，尽管那毫无必要。但她是一位从澳大利亚内地来的姑娘，不喜欢如此放诞无礼。一套制服包裹着她娇小的身形。

她使沃特豪斯这辈子第一次对女人有了概念。实际上这个宇宙里除了他和她以外再也没有别人了。当她站起身来和他握手时，他感到视野急剧变小，仿佛被吸进了一根排气管里。黑色的幕布聚合成了银色的天幕，他的宇宙缩小成了一个垂直的光柱，一道从天而降的碳弧灯的光芒，寸步不离地追随着她。

麦克蒂格太太看出了点端倪，于是吩咐他也一起坐下。

玛丽身材娇小，皮肤白皙，长着一头红发，对别人的目光相当敏感。每当她注意到沃特豪斯的目光时，她就避开他的眼睛，咽口唾沫。当她吞咽的时候，在她白皙的脖颈上，肩膀到耳朵之间，有某条肌腱突显出来了一会儿。这在给人留下一种弱不禁风的印象的同时，还突出了她那晶莹剔透的脖颈——不是那种病态的惨白，而是一种直到最近沃特豪斯才逐渐察觉出来的动人之处：那是两个星期的新几内亚生活教会他的。那里的东西要么弥漫着死亡和腐烂的气息，要么外表明丽而暗藏杀机，要么尽力隐没在周围环境里以求自保。沃特豪斯知道，那种看上去晶莹剔透、弱不禁风的东西在这样一个你死我活、竞相杀戮的世界里是一种多么脆弱的存在，靠它自己的力量甚至不能活过一刹那（更遑论以年计算了）。在这片南太平洋上，死亡之神的力量是那么强大，甚至让他也有些心有余悸。然而她呢，像清水一样无瑕，肆无忌惮地散发出生命耀眼的活力。

他简直想舔上一口，再把脸深深地埋在她从锁骨到耳垂那段完美的颈部线条中。

她看到他还在盯着自己，不由得又咽了一口唾沫。肌肉一紧，富有弹性的皮肤绷直了一瞬间，又松懈下来，留下一道平滑的曲线。她还不如用石头狠狠砸他的脑袋，再把他的老二系在一根拴马桩上。这效果绝对是算计过的。但很显然她从来没对其他任何人干过这种事，不然她那白皙的左手无名指上早就该戴上一个金环了。

玛丽·史密斯已经开始有点被他激怒了。她端起茶杯送到唇边。由于她变换了姿势，现在阳光从一个新的角度照到了她的脖子上，这次，她吞下茶水的时候，他还能看到她的喉结向上移动。然后她的喉结像打桩机一样落下，击碎了他最后残存的一点理智。

楼上传来重重的脚步声，她的表哥醒过来了。"对不起。"说着她离开了座位，桌子上只留下一只麦克蒂格太太的骨瓷杯。

第五十八章　共　谋

鲁道夫·冯·海克赫伯博士并不比鲍比·沙夫托中士年长多少，但即便经历了情感上的创伤，他依然具有一种沙夫托那种人到了四十岁才会有的沉稳——有时候活到四十岁还不一定有呢。他的无框眼镜的镜片又小又厚，看起来就像是从狙击枪瞄准镜上撬下来的。镜片后是调色盘般鲜明的色彩：金色的睫毛，碧蓝的眼睛，鲜红的血管，由于哭泣而肿胀发紫的眼睑。尽管如此，他的脸上还是刮得光光的，北欧银色的阳光从以诺克·鲁特寄身的教堂地窖的小窗外射进来，在他的脸上打下一片高光，照亮了他扩张的毛孔、早衰的皱纹和过去决斗留下的伤痕。他的头发往后梳着，但总有几缕不听话的发丝不停地往下掉，挂在眉头上。他身穿一件白衬衫，外面套着一件厚重的长外套以抵御地窖的阴寒。几天前和他一起徒步走回诺斯布鲁克的沙夫托知道这个长着一双大长腿的冯·海克赫伯实在是一块不错的运动员料子。但他能看出来，橄榄球之类粗鲁的运动肯定不适合他，这个德国佬适合做一个击剑手，一个登山家，或一个滑雪者。

对于冯·海克赫伯的性取向，沙夫托并没有觉得厌恶，只是有些惊讶。在上海的时候，也有一些陆战队员的营房旁总是游荡着几个中国少年，远远超过了擦鞋所需要的人数——而上海还远远算不上陆战队员们在不打仗的时候流连过的地方里最奇怪最遥远的。你在休息的时候尽可以关心别人的道德问题，但如果你把全副精力都放在刺探其他人的私生活上的话，轮到你扛着火焰喷射器打日本鬼子的时候你他妈还有什么力气呢？

两个星期前，他们安葬了飞行员安杰洛的遗体，直到现在冯·海克赫伯才肯开口谈话。他在镇子外面租了一栋小屋，但他今天进城里来跟鲁特、沙夫托和比绍夫会面，一部分原因是因为他相信自己正遭到德国间谍的监控。沙夫托带来了一瓶芬兰烈酒，比绍夫带来了一条面包，鲁特带来了一听鱼罐头。冯·海克赫伯带来了情报。每个人都带了烟。

沙夫托一来就点起了烟抽个不停，想要驱散地窖里的霉味。这股霉味让他回想起被以诺克·鲁特反锁在地窖里戒吗啡的日子。甚至有一次，上面的牧师还走下来请他不要再叫唤了，上面的礼堂正在举行婚礼呢。沙夫托甚至没意识到自己在叫。

从某种程度上来说，鲁道夫·冯·海克赫伯的英语比沙夫托还要好。他说话的方式像极了鲍比初中的制图老师耶格先生，这点让沙夫托心惊胆战。"战前我为邓尼茨的海军侦听处工作。实际上，我们在正面冲突爆发前就破译了英军某些关键的密码。这个领域里的一些突破和我有关，涉及机器计算运用的方面。战争爆发之后内部人员又进行了一些调整，我变成了众人竞相争夺的对象。我被调入主管情报分析的第二大组[①]，安排在了四组的 A 小组[②]，专门解决统计

[①] 原文为德语，Hauptgruppe B.
[②] 原文为德语，Referat IVa of Gruppe IV.

密码分析问题，并最终汇报给埃里希·菲尔基贝尔少将[①]，德意志国防军情报通信联络处总监[②]。"

沙夫托转头看了看，周围居然没有一个人大笑出声，甚至都没人面带笑意。他们肯定是没听到。"再说一遍？"沙夫托语带鼓励地问道，仿佛是在酒吧里引导一个羞涩的朋友说一个铁定令人捧腹大笑的笑话。

"德意志国防军情报通信联络处。"冯·海克赫伯慢慢地说道，好像在教小孩子念绕口令似的。他朝沙夫托眨了一次、两次、三次眼，然后稍稍前倾，用明快的口吻说道："也许我应该先介绍一下德国情报机关的构成，这样有助于你们理解我接下来要说的事。"

那么接下来由教授先生、鲁道夫·冯·海克赫伯博士带我们地狱一游。

沙夫托只听到了开头的几句话。当冯·海克赫伯撕下笔记本上的一页，在最上面写上"元首"，然后开始勾画整个千年帝国的组织机构树形图的时候，他的眼前开始变得一片模糊，身子轻飘飘的，什么也听不到了——他像一只在瘾君子肚子里消化了一半的玉米热狗，蠕动着涌上噩梦的咽喉。他以前从来没有过这样的经验，但他直觉地意识到所谓地狱一游正应如此：没有荡起双桨推开冥河上的波浪，没有按部就班地被带到纪念品黑店冥王宫，也没有贩卖火湖钓鱼许可证的沿途小店。

沙夫托还没死（尽管他本该死），所以这也不是地狱。但这个地方的确是模仿地狱建造的。这是一个用沥青纸和帆布堆砌起来的伪装工事，就像他们以前在新兵营里训练巷战时做的那些假的城镇一样。沙夫托一阵犯恶心，但他知道这已经是他在这里能获得的最舒

---
①埃里希·菲尔基贝尔（1886—1944），曾参与刺杀希特勒行动，后被处死。
②原文为德语，Wehrmachtnachrichtungenverbindungen.

服的状态了。"吗啡会夺走你的身体感受愉悦的能力。"以诺克·鲁特的声音惊雷般响起,这位语带讥刺、令人生厌的维吉尔,为了在这个噩梦里扮演好自己的角色而变成了摩尔的样子和声音,一个尖酸刻薄的黑发小丑①。"可能要过一段时间,你的身体才能好起来。"

噩梦就像冯·海克赫伯的树形图一样,最上面写着元首,但是下面的分支却发了疯似的蔓延开来。这是亚洲分支,最上面写着麦克阿瑟将军的名字,下面的许许多多分支中包括一大组②食肉的巨蜥,一小组怀抱着浅色眼睛婴儿的中国妇女和几队③腰间挎着佩刀的醉醺醺的日本鬼子。被环绕在这些东西中间的是马尼拉城,如果沙夫托没把他的高中美术课浪费在跟学校的啦啦队员们腿交上的话,他准会认出这是一幅博斯④式的画面——身怀六甲的格洛丽·阿尔塔米拉被迫给身患梅毒的日本鬼子们口交。

耶格先生——沙夫托的草图老师,他到今天之前所见过的最无聊的人——的声音又淡入了他的耳中。"战争爆发之后,我在这里列出的所有机构的组织结构都被废弃打乱了。一切都重新洗牌,有些部门改头换面,比如……"沙夫托听到他又从笔记本上撕下一张纸,不过他眼里浮现的画面却是耶格先生撕毁一张桌腿支架的结构图,那是年少的鲍比·沙夫托花了整整一周时间画出来的。一切都重新洗牌,但麦克阿瑟将军仍然处在树形图的顶点,正在遛那一群巨蜥,手里握着它们项圈上的铁链。然而现在,这个组织里充满了手里拿着大麻球、笑眯眯的阿拉伯人,浑身冻僵的屠夫,那些已经死掉了

---

① 即前文所述,电影《三个臭皮匠(The Three Stooges)》中的主角之一。
② 原文为德语 Hauptgruppe,与前文中"第二大组"相同,后文"小组(Referat)"亦同。
③ 原文为德语,Abteilungs。
④ 耶罗尼米斯·博斯(1450—1516),荷兰画家。这里指的是他的名画《人间乐园》,此画分三联,从左往右依次是伊甸园、尘世和地狱。

或者注定会死的尉官,还有那个他妈的怪胎劳伦斯·普里查德·沃特豪斯,身穿黑色连帽长袍,身后领着一大群也穿着长袍的瘦骨伶仃的密码怪人,他们双手把奇形怪状的天线举过头顶,在一片印刷在破旧中文报纸上的美钞雨中穿行。他们的眼睛一闪一闪地发射着摩尔斯电码。

"他们在说什么?"鲍比问。

"别再大叫了,拜托,"以诺克·鲁特说,"消停一会儿。"

鲍比正躺在瓜达尔卡纳尔岛一间茅屋的简易床上。瑞典土著们腰间围着一块布,在他周围跑来跑去地搜集食物:不时有一艘船从水沟里被炸出来,鱼和弹片如大雨般落下,挂在树枝上,夹杂着被炸断的手臂、残躯和头颅。瑞典人权当看不见那些人体器官,高高兴兴地把鱼捡起来,放进黑色的铁桶里做碱渍鱼。

以诺克·鲁特的膝上放着一只陈旧的雪茄盒子,盒盖的缝隙里闪烁着一圈金色的光芒。

但他现在又不在茅屋里了。他现在身处一个冰冷漆黑的金属阳具之中,正在朝他的噩梦之底不停穿刺:这是比绍夫的潜艇。深水炸弹在身后穷追不舍,潜艇里灌满了污水。有什么东西敲打着他的脑袋,但这次不是火腿,是人腿。潜艇里穿行着无数的传声管,里面传出英语、德语、阿拉伯语、日语和上海话,这些声音在狭窄的管道里搅成一团,变得含混不清,发出流水一样的动静。这时,一枚深水炸弹险些击中了潜艇,于是一根管道炸裂开来,从那参差不齐的裂口冒出了一个说着德语的声音:

"那么,以上就是关于帝国的组织机构——尤其是军事机构——的一个简要描述。密码的分析和使用由机构分支下许多较小的办公室和部门共同负责。它们不停地改组、重组,但我仍旧可以给你们画出一幅基本准确并详细的图表……"

沙夫托被黄金做的锁链捆在潜水艇的铺位上，后腰掖着的手枪正顶着自己的背，想着对着自己嘴巴开一枪会不会不太礼貌。他狂乱地扳动那根管子，终于把它按进了节节上涨的污水里。气泡涌了出来，里面还困着冯·海克赫伯的只言片语，好像漫画里的对话框一样。当气泡浮上水面爆裂开时，发出了尖叫似的响声。

鲁特坐在对面的铺位上，腿上放着那个雪茄盒。他举起两根手指，比出一个象征胜利的V，并伸到沙夫托面前，突然朝他的双眼戳去。"我没法帮你找回生理上的愉悦，那是人体化学的领域了。"他说，"这涉及一个有趣的神学问题。它提醒我们，尘世所有的愉悦都是肉体强加给灵魂的幻觉。"

现在许许多多的传声管都炸裂开了，此起彼伏的尖叫从里面传出来。鲁特不得不倾过身子朝鲍比的耳朵里喊出他要说的话。沙夫托看准机会，趁他靠近的时候一把抓过了雪茄盒，那里面有他想要的东西：但不是吗啡。那是比吗啡更加重要的东西。吗啡相比于这盒子里的东西就像一个上海妓女相比于格洛丽。

雪茄盒猛地打开了，里面放出炫目的光芒。沙夫托挡住了脸。天花板上悬挂着的盐渍人肉干噼里啪啦地落在他的膝盖上，挣扎着彼此汇合，然后又变成了一个个活人的身体。米库尔斯基复活了，他端着维克斯机枪瞄准了U艇的顶部，打出了一个逃生出口。涌进来的不是黑乎乎的水，而是金色的光。

"那么你的职位是什么呢？"鲁特问道。沙夫托乍然听到冯·海克赫伯以外的人说话，吓得差点儿从椅子上弹起来。考虑到上一次某人（沙夫托自己）发言之后带来的后果，鲁特这可真是英勇而危险的一步。于是又从希特勒开始，冯·海克赫伯解释了一遍帝国的指挥体系。

沙夫托才不关心呢：他现在身处一只橡皮筏上，身边有许多死而复活的瓜岛和2702特遣队的战友。在天幕上巨大的弧光灯的照耀下，他们正划船经过一个平静的港湾。弧光灯后传来一个带德国口音的声音："我的顶头上司是来自圣彼得堡的威廉·芬纳①，他从1922年开始领导整个德军的密码破译工作，还有他的副手，诺沃帕斯契尼②教授。"

这些名字对于沙夫托来说毫无分别，但是鲁特却问道，"俄国人？"沙夫托现在已经差不多清醒过来，回到现实世界中了。他坐直了些，感觉全身僵硬，仿佛很久没动过了一样。他本想为自己刚刚的行为道歉，但发现好像没人用奇怪的眼神看着他，他觉得就没必要把自己刚刚几分钟的经历告诉他们了。

"诺沃帕斯契尼教授是一位保皇派的天文学家，在圣彼得堡结识了芬纳。他们授予了我极大的权限去探寻安全在理论上的极限。从纯数学理论到我自己设计的计算设备，我用尽了一切手段。我研究我们自己的密码，也研究敌人的密码，研究漏洞在哪里。"

"你发现了什么？"比绍夫问。

"到处都有漏洞，"冯·海克赫伯说，"大多数密码都是由业余人士和爱好者设计的，他们根本不理解其下的数学理论。实在很可怜。"

"包括恩尼格玛机？"比绍夫问。

"别跟我提那鬼东西了。"冯·海克赫伯说，"我几乎是立刻把它否决了。"

"你说立刻否决，什么意思？"鲁特问。

"证明了那就是坨屎。"冯·海克赫伯答道。

"但是整个德军都还在用它啊。"比绍夫说。

---

① 威廉·芬纳（1891–1946），德国密码学家。
② 费多尔·诺沃帕斯契尼，俄裔德国密码学家。

冯·海克赫伯耸了耸肩，凝视着香烟燃烧的顶端，"你以为他们会因为一个数学家写了一篇论文，就把这些机器全都扔进垃圾堆吗？"他又停了一会儿，看着烟头，比刚才更久，然后将烟叼进嘴里，优雅地吸了一口，让烟雾在肺里打了几转，最后顺着声带，连同他接下来要说的话一起慢慢吐了出来："我知道敌军一定有人能破解它，图灵、冯·诺依曼、沃特豪斯。也许还有几个波兰人。于是我开始寻找他们已经破解了恩尼格玛机的迹象，或者至少是他们已经找到了恩尼格玛机的弱点，有破解它的企图。通过分析击沉船队和 U 艇出击的数据，我发现了一些异常现象，一些本不该发生的事，但还不足以构成模式。许多最蹩脚的异常现象后，总会出现这样那样的解释，比如说是间谍泄露了情报，之类的。

"因此我无从得出结论。但是如果他们聪明得足以破解恩尼格玛机，那么他们也会聪明到不惜一切代价掩盖事实。但有一种异常现象他们是无法掩饰的，我称之为人类的异常。"

"人类的异常？"鲁特问。典型的鲁特会上钩的话题。

"我很清楚，这世界上能破解恩尼格玛机并且巧妙地把这一事实掩藏起来的人只有那么几个。通过我们的情报部门探明他们在哪里，在做些什么，我可以做一些推断。"冯·海克赫伯掐灭香烟，坐直身子，一口气灌下去半杯烈酒，兴头也上来了，"这是人事情报，不是通信情报，是由帝国情报处下属的另一分支负责的——"然后他的话题又绕到德国的政府机关上去了。心有余悸的沙夫托干脆溜出房间，走到屋外上厕所去。等他回来的时候，冯·海克赫伯刚好讲完。"剩下的问题只是如何筛选大量的原始数据，那真是又臭又长的工作。"

沙夫托吓得一缩，他真想不出能被这家伙定义成"又臭又长"的究竟是怎样的工作。

"一段时间之后，"冯·海克赫伯接着说道，"我从某些安插在英伦列岛的探子那里得知，一位符合劳伦斯·普里查德·沃特豪斯描述的男性被派驻到了外冈根姆的一座城堡里。于是我派了一个年轻姑娘去严密监视他。"他的声音干巴巴的。"他的防范措施无懈可击，因此我们从他身上一无所获。实际上他也许已经察觉到了这个女孩子是个间谍，所以更加留心了。但我们弄清了他是用一次性密码本传递情报的。他把密文通过电话读给附近的一个海军基地听，然后由他们用电报发给白金汉郡的一个情报站，对方以同样的方式加密信息回复给他。我们的无线电拦截站收集到了一大沓这个神秘小组从1942年年中至今利用这种一次性密码本加密的信息。值得一提的是，这个小组一直在不同的地方活动：马耳他、亚历山大港、摩洛哥、挪威，有时还在海船上。非同寻常。我被这个小组勾起了好奇心，于是开始着手破译他们的密码。"

"那不可能吧？"比绍夫问道，"除非你偷到一份副本，否则一次性密码本是无法破解的。"

"理论上是这样没错，"冯·海克赫伯说，"但实际上，只有一次性密码本上的字母是完全随机的时候才是这样。但是根据我的研究，2702特遣队——也就是沃特豪斯、图灵和这两位先生所属的神秘小组——所用的这份一次性密码本并非完全随机的。"

"但你是怎么发现的？"比绍夫问。

"有几个条件。第一是广度，我有很多他们的信息可供研究。第二是稠度，所有这些一次性密码本的生成方式总是相同的，总是表现出同样的模式。我据此做出了一些合理的推断，而事实证明我是对的。然后我又利用计算机加速了破译的进程。"

"合理的推断？"

"我假设这种一次性密码本的随机字母是由一个人通过掷骰子或

者抽牌决定的,于是我考虑了人类的心理因素。说英语的人往往对某些字母情有独钟。在他的期望中,e、t、a之类的字母出现的频率应该很高,而z、q、x则出现得较少。因此当他在运用某种本该是完全随机的方式抽取字母时,每次碰到z或者x,他心里就会不太舒服;但是相反地,如果出现了e或者t,他就觉得理所当然。久而久之,最终影响了频率分布。"

"但是冯·海克赫伯博士,我认为这个人也不可能会因此改用自己喜欢的字母代替骰子、纸牌或者其他什么东西抽取出来的字母。"

"是不太可能。但是假设,如果这种随机抽取方式实际上给予了他某种程度上的自由的话。"冯·海克赫伯又点燃了一根香烟,给自己倒了更多的酒。"我做了一个实验。我找来了二十个志愿者,都是想为帝国效力的中年妇女。我让她们为一次性密码本抽取随机字母,方法是从箱子里摸纸片。然后我用计算机运算了一遍统计结果,发现这些'随机'字母根本不是随机的。"

鲁特开口说道:"2702特遣队的一次性密码本随机字母是由坦尼太太、教区牧师的夫人产生的。她的方法是从一台宾果机里随机摸出一个印着字母的木球。按照规定,她在把手伸进机器里时应该先把眼睛闭上。但是也许她越来越松懈,最后就睁着眼摸了。"

"或者,"冯·海克赫伯说,"也许她只是先看到了机器里木球的排列状况,然后才闭上眼睛。她会下意识地去摸那个E,而避开Z。又或者,如果某个字母最近刚被摸上来过,她会尽量避免再次摸到它。哪怕她看不到机器里的木球,她会逐渐熟悉不同木球的质感——毕竟是木头做的,每一个球的重量和上面的木纹都是不一样的。"

比绍夫仍不买账。"但总的来说,那还是随机的啊!"

"'总的来说'远远不够!"冯·海克赫伯断然道,"于是我确信，2702特遣队所用的一次性密码本上字母的频率分布会接近钦定版《圣经》。同时我又猜想，这些情报的内容里肯定包含沃特豪斯、图灵、恩尼格玛、闼根姆和马耳他之类的词。借助我的计算机，我破译了其中一些一次性密码本。沃特豪斯很谨慎，每一个一次性密码本他都只使用一次，但他的同伴们就不那么细心了，一个密码本来回用很多次。我读到了很多情报。很显然，2702特遣队的工作就是把盟军已经破解恩尼格玛机的事实隐瞒过去。"

沙夫托还是因为比绍夫天天在他身边念叨才知道恩尼格玛机的事。等到冯·海克赫伯把这一切解释清楚之后，2702特遣队的所有行动一下子就都水落石出了。

"那么，秘密已经暴露了。"鲁特说，"我想你的发现让你的上司们意识到了这一情况？"

"意识到了个屁！"冯·海克赫伯咆哮了起来，"因为这时候我早就落入帝国元帅赫尔曼·戈林的陷阱里了。我成了他手里的一张牌，一个奴隶，失去了所有对帝国的忠心。"

* * *

凌晨四点，鲁道夫·冯·海克赫伯的房门被敲响了，这是盖世太保们发现的最能给人造成心理压力的时间点。但此时鲁迪却很清醒。即使不是因为柏林整晚都在遭受空袭，他也睡不着，因为他已经整整三天没有安杰洛的音讯了。他在睡衣外面又搭上了一件晨袍，趿拉着拖鞋打开房门，毫不意外地看到一个身材矮小、面容早衰的男人站在外面，身后还跟着几个身穿黑色皮大衣的家伙，典型的秘密警察形象。

"我能提点儿建议么？"鲁迪·冯·海克赫伯问。

"但说无妨,博士先生。只要不涉及国家机密,尽管提。"

"以前吧,早些时候——那时候谁也不知道盖世太保是干吗的,也不害怕——那会儿你们选择在凌晨四点敲门还是挺聪明的做法,可以激发出人类对黑暗本能的恐惧。但现在已经1942年,快要1943年了,人人都对盖世太保避之不及。人人如此。比害怕黑暗还要害怕你们。那么你们干吗不干脆在白天干活算了?真是不懂灵活变通。"

那个男人的下半张脸笑了起来,上面的部分却纹丝不动。"我会把你的意见转达到上面的。"他说,"但是博士先生,我们在这个时间出现可不是为了要让你害怕。我们在这种时候来打扰,只是根据列车时刻表行事罢了。"

"我是否可以将你这句话理解成我得马上坐火车走?"

"你还有几分钟的时间。"盖世太保抹开袖子,露出一块笨重的瑞士手表。然后他就不请自人,双手交握在背后,在鲁迪的书架前走动,不时弯下腰来查看书脊。他发现书架上只有数学书,于是露出了失望的表情——触目所及之处甚至没有一份《独立宣言》,尽管你也不知道在某本数学期刊的书页里有没有夹着一本《锡安长老会纪要》①。当鲁迪穿戴整齐但尚未刮面地再次出现时,他发现那个盖世太保正一脸痛苦地尝试阅读图灵一篇关于通用计算机的论文。那样子看起来就像一个尝试开飞机的低等灵长类动物。

半个小时后,他们抵达了火车站。趁他们进站的时候,鲁迪抬头扫了一眼出发时刻表,记下上面的内容,以便往后从站台编号推断出他要被带到哪里去,是莱比锡、哥尼斯堡还是华沙。

尽管他这个想法很聪明,结果却是白费力气,因为他被盖世太

---

① 一本反犹主义出版物。

保带到了一个不在时刻表上的站台上。那儿停着一辆小火车。它的身后没有加挂任何货车车厢，鲁迪喘了口气，因为他总记得在过去的几年里见过这样的一个画面：货车车厢里装着满满当当的活人。这一瞥短暂且不真实，他分不清自己到底是真的见过这一幕，还是某些噩梦的碎片在他的脑子里跑错了记忆区间。

但是这列火车上所有的车厢都有门，由穿着他不熟悉的制服的卫兵把守；还有窗，被里面的挡板和重重的窗帘遮挡着。盖世太保径直将他领到一扇车门旁，把他送了进去。现在他是一个人了。没人检查他的通行证，盖世太保也没有跟上来。车门在他身后关上了。

鲁道夫·冯·海克赫伯博士站在一间狭长的车厢里，这里的装潢布置看起来就像某个高档妓院的会客室：油光可鉴的实木地板上铺着波斯地毯，沉重的桌椅上罩着暗红色的天鹅绒，窗帘厚得简直足以防弹。车厢的一头，一位穿法式女仆装的女佣正在餐桌上张罗早点：硬面包卷、肉片和奶酪片，还有咖啡。鲁迪嗅出来那是上等的咖啡，那股香味把他引到了桌边。女佣用颤抖的手给他倒了一杯咖啡。她的下眼睑上打着厚厚的粉底霜以遮盖乌黑的眼圈，他还发现（在她把咖啡递给他的时候）她的手腕上也涂着一样的东西。

鲁迪细细享用这杯咖啡，用一支带有某个法国贵族家徽的金勺慢慢搅拌着奶油。他信步沿着车厢从头走到尾，欣赏挂在墙上的艺术作品：一系列丢勒的版画，还有——如果他没看错的话，列昂纳多·达·芬奇的几页手稿。

车门再次打开，一个男人跌跌撞撞地闯了进来，好像是被人推进来似的，最后跌在了一张天鹅绒长椅里。在鲁迪认出他的同时，火车缓缓开出了站台。

"安杰洛！"鲁迪把咖啡往茶几上一放，扑进了情人的怀里。

安杰洛虚弱地搂住了他。他身上臭气熏天，还不能自抑地发着抖。他身穿一件粗糙脏污的睡衣似的东西，外面裹着一条灰色的羊毛毯。他的手腕上环绕着一圈黄绿色的瘀伤，中间破损的地方已经有一半结痂了。

"别担心，鲁迪。"安杰洛说着把拳头握紧又放松，证明这双手还能用，"尽管他们待我不善，却放过了这双手。"

"汝尚能飞？"

"我还能飞，但他们放过这双手的原因并不在此。"

"那是为什么？"

"手不能用的话，就不能在供认书上签名了。"

鲁迪和安杰洛对视良久。安杰洛看上去很沮丧，筋疲力尽，但眼光中还是带着某种平静的自信。他像一位接过婴儿准备行洗礼的神父般抬起了他的双手，用唇形无声地诉说着：但我还能飞！

一名男仆送来换洗衣物，于是安杰洛到车厢的卫生间里梳洗去了。鲁迪想要透过窗帘窥伺外面，但是窗口被挡板遮得严严实实。他们一起吃了早餐，这时火车正穿过大柏林的调车场，也许绕过了一段被炸得七零八落的铁轨，然后加速进入了外面开阔的地带。

赫尔曼·戈林元帅穿过列车，朝尾部最讲究的那节车厢走去。他的躯体壮硕得像一艘鱼雷艇，身披一件宽大得跟马戏团帐篷差不多的中国丝绸睡衣，腰带拖在身后，像拴狗的链子似的。鲁迪从没见过谁有他那样大的肚子，上面覆满了金色的体毛，越往下颜色越深，最后聚成了一片褐色的灌木丛，遮住了私处。他没想到会在这里碰到两个人在吃早餐，但他似乎认为出现在这里的鲁迪和安杰洛不过是生活中常常会有的小意外，不足为奇。戈林是第三帝国的二把手，希特勒指定的接班人，此时鲁迪和安杰洛本该跳起来立正，对他道一声："希特勒万岁！"但他们早已惊待在原地，动弹不得了。戈林摇摇晃晃地走过这节车厢，看都没看他们一眼。走到一半，他突然开口说了些什么,不过都是含糊的自言自语。他乓的一声打开车门,走到下一节车厢去了。

两个小时之后,一个穿白大褂的医生匆匆穿过,前往戈林的那节车厢,他手上托着一个银色的托盘,上面垫着一块白布。托盘上十分雅致地摆放着一个蓝色的瓶子和一支玻璃的皮下注射器,好像上面放着的是鱼子酱和香槟似的。

又过了半个小时,一个身穿空军制服的副官捧着一打文件路过,还十分恭敬地停下脚步,对鲁迪和安杰洛清脆地喊了一声:"希特勒万岁!"

又一个小时过去了,鲁迪和安杰洛被一个用人领到了后面那节车厢。这节列车末尾的车厢比他们之前停留的那节花里胡哨的会客室要阴暗得多,周围车壁上钉着深色的木板。车厢里有一张桌子,一张用一整吨巴伐利亚橡木制成的庞然大物。现在,上面只承托着一页纸,上面有手写的字迹,最下面签了名。就算隔着一段距离,鲁迪也能看出那是安杰洛的字迹。

他们得绕过那张桌子才能走到戈林面前。戈林正横躺在车厢尽头一张同样巨大的沙发上,头上挂着一幅马蒂斯[①],周围环绕着一圈带大理石基座的罗马式半身像。他身穿红色的皮马裤、红色的皮靴、红色的皮革制服上衣,手握一根柄底镶着巨大钻石的红色马鞭。几枚手镯粗细的金戒指紧紧箍在他又短又粗的手指上,上面镶着大颗的红宝石。他的头上搭着一顶红色的皮军帽,正中央是一个金色的骷髅头,骷髅眼中装饰着红宝石。照亮他这一身打扮的,是从挡板和厚窗帘的缝隙里吃力地挤进来的几丝灰尘飞舞的光线。太阳已经升起来了,但是戈林那双蓝色眼睛里因为注射吗啡而扩散得足有一

[①] 亨利·马蒂斯(1869—1954),法国著名画家。

枚硬币大小的瞳孔是无法直视阳光的。他那双穿着鲜红皮靴的脚搭在一张矮凳上,显然他的腿部血液循环出了点问题。他正端着一个只有顶针大小的茶杯喝茶,上面装饰着金叶子,或许是从某个法国别墅里劫来的。浓重的古龙水也遮不住他身上的臭味:一口烂牙,胃肠毛病,坏死的痔疮。

"早上好,先生们。"他明快地说道,"对不起,让你们久等了。希特勒万岁!要喝点儿茶吗?"

没完没了的闲聊开始了。戈林对安杰洛作为试飞员的表现十分满意。不仅如此,他还对光照派有不少有趣的想法,他正想方设法将这些想法和高等数学扯上关系。鲁迪如坐针毡,害怕这个任务会落到他身上。不过就连戈林自己似乎也对这种谈话感到厌烦了。他伸出手里的马鞭,一次又一次地稍稍撩开一点窗帘。

外面的光亮仿佛刺伤了他,他又转开了目光。

列车慢慢减缓了速度,又经过几个道岔,最后终于停了下来。当然,他们在车厢里什么也看不到。鲁迪支起耳朵,听到了周围的动向:许多人列队行进的声音,喊口令的声音。戈林朝他的副官看了一眼,用马鞭指了指桌子。副官小跑上前,抓起文件,朝元帅微微鞠了一躬,把文件递给他。戈林快速地扫了一遍文件。然后抬起头来,打量着鲁迪和安杰洛,一边发出"啧啧啧"的声音一边摇晃着他那巨大的脑袋。他脸上的许多赘肉、褶子和下巴也跟着慢了半拍地摇晃起来。"同性恋,"戈林说,"你们应该知道元首对于这种行为的处置吧。"他举起手里的文件摇了摇。"丢人啊!你们俩。一个盟国的特派试飞员,一个在机密领域工作的优秀数学家。你们一定知道帝国保安部迟早会发现的。"他筋疲力尽似的叹了口气。"这我怎么帮你们瞒过去?"

戈林说这些话的时候,自从盖世太保敲响他房门开始到现在,鲁迪才头一次意识到,他今天是逃过一死了。戈林有自己的小算盘。

不过首先,他必须适当地恐吓一下这两只可怜虫。"你们想知道被揭发之后会是什么下场吗?嗯?想不想?"

鲁迪和安杰洛都一声不吭,这是个根本不需要回答的问题。

作为回答,戈林伸出马鞭,撩开了窗帘。雪地上反射的明亮的蓝光倾泻进来。戈林闭上眼,把头扭到一边。

列车停在一片空地的中间,四周是一排排的黑色营房,外围拉着一圈高高的铁丝网。在正中央,一个高高的烟囱正在朝明净的天空喷出滚滚黑烟。穿着厚大衣和军靴的党卫军四处走动着,不住往手里呵气。几码之外的另一条铁轨上,一群衣衫褴褛的可怜人正在车厢四周忙里忙外,卸下白色的货物。车厢里有许多一丝不挂、纠缠地冻在一起的人类尸体,而这些囚犯负责用斧头、木锯和撬棍把他们弄碎,再扔到地上。因为尸体已经冻得僵硬,没有一滴血流出来,整个场面显得异常地整洁。戈林的车厢上装着双层玻璃,隔音效果好得不得了,以至于当一把斧头用力地斩在尸体冻僵的肚子上时,他们只听到了几不可闻的一点声响。

其中一个囚犯转过身来,把手里的大腿放进推车中,冒险直视着元帅的车厢。他的囚服胸前缝着一个粉红色的三角。他的目光仿佛想要穿过窗户,透过窗帘,望进车厢里随便哪个人的眼中。鲁迪僵住了,心想他看到自己了。然而戈林垂下马鞭,窗帘落了下来。又过了一会儿,火车慢慢启动了。

鲁迪看着他的情人。安杰洛定定地坐着,像那些尸体一样僵直,双手掩面。

戈林轻蔑地甩了甩马鞭。"出去!"他说。

"啊?"鲁迪和安杰洛同时问道。

戈林放声大笑:"不,不!我不是让你们俩下车!我是说,安杰洛,你先出去。我要和冯·海克赫伯博士单独谈谈。你可以在前面的那个招待车厢等着。"

安杰洛快步走了出去。戈林又朝几个手下挥了挥鞭子,于是他们也退下来去了。车厢里只剩下戈林和鲁迪两个人。

"我很抱歉让你看到了这么不愉快的场面,"戈林说,"我只是想让你意识到保守这一秘密是多么重要。"

"我可以向元帅保证——"

戈林手里的马鞭一扬,没让他继续说下去。"别废话了。我知道你这辈子也发过几次毒誓,也受过了保密方面的所有教化。我不怀疑你的真诚。但是口说无凭,要为我工作这是不够的。要帮我办事,你必须看到之前我让你看的那些东西,这样你才能更好地理解这件事的风险。"

鲁迪盯着地板,深吸了一口气,才挤出下面的话:

"我很荣幸为您效劳,帝国元帅大人。不过既然您有机会接触到欧洲的许多博物馆和图书馆,那么,作为一个学者,我只有一个卑微的请求。"

* * *

回到瑞典诺斯布鲁克的教堂地窖里,鲁迪大叫一声,手里的烟头落在了地上——在他刚刚说这个故事的时候,他手里的香烟像是一根缓缓烧尽的导火索,最终烫着了他的手指。他把手指含进嘴里吮了吮,马上注意到了自己失礼的行为,于是又摆正了姿势。"戈林对密码学十分了解,因此注意到了我对恩尼格玛机的研究。他也不相信那东西。他告诉我,他希望我能想出一种天衣无缝的加密法,一种绝不可能被破译的密码——据他所说,他想要随时和U艇舰队以及马尼拉和东京的基地保持联系。于是,我真的弄出了这么一套密码。"

"然后交给了他。"比绍夫说。

"是的,"鲁迪说道,然后今天第一次露出了一丝微笑,"那真是十分完美的一套加密法,但是我在把它交给戈林之前就把它偷偷废了。"

"废了?"鲁特问,"什么意思?"

"比如说一架飞机的新引擎。比如说上面有十六个气缸。这可以说是世界上最先进的引擎了。尽管如此,一个工程师还是可以轻而易举地通过一些非常简单的事破坏它。比如说拔出一半的火花塞线。比如说破坏一下机器的同步。这样说,你就明白我对戈林的那套密码做了什么了。"

"那么是哪里出了问题?"沙夫托问,"他们发现你的小动作了?"

鲁道夫·冯·海克赫伯大笑起来。"那不太可能,也许这世界上只有五六个人能发现我动的手脚。那套密码没有问题,有问题的是你们,你们盟军,先是登陆了西西里,然后是意大利,不久,墨索里尼就倒台了,意大利退出了轴心国阵营。安杰洛,像数十万客居在帝国的意大利人一样,备受猜忌。作为一名试飞员,他非常有用,但他的处境却十分微妙。他自愿申请了最危险的工作——试飞最新型的梅塞施密特,采用涡轮喷气发动机推进的那种。这能够在一些人眼中证明他对帝国的一片赤诚。

"要记得,在同一时刻,我也在破译2702特遣队的情报。但我没有把成果公布出来,因为我早已失去了对第三帝国的忠诚。四月中旬的一段时间,2702特遣队情报收发的频率一下子高了起来,但随即陷入了沉寂,仿佛这个小组彻底人间蒸发了。而这个时候,戈林的手下十分慌乱，因为他们害怕比绍夫会把 U-553 的秘密公之于众。"

"所以你是知道这件事的了？"比绍夫问道。

"那是自然，U-553 就是为戈林运送财宝的船只，它的存在本身就是一个秘密。而你，沙夫托中士，你登上了比绍夫的 U 艇，还对这件事大加宣传，戈林好几天都忧心忡忡的。但是最后一切都解决了，从四月底到初夏，再也没有 2702 特遣队的消息。墨索里尼在六月底被推翻了，然后我和安杰洛的麻烦就来了。德军在库尔斯克吃了俄国人的败仗，对于那些还有怀疑的人来说，这彻底证明了东线已经完蛋。从那时起，戈林更是加紧速度从国内运出他的金银财宝和艺术珍品。"鲁迪望向比绍夫，"说实话我很惊讶，他竟然没有招安你的想法。"

"邓尼茨有。"比绍夫承认道。

鲁迪点了点头，这样就说得通了。

"在这些事发生的期间，"鲁迪继续道，"我只拦截到了一条由 2702 特遣队密码加密的电报。我的计算机花了好几个礼拜才破译出来。那是一条由以诺克·鲁特发出的情报，上面说他和沙夫托中士正在瑞典的诺斯布鲁克待命。我意识到比绍夫上尉也一定在这里，这引起了我的兴趣。我想，这也许是我和安杰洛躲避战乱的好地方。"

"但是为什么！"沙夫托说，"世界上有的是好地——"

"以诺克和我虽然素未谋面，但我们的家族有某种关系。"鲁迪说，"我们还有着共同的兴趣。"

比绍夫用德语嘟囔了句什么。

"这个关系就说来话长了，他妈的可以写一本书了。"鲁迪不耐烦地说。

比绍夫看上去也没怎么打算追问,但鲁迪还是继续说道:"我们花了几个星期准备,我还打包好了我的莱布尼茨全集——"

"等等——那是啥?"

"我的研究需要用到的资料,这些东西四散在欧洲各地的图书馆里。戈林把它们全都交给了我——给下人施点小恩小惠能让他们倍感自傲。我上个礼拜从柏林出发,借口去汉诺威做我的莱布尼茨研究。然而实际上我通过十分复杂的渠道来到了瑞典——"

"开玩笑!你是怎么做到的?"沙夫托问。

鲁迪看了看以诺克·鲁特,似乎期待他会回答这个问题。鲁特缓缓摇了摇头。

"这要解释起来就太长了。"鲁迪不太高兴地答道,"总之我找到了以诺克,然后我们给安杰洛发去一条消息,说我安全抵达了。然后安杰洛就开着他那台梅塞施密特最新型飞过来,而结果,你们都看到了。"

长长的沉默。

"然后,我们就在这里了!"鲍比·沙夫托说。

"我们都在这里了。"鲁道夫·冯·海克赫伯附和道。

"你认为我们接下来该怎么做?"沙夫托问。

"我想我们应该结成一个秘密的同盟。"鲁道夫·冯·海克赫伯心不在焉地说,好像只是在提议大家一口干了这杯酒。"我们应该分头行动,到马尼拉去,然后把纳粹和日本人藏在那里的金子全部拿走——至少拿一部分。"

"你想要那么多黄金干什么?"鲍比问,"你他妈都这么有钱了。"

"有很多慈善机构需要帮助。"鲁迪意味深长地看着鲁特。鲁特避开了他的眼神。

又是一阵漫长的寂静。

"我可以提供安全的通信方式,这是一切秘密结社得以存在的必要条件。"鲁道夫·冯·海克赫伯说道,"我们可以采用我为戈林发明的那种加密法,当然是没动过手脚的那个版本。比绍夫可以做我们的内应,反正邓尼茨也巴不得他回去。沙夫托中士可以——"

"不用说,我懂了。"鲍比·沙夫托答道。

他和比绍夫看着鲁特,后者将双手压在身下,看着鲁迪,神情里带着一丝古怪的不安。

"红发的以诺克,你的组织可以将我们送到马尼拉去。"冯·海克赫伯说。

沙夫托轻哼一声:"你不觉得天主教堂最近有点忙吗?"

"我说的可不是教堂,"鲁迪道,"我说的是鸿儒会①。"

鲁特身子一僵。

"恭喜恭喜,鲁迪!"沙夫托说,"你居然把他吓着了,我还以为没人能吓住他呢。现在你能告诉我们你刚才他妈的说的是啥玩意儿了吗?"

---

① 原文为拉丁语 Societas Eruditorum。

第五十九章 宝 藏

自打巨型喷气式飞机离开尼诺·阿基诺国际机场后,兰迪整整九十分钟都没有离开过他的座位,就像一位声名不怎么好的河豚寿司大厨的客户。一罐啤酒嵌在他蜷起的手指间。他的手臂搁在加宽商务舱扶手上,像一块砧板上的肉。他没有转头,甚至没有转动眼球去看窗外的北吕宋岛。外面只有"丛林"——这个词现在有两层含义:一层是让人发怵的《人猿泰山》和《斯坦利与利文斯通》[1],"可怕呀!可怕!"[2]"当地人正骚动不安[3]""查理在外面等着我们[4]"的那种;另一层是更加现代开明的雅克·库斯托式,"遍地是瑰丽的珍稀物种的宝库"和"地球之肺"那种。不管哪种,兰迪都已经不喜欢了,所以虽然他从屁股沾上海军蓝色的坐垫那一刻起就进入了一种与世隔绝的麻木状态,但是每当有朝窗外张望的乘客说出"丛林"这个词时,他还是会感到一阵烦躁。对现在的他来说,它们就

---

[1] 1939 年电影,讲述美国记者亨利·斯坦利前往刚果丛林寻找英国探险家戴维·利文斯通的故事。或译《荡寇志》。
[2] 出自约瑟夫·康拉德的小说《黑暗之心》。
[3] 出自 1932 年电影《亡魂岛》,改编自 H·G.威尔斯的小说《莫罗博士的岛》。
[4] "查理"为越战时期美军对越共(越南南方民族解放阵线,Viet Cong)的称呼。

只是一大片树而已，一片在小山包上绵延不绝的树。他现在完全能够理解热带住民们那种惊人的坦诚直率的渴望：想要开着最大最宽的推土机穿过这类地形（在航程的前一个半小时中，他身体上唯一有所动作的部位就是当他想到查琳对此会怎么看时所扯动的某些面部肌肉，好让自己露出一个讽刺的咧嘴——没办法，太完美了——兰迪跑去搞商业进军，结果回来的时候跟用推土机消灭雨林的人有了认同感）。兰迪想把丛林用推土机推掉，一点不留。其实在合适的高度引爆一枚热核武器可以更快了事，他需要把这种冲动合理化。他会的，只要让他先解决"地球氧气供应不足"的问题。

等到他想起来把啤酒举到嘴边时，他的体温已经被它吸走了，他的手变得和生肉卷一样冰凉僵硬。说到这个，他全身似乎都进入了某种新陈代谢暂停期，大脑也不再发出高转速运作时的那种嗡嗡声了。他现在的感觉就像得上从头到脚的重感冒的前一天，那种摧枯拉朽的病毒性春节攻势①，每几年就要让你生不如死地病一两个星期。就好像身体里四分之三的营养和能量资源都被拿去制造亿万病毒了。在尼诺·阿基诺机场的外汇兑换窗口，兰迪排在一个中国男人后面。那人拿着钱离开窗口之前，打了一个惊天动地的大喷嚏，起伏的压力波湍动着离开他生鲜翕动的面部孔洞，导致隔开他与货币兑换员的防弹玻璃微微一抖，让中国人、他身后的兰迪、机场大厅和外面被阳光照亮的旅客车道的倒影都遭受了一次微小的扭曲。病毒一定是从玻璃那里反弹回来，像反射的光线一样，然后包裹住了兰迪。所以也许兰迪是今年的"一年一度肆虐美国的以东亚某城市命名的流感"的带菌者，只是比流感疫苗晚到了一点点。或许那是埃博拉病毒。

---

① 由越南民主共和国（北越）正规军和越共游击队于1968年1月针对越南共和国（南越）发动的大规模攻势，是越南战争中规模最大的地面行动。

其实他感觉没什么不好。除了他的线粒体集体罢工，或者他的甲状腺似乎没起作用（也许是被黑市器官贩子偷偷摘掉了？他暗暗记下下一次碰到镜子的时候要检查有没有伤疤）之外，他完全没有感觉到任何病毒性症状。

都是压力的后遗症，这是他几星期来第一次放松下来。他没有一次机会能够拿罐啤酒在酒吧里坐下，或者把脚跷到桌子上，或者像一具腐烂的尸体一样瘫倒在电视前。现在他的身体告诉他报应来了。他没有睡觉，他全无困意。其实他最近的睡眠很不错。但他的身体拒绝移动，持续整整一个小时，然后再来大半个小时。到了这种程度，如果他的大脑还在工作的话，恐怕也只能追自己的尾巴玩玩了。

还是有些他可以做的事情。笔记本电脑正是为此而生：让重要的生意人不要在飞机上用放松身心来一点一滴地浪费掉生命。他能看见电脑就摆在他面前的地板上。他知道他应该伸手去拿，但那样做就会打破魔咒。他感觉仿佛有水汽在身上凝结，冻结成一层外壳，如果他移动任何一部分身体，这层壳就会破碎。他意识到，电脑在节电状态的时候肯定也是这种感觉。

随后，一个乘务员把一份菜单举到他面前然后说了句什么，像一根打过来的赶牛棍一样把他吓了一跳。他差点儿从座位里蹦出来，啤酒也洒了一点儿，然后伸手去抓菜单。赶在自己回到半昏迷状态之前，他没有停下动作，顺势伸手到下面拿电脑。他身边的座位空着，他用电脑的时候可以把晚餐放在那。

周围的人在看CNN新闻——来自亚特兰大CNN总部的直播，而不是录在录像带上的玩意儿。根据塞在座椅背后数量过剩的其实不能提供什么资料的资料卡片（只有兰迪一个人会看这东西）所述，本飞机配备有某种天线，飞越太平洋时可以锁定上空的通信卫星。

不仅如此，它还可以双向通信，所以你甚至可以发送电子邮件。兰迪花了一点时间研究说明书，看了看费率，就好像他真的在乎要花多少钱似的，然后把它插进了笔记本电脑的屁眼里。他打开电脑，查了一下邮件。流量不大，因为寄生藤的每个人都知道他还在路上。

虽然如此，邮箱里还是有三封来自琦亚的邮件。她是寄生藤唯一的真正雇员，整个公司的行政助理。琦亚在圣马特奥市跳板投资公司的企业孵化器综合楼中一个偏远独立的办公室里工作。某条联邦法律规定，初创高科技公司不能像知名大公司那样雇五十几岁胖乎乎的后勤人员，他们得雇拓扑增强的二十来岁年轻人，名字还得听起来像新车型。因为大多数黑客都是白人男性，他们成立的公司多样性自然是少得可怕，于是顺理成章地，所有多样性都得集中在那一两个不是黑客的雇员身上。在一张联邦平等机会简历表上，兰迪只用在"高加索人"前的方框里打个钩，但琦亚就必须在后面附好几张纸，上面的家谱追溯到十或十二代人以前，才能找到能被确认为某一个具体且没有被消弭掉特异性的民族的祖先。而且是那种一听就非常时髦的民族——比如说，不说瑞典人而说拉普人，不说中国人而说客家人，不说西班牙人而说巴斯克人。琦亚在写给寄生藤的申请表上没这么干，而仅仅是在"其他"前面打了个钩，然后写上"跨民族"。事实上，琦亚在任何人类编目系统上都是"跨"，不是"跨"的地方就是"后"。

总之，琦亚业务熟练（这类人有个不言自明的社会契约，他们工作起来都无懈可击）。她给兰迪发来邮件，告知他说她最近接到四个艾梅丽卡·沙夫托打来的跨太平洋电话，询问他的下落、计划、心理状态和精神纯洁度。琦亚告诉艾米说兰迪正在去加州的路上，并不知怎么暗示了——或者是艾米不知怎么猜到了——他此行目的并非公事。兰迪感觉到某处的神经警报按钮上的玻璃碎了。他有麻烦了，这是他胆敢坐在那里无所事事整整九十分钟而遭到的天谴。他用文字处理软件给艾米写了封回信，解释道他需要去处理一些文书工作，以便切断他与查琳彻底、彻底、彻底结束了的感情的最后一丝联系（这事一开始就是个烂到不行的点子，他有时候会躺在床上彻夜不眠，质疑自己的判断力和生存资格），为了完成这件事他必须到加州去。他把回信传真给马尼拉的西姆帕海事，又传真了一份到格洛丽四号上，以免艾米出海了。

然后他做了一件大概可以证明他精神错乱的事情。他站起来，以上厕所为借口在商务舱的过道来回逡巡，检查坐在附近的人，尤其是仔细观察他们的行李，他们塞在头上行李架里的东西和前方座位下的包。他在找任何可能包含屏幕辐射窃密天线的东西。其实这完全是无用之举，因为长什么样的行李都可能装着那种天线，他永远看不出来。再说，真正被安插到飞机上监视他电脑的间谍才不会举着一根大天线偷偷读示波器呢。但实施检查（就像查看实时卫星数据交换的费率一样）是一种空洞的仪式，能让他隐约觉得自己很负责，并证明他不蠢。

回到他的座位后，他打开"秩序"Emacs[①]——那是约翰·坎特雷尔发明的一款体现了不可思议的被害妄想症的软件。正常形式的Emacs被黑客用作文本处理器，没有什么华丽的排版能力，但是在基本的编辑纯文本的方面非常出色。一般的加密偏执狂黑客会用宏编辑器创建文件，然后再用"秩序"进行加密。但如果你忘记加密，或者还没来得及加密电脑就被偷了，或者飞机失事，你死了，但你的电脑被困惑但顽固的坠机调查员从残骸里筛出来，落入联邦当局手中，他们就能够读取你的文件。实际上，甚至在文件被新数据覆

[①] Editor MACroS 的缩写，一个宏编辑器软件。

盖之后,人们还是有可能从硬盘扇区里找到旧比特幽灵般的痕迹。

相对来说,"秩序"Emacs工作起来跟普通Emacs一样,只是它会先把一切数据加密再写入磁盘。"秩序"Emacs永远不会把纯文本放在磁盘里——这种简单可读的文本形式只存在于屏幕的像素点上,还有电脑那反复无常的RAM里,一旦断电就灰飞烟灭了。不仅如此,它还连接着一个屏幕保护程序,能够使用笔记本内置的CCD摄像头来检查你是否真的在电脑前。它不能识别你的脸,但可以分辨出是不是有个模糊的人形坐在前面。如果这个模糊的人形走开了,哪怕是千分之一秒,它都会进入屏幕保护模式,让显示器变得完全空白,并锁定电脑,直到你输入密码或用语音识别功能核实你的身份。

兰迪打开一个寄生藤用来做内部备忘录的文档模板,开始写下一些对于艾维、贝丽尔、约翰、汤姆和埃伯来说新鲜且无疑是令人兴奋的事实。

《我的丛林之旅》

或

《虎克党的战鼓》

或

《仔细听好了》

或

《他捏了我的蛋》

或

《怪人变达人》

——北吕宋岛宏伟雨林中的冒险和发现之旅

作者

兰德尔·劳伦斯·沃特豪斯

当我在某次不明智的交谊舞进军中踩了一位不认识的中年菲律宾女人的脚时,她向我靠过来,低声说出一个经纬度,其有效位数非比寻常地多,意味着位置误差不超过一个盘子大。老天,我多么好奇!目标给我提供这些数字,作为关于信息的内在价值(货币价值)的交谈话题和思维实验,主题(凑巧?)是我们——寄生藤二号公司的管理团队——感兴趣的范畴。查看吕宋岛高分辨率地图后得知,上述经纬度位于一个多山(我们干脆就说山峦起伏吧)的地区,位于马尼拉北边约250公里处。对于不熟悉二战历史的人,这片地区是山下奉文上将——号称"马来之虎"、新加坡的征服者——在战争末期控制的最后防线,那时他与差不多105人的军队已经被麦克阿瑟将军逐出了人口稠密的低地。不,这并不只是一个离题万里的历史旁注,看下文便知。

将此数据转告给道格拉斯·麦克阿瑟·沙夫托(欲得知更多相关花边材料,请参考我极为生动、富有可读性的电缆调研陈述报告)。他宣称"有人想给你传递一条信息"(注:此后所有此类俗气对话都出自DMS①),并带着可怕的近乎攻击性的热情提出帮助。DMS的精力和魄力极其充沛,有时甚至会让某些人(例如那些对死亡和酷刑带着小里小气的恐惧的人)感到不自在(参见我之前对DMS出生时可能多带了一条Y染色体的推测)。鄙人的主要功能变为如下所述:持续提供显然讨人嫌的关于谨慎、克制和其他被DMS认为无关紧要的美德的忠告。据他说,他的寿命(不可避免地比鄙人长,因为他比我生得早)、紧

---

①道格拉斯·麦克阿瑟·沙夫托的缩写。

密的私人关系网（黑暗、遍布世界，据说很强大）、财政宽裕度（贸易品，例如贵金属，分散藏在许多地点里，DMS 拒绝透露）和（这是王牌）他那拥有完美无瑕的外表的女友（她出门时必须带着雨伞，以免她的美貌令飞过她头顶的飞机驾驶员瞠目结舌，一头撞在面前的操纵杆上）都是鄙人关于如何避免死亡、肢解等等的意见只配得到最低限度的注意的证明。合情合理又足够讽刺的是，鄙人唯一的筹码是信息：即那个经纬度的最后几位数。鄙人向他有所保留，以免他直接自己过去查。（注：DMS 诚实得过分，所以问题不是怕 DMS 会偷窃或独占任何东西，而是怕事情会失去控制——本来事情就已经不受控制了。）

  造访上述经纬度的行程（用 DMS 的话来说是"任务"）被制定了出来。为 GPS 接收器购买了额外的电池（参见附录支出报告）。饮用水等已贮存，吉普尼车[①]已雇好。吉普尼车的概念在此无法完全传达：一辆小型公共汽车，通常以流行歌星、《圣经》人物或抽象的神学概念命名，引擎和车架来自美国或日本汽车公司，但整个车身、座位、坐垫和装饰俗丽的外表都是兴致高昂的工匠们在当地制造的。吉普尼车通常是在马尼拉外围专精于此的城镇或巴朗圭（半自治的社区）制造的。吉普尼的设计、材料、风格等都能很好地反映出产地的情况，就像据说一瓶葡萄酒可以反映出产地的气候、土壤情况等等一样。我们雇的（反常地）是一辆素色的吉普尼，在专精于不锈钢的圣巴勃罗市巴朗圭以纯不锈钢制作，没有任何彩色装饰（不像普通吉普尼）——一切要么是不锈钢色，要么是（在装有电灯的地方）纯净刺眼的卤素灯白，带着一点微蓝的光晕，很好地衬托

[①] 吉普尼（jeepney）：菲律宾一种由吉普车改装的小型公共汽车。

着纯不锈钢的颜色。后排座位是不锈钢长凳,具有令人惊讶的符合人体工程学的腰椎支持能力。我们吉普尼的名字是"上帝恩典"。本备忘录的读者得知这一点一定会很失望:邦邦·加(原文如此),本车的设计者、拥有者、司机、经营者,早早预料到了不可避免的"若不是上帝恩典"[1]的笑话,于是在我们还握着手的时候就把这句话说给了鄙人听。(菲律宾人握手时间很长,而主动结束握手的那一方——通常是非菲律宾人——总是会有种不安感,觉得自己是个蠢蛋。)

鄙人,在与DMS进行的谨慎的一对一模式中,提到"上帝恩典"的后半(乘客)部分没有窗玻璃,并将其作为它缺少空调——一种在菲律宾群岛普遍使用的科技——的显著证据。DMS对鄙人的道德素养表示怀疑,并开始针对我对"任务"的投入程度、对寄生藤股东的信托责任、身体和精神活力状况以及总体的"认真"度提出一系列尖锐的问题。(态度"认真"是某种模糊的大概念,与我存在的资格,能够有幸认识DMS以及与他女儿交往息息相关。这给了我一个契机提到以下事务,通常这是我个人的私事,与其他任何人都无关,但在当前境况下,伦理道德要求我必须公布:我十分迷恋DMS的女儿,而虽然她并不完全回应我的感情,但是觉得我算不上惹人憎恶,愿意时不时与我共进晚餐。直到这一刻我才意识到,我对上述名为"美国"[2]的女性的追求若放在现代美国社会里,将会被分类为性骚扰;若我达到最终目的,则会被定义为性侵犯或强奸——由于我与她之间存在"权力失衡"。即,鄙人是寄生藤公司管理团队

---

[1] 一句俗语,用在看见别人遭受困境时,表示若不是因为上帝的恩典,自己也可能遭到同样境遇。
[2] 即艾梅丽卡(America)。原文如此。

的一员,而公司雇用西姆帕海事服务办理大宗事务,并在上一财政年度提供了他们大部分的收益。任何想要通知当局在我到达洛杉矶的第一时间就逮捕我,揭露我的罪行,让我在民众面前蒙羞,强迫我去增强自我意识的训练营里劳动的人,我劝你们首先亲自结识沙夫托父女,并至少愿意考虑这样的可能性:父亲的高超战技,加上传统的对女性后代的疯狂保护欲,加上女儿随身携带名为波刃短剑的大型巴拉望穿刺武器的习惯,和女儿远远超出鄙人的整体精神素质、身体健康和勇气——这些可以消除任何可查的权力失衡,尤其是考虑到我们之间的互动大多发生在特别适合隐蔽杀人弃尸的地点。换句话说,我让你们了解这些情爱琐事,不是为了供认自身罪行,而是为了充分披露情况:这有可能影响我对西姆帕海事服务的判断力,从而可想而知地对股东利益带来负面影响,或更可能的是被像麦地那龙线虫[①]一样寄生在我们产业上的少数股东的律师们看作如此,并将其作为法律诉讼的借口。)

  回到当前的问题上来。鄙人平静地表现出(因为觉得有力的断言会被 DMS 认为带有防卫性,进而被认为是在事实上承认自己不够"认真")(1)连续几天坐在一辆没有空调的车里穿过菲律宾腹地是海滨度假、草地野餐、公园漫步和假日散心的结合体,以及 (2) 进一步来说,即使这是最可怕的折磨,鄙人也乐意承受,因为赌注对所有人来说(包括寄生藤的股东)都十分巨大且"认真"。事后看来,(1) 和 (2) 联翩而至似乎暴露了鄙人的某种避险策略,然而当时却让 DMS 平静不少,收回了他关于道德素养等的指责,并透露说吉普尼的使用是他 (DMS)

---

① 又称几内亚龙线虫,是一种线虫类寄生虫,可感染人类及犬类。

的战术妙着,因为在我们要去的地方,一辆有烟色玻璃的奔驰或价值五万美元的路虎,或(引申开来)任何带有诸如软席、玻璃窗、可追溯至后肯尼迪遇刺时代的减震器等等奢侈装备的交通工具,都只会给"任务"带来我们不想要的关注。

艾梅丽卡·沙夫托留在马尼拉,通过无线电与"任务"保持联系,以及(我猜测)当我们发现自己难以脱身时召唤凝固汽油弹打击。邦邦·加与他十二岁左右的儿子和生意伙伴菲德尔坐在前排。与 DMS 和鄙人共用车辆后部(乘客)区域的还有:三个神秘的、包装得一丝不苟的绿色军用背包,约 100 千克装在塑料瓶里的饮用水,两位三十几或四十几岁的亚洲绅士。他们在旅行的前四小时里都表现出一成不变的不可预测、泰然自若、无上尊严等等,而这四小时仅仅是试图从马尼拉中心抵达北部市郊而已。两位先生的国籍并不能立刻被分辨出来。许多菲律宾人从人种上来说几乎是纯中国人,即使他们已经在这里生活了几百年。也许这一点可以解释我们的旅伴和(我现在必须假设)生意伙伴那明显的亚洲特征。

沉默的僵局直到一次运猪卡车事件才被打破。事件发生在一条从马尼拉向北的四车道高速公路上,由于修路车道减少到两条。根据对菲律宾猪的随机观测可推断,它们八开纸大小的滑稽粉耳朵具有热量交换器的功用,如同狗的舌头一样。它们被装在安装于厢式卡车(与半挂式卡车相对)底板上的大笼子里。建造此类车辆给当地资源带来的负担如此之大,以至于它们必须时时刻刻装满可想象得到的最大数量的猪,才能具有经济价值。热量也由此堆积了起来。猪的对策是争相挤到笼子边缘,把耳朵或者说热量交换器伸出去,在卡车行驶带来的风中呼扇。

不需要更详细的描述，就可以很容易想象出从后面接近这样的卡车时是怎么一番景象。花个几分钟考虑一下排泄物问题的话，读者们也无须绞尽脑汁就可以想见从卡车里飞出、泼洒、滴下的是什么东西。"猪车事件"是实用流体力学的幽默应用，虽然由于并没有真正的水，所以称作"便体力学"或"屎体力学"会更加合适。"上帝恩典"已经跟着一辆典型的"猪车"走了好几英里，一直试图超过它。从那一大丛的扇动的粉色耳朵中散发出来的过量体热让我们的好几个饮用水瓶全面沸腾爆炸。由于排泄物的问题，邦邦·加一直与卡车保持距离，这对超车的问题毫无帮助。车内的紧张气氛一触即发，邦邦遭受到来自乘客席的一连串稳步增长的温和诘问和不请自来的驾驶建议，尤其是 DMS——他把在我们计划道路中挥之不去的烦人猪车当作对个人的冒犯，因此也是一个需要用一切应当的胆量、精力、乐观进取精神和其他 DMS 大量拥有的美德来克服的挑战。

一段时间后，邦邦出手了：一只手操纵方向盘，另一只手分时处理两个同样重要的职责，换挡和鸣笛。当我们开到猪车旁边时（靠近我坐的一侧），卡车向我们这边以障碍滑雪的动作靠近，就好像在绕开某个真实或想象中的路侧威胁。"上帝恩典"的主喇叭显然没被理睬，大概是因为它在跟一大群在相同频率上大声表达不满的猪争夺带宽。带着通常只能在英国老管家身上见到的泰然自若，邦邦抬起他鸣笛和换挡的手，抓住一条从驾驶室顶部垂下来的挂着不锈钢十字架的闪耀不锈钢链子，用力一扯，便发动了第二、第三、第四鸣笛系统：三个装在"上帝恩典"车顶的有大号那么大的不锈钢喇叭。它们共同使用了那么多能量，让我们汽车的时速都下降了（我推测）10 公里，因为动力被用来产生噪声了。一片长达二十英里的半双曲线形农田被号声扫平，而北方几百英里之外，耳朵还在嗡嗡响的台湾政府官员们向菲律宾大使发起了外交抗议。几天之内死鲸鱼和死海豚不断被冲上吕宋岛的海滩，路过的美国海军潜艇上的声呐操作员们耳朵流着血，被迫提前退役了。

被这声音吓得魂飞魄散，所有的猪（依我推测）都正好在猪车司机猛然转动方向盘避开我们的时候清空了自己的肠子。某个一年级物理中的动量守恒问题导致我被上述肠子中的内容洒了满头满脸，以增加股东利益。这显然是那两个有着亚洲人外表的绅士这辈子见过的最好笑的事情，让他们足足好几分钟笑得喘不过气。有一个人还真的因为笑过头而吐了出来（我们车子没有窗玻璃的设计第一次派上了用场）。另一个人伸出手，介绍说自己叫金恩·阮，是法语男名"让"而不是英语女名"简"。告诉我他的名字后，金恩·阮期待地看着我，DMS也是，仿佛在等我听懂一个很明显的笑话。也许是因为正在忙于清洁问题，我并没有懂，于是他们指出当"金恩"发"约翰"的音，而"阮"被发成很多美国人喜欢乱念的音时，这个名字听起来可以说像"约翰·韦恩"①。他鼓励我以后就这么称呼他。事后看来，他似乎是要给我一个可以小小嘲笑他一番的机会，以用某种虽然微小但重在象征意义的方式在猪屎事件上跟我扯平。我没有好好利用这个机会，这就让大家都很不自在，感觉他们还欠我的。另一位绅士叫杰基·吴。他的英语带着一点模糊的东印度群岛口音，让我推测他是一位有中国血统的马来半岛本地人，比如来自新加坡或槟榔屿。

第一天的旅程让我们穿过了吕宋岛中部平原（稻米和甘

---

①约翰·韦恩（John Wayne），好莱坞明星，以演出西部片和战争片中的硬汉而闻名。

蔗），来到科迪勒拉中央山脉（树木和虫子）最南端的圣胡安镇。这时天色已暗，让我庆幸的是，DMS和邦邦都不想冒险摸黑走崎岖的山路。我们在一间招待所里住下。至此我既然已经详细地描写了猪车，就不再赘述圣胡安的细节：它的居民（生物种类多种多样，其中一些那晚之前我从未见过），我们磨炼意志的居住环境，尤其是它稀奇的管道系统——极大地表现出了其匿名创造者的想象力及对流体力学知识的匮乏。这是那种让旅客想大清早赶紧突然出发的招待所，我们也不例外。

在这里记录一下作为被困在功能有限的身体中的人类对空间物理性质的感知问题。我早就注意到了，那些看起来更加拥挤、更加复杂的地方，有的时候显得更加广阔。在华盛顿州中心完全露天的灌木丛里穿越三四英里的距离是一件简单的事，步行用不了一小时，有车则只需几分钟。在曼哈顿经过相同的距离所需要的时间就长得多。这不仅是因为曼哈顿的空间里物理阻隔更多（虽然这是不争的事实），还因为有某种心理影响着你感知和体验空间的方式。你看不到那么远，所见之处也充满了人、建筑、物品、车辆和其他东西，大脑需要经过一番努力才能分类处理。就算你有某种可以越过所有物理障碍的魔毯，同样的距离也会感觉更远，需要的时间更长，仅仅是因为你的头脑需要处理更多事情。

同样的现象放在与平原环境完全相反的丛林也适用。穿越物理距离基本上是一场与成百上千个不同对手的持久战斗。对于旅行者来说，每一个对手都是一个障碍或一个危险，或两者兼具。即，不管支配某个特定的十平方米地区的是哪一种对手，你穿过这片地区的时候都会惨遭凌虐。有道路穿过丛林，但即使道路保养良好，它们也更像你移动过程中的瓶颈而不是载体，何况道路从来不会保养良好——泥石流、倒下的树木、巨大的路坑和类似事物每隔几百米就将道路阻断。那种感知差别在这里也是一样的——任何方向的感知距离都不超出几米,而你眼前充斥着密集的视觉输入,其中有一些很美,比如蝴蝶(好吧,好吧)。我之所以提到这些,是因为我知道会读本文的每个人估计都有好几幅吕宋岛地图挂在墙上或存在电脑里,你们在参阅地图时可能会觉得我们对付的地区其实小得可怜,走的路程也不足挂齿。但是你们必须努力不要以这种方式思考,而是想象吕宋岛实际上有,就说它有密西西比河以西的美国那么大吧。考虑到在地区内移动所需的时间,它至少有那么大。

我提到这点,并不是出于一种向你们撒娇卖惨,让你们知道我工作有多勤勉的冲动,而是因为如果你们没有领会到这块地区实际上非常广阔这一根本事实,你们就完全无法相信我正要慢慢揭开的惊人真相。

我们进了山里。大约中午的时候,我们遭遇了第一道军方路障。从圣胡安到这里的距离从地图上看来似乎微不足道,但考虑到被巧妙克服的各种始料未及的麻烦事、揪心的困难决定和用情感的指甲抠着崖壁爬出来的绝望深渊,这应该被看作无上的壮举,任何时候都可以与刘易斯和克拉克的远征①相媲美(当然,除了那些不平常的日子,比如他们第一次遭遇灰熊,以及穿着长筒袜横越比特鲁特山脉)。路障立得很有菲律宾的低调风格:一个穿着军装(美军剩余物资)的人站在路旁,一边抽烟一边打手势。我们正开在一截罕见的宽路上,迎面而来玩胆

---

① 1804 年美国国内首次横越大陆西抵太平洋沿岸的往返考察活动,由美国陆军的梅里韦瑟·刘易斯上尉和威廉·克拉克少尉领队。

小鬼游戏①的车可以可耻地往旁边躲。四位军人（后来被熟悉军衔的DMS确认为一名中尉，一名中士和两名二等兵）正躲在一辆悍马型的车里，车子的保险杠上装着长得过分的鞭状天线。二等兵们拿着M-16步枪，伸展着睡得僵硬的肢体，走过来站到"上帝恩典"两侧，武器心不在焉地指着地面，就好像比起我们这一小群旅客他们更担心昆虫的威胁。我一开始以为中士手里拿着的东西是涂成黑色的用家居装饰店里的管道配件做成的L型警棍，但仔细看之后发现那是一把冲锋枪。

上述中士走到邦邦·加一侧的车门前，开始用他加禄语与他交谈。中尉只带了手枪，在悍马旁边的一块阴凉处监督，似乎比起微观管理更喜欢袖手旁观的领导方式。本观察只限于朝"上帝恩典"没玻璃的窗户里窥视并向DMS诚心问好的中士（显然金恩·阮和杰基·吴的他加禄语水平比鄙人更低）。然后我们就被准许通过了，不过我注意到中尉立刻开始进行无线电通信。"中士说附近有'好人'。"邦邦·加向我解释道，用的是当地对于NPA②的委婉说法——即"新人民军"，一个理论上是具备革命性质，但显然无甚目标和计划的游击组织。他们与二战时抵抗日本占领的战士"虎克党"，或称抗日人民军一脉相承（但没有现在这么散漫）。

那以后我们又走了一段路程，在恐惧、不确定性和疑虑方面考量可算作又一"刘易斯和克拉克冒险日"——这是一个衡量距离、危险、流汗造成的体重流失、差劲的括约肌控制、想回家、恼怒和情感折磨的单位，下文中我将简称它为LAC。所

---

①博弈论中的一个经典模型：两车相向行驶，最先转弯避让的人即是胆小鬼。
②菲律宾一支反政府武装部队。"新人民军"（New People's Army）和"附近有好人"（Nice People Around）缩写均为NPA。

以在 1 LAC 后，我们来到另一个路障前。这个路障与第一个相似，只不过除了悍马车外这里还有一辆运兵车、几座帐篷和一个公用茅坑，后者的气味和外表都暗示驻军存在已久。一位倒霉的二等兵被命令拿着手电筒钻进"上帝恩典"下面，检查它的底盘。三个背包被拿下车，内容清倒一空。我得提到在我于马尼拉加入远征时，DMS 曾以让我恼火的刨根究底检查过我行李的内容，拒绝让我携带某些物品（比如药物），并把剩下的物品装进透明的塑料封口袋里，再放进背包。这种高度模式化做法的优势体现在我们货物检查速率的大幅提升上：背包被直接拿到铺开的油布上倒过来，可以直接用肉眼透过透明内袋查验里面的内容，有时也要用手触摸来分辨其中的不均一成分。某些袋子内含纸盒包装的美国烟草产品，它们毫不意外地再也没回到背包里。我那些交由 DMS 托管的碱性 AA 电池补给其中的一大部分（我曾以为对于目标需求来说它们远远供不应求）也在这时消失了。我们被送上了路，在大约 0.5 LAC 之后（主要由需要从路上挪走一棵倒下的树木所造成）到达了一个像是突然出现在丛林山谷间的临河小镇上。那晚我们在一间条件好得惊人的招待所里睡得像死人。第二天早上醒来，从窗口看出去，观察底下街道上的一大群穿戴着他们最好的透气棒球帽和美国篮球 T 恤的人。下楼后发现 DMS 在餐厅里，被坐在另外两张屋子角落的桌边的金恩·阮和杰基·吴战略性地在两侧护卫着，身穿与气候不相适宜的夹克，摆出一副典型"我身上有枪别他妈惹我"的坏蛋架势。

鄙人不想打扰这出心理剧，便在另一张桌子上找了个无害的座位，远离火力投射区域，从店主处接过咖啡，拒绝了本地特色菜式，经过讨价还价（参见支出报告）借来碗和勺子，吃了背包里的"克朗奇船长"牌麦片和温热的高温消毒牛奶做早餐(前者被装在鼓起来时有点像"克朗奇船长"麦片那样的枕头形密封袋里,只不过要大得多)。咀嚼时发出的爆裂声音让鄙人觉得自己又显眼又西方。金恩·阮和杰基·吴拒绝了茶以外的所有点心,更彰显了一触即发的警戒感和猝生暴力的可能。DMS正在吃一个直径跟呼啦圈差不多大的蛋饼,同时一个接一个地与当地人进行简短的对话——店主把人从门口逐个放进来,让他们对DMS陈述案情,就好像他是巡视的地方法官。在某两次接见之间,DMS注意到了房间里的我,并示意我过去加入他。我把我的"克朗奇船长"设备挪到桌子上没被蛋饼占满的一角,并在接下来的几十次英语和他加禄语混用的接见时与他坐在一起。街上的人群在被DMS接见并遣散的过程中逐渐减少。

鄙人只能通过偶尔听到的几个英语单词和基本全靠直觉的模式识别(在此不便详述)来推测这些接见的主题。最常见的关键词:日本、日本人、战争、金子、财宝、洞穴、山下[①]、大屠杀。这些谈话的感情氛围包括DMS面对迫切想要被相信的受接见者时彬彬有礼,却又极度怀疑的态度。以我的判断来看,最后DMS没有相信他们任何一人。他们要么大吵大嚷起来,不得不被领出门去(警惕地瞟着金恩·阮和杰基·吴),或摆出一副愤愤不平的样子。前者让DMS感到好笑,后者则让他恶心。鄙人安静地思索着自己在此环境下的不合时宜,并怀念起如果此刻能待在家里,哪怕是待在马尼拉,会过得多么舒适啊。在早餐与接见结束后,为回应我的询问,DMS透露说在我到达前他已经进行了两个小时,并且说由于他作为寻宝猎人名声在外,

---

① 指山下奉文。

在菲律宾所到之处都会有一大群人找上门来。我们在圣胡安侥幸逃过，只是因为他常去那里，已经接见过地区内所有要讲日本战争黄金故事的人，并发现它们99.9%缺乏可信度。他调查了剩下的0.1%，偶有盈利。

"上帝恩典"已经被菲德尔·加洗净擦亮，这极大地表现出了他不把四周丛林环境放在眼里的轻蔑态度。我们渡过了河。人种多样性非常明显地体现在镇民的长相和面相上。菲律宾住满了无数拨互相交叠的史前移民，互相之间在人种和语言上都不相容。再加上我至此已经充分说明了的空间感退化症状，一幅不同族群的基本拼图就可以展现在你眼前了。这座坐落在河流分叉处的城镇就是三股上述不同文化的民间交汇点。明亮的光芒，或甚至只是阴暗闪烁的光芒，在近几代的时间中把成千上万的人从山里引诱出来，建立起几个分明的巴朗圭。今早的被接见者就是从山上来的移民，或者他们的子孙，声称他们拥有山下宝藏的第一手资料，或从已故祖先口中听到过类似信息。

在丛林中走了大约1.5 LAC后（道路、斜坡，加上越来越糟的环境），我们遇到了另一个（对我来说多少有些难以置信的）建在山脊关口上的军方路障，下方是（更难以置信的）几千年前被显然顽强得可怕的先祖们在几乎垂直的向阳山坡上开垦出来的稻田。在这里我们被彻底搜查了一番，我的睾丸被一位留着八字胡的中士捏了好一会儿。他的动机似乎与性无关，但在捏的同时他一直探寻地盯着我的眼睛，等待被捏的人露出臣服或绝望的眼神。其他人也受到了同样的待遇，并且大概带着比鄙人更多的坚忍经受了过来。我们的阴囊上并未发现有凶器附着，但（想不到吧！）金恩·"约翰·韦恩"·阮和杰基·吴被发现武装到了牙齿，DMS则略逊一筹。这就是鄙人以为自己会在一方浅坟上被枪击后颈而死的时刻,但讽刺的是,当局对我私藏的"克朗奇船长"牌麦片比对我的同志们携带的武器要感兴趣得多。DMS和负责该前哨的上尉在帐篷里进行了隐秘的磋商。DMS出来时带着瘪了许多的钱包和前行的全面许可,条件为(1)所有"克朗奇船长"牌麦片要捐给军官们的饭堂,和(2)我们回来时要将武器弹药的完整清单与今天的记录比对,以确保我们没有把武器偷渡给"附近的好人"。

等待我们的是三天极其痛苦的缓慢旅行,其中包含大约另外10个 LAC。根据我的地图和GPS,我们正绕着一堆频繁吐出火山泥流(泥石雪崩)的活火山环行。泥流冲击到我在此处称之为道路的林间凹痕时,会造成严重得十分荒谬的后勤问题。我们路过许多整个被掩埋、遗弃的城镇。教堂尖顶歪斜地从灰色泥巴里伸出来,支撑着它们的正是当初把它们打歪的泥流。像水泥般凝固在活物四周的泥中露出羊和狗以及其他动物的头骨。在用青霉素(菲律宾人把它当阿司匹林用)、电池、砂轮打火机和路障处的士兵们给我们剩下的随便什么东西贿赂当地人后,我们每夜住宿在小招待所里。我们睡过长凳、地板、屋顶,或者撑着蚊帐睡在"上帝恩典"的前座。

终于,当我的GPS显示我们距离神秘目的地只有不到十公里时,一个当地人指示我们在附近的一个村里等着。我们在那里留了一天一夜,休息整顿,看看书(DMS身边总不缺一牛奶箱的科技惊悚小说),直到黎明时三位非常年轻的矮个子男人来找我们,其中一人拿着一把AK-47。他和他的弟兄们爬上"上帝恩典"车顶,我们开进一条林间小道,道路狭窄到我都不能把它称作小径。开进丛林几公里后,我们花在推吉普尼上的时间开始比坐在里面的时间更长。此后不久,我们将邦邦、菲德尔以及一个背包留下，其他四个人轮流驮着剩下的两个包。我查看GPS，确认了虽然我们曾一度（让人担忧地）偏离目标，但现在正重新向它进发。我们离目标八千米远，正在以每小时五百至一千米的速度接近，取决于我们是在爬陡坡还是下陡坡。时间大约是正午。即使只具备基本数学能力的人也能算出，到太阳落山时我们仍会距离目标几千米远。

那三个菲律宾人——我们的向导、保镖、逮捕者，或随便什么——随大流地穿着美国T恤，让现今的人们很容易低估了文化差异。然而他们却还没有达到超越人种差异的程度。在镇上他们穿着人字拖，但在丛林里他们却打赤脚（我有些鞋子的耐受能力都不如他们脚底的老茧）。他们使用的语言显然与我听过的他加禄语毫无相同之处（"他加禄语"是旧名，政府正要求人们使用"菲律宾语"这个名称，仿佛要暗示它是列岛使用的一种共同语言。而正如这些人所表现的，事实并不是这样）。DMS必须用英语和他们交流。有一次他给了他们一支一次性塑料圆珠笔，结果他们的脸都亮了起来。然后我们不得不再翻出两支笔送给他的同伴，简直像过圣诞节。进度停止了几分钟，因为他们对圆珠笔便捷的按钮机制惊奇不已，用笔在手掌上涂涂画画。换句话说，他们穿美国T恤不是美国人的穿法，而是以一种英国女王在王冠上戴异国珠宝光之山巨钻的精神穿的。我心中又涌上一阵强烈的"这里不是堪萨斯了"①的感觉。

我们在不可避免的傍晚雷暴雨中艰难跋涉，一直行进到晚上。DMS从背包中拿出只过期了几个星期的美国军队MRE（开袋即食餐）。菲律宾人觉得它们几乎像圆珠笔一般令人激动，并

---

①出自《绿野仙踪》，多萝西被龙卷风吹到奥兹国后对小狗托托说的话。

把一次性金属箔托盘留着做铺屋顶的材料。我们又开始艰难跋涉。月亮升起来,代表我们遇上了一点点好运。我跌倒了几次,还撞到了树上,结果证明这是好事,因为它让我进入轻微的休克状态,钝化了痛觉,并使我充满肾上腺素。这时我们的向导似乎有点不确定要往哪边走。我看了看GPS(使用屏幕的夜光功能),确定我们距离目标不足五十米,误差小得我的GPS无法解决。不管怎样,它告诉了我们前进的大概方向,于是我们又在林中跋涉了几分钟。向导们变得生气勃勃,十分快乐——他们终于成功定位,知道我们在哪儿了。我撞上某个沉重、冰冷、无法移动的东西,差点磕断膝盖。我伸手去摸,以为会摸到露出地表的石头,却感觉到某个光滑的金属表面。似乎是由一些小的单位堆成的,每个也许有面包棍那么大。"我们找的是这个吗?"我问。DMS打开一盏电池提灯,把光束转到我的方向。

我立刻被一堆齐大腿高的金条闪瞎了眼睛:边长大约一米半,就放在丛林中间,没有标记也无人看守。

DMS走过来坐在上面,点燃一支雪茄。过了一会儿,我们清点并测量了金条。它们的横截面是梯形的,宽和高大约是10厘米,长度大约40厘米。这就让我们得以计算出它们的重量是每条75千克左右,合大概2400金衡盎司。因为黄金一般是用金衡盎司而不是千克(!)衡量的,所以我大胆推测这些金条是按照每条重2500金衡盎司的标准来制造的。按照目前价格(400美元每金衡盎司),这就意味着每条金子值一百万美元。金堆一共有五层,每层有24块金条,所以这堆金子的价值是一点二亿美元。质量和价值估量都是基于这些金条是接近纯金的假设上的。我拓印了其中一个金条上的图章,上面有新加坡银行的标志。每块金条上都打着独一无二的序号,我把能看到的都抄了下来。

然后我们返回马尼拉。一路上我都在试图想象把哪怕一块这种金条从丛林里拿到最近的银行，换成有用的东西，比如现金。

让我在这里换成问答模式。

问：兰迪，我感觉你马上就要列举从陆路运输金子的麻烦细节，所以我们别浪费时间，直接谈直升机吧。

答：根本没有位置可以让直升机降落。地形极度崎岖，最近的足够平坦的地区在大约一公里以外，地表需要清理。在越南，清理工作是通过使用巨型炸弹完成的，但这里大概不能这么干。这样一来树木都会伏倒，在丛林中制造出一条在空中可见的缺口。

问：谁管他可不可见？谁会看啊？

答：正如从我的奇闻轶事中很容易可以看出的，控制这些金子的人在马尼拉有权有势。我们可以假设这片地区时常飞满菲律宾空军，并受到雷达监测。

问：把金条运到最近的好路上需要怎么做？

答：它们必须从我提到的林间小道上运输，每块金条都和一个成人一样重。

问：不能把它们切成小块吗？

答：DMS 认为金子的目前拥有者不太可能会同意。

问：可能把金子偷渡过军队检查点吗？

答：大量运输显然不行。金子的总重量大约有十吨，运输需要的卡车无法越过我们看见的大多数道路。从检查点的检查员眼下瞒过十吨货品是不可能的。

问：一次一块把金条偷渡出来呢？

答：仍然很棘手。把金条运到某个地方的中转点，熔化或切割成小块，通过某种方式藏在一辆吉普尼或其他车辆的车身里，把车子开到马尼拉再提取出金子或许可行。这项操作需要重复一百次。开着同一辆车通过某个检查点一百次（或甚至两百）会让他们觉得——说得婉转一些——奇怪。即使这样做是可能的，也还存在报酬问题。

问：报酬问题是什么？

答：显然控制金子的人想要得到报酬。支付给他们更多的金子，或珍贵宝石，是荒唐可笑的。他们没有银行账户，必须付给他们菲律宾比索。任何面值大于500比索的纸币在这个地区都没有用。一张500比索的纸币大概值20美元，所以必须要带六百万张纸币到丛林里才能完成交易。基于一些我在这里用技工卡尺和我的钱包内容进行的初步计算，500比索纸币的总量大概会有（请等待我把计算器切换到"科学记数法"模式）25000英寸高。或者，如果你更喜欢公制的话，大概三分之二公里。如果你把纸币堆成一米高，你就需要六七百堆纸币，把它们紧紧摞在一起会占用一块边长大约三米见方的地面。基本上我们说的是装满一辆大型出租厢式货车的钱。这些钱必须运到丛林中央，而且显然不能把现金熔化了藏进货车里。

问：既然主要问题似乎是军队，为什么不和他们做笔交易？让他们从收益里分一大笔，作为不打扰我们的交换？

答：因为这些钱是要拿去给新人民军的，而新人民军会用它们来买武器杀军队的人。

问：肯定有办法用金子的价值做抵押以换取某种提取手段。

答：金子不经过鉴定对银行来说就一文不值，在那之前它们就只是一张照着丛林里一堆黄色物体的模糊拍立得照片。要做鉴定，你需要到丛林里面去，找到金子，提取样本，并把它安全地运回一个大城市。但这什么也不能证明。即使潜在赞助人相信你的鉴定物真的来自丛林里（即你没有半路替换掉样本），他们知道的也只有其中一块金条的一端的纯度。从根本上说，直到整堆金子被取出来，运到一个可以对它们进行系统鉴定的保险库之前，获得金子的全部价值是不可能的。

问：你是不是可以直接把金子带到当地银行里便宜卖掉，让别人来承担运输它们的重任？

答：DMS讲述了一次发生在北吕宋岛的偏僻小镇里发生的此类交易的故事。交易被迫中断，因为当地企业家用炸药炸掉银行的墙壁，进来抢走了金子和本来要拿来买金子的钱。DMS宣称他宁可一刀割断自己的脖子，也不愿拿着价值超过哪怕几万美金的东西走进一家小镇银行。

问：那么这个局面基本上是无解了？

答：是基本无解了。

问：那走这一趟的目的何在？

答：绕了一圈，回到DMS说的第一件事上。是为了向我们传递一个信息。

问：什么信息？

答：告诉我们如果钱不能花，就不值得拥有。说某些人有很多他们急需花出去的钱。还有如果我们可以通过"地穴"提供给他们花钱的渠道，那么这些人会非常高兴；相反，如果我们搞砸了他们会很伤心。而无论他们是高兴还是伤心，他们都会急于把这些感情分享给我们，寄生藤的股东们和管理团队。

现在我要用电子邮件把这篇文章发给你们所有人，然后召唤一位乘务员过来，向她要求我实在太应得的大量酒精饮料。

干杯。

——R

兰德尔·劳伦斯·沃特豪斯

当前现实世界坐标,由我的笔记本内置 GPS 卡新鲜提供:

北纬 27 度 14.95 分,东经 143 度 17.44 分

邻近地理要素:小笠原群岛

第六十章　火　箭

尤丽叶塔已经退入北极圈的深处。沙夫托像一名顽强的骑警，踏着磨破的雪地靴，在这片性欲的冻原上艰难地前行，英勇地从一块浮冰跳到另一块浮冰上，追逐着她。但是她始终与他保持着一段可望而不可即的距离，像是高挂空中的北极星。最近她跟以诺克·鲁特在一块的时间比跟他还多，而鲁特明明是一个禁欲的牧师或者什么玩意儿呀。难道他不是？！

偶尔有那么几次，鲍比·沙夫托成功让尤丽叶塔露出微笑的时候，她随即便会向他提出一些难以招架的问题：你和格洛丽干过吗，鲍比？你们用套子了吗？她是不是有可能怀孕？你确定能够排除自己在菲律宾留下一个孩子的可能性？他或者她今年多大了？来算算吧，你们在珍珠港事件那天干了的话，孩子大概会在1942年9月初出生吧？那么你的孩子现在就十四五个月大了——正在学走路呢！多可爱呀！

当尤丽叶塔这种强悍的姑娘也开始絮絮叨叨地说起孩子的话题时，沙夫托总感到心惊肉跳。最开始他以为这不过是她想让他离自己远点的一种手段。这个走私贩子的女儿，无神论信奉者，专打游击战的机灵鬼——怎么会去在乎马尼拉的一个姑娘？醒醒吧，女人！这儿正打仗呢！

但是随后，他想到了另一种更好的解释：尤丽叶塔自己怀孕了。

这一天以诺斯布鲁克港口的一声船号作为起始。这个镇子建在一条伸向波的尼亚湾的横岭上，坡上宽敞整洁的房屋此起彼伏，在海湾的南岸勾勒出一条细长的深水湾，点缀着一个个码头。半个镇子的人都听到了这一声船号，在清晨粉橙色的不安天空下，他们看到这个古雅的海港被一根冰冷的钢铁阳具夺去了贞操。那上面还带着螺旋体；几个身穿黑色制服的男人站在那玩意儿上面，整齐地站成一队，好像一列立柱。等回荡在石壁上的号角声渐渐散去之后，你就可以听到螺旋体的齐声歌唱了：那是一支猥琐的德国海军小调，鲍比·沙夫托最后一次听到它还是在比斯开湾的一次袭击里。

诺斯布鲁克还有两个人也能认出这首调子。沙夫托到教堂地窖里去找以诺克·鲁特，但他不在，被褥和提灯也是冰冷的。也许本地的鸿儒会喜欢在天亮前聚众议事——也许他找到了另一张虚席以待的床铺。但是沙夫托能看到忠实的老君特·比绍夫，他把身子探出海滨小屋的窗外，两肘悬空，他那忠实的蔡司735双筒望远镜贴在脸上，仔细地观察那艘入侵的船只。

瑞典村民们抱着手臂站在一边，观望着这番情景。大约一分钟之后，仿佛达成了某种心照不宣的共识，他们决定当作这东西不存在，什么也没发生，纷纷转过身，啪嗒啪嗒地拖着步子回屋煮咖啡去了。作为中立国，他们遇到的怪事不比交战国少，也一样要经受尴尬的妥协。不过跟欧洲其他地方比起来，他们并不担心德国人要侵略他们或者击沉他们的船只。但从另一方面说，这艘船来到港口就是侵犯了他们独立的领土，他们应该拿着干草叉和燧石枪冲下去把德国佬赶跑了。然而话又说回来，这船说不定是用瑞典产的生铁造的呢。

一开始，沙夫托还没认出来这是一艘 U 艇，因为它的形状完全不对头。一艘常规的 U 艇应该和一艘水面船只没什么两样，不过是更细长一点罢了。也就是说，它应该有 V 形的船身，平坦的甲板，上面装有武器，还伫立着一座装满各种垃圾破玩意儿的指挥塔，上面有高射炮、天线、支柱、保险缆和防溅板。如果地方够大的话，德国佬也许还要在上面摆一个布谷鸟钟。而且，一艘普通的 U 艇在水面上劈波斩浪时，会从柴油发动机里冒出滚滚黑烟。

而这玩意儿简直是个有足球场那么长的鱼雷啊。它的上面没有指挥塔，只有一个流线型的凸起，不仔细看几乎看不出来。

没有武器，没有天线，没有布谷鸟钟，这东西就像一块被河流冲刷的岩石一样光滑。而且它既没有排出废气也没有发出噪声，只喷出了一点水蒸气。柴油发动机也没有隆隆作响，这鬼东西有没有柴油发动机都难说。它发出的是一种微弱的呜咽，就像安杰洛的梅塞施密特发出的声音一样。

沙夫托正好堵住了从旅馆楼梯上下来的比绍夫，他手里拖着一件像死海狮那么大的行李。他不知是累得气喘吁吁还是兴奋得气喘吁吁。"就是那个。"他气喘吁吁地说。虽然听起来像是在自言自语，不过他用的是英语，那就是在跟沙夫托说话了。"那就是'火箭'。"

"'火箭'？"

"用火箭燃料驱动，百分之八十五的过氧化氢。再不用给他妈的电池充电了！航速二十八节——在水下！我的心上人儿啊。"他像尤丽叶塔一样喋喋不休。

"要我帮你扛点儿什么？"

"提箱，在楼上。"比绍夫说。

沙夫托哐哐哐地走上狭窄的楼道，发现比绍夫的房间已经收拾一空,只剩下一张弹簧床,桌子上有一堆金币,压着一张向房东致谢的便条。房间中央的地板上放着那个黑色的箱子,像是一具小孩子的棺材。从敞开的窗户外传来了一阵欢呼。

比绍夫已经走下斜坡,扛着行李朝港口走去。那些站在"火箭"上的船员们看到了他。U艇之前放下的小船像一艘赛艇一样飞快地朝岸边驶来。

沙夫托将提箱扛到肩膀上,踩着沉重的步伐下楼去。这让他想起了自己登船出发的时候——海军陆战队员的本职工作,但他已经很久没有这样的机会了。他发现,看别人的戏果然还是不如自己亲身体会过瘾。

他沿着比绍夫在雪地上留下的脚印,顺着鹅卵石路走上了码头。三个穿着黑衣服的男人从小船里爬出来,登上梯子爬到了码头。他们朝比绍夫敬了个礼,其中两个人上来拥抱了他。沙夫托站得很近,橘色的晨光也足够明亮,于是他认出来这两个人是比绍夫的旧部。那第三个人要更高大、更年长、更消瘦、更肃穆、穿得更好、阶级更高。总而言之,看起来更像纳粹。

沙夫托简直难以接受。他刚刚去拎箱子的时候,只是想给他的朋友君特——这个爱好和平、没事写两笔的退休人士——搭把手。但是突然之间,他成了敌人的帮凶!其他陆战队员要是知道这件事,该怎么看他?

哦,对了。差点儿忘了。他刚刚才在地窖里和比绍夫、鲁迪·冯·海克赫伯和以诺克·鲁特结成了阴谋集团。他猛地停住脚步,将提箱重重放在了码头中央。这声巨响吓了纳粹一跳,他抬起蓝色的眼睛望向沙夫托,而沙夫托也恶狠狠地瞪了回去。

比绍夫注意到了这一幕。他朝沙夫托转过身,高兴地用瑞典语喊了几句话。沙夫托还存留一点理智,他移开与那个冷冰冰的德国人对视的目光,朝他咧嘴一笑,点了点头。如果结成这个秘密同盟就意味着不能跟人打架的话,那可就太烦人了。

又有几个水手顺着梯子爬上来替比绍夫搬行李。其中一个走过来拎箱子,沙夫托认出了他,而在同一时刻,他也认出了沙夫托。见鬼!那个水手在此地看到他,大吃了一惊,但并没有露出丝毫不快。但是很快,他像是意识到了什么,他的脸因为恐惧而变得僵硬了,转开目光,回到那个高个儿纳粹身边去了。靠!沙夫托也转过身,假装朝镇子里走去。

"延斯!延斯!"比绍夫叫道,又用瑞典语说了几句什么。他从后面追上沙夫托,而沙夫托一直谨慎地背对着他们,直到他把一只手臂搭上来,最后喊了一句:"延斯!"接着,他压低了声音,用英语说道:"你有我家地址。如果到时候没能在马尼拉碰面,我们可以在战后继续保持联系。"他猛拍了几下沙夫托的背,从口袋里掏出几张钞票,塞进沙夫托手里。

"去你妈的,咱们一定会见面的。"沙夫托说,"给我这破玩意儿干吗?"

"赏给帮我搬东西的瑞典小子啊。"比绍夫说。

沙夫托嚓了嚓牙花子,做了个鬼脸。他知道自己并不适合干这种遮遮掩掩的谍报工作。他的脑海里盘旋着不少问题,其中一个就是这艘里面装满了火箭燃料的大鱼雷怎么会比你以前坐的那些船安全呢?不过他只是说道:"一路顺风吧,我猜。"

"上帝保佑你,我的朋友。"比绍夫说,"这算给你提个醒儿,记得查邮箱。"说着,他朝沙夫托的肩上重重来了一拳,足够肿个三天的。然后他转过身,朝海边走去。沙夫托朝雪原和树木走去,心里却有些嫉妒。十五分钟后,等他再次朝港口望去时,U艇已经开走了。转眼之间,这座小镇变得如此寒冷,如此空旷,仿佛被抛入了虚无的中心——然而，它就本该如此啊。

他去诺斯布鲁克的邮局候领处拿邮件。过了一两个小时邮局才开门，他一直等在门边。蒸气从他的鼻孔里喷出来，好像他这个人也是用火箭燃料驱动的一样。他收到了一封威斯康星的家人寄来的信，然后是一个大大的信封，昨天从诺斯布鲁克的某地投递出来的。虽然没有回信地址，但那上面的字迹确实出自君特·比绍夫之手。

里面装满了关于这种新型 U 艇的说明和文件，其中一两封信还是邓尼茨亲笔签名的。尽管沙夫托的德语已经比他被俘上 U 艇之前好了一点点，但他还是看不懂上面写的什么。他看到了很多数字，很多似乎是技术性的东西。

没什么大不了，不过是无价值的海军情报而已。沙夫托仔细地将信折叠起来贴肉揣着，沿着海滩朝基维斯提克家走去。

这长长的一路又湿又冷。现在他有大把时间来反思自己的处境了：身处这样一个中立国里，距离他真正想去的地方十万八千里。离开了军队，还卷入了某个莫名其妙的秘密团体。

严格来说，他已经当了好几个月的逃兵了。不过如果他带着这份文件突然出现在斯德哥尔摩的美国大使馆里，一切肯定都既往不咎。这是他回家的船票。他的家是个幅员辽阔的国度，连夏威夷也属于它的领土——从夏威夷到马尼拉去可比从瑞典诺斯布鲁克过去要近得多。

奥托的船刚从芬兰回来，正拴在码头上，随波摇曳着。他知道那艘船还没卸货，这会儿里面还装着芬兰人用来交换咖啡和军火的货物。奥托自己坐在小木屋里，自然是在喝着咖啡，双眼通红，心中似有烦恼。

"尤丽叶塔在哪儿？"沙夫托问。他有点担心她是不是搬回芬兰或者别的什么地方去了。

奥托每渡过波的尼亚湾一次，就更显得苍老一些。今天的他看起来尤为死气沉沉。"你看到那个怪物了吗？"说着，他摇了摇头，这个动作里包含着那种饱经风霜的芬兰人才能表现出来的惊叹、厌恶和玩世不恭。"那群德国鬼子！"

"我还以为是他们替你们挡住了俄国人的进攻呢。"

这句话引起了奥托一阵阴冷的狂笑，"Zdrastuytchye, tovarishch！"他说。

"啥？"

"是俄语，意思是：'同志们，欢迎！'"奥托说，"我练了挺久呢。"

"你该背的是效忠誓词①，"沙夫托说，"一旦我们解决了德国，就会马不停蹄地把老毛子也踢回西伯利亚去。"

奥托笑得更厉害了，他深知什么叫天真烂漫，而且仍然会觉得这是一种讨人喜欢的品质。"我把德国人的空气涡轮机藏到芬兰去了，"他说，"也许我会卖给俄国人，也许我会卖给美国人，先到先得。"

"尤丽叶塔在哪儿？"沙夫托又问道。说天真，天真就到。

"镇子里，"奥托说，"在购物。"

"所以你有现金啊。"

奥托的脸一下子白了，明天就该发薪了。

然后沙夫托就要登上前往斯德哥尔摩的巴士。

沙夫托在奥托对面坐了下来，他们喝着咖啡，聊了会儿天气、走私还有几种全自动武器的优劣。但实际上他们在谈的是沙夫托能不能拿到钱，能拿到多少。

---

① "效忠誓词"是美国人向国旗以及国家表达忠诚的誓言。

最后，奥托勉强答应要给钱，前提是尤丽叶塔没把钱全部拿去"购物"，而且沙夫托得先把港口那一船货卸了。

于是接下来的一整天，沙夫托都忙着把奥托船上的货物搬到码头上，再扛进木屋里。这些货物包括苏联迫击炮、生了锈的鱼子酱罐头、中国产的红茶砖、拉普兰人的手工艺品、几幅圣像、几箱松油风味的芬兰酒、几挂脏兮兮的香肠和几摞皮毛。

与此同时，奥托进城去了，直到深夜也没有回来。于是沙夫托就躺在木屋里，辗转反侧了四个小时，刚合上眼十分钟，就被敲门声叫醒了。

他手脚并用地爬到门边，从藏枪的地方摸出那把索米，然后又爬回屋子远端的一角，利用地板上的活门悄悄跳了下去。屋底的岩石上结了层冰，但是沙夫托打着赤脚，不会在上面滑倒。他绕到了来人的后方，想看看是谁在敲门。

是从上个星期就销声匿迹了的以诺克·鲁特本人。

"哟！"沙夫托说。

"鲍比，"鲁特说着转过身来，"我想你已经知道了。"

"知道什么？"

"知道我们现在有危险了。"

"不知道，"沙夫托说，"我平常都是这么应门的。"

他们一起进了屋。鲁特不让他开灯，一直朝窗口张望，好像在等着谁。他身上飘着淡淡的香味，那是尤丽叶塔的香水，很容易认出来，因为那是奥托用五十五加仑的大铁桶走私到芬兰去的。不知为何，沙夫托一点也不感到奇怪。他去煮起了咖啡。

"情况变得很复杂。"鲁特说。

"我也觉得是。"

鲁特被他的回答吓了一跳，茫然地抬头望着沙夫托，映着月光的双眼呆愣愣的。也许你是这个世界上最聪明的家伙,但是当一个女人搅和进来的时候,你也跟其他的傻蛋没什么两样。

"你大老远跑过来,就是为了告诉我你跟尤丽叶塔有一腿?"

"哦,不,不,不是的!"鲁特说。他停了一会儿,皱起了眉,"我是说,我确实有。我也打算告诉你。但这只不过是另外一些更复杂的事的开端。"鲁特站起身,把双手插进口袋里,又绕着屋子转起圈来,眼睛仍旧望着窗外。"你还有富余的这种芬兰枪么?"

"在你左边的箱子里。"沙夫托说,"你要干吗?决斗?"

"也许。不是我和你!也许一会儿还要来几个不速之客。"

"条子?"

"比这更糟。"

"芬兰佬?"奥托是有几个对手。

"比这更糟。"

"那是谁?"沙夫托想不出更糟的了。

"德国人。德国。"

"哦,活见鬼!"沙夫托厌恶地叫了一声,"你怎么会觉得对上他们比对上芬兰人还糟呢?"

鲁特露出了一副惊讶的表情。"如果你说按一对一的比例,一个芬兰人比一个德国人更糟糕,那我同意。但德国人问题是,他们一般身后还有成千上万德国人。"

"好吧。"沙夫托嘟囔道。

鲁特打开箱盖,拉出一支冲锋枪,检查了一遍枪膛,然后把枪管对准天上的月亮,像用望远镜一样朝里看。"总之,有几个德国人要来杀你。"

"为什么?"

"因为你知道得太多了。"

"知道什么？君特和那艘新型潜艇？"

"对。"

"那你，恕我多嘴，你怎么知道这件事的？跟你睡了尤丽叶塔有关，是吗？"沙夫托继续道。与其说他是在生气，不如说是厌倦。他对所有跟瑞典有关的破事都厌倦了。他应该在菲律宾，任何无益于他回到菲律宾去的事情都让他心头火起。

"没错。"鲁特叹了口气，"她很喜欢你，鲍比，但是在她看到你女朋友的照片之后——"

"别提这茬！她对你也好对我也好都没动过情。她就是想占尽当一个芬兰人的便宜，又不想面对身为芬兰人糟糕的现实。"

"什么糟糕的现实？"

"不得不在芬兰生活。"沙夫托说，"所以她必须得通过嫁人拿到一本好护照。放现在，那就是美国或者英国。你也许注意到了，她从来不跟君特睡。"

鲁特的表情有点不自在。

"好吧，那么也许她睡过了。"沙夫托也叹了口气，"妈的！"

鲁特又从另一个箱子里扒拉出一个弹夹，研究出了怎么把它装到索米上。他说："你也许知道，德国与瑞典之间有某种心照不宣的协议。"

"'心照不宣'是啥意思？"

"好吧，就说他们之间有协议好了。"

"瑞典是中立的，但他们放任德国佬欺负他们。"

"是的。在奥托这条走私路线的起点和终点，即在瑞典和芬兰，他都免不了要跟德国人打交道。而且当他在海上航行的时候，还得跟他们的海军打交道。"

"我已经发现了，全欧洲到处都是狗日的德国佬。"

"总之,长话短说,德国人一直在劝诱奥托出卖你。"

"他卖了么?"

"卖了。"

"好的。你继续说,我听着呢。"沙夫托一边说一边爬上了通往阁楼的梯子。

"但是后来他又改变了主意,不如说,他忏悔了。"鲁特说。

"还真是个牧师会说的话。"沙夫托咕哝道。他已经爬到了阁楼上,在梁架上爬来爬去。他停下来点燃了打火机。火光照耀着一个用粗木料制成的深绿箱子,上面印着一些西里尔字母。

鲁特的声音透过木板从下面渗上来:"他来到了那个,呃,我跟尤丽叶塔,呃,的地方。"

你跟尤丽叶塔风流快活的地方。"把撬棍给我,"沙夫托大声说道,"在桌子底下,奥托的工具箱里。"

过了一会儿,一根撬棍从楼梯口伸了出来,像一条眼镜蛇从竹篓里探出头似的。沙夫托一把抓过它,开始撬箱子。

"奥托心里很煎熬。他必须拿出点行动来,不然德国人就要断了他的生路。但他又很重视你。他受不了,必须得找人倾诉下。于是他就来找我们,把这一切告诉了尤丽叶塔。尤丽叶塔表示理解。"

"她表示理解?!"

"但与此同时她也感到很惊骇。"

"我真感动啊。"

"嗯,总之,这两个基维斯提克开了一瓶杜松子酒,然后用芬兰语商量起来了。"

"我理解。"沙夫托说。给这些芬兰人一个进退两难的道德困境和一瓶酒,接下来的四十八个小时就可以当他们不存在了。"谢谢你冒了这么大的危险来告诉我。"

"尤丽叶塔会理解的。"

"我说的不是这个。"

"哦,奥托也不会伤害我的。"

"不,我是说——"

"哦!"鲁特大声打断了他,"不,我迟早会告诉你的,尤丽叶塔的事——"

"不,他妈的,我说的是德国人。"

"哦。好吧,来这里之前我甚至都没有想到过他们。我只是没想那么远罢了,所以也算不上什么见义勇为。"

但沙夫托倒是相当擅长未雨绸缪。"拿着这个。"他从阁楼上递下一把像咖啡罐一样粗的铁管子,足有好几尺长。"沉。"鲁特差点儿被坠倒时他又补充了一句。

"这是什么?"

"苏制120毫米迫击炮。"沙夫托说。

"哦。"鲁特默默地把炮管放在桌子上,过了一会儿才又开口,声音却与平常不大一样,"我没想到奥托还有这种东西。"

"这家伙的杀伤半径足有六十尺。"沙夫托说道。他把箱子里的弹药搬到楼梯口,摞成一堆。"也可能是六十米,记不清了。"那些弹药看起来就像屁股上带着一片鳍的圆滚滚的足球。

"尺,米……差别还是挺大的。"鲁特说。

"也许它的杀伤力有点太大了。不过我们还是得回到诺斯布鲁克来,照顾尤丽叶塔。"

"'照顾她'是什么意思?"鲁特警惕地问道。

"娶她为妻。"

"什么?"

"我们俩中的一人应该娶她为妻,越快越好。我不知道你是怎么想的，我还挺喜欢她的，我绝不能让她下半辈子都在俄国人的枪口下给他们吹箫。"沙夫托说，"而且，她可能怀上了谁的孩子。你的，我的，或者君特的。"

"我们，同为秘密组织的一员，确实有义务照顾我们的后代。"鲁特表示同意，"我们可以在伦敦为他们设立一个基金会。"

"那钱肯定是够了，"沙夫托说，"但是我不能娶她，因为如果我要去马尼拉，就得做好和格洛丽结婚的准备。"

"鲁迪也不行。"鲁特说。

"因为他是个基佬？"

"不，基佬也会跟女人结婚的。"鲁特说，"但他是个德国人，她要德国护照干什么？"

"这确实不合常理。"沙夫托说。

"那就剩下我了。"鲁特说，"我娶她，她就能拿到英国护照。皆大欢喜。"

"哈，"沙夫托说，"那你要怎么解释，你本来应该是个禁欲的修道士，一个牧师，或者什么屁玩意儿？"

鲁特说，"我本该禁——"

"但你没有。"沙夫托提醒道。

"但是上帝的宽恕是无限的，"鲁特回击道，抢回一分，"所以正如我所说的，我本该禁欲——但禁欲不代表我不能结婚。只要我婚后不圆房就可以了。"

"但如果你不圆房，那就不算结婚了！"

"但是除了尤丽叶塔以外，没人知道我们不圆房啊。"

"上帝知道。"沙夫托说。

"又不是上帝发护照。"鲁特说。

"那教会呢？他们会把你踢出去的。"

"也许我活该被踢出去。"

"我们来把这事儿捋一捋。"沙夫托说,"你明明睡过尤丽叶塔,但你非撒谎说你没睡,好让你能继续当牧师。现在你要跟她结婚了,而且不打算睡她了,却又要撒谎说你会睡她。"

"如果你是想说我跟教会的关系真是错综复杂,那我自己知道,鲍比。"

"那走吧。"沙夫托说。

沙夫托和鲁特把那架迫击炮和一箱弹药拖到了海滩上,藏在一座高达五英尺的挡土石墙后面。但是滔天的海浪使得他们什么都听不到,所以鲁特又爬上岸,藏在路边的树丛里,留下沙夫托一个人在那儿摆弄苏联迫击炮。

不过事实证明也没什么好摆弄的。一个双手生满冻疮、大字不识一个的冰原农民也能在十分钟内把它装上,开火。如果他前天晚上熬了夜——比如说为了庆祝这一个五年计划圆满完成而灌下一缸工业酒精——那么十五分钟也绰绰有余了。

沙夫托翻开了说明书。虽然是用俄语写的,不过也没关系,反正本来就是给文盲看的。上面画着几条抛物线,线头的两端分别是迫击炮和被炸飞的德国人。让一个苏联工程师给你设计一双鞋,他最后会给你一个鞋盒一样的玩意儿;让他设计一台屠宰德国人的机器,他又突然变成托马斯·爱迪生了。沙夫托打量了一眼地形,选定了一处目标地点,然后爬上岸,一步一米地步测着走到了那里。

然后他又回到海滩上调整炮管的角度,这时墙上传来了一声闷响,一个人跳下来差点儿把他撞倒在地。鲁特气喘吁吁的。"德国人,"他说,"从大路上来了。"

"你怎么知道是德国人?可能是奥托啊。"

"发动机听起来像柴油机,德国佬就喜欢柴油机。"

"几个引擎?"

"两个,大概。"

鲁特说对了。像新上任的军官脑子里冒出来的傻主意一般,两辆黑色大奔从树林里悄无声息地出现了。没打车头灯。两辆车依次停下,过了一会儿,车门悄无声息地打开,钻出几个德国人,站直了身子。其中几个人身穿长长的黑色皮外套。还有几个人手里提着冲锋枪,这也算是德国步兵的标志物了——美国佬和英国佬恨得牙痒痒,他们至今还得背着最原始的步枪打仗。

是时候了。纳粹就站在那里,要把他们全部杀光就是鲍比·沙夫托——也有以诺克·鲁特的一小份——的活儿了。这不仅仅是作为军人的任务,更是某种道德上的要求,因为他们面前站着的正是撒旦的化身,无恶不作,罪无可恕。沙夫托和世上很多其他人,已经适应了这样的世界和这样的状况。他从盒子里拿起一枚炸弹放在炮口,松开手,然后捂上了耳朵。

迫击炮发出了像打鼓一样"嘭嘭"的声音,德国人都朝这边望过来,一名军官的单片眼镜在月光下闪闪发亮。总共八个德国人都已经从车子里钻了出来,其中三个人看来是经验丰富的老兵,因为在听到那个声音的瞬间,他们全扑到了地上。另外几个穿着长大衣的军官仍然站着,那几个穿着便服的傻瓜也站着,端起了手里的冲锋枪一阵扫射。冲锋枪发出刺耳的噪声,如果说沙夫托被他们吓了一跳,那也是因为他根本没想到他们能蠢到这个地步。子弹从他们头上飞过,在抵达波的尼亚湾的海面上之前,迫击炮的炮弹就爆炸了。

沙夫托从防波堤上探出头。和他预料的差不多,站着的那几个人现在都已经像破布一样挂在奔驰的车顶上了——整个身体被抛上半空,再被四散的弹片击飞到一边。那三个老兵倒是活了下来,其中两人正朝奥托的小屋爬去。在这种环境里,那间用粗大的圆木筑起来的小屋看起来真是令人充满了安全感。另一个人正在用冲锋枪乱射,但他根本不知道敌人在哪儿。

起伏不平的地面阻碍了沙夫托的视线,他又朝那两个匍匐前进的人的方向打了几发炮弹,但似乎没收到什么成效。他听到了他们一脚踹开奥托小屋大门的声音。

小木屋就只有一个房间,如果他带着手榴弹就好了。但是一来沙夫托身上没有手榴弹,二来他也并不想破坏那个地方。"你去把前面那个德国佬干掉好了。"他对鲁特说完,就跳下了海滩,一路紧贴着防波堤,以免被上面的德国人从窗户里看到。

他刚刚来到木屋旁,屋子里的德国人就一把推开窗,朝以诺克·鲁特的方向射击起来。沙夫托溜进木屋下方,打开地上的活门,爬进屋子里。那两个德国人正背对着他。他朝他们扣动了索米的扳机,直到两个人都一动不动地瘫倒在地。然后他又把他们拖到活门旁,一个个扔了下去,免得血流得一地都是。下次涨潮的时候,海浪将会把他们的尸体带走,运气好的话,不出一两个星期他们就能回到祖国的海滩上了。

现在四周一片沉寂,回到了一所孤零零的海边小屋应有的样子。但这并不意味着安全。沙夫托小心翼翼地爬上战场后方的大树,环视四周,从上方审视着这片刚刚发生过屠杀的区域。他看到剩下的那个德国人仍然匍匐着爬来爬去,似乎搞不清状况。沙夫托把他也杀了。随后他回到海滩上,发现以诺克·鲁特正躺在沙地上,血流不止。一颗子弹射入了他的锁骨下方,血不断地涌出来。每当他开口喘气的时候,嘴里也汩汩地冒出鲜血。

"我觉得我要死了。"他说。

"好,"沙夫托答道,"一般会这样说的都死不了。"

两辆奔驰有一辆还能用,尽管车身上被弹片打出了好几个洞,还有一只轮胎漏了气。沙夫托从另一辆奔驰上拆下一只幸存的好轮胎换上,再把鲁特拖上车,让他平躺在后座上,然后飞快地驶向诺斯布鲁克城里。这台奔驰真是辆好车,他简直想就这样开过芬兰,开过俄罗斯,开过西伯利亚,开过中国——也许在上海来一顿寿司——开过暹罗,开到马来半岛,然后搭上一只海洋吉卜赛人①的小舟到马尼拉去,找到格洛丽,然后——

接下来的一连串香艳场景被以诺克·鲁特的声音打断了,从他咕嘟咕嘟地冒着血泡或者别的什么的嘴里吐出了几个字:"到教堂去。"

"听着牧师,现在可不是劝我皈依贵教的时候。放轻松点儿。"

"不,现在就去。带我去。"

"啥,你要去平静地死在天主脚下?见鬼,牧师,你不会死的。我要带你到医生那里去。想去教堂你以后什么时候都可以去。"

鲁特又迷迷糊糊地陷入了昏迷,嘴里还说着雪茄什么的。

沙夫托无视了这些胡话,加速驶入了诺斯布鲁克,把医生叫了起来。然后他又找到了奥托和尤丽叶塔,把他们带到了医生办公室。最后,他去教堂里把神父也叫醒了。

当他和神父踏进诊所时,鲁道夫·冯·海克赫伯正在和医生争论着什么:鲁迪(显然是作为以诺克的代言人,因为他本人已经说不出话来了)希望以诺克现在就和尤丽叶塔结婚,免得手术台上出什么意外。沙夫托惊讶地发现,以诺克的状况突然恶化了。但是想起他俩之前的讨论,他也加入了鲁迪的那一边,坚持必须在手术前举行婚礼。

---

①生活在马来西亚、菲律宾、印度尼西亚之间海域的海上游牧民族的别称。

奥托从（字面意义上的）屁眼里掏出一枚钻戒——他习惯把贵重物品藏在一个光滑的金属小圆筒里塞进直肠——交给充当伴郎的沙夫托，后者只好尴尬地捧着这枚还带着体温的戒指。鲁特已经虚弱得无法亲手将戒指戴在尤丽叶塔手上，鲁迪不得不托着他的手。一名护士充当了伴娘。尤丽叶塔和以诺克缔结了神圣的婚姻。鲁特一个字一个字地念出婚誓，每念一句都要将一口血咳在一边的不锈钢碗里。沙夫托的喉头哽住了，简直要哭出声来。

随后，医生给鲁特施了麻醉，打开他的胸腔进行手术。但他显然不擅长处理这种战斗创伤，因此他犯了几个错误，让大家心惊胆战。他的几条动脉也不能正常输送血液了，沙夫托和神父只好到路上去拦截本地人，拼命说服他们给鲁特献血。鲁迪则连影子都不见了，沙夫托本以为他已经离开了这里，但是他突然又出现在鲁特的病床边上，手里还拿着一个老旧的古巴雪茄盒，上面印满了西班牙文。

以诺克·鲁特死去的时候，只有鲁道夫·冯·海克赫伯、鲍比·沙夫托和那个瑞典医生在他身边。

医生看了看表，走出了房间。

鲁迪伸出手合上以诺克的眼睛，望向沙夫托，手掌仍然覆在死去的牧师脸上。

"去吧，"他说，"去看着医生，让他开好死亡证明。"

在战争中时时会发生这样的事，你的兄弟死了，你却得立刻返身回到工作中，将眼泪留到以后再流。

"好。"沙夫托说着走了出去。

医生正坐在那间小小的办公室里填写死亡证明，周围的墙上挂满了字母上带两点的证书。墙角放着一具骷髅。鲍比·沙夫托在对面立正站好，和骷髅一起构成了一个以医生为顶点的三角形。他看着医生用潦草的字迹填上以诺克·鲁特死亡的日期和时间。

填完表格之后,医生身子往椅背上一靠,揉了揉眼睛。

"我请您喝杯咖啡吧。"鲍比·沙夫托提议道。

"谢谢。"医生说。

年轻的新娘和她的叔叔正困倦地躺在候诊室的椅子上,沙夫托提出请他们喝咖啡。他们留下鲁迪独自照看那位朋友与共谋者的遗体,走出诊所,来到了诺斯布鲁克的大街上。瑞典人已经纷纷起床出门了。他们看起来简直跟美国中西部的居民一模一样,发现他们开口说的不是英文时,沙夫托甚至觉得有些惊讶。

医生在政府大楼门口停了下来,拐进去递交死亡证明。奥托和尤丽叶塔则径直朝咖啡馆走去。鲍比·沙夫托在外面闲逛着,不时回头看看身后的街道。一两分钟后,他看到鲁迪的头探出诊所大门,左右看了看,又把头缩了回去。过了一小会儿,鲁迪和另一个人走出了诊所。那个人从头到脚用毛毯包得严严实实。他们爬上了那辆奔驰,毛毯男在后座躺了下来,鲁迪开车朝他的郊外小屋的方向驶去。

鲍比·沙夫托走进咖啡馆和两个芬兰人坐在一起。

"等会儿我要开着那辆破奔驰,像只从地狱里逃出来的蝙蝠一样跑到斯德哥尔摩去。"沙夫托说。尽管他知道芬兰人听不懂什么叫作"从地狱里逃出来的蝙蝠"[①],他这个比喻用得并非毫无道理。现在他知道了,为什么从瓜岛逃出来之后他就一直觉得自己是一具行尸走肉。"总之,祝你们海上航行愉快。"

"海上航行?"奥托不明所以地问道。

"我把你们也卖给了德国人,一报还一报。"沙夫托撒了个谎。

[①] 即 bat out of hell,意为"飞快地"。

"你这浑蛋！"尤丽叶塔发作道。但是鲍比打断了她："你得到了你想要的东西，甚至更多。一本英国护照，还有——"他往窗外瞟去，医生正从政府大楼里走出来。"——以诺克的抚恤金，以后可能还有更多。至于你，奥托，走私生涯就此结束了。我建议你们马上卷铺盖离开这个鬼地方。"

奥托仍旧沉浸在震惊中，甚至忘了发火，但他很快就会记起来的。"到哪里去？！你好好看过地图么？"

"发挥点儿他妈的适应能力啊，"沙夫托说，"你能想办法把你那破船弄到英国去的。"

不管你怎么看奥托，他面对挑战还是不会退缩的。"我能从斯德哥尔摩经由约塔运河到哥德堡——那里没有德国人——然后我可以跑到挪威边境——但是挪威遍地都是德国人！即使我真的跑到了斯卡格拉克海峡——你还指望我能穿过北海？在冬天，还在打仗的时候？"

"如果我告诉你，等你到了英国之后你还要去马尼拉，你会不会觉得好过一点儿？"

"马尼拉？！"

"从这里到英国都不算事儿了吧，嗯？"

"你以为我是个开游艇的土豪，环游世界就为了图一乐呵？！"

"你不是，但鲁道夫·冯·海克赫伯是。他有钱，也有门路。他能弄到一艘游艇，你们的小帆船跟它一比就跟竹排似的。"沙夫托说，"得了吧，奥托。别抱怨了，从你屁眼里多掏几颗钻石出来把这事儿给办了。这可比被德国人折磨致死强多了。"沙夫托站起身，鼓励地拍了拍奥托的肩膀，尽管奥托一点也不喜欢他这样。"马尼拉见。"

医生走进门来，鲍比·沙夫托把一沓钱拍在桌上。他注视着尤丽叶塔的眼睛。"我还得赶路呢,"他说,"格洛丽在等我。"

尤丽叶塔点了点头。那么,在这个芬兰姑娘的眼中,这位沙夫托倒还不算个坏蛋。他弯下腰,响亮地亲了她一下,站直身子,朝愣在一边的医生点了点头,走出了咖啡馆。

第六十一章 示 好

通常来说，沃特豪斯破译日军密码的效率大约是一周一套。但是自从他上次在麦克蒂格太太的客厅里见到玛丽·史密斯以来，这个效率几乎已经降到了零点。甚至可以说是变成了负数，因为有时在他读晨报的时候，那些明文字句会突然变成乱码，他根本无法从中提取出任何信息。

尽管在"人脑就是图灵机"这个问题上他并不同意图灵的看法，但他不得不承认，图灵不必费什么劲儿就能写得出一套模拟劳伦斯·普里查德·沃特豪斯大脑活动的指令来。

沃特豪斯是趋向获得快乐的。而让他感到快乐的事情有两件：一是破译日军密码，二是演奏管风琴。但是管风琴现在处于供应短缺状态，于是他的快乐水平就完全取决于破译密码了。

除非他头脑清醒，否则他不可能破译密码（因此也不能感到快乐）。那么设他头脑清醒的程度为 C_m，在归一化或者标准化的情况下

$$0 \leqslant C_m < 1$$

当 $C_m=0$ 时，意味着他脑子一团糨糊；当 $C_m=1$ 时，则是一种

永远不可能达到的全然智慧的境界。如果把沃特豪斯每天所能破译的密码数设为 $N_{decrypts}$，那么它则取决于 C_m，大致如下：

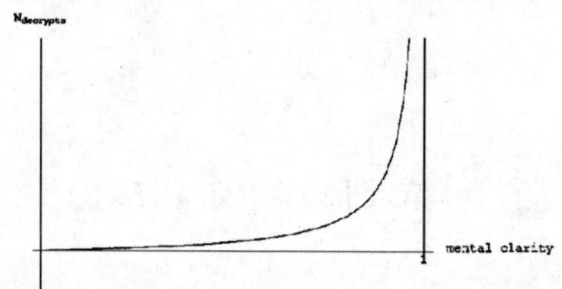

头脑清醒度（C_m）受到许多因素的影响，其中最重要的一项就是性欲，姑且设为 σ。选用这个字母是出于某些解剖学上显而易见的原因，沃特豪斯在其情感发展的这个阶段觉得这么做很好笑。

当 $t = t_m$ 时（即射精完成之后），性欲值归零，然后随着时间的增长呈现出线性增长的态势：

$$\sigma \propto (t - t_0)$$

要使性欲值再度归零，只需要另一次射精即可。

此处有一个临界值 σ_c，当 $\sigma > \sigma_c$ 的时候，则沃特豪斯完全不能集中注意力，大致是：

$$C_m \propto \lim_{n \to \infty} \frac{1}{(\sigma - \sigma_c)^n}$$

也就是说，当 σ 的值超过临界值 σ_c 的时候，沃特豪斯就无法破译任何日军情报了。因此，他也就无法感到快乐（除非这时他搞到了一台管风琴，但这显然不可能）。

通常来说，在一次射精后的两到三天，σ 值会超过 σ_c 值。

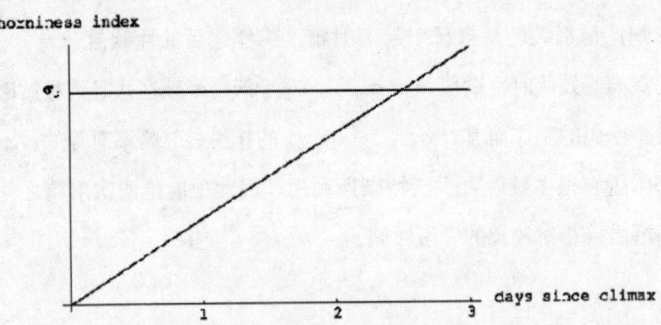

因此对于想要保持头脑清醒的沃特豪斯来说,最重要的是每隔两三天就来一发。不过既然他可以自由掌控这一因素,他的 σ 曲线就保持了一个典型的锯齿波图形。如下图所示,当峰值接近或超过 σ_c 时,在灰色区域所代表的时间里他对战争的进程毫无贡献。

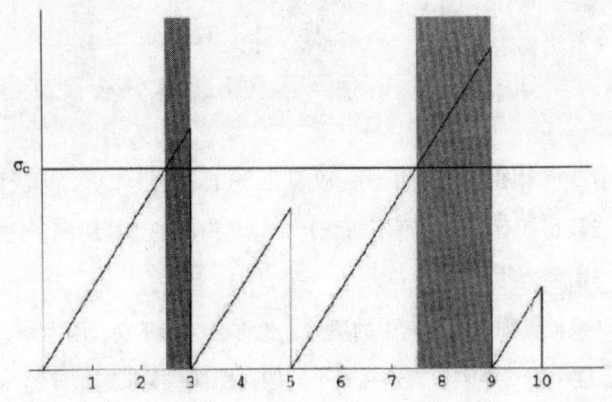

基本原理就说到这里。当他在珍珠港时,他发现了这么一个情况,现在想起来非常值得警惕。一般而言,当射精发生在妓院里(也就是说,在一名人类女性的援助下发生)时,σ 值要比他手动超驰的时候降得更多。换句话说，射精后的性欲值并非像上述经过简化的原理那样每次都会归零，在某种程度上它又受到了行为者的影响：是别人还是自己引起了射精。手淫之后的性欲值 $\sigma = \sigma_{self}$，而在离开妓院时性欲值 $\sigma = \sigma_{other}$，对于沃特豪斯在八号情报站破解日军密码的工作而言，$\sigma_{self} > \sigma_{other}$ 的作用显然是不对等的；不过那附近有很多妓院可供沃特豪斯利用，因此他能把两次射精之间的清醒维持相对较长的一段时间。

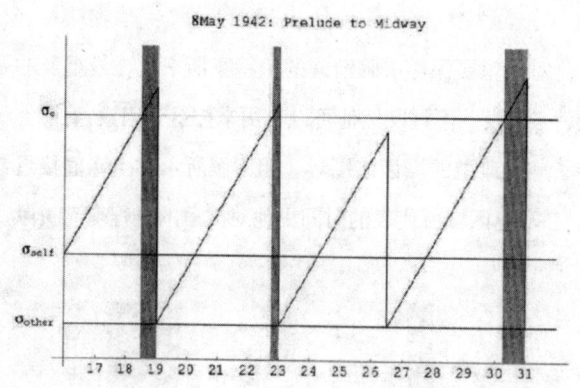

请注意上图中 1942 年 5 月 19 日至 30 日的这十二天，即沃特豪斯亲自赢得（有些人也许不同意）中途岛海战的那段时间，这其中只有一次很短的中断。

如果他仔细想想这其中的奥妙，也许会感到不安，因为 $\sigma_{self} > \sigma_{other}$ 这个算式中暗含着这么一个问题，即那些关系到重要的 σ_c 值的数值根本不是恒定的。如果没有这个不等式作祟，那么沃特豪斯完全可以构成一个独立的封闭单元。但是 $\sigma_{self} > \sigma_{other}$ 这个算式证明了，从长远来看，他想要保持头脑清醒——这是获得快乐的必要条件——就必须要倚赖他人的助力。这多烦人！

也许他一直都在回避细想这个问题就是因为这实在是太烦人了。在这周见过玛丽·史密斯之后,他发现自己不得不认真考虑这个问题了。

玛丽·史密斯的出现使得整个方程组都乱了套。现在,就算他完成一次射精,他的头脑清醒度也不像原来那样噌的一下反弹回来了。他还是想着玛丽。再也赢不了战争啦!

于是他外出寻找妓院,希望可靠的老伙计 σ_{other} 能救他于水火之中。这也很麻烦。以前他在珍珠港的时候,寻欢作乐是再简单正常不过了。但是麦克蒂格太太的大房子处于一片住宅区中,如果这附近有什么娼馆,那也是十分隐蔽的。因此沃特豪斯只能进城去找,但这在一个汽车油箱里烧的都是柴火的地方可不是件容易的事。除此以外,麦克蒂格太太也一直密切注意着他。她知道他的习惯。如果他比下班时间晚四个小时回家,或者吃完晚饭之后还要出门,他就不得不编出点借口来,最好还是有理有据令人信服的那种。因为她似乎有意将玛丽·史密斯纳入自己的保护之下,而她也很容易向那姑娘灌输一些不利于沃特豪斯的言论。不仅如此,他还得在饭桌上做出这种理由陈述,也就是说,玛丽的表兄(他后来知道他叫罗德)也会听到。

但是,嘿,杜立特[①]连东京都能炸不是?他沃特豪斯至少有本事溜出去纵情一把吧。他花了整整一周时间准备(在这期间,因为那高居不下的 σ 值他已经完全无法工作了),然后他终于成功了。

效果还是有的,但仅仅是从控制 σ 值的角度而言。一直以来他都是靠着这个 σ 值的方程过来的,所以这一部分并没有出问题。但是现在,沃特豪斯经过长时间(那些本该用来破译密码的时间)的

[①] 詹姆斯·哈罗德·杜立特(1896—1993),美国空军中将。1942年4月18日,他率编队空袭日本东京,史称杜立特空袭。

思考后发现，一个新的影响因素进入了他的行为模式方程组。他得写信告诉艾伦，他们应该往那台"沃特豪斯模拟图灵机"添加一些新的指令了。这个新的因素是 F_{MSp}，玛丽·史密斯亲密度。

在一个简化的系统中，FMSp 与 σ 是完全正交的，即是说这两个因素是互不干扰的。在这种情况下，沃特豪斯完全可以像过去一样保持着那个锯齿形的射精－清醒图。只是除此之外，他应频繁地与玛丽·史密斯交谈，使得 F_{MSp} 保持在一个尽可能高的数值上。

哎呀！但这可不是一个简单的系统。F_{MSp} 与 σ 不是正交的因素，而是像空中格斗时的飞机尾迹般纠缠在一起。过去的 σ 模式再也行不通了。而柏拉图式的精神恋爱实际上并不会让 F_{MSp} 变得更高，反而更低了。一直以来，他的生活都是由简单粗暴的线性方程组构成的，现在却变成了微分方程。

正是他上妓院的那次经历使他认识到了这一点。在海军里，若说争议，狎妓的程度和往公海里撒尿的程度差不多——你最多只能说一句"那也许不太合适"。所以这么多年来沃特豪斯从来没感到有丝毫的愧疚。

但在他遇见玛丽·史密斯之后第一次上妓院的经历却让他自我厌恶起来。他不再用自己的目光审视自己，而是用她的目光，甚至延伸开来，用的是她表兄罗德、房东太太麦克蒂格太太和那一整个高尚虔诚的上帝子民社会的目光来审视自己了——而他过去对他们从来没有半点在乎。

F_{MSp} 对他的"快乐方程组"的入侵就像是一个楔子的尖头，将劳伦斯·普里查德·沃特豪斯暴露在了无数不可控的因素之中，强迫他融入正常人的社会。比如他现在就惊恐地发现，自己已经做好准备去参加一场舞会了。

这场舞会是由澳大利亚志愿者组织筹办的，至于具体的，他不知道也不关心。麦克蒂格太太显然认为，除了为房客提供食宿以外，她还应当肩负起为他们相亲的重任。因此她百般劝说他们全都去参加这个舞会，可能的话最好还带上舞伴。罗德终于答应要带上一大伙朋友来参加，包括他的乡巴佬表妹玛丽，这才终于使她闭上了嘴。罗德身高足有八英尺，因此想要在人潮拥挤的舞厅里找到他应该不是难事。运气好的话，那位娇小可爱的玛丽应该就在他附近。

因此沃特豪斯决定也要去参加舞会，并且绞尽脑汁地想好了要怎么跟玛丽搭讪。他想出了这么几种方案：

"你知道吗，日本每年只能出产四十台推土机？"下面接一句，"这就不奇怪为什么他们要利用奴隶来建造防波堤啦！"

或者："由于天线结构设计的内在缺陷，日本人的海军雷达有一个盲点，就在背后——而袭击敌人就得从正后方上啊。"

或者："日本军队那些不怎么重要的密码反而比那些级别比较高的重要密码还难破译！这不是很可笑吗？"

或者："所以说你是从内地来的喽……你是不是带了很多罐装的特产食品？也许你不知道吧，使得罐装汤品变质的细菌有一支近亲，它们可是造成气性坏疽的罪魁祸首。"

或者："好多日本战舰突然自爆了，那是因为时间一长，弹匣里的高爆炮弹的化学性质变得不稳定了。"

或者："剑桥的图灵博士说过，灵魂不过是幻觉，而将我们定义为人类的所有东西都可以归结为一系列的机械操作。"

诸如此类。不过至今为止，他还没发现哪一句是可能会让她一听倾心的。实际上，他根本不知道自己他妈的要怎么办。在沃特豪斯面对女性的时候这种情况常常发生，这也是为什么他之前从来没交到过女朋友。

但这次不一样。这次是走投无路了。

舞会有什么可说的呢？房间很大；穿军装的男人，大多数看起来比他们实际上要潇洒，实际上，也大多数看起来比沃特豪斯潇洒；盛装打扮的女人；口红，珍珠，一支大型乐队，白手套，斗殴，有人在拥吻，有人在呕吐。沃特豪斯来晚了，又是交通工具惹的祸。所有的汽油都供给轰炸机了，让高爆弹朝鬼子们头上砸去，以至于载着这具叫作沃特豪斯的躯体横穿布里斯班好让他能够追求一位姑娘的优先级已经大大降低。他必须穿着这双硬邦邦的亮皮鞋走好长一段路，尽管它们现在看起来已经不那么锃亮了。等他终于赶到会场时，他发现它们唯一的作用就是作为止血带压迫住那些本来就是被它们磨出来的血流不止的伤口了。

舞会进行了相当一段时间之后，他才终于在舞池中间看到了罗德，并尾随着他。几支曲子（罗德可不缺舞伴）过后，他走到了舞厅的一个角落。那个角落似乎都是互相认识的熟人，其乐融融，看上去完全不需要沃特豪斯进去打扰。

但他最后还是认出了玛丽·史密斯的脖子，透过足有三十码稠厚的烟雾，那后颈看上去如此撩人，和在麦克蒂格太太的会客厅里看到的侧颈并无二致。她穿着礼服，一串珍珠恰到好处地衬托着她颈部的曲线。沃特豪斯调好方向，大步走了过去，像是一个陆战队员在明知必死的情况下凛然走向日军的碉堡似的。在一场舞会上告白被拒能不能被追授烈士？

只差几步了，他仍旧痴痴地朝那道白皙的曲线走去。这时乐队刚刚奏罢一曲，他听到了玛丽和她朋友的声音。他们叽叽喳喳地说着什么，但不是英语。

最后，沃特豪斯认出了他们的口音。不仅如此，他还得到了另一个谜团的答案：他曾经在麦克蒂格太太的房子里看见过几封寄给某个叫作司津觅斯的人的信。

原来是这样：罗德和玛丽是闷根姆人！他们不姓史密斯，只是听起来有点像罢了。真正的写法是司津觅斯。罗德是在曼彻斯特长大的，在某个闷根姆人聚居区，这毫无疑问——而玛丽的先祖则是因为犯了罪（很可能是暴乱）而被放逐到大沙漠来的。

这下子看看图灵还能怎么解释！眼前的这一切只能说明，毫无疑问上帝是存在的，不仅存在，还是劳伦斯·普里查德·沃特豪斯的密友，是站在他这一边的。现在他不用考虑开场白的问题了，这就像定理一样清楚明白。证明完毕，宝贝儿。沃特豪斯自信满满地踏步上前，脚上一平方厘米的表皮又牺牲在皮鞋之上。后来回想起来他才意识到，虽然不是故意的，但自己当时生生插进了玛丽·司津觅斯和她的舞伴中间，也许还挤了他一下，使得他把饮料都打泼了。这个不速之客的到来使得人群一下子变得鸦雀无声。沃特豪斯开口说道："Gxnn bhldh sqrd m！"

"喂，伙计！"玛丽的舞伴说道。沃特豪斯朝声音转过头去，脸上还挂着一副懒散的笑容，简直就是一个活靶子：玛丽的舞伴飞起一拳，正中靶心。沃特豪斯的下半边脸顿时失去了知觉，嘴里涌起了一股温热滋润的液体。地板不知怎么地飞到了天上，像是一枚硬币般转了几圈，然后哐地落到了他的脑袋上。沃特豪斯的四肢像是被体重钉在了地上，动弹不得。

离地板五到六尺的地方，人的脑瓜顶形成的平面涌动了起来，那是社交活动最密集的地方。玛丽的舞伴被一个大个子推到一边，从这个角度看不到脸，不过很可能是罗德。罗德在用闷根姆语大声嚷嚷着什么。

实际上每个人都在用闷根姆语嚷嚷着什么——连那些本来在用英语说话的人也是——因为沃特豪斯的语言识别系统出了点问题，他的神经节正在叮铃作响。不过这些花里胡哨的东西还是稍后再说，还是回到更朴素的进化论观点吧：比如说，先重新进化成脊椎动物，不要瘫着了。然后再进化成四足爬行动物会比较方便。

一个穿着RAAF①制服的闵根姆裔澳洲人走上前来，神气地一把拉起他的右前鳍，在他还没准备好之前就把他往进化路上拉高了一个台阶。但他这么做可不是为了沃特豪斯好，他抬起沃特豪斯的脸，仔细端详着他。这个RAAF的家伙朝他大声（因为舞曲再次奏起了）喊道："你从哪儿学来这些话的？"

沃特豪斯不知该从何说起，他可不能再冒犯这群人了。但他也不必了。RAAF一脸厌恶地拎着他，好像发现有一条六尺长的绦虫正准备从他嘴里钻出来一样。"外闵根姆？"他问。

沃特豪斯点点头，他面前一张张疑惑和震惊的脸顿时换上了严肃的面容。内闵根姆人！原来如此！这些来自内陆的岛民生来就背负不幸，所以尽管他们能创造出最动人的音乐，拥有最热情的性格，却还是被一船船地流放到巴巴多斯去砍甘蔗，到塔斯马尼亚去放羊，或者——到西南太平洋来，被浑身缠着炸药包、饿红了眼的日本人追杀。

那个RAAF勉强挤出一丝笑容，轻轻拍了拍沃特豪斯的肩膀。现在该有人出面来平息这件事了，而依照内闵根姆人那种专抢苦活儿干的劲头，那个RAAF自愿承担起了这一任务。"对我们来说，"他解释道，"你刚才说的可不是一句好话。"

"哦，"沃特豪斯说，"我刚才说的是什么？"

"你说的是，星期四你去面粉厂向老板控诉他们的面粉袋子上有一条缝合口崩了线的时候，你从老板讲话的语气中听出：玛丽那个年轻时声名狼藉的没结过婚的姑奶奶的脚趾甲上染了真菌。"

---

①澳大利亚皇家空军。

一阵长长的沉默,然后每个人都七嘴八舌地说开了。最后一个女人的声音打破了这乱糟糟的吵闹声:"不,不对!"沃特豪斯抬起眼,看到了玛丽。"我听到的是,他说是在酒吧里,那会儿他正在找一份捕鼠的工作,他听到的是我邻居家的狗染了狂犬病。"

"他说的是在教堂里告解的时候——神父说——心绞痛——"有人在她背后嚷嚷道。紧接着大家又争先恐后地说了起来:"是在码头上——玛丽同父异母的妹妹——麻风病——星期三——抱怨他们的聚会太吵了!"

一只强壮的手臂环过沃特豪斯的肩膀,将他从人群里拉了出来。他没法转过头来看那是谁的手,因为他的脊椎又瘫下去了。不过他认出来那是罗德,正富有骑士精神地将自己那头昏脑涨的美国室友纳入自己的保护之下。罗德从口袋里掏出一块干净手帕捂在沃特豪斯嘴上,然后拿开了手。手帕粘在了他的嘴唇上面——他的嘴几乎肿成了一个拦阻气球①。

他的骑士精神还不止于此。他给沃特豪斯找了把椅子坐下,又给他拿了杯饮料。"你知道纳瓦霍人吧?"罗德问。

"啥?"

"你们海军陆战队让纳瓦霍印第安人充当电报通信员——他们可以拿母语跟自己族人对话,日本人却根本不知道他们在说什么鬼话。"

"哦,对。听说过。"沃特豪斯说。

"温尼·丘吉尔也听说过那些纳瓦霍人的事,表示高度赞赏。希望国王陛下能有这样一支队伍。虽然我们没有纳瓦霍人,但——"

"但你们有闵根姆人。"沃特豪斯说。

---

① 一种用于阻挡敌军飞机航路的气球。

"但分为两种,"罗德说,"皇家海军用的是外闶根姆人,陆军和空军用的是内闶根姆人。"

"效果如何?"

罗德耸了耸肩。"一般般。闶根姆语是一种十分简练的语言,与英语和凯尔特语毫无相似之处——跟它最接近的是客音地语,马达加斯加岛上某个侏儒部落的语言,还有阿留申语。不管怎么说,越简练越好,对吧?"

"那是当然,"沃特豪斯说,"冗余越少,破译难度越高。"

"问题是,就算说这不是一门已经死去的语言,那它也已经到了只能躺在垃圾堆里接受神父的临终祈祷的地步了。你懂?"

沃特豪斯点点头。

"因此每个人的理解都会有所不同。就像刚才——他们听出了你的外闶根姆口音,就先入为主地认为你在骂人了。但是我知道,你说的其实是:上个星期二你在肉店里听说玛丽的身体已经逐渐康复,不出一周就能痊愈了。"

"我只是想说她看起来光彩照人。"沃特豪斯抗议道。

"啊!"罗德恍然大悟,"那你该说'Gxnn bhldh sqrd m!'"

"我就是这么说的!"

"不,你把喉间音和前喉音弄混了。"罗德说。

"说老实话,"沃特豪斯说,"你真能在嘈杂的无线电里听得出区别?"

"听不出,"罗德说,"在无线电里我们都尽量简洁有力:'滚去炸了那个碉堡不然我他妈就炸了你。'诸如此类。"

很快地,乐队奏完了终曲,舞会结束了。"好吧,"沃特豪斯说,"你能帮我给玛丽带个话儿吗,把我真正的意思告诉她?"

"哦,我想那倒没必要。"罗德自信满满地答道,"玛丽是很会看人的，我想她一定明白你的意思。闵根姆人擅长这种无声的交流。"

沃特豪斯差点儿脱口而出"恐怕你们不擅长也不行"，不过这大概只会替他自己再招来一拳。罗德跟他握了握手就走了，沃特豪斯也只好拖着那双该死的鞋，一瘸一拐地离开了。

第六十二章　I.N.R.I.[①]

后藤传吾在一张草编的简易床上躺了六个星期，头顶罩着一顶蚊帐，时时因为窗口吹来的微风而飘起。当有台风来袭的时候，护士们会进来把贝母百叶窗帘合上，但大部分时候窗子都是昼夜开着的。窗外，人工开凿出来的巨大阶梯盘山而上。阳光明媚的日子里，那片梯田上新播种的稻谷油光发亮，青绿的光芒像火焰一般照亮了屋子。他能看到穿着各色衣服的小人弯着腰插秧或者摆弄灌溉系统。这房间光溜溜的四壁刷成了奶油色，有些地方裂了缝，像眼球上的毛细血管般延伸开来。房间里唯一的装饰就是一个细节雕刻得纤毫毕现的紫檀十字架。耶稣的眼睛是光滑的球状，既没有瞳孔也没有虹膜，像古罗马塑像那样。他歪斜地悬挂在十字架上，双臂张开，韧带也许已经拉断了；弯曲的双腿被罗马人的矛柄打断了，已经无力再站起。他的两只手掌上各钉着一枚凹凸不平、锈迹斑斑的铁钉，第三枚铁钉钉在两只脚上。后藤传吾看了一会儿之后发现，这三枚铁钉形成了一个等边三角形。他和耶稣就这么隔着一层白色

[①] 拉丁文 Iesus Nazarenus Rex Iudaeorum 的缩写，意为"拿撒勒人耶稣，犹太人的君王"。多见于圣像及雕塑上。

的蚊帐对视了许多小时，日复一日，每当山上的微风吹拂起蚊帐时，耶稣就好像动起来了。十字架上有一幅展开的卷轴，上面写着：I.N.R.I.。后藤传吾想了很久那是什么意思。"我想要快点？""赶快把钉子拔了？"①

蚊帐分开了，一个总是身穿肃穆的黑白衣裳的年轻女人站在那里，身上映着梯田里绿油油的光亮，手里端着一盆热气腾腾的水。她脱掉他的病号服，开始给他擦身。后藤传吾朝十字架的方向示意，想问她几个问题——也许她能听懂一点日语呢。但她对他的提问没有一点反应。她可能聋了，也可能疯了，也可能又聋又疯。基督教徒可是以他们对残障人士的过分溺爱而臭名昭著的。她牢牢盯着后藤传吾的躯体，轻柔而毫不客气地擦拭着，每一寸皮肤都不放过。后藤传吾的脑子还不太清醒，当他低头看向自己的裸体时，他有一瞬间简直以为自己看到的是耶稣被钉在十字架上的遗体。他瘦得肋骨都突了出来，身上布满了地图似的疮疤。他现在成了个什么都做不了的废人，他们为什么不把他送回日本去？他们为什么不干脆杀了他？"你懂英语吗？"他问，而她只是稍稍抬了抬她那双棕色的大眼睛。她是他有生以来见过的最漂亮的女人。但是对她来说，他一定是个恶心的家伙，像压进载玻片里的病理实验室的标本。她离开这里之后说不定会马上洗个彻彻底底的澡，再把后藤传吾这副躯体从她那纯洁无瑕的脑海中抹去。

因为发着烧，他又昏昏沉沉地睡了过去，他现在正以一只试图找到缝隙飞进蚊帐里的蚊子的视角居高临下地看着自己：一具躺在木架子上的枯槁身躯，四肢伸开，像是一只被拍扁的虫子。能证明他是个日本人的只剩下额头上的那条系带，但上面画着的不是红色

---

① 原文为 I Need Rapid something 和 Initiate Nail Removal Immediately，均可缩写为 I.N.R.I.。

的太阳,而是一句题词:I.N.R.I.。

一个穿着黑色长袍的男人坐在床边,手里握着一串红色的珊瑚珠,一枚小小的十字架挂在上面。他像在稻田里劳作的那些人一样有一个硕大的脑袋和两道浓密的眉毛,但那高高的发际线和向后梳得平平整整的深棕色花白头发又像极了欧洲人——还有他那双专注的眼睛。"Iesus Nazarenus Rex Iudaeorum,"他说,"拉丁语。意思是'拿撒勒人耶稣,犹太人的君王'。"

"犹太人?我以为耶稣是基督教徒呢。"后藤传吾说。

黑袍子的男人一言不发地看着他。后藤传吾又试探着说道,"我不知道犹太人还说拉丁语。"

一天,一辆轮椅被推进了他的房间,他带着隐隐的好奇打量着它。他听说过这玩意儿,它是用来把高墙后面那些可耻的残废从一个房间运到另一个房间去的。但是突然之间,这些小巧玲珑的姑娘突然抬起他,把他扔了进去!其中一个姑娘说了几句新鲜空气什么的,下一秒他就被推出大门,来到了走廊上!为了防止他摔下来,她们还给他系上了安全带。他在轮椅上不自在地扭来扭去,希望挡住自己的脸。那个姑娘将他推到了一个非常宽广的露台上,从这里可以眺望远处的群山。树叶间笼罩着一层薄雾,鸟儿在放声歌唱。他身后的墙上画着一幅巨大的壁画,I.N.R.I.被铁链绑在一根杆子上,浑身赤裸,鲜血从上百道鞭痕里涌出。耶稣面前站着一个手执长鞭的百夫长。真奇怪,他那双眼睛看起来简直就像日本人。

露台上还坐着三个日本人。其中一个人絮絮叨叨地不知道在自言自语什么,手里还不住地抠着胳膊上的一处脓疮,流出来的鲜血染红了铺在他膝盖上的一块毛巾。另一个人的双臂和面部都烧毁了,瘢痕组织像面具般将他的脸包得严严实实,他只能透过上面的一个小洞窥视世界。还有一个人被宽布条绑在椅子上,因为他总是像离了水的鱼一样翻腾不休，嘴里咿咿呀呀地发出毫无意义的声音。

后藤传吾盯着露台边缘的一圈护栏，心想不知道他还有没有力气挪到那边翻过栏杆。为什么不让他光荣地战死呢？

潜艇上的水手在把他和其他获救者捞起来的时候，脸上带着一种难以言说的复杂表情，有尊敬，也有厌恶。

他是从什么时候开始与自己的民族渐行渐远的？在他逃出新几内亚之前很久。那个中尉从食人族手里把他救出来的时候就把他当成了一个囚犯，还判了他死刑。甚至更早之前，他就已经异乎常人了。为什么鲨鱼不吃他呢？因为他的气味跟别人不一样？他本该与同伴们一起死在俾斯麦海的。他活了下来，一半是运气，一半是泳技。

他怎么会游泳的呢？一半是因为他身强体壮，而另一半则是因为他的父亲把他培养成了一个不畏妖魔的人。

他大笑出声，露台上的其他人都转过头来看着他。

他被培养成了一个不畏妖魔的人，现在他却成了妖魔之中的一员。

黑袍男第二次来探望后藤传吾的时候也大声笑了起来。"我并不是想劝说你信教，"他说，"请别把这种疑虑告诉管你的人。我们这里是严禁传教的，你这样说影响很不好。"

"你们不是用言语传教，"后藤传吾不得不承认，"而是靠让我待在这里。"他的英语还不足以应付这种对话。

黑袍男的名字是费迪南德神父。他是一个耶稣会信徒或者类似的什么人，英语比后藤传吾要好得多。"让你待在这里怎么算是传教呢？"接着，为了吓唬后藤传吾，他又用不那么顺溜的日语重复了一遍。

"我不知道，那些画什么的。"

"如果你不喜欢那些作品，闭上眼睛想想天皇吧。"

"我又不能整天都闭着眼。"

费迪南德神父嘲弄地笑了。"是吗？我看贵国倒是有不少人擅于从生到死都紧闭双眼。"

"就不能有点欢快的作品？这是医院还是停尸房？"

"受难是很重要的。"费迪南德神父说。

"受难？"

"基督所受的苦难。这对于菲律宾人来说意味深远，尤其在当下。"

后藤传吾还想说点什么，但词汇跟不上，直到他问费迪南德神父借来一本日英词典查了好一会儿才开了口。

"让我来猜猜看你的意思，"费迪南德神父说，"你觉得我们以高尚和怜悯来对待你的时候，其实是蓄意要将你引入罗马天主教。"

"你又歪曲我的话了。"后藤传吾说。

"是你语句不通，我才来纠正你。"费迪南德神父反驳道。

"你们想把我变成——你们的一员。"

"我们的一员？什么意思？"

"一个劣等人。"

"我们为什么要这么做呢？"

"因为你们的宗教是一个劣等人的宗教，失败者的宗教。如果你们把我也变成一个劣等人，那我就会想追随你们的宗教了。"

"我们好心救助你，反倒是为了让你变成一个劣等的人？"

"在日本，残废是绝不会得到这样的救助的。"

"你不必解释这个，"费迪南德神父说，"你身处的这个国度里遍地都是被日本兵奸污的妇女。"

该换话题了。"Ignoti et quasi occulti—Societas Eruditorum，"

后藤传吾读出一块挂在费迪南德神父脖子上的奖章上面的题词，"又是拉丁文？什么意思？"

"是我所属的组织的名字，这是一个普世的组织。"

"普世？"

"任何人都能加入，连你也可以加入，在你伤情好转之后。"

"我会好起来的，"后藤传吾说，"甚至没人会知道我曾经病过。"

"除了我们。哦，我明白了！你说的是没有日本人会知道，那倒是。"

"但其他人估计是好不起来了。"

"是的，你的情况比这里所有的病人都好。"

"你可以将那些日本病人迎入爱的怀抱了。"

"是的，这基本上是我们的宗教的要求。"

"现在他们也是劣等人了，你要让他们全都加入你们的劣等宗教。"

"只是因为那对他们有好处，"费迪南德神父说道，"他们也不太可能跑出去为我们修个新教堂之类的。"

第二天，后藤传吾就被宣告已经痊愈了。尽管他并不觉得自己已经痊愈了，但他巴不得快点离开这里——他可不想再在和犹太人之王的瞪眼比赛里输掉另一局了。

他本以为他们会塞给他一包行李，把他扔到巴士终点站去自生自灭，结果却有一辆汽车来把他接走了。好像这还不够似的，车子把他载到了机场，送上了一架轻型飞机。这还是他第一次坐飞机，这种新鲜刺激的感觉比在医院里躺六个星期的疗效还要好。飞机从两座青山间飞起，朝南（他从太阳的位置判断出了方向）飞去，然后他第一次搞清楚了自己究竟身处何方：马尼拉以北，吕宋岛的正中央。

半小时之后,飞机来到了菲律宾首都的上方,绕过被军用设施挤得满满当当的帕西格河和马尼拉湾。沿着山崖的海滨大道上种着一排椰树。从空中望去,椰树的枝叶在海风的吹拂下蠕动着,好像被挑在矛尖的巨型狼蛛。越过驾驶员的肩膀,他看到在城市南方的平整田地上铺着两道飞机跑道,交叉成一个窄窄的 X 形。飞机在风中像海豚一样翻腾了几下,落地时还像充气太涨的足球般弹了两下,掠过好几排机棚,才最终摆了摆尾,停在了一座孤零零的小棚子旁。一个骑摩托的人在那里等着,身边的挎斗是空的。有人打手势示意后藤传吾下飞机坐到摩托车挎斗里去,没有一个人跟他交谈。他穿着一套既没有军衔也没有标识的陆军制服。

挎斗的座位上摆着一副护目镜,他拿起来戴上,这样就不会有小虫子飞进眼睛里了。他心里有些惴惴,因为他既没有身份证明也没有上级命令,不过他们很快就被打发出了机场,没有一个人上来盘问他。

摩托车手是个菲律宾小伙子,脸上总是挂着一副大大的笑容,好像根本不怕有虫子卡进他那排大白牙里似的。他似乎觉得自己揽了份全天下最美的差事,也许的确如此。他朝南把摩托开上了一条大路,就这附近的情况来看真算得上是一条阳关大道了。他在车流间穿梭着,所谓车流呢,大多只是用水牛拉着的农车——这种生物像大了一圈的公牛,头上还顶着一对威风凛凛的新月般的牛角。路上也有为数不多的几辆汽车,偶尔还能碰到一两辆军用卡车。

刚开始的一两个小时,道路一直是笔直向前的,穿行在泥泞的水稻田间。后藤传吾瞥到道路左边有一片水域,他不知道那是湖呢还是海。"那是内湖,"摩托车手看到他在朝那边张望,于是答道,"很漂亮吧。"

接着他们朝右边一拐,将内湖抛在身后,爬上了一片坡度并不很高的甘蔗地。突然，后藤传吾看到了一座火山：对称的锥形山体，上面覆满了黑色的植物，潜藏在一片蚊帐似的薄雾里。清澈的空气使得他无法推测出它的大小和距离，也许那只是路边的一个小小的火山渣锥，也许那是五十英里外一座高大的复式火山。

芭蕉树、椰子树、油棕榈和枣椰树出现在他的视野里，这儿一棵那儿一棵的，将周遭景色变成潮湿版的非洲稀树草原。摩托车手在一个乱糟糟的路边小店停下来买汽油。后藤传吾把快散架的身体从挎斗里挪出来，在一张带遮阳伞的桌子旁坐下。他用今天上午在口袋里发现的一条干净手帕抹了一把额头上混杂着尘土的汗水，叫了点喝的。他们给他送来一杯冰水，一碗当地出产未经加工的粗糖，还有一碟弹珠大小的酸柑。他把酸柑汁挤进水里，又加了点糖搅拌了一下，大口大口地喝了下去。

摩托车手也加入进来，从店主那儿讨来一杯免费的冰水。他脸上时刻挂着那副恶作剧似的微笑，仿佛和后藤传吾共同保守什么不可告人的小秘密。他摆出举起步枪瞄准目标的姿势，扣动了想象中的扳机："你是军人？"

后藤传吾顿了一顿。"不，"他说，"我可不配当军人。"

摩托车手有些吃惊。"不是吗？我还以为你肯定是呢。那你是干什么的？"

后藤传吾差点儿想说他是个诗人。但他同样也不配自称诗人。"矿工，"他最后答道，"挖坑的。"

"啊。"摩托车手恍然大悟似的答道。"喂，要吗？"他从口袋里掏出两支烟。

后藤传吾忍不住为他这把戏笑出声来。"这边，"他冲店主说道，"来包烟。"摩托车手又露出了他的招牌笑容，把自己那两根烟收了回去。

店主走过来，递给后藤传吾一包"好彩"和一盒火柴。"多少钱？"后藤传吾一边问一边掏出了他今天上午在身上发现的一个装满钱的信封。他把钱取出来仔细看了看：每一张都用英文印着日本政府发行的字样，旁边是比索面值。画面中央是一座宏伟的方尖碑，是立在马尼拉酒店旁用以纪念荷西·黎萨①的。

店主咧了咧嘴，"有银的吗？"

"银的？银币？"

"对啊。"摩托车手答道。

"你们是用银币的？"

摩托车手点了点头。

"这不行？"后藤传吾举起手里簇新的纸币问道。

店主从后藤传吾手里接过信封，数出几张面额最大的纸币揣进兜里，走了。

后藤传吾撕开"好彩"的封口，在桌面上磕了几下，打开盖子。里面除了香烟以外还有一张小画片。他只能看到画片的上半部分，画上的男人戴着一顶军帽。他慢慢地抽出画片，然后看到他的帽子上还有一只鹰的标志，往下是一副飞行员眼镜，一支大得出奇的玉米芯烟斗，肩章上印着四颗星，最下面是印刷体的大字，写着我会回来的。

摩托车手装出一副毫不在意的样子。后藤传吾把画片递给他看，挑起了眉毛。"这没什么，"他说，"日本很强，日本人会永远留在这里的。麦克阿瑟只会卖香烟。"

当后藤传吾打开火柴盒的时候，发现里面也印着一张麦克阿瑟，上面写着同样的句子。

---

①荷西·黎萨（1861—1896），菲律宾民族英雄，华人、华侨称其为柯黎萨。

抽完一根烟，他们又继续上路了。路边出现了越来越多的黑灰堆，道路也不再平坦，而是变成了不停地上山下山。周围的树林越来越密，最后他们驶入了一片显然是人工栽培的树林里：低处是菠萝树，中间是咖啡和可可，头顶上则是芭蕉和椰子树。他们经过一个又一个村落，不过所谓村落也不过是环绕在一座座白色教堂旁七零八落的小破屋罢了。教堂建得低矮但结实，就算地震也不会倒塌。路边堆着一摞摞新鲜的椰子，时常有几个滚落到路上，他们只能开着摩托在其间穿行。最后他们离开大路，沿着一条蜿蜒的土路驶进了树林里。土路上还留着一道道卡车轮胎的痕迹，那些车子对于这条路来说显然是太大了，路边四散着被撞断的枝叶。

他们驶过一座被遗弃的村庄，几只野狗在没闩上门的木屋里跑进跑出。一堆堆尚未成熟的青椰子已经腐烂，上面笼罩着一层黑雾般的苍蝇。

车子又开了一英里，人工种植的丛林逐渐被野山林所取代。路上拦着一座军方的关卡，摩托车手脸上的笑容消失了。

后藤传吾向其中一个卫兵报出了自己的名字。他也不知道为什么自己会被带到这里来，因此也说不出别的什么了。但他现在很肯定这里一定是个战俘营，他就要被关进去了。他看到外围的树上拉着一圈带刺的铁丝网，里层还有一圈。从灌木丛的缝隙里望去，他能辨认出他们在哪里挖了战壕、筑了碉堡，甚至能在脑子里模拟出它们构成的交叉火力网来。他看到高高的树梢上挂着长绳，那是给狙击手们用来固定身体的。一切都像教科书一样标准，唯一的缺憾就是它们安排得太完美了，完美得不像真正的战场，而像新兵训练营。

他惊异地发现这一切设施都是为了把人拦在门外，而不是为了把人关在里面的。

从野战电话的另一头传来了指令,于是栅栏打开了,他们顺利地通过了。在丛林里继续前进了半英里,他们来到了一片营地,营地里的帐篷扎在新近砍下的圆木搭成的台子上。一名中尉站在阴凉处等着他们。

"后藤中尉,我是森中尉。"

"你是刚来南方资源区的,对吗,森中尉?"

"是的,你怎么知道的?"

"你站在一棵椰子树下。"

森中尉仰起头,看着高高的树上摇摇欲坠的棕色椰子。"啊,原来如此!"说着,他从树下走了出来。"你在路上和那个摩托车手说了什么没有?"

"聊了几句。"

"聊了什么?"

"香烟,银币。"

"银币?"森中尉似乎很感兴趣,于是后藤传吾把之前发生的对话又重复了一遍。

"你告诉他说你是个挖坑的?"

"差不多吧。"

森中尉向后退了一步,跟站在一旁的一个士兵说了几句话,点了点头。那个士兵从地上拎起自己的步枪,平端起来,然后将它指向摩托车手。他向前跑了大约六步,猛的一个冲刺,从喉咙里发出一声呼喊,将刺刀插进了摩托车手瘦弱的身体里。那个可怜人被刺刀挑了起来,紧接着向后倒在地上,喘着粗气。日本兵跨坐上去,又在他的身体上捅了几刀,金属的利刃每次切开肌肉时都发出一种水淋淋的声音。

最终,摩托车手一动不动地躺在地上,鲜血四溅。

"你不会因为言行失检被追究责任的,"森中尉轻快地说道,"毕竟你还不知道你这次任务的性质。"

"什么?"

"挖坑。你就是来这里挖坑的,后藤君。"他啪的一下立正,深深地鞠了一躬,"请让我先表示祝贺,你这次的任务非同小可。"

后藤传吾也还了一礼,但他不知道这一躬该鞠多深比较合适。"所以我并不——"他一下子找不到合适的词。并不危险?并不为人唾弃?并不会被处死?"我并不是个劣等人?"

"你是个非常高等非常重要的人,后藤君。请随我来。"森中尉朝其中一个帐篷做了一个手势。

后藤传吾迈步准备离开的时候,他听到那个摩托车手嘴里正喃喃自语着什么。

"他说什么?"森中尉问。

"他说'父啊,我将我的灵魂交在你手里了'。是他们宗教里的一句话。"后藤传吾解释道。

第六十三章 加利福尼亚

旧金山国际机场的一半工作人员现在似乎都是菲律宾人,无疑,这减轻了重新入境的冲击。兰迪这次也毫不例外地被美国海关人员单独拎出来,做了一番彻底的行李检查。几乎不带行李单独旅行的男人似乎很惹美国当局着恼。与其说他们觉得你是毒品贩子,不如说你简直教科书一般符合了他们能想象到的最病理乐观的毒贩形象,所以逼着他们不得不检查你。由于气恼你逼他们出手,所以他们想给你个教训:下次带妻子和四个孩子旅行,或者带几个巨大的滚轮箱,或者随便什么,伙计!你想什么呢?至于兰迪是刚从一个"毒贩杀无赦"标语像这边的"小心地滑"一样贴得到处都是的地方过来的这件事,他们根本不在乎。

最卡夫卡式的一刻,一如往常,是当海关人员询问他做什么工作的时候,他必须设计出一个听起来不像带着一肚子塞满海洛因的安全套的毒骡慌忙编造出来的答案。"我为一家私人通信供应商工作。"听起来似乎足够无害。"噢,比如电话公司?"海关人员说,就好像她一句都不信。"电话市场并不向我们开放,"兰迪说,"所以我们提供其他通信服务,大部分是数据。""这工作需要经常到各地旅行么?"海关人员问，翻看着兰迪印得色彩斑斓的护照内页。她与一个悄悄贴近他们的高级海关人员对视了一眼。兰迪现在觉得自己开始紧张起来了，跟毒骡一模一样，于是努力克制住把汗涔涔的手掌往裤腿上抹的冲动——那样估计会确保他走一趟CAT扫描仪的磁力通道，吃下三倍剂量的薄荷味泻药，并在一个不锈钢证物桶上方死去活来好几个小时。"是，需要的。"兰迪说。

那位高级海关人员开始翻看一些兰迪在离开马尼拉前塞进公文包的哗众取宠的通信产业杂志，并试图表现得低调且不引人注目，兰迪不得不憋住某种呼之欲出的痛苦喷笑。"因特网"这个词在封面上至少出现了五次。兰迪直视女海关人员的眼睛，说："因特网。"女人脸上露出伪装出来的了然表情，然后她的视线猛地跳向上司。上司仍然深陷在一篇关于下一代高速路由器的文章里，噘起下唇点了点头，就像所有察觉到了解这类东西对男子气概的重要性好比会换轮胎对老爸那样重要的美国男人一样。"我听说那东西现在很火。"女人用一种完全不同的语气说，开始把兰迪的东西归拢到一起，让他可以重新打包。突然间咒语破除，在经受政府例行的戳肛门仪式之后，兰迪又成了一名美国社会的良好公民。他突然间很有一股想直接开车去最近的枪械店，花上一万美元的强烈冲动。倒不是说他想伤害任何人，只是现在任何形式的政府权威都让他毛骨悚然。他大概是和武器装备多到荒唐的汤姆·霍华德混太久了。先是对雨林的敌意，现在又是拥有自动武器的渴望，这是怎么回事？

艾维正在等他，高大苍白的身影站在天鹅绒围栏旁，周围站满了几百个处于情感暴乱状态的菲律宾女人，像中世纪枪兵一般挥舞着剑兰的尖叶子。艾维的手揣在他长及地面的外套口袋里，脑袋转向兰迪的方向，但目光锁定在他们俩中间的某个点上，猫头鹰般地皱着眉头。兰迪的祖母从前在解开废品抽屉里的一捆打结的绳子时也是这么皱眉头,艾维在对付某种一团乱麻的新信息时也这样。他一定已经读过兰迪关于金子的邮件了。兰迪突然意识到自己错过了一个恶作剧的绝妙良机:他本可以往包里装几个铅块,交给艾维,让他心醉神迷。太晚了。兰迪走到他身旁时,艾维沿垂直轴旋转,然后迈步跟上兰迪的步伐。某种不成文的协议规定了兰迪和艾维应该何时握手,何时拥抱,以及何时表现得像他们只分开了几分钟一样。一次最近的交换邮件似乎足以构成虚拟重逢,因此消除了任何握手拥抱的需要。"你说俗气对话的事没错。"这是艾维说的第一句话。"你跟沙夫托待的时间太久,老用他的方式看问题。这并不是想要向你传递一条信息,至少不是沙夫托说的那个意思。"

"那你怎么解释?"

"你会如何着手建立一种新的货币?"艾维问。

兰迪经常从在机场中擦肩而过的人口中听到与公事有关的对话片段,谈话主题通常包括重要课题陈述进行得怎么样,或者代替要离开的首席财务官的人选有哪些,或别的什么。他对自己与艾维的交流水平如此之高,或者至少说是主题如此之怪异而感到自豪。他们沿着机场内圈平缓的弧线步行。一股酱油和姜的味道从一家餐馆里飘出来,笼罩了兰迪的头脑,让他有一阵子搞不清楚自己到底是在哪个半球。

"呃,这个问题我没多想。"他说,"我们现在的目标是这个吗?我们要发行一种新货币?"

"哎,显然得有人发行一种不那么烂的货币。"艾维说。

"这是某种憋笑练习吗?"兰迪问。

"你难道从来不看报纸吗?"艾维一把抓住兰迪的手肘,把他拖到一个报摊旁。好几份报纸的头版都是关于东南亚货币崩溃的故事,不过这并不是什么新鲜事。

"我知道币值波动对寄生藤很重要,"兰迪说,"但老天哪,这太无聊了,让我想转身就逃。"

"好吧,对她来说可不无聊。"艾维说着扯出三份用了同一张通信社照片的不同的报纸:一个可爱的泰国小娃娃站在银行前足有一英里长的队列中,手里拿着一张一美元纸币。

"我知道我们有些客户很看重这个,"兰迪说,"我只是没想过把它当作商机。"

"不,想想吧。"艾维说。他数出几美元付了报纸钱,然后转身向一个出口走去。他们进入一条通向停车场的隧道。"苏丹觉得——"

"你一直在跟苏丹厮混来着?"

"大部分是跟普拉加苏。你让我说完好吗?我们决定建立'地穴',对吧?"

"对。"

"'地穴'是什么?你还记得它最开始陈述的功能吗?"

"安全、匿名、不受管制的数据存储。一个数据避风港。"

"对,一个比特存储桶。我们为它设想了许多用途。"

"天哪,咱们想的岂止是许多。"兰迪说,他记起无数个坐在餐桌旁和旅馆房间里的漫漫长夜,撰写着那些现在已如同《四福音书》那般古老又不知所终的各版本商业计划。

"其中一项就是电子银行。见鬼,我们甚至预测说那会是主要的用途之一。但当商业计划与真正的市场——现实世界——第一次接触时,突然间有很多事情就变得清楚了。你可能给自己的产品设想了半打潜在市场,但只要你一打开门户,其中一个用途会突然脱颖而出,瞬间变得如此重要,以至于良好的商业头脑要求你放弃其他,用所有精力专攻其一。"

"电子银行就是这么回事是吧。"兰迪说。

"对。我们在苏丹的宫殿开会的时候,"艾维说,"在那些会议之前,我们曾设想过——好吧,你知道我们设想了什么。但真正的情况是,那个房间里所有的人都只对电子银行感兴趣。那是我们的第一条线索。然后是这个!"他举起手中的报纸,用手背敲了敲挥舞美元的小娃娃。"所以,我们现在做的就是这生意。"

"我们是银行家了。"兰迪说。他必须对自己重复这句话一段时间,才能够相信,就好比"我们坚决拥护第二十三届党内代表大会的目标"。我们是银行家。我们是银行家。

"以前银行曾发行自己的货币,你可以在史密森尼①的博物馆里看到这些旧钞票。'南狗屁的第一国家银行将向持票人支付十块猪肚',诸如此类。这后来不管用了,因为贸易开始扩展到异地——当你去西部或者别的什么地方的时候,你得让你的钱在那边也管用。"

"但如果我们联网,整个世界都是本地。"兰迪说。

"是啊,所以我们只需要某种东西来支持货币,黄金就不错。"

"黄金?你开玩笑吗?是不是太老土了?"

"是挺老土,直到所有东南亚的无支持的货币全被冲进了马桶。"

"艾维,老实说目前我还是有点摸不着头脑。你似乎是想拐着弯告诉我说我的小小丛林冒险并非巧合,但我们要怎么用那些黄金支持货币?"

艾维耸耸肩,就好像这个问题太过微不足道,他都懒得去想。"只是协定问题而已。"

"噢,老天。"

"给你传递信息的那些人想和我们做生意,你去看黄金的旅程是

---

① 史密森尼学会是美国的一个博物馆和研究机构的集合组织。

一次信用调查。"

他们正穿过一条通向停车场的地下通道，被堵在一大排发髻编得精妙无比的东南亚人后边。也许这就是某个居住在山中的少数民族剩下的整个基因库了。他们的财产装在亮粉色人造纤维绳缠住的巨大盒子里，摇摇欲坠地叠在机场行李车上。

"信用调查。"兰迪尤其痛恨他的思路被艾维甩了几条街，只能傻乎乎地重复他说的话的时候。

"你知道当你和查琳买房子的时候贷方要先看房子吧。"

"我拿现金买的。"

"好吧，好吧，但是一般来说，银行在发出抵押贷款之前，会检查房子。并不一定要仔仔细细地彻查。他们只要按房地产的要求派一位银行经理到那儿去一趟，证明它确实存在，位置也跟文件上写的一样，诸如此类。"

"所以我去丛林走那一趟就是这个意思？"

"是啊。项目里的某些潜在，呃，参与者只是想让我们了解到他们确实拥有这些黄金。"

"我真得好好想想这里的'拥有'表示的是什么。"

"我也是。"艾维说，"我一直在想这件事。"所以他才在机场里露出那种皱着眉头的表情，兰迪想。

"我以为他们只是想卖掉。"兰迪说。

"为什么？干吗要卖？"

"换成现金啊，好让他们可以买房子，或者五千双鞋，或者别的什么。"

艾维失望地皱起眉。"噢，兰迪，对马科斯这种人来说那些根本不值一提。跟费迪南德·马科斯挖到的黄金比起来，你看到的那些只是零花钱。安排你去丛林的那些人是他的随从的随从。"

"呃,你就当我是在求救吧。"兰迪说,"咱俩似乎是你一言我一语的,但我越来越听不懂了。"

艾维张嘴想回答,但就在这时万物有灵论者们触发了他们的汽车警报器。他们没法平抚它,于是在车旁边围了个半圆,互相咧嘴笑。艾维和兰迪加快步伐,敬而远之。

艾维停下来,挺起身子,就好像踩了个急刹车。"说到听不懂,"他说,"你得和那个女孩交流交流,艾米·沙夫托。"

"她跟你交流来着?"

"在二十分钟电话交谈的过程中,她与琦亚建立起了深厚不朽的联结。"艾维说。

"这我深信不疑,没有半点犹豫。"

"甚至不能说一见如故吧,而是好像她们上辈子就认识,现在才刚刚恢复联系似的。"

"是啊。然后呢?"

"琦亚现在觉得有义务和荣誉要与艾梅丽卡·沙夫托站在同一阵线。"

"团结就是力量。"兰迪说。

"她现在扮演起某种艾米的情感中介或律师的角色,并向我清楚地表示,我们——寄生藤公司——应给予艾米全部的注意力和关心。"

"那艾米想要什么?"

"这正是我的问题,"艾维说,"问这个问题让我觉得非常糟糕。不管我们——你——欠艾米的是什么,反正它极其显而易见,哪怕只是表现出要开口问的需要……就……非常……"

"卑鄙。迟钝。"

"粗俗。禽兽。"

"是一种极其显然、幼儿水平的行为,表现出最糟糕的……"

"对于个人恶劣罪行的逃避。"

"我猜琦亚在翻白眼,她的嘴唇都噘起来了。"

"她吸了口气,好像要好好向我表达一番意见,但想想还是作罢。"

"不是因为你是她上司,而是因为你永远也不会懂。"

"这只是那种从事此类工作的成熟女性必须接受并忍耐的罪恶之一。"

"懂得现实残酷的人,是啊。"兰迪说。

"没错。"

"行了,你可以告诉琦亚说她委托人的意愿和要求意见已经被罪方当事人充分了解——"

"是吗?"

"告诉她说委托人拥有意愿和要求的事实已经被拙劣地暗示给我,还有我明白应该由我采取行动。"

"并且我们可以暂时退席休战,等待你准备答复?"

"当然,琦亚眼下可以回去做她的日常工作。"

"谢谢,兰迪。"

艾维的路虎揽胜停在坡道顶上最远的地方,在大约二十五个空车位形成的某种安全缓冲区的中间。当他们走到坡道的一半时,车前灯闪了一下,兰迪听见音响系统通电的噼啪声。"路虎上的多普勒雷达侦测到我们了。"艾维匆匆说道。

路虎用可怕的奥兹国风格声音和火焰荆棘[①]等级的音量说话了:"你已被地狱猎犬追踪,请立刻改变航线!"

[①] 出自《圣经》中的典故:"耶和华的使者从荆棘里火焰中向摩西显现。摩西观看,不料,荆棘被火烧着,却没有烧毁。"

"我真不敢相信你买了这玩意儿。"兰迪说。

"你已经侵犯了地狱猎犬的防御圈!后退,后退。"路虎说,"一支武装应急小队正严阵以待。"

"这是唯一的加密声音汽车警报系统。"艾维说,好像这就一锤定音了似的。他掏出钥匙链,上面挂着一个黑色聚碳酸酯钥匙扣,大小和按钮数量都跟电视遥控器差不多。他输入一长串数字,打断了那个正在宣布兰迪和艾维已经被近红外波段摄像机录下来的声音。

"它一般不这样,"艾维说,"我把它设到了最高警戒状态。"

"最糟糕又能怎样?有人偷了你的车,然后保险公司给你买辆新的?"

"我才不管车会不会被偷。最糟糕的是汽车炸弹,或者不那么糟糕的,有人在我的车里放窃听器,把我说的话听个一清二楚。"

艾维载着兰迪开过圣安德烈亚斯断层,来到他在帕西菲卡的房子。兰迪在国外时车就存在这里。艾维的妻子黛沃拉去做例行产前检查了,孩子们则要么在学校,要么正在被严厉的以色列保姆双人组撑着在小区里转。艾维的保姆们有着经过战争洗礼的苏联伞兵的灵魂和十八岁性感女孩的身体。整栋房子都用在完成抚养小孩的任务上了。主餐厅变成了保姆兵营,里面摆着用未抛光的二乘四英寸板条钉成的双层床;客厅放满了摇篮和换尿布的桌子;廉价长毛绒地毯上的每一平方厘米都嵌着几十片花花绿绿的亮片,如果他们当真想清理,只能通过显微手术一片一片地取出来。艾维把火鸡火腿和番茄酱堆在跟神奇面包①差不多的没牌子面包片上,给兰迪做了个三明治。现在马尼拉时间还太早,兰迪还不能给艾米打电话弥补他做错的不知什么事。在他们下方,艾维的地下办公室里,一台传真

---

① 美国的一个面包品牌。

机正像关在咖啡罐里的鸟一样尖叫抖动。一张塞拉利昂的中央情报局分层地图铺在桌子上，上面覆盖着大量脏盘子、报纸、填色书和寄生藤二号商业计划的草稿。地图上到处贴着便条纸。每张纸上都由艾维那与众不同的000号针管笔字迹写着一个有效数位很高的经纬度，还有那里所发生事件的梗概："五个女人，两个男人，四个儿童，被弯刀杀害——照片："然后是艾维的数据库里的序列号。

兰迪在过来的路上有点晕车，不适应的日光也让他有些暴躁，但吃过三明治后，他的新陈代谢系统试图重新振作起来。他已经学会乘势利用这些神秘的内分泌浪潮了。"我得走了。"他说着站起身。

"再说说你的总计划？"

"我先南下。"兰迪说，出于某种迷信，甚至不想说出从前住地的名字，"我希望不用待超过一天。然后时差反应会像一台坠落的保险箱一样砸中我，我会窝在某个地方躺在床上看一整天篮球赛。然后我北上，去帕卢斯乡下。"

艾维抬起眉毛问："回家？"

"对。"

"对了，以免我忘记——你过去的时候能查查关于惠特曼夫妇的信息么？"

"你指那两个传教士？"

"是啊，他们到帕卢斯去劝卡尤塞印第安人皈依——他们是了不起的骑马好手。出发点是好的，却不小心让他们染上了麻疹。整个部落都灭绝了。"

"这个真的能算在你的狂热爱好范围内吗？无意中引起的种族灭绝？"

"异常案例的作用尤其突出，可以帮助我们划定领域界线。"

"我看看能查到什么惠特曼相关的事情吧。"

"我可不可以问一下，"艾维说，"你为什么要到那边去？走亲戚吗？"

"我祖母要搬到公立养老院去了。她的子孙们都要会聚一堂，要瓜分她的家具之类。我觉得有点残忍，但这事不是任何人的错，也不能不办。"

"那你准备参与吗？"

"我打算尽可能避免，因为那估计会是一场激战。多年之后，家庭成员们还会因为他们没拿到妈妈的戈默·伯斯特罗书柜而老死不相往来。"

"盎格鲁－撒克逊人和家具到底有什么情结？你能给我解释一下吗？"

"我去那里是因为我们在巴拉望航道的一艘沉没的纳粹潜艇上找到了一个公文包，里面有张纸上写着：'沃特豪斯—薰衣草玫瑰。'"

现在轮到艾维看起来大惑不解了，这让兰迪觉得很满意。他站起身，爬进自己车里，开始沿海边向南驶去，旅途悠闲而美丽。

第六十四章　管风琴

下巴的肿胀和疼痛有效地缓解了劳伦斯·沃特豪斯近一个星期来的性冲动。然后下体的肿胀和疼痛取而代之，他开始回忆上次舞会的情景，想知道他和玛丽·司津觅斯之间到底有没有什么进展。

星期天早上四点，他从睡梦中猝然惊醒，从胸前到膝盖都一片黏糊糊的。罗德仍然在呼呼大睡，谢天谢地，如果沃特豪斯在梦中发出了什么声音或者喊出了什么名字罗德也不太可能听见。沃特豪斯轻手轻脚地爬起来把自己弄干净。他不愿去想天亮之后要怎么跟给他洗床单的人解释。"我是无辜的，麦克蒂格太太。我梦到我穿着睡衣走下楼，就看到玛丽穿着制服坐在客厅里喝茶，她转过身，直视着我的双眼，然后我就失去了控制，然后就啊啊啊啊啊！哈！哈！哈！哈！哈！哈！哈！哈！哈！然后我醒了，就变成这样了。"

麦克蒂格太太（和世界各地的老妇人一样）之所以会替他洗床单，是因为这是一个巨大的阴谋组织，"射精管控协会"交给她的任务——沃特豪斯最近才意识到，这个组织一手操控着这颗星球。在地下室那台轧干机的旁边很可能挂着一个剪贴板，上面记录了她那四名房客的射精频率和射精量。这些数据最后将会寄到某处一个类似布莱切利园的机构（沃特豪斯猜测那个机构位于纽约北部，伪装成一个女修道院），在那里，来自世界各地的数据将经由电子银柜公司的机器制成报表并打印出来，装进小推车里送到几个协会高阶女祭司的手里。这些女祭司都穿着浆得笔挺的白色衣裙，上面绣着这个组织的会徽：一根卡在轧干机里的老二。这些女祭司仔细地检阅着送到手头的报表。她们发现希特勒仍然没有搞过，接着争论起来：如果她们让他适量地搞上一搞，他是会冷静下来呢，还是会更加疯狂。直到几个月后，劳伦斯·普里查德·沃特豪斯的名字才会送到她们面前，再过几个月，她们的命令才会传到布里斯班——即使如此，她们的命令也可能是再罚他过一整年等着玛丽·司津觅斯端着茶杯出现在他梦中的日子。

麦克蒂格太太和其他"射管协"的成员们（比如玛丽·司津觅斯和几乎所有的年轻姑娘们）都不喜欢随便的女人，不喜欢妓女，不喜欢妓院，不是出于宗教上的原因，而是由于她们为男人们提供了一个逃避射精操控、射精计量和射精管理的避难所。那些女人是投敌的叛徒。

那天早上的四点到六点间，沃特豪斯躺在潮乎乎的床单上，脑子里涌出了这些想法——这种思维上的明澈只有在美美睡了一觉，把积累了几个星期的存货全都清理出来之后才可能实现。现在他必须要做出一个艰难的抉择。

昨晚罗德睡觉之前把皮鞋给擦好了，他解释说这是因为他第二天要早起去教堂。沃特豪斯当然知道那意味着什么，毕竟他也曾在阂根姆度过了无数的安息日，低声下气地忍受着当地人的横眉怒目，因为他居然胆敢在休息的日子里倒腾他的高频测向。他见过他们在星期日早上接踵拥入那个可怖的小教堂——这座用黑石砌成的建筑估计有千年的历史——做上三个小时的礼拜。他妈的,沃特豪斯还在一个闷根姆教堂里住过几个月呢。那种阴郁的气氛让他整个人都瘆得慌。

和罗德一起去教堂意味着向"射管协"屈服,成为她们的奴才。相反的选项则是妓院。

尽管从小生长在教堂里,又被司神职的人养大,但沃特豪斯一直不能理解他们对性的态度(这一点到了这会儿应该很明显了)。世界上有那么多罪孽、谋杀、战争、贫困、瘟疫,为何他们却死咬着性不放呢?

但是现在,他终于搞明白了:因为教堂也只是"射管协"的一个下属部门。他们所做的,比如说猛烈抨击性交,只是为了把所有年轻人都纳入"射管协"的计划里。

那么,"射管协"这种做法最后会带来什么后果呢?沃特豪斯看着头顶,这时太阳已经从西边——或者北边,或者谁他妈在乎南半球的日出到底在哪边呢——升起来了,霞光将天花板微微照亮。他把整个世界在脑中过了一下就明白了,原来"射管协"已经一手操控了地球,不论国家好坏,一并纳入囊中。所有功成名就、德高望重的人都对"射管协"俯首称臣,或者出于害怕至少表面上俯首称臣。所有非"射管协"的人类都生活在社会边缘,比如妓女,或者他们必须潜藏得很深,每天得花大量的时间和精力把自己伪装起来。如果你向"射管协"屈服,那么你将得到事业,得到家庭,得到孩子、健康、房子,有肉吃,有衣穿,还能得到其他所有"射管协"奴才的尊敬。你要付出的代价就是性欲引起的长期不适,这种不适只能由"射管协"所指定的角色:你的妻子所缓解,且缓解的具体情况和时间听凭妻子决定——尽管在妻子的选择上你还是拥有自主权的。另一条路呢,如果你拒绝向"射管协"投诚,那么理所当然地，你就得不到家庭，而你的职业生涯也只能局限于那么几种，比如皮条客啦，流氓啦，或者当四十年老水手什么的。

妈的，对于一个阴谋组织来说，他们也没那么糟。他们好歹还是修了教堂，建了大学，教养儿童，还在公园里安了秋千。尽管有时候他们猝然开战，一下子死掉一两千万人，不过这比起流感什么的来说，死这点人根本不算什么事儿，而且"射管协"还致力于对抗这类疾病的传播，会在每个人耳边念叨勤洗手讲卫生，打喷嚏的时候记得捂住嘴巴。

闹钟响了。罗德一个鲤鱼打挺从床上跳起来，像听到了日军的空袭警报似的。沃特豪斯盯着天花板又看了几分钟，踌躇不定。但他已经做出了选择，没必要再浪费时间了。他要去教堂，但不是因为他摒弃了撒旦与一切罪恶，只是因为他想干玛丽而已。当他（对自己）说出这句听起来很恶劣的话时都忍不住有点想打退堂鼓，但教堂是个奇怪的地方，因为它给沃特豪斯提供了一个特殊的环境，让他觉得想干玛丽并没有什么问题。只要他到教堂去，他尽可以想个痛快，他可以整天都在教堂里里外外徘徊不去，仔细思量怎么干玛丽。只要能找到一种更委婉的措辞，他甚至可以让她知道自己有多想干她。如果他能跳过某些特定的圈（金色的圈），他甚至可以真的干到玛丽，而且还是完全合理的——不再会被要求感到一丝一毫的羞耻或愧疚了。

他翻身滚下床，吓了罗德一跳。作为一个在丛林里待惯了的突击队员，他很容易被吓到。"我要干你的表妹，干到这张床整个儿塌掉。"沃特豪斯说。

实际上他说的是"我要和你去教堂"，但是沃特豪斯，作为一个密码学专家，在这儿用了点密码。这是他最近发明的密码，只有他自己知道。这种密码一旦破译后果不堪设想，不过鉴于它只有一份，且只存在于沃特豪斯的脑袋里，它就是不可能被破译的了。图灵那么聪明的家伙也许能破译它，但他人在英国，而且又是沃特豪斯这边的，一定不会说出去的。

几分钟后，沃特豪斯和司津觅斯走下楼梯，朝教堂走去。"教堂"在沃特豪斯的密码系统里意味着"1944年'推倒玛丽战役'指挥部"。

正当他们步入早晨清冷的空气中时，他们听到麦克蒂格太太风风火火地闯进了他们的卧室，扒开被子开始检查床单。沃特豪斯微微一笑，觉得自己逃过了一劫。床单上留下的那些该死的痕迹已经不算数了，毕竟他可是起了个大早做礼拜去了。

他本以为他们礼拜的场所不过是某家杂货店的地下室，但实际上内囫根姆人是分批被放逐到澳大利亚来的。他们大多在布里斯班安家置业，还用粗凿的米色砂岩在市中心建起了一座合众教堂。这座教堂可以说是恢宏大气了，可惜的是马路的对面恰好有一座用光滑的石灰岩砌起来的寰宇大教堂，占地足有前者的两倍大。外囫根姆人大多穿着肃穆的黑灰色衣服或者海军制服，当他们登上寰宇大教堂门前那年久发黑的大台阶时，会时不时回过头，不满地瞪着马路对面的内囫根姆人——他们大多穿着合乎时令的衣衫（澳大利亚正值夏季）或者陆军制服。沃特豪斯看得出来，真正使他们不满的是当合众教堂漆成红色的大门一开一合时漏出来的音乐。唱诗班正在排练，有人在演奏管风琴。但是从半个街区开外，他就听出那台乐器出了毛病。

内囫根姆的妇女们身着色彩柔和的衣裙，头戴小帽子，看上去一点儿不像热衷活人祭祀的那种人。沃特豪斯故意装出一副雀跃的样子，假装自己很想去教堂似的。但他随后想起来他确实是想去教堂的，因为这是他推倒玛丽计划的一部分。

教徒们会聚一堂，用闵根姆语寒暄着，有时来恭维罗德几句。他的名声可真不错。沃特豪斯听不懂他们在说些什么，随即十分宽慰地发现他们自己也不太听得懂。他漫步到教堂中间的过道上，目光顺着拱顶向前看去，直到圣坛——唱诗班正站在后面婉转歌唱。玛丽站在中声部的队列里，正在活动她的喉咙，唱诗班歌手统一的绸缎披肩衬得那脖颈愈发优美。唱诗班的身后，一台巨大的管风琴展开锈迹斑斑的双翼，像一件在某个潮湿的小阁楼上蹲踞了五十年的巨鹰标本。它呼哧呼哧地喘着粗气，用到某几个音栓的时候还发出刺耳的嗡嗡声。只有在某个气门卡住了关不上时才会出现这种情况，这叫作自鸣①。沃特豪斯可是个中行家。

撇开那台糟糕的管风琴不提，唱诗班的演唱还是很动人的。唱诗班伴随着沃特豪斯一路沿着过道前进，达到了六声部合唱的高潮，他不禁有点担心自己下体的反应会不会被人看出来。一束光线从管风琴头顶的彩色玻璃花窗上投射下来，将沃特豪斯笼罩在它华彩的光芒中。也许这只是沃特豪斯自己的错觉罢了，因为此时他已经知道怎么才能修好这台乐器了。

沃特豪斯打算去修好它，这个工程一定会对自己身上的某个同样严重需要照顾的单管乐器有好处。

就像其他许多受尽了苦难的民族一样，内闵根姆的音乐十分优美动听。不仅如此，他们还真能从礼拜中得到乐趣。牧师是个很风趣的人，教堂气氛也算宗教场所里最宽松的了。但是沃特豪斯简直无法集中注意力，他一直在盯着两样东西：先盯着玛丽，随后是管风琴（一边想着它的内部构造），然后又看一会儿玛丽。

礼拜结束之后，教堂人员却不愿意让沃特豪斯——一个陌生人，

---

① 原文为 cipher，同时也有"密码"的意思。

还是个美国佬——拆开管风琴的面板摆弄里面的设置。这让他很不高兴,他感觉受到了侮辱。牧师可以说是善于识人,但这对于沃特豪斯来说并不是件好事。教堂的管风琴手(他拥有处理管风琴相关事务的一切权力)看上去简直像是因为"大声喧哗、毛手毛脚、鞋带松垮、头皮屑数量超过了不言自明的社会风俗而对女王与帝国的声誉造成了损害"的罪名而被老贝利[①]流放过来的,他那一副尊容完美诠释了以上的罪名。

最后他们只能到牧师休息室旁边的一间主日学校教室里进行了一场气氛紧张的会谈。这位名为约翰·孟讷拉的牧师是个脸蛋通红的矮墩子,很显然,要不是为了他那不朽的灵魂,他是很愿意成天把脑袋浸在麦芽酒的酒桶里的。

结果最后,这场会谈变成了管风琴手铎拉先生的单人演讲,话题从狡猾狡猾的日本鬼子开始,说到平均律定音法的发明如何害得其后的音乐创作只能亦步亦趋地拙劣模仿,说到某些长度的管风琴音管的数字命理学含义,说到应如何使用食疗控制美国大兵过剩的性欲,说到感心动耳的囡根姆传统音乐与平均律定音法多么不合拍,说到国王那狡猾狡猾的德国亲戚正密谋拿下大英帝国并将其献给希特勒,还有,最最重要的是,约翰·塞巴斯蒂安·巴赫是个差劲的音乐家,更差劲的作曲家。他是一个魔鬼般的家伙,一个风流浪荡子,一个全球性阴谋组织的头头:他们的总部设在德国,这几百年来都在渗透蚕食整个世界,他们把平均律定音法作为一种载波频率,将他们(由巴伐利亚光明会提出)的理念灌输到每个听音乐的——尤其是听巴赫的——人的脑子里。顺带一说,要抵御这种来自巴赫的腐蚀,最好的办法就是多听传统的囡根姆音乐,而按照铎拉先生

[①]英国中央刑事法庭,位于伦敦老贝利街。

之前的说法,不言自明,这种音乐与平均律定音法完全是相斥的,它那些音阶啊,不仅是绕梁三日的天籁之音,还具有一种数字命理学上的完美。

"你那数字命理学的观点很有意思,"沃特豪斯大声打断了铎拉先生慷慨激昂的演说,"我曾经在普林斯顿高等研究院和图灵博士还有冯·诺依曼一起做过研究。"

约翰神父猛然惊醒过来,而铎拉先生的表情则好像背上突然中了一发点五零口径的子弹。显然铎拉先生已经习惯了不管走到哪里自己总是那个房间里最奇怪的家伙,而现在,他要走下神坛了。

通常来说,沃特豪斯并不擅长此类即兴发挥,但他现在又累又气又精虫上脑,而且这他妈是在打仗啊,有时你必须得胡扯一通。他爬上讲台抓了一把粉笔,开始嘚嘚嘚地往黑板上用力写公式,那声音像高射炮似的。他从平均律定音法说起,忽然进入了高等数论最深奥的领域,然后又突然回过头来讲起阅根姆传统音乐的调式音阶来给这两名听众下马威,然后又一路奔回了数论里。在这期间,他偶然发现了几条还从来没人提到过的想法,于是又从纯粹的鬼扯里岔过话题展开了半天,经过研究他觉得如果他能静下心来好好把这些念头敲到纸上,这大概是可以发表在数学期刊上的新发现了。这时他又想到如果他的性欲能得到满足,他在数学方面可以说是小有才华的嘛——这更坚定了他要把玛丽搞上手的念头。

最后他转过身来,这还是他开讲以来头一回。约翰神父和铎拉先生已经惊呆在原地了。

"我来演示给你们看!"沃特豪斯脱口而出,头也不回地大步跑出房间。他回到教堂里,径直登上管风琴控制台,吹掉键盘上的头皮屑,打开电源开关。电机在某个看不见的地方启动了,管风琴发出了吱吱呀呀的哀鸣。没关系,一会儿就听不见了。他的目光扫过一排排音栓，他早就知道症结所在了——毕竟他之前一直在聆听和模拟嘛。他开始一根根拔出旋钮。

现在沃特豪斯要开始演示即便在铎拉先生的管风琴上，只要调好了调子，巴赫也是可以很动听的了。当约翰神父和铎拉先生刚走到半道上时，沃特豪斯已经开始演奏那妇孺皆知的《D小调托卡塔与赋格》了——不过他一边弹一边换成了升C小调，因为根据他在刚刚跑来的路上做出的精密计算，铎拉先生的管风琴定音已经出了点问题，用这个调子会更好。

最开始他还不大习惯，弹错了好几个音。但是当他由托卡塔转入赋格时，一切都变得行云流水，他也弹得越发热情而自信了。当沃特豪斯用到那几个几十年都没动过的音管时，老鼠屎和灰尘像礼炮般炸了出来。这些大多是又大又粗又响亮的簧管，很难调音。沃特豪斯能感觉到鼓风装置绷得紧紧的，想要适应这前所未有的力度。堵塞的音管里喷涌而出的粉尘飘舞在玫瑰花窗投下的阳光里，将唱诗班的小舞台笼罩在一片柔光中。沃特豪斯踩空了一组踏板，于是愤恨地蹬掉了那双可恶的鞋子，像小时候他在弗吉尼亚做的那样，光着脚踩在木头踏板上，循着低音线的旋律留下了一串水泡磨破的血迹。这台宝贝儿有32英尺的簧管，发起声来地动山摇，也许是专门用来激怒马路对面的外冈根姆人的。从来没有人在这个教堂里听到过它们发出声音，但是现在沃特豪斯做到了，他用力敲击着和弦，仿佛爱荷华号战列舰[①]上发出的炮响。

在整个礼拜期间，包括布道、读经和祷告的时间，他除了想干玛丽以外就是在想怎么修这台管风琴。他回想起他在弗吉尼亚弹过的那台管风琴，音栓是如何使得气流注入不同的音管，键盘又是如

[①]旧译阿华号战列舰。

何激活那些音管的。现在他脑子里就具现出了一整台管风琴，当他演奏完赋格曲的尾声时，他的天灵盖仿佛一下子被打开了，从玫瑰窗投下的红光照进他的脑中，他突然完整地看清了这台机器的全貌和蓝图。然后那台机器稍稍变了个样子，变成了一台完全以电力驱动的管风琴，一排排音管变成了电子管，插在继电器构成的网络之中。他知道那个问题的答案了，就是现在，图灵那个问题的答案：如何将一种二进制的数据形式储存在"思考机器"的回路里，以便需要时提取。

沃特豪斯现在知道如何制作电存储器了，他必须马上给艾伦写一封信！

"失陪。"说着他狂奔出了教堂，途中跟一个听他的演奏听得如痴如醉的娇小女子擦身而过。等他跑出几个街区之后，他意识到了两件事：他正赤着脚在街上狂奔；刚刚那个姑娘是玛丽·司津觅斯。也许他晚些时候还得回来取鞋子，也许还能干她。但是现在，事有轻重缓急！

第六十五章 家

兰迪从滑落的噩梦中醒来。梦中他坐在车里,正在太平洋沿岸高速上行驶,方向盘突然出了故障。汽车开始摇摆不定,一开始朝左边垂直的石崖荡去,接着又扭向右边的陡坡,坡下是从汹涌巨浪中戳出来的参差巨岩。巨大的石头正毫不留情地滚过高速公路。他转不动方向盘,停车的唯一办法就是睁开眼睛。

他躺在睡袋里,睡袋摆在略有倾斜的抛光枫木地板上,所以他做了这种滑落的梦。眼睛和内耳的冲突让他的身体痉挛,他扑腾着把双手按在地板上。

艾梅丽卡·沙夫托穿着牛仔裤,赤脚坐在窗口透出的蓝光下,干裂的嘴唇间叼着发夹,她正在一面等腰三角形镜子里看自己的脸。镜子解剖刀般锋利的边缘压进她的手指,但并没有割破她的粉色皮肤。空窗框里挂着一张编织绳网,网眼里还挂着几片菱形的碎玻璃。兰迪稍微抬起头,朝下向房间角落看去,看见一大堆扫在一起的碎片。他翻过身,透过门看见走廊那边的房间——那里曾经是查琳的家庭办公室。罗宾和马库斯·奥利留斯·沙夫托在里头共用一张床垫,旁边的地板上整齐地摆着一杆猎枪、一杆步枪、几支又大又黑的警用手电筒、一本《圣经》和一本微积分课本。

噩梦中的惊惧感和需要到某地采取行动的紧迫感渐渐消退了。躺在他被毁坏的房子里，听艾米的梳子刮擦着头发，激起噼噼啪啪的静电——这是他能够感到平静的时刻。

"你准备好上路了么？"艾米说。

走廊那边，一个沙夫托家的小伙子悄无声息地坐起身来。另一个睁开眼睛，抬起头，扫了一眼四周的武器、电筒和《圣经》，就又放松了。

"我在院子里生了火，"艾米说，"还烧了点水。我觉得用壁炉不安全。"

昨晚所有人都和衣而卧。现在他们只需要穿上鞋子，往窗户外面撒尿就行。沙夫托家的人在房子里来来去去比兰迪还迅速，不是因为他们走得更稳当，而是因为他们从来没见过房子过去曾水平坚固的样子。但兰迪在房子完好无缺时住在这里多年，他的大脑以为自己熟悉这个地方。昨晚睡觉时，他最害怕的就是自己会半夜迷迷糊糊地醒来，试图下楼。房子里曾有一道美丽的旋转楼梯，现在却已经陷进了地下室。昨天晚上，依靠把卡车开到门前草坪上，将车前灯对准窗户（窗玻璃的裂纹、碎块和切面折射出灿烂的光芒），他们成功爬进地下室，找到一架十英尺长的铝制伸缩梯，并用它上了楼。上楼之后他们就把梯子像吊桥一样收了上来，这样即使有洗劫房子的人进到楼下，沙夫托家的小伙子也能坐在从前楼梯的上方，毫不费力地用长筒枪把他们一一消灭（这个方案在昨晚的黑暗中似乎很合理，但现在兰迪觉得这不过是乡巴佬的幻想）。

艾米把一些走廊的栏杆变成了前院里一堆旺盛的篝火。她用鞋跟精准地踩了几下一个压坏的平底锅，使它恢复原状，然后煮了燕麦粥。沙夫托家的男孩们把一切看起来可能会有用的东西都扔上卡车，又检查了他们改装车的油量。

查琳的东西现在都在纽黑文。具体来说，是在 G.E.B. 基维斯提克博士的房子里。他慷慨地提出让她找房子时在他家暂住，兰迪预言她再也不会离开了。兰迪的东西要么在马尼拉，要么在艾维的地下室里，而所有权仍有争议的东西都在镇子边缘的一个储物柜里。

兰迪昨晚大部分时间都在镇子里打转，看看老朋友们是否安好。艾米跟他一起，像窥淫癖一般对他从前的生活感到好奇，同时从社交角度上把问题搞得更加复杂。不管怎么说，昨天他们直到天黑之后才回来，所以这是兰迪第一次有机会在青天白日之下查看损失。他绕着房子转了一圈又一圈，它被破坏得如此彻底，让他差点儿笑出声。他用从马库斯·奥利留斯·沙夫托那借来的一次性相机拍着照片，看有没有东西还能值上点钱。

房子的石头地基高出地面三英尺。木板墙建在地基上，但并不固定在其上（从前这种做法很常见，兰迪本打算在下一次地震前先把它改造好，但他突然离开了镇子）。昨天下午两点十六分，地面开始左右摇晃时，地基也随之摇摆，但房子却不想动。最终基墙直接挪了出去，房子的一个角落下三英尺，直达地面。兰迪大概可以估算出倒塌时房子获得的动能，并转换成炸药的用量或落锤破碎机的摆数，但那样就太书呆子气了，因为他自己就能看到效果。我们还是说基墙砸上地面的时候，整个建筑都受到了严重冲击就行了。地板下面平行竖直的托梁都像多米诺骨牌一样平倒了下来。所有的窗框和门框瞬间变成了平行四边形，因此玻璃全碎了，尤其是铅玻璃都化为了齑粉。楼梯掉进了地下室里。本来就急需勾缝的烟囱往院子里撒了一地砖头。水管设施大多也没能幸免于难，这就意味着供热系统已成历史，因为房子用的是暖气管。板条上的灰泥处处脱落，老式马毛石灰从墙和天花板上飞溅出来，混着破裂水管中漏出来的水形成一摊灰色的泥浆，凝结在房间地势较低的一个角落里。查琳给浴室挑的意大利手工制作瓷砖坏了百分之七十五。厨房里的花岗岩柜台现在已经变成了某种褶皱构造体系。有几件大电器看起来还能修，不过反正它们的所有权还有争议。

"已经是待拆房屋了，先生。"罗宾·沙夫托说。他一辈子都住在某个田纳西山间小镇，生活在拖车和小屋里，但就连他对房产的认识都足以察觉到这房子已经无可救药。

"地下室里有什么东西你想搬出来吗，先生？"马库斯·奥利留斯·沙夫托说。

兰迪大笑。"下面有个档案橱……等等！"他伸出一只手搭在马库斯肩头，以防他冲进房子，像人猿泰山一样跳下楼梯深坑。"我想要它的原因是那里头装着我为这所房子花的每一分钱的收据。你瞧，我当初买它的时候它就一团糟。有点像现在这样。也许没这么糟。"

"是你离婚要用那些文件吗？"

兰迪停下来，有些气恼地清了清嗓子。他已经跟他们解释过五遍说他从没跟查琳结过婚，所以这不是离婚。但和一个女人同居又不结婚的概念对于沙夫托家的田纳西分支来说是如此尴尬，他们简直无法理解，所以他们一直在说什么"你前妻"和"你离婚"。

注意到兰迪的犹豫，罗宾说："还是为了保险？"

兰迪十分意外，不由得笑了出来。

"您买了保险吧，先生？"

"这个地方基本上是买不到地震保险的。"兰迪说。

这是沙夫托家的人第一次意识到，就在昨天下午两点十六分，兰迪的资本净值瞬间缩水了大概三十万美元。他们偷偷摸摸地从他身边走开去拍摄照片记录损失了,有一阵子没来打扰他。

艾米走过来。"燕麦粥煮好了。"她说。

"好的。"

她抱着双臂,挨着他站着。镇子安静得不同寻常:停电了,路上也没几辆车。"我很抱歉撞了你。"

兰迪看向自己的本田讴歌:后挡泥板的左上位置有条深沟,是艾米的友好公司①卡车保险杠从后面撞的。他自己的前保险杠右边也瘪了,因为车子被顶着撞上了一辆停在路边的福特嘉年华。"别放在心上。"

"如果我早知道——老天,你最不需要的就是在这一切之上再加一张汽车修理账单。我会付钱的。"

"真的,没什么大不了。"

"那个……"

"艾米,我完全清楚你一点都不在乎我的破车,当你假装在乎的时候,看得出你很辛苦。"

"你说得对,但我很抱歉我误会了这里的情况。"

"是我的错,"兰迪说,"我早该解释我为什么来这里。不过你干吗要租辆卡车啊?"

"旧金山机场的普通车辆都租出去了,莫斯康展览中心在开什么大会议。所以我就发挥了点儿适应能力。"②

"你怎么能这么快赶到?我以为我是搭最后一班飞机出马尼拉的。"

"我到尼诺·阿基诺国际机场只比你晚几分钟,兰迪。你的航班满员了。我就搭了下一班去东京的飞机。我想我那班飞机其实比你

---

① 美国一家卡车租赁连锁公司。
② 原注:这句是对道格拉斯·麦克阿瑟·沙夫托的戏仿。

起飞还早。"

"我的飞机在地面上延误了。"

"然后在成田机场我直接坐上了下一班去旧金山的飞机。比你晚几个小时落地。所以我们俩同时到达镇里,我还挺惊讶的。"

"我在朋友家待了一会儿。而且我走的是风景好的那条路。"兰迪闭了一会儿眼,回忆起太平洋沿岸公路上松动的岩石,想起路面在他讴歌的轮胎下晃动。

"瞧,当我看见你的车的时候,我就觉得上帝肯定与我同在什么的。"艾米说,"或者与你同在。"

"上帝与我同在?你为什么这么说?"

"好吧,首先,我得告诉你我离开马尼拉不是出于对你的关心,而是出于熊熊燃烧的怒火,还有想把你大卸八块的冲动。"

"我也猜到了。"

"我还不清楚你和我是否已经组成了一对潜在情侣。但你已经开始对我实行带那方面暗示的行为,所以你就有一些相应的义务。"艾米现在恼火起来,她开始在院子里走来走去。沙夫托家的男孩隔着他们热气腾腾的麦片碗警惕地看着她,随时准备在她失控时跳起来把她按倒在地。"这样很不……完全……不可接受,你一边跟我做这些表述,然后又坐飞机跑去跟你的加州甜心腻在一块儿,也不事先来找我,完成某些必要的礼节。这些礼节可能比较令人尴尬,但我希望你可以像男人一样忍受下来。对吧?"

"完全正确,我毫无异议。"

"所以你能想象这件事看起来是什么样。"

"大概吧,前提是你对我一丁点儿信心也没有。"

"呃,这我很抱歉,但我想说在过来的飞机上我开始想这不是你的错,是查琳不知怎么逮住了你。"

"什么意思,逮住?"

艾米看着地面。"我不知道,她一定是捏住了你的什么把柄。"

"我觉得并没有。"兰迪叹了口气。

"不管怎样,我想也许你正准备犯下一个愚蠢的大错。所以当我在东京上飞机的时候,我只打算追上你,然后……"她深吸一口气,从一数到十,"可当我从飞机上下来的时候,我又满脑子想着你跟那个显然对你没有半点好处的女人复合的恶心场面。而我觉得让你沦落到这种下场是很不幸的。而且我以为我到得太晚,已经无力回天了。所以,当我来到镇上,拐过一个弯停车,然后看到你的讴歌就在我前边的车道上,你坐在车上打电话——"

"我是在给你在马尼拉的答录机留言,"兰迪说,"解释说我只是到这来拿一些文件,但几分钟前刚刚发生了地震,所以我可能要多留一会儿。"

"我没有时间查留言,留言录到我的答录机上的时间太晚了,根本没法起到任何有意义的作用,"艾米说,"所以我不得不带着对于这些事件的不完全了解上路,因为没人费心通知我。"

"所以……"

"我认为冲动是魔鬼。"

"于是你就把我撞下了马路?"

艾米看起来有点失望。她换上了一种耐心的蒙台梭利幼儿园① 教师语气。"好了,兰迪,稍微想想事情的轻重缓急。我可以看到你开车的样子。"

"我是急着想知道我是彻底不名一文了呢,还是仅仅破产而已。"

"但是因为我对情况不完全了解,所以我以为你可能是急着奔向

---

① 蒙台梭利式教育鼓励孩子自己动手解决问题。

可怜的小查琳的怀抱。换句话说,地震带来的情感压力可能会引起你的——谁知道呢,让你缺乏情感判断力。"

兰迪抿紧嘴唇,用鼻子深深吸了口气。

"与那个相比,一点点金属片对我就不怎么重要了。当然啦,我知道很多男人会站在一边,眼看着他们在乎的人做出极其愚蠢又危害重大的事,只为让当事人都能坐在完美闪亮的小车里,驶向悲惨不堪、情感扭曲的未来。"

兰迪别无他法,只好翻了翻眼睛。"好吧,"他说,"我很抱歉我从车里出来的时候跟你发火了。"

"是吗?为什么?当一个卡车司机把你撞下马路的时候,你本来就应该生气。"

"我那时不知道司机是谁。在这种时候下我没能认出你来。我没想到你会玩飞机那招。"

艾米有点傻气又有点淘气地笑了一声,跟周围的环境似乎格格不入。兰迪觉得很困惑,又有点恼火。她了然地看着他,说:"我敢打赌你从来没跟查琳发过火。"

"没错。"兰迪说。

"真没有?那么多年从没有过?"

"当我们之间出现问题的时候,我们就开诚布公地谈清楚。"

艾米哼了一声:"我敢说你们肯定有着非常乏味的——"她打住了。

"乏味的什么?"

"没什么。"

"瞧,我想在一段良好的关系里,你必须有解决任何可能出现的问题的方法。"兰迪摆出一副讲道理的样子。

"而你并不觉得撞扁你的车是种好方法,我敢打赌。"

"我是可以想出几个不对的地方。"

"而你和查琳解决问题的方法十分文明,从不大声争吵,从不说气话。"

"从不撞车。"

"是呀,效果好极了,对吧?"

兰迪叹了口气。

"那查琳写的那篇关于胡子的东西呢?"艾米问。

"你怎么知道这事?"

"在网上查的。那个就是你俩解决问题的例子吗?通过发表拐弯抹角的学术论文来攻击对方?"

"我想吃点燕麦粥。"

"所以就别为对我发火道歉。"

"燕麦粥正合我意。"

"为拥有和表现出感情道歉。"

"进食时间!"

"因为这才是一切的重点。这是问题的实质,兰迪小兄弟。"她说,走到他身旁,往他肩胛骨之间拍了一巴掌——从她老爸那儿学来的,"唔唔,燕麦粥闻起来确实不错。"

* * *

旅行车队在午时过后一点点离开了镇子:兰迪开着他残损的讴歌带路,艾米坐在副驾驶,晒黑的赤脚搭在仪表板上,脚背上有她的高科技凉鞋留下的一条条白线,对她的腿可能被安全气囊装置折断的危险(兰迪暗示道)视而不见。改装过的英帕拉由它记录在案的拥有者和轮机长——马库斯·奥利留斯·沙夫托驾驶。在最后压阵的是几乎全空的友好卡车,由罗宾·沙夫托驾驶。兰迪又有了他在人生重大转折关头总能体会到的那种像在糖浆中移动的感觉。他用车内的音响放着塞缪尔·巴伯的《弦乐柔版》，慢吞吞地开过镇上的大街，环顾周围咖啡店、酒吧、比萨店和泰国菜馆的残骸——多年来他都在这些地方经营社交生活。他本该在一年半前去马尼拉的时候就进行这个小小的仪式。但那时他落荒而逃，仿佛这里是犯罪现场，或者至少是某种怪异的尴尬场面。他上飞机前只有一两天时间，这一两天基本用于坐在艾维家地下室的地板上，把整沓整沓的商业计划口头录进微型卡式录音机里，因为他得了鼠标手，没法打字。

他甚至都没有跟在这里认识的大多数人好好道别。他没有与他们交谈，几乎没想起过他们，直到昨天晚上：他开着坑坑洼洼、沾着友好卡车橙色涂料的车，停到他们歪斜的、偶尔还冒着烟的房子前，身边跟着这样一个奇特、结实、黝黑的女人——不管她有什么能力和不足，她都不是查琳。所以，综合考虑起来，这并不是艾米丽·波斯特会策划的与久无音讯的老友重逢的方式。这趟夜晚巡行在他记忆中仍然是一片奇怪而充满情感的图像风暴，但他已经理出了一点头绪，可以说是开始了数据分析。他可以说他昨天遇见的大多数人——和他吃过饭、借过东西的人，用六听好啤酒换他来帮自己修电脑的人，跟他一起去看过重要电影的人——这些人中的四分之三在活着的时候都没有一丁点想再见到兰迪的兴趣，并由于兰迪完全出乎意料地出现在自家正用抢救出来的啤酒和红酒开即兴派对的前院上，而被迫感到极度的尴尬。敌意基本上与性别关系密切，兰迪悲哀地总结道。许多女性根本不愿意跟他说话，或者走近他身边只为了更好地用冰冷的目光攻击他，并评价她们假定中的他的新女友。这倒也合乎情理，因为在去耶鲁之前，查琳有大半年时间把她的事件版本广为传播。她成功地建构起对她有利的叙述，就像一个死去的白人男性作者[1]一样。毫无疑问,兰迪已经被归入了始乱终弃那一类,不比抛妻弃子的结婚男人好——即使当初想和她结婚生子的是兰迪。但想到这一点时他脑中警铃大作,所以他退回来,试着沿另一条路思考。

(他意识到)他代表的正是许多女人能想象到的生活中最可怕的噩梦。至于他昨晚见到的男人,他们基本都坚决维护老婆的立场,显然他们有些人确实是同仇敌忾。另一些带着明显的好奇神色瞅着他,有些人则公然表现得很友好。奇怪的是,那些最严厉、秉持最可怕的《旧约》道德准则的,倒是那些现代语言协会[2]成员类型的人——他们相信一切都是相对的,还有(例如)多配偶制与一夫一妻制同样正当。他收到的最友好最诚挚的欢迎来自斯科特,一名化学教授,还有劳拉,一名儿科医生。她在认识兰迪和查琳很多年后曾私下透露了一件事给兰迪,并要求他绝对保密:不为广大高等学术界所知的是,他们每个周日早上都把三个孩子骗去教堂,甚至还给他们全都施了洗。

兰迪到过他们家一次,去帮斯科特把一个刚修好的带脚浴缸抬上楼,还亲眼看见过"上帝"二字写在白纸上,高高挂起——比如冰箱门上,还有孩子们卧室里挂满儿童画作的墙上。那里有他们在主日学校做的消磨时间的小项目——涂色书上撕下来的书页上是一个比兰迪少时所熟悉的更加多元文化融合的耶稣(比如卷发等等),他对圣经上的小孩说话,或者帮助迷迷糊糊的圣地羔羊。房子里这些东西,混合着正常(即世俗的)的小学生画作、蝙蝠侠海报等,组成了一幅让兰迪非常尴尬的画面。这就像来到一个你以为很有品位的人家里,却发现他们世界最高艺术水平的意大利名品家具

---

[1] 指因为属于特定的种族和性别而被夸大了重要性和影响力的人物。
[2] 美国的语言及文学学术组织。

上方挂着一幅黑天鹅绒底霓虹色的猫王画像。这绝对是社会等级问题。而且斯科特和劳拉既不是那种诚心得要死的类型，也不会目光呆滞、口吐白沫。毕竟他们成功扮演了正经学术界里声誉良好的成员许多年。他们比很多人要安静一些，存在感也比较弱，可话说回来，对于要养三个小孩的人来说，这也很正常，所以他们一直没被发现。

兰迪和艾米昨晚与斯科特和劳拉聊了一小时，他们是唯一费了心思让艾米感到受欢迎的人。兰迪对于这些人怎么看他和他的所作所为一无所知，但他能够立刻察觉到这并不是问题所在，因为就算他们以为他做了坏事，他们至少还有个框架，某种操作手册，来应对他的违规行为。翻译成UNIX系统管理术语（兰迪用它来比喻一切）来说，这些后现代、政治正确的无神论者，就像是突然发现自己要负责管理一项巨大繁复到无法想象的电脑系统（也就是社会），却没有任何说明书或操作指南的人，要让机器继续运作的唯一办法就是发明某些规则，并以新清教徒般的严苛强制实施，因为他们在面对与自己所熟知的常态不一样的任何东西时，都茫然不知所措。而教堂体制下的人们就像是UNIX系统的管理员：他们虽然可能并不是什么都懂，但至少有一些指导，一些常见问题、使用方法和自述文件，为事情出岔子时提供了一些应对引导。换句话说，他们懂得发挥适应能力。

"喂！兰迪！"艾梅丽卡·沙夫托说，"M.A.[①]在冲你按喇叭呢。"

"为什么？"兰迪问。他瞟了一眼后视镜，看见讴歌车顶的倒影，意识到自己在驾驶座里陷得太深了。他坐直身子，看见了英帕拉。

[①] 马库斯·奥利留斯的缩写。

"我想是因为你速度才每小时十英里,"艾米说,"而 M．A．喜欢开九十。"

"好吧。"兰迪说,然后就这样一脚踩住油门,永远离开了镇子。

第六十六章　班多克

"这个地方叫班多克,"野田上尉十分得意地说道,"我们千挑万选才选中了这个名字。"虽然后藤传吾和森中尉是帐篷里除他之外唯二的两个人,但他的口气就像是在阅兵场上对着一整个营发号施令似的。

后藤传吾在菲律宾待得够久了,所以他知道班多克在当地的土话里就是指崎岖的山地而已,不过他并不认为野田上尉是那种会欣然接受下属纠正的人。如果野田上尉说这儿叫班多克,那就叫班多克好了,毋庸置疑。

虽说上尉并不是多高的阶级,但是野田的那股神气就好像他是将军一样。他大概在某个地方是个重要人物。他的皮肤很白,仿佛上个冬天还是在东京度过的,脚上的靴子也还未腐烂。

桌上放着一只硬皮公文包。他打开皮包,从里面取出一大块叠得整整齐齐的白布。两名中尉赶紧跑上去帮他将白布铺开在桌上,后藤传吾被亚麻布那柔软的触感吓了一跳。这么高级的床单,也许他这一辈子也就只有用手指摸摸的份儿了。床单的绲边上印着"马尼拉酒店"。

床单上画着一张简图。最初用铅笔画出来的草图被一支蓝黑色的钢笔勾勒了一番,线条间点缀着几点由于迟疑不决而晕染开的墨迹。随后某个重要人士(也许就是最后睡在床单上的那个人)也参与进来,用一支黑色的油性铅笔勾勒出了一个修正版本,笔力遒劲而匆忙,粗黑的线条好像姑娘们散开的发辫。最后,又有一个吹毛求疵的设计师——也许正是野田上尉本人——用细毛笔和墨水把这幅图详细地标注了一遍。

粗黑的油性笔给这幅画标上了名字:班多克站。

森中尉和后藤中尉将床单挂在帐篷的帆布上,用的是某个士兵兴高采烈地拿来的几颗盛在裂口瓷杯里的生锈小图钉。野田上尉淡然地看着他们,一口口地抽着烟斗。"小心点儿,"他开玩笑道,"这可是麦克阿瑟睡过的床单!"

森中尉尽忠职守地发出笑声。后藤传吾正踮着脚把床单固定在高处,仔细端详着被覆盖在其他笔迹下面的铅笔草图。他看到几个铅笔画的小十字。也许是在菲律宾待的时间太长了,他的第一反应竟然是它们代表了教堂。有一个地方有三个小十字聚在一起,于是他想起了加略山。

在那附近有一个挖掘点的符号,他马上想到了各各他[①]:堆满头颅骨的地方。

神经病!他必须振作起来。森中尉正把图钉按进床单里,发出轻轻的噗声。后藤传吾朝旁边走了几步,背对着上尉,闭上眼,力图找回理智。他是日本人。他现在所在的位置是大日本帝国的南方资源区,小十字代表山顶,挖掘符号单纯只是挖洞的地方,也是他

[①] 即基督受难处,各各他(Golgotha)意为"堆放骷髅的地方(place of skull)",又名"髑髅地"。上文"加略山(Calvary)"是"髑髅地"的拉丁语及英文说法。耶稣与两个强盗被分别钉在各各他山的三个十字架上,因此后藤看到三个十字便想起了各各他山。

即将大展身手的地方。

蓝黑色钢笔标注的是河流。有五条河从班多克的三个峰顶上流下，两条向南的溪流最终汇聚成了一条大一些的河，第三条河基本平行于这条大河。但是黑色油性笔在第三条河上用力地画了一条粗粗的短线——他画得实在是太用力了，床单上到现在还挂着油丝。接着是蓝黑色钢笔在短线的上游画了一个圈。很显然他们要筑坝拦住这条河水，至于是要弄成一个池子，一个河塘，还是一个湖就很难从比例上判断了。旁边写着批注：山本湖。

凑近些看，他发现那条由两条支流汇合而成的大河也被筑坝拦了起来，不过在更偏南的位置。河边的批注是东条河，但却没有东条湖。也就是说这条堤坝只能加深东条河的深度，并不能把它变成一个真正的湖。由此，后藤传吾推断出东条河两岸的山壁必然十分陡峭。

类似的符号在床单地图上到处都是。油性笔想要在这附近筑起一圈不留缺口的防御，油性笔只允许一条路进出这个地方，油性笔圈出了一大一小两块地盘作为兵营。而其他的细节则由那些笔迹齐整得多的下级军官完成。

"这是工人宿舍。"野田上尉用手杖指了指较大的那片区域。"这是军营。"他又指了指较小的那片区域。后藤传吾弯下腰，这会儿他能看见那片较大的工地外围着一圈形状不规则的棘铁丝网。实际上是两圈，一圈套一圈，中间是一片荒地。不规则多边形的每个顶点都标注着武器的名字：南部、南部、八九式掷弹筒。

一根不知是该称为大路还是小径的线条从那儿画到东条河边，绕过堤坝，最终停在那个挖掘点上。

后藤传吾弯下腰更仔细地察看起来。一个小小的方框框住了挖掘点和山本湖，上面被野田上尉的毛笔打上了整齐的交叉线阴影，旁边注着"特殊安全区域"。

野田上尉把手杖尖儿硬是挤进了他的鼻子和床单之间的狭窄缝隙,吓得他猛地往后一退。野田上尉用手杖重重地在那片区域上敲了几下。床单上泛起一圈圈涟漪,好像炸弹爆炸时迸发出来的冲击波。"你就负责这里,后藤中尉。"他又将手杖往南一指,在东条河边的宿舍和兵营上敲了敲,"森中尉负责这里。"他挥舞着手臂画了个大圆,把整片安全区域和唯一的进出道路纳入其中,"而我负责这些全部,直接向马尼拉汇报。对于这么一大片区域来说,指挥链实在是太短了,因为保密是最重要的。你们得到的第一条命令,也是优先级最高的命令就是,不惜一切代价保守这里的秘密。"

森中尉和后藤中尉大声应道:"嗨!"齐齐鞠了一躬。

野田上尉继续朝森说道:"宿舍区会伪装成关押特殊俘虏的集中营。它的存在不妨让外面的人知道,反正当地人要是看到卡车进进出出,也会这么猜的。"接着他转向后藤传吾,说道:"至于那片特殊安全区域,无论如何不能向外界走漏一点风声。你的工作将在丛林的掩护下进行,反正这里的树林长得也密。这样一来就连敌军的侦察机也不会发现你。"

森向后一缩,仿佛一只小飞虫钻进了他的眼睛里。对他来说,吕宋岛的上方会出现敌军侦察机简直不可思议。麦克阿瑟早就离开菲律宾了啊。

后藤传吾却不同,他去过新几内亚。他知道那些企图在太平洋西南部的丛林里抵御麦克阿瑟的日军最后都是什么下场。他知道麦克阿瑟要回来了,野田上尉肯定也知道。最重要的是,东京那些把野田派来执行这一任务——且不管这任务是什么吧——的大人物也知道。

他们知道,每一个人都知道他们即将输掉这场战争。

准确来说，是每一个大人物都知道。

"后藤中尉，除了后勤相关的道路建设、轮班安排一类的事情以外，你不能与森中尉讨论任何关于你的任务的话题。"野田对这两人说道。这意思就是如果后藤嘴巴不牢靠，森应该马上向野田汇报。"森中尉，解散！"

森大声应了一句："嗨！"然后退了出去。

后藤中尉鞠了一躬。"野田上尉，请允许我说，我很荣幸能被选中参与修筑这一防御工事。"

野田脸上寡淡的表情忽然消融了。他从后藤传吾身边踱开，又在帐篷里踱了几步，似乎在想些什么，最后才又转过脸来，说道："那不是防御工事。"

后藤传吾一下子愣在当场。然后他想，是金矿！他们肯定是在这片山谷里发现了一个巨大的金矿。或者钻石？

"你可不要认为自己是在修筑什么防御工事。"野田严肃地说道。

"那是矿脉？"后藤传吾问道。但他的声音很微弱，因为他已经意识到这并不合理。战争打到这个节骨眼上，花那么大的力气去挖金子挖钻石根本不现实。日本需要钢铁、橡胶和石油，而不是珠宝。

也许是某种新型武器？他的心脏都快激动得蹦出来了。但是野田上尉的目光就像冲锋枪的枪口一样阴冷。

"那是某种重要战略物资的长期储备设施。"野田上尉最后说道。

他开始解释要如何建造这种设施。他们要用交叉竖井打通那片坚硬的火山岩。比之于他们为了建造这个地方耗费的大量人力物力，造出来的这个设施规模相当小。这里并没有过多的补给，如果他们尽量避免使用重武器，食物能够自给自足的话，弹药还够一个团撑一个星期。不过这些补给都会被妥善保护起来的。

那天晚上，后藤传吾睡在两棵树之间的吊床上，外面裹着一层蚊帐。夜晚的丛林格外喧嚣。

他总觉得野田上尉的那张地图十分熟悉，于是一直在想他到底在哪里见过它。正当他开始昏昏欲睡时，他忽然想起以前父亲在一本图画书上指给他看过的埃及金字塔剖面图，上面介绍了法老陵墓的构造。

一个恐怖的念头钻进他的脑海中：他正在为天皇修筑陵墓。等到日本被麦克阿瑟打败，裕仁天皇就该切腹了吧。他的尸体将会被运出日本，运到班多克来，埋进后藤传吾建造的墓中。他做了一个噩梦，梦到自己被一起活埋在黑漆漆的墓室里。当最后一块砖头被填上时，天皇灰扑扑的脸也彻底沉入了黑暗。

他坐在伸手不见五指的黑暗里，知道裕仁天皇就在他身边，害怕得一动也不敢动。

他是一个被困在黑暗矿脉里的小男孩，全身赤裸，湖水的冰冷渗透了他的身体。他的手电已经熄灭。在它最后忽明忽暗的几下闪烁里，他仿佛看到了一张恶鬼的脸。而现在他只能听到水滴落下的声音，地下水不断地滴落在水坑里。他可以坐在这里等死，也可以再次潜入水中，回到他的世界里去。

他醒来时正下着雨，在别的地方太阳早已爬上了地平线。他翻身下了吊床，一丝不挂地走进温热的雨中冲洗身体。后藤传吾还有事要做呢。

第六十七章 计算机

今天是美国陆军兼电子银柜公司的厄尔·科姆斯托克中校例行听取下属劳伦斯·普里查德·沃特豪斯日常工作汇报的日子,他感觉自己就像一个准备骑上滚烫的火箭推进器等待被射进平流层里的试飞员。昨晚他早早就爬上了床,今天又起得很晚,他再三向手下盼咐:(1)要准备足够的热咖啡;(2)一杯也不能给沃特豪斯。他在房间里准备了两台钢丝录音机,以便其中一台意外故障时另一台能立刻顶上。他还找来了一个顶呱呱的速记员小组,组员三人也都很懂这一行。他还为己方又添上了几个天才的数学家,在和平年代,他们都是ETC的工程师。他先来了一段鼓舞士气的讲话:"我不指望你们能明白沃特豪斯在说什么屁话,不过我会尽量跟上他的节奏。你们只要拼了老命尽量拖住他的脚步,别让他甩下我绝尘而去就可以了。"科姆斯托克似乎很满意自己这个精巧的类比,不过数学天才们都一副不明所以的样子。科姆斯托克只好恼火地把个中含义用大白话解释了一遍。距离沃特豪斯登场只剩下二十分钟,按照他之前的安排,他的手下适时送来了一托盘的苯丙胺片。科姆斯托克以身作则地吞了两片。"黑板小队滚哪儿去了?"他嚷嚷道,看来兴奋剂已经开始刺激他的神经了。两个手执黑板擦和湿鹿皮巾的士兵和三个摄影师跑了进来。他们架好两台照相机外加一排闪光灯,准备好大量的胶卷,对准了黑板。

他看了看表,比预定的时间迟了五分钟。他朝窗外一看,去接沃特豪斯的吉普车已经回来了,那么他肯定已经到了。"回收小组在哪?"他又问。

片刻之后,格雷夫斯中士来到了他面前。"长官,我们根据指示到教堂去找到了他,但——"他用手背挡住嘴,咳了几声。

"但什么?"

"但他,长官,"格雷夫斯中士放低了声音,"现在他在洗手间里……收拾,您懂我的意思。"他眨了眨眼。

"哦哦。"厄尔·科姆斯托克心领神会。

"毕竟,"格雷夫斯中士继续说道,"没有一位机灵的可人儿在身边搭把手,你是很难把堵塞的管子好好收拾干净的。"

科姆斯托克又紧张起来。"格雷夫斯中士,我必须要知道——他是不是已经收拾干净了呢?"

格雷夫斯眉头一皱,好像被这个问题扎了一下。"哦,不管怎么说,长官,我们可不敢在这个关头去打扰他。所以我们迟到了,很抱歉。"

"没关系,"科姆斯托克恳切地拍了拍格雷夫斯的肩膀,"这就是为什么我更愿意让手下人自己权衡该做什么不该做什么。我经常想,沃特豪斯确实需要放松一下。他总是一门心思扑在工作上。有时我简直分不清他到底是言之有据呢还是信口开河。今天这件事,格雷夫斯中士,我认为你让沃特豪斯有足够的时间去好好处理自己的事,对今天的会议贡献很大。"科姆斯托克发现自己呼吸急促,心脏也跳得飞快。苯丙胺吃多了?

十分钟之后，沃特豪斯脚步虚浮、浑身无力地飘进了会议室，好像把骨架忘在床上了一样。他勉力飘到自己的座位旁，像一袋裹着内脏的沙包般轰然倒塌在椅子里，把屁股下面的柳条都坐断了好几根。他张嘴吐着粗气，频频眨动沉重的眼皮。

"看来今天是有惊无险了，伙计们！"科姆斯托克高兴地宣布。除了沃特豪斯以外，每个人都低声窃笑起来。从沃特豪斯抵达到现在已经过了十五分钟，再加上格雷夫斯中士之前还花了十五分钟把他从教堂带过来，时间已经过去了半个小时。但看沃特豪斯脸上的神色，你会觉得那不过是五秒之前发生的事。

"来人，给他倒杯咖啡！"科姆斯托克说道。立即有人给他送了一杯咖啡。军队真是个神奇的地方，只要说一句话，事情就会像有魔法一样办成了。沃特豪斯没有喝，甚至连咖啡杯都没碰一碰，但现在他至少有个什么东西可以盯着看了。他的两颗眼球在皱皱巴巴的眼皮后面荡来荡去，像是想要瞄准苍蝇的高射炮弹般，直到最后，他的目光聚集在了雪白的咖啡杯上。沃特豪斯长长地清了清喉咙，好像准备开始发言，整个房间一下子安静下来了。寂静维持了大约三十秒，这时沃特豪斯咕噜出了一个字，发音类似"卡"。

三个速记员忙不迭写了下来。

"你说什么？"科姆斯托克问。

其中一个数学家答道："他也许是说卡伊函数。我好像以前在一本什么研究生的数学课本上见到过。"

"我想他是在说'量子'，或者类似的东西。"另一个ETC数学家说。

"咖啡。"沃特豪斯深深叹了一口气。

"沃特豪斯，"科姆斯托克问道，"你看，我举了几根手指起来？"

沃特豪斯似乎终于注意到房间里不止他一个人了。他闭上嘴，鼻翼翕动着，他开始用鼻子呼吸了。他想抬起手，却发现自己正坐在上面，于是千辛万苦挪来挪去地终于把那只手拔了出来。他睁大眼，看清了面前的咖啡杯，然后打了个哈欠，伸了个懒腰，又放了个屁。

"日本人的'天蓝'密码系统和德国人的'河豚'其实是同一套，[①]"他说道，"它们与另一套新的系统，我称之为'林仙'的那一套也有相通之处。它们都与黄金有关，也许是开采金矿之类的事务，在菲律宾。"

哔！速记员突然动起了笔，摄像师也打开闪光灯一阵拍，尽管并没有什么可以拍的——只是紧张的下意识动作罢了。科姆斯托克望向两台录音机，确认里面的转轴正在转动。看到沃特豪斯那么快就进入了状态，他实在有些慌张。不过身为领导者，他必须得藏起自己的恐惧，摆出一副成竹在胸的样子。科姆斯托克咧嘴一笑，说道："你倒是很自信嘛，沃特豪斯！但我希望你能说服我也相信你！"

沃特豪斯冲咖啡杯皱了皱眉。"这都是数学嘛，"他说，"如果数学上能证明，那么你当然应该相信自己的结论。数学就是这样的东西。"

"所以说你上面的论断是有数学基础的了？"

"论断，"沃特豪斯接口道，"论断一，'河豚'和'天蓝'是同一套密码系统的两个名字；论断二，'河豚／天蓝'和'林仙'有亲缘关系；论断三，它们都跟黄金有关；论断四，采矿；论断五，菲律宾。"

[①] 二战时期日本的密码均用颜色命名，而英国情报机构以鱼类作为纳粹德国密码的代号。文中这三种密码都是虚构的。

"也许你可以一边说一边写在黑板上。"科姆斯托克怂恿道。

"好啊。"沃特豪斯答道。他站起身朝黑板走去,突然原地停顿了两三秒,一个转身,劈手抓过咖啡杯,在科姆斯托克和其他人还没来得及阻止他之前一饮而尽。战术失误!然后沃特豪斯在黑板上列出了他刚刚的论断。摄像师在一旁拍摄。两个士兵搓着手里的鹿皮巾,紧张地瞟着科姆斯托克。

"好了,现在你有什么,呃,数学证明,可以支持这些论断?"科姆斯托克问道。他的强项不在数学,在开会。沃特豪斯在黑板上列出的几条论断看上去就像会议议程安排,一看到这种条条,他就觉得心里踏实多了。要是没有议程安排,他就像个在丛林里瞎晃悠的既没有地图也没有武器的大兵。

"这么说吧,长官,那是看问题的一种方式。"沃特豪斯想了想,说道,"不过,从更高档一点的角度来说,它们都是由同一条公理延伸出来的推论。"

"你的意思是你破译了'天蓝'?要真是这样,真该恭喜你了!"科姆斯托克说。

"不,还没呢。但我能从还没破解的'天蓝'里提取信息啊。"

这时,科姆斯托克手中的控制杆终于"啪"地折断了,但他至少还能用力敲打那可怜的控制面板:"好吧,能麻烦你至少一项一项解释清楚吗?"

"好啊,比如说,以第四个论断为例,说的是'天蓝/河豚'传递了跟矿脉有关的信息。"沃特豪斯徒手画出了一张西南太平洋战区的地图,从缅甸到所罗门群岛,从日本到新西兰,花了大约六十秒。科姆斯托克顺手抽出文件夹板上的一张印制地图对比了一下沃特豪斯画出来的地图,两者几乎一模一样。

沃特豪斯在马尼拉湾上画了一个圆,写上 A。"这是'天蓝'情报的一个收发站。"

"你是通过高频测向知道的?"

"对。"

"在科雷希多岛上?"

"科雷希多岛附近一个更小的岛上。"

沃特豪斯又在马尼拉城、东京、拉包尔、槟榔屿还有印度洋上分别标上了圆圈A。

"那又是什么?"科姆斯托克问。

"我们在这里找到了一艘收发'天蓝'情报的德军U艇。"沃特豪斯说。

"你怎么知道那是德国的U艇?"

"我认出了他们的手法,"沃特豪斯说,"除了在欧洲收发'河豚'的情报站,如图就是'天蓝'情报站的空间分布了——根据论断一,它俩其实是属于同一个网络。总之,先假设某一天,东京发出了一条'天蓝'情报。我们不知道它的内容,因为我们还没有破解'天蓝'。但我们知道它的目的地是这些地方。"沃特豪斯从东京画出几条线,分别指向马尼拉、拉包尔和槟榔屿。"这几个城市都是各自区域里最大的军事基地,因此它们与自己区域内的其他日军基地都保持着密切的联系。"沃特豪斯从马尼拉画出几条线,指向菲律宾的几个地点,又从拉包尔画出几条线,指向新几内亚和所罗门群岛。

"纠正你一下,沃特豪斯,"科姆斯托克说,"新几内亚现在是我们的了。"

"我说的是从前嘛!"沃特豪斯辩解道,"回到1943年,那时新几内亚的北岸和所罗门群岛遍布日军基地。因此我们可以说,在东京发出这条'天蓝'情报之后的短短一段时间里,这些拉包尔啊马尼拉啊之类的地方也会向更小的基地将情报传达出去。其中一些地方使用的密码已经被我们破解了,因此顺理成章地,我们可以推测出从拉包尔和马尼拉发出的这些情报或多或少都与最初的'天蓝'情报有关。"

"但是那些地方一天要发出上千条情报,"科姆斯托克反驳道,"你怎么知道哪一条情报才是跟最初的'天蓝'命令有关的呢?"

"这就是个简单粗暴的统计学问题了,"沃特豪斯答道,"假设1943年10月15日,东京向拉包尔发出了一条'天蓝'情报。那么现在我就把拉包尔在10月14日发出的情报全部搜集起来,按照不同的方式分类,例如情报的目的地、情报的长度,如果已经破译过,还可以按照情报的内容分类——是军队部署的情报、后勤运输的情报,还是战略变动的情报?然后我再把拉包尔10月16日——也就是接到东京情报的第二天——发出的所有情报也按照上述办法分类处理。"

沃特豪斯从黑板前转过身,迎面是闪光灯一阵噼里啪啦的闪动。"看,这就是信息流,从东京流向拉包尔。尽管我们不知道信息的具体内容,但是它的流动促使拉包尔采取行动。从接到情报的那一刻起,拉包尔就不可避免地有所改变。只要观察拉包尔改变前后的行动,稍加对比,就能做出推断。"

"比如说?"科姆斯托克试探道。

沃特豪斯耸了耸肩。"这种改变是十分细微的,在噪声的干扰下根本难以察觉。在整场战争中,东京总共发出了三十一条'天蓝'情报,所以我也要处理相应数量的数据集。每个孤立的数据集都不能说明什么问题,但是当我把它们综合起来,从更深远的角度观察时,我找到了一些模式。例如说其中有一个特别明显的模式就是,每当——还是说拉包尔吧——拉包尔接到东京的'天蓝'情报之后,它第二天发出的情报多半都与矿业工程师有关。这一路都有迹可循,直到整个环形闭合。"

"环形闭合?"

"好吧,我们还是从头说起。'天蓝'情报从东京出发,来到拉包尔。"沃特豪斯在黑板上用一条粗线将这两个城市连接起来,"第二天,一条用其他密码加密——碰巧是我们破译过的那种——的情报从拉包尔发出,传达到了这里,在摩鹿加群岛附近海域执行任务的一艘潜水艇上。这条情报命令潜艇继续前进,在新几内亚北岸的一个哨站接应四个乘客,乘客的名字也一一列了出来。从我们的情报库里我们认出来这四个人里有三个是航空工程师,一个是矿业工程师。几天之后,这艘潜艇从俾斯麦海发回情报,说已经顺利接到了他们。又过了几天,我们在马尼拉海边的暗哨发回情报说这艘潜艇在附近出没。与此同时,一条'天蓝'情报从马尼拉发回东京,"沃特豪斯总结陈词似的将多边形的最后一条线封上,"环形闭合了。"

"但那也许只是一系列毫无关联的事件碰巧撞在一起罢了,"在科姆斯托克开口前,他手下的一个数学家抢先说道,"日本现在急需航空工程师,有这种情报交流一点也不奇怪。"

"奇怪的是这种模式,"沃特豪斯说,"如果说几个月之后,又有一艘潜艇被派去执行一模一样的任务,从拉包尔救回几个被困在当地的矿业工程师和测量员,然后潜艇一到马尼拉,又有一条'天蓝'情报从马尼拉发往东京,这就绝对非同一般了。"

"我不知道,"科姆斯托克迟疑地摇了摇头,"我不知道将军的智囊团会不会相信这个。这简直是寻罪调查嘛。"

"纠正你一下,长官,这曾经是为了寻罪。但是现在我已经寻完了,而且已经寻到他们了!"说着沃特豪斯奔出门去,朝他自己的实验室跑去——那个地方至少占掉了半层楼。幸好澳洲地盘是够大的,要是没人管着沃特豪斯,他估计会把整片大陆都变成他的实验室。十五秒后，他捧着一沓一英寸高的ETC卡片回来了，"咚"的一声放在桌上。"全在这里了。"

虽然科姆斯托克这辈子都没摸过枪，但他对卡片打孔和读取机制的了解丝毫不亚于一个士兵对斯普林菲尔德的了解，因而不为所动："沃特豪斯，这些卡片上能记录的信息最多也就是寄给妈妈的家书那样的长度，你不会是想说——"

"不，上面记录的只有结论而已。统计分析的最后结果。"

"那何必用ETC卡片？像其他人一样用老办法打印一份报告出来不就行了？"

"不是我打出来的卡片，"沃特豪斯说，"是机器自己打的。"

"是机器自己打的。"科姆斯托克一字一顿地重复着。

"是的，当机器分析出结果之后。"沃特豪斯突然爆发出一阵刺耳的笑声，"你不会以为这上面打的是原始数据吧，啊？"

"好吧，我确实——"

"原始数据堆满了好几个房间，我必须把从战争开始以来我们拦截的所有情报都输进去。还记得我几个星期前向上面申请的那些卡车吗？它们就是用来运这些资料的。"

"上帝啊！"科姆斯托克叫道。他想起来了，那些来来往往的卡车不时在停车场里制造一两起小事故，废气飘进他的窗子里，推着堆满纸盒的手推车的士兵在门厅里摩肩接踵，进进出出，有时还碾过路人的脚，惊起秘书们的尖叫。

还有那噪音。噪音，噪音，沃特豪斯那该死的机器发出的噪音。花盆被震得一点点挪动位置，最后摔下档案柜，还有咖啡杯里荡起的一圈圈涟漪。

"等一等，"一名ETC员工用一种明显感到自己被耍了的口气质疑道，"我看到那些卡车，也看到那些卡片了。你难道指望我们相信你真的把每一条情报都做了数据分析？"

沃特豪斯仿佛受到了冒犯："那是取得结果的唯一方法！"

科姆斯托克手下的这位数学家已经胜券在握。"我承认，要得到那上面的分析结果，"他朝沃特豪斯的多边形一挥手，"就必须得分析那一车一车的情报，明明白白。但我们要质疑的却不是这一点。"

"那你们要质疑的到底是哪一点？"

数学家气极反笑。"我要指出的是一个不容忽视的事实，那就是，这个世界上没有任何一台机器，能够以这样快的速度处理这么多数据。"

"你们没听到那个噪音吗？"沃特豪斯问。

"我们当然都听到那该死的噪音了，"科姆斯托克说，"那又怎么了？"

"哦，"沃特豪斯不禁为自己的愚蠢翻了个白眼，"对了，抱歉，我应该一开始就说明白的。"

"说明白什么？"科姆斯托克问。

"剑桥大学的图灵博士，曾经说过啵吧哒啵吧哒囉嗒嘀呀嘎啷哒呋唧咋嘛乒乓叮嗯没错，"沃特豪斯叽里咕噜说了一串没人能听懂的东西，然后停下来喘了口气，果决地转向黑板。"不介意我把这些擦了吧？"一个士兵手握黑板擦，一个箭步跨了上去。科姆斯托克整个陷进椅子里，双手紧紧抓住扶手。一个速记员伸手拿了一片苯丙胺。一个ETC员工嘴里咯吱咯吱地咬着他的2号铅笔，像一只啃着鸡腿骨的狗。闪光灯咔嚓咔嚓。沃特豪斯捏起一支没用过的粉笔，抬手，把一头压在纤尘不染的黑板上。随着轻轻一响，粉笔脆弱的边缘被碾碎了，四散的粉末落到地上，形成一条窄窄的椭圆形灰雾。沃特豪斯低下头，像是准备跨上神坛的牧师般停顿了一分钟，然后深吸了一口气。

五个小时后，苯丙胺的药效已经彻底过去了，科姆斯托克发现自己正趴在一张桌子上，周围挤满了精疲力竭、憔悴不堪的同事。沃特豪斯和负责擦黑板的两个士兵浑身蒙着一层白茫茫的粉笔灰，看上去令人毛骨悚然。速记员们身边堆满了写得密密麻麻的记事笺，时不时停下笔，像挥舞白旗般甩着麻木的手。录音机徒劳地转动着，铁丝在一个转轴上卷得满满的，另一个转轴上空无一物。只有摄像师们还精力充沛，每当沃特豪斯写满一面黑板时，他们就咔嚓一声拍下照片。

房间里处处散发出汗臭。科姆斯托克发现沃特豪斯正满怀期望地看着他。"明白了吧？"沃特豪斯问。

科姆斯托克坐直身子，眼睛偷偷瞟向自己的记事簿，他本打算在上面写个会议安排的。他看到了沃特豪斯提出的四个论断，那是他在会议最开始的五分钟里记下来的，除此以外就只有一堆交错在一起的尖锐线条，中间围着两个大写的单词"存储"和"提取"[①]。

科姆斯托克必须得说点什么。

"这个，呃，这个存储的过程嘛，我的意思是，嗯——"

"关键的一点！"沃特豪斯兴高采烈地说道，"看，这些ETC机器用来输入和输出是很好的，这一点我们已经做到了。逻辑元件也很简单。我们需要的是让它能够记忆数据，用图灵的术语来说，就是迅速'存储'或'提取'数据。因此我就做了这么个玩意儿。虽然它是个电子元件，但是它的工作原理想必每一位管风琴师都非常熟悉。"

"呃，能让我看看吗？"科姆斯托克问。

"当然！就在我的实验室里。"

[①] 原文为 bury 和 disinter，另有"埋"和"挖"的意思。

要去"看看"可不是那么容易的。首先，每个人都先要上厕所；其次，他们要把照相机和闪光灯都转移到实验室里架起来。等他们终于陆陆续续走进实验室里时，沃特豪斯已经站在一台插满管子、绕满电线的巨型装置旁了。

"这就是你说的那个？"等人都到齐了，科姆斯托克问道。豌豆大小的水银像小钢珠似的满地乱滚，科姆斯托克的鞋底把它们踩得迸裂四射。

"就是它了。"

"你叫它什么来着？"

"RAM，"沃特豪斯答道，"随机存取存储器。我本来想贴一张公羊的画儿在上面。你知道吧，那种头上长着一对又大又卷的角的羊[①]。"

"知道。"

"但我实在没时间，而且也不太会画画。"每一根管子都有四英寸宽，三十二英尺长。这儿至少有一百根管子——科姆斯托克想起几个月前自己亲自签发的那一项申请——沃特豪斯申请了足够一整个军事基地用的排水管。

这些管子全都平行于地面，好像一台向侧面翻倒的管风琴。每根管子的管口都塞着一个从老式录音机上撕下来的纸质扬声器。

"扬声器发出信号——一个音符——在管内引起共振，产生驻波，"沃特豪斯说，"这就意味在管子里面，有的地方气压低，有的地方气压高。"他的手在其中一条管子的不同部位上做出截断的动作。"这些U形管里装满了水银。"几根U形玻璃管接在长管的下方，他指了指其中的一根。

---

① Ram 意为山羊。

"我自己看得出来，沃特豪斯，"科姆斯托克说道，"你能接着往下说吗？"他一边说，一边透过摄像师的肩膀观察取景器。"你挡住我了——这样好一点——再远一点——远一点——"他仍旧能看到沃特豪斯的影子。"好了，照吧！"

摄像师拉下开关，闪光灯咔嚓一闪。

"如果管子里的气压偏高，那么水银柱就会被压下去。如果气压偏低，水银柱则会升起来。我给每个 U 形管都安了电触头——就是气隙隔开的几根线。如果这些线干燥地悬在空中，比如因为管内气压偏高，水银柱下沉，远离电线，那么就不会有电流通过。但是如果水银淹没了电线，因为低气压会导致水银柱上升，电流就会通过它们，因为水银是导电的！这时 U 形管会产生一组二进制数字，就像驻波的图形一样——与扬声器播出的乐音所形成的谐波相呼应。我们再将它反馈给控制扬声器的振荡器电路，这样一来它就可以一直保持在刷新状态，直到输入另一种二进制波形。"

"哦，意思是 ETC 机器实际上可以控制这玩意儿？"科姆斯托克问道。

回答他的又是一阵笑声。"这就是我要说的！这就是逻辑板存储和提取数据的根本！"沃特豪斯说，"我来让你们见识一下！"在科姆斯托克阻止他之前，他已经冲房间另一头的一名下士点了点头。下士的耳朵上戴着一副防护耳罩，这种耳罩通常只分发给某些巨型火炮的炮手。下士点了点头，然后摁下了开关。沃特豪斯啪地用双手捂住耳朵，咧嘴一笑——从科姆斯托克的角度来看，他的嘴未免咧得太大了，但是就在这一刻，时间停止了或是发生了什么别的变故，因为所有的管子都唱起了低音 C 的变奏曲。

科姆斯托克差点儿没跪倒在地。他当然也马上举起双手捂住了耳朵，但是这声音并不是从他的耳朵里传进来的，而是像 X 光一样穿透了他的身躯。声波像烧红的钳子般在他的内脏里翻搅，汗珠颤巍巍地从头顶滑落，两个蛋蛋像墨西哥跳豆似的此起彼落。U形管里的水银凹面上上下下，不停地开关电路，却又并非毫无规律可循：它们并不是杂乱无章的，而是由某种程序进行离散控制，一致行动。

科姆斯托克恨不得掏出手枪毙了沃特豪斯，但他又不想把耳朵上的手挪开。机器终于停了下来。

"它刚刚算出了斐波那契数列的前一百位。"沃特豪斯说。

"按照我的理解，你所说的'随机存取存储器'只是存储／提取数据的部分。"科姆斯托克尽力控制住自己声音中的高次谐波，假装自己对这一切已经习以为常。"如果让你给整台机器命名，你会叫它什么？"

"嗯，"沃特豪斯说，"这个，反正它的主要功能是进行数学运算——计算者[①]。"

科姆斯托克轻哼了一声："只有人类能称之为计算者。"

"呃……既然它是一台用二进制数字进行运算的机器，那么你可以把它叫作数字计算机。"

科姆斯托克在记事笺上用大写字母记下：数字计算机。

"你要把它写进报告里吗？"沃特豪斯雀跃地问道。

科姆斯托克几乎脱口而出，"报告？这就是我的报告！"突然，他模模糊糊地又想起了什么。"天蓝，金矿""哦，没错……"他喃喃道。"哦，没错，战争还在继续"他想了想。"不。既然你提到了，我连个脚注都不会给你的。"他意味深长地看着自己亲自挑选出来的那几个数学家正围着那台随机存取存储器，露出乡下来的犹太羊毛

[①] 原文为 computer，当时 computer 的含义仍然是"进行计算的人"。

工第一次看到约柜时的表情,"那些照片我们可能只会留档用。你知道军方就喜欢留档。"

沃特豪斯又发出了刺耳的笑声。

"在散会之前,你还有什么要报告的吗?"科姆斯托克迫不及待地想要他闭嘴。

"呃,这次的工作又让我想到了几个有关信息论的新点子,你们也许会感兴——"

"写下来,交给我。"

"还有一件事。我不知道在这儿说合不合适,但是——"

"是什么,沃特豪斯?"

"呃,嗯……看起来我订婚了!"

第六十八章 旅行车队

兰迪失去了他所拥有的一切，却得到了一个随行人员。艾米决定，既然她碰巧在太平洋此岸，不妨跟着兰迪北上。这让他很开心。沙夫托家的男孩罗宾和马库斯·奥利留斯认为他们也在受邀之列——就像许多在其他家庭里需要进行长期争论的问题一样，这显然是不言自明的。

这就意味着他们不得不开车去一千英里外的华盛顿州惠特曼，因为沙夫托家男孩并不是那种可以直接把改装车扔在停车换乘站，跑到机场要下一班去斯波坎市机票的人。马库斯·奥利留斯是一名拿大学预备军官训练营奖学金的大二学生，罗宾也在上挺不错的军队预科学校。但就算他们手边有那么多闲钱，真的把钱花掉大概也有悖于他们节俭的天性。或者说至少兰迪根据前几天的情况是这样推测的。考虑到他们总想着"现金流"问题，做出这种推测也无可厚非。比如说，地震之后一天，男孩们拼尽全力试图吃掉艾米做的那锅能撑爆肚子的燕麦粥。发现自己心有余而力不足后，他们把剩下的粥小心地倒进密封塑料袋里，一边为密封塑料袋高昂的价格深感不安。兰迪的地下室里难道没有没碎掉的旧玻璃瓶什么的能用吗?

在他们把艾米的友好卡车扔在旧金山附近,将讴歌和隆隆作响的改装英帕拉当作交通工具和住所,开始北上之后,兰迪有大量时间矫正自己的谬误(即他们不坐飞机的原因是经济条件不允许),并打探出真正原因。他们每次停下时,两部车都要进行人员调换,没人把调换规则透露给兰迪,却总是让他和罗宾或马库斯·奥利留斯同坐一辆车。他们俩的尊严都不允许轻易对人掏心掏肺,而礼貌则不允许他们认为兰迪会对他们的意见有兴趣,可能对兰迪的疑心基本上也不会让他们跟他分享多少心事。他们必须要先培养一下感情。人际寒冰一直没有打破,直到路上第二天,他们把车停到雷丁市附近的五号州际公路休息区,在放下椅背的车座上过了一夜之后(两个沙夫托男孩都分别过来严肃地告诉兰迪,那个叫作"六元旅店"①的连锁下榻处是巨大的骗局——房间价格是否真的曾经低至六元很值得怀疑,现在更绝对不止这个价,许多天真烂漫的年轻旅客都上过公路交叉处广告牌的当,就像受了海妖的蛊惑。他们试图让语气显得公正睿智,但他们脸颊发红、眼神闪烁、声音抬高的样子让兰迪怀疑,他听到的其实是某次稍加掩饰的近期个人经历)。之后,大家又自动自发地决定显然艾米作为女性需要单独睡一辆车,而兰迪就要跟罗宾、马库斯·奥利留斯睡改装车。作为客人,兰迪可以享受最好的房间——靠背可后放的副驾驶座,M.A.蜷在后座上,最小的罗宾则睡在方向盘后边。车顶灯熄掉,沙夫托家男孩大声说完祷告之后的头三十秒,兰迪躺在那,感觉英帕拉因为路过的长途货车带来的余震而不停晃动,觉得自己比在北吕宋岛丛林小镇的吉普尼上试图入睡时更加与世隔绝。然后他睁开眼睛,就已经到

---

①现多译作"六号旅馆"。

了早上，罗宾正在外头做单手俯卧撑。

"等我们到了之后，"做完之后，罗宾气喘吁吁地说，"你可不可以让我看看你说的'因特网上的视频'那个东西？"他孩子气满满地问完后，突然窘迫起来，加上一句："如果很贵的话就不用了。"

"是免费的。到时我给你看。"兰迪说，"咱们去吃早餐吧。"

不消说，在麦当劳一类的餐馆买一份脆薯饼的价钱，跟（如果你觉得钱是从树上长的）在喜互惠连锁超市或者（如果你对于美元还有那么一丁点儿尊重）在偏僻路口的菜市场里买等量价格的生土豆比起来，贵得令人发指。所以要吃早餐，他们必须开车到一个小镇上（雷丁这样的大城市里的食品店根本是抢劫），找到一家真正的食品店（便利店这也不好，那也不好），并购买最基本形式的早餐（减价处理的不新鲜香蕉，甚至不是成挂的，而是从地上或者什么地方扫在一起，装在印得花花绿绿的纸袋里；筒状袋子里装着的没牌子的山寨脆谷乐麦片；还有一盒同样没牌子的奶粉），然后用沙夫托家人无比淡定地从改装车后备厢（一个油腻腻的铁皮大裂口，里面堆放着轮胎防滑链，破旧的弹药箱，以及——除非是兰迪的眼睛欺骗了他——一对日本武士刀）里掏出来的一套军用锡制野战餐具吃了起来。

不管怎样，他们做这一切时都表现得理所当然，并不像是要测试兰迪的勇气什么的，所以他并不敢把它当作真正的增进友谊体验。假如说英帕拉在沙漠里抛锚了，他们不得不闯入附近被恶犬和带着猎枪的吉卜赛人把守的废车场偷来零件把它修好，那才算得上是增进友谊体验。但兰迪想错了。在第二天，沙夫托家人（至少是男性成员）对他敞开了一点心扉。

看起来（这个结论是从许多个小时的谈话中提炼出的），如果你是一位身强体健的年轻男性沙夫托，身在他乡，手头有自己在家人的大量建议和体力支援下打理得很不错的车辆，那么将它束之高阁并选择另一种交通方式就不只是明显的铺张浪费，简直是某种十足的道德缺失。所以他们要开车去华盛顿惠特曼。可是他们为什么（他们之中终于有人鼓起勇气冒昧询问）要开两辆车呢？英帕拉里头坐四个人绰绰有余。兰迪一直隐隐有种感觉，沙夫托家人对兰迪坚持要开那辆多余又伤痕累累到令人反胃的讴歌感到十分绝望，只是出于他们可敬的礼貌，才没有直言指出他的疯狂。"我不认为到了惠特曼之后我们还会一起走，"兰迪说（跟这些人混了几天之后，他使用缩略语的习惯渐渐丢了——那是言辞懒惰，具有一种病理性匆忙的人才会用的庸俗捷径），"如果有两部车，我们到时候就可以分头走人。"

"路并不远，兰德尔。"罗宾说着一脚把英帕拉的油门踩到底，挂入超车挡，绕过一辆油罐车。兰迪终于成功地说服他们从最开始的"阁下"和"沃特豪斯先生"改成直呼他的名字，但他们同意的条件是（很明显）要用全称"兰德尔"而不是"兰迪"。早期使用"兰德尔·劳伦斯"作为让步的举动遭到了兰迪的强烈反对，所以现在暂时用的是"兰德尔"。"M.A.和我很乐意开车送你回旧金山机场——或者，嗯，你选择停放讴歌的任何地方。"

"我还能停哪里？"兰迪说，没明白最后一句话的意思。

"好吧，我的意思是如果你愿意找，应该可以找到免费停几天车的地方。假如你还想留着它的话。"他鼓励性地加上一句，"即使扣掉修理费，那辆讴歌也应该能卖个不错的价钱。"

直到这一刻，兰迪才明白过来：沙夫托家人觉得他不名一文，举目无亲，孤零零地活在这辽阔的世界上。真是一片好心啊。现在他才想起，他们刚到他家的时候曾丢掉过一大沓麦当劳包装纸。那之后一切的艰苦朴素，全都是为了不给兰迪增加经济压力。

罗宾和M.A.一直在小心地观察他，谈论他，思考他。他们不小心做出了一些错误的假设，得到了错误的结论，但他们表现出的精于世故仍然远远超过兰迪以为的水平。这就让兰迪回过头去重新审视这几天来与他们的谈话，看看是否能弄明白他们的脑袋瓜子里还想着什么有趣复杂的事情。M.A.属于那种老老实实循规蹈矩的类型，成绩优秀，能够很好地适应任何等级制社群。而罗宾呢，则更不可捉摸一点。他有潜质成为彻头彻尾的失败者或者成功的企业家，或许会变成在这两极之间摇摆不定的人也说不定。事后想来兰迪意识到，仅仅几天之内，他就已经向罗宾透露了大量关于因特网、电子金钱、数字货币和新全球化经济的信息。兰迪的精神状态让他很容易就不停地碎碎念几个小时。罗宾把这些东西都一滴不漏地吸收了去。

对兰迪来说，这只是漫无目的地侃侃而谈。在此之前，他甚至从来没有考虑到这会如何改变罗宾·沙夫托的人生轨迹。兰德尔·劳伦斯·沃特豪斯痛恨《星际迷航》，见到不恨它的人都要躲着走，但即使如此，他还是把这鬼东西的每一集几乎都看了个全。此时此刻，他感觉自己就像那个星际联邦的科学家，被传送到一颗原始星球上，然后过于草率地把用常见材料制造相位枪的技术教给了一个未经教化的投机主义野人。

兰迪还是有一些钱的。他不知道如何在不犯下某种重大协议错误的前提下把这个事实传达给男孩们，所以他只好在他们下一次停下加油时拜托艾米代为转达。他觉得（以他对轮班系统的模糊理解判断）这回该轮到他和艾米两人坐一辆车了，但如果艾米要将有关金钱的数据传达给男孩们，她需要与他们中的一人共同度过下一段旅途，因为数据必须间接传达，这就要花一些时间。而由于这种间接性，必须分配时间来让别人充分理解信息。但是三小时后，到下一个加油站时，M.A.和罗宾自然地必须被安排到一辆车里，好让罗宾（他已经了解了事实，笑容满面地从英帕拉里爬出来，友好地捶了兰迪的肩膀一拳）把这条信息传递给M.A.。M.A.最近和兰迪当面谈话的话题让人完全摸不着头脑，直到兰迪发现他们以为他一贫如洗后，他才弄明白M.A.是在用一种特别拐弯抹角的方式询问兰迪是否需要与M.A.共用洗漱用具。不管怎样，最后兰迪和艾米坐进讴歌里，向北开往俄勒冈，试图跟上改装车。

"嗯，有机会能跟你待一会儿也挺好的。"兰迪说。那天早上艾米在声明"表现出感情是问题的实质"时捶在他背上的地方还有点酸痛。所以他想，他应该表现出他的感情中最不容易让他麻烦缠身的一面。

"我觉着咱俩往后唠嗑儿的时候多了去了。"艾米说，这几天来她的口音完全变回了老祖宗的样子，"但我有老长老长时间没见那俩孩子了，而且你也是头一次见他们。"

"老长老长时间？真的吗？"

"是啊。"

"有多久？"

"啊，我上次见罗宾的时候他刚上幼儿园。我上次见M.A.的时候比较近——他大概八岁或者十岁吧。"

"再说一次，他们是你的哪房亲戚？"

"我想罗宾是我的远房堂弟吧。M.A.和我的亲戚关系我可以解释给你听，不过估计说到一半你就得坐立不安，唉声叹气了。"

"所以对他们来说，你只是个他们还是小小孩的时候见过一两次的远亲？"

艾米耸耸肩："没错儿。"

"那他们是中了什么邪要跑到这来啊？"

艾米一脸茫然。

"我是说，"兰迪说，"从他们的总体态度看来，当他们从田纳西一路飞驰到我家门口，跳下过热的沾满撞死的虫子的改装车时，显然他们心中的第一目标是确保沙夫托家的花朵得到了应该的尊重、礼貌、崇拜等等。"

"哦。我感觉不是这样啊。"

"不是吗？真的？"

"不是，兰迪，我们家的人总是团结一致的。我们有一段时间没见过面，并不代表我们的责任就不再有效了。"

"好吧，你这听起来好像是在夹枪带棒地影射我那冷淡的家庭，也许我们以后可以针对此事谈一谈。至于家庭义务嘛，我百分百认为保护你概念上的贞操属于其中之一。"

"谁说只是概念上啦？"

"对他们来说肯定是概念上的，因为你有大半辈子没见过他们了。我只是这个意思而已。"

"我觉得你过于夸大性这一方面在整件事情中的地位了，"艾米说，"这对男人来说很正常，我不会因此看不起你的。"

"艾米，艾米。你自己没算过么？"

"算什么？"

"算上横穿马尼拉市到尼诺·阿基诺机场的时间，登机手续和旧金山机场的手续，我从马尼拉到旧金山的旅程花了大概十八个小时。你用了二十小时。再用四小时到我家。然后，我们到我家之后八个小时，午夜时分，罗宾和马库斯·奥利留斯就出现了。现在，如果我们假设沙夫托家的秘密情报网以光速运作，那就意味着大约在你跳下格洛丽四号，搭上马尼拉的出租车的那一刻，这两个还在田纳西自家拖车门口打篮球的男孩就收到了消息，说有一位沙夫托女性成员面临某种跟男人有关的私人困境。"

"我是在格洛丽号上面发的电邮。"艾米说。

"给谁发的?"

"给沙夫托家的邮寄列表呗。"

"老天!"兰迪用手啪的一声捂住脸,"邮件里说了什么啊?"

"不记得了,"艾米说,"说我要去加利福尼亚,我也许大概顺便提了一下我想跟一个年轻男人谈谈。那时候我心情不怎么好,记不清具体说了什么了。"

"我觉得你说的估计是:'我要去加利福尼亚,那里有个兰德尔·劳伦斯·沃特豪斯,身患艾滋,我一去那里他就要强行鸡奸我。'"

"没有,真不是这么说的。"

"好吧,我觉得可能有人读出了言外之意。所以不管怎样,妈妈或埃姆婶婶①或者随便某人从侧门里走出来,抖落格子围裙上的面粉——这是我的想象。"

"我听得出。"

"然后她说:'孩子们,你们七大姑八大姨的侄女艾梅丽卡·沙夫托从道格叔叔在南中国海的船上发来电邮,说她跟一位年轻人起了点争执,她有可能需要人帮忙。她在加利福尼亚。你们能顺道过去一趟看看她吗?'于是他们收起篮球,说:'好的,夫人,城市和地址?'然后她说:'这你们就别操心了,直接上40号州际公路,开车往西走,记得要把平均车速保持在法定限速的百分之一百到一百二十之间,到某个加油站再给我打电话,我到时给你们具体的目标坐标。'于是他们回答'是,夫人',三十秒后他们以5G的加

---

① 《绿野仙踪》里多萝西的婶婶。

速度把车开出停车场，把车道上都划出了轮胎印。再过三十个小时，他们就来到了我家大门口，一边用装着二十五节一号电池的大电筒照我的瞳孔，一边对我提出一大堆尖锐的问题。你知道这一路有多远么？"

"我不知道。"

"好吧，按照M.A.的兰德·麦克纳利道路地图集，足足有两千一百英里。"

"所以呢？"

"所以这意味着他们保持每小时七十英里的平均速度，保持了一天半。"

"是一又四分之一天。"艾米说。

"你知道那有多难做到吗？"

"兰迪，你只需要踩住油门别让指针漂过线就行。能有多难？"

"我不是说对智商的要求有多高。我是说，举个例子吧，这种宁愿在空麦当劳杯子里撒尿也不愿停车的做法暗示着某种紧迫感。甚至可以说是激情。作为一个男人，一个经历过M.A.和罗宾那个年纪的男人，我可以告诉你，能让你如此热血澎湃的少数几件事里，就包括有某个陌生男人做了对不起你所珍爱的女性的事。"

"就算他们这么想过又怎样？"艾米说，"反正他们现在觉得你还不错。"

"他们觉得我不错？真的？"

"是啊，经济遭难的方面让你更有人情味儿了，更好接近，也更能让别人原谅你。"

"我有什么事儿是需要原谅的吗？"

"对我来说没有。"

"但是鉴于他们以为我是个强奸犯，这确实对改善我的形象起到了积极作用。"

接下来对话出现了一阵短暂的沉默,然后艾米大声说话了。

"那么跟我说说你的家人,兰迪。"

"在接下来的几天里,你将会深入了解我的家人,远超过我愿意的程度。我也是一样,所以我们还是聊点别的吧。"

"好,那我们谈工作。"

"好,你先说。"

"下星期有个德国电视制片人要来看 U 艇,他们可能会给它拍个纪录片。我们已经接待了好几个德国报刊记者了。"

"是吗?"

"这事在德国引起了一阵轰动。"

"为什么?"

"因为没人知道它是怎么到那儿去的,轮到你了。"

"我们准备发行自己的货币。"这话说出来,兰迪其实是把关键信息泄露给了无权了解的人员。但他还是说了,因为以这种方式对艾米敞开胸怀、把自己的弱点暴露给她,令他感到"性奋"。

"这要怎么办到?你不得是政府才行吗?"

"不,你得是一家银行。你以为钱为什么要叫银行票据[①]?"兰迪很清楚仅仅为了自己的性满足就向一个女人透露商业秘密是多么疯狂的事情,不过理所当然地,他现在对这些并不是很在乎。

"好吧,可你还得是政府银行啊,不是吗?"

"那只是因为人们一般比较尊重政府银行,可是现在东南亚的政府银行有很大的形象问题。这个形象问题直接导致了汇率的暴跌。"

"所以你们要怎么发行货币?"

[①]原文为 banknote,纸币。

"搞一大堆金子，发行一些证书，说'此证书可以兑换某某重量的黄金'。其他的就没啥了。"

"美元日元什么的有什么不好？"

"这些证书——银行票据——是印在纸上的，我们准备发行电子货币。"

"完全不用纸？"

"完全不用纸。"

"所以这钱只能在网上花。"

"没错。"

"那你要是想买一袋香蕉怎么办？"

"在网上找个卖香蕉的呗。"

"感觉用纸币也没差啊。"

"纸币可追踪，易毁坏，还有其他缺点。电子货币速度快，而且是匿名的。"

"电子货币长啥样，兰迪？"

"长得跟别的数码物体一样：就是一堆比特。"

"那岂不是很好伪造？"

"只要加密技术好就不会，"兰迪说，"我们技术很好。"

"你们的技术哪来的？"

"靠和疯子打交道。"

"哪种疯子？"

"那种觉得拥有良好的加密技术重要性堪比世界末日的疯子。"

"他们怎么会这么觉得？"

"因为他们读到了像山本五十六这种人因为加密没做好所以丢了小命的故事，然后把这些故事投影到未来。"

"你赞成他们的观点吗？"艾米问。这可能是那种决定一段感情何去何从的关键问题。

"当我半夜两点躺在床上睡不着的时候,我是同意的。"兰迪说,"不过在光天化日之下,就会觉得那都是被害妄想狂。"他朝艾米瞟了一眼。她正用一种品评的眼神看着他,因为他其实并没有回答问题。他必须得二选一。"不怕一万就怕万一吧,我猜。好好加密并没有坏处,也许还有好处。"

"还可能让你顺便大赚一笔。"艾米提醒他。

兰迪大笑起来。"到了这步田地,这甚至已经不是赚不赚钱的问题了,"他说,"我只是不想颜面扫地而已。"

艾米神秘地一笑。

"干吗?"兰迪问。

"你说这话的时候听起来真像个沙夫托家人。"艾米说。

这之后,兰迪沉默地开了半小时车。他想得没错。他猜,这确实是他们感情中的一个重要转折点。现在再采取任何行动都只会把一切搞砸。所以他闭上嘴,只管驱车向前。

———— 想象,比知识更重要

幻象文库

编码宝典（下）

（美）尼尔·斯蒂芬森 著
刘思含 韩阳 译

新 星 出 版 社　NEW STAR PRESS

目录

1	第六十九章　将军
16	第七十章　原点
33	第七十一章　各各他
42	第七十二章　西雅图
62	第七十三章　岩石
72	第七十四章　最多香烟
90	第七十五章　1944年圣诞
101	第七十六章　脉冲
113	第七十七章　佛像
123	第七十八章　教皇
137	第七十九章　格洛丽
146	第八十章　主库
164	第八十一章　大水
175	第八十二章　逮捕
184	第八十三章　马尼拉之战
195	第八十四章　囚禁
210	第八十五章　诱惑
226	第八十六章　智慧
238	第八十七章　降落
244	第八十八章　墨提斯

目录

270	第八十九章　奴隶
276	第九十章　林仙
293	第九十一章　地下室
299	第九十二章　秋叶原
312	第九十三章　Ｘ计划
320	第九十四章　登陆
326	第九十五章　后藤阁下
336	第九十六章　安息
341	第九十七章　回归
360	第九十八章　小抄
372	第九十九章　卡尤塞
383	第一百章　黑室
396	第一百〇一章　通道
404	第一百〇二章　流动
409	附录："单人纸牌"加密算法

第六十九章 将 军

整整两个月，他躺在新喀里多尼亚岛海滩上的一顶蚊帐里，梦到各种各样比这更糟糕的境遇，不断琢磨着他的说辞。

在斯德哥尔摩，英国大使馆的工作人员把他带到了一家小餐馆。在小餐馆里，又有一位先生把他送上了一辆车。那辆车把他带到湖边，那儿碰巧停着一架开着引擎但却没有亮灯的水上飞机。英国空军特勤队的人将他带到了伦敦。海军情报局又把他弄回了华盛顿特区，经过一番盘问，他被送回了海军陆战队，档案上盖了一个大大的印章，写明他绝不能再被派上战场。他知道得太多了，一旦被俘虏，后果将不堪设想。但是海军陆战队发现对于后方指挥来说，他知道得又太少了，于是干脆让他自己选：要么直接回家，要么进修学习。他选了直接回家，然后花言巧语骗得一名菜鸟军官相信他家已经搬到旧金山去了。

实际上，只需要一艘艘跳过泊在水面上的海军船只，你就能轻易跨过旧金山湾。沿着海滨排列着一串码头、仓库、医院和监狱，而把守这些地方的都是沙夫托的士兵兄弟。尽管他的文身藏在便服下，短发也已变长，但是只要在一箭之地内，他们的眼神跟他甫一交会，便知道站在他们面前的是一位落难的兄弟。他们会为他大开方便之门，不惜违背规定，甚至可以牺牲自己的性命。沙夫托偷偷搭上一艘开往夏威夷的船，船速快得他甚至还没来得及把自己灌醉。在珍珠港，他又花了四天才溜上一艘开往夸贾林的船。在那里，他是个传奇的英雄。他的钱在夸贾林可不受欢迎。他在那里待了一个星期，抽烟、喝酒、吃饭，他们没让他花一分钱。最后他的兄弟们把他送上了飞机，朝几千英里以南，新喀里多尼亚的努美阿飞去。

他们并不愿意把他送走。他们乐意和他并肩夺取一片海滩，但他们现在却要干另一件事：把他送到危险的"西南洋"——西南太平洋战区——去，那儿是麦克阿瑟将军的地盘。尽管距离将军把他们无依无靠地丢在瓜岛已经过了好几年，但直到如今，在醒着的时段里至少有一半的时间这群海军陆战队员还在念叨将军真是个恶棍。他秘密攫取了半个王城。他靠着他爹当菲律宾总督时挖出来的西班牙宝藏变成了百万富翁。奎松城的人都在背后叫他"群岛的战后独裁者"。他曾经参选总统，为了赢得选票，他故意输掉了好几场战斗来让罗斯福难堪，还把黑锅都推到海军陆战队头上。如果不奏效，他甚至还打算回美国本土来发动政变。但这绝不会成功的，美国海军陆战队绝不让他得逞。永远忠诚！

不管怎么说，他的兄弟们还是把他送到了新喀里多尼亚。努美阿是座整齐的法式小城，拥有宽阔的街道，房子上盖着铁皮屋顶，门前的港口小山般堆着从岛上开采出来的镍矿和铬矿。这里人口的三分之一来自自由法国（到处都挂着戴高乐的肖像），三分之一是美国大兵，还有三分之一则是食人族。不过听说他们已经二十七年没有吃过任何一个白人了，因此鲍比·沙夫托感觉自己就跟睡在瑞典的海滩上一样安全。

但是当他抵达努美阿时，他遇到了一堵比任何砖墙都要坚不可摧的障碍：太平洋战区（尼米兹的地盘）与"西南洋"的假想分界线。布里斯班，"那位将军"的指挥部，就在向西一点点（跟整片太平洋相比）的地方。如果他能到布里斯班去慷慨陈词一番，那往后就容易多了。

他躺在海滩上的头两三个星期有些盲目乐观，紧接着又消沉了一个月，觉得自己永远没法离开这里了。最后他终于又振作起来，再次展现出自己灵活变通的能力。他没机会偷溜上船，但这里的空运十分繁忙。看来将军很喜欢飞机。沙夫托开始尾随这些飞行员。然而宪兵们并不给他可乘之机，他也不敢贸然闯进陆军士官俱乐部里。

但是士官俱乐部所提供的娱乐活动实在乏善可陈。他们想要找更大的乐子就势必要离开那些凶巴巴的宪兵划定的活动范围，帮平民发展经济去。这些待遇优渥的美国飞行员饥渴难耐，他们面对的城市却一半是法国佬一半是食人族，这时候平民经济可就发展得特别快了。于是沙夫托在一个机场的大门口挑了个好位置，口袋里鼓鼓囊囊地塞满了香烟（夸贾林的海陆兄弟们送的，够他抽一辈子），他守在那儿。三三两两的士兵走了出来。沙夫托选出几个士官，跟着他们到酒吧和妓院去，挑一个他们看得到的地方开始一根接一根地抽烟。不一会儿他们就围了上来，向他讨烟抽。他们就这么聊起来了。

他又故伎重施了几次，不久就弄清了第五航空军的许多情况，结交了一大群朋友。几个星期之后，他决定搏上一搏。在一个月黑风高的晚上，凌晨一点钟，他偷偷爬进了机场围栏，在跑道旁匍匐前进了大约一英里，与一架名为"微醉甜心"的 B-24"解放者"地勤人员会合。他被迅速地塞进了机尾的球形玻璃罩里：那是飞机的球形炮塔，用来将常常从后方进行攻击的"零式"战斗机打下来，但它的机组人员显然认为,在这里找到"零式"的概率与在密苏里州上方找到"零式"的概率差不多。

他们曾经提醒他要穿暖一点,但他并没有保暖的衣服。"微醉甜心"刚刚离开跑道他就意识到了自己的错误:气温像五百磅的炸弹般急速下坠。首先他从物理上无法离开炮塔,其次他也不能离开,那样只会害他被捕,他可是在飞机驾驶员本身都不知情的情况下偷渡上来的。他冷静地往自己已经相当丰富的痛苦经历里又添上了持续的低体温症。几个小时之后,也不知他是冷得失去了意识还是睡着了,总之没那么难受了。

他被一片环绕周身的粉红色光芒惊醒。飞机正在下降,温度正在回升,他的身体已经暖得足以让他恢复意识。几分钟后他的手也能动了。他朝粉色光芒伸出手,拭去玻璃罩里的水雾。他取出一块手帕把罩子擦干净,展现在他面前的是太平洋的破晓时分。

斑驳的黑色云朵一条条将天空分割开来,像一只乌贼在加勒比海湾喷出的墨汁。有一会儿,他觉得自己仿佛还跟比绍夫一起潜在海里。

海面上遍布条状和圈状的疤痕,使他联想到了自己裸露在外的皮肤。锯齿形的边缘像旧弹片一样从这些疤痕里刺了出来,那是露出浅海的珊瑚礁。越来越暖了,他不禁又打了个寒战。

有人往太平洋里倒进了褐色的泥土,形成了一个大土堆。土堆的边缘上有一个城市。城市在他周围旋转,越来越近,越来越暖,那是布里斯班。下面出现了一条跑道,他想,他的屁股要被这玩意儿磨掉了,像世界上最大的带式砂磨机。飞机停了下来,他闻到了汽油味儿。

这时飞行员发现了他,大光其火,准备叫宪兵。"我是来为将军效劳的。"沙夫托从冻得发青的嘴唇里挤出这句话,但这只会让飞行员更想揍他。不过当他说完这几个字后,同样生气的士官们却改变了态度,远离他一些,语气和缓多了,也不再威胁他要叫宪兵了。沙夫托从这时开始发现,"那位将军"行事的方法有些与众不同。

他在一家廉价旅馆里休息了整整一天,然后起床,刮脸,灌下一杯咖啡,开始到处找军官碰碰运气。

但令他十分沮丧的是,他听说将军已经将总部迁到新几内亚的荷兰地亚去了。不过将军的夫人和儿子,还有他的一部分下属,仍旧住在伦农饭店里。沙夫托来到那家饭店,分析了周围的交通模式,发现进出这家饭店的车子一定都会经过街边的一个转弯处。于是他找到转弯旁一个合适的观望地点,守株待兔。透过来往车辆的车窗,他能看到乘客的肩章,数出星星和老鹰。

看到一个两颗星的少将经过,他决定采取行动。他跑到酒店门口的遮阳篷下时,正好赶上司机为这位将军拉开车门。

"请原谅,将军,鲍比·沙夫托前来报到,长官!"他冲口说道,行了一个足以载入史册的完美军礼。

"你又是哪一号人物,鲍比·沙夫托?"这位军官连眼都没抬。他说话跟比绍夫似的!这家伙居然带德国口音!

"死在我手里的日本人比死在地震里的还多。我会跳伞,我还会说一点日语,我能在丛林里活下来。我对马尼拉了如指掌,我的妻子和孩子都在那儿,但我现在却没事可干。长官!"

在伦敦或者华盛顿,他绝对到不了离一个将官这么近的地方。如果他胆敢这么拦路,必然会被拘留或者枪毙。

但这是在西南洋,所以第二天一早,他就搭上了一架飞往荷兰地亚的B-17。他穿上了绿色的陆军军服,但没有领章。

新几内亚看起来十分凶险:它像一条浑身烂疮的巨龙,扭曲坚硬的脊背上覆盖着冰霜。光是看着它就让沙夫托像患了低体温症和疟疾似的发抖，这玩意儿现在是将军的地盘了。沙夫托一眼就能看出，这么个国家也只有彻头彻尾的疯子才能打得下来。在斯大林格勒待一个月也比在这个地方待一天好。

荷兰地亚在这只巨兽的北岸，恰巧面朝着菲律宾。在海军陆战队里广为流传的是将军在这里给自己建了一座行宫。有些容易受骗的傻瓜相信那座行宫完全是由被奴役的陆战队员修建的翻版泰姬陵，面积还要大上一倍。不过那些比较明白的大兵都认为那是一片依靠从海军医务船上偷来的材料建成的复合建筑，包括富丽堂皇的殿堂和安顿他那群亚洲姬妾的内宫，其间还有一座冲天而起的高塔，可供他登高远眺，看看日本鬼子在1500英里西北的马尼拉对他广袤的庄园都干了什么。

透过B-17的舷窗，鲍比·沙夫托并没看到如上一番景象。他瞥到临海的一座山上建着一幢大而漂亮的房子，但他猜想那应该只是界定将军领土的一个哨所。但B-17很快就在跑道上降落了，机舱里顿时充满了赤道地区的瘴气。那感觉就像把头伸进冒着泡泡的奶油麦片粥大锅里猛吸一口气似的。沙夫托感觉自己的肠子已经开始翻腾了。当然，很多陆战队员觉得沾着屎的陆军军裤最好看。沙夫托努力把这个想法从脑袋里赶了出去。

机上的乘客（大多是上校及以上的军官）开始慢腾腾地下飞机，好像怕动一动就会出一身汗似的——尽管他们早就全身湿透了。沙夫托恨不得一脚踢在他们那又肥又大的屁股上，他正赶着去马尼拉呢。

很快他就搭上了便车，坐在一辆载满了军官的吉普车的后保险杠上。机场上仍然回荡着高射炮的声响，可见这里不久之前刚被轰炸过。尽管现场残留着明显的物证比如弹坑之类，但沙夫托得到的大部分信息却是从其他人的脸上观察出来的：他们的姿势，他们望向天空的表情，这一切都透露出这里的威胁等级有多高。

这也不奇怪，他想起了山上那幢白色的大房子。上帝啊，就算在月光下也看得清清楚楚！肯定从东京都能瞧见！简直在脸上写着"来炸我呀"。

随着吉普开始挂一挡爬坡，他又想到了：那一定是个靶子。将军的指挥所肯定藏在丛林地底曲径通幽的隧道里，那儿也一定是他藏亚洲姬妾之类的地方。

这段上坡路仿佛永无止境。沙夫托跳下车，很快就超过了哼哼唧唧的吉普，又超过了它前面的那一辆，于是变成他一个人在丛林里走路了。他只需沿着车辙，就能很快找到那个经过巧妙伪装的直接通往将军的指挥所的井道。

路很长，这使得他有空抽两三根烟，细细品味新几内亚丛林这永不消散的梦魇。这里让瓜岛——他一度认为世上再也没有比那里更可怕的地方——显得简直就像一片带着露水的芳草地，遍布野兔和蝴蝶。想想日本鬼子和美国陆军花了好几年就在这破地方打得不可开交，真是开心啊。可惜澳洲佬也蹚进了这摊浑水。

车辙指引着他来到了山上那栋白黏土造的靶子前。他们煞费苦心地想要营造出一副这里真的有人住的样子。沙夫托已经能看到里面的家具和其他东西，房子的四壁上留着子弹划过的痕迹。他们甚至在阳台上放了个假人，穿着粉红色丝绸晨袍，叼着玉米芯烟斗，戴着飞行员太阳镜，用望远镜查看着海滩！虽然陆军不管干什么他都要反对，但沙夫托实在忍不住对着这惟妙惟肖的伪装大笑出声。这真是最棒的军事幽默，他简直不敢相信他们这一手真能瞒天过海。几个新闻记者正站在阳台下给这一幕拍照。

站在房子门前那片泥泞的停车场上，他叉开双腿，朝那个假人竖起了中指。喂，蠢货，这是为夸贾林的兄弟们送你的！妈的，真爽。

这时,那个假人却转过身来,望远镜对准了正在比中指的鲍比·沙夫托——此时此刻的他一动也不敢动,就像被蛇怪①盯上了一样。山下传来了防空警报的尖叫。

望远镜从脸上放了下来,烟斗里喷出一缕轻烟。将军嘲讽地回了个军礼。沙夫托终于想起要把手指收回来,然后像一棵枯死的桃花心木般戳在原地。

将军抬起手,把叼在嘴上的烟斗拿开,这才开口:"Magandang gabi."

"你是想说'magandang umaga',"沙夫托说,"Gabi 是'晚上',umaga 才是'早上'。"

飞机发动机的轰鸣已经变得清晰可闻。记者们决定及时撤退,纷纷钻进了房子里。

"如果你要从马尼拉向北去林加延,你会在打拉碰到一个岔路口。如果你选最右边的那条路走,面朝乌达内塔,穿过甘蔗地,你碰到的第一个村子叫什么?"

"这是个陷阱题,"沙夫托说,"打拉以北根本没有甘蔗地,只有水稻田。"

"嗯,很好。"将军不甚开心地说。山下的防空炮响了起来,声音惊天动地,从这个地方听起来,就像新几内亚的北岸被凿进海里去了。将军仿佛没听见一样。如果他是假装没听见,那他至少应该抬头看一眼那些"零式"吧,这样如果情况危急的话他就不必再装下去了。可他甚至连看都没看一眼。沙夫托强迫自己也不要去看它们。将军用西班牙语问了他一个很长的问题。将军的声音很悦耳,仿佛正站在纽约或者好莱坞的一个隔音室里解说一段新闻纪录片,

---

① 原文为 basilisk,欧洲传说中的一种生物,目光可置人于死地。

片子的内容是：这位将军是多么伟大的一个人。

"如果你是想考考我 hablo Español①，我只能说,un poquito②。"沙夫托说。

将军暴躁地将手拢在耳旁。现在除了那一对以超过三百英里的时速向他和沙夫托袭来的"零式"的声音外，他什么都听不到了。而它们射出的密集的 12.7 毫米口径的子弹把数以吨计的生物量化为齑粉。他的眼睛一刻也没有离开沙夫托，他看到一串子弹落在停车场上，把沙夫托的裤子溅得泥点斑斑。那串子弹也扫到了白房子上，在射到墙上的时候陡然向上转弯，沿着墙一路攀登，打掉了阳台的一截扶手——距离将军的手不过一尺之遥——随后又打碎了屋子里的家具，最后掀开屋顶飞了出去。

不过既然飞机已经从头顶上飞过去了，沙夫托现在可以光明正大地抬起头来看它们而不必担心被将军认为是个胆小鬼了。飞机一个急转——任何美国飞机都做不到的急转——机翼上的膏药旗变得更大、更亮了，它们正回过身来进行二次袭击。

"我说——"将军开口道。但这时，一串古怪的"嗖——"打破了谈话的氛围。一块玻璃从窗框上掉了下来。沙夫托能听到房子里传来砰的一声，紧接着是陶器摔碎的声音。将军头一次表露出他知道现在身边正在发生军事行动的样子。"帮我热车，沙夫托，"他说，"我要跟我的好小伙儿们理论理论。"说完他就转身走了，留下沙夫托看着他披着粉红色丝绸晨袍的背影。上面还用黑线绣着东西——一只张狂的巨蟖。

将军突然回过身来："是你在下面大喊大叫吗，沙夫托？"

"长官，不是我，长官！"

---

① 意为"懂不懂西班牙语"。
② 意为"懂一点儿"。

"我明明就听到是你。"麦克阿瑟再次转身,他又看到了那条巨蜥(但他又想了想,那也许只是一条中国龙)。将军念念叨叨地回到了房子里。

沙夫托钻进车子,启动了引擎。

将军从房子里走出来,踏着沉重的步伐来到停车场上,怀里还抱着一颗尚未爆炸的防空炮弹。他的粉色晨袍在风中鼓荡。

"零式"已经折返,正对着停车场一顿疯狂扫射,几乎把一辆卡车拦腰打断。沙夫托觉得自己内脏都要融化了,随时都可能直接喷出来。他闭上眼,用力夹紧肛门,咬紧了牙。将军在他身边坐下。"下山去,"他命令道,"朝他们开炮的地方开去。"

他们刚刚驶上正路就被两辆吉普车拦住了,那正是刚刚在机场运送那些军官的车子。车厢里空无一人,车门大开,发动机还没熄火。将军伸手越过沙夫托按起了喇叭。

那些上校和准将纷纷从树林的阴影里钻出来,像一些行为怪异的土著一样,手里还宝贝似的抓着他们的公文包。他们朝将军敬礼,但将军恼火地无视了他们。"让我的车过去!"他一边说一边用烟嘴指着他们,"这是大马路。停车场在那边。"

"零式"发动了第三次袭击。沙夫托发现(也许将军早就发现了)这些飞行员的技术并不怎么样。到了战争末期,那些技术高超的飞行员早就死光了。他们无法控制飞机沿着马路扫射,只能斜着扫过去。不过还是有一枚子弹炸中了其中一辆吉普的发动机,热油和蒸汽喷涌而出。

"来人,给我把它推走!"将军喊道。沙夫托本来已经本能地爬出了车厢,又被将军一句话叫了回来:"沙夫托!我需要你帮我开车。"

将军像乐团指挥般挥舞着手里的烟斗,把他的部下全都赶到路上，让他们把那辆被炸毁的吉普推到丛林里去。沙夫托一不小心用鼻子吸了下气，就闻到了一股浓浓的稀屎味儿——至少有一个军官没憋住。沙夫托还在尽力不让自己蹈其覆辙，不过如果他也被迫下去推车，估计就悬了。"零式"再度集结起来准备发动新一轮攻击，但这时几架美军战斗机也加入了战局，情况一时复杂起来。

沙夫托驾车从剩下的那辆吉普和一棵大树的缝隙间穿过，踩了一脚油门。将军在一边低声哼着什么，半晌，他开口问道："你妻子叫什么名字？"

"割礼。"

"什么？！"

"我是说，格洛丽。"

"啊，不错。菲律宾姑娘的好名字。菲律宾女人是全世界最漂亮的女人，是不是？"

拥有丰富的环球旅行经验的鲍比·沙夫托绷紧了脸，开始梳理他过去的经历。但他很快意识到将军也许并不想从他那里得到什么深思熟虑的答案。

那当然了，将军的妻子是个美国人，这大概又是个陷阱。"我想情人眼里的姑娘总是最漂亮的。"沙夫托最后答道。

将军略微有些不快："那当然，不过……"

"不过如果您不考虑什么狗屁感情的话，菲律宾姑娘当然是最漂亮的，长官！"沙夫托说。

将军点了点头："那么你的孩子，他叫什么名字？"

沙夫托用力咽了口唾沫，脑子转得飞快。他不确定他是不是真的有一个孩子，他编这个谎只是为了让这故事听上去更顺理成章一点——而且如果他真有个孩子，是男是女还不一定呢。但如果那是个男孩儿，他现在已经知道他的名字了。"他叫——好吧，长官，他叫——我希望您不要介意——他叫道格拉斯。"

将军咧开嘴笑了起来，还拍了拍怀里的防空炮弹。沙夫托不禁一缩。

他们抵达机场的时候，头上正打得如火如荼。停机坪上空无一人，因为大家都躲到沙包后面去了。将军让沙夫托沿着机场开了一圈，在每个炮位都停一停，好让他可以越过掩体往外看。

"就是那个家伙了！"将军最后用他的手杖指了指跑道对面的一口大炮，"我刚看到他把头探出来，抱着电话叽里呱啦的。"

沙夫托一脚油门开上跑道。这时，一架着火的"零式"正以一半的音速坠向距离他们不过几百英尺的地面，无数燃烧的部件叮铃咣啷地在跑道上翻滚扑腾着，形成一股尖啸的云状物向他们这个方向扑来。沙夫托犹豫了。将军正冲他大叫着什么。考虑到他得看到飞过来的东西才能躲开，沙夫托干脆猛冲了过去。他以前也曾有过这样的经历，因此他知道第一个撞上来的会是飞机的发动机组，一块三菱制造的又红又烫的铁墓碑。它来了，还有一根排气管像折断的翅膀般晃悠悠地吊在上面。它在地面上不停地翻滚，每滚一下就重重地刮掉一层地皮。沙夫托绕开了它。然后他认出了机身，机身已经牢牢地斜插在地里了。他四处寻找机翼，它们已经裂成了好几个大片，速度明显减慢。但是从起落架上脱落的轮子正朝他们滚过来，上面还带着熊熊烈火。沙夫托驾着吉普从轮子间穿过，猛地加速开过一小摊着火的汽油，又一个急转弯，继续朝他们的目的地驶去。

所有人都被这场"零式"的爆炸吓回了沙包后面。将军只能跳出车子，从掩体顶上一个个看过去。他把那个防空炮弹高举过头顶。"我说上尉，"他用那播音员般完美的嗓音说道，"这家伙突然落到了我的茶几上，上面连个寄信人地址都没有，不过我想它是从你们这儿来的。"上尉顶着钢盔的脑袋从沙袋后探出来瞟了一眼,马上跳出来立正站好,然后瞠目结舌地看着那枚炮弹。"替我好好照看它,保证有人把上面的引信拆了,好吗?"说着,他漫不经心地将炮弹朝他一抛,好像那不过是个西瓜而已。上尉大脑一片空白,只能机械地伸手接住。"继续吧,"将军说,"让我们瞧瞧下次是不是能打中几个日本鬼子。"他朝远处燃烧的"零式"残骸蔑视地一挥手,又爬上了车。"好了,打道回府,沙夫托!"

"是的,长官!"

"其实我知道你心里恨我,因为你是个海军陆战队员。"

军官最喜欢你在他们面前装得一副直言不讳的样子。"是的,长官,我确实恨你,长官,但我不认为这是构成我们共同杀敌的障碍,长官!"

"没错。不过在我准备给你安排的任务里,沙夫托,杀死敌人并不是首要目标。"

沙夫托几乎有点坐不稳了:"长官,恕我直言,杀鬼子是我的强项。"

"我并不怀疑这一点。对于陆战队员来说这也是件好事。因为在一场战争中,陆战队员是一流的战士,但指挥他们的上级往往对地面战一窍不通,以为攻占一个日本人严阵以待的小岛,最好的办法是将自己的部下直接送入虎口。"

说到这里将军停了一停,仿佛在等沙夫托也说些什么。但沙夫托什么也没说。他想起夸贾林上的兄弟们告诉他的故事,他们在那些太平洋小岛上打的仗,情况跟将军说的一模一样。

"因此,一名陆战队员必须非常精于杀鬼子,所以我一点也不怀疑你的能力。但是现在,沙夫托,你属于陆军了。而我们陆军有一些非常了不起的东西,比如说策略,比如说战术,值得某些海军上将好好学习一下。你的新任务嘛，沙夫托，就不仅仅是杀人，而是要动脑了。"

"好吧，也许你认为我是个锅盖头傻帽，将军，但我却对肩膀上的这颗脑袋很有自信呢。"

"我正是想让你的脑袋留在肩膀上！"将军由衷地拍了拍他的背，"我们现在打算创造出一个有利于我方的战术形势，一旦成功，我们就可以利用其他更有效的方法杀死敌人，比如说空中打击、断绝补给，诸如此类。你不必再亲自动手切开日本人的喉咙，尽管也许你很精于此道。"

"谢谢你，将军，长官。"

"我们有数百万的菲律宾游击队员，也有成千上万的士兵，他们每天都在杀死或者至少俘虏鬼子。为了协调他们的行动，我需要情报。这也是你的任务之一。然而我的谍报人员早已渗透到这个国家，因此获取情报也只是你次要的任务。"

"那么最首要的任务是什么呢，长官？"

"那些游击队员需要一个领头人。他们要相互协作，但最重要的是，他们需要有人激励他们的斗志。"

"斗志，长官？"

"菲律宾人一蹶不振是有理由的，日本人对他们可一点也不友善，而我又事务缠身。我在新几内亚策划着我的反攻行动，那些菲律宾人却毫不知情，也许很多人都以为我已经把他们彻底忘掉了吧。现在，是时候告诉他们我回来了。我会回来的——很快！"

沙夫托偷偷一笑，他觉得将军这句话有点自嘲的成分在里面——是的，有那么一点点讽刺——但他又留意到将军本人并不觉得这句话有什么可笑。"停车！"他叫道。

沙夫托在之字形路段的拐弯处停了下来，从这儿向西北可以望到菲律宾海的外沿。将军朝马尼拉的方向伸出一只手臂,像莎士比亚话剧演员在剧照里那样,手掌朝上,微微收拢。"到那里去吧,鲍比·沙夫托!"将军说,"去,去告诉他们,我回来了。"

沙夫托明白自己说话的时机,也知道自己该说的话:"长官,是的,长官!"

第七十章　原　点

　　对于兰迪及其祖先这些无可否认地享有特权的白种男性技术官僚来说，帕卢斯就像一座大型可居住式非线性空气动力学及混沌理论的实验室。这里活物寥寥，所以观察行为不会一直被树木、花草、动物群和沉闷的线性理性人类活动所干扰。喀斯喀特山脉阻隔了所有温暖潮湿、清爽宜人的太平洋微风，将湿气都收割回去，给皮肤水灵灵的西雅图人的滑雪场铺上草毯，再把剩下的水分往北送给温哥华，或者往南分给波特兰。因此，帕卢斯只好从育空和不列颠哥伦比亚成批进口空气。空气形成薄薄的层流（兰迪猜测）掠过华盛顿州中心枯萎的火山岩土地，在流入高低起伏的帕卢斯乡村时，空气在光秃连绵的山丘两侧形成由无数洪水、江河、溪流组成的系统，又在干涸的下坡处汇合。但再次合流的空气却不再是分流之前的空气了，山丘在这个系统中加入了熵。这就好像一把混进面团里的硬币，你在哪里都能摸到它，但绝对取不出来。熵的表现形式为涡流、狂风和转瞬即逝的旋涡。这一切都是清晰可辨的，因为夏天的空气中总是充满了烟尘，而冬天则弥漫着风雪。

　　惠特曼的尘卷风（冬天则是雪卷风）多得大概跟中世纪广州的

老鼠似的。兰迪小时候经常跟在尘卷风后头上学。有些尘卷风很小，盈盈可握；有些却有五十或一百英尺高，形似小型龙卷风，出现在山顶或购物中心的顶上，仿佛《圣经》中预言的大灾难，只不过是低成本特效加特别没想象力的五十年代导演拍出来的效果。它们至少能吓住新来的人。兰迪上课无聊的时候，就从窗子里往外看这些东西在空操场上彼此追逐。有时一股汽车大小的尘卷风会滑过四角球①场，穿过秋千架，直击格子攀爬架——一架老式儿童致残装置，没装任何垫子，目测由某个黑暗时代铁匠铸成，插在坚固的混凝土里，如假包换的困难模式适者生存校园配置。尘卷风撞上攀爬架的时候看起来会像在空中停住了。它会完全失去原本的形状，变成一抔灰尘渐渐落地，就像所有比空气重的东西应该有的模样。但突然之间尘卷风又会重新出现在攀爬架另一边，继续前进。或者会变成两阵旋转着朝相反的方向飘去的尘卷风。

上学放学的路上，兰迪花了大量时间追着尘卷风跑，用它们做即兴实验。甚至有一次，他在大街追着一阵购物车大小的尘卷风跑、试图爬到它的中心时，他撞到了一辆发出刺耳刹车声的别克车保险杠上。他知道尘卷风既脆弱又坚韧。你可以用脚踩它，有时它只会躲开你的脚，或者绕着你的脚打转，然后继续飘飞。有时，比如在你想把它抓到手中时，它会消失不见——但你一抬头，又会看见二十英尺外有一阵一模一样的卷风，正在从你身边逃走。等兰迪后来开始学习物理时，想到物质能够自发地将自身组合成这种既不可思议地诡异，又无可争议地自治的顽强系统，他就忍不住起鸡皮疙瘩。

物理定律里没有尘卷风的一席之地，至少在通常那种僵硬死板

---

① 一种四人在方形场地上进行的球类游戏。

的教育下是没有的。主流科学教育里有一条潜规则：教师们有能力但是百无聊赖且没有安全感，所以平平无奇。教的学生则分为两种：一种是工科生，日后要靠他们建造不会塌的桥和不会突然以六百英里时速垂直坠地的飞机，依照定义，他们自带汗津津的手掌，且会对突然开小差讲起乱七八糟的完全非直觉现象的老师怀恨在心；另一种是理科生，其自尊心大多来源于自己比工科学生更聪明，品格上也更纯粹的认知，而且依照定义，不想听到任何没道理的事情。该潜规则的结局是教师说：（大体上就是这个意思）灰尘比空气重，所以它会下落到地面上。关于灰尘的知识就这么多。工科生们喜欢这个结论，因为最喜欢所有问题的答案都像玻璃板下的蝴蝶一样被钉死。理科生们也喜欢，因为他们觉得自己无所不知。没人会问复杂的问题。而窗外，尘卷风依旧雀跃着在校园里嬉闹。

如今兰迪几年来第一次回到惠特曼，看着（因为现在是冬天）雪卷风在圣诞节空荡荡的街道上曲折前行，他觉得应该再仔细思考一下这个问题。思路差不多是这样的：这些卷风，这些旋涡，也许是连绵千里的逆风山丘和谷地造成的。而从根本上说，随风而至的兰迪正处于一种游移的心境中，所以他看事物的角度与风是一样的——而不是一个鲜少出城的小男孩的静止角度。从风的角度看来，它（风本身）是静止不动的，山丘谷地破坏了地平线向它移动而来，干扰它一番再离它远去，留下风独自收拾残局。有时候这些残局就包括尘卷风和雪卷风。如果途中遇到更多东西，比如充满建筑的大城市或满是枝叶的森林，那么故事就到此为止了。风会彻底被弄得凌乱不堪，不再具有作为统一体存在的能力，而所有空气动力学运动的尺度都会变得无比微小，例如在松针和汽车天线周围形成的微型旋涡。

沃特豪斯大楼下的停车场便是一个恰当的例子：那里停满了车，

所以是个不折不扣的狂风杀手。你在满当当的停车场下风处可看不到尘卷风,只能看到枯萎死去的风毫无形状的残骸。但是现在正值圣诞假期,总共只有三辆车停在这儿:这里还兼作足球场用,面积简直有火炮靶场那么大。沥青路面如同断了电的显示屏一样灰暗。一股挥发性气体冰晶从上面旋转飞过,自由得如同温暖水面上一片燃油泛出的光辉,只有击打在冰冷石棺般的三辆被遗弃的汽车上的时候例外。这几辆车显然已经被扔在这好几个星期了,不然停车场里早就应该空空荡荡的了——别的车都去过圣诞假期了。每一辆车都成了一套绵延几百码的尾流和驻涡的起点。这里的风闪耀而粗粝,仿佛永恒存在于时空中的一股撕人面皮、戳人眼球的激流,风中充满以低斜的冬阳为中心的巨大铂金色弧线。究其原因,是空气中时刻悬浮着结晶水:比雪花更小的冰片——也许只是雪花上的一瓣,在狂风呼啸着卷过加拿大雪峰顶时被撕裂下来,飘浮在空中。一旦飞入空中,它们就不再落下,直到被输送到某团静止的空气中:涡流中心,或已死之车停车场尾流里静止的附面层。于是几个星期下来,涡流和驻波都变得肉眼可见,仿佛是它们自己的3D虚拟现实渲染图。

  沃特豪斯大楼在这幅图景中昂然耸立。它是一栋摩天大宿舍,没有哪个显赫到可以用自己的名字命名一栋宿舍的人会想要与这么一栋房子同名。与气候环境完全不符的大型落地窗上透出尴尬的绿光,就好像从长满水藻的鱼缸里射出来一样。清洁工们推着热狗车大小的机器在宿舍里穿行,一边与长达几里的拇指那么粗的橙色电源线搏斗着,一边把混着啤酒的呕吐物和人造黄油爆米花的油渍从薄薄的灰色地毯里蒸出来。兰迪在这儿的时候,这些地毯与其说是地毯,不如说是地毯的参照物或者信标。现在,当兰迪把车开进主车道,经过那块写着沃特豪斯大楼的大墓碑时,他别无选择,只能让视线穿过挡风玻璃和宿舍的前窗，直直落在一幅他祖父劳伦斯·普里查德·沃特豪斯的大肖像画上——祖父是"数字计算机发明者"这个本质上纯属伪造的头衔的竞争者之一，他的对手包括另外十几个现在大多已逝的人。肖像牢牢钉在前厅的煤渣砖墙上，外面盖着一块半寸厚的有机玻璃，这东西每隔几年就要更换，因为反复擦洗和细小划痕会让它变得模糊。透过这片白花花的屏障，劳伦斯·普里查德·沃特豪斯身着全套博士袍，显出一种严肃的华美。他的一只脚踩在某件东西上面，手肘撑着抬起来的膝盖，另一只手臂把袍子别在后头，拳头支在胯骨上。这本应该是一个很有动感的姿势，但对于五岁时曾出席过这幅画的揭幕式的兰迪来说，画像透露着一股"下面那些小人儿都在搞什么鬼"的怀疑气场。

除了三辆死气沉沉地躲在混了泥尘的硬冰壳里的车子之外，停车场里只有两打古董家具和几件别的宝贝，例如一整套标准纯银茶具和一个被岁月磨损的黑行李箱。当兰迪载着雷德姑父和尼娜姑姑停下车时，他注意到沙夫托家的小伙子们已经卸下了所负的重量（他们为此要收取最低工资的百分之一百二十五）；也就是说，他们把所有东西从以前杰夫姑父和安妮姑姑放的地方搬回了"原点"。

为了表示友谊和亲切，雷德姑父坐进了讴歌的副驾驶，这显然令尼娜姑姑相当不满。她一个人被放逐到后座，显然感受到了比该情境下的正常水平要深重得多的被孤立感。她在后座上不停地作横向移动，试图从后视镜里先对上兰迪的眼睛，然后再对上雷德姑父的。从酒店开过来的十分钟车程里，兰迪只能依靠两边的外后视镜，因为每次他往内后视镜瞟，都只能看见尼娜姑姑散大的瞳孔像一把双筒猎枪的枪口般指着他的喉咙。制暖器或是除霜器的噪声在后座形成了一片听觉隔离场，再加上早已熊熊燃烧的怒火和压力，让她变得极不稳定，且显然高度危险。

兰迪直接开向了位于 X 轴和 Y 轴交叉处的"原点",一个具有独立的风力沉积尾迹涡流系统的灯柱标记了它的所在。

"瞧,"雷德姑父说,"我们想要达到的目的只是确保你母亲的遗产——如果用这个词来形容一位没有去世而仅仅是住进了长期养老院的人的财产合适的话——能够平均分给她的五位后代。我说得没错吧?"

这话并不是冲兰迪说的,但他还是点了点头,试图表现出一种团结的姿态。他已经接连不断地磨了两天牙了,他的下颌肌肉连接头骨的地方已经变成了不断放射出潮水般剧痛的焦点。

"我想你会同意,平均分配是我们大家共同的心愿,"雷德姑父接着说,"对吧?"

在一阵长得令人担忧的沉默后,尼娜姑姑点了点头。兰迪在她又做出大幅度横向移动的时候在后视镜里看到了她的脸,发现上面是一副忧惧得快要呕吐的表情,就好像平均分配这个概念可能是某种阴险的圈套似的。

"有意思的地方在于,"雷德姑父说,他是伊利诺伊州马克姆市奥卡莱大学数学系主任,"我们要如何定义'平均'?我与你的兄弟、姐夫、妹夫和兰迪昨晚正是就这个问题争论到深夜。如果我们分的是一沓货币,那就容易了,因为货币上清清楚楚地印着币值,钱币也都是可以交换的——没人会对某张纸币产生什么情感羁绊。"

"所以我们应该找一名客观评估师——"

"可每个人都会反对评估师说的话,亲爱的尼娜,"雷德姑父说,"不仅如此,评估师会完全忽略情感价值的方面,而这显然很重要,或者看起来很重要,从你们的,呃……讨论那种,呃……戏剧性的特性来看——虽然用讨论这个词来形容你和姐妹们昨天进行了一整天那种看起来更加像,呃……骂架的行为有点不合适。"

兰迪微不可察地点了点头。他把车停到再次堆积在"原点"周围的家具旁边。停车场边缘,靠近 Y 轴(这里表示的是可感知的情感价值)与一面挡土墙的交点处,沙夫托家的改装车停在那儿,玻璃里面挂着一层水汽。

"问题简化成了,"雷德姑父说,"一个数学问题:你要如何把一堆不均一的 n 物品平分给 m 个人(或者实际上说是 m 对夫妇);也就是说,如何将该集合分割成 m 个子集 $(S_1, S_2, ..., S_m)$,并保证每个子集的价值尽可能地趋近平均?"

"看起来并没有那么困难。"尼娜姑姑无力地开口道。她是个闵根姆语言学家。

"事实上这个问题惊人地困难,"兰迪说,"它与背包问题[①]十分相似,而背包问题是如此地难以解决,以至于它一直被用作加密系统的基础。"

"这还没算上每对夫妻对于每个物品 n 的估价都会不一样!"雷德姑父叫道。这时兰迪已经把车子熄了火,窗户上开始蒙上水汽。雷德姑父扯掉一只连指手套,开始在挡风玻璃的雾气上写写画画,把它当作黑板。"对于这 m 个人(或 m 对夫妇)来说,都存在着一个 n 维向量 V;V_1 是那一对夫妇会赋予 1 号物品的价值(根据某种任意的记数系统),V_2 则是他们赋予 2 号物品的价值,依此类推直到 n 号物品。这 m 个向量组合在一起就形成了一个价值矩阵。我们可以限制条件,使得每个向量加起来必须都得到同样的值。也就是说,我们可以给一整套家具和其他物品任意指定某个名义价值,并规定条件:

---

①背包问题(Knapsack Problem):在限定的总重量内,如何让总价值达到最高。

$$\sum_{i=1}^{n} V_i = \tau$$

且 τ 是常数。"

"可也许我们对于总值是多少的意见也不相同啊!"尼娜姑姑不屈不挠地说。

"从数学上说这毫无影响。"兰迪低声道。

"那只是一个任意比例因子罢了!"雷德姑父咄咄逼人地说,"就因为这个,我才回心转意跟你哥哥汤姆达成了共识:我们应该学习他和其他相对论物理学家的处理方式,直接设 τ = 1。这样一来我们接下来讨论的价值就全是分数,而我觉得一些女士会对此感到很头疼,当然除了在场的这位。不过至少比例因子的任意性得到了突显,免去了那方面的麻烦。"汤姆叔叔在帕萨迪纳市为喷气推进实验室追踪小行星。

"戈默·伯斯特罗小桌就摆在那儿。"尼娜姑姑大声说道。她在窗玻璃的水雾上抹出一个小洞,接着又用袖子转着圈擦拭起来,好像想从安全玻璃上磨出个逃生通道似的。"就在雪地里头摆着!"

"它又不会产生冷凝,"雷德姑父说,"那只是被吹起来的雪而已。一点都没湿。如果你出去看看那个叫什么小桌的东西,你会发现雪落在上面一点都不会化,因为自从你母亲搬到疗养院后它就被放在自助仓库里,早已经跟环境温度持平了。我想我们都能证明环境温度可比 0 摄氏度低得多。"

兰迪把手臂交叉搭在肚子上,头往后一仰,闭上了眼睛。他脖子上的肌腱硬得像冻住的橡皮泥,对他的动作痛苦地抗拒着。

"那个小桌打我出生起就在我的房间里,直到我去上大学。"尼娜姑姑说,"用任何一个公平的标准来衡量,它都应该是我的。"

"啊,这就引出了兰迪、汤姆、杰夫和我凌晨两点终于得出的结论，即每件物品的估算经济价值——也就是背包问题——虽然本身就十分复杂，但它只是把我们弄得情绪如此激动的问题的一个维度。另一个维度——在这里我指的真的是欧几里得几何意义上的维度——是每件物品的感情价值。也就是说，理论上我们可以算出把所有家具里的哪几件给你才算公平，尼娜。但这样的分法可能会让你非常、非常不满意，亲爱的，因为你没拿到那张小桌。打个比方来说，小桌的价值虽然比不上三角钢琴，但对于你的情感价值却要高得多。"

"我觉得为了捍卫我对那张小桌的合法所有权，我可以不惜采用暴力手段。"尼娜姑姑说，语气突然变得像死一般冰冷平静。

"但那并不必要，尼娜，因为我们创造这个机制正是为了让你完全表达出自己的感情！"

"好吧。我该怎么做？"尼娜姑姑说着从车子里冲了出去。兰迪和雷德姑父急忙抓起手套帽子跟上。她正站在小桌旁边，看着雪花飘过深色但清亮得几乎发着光的桌面，在她身边的湍流尾流后形成一个个曼德博式①的外-外-外旋涡流。

"我们等会儿就像杰夫和安妮示范的这样，把每件物品放到这个停车场内(x，y)坐标系内的一个特定位置上。x轴在这边，"雷德姑父说，面朝沃特豪斯大楼，把两条手臂十字形伸开，"y轴在这边"。他晃晃悠悠地转了九十度，让一只手指着沙夫托家的英帕拉。"估算经济价值由x来衡量。往那个方向越远，代表你认为它越值钱。如果你认为一件东西有负面价值，你甚至可以给它指定一个负的x值——例如那边那个垫过头的椅子——整修它的费用可能比它自身的价值更高。同理，y轴衡量的是估算情感价值。现在我们知

---

①分形图案的一种。

道那个小桌对你来说具有无与伦比的情感价值，所以我想我们可以直接沿线走过去，把它放到英帕拉那里。"

"一件东西可以有负情感价值吗？"尼娜姑姑酸溜溜地说，大概只是想讽刺一句。

"如果你恨那件东西入骨，拥有它会抵消拥有小桌那样的东西的好处，那当然可以。"雷德姑父答道。

兰迪把小桌扛到肩头，开始向正 y 轴方向走。沙夫托家的男孩倒是随时愿意帮他们搬家具，但兰迪需要标记一下领地，证明一下自己并不是手无缚鸡之力——结果导致他毫无必要地多搬了许多家具。他还能听到雷德和尼娜在"原点"处争吵。"我觉得这有问题，"尼娜说，"谁能拦住她直接把所有东西都放到 y 轴尽头——说每件东西情感上对她来说都特别重要呢？"这里的她指的只能是蕾切尔婶婶，汤姆的妻子。蕾切尔是混血东海岸城市居民，身上不具备沃特豪斯家特有的害羞天赋或曰诅咒，所以她总被当成是活生生的贪欲化身，一个无底洞。现在可能出现的最坏情况就是最后蕾切尔不知怎么抱走了所有东西——三角钢琴、银具、瓷器，还有整套戈默·伯斯特罗餐厅家具。因此他们需要具体的规则和步骤，以及用数学证明其公平性的战利品分配系统。

"这时候就轮到和出场了。"雷德姑父安慰道。

$$\sum_{i=1}^{n} V_i^e = \tau_e, \text{ 且} \sum_{i=1}^{n} V_i^s = \tau_s$$

"我们的选择都会被按比例计算，让最后的精神价值和经济价值的总量相等。所以如果有人把所有东西都放到某个极端，那么在经过比例计算后，他们就等于没有表达出任何偏好。"

兰迪走到玻璃上雾气腾腾的英帕拉近旁。一边车门打开时发出喀啦喀啦的响声，那是老旧的防水胶条从钢铁上剥离的声音。罗宾·沙夫托走了出来，朝手心里哈着气，然后摆出稍息姿势，暗示着他可以随时背负起外面那个笛卡尔坐标系上的任何重量。兰迪的视线越过英帕拉、挡土墙和那上面结冰的节水型景观园艺，看向沃特豪斯大楼的大厅。艾米·沙夫托坐在里头，腿搭在咖啡桌上，正在翻看兰迪给艾维买的一些跟卡尤塞人有关的极其悲惨的书。她往下看了一眼，对他一笑，差点儿没忍住（他认为）要抬起手来在鬓边玩弄一缕并不存在的头发了。

"好的，兰迪！"站在"原点"的雷德姑父喊道，"现在我们得给它赋个 x 值！"意思就是说这个小桌也并不是没有经济价值。兰迪向右转，开始走进（+x，+y）象限，一边数着黄线。"走大概四个停车位！很好！"兰迪重重地放下小桌，然后从外套口袋里掏出一本坐标纸，翻回写有杰夫姑父和安妮姑姑的(x，y)散点的第一页，记下了小桌的坐标。在帕卢斯声音可以传得很远。他能听见尼娜姑姑在"原点"处对雷德姑父说："我们刚才在那张小桌上花了多少？"

"如果我们把其他东西都留在 y 等于零这里的话，那么按比例计算过后就是百分之一百。"雷德姑父说，"否则就取决于我们如何在 y 轴上分配这些东西。"这个答案自然是正确的，不过毫无用处。

如果在惠特曼大学的这些日子没有把艾米从兰迪身边吓跑，那就什么都吓不跑她了，所以在某种病态的层面上，他很高兴她目睹了这一切。在此之前他一直没有提起过关于家人的话题。兰迪不喜欢谈论他的家庭，因为他觉得没有什么信息可供报告：小城市，良好的教育，还有基本按需供应、等量分发的少量羞耻心和自尊心。没什么特别的东西，譬如怪异的精神疾病、性虐待、令人震惊的深度精神创伤，或者在后院里进行撒旦集会。所以一般在别人谈起自己家庭的时候，兰迪只是一言不发地听着，觉得自己没什么可说的。

他的家庭逸事如此乏味、如此缺乏想象力，连提一提都会显得很冒昧，尤其是在别人刚刚透露了某些格外惊人或可怕的事情之后。

然而站在这里，看着空气中的涡流，他思考了起来。有些人坚称"今天我：抽了烟／体重超重了／态度很差／很抑郁，是因为：我妈得癌症去世了／我叔叔把拇指捅进了我的屁股里／我爸用磨剃刀的皮带打了我"，在兰迪看来，这有些过于决定论了，似乎反映了某种对单调目的论的懒惰或愚蠢的屈服。从根本上说，如果每个人都能够从相信自己可以理解一切，或相信人类原则上有能力理解一切中获益（要么是因为如此相信可以减轻这个不可预料的世界带来的不安全感，要么是因为这样让他们感觉比别人更有智慧，也许两者都有），那么就会形成这样一个环境：迟钝、简单、愚蠢、老套、肤浅的思想可以在其中循环流通，就像雅加达的市场上那些手推车一样，装满了通货膨胀的纸币。

但有些事情，例如某个学生的废弃车辆可以引发顶针大小的涡流在下风一百码处不断形成，似乎支持了一种更谨慎的世界观，一种对宇宙所具有的完全而真实的奇异性的坦诚，和对我们人类有限能力的承认。如果你想到了这一层，那么你就可以说，即便在一个没有明显的重大精神压力的家庭里成长，过着一种被许多股潜移默化，甚至是被忽视的影响力而不是只有一两件头等大事（例：积极参与撒旦教会）塑造的生活，也可以在遥远的下风处造成不全然枯燥无味的结果。兰迪真心希望（但相当不确定）坐在水藻色的光下读着卡尤塞人如何被无意中种族灭绝的艾梅丽卡·沙夫托也能这么认为。

兰迪回到"原点"跟他的姑姑站在一起。刚才雷德姑父有些居高临下地跟她解释说，他们必须谨慎考虑物件在经济价值上的分配，因此他就不得不孤零零地把整套纯银茶具扛去 +x 轴远处了。"我们就不能在屋里用纸笔算吗?"尼娜姑姑问道。

"大家觉得身体力行地搬东西很有价值,能让我们对自己做出的价值估量有一个直接的物理类比。"兰迪说,"而且在字面意义上的光天化日之下估价比较有用。"不然的话就会变成十个或十二个焦虑的人拿着手电,挤到一排堆到天花板的自助仓储柜旁边,在大衣柜后边吵个不停。

"我们所有人都做完决定之后呢?你们坐下来在电子表格上算出结果还是怎样?"

"计算强度太大,那样不行。也许得用到遗传算法——肯定是不会有精确答案的。我父亲认识一个研究过与此同构的问题的日内瓦研究员,昨天晚上给他发了电邮。走运的话,我们可以让他传一个合适的软件过来在兆次机上运行。"

"找死机?"

"兆次机,就是兆次浮点运算的意思。"

"这话对我一点用都没有,你说'就是'的时候应该给我一个我更熟悉的东西作为参照。"

"那是地球上最快的十台电脑之一。看到 $-y$ 轴尽头右边那栋红砖楼么,"兰迪指着山底下说,"新体育馆后面那个?"

"竖着好多天线那栋?"

"对,兆次浮点计算机就在里面,是西雅图的一家公司造的。"

"一定花了很多钱吧。"

"我爸劝他们弄的。"

"没错!"雷德姑父高高兴兴地从高 x 值区回来了,"他可是个传奇般的拉赞助高手。"

"他身上一定是藏着非常有说服力的一面,可惜我的观察力还不足以注意到。"尼娜姑姑说着好奇地朝几个大纸板箱溜达了过去。

"也不是，"兰迪说，"更像是他走进去，在会议桌上一通手忙脚乱，直到别人受不了他带来的二手尴尬，赶紧签支票消灾为止。"

"你见过他办事？"尼娜姑姑怀疑地说，打量着一个标着楼上壁橱内容物的箱子。

"听说过，高科技这个圈子很小的。"兰迪说。

"他靠他父亲的成果赚了一大笔钱，"雷德姑父说，"要是我爸也给他的哪怕一项电脑发明申请了专利，帕卢斯大学早就比哈佛都大了。"

尼娜姑姑已经打开了纸板箱，一张深灰褐色配深褐灰色格子的闵根姆毯子几乎填满了整个箱子。这张毯子大概一英寸厚，在冬季的家庭聚会上对孙辈们来说简直是一件臭名昭著的安慰奖。樟脑丸、霉菌和上了重油的羊毛味让尼娜姑姑皱起了鼻子，之前安妮姑姑也是同样反应。兰迪记得他九岁左右的时候曾经盖着这张毯子睡过一次觉，结果半夜两点因为支气管痉挛和体温过高而惊醒，隐约记得刚才做了一个被活埋的噩梦。尼娜姑姑猛地盖上纸箱盖子，转身看向英帕拉的方向。罗宾·沙夫托已经在朝他们跑来。他的数学也不赖，很快就理解了这整个坐标系的概念，并且根据经验推断出装着毯子的纸箱一定得运到 $(-x, -y)$ 象限的远处。

"我想我只是有点担心，"尼娜姑姑说，"担心自己的喜好被一台超级计算机仲裁这件事。我已经努力把自己想要的东西表达清楚了。但计算机能理解吗？"她以一种十分能引起兰迪好奇心的方式在陶瓷纸箱旁边停了下来。他很想往箱子里看一眼，但又害怕引起怀疑。他是裁判员，已经发过誓要保持客观的。"瓷器就算了，"她说，"感觉太像老太婆。"

雷德姑父晃晃悠悠地走过去，消失在一台废弃车辆后，估计是去小便了。尼娜姑姑说："你呢，兰迪？作为长子的长子，你一定也有些想法吧。"

"等到我父母过世之后,他们一定会留给我一些爷爷奶奶的遗产的。"兰迪说。

"噢,说话很谨慎嘛。做得好,"尼娜姑姑说,"但是作为唯一一个还对你祖父有印象的孙辈,这里一定有你想要的东西吧。"

"最后大概会剩下一些没人想要的零碎吧。"兰迪说。然后像一个彻头彻尾的低能儿——像一个被基因改造成毫无智商的大蠢蛋的有机体一样——兰迪朝"那个行李箱"看了一眼。然后他试图掩饰,结果只是欲盖弥彰。他猜想自己几乎没有胡子的脸一定让人一目了然,不禁希望自己之前没有刮胡子。一块碎冰随着一声几乎听得见的"啪"砸中了他的右眼角膜。弹道冲击让他暂时性地失明,由此产生的热冲击害得他脑袋像吃多了冰激凌一样疼起来。等到他的视力恢复时,尼娜姑姑已经在行李箱旁打起了转,差不多是沿着逐渐缩小的轨道向它盘旋而去。"唔嗯,这里面是什么?"她抓起一边把手,发现自己几乎没法把箱子拎起来。

"旧的日本密码本,几沓 ETC 卡片。"

"马库斯?"

"是,女士!"从第三象限回来的马库斯·奥利留斯·沙夫托应道。

"$+x$ 和 $+y$ 轴正中的角是多少度?"尼娜姑姑问,"我本来想问问这位裁判员,但我开始对他的客观性产生怀疑了。"

M.A.瞟了一眼兰迪,决定把最后一句话当成亲戚间友好的调侃。"您想要我用弧度还是角度表示,女士?"

"都不用,示范给我看就好。把这个行李箱扛到你强壮的背上,朝 $+x$ 和 $+y$ 正中的方向走,直到我叫你停。"

"好的,女士。"M.A.扛起箱子开始走,频繁地瞻前顾后以确保自己走的是正中间。罗宾站在安全距离之外,饶有兴味地看着。

撒完尿回来的雷德姑父惊恐地看着这一切。"尼娜!亲爱的!这连把它弄回家的运输费都不值!你究竟在干什么呀?"

"确保我得到自己想要的东西。"尼娜说。

* * *

两小时后,当兰迪的母亲打开陶瓷纸箱的封口检查瓷器的完好性时,兰迪的愿望实现了一小部分。当时兰迪和他父亲站在"那个行李箱"旁边。他父母的价值规划工作已经进行到了晚期,所以一件件高档家具正散布在停车场上,看起来像那种一场龙卷风过境后的情景,风把东西在空中卷十英里然后又奇迹般地完好放在地面上。兰迪正在试图寻找一种既不打破他的客观誓言,又能表达出这个行李箱的情感价值的方法。尼娜之外的其他人得到这个行李箱的机会十分渺茫,因为她(让雷德大为惊慌的是)把除了行李箱和那个她梦寐以求的小桌之外的东西都堆在了原点旁边。但如果爸爸把它至少挪出中心——除尼娜之外没人这么干——那么如果明天早上兆次机把它奖励给兰迪,他就可以有理有据地提供除了电脑错误以外的解释。但爸爸唯妈妈马首是瞻,完全不遂兰迪的愿。

妈妈已经用牙齿摘下了手套,正在用冻成洋红色的手拨开一层一层皱巴巴的报纸。"噢,酱汁船[①]!"她大声说,举起一个与其说是小船不如说是个战舰的东西。兰迪同意尼娜姑姑关于这东西的设计极端具有老太太风格的说法,但这话说了等于没说,因为他只在奶奶家里见过它,而自打他记事起奶奶就已经是个老太太了。兰迪

[①]西餐中用来盛放酱汁的船型容器,前有一个壶嘴,后带把手。

把手揣在口袋里朝他母亲走去，不知为何仍然在试图表现出漫不经心的样子。他对保密工作的痴迷一定是有点过头了。他这辈子见过这个大壶约有二十次，都是在家庭聚会上，现在又见到它，在他心中搅起了一堆五花八门的尘封已久的情感。他伸出手，妈妈把它递到了他戴着连指手套的手上。他假装从侧面欣赏它，然后把它翻过来，读着底部釉上的字：皇家阿尔伯特——薰衣草玫瑰。

片刻之间，他仿佛在垂直照射的阳光下冒汗，在一艘颠簸的船上试图保持平衡，在闻着软管和潜水脚蹼的橡胶味。然后他又回到了帕卢斯。他开始思考怎样破坏电脑程序，确保尼娜姑姑得到她想要的东西，以便让她把名正言顺属于他的东西交给他。

第七十一章　各各他

在后藤传吾抵达班多克两周之后，来了一个二宫中尉，还带来了几个被磕碰得斑斑驳驳的木箱。"你的专长是什么？"后藤传吾问道。作为回答，二宫中尉打开木箱，露出一台被干净油布包裹得严严实实的经纬仪。另一个箱子里则装着同样状态良好的六分仪。后藤传吾惊呆了。虽然能把机器保养得这么闪闪发亮很令人吃惊，但更令人吃惊的是，距离他提出申请不过十二天时间，他们真的按他的要求给他派来了一名测量员。二宫冲这位目瞪口呆的新同事咧嘴一笑，嘴里黑洞洞的，原来他只剩下了一颗门牙——那还是颗金牙。

在一切动工之前，他们必须先熟悉这片荒野的情况。要准备好地形明细图，要绘制水文图，还要采集土壤样本。在过去的两个星期里，后藤传吾采集岩芯用的是一根管子和一把大锤。他鉴定出了河床的岩质，估测出了山本河与东条河的流量，还对附近的林木进行了编号统计。他在丛林里穿行，沿着特殊安全区域的大致边线插了一圈旗。他一直都很担心他要独自用原始而简陋的工具完成整个测量，但是突然之间，二宫中尉带着工具从天而降。

后藤、森和二宫三名中尉花了几天时间测量东条河下游半开放的空地。1944年从开年到现在还没下过一滴雨，森可不希望第一场大雨就淹了他即将建起的营地。尽管他并不在意那些囚犯住得舒不舒服，但他起码得保证他们不会被一场洪水冲走。这里的地形地势也关系到交叉火力网的部署，以防任何可能的骚乱或者大规模逃亡。他们发动班多克原本就不多的士兵去收集竹竿，用来标示出路口、营地、铁丝网、哨塔和几个精心挑选的迫击炮位，卫兵们能够通过这几门大炮将炮弹倾泻到营地的任何一个角落。

当后藤中尉带着二宫中尉穿过丛林，爬上东条河陡峭的山谷时，森中尉就必须留在后方——一切都按照野田上尉吩咐的来。不过这也无妨，因为森在后方也有别的工作。上尉还特许了二宫参观特殊安全区域。

"在这项工程中，海拔高度可以说是极其重要的参数。"后藤传吾一边向上爬一边对测量员说。他们身上背着测量器材和饮用水，但二宫轻松地攀上了这条几近干涸的河流岸边的岩石峡谷，不输后藤传吾。"我们现在要确定山本湖的水平面在哪儿——尽管现在这个湖还不存在——然后才能接着往下干。"

"我还有一个任务是要测量出准确的经纬度。"二宫说。

后藤传吾笑了笑说："那就难办了，这里根本看不到太阳。"

"那三座山峰上呢？"

后藤传吾转过头来确认二宫不是在开玩笑，但这位测量员确实在专心致志地朝山谷方向眺望。

"你的奉献精神堪称楷模。"后藤传吾说道。

"比起拉包尔，这里简直就是天堂。"

"你就是从那里被派过来的？"

"是的。"

"你怎么逃出来的?那里不是被封锁了?"

"早就被封锁了,"二宫随口答道,随即又补充了一句,"他们开潜水艇去把我接来的。"他的声音变得沙哑而微弱。

后藤传吾沉默了。

二宫已经在脑子里规划好了一整套方案,在他们花费一个星期大致测量出特殊安全区域的基本参数之后,就将那套方案付诸实践了。一大早他们就让一个士兵带着水壶、手表和镜子爬到树上去待命。这棵树本身并没什么特别的,唯一特别的是它边上插着一根竹竿,上面写着"主巷道"。

随后二宫中尉和后藤中尉就动身前往山顶,足足花了八个小时。这一路十分艰难,让二宫惊讶的是后藤居然自告奋勇地要陪他一起去。"我想从加略山看看这里的全景,"后藤传吾解释道,"只有那样我才能真正把握接下来的工作。"

一路上他们交换了关于新几内亚和新不列颠的看法。其中后者唯一的可取之处似乎在于拉包尔完善的设施,一个附带板球场的前英属港口,现在则是日军在西南亚最重要的据点。"在很长一段时间里,那是个做测量员的好地方。"二宫说起他们之前建造起来对抗麦克阿瑟的防御工事。他拥有测绘员特有的那种对细节的狂热,还花了整整一个小时口若悬河地描述,从战壕和碉堡系统的具体配置一直讲到最后的陷阱和漏斗坑。

山路越来越难走,但他们俩纷纷表示这点小事不值一提,还较上了劲。后藤传吾讲起他以前在新几内亚翻越雪山的事情。

"现如今我们在新不列颠爬火山简直是家常便饭。"二宫不以为意地回答。

"为什么?"

"搜集硫黄。"

"硫黄？做什么？"

"做火药。"

他们俩又陷入了一阵沉默。

后藤传吾试图摆脱这个沉默的僵局："麦克阿瑟想要打下拉包尔想必非常不容易！"

二宫又沉默地走了几步，想要努力控制住自己，结果还是失败了。"你个蠢货，"他说，"你看不出来吗？麦克阿瑟不会来的。他根本不必来。"

"但拉包尔是整个战区的顶梁柱呀！"

"一根被无数白蚁当作饱腹美餐的顶梁柱，"二宫气愤地说，"他要做的就是放着我们不管，再过一年，所有人都会死于饥荒和伤寒。"

树林变得稀薄起来。在一座火山灰堆积而成的小坡上，各种植物为了争抢落脚点而扭作一团，但最终是那些较小的植物获得了胜利。这让后藤传吾几乎想写一首诗来歌颂矮小却坚韧的日本人如何战胜高大而笨重的美国佬，但他已经很久没动过笔了，根本组织不起语言。

总有一天这些植物会把这座火山岩渣和碎石堆成的小丘变成泥土，但现在还没有。到了这儿，后藤传吾终于能比在地面上时看得更远了，对这里的地形地势又多了一层了解。他在脑海中把这个星期自己和二宫搜集到的零碎资料整合起来，现在他知道这里是怎么回事了。

加略山是一个沉积多年的火山渣锥。它最开始是一个喷射出灰烬和岩渣的裂隙，几千年来，这个裂隙不时地像迫击炮一样向周围喷出碎片，高度和落点距离则取决于碎片的大小和当时的风向。这些碎片在喷发口四周越堆越高，自然而然地向两侧滑落，形成了一个中间有坑的截锥，坑底则是那个喷发口。

风从正南微东吹来，因此火山灰在西北偏北的方向堆得更高，那就是这片山体的最高点。但这座火山已经永久地陷入了休眠，也许是被自己的喷发物堵住了。从那时起，这里的地形就发生了变化。南面的丘陵十分低矮，其间还流淌着山本河与两条东条河的支流。中间的坑里是一片令人厌恶的丛林，绿得幽深，从上面看起来就是黑漆漆的一片。鸟儿在丛林上方盘旋，像是点缀在夜空中的彩色群星。

北部的丘沿距离丛林足有五百米高，但它原本光滑的弧线已经被腐蚀得只剩下三个尤其明显的山峰，在绿色植物的根须掩映下还可以看到下面红色的火山岩渣。二宫和后藤传吾默契地一同朝着中央的那座山峰走去，那也是最高的一座。他们在大约下午两点半的时候爬到了峰顶，但马上就后悔了，因为此时的阳光几乎是直射在他们头上。然而幸好山上时时有凉风吹过，只要用简易斗篷遮住脑袋，倒也没那么难受。后藤传吾立起三脚架和经纬仪，二宫则利用六分仪开始测量太阳高度。他有一只不错的德国手表，早上还特地和马尼拉的无线电广播校过时，以便利用它估算经度。他把纸铺在膝盖上计算了一遍，又大声地念出数字校对了一遍。后藤传吾则把它们记在自己的笔记本上，以防二宫那份资料不慎丢失。

三点整时，那名树上的士兵朝他们举起了镜子：在一片昏暗幽深的丛林里，没有什么能比这样一个光斑更显眼了。二宫根据信号再次调整了经纬仪，又记下了几个数字。这样一来，综合之前的其他数据比如地图和航拍照片，他已经能估算出主竖井的经纬度了。

"我可不知道这样计算能有多精确，"他们下山时，二宫烦躁地说道，"峰顶的坐标是精确的——你叫它什么来着？加瓦略？"

"差不多吧。"

"意思是骑在马背上的士兵①,是吧?"

"嗯。"

"但我不确定主竖井的坐标是不是很精确,除非能用更高端点的手段。"

后藤传吾差点儿想说这根本没关系,因为这个地方建起来就不是想让人找到的。但他还是管住了嘴。

又这样过了几个星期,他们算出了山本湖湖岸的大致位置和它的容积。与其说它是个湖,不如说它是个池塘:直径不到百米,却出乎意料地深,容积非常大。他们算出了连接湖底的竖井与主竖井的夹角。他们算出了那些平行于地表的巷道将会在东条河峡谷山壁上的哪个地方露出来,并派人把守出口附近的公路与铁道,以便在输送战略物资的同时把废料运送出去。他们一而再再而三地确认这项工程绝对不会被从空中看到。

与此同时,下方丛林里的森中尉和一支小分队已经竖起了篱笆桩,拉上了铁丝网,围起来的地方足以装下那一百多个由几辆军用卡车分批押送来的囚犯。当这一百多人开始工作后,整个建设的步调都加快了。仅仅几天之内他们就建好了营地,外圈的双层铁丝网也拉好了。这儿仿佛从来不会短缺什么物资,炸药一车一车地运进来,好像这东西在拉包尔之类的地方根本不紧缺似的,全部在后藤传吾的监督下妥善地保管了起来。囚犯们将炸药扛进密林里一个隐蔽的小屋里堆放了起来。后藤传吾之前没有近看过这些囚犯,现在他突然发现他们全都是中国人。而且他们说的也不是粤语或者闽南语,而是后藤传吾往日在上海常常听到的那种口音。他们生活在更北一些的地方。

---

① 加略山原文为"Calvary",加瓦略(骑兵)原文为"cavalry",两者谐音。

这个班多克真是越来越奇怪了。

他知道菲律宾人都很不满日本那一套"大东亚共荣圈"的理论。他们有良好的武装，还有麦克阿瑟在背后给他们撑腰。数万菲律宾人因此而入狱，用不了半天的时间，他们就能运来足够的菲律宾人给森中尉建造营地，也能完成后藤中尉的项目。但是上头却派船从上海运了几百个中国人过来。

每到这种时候他就会开始怀疑是不是自己的脑袋出了问题。他想和二宫中尉讨论一下这件事，但是这名测量员——同时也是他的密友与知己——在完成了自己的任务之后，却不怎么露面了。有一天，后藤传吾路过二宫的帐篷，却发现里面空无一人。野田上尉说，他突然被调走去执行其他重要任务了。

一个月之后，正当特殊安全区域的公路建设稳步展开时，几个正在挖坑的中国人突然激动得大叫起来。后藤传吾听懂了他们在叫什么。

他们挖出了一具尸体。丛林完成了它的使命，这具尸体已经烂得只剩下骨架了，但那股尸臭和无数的蚂蚁说明这个人并没有死去太久。他从囚犯手里夺过一把铁铲，铲起一坨沾满泥土的东西，朝河边走去，一路上纷纷扬扬地落下不少虫蚁。他小心翼翼地把它浸入水里，上面的泥沙化作一道棕色的痕迹随波而去，露出了颅骨本来的面目：先是圆圆的头盖骨，然后是还未完全被蚀空的眼窝，再来是仍旧挂着几段软骨的鼻子，最后是双颚，坑坑洼洼地变了形，牙齿几近掉光，只剩下正中的一颗金牙。水流将颅骨慢慢地转了个头，仿佛二宫中尉羞惭地别过了脸——这时，后藤传吾看到颅骨后面的底部有一个整齐的洞眼。

他抬起头。几个中国人正站在河岸上，投来漠然的目光。

"不要跟其他日本人说这件事。"后藤传吾说。他们瞠目结舌地看着他,因为他一张口,俨然是个上海妓女的口音。

其中有一个中国人,头发几乎全掉光了,四十岁左右的年纪——不过囚犯比一般人更显老,因此也说不好——他不像其他人那样害怕,而是玩味地看着后藤传吾。

"你,"后藤传吾说,"再带两个人跟我来,带上你们的铲子。"

他把他们三个带进丛林里,找到一个确定不会有人再进行挖掘的地方,然后让他们给二宫中尉挖了一个新墓。那个秃子不仅很有领导力,还是个身体相当强健的工人。他没用多久就把墓坑挖好,把尸体移了进去,既没有畏缩也没有抱怨。如果他经历过"卢沟桥事变",并且能以囚犯的身份苟活这么久的话,他肯定见过或者干过更加糟糕的事。

后藤传吾则负责去分散野田上尉几个小时的注意力。他们来到山上,沿着山本河的堤坝逛了一圈。野田迫不及待地要在麦克阿瑟的空军仔细勘察这片区域以前造出一片山本湖,在丛林里突然出现一个湖是不可能不引起敌方注意的。

湖泊的底部是一个天然的碗状岩石底,山本河在上方丛林的掩护下注入其中。在河边,已经有人在架设凿岩机,嵌入炸药了。"斜井要从这儿打进去,"后藤传吾告诉野田上尉,"然后一直到——"他转过身,背对着河流,伸出手掌朝丛林上方一挥。"一直到各各他。"髑髅地。

"科科塔?"野田上尉重复道。

"这是他加禄语,"后藤传吾自信满满地答道,"意思是'隐秘沼泽'。"

"隐秘沼泽。我喜欢这个名字!棒极了,科科塔!"野田上尉说道,"你的工作做得很好,后藤中尉!"

"我只是努力赶上二宫中尉的高标准而已。"后藤传吾说。

"他也是个优秀的人才。"野田面不改色地说。

"也许我在这儿的工作结束之后，也能跟着他去——他现在去的地方。"

野田咧开嘴笑了起来："你的工作才刚刚开始。不过我能保证，等你的工作结束之后，你们两个好朋友就能团聚了。"

第七十二章　西雅图

劳伦斯·普里查德·沃特豪斯的遗孀和五个孩子能够一致同意的是，爸爸在二战的时候干过一番事业，但共识也就到此为止了。至于具体事件，他们每个人似乎脑内都有不同的版本，要么像20世纪50年代的B级片，要么像20世纪40年代的电影新闻纪录片。大家连他到底是给陆军干活还是海军干活都无法取得统一意见——这件事在兰迪看来应该是很基本的情节要素啊。他是在欧洲还是亚洲？众说纷纭。奶奶是在澳大利亚内地的一家绵羊牧场长大的。因此大家可能会以为在生命中的某个阶段，她曾是个土妞——那种不仅记得自己过世的丈夫在哪个部队服役，还能从阁楼里拿下他的步枪，蒙着眼睛都能把它拆开的女人。但显然她把醒着的大约百分之七十五的时间都花在了教堂里（她不仅去做礼拜，还在那上学，实际上她所有的社交活动都是在教堂进行的），要么就是在往返教堂的路上。她父母明确表示不希望女儿将来在农场过一辈子，整天把手臂伸进牲畜的阴道里接生，或者用生牛肉块敷被丈夫打青的眼睛。经营农场也许可以给他们的一个或最多两个儿子当作合适的安慰奖，对于家里的头部不幸受过重伤或患上慢性酒精中毒的后代来说也不失为一条退路。但司津觅斯家孩子们的真正使命是让光鲜不再的家族重返荣耀。据说他们的祖辈在莎士比亚年代曾是羊毛商业巨头，本来马上就可以按部就班地移居肯辛顿，改姓史密斯，结果不巧碰上羊瘙痒症、长期气候变化、嫉妒的外凼根姆人的邪恶阴谋，还有世界上不再流行三十磅重、气味奇怪、里面住着节肢动物的毛衣，于是他们丢光了所有合法和不那么合法的财产，最后不得不搬去澳大利亚。

重点在于，奶奶从出生开始就被她妈妈教导灌输了一种概念，那就是她以后是要去某个大城市穿丝袜、戴手套、擦口红生活的。这项实验是如此成功，以至于青春期以后的玛丽·司津觅斯随时可以在十分钟内为英国女王准备并奉上完美无瑕的下午茶，且事先不用照一眼镜子、打扫居所、擦拭银器或钻研礼仪。她的男性后代之间一直有个玩笑，说妈妈可以独自走进世界上任何一家飞车党酒吧，她的容貌和举止就可以让所有正在进行的斗殴立刻停止，所有肮脏的胳膊肘都从吧台上拿下来，所有人都立刻正襟危坐，脏话也都吞回肚里。飞车党们会争先恐后地扑上来替她拿外套，拉椅子，称呼她为女士，等等。虽然从未得以实践，但飞车党酒吧场景就像是一场虚拟的或概念上的喜剧大纲，与披头士上《埃德·沙利文秀》[①]或贝鲁西[②]在《周六夜现场》上扮演日本武士一样，是沃特豪斯家族娱乐项目中的重要时刻。在他们脑海里的录像带架上，这份录像带就跟他们想象中关于家族元老战时事迹的新闻纪录片或 B 级片放在一起呢。

重点在于，奶奶持家的方式已经达到了一种闻名遐迩或说臭名

[①] 美国 20 世纪 50 年代至 70 年代的一档综艺节目，披头士在这个节目中第一次在美国电视上现场演出。
[②] 约翰·贝鲁西（1949—1982），美国喜剧演员。他扮演的日本武士是《周六夜现场》早期著名的喜剧形象。

昭著的地步。她把个人仪容保持在那样的一种高水平，每年寄出几百张圣诞贺卡，每张都以钢笔手写，毫无瑕疵，等等，等等——这些东西加起来在她脑中占据的比例就好像（打个比方）数学在一位理论物理学家脑中占据的比例一样。

所以当遇到任何与实践有关的事情时，她就完全是个废人了，或许一直都是这样。在她老到开不动车之前，她一直开着那辆1965款林肯大陆在惠特曼乱转——这辆车是她早逝的丈夫生前买的最后一辆车，购于惠特曼的帕特森林肯－水星车行。那车大概有六千磅重，上面的活动部件比一仓库瑞士手表还多。每次她的子孙们来看她的时候，总有人会偷偷溜到车库去查看机油尺——不知为何，它总是神秘地显示着已经加满了清澈的琥珀色10W40机油。最后大家发现，原来她过世的丈夫曾把帕特森家族所有在世的男性后代——一共四代人——召唤到医院里他的病床前，逼他们立下某种契约，内容大概是：未来的任何时候，如果那辆林肯的胎压降到了标准以下，或者出现别的什么需要维修的问题，所有的帕特森家人不仅必须牺牲他们不朽的灵魂，而且要字面意义上从会议室或者洗手间等地方出来，立刻赶到现场，就像马洛笔下的浮士德医生一样。他知道他妻子对轮胎只有一个非常模糊的概念，只知道有时候男人会英勇地从车里跳出去更换它，同时她坐在车里欣赏。似乎在她眼里，物质世界被创造出来的意义，仅仅是为了让奶奶身边的男人有点事做。而且，你要知道，不是为了什么实用性的理由，纯粹是让奶奶可以对这些男人完成工作的好坏程度做出反应，借此玩弄他们的情感旋钮。只要她身边真的有男人，这样的安排倒也还不赖，但爷爷去世后可就不行了。所以从那时起，技工游击队就一直在监视兰迪的祖母，时不时在周日早晨把她的林肯从教堂停车场偷出来，开到帕特森家去悄悄地换机油。一辆林肯车能够完美无瑕地行驶二十五年而不用保养维护,甚至不用往油箱里灌汽油——这更加坚定了奶奶认为男人的行为都是多余的这一观点。

不管怎样,归根结底,像奶奶这样一个对于实际事物的把握随着年龄增长只减不增(如果还能再减的话)的人,找她打听她去世的丈夫的战功是不合适的。打败纳粹和换车胎是同一类事情:一件男人应该懂得如何去做的脏事。而且不只是昔日的男人——她那一代的精英——懂得,兰迪也应该懂得如何去做这些事。如果轴心国明天重组,奶奶会觉得兰迪应该后天就穿上戎装,在一架超音速战斗机的控制杆后坐好。兰迪宁愿以2马赫的速度坠机,也不愿被她说他无法胜任这份工作。

对于最近突然对爷爷感到非常好奇的兰迪来说,幸运的是他们发掘出了一个旧行李箱。箱子是皮子和藤条编织成的,那种"咆哮的二十年代"的时髦款式,上面还有严重剥落的旅馆贴纸,标记着劳伦斯·普里查德·沃特豪斯从中西部到普林斯顿再回来的移民轨迹。箱子里装满了黑白小照片。兰迪的父亲把箱子里的东西都倒在了奶奶的疗养院娱乐室中间的一张乒乓球桌上——谁也不知道为什么这里会有乒乓球桌,这里的居民打乒乓球的可能性跟去穿乳环一样小。照片被分成杂乱的几堆,再由兰迪、他父亲、他的叔叔姑姑们依次整理好。大多数照片里都是沃特豪斯家的孩子们,所以大家都很感兴趣。直到他们看到自己在不同年龄段的照片,然后这一堆照片就开始看起来多得令人抑郁了。劳伦斯·普里查德·沃特豪斯显然算是个摄影爱好者,现在他的后代们可有得受了。

兰迪自己另有动机,所以他留到很晚,一个人慢慢翻看照片。那其中百分之九十九都是20世纪50年代的沃特豪斯家臭小鬼的抓拍照。但有些照片更老。他发现有一张照片里,爷爷在一个有棕榈树的地方,身着军装,头戴一顶大大的白色碟状军官帽。三小时后,他又看到一张爷爷非常年轻时的照片——说实话他那时只是个穿着大人衣服的乡下少年，和另两个人一起站在一栋哥特式建筑前：一个笑容满面的黑发小伙子，看起来有点眼熟，还有一个像鹰一般的金发青年，戴着无框眼镜。三个人都带着自行车。爷爷跨在车上，另两个人也许觉得这个姿势不太庄重，所以用手扶着车。又过了一小时，他看到一张穿着卡其制服的爷爷的照片，背景里是更多的棕榈树。

第二天早晨，在奶奶每日需要花费一小时的起床仪式后，他在她身边坐下。"奶奶，我找到了这两张老照片。"他把照片放在她面前的桌上，然后给她几分钟来切换上下文。奶奶谈话的时候不会突然转换话题，再说老太太僵硬的眼角膜也需要一阵子来移动焦点。

"是的，这两张都是劳伦斯服役时的照片。"奶奶很擅长一种陈述明显事实的方式，在丝毫不失礼貌的同时让对方觉得自己是个浪费她时间的弱智。到了这个时候，她显然已经厌倦了辨认照片的活动。这是一项乏味的工作，而且带着一类很明显的潜台词："你就要死翘翘了，我们很好奇——站在别克车旁边这位女士是谁？"

"奶奶，"兰迪明快地说，试图引起她的兴趣，"在这张照片里他穿着海军制服。在这张照片里，他却穿着陆军制服。"

沃特豪斯奶奶扬起眉毛，带着某种人工制造的兴趣看着他，就仿佛她正身处某种正式场合，而他是某个她刚遇到不久还试图教她换车胎的男人。

"这，呃，我觉得，有点不寻常。"兰迪说，"一个人在同一场战争里既是陆军又是海军，通常来说是二者取一。"

"劳伦斯既有陆军制服也有海军制服，"奶奶说，语气就好像她在说他既有小肠也有大肠，"哪套合适他就穿哪套。"

"当然了。"兰迪说。

* * *

层流风从公路上吹过，像一张挺括的床单被从床上扯掉，兰迪感到很难让讴歌在公路上保持笔直行驶。风还没大到能把车吹跑，但它模糊了道路两侧，他能看到的只有带着白色条纹的平面从两侧下方飞速滑过。他的眼睛告诉他朝那边拐——这是个坏主意，因为会把他和艾米直接带到火山岩平原上。他试图让视线聚焦在远处的一点上：西边几百公里外白色钻石般的雷尼尔山。

"我都不知道他们什么时候结的婚，"兰迪说，"是不是很糟糕？"

"1945 年 9 月，"艾米说，"我从她嘴里套出来的。"

"哇哦。"

"闺蜜间的聊天。"

"我都不知道你还会闺蜜式聊天。"

"女生都会。"

"你有没有打听到关于婚礼的其他事？比如——"

"瓷器的图样？"

"是啊。"

"确实是薰衣草玫瑰。"艾米说。

"所以确实对得上，我是说，时间上对得上。潜水艇是 1945 年 5 月在巴拉望附近沉的——婚礼前四个月。依我奶奶的性子，那个时候婚礼筹备工作肯定已经进入末期了——他们肯定已经决定好了瓷器图样。"

"而你认为你找到了一张那时候你爷爷在马尼拉的照片？"

"绝对是在马尼拉，而且马尼拉是 1945 年 3 月才解放的。"

"那么我们知道什么？你爷爷肯定与那艘 U 艇上的某个人有关系，三月到五月之间。"

"U艇上发现了一副眼镜。"兰迪从衬衣口袋里抽出一张照片递给艾米,"我很想知道它和那个人的眼镜是不是一样的,那个金发高个儿。"

"我回去可以查查,左边这个书呆子是你爷爷吗?"

"嗯。"

"中间这个书呆子是谁?"

"我觉得是图灵。"

"图灵,《图灵杂志》那个图灵?"

"他们用他命名杂志,因为他做了很多计算机方面的早期工作。"兰迪说。

"像你爷爷一样。"

"是的。"

"那我们要去西雅图见的这人呢?也是个搞计算机的?噢噢,你脸上露出那种表情了,就好像在说'艾米刚刚说的话太蠢了我头都疼了'。这在你们家男性脸上是个常见表情吗?你觉得当你奶奶回家说她倒车时把林肯大陆撞到了消火栓上的时候,你爷爷脸上会不会也是这种表情?"

"如果我有时候让你感觉很不好,我很抱歉。"兰迪说,"我家里科学家特别多,数学家,最不聪明的当了工程师。好比我这样的。"

"不好意思,你刚刚是不是说你是最不聪明的人之一?"

"也许是集中力最差的吧。"

"唔嗯嗯。"

"我的重点是,精确度,和确保数学层面上的准确,是我们的唯一强项。每个人都得有一种获得成功的方法,是吧?不然你就会一辈子在麦当劳打工,或者更糟。有些人是富二代。有些人像你一样生在一个大家族。我们在这个世界上谋生则是靠知道二加二等于四,并且以一种有点迂腐的方式坚持自己的观念，有时候这会伤害到别人的感情。对此我很抱歉。"

"伤害谁的感情？以为二加二等于五的人吗？"

"那些认为社交礼节比确保谈话中说出的每一句话都正确无误更重要的人。"

"就好像，打个比方……女人？"

兰迪咬了大概一英里的牙，然后才说："如果你非要把男人和女人思考模式的区别概念化的话，我认为你可以这么说：男人能把注意力集中得像激光那么细来关注一件小事，把其他一切抛之脑后。"

"然而女人就不能？"

"我认为女人也可以。她们似乎只是不想这么做。我想要表达的意思是，女人的思考方式从本质上来说更理智、更健康。"

"唔嗯嗯。"

"瞧，你有点钻牛角尖了，把太多注意力放在了消极的方面。重点不是女人的缺陷，而更在于男人的缺陷。我们的社交缺陷，或者说缺乏远见，或者随便你怎么叫它，让我们可以花二十年来研究一种蜻蜓，或者每星期花一百小时坐在电脑前写代码。这不是一个神志健全、健康的人的行为，但它显然可以带来人造纤维方面的重大突破。或者随便什么。"

"可你说你自己的注意力不怎么集中。"

"和我家其他男人相比，确实是的。所以我懂一点天文，精通计算机，会做一点生意，还——如果我可以自己这么说的话——比别人的社会运行能力高那么一点点。或者这都算不上运行，只是能敏锐地注意到自己没有在运行，所以我至少知道自己什么时候应该感到尴尬。"

艾米大笑："这你确实挺擅长，你就好像总是在从一个尴尬时刻跳到下一个似的。"

兰迪顿时尴尬了起来。

"至少别人看着很好笑,"艾米鼓励地说,"这是好处。"

"我想表达的是,这让我与其他人不同。对于很多人来说,一个货真价实的书呆子的可怕之处不在于他不擅社交——因为每个人都遇到过这种困难——而在于他完全不为此感到尴尬。"

"还是挺可怜的。"

"在他们的高中时代这叫可怜,"兰迪说,"现在可变成了别的东西。某种与'可怜'天差地别的东西。"

"那是什么?"

"我不知道,语言无法形容,你会看到的。"

* * *

开车穿过喀斯喀特山脉带来了通常要坐四小时飞机才能感受到的气候变化。温暖的雨打在风挡玻璃上,融化了雨刷上的冰壳。三四月份循序渐进的惊喜被压缩成一份言简意赅的概要,感觉就是一段快进播放的脱衣舞录像那样撩人。周围的景致变得潮湿,绿得发蓝,在一英里之内纷纷从土里钻出头来。90号州际公路的快车道上,到处都是归家的滑雪者们的野马车甩下的棕色雪块。半挂车从他们身边呼啸而过,冒出的水汽拖成一个圆锥形。兰迪惊讶地看到山麓丘陵的半山腰上许多办公楼拔地而起,上面支着高科技公司的商标。然后他又觉得这有什么好惊讶的呢。艾米从没来过这儿,她把腿从安全气囊罩上收回来,坐直身子四处张望,还说着要是罗宾和马库斯·奥利留斯没回田纳西,也跟着一起来就好了。当他们降低最后的一千英尺海拔进入伊瑟阔市时,兰迪谨记着变换到正确的车道并减慢车速。果不其然,高速公路巡逻队正在那里给超速的人开罚单。艾米对他的聪明才智表示了适当的折服。他们离市中心依然有几英里远,现在正在东区郊外某个半森林地带,触目所及的门牌号都是三位数。这时兰迪从一个出口匝道下了公路,开上了一条长长的商业街,恰好处在一个大商场的地盘里。大商场周围的柏油路上冒出了好几个卫星商场,取代了旧地标,也把兰迪搞得晕头转向。到处人山人海,因为大家都在退圣诞礼物。在经过一小段时间的开车和咒骂之后,兰迪找到了中心商场。和它的卫星商场们比起来,它看起来有点破旧。他把车停到停车场的远端,并解释说把车停在这然后走十五秒要比花十五分钟寻找更近的车位符合逻辑得多。

兰迪和艾米在讴歌打开的后备厢后面站了一分钟,脱掉他们突然变得毫无必要的东华盛顿保暖衣物。艾米为他的堂弟们担心不已,并表示真希望她和兰迪把他们的防寒装备都留给了他们。他们最后一次见面的时候,两人正像两艘准备降落的舰载战斗机围着母舰转那样围着英帕拉,带着一种高度的投入和警戒检查胎压和液位,仿佛他们要做的事情比坐进车座往东开几天车要令人兴奋得多。他们这种英勇的气概一定把家乡的姑娘们迷得晕头转向。艾米满怀激情地拥抱了他们两人,就好像她再也见不到他们了一样。他们带着尊严和克制接受了她的拥抱,然后他们就走了,没有猛踩一脚油门蹿出去,在地上留下一道车胎痕迹——至少他们忍耐到了几个街区之外才这么干。

他们走进商场,艾米还在问如果他们不玩游戏的话为什么来这里。兰迪一开始有点晕头转向,但最终追踪到了一阵微弱的电子杂音——各种昭示着战争的数字化声音——于是走进了商场的饮食区。现在他依靠声音和气味双导航,来到了一个角落,许多年龄从十岁到四十岁不等的男性扎堆坐在一起，有些人正用筷子从小白盒子里颤颤巍巍地夹出四川菜，但大多数人的注意力都集中在从远处看起来像某种纸质文件的东西上。他们身后，电玩城的紫外线大口里喷出电子混音的爆炸声、呼啸声、音爆声和机关枪的突突声。但对于这群狂热的纸片爱好者来说，电玩城似乎只是个让他们聚集在一起的地标，除此之外毫无用处。一位精瘦的少年穿着黑色紧身牛仔裤和黑色T恤，在桌子之间巡行，他带着台球赌客那样张扬的自信，肩上像挂着步枪一样挂着一个细长的硬纸盒。"这是我的族群。"看见艾米脸上的表情，兰迪解释道，"奇幻角色扮演游戏玩家，我和艾维十年前就是这个样子。"

"他们看起来像是在玩牌，"艾米又看了一眼，皱起鼻子，"奇怪的牌。"艾米好奇地挤进了一局四个宅男玩的游戏中间。在几乎所有别的地方，这样一位腰肢曲线玲珑的女性出现在这些人中间一定会引起某种骚动。他们的视线至少会粗鲁地上下打量她的身体。但这些人脑子里只想着一件事：他们手上的牌。每张牌都裹在塑封里以保持完美状态，每张牌上都画着一个食人妖或巫师，或者其他后托尔金时代进化树上的生物，背面则印有详细规则。从精神上来讲，这些人并不在大西雅图东区的一个商场里。他们正身处山口，试图用开刃武器和魔法火焰杀死对方。

年轻的赌客正打量着兰迪，将他当作潜在顾客。他的盒子长到能装下几百张卡，而且看起来很沉。若说这孩子有段伤心往事的话似乎也并不出人意料，比如他靠低价收卡高价卖卡赚了那么多钱，买了一辆崭新的雷克萨斯却没到能开的年龄。兰迪对上他的视线，问："切斯特呢？"

"去厕所了。"

兰迪坐下来，看着艾米围观宅男们玩游戏。他以为自己在惠特曼的停车场里已经达到最低点了，以为她肯定会被吓跑，但这可能更糟糕。一群肥胖的家里蹲，在这里为一个复杂精致的游戏狂热无比，那些不存在的角色假装做的事情还没有艾米、她父亲和她的各色家庭成员平常司空见惯的事情有意思。这几乎像是兰迪在故意挑战艾米的底线，看她什么时候会受不了。但她还没有厌恶地噘起嘴唇。她正在公正无私地旁观游戏，从宅男们的肩膀上看下去，跟着他们的行动，偶尔眯起眼睛看着规则里的某些抽象概念。

"嘿，兰迪。"

"嘿，切斯特。"

所以切斯特从厕所回来了。他看起来和从前的切斯特一模一样，只不过体积扩大了一些，好像某种宇宙膨胀理论的经典演示：一张脸或者别的什么形象被画在吹起来的气球上，然后气球又胀大了一些。毛孔变得更大，每根头发之间的距离变得更远，造成一种即将秃头的视觉效果。他看上去甚至连两眼之间的距离都变宽了，虹膜里的色斑也变成了色块。他算不上胖——他还拥有从前那种不拘小节的健壮感。由于人在过了青春期之后就不会再长个子了，这一定是错觉。年长的人看起来在房间里占的空间更多。或者也可能是年长的人看到的更多吧。

"'爱玩'还好吗？"

"他一如既往地爱玩。"兰迪说，虽然笑话很冷但必须要说。切斯特穿着某种摄影师马甲，上面的小口袋多得毫无必要，里头装满了游戏卡。也许这就是他看起来块头变大了的原因，他身上绑着二十磅卡片呢。"我注意到你改玩卡片角色扮演游戏了。"

"噢，没错！比原来用纸笔的方法好多了。甚至比电脑上的角色扮演游戏更好，没有对你和艾维的辛勤工作不敬的意思。你现在在做什么呢？"

"我做的事还真可能和这些有关,"兰迪说,"我刚意识到,如果你有一套可以用来发行无法伪造的电子货币的加密协议——奇怪的是,我们还碰巧真有——你可以把同一套协议套用到卡牌游戏上。因为这些卡牌每张都像是一张钞票,有一些比其他的更有价值。"

切斯特一边听一边点头,但没有像年轻宅会做的那样无礼地打断兰迪。年轻宅在听见身边有人说出陈述句的时候很容易受到冒犯,因为他会认为那是在暗示他并不了解对方正在传递的信息。但年长宅更加有自信,并且明白人们经常需要把思考过程说出来。而进化水平更高的宅则会进一步理解,用陈述句说出在场的人都了解的事实,其实是谈话这种社交行为的一部分,所以在任何情况下都不能将其理解成攻击性行为。"这件事已经有人在做了。"兰迪说完后,切斯特说,"事实上,你和艾维以前在明尼阿波利斯市工作的那所公司正是行业领袖之一——"

"我想让你认识一下我的朋友,艾米。"兰迪打断道,即使艾米离他们有一段距离,也没在听他们说话。但兰迪害怕切斯特要告诉他那家明尼阿波利斯公司现在的市值已经超过了通用动力公司[①],说兰迪应该留着他手上的股份的。"艾米,这是我的朋友切斯特。"兰迪说道,带着切斯特穿过一张张桌子。这时候,有些玩家确实饶有兴趣地抬起了头——不是看艾米,而是看切斯特,他(兰迪推测)很可能在背心里揣着某些独一无二的卡牌,比如"苏维埃社会主义共和国联盟热核军火库"或者"耶和华"。切斯特的社交能力表现出了长足的进步。他不带一丝尴尬地和艾米握了手,又非常自然地扮演了一个成熟、面面俱到的人,礼貌地寒暄。兰迪还没反应过来,切斯特已经邀请了他们去他家。

[①]美国最大的军工企业之一。

"我听说那里还没建好。"兰迪说。

"你一定是读了《经济学人》上那篇文章吧。"切斯特说。

"没错。"

"如果你看了《纽约时报》上的文章,你就会知道《经济学人》上写错了。我现在就住在那所房子里。"

"好吧,肯定会挺有趣的。"兰迪说。

* * *

"注意到我的马路铺得有多好了吗?"半小时后,切斯特酸溜溜地说。兰迪把他破破烂烂的讴歌停到了切斯特家的访客停车场,切斯特自己则把他的1932年杜森伯格敞篷车停进了车库,在一辆兰博基尼和一辆依靠涵道风扇悬浮、看起来完全就是飞行器的座驾之间。

"呃,其实并没有。"兰迪说,努力不要对任何东西瞠目结舌。就连他脚下的人行道都是某种定制的彭罗斯瓷砖马赛克。"我大概记得它宽敞平坦,没有路坑。换句话说,就是铺得好。"

"这,"切斯特说,朝房子摆了摆头,"是第一所触发LOHO的房子。"

"LOHO?"

"《过于庞大的住宅法令》,某些不满现状的人逼着市议会通过了它。有些人,比如心血管科医生和信托基金寄生虫们,喜欢拥有漂亮的豪宅,可要是有某个肮脏的黑客自己建一座房子,偶尔派几辆水泥车开过他们的马路,那就是天大的不行了。"

"他们逼你重新铺路了?"

"他们逼我重新铺了他妈的半座城的路。"切斯特说,"我的意思是,有些邻居还抱怨我的房子煞风景,不过在我们闹翻以后,我的态度就是让他们见鬼去吧。"确实，说切斯特的房子像一座玻璃顶货运中心都有些勉强。他朝一块斜着通向华盛顿湖的铺着零星草皮的泥地挥了挥手臂。"显然景观美化工作还没有开始，所以它看起来像个正在腐烂的科技竞赛展品。"

"我还想说像索姆河战役的战场呢。"兰迪说。

"这个比喻不太合适，因为这里没有战壕。"切斯特说。他还在指着湖的方向，"但如果你看看水位线附近，可以看到半埋在土里的铁路枕木。我们就是在那铺的轨道。"

"轨道？"艾米说，这是兰迪把讴歌开进大门后她嘴里说的唯一一个词。过来的路上兰迪告诉她，要是切斯特目前的资本净值每超过他一个数量级，他兰迪就得到十万美元的话，那他（兰迪）就这辈子都不用干活了。这话说得抖机灵有余而信息量不足，所以艾米对他们在此见到的东西毫无准备，而且直到现在还在竖着眉毛。

"火车轨道，"切斯特说，"附近没有铁路线，所以我们运了个火车头进来，利用短途铁轨把它拖进了大厅里。"

艾米只是默默地皱起了眉。

"艾米还没看过报道。"兰迪说。

"噢！抱歉，"切斯特说，"我喜欢老旧科技。这房子就是一所已死科技的展览馆，把你们的手放到上面去。"

前门外面有四个齐腰高的基座，刻着"时代新秩序"的眼球／金字塔标志，盖子上面刻着手掌的形状，手指的沟壑里有许许多多凸起。兰迪将手放进去，感觉到那些凸起在槽里滑动，读取并记忆他手掌的几何形状。"现在房子认识你们了，"切斯特说，在一块强化防水键盘里输入他们的名字，"并且我对你们开放了私人访客权限——现在无论我是否在家，你们都可以从前门进来，停车，在院子里随便转转。如果我在家，你们就可以进房子里去，但如果我不在家，房门就不会打开。你们可以在房子里随意走动，只有某些我存放私人企业文件的办公室除外。"

"你有自己的公司还是怎么？"艾米轻声问道。

"没有，兰迪和艾维走了以后，我从大学里退学，在一家本地公司找了份工作，直到现在。"切斯特说。

前门——一片嵌在滑轨上的透明水晶玻璃——滑开了。兰迪和艾米跟着切斯特走进房子。果不其然，大厅里有一个原版尺寸的蒸汽火车头。

"房子是照弹性空间设计的。"切斯特说。

"那是什么？"艾米说。火车头让她兴趣缺乏。

"很多高科技公司都是在弹性空间里起步的，其实它指的就是一座没有内墙或分区的大仓库——只有几根撑住天花板的柱子。你可以随意挪动隔墙，把它分成不同的房间。"

"像隔间那样吗？"

"一样的概念，但隔墙更高，让你有一种你在一个真正的房间里的感觉。当然，它们不会达到天花板的高度。不然就没有空间放TWA了。"

"什么东西？"艾米问。切斯特正带领他们走入隔墙的迷宫，他的回答是抬起头，看向天花板。

屋顶全部由玻璃构成，由白色涂漆钢管搭成的桁架结构支撑。屋顶距离地面大约四五十英尺高，隔墙大约有十二英尺高。在隔墙和天花板之间的空隙里，有一片网格，红色管道像脚手架一样搭起来，几乎和房子本身一样庞大。成千上百万铝片被困在那片空间网格里，像是困在三维滤网上的绒毛。看起来好像是一枚足球场那么大的炮弹在一微秒前爆炸成了无数弹片，并静止在了空中。光线从金属片中滤过，沿着一束束破碎的电线流下，又被融化后再凝结的硬壳反射出去。它如此巨大，如此接近，以至于艾米和兰迪第一眼抬头看的时候都忍不住瑟缩了一下，以为它会砸到他们脑袋上。兰迪已经知道那是什么了。但艾米注视了它很长时间，从一个房间走到另一个房间，从不同角度观察它，才能在脑子里描绘出它的形状，并认出它是某种熟悉的东西：一架747。

"令人惊讶的是，联邦航空局和国家运输安全委员会对此都没什么意见。"切斯特若有所思地说，"倒也说得通，我的意思是，他们在飞机库里重装过这东西了，是不是？把所有碎片打捞上来，弄明白哪块放在哪，然后挂在这个网栅上。他们已经仔细检查过，收集了他们能找到的所有法律证据，洗掉所有人类残骸，处理干净，给碎片消毒，让坠机调查团队不用担心因为摸了一下沾着血的凸缘而感染艾滋病什么的。该做的都做完了。他们还得为这个飞机库付租金。他们不能把它丢掉，总得把它存放在哪儿。所以我要做的只有把这座房子注册成联邦仓库，这个法律空子还是挺好钻的。如果有人起诉，我就得派律师们去对付。但说真的，这么做并没有多难。波音公司的人可喜欢它了，他们经常来这里。"

"这对他们来说就像某种资源。"兰迪猜测。

"是啊。"

"你喜欢扮演那个角色。"

"当然！我为那些想把这座房子当作已死科技博物馆，打算随时过来的工程师们建立起了一个特殊用户组。之前我那个弹性空间的比喻就是这个意思。对我和我的客人来说，这是一个家。对于访客们……那边就有一个。"切斯特朝房间对面挥了挥手（这是一个中央房间，边长大约五十米），那边有一个工程师在一个巨大的三脚架上架了一台哈苏相机，正把镜头对准上面一个扭曲的起落架支柱。"……对他们来说，这里跟博物馆一模一样，有些地方可以去，另外一些地方如果他们踩过线，就会触发警报惹来麻烦。"

"有纪念品商店吗？"艾米开玩笑说。

"纪念品商店的区域大致划出来了，但还没开张运营——LOHO带来了一大堆麻烦。"切斯特嘟囔道。

他们来到一间舒适的玻璃墙房间，外面可以越过泥泞看见湖面。切斯特开动一台像炼油厂微缩模型一样的咖啡机，生产出一批拿铁。这个房间正好在TWA的左翼尖下方，相对来说左翼还算保存完好。兰迪现在意识到，整座飞机挂在空中的姿态微微倾斜，仿佛它正在微不可察地调整航向，而这其实并不合适。垂直俯冲更合理些，但那样的话房子就得有五十层楼高才放得下。他可以看见机翼表面上重复的撕裂图案，而它似乎也是一种表现形式，其表面之下潜藏着的数学和产生汽车尾部重复涡流或曼德博集中的旋涡的数学是相通的。查琳和他的朋友们曾经指控他是柏拉图主义者，可无论他走到何处，他看到的总是同样几个遮蔽在物理世界的阴影下的理想模型。也许他只是笨而已吧。

房子里缺少女人的痕迹。从切斯特的暗示中，兰迪了解到TWA并不像他所希望的那样是个绝妙的搭讪话头。他在考虑要不要在某些隔墙上面建造假天花板，让它们感觉更像房间一点。他承认，这也许可以让"某些人"在里面感觉更自在，提高这些人愿意"延长逗留"的可能性。所以显然他正与某位女性处于"前期协商"阶段，这是好消息。

"切斯特，两年前你给我发过一封电邮，说你正打算开展一项制造早期电脑复制品的项目。你想要关于我祖父的工作的信息。"

"对，"切斯特说，"你想看那个？它被暂时搁置了，不过——"

"我刚刚继承了一些他的笔记本。"兰迪说。

切斯特的眉毛扬了起来。艾米看向窗外，她以相对论速度退出了谈话,以至于她的头发、皮肤和衣服都因为多普勒效应而染上一层显著的红色。

"我想知道你有没有能用的ETC读卡机。"

切斯特哼了一声:"就这个?"

"就这个。"

"你是想要1932年的Ⅲ型读卡器?还是1938年的Ⅳ型?还是——"

"有区别吗?他们读的都是同一种卡,对吧?"

"对,差不多。"

"我这里有一些1945年左右的卡,我想把里面的内容读取进可以带回家的软盘里。"

切斯特拿起一台小黄瓜那么大的手机开始戳弄。"等我打给我的卡片专家,"他说,"他是退休的ETC工程师。住在默瑟岛。每周几次坐他的船过来捣鼓这些玩意儿。他见到你会很兴奋的。"

在切斯特和他的卡片专家通话的时候,艾米对上兰迪的眼睛,给了他一个几乎完全无法领会的眼神。她看起来有一点泄气,疲惫,想要回家。她不愿意表露感情的举动恰好确证了这一点。在这趟旅行前,艾米会同意组成一个世界需要各式各样的人,她现在还是会这么说。但这几天以来,兰迪向她展示了这个概念的一些实际应用,她可能需要一段时间才能将其整合进她的世界观里。或者,更重要的是,整合进她的"兰迪观"里。果不其然,切斯特一放下手机,她就问他能不能借用一下电话打给航空公司。对于TWA她只短暂地向上瞟了一眼。等切斯特从发现这个年代竟然还有人使用语音技术来订机票的惊奇中恢复后,他把她带到最近的电脑旁(每个房间里都有一台设备齐全的UNIX机器),直接连入航空公司数据库,开始查找回家的最优路线。兰迪走到窗边,眺望着外面冰凉的白浪拍打着泥泞的湖岸，努力抑制住就这样留在西雅图的冲动，这个小镇可以让他非常快乐。在他身后，切斯特和艾米不停说着"马尼拉"，这个词语听在他耳中，不可思议地显得陌生而遥远。兰迪觉得他比切斯特聪明一点点，要是他留在了这里，他甚至可能比他更富有。

一艘飞快的白船从默瑟岛的方向朝他这边开过来。兰迪放下凉掉的咖啡，去外面车里取出一个旅行箱——一位高兴的尼娜姑姑赠送的贴心礼物。里面装满了古老的珍宝，比如他祖父的高中物理笔记本。他拿开（例如）一个标签上写着"哈佛－沃特豪斯素因数挑战49-52年"的盒子，露出下面的一摞砖块一样的东西，外面包着因为陈旧变成金黄色的纸，每一块里面都是一沓ETC卡，上面的标签都写着"林仙拦截"和一个1944或1945年的日期。它们已经被尘封了五十多年，存储在已死的媒介上，而现在兰迪将要重新为它们注入生命，也许还要将它们放到网络上。几丝化石DNA从琥珀中破壳而出，再次被放入世界。

它们很有可能会枯萎死去，但如果它们生长繁盛，就应该能让兰迪的生活更有趣一点。倒不是说他现在很无趣，但引入新的麻烦总是比解决旧麻烦更容易些。

第七十三章 岩 石

班多克的石料质量上乘，挖过的人都知道。这里的玄武岩质地坚硬，只要后藤传吾愿意，他可以挖出任何类型的隧道系统。只要遵循那几条最基本的工程原理，他根本不必担心会发生坍塌。

当然，要挖通这么坚硬的岩石也绝非易事，但是野田上尉和森中尉给他提供了源源不断的中国劳工。最开始时，风钻的轰鸣声盖过了丛林的喧嚣。然而随着越挖越深，那股轰鸣声变成了地底传来的闷响，地面上只剩下空气压缩机发出的嗡嗡声。即使在夜里，他们也点着提灯继续工作，这灯光暗得连头顶的帐篷都漏不出去。这不是怕麦克阿瑟在大半夜派侦察机到吕宋岛来，而是因为如果山上彻夜亮着灯，恐怕会引起当地居民的注意。

到目前为止，连接山本湖底和各各他的斜井是整个工程里最长的一段，但却不甚宽敞：只能容纳一名工人挤到尽头继续往前钻。在湖泊蓄水之前，后藤传吾手下有一个小队专门负责挖掘斜井的上部，从河岸向下以二十度左右的角度伸出。挖掘过程时不时被注入的水流打断——这实际上是一口井——而从井里搬出挖掘废料简直是要命，因为这些废料都得往坡上拉。因此当这口井挖到五米左右时，后藤传吾用石头和灰浆把井口封住了。

然后他把茅坑也填满，把湖泊周围的劳工都撤了出去。现在这里已经没有他们什么事儿了，待在这里只会留下更多痕迹。夏天来了，这是吕宋岛的雨季，他很担心雨水会顺着中国劳工留下的足印冲刷出一道道沟渠，这是无法掩藏的地貌。但是不寻常的干旱一直持续着，很快，植被就占领了光秃秃的地面。

后藤传吾现在面临着每个庭院设计师都会面临的问题：他要用人工打造出一片看似自然的景象。他需要让整个设计看起来像是自然形成的，一场地震过后，一块山上滚落的巨石卡在了山本河的窄道上，然后其他的石头啦，枯木啦，都堵在它旁边，组成一道自然的堤坝，形成了这个湖。

他在上游一公里的河床上找到了他需要的那块巨石。炸药只会把它炸碎，因此他招来一群身体壮实的劳工，利用铁杠来撬动它。结果没滚几米它就停了下来。

这太令人懊丧了，但劳工们却有办法。领头的是老荣，就是之前帮后藤传吾埋葬二宫中尉尸体的那个秃头男子。他不仅力气很大（这在秃子中似乎很常见），还对其他中国人具有某种蛊惑性的领导力。他不知用什么办法让劳工们燃起了挪动这块巨石的斗志。当然他们必须得挪动它，因为后藤传吾下了这样的命令。如果他们不服从，森中尉的卫兵就会当场枪毙他们。但撇开以上不提，他们似乎也乐于接受这一挑战。当然了，站在凉快的河水里干活可比猫在各各他的矿井里舒服多了。

三天之后，巨石被推到了合适的位置。河水在它身边分成了两道。更多的石头被推了下来，河水聚成了一个池塘。湖里是不会长出树的，因此后藤传吾让人去把原先长在那里的树拔掉——是拔掉，不是用斧头砍掉。他教他们如何一点点挖出树木的根，像考古学家挖出一具骷髅似的，这样它们看起来才像是被台风连根拔起的。这些树被堆到了大石头旁，随后又堆上了碎石和沙砾。忽然之间，山本湖的水位就涨起来了。这座堤坝仍在往外漏水，但是随着越来越多的泥沙卡住了缝隙，水流也越来越细。后藤传吾甚至不怕用锡片堵上那些讨厌的小洞眼，只要那地方隐蔽得没人会发现。等到湖水水位上涨到预期的高度时，现场留下的唯一人为的痕迹就是两条拖在湖岸上的线，它们连接着湖底混凝土塞里的爆破装置。

一条像热带树木的板状根一样从山脚伸出的玄武岩山脊分隔开了山本河和东条河，各各他就位于这条山脊之中。从加略山的山顶向南走去，你首先经过的是那已经熄灭却格外繁茂的火山口，翻过它南侧残存的环形边缘，你会来到一片逐渐平缓的坡地，这是一座更大的山——加略山的火山渣锥与这座山相比简直微不足道，好像一个人鼻子上的一粒疣。较为涓细的山本河与玄武岩山脊另一侧的东条河流向基本平行，但坡度要更缓，因此它每一节的位置都比东条河的位置要高。流到山本湖的位置时，它已经比东条河高出了五十米。因此，在山脊上挖掘隧道时，朝东南而不是正东方向挖，就能避开东条河上一系列湍急的水流和一个瀑布。这个瀑布将东条河的高度一下子降低到了低于湖底将近一百米。

当将军来视察工作时，后藤传吾带着他从马尼拉开来的奔驰沿着东条河上了山，令将军感到十分惊异。这时，劳工们已经修了一条从营地直通各各他方向的河床的单行车道。"多亏幸运女神的眷顾，给了我们一个干旱的夏季。"后藤传吾说道，"水位足够低的时候，河床就是理想的道路——坡度并不陡峭，足以让我们的卡车开上来。等工作结束之后，我们会再在这里建一个矮坝，它会把那些明显的人工痕迹都抹去。等到河水恢复到正常水位时，连这里有人来过的痕迹都会消失。"

"好主意。"将军同意道,吩咐副官把这个方法应用到其他地方。副官一边点头,一边"嗨嗨"地应答着做了笔记。

再往丛林里开一公里,河岸变得越来越高,直到变成两堵悬挂于河流之上的陡峭山崖。在河流变宽之处的岩壁上有一个洞,再往上就是瀑布了。在这里,路向左一弯,朝着岩壁延伸过去。所有人都从奔驰里走了下来:后藤传吾、将军、将军的副官,还有野田上尉。河水浅浅地从他们脚边流过,只有脚踝那么深。

石壁上开了个上拱下平的小洞,高度仅容六岁的孩子直立进入,任何身量更高的人都必须弯腰才能进去。两条铁轨伸入洞口。"这是通往仓库的主巷道。"后藤传吾说。

"这就是?"

"入口比较小,方便以后填上,"野田上尉低声下气地解释道,"里面比较宽敞。"

将军一脸不乐意地点了点头。在后藤传吾的带领下,这一行四人蹲下身子,撅着屁股挤进了地道,迎面吹来了一阵凉风。"您看通风多好。"野田上尉热情地说道,后藤传吾则自豪地咧嘴一笑。

向前走了十米之后,他们可以站起身子来了。这里依然也是拱顶巷道,但长宽和高足有六英尺,用浇灌在木架里的混凝土支撑着。两条铁轨延伸向远处的黑暗,上面停着一辆三节车厢的矿车,金属车厢里装满了碎石。"我们用人力运出废料,"后藤传吾解释道,"这条巷道以及铁轨都是完全水平的,这样才好操纵矿车。"

将军咕哝了一句,显然他对这种技术话题不感兴趣。

"当然,我们也会用这些矿车来运送,呃,运送那些要存在这里的东西。"野田上尉说。

"这些废料从哪来的?"将军发问道。他很生气,都什么时候了,他们还在挖坑。

"从我们最长也是最难挖的那条地道里出来的——通往山本湖底的斜井，"后藤传吾说，"不过我们可以一边挖一边把东西运进来。出去的矿车运废料，进来的矿车运那些东西。"

他停了一停，把食指戳进拱顶上的一个钻孔。"您可以看到，这些小洞都是为爆破做准备的。炸药不仅会炸塌这里，还会把周围的石质变得十分松散，这样就很难从地面进行挖掘了。"

他们又沿着主道向里走了五十米。"我们现在来到了山脊的中心地带，"后藤传吾说，"在两条河之间。往上一百米就是地表了。"他们头顶的电灯还没打开，后藤传吾在墙上摸索着开关。

"这就是主仓库。"说着，他啪地打开开关。

地道突兀地变宽，变成了一间平底拱顶的房间，样子像活动板房，内侧用混凝土固定，每隔几米砌上粗大的加强梁。地下室面积大约有一个网球场大小，唯一的出口是天花板正中央的一个垂直的竖井，大小仅能容纳一个人和一架梯子。

将军抱着手臂，等他的副官用卷尺把周围量上一番。

"我们上去。"后藤传吾说着，还没等将军大发雷霆，他就率先爬上了竖井的梯子。爬了没几米，他们又来到了另一条通道，上面同样有两道狭窄的铁轨。这条通道是用从周围丛林里砍下来的木材支撑的。"这是运输层，我们在这里运送石头。"等他们全部从竖井里爬出来，后藤传吾解释道，"您刚才问到矿车里的废料，让我来告诉您它们怎么来的。"他领着他们沿着铁轨走了二三十米，路过了几节破损不堪的车厢。"我们正朝着西北，山本湖的方向走去。"

他们走到了通道的尽头，天花板上又开了一个窄洞。一根粗大的软管从上面垂下来，压缩空气从几个缝隙里漏出来，发出哀泣般的声音。现在他们能听到从很远很远的地方传来的风钻声了。"我建议各位不要从这个洞往上看，因为上面时常会有石头掉下来，"他说,"不过如果各位向上看的话,就能看到大约在十米高的地方,这条通道会通向另一个很窄的斜井,往那边伸上去——"他指了指西北方。"也就是湖的方向,往这边向下——"他转了个一百八十度的弯,背朝着仓库。

"通往假的仓库。"将军饶有兴趣地接口道。

"嗨!"后藤传吾答道,"我们一边朝湖底继续修地道,一边用绞盘驱动的铁锹将碎石拨拉下来。当它们从上面那口垂直的竖井里落下时,就会径直掉进停在这里的矿车车厢里。然后我们再将它们倒进主仓库,最后用人力运出去。"

"你们怎么处理这些废料呢?"将军问道。

"其中一部分倒在了河床上,用来铺今天我们上山的那条路。一部分留在上面,准备填塞不用的竖井。还有一部分敲碎成砂石,用来制造机关,这个稍后我会解释。"后藤传吾领着他们回到仓库的上方,但却没有钻进竖井,而是转进了另一条巷道,然后又拐进另一条。"请原谅,这儿确实像个三维迷宫,"后藤传吾说道,"各各他的这部分地形很复杂。如果有个窃贼真能成功从上面挖到假仓库,那么他也许会想要找到运送这些东西的巷道。我们确实给他留了这么一条,当然是通往远处的东条河的。实际上,等工程完工引爆炸药之后,这些假的巷道和竖井都会一起被炸塌。就算他不怕危险,要在这些松散的碎石里找出过道也是很难的,那么也许他就会满足于假仓库里的东西了。"

说到这里他停住了,回过来看着将军。他本以为将军肯定已经听得不耐烦了,但没想到他反倒精神起来了。走在最后的野田上尉打了个手势,让他快点继续往前走。

这段迷宫的路不算太短,后藤传吾像个变戏法的一样,开始说些有的没的来分散其他人的注意力。"我想您一定知道,在修建巷道和竖井的时候要保持应力平衡。"

"什么?"

"它们必须能抗住来自头顶岩石的压力,就像房子得撑起自己的屋顶一样。"

"那当然。"将军说。

"如果您在岩石中打通了两条平行的巷道,就像把屋子分成两层那样,那么它们之间的岩石——您可以把它看成地板,也可以看成天花板——就必须得支撑起自己的重量。我们现在走过的地方岩石的厚度恰好足以撑起自己,然而爆破装置一旦启动,这里的岩石结构就会分崩离析,想要重筑起这些巷道几乎是不可能的。"

"棒极了!"将军称赞道,同时又让副官记下来——显然,他要将这个方法教给建造其他的"各各他"的其他的"后藤传吾"们。

他们来到一条巷道旁,巷道口已经被裹着泥沙的碎石堵住了。后藤传吾举起手里的提灯,让将军观察伸入碎石下面的铁轨。"如果窃贼是从假宝库里过来的,那么这条巷道看起来就是主路了,"他解释道,"但是如果他毁坏了这面碎石砌成的墙,那他必死无疑。"

"为什么?"

"因为墙的那头是一口连接着山本湖底的斜井。墙的这边如果受到冲击,那边的水压马上就会压垮墙体,湖水会像海啸一样喷涌进来。"

将军和副官哈哈大笑起来。

最后他们磕磕绊绊地来到了另一个拱室,面积只有仓库的一半大小,沐浴在微弱的淡蓝色天光之中。后藤传吾还是打开了电灯。"这是假仓库。"他说道。他指了指头顶的一道竖井,"这里良好的通风都是拜它所赐。"将军探头向上窥去,一百米以上是一片明晃晃的蓝绿色树叶,被一台不停旋转的风扇分割成了四等分。"当然,我们也不希望窃贼能轻轻松松就找到这个假仓库，这样也就骗不到人了。所以我们在上面也布置了一些掩人耳目的小伎俩。"

"什么伎俩？"野田上尉恪尽职守地扮演着捧场的角色。

"任何想要侵入各各他的人都会从上面进来，因为如果从水平方向打洞进来，距离实在是太长了。也就是说他们得从上面开挖，也许他们会另挖一条地道，也许他们会顺着这个将来会填满碎石的天井挖进来——但是不管挖哪一条路，他们都会在半途发现一条三到五米厚的沙带，覆盖了这一整片区域。我想我不必向诸位解释了吧，在自然条件下，岩浆岩形成的地形里根本不可能出现沙子！"

后藤传吾率先爬进了通风井里。在往上爬到一半的时候，井壁四周出现了一连串相通的圆角石室，里面还留着一根根支撑洞顶的石柱。这些又粗又壮的柱子阻碍了大片的视野，只有当其他人都一并爬上来并在后藤传吾的带领下一间间参观这些洞窟的时候，他们才发现这些相连的石洞占据了一片相当大的空间。

他把他们带到了一个嵌在岩床里的铁制窨井盖旁，盖子四周用柏油封得严严实实的。"这里挖了十几个像这样的洞，"他说，"每个洞都与山本湖斜井相连，也就是说，这后面很快就会注满湖水。现在我们用柏油封住了盖子，但是很显然，柏油是无法抵抗来自湖水的压力的。但是等我们用沙子填满这片洞窟再放水，沙子就能从这边顶住来自湖水的压力。如果窃贼从上面挖进来并把这层沙子淘出去，那么这些盖子就会被湖水顶开，数百万加仑的湖水就会朝着挖掘的地方倒灌进来。"

他们又从那里继续往上爬，野田上尉的手下从上方拿下了风扇让他们爬上地面，并准备好了几瓶水和一壶绿茶。

他们坐在一张折叠桌旁休息。野田上尉和将军一边谈论着东京方面的进展——很显然，将军几天前才离开东京。将军的副官则在笔记本上计算着什么。

最后，他们又爬到山脊上去视察山本湖。湖边茂密的丛林将湖水挡了个严严实实，他们几乎要走到湖里面才能看见它。将军故作惊讶地表示他简直没想到这是个人工湖，后藤传吾则把这句话当作赞誉收下了。他们站在湖边，就像人们往往会做的那样，一声不吭地停留了几分钟。将军点燃一支香烟，眯着眼睛透过烟雾看着面前的湖水，然后转过身来冲副官点了点头。这点交流对于副官来说似乎已经足够了，他转过脸问野田上尉："这里有多少工人？"

"现在吗？五百。"

"这些隧道是根据工人数量计划的吗？"

野田上尉不甚自在地看了后藤传吾一眼。"我之前审阅过后藤中尉的工作，觉得这个人数正合适。"

"这个工程是我们目前所见的项目里最好的一个了。"副官继续说道。

"承蒙夸奖！"

"至少是最符合我预期的。"将军补充道。

"因此，将军可能会决定增加这里的储存量。"

"我明白。"

"还有……这项工程必须马上加速完成。"

野田上尉吓了一跳。

"他已经带着大批兵力进驻了莱特岛。"将军坦白地说道，仿佛他早就料到这一天了。

"莱特？！那也太近了啊。"

"没错。"

"那真是疯了，"野田语无伦次地说道，"海军会撕碎他的——我们已经久候多时了！大决战！"

将军和副官极不自在地沉默了一段时间,像哑了一样。最终,将军用冰冷而意味深长的目光深深看了野田一眼说:"大决战就在昨天。"

　　野田上尉的声音一下子低了下去:"我明白了。"他仿佛忽然之间就老了十岁,而他已不再是可以随意挥霍十年生命的岁数了。

　　"就是这样,我们要加快脚步了。我们会提供更多的工人来加入工程的最后阶段。"副官用一种抚慰的声音说道。

　　"多少?"

　　"总数会有一千人。"

　　野田上尉啪地站直,闷哼了一句:"嗨!"然后朝后藤传吾转过身。"我们需要更多的通风井。"

　　"但是长官,恕我直言,这里的通风已经很好了呀。"

　　"我们会需要更多又深又宽的通风井,"野田上尉说,"要够额外五百个工人用的。"

　　"哦。"

　　"马上动手吧。"

第七十四章　最多香烟

收件人：randy@epiphyte.com

发件人：cantrell@epiphyte.com

主题："教皇变换"：初步结论

兰迪：

我一收到你发给我的"教皇变换"就转发给了"秘密崇拜者"邮件列表，所以它已经在那边流传了几个星期了。几个非常聪明的人分析了它，试图找出它的弱点，但并没有发现明显的缺陷。每个人都同意该变换里包含的具体步骤有点奇怪，想知道这是谁想出来，怎么想出来的——不过这在好的加密系统里并不罕见。

所以目前的结论，是 root@eruditorum.org 确实懂行——尽管他对于 54 这个数字有一种奇怪的痴迷。

——坎特雷尔

"安德鲁·洛布。"艾维说。

他和兰迪正在帕西菲卡市的海滩上艰难地进行某种急行军，兰迪不太确定这是为了什么。兰迪一次又一次地惊讶于艾维充沛的体力。艾维看起来一副日益憔悴的样子，像是得了某种编剧发明出来推动剧情用的病。他个子挺高，但那只是让他显得更长了。他瘦削的身体像是连接他的大脚与大脑袋的一条细带子。从侧面看，他就像是一团被拉长的橡皮泥，只剩中间细细一条相连。但他却可以像个陆战队员一样在海滩上行军。现在毕竟是一月份，而且根据气象频道，一个源于日本和新几内亚之间的热带风暴带来的一股水蒸气流正径直喷过太平洋，并大约在此处来了个朝左的急转弯。不远处拍岸的海浪大得要命，兰迪得稍微仰起头才能看到浪尖。

他把切斯特的事情都告诉了艾维，而（兰迪认为）艾维把这作为由头，开始回忆起了西雅图的旧时光。艾维这么做有些不寻常：通常他有一条严格的规矩，谈话的内容要么是公事要么是私事，但绝不能二者同时谈。"我永远不会忘记，"兰迪说，"爬到安德鲁的屋顶上跟他谈软件的事，一边想着'老天，这还挺好玩的'，然后眼睁睁看着他慢慢地一点点地陷入狂暴。几乎能让你相信恶魔附身是真的。"

"这个嘛，他爸显然相信这回事，"艾维说，"是他爸没错吧？"

"已经是很久以前的事了。嗯，我想是这样没错，他妈妈才是个嬉皮，把他带到了某个公社里生活，然后他爸把他从那里强行拽了出来——他从北爱达荷州叫了些准军事组织的人来把这事办了——他们是字面意义上把安德鲁装进麻袋里绑走的——然后让他接受各种针对压抑记忆的心理治疗，来证明他受过恶魔仪式的虐待。"

这勾起了艾维的兴趣，说："你觉得他爸是不是热衷民兵组织那一套？"

"我只见过他一次。打官司的时候，我的证词是他取的。他就是奥兰治县的一个上流律师，和一群亚洲人、犹太人、亚美尼亚人合作。所以我推测他用雅利安兄弟会的人只是因为他们方便，而且给钱就干。"

艾维点点头，显然觉得这个假设是合理的："所以他大概不是个纳粹，他相信恶魔仪式虐待确有其事吗？"

"我很怀疑，"兰迪说，"虽然和安德鲁打过一段时间交道后我觉得那很有可能。我们非得谈这事吗？这让我毛骨悚然，感觉很压抑。"

"我这段时间了解到了一些安德鲁的动向。"艾维说。

"前些时候我看过他的网站。"

"我说的是最近的变化。"

"让我猜猜，自杀？"

"不对。"

"连环杀手？"

"不对。"

"因为跟踪别人被扔进监狱了？"

"他没死也没进监狱。"艾维说。

"唔唔，这和他的蜂巢意识有关系吗？"

"没，你知道他去了法学院吗？"

"知道，这和他的法律生涯有关？"

"是的。"

"好吧，如果安德鲁·洛布从事法律工作，那一定是以某种特别烦人又对社会毫无建树的形式。估计是跟因为一些鸡毛蒜皮的小事起诉别人有关吧。"

"好极了，"艾维说，"你已经上道了。"

"行，别告诉我，让我想想，"兰迪说，"他是在加利福尼亚工作吗？"

"是的。"

"噢,那我知道了。"

"真的?"

"嗯,安德鲁·洛布想必是那种怂恿小股东起诉高科技公司的人。"

艾维紧闭着嘴唇微微一笑,点点头。

"他再合适不过了,"兰迪继续说,"因为他是个真正的信徒,他不会觉得自己只是在犯浑。他会百分百真心实意地相信他是在代表那些被运作公司的人以恶魔仪式虐待的股东阶级的利益。他会连着三十六小时不眠不休挖掘他们的丑事,公司里那些被'压抑'的陈年往事。用什么手段都不能算太卑鄙,因为他是代表正义那一方的。只有医嘱才能让他吃饭睡觉。"

"看得出来你确实非常了解他。"艾维说。

"哇!所以,他目前在告谁?"

"我们。"艾维说。

接下来他们的对话、步行,可能还有兰迪的部分神经进程都暂停了五分钟。他视力的色表陷入紊乱:一切都变成了褪了色般的黄色和紫色。仿佛有湿冷的手指掐住他的脖颈,按住他的颈动脉,只让仅能维持生命的血量流过。等兰迪终于完全恢复神志,他做的第一件事是低头看他的鞋子,因为出于某种原因,他觉得自己一定是陷入齐膝的湿沙里了,但他的鞋子在紧实的沙滩上几乎没有留下痕迹。

一个大浪崩塌成一层白沫,涌上沙滩,在他脚边分开。

"咕噜姆。"兰迪说。

"你这是一种表达方式,还是某种生理一过性现象?"艾维说。

"咕噜姆,安德鲁是咕噜姆。"

"好吧,咕噜姆在告我们。"

"我们,指的是你和我吗?"他问,兰迪用了差不多整整一分钟才让舌头转过劲来,"他还在为那个游戏公司的事告我们?"

艾维大笑。

"是有可能的啊！"兰迪说，"切斯特跟我说那个游戏公司现在规模跟微软差不多大了还是怎么着。"

"安德鲁·洛布对寄生藤二号公司的董事会发起了小股东诉讼。"

兰迪的身体现在终于有时间产生全方位的战逃反应了——这是他从那个不得了的家伙的基因中遗传下来的。剑齿虎试图爬进他祖先的山洞那会儿，这个反应想必是非常有用，然而现在对他是一点好处都没有。

"代表谁？"

"噢，拜托，兰迪。可能的人选没几个。"

"跳板投资公司？"

"你自己说过安德鲁他爸是个奥兰治县的上流律师，从典型的角度推断，这样的一个人会把退休金存到哪里呢？"

"哦，妈的。"

"没错，鲍勃·洛布，安德鲁的爸爸，很早就参与了 AVCLA。他和'牙医'互寄圣诞贺卡已经有大概二十年了。所以当鲍勃·洛布的白痴儿子从法学院毕业时，鲍勃·洛布很清楚，以他的神经不正常程度不可能在别的地方找到工作，于是他给休伯特·开普勒医生打了个电话，从那之后安德鲁就一直在为他工作。"

"操，操！"兰迪说，"这么多年，原地踏步呢。"

"怎么说？"

"西雅图那次——打官司的时候——是个他妈的噩梦。我脱身的时候不名一文，房子也没了，啥都没剩下，只有一个女朋友和一脑袋 UNIX 知识。"

"好吧，也不算是血本无归，"艾维说，"通常情况下这两者是互不兼容的。"

"闭嘴，"兰迪说，"我在品味痛苦。"

"而我觉得品味痛苦这件事是如此根本性地可怜，已经近乎可笑了。"艾维说，"不过你请便。"

"现在，这么多年过去了——付出了他妈的那么多努力——我又回到了起点，资产净值零，除了这一次我甚至算不上有女朋友。"

"这个嘛，"艾维说，"首先，我觉得希望得到艾米好过确实拥有查琳。"

"哎哟！你真是个残酷的人。"

"有时渴望比拥有更好。"

"好吧，真是好消息，"兰迪轻快地说，"因为——"

"看看切斯特吧，你是愿意当切斯特，还是你？"

"好吧，好吧。"

"此外，你在寄生藤拥有大量股份，我相信那还是值点钱的。"

"这得取决于诉讼结果了，对吧？"兰迪说，"你有没有真的读过那些法律文件？"

"当然读过，"艾维有些恼火地说，"我是他妈的公司董事长和CEO。"

"所以他以什么告发我们？诉讼的由头是什么？"

"显然'牙医'坚信，西姆帕海事在为我们工作的时候发现了大量沉在海底的战争黄金。"

"他是知道，还是怀疑？"

"这个，"艾维说，"从字里行间推断，我认为他只是怀疑。你为什么要问？"

"现在先别管这个——但他也要告西姆帕海事？"

"不！那会与他针对寄生藤的诉讼相排斥。"

"这是什么意思？"

"他的重点是，如果寄生藤管理有方——如果我们尽到了尽职调查的责任——那么我们起草的与西姆帕海事的合同应该会比现在这份仔细得多。"

"我们和西姆帕海事签了合同啊。"

"是的，"艾维说，"而安德鲁·洛布却把它诋毁得比口头协议好不了多少。他宣称我们应该把协商交给擅长海事和救捞法的大法律事务所。说那样的法律事务所就会预见到西姆帕海事为电缆工程做的侧扫声呐平面图会发现沉船之类的可能性。"

"哎哟，我的老天爷！"

艾维露出硬挤出来的耐心表情："作为样例，安德鲁拿出了货真价实的其他公司在类似情况下拟的合同，里面都包括了类似的表达。他说这几乎可以说是标准样板，兰迪。"

"由此可证，我们没能在和西姆帕海事的合同里写清这一点，这是极大的失职。"

"一点不错。现在，如果没有真正的损失，安德鲁的诉讼就没法进展。你能猜到这里的损失是什么吗？"

"如果我们拟的合同更仔细些，那么寄生藤就可以从打捞上来的东西里分一杯羹。而现在的情况是，我们和股东们什么也得不到。这就构成了显而易见的损失。"

"安德鲁·洛布本人也不能说得更好了。"

"好吧，那他们想让我们怎么办？公司又不是多有钱，我们没办法和他们金钱和解。"

"噢，兰迪，不是那回事，'牙医'又不需要我们雪茄盒里的小零钱。这是个控制问题。"

"他想要寄生藤的多数股权。"

"是的，这是好事！"

兰迪仰天大笑。

"'牙医'想要哪家公司都是手到擒来，"艾维说，"但他想要寄生藤。为什么？因为我们厉害，兰迪。我们有'地穴'的合约，我们有人才。经营世界上第一家正经的数据避风港和创造世界第一种正经的数字货币，这个前景极其令人兴奋。"

"哈，我真是无法用语言表达我有多兴奋。"

"你永远不该忘记本质上我们是处在怎样一个有利的位置。我们就像世界上最性感的女孩，'牙医'那边所有的坏动作，都只是他在表现想要与我们交配。"

"还有控制我们。"

"是的，我敢说安德鲁被命令要取得的最终结果是让我们被证实失职，并为损失负责。然后调查我们的账本之后法庭会发现，损失超出了我们的支付能力。这时候'牙医'就会宽宏大量地同意用寄生藤的股份来赔偿损失。"

"这也会让大家得到理想的正义得以伸张的印象，因为这同时也让他可以掌控公司，确保公司管理有方。"

艾维点点头。

"所以这就是他不告西姆帕海事的原因。因为如果从他们那里获得任何东西，都会让他对我们的告发宣告无效。"

"是这样，但是这并不能阻止他从我们这里得到想要的一切之后再去告他们。"

"所以——上帝啊！这太可怕了，"兰迪说，"沙夫托家从沉船里打捞上来的任何一件值钱物品都会让我们陷入更大的麻烦。"

"沙夫托赚的每一分钱都是我们给股东们造成的所谓损失。"

"我在想我们能不能让沙夫托家暂停他们的打捞行动。"

"安德鲁·洛布对我们的起诉无法成立，"艾维说，"除非他能证明沉船的内容确实有价值。如果沙夫托他们一直往上捞东西，那很容易。如果他们不再继续打捞，那么安德鲁就不得不找其他方法证明沉船的价值。"

兰迪咧嘴笑了："那他可就碰上难题了，艾维。连沙夫托一家都不知道下面有什么，安德鲁可能连沉船的坐标都没有。"

"诉讼文件里写明了经度和纬度。"

"操！精确到小数点后多少位？"

"我不记得了，精确度并没有显著到戳我眼睛的地步。"

"'牙医'是他妈的怎么知道沉船的事情的？道格一直在试图保密，而且他在秘密行动上颇有一手。"

"你自己告诉我的，"艾维说，"说沙夫托家请了一位德国电视制片人来。这听起来可不像要保密的样子。"

"可他们真的保密了。他们让那女人飞到马尼拉，把她带到格洛丽四号的甲板上，只让她带基本必需的行李，还排查过她的物品确保里面没有GPS。他们载着她去南中国海兜了几圈，让她连航位推测法都没法用，然后才带她去了打捞地点。"

"我去过格洛丽号，上面到处都有GPS读数。"

"不，他们没让她看到那些东西。道格·沙夫托这样的人不可能办不好这事。"

"好吧，"艾维说，"反正德国人也不是最有可能的泄密嫌疑人，你还记得波罗博洛帮吗？"

"曾经给'牙医'的妻子维多利亚·比戈拉皮条的菲律宾财团，很可能是他们一手促成了她和'牙医'的关系。由此推测，他们可能仍然对'牙医'颇有影响力。"

"我认为可以换种说法，我会说他们与'牙医'之间很可能维持着互惠互助的长期关系。而且我觉得他们通过某种渠道打听到了打捞行动的风声,也许一名高层波罗博洛帮人员在那个德国电视制片人的酒店里听说了什么,也许是哪个低层人员一直在监视沙夫托他们的动向,注意到了他们运来的这些特殊设备。"

兰迪点点头说:"说得通,假设波罗博洛帮在尼诺·阿基诺国际机场里有耳目。他们肯定会注意到一台遥控潜水器被特快专递送到道格拉斯·麦克阿瑟·沙夫托手上这种事情。我认为这个推断很有道理。"

"好。"

"可那也不能让他们弄到经纬度。"

"我拿我在寄生藤公司珍贵股份的一半跟你打赌,他们肯定是用了SPOT。"

"SPOT?噢,有点印象,法国光学成像卫星?"

"嗯,你能够以非常合理的价格购买SPOT的使用时间,而且它的分辨率足以区分格洛丽四号和——比方说——货船或游轮。所以他们只需要等着安插在海滨的间谍告诉他们格洛丽号何时带着打捞装备出海,然后用SPOT确定他们的位置就行了。"

"SPOT能提供的经纬度精确到什么程度?"兰迪问。

"这是个非常好的问题,我会找人去查的。"艾维说。

"如果范围在一百米内,那安德鲁只要派人去就能找到沉船。如果范围比这大,他就得自己去做勘察了。"

"除非他在法庭上传唤我们交出信息。"艾维说。

"我倒想看看安德鲁·洛布和菲律宾法律系统过过招。"

"你不在菲律宾——记得吗?"

兰迪咽了口唾沫,又发出了一声听起来像"咕噜姆"的声音。

"你的手提电脑上有沉船的信息吗?"

"就算有也是加密的。"

"那他只要传唤你交出密钥就好了。"

"如果我忘记我的密钥了呢?"

"那将进一步证明你这个管理者有多不称职。"

"这总好过——"

"电邮呢?"艾维问,"你有没有在电子邮件里写过沉船的位置?你有没有把它写进过文档?"

"估计有,但它们全都是加密的。"

这话似乎没有缓解艾维脸上突然的紧张。

"为什么要问?"兰迪说。

"因为,"艾维说,把脸转向洛斯阿图斯市中心的大概方向,"我突然想到了'墓碑'的事。"

"我们所有的邮件都要经过它。"兰迪说。

"我们所有的文件也都存在它的硬盘里。"艾维说。

"并且它位于加州境内,想要传唤易如反掌。"

"假设你把同一封电邮抄送给了我们所有人,"艾维说,"坎特雷尔运行在'墓碑'上的软件会将那封邮件复制多份,并用收件人的公共密钥分别加密。这些加密邮件会被发送给收件人们,他们之中大多数人会将旧电邮在'墓碑'上存档。"

兰迪点着头:"所以如果安德鲁可以传唤'墓碑',他就可以找到所有副本,并坚持让你、贝丽尔、汤姆、约翰和埃伯提供你们的加密密钥。而如果你们都声称自己忘记了密钥,那么你们显然是在睁眼说瞎话。"

"所有人都得判藐视法庭罪。"艾维说。

"最多香烟。"兰迪说。这是"我们可能会落得锒铛入狱并和里面拥有最多香烟的人结婚"这个句子的简称,艾维在他们上一次与安德鲁发生法律纠纷的时候编出了这句话,而且有机会重复这句话的场合实在太多，导致它最后简化成了这没头没尾的四个字。听见这几个字从自己嘴里说出来，兰迪感觉仿佛回到了几年前，心中充满了一种久违的反抗情绪。虽然如果他们真的打赢了那场官司，可能他现在反抗的勇气会大得多。

"我只是想弄明白安德鲁知不知道'墓碑'的存在。"艾维说。

他和兰迪开始循着他们的足迹走回艾维的房子，兰迪注意到他的脚步变大了。"为什么不知道？'牙医'的尽职调查人员打从我们给他们股份之后就一直跟在我们屁股后边寸步不离。"

"我感觉到你好像有怨气啊，兰迪。"

"完全没有。"

"也许你不赞成我用寄生藤股份换取'牙医'之前对违约官司的和解。"

"那是悲哀的一天，但确实没别的出路了。"

"好吧。"

"如果我要为这事怨你，艾维，那你应该怨我没有和西姆帕海事签订更好的合同。"

"啊，可是你签了！口头约定，百分之十，对吧？"

"对，我们还是谈谈'墓碑'的事吧。"

"'墓碑'在一个我们从'时代新秩序'系统转租的小房间里，"艾维说，"我可以告诉你尽职调查人员从没有去过'秩序'。"

"我们一定在付租金给'秩序'，他们会看见租金支票的。"

"只是一点小钱，做存储空间用的。"

"主机只是台装了Finux的破电脑，一坨运行免费软件的别人捐的垃圾。没有书面记录，"兰迪说，"T1线呢？"

"他们得先知道有这么条T1线，"艾维说，"那比租点存储空间要贵多了也有意思多了，而且还会产生老长一条书面记录。"

"但是他们知道它通向哪里吗?"

"他们只需要去电话公司问他们线路终端在哪里就行了。"

"这能给他们打听出什么来?洛斯阿图斯一座办公楼的地址,"兰迪说,"里面有多少,大概五套办公室吧?"

"但如果他们聪明的话——安德鲁恐怕确实很有这方面的脑子——他们会注意到其中一套办公室是由'时代新秩序'系统公司出租的——一个极其与众不同的名字,恰好也出现在那些租金支票上。"

"紧接着马上就会有传票发到'秩序'。"兰迪说,"顺便问一下,你是什么时候知道这官司的事的?"

"我今天一早接到的电话,你还在睡觉。我不敢相信你竟然一口气从西雅图开车到了这里,有大概一千英里啊。"

"我想努力超过艾米的堂弟们。"

"你形容他们是少年。"

"但我认为少年心性并不是年龄造成的,是因为他们没什么可以失去的。他们手头有大把时间,但同时又迫不及待地想继续自己的生活。"

"而这差不多就是你现在的心态?"

"这正是我现在的心态。"

"性饥渴也是一样的。"

"是,但这个总有解决办法。"

"别这么看着我,"艾维说,"我不手淫。"

"一次也不?"

"一次也不。正式戒除了,赌咒发誓。"

"就算是你要出差一个月的时候?"

"就算是那时候。"

"你怎么会想到做这种事，艾维？"

"可以增强我对黛沃拉的忠诚，让我们的性生活更美满，让我有回家的动力。"

"好吧，很令人感动，"兰迪说，"而且甚至还可能是个好主意。"

"我相当确定它是个好主意。"

"但此时此刻我的生命中已经承受不下这么多受虐癖了。"

"为什么？你是不是害怕这会迫使你做出——"

"不理智的行为？绝对的。"

"你说这话，"艾维说，"实际上指的是真正对艾米做出某种承诺。"

"我知道你以为刚才在象征意义上狠狠将了我一军，"兰迪说，"可你的假设完全错了。我随时愿意对她做出承诺。但是看在上帝的分儿上，我甚至不确定她是不是异性恋。要是把我的射精功能交给一个女同性恋掌管，那就太疯狂了。"

"如果她是个同性恋——严格的——那她不至于没心肝到现在还不告诉你。"艾维说，"我对艾米的感觉是她总是依照直觉行事，而她的直觉就是你只是没有达到她那样的女人可能想要看到的，那种作为感情关系先决条件的激情。"

"反过来说，如果我停止手淫，那么我就会变成一个失去理智的疯子，于是她就可以信任我了。"

"正是，女人的思维方式正是这样。"艾维说。

"你不是有一条不能把公事私事放在一起谈的规矩吗？"

"其实我们现在的对话本质上还是公事，因为事关你的精神状态，你目前个人绝望的程度，以及它可能会给你带来怎样的新选择。"艾维说。

他们一言不发地走了五分钟。

兰迪说："我有种感觉，我们现在要开始关于篡改证据的对话了。"

"你竟提起这事来了，真是有趣。你对此有何感想？"

"我不赞成，"兰迪说，"但是为了打败安德鲁·洛布，我什么都愿意干。"

"最多香烟。"艾维指出。

"首先，我们要确定这是否必要。"兰迪说，"如果安德鲁已经知道了沉船的位置，那何必操这个心？"

"同意，但如果他只知道大概地点，"艾维说，"那么'墓碑'就变得至关重要——如果位置信息储存在'墓碑'上的话。"

"这几乎百分百可以肯定。"兰迪说，"因为我的GPS签名，我知道在我们停泊在沉船正上方的时间里，我至少从格洛丽号上发过一封电邮，经纬度就写在上面。"

"好吧，如果是这样，那事情可能就真的有点了不得了。"艾维说，"因为如果安德鲁搞到了沉船的具体坐标，他就可以派潜水员下去做个物品清单，计算出具体数字用以诉讼。这一切他很快就可以办好，而如果那个数目超过寄生藤的一半价值——老实说这没有多难——我们就要变成'牙医'的契约劳工了。"

"艾维，船里全他妈的是金条啊。"兰迪说。

"真的吗？"

"嗯，艾米告诉我的。"

这回轮到艾维站住脚步发出咽唾沫的声音了。

"抱歉，我本应该早点儿提，"兰迪说，"但我现在才明白它的重要性。"

"艾米是怎么知道的？"

"前天晚上，她在西塔科机场登机之前，我帮她查了查邮件。他父亲发来电邮说在潜艇上找到了一些保存完好的纳粹德国海军餐盘。

按照事先约定的暗号，这意味着金条。"

"你说'全他妈的是金条'。你能不能把它翻译成具体数字，比如用美元表示？"

"艾维，谁他妈在乎这个？我想我们可以达成一致，如果安德鲁发现了同样的东西，我们就完蛋了。"

"哇！"艾维说，"所以，在此情况下，一位假定的不惜篡改证据的人确实有很强的作案动机。"

"不成功便成仁了。"兰迪同意道。

他们的对话中止了一会儿，因为此刻他们需要躲避太平洋海岸公路上的汽车，一个人需要集中所有的注意力才能避免被高速行驶的车辆碾过，对这一点两人都很有默契。为了充分利用北向车流一次意外的停滞，最后几条车道他们是跑过去的。然后他俩都觉得没必要慢下来回到走路的状态，所以他们跑过小区杂货店的停车场，跑到艾维家房子所在的那个树木繁茂的溪谷里。他们直接进到屋里，然后艾维意味深长地指了指天花板，意思是他们现在最好假定房子里装了窃听器。艾维走到闪着灯的答录机旁，把留言磁带取了出来。他把磁带揣进口袋，大步穿过客厅，没有理会他的其中一名以色列保姆投来的冰冷视线——她不喜欢他在房子里穿鞋子。艾维从地上拾起一个颜色鲜艳的塑料盒。盒子有个把手，边角圆滑，上面有鲜艳的大按钮，黄色的螺旋线连着后面的一个麦克风。艾维脚步不停地穿过露台门，连在螺旋线上的麦克风在他身后上下弹跳。兰迪跟着他走出去，走过一条枯死的草地，来到一片柏树林里。他们不停往前走，直到抵达一片从马路上看不见的小谷地。然后艾维蹲下来，从儿童用录音机里弹出一盘拉菲[①]儿歌磁带，把留言磁带塞进去，倒

[①]拉菲·卡沃基安（1948–），加拿大儿歌歌手。

带,播放。

"嗨,艾维?我是戴夫?从'时代新秩序'公司打来的。我是这里的,呃,董事长,你也许还记得?你在我们的布线室里装了台计算机?呃,我们只是,嗯,这里来了几个访客?那种穿西装的家伙?他们说他们想看看那台计算机?还有,呃,如果立刻交出计算机他们绝对会很文明?但如果我们不照做,他们会带着传票和警察回来,把这个地方翻个底朝天,直接把计算机抬走?所以,我们现在在装傻?请回电。"

"答录机显示有两条留言。"艾维说。

"嗨,艾维?还是戴夫?装傻没有用,所以我们现在叫他们滚蛋。西装头子对我们很生气,他把我叫了出去。我们在街对面的麦当劳里进行了一番夹枪带棒的讨论。他说我在犯蠢。说等他们回来把这里翻个底朝天找'墓碑'时,他们会完全打乱'秩序'的公司运转,并使我们的股东蒙受重大损失。他说这很可能会成为小股东起诉我的依据,说他会很高兴提起这份上诉。我还没有告诉他'秩序'一共就五个股东,而且我们都在这里工作。麦当劳的经理请我们离开,因为我们打扰到了一些小朋友吃开心乐园餐。我装出害怕的样子,告诉他我会回去查看'墓碑',看看把它拆下来需要哪些步骤。然后我转身打给了你。哈尔、里克和卡丽正在把我们系统的全部内容上传到一个隐蔽的地方,这样警察来砸场子的时候我们就不会损失什么。请回电。再见。"

"老天,"兰迪说,"害戴夫和他的员工们遇到这种破事,我觉得真不好受。"

"这对他们来说是很好的宣传,"艾维说,"我敢说戴夫现在已经找了半打电视台的人驻扎在麦当劳里,用三十二盎司咖啡把自己灌到疯狂边缘。"

"那……你觉得我们应该怎么办?"

"于情于理,我都应该赶到现场。"

"你知道,我们可以老实交代,把百分之十的口头约定告诉'牙医'。"

"兰迪,你想想清楚,'牙医'他妈的一点都不在乎潜艇。'牙医'他妈的一点都不在乎潜艇。"

"'牙医'他妈的一点都不在乎潜艇。"兰迪说。

"所以,我会重新换一盘磁带,"艾维说,把带子从机器里取出来,"然后开始把车开得非常非常快。"

"好吧,我要照我的良心告诉我的去做。"兰迪说。

"最多香烟。"艾维说。

"我没打算在这儿干,"兰迪说,"我要在吉纳库塔苏丹国干。"

第七十五章 1944年圣诞

后藤传吾已经向森中尉和他的卫兵们特别叮嘱过，对老荣这个人，除了特别紧急的情况——比如爆发全营叛乱——以外，任何时候都不要把刺刀插进他的身体或者做出威胁他性命的举动。不过确实，后藤传吾在他身上最器重的品质也同时会令他成为领导叛乱的最佳人选。

将军一行人刚离开班多克，后藤传吾就去找老荣了，此时他正在监督山本湖斜井的挖掘情况。他是那种以身作则型的人物，因此这会儿他正拿着钻子匍匐在隧道的最深处，那几百米狭窄的坑道只够容纳一个人手脚并用地爬进爬出。后藤传吾只能站在各各他这一端，派一个人爬进去叫他。被派去传话的矿工头戴一顶生锈的头盔，以免被头顶松动的碎石砸中。

十五分钟后，老荣出来了，身上黑一道红一道的：黑的是汗津津的皮肤上黏着的岩石碎屑，红的是被擦伤和划破的口子。他花了几分钟把肺部的粉尘逐步咳呛出来。他时不时搅动舌头，朝墙上喷出一口浓痰，然后仔细地观察从墙上流下来的痰液。后藤传吾耐心地站在一旁等候。这些中国人关于咳痰有一套自己的医学理论，在矿下的工作给他们提供了大量的研讨资料。

"通风不太好？"后藤传吾问。窑姐儿们教给他的上海话里可没有"通风"这种技术词汇，这还是老荣告诉他的。

老荣咧了咧嘴说："我想快点儿挖完隧道。我不想挖更多的通风井了，浪费时间！"

为了不让在矿下工作的工人们发生窒息，唯一的办法就是在斜井上每隔一段就打通一道垂直的通风井，把空气送下去。他们挖通风井耗费的力气并不比挖这条斜井少，因此他们再也不想多挖一条了。

"还有多远？"等老荣的一阵咳喘平息下来之后，后藤传吾问道。老荣若有所思地盯着天花板，他熟悉各各他更甚于面前的这位工程师。"五十米。"

工程师情不自禁露出欣喜的笑容："只剩这么点儿了？太棒了。"

"我们现在越来越快了。"老荣自豪地说道，牙齿在灯光下闪闪发光。但他很快意识到自己不过是死亡集中营里的一名奴工，那笑容又消失了。"如果挖直线的话就更快了。"

老荣的意思是从山本湖挖一条笔直的斜井，就像设计图上那样：

但是实际上后藤传吾在没有改动设计图的情况下，要求他们这样挖：

这些拐弯的部分增加的工程量可不少。不仅如此,挖掘产生的废料还会堆积在西侧这段较平坦的巷道里,只能通过人力把它们运出去。只有后藤传吾、老荣和老荣手下的这个小分队知道这些拐弯的存在。只有后藤传吾知道这些拐弯存在的真正理由。

"不要挖直线,按我说的做。"

"好的。"

"还有,你们要再挖一条通风井。"

"还要挖通风井!不……"老荣抗议道。

设计图上画出来的那些拐来拐去、匪夷所思的通风井已经够糟糕了。

而且还有几次,后藤传吾叫他们另外挖几条"通风井",随后又改变主意叫他们停工,结果就变成了这样:

"新的通风井要从上面往下打。"后藤传吾补充道。

"不!"老荣吃惊地叫道。只有疯子才会从上往下挖垂直的井道,因为这意味着你必须把挖掘产生的碎石吊上去。如果从下往上打,碎石会自然而然落下来,也容易清理得多。

"我会派人来帮你,菲律宾工人。"

老荣惊呆了。他比后藤传吾更与世隔绝,他肯定曾利用一些非常间接的迹象推测过外边的战况。他和那些工人肯定拼命把手头这些碎片般的资料整合起来,企图做出推断。这些推断全都大错特错,要不是因为后藤传吾是个有同情心的人,他准要大笑出声了。不论是他自己也好,野田上尉也好,在将军告诉他们之前,谁也没料到麦克阿瑟已经登陆了莱特,把日本海军打得一败涂地。

老荣他们至少猜对了一件事,那就是他们之所以被不远万里送到班多克来,是为了保守秘密。如果真的有人成功逃出去了,这些中国人会发现他们身处异域孤岛,这里的居民一来与他们语言不通,二来也并非特别友善。但是如果连菲律宾人也被调到这里来了,那其中可供推敲玩味的地方就太多了。他们会整夜整夜地聚在一起窃窃私语,试图得出一个新的结论。

"我们不需要帮手,已经快完工了。"老荣感到又被伤了自尊。

后藤传吾用两根食指点点自己的双肩,做出肩章的样子。老荣马上明白他指的是将军,脸上闪过一道意味深长的表情,朝他靠近了半步。"这是命令,"后藤传吾说,"要多挖几条通风井。"

老荣刚来到班多克时还不是一名合格的矿工,但他现在是了。他露出迷惑的表情,不过这也正常。"通风井,通往哪里呢?"

"不通往哪里。"后藤传吾说。

老荣仍旧一脸茫然。他认为是后藤传吾蹩脚的上海话阻碍了他们的交流,但是后藤传吾知道他很快就会明白这句话的意思。在某个夜晚入睡前的焦躁的时刻,他会明白的。

然后他就会发动一场暴乱,当然,森中尉的手下们早就准备好了。他们会用迫击炮开火,引爆地雷,扣动机关枪,用他们之前部署好的火力网扫荡集中营。他们全都会死。

后藤传吾可不希望事情变成这样。因此他又伸出手,拍了拍老荣的肩膀。"我会告诉你该怎么做,我们要挖一条特殊的巷道。"说完,他转身走了,他还有测量工作要做。他知道老荣会很快想明白这番话的意思,保住自己的小命。

* * *

菲律宾劳力们被押送来了,一个个衣衫褴褛,打着赤脚,身后留下一串血红的印记,还时不时被身后几乎同样落魄的日本士兵用刺刀戳一下或者用皮靴踢上一脚。当后藤传吾看到他们蹒跚着走进营地时,他意识到他们从两天前将军下达命令的时候起就一直在赶路。将军曾说过要多派五百人过来,但实际到达的只有不到三百人,而队伍中看不到一副担架——考虑到他们的身体状况,这根本不合常理。因此后藤传吾想，剩下的那两百多人也许是在来这里的路上摔倒或者晕厥了，然后被就地杀死。

班多克的供给异常充足，因此他让劳工和士兵们一样饱餐了一顿，并给了他们一天休息时间。

接下来就该工作了。后藤传吾对于管理劳工早已熟门熟路，很快就挑出了几个优秀的工人。其中有一个牙齿掉光了的叫鲁道夫的家伙，他长着一头铁灰色的头发，眼球突出的脸上还长着一颗大瘤子，长长的手臂，一双手像爪钩似的，岔开的足趾让后藤传吾联想到新几内亚的土著。他的眼睛似乎没有特定的颜色，而是从其他人那儿东一点西一点拼凑来的，变幻着灰色、蓝色、褐色和黑色的光芒。鲁道夫也知道自己那张没牙的嘴不甚美观，因此每当讲话时，他总是伸出一只瘦骨嶙峋的枯手挡在嘴前。不论何时，只要后藤传吾或者其他管事的人来找他们时，其他的菲律宾年轻人总会别过头去看着鲁道夫，而他则每次都挺身而出，一边用手掩着嘴，一边用他那怪异而警戒的目光盯着来人。

"你们现在分成六人一组，每组取一个名字，推选一个组长。每个人都要记住自己的组名和组长。"后藤传吾大声说道，还是有不少菲律宾人能听懂英语的。然后他向前倾身，低声说道，"找几个年轻力壮的留在你自己的小组。"

鲁道夫一愣，眨了眨眼，退后一步，把遮在嘴前的手放在脸侧行了个礼。他的手掌像雨棚般在他的脸上和胸前投下一片阴影。显然，这个敬礼的方式是跟美国人学的。他转过身去。

"鲁道夫。"

鲁道夫一脸愤愤地转回身，后藤传吾差点儿没憋住笑。

"麦克阿瑟已经到莱特了。"

鲁道夫的胸腔像热气球一样鼓了起来，整个人都凭空高了三寸，但脸上的表情却没有任何变化。

这个消息像闪电般传遍了整个集中营。这一策略取得了后藤传吾预想中的效果，这些菲律宾人似乎又重新找到了活下去的理由，开始变得生龙活虎起来。一批已经磨损得残破不堪的风钻和空气压缩机通过牛车运到了这里，显然是从吕宋岛附近其他像班多克这样的工地送来的。菲律宾人确实是搞内燃机的行家，他们很快利用其中几台压缩机的部件修好了另外几台。鲁道夫小组在拿到风钻之后就爬到了山上，在两条河之间的山脊上开始挖掘新的"通风井"，与此同时，老荣带领的中国人则在各各他完成了最后的修缮工作。

这些牛车都是被日本兵半路劫下来的，连带上面赶牛的农民孩子也被直接关进集中营里充当了劳力。当然，这些人再也不可能逃出去了。瘦弱的水牛全被宰来吃了，强壮的则被留下来辅助各各他的修建，而那群牧童也渐渐混编进了原本的劳工。在这其中有一个名叫胡安的男孩，他长着一个圆滚滚的大脑袋，五官却极具中国特色。他还会说三种语言，英语、他加禄语和粤语。他能用一种混合的语言跟老荣他们交流，主要靠用手指在另一个手掌上写画汉字。胡安体格娇小，身体健康，还有某种后藤传吾认为将来也许派得上用场的机灵劲儿，于是他也成了特别小队的一员。

山本湖下的管道设施需要派人检查，后藤传吾让鲁道夫去打听一下劳工里有没有谁以前干过采珠的行当。很快鲁道夫就替他找到了一个看上去弱不禁风的巴拉望人，名叫阿古斯丁。阿古斯丁正害着痢疾，病容憔悴，但他一钻到水里好像就立刻恢复了活力，经过几天的休息之后就能轻轻松松地潜到湖底去了。他也成了鲁道夫手下的一名组员。

相比于他们手头的工具与工程量来说，现在菲律宾劳工的数量实在是太多了。在组长的调配下，人手不停轮换休息，工程进展神速。而后，在某天晚上的半夜两点，一种陌生的声音刺破丛林，从山脚下流经甘蔗地和水稻田的东条河畔传来。

那是车子的声音，许许多多的车子。这几个月来日本军队一直燃料短缺，因此后藤传吾的第一反应居然是以为麦克阿瑟打过来了。

他随意披上一件军装，跟其他士官一起匆匆朝班多克的大门口跑去。几十辆卡车和几辆小汽车排在门口，发动机嗡嗡作响，却黑着车灯。这时他听到领头的那辆车里传来日语，一颗心沉了下去。对于"道格拉斯·麦克阿瑟将军快来救我"这种想法他早就不抱任何负罪感了。

卡车厢里站着不少士兵。太阳升起时，后藤传吾不由得带着新奇的目光审视起面前这些活力充沛、神采奕奕、营养充足的日本人来。他们背负着各种轻机枪和重机枪，像极了1937年的日本军队，那时他们的铁蹄正横扫过中国的北方。这时一股奇异的怀旧之情攫住了后藤传吾，他想起了那个日本尚未走到穷途末路、全盘皆输的年代。他感到喉头仿佛堵住了，鼻涕止不住地往下流。

然后他又猛地摆脱这种情绪，他知道，那个大日子终于来了。在他心中仍旧忠于天皇的那个部分必须负责把刚刚送来的这批珍贵的物资妥善保管在各各他的宝库里，而已经背叛天皇的那个部分也还有许多工作要做。

在战争中，无论你计划得多完美，准备得多充分，练习得多熟稔，当那个大日子到来的时候，你仍然会手忙脚乱，找不着北。这一天也不例外。但是在几个小时的混乱过去之后，一切开始变得井井有条，人们也纷纷进入了角色。有些卡车因为太重而无法驶入后藤传吾利用东条河河床挖出来的通道，但是另外几辆体形较小的卡车可以开过去，于是它们就充当了来回穿梭的运输车的角色。于是那些大卡车陆续驶入几个月前特地修建起来的一片守备森严的停车场，那里的遮蔽物能使他们逃过麦克阿瑟侦察机的眼睛。菲律宾人纷纷涌入卡车车厢里开始卸货，货物全是一些体形虽小但却很重的木板箱。与此同时，那些小卡车将卸下的箱子沿着东条河床运到各各他的入口，再搬到手推车上送进仓库里。根据上头传下的命令，后藤传吾吩咐每往真仓库运十九箱，就把第二十箱货物运到假的仓库里去。

运送的工作按部就班地进行着，后藤传吾把大多数的时间都花在监督最后的挖掘工作上。那个新的通风井工程也按计划进行着，他只需要每天去检查一次就够了。斜井只差最后几米就打到山本湖底了。地下水开始从岩缝里渗出来，顺着斜井流入各各他，再沿着一条挖好的水渠流入东条河。再往前挖几米，他们就会穿破岩壁，跟老荣他们早在几个月前——在山本湖形成之前——就已经在湖底下挖好的一条短隧道连通。

老荣这些日子也够忙活的。他、鲁道夫还有他们的特别小队正在做最后的准备。鲁道夫他们从山脊往下挖，仿佛是在挖一条新的垂直通风井，而老荣他们则从正下方往上挖，共同进行这一项复杂的工程。

后藤传吾早已过得不知春秋，直到卡车到来之后又过了四天，他才捕捉到了一点踪迹。菲律宾人在吃晚饭的时候突然不约而同地唱起歌来，后藤传吾隐约记得这首歌的调子，因为他在上海时听到美国陆战队员唱过这首歌。

    这婴孩是谁，
    静静地安睡
    在圣母膝上？[①]

[①]圣诞颂歌《奇妙圣婴》，由英国诗人威廉·查特顿·狄克斯以《绿袖子》一曲的旋律重新填词而成。

除此之外菲律宾人还唱了好几首歌,有用英语唱的,用西班牙语唱的,还有用拉丁语唱的,唱了整整一晚。等他们开好嗓之后,那歌声竟十分动人,还时不时变成二重唱或者三重唱。最开始森中尉的爪牙们还以为这是某种暴动的前兆,跃跃欲试地打算扣动手中的扳机。但后藤传吾可不愿意看到自己的工作被一场血腥的屠杀中断,于是他解释说这不过是一种和平的宗教仪式。

当夜,又有一队卡车开了进来,于是劳工们被叫起来卸货。他们哼唱着圣诞歌曲,高高兴兴地搬着箱子,还不时说些圣诞老人的笑话。

整个营地彻夜劳作到天亮。为了避开侦察机的耳目,班多克渐渐变成了一个人人昼伏夜出的地方。后藤传吾正准备睡觉,却听到东条河上传来了一连串清脆的枪响。这时的日军弹药匮乏,已经很久没人开过枪了,因此他几乎没反应过来那是南部机枪的声音。

他马上跳上一辆卡车,告诉司机沿着河床往上开。正如响起时一样突然,那枪声突然又平息了。在卡车已经磨光的轮胎下,河水已经变成了浑浊的鲜红色。

各各他的入口处躺着二十几具尸体。日本兵围在尸体周围,小腿浸泡在血色的河水里,武器从肩膀上垂下来。一名中士正来回巡查,不时把手里的刺刀插进还在动弹的菲律宾人肚子里。

"怎么了?"后藤传吾问。没有人回答,但也没有人开枪打他。他们允许他自己看个明白。

这群劳工无疑正在给另一辆停在路头的卡车卸货。卡车的后挡板下躺着一个显然是失手摔落的箱子,沉重的货物从里面跌了出来,撒落在用混凝土和废料填得坑洼不平的河床上。

后藤传吾蹚过河水,看到了那货物的真面目。但他仿佛不亲手摸到它就不能理解似的,他弯下腰,用手指包裹住躺在河底的那块冰冷的砖头,将它拎了起来。那是一块光滑发亮的黄色金属,沉甸甸的,上面印着英文:新加坡银行。

他身后传来扭打的声音。那名中士好整以暇地站在那里,另外两名士兵已经把送后藤传吾上来的菲律宾司机从驾驶室里押了出来。中士冷漠地——甚至是厌烦地——一刀刺死了司机,然后把他甩进河里,看他淹没在一片血色中。不知道谁蹦出了一句"圣诞快乐"。人群轰地笑了起来,只有后藤传吾没笑。

第七十六章 脉 冲

艾维走回房子的路上嘟囔了几句听起来像是圣经的希伯来语，弄得他的孩子们一下子哭了起来，保姆们也立即从儿童垫上站起身开始把东西往袋子里塞。黛沃拉原本因为孕吐在房间里休息，这时也走了出来。她和艾维在走廊深情拥抱，兰迪开始感觉自己非常碍眼。于是他径直走出门，开上自己的车走了。他七拐八绕地穿过圣安德烈亚斯断层的山丘，拐上天际大道，然后一路向南。十分钟后，艾维的车从左道上呼啸着超了过去，时速起码有九十到一百公里。兰迪几乎没来得及看清车尾贴：卑鄙小人烂透了。

兰迪要寻找一个可以完全匿名地接入网络的地方。酒店不行，因为酒店对于打出的电话总会留下详细记录。他真正应该做的是用他笔记本上装的分组无线电接入软件，但即使这样他也需要一个可以坐下来不受打扰地工作一段时间的地方。这就让他想到了快餐馆，可是在半岛中央的荒地里并没有这种东西。等他到达硅谷北侧外沿——门洛帕克市和帕洛阿尔托市的时候，他决定去他妈的，还是直接去现场算了。也许他在那能派得上用场。所以他从艾尔蒙地市出口拐下去，驶向洛斯阿图斯市的商务区，那里是个典型的逐渐被特许经营公司消化掉的 20 世纪中期美国城市中心。

一条主干道与一条窄一些的商业街以非直角相交，把周围的地盘分成两个（小一些的）锐角块和两个（大一些的）钝角块。主干道的一侧，钝角块被一栋两层办公楼占据，那就是"秩序"办公室和"墓碑"的家。锐角块上面则是麦当劳。主干道另一侧，锐角块上出乎意料地是一家"24 满"连锁店——兰迪在西半球只见过这么一家。钝角块则是一片自助停车场，在这里你可以为了最古典的目的停车：去商业区一家一家地逛商店。

麦当劳的停车场满了，于是兰迪开进外卖车道，选了一个一到六之间的随机数字 n，然后点了一份 n 号超值套餐，薯条加大。拿到套餐后，他把讴歌径直开入自助停车场的主干道，刚好看见最后一个空位被一辆画着圣何塞电视台标志的面包车占了。兰迪没打算离车太远，于是他就把车停到了另一辆车后面。但拉手刹的时候，他注意到车里有动静。仔细一看，他意识到自己看到的是一个长发络腮胡的男人，他正有条不紊地往霰弹枪里塞子弹。那男人从后视镜里看见了兰迪，于是转过头来，脸上带着谨慎又礼貌的"对不起先生可是你似乎挡住我出去的路了"的表情。兰迪记得他叫迈克或马克，一位在吉尔罗伊养鸵鸟的显卡黑客（奇怪的嗜好在高科技圈里是必不可少的）。他又挪动讴歌，将它停在了一辆看起来像是从《最佳拍档》[①] 那个时代来的废弃厢式货车后面。

兰迪拿着他的笔记本电脑和 n 号超值套餐爬上了车顶。以前他是绝对不会坐在讴歌车顶上的，因为他可观的重量会把车顶的金属板压出凹坑。但自从车被艾米用卡车撞过之后，他变得不拘小节多了，现在只把它看作一件工具，应该物尽其用直到它变成一堆废铁

---

① *Starsky and Hutch*，美国一部 1975 至 1979 年播出的电视剧。

为止。他刚好带了笔记本用的 12V 适配器，于是他把线插进了车上的点烟器插座上。终于坐好之后，他仔细观察了一下四周的环境。

"时代新秩序"办公楼的停车场里停满了警车，还有据兰迪推测属于律师们的宝马和奔驰。艾维的路虎显眼地停在绿化带上，几组电视台工作人员也摆好了阵势。办公楼正门前，一大群人挤在了能够容纳他们的最小的空间里，互相大喊大叫。围在他们外面的是一圈圈由警察、媒体和律师事务所工作人员组成的同心圆——加起来就是托尔金笔下的"人类"——还有少数面相奇特和稍有魔法能力的非人类或后人类生物：矮人（踏实、多产、乖戾）和精灵（超凡脱俗）。兰迪自己是一位矮人，并开始意识到他的祖父可能是个精灵。艾维是一个带着强烈精灵气质的人类。据此推断，在所有这些人物的中心，应该是个咕噜姆。

兰迪的电脑桌面上有个小窗口，里头是滑稽的 1940 年新闻纪录片风格动画的无线电塔，象征性的弯弯曲曲的无线电波从塔里发射出来，辐射全球。动画里的地球比例非常滑稽——地球的直径和无线电塔的高度差不多。能看见这些威风凛凛的信息波在动，说明他的无线适配器已经成功接入分组无线电网络中。兰迪打开一个终端窗口，输入

telnet laundry.org

几秒钟后，砰！他收到了登录提示。兰迪又看了一眼动画窗口，满意地发现信息波现在已经变成了几团问号。这意味着他的电脑已经将 laundry.org 识别为 S/WAN 设备——运行安全广域网协议——意思是兰迪的笔记本和 laundry.org 之间收发的每一个数据包都是加密的。当你准备用无线网络干一些违法的勾当时，这绝对是个好主意。

迈克或马克走下车，长长的西部风格大衣看起来相当浮夸，却

被里面穿的T恤破坏了整体形象：黑底，中间一个粗粗的红问号。他把霰弹枪带背到肩上，弯腰从后车门里取出一顶黑色大牛仔帽，放在车顶上。他抬起双臂，将长发别到耳后，抬头看着天空，然后把牛仔帽扣在头上。他脖子上松松地系着一块印着问号图样的黑色大手帕，他把它拉到鼻梁上方，牛仔帽下只留下了一条细缝，露出两只眼睛。要不是兰迪有几个朋友也经常打扮成这样走来走去（比如约翰·坎特雷尔），他一定会提高警惕。迈克或马克大步穿过停车场（一个摄影师的镜头一路小心地跟着他）然后他小跑穿过马路朝"24满"的方向去了。

兰迪用 ssh——"安全层"——登录进 laundry.org 以此进一步加密两台电脑间的通信。Laundry.org 是一种匿名服务，所有经由它传输到另一台电脑的数据包都会被先除去身份信息，所以之后任何拦截到这些数据包的人都无法得知它们的来源。连上匿名服务器后，兰迪输入：

telnet crypt.kk

他按下回车，然后字面意义上真正开始祈祷。"地穴"还在试运行期（老实说，这是"墓碑"里的全部内容还没有被转移到这里来的唯一原因）。

"24满"的停车场里，迈克或马克和另外三个戴着牛仔帽、系着黑方巾的精灵族会合在一起，兰迪通过他们马尾辫和胡子的长度和颜色分辨出了他们。有斯图，一个不知怎么和艾维的HEAP工程有点关系的伯克利大学研究生；有菲尔，几年前曾发明过一种重要编程语言，业余爱好是直升机滑雪；还有克雷格，了解加密信用卡网络交易方面的一切，并且是日本弓道的狂热爱好者。这些人里有些穿着长大衣，有些没有。从他们身上可以看见许多"秘密崇拜者"的肖像学元素：T恤上写着数字56，代表山本五十六，或者干脆印着山本五十六本人的照片，或者是大问号。他们正在进行活跃愉快的讨论——虽然看起来有些不自然——因为在别人看来，他们正在光天化日之下拿着长枪。其中一个人拿着猎枪，其余每个人都挎着一把插着香蕉型弹夹、看起来很原始的枪。兰迪猜测那些是HEAP枪，但不敢确定。

不出意料，这幅／个场面引起了警察的注意。他们用警车包围住这四个人，并拿着步枪和霰弹枪在旁待命。许多司法管辖区都有这种法律怪象：携带一把（比如说）隐蔽的单发点二二短筒手枪需要执照，然而公然携带（例如）一把大型狩猎用步枪却是完全合法的。隐蔽的武器违反法律，或至少受到严格控制，毫不遮掩的武器则不然。所以许多"秘密崇拜者"——他们里面有很多枪械迷——喜欢明目张胆地带着武器走来走去，以凸显这些规则的荒谬。他们要表达的是：藏起来的武器只能在碰上难得一见的小犯罪时用来自卫，所以谁他妈的还在乎它们？宪法提供携带武器的权利的真正原因，是让人有能力反抗政府压迫，而当政府压迫发生的时候，你的小手枪基本等于没用。所以（在这些人看来）如果你要行使持有并携带武器的权利，你应该公开行使，以扛大枪的方式。

兰迪的屏幕上出现一堆废话。欢迎来到"地穴"，它的开头是这样的，然后是一段信息，包括为什么"地穴"是个好主意，还有为什么每个对隐私稍微有点在乎的人都应该来这里开个账户。兰迪按下一个键跳过了广告信息，然后以兰迪的名字登录。然后他输入命令：

telnet tombstone.epiphyte.com

并收到两条令人满意的信息：一条说已建立与"墓碑"的连接，下一条说已自动生成S/WAN连接。最后他看到了

tombstone login:

这意味着现在他可以自由登入街对面的机器了。此时此刻，兰迪先生需要做出一个小小的抉择。

到目前为止，他还是清白的。从他笔记本里传出去的数据是加密的，所以即便有人在监控本地分组无线电网，他们知道的也只是有一些加密数据在飞来飞去。他们无法根据那些数据追踪回兰迪的电脑，除非搬来一台高精尖无线电定位仪器，并非常明确地指回他的方向。这些加密数据最终会来到奥克兰的laundry.org，那是一个大型因特网主机，很可能每秒都有成千上万的数据包从里面进进出出。如果有人监视着laundry.org的T3线（这需要大量计算机和通信设备投资才能做到），他们会侦测到极少数量的加密数据包发送到了吉纳库塔的crypt.kk。但这些数据包离开laundry.org前会被清除所有身份信息，所以它们的来源无从知晓。而crypt.kk也是匿名服务，所以假设有一个实体在监控它数量庞大的T5线的话（工作量接近监听一整个小国家的电子通信系统），理论上来说也许可以检测到少量在crypt.kk和"墓碑"之间来回的数据包。但话说回来，这些数据包也会被清除一切身份信息，所以连回溯到laundry.org都是不可能的，更别说再往回追踪到兰迪的电脑了。

然而兰迪如果真要进到"墓碑"里开始篡改证据，那他现在必须登录。如果这是台那种曾经遍布大半个因特网的安全性很差的主机，那他可以利用它的众多安全漏洞之一黑进去，到时候就算有人发现机器被动了手脚，他也可以声称不是他干的——只是某个恰好在机器被警察没收那一刻黑进去的黑客而已。但兰迪过去几年的时间都在忙着让这台机器变成黑客无法侵入的主机，所以他知道这是不可能的。

此外，用随便什么用户身份登录进去是没有意义的——比如用访客账户。访客没有修改系统文件的权限。要进行真正有意义的篡改证据，兰迪必须用超级用户身份登录。不幸的是，超级用户的用户名就叫"randy"，而要以"randy"登录必须输入一串只有兰迪知道的密码。所以在利用最先进的加密技术和跨洋分组交换通信来隐瞒他的身份后，兰迪现在发现自己面对着不得不把自己的名字输入这台该死的机器里的境况。

他脑袋里浮现出一个场景：他给所有laundry.org的用户发布匿名广播，告诉他们"tombstone.epiphyte.com"上的"randy"账号的密码是什么什么，并鼓励他们尽快将这条信息传遍整个因特网。如果他一小时前想到这个点子也许还算不错。现在为时晚矣，任何有脑子知道要查询这些信息的时间标识的诉讼律师，都能够证明这只是个幌子。

再说，时间已经非常紧迫了。街对面的讨论（在离这么远的地方听只是刺耳的骚动）正在达到某种高潮。

与此同时，兰迪打开浏览器，访问了ordo.net的主页。平时它只是个无趣的公司主页，但是今天所有的宣传语和每日新闻都被一个直播大楼外面实况的彩色视频窗口挡住了（或者说是几秒前的实况，从他悲惨的窄带无线连接上传输过来，图像大概每三秒才换一帧）。视频是从"秩序"本部传出来的，他们显然将一台摄像头对准了窗户外面，并直接把图像从自家的T3线里塞了出去。

兰迪抬起眼睛，刚好看到发明"虚拟现实"这个词的人穿过停车场，一边和《图灵》杂志的执行主编热烈交谈。他们后头不远的地方是布鲁斯，一位操作系统工程师，闲暇时间喜欢录制火地岛民谣并上传到网上供人免费欣赏。

"布鲁斯！"兰迪叫道。

布鲁斯脚步一顿，看向兰迪的方向。"兰迪。"他说。

"你怎么来了？"

"传言说联邦调查局的人正在洗劫'秩序'。"布鲁斯说。

"有意思……知道具体是哪些人吗?"

"科姆斯托克。"布鲁斯说。指的是保罗·科姆斯托克,由于他是美国司法部部长,所以自然而然也是联邦调查局的头头。兰迪并不相信这条传闻,但他还是忍不住扫视了一圈看有没有形似FBI探员的人。FBI痛恨并且害怕强力的加密技术。这时另一个"秘密崇拜者"类型的人大叫了一声"我听见特勤局了"在某种意义上甚至更加可怕,因为特勤局是财政部的一部分,负责与电信诈骗做斗争以及保护国家货币①。

兰迪说:"你愿不愿意考虑一下这一切都是个网络谣言的可能性?真正发生的事情只是'秩序'办公室里的一台设备要因为某桩法律纠纷被取用?"

"那为什么来了这么多警察?"布鲁斯说。

"也许是那些戴面罩拿冲锋枪的人招来的。"

"好吧,如果不是政府袭击的话,一开始那些'秘密崇拜者'为什么要来?"

"我不知道,也许只是一种自发的自组织现象——就像原始汤里生命的起源一样。"

布鲁斯说:"有没有可能这桩法律纠纷只是个借口呢?"

"换句话说,纠纷就好比只是科姆斯托克设计的特洛伊木马?"

"没错。"

"根据我对所有相关方的了解,我觉得可能性不大,"兰迪说,"不过让我考虑一下。"

"秩序"停车场上的噪声和争论激烈程度骤然上升。兰迪看了

---

① 2003年以前,特勤局隶属于美国财政部。

一眼视频窗口，很不幸它没有音频。帧之间的切换方式是新像素一粒一粒地糊在旧的上面，就像大广告牌被一块一块地贴满，这算不得什么高清电视。但兰迪毫无疑问地认出了艾维，他站在那里，高大苍白，神情镇静，两边站的大概是"秩序"的董事长戴夫，和另一个显然是律师的人。他们挡在大楼门口，与两个警察，还有——不是别人，正是安德鲁·洛布——对峙着。他正飞快地做着动作，因而造成了无法解决的带宽问题。网络视频软件的智能程度让它不会去动画面里改变不大的部分，所以一动不动的警察们大概一分钟只刷新几次，变的也只有几块矩形的图像块。但安德鲁·洛布却是在不停地挥舞双臂，蹿上跳下，一次又一次扑向艾维，又抽回身接电话，在空中挥舞着文件。计算机将他识别为一堆需要大量注意力和带宽的像素，所以在某个地方，某个可怜的算法正在对付安德鲁·洛布这一团带来大量压力的压缩像素糨糊，尽力把移动最快的部分冻结成离散的帧，把它们切成能作为数据包在网络上传输的棋盘格子方块。这些数据包通过无线电网络到达兰迪的电脑，零零散散，顺序也不对。所以安德鲁·洛布的样子像是某种立体派数字视频作品，一条大部分由风衣的褐色像素组成的方格阿米巴虫。时不时地，他的眼睛或嘴巴会突然出现在某个图像块的中间，脱离了他的身体，并静止在那几秒钟，然后又在一阵狂怒中化作碎片。

这景象有种古怪的迷人感，直到一声沉闷的响动把兰迪从沉思中惊醒。他转过头，发现他挡住的那辆厢式货车原来并不是被遗弃的。货车里面坐满了矮人，他们现在已经打开后面的货厢，露出里面的一堆电线电缆。几个矮人正把一台四四方方的设备抬上车顶，电缆把它跟下面另一台四方的设备连接起来。那设备本质上来说是电子的——并且看起来不像能够射出弹丸的样子——所以兰迪暂时没有太过注意它。

街对面的声音又高了起来，兰迪看见几个警察扛着破门锤从警车里爬了出来。

兰迪输入：

randy

然后按下回车。"墓碑"回应：

password：

于是兰迪输入密码。"墓碑"告诉他已经登录成功，并提示他有新邮件。

兰迪登录上来这个事实已经被系统在硬盘上的数个位置记录下来。换句话说，他刚刚在马上要被警察当作证据拿走的武器上抹了几个油腻腻的大指纹。如果"墓碑"在兰迪清除完痕迹前被警察关机拿走，他们就会知道在"墓碑"被没收的那一刻他登录过，然后以篡改证据的罪名将他抓进监狱。他非常希望道格拉斯·麦克阿瑟·沙夫托能够以某种方式了解到他现在做的事情有多么有种。不过话说回来，道格估计做过各种各样兰迪永远不会知道的有种的事情，而兰迪单纯看他的举止就很尊重他了。也许培养那种举止的方式就是暗中做很多有种的事，然后它会渗出到你的性格表面来。

兰迪可以用一条命令格式化硬盘，但是（1）那需要几分钟来执行，（2）无法彻底清除犯罪证据，一位目标明确的技术人员可以将字节从硬盘里提取出来。因为他知道哪些文件记录了他的登录行为，所以他执行了一个命令来找到硬盘上的那些文件。然后他输入另一条命令，连续七次将随机数字写入硬盘那些区域。

兰迪用右手小指敲下回车执行那条命令时，警察们正用破门锤撞击办公楼的侧门。他现在基本肯定不会被以篡改证据罪名起诉了。但他还没开始真正篡改，而这才是前面那一通忙活的目的。他需要找到所有指明了沉船经纬度的邮件副本，并给它们来一遍同样的多次擦除把戏。如果这些见鬼的邮件没有被加密的话，他就可以搜索关键的数字串。然而现在他只能搜索在特定的时间段里生成的文件，大约是兰迪在格洛丽号上，停泊在沉船上方的时候。兰迪大概知道那是哪天，所以为了保险起见，他把搜索条件限定在那一天前后五天之内生成的所有文件，并将范围设定在存储邮件的目录下。

搜索过程漫长得几乎没有尽头，或者只是因为现在警察已经把侧门撞了下来，进入了大楼内部，才让他这么觉得。视频窗口里的剧烈变化引起了兰迪的注意，他看见一连串粗糙静止的图像组成的旋转蒙太奇：一扇门，一条走廊，前台接待区，最后是一排路障。"秩序"的人已经把他们的摄像头从窗口拽回来，重新摆在了前台上，录制下一道由廉价的标准办公家具堆在接待区玻璃门前组成的屏障。镜头向上抬起，让他看到四扇玻璃门中的一扇已经（据推测是）被攻城锤的冲击敲碎了。

兰迪的"搜索"命令终于完成，返回给他一个大约有一百个文件的列表。关键的五六个文件就在这份列表里，但兰迪没有时间一个个查看到底是哪些了。他让系统生成一份这些文件占用的磁盘数据块的列表，以便于他之后再回来做超级擦除。拿到这份信息后，他对所有文件执行了一条"rm"，或"删除"命令。要从硬盘上擦除秘密，这是个毫无价值、一无是处的办法，但兰迪害怕他没有时间用更彻底的方式做了。执行"rm"指令只需要几秒钟，然后兰迪回去让系统在那些磁盘数据块上连续七次写入随机数字，就像之前一样。这个时候，路障已经在"秩序"的大厅里散落一地，警察已经进去了。他们的武器都拿了出来，指着天花板，他们看起来不是很高兴。

还有一件事要做。实际上是件大事。寄生藤的人拿"墓碑"做各种各样的用途，他们没办法知道里面其他地方是不是还存着经纬度的副本。寄生藤的成员大部分是积习已深的电脑用户，正是那种会写小脚本每周把自己的旧邮件全都备份到某个存档文件夹的人。所以他打开自己的脚本：它会在整个硬盘的每个扇区写上随机信息，然后再写一遍，再写一遍，再写一遍，直到永远——或者直到警察拔掉插头。就在他按下回车将命令输入到"墓碑"之后，他听见厢式货车那边传来一声令他毛发直立的电流声。他看见视频窗口里的一个警察静止住了。然后他的电脑屏幕黑掉了。

兰迪转头看向货车那边，矮人们正在击掌庆祝。

街上传来尖厉的轮胎声，还有低速碰撞的声音。大约一打车辆安静地停了下来，其中一些被还在移动的车子追尾了。麦当劳的灯黑了，电视台工作人员正在他们的移动演播间里咒骂，警察和律师拍打着他们的对讲机和手机。

"对不起，"兰迪对矮人们说，"可以请你们几位先生跟我介绍一下情况吗？"

"我们刚灭掉了整座大楼。"矮人之一说。

"什么意义上的灭掉？"

"用一次巨大的电磁脉冲。作用范围内的每一块芯片都烧掉啦。"

"所以是同归于尽的意思？抢走设备吧，你们这些该死的政府走狗，它们现在都变成没用的垃圾了？"

"对呀。"

"好吧，显然在那些车上是成功了，"兰迪说，"在曾经是我的电脑的这块没用的垃圾上也肯定是成功了。"

"别担心——它对硬盘没影响，"那个矮人说，"所以你的文件都还在。"

"我知道你以为我会把这当作好消息。"兰迪说。

第七十七章 佛 像

有车来了。尽管发动机的声音听不太清,但似乎烧的是柴油。后藤传吾和其他人一样都还没睡,他们正在等着它的到来。除了电报员和防空炮炮手以外,白天的班多克几乎没有人活动。尽管没有人告诉他们麦克阿瑟已经抵达吕宋岛,但每个人都已经察觉到了他的存在。美军飞机整日在上空盘旋,骄矜的机身闪闪发光,仿佛一艘艘来自遥远未来的宇宙飞船——而那是一个他们所有人都无缘得见的未来。远处的舰炮开火引得大地巍巍颤动。货车里运载的货物越来越少,班次却越来越密:每天晚上都有一两辆破破烂烂的卡车开进来,车厢里沉甸甸的金子压得后保险杠不断刮蹭在地上。

森中尉在大门口又安排了一架隐蔽在丛林里的机枪,以防美国大兵开着吉普误闯进来。在不远处的黑暗里,那架机枪的枪口正追踪着这一辆颠簸的车。枪手对这一路上的坑坑洼洼十分熟悉,还能根据车底盘与地面的刮擦声判断出车子开到哪一段了,那声音仿佛是一种特殊的摩尔斯电码。

车头灯毫无疑问是关着的,大门的卫兵也不敢开着大灯到处照。其中一人冒险点亮一盏煤油灯,对准来者照去。镀铬的发动机散热窗上浮现出银色的奔驰标志。灯光掠过轿车漆黑的挡泥板、银色的排气管和沾满了新鲜椰子肉的踏板——想必是在来这里的路上蹭到了路边的椰子堆。从驾驶员一侧的窗户望去，里面坐着一个四十来岁的日本人，一脸憔悴与疲惫，仿佛下一秒就要大哭出来似的。但他只是个司机罢了。他身旁坐着一个手持短筒霰弹枪的中士，对于这样一辆豪车的前座来说，日本军队配给的步枪太长了。他们身后拉着一道帘子，后座上藏着什么东西——或者什么人。

"拉开！"卫兵命令道。司机伸手越过头顶，拉开了身后的帘子。灯光射入拉开的缝隙，照亮了后座上一张苍白的脸，几个士兵叫出声来。后藤传吾慌里慌张地退了一步，又凑近来仔细查看。

后座上那人的头非常大，但奇怪的是他的皮肤，黄灿灿的——不是亚洲人皮肤的那种黄——还闪着光。他戴着一顶奇特的、尖尖的帽子，脸上挂着镇静的笑容——自打开战以来，后藤传吾就没见过这样的表情。

越来越多的灯光聚拢过来，士兵和军官们围成一圈慢慢走近这辆奔驰。有人拉开了后门，却猛地向后一跳，仿佛那门烧着了他的手似的。

那名乘客正盘腿坐在后座上，座椅已经被他压得弯成了一个V字形。

这是一尊纯金的佛像，应该是从大东亚共荣圈的某个地方劫掠来的。如今它来到这里，将要到各各他那宁静的黑暗里去继续它的冥思了。

这尊佛像小到可以运进隧道入口，但没有办法塞进那些小小的矿车，最后只好让几名最强壮的菲律宾劳工一步一步地把它搬进仓库里去。

最早运来的那些货物全都整整齐齐地码放在箱子里，箱子外面则印着"机枪子弹"或者"迫击炮弹"之类的字样。后来运来的箱子上则没有这些字。再后来,不知从什么时候起,装金子的箱子变成了纸板箱和破破烂烂的行李箱。它们随时随地都会裂开,而劳工们则见怪不怪地将地上的金子捡起来,抱到隧道入口,再一股脑儿扔进手推车里。金条翻滚着落进车里时总会发出叮铃咣啷的声响,惊起栖在外边树上的一群群飞鸟。后藤传吾无法不去注意这些黄金。它们大小不一,有的体积很大,要两个人合力才能抬起一块。金条上印着各个地方中央银行的名字,有些地方后藤传吾曾经去过,而更多的地名他只不过有所耳闻而已,比如新加坡、西贡、巴达维亚①、马尼拉、仰光、香港、上海和广州。里面既有从法国运去柬埔寨的黄金,也有从荷兰运到雅加达的黄金,还有英国运到新加坡的黄金——这些显然都是为了避免让它们落入德国人之手。

但是其中也有整箱整箱从东京银行运来的黄金,为了运送这些黄金他们出动了五个车队。根据后藤传吾在心里悄悄做出的统计,藏在各各他的黄金中有三分之二是来自日本本土的银行储备。这些黄金都泛着寒气,储存在老旧而结实的箱子里。他推测这些金子很早以前就被送到了菲律宾并一直藏在马尼拉的某个地窖里面,直到这个时刻的来临。在后藤传吾被从新几内亚的海滩上运走的时候他们就开始运送这些黄金了,那得追溯到 1943 年年底。

原来他们知道,他们早就知道这场战争会输。

到了一月中旬,后藤传吾已经开始带着一种近乎怀念的心情在回忆圣诞夜的那场屠杀了:他怀念那种使得最开始那几个人死于非命的懵懂无知的气氛。直到那天之前,他甚至能说服自己相信各各他里埋藏的是大量军火,而天皇忠诚的士兵们终有一天能利用这里

---

① 雅加达的旧名。

的储备反攻吕宋，打一场漂亮的翻身仗。他知道劳工们也是这么想的。但是现在这里藏着黄金的事实已经尽人皆知，整个集中营的气氛也随之改变了。每个人都明白，这次是不可能活着离开这里了。

一月初的时候，劳工们分成了两大阵营：一种已经打算听天由命地死在这里，另一种则不打算认命。后一种人进行了好几次毫无组织也毫无希望的逃亡，最终的结局当然是被击毙。节省弹药的时代仿佛已经过去，又或者是因为卫兵们都太累太饿，没有半分力气从瞭望塔里跑出来，享受亲手把刺刀插进这些送死者身体里的乐趣。因此一切都用子弹来了结，尸体则放任在原地膨胀腐化。班多克充满了死人的气息。

后藤传吾几乎没有注意到这一点，因为集中营里此刻正弥漫着一种战役打响前常常出现的疯狂而病态的情绪。至少他是这么觉得的，他在这场战争中经历过不少惊险的时刻，但没有哪次参与过一场真正的"战役"。这里大多数的日本士兵也是如此，因为所有真正打过仗的日本人都已经死了。留下来的不是新兵蛋子，就是尸体。

有时运送黄金的车队也会送来一只公文包。这只公文包通常都与一名浑身挂满手榴弹的士兵铐在一起，如果遭到菲律宾抗日人民军的袭击，那么他就会引爆手榴弹，和公文包一起粉身碎骨。这只公文包会被直接送到班多克的无线电台，而其中的文件则被妥善保存在一个保险柜里。后藤传吾知道上面肯定写有密码——不是通常的密码本，而是某种每天一换的密码——每天早上日出之后，那个无线电发报员总会在发报机前举行某种古怪的仪式：烧掉一张纸，再用手指碾碎剩下的灰烬。

他们将通过无线电收到最后的命令。一切都准备就绪，后藤传吾每天都要下到隧道里仔细检查一番。

几个星期以前，那道斜井终于和山本湖底的短井连上了。短井里已经充满了从几个月前安置的混凝土塞里渗出来的湖水，因此两条隧道甫一连接，成吨的湖水就顺着斜井涌入了各各他。一切都在计划之中，湖水灌入一个事先挖好的集水坑里，再泻入东条河。现在可以沿着斜井向上走，从底部观察堵住湖底的混凝土塞了。山本湖就在上面。后藤传吾每隔几天就要上去一趟，假装检查混凝土塞和爆破装置，实际上是在核实老荣和鲁道夫负责的那项瞒着野田上尉进行的工程的进度。他们向上挖出了好几条短而垂直，但却不通的"通风井"，在上端掏出尽可能大的空间。整个工程（包括将军要求多挖出来的几条"通风井"，从山脊的东面往下挖）如下：

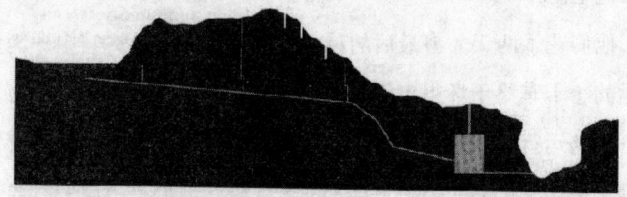

在主仓库的框架里有一间小房间，野田上尉称之为"荣耀殿堂"，尽管它现在看起来一点也不荣耀。这间房里堆满了从整个工程各个部分里引出来的电线。这些电线或是从天花板上垂下来，或是蜿蜒在地上，上面都贴着手写的标签，注明"主入口爆破装置"之类的内容。这里还有几箱用在爆破装置上的铅酸电池，它们还可以为后藤传吾提供几分钟的照明，以便他到时阅读标签。另外还有几箱炸药和雷管摆在荣耀殿堂的另一头，以备额外爆破的需要，还有几卷导火索以防电力系统瘫痪。

但是爆破的命令仍未到来，后藤传吾只能像一般的等死士兵一样打发时间。他开始给家里写信，那种永远不会送到，甚至永远不会投递出去的信。他开始抽烟，玩牌，一遍又一遍地检查设备。一个星期过去了，再也没有车队来过。二十个劳工联合起来逃亡。那些没有血溅当场的人都被外围的铁丝网困住了，最后被两人一组的卫兵逐个收拾掉：一人打手电，另一人开枪。野田上尉整夜整夜地徘徊在大门外，叼着根烟，最后把自己灌得醉醺醺的才能在黎明入睡。发报员坐在发报机前盯着发光的真空管，频率上一有什么风吹草动就像被电击的青蛙腿一样抽动起来。但是命令仍未到来。

一天晚上，就像他们第一次来时那样，车队又出现了。这次他们一定是调动了吕宋岛上剩余的所有汽车。他们一股脑儿驶了过来，隆隆的噪声比车子还早半个小时抵达了大门口。等把车上的货物全都卸到地上之后，护卫这趟车队的士兵也留了下来，只有司机们离开了这里。

他们花了两天才将最后的这一批货物送入隧道。其中一辆负责搬运的小卡车终于坏得走不动了，于是它的部件被拆下来全力保证另一辆的运行。但是另一辆也只剩下半个汽缸还能用，走得有气无力的，最后还得靠人力将它推上河床，碰到地上有障碍的时候还要用绳子拖上去。而天终于也开始下雨，东条河的河水涨起来了。

主仓库里已经堆满了宝藏，假仓库也差不多满满当当。他们只能把最后这批货物尽可能地塞进任何可能的缝隙里，因此他们打开箱子，把金条一根根塞了进去。箱子上印着双头鹰和纳粹标志，箱子里的金条则来自柏林、维也纳、华沙、布拉格、巴黎、阿姆斯特丹、里加、哥本哈根、布达佩斯、布加勒斯特和米兰。里面还有纸箱装的钻石。有些箱子表面还潮乎乎的，带着一股海水的气息。看到这些，后藤传吾知道一定是从德国来了一艘装满了纳粹珍宝的潜水艇。这就解释了这两个星期的空白：他们在等这艘 U 艇。

他头戴矿灯在隧道里工作了两天，把那些珠宝和金条塞进仓库的边边角角。塞着塞着他就恍惚起来，直到从岩石上震荡出来的一声巨响惊醒了他。

大炮,他心说。说不定是麦克阿瑟的飞机扔下的炸弹。

他从通风井里钻出来,来到山脊上,外面正是大白天。他沮丧地发现外面并没有开战。麦克阿瑟不会来救他了。森中尉已经把大部分的劳工都召集上来,他们正用绳子拖着班多克的大型器械往新近挖出的"通风井"里推。两辆卡车也在其中,他们用气焊割炬和大锤将车子分解成小块,也推进了井里。后藤传吾走出来的时候正看到他们把无线电站的发电机组件推进深不见底的黑暗中。其余的部件紧随其后。

附近的树林里传出粗重的喘息,仿佛有人在干什么体力活儿。那是练武时那种气沉丹田的声音。

"后藤中尉!"野田上尉已经醉得不清不楚,"你的任务在那下面呢。"

"什么声音那么大声?"

野田把他叫到一块凸起的石头旁,从那里可以俯瞰东条河的河谷。后藤传吾因为许多原因脚步虚浮,差点摔下去。也许是因为这条河变化太大,他一时竟没有认出来。在此之前它不过是几条从石头河床上淌过的涓涓细流,即使在他们把河床开辟成道路之前,也可以踩着几块露出水面的石头一路跳跃到瀑布前。

但现在,仿佛一夜之间,这条河变得无比宽阔、深沉而浑浊。水面上露出一两块大石的棱角。

他想起很久很久以前看到过的一幅图,那仿佛是上辈子发生在另一个世界上的事了:一张马尼拉宾馆的床单,上面画着一张草图,标示东条河的是一条粗粗的蓝色墨迹。

"按照计划,"野田说,"我们把前面的山岩炸了。"

他们早就开始在河流的窄处堆积山岩,以便日后造出一个人工沼泽。但炸毁山岩应该是他们自绝于此前的最后一项工作才对。

"我们还没准备好。"后藤传吾说。

野田笑了,他看起来情绪很高涨。"一个月前你就说已经准备好了。"

"好吧,"后藤中尉缓慢而低沉地答道,"你说对了,我们已经准备好了。"

野田拍了拍他的背:"在河水涨起来之前,你得赶到主入口去。"

"我的人呢?"

"你的人在那儿等着你。"

后藤传吾沿着小路朝隧道入口走去。途中他经过另一个通风井,看到几十个被钢丝反剪着拇指的劳工在井口旁站成一列,身边守着手握刺刀的卫兵。他们一个一个地跪到井边。森中尉挥动着手中的佩剑,气喘吁吁地一刀砍下他们的头。每隔几秒,身首异处的尸体就滚下通风井,砰的一声落在其他尸体上。井口周围三米的树叶和砂石上都浸透了鲜红的血,森中尉也浑身血淋淋的。

"不必担心他们,"野田上尉说道,"我会按照之前说的那样用碎石把井口都填上。在美军发现这里之前,周围的树应该都已经长出来了。"

后藤扭开视线,转身打算离开。

"后藤中尉!"一个声音叫道,他转过身。是森中尉,他停下来喘了口气。一个菲律宾人正跪在他面前,用被捆住的双手捻动着玫瑰念珠,嘴里用拉丁语喃喃地祈祷着。

"怎么,森中尉?"

"根据我这里的名单,你调派了六个人出去。我需要他们到这里来。"

"那六个人在底下装货呢。"

"可是所有的货都已经运进去了。"

"没错,但还没安置好。如果我们任由那些珍宝撒得满地都是,就会引得窃贼们往深处挖,那假仓库就白费了。我需要他们把收尾工作做完。"

"你保证对他们负全责?"

"我保证。"后藤传吾说道。

"如果只是六个人的话,"野田上尉插口道,"你的人想必能制住他们。"

"靖国神社见,后藤传吾。"森中尉说。

"翘首以盼。"后藤传吾答道。他心想恐怕靖国神社现在已经人满为患,他们要找到彼此可得大费一番功夫。

"我可真嫉妒你。对我们这些还要待在外面的人来说,结局恐怕更漫长更痛苦吧。"说着,森中尉一刀砍下了菲律宾人的脑袋——他的祷词刚念出一个"万福",还没来得及接上一句"玛利亚"。

"你的英勇必将得到回报。"后藤传吾答道。

森中尉的手下正在通往各各他的洞口前等着他:四个精挑细选的卫兵。他们每个人头上都缠着一条千针布带,因此每个人脑袋正中都有一个橘红色的圆点。但是后藤传吾想到的不是初升的太阳,而是汩汩流血的伤口。水位已经升到了大腿的高度,入口的一半都被淹没了。当后藤传吾在野田上尉的陪伴下来到洞口时,四个人都恭敬地向他致意。

后藤传吾在入口处蹲下身子,只有头和肩膀能露在水面上。他面前的隧道一片漆黑,只有强有力的意志才能驱策他继续向前。但这与他以前在北海道废弃矿洞里做的事相比,也并没糟糕到哪里去。

当然,那些废弃矿洞的入口并不会在他身后被炸毁。

只有向前是他唯一的生路。只要他稍有犹豫,野田会当场击毙他,那四个人将会完成本该由他完成的任务。野田已经确认过另外四个人也接受过相同的训练。

"靖国神社见。"他对野田上尉说完,不等他回答,就猛地扎入了黑暗中。

第七十八章 教　皇

等到兰迪到达吉纳库塔航空候机区的时候，他已经忘记自己是怎么到的机场了。他是真的记不得了，是叫了出租吗？在洛斯阿图斯市中心似乎不太可能。是不是哪个其他黑客捎了他一程？他不可能是开的讴歌，因为讴歌的电子部件全被电磁脉冲烧焦了。当时他把车证从杂物箱里拿了出来，然后签给了三个街区外的一位福特汽车经销商，换了五千美元现金。

噢，没错。是那个福特汽车经销商载他到的机场。

径直走到某个外国航空公司的前台说"我要搭下一趟去某地的飞机"这种事情，他倒一直想干上一回。但刚才他真的这么干了一次，感觉却并没有他希望的那样酷炫浪漫，倒不如说是惨淡紧张又昂贵。他不得不买了头等舱的票，那五千美元一下子就花去了大半。但他此时此刻并不想在财务管理方面对自己过于苛责，即在他的资产净值是一个只能用科学计数法表示的负数的时候。他有很大的可能性没能在警察拿到"墓碑"主机之前清除它的硬盘，而"牙医"的官司也会因此胜诉。

去中央大厅的路上，他停下脚步凝视了一会儿一排电话机。他非常想把事情最近的进展通知沙夫托父女。最好是他们能想办法尽快把沉船上的财宝掏空，减少它的价值，由此减少"牙医"对寄生藤造成的伤害。

这里面的数学其实相当简单，"牙医"可以要求寄生藤赔偿他的损失。损失的数量为 x，x 就是如果兰迪足够负责，和西姆帕海事签了一份更好的合同的话，"牙医"作为一个少数股东能够得到的资本收益。如果那份合同协定好五五分账，那么 x 就等于沉船的现金价值的百分之五十，乘以寄生藤股权中"牙医"所有的十分之一，减去百分之几的税款和其他现实世界摩擦效应。所以如果沉船值一千万美金，那么 x 就大概等于五十万美元。

"牙医"如果想掌控寄生藤公司，他必须再额外持有百分之四十的股份。这些股份的价格（如果上市出售的话）等于寄生藤的总价值乘以 0.4。把这个价格设为 y。

如果 $x>y$，那"牙医"就赢了。因为法官会说："你，寄生藤公司，欠这位可怜的蒙受损失的股东 x 美元。然而在查看了你们公司危险的财务状况后，我看出你们拿不出这笔钱。所以偿还债务的唯一方式，就是给原告你们唯一大量拥有的资产，即你们的破烂股权。而因为整个公司的价值真的，真的很接近零，所以你们得把几乎所有股权给他。"

所以要如何让 $x<y$ 呢？要么清空沉船上的黄金，减少它的价值，要么就让寄生藤增值，通过——什么方式呢？

如果时机恰当，他们可以让公司公开上市。但首次公开募股需要数月的筹备时间。而且有"牙医"的官司挡在前面，没有哪个投资者会想碰他们公司的。

兰迪想象了一下开着一辆大挖掘机穿过丛林，把他和道格发现的那一大堆金块铲起来，直接运到银行存进寄生藤的账户里。那样就可以解决问题,这整个想法让站在国际航班大厅里的他全身一阵战栗。

在他左边,一团乱哄哄的妇女儿童拥了过去,兰迪听到了几个熟悉的声音。他的头脑正像一只饥饿的大章鱼一样紧紧缠住"丛林里的黄金"这个念头不放,为了暂时回到现实,他必须把触手拽开,将上面的吸盘一个一个扯下来。最后他终于把注意力集中在匆匆过路的那群人上,他认出他们是艾维的家人:黛沃拉,一群孩子和两个保姆,他们手里抓着护照和装在以色列航空机票封套里的票。孩子都还小,喜欢突然跑开,而大人们则神色紧张,不愿意让他们跑远,所以这一群人向大厅移动的方式类似一群比格犬向肉的方向移动。兰迪个人很可能要为他们的突然撤离负责,他想溜进卫生间在马桶里淹死自己谢罪算了,但他一定得说点什么。于是他跟上黛沃拉,主动提出帮她提肩上的儿童用品包,把她吓了一跳。接过来之后他才发现包出奇地沉:他估计里面有几加仑苹果汁,一整套应对哮喘的处理设备,也许还有几块为可能发生的文明崩溃准备的足金金条。

"那个,呃……去以色列?"

"以色列航空又不飞去阿卡普尔科。"咻!黛沃拉可真有力气。

"艾维有没有跟你解释原因?"

"你问我?我还以为你会知道呢。"黛沃拉说。

"好吧,事态确实,不太稳定。"兰迪说,"不过我不知道逃去国外是否有必要。"

"那你为什么会在机场,口袋里还插着吉纳库塔航空的机票?"

"噢,你知道……有些公事要解决。"

"你看上去很沮丧,你碰到麻烦了?"黛沃拉问。

兰迪叹了口气:"要看情况,你呢?"

"我什么?有麻烦?我为什么会有麻烦?"

"因为你被告知十分钟之后就要打包移民。"

"我们是去以色列,兰迪。那不叫移民,那叫还乡。"或者她说的是"换向"。没有文字版本,兰迪无法确定。

"是,不过还是挺麻烦的——"

"和什么比起来?"

"和待在家过日子比起来。"

"这就是我的日子,兰迪。"黛沃拉现在绝对散发出了不满的情绪。兰迪看出她现在恼火得要命,却因为某种情感上的保密协议不好表达出来。这大概比兰迪能想到的唯二两种其他情形要好些,即(1)陷入歇斯底里的指责,(2)陷入幸福的入定状态。这是一种"我会做好我的工作,你去做你的,你凑到我跟前来干吗"的态度。兰迪突然觉得自己帮黛沃拉拎包的做法真傻。她显然感到相当震惊,想不通这个关键时刻兰迪怎么还在机场干搬运工的活儿。就好像她和保姆们没能力扛一个袋子穿过走廊似的。她黛沃拉最近有哪次插手进来提出要帮兰迪写代码了吗?还有如果兰迪真的没有更好的事可做,他为什么不做个男子汉,在身上绑满手雷,去给"牙医"一个大大的拥抱?

兰迪说:"我假设你上飞机前会跟艾维联络吧,能替我给他捎个话吗?"

"说什么?"

"零。"

"就这个?"

"就这个。"兰迪说。

黛沃拉也许不熟悉兰迪和艾维为了节省宝贵的带宽而用二进制码进行交流的方式,一次一比特,以保罗·列维尔和老北教堂的风格。在此情况下,"零"意味着兰迪没能成功清除"墓碑"硬盘上的所有数据。

* * *

吉纳库塔航空的头等舱休息室带着免费饮料和与美国大相径庭的服务理念向他招手。兰迪没有去,因为他知道如果他进去肯定会立刻陷入昏迷,他们得用铲车才能把他运到747上去。他转而在机场里游荡,偶尔会痉挛般地伸手去抓身侧,然后重新记起笔记本电脑并不在身边。对于他笔记本的大部分都已经塞进了那个买了他的讴歌的福特经销商的垃圾桶里这个事实,他还没法那么快接受。在他等那人从银行取五千美金回来时,他用便携万用钳上的螺丝刀把笔记本的硬盘拆下来,然后把其他部分扔掉了。

候机厅天花板上挂着超大的电视机,正在播放机场频道,内容是比普通电视节目更不靠谱得让人难受的新闻快报,再加上大量天气报道和股票报价。兰迪深受震撼但并不意外地看见了戴着黑帽子的"秘密崇拜者"们在洛斯阿图斯大街上行使《宪法第二修正案》的权利,"秩序"的路障倒向摄像机,还有举着武器的警察蜂拥而上。屏幕上出现了保罗·科姆斯托克——他在爬进加长豪车的途中停下来说了什么,一副精神矍铄、得意扬扬的样子。关于电视新闻的传统观点是,形象就是一切。如果此话不假,那么"秩序"这回是大赢家,因为他们看起来像是军事压迫的受害者。但这对寄生藤毫无帮助,因为"秩序"只是——或者说应该只是——一个旁观者。这本该是"牙医"和寄生藤之间的私下冲突,现在却变成了科姆斯托克和"秩序"的公然对抗,这让兰迪觉得恼火又困惑。

他登上飞机,开始吃鱼子酱。通常他是不吃的,但鱼子酱具有一种冷眼旁观天崩地裂的颓废气质，正好适合他现在的心情。

作为书呆子的习性之一，兰迪真的会去看和航空杂志、呕吐袋塞在一起的信息卡。其中有一张卡片满是溢美之词地告诉他，"苏丹级"乘客（头等舱乘客的别称）不仅可以在座位上拨出电话，还可以接别人打来的电话。于是兰迪拨通了道格拉斯·麦克阿瑟·沙夫托的 GSM 电话号码。号码本身是澳大利亚号码，不过在地球上哪里都能打通。这时候菲律宾应该还是早晨六点左右，但道格肯定已经醒了。果不其然，电话拨通第二声他就接了起来。兰迪可以从汽车喇叭和柴油机轰鸣的声音判断出，他现在正堵在马尼拉的交通里，很有可能是坐在出租车后座上。

"我是兰迪。在飞机上，"兰迪说，"一架吉纳库塔航空的飞机。"

"兰迪！我刚刚才在电视上看到你。"道格说。兰迪花了好一会儿才消化这句话，他刚才用了好几杯伏特加洗去嘴里鱼子酱的味道。

"是啊，"道格继续说，"我醒来的时候打开 CNN，就瞥到你坐在一辆车顶上打字。出什么事了？"

"没事！什么事都没有。"兰迪说。他想这真是行了大运。既然道格在 CNN 看见他了，他就更可能出于纯粹的被害妄想而采取极度戏剧性的手段。兰迪啜了一口伏特加，然后说："哇，苏丹级乘客的服务太棒了。总之，如果你上网查一查'秩序'，就会明白这一团乱子跟我们没有一丁点儿关系。没有。"

"有意思，因为科姆斯托克否认这是对'秩序'的镇压。"道格说。当谈到美国政府的官方否认时，像道格这样的越战老兵总能拿出一副拖腔拖调的嘲讽语气，隐晦程度基本等于把汽车跨接电缆直接连上你的内脏，但比那要好笑得多。伏特加爬到了他鼻孔一半的高度，兰迪才成功把它压下去。"他们说那只是一桩由来已久的小小民事诉讼。"道格说，换上了花瓣般柔软、受伤而纯洁的语气。

"他们说'秩序'刚好是政府痛恨并害怕的东西的供应商——这件事纯属巧合。"兰迪猜测。

"没错。"

"好吧,这一定只是我们和'牙医'的纠纷,没别的。"

"是什么纠纷呢,兰迪?"

"是在你们那边时间的半夜里发生的,我敢说今天早晨一定有一些有趣的传真在等着你。"

"唔,那也许我该去看看那些传真。"道格·沙夫托说。

"也许我到吉纳库塔的时候再给你打个电话吧。"兰迪说。

"祝你飞行愉快,兰德尔。"

"祝你有愉快的一天,道格拉斯。"

兰迪把电话放回扶手上的凹槽里,准备好陷入他理应享受的飞行昏迷,但五分钟后电话又响了起来。飞机上有电话响这件事太让人困惑,以至于他好一会儿都没弄明白情况。等他终于意识到是怎么回事以后,他不得不查看了一下说明卡片,才搞清楚怎么接电话。

等他终于把电话接起来放到耳边,一个声音说:"你管这叫隐蔽?你以为你和道格·沙夫托是世界上唯二两个知道苏丹级乘客可以接到打来的电话的人?"兰迪确信他从前没有听过这个声音。那是个老人的声音,不是疲惫或因为上了年纪而嘶哑的声音,而是像大教堂的台阶一样慢慢被时间打磨得平滑的声音。

"呃,你是谁?"

"你想要沙夫托先生去找一部付费电话然后打回来给你,我猜得对吗?"

"请问你是谁?"

"你以为那样比他的 GSM 电话更安全?并不是。"说话人在句子的前后和中途频繁停顿,好像他独处了很长时间,恢复谈话能力有一些困难。

"好吧,"兰迪说,"你知道我是谁,也知道我打给谁,所以显然你在监视我。我推测你不是'牙医'的手下,那就剩下——谁呢?美国政府?国安局,是吧?"

那男人大笑。"一般来说,米德堡的小伙子们是不会费心去跟他们监听的人报备的。"说话人的口音有一种不像美国人的干脆,有一点北欧的味道。"在你的事情上国安局也许会破例,是真的——我还在那儿的时候,他们全都是你祖父的工作的狂热崇拜者。实际上,他们喜欢到把它偷走了的程度。"

"没有更高的恭维了,我猜。"

"你应该是个亿万富翁,兰迪。感谢上帝你并不是。"

"你为什么这么说?"

"噢,因为那样的话你就会成为一个拥有高超智慧但从来不必做困难选择的人——永远没有机会运用他的才智。那种状态比做个白痴要糟得多。"

"爷爷以前在国安局为你工作吗?"

"他不感兴趣,他说他有更崇高的使命。所以在他不断创造出更先进的电脑来解决哈佛-沃特豪斯素因数挑战的时候,我在国安局的朋友们就监视他,然后偷师了。"

"你也一样。"

"我?噢,不,我只会勉强用用烙铁。我是去那里监视那些监视你祖父的国安局的人的。"

"为了——谁?别告诉我——eruditorum.org?"

"干得好,兰迪。"

"我应该怎么称呼你——'根'?'教皇'?"

"'教皇'是个好词。"

"确实，"兰迪说，"我查过了，想从语源学里找线索——那是个古拉丁文词语，意思是'祭司'。"

"天主教徒把罗马教皇称为'大祭司长'，或者简称主教。""教皇"欣然道，"但这个词也被异教徒用来称呼他们的祭司，以及被犹太人用来称呼他们的拉比——是个非常普遍的词。"

"但这个词的字面意思是'造桥者'，所以对于一套加密系统来说这是个好名字。"兰迪说。

"或者对我来说也是，我希望。""教皇"干巴巴地说，"我很高兴你这么觉得，兰迪。很多人会把加密系统当作一堵墙，而不是一座桥梁。"

"好吧，老天，很高兴通过电话认识你，'教皇'。"

"彼此彼此。"

"你最近在电邮的方面真是相当安静。"

"不想吓着你。我担心如果我继续打扰你，你会以为我是在试图劝你改宗呢。"

"完全不会。顺便一提——懂行的人觉得你的加密系统很奇怪，但很优秀。"

"理解了之后其实它一点都不奇怪。""教皇"礼貌地说。

"好吧，呃，为什么要打这通电话？显然你的朋友们还在监视我，为了——到底是为了谁？"

"我都不知道，""教皇"说，"但我知道你在试图破解'林仙'。"

兰迪都不记得自己把"林仙"这个词念出来过。这个词印在他放进切斯特的读卡机里面那一沓沓ETC卡的包装纸上。现在兰迪想象着爷爷的旧箱子里那个写着哈佛－沃特豪斯素因数挑战和50年代早期的一个日期的盒子。这倒是给了他一个可以用来给"教皇"定位的日期。"你40年代末50年代初在国安局工作，"兰迪说，"你一定从事过和'收获'相关的工作。""收获"是一台传说级别的破译密码用超级计算机，领先当时的技术三十年，由与国安局签订合同的ETC工程师们制造。

"我说过了，""教皇"说，"你祖父的工作成果很有用。"

"切斯特请了他的一位退休ETC工程师朋友来调校他的读卡机，"兰迪说，"他帮我读了那些'林仙'卡片。看见了包装纸。他是你的朋友。是他打电话告诉你的。"

"教皇"低声笑起来："在我们这个小圈子里，没有哪个词语比'林仙'更能勾起回忆了。他看见的时候差点儿晕过去，然后在他的船上就用手机打给了我，兰迪。"

"为什么？'林仙'为什么那么了不起？"

"因为我们花费了十年生命去破解那该死的密码！而且我们失败了！"

"那一定特别令人沮丧，"兰迪说，"你听起来还是很生气。"

"我是在生科姆斯托克的气。"

"不是那个——"

"不是那个司法部长保罗·科姆斯托克，是他父亲，厄尔·科姆斯托克。"

"什么？！被道格·沙夫托从缆车上推下去那个人？越战那个？"

"不，不！我的意思是，没错。厄尔·科姆斯托克确实要为我们的越南政策负大部分责任。道格·沙夫托也确实因为把他从缆车上推下去名噪一时，我相信那是1979年的事情。但越战这摊烂事只不过是他真正事业的尾声罢了。"

"他真正事业是？"

"厄尔·科姆斯托克，第二次世界大战时期你祖父在布里斯班的上司，是国安局的创始人之一。他也是我从1949年到大约1960年的上司。他对'林仙'走火入魔了。"

"为什么?"

"他坚信那是一套共产主义密码。如果我们能破解,就可以利用它破除一些让我们头疼的苏联新密码。这很荒唐,但他坚信不疑——或者他是这么宣称的——于是我们绞尽脑汁对付了'林仙'好多年。坚如磐石的人最后都精神崩溃了,才华横溢的人最后得到的结论是自己很愚蠢。结果最后发现那是个笑话。"

"笑话?你是什么意思?"

"我们把那些截获的信息用'收获'反复处理。我们曾经说,当我们在破解'林仙'的时候,华盛顿和巴尔的摩的灯光都变得昏暗了。我仍然记得开头的字母组合:AADAA FGTAA 之类。那些重复的 A!人们写了好多论文谈论它们的重要性。最后我们得出的结论是它们只是偶然形成的。我们发明了全新的密码分析系统来攻击它——给《编码宝典》又新添了好几卷,那些数据几乎是随机的。试图从里面寻找规律就好像试图去读一本烧成灰后和胡佛水坝里所有的混凝土搅在一起的书,我们从来没有得到哪怕是一点有价值的东西。"

"过了十年左右,我们开始用它来吓唬新人。那时候国安局的规模已经大得难以置信了,我们招募了所有美国最优秀的数学奇才,而当我们招到一个特别自以为是的人的时候,我们会派他去研究'林仙'项目,让他知道他并没有自己以为的那么聪明。我们用这招降服了许多年轻人。但是之后,大概1959年,来了一个小鬼——我们见过的最聪明的小鬼——他破解出来了。"

"好吧,我猜你打电话过来不会只是为了吊我胃口,"兰迪说,"他发现什么了?"

"他发现'林仙'拦截信息代表的根本不是加密的信息。它们只是一个特定的数学函数的输出结果，黎曼 ζ 函数，它有很多用处——其中之一就是在一些加密系统里作为随机数发生器。他证明了如果你把这个函数设定成某一个特定的样子，然后对它输入一串特定的数字，那么它就会生成和我们拦截到的信息一模一样的字母序列，所以这就是全部了。这差点儿让科姆斯托克的事业走到了尽头。"

"为什么？"

"一部分是因为'林仙'项目里投入了不计其数的财力和人力。但主要是因为那个输入字符串——随机数发生器的种子——是老板的名字。C-O-M-S-T-O-C-K。"

"你开玩笑吧？"

"证据就摆在那里，从纯数学的角度来看它毫无破绽。所以要么是科姆斯托克自己生成了'林仙'拦截信息，并且愚蠢到用自己的名字做种子——相信我，他真的是那种人——要么就是别人跟他开了个天大的玩笑。"

"你觉得真相是哪种？"

"这个嘛，他从来没有透露他一开始是从哪里得到的这些拦截信息，所以要做出假设很困难。我倾向于相信玩笑的理论，因为他是那种会激起下属强烈想要对他恶作剧的欲望的人。但到最后这些都不重要了，他在四十六岁的时候被开除出国安局。一个典型的灰色人物，战争老兵，一个拥有极高安全权限和许多高层人脉的技术官僚。他基本上是从那里径直进了肯尼迪的国家安全委员会，接下来的事就众所周知了。"

"哇哦！"兰迪说，有些惊奇，"真是个浑蛋！"

"真不开玩笑，""教皇"说，"而现在，他儿子——哎，别跟我提他儿子了。"

"教皇"的话音落下时，兰迪问："所以你现在打给我是出于什么目的？"

"教皇"好一会儿没有回答，仿佛他自己也在纠结于问题的答案。但兰迪怀疑其实并不是这样。有人在试图给你传递一条信息。"我想我只是一想到更多聪明的年轻人要投身研究'林仙'，就觉得无比惊骇。在我接到那个从华盛顿湖上打来的电话之前，我一直以为它早就盖棺了结了。"

"但你为什么要在乎？"

"你已经被剥夺了一大笔计算机专利本来可以带来的财产了，""教皇"说，"那不公平。"

"所以是因为怜悯。"

"不仅如此——正如我所说——监视你是我朋友的工作。接下来几个月里，你说的每一个字他都会听到，或者至少是读到文字稿。如果你和坎特雷尔和其他人这段时间里一直都在叨咕'林仙'的事，他可受不了。可怕的似曾相识感，卡夫卡到无法忍受的程度。所以拜托，忘了它吧。"

"好吧，谢谢提醒。"

"不客气，兰迪。我可以给你一句忠告吗？"

"这本来就应该是教皇的职责。"

"首先是一条免责声明：我不在社会上活跃已经有一段时间了，我还没有学习到后现代那种不愿意进行价值判断的习惯。"

"好的，我做好心理准备了。"

"我的忠告是：尽你们所能建造最好的'地穴'。你的客户们——至少是其中一些——实际上跟野蛮人没什么两样。他们要么会让你发财，要么会取你小命，就像从约瑟夫·坎贝尔[①]的脚注里摘

[①] 约瑟夫·坎贝尔（1904—1987），美国著名比较神话学和比较宗教学大师。

出来的一样。"

"所以你说的是普通的哥伦比亚毒枭那一型?"

"是的,没错,但我指的还有某些穿西装的白人,退回野蛮状态只需要一代人的时间。"

"好吧,我们向所有的客户提供最先进的加密服务——就算是鼻子上穿着骨头的也一样。"

"好极了!现在——虽然我不想在阴暗的气氛中结束——我必须说再见了。"

兰迪挂掉电话,电话却几乎是立刻又响起来。

"你他妈的是什么大人物啊?"道格·沙夫托说,"我给飞机上的你打电话,竟然听到的是忙音。"

"我有个有趣的故事要告诉你,"兰迪说,"关于你以前滑雪的时候碰见过的一个人。不过恐怕要等一段时间了。"

第七十九章 格洛丽

全身涂满迷彩的鲍比·沙夫托赤裸着胸膛，一手持刀，一支柯尔特点四五插在卡其布裤子的后腰上，像一团迷雾般掠过丛林。当他近到能看清那辆停在多毛的枣椰树树干间的日军卡车时，他停住了脚步。一行蚂蚁沿着凉鞋爬上了他的脚面，他不予理会。

显然他们是停下来方便的。两个日本士兵从车上跳下来，商量了几分钟。其中一人钻进树林里，另一人则靠在卡车的挡泥板上，点了一支烟。烟头的一星火光映衬着他身后的残阳。树林里的那个士兵解开裤带，蹲下身子，靠在一棵树上大解起来。

这是两人最懈怠的时候。灿烂的夕阳与昏暗的树林形成了强烈的明暗对比，使他们几乎成了睁眼瞎。正在解手的那人孤立无援，正在吸烟的那人精疲力竭。鲍比·沙夫托蹬掉凉鞋，他从树林里蹿到路上，被蚂蚁啃噬的双脚大踏步跑到车子一侧，蜷在保险杠的后面。裤袋里的武器悄无声息地滑落在他手上。他透过底盘紧盯着吸烟士兵的双脚，然后慢慢绕到卡车背后，往后挡板上啪地贴了什么东西。为了强调似的，他又啪地贴了一张。任务完成！接招吧，东条！

卡车的后挡板上贴着两张红白蓝三色的贴纸，上面写着："我会回来的！"鲍比暗自庆贺自己又一次圆满完成了任务。

天黑之后又过了好一阵子他才回到了隐蔽在火山上的菲律宾抗日人民军营地。他一边小心地绕过周边的陷阱，一边故意发出各种声响，以免哨兵在黑夜里误伤自己，但他多虑了。今天的队伍纪律涣散，每个人都喝得醉醺醺的，而且似乎还要继续喝下去，因为他们今天从广播里听到了一条消息：麦克阿瑟回来了。将军已经登陆莱特了。

于是鲍比·沙夫托煮开了一壶浓咖啡，把它灌进了电报员佩德罗嘴里。在等待咖啡因起作用的这段时间里，沙夫托掏出一个小本子和一支铅笔头，第七次在纸上写下信息：若有机会与康塞普西翁的亲美分子联络。我自愿执行任务。等待命令。签名沙夫托。

他让佩德罗把这段信息加密并传了出去，现在他只能一边等待命令一边祈祷。贴贴纸这种蠢事也该结束了。

他曾经无数次地想要开小差离开这里，独自跑到康塞普西翁去。但不能因为他现在在一支非正规军里执行任务，就能罔顾军纪。他认为逃兵就是该枪毙或者绞死，尽管他自己在瑞典的时候就是这么一个逃兵。

康塞普西翁位于马尼拉北方的低地，从三描礼士山的高处向下俯瞰，你能看到这座小城坐落在一片绿色的稻田之中。那片低地如今仍是日占区。但是如果将军要登陆菲律宾，那么他很有可能从小城北部的林加延湾上岸，路线与日本人1941年入侵时一模一样。而康塞普西翁是通往马尼拉的必经之处，他们必须在那里安插眼线。

果然，几天之后命令来了：与大海鲢11月5日在绿点会合句号发报机送往康塞普西翁句号等待进一步指示句号。

"大海鲢"是一艘为他们提供弹药和医疗补给的潜水艇，同时也运来"我会回来的"贴纸：无数盒内藏"我会回来的"纸片的美国香烟，"我会回来的"火柴，"我会回来的"杯垫，还有"我会回来的"安全套。沙夫托自己私藏了不少这种套子，因为他知道在一个天主教国家这玩意儿并不受欢迎。他想如果他能找到格洛丽，他完全可以在一个星期里用掉一英吨的套子。

三天之后，他和一支抗日军小分队来到"绿点"准备与"大海鲢"会合。"绿点"是他们给吕宋岛西岸皮纳图博火山下的一个小港湾取的代号，在苏比克湾北部并不很远的地方。潜水艇在午夜时分滑入港口，它用的是电动机，没有半点噪声。队员们划着橡皮艇和独木舟上前接应卸货。果不其然，其中有一台发报机。这次的货物里并没有那些该死的贴纸和火柴，只有弹药和几个新人：有几个是刚跟麦克阿瑟的情报主管汇报完工作的亲美分子，还有几个是美国人，也是麦克阿瑟的先遣军。

在接下来的几天里，沙夫托和另外几个精挑细选的游击队员扛着发报机翻山越岭地爬过三描礼士山脉，直到出现在他们面前的不再是山坡，而是一片低缓的稻田。那条纵贯南北、连接马尼拉与林加延湾的大路阻断了他们的前路。

经过几天手忙脚乱的准备，他们终于成功把发报机藏在了一辆装满粪肥的推车里。他们向一位忠心耿耿的贫穷老农借了一头可怜的水牛，把粪车套上，驾着它越过日军的占领区，朝康塞普西翁进发。

这时他们就必须分头行动了，因为蓝眼睛的沙夫托实在不适合这么大摇大摆地出现。于是那两名游击队员伪装成农民继续赶车，而沙夫托则独自在夜间行动，白天就睡在路边的沟里或者可靠的亲美菲律宾人家里。

他花了一个半星期才赶完这五十公里路，但还是凭着坚持不懈的精神在约定的时间内赶到了康塞普西翁,并在午夜时分敲响了当地联络人的家门。这位联络人是当地一位德高望重的公民,也是城里唯一一家银行的经理。当卡拉瓜先生看到一个美国人三更半夜站在他家后门口时吃了一惊,这时沙夫托就知道坏事了——他那两个带着发报机的同伴本该在一个星期以前就抵达这里了。银行经理告诉他之前没人来过,但是有传言说日本人最近抓到了几个企图用农用车走私违禁品的家伙并将他们当场击毙。

因此沙夫托孤身一人被困在了康塞普西翁,与外界失去了联系。他为那两个死去的战友感到惋惜,但与此同时,这种情况对他来说却不算太糟:因为他自告奋勇到康塞普西翁的理由只有一个,那就是这里是阿尔塔米拉家族的故乡,镇上的人大多都是格洛丽的亲戚。

沙夫托闯进卡拉瓜家的马厩里,拿稻草临时凑合了一张床。只要他提出请求,主人家就会给他安排一间客房。但是他表示自己最好睡在马厩里——万一他被发现了,卡拉瓜家还可以辩解说自己并不知情。他在稻草堆上躺了一两天,恢复过来,开始打探阿尔塔米拉家的情报。他当然不适合出去抛头露面,所幸卡拉瓜家对镇上的每一个人都了如指掌,他们也知道哪些人才靠得住。于是请求传了出去,过了几天,信息陆陆续续地传了回来。

卡拉瓜先生把沙夫托请进书房里,就着波本威士忌跟他谈了起来。出于对让贵客睡在马厩里的歉疚,他不停地给沙夫托斟酒,沙夫托当然也乐意接受。

"有些消息很可靠,有些嘛,就有些天马行空了,"卡拉瓜先生说,"首先是可靠的部分。首先,你的想法是对的。日本人攻入马尼拉之后,很多阿尔塔米拉家族的人都逃回这里来了。他们相信跟族里的亲戚们待在一起更安全。"

"你是说格洛丽也在这里?"

"不，"卡拉瓜先生遗憾地说道，"她不在这儿，但她1942年9月13日肯定在这儿。"

"你怎么知道的？"

"因为她在那天生下了一个男孩儿，出生档案就放在市政厅里。道格拉斯·麦克阿瑟·沙夫托。"

"我操，不是吧。"沙夫托开始在脑子里计算时间。

"许多当时逃难到这里来的阿尔塔米拉族人后来又回去了——多半是回去工作，其中有些人也暗中替抵抗组织收集情报。"

"我就知道他们会做正确的事。"沙夫托说。

卡拉瓜先生审慎地微微一笑："马尼拉到处有人号称自己是抵抗组织的耳目——要成为耳目是很容易的，要成为拳脚却困难得多。但也有一些阿尔塔米拉族人在战斗，他们逃进山里加入了游击队。"

"哪一座山？我在三描礼士山上一个也没有碰到。"

"在马尼拉和内湖的南边有许多火山和茂密的丛林，格洛丽的一些族人就藏在那里。"

"格洛丽也在那里吗？还有那个孩子？还是说他们已经回马尼拉了？"

卡拉瓜先生有些局促不安地说："这就是传言里比较不可靠的部分了，他们说格洛丽是一位声名卓著的抗日女英雄。"

"你是想说她已经牺牲了？如果她死了，你就直说吧。"

"不，没有消息说她已经死了。但她是一位英雄，这是肯定的。"

第二天，鲍比·沙夫托的疟疾又发作了，他只好又躺了一个星期。卡拉瓜家人最终还是把他搬进了屋子里，还找来了镇上的医生照料他。他正是两年前替道格拉斯·麦克阿瑟·沙夫托接生的医生。

他一感到身体稍有好转，就马上启程前往南方。他一路偷乘火车和卡车，趁着黑夜潜过一片片稻田，花了三个星期，终于抵达了马尼拉的北部郊外。他在路上偷袭了两个日本兵，又在某个路口的一次交火中杀了三个。每当他杀完人之后，就不得不放慢行程，找个地方藏上几天，避开搜捕。但他终于还是抵达了马尼拉。

他并不打算穿过城市的中心地带——只有傻子才那么干，那只会拖慢他的速度。他选择从城市边缘绕行，在活跃的抵抗组织的帮助下，他从一个城区辗转到另一个，最终来到了内湖与马尼拉湾中间的沿海平原。这里距离他的目的地只有一步之遥，只要再向南穿过几英里的稻田就会进入阿尔塔米拉家游击队员们藏身的火山地带。一路上他听到过无数条关于他们的传言，但大部分真实性有待商榷——他们只是顺着他的期望说说罢了。但也有那么几次，他听到了几条关于格洛丽的似乎是有价值的信息。

他们说她养了一个健康的小男孩，如今正住在邻近马尼拉的马拉特区。在她参战期间，那个孩子由家族里的其他人照顾。

他们说她在战争中充分运用了自己的护理学知识，她就是游击队的弗罗伦斯·南丁格尔。

他们说她为游击队送信，在带着密信和违禁品通过日本人的关卡时，没有谁比她更镇定，更勇敢。

最后这一点沙夫托没太明白。她到底是护士还是信使？也许他们把她和别人搞混了。又或许她两者都是，保不准她是携带违禁药品进出关卡的。

他越往南走，得到的信息就越多。同样的信息反复出现，只在一些细节处有所出入。他碰到过一伙五六人的小队，他们一口咬定格洛丽就在南边，替卡兰巴那边山上的游击队送信。

他在内湖边一个渔夫的家里度过了圣诞。那里的蚊子很多，于是他的疟疾又一次发作了。一连好几个星期他都发着高烧，做着关于格洛丽的各种稀奇古怪的噩梦。

等到病况好转，他搭上一只小船前往内湖畔的卡兰巴。屹立在城市上方的黑色火山群形成一片怡人的景色，山脉看上去秀丽而凉爽，这让他想起沙夫托家世代聚居的故乡。根据前人留下的故事，沙夫托家最早是以契约劳工的身份来到美国的，当他们在闷热的烟草地与棉花地里弯腰劳作时，眼睛总是憧憬地望向远处阴凉的山脉。他们一获得自由，就朝那些山脉拥去，并不断向高处进发。如今，吕宋岛上的群山对沙夫托也产生了这样的吸引力，吸引他脱离这片充满瘴气的低地，向格洛丽前进。他的旅途就要结束了。

但他却被困在了卡兰巴，不得不藏身在一间船库里，因为城里的日本空军不知为何开始集结，似乎要出去执行什么任务。山上的游击队把他们折腾得不轻，现在他们有点恼羞成怒了。

当地游击队的首领终于派了个人来听沙夫托的故事，在那人离去之后又过了几天，一名亲美的菲律宾中尉带来了两条好消息：其一是美军已经在林加延湾登陆；其二是格洛丽还活着，而且就在几英里外的游击队工作。

"帮我逃出城去，"沙夫托恳求道，"把我偷运到船上，在郊外把我放下来，我就能自由行动了。"

"到哪儿去？"中尉装起了傻。

"到山上去！加入游击队！"

"你会送命的。山上到处都是陷阱，游击队是很小心的。"

"但是——"

"为什么不走另一条路呢？"中尉问道，"比如回马尼拉去。"

"我为什么要回马尼拉去？"

"你的儿子在那里。那里的人也需要你，大战很快就要在马尼拉打响了。"

"好吧，"沙夫托说，"我会回马尼拉去，但我要先见格洛丽一面。"

"啊，"中尉做恍然大悟状，"你说你想见格洛丽。"

"不只是说说而已，我真的想见到她。"

中尉喷出一口烟，摇了摇头。"不，你不想。"他直白地说道。

"什么？"

"你不会想见到格洛丽的。"

"你凭什么这么说？你他妈是不是脑子有病？"

中尉变得面无表情。"好吧，"他说，"我会提出申请的。也许格洛丽会来见你。"

"疯了吧，那太危险了。"

中尉大笑起来。"不，你根本不懂，"他说，"你是个白人，在这么个菲律宾省城，到处都是虎狼成性的日本人，你绝不能在公共场合露面。格洛丽呢，倒没有这个顾虑。"

"你说过他们正逐门逐户地搜查。"

"但他们不会搜格洛丽。"

"但日本人总是——你知道的——猥亵妇女？"

"啊，你是怕格洛丽会遭到强暴。"中尉又深深地吸了一口手上的香烟，"我向你保证，这种事绝不会发生。"他站起身，似乎已经厌倦了交谈。"在这里等着吧，"他说，"为马尼拉的大战养好精神。"

他走出门，留下比以往还更加挫败的沙夫托。

两天之后，只会说几句简单英语的船库主人在日出前把沙夫托摇醒了。他把沙夫托带到一艘小船上，然后划进了湖里，朝着半英里外的一个沙洲进发。朝阳刚从湖的另一头升起，照亮了一片广大的积云。那幅景象就像一大罐燃料被倾倒进美军飞机黎明巡航的尾迹组成的四边形里，又轰地点燃一样。

格洛丽正在沙洲上漫步。他看不到她的脸，因为她的脸上蒙着一条丝巾，但他无论在何处都能一眼认出她的身形。她在岸边徘徊，温暖的湖水轻柔地拍打在她的赤脚上。她似乎很喜欢日出，因此一直面朝着太阳而背对着沙夫托。太撩人了，沙夫托一下子就硬得像船桨一样。他拍了拍后裤兜，确认里面塞满了"我会回来的"套子。有这个怪人守在一旁，他若想和格洛丽翻滚在沙洲上可不容易，不过也许能给他几个钱，让他一边儿玩一个小时去。

那人一边划船一边不停地向后张望，确认着到沙洲的距离。等距离沙洲只有一小段路时，他坐直身子，挂起了桨。小船又沿着水边滑行了一段，终于停了下来。

"你干什么？"沙夫托问道。接着他又叹了口气问："你要钱？"他把拇指和食指捏在一起搓了搓。"啊？要这个？"

但是那个人只是凝视着他，那种坚强而冷酷的表情沙夫托曾在无数的战场上见过。他等沙夫托闭上嘴，然后抬起头，朝格洛丽的方向示意了一下。

沙夫托抬头朝格洛丽望去，这时她也朝他转过身来。她伸出两根棒子般的手——上面像木乃伊般缠满了厚厚的绷带——扒下了脸上的面纱。

或者是曾经是"脸"的地方，如今那只能称之为"头骨的正面"了。

鲍比·沙夫托深深吸了一口气，发出了一声恐怕在马尼拉市中心都能听到的惨叫。

划船人不安地朝市区看了一眼，然后站起身子，挡住了沙夫托的视线。他把一支船桨抓在手里。正当沙夫托再次深深吸气，准备发出第二声惨叫时，他抡起船桨砰的一声打在了他的脑袋上。

第八十章 主 库

　　太阳跌跌撞撞地沿着西边几百公里处的马来半岛坠落,摔破开来,肚子里的热核聚变燃料洒了半条地平线,拖出一长条粉橙色和洋红色的云彩,在大气层里炸出一条裂缝,喷发到外太空。装着"地穴"的山只是这幅背景里的一块墨色碎片。因为落日而看不清工地的兰迪十分恼火。此刻云雾林里的伤疤已经基本愈合,或者至少某种绿色的东西代替了原先裸露在外的口红色的泥巴。几个后藤工程的集装箱还在入口处容易造成色彩失真的汞蒸气灯下发着微光,但大多数箱子不是被搬进"地穴"就是运回日本了。兰迪能看见一辆正沿路缓缓前进的后藤卡车的车灯,车子足有房子那么大,上面很可能装满了苏丹又一个土地开垦工程的碎渣。

　　坐在飞机前部,兰迪这回真的可以透过前面的窗户看见他们正降落在一条一部分是用那些碎渣铺成的新跑道上。市中心的建筑化作飞机两侧蓝绿色的光带,里面凝固着小小的黑色人影:一个男人把电话夹在耳朵和肩膀中间,一个穿裙子的女人把一摞书搂在胸前,思绪却远在千里之外。随着机头拉起准备降落,外面的景色变成一片空旷的靛青色天空,然后兰迪眼前出现的是黄昏的苏禄海,巴夭族①的风筝帆船捕了一天鱼,正熙熙攘攘地挤进码头,到处挂着开膛破肚的黄貂鱼,新鲜鲨鱼尾像旗帜一样在风中飘荡。不久之前这幅景象对他来说还充满了异国的情调,然而现在他在这里却感觉比在加州更自在。

对于苏丹级的乘客来说,一切都是以快速切换的电影镜头那样的速度发生的。飞机落地,一位美丽的女人把外套递给你,然后你就下去了。亚洲航空公司的飞机尾部一定有特殊的滑道,所有空乘一旦到了二十八岁就要被扔到平流层去。

苏丹级乘客一般会有别人在外面迎接。今晚接机的人是约翰·坎特雷尔,他还扎着马尾辫,不过胡子剃干净了,热度迟早会让任何人屈服。他甚至把后脖子上的头发也剃了,对于多抛掉几个英热单位的热量来说倒是不错的办法。坎特雷尔用一次别扭的同步进行的握手和单臂拥抱或身体阻截的动作跟他打招呼。

"很高兴见到你,约翰。"兰迪说。

"我也是,兰迪。"约翰说,然后他俩都害羞地挪开了视线。

"大家都在哪儿?"

"你和我在飞机场,艾维余下时间决定住在旧金山市中心的一家酒店。"

"很好,我还担心他一个人住在那栋房子里不安全。"

坎特雷尔看起来有点恼火。"有什么具体的原因吗?受到了威胁?"

"据我所知是没有,但很难忽略掉这件事牵涉不少不好惹的家伙这一状况。"

"艾维也不是软柿子,贝丽尔正从阿姆斯特丹飞回旧金山——其

---

① 生活在菲律宾、马来西亚和印度尼西亚之间的海域的海上游牧民族。

实她现在大概已经到了。"

"我听说之前她在欧洲，为什么？"

"那边政府出了点奇怪的破事儿，过会儿再告诉你。"

"埃伯在哪儿？"

"埃伯已经和他的团队在'地穴'里窝了一星期了，忙着完成生物识别系统，像诺曼底登陆日一样。我们不想打扰他。汤姆在他的房子和'地穴'之间来回奔走，对地穴内网系统进行各种各样高难度测试，测试内部可信边界。我们现在就是要去那里。"

"去内部可信边界？"

"不是！抱歉，是去他家。"坎特雷尔摇摇头，"那里……呃，我可不会造那样的房子。"

"我想见识见识。"

"他的被害妄想症就快要失控了。"

"嘿，说到这个……"兰迪停了下来。他想把"教皇"的事告诉坎特雷尔，但他们离清真唐恩都乐甜甜圈店很近，有很多人在看他们。没法分辨出是否有人在偷听。"回头告诉你。"

坎特雷尔露出片刻迷惑的表情，然后邪恶地一咧嘴："做得好。"

"我们有车吗？"

"我借了汤姆的车，他的悍马。不是那种轻型平民用车型，是一台真正的军用车。"

"噢，好极了。"兰迪说，"车子后面是不是连大机关枪也一应俱全？"

"他倒是研究过——要在吉纳库塔弄到持枪执照不成问题——但他老婆觉得在家用车上装重型机关枪实在是过分了。"

"你呢？你对枪的事情怎么看？"

"我有枪，也知道怎么用枪，你知道的。"坎特雷尔说。

他们蜿蜒穿过一条两边满是免税店的狭长走道，其实不如说是一座免税商城。兰迪想不出到底有谁会买这些大瓶大瓶的酒和昂贵皮带。怎样糜烂的生活才会用到这么些东西？

与此同时，坎特雷尔显然觉得需要给兰迪关于枪支的问题提供更详细的答案。"但是我拿枪练习得越多，我就越害怕，或者是越抑郁。"

"你指的是什么？"兰迪进入了不寻常的回声板模式，以精神疗法的手段诱导坎特雷尔讨论他的情感。对于约翰·坎特雷尔来说这一定是奇怪的一天，他无疑正有些情感问题急需坦白。

"手里拿着那种东西，清洗枪筒，把子弹塞进弹夹，这些真的很能让你清楚意识到它是怎样一种走投无路、孤注一掷的手段。我是说，要是事情到了我们和其他人拿枪互相扫射的田地，那我们肯定是彻底搞砸了。所以到头来，我感兴趣的只是确保我们可以不必用枪。"

"所以才有'地穴'？"兰迪问。

"我参与'地穴'工程可以说是几个关于枪的可怕噩梦的直接后果。"

进行这样的谈话真是健康得令人耳目一新，但却不祥地脱离了他们通常的绝对科技模式。他们现在甚至怀疑起了搅进这事里是否值得，不假思索的决心可比这容易多了。

"好吧，那么'秩序'外面那些无所事事的'秘密崇拜者'们呢？"

"他们怎么了？你问我他们的心态吗？"

"是啊。我们谈的就是这个，心态。"

坎特雷尔耸耸肩。"我并不知道他们具体是什么人，我估计里面有一到两个真正吓人的狂热分子。除了他们，可能有三分之一单纯是太年轻，太不成熟，不明白真正发生了什么。这对他们来说只是好玩罢了,剩下的三分之二大概全都紧张得手心冒汗吧。"

"他们看起来好像费了好大力气才挤出高兴的表情。"

"估计是因为可以从屋子里出来,之后还可以去一个黑暗凉爽的房间里坐着喝啤酒而感到高兴吧。打那以后他们之中确实有许多人开始给我发关于'地穴'的电邮。"

"我推测并希望你的意思是'而不是对美国政府进行暴力抵抗'。"

"正是,没错。我是说,那正是'地穴'要成为的角色,对吧?"

这个问题听在兰迪耳里有些牢骚的意思。"对啊。"他说。他思考了一下为什么他在这件事情上比约翰·坎特雷尔要淡定得多,然后意识到那是因为他已经没有什么可失去了。

兰迪最后吸了一口机器制冷的干燥空气,憋在肺里,踏入了外面炎热的夜色中。他已经学会了轻松地进入这样的气候——反正跟它斗你是斗不过的。一大溜黑色的奔驰车堵在那里,等着迎接苏丹级——和维齐尔级——的乘客。这些要人级的乘客很少有在吉纳库塔下的,他们大多数人都要转机去印度。因为这正是一切事情都能完美发展的地方,所以兰迪和约翰二十秒后就坐上了悍马,再过二十秒他们已经沿着长长的一列鬼气森森的蓝绿色高速路灯,以每小时一百二十公里的时速开上了路。

"我们一直假设这部悍马没有被窃听,"坎特雷尔说,"所以如果你刚才有什么事没说的话,现在可以直说了。"

兰迪在笔记本上写下我们不要再继续做这样的假设了,然后举了起来。坎特雷尔眉毛微微一抬,不过他看起来当然没有特别惊讶——他整天都跟那些在被害妄想这方面争先恐后争上游的人厮混。兰迪写下我们一直被一个单干的前国安局牛仔监视。然后他加上:很可能在为一个或更多地穴客户工作。

你怎么知道?坎特雷尔做出口型。

兰迪叹了口气，然后写：有一个巫师跟我联系了。

然后，趁着约翰忙着绕过一个左道的小车祸现场，他又加上：就把它想成是尽职调查，黑社会式的。

坎特雷尔出声说："汤姆在确保房子不被窃听这事上还是很吹毛求疵的。我是说，房子是他盖的，或者说是他让人盖的，从头到脚。"他在一个出口匝道突然转弯，冲进了丛林。

"很好，我们可以在那里谈。"兰迪说，然后写，记得那个美国驻莫斯科的新大使馆吗——克格勃在混凝土里掺了窃听器——最后不得不把房子扒了。

坎特雷尔抓过笔记本，一边把它放在仪表板上盲写了几笔，一边将悍马开上云雾林里一条弯弯曲曲的山路。你到底要说什么事，这么秘密？"林仙"？请给我议程表。

兰迪：(1) 官司＆寄生藤能否继续存在。(2) 那个国安局窃听者，和巫师，确实存在。(3) 也许还有"林仙"。

坎特雷尔咧嘴一笑，写道，我有好消息：墓碑的／。

在这里，"／"是UNIX文件系统的根目录，具体到"墓碑"上，指的就是兰迪试图清空的硬盘。兰迪怀疑地抬起眉毛。坎特雷尔咧嘴一笑，点点头，拇指在喉咙上一划。

霍华德大宅是一座平顶混凝土建筑，从某些特定的角度，它看起来像一座小丘顶上的一个水泥墩的侧面垂直开出来的巨型排水涵洞。抵达房子前十分钟，他们就从那样的一个角度里看见了它，因为道路要拐好几个之字形弯才能爬上山丘那被无数沟壑切割分裂的宽阔斜坡。在这里，就算不下雨，仅仅是南中国海海风带来的湿气凝结在树叶上，就足以不停地从叶尖滴水成雨。考虑到雨水和植被，这里的侵蚀作用一定十分凶猛残暴，这让兰迪对成群的山峰有些紧张，因为在这样的环境下，只有靠土地以就算你站着不动耳膜都会噼啪作响的速度互相碰撞将岩石挤向空中，才可能造出这些山峰。不过话说回来，他刚刚在地震中失去了一座房子，持保守观念也是自然的。

坎特雷尔现在正在画一张详细的图表，为了画图他甚至把车减速到几乎停了下来。最先出现的是一个长矩形，一个平行四边形嵌在里面，跟矩形几乎一样大，不过向下偏斜一点，一条边的中点旁画着个小圆圈。兰迪意识到他看见的是一扇微开的门的透视图，那个小圆圈是门把手。钢门框，坎特雷尔写道，空心金属槽。快速勾勒出的弯弯曲曲的笔画展示出环绕着门的墙的结构，还有下面的地板。坎特雷尔在门框跟地板的接合处画上了仔细按照透视法缩小的小圈。地板上有洞。然后他用一个首尾相接的大圈框住门框，从其中一个小圈开始，沿着门框一侧往上，越过顶部，沿另一侧下来，穿过地板上另一个洞，然后水平通过门下方，最后再穿过第一个洞，完成了一整个环。他认真画了一两个这玩意儿，又马马虎虎地再画了很多个，直到整个门都被一团瘦长的龙卷风状的东西框住。许多圈细金属丝。最后他画了两根从巨大的门形线圈里引出去的线，连在一个由长短相间的线组成的三明治上。兰迪认出那是电池的标志。图表的最后一步是一根大力穿过门正中央的大箭头，好像一只空气破门锤，旁边标着 B，意思是磁场。"秩序"机房门。

"哇。"兰迪说。坎特雷尔画的是一个小学经典版电磁铁，兰迪小时候会把电线缠在钉子上然后连上手提灯电池做的那种。只不过这个是缠在门框的外面，并且据兰迪猜测，藏在墙壁里和地板底下，谁也不会知道它的存在，除非他们把房子拆了。磁场是现代社会的铁笔[①]，是它们把比特写进磁盘，或者将比特擦除。"墓碑"硬盘的

[①] 用于在蜡版上写字的工具。

读／写磁头是完全一样的东西，但是要小得多。如果它们是制图员的针管笔，那么坎特雷尔画的就是一条喷射墨汁的消防水龙头。它对几米外的磁盘驱动器大概没什么作用，但只要穿过那扇门，任何数据都会被擦除一空。从外面发射进大楼里的脉冲枪（摧毁了范围内的所有芯片），再加上这个门框把戏（破坏每一块磁盘上的每一个比特），对"秩序"的突袭完全变成了纯粹的搬运垃圾，不管组织者是谁——安德鲁·洛布，或（按照"秘密崇拜者"们的说法）司法部长科姆斯托克手下把安迪当枪使的阴险的联邦力量。能安然无恙运出那扇门的东西只有存储在光盘或其他非磁性媒介上的数据，而"墓碑"里并没有那种东西。

他们终于到达山顶，那里已经被汤姆·霍华德像给和尚削发一样剃得只剩基岩。不是因为他讨厌活物，虽然他大概对它们也不怎么喜欢，而是为了抵挡侵蚀的势力，并且制造一道防御缓冲带，这样如果有各种剧毒蛇、松鼠那么大的昆虫、投机取巧的低等灵长类动物和邪恶的高等灵长类动物在上面活动，他就可以通过安在墙上隐蔽的凹槽缝隙里的摄像头看到。从近处看，房子意外地并不像第一眼看上去的那样像一座阴沉的堡垒。它并不是一个单一的大涵洞，而是一组直径长度各异的涵洞，好像一捆竹筒。窗户也有不少，尤其是在北侧，那边能够看见兰迪和坎特雷尔刚刚上来的那个斜坡，以及下面新月形的海滩。窗户深深地嵌入墙内，一部分是为了不让接近垂直的阳光照进来，一部分则是因为每扇窗户都装有藏在墙里的伸缩钢卷帘，随时可以落下来挡住窗户。这是一栋不错的房子，兰迪心想不知汤姆·霍华德是否愿意把它转让给"牙医"，抵押他装满戈默·伯斯特罗牌家具的巨大套房，让全家人都搬进拥挤的公寓房，只为保留对寄生藤公司的控制权。不过也许并没有走到那一步的必要。

约翰和兰迪在枪声中走下悍马。人造灯光从近旁丛林上方切割出的一道整齐的凹槽里射出来，湿气和一团团昆虫让这里的光线几乎变成了触手可及的固体。约翰·坎特雷尔带着兰迪穿过寸草不生的停车场，走进一个深入后面黑漆漆林地里的带挡板和篱笆的隧道。地上垫着黑色的塑料网格，防止裸露的土壤变成黏胶陷阱。他们沿着隧道往前走，走了二三十步之后到了一块极其狭长的空地：那就是光线的源头。空地尽头，地面突兀地升了起来，形成一个土坡，兰迪感觉它一半是自然形成的，一半是用房子地基里挖出来的土垫高的。两个人形的纸靶子钉在土坡上的一个架子上。在靠近他们的这一头，两个脖子上挂着护耳罩的人正在检视一把枪。其中一个人是汤姆·霍华德。兰迪惊讶但却并不意外地发现另一个人正是道格拉斯·麦克阿瑟·沙夫托，显然他刚从马尼拉赶到。那把枪看起来跟昨天洛斯阿图斯那些戴着黑帽子、用方巾蒙面的民兵团里的几个人拿的一模一样：长枪管，一边装着镰刀形弹夹，以及一个用几块裸露的金属块钉在一起做得非常简易的枪托。

道格话正说到一半，而他并不是那种会因为兰迪刚横跨了太平洋就打断自己思路、忙不迭表示友好的人。"我从没认识过我父亲，"他说，"但我的菲律宾叔叔们曾经给我讲他讲过的故事。他在瓜达尔卡纳尔岛的时候，他们——海军陆战队——用的还是斯普林菲尔德步枪，零三型的，已经是四十年前的老型号了——这时候终于有了M-1步枪。然后他们每种步枪拿了一把，扔进水里，丢进沙子里滚几圈，天知道还做了什么——不过都在海军陆战队员可能遇到的真实作战情况之内——然后再试试看它们还能不能用，发现零三还能，M-1就不行了。所以他们还是继续使用斯普林菲尔德步枪。如果你真的要设计叛乱用武器，我会说你得做一些类似的测试。晚上好，兰迪。"

"道格,你好吗?"

"我好得很,谢谢你!"道格是那种总是把"你好吗"当作字面意义上的请求信息而不只是空洞的客套话的人,而且总是为有人竟然关心这一点而露出些微的感动。"霍华德先生说,当你坐在那辆车顶上打字的时候,你其实是在做一件明智的事情。而且还冒着危险,至少是法律角度的危险。"

"你在监视那里吗?"兰迪问汤姆。

"我看见有数据包通过'地穴',后来又在电视上看到了你。我就根据事实推理了一下。"汤姆说。"干得好,兰迪。"他踏着重重的脚步走上前,握了握兰迪的手。按照汤姆·霍华德的标准,这种情感流露程度已经高到令他尴尬了。

"我在那儿干的事很可能失败了。"兰迪说,"如果'墓碑'的磁盘被清空了,那也是被门框线圈清空的,不是被我。"

"但是你仍然值得肯定,你的朋友就是这个意思。"道格说,对兰迪的迟钝微微有些不悦。

"我应该给你拿点喝的,让你歇歇脚,诸如此类,"汤姆说,看向他的房子,"不过另一方面,道格说你坐的是苏丹舱。"

"我们就在外边谈吧,"兰迪说,"不过我确实得请你帮我拿一样东西。"

"什么东西?"汤姆问。

兰迪从口袋里拿出那块光秃秃的小硬盘,对准灯光,上面的线像缎带一样垂下来。"一台笔记本电脑和一把螺丝起子。"

"没问题。"汤姆说着消失在了隧道深处。这会儿,道格开始拆解那把武器,好像只是想给双手找点事做。他把零件一块一块取下来,好奇地打量着。

"你觉得 HEAP 枪怎么样?"坎特雷尔问。

"我觉得它并没有我头一次听说时想象得那么疯狂，"道格说，"不过如果你的朋友艾维觉得人们可以靠着在自家地窖制造枪管来保护自己不被种族灭绝，那他可得再好好想想。"

"枪管很难搞，"坎特雷尔说，"没有捷径，只能偷偷攒着然后偷偷运输。但主要的构想是让任何下载了HEAP并拥有一些基本的机械工具的人都能造出武器其余的部分。"

"我得找个时间坐下来跟你解释一下这个构想里其他所有错的地方。"道格说。

兰迪转换了话题："艾米还好吗？"

道格抬起头，谨慎地看了兰迪一眼。"你想听我的想法？我觉得她很孤单，需要可靠的支持和陪伴。"

道格这回可是把兰迪和约翰两个人都噎得没话说，靶场陷入了全然的寂静，也许道格正喜欢这样。然后汤姆回来了，一手拿着一台笔记本，另一只手拿着半打用收缩膜包在一起的蓝色塑料瓶，身后留下一连串冷凝水的湿迹。

"我这里有议程。"坎特雷尔说，举起那个记事本。

"哇！你们真有条理。"汤姆说。

"第一项议题：官司以及寄生藤是否能继续存在。"

兰迪把电脑放在道格拆HEAP枪的桌子上，开始拧下螺丝。"我假定你们都知道官司的事情，也猜到了它背后的意思。"他说，"如果'牙医'能证明道格是在为我们工作的时候发现了那艘沉船，并且沉船的价值相对于公司的价值而言高到足够的程度，那么'牙医'就会变成我们的所有者，也会变成'地穴'实质上的所有者。"

"哇哦！等一下，'地穴'的所有者是苏丹。"汤姆说，"如果'牙医'掌控了寄生藤，他能得到的只有一份为'地穴'提供某些特定的技术支持的合同。"

兰迪感觉到大家都在看他。他把螺丝从电脑里拧出来，拒绝对这句话表示赞同。

"除非还有什么我没明白的事。"汤姆说。

"我猜我只是有点被害妄想症，一直在假定'牙医'在和美国政府内反隐私和反加密的势力合作。"兰迪说。

"换句话说，就是司法部长科姆斯托克的阴谋集团。"汤姆说。

"嗯，我并没有得到任何证据。但在'秩序'被突袭之后每个人似乎都是这么假设的。如果真是这样，然后'地穴'的技术支持又由'牙医'提供，那么'地穴'就不能信任了。那样的话，我们就不得不假设科姆斯托克安插了内线。"

"不只是科姆斯托克。"坎特雷尔说。

"好吧，美国政府。"

"不只是美国政府，"坎特雷尔说，"还有黑室。"

"你这话是什么意思？"道格问。

"几星期前布鲁塞尔开了一个高层会议。组织得很仓促，我们觉得。由司法部长科姆斯托克主持，所有G7国家还有其他几个国家都有代表到场。我们知道国安局的人也去了，还有国税局的，财政部的人——特勤局，其他国家管同类事情的人，还有很多已知的被国家收编的数学家，美国副总统也去了。基本上我们觉得他们是在计划组建某种多国共同体，以打压加密，尤其是电子货币。"

"国际数据传输监管组织。"汤姆·霍华德说。

"外号叫'黑室'？"

"反正'秘密崇拜者'邮件列表里是越来越多人这么叫了。"坎特雷尔说。

"为什么要现在成立这个组织？"兰迪问。

"因为'地穴'马上要变得炙手可热了，而他们都清楚这一点。"

坎特雷尔说。

"他们一想到大家都用起'地穴'这样的系统的话还怎么收税，就吓得要尿裤子。"汤姆对道格解释道。

"这是上星期'秘密崇拜者'邮件列表里的热门话题。所以'秩序'被突袭的时候，真的是触到了大家的痛处。"

"好吧，"兰迪，"我还奇怪怎么大家几乎立刻就拿着枪和其他更奇怪的东西赶到现场了。"他已经拆开了电脑，把原来的硬盘取了下来。

"你们偏离议程了。"道格说，将一块油乎乎的抹布从HEAP枪的枪筒里拽出来。"问题在于，'牙医'是捏住你们的命根子呢，还是只捏住了旁边的毛？而这个问题基本上完全围绕在本人身上，对吧？"

"对！"兰迪的语气有点过于激烈了——他迫不及待地想要转换话题。开普勒、寄生藤和西姆帕海事这件事本身就已经够让人有压力了，他最不需要的就是跟一群这样的人混在一起——他们把这当作是决定自由世界命运的战争中的一场小冲突，世界末日的一轮预选赛。在兰迪看来，艾维对于大屠杀的痴迷没什么大问题，只要屠杀发生在很久以前，或者很远的地方——要让他个人参与进去，那还是算了吧。他真应该留在西雅图的。但他没有，所以排第二的选择就只有把话题限制在简单明了的东西上了，比如金条。

"'牙医'要想掌控寄生藤，必须证明西姆帕海事是在做电缆勘测的时候发现了沉船。对吧？"道格问。

"对。"坎特雷尔说，兰迪都还没来得及插嘴说并没有那么简单。

"好吧，我确实在这个地方混了半辈子了，我可以做证说我是在之前的勘测中找到沉船的。那个婊子养的绝对没办法证明我在说谎。"道格说。

"安德鲁·洛布——他的律师——不会傻到不知道这一点。他不会让你上证人席的。"兰迪说，一边把自己的硬盘装进电脑里。

"好吧，那么他手上有的全是间接证据，也就是沉船的位置和电缆勘测的区域很接近。"

"没错，这就暗示了两者的相关性。"坎特雷尔说。

"也没他妈的那么近，"道格说，"我那时候把测量范围放得很大。"

"我有坏消息。"兰迪说，"首先，这是民事诉讼，所以间接证据就足够他打赢了。其次，我刚刚得到艾维从飞机上发来的消息，安德鲁·洛布发起了第二桩诉讼，告我们违反合同。"

"什么他妈的合同？"道格质问。

"他已经预料到了你刚才说的一切，"兰迪说，"他仍然不知道沉船在哪里。但如果地点真的离测量范围很远，他会声称你加大搜索范围基本上等于为了寻宝而拿'牙医'的钱去冒险，因此'牙医'仍然应该得到一部分收益。"

"'牙医'干吗要找我麻烦？"道格说。

"因为这样他就可以胁迫你做不利于寄生藤的证词了，你可以得到所有金子。那些金子会变作损失数额，成为'牙医'要求得到寄生藤控制权的筹码。"

"耶稣他妈的基督啊！"道格叫道，"做他的春秋大梦去吧。"

"我知道，"兰迪说，"但如果他了解到你的态度，他只会换一种战略，提起另一桩诉讼。"

道格开口道："你这就有点失败主义了——"

"我想表达的是，"兰迪说，"我们不能在'牙医'的主场上跟他斗——也就是法庭——就像越共不能在露天跟美国军队正面作战一样。所以我们有很好的理由需要在'牙医'证明金条存在之前把它们偷偷从沉船里运出来。"

道格露出愤慨的表情问道："兰迪，你有没有试过一只手拿着金块游泳？"

"总该有办法吧，小潜艇什么的。"

道格大笑出声，仁慈地决定不去戳破小潜艇这个概念。"就算是有办法。那我要拿这么些金子怎么办？如果我把它存进银行账户，或者花在任何东西上面，安德鲁·洛布不一样会把它当作沉船上有大量值钱货的间接证据吗？你的意思是为了从官司里保护你们，我得守住这笔钱，一辈子都不能动。"

"道格，你能做到，"兰迪说，"你拿出金子，把它装进一艘船里。我的朋友们可以解释其余的部分。"兰迪把笔记本电脑的塑料外壳拼回去，开始将小螺丝拧回原来的位置。

坎特雷尔说："你把船开来这里。"

汤姆接着说："就到山底下的海滩上，我会开着悍马在那里等你。"

"然后你和汤姆可以开车去市中心，把金块都存进吉纳库塔中央银行。"坎特雷尔总结道。

终于有人说出能让道格·沙夫托措手不及的话了。"作为回报我能得到什么呢？"他怀疑地问。

"'地穴'的电子现金，匿名，不可追踪，而且不需课税。"

道格现在恢复了镇定，又开始哈哈大笑："我拿它能买什么？万维网上的裸女照片吗？"

"很快它就能买到所有可以用钱买到的东西了。"汤姆说。

"我得多了解一下这东西，"道格说，"不过我们再一次偏离议程了。这样总结吧：你们让我清空那艘船，动作要快，而且要隐蔽。"

"不仅仅是我们让你这么做，可能对你来说也是最好的主意。"

兰迪说，摸索着电脑背部的电源按钮。

"第二项议题：一位前国安局牛仔在监视我们——还有关于一个巫师的什么事情？"

"嗯。"

道格向兰迪投来奇怪的眼神，于是兰迪简要介绍了一下他关于巫师、精灵、矮人和人类的分类方法——更不必说还有咕噜姆了，道格完全不懂它是什么意思，他没有读过《魔戒》。

接着兰迪给他们讲了他在飞机电话里和"教皇"的谈话。不出所料，约翰·坎特雷尔和汤姆·霍华德对此很感兴趣，但让他惊讶的是道格·沙夫托听得十分专注。

"兰迪！"道格几乎大叫出来，"你到底有没有问这个人为什么老科姆斯托克对'林仙'信息这么感兴趣？"

"刚巧，这是议题第三项。"坎特雷尔说。

"你怎么没在缆车上问他？"兰迪开玩笑。

"我忙着跟他解释我为什么马上就要割断他丑陋的洒了香水的肉身和他受到永恒诅咒的灵魂之间的联系。"道格说，"说真的！你是从你祖父的旧战争纪念品里拿到这些信息的。对吧？"

"对。"

"你爷爷又是从哪里弄到的？"

"从日期上判断，他当时一定在马尼拉。"

"好吧，你觉得那时候马尼拉发生了什么对厄尔·科姆斯托克这样他妈的重要的事情？"

"我说过了，科姆斯托克以为那是共产主义国家的密码。"

"可那是狗屁！"道格说，"老天！你们难道都没碰上过科姆斯托克这样的人吗？你分辨不出他说的是狗屁？你们难道不觉得当一团热腾腾湿乎乎的狗屁落到你头上的时候，你能够说出'我的天哪，这看上去像是狗屎'的能力应该加入你们的智力工具包吗？好了。你觉得科姆斯托克想要破解'林仙'的真正理由是什么？"

"我不知道。"兰迪说。

"理由就是金子。"道格说。

兰迪哼了一声："你对金子真是念念不忘。"

"我有没有把你带进丛林里给你看某样东西？"道格质问道。

"你有，抱歉。"

"唯一的解释只能是金子。因为如果不是这样，50年代的菲律宾根本不值得国安局花那么大力气。"

"有菲律宾抗日人民军的持续叛乱。"汤姆说，"不过你说得对，真正的重点——至少在附近——是越南。"

"你知道吗？"道格回敬道，"越南战争的时候——这都是老科姆斯托克想出来的主意——美国在菲律宾驻扎了大量军队。那个狗杂种在吕宋岛满地都安插了士兵和海军陆战队员，据称是训练任务。但我觉得他们是在找什么东西，我觉得他们是在找主库。"

"就是放金子的主储藏库？"

"你说对了。"

"最后被马科斯发现的就是它吗？"

"有很多不同意见，"道格说道，"许多人认为主库还没有被人发现。"

"好吧，这些信息里没有任何关于主库的东西，别的东西也没有。"兰迪说。电脑已经在UNIX模式下启动了，带着一连串因为无法找到兰迪电脑上有但汤姆电脑上没有的许多硬件而产生的错误信息（他的电脑此时正躺在洛斯阿图斯那个福特经销商的垃圾桶里）。然而系统核心还是能够运作，让兰迪可以查看文件系统，确认它完好无损。"林仙"目录还在，里面是一大排短文件，每个文件都是将一沓不同的卡片放进切斯特的读卡机得到的结果。兰迪打开第一个文件,看见了几行随机大写字母。

"你怎么知道信息里没提到主库,兰迪?"道格说。

"国安局用了十年都没能破解这些信息,"兰迪说,"到头来发现全是一场骗局,随机数发生器的结果。"

兰迪退回到文件列表,输入

grep AADAA * [1]

然后敲下回车。这是一条查找 ETC 卡片信息开头的一组字母的指令,就是"教皇"透露给他的大名鼎鼎的那一组。电脑立刻回复了一条空白结果,意思是搜索失败了。

"我操。"兰迪说。

"怎么了?"所有人异口同声地问。

兰迪长长地深吸一口气:"这些不是厄尔·科姆斯托克花了十年试图破解的那组信息。"

---

[1] grep 是 UNIX 系统里查找文件中字符的命令。

第八十一章 大　水

　　后藤传吾花了半分钟才慢慢进入隧道狭窄的入口，他伸出一只手，用手指辨识着头顶上电钻留下的凿痕。他能够听到身后的四个人也跟了进来，絮絮地交谈着。

　　他的手指摸到了一道边缘，探入了空旷的黑暗中，他现在进到主巷道里了。他直起身，涉水而行。纯粹的黑暗让他感到一阵舒适和安心——在这片黑暗中，他仿佛还是那个北海道的小男孩，还可以装作这几年所经历的事情从未发生。

　　但他早已长大成人，被困在菲律宾的一个洞窟里，四周群魔乱舞。他拧开乙炔头灯的阀门，点亮了它。他能在黑暗里轻松地认清各各他的每一条路，但他身后的那几个人却不行，所以他们被他轻易地抛在了身后。他的脚趾狠狠地踢在了一块不知被谁粗心落在铁轨上的金条上，不由得怒骂出声。

　　"没出什么事吧，中尉？"身后一人在五十米开外的地方问道。

　　"没事，"后藤传吾大声说道，有意把字咬得特别清楚，"你们四个，小心别踢到这块金条。"

　　这样一来，正等在上面的老荣和鲁道夫他们就知道有几个敌人要对付了。

"最后那几个工人在哪里?"一人大声问道。

"在假仓库里。"

他们又花了几分钟才穿过堆满了珍宝的主仓库——星系中央的核心应该也就是这番景象了。他们爬上梯子进入竖井,朝"荣耀殿堂"行进。后藤传吾找到了连接电灯泡的裸线,把它接到了一块电池的螺丝接线端上。由于电压不合适,灯泡发出的光芒很昏暗,像一个漂浮在墨汁里的柑橘。

"关掉你们的头灯,"后藤传吾说,"省着点燃料,我会开着我的以防停电。"

说着他从一个无菌盒里掏出一团棉花,这是几年来他第一次看到这么干净洁白的东西了。他把棉花撕碎,揉成小团,像神父分发圣餐般把它们发给身后的士兵,他们则像执行某种仪式般把棉花塞进耳朵里。"没时间可浪费了,"他大声说道,"野田上尉要等得不耐烦了。"

"长官!"其中一人立正站好,递给他一束标着"主隧道爆破"的引线。

"很好。"后藤传吾说着,将它接在木制开关箱的一对接头上。

他似乎应该慷慨陈词一番,但他的脑子里一片空白。太平洋上到处都是阵亡的日本士兵,他们没有机会留下一句话。

他咬紧牙关,闭上眼睛,扳下了手柄。

震感首先从脚下传来,他们脚下的土地像跳板一样震动着。几秒之后,一股气浪像移动的石墙一样向他们砸来。他们耳朵里的棉花毫无用处。后藤传吾感到自己的眼球要被压进眼眶深处里去了,牙齿仿佛被冷凿一颗颗从牙龈上撬下来,肺里的空气也全被挤了出来。自打从娘胎出来之后,他的肺部还是第一次把里面的空气排得这么干净。他们像新生的婴儿般惊恐地扭动张望，直到身体再一次学会如何呼吸。

其中一人带来了一瓶清酒，瓶子已经碎了。他们把破碎的瓶底传了一圈，每人抿了一口剩下的液体。后藤传吾想把耳朵里的棉花拿出来，但他发现刚才的冲击已经把棉花推到了根本拔不出来的地方。于是他只好大叫道："校准手表！"他们按他说的做了。"两小时后，野田上尉将要引爆湖底的塞子，激活水流。这段时间我们还有其他工作要做。你们都清楚要做什么——现在去吧！"

他们全都应了一声"嗨"，转过身，分头散去。这是后藤传吾第一次对部下下达这种送死的命令。但他们反正是要死的，他一时也不知道该做何感想。

如果他仍旧相信天皇——相信战争——那么他就什么也不会多想。但如果他还守着从前的信念，他也就不会做他接下来要做的事情了。

为了在表面上装作一切如常，他向下回到主仓库去完成他本该完成的任务：检查那个曾经是主巷道的地方。如今主仓库里一片沙尘飞舞，他的喉头像紧紧抓住绳子的拳头般绷得紧紧的。他头上的乙炔灯光反射在砂石碎屑上，仅仅提供了大约六英寸的能见度。他只能看清面前的金块，即使隔着一片烟幕也闪着微光。冲击波打散了之前砌得整整齐齐的木板箱和金条，地上一片狼藉，还有未停稳的金块不停地滑落。一块重达七十五公斤的金块突然冲破烟幕，像一辆失控的货车般从上面撞下来，他赶紧跳到一旁。震颤的天花板上仍旧有细碎的石屑不停地落下来，扑簌扑簌地敲打在他的头盔上。

他用棉花捂住口鼻呼吸，小心地爬过金山，直到看到原本的主巷道。爆破很成功，它把通道上方的石壁炸成了无数碎片。散落在地上之后，碎石块占据的空间比它们原本的体积要大得多。如今这条通往东条河的隧道里塞满了数以吨计的落石,而野田上尉的手下将会把入口清理干净,掩埋掉岩石背后人为的痕迹。

与其说是听到,不如说是他感觉到了一个小小的爆炸,他知道一定是哪里出了问题。这个时候不应该有炸药爆炸了。

在隧道里移动的速度慢得令人烦躁,就像你在噩梦里无论如何也逃不掉妖怪的纠缠。他终于回到了荣耀殿堂,不过这个行为本身已经没什么意义了。不管刚刚发生了什么事,现在都已经结束了。

等他赶到时,只有三个人在等着他:老荣、鲁道夫和一个叫作邦的菲律宾人。

"士兵呢?"

"都死了。"鲁道夫语调平平地答道,对回家这个愚蠢的问题很是不悦。

"其他人呢?"

"其中一个士兵拉了手榴弹,自己死了,还杀了我们两个人。"老荣说。

"另一个士兵在听到爆炸声之后马上把刀拔了出来,正在阿古斯丁过去的时候……"邦悲伤地摇了摇头,"我想阿古斯丁还没做好杀人的准备,他犹豫了。"

后藤传吾用感兴趣的目光看着邦问道:"你呢?"

邦有好一会儿没弄明白这个问题,接着恍然大悟:"哦,我嘛,当然毫不犹豫,后藤中尉。一个日本兵曾经伤害过我的妹妹,用一种很不合适的方式。"

后藤传吾沉默无言地站了一会儿,然后发现另外三人都期待地望着他。他看了看表,惊讶地发现自己引爆炸药不过是半个小时之前的事。

"在湖水灌满这里之前我们还有一个半小时。如果在那之前我们还没到'气泡'里去,我们就会被困在这里,永远出不去了。"后藤传吾说。

"那我们去那里等着吧。"老荣提议道,他说的是上海话。

"不行,野田上尉在外面听着爆炸的声音呢,"后藤传吾同样用汉语说道,接着又用英语告诉菲律宾人,"我们必须在规定的时间点引爆炸药,否则野田君会起疑心的。"

"可是不管谁去引爆炸药都会被永远困在这里啊。"鲁道夫说着,伸出手来比画了一圈。

"我们不在这里引爆它。"后藤传吾说着揭开了一个木箱的盖子,里面躺着几卷两根拧在一起的电话线。他把线卷递给鲁道夫、老荣和邦,他们反应过来,将线头与房间里的引线接在一起。

他们拖曳着电池组从各各他穿过,一路走一路把线圈松开,同时炸毁他们身后的通道。这时,鲁道夫、老荣和邦心中关于这项工程的谜团也逐步解开,他们第一次发现,后藤传吾精心设计出来的这个工事竟然拥有两种完全相悖的目的。对于一名忠诚的日本工程师,例如野田上尉来说,这是完全按命令修建的一座工事,一个四周布满陷阱的仓库。但是对于被困在其中的四人来说,各各他却拥有另一项功能,它是一个逃生装置。等到某几个房间、巷道和设计的用途彻底展现出来之后,他们不由得站直身子,拼命眨着眼睛,注视着后藤传吾——那眼神就像几周前士兵们看到奔驰里的那尊佛像时一样。

他们的目的地是"气泡",那是后藤传吾在最后几个月里要求他们在石壁里挖出来的一块凹室。他对所有问起它的人都宣称这是一个延长流水陷阱寿命的储水室。这是一个宽阔的竖井,直径足有四米,是从一条外围巷道的顶上向上挖出几米形成的,上头是封死的。梯子仍然靠在墙上,爬上去之后有一个可供他们四人坐在上面的岩架。老荣和他的手下已经事先在里面藏好了几壶水和几盒饼干。

等他们全都爬进"气泡"里坐好后,每个人都对后藤传吾充满了敬畏,决定对他言听计从。他察觉到这古怪的气氛,心中充满了一种难以言喻的悲哀。

他们还要再等十五分钟。其他人正在小口地啜饮清水,把饼干掰碎了吃,后藤传吾却陷入了自责。"我真是条可悲的蠕虫,"他说,"一个叛徒,一坨狗屎,连给日本帝国的士兵们洗马桶都不配。我失去了亲人,我自己切断了与那被我背叛的祖国的联系。我现在属于全世界仇恨日本的人民了,而他们恨我,我又势必被我的同胞们怨恨。我要待在这里,就这样死掉。"

"你还活着呀,"鲁道夫说,"你救了我们,而且现在你也有钱了。"

"有钱?"

老荣、鲁道夫和邦面面相觑。"那当然呀,有钱!"邦说。

后藤传吾仍然大感不解。邦以为他也许是被炸聋了耳朵或者根本就被炸得神志不清,于是伸手从裤兜里掏出一个手工缝制的小袋子,打开口子,从里面掏出满满两大把钻石。老荣和鲁道夫则一副习以为常的样子。

后藤传吾感到十分消沉。除了这几条命,他再也没带出什么珍贵的东西,但这并不是他痛苦的原因。他本以为这样把他们救出来能使他们变成道德高尚的人,至少不再为宝藏所迷惑——但也许他是期望太高了。

远远传来了一声巨响,把他们从岩架上往下震了一震,但震动随即停止了。后藤传吾感到脑袋里有一种奇怪的感觉:气压开始上升了。斜井里的空气体积被冲入的湖水压缩得越来越小,野田上尉炸毁了拦住水流的塞子。

后藤传吾心情激动,一时忘了想死的事。

他是一名被困在自己工事里的工程师。这个地方是他设计出来逃生的，如果他自己不逃出去，他就永远不知道这个设计到底有没有用了。他想，他总可以等知道结果之后，再随时结束生命的。

他捏住自己的鼻子，闭紧嘴唇，开始往耳咽管送气，以便与外部的气压形成平衡。其他人也学着他做了起来。

各各他所有陷阱的设计都差不多，都是依靠山本湖水的水压来造成杀伤。工事的很多地方安排了"假墙"，这些墙体是用来对付打洞的窃贼的。如果他们挖走了外面支撑墙体的沙子，墙体就会倒塌，然后湖水就会带着爆炸的威力冲破砂石，在他们淹死之前就把他们拍死在隧道壁上。

然而在各各他的里面，斜井却不断地开岔，就像河水的支流般散开。对于上头视察的官员，后藤传吾的解释是这些岔路就像是宾馆里的管道系统，全部由一个水塔加压，再将高压水体分流到许多不同的管道内。

野田上尉引爆炸弹之后，各各他沸腾了：各个岔道的气压开始攀升，孔洞里传出了一阵嘶嘶呼呼的哀鸣。那些被困在隧道里的空气寻找着出口，有的透过岩壁的缝隙逸了出去，还有的就升入了斜井的上方。外面的山本湖湖面一定像口沸锅般不断冒出气泡，而野田上尉正站在岸上，带着满意的微笑注视着这一切。只一会儿工夫，隧道里就灌满了打着旋儿的浑浊湖水，留在隧道里的圆桶和手推车纷纷像软木瓶塞般浮了起来，叮铃咣啷地撞在一起。

但实际上各各他里的大部分空气并没有从山本湖里冒出去，而是涌入了"气泡"里——正如后藤传吾设计中的那样。他知道自己成功了，因为他感到自己的耳膜发出鼓胀的声音。

最后，湖水也涌入了"气泡"里，但上升十分缓慢，因为"气泡"里的气压已经很高了。水位慢慢攀升，进一步压缩了后藤传吾等人藏身之地的空气。气压也随着水位上升而慢慢升高,最终与水压形成了平衡。这时,湖水也不再上升了。而随着呼吸高压空气,氮气溶进了他们的肺部和血液,他们体内的气压也与外部气压形成了平衡。

"现在就等着吧。"后藤传吾说着,同时关掉了头顶的乙炔灯,洞窟里顿时陷入了黑暗。"不点灯的话,这里的空气足够我们用好几天。野田上尉和他的手下们也要花好几天拆除班多克,清理附近我们留下的痕迹,然后才会自杀。所以我们不能心急,否则一上岸就会被他们逮住枪毙。我要利用这段时间教你们如何应对沉箱病,也就是减压病。"

*　*　*

两天之后,他们引爆了一个威力较小的爆破装置,把"气泡"的石壁炸出了一个一人高的洞。洞的另一边是朝山本湖延伸的斜井。

鲁道夫胆子最小,因此他们让他游在最前面,其后是邦和老荣。后藤传吾最后一个离开,将"气泡"里污浊的空气留在身后。他们在几秒之内就找到了坡度缓缓上升的斜井,开始在无尽的黑暗中朝上游去。每个人都伸出手来摸索着隧道上方的石壁,以便找到第一个通风井的入口。游在最前面的鲁道夫一旦找到入口就要停下来,但后面的三人也必须保持警惕,以免鲁道夫错过了井道。

他们突然好像一列急刹车的火车车厢般一个撞上了一个。鲁道夫停了下来——如果没搞错的话,他找到了第一个通风井的入口。老荣终于向上游去,接着是后藤传吾,他们一路直线上游,最后来到了井道中的一个小空洞,这里藏着一小团空气。这个洞很窄,堪堪容下四人。他们在这里稍作歇息,挤在一起的四具身体大口呼吸着新鲜空气，同时把过去六十秒身体里残留的氮气和二氧化碳排出去。后藤感到随着气压降低，自己的耳膜又鼓胀起来。

从各各他到山本湖有四百五十米，他们只完成了一小段。但从垂直距离来看，他们已经上升了一百多米。也就是说，他们在这里呼吸到的空气的气压只有之前在"气泡"里的一半。

后藤传吾不是一名专业的潜水员，因此他对潜水医学了解并不多。但是他的父亲以前曾经对他说过人们是怎么利用沉箱进行深水作业，进行建筑或者挖掘的。他正是从这里开始了解减压病，并且得到了矿工们的经验——当气压降到原始气压的一半时，让身体适应一会儿，那么就不会出现减压病症状。只要他们能在这里歇上一会儿，把体内的氮气排出去，就可以继续上升，直到气压再次减半为止。

"气泡"里的压强约为九到十个标准大气压。在他们歇脚的第一个洞里，则是五个标准大气压。但这里的空气并不很多，只够他们呼吸十五到二十分钟，把身体组织里的氮气排出去，憋上一大口气，准备下一段路。

"好了，"后藤传吾说，"走吧。"他在黑暗中找到鲁道夫，鼓励地拍了拍他的肩膀。鲁道夫深吸了好几口气，做好准备，后藤传吾则又重复了一遍他们每个人都烂熟于心的数字："向前二十五下，通道向上弯曲。向上划四十下，当通道再次弯曲时，向上直行，就是下个气泡。"

鲁道夫点点头，画了个十字，然后一个猛子扎进水里，双腿一蹬。邦、老荣紧随其后，最后是后藤传吾。

这一段路很长，最后的十五米是垂直向上进入空气泡的路途。后藤传吾本来以为他们自身的浮力能托他们一把，哪怕是在濒临溺水的时候，但实际上当他蹬着腿游进狭窄的竖井，疯狂地推挤着游在他前面的早已力不从心的老荣的双脚时,他感到自己的肺部传来一阵战栗。这时他发现自己必须抵抗憋气的本能,把肺部的空气吐一点出来——因为那里面的气压比外面的水压要高得多,如果他还拼命憋着那口气的话,他的肺会炸裂的。与之前交代他们憋好气的命令相反,他吐出了一连串的气泡。他希望这些上升的气泡在漂过其他人身边时能暗示他们也跟着自己这样做。但是很快,那三个人都彻底不动了。

大概有十秒吧,后藤传吾被困在这样一个不比他身体宽多少的岩石竖井里,周围只有水和无尽的黑暗。他在这场战争中经历过的所有事情里,没有一件事能比这更恐怖了。正当他准备听天由命地淹死时,那三个人突然又开始移动了。等他们终于升上水面时,四个人都已经只剩半条命了。

如果后藤传吾没有算错的话,这里应该只有两到三个标准大气压。但是他对自己已经没那么有信心了。当他终于缓过一口气,身体渐渐恢复知觉时,他感到膝盖传来了一阵钻心的疼痛。其他人也发出了类似的呻吟,他知道他们也和他一样。

"这一次我们尽量休息得久一点。"他说。

下一段路距离比较短,但是因为他们膝盖的疼痛,游起来更艰难了。这次仍旧是鲁道夫先行。但是当后藤传吾再次把头露出水面时,这个只有一点五个标准大气压的气泡里只有邦和老荣两个人。

"鲁道夫错过了入口,"邦说,"我想他可能游过了头——到那个通风井里去了!"

后藤传吾点了点头。就在他们进来的这条井道前几米处另外还有一条通往地面的通风井,后藤在那中间又挖了一条陡峭的斜道,这样当野田上尉把碎石倒进通风井时(现在这项工作想来已经完成了),那些废料不会堵住下面的斜井,也就是他们的逃生通道。如果鲁道夫真的走错了路，那么当他游到顶时，他会发现前路被封得死死的，而且也没有一丁点空气。

后藤传吾不必明说鲁道夫已经死了，大家都心知肚明。邦在胸前画了个十字，祈祷了几句。然后他们又休息了一会儿，瓜分掉了本来属于鲁道夫的空气。后藤传吾的膝盖越来越疼，但不一会儿他就麻木了。

"从现在开始，高度只有很微小的变化了，没必要特地减压。只要往前游就行了。"他说。他们还要再游三百多米，中间有四个竖井。最后一个是货真价实通往地面的通风井，因此他们要做的只是游一会儿歇一会儿，游一会儿歇一会儿。直到头顶的隧道壁向后退去，他们已经身处山本湖中。

后藤传吾一头钻出水面，有那么一会儿，他什么都没有做，只是双腿不停划着水，尽情享受新鲜的空气。夜幕笼罩着大地，在这一年当中，唯有此时，班多克一片静谧，只有邦双膝跪在湖畔，一边画着十字一边连珠炮似的念着祷词的声音。

老荣已经走了，甚至没有留下一句道别的话。后藤传吾一开始感到很奇怪，直到他突然明白了如今这一切意味着什么：他，和老荣一样，已经自由了。对于世界来说他已经死去，再也不用对谁尽什么义务。人生中第一次，他可以做任何他想做的事情了。

他游到岸边，站起身来，向前走去。他的膝盖很疼，他简直不敢相信他真的挺过来了，而现在他唯一的问题竟然是腿疼。

第八十二章 逮 捕

"咖啡。"兰迪对乘务员说,然后重新考虑了一下,记起他这次坐的是经济舱,想去厕所可能没那么容易。飞机只是一架马来西亚航空的小 757。乘务员见他表情犹豫,便停了下来。她的脸被一条俗丽的、隐约有点伊斯兰风格的头巾包裹,他以前从来没见过这么敷衍的对性保守主义的致意。"无咖啡因咖啡。"兰迪说。她满面笑容地给他倒了一杯橙汁。倒不是说她不会英语,只是兰迪已经渐渐地习惯了当地的洋泾浜语言。他意识到,在变成活泼魁梧晒得黝黑,流连在太平洋沿岸的机场酒吧和香格里拉酒店里的外国移民的漫漫长路上,这是第一步。

窗外,细长的巴拉望岛与他们飞机的航线平行。一位被迷雾包围的飞行员几乎可以只靠沿着巴拉望的海滩就从吉纳库塔飞到马尼拉,不过在今天这样的天气里就无所谓了。海滩逐渐没入南中国海透明的水体中。当你站在沙滩上,以掠射角看向海浪时,可能会觉得没什么特别的,但从上面看这里,你可以径直看透很多英寸的海水,所以所有岛屿——甚至包括珊瑚礁——在近水的地方都有一圈深褐色或茶色的边缘,逐渐融入黄色,然后变成游泳池一般的蓝色,最终才是海水的深蓝。每一座珊瑚礁和沙洲看起来都像是孔雀尾羽上彩虹色的眼睛。

昨晚与汤姆·霍华德交谈之后，兰迪在他的客房里睡了一夜，然后第二天白天大部分时间都用来在吉纳库塔买一台新的笔记本电脑，包括新硬盘，并把他从洛斯阿图斯抢救回来的硬盘上的所有数据转移到新电脑上，顺便在过程中加密一切。考虑到所有那些被他用超级高精尖加密技术处理过的无聊又无用的公司文件，他简直不敢相信自己把没有加密的"林仙"信息带在身上好几天，还穿过了好几个国家的国界。更别说原始ETC卡片了——它们现在被保存在汤姆·霍华德地下室的保险箱里。当然那东西本来就是加密过的，可那都是1945年的事儿了，所以按照现代标准来看，这基本等于麦片盒里附赠的密码戒指①的水平。或者说兰迪差不多是这么希望的。他今天早上做的另一件事是把最新版本的《编码宝典》从它在旧金山的ftp服务器上下载下来。兰迪从没细看过它，但他听说里面有他可以用来帮助破解"林仙"的密码样本，或至少是算法。运气好的话，《编码宝典》里最新被公开的密码破译技术也许可以及得上"教皇"和他的同事们三十年前在国安局用的保密技术。那些技术对于他们要破解的"林仙"信息并没有用处，不过大概只是因为那些信息本来就是随机数字——而不是真正的信息。而现在兰迪手上有了他怀疑是真正信息的东西，他也许可以做到厄尔·科姆斯托克50年代想做却没做成的事情。

他们正在跨越晨昏圈——不是电影里那个机器杀手，而是在我们不停自转的星球上分割日夜的那条线②。向东看去，兰迪能看到还在黄昏时分的世界尽头，云彩只反射了阳光中最红的部分，蛰伏在

---

① 一种基于替换加密法原理的小玩具，由一圈数字转盘和一圈字母转盘组成。
② 英语中晨昏圈（the terminator）和终结者（The Terminator）是同一个词。

黑暗中，像埋在轻如羽毛的灰烬中焖烧的煤炭。飞机还在白天里，神秘的彩虹块锲而不舍地追逐着它，像小小的幽灵般的分身——估计是某种新型国安局监视科技吧。巴拉望的河流有些是碧蓝的，径直流进大海，有些则挟带着大量侵蚀泥沙涌入海中，又被海浪拍打上岸。吉纳库塔的森林采伐没有这里厉害，但只是因为他们有石油。这些国家全都在以一种不可思议的速度燃烧资源振兴经济，然后把希望赌在国家卖光所有能卖的东西变成海地之前，跃入大概可能是某种知识经济上的超空间。

兰迪正翻阅着《编码宝典》的开篇部分，但他在飞机上从来无法集中精神。开篇部分是从二战时期的军队手册里偷来的。这些手册本来是机密，直到十年前坎特雷尔的一个朋友发现有一批副本竟然明目张胆地放在肯塔基的一家图书馆里，于是带着一大堆硬币去把它们全复印了下来。

那让公开的、平民用的密码分析达到了 20 世纪 40 年代政府的水平。复印件经过了扫描和文字识别，并转换成了网页用的 HTML 格式，让人们可以在不影响原文的情况下往里面加链接、旁注、注释和纠正。他们满怀热情地这么做了，这虽然很好，却让文本很难阅读。原文被故意设置成一种潦草、传统的字体，让人们一眼就可以将它和网络时代的注释区分开来。《编码宝典》的引言是一个叫威廉·弗里德曼[①]的人写的，创作时间很可能在珍珠港事件之前，里面充满了警句，大概是为了防止新加入的译码员在跟最新的日本机器密码搏斗了漫长的一星期后往自己脑门上磕手榴弹。

人们对"科学研究者百分之五十的时间都在用非理性的方

[①] 威廉·弗里德曼（1891—1969），美国陆军密码专家。

式工作"这个事实的认识似乎完全不够。

直觉就像闪电，转瞬即逝。它通常在你被困难的密码破译工作折磨，心里回想曾经做过的无果尝试时到来。突然之间灵光一现，用不了几分钟，你就发现了之前许多天的辛勤劳作无法找到的答案。

然后是兰迪最喜欢的一句。

至于运气，老矿工有一句格言："金子就在你找到它的地方。"

目前为止还挺好，但是再按几下翻页键，兰迪眼前就出现了无数随机数字交错成的网格（某种数字时代之前的解密方式）。如果它们不能向读者传达某些有用的信息，作者是不会将它们放进来的。兰迪痛苦地意识到，在他学会阅读这些网格之前，他的水平甚至还比不上一个二战时期的新手译码员。书中举的都是"一架飞机在海上失踪"和"部队与四十五步兵师联系困难"这样的例子，兰迪本来觉得这些例子有点矫情，直到他想起写这本书的人大概连"矫情"是什么意思都不知道。他们生活在某种彻底不同的前"矫情"时代，那时候飞机真的会在海上失踪，飞机上的人也永远无法回来再见到他们的家人，连仅仅在谈话中提出矫情这个问题都很可能会落得被人怜悯、排斥，甚至被精神疗法分析。

思考这些事情让兰迪觉得自己是个小浑蛋，他又想起切斯特。切斯特天花板上挂的那架破碎的747仅仅是一次不朽的凸显他糟糕品位的举动，还是说切斯特挂那个东西另有深意？难道书呆子切斯特其实是一个超越了在他那个年龄会产生的虚伪浅薄的高深思想家？有些严肃的人曾深入讨论过这个问题，所以关于切斯特的房子的学术文章才总出现在意想不到的地方。兰迪思考着自己的人生中有没有过哪怕一次严肃经历，那种值得花时间把它浓缩成一条简短的以"句号"结尾的大写信息，并用一种密码系统进行加密的经历。

他们一定是从沉船地点的正上方飞了过去。几天后兰迪会回过头，来到往吉纳库塔去的半路上，为搬运里面的金条贡献一点绵薄之力。他去马尼拉只是为了处理一些公事，寄生藤的某个菲律宾合作商突然要求召开紧急会议。兰迪一年半前来马尼拉时做出来的东西现在基本上已经可以自主运行了，而当它真的需要他的关注时，他只觉得无比厌烦。

他看得出，《编码宝典》上新加的这些现代的思考问题的方式并不能对破解"林仙"拦截信息产生多大意义。《编码宝典》的原作者们是真的必须破解读取这些见鬼的信息来拯救同胞们的性命。然而对于这些写注解的现代人来说，他们本身对阅读别人的邮件没有兴趣。他们关注这个问题的唯一原因只是他们迫切希望创造出无法被国安局或这个新的 IDTRO[①]——"黑室"破译的新加密系统。密码专家不会信任一个加密系统，除非他们攻击过它。而要攻击它，他们必须了解基础的密码分析技术，所以需要一份像现代注解版《编码宝典》这样的文档。但是他们的攻击通常止步于从概念上证明一个系统的弱点。他们只需要在理论上说明这个系统能够被下列方法攻击，因为从一个正式的数论立场看来，它属于某某类问题，而这些问题总体来讲需要多少多少个处理器周期来攻击。而这个观点跟现代的思考方式非常契合，也就是你若要获得个人成就和周围人的肯定，就要发展出一种把新的实例塞进旧的分类里的能力。

[①] IDTRO，上文提到的国际数据传输监管组织（The International Data Transfer Regulatory Organization）的缩写。

然而在概念上证明一个密码系统的弱点,和真的去破解用该系统加密的一组信息,二者之间的区别就跟批评一部电影(例如将它归入某个门类或运动),和真的拿着一部摄像机和几卷未曝光胶片去拍一部电影之间的区别那样深如鸿沟。关于这些问题,《编码宝典》中毫无论述,除非你往下挖到它最老最深的层面。兰迪怀疑这些层面里有一部分正是他祖父写的。

广播打开了,乘务长用好几种语言说了些什么。每次他转换到一种新语言时,都会伴随一阵涌过整个客舱的困惑的波澜:开始是说英语的乘客们互相询问刚才的英文版通知说了什么,而正当他们准备放弃时,粤语版也广播完毕了,于是说中文的乘客也开始互相询问刚才说了什么。

马来语版本没有引起任何反应,因为根本没有人说马来语,可能除了兰迪刚才在要咖啡时以外。大概是在说飞机就要降落了吧。马尼拉在他们下方的黑暗中伸展开来,不时有一块块巨大的区域亮起又熄灭,那是电力网的不同部分在与它们各自的正常工作和超载断路问题艰苦斗争。在兰迪脑海中,他已经坐在了电视机前,正捧着一碗克朗奇船长麦片胡吃海塞。也许尼诺·阿基诺国际机场里有地方能买到一盒冰凉的牛奶,这样他回家的路上就不用再去"24满"了。

马来西亚航空的乘务员们送他下飞机时都带着满面笑容。环游世界四海为家的技术专家们都知道,在你试图对服务业从业人员使用某种——任何一种——非英语的语言时,他们会觉得这相当可爱,或至少假装这么想,并且会记住你。很快他就到了熟悉的国际机场里面,机场里有空调,但不是处处都有。他航班的行李传送带旁边有一群穿着一模一样的防风夹克的女孩,像一群停在一块"毒贩杀无赦"的标牌下的百灵鸟一般兴奋地叽叽喳喳着。行李用了很久才到——要不是兰迪在路上到手了一大堆书和其他几样纪念品，他根本用不着托运行李——有些是从毁掉的房子里抢救出来的，有些是从他祖父的行李箱里继承的。在吉纳库塔，他还买了些新的潜水装备，希望很快能够用上。最后他不得不买了一个带轮子的行李袋来把东西都装进去，于是兰迪看着这些姑娘们权当娱乐——显然她们是出行的某个高中或大学的曲棍球队。对她们来说，连等待传送带启动都是一场激动人心的大冒险，例如当传送带呻吟着动了几秒钟然后又停下来的时候。不过最终它总算是真的动了起来，带出一整排一模一样的运动包，颜色和女孩们的制服完美匹配。兰迪的大行李袋在它们中间。他把行李袋抬了下来，检查了一下小密码锁：主袋的拉链上有一个，袋子下端的小口袋上还有一个。袋子顶上还有一个小口袋，兰迪想不出它有什么实际用处。他没往里面装东西，所以没上锁。

他拉出行李袋的伸缩拉杆，将它掀起来，让轮子着地，然后朝海关走去。在路上他混进了一群曲棍球球员里，她们觉得这简直太令人兴奋太好笑了。这让他有些不好意思，直到她们开始觉得自己的笑声也很好笑。只有几条海关通道开着，有一位指挥交通的家伙挥着手让人们走这边那边。他把女孩们撵进绿色通道里，然后照常把兰迪赶进了红色通道。

兰迪朝通道那边看去，对面是接站等候区，那里有一个穿着漂亮裙子的女人。是艾米。兰迪的脚步停了下来，以便更好地直勾勾地盯着她看。她看起来美极了。他心想，不知认为艾米穿上裙子只是因为她知道兰迪会喜欢看她穿裙子的样子，这个想法会不会太自以为是。不管是否自以为是，他确实是这么想的，而这让他就快晕过去了。他不想让自己的思绪在此时此地就完全失去控制，不过今天也许会有比抱着一碗克朗奇船长麦片更好的夜晚在等待他。

兰迪走进通道。他想径直冲过去奔向艾米,但这可不是个好主意。不过没关系,期待总不会要人命,期待其实也可以是相当令人享受的。艾维怎么说的来着?渴望比拥有更好。兰迪可以肯定,拥有艾米绝对不会令人失望,不过渴望也不是件坏事。他把电脑包拎在身前,行李袋拖在后面,慢慢地停下,以免它依照惯性继续往前滚,撞碎他的膝盖。前面有一张必备的不锈钢长桌,桌后一位满脸无聊的消防栓体形的绅士正在重复他生命中第一百万次的"国籍?出发港"?兰迪递过证件,一边回答问题,一边弯腰把行李袋抬上桌子。"请把锁打开?"海关检查员说。兰迪低下头,眯眼看着小小的铜转轮,试图把它们调到正确的数字组合上。与此同时,他听见海关检查员就在他脑袋边工作着,拉开行李袋顶上那个小小的空口袋的拉链。一阵沙沙的声音。

"这是什么?"检查员问道,"先生?先生?"

"是,怎么了?"兰迪说,挺起身子,直视检查员的眼睛。

像广告片里的模特一样,检查员正将一个小塑料密封袋举在脑袋边,另一只手指着它。他身后一扇门打开,有人走了出来。密封袋里装着小半袋糖,或者别的什么——也许是糖霜——并卷成一根雪茄型的小条。

"这是什么,先生?"检查员重复道。

兰迪耸耸肩:"我怎么知道?这是从哪儿来的?"

"从你的包里,先生。"检查员说,指着那个小口袋。

"不,不是的。那个口袋是空的。"兰迪说。

"这是你的包吗,先生?"检查员说,伸出一只手拉起把手上的行李条查看。他身后聚集了不少人,对兰迪来说他们都是模糊一团。因为他的注意力理所当然还在检查员身上。

"我希望是——我才刚把锁打开。"兰迪说。检查员转过身,对他身后的人们比了个手势，于是他们齐齐向前挪动到了光线中来。他们身穿制服，大多数人都带着枪。很快，其中一些人就来到了他身后。实际上，他们把他包围住了。

兰迪看向艾米，却只看见一双被抛下的鞋：她正在赤脚飞奔向一排付费电话。他很可能再也见不到她穿裙子的样子了。

他想，仅从战术角度考虑，这么早要求律师会不会是个坏主意。

第八十三章 马尼拉之战

鲍比·沙夫托被一阵烟味熏醒了。那不是饼干在烤箱里烤过头了的味道，不是秋天的落叶被扫在一起焚烧的味道，也不是童子军野营篝火的味道。那是一种各种材质的东西燃烧的烟雾混在一起时才会产生的味道——比如说轮胎、汽油和建筑——这几年来他对这味道实在是太熟悉了。

他用一只手肘支着自己坐起来，发现自己正躺在一条狭长的小船里。他的头上是一张脏兮兮的破帆，正迎着混合了难闻气息的微风。夜色正浓。

他转过头朝逆风方向望去，但他的脑袋显然并不喜欢这个动作。一阵剧痛袭向他的头部，仿佛想撞碎通往他意识的大门，但是没有成功。他能感到那股剧痛穿着带钉的靴子砰砰地踹着大门，如此而已。

啊！一定是有人给他打了吗啡。沙夫托愉快地笑了。生命真美好。

世界一片黑暗，天空仿佛一个磨砂的大碗倒扣在湖面上。但是小船左前方的碗缘似乎横向裂开了，露出了黄色的光芒。那片光芒闪烁着,就像透过黑漆漆的引擎盖上的层层热浪观看星空一样。

他坐起身,盯着那片光芒,渐渐找到了头绪。从小船的八点钟方向升起了一束蜿蜒的黄光,横过船头,一直延伸到一点钟方向。也许那是某种日出的奇景。

"米尼拉。"他身后传来一个声音。

"哈?"

"那是马尼拉。"另一个离他更近的声音用英语重复了一遍那个地名。

"怎么那么亮?"自1941年以来,鲍比·沙夫托还是第一次看到有城市晚上亮着灯,他几乎已经忘了城市的灯火是什么景象。

"日本人在放火烧城。"

"东方之珠!"身后远处又一个声音说,引起了一阵苦笑声。

沙夫托现在已经完全清醒了。他揉了揉眼,极目望去,在距海港几英里的地方,一个装满燃料的铁桶像火箭般射向天空,然后不见了。他逐渐辨认出湖岸上棕榈细长的轮廓,在火光的映衬下越发明晰。小船静静地驶过温热的湖面,细小的波澜拍打在船身上。沙夫托感到自己仿佛是个刚刚出生的婴儿,一个全新的世界展现在他面前。

换了别人一定会问为什么他们会驶向这座燃烧的城市,而不是逃开?但沙夫托却没有问,就如婴孩不会有这种疑问一样。他出生在这个世界上,他要做的就是睁大双眼看着它。

刚刚跟他说话的男人就坐在他身边的船沿上,一身黑衣衬着一张苍白的脸,衣领上露出一块白色的开口。城市燃烧的光芒温暖地投射在一串琥珀珠子和上面摇晃不停的沉重十字架上。沙夫托又躺了回去,仔细地打量着他。

"他们给了我吗啡。"

"是我给你的，不然根本制伏不了你。"

"我很抱歉，长官。"沙夫托真诚地说道。他想起那些染了"亚洲病"的陆战队员在离开上海时做出的种种令人不齿的行为。

"我们不能发出一点声音，不然会把日本人引来的。"

"我明白。"

"看到那样的格洛丽对你来说想必是很大的打击吧。"

"对我说老实话吧，神父。"鲍比·沙夫托说，"我的孩子，我的儿子，他也染了麻风病吗？"

他面前那双黑色的眼睛合了起来，那张苍白的脸左右摇晃着。"格洛丽是在生下孩子之后不久才在山里的一个营地里感染的，营地里不太干净。"

沙夫托轻哼一声："这不是废话吗？！"

一阵长而尴尬的沉默。神父再次开口："其他人已经对我忏悔过了，你要不要现在也来？"

"天主教徒在赴死之前就干这个？"

"他们随时都忏悔。但是，没错，最好在临死前做最后一次忏悔。这算是——那话怎么说来着——临阵磨枪。为了死后上天堂。"

"神父，我看我们再过一两个小时就能靠岸了。如果要我现在开始忏悔这一生的罪孽，我恐怕只能说到八岁时偷吃罐子里的饼干。"

神父大笑起来。有人给沙夫托递了一支已经点好的香烟，他深深地吸了一口。

"我们是没时间享受和格洛丽上床或是屠杀日本鬼子和德国佬的乐趣了。"沙夫托美美地吸着香烟，想了一会儿，"但是如果我们现在要干的是会送命的勾当——而且在我看来这八九不离十就是那种勾当——那么我还有一件事要做。这条船会回卡兰巴吗？"

"我们倒是希望船主能捎几个妇孺回去。"

"有人带着纸笔吗?"

有人递给他一截铅笔头,但谁也没有纸。沙夫托在口袋里胡乱摸了摸,只摸到了几只"我会回来的"安全套。他打开其中一个套子,小心翼翼地把包装纸剥下来,然后把套子扔进了湖里。他把包装纸铺在一个弹药箱上,写道:"我,罗伯特·沙夫托,在立此遗嘱时神志清醒,特此将我所有财产及死后抚恤金,留给我的儿子,道格拉斯·麦克阿瑟·沙夫托。"

他朝燃烧的城市投去一瞥,差点儿想在后面加上一句"……如果他还活着的话",但是没有人喜欢哭哭啼啼的家伙,于是他在这玩意儿上草草签上了大名。神父也作为见证人在后面署上了名字。为了增添这份遗嘱的真实性,沙夫托扯下自己的狗牌,用遗嘱包起来,又用狗牌的链子在外面缠了一圈。他把遗嘱传到船尾,交到船主的手上。船主将它放进口袋里,爽快地答应他一回到卡兰巴就帮他办这件事。

船身不宽但却很长,里面满满当当地挤了十几个游击队员。他们全副武装,显然都是从一艘美军潜水艇上拿来的最新货色。船员和武器的重量把船压得吃水很深,不时有浪花越过船舷打进来。沙夫托在黑暗中摸索着武器箱,他什么都看不见,但还是凭触摸认出了里面是汤普森冲锋枪的零部件。

"那是武器零件,"其中一人说道,"别搞丢了!"

"零件嘛,没事!"沙夫托说道。忙碌了几秒钟之后,他手里出现了一把完整的"战壕扫帚"。有一半游击队员都把手上的"我会回来的"烟叼进了嘴里,腾出双手给沙夫托鼓起掌来。有人递给他一个弹鼓,里面塞满点四五的子弹,"你们知道吗,他们发明这玩意儿,本来是打算用来对付菲律宾人的。"沙夫托说。

"知道。"其中一个游击队员答道。

"对小日本来说是杀鸡用牛刀。"沙夫托说着把弹鼓装在冲锋枪上。大家发出一阵恶意的笑声。船尾的一人站起来,朝这边走来,震得小船一摇一摆的。这是一个消瘦的年轻人。他朝鲍比·沙夫托伸出一只手,"罗伯特叔叔,你还记得我吗?"

相比沙夫托过去几年的经历来说,冷不丁被人叫作"罗伯特叔叔"并不是多大不了的事,所以他并没有大惊小怪。他就着马尼拉昏暗的火光打量着面前的男孩子。"你是阿尔塔米拉家的孩子。"他试探道。

男孩啪地给他敬了个礼,露出笑容。

这时沙夫托想起来了。三年前,在阿尔塔米拉家,那时他将刚刚受孕的格洛丽抱上楼梯,防空警报响彻全城。屋子里挤满了阿尔塔米拉。几个小男孩身上背着木刀木枪,满怀敬畏地盯着鲍比·沙夫托。沙夫托朝他们敬了一礼,跑出了屋子。

"我们全都加入了抗日军,"男孩说道,然后他的表情变得沉重,画了个十字,"有两个已经死了。"

"你们还那么年轻,妈的。"

"最小的孩子们还待在马尼拉。"男孩说。他和沙夫托都沉默地看着湖水那头的大火,如今那火焰已经连成了一道墙。

"在马拉特?还在那栋房子里?"

"我想是的,我叫菲德尔。"

"我的儿子也在那里吗?"

"我想是的,不过不一定。"

"我们去找那些孩子吧,菲德尔。"

马尼拉一半的人口似乎都聚到了水边,或者不如说已经蹚进了水里,等待着像这样的小船出现。麦克阿瑟从北边攻来,日本空军则从南边支援,因此马尼拉湾和内湖之间的地峡腹背受敌,战火肆虐。地峡靠湖的一侧仿佛上演着另一场敦刻尔克大撤退,但船只的数量实在太有限了。有些难民还算有点文明人的素质,但有些人直接就涉水游向小船,想要第一个抢上来。一只湿淋淋的手搭上船边,沙夫托用枪托把他的手砸开。那人又掉回水里,捂着手大声叫骂。沙夫托告诉他,这样真是难看极了。

在小船不断地进出浅水区的半个小时里,他们见识了更多的丑态。神父看准了抱着小孩的妇女,把她们拉上船。每救上一个人,就有一个游击队员跳下去,小船装满了人就掉头离去,消失在夜幕中。沙夫托和其他队员爬上岸,几个人一起扛着弹药箱。这时沙夫托已经全身挂满了手榴弹,像怀孕母猪的奶头似的。他的大多数队友都慢吞吞地往前挪动着僵硬的双腿,免得把肩上本来就很沉的弹药箱摔了。他们逆着难民的人潮蹒跚着朝城里走去。

这片湖畔的低地不是城区而是郊区,挤满了传统的民房:到处可见竹编的门帘和茅草搭的屋顶。这些东西一点就着,他们在船上看到的就是从这里高高蹿起的火舌。几英里以北的内陆才是城区,里面大多是砖石建筑。尽管日本人也在那里放了火,但真正烧起来的地方并不多,只见零星的火苗和浓烟。

沙夫托和他的伙伴们本打算像海军陆战队般突袭海滩,然后遭到敌人的激烈反扑——但实际上直到他们走了好几英里,差不多走了一半路程时才看到第一个敌人。

不过沙夫托倒是很愿意看到几个日本人,因为游击队员们已经因为一路无人阻挠而开始掉以轻心了,这让他很担心。五六个日本空军士兵从一家刚被洗劫过的商店里冲出来,怀里抱着酒瓶。他们把偷来的酒瓶改装成燃烧弹,点燃了那家店。沙夫托拉开一枚手榴弹的保险,悄悄放在地面上,看着它骨碌碌地滚过人行道。他躲进了一扇门洞里,直到听到一声巨响,看到四射的弹片炸碎了停在街对面的轿车的挡风玻璃，他才跳出来，准备开枪扫射。但他很快发现根本没必要，所有的日本人都被放倒了，正在排水沟里无望地挣扎。他们马上又藏起来，等着更多的日本兵前来增援，但是周围没有半点动静。

游击队员们又沾沾自喜起来。沙夫托站在人行道上陷入了沉思，与此同时，神父正在为那些已死和垂死的日本士兵做临终祷告。很显然，这里毫无纪律可言。日本人知道自己已经无处可逃。麦克阿瑟会像碾过蚁巢的割草机般从他们头上碾过，于是他们都成了流寇。对于沙夫托来说，对付这种醉醺醺的强盗自然要容易得多，但是这样一来，他们会不会对城北的居民做出什么伤天害理的事就难说了。

"我们他妈的是在浪费时间，"沙夫托说，"我们赶快到马拉特去，不要再跟日本人纠缠了。"

"你不是队长，"一个声音说道，"我才是。"

"是谁？"沙夫托就着商店的火光眯着眼望去。

原来是一个菲律宾美国混血中尉，他之前坐在船尾，而且一直没干半点有用的事。沙夫托本能地觉得他一定不是个好队长。他想要深吸一口气，却呛了一大口烟。

"长官，是的长官！"说着，他敬了个礼。

"我是莫拉莱斯中尉，如果你有什么建议，要么先跟我提出来，要么闭嘴。"

"长官，是的长官！"沙夫托说。他甚至懒得记住这人的名字。

他们在堆满了杂物的狭窄小巷里又走了几个小时。太阳升起来了。一架小型飞机从城市上空飞过，引起那些喝得酩酊大醉的日本兵零散的几下枪火。

"是架 P-51'野马'！"莫拉莱斯中尉说。

"那他妈是一架'派柏小熊'，见鬼！"沙夫托说。尽管他到目前为止都管住了自己的嘴，现在却还是忍不住了，"那是炮兵校射机。"

"那它为什么会来马尼拉？"莫拉莱斯得意地问道，可惜他在嘴皮子上获得的胜利仅仅维持了三十秒，然后第一轮炮弹就从北边飞来，把附近的建筑炸了个粉碎。

半小时后，他们与日本兵进行了第一次激烈的交火。这次的敌人足有一个排，龟缩在一家位于两条大道相交的V字形路口的石头外墙的银行里。莫拉莱斯中尉想出了一条十分复杂的计策，包括将整个小队分成三个小组。然后他自己领着三个人朝广场中央的喷泉跑去，以水池作为掩护。于是日本人的火力马上倾泻在他们身上，他们在喷泉后挤作一团，挨过了十五分钟。这时北方飞来了一枚黑色的炮弹，它在空中划出一条完美的抛物线，正中喷泉。这是一枚高爆弹，在命中目标物的瞬间才会爆炸——在这里目标物就是喷泉。神父站在一百码外的安全距离上为莫拉莱斯中尉和那三个人做了临终祷告。不过站在哪里其实区别不大，因为他们早就被炸得粉身碎骨了。

鲍比·沙夫托全票当选新队长。他避开路口，带着他们绕过了广场。在北边的某个地方，将军手下的某个炮兵连还在试图瞄准那个破银行，但一系列的轰炸只是把周围的街坊都炸成了废墟。一架"派柏小熊"在广场上方沿着8字形盘旋着，不停通过无线电指挥："差不多了——往左一点儿——停，过头了——好现在打近一点儿。"

沙夫托他们花了将近一整天才朝着马拉特又前进了一英里。如果能取道城市的主干道的话，他们本不必花这么多时间。但是随着他们的北进，炮火也越来越密集。更糟的是，这些炮火里夹杂着不少杀伤弹，它们身上的无线电近炸引信会在炮弹离地面几码时引爆，四射的弹片造成巨大的杀伤。气浪像燃烧的椰树叶般散开。

沙夫托认为他们没必要冒这个险，于是他们一次一个街区地前进，逐个从一扇门里冲到另一扇门，同时仔细地检查屋内是否还有残留的日军想要从窗口偷袭他们。如果遭到突袭，他们就马上蹲下身子，一寸寸搜寻屋内，不放过每一扇门每一扇窗，推断这栋建筑的平面图，并派人检查几个可能有埋伏的死角。通常来说要揪出这些日本人并不费劲，但会消耗大量的时间。

他们在日落时找到了一幢烧毁了一半的公寓大楼作为落脚点，轮流休息了几个钟头。随后他们又趁着夜色行动起来，这时的炮火也比较稀疏。凌晨四点，鲍比·沙夫托带着剩下的所有人——八个士兵加一个神父——抵达了马拉特。当天际露出第一线曙光时，他们来到了阿尔塔米拉家，或者说，阿尔塔米拉家以前的房子。他们赶到的时候，碰巧看到那栋房子在一发又一发的高爆炸弹轰炸下坍塌为废墟。

没有人跑出来，也没有人尖叫大喊。这是个空屋。

他们闯进了马路对面的一间药房，撞开被杂物堵着的大门，向里面仅存的两个人——一个七十五岁的老妪和一个六岁的男孩——打听情况。日本人几天前路过了这里，她说，朝北往王城的方向去了。他们把妇女和儿童聚在一起，带到那个方向去了。男人和超过一定岁数的男孩则被带到了另一边。她和她的孙子藏在橱柜里才逃过一劫。

沙夫托和他的队员们从药房出来，留下神父在后面为流浪的灵魂祈祷。十五秒后，两个游击队员被一枚在附近街道上空爆炸的杀伤弹炸死了。其他人在撤退的时候正好碰上了一队从街角拐过来的日军流寇，两伙人马上进入了疯狂的厮杀。他们的装备比日本人要好得多，但沙夫托手下的这些人却有半数陷入了慌乱。他们惯于在丛林作战，即使在和平年代，他们几乎也没进过城，这下只能站在原地干瞪眼。沙夫托闪身钻进一扇门里，拿起他的战壕扫帚扫射起来，制造出巨大的噪声。日本人像放鞭炮似的到处扔手榴弹，但这实在是伤人一千自损八百。场面混乱极了，直到天空中又飞来一枚炮弹，一下炸死了好几个日本人。剩下的几个则吃了一惊愣在原地，让沙夫托可以大摇大摆地走出来，用柯尔特把他们一一解决掉。

他们把两个伤员拖进药房留在那儿，除此以外他们又折损了一名同伴。如今他们只剩下五个士兵和一个越来越忙碌的神父。他们刚刚的激战引来了一轮密集的炮火，所以他们今天要做的事就是找一个地下室藏起来，好好休息一阵子。

沙夫托几乎没合过眼，因此当夜幕再次降临时，他吞了几片苯丙胺，又注射了一小管吗啡以中和一些药效，接着领着他的小队继续前进。再往北就是艾米塔区，那里有许多酒店。艾米塔之后是黎刹公园，公园的北边就是王城的城墙。王城之后是帕西格河，麦克阿瑟就在河的另一头。如果沙夫托的儿子和阿尔塔米拉家的族人还活着的话，他们应该就在从这里到帕西格河边的圣地亚哥堡之间的几英里内的某个地方。

他们刚走进艾米塔不久，就看到一道血河从路边的一扇门里流出来，流进了下水道。他们踹开那扇门，发现地上躺满了死去的菲律宾男人，足有好几十个。他们都是被刺刀杀死的，其中有一个人幸免于难。沙夫托和其他队员把他抬到人行道上，四处寻找安全的地方安置这个幸存者。与此同时，神父绕着屋里走了一圈，在每具尸体上轻点一下，嘴里喃喃地用拉丁语说着什么。等他做完这些事再走出来时，他的膝盖以下已经沾满了血。

"有没有女人？孩子？"沙夫托问。神父摇了摇头。

他们距离菲律宾总医院只剩几个街区的路程，于是他们决定把那个幸存者带到那里去。转过街角时他们看到医院已经被麦克阿瑟的炮火摧毁了大半，附近的地上铺满了床单，有人睡在上面。这时他们意识到周围那些扛着步枪巡逻的是日本士兵。零星的几颗子弹射向他们，他们不得不抢进一条小巷里，把伤员放在地上。不一会儿，三个日本兵追了过来。沙夫托早已想到了这个情况，于是他把他们往巷子里引了几步，然后他和游击队员们悄无声息地用刀刃终结了他们。等日本人再派人来增援时，沙夫托他们已经消失在艾米塔千回百转的小巷里。这些小巷里随处可见被屠杀的菲律宾男人和男孩的鲜血。

第八十四章　囚　禁

"有人想给你传递一条信息。"与新客户第一次面谈还没几分钟，亚历杭德罗律师就说。

兰迪早有对策："为什么这里的每个人都用这么烦琐的方式传递信息？你们没有电邮吗？"

菲律宾是那种把"律师"跟"医生"一样当头衔用的国家。亚历杭德罗律师梳着灰色大背头，后颈处的头发微微鬈曲，让他看起来有一种19世纪的政治家的高贵气质（他自己很可能也知道这一点）。他频繁地抽烟，不过兰迪几乎并不为此感到困扰，因为他在人人抽烟的地方待了好几天。在监狱里你甚至都不用操心香烟和火柴。每天只需呼吸，就可以得到大约相当于一两包烟的二手焦油和尼古丁。

亚历杭德罗律师决定当作兰迪刚才根本没有说那句话，他摆弄了一会儿香烟。如果他想要那支烟点燃了叼在嘴里，他甚至不需要动手就可以做到。烟突然就出现在那儿，仿佛他一直把一根点燃的烟藏在嘴里似的。然而如果他需要在谈话里引入一段停顿，他可以把一支烟的挑选、准备、点燃的过程变成一整套几乎像茶道一般的庄严仪式。在法庭上这招肯定特别管用,兰迪感觉好了许多。

"你觉得那条信息是什么?是'如果他们想的话可以杀掉我'吗?因为我已经知道这点了。我是说,他妈的!在马尼拉谋杀一个人要多少钱?"

亚历杭德罗律师紧紧皱起了眉头。他误会了这个问题的本意,以为这是在暗示他是那种会知道这些事情的人。当然,考虑到他是受道格拉斯·麦克阿瑟·沙夫托本人推荐而来的,他估计正是那种人,不过如此断言也许是不太礼貌。"你的想象力太丰富了,"他说,"把这件事里死刑的部分说得过于夸张。"正如亚历杭德罗律师很可能早就预料到的,这一漫不经心的表现让兰迪好一阵子哑口无言,这令他又有时间用香烟和一只饰有军队纹章的打火机发出一连串啪嗒啪嗒的声音了。亚历杭德罗律师已经两次提到他在陆军里当过上校,并且在美国生活了多年。"过了差不多十年之后,也就是1995年,我们恢复了死刑。"词语噼噼啪啪地从他嘴里爆炸出来,像特斯拉线圈上的火花。菲律宾人的发音比美国人强,他们自己也很清楚。

兰迪和亚历杭德罗是在马卡蒂的监狱和法院之间某个又高又窄的房间里会面的。一个狱卒跟他们一起在房间里逗留了几分钟,他局促不安地弓着背,直到亚历杭德罗律师过去用低沉的、慈父般的声音跟他说了几句话,并往他手里塞了点什么东西之后,他才离开。房间里有一扇开着的窗,两层楼下的街道上汽车喇叭的鸣叫穿过窗户传来。兰迪半心半意地期待着道格·沙夫托和他的同志们会顺着吊绳从屋顶降下来,挟带着巨响和四溅的玻璃碎片将兰迪救走,与此同时亚历杭德罗律师动起他魁梧的身躯,将面前半吨重的紫檀木桌推过去堵住门。

构思这样的幻想有助于驱散蹲监狱的无聊,可能也很能够解释兰迪的狱友们的影视品位。他们其实并无法观看,但却总是在用英语和他现在基本能听懂的他加禄语讨论个不停。影视，或者说缺乏影视，引起了某种逆向的媒介进化现象：这些人曾经看过的影视的口头重述。例如，对于《第一滴血Ⅲ》里史泰龙打开一颗步枪子弹，点燃火药烧灼自己腹部的枪伤那一幕，如果描述得足够引人入胜，就能让所有人都陷入几秒钟虔诚的敬畏。兰迪现在能得到的清静时刻基本也就这么些了，而他一直在不停地虚构新的点子：他要利用他加利福尼亚的出身，声称他看过还没有被盗版到马尼拉街头的功夫片，绘声绘色地讲述它们，以至于整个牢房在几分钟内将变成一块修道冥思之地，像兰迪希望自己身处的那个理想化的第三世界监狱那样。兰迪小时候从头到尾读过《巴比龙》①好几遍，他想象中的第三世界监狱一直是至高无上的神圣孤独之所：角度陡峭的热带阳光斜斜射入厚石墙里嵌着的密密的铁栏杆，照亮烟雾缭绕的潮湿空气。汗流浃背、赤裸上身的荒原狼们在他们的牢房里徘徊，思索着到底是哪一步铸成了大错。监狱日记被偷偷写在卷烟纸上。

然而，他们关押兰迪的监狱只是一个非常拥挤的，有些人永远不能离开的都市社会。除了兰迪和一群不断轮换的酒鬼，这里的其他人都极其年轻。这让他感觉自己老了。要是他再看见一个被影视冲昏头脑的男孩穿着盗版硬石餐厅T恤，学着比出美国匪帮说唱歌手的手势，他可能就真的要杀人了。

亚历杭德罗律师设问道："为什么说'毒贩杀无赦'？"兰迪没问为什么，但亚历杭德罗律师想要跟他分享一些关于为什么的事情。"对于世界的这个地方有些人坚持要把他们无比渴求的毒品卖给他们这件事，美国人非常生气。"

"抱歉。我能说什么？我们差劲透了。我知道我们差劲透了。"

---

① 又译《蝴蝶》。法国自传体小说，讲述作者昂利·沙利叶从法属圭亚那魔鬼岛监狱逃脱的经历。

"于是为了体现两国人民的友谊,我们恢复了死刑。法律指定了两种行刑方法,且只有两种,"亚历杭德罗律师继续说,"毒气室和电椅。如你所见,我们向美国人学习——就像其他许多事情一样,有些明智有些愚蠢。而那时候,菲律宾没一个地方有毒气室。于是人们进行了研究,制订了计划。你知道建造一间合格的毒气室需要些什么吗?"现在亚历杭德罗律师进入了一段漫长的即兴乐章,但是兰迪发现自己很难集中注意力,直到亚历杭德罗律师的语气告诉他尾声马上就要来临了。"……监狱管理局说:'我们连给已经人满为患的监狱买老鼠药的经费都没有,你指望我们怎么建造这种科幻设施?'如你所见,他们只是抱怨着想要更多经费。明白了吗?"亚历杭德罗律师煞有介事地扬起眉毛,面颊凹陷进去,一下子让那根万宝路多了两三厘米的烟灰。他觉得非常有必要解释监狱部门的深层动机这个事实。似乎暗示着他对兰迪智商的估计并不太高,不过考虑到他在机场被捕的方式,这种估计不无道理。"所以就只剩下了电椅,但是你知道电椅发生了什么事吗?"

"我想象不到。"兰迪说。

"它烧坏了,搭错线了。所以我们没有杀人的手段。"此前没有表露过一丝笑意的亚历杭德罗律师终于想起来要笑了。笑得很敷衍,等到兰迪激励自己表现出一点礼貌的笑意时,笑声已经结束,亚历杭德罗又回到了严肃的状态。"但菲律宾人适应性是很强的。"

"又一次,"亚历杭德罗律师说,"我们把目光转向了美国。我们的朋友,我们的资助人,我们的老大哥。你知道 Ninong① 这个词吗?你当然知道,我忘记你在这边待了很久了。"对于菲律宾人对美国人表现出的爱、恨、希望、失望、敬仰和嘲弄混合的感情,兰迪

---

① 他加禄语,意为"教父"。

总是觉得印象非常深刻。因为他们曾经真的是美利坚合众国的一部分，所以他们可以尽情讽刺挖苦它——通常这种权利是只属于美国终身居民的。珍珠港之后美国没能从日本手里保护他们，这仍然是发生在他们身上最重要的一件事。估计只比麦克阿瑟几年后又回到这个国家稍微重要一点点。如果这还浇灌不出一段爱恨交加的关系……

"美国人，"亚历杭德罗律师继续说，"也在处决犯人的开销和电椅不好用的尴尬带来的压力下不堪重负。也许他们还不如把这份工作外包给别人。"

"不好意思？"兰迪问道。他总感觉亚历杭德罗律师只是在试探他是不是还醒着。

"外包。给日本人。去找索尼或者松下或者那一类的人，跟他们说（他现在换了一种完美的美国乡巴佬口音）：'我们真是爱死他们卖给我们的摄像机了——不如你们也造点真的能用的电椅吧？'日本人真的会做的——这种事情他们肯定能做得出类拔萃——然后在把美国人需要的所有电椅都卖给他们后，我们就可以廉价收购一些工厂余货。"菲律宾人每次在一个美国人的听力范围内说美国坏话的时候，为了摆正立场，通常都会再努力接上一句对于日本人的非常糟糕的评价。

"我们到底是要说啥？"兰迪说。

"请原谅我的离题，美国人改用注射法处决囚犯了。所以我们再一次决定学习他们。为什么我们不干脆用绞刑算了？我们不缺绳子——这里就是绳子的产地，你知道——"

"知道。"

"——或者枪决他们？我们也有很多枪。可是不，国会想要和山姆大叔一样摩登，所以就决定是注射了。但是随后我们派了个代表团去看美国人是怎么进行注射死刑的,你知道他们回来之后是怎么报告的吗?"

"说需要一大堆特殊器材。"

"需要一大堆特殊器材,还要一个特殊房间。这个房间还没有造。所以,你知道我们现在死囚牢房里有多少人吗?"

"我无法想象。"

"超过两百五十个。就算那房间明天造好,其中的大多数人也无法被处决,因为终审上诉之后不到一年就执行死刑是不合法的。"

"呃,等一下!如果你终审上诉输了,那为什么还要等一年?"

亚历杭德罗律师耸了耸肩。

"在美国,他们终审上诉的时候,囚犯一般已经绑在桌子上,针管插进手臂里了。"

"也许他们那样等着,是怕那一年会出现神迹。我们是很重视宗教信仰的人——连死刑犯里都有一部分是忠诚的信徒。但是他们现在都巴不得马上被处刑。他们再也无法忍受继续等下去了!"亚历杭德罗律师大笑着拍了一下桌子,"你看,兰迪,这两百五十个人都很穷。全部都是。"他意味深长地停了下来。

"我听到了,"兰迪说,"顺便一提,你知道我的资产净值是个负数吗?"

"是的,但你有很多朋友和人脉。"亚历杭德罗律师开始在自己身上翻找。一包新的万宝路的图像出现在他脑袋上的想法框里,"我最近接到了你在西雅图的一位朋友的电话。"

"切斯特?"

"对,就是他。他有钱。"

"你可以这么说。"

"切斯特正在寻找用他的经济资源帮助你的方法。他感到很挫败，很犹豫，因为虽然他的资源极为庞大，但是他并不了解在菲律宾司法系统下利用它们的精妙技巧。"

"听起来就像是他的风格，你有没有可能替他指指路？"

"我会和他谈的。"

"让我问你一个问题，"兰迪说，"我知道经济资源如果使用得当可以让我获得自由。但要是某个有钱人想用他的钱给我判死刑怎么办？"

这问题让亚历杭德罗律师停了一会儿。"有钱人想杀人有更高效的办法。出于我已经描述过的原因，要是真有刺客，那他第一个肯定会去找除了菲律宾最高刑罚设备以外的方法。这就是为什么作为你的律师，我对目前真正发生的事情的看法是——"

"有人想要给我传递一条信息。"

"正是。你瞧，现在你开始明白了。"

"好吧，我在想你能不能大概估计一下我还要被关起来多久。我是说，你想让我请求从轻判决，然后坐几年牢吗？"

亚历杭德罗律师露出痛苦的表情，嗤之以鼻。他根本不屑于回答。"我就觉得不是，"兰迪说，"但你认为在这个过程中大概什么时候我可以出去？我是说，他们拒绝让我保释出狱。"

"当然了！你是被控了重罪的！就算每个人都知道这是个笑话，应有的尊重还是应该表现出来的。"

"他们把栽赃的毒品从我的包里翻了出来——有一百万个目击者，是毒品没错吧？"

"马来西亚海洛因，纯度非常高。"亚历杭德罗律师钦佩地说。

"所以有这么多人可以做证说在我的行李里找到了一袋海洛因，这似乎让把我从监狱弄出去这个活儿变得有点复杂啊。"

"我们也许可以在实际进行庭审前指出证据有缺陷，使指控无效。"亚历杭德罗律师说。从他语气里的某种东西和他凝视着窗外的样子看来,这是他第一次真正思考如何具体地解决这个问题。"也许一位机场的行李员会站出来做证说,他看见一个黑漆漆的人影把毒品放进了你的包里。"

"黑漆漆的人影?"

"是——呀。"亚历杭德罗律师不悦地说,等着兰迪的讽刺。

"尼诺·阿基诺机场后台里这种人影有很多吗?"

"我们不需要很多。"

"你觉得要过多长时间这位行李员才能良心发现,决定站出来做证?"

亚历杭德罗律师耸耸肩。"几个星期吧,如果要好好办的话。你的住宿条件如何?"

"烂透了,不过你猜怎么着?已经没有什么事情能让我烦恼了。"

"监狱部门有一些官员担心当你出去的时候,你会对住宿条件严加批评。"

"他们什么时候开始在乎这个了?"

"你在美国有点出名。没有特别出名。但是有一点,你还记得那个在新加坡受了鞭刑的美国男孩吗?"

"当然。"

"对新加坡的形象造成了很坏的影响,所以监狱部门有一些官员会愿意考虑将你转入单人牢房。整洁,安静。"

兰迪露出疑问的表情,举起一只手将拇指与其他手指摩擦,做出"钱"的手势。

"已经打点好了。"

"切斯特?"

"不是,是别人。"

"艾维?"

亚历杭德罗律师摇摇头。

"沙夫托父女?"

"我无法回答你的问题,兰迪,因为我不知道。我并没有参与这个决定,但做决定的人也听取了你提出的'需要一些打发时间的东西'的要求。你要了书?"

"嗯,你带了吗?"

"没有,但是他们允许我带来这个。"这时亚历杭德罗律师打开他的公文包,将双手伸进去,拿出了——兰迪的新手提电脑。上面还贴着警方的证物条。

"你他妈跟我开玩笑吧?!"兰迪说。

"没有!拿去吧!"

"这难道不是证物什么的吗?"

"警方已经用完了。他们把它打开了检查里面有没有藏毒品,还取了指纹——你还可以看见上面的粉末。我希望这不会弄坏脆弱的机器。"

"我也希望如此。所以,你是在告诉我,我可以把这个带回我新的整洁安净的单人牢房里?"

"正是。"

"我可以在那里使用它?没有限制?"

"他们会给你一个插座和一个插头。"亚历杭德罗律师说,然后意味深长地加上,"我问他们要的。"这显然是小小提示了一下无论最后付给他多少报酬都是物有所值的。

兰迪深吸一口气,想,好吧,这真是太慷慨无私了——老实说还有点惊人——想要给我定罪判我死刑的势力竟然愿意让我在等待我的审判和死刑的时候捣鼓自己的电脑。他吐出气,说:"谢天谢地，至少我还能干点活儿。"亚历杭德罗律师赞许地点点头。

"你女朋友在等着见你。"他宣布。

"她其实不是我女朋友，她想要什么？"兰迪问。

"你是什么意思，她想要什么？她想见你。给你提供情感支持，让你知道你不是孤单一人。"

"妈的！"兰迪嘀咕道，"我不想要情感支持，我想要从他妈的监狱里出去。"

"那是我的工作。"亚历杭德罗律师骄傲地说。

"你知道这是什么吗？这就是那种'男人来自火星，女人来自金星'的情况。"

"我从没听过这个说法，但我马上就明白了你是什么意思。"

"是一本那种你只要听过名字就根本不需要去读的美国书。"兰迪说。

"那我就不读了。"

"你和我只是看到有人要找我麻烦，而我需要从监狱里出去，非常简单明了。但对于她来说远远不止如此——这是一个进行对话的机会！"

亚历杭德罗律师只是翻翻眼睛，做了一个世界通用的"女人就爱唠叨"手势：拇指和其他指尖开开合合，像一副没有身体的下巴。

"可以分享深刻的情感，巩固情感纽带。"兰迪继续道，闭上了眼睛。

"不过这也没那么糟糕。"亚历杭德罗律师说，假心假意像一颗迪斯科舞厅的镜面球上的光芒一样辐射出来。

"我在这监狱里过得还行。出乎意料得还行，"兰迪说，"可这一切都是靠构筑一道没有感情的防线。在我和我周围的环境之间筑起许多隔墙，所以她偏偏选在这个节骨眼上含蓄地要求我放下心防，真是要把我逼疯。"

"她知道你很脆弱，"亚历杭德罗律师说，挤了挤眼睛，"她嗅到了你弱点的气味。"

"她嗅到的可不会只有这个，新牢房里会有洗澡的地方吗？"

"什么都有。记得晚上要在下水口上压个重物，免得老鼠爬上来。"

"谢了，我把电脑放在上面就好。"兰迪往椅子后背上一靠，动了动屁股。勃起现在成了问题。兰迪至少一个星期没做过什么了。在监狱里待了三个晚上，之前在汤姆·霍华德家住了一晚，再之前是在飞机上，再之前是艾维的地下室地板……实际上，可能远远不止一个星期。兰迪迫切需要住进那个单人牢房，哪怕仅仅是为了一个原因：让他可以有机会发泄他前列腺上巨大的压力，使自己的头脑恢复正常运作。他向上帝祈祷他只会隔着一道厚厚的玻璃隔板见到艾米。

亚历杭德罗律师打开门，对等在那里的狱卒说了句什么。他带着他们穿过走廊，来到另一个房间。这个房间要大一些，里面有几张长桌，旁边零星坐着几家菲律宾人。如果这些桌子曾经的职能是阻止身体接触的话，那么它也早就被遗忘了。想阻止菲律宾人表现对彼此的喜爱，除非用上柏林墙那个级别的防御。所以艾米也在里面，她开始大步走向其中一张桌子的一头，同时几个狱卒刻意地避开视线（虽然在她从他们身边掠过以后，他们的眼神又偷偷转回来瞟她的屁股）。这次她没穿裙子。兰迪推测他再想见到艾米穿裙子至少得几年后了。上次见到的时候，他的老二硬了起来，心脏怦怦乱跳，口舌生津，然后突然间持械的男人就给他戴上了手铐。

现在，艾米穿着膝盖破洞的旧牛仔裤，一件贴身背心和一件黑皮夹克，更好地遮掩了身上藏着的武器。根据他对沙夫托家人的了解，他们想必已经进入了高级戒备状态，只比全面核战争爆发低一级的那种。道格·沙夫托估计现在洗澡都得把海豹战术刀叼在嘴里。艾米通常拥抱别人时只用一只放得很低的手臂从侧面搂过去，现在却举起两条手臂，仿佛在示意触地得分，然后将两边胳膊肘在兰迪的颈后弯起，让他可以感觉到一切。他下腹上的皮肤都能够数出艾米做阑尾切除手术时缝了几针。所以对她来说，他的勃起大概跟他糟糕的气味一样明显。他就差没在阴茎上绑一面荧光橙色的自行车小旗，从裤子里戳出来挥舞了。

她往后退了一步，低头看着他的胯下，然后非常刻意地直视他的眼睛，说："你感觉怎么样？"这句话虽说是女性必问的问题，却很难揣摩——是不动声色或是讽刺挖苦，还是普通的天真可爱？

"我很想你，"他说，"还有我很抱歉我的大脑边缘系统误解了你表达感情支持的动作。"

她平静地收下这句话，耸耸肩，说："不必道歉。这都是你的一部分，兰迪。我不必支离破碎地了解你吧，是不是？"

兰迪努力克制住看表的冲动。其实克不克制本来也无所谓，因为他的手表早就被没收了。在男性和女性对话的类别下，她把话题转到兰迪自己在情感表达上的失败之处的速度肯定破了世界纪录。而在这种环境下达成目标则展现出了一种让兰迪不得不钦佩的放肆。

"你和亚历杭德罗律师谈过了。"她说。

"嗯，我猜他已经把该透露的事情都透露给我了吧。"

"我没有多少新消息可以告诉你。"她说。从纯粹战略意义的角度来说，这句话意义深远。如果沉船被"牙医"的爪牙们找到了，或者他们的捕捞工作受到了阻碍，她会说的。她什么都不说，就意味着此时此刻他们很可能正在把那艘潜艇里的金子转移出来。

所以，她正忙着做打捞金子的工作，而她的力量无疑是不可或缺。她完全没有需要透露给他的任何信息。所以为什么她要历经无聊和危险长途跋涉来马尼拉呢？到底是为了做什么？这是一次残酷的读心考验。她的双手抄在胸前，正冷静地看着他。有人想给你传递一条信息。

他突然有种感觉，他现在所处的位置完完全全就是她想要的。也许就是她在他包里偷偷放了海洛因。这是个权力问题，仅此而已。

一大块记忆突然浮现在兰迪的脑海中，就像极地冰盖上剥落下来的一块浮冰。他、艾米和沙夫托家的男孩子们在加利福尼亚，就在地震发生之后，正从地下室里的一大堆老旧物品中翻找几箱重要文件。兰迪听见艾米高声大笑，发现她正坐在某个装书的旧盒子一角，借着手电筒的光读一本平装书。她发现了一大批平装言情小说，兰迪从前完全没有见过其中任何一本，都是最俗套的霸道男主角言情小说①。兰迪本以为那是房子的前任主人留下的，直到他翻看了几本书的版权日期：它们全都是在他和查琳同居的那段时间内出版的。查琳一定是以大约一星期一本的速度在读它们。

"哎呀，乖乖。"艾米说，给他读了一段描写狂野又体贴又坚强又深情又饥渴又聪明的男主人公是如何对一个又反抗又顺从又挣扎又屈服的烈性女子为所欲为的文字。"老天！"她把书像扔飞碟一样甩到了地下室地板上的一摊水里。

"怪不得我就觉得她的阅读习惯老是有些偷偷摸摸。"

"好吧，现在你知道她想要的是什么了，"艾米说，"她想要的你给她了吗，兰迪？"

从那时起兰迪就开始思考这个问题。等他克服查琳竟然是个霸道言情瘾君子的惊讶之后，他觉得这并不一定是件坏事，虽然在她的圈子里，读这种书基本相当于1692年前后在马萨诸塞州的塞勒姆

---

①原文为bodice-ripper，直译为"胸衣撕裂者"，得名于此类小说封面上通常衣衫不整的女性。

村戴着一顶高高的尖帽①。她和兰迪曾无比努力地想要拥有一段平等主义的关系。他们花了不少钱在情感咨询上，试图维系他们的平等主义关系。但她变得越来越愤怒，却从不告诉他原因，而他则变得越来越困惑。最后他不再困惑，开始对她的恼火感到厌倦。艾米在地下室发现这些书之后，兰迪在头脑里慢慢拼凑出了一个截然不同的全新故事：只不过是查琳的大脑边缘系统设定了她就是喜欢有支配性的男人。再强调一次，不是指鞭子和锁链那种意味上的，而是指在大多数关系里总会有一方主动，一方被动。这并没有什么具体逻辑，但也没有什么不好的地方。到头来，被动的一方一样可以得到同样的权力，同样的自由。

直觉就像闪电，转瞬即逝。它通常在你被困难的密码破译工作折磨，心里回想曾经做过的无果的尝试时到来。突然之间灵光一现，用不了几分钟，你就发现了之前许多天的辛勤劳作无法找到的答案。

兰迪有一种强烈的感觉，艾米不爱看霸道言情小说。她正好相反，她无法忍受向任何人臣服。这就让她很难在上流社会里运作，她没办法在高三的时候开开心心地坐在家里，等着男孩子来邀请她去毕业舞会。她性格的特质就是容易引起误解，所以她干脆浪迹天涯。她宁愿孤独一人，忠于本性，掌控自我，在地球上一个遗世独立的角落，身边只有才华横溢的创作型女歌手的音乐陪伴，也不愿留在美国被曲解，被纠缠。

"我爱你。"他说。艾米转开视线，深深叹了口气，好像在说，我们总算有点进展了。兰迪继续道："自从我们见面起我就深深迷恋上了你。"

现在她又转回来期待地看着他。

---

① 1692 年塞勒姆村曾发生过一起著名的大规模审判女巫案。

"而我迟迟没有，呃，真正表露出来，或有所行动，首先是因为我不确定你是不是个女同性恋。"

艾米嗤之以鼻，翻了翻眼睛。

"……其次就只是因为我的沉默寡言。很不幸，那也是我的一部分，就像这部分一样。"他往下瞟了一微秒。

她正惊异地冲他摇着头。

"人们对'科学研究者百分之五十的时间都在用非理性的方式工作'这个事实的认识似乎完全不够。"兰迪说。

艾米在他这头的桌子上坐下，屈起身体，利落地以屁股为支点一转身，从另一头爬了下去。"我会考虑你说的话的，"她说，"坚持住，伙计。"

"一帆风顺，艾米。"

艾米转头对他微微一笑，然后径直走到出口，在门口最后转过来一次，确认他是不是还在看着她。

他确实在看。他十分有底气地觉得，这是正确答案。

第八十五章 诱 惑

　　几支日本空军士兵组成的小队带着步枪和南部，追着鲍比·沙夫托他们来到了马尼拉湾的海堤上。如果他们愿意拼死一战，也许在寡不敌众前能收拾掉不少日本士兵。但他们眼下的主要任务是找出阿尔塔米拉家的人并帮他们脱离险境，而不是英勇牺牲——因此他们沿着艾米塔的街区且战且退。一架盘旋在城区上空的"派柏小熊"发现了这群日本人，于是飞到了一栋建筑物的废墟之上，指挥北边的炮兵组开火，炮弹像足球场上的长传球般朝这边飞来。沙夫托和游击队员们尽力计算开炮的间隔时间，推测究竟有几门大炮在朝这边开火，并趁着他们估计出来的几秒钟的间隔从一个隐蔽处转移到另一个隐蔽处。有半数日本人被密集的炮火炸死或炸伤，但因为双方正短兵相接，炮火也误伤了沙夫托手下的两名游击队员。正当沙夫托将一名伤员拖到安全区域时，他低头一看，发现自己正踩着一堆破碎的白色瓷器，上面印着某个酒店的名字——正是战争开始的那一晚，他与格洛丽跳舞的那个酒店。

　　那两个伤兵并未丧失行动能力，于是他们继续撤退。沙夫托镇定了一些，进一步思索着目前的状况。在他想办法的时候，游击队员们找到了一个易守难攻的地方，稍微拖延了一下敌人的攻势。他很快有了一个计划。十五分钟后，游击队员们弃守而逃——或者装作一副匆匆逃走的样子。有半数敌人紧跟在后面穷追不舍，直到他们猛然惊觉自己被诱进了一个猎杀圈，一条被坍塌的建筑物堵死的小巷。其中一名游击队员端起汤普森冲锋枪对着他们一阵扫射，与此同时，躲在敌人后方一辆烧焦的汽车里的沙夫托把手榴弹掷向留在原地的那一半人，拦住了他们营救同伴的脚步。他身后传来震耳欲聋的哀号和枪声。

但这些日本人实在太顽固了。在一名幸存的军官的指挥下，他们重新整编了一番，继续追逐游击队员们。沙夫托现在落了单，被追到了一栋酒店的外面，这原本是海边一处著名的销金窟，就在美国大使馆边上。他被一具年轻女性的尸体绊了一下，显然，她是从楼上的某个窗户里跳出来、跌出来——或者被推出来的。他蹲在一丛灌木后，稍稍缓过气来，这时他听到酒店的窗口传来了一声尖厉的哭喊。这栋楼里关满了女人，他突然意识到，而她们无一不在尖声厉叫或哭喊。

他似乎甩掉了追兵，但同时也与战友失去了联系。沙夫托在原地停留了一会儿，耳朵里充斥着一声声悲鸣，他恨不得马上冲进去，为她们做点什么。但里面肯定有很多日本人，要不然她们也不会这样大声尖叫。

他竖起耳朵，尽量不去注意女人们的哀号。一个十四岁左右的女孩从十五楼窗口里竖直地落了下来，身上的睡衣浸透了鲜血，像一袋水泥般闷声撞在地上，还弹了一弹。沙夫托闭上眼，努力辨认着，直到确认那些尖叫里没有掺杂儿童的叫声。

事情越来越清楚了。男人被赶去一边屠杀殆尽，女人则被赶来这里。其中没有带着孩子的年轻女子被带来这里，孩子和他们的妈妈则被带去了另一个地方。但是到底是什么地方？

他听到酒店的另一端传来冲锋枪的声音，那一定是他的兄弟们。他匍匐着爬到酒店的一角，想要通过声音分辨出他们在哪儿。想来是在黎刹公园里。这时麦克阿瑟的炮火又一次疯狂地砸了下来，他感到大地在他身下震动，像一张被人抖动的地毯，不管是枪声还是叫声，他什么都听不到了。他能看到东南方的艾米塔和马拉特，那正是他们之前经过的地方。地面上出现了一座座废墟，碎屑四散滑落。见识过无数场战争的他明白了，美军此时也正从南面朝北方的王城推进。他和他的小队虽然是独立作战，但不知不觉充当了大部队的先遣军。

仿佛是被外面的炮火吓到了，一伙喝得七歪八倒的日本人从酒店的侧门里溜了出来，其中几个一边走还在一边提裤子。沙夫托满怀厌恶地甩了一个手榴弹过去，转身就走，甚至懒得过去确认到底炸死了几个。现在连杀日本鬼子也变得毫无乐趣和成就感可言了。这仿佛是一件永远干不完的苦差事，危险而无聊。这些蠢货什么时候才能住手呢？他们是在世界人民面前丢脸啊。

他在黎刹公园边缘附近王城一面古老的西班牙城墙下找到了他的同伴，他们正隔着一个棒球内场跟追兵对峙。这个时间点很难说是好还是不好。早来一步，附近的日军一定会闻声而来，把他们扫荡干净；晚来一步，估计美军的大部队也该赶到了。不过黎刹公园正处于这个战火肆虐的城市中心，想这么多一点用都没有。他们必须自己决定采取什么行动，不过鲍比·沙夫托已经变得颇为擅长应对这种局面了。

对他们比较有利的一点是，此时炮火集中在别的地方，无暇顾及此处。沙夫托伏在一棵椰子树后，考虑着该如何穿过这几百码毫无遮蔽的开阔地带，跑到那见鬼的内场里去。

他知道这个地方，杰克叔叔曾经带他来这里看过棒球赛。木制的露天看台沿着左右边线向外逐级上升，看台下则是球员休息区。沙夫托凭着对战争的了解弄清了眼前的形势，想必两边的休息区里分别挤满了游击队员和日本人，双方都处于对面的火力压制之下，正如一战时敌对的双方藏在战壕里互相射击一样。看台下还有一些别的屋子，包括厕所和零食摊。此时双方肯定正在这些屋子里游走，试图发现一个可以射进对面休息区的位置。

一枚日制手榴弹从左边的休息区里朝他飞来，在掠过一棵棕榈树时发出一阵撕裂声。沙夫托连忙把头埋到另一棵树后，以免被手榴弹闪瞎眼睛。爆炸掀掉了他半边身子上的一截袖子和一截裤管，还顺势扒了一层皮。但是它和所有的日制手榴弹一样质量堪忧，没有造成过大的伤害。沙夫托转身拔出他的点四五手枪，朝手榴弹飞来的大致方向开了几枪。趁对方一时还摸不清他底细的这片刻，他观察了一番四周的状况。

这时候开枪并不是个好主意，因为他已经没子弹了。他那把柯尔特里只剩下最后几发弹药，再也没有了。手榴弹也只剩下最后一枚。他简直想把那颗手榴弹直接扔到内场里去算了，但现在他的惯用手受伤了。

而且，老天爷，内场离这里还远着呢。即使在状态最好的时候他也扔不了那么远啊。

也许从这里过去的那片草坪里躺着的尸体还没死透。沙夫托匍匐着潜过去，确认了一下他们都是死人了。

他注意保持着与内场的距离，绕过本垒，朝右边的休息区也就是他队友的方向靠近。他很愿意跑到日本兵的背后来个突袭，但是刚刚那个扔手榴弹的人着实把他吓了一跳。这家伙到底藏在哪儿啊？

两边的火力都变得稀稀落落的，在现在这种胶着状态下，他们都想到要节约弹药了。沙夫托冒险直起身子,才猫着腰跑了三步,就看到女厕所的门砰地打开,一个人跳了出来,膀子一抡,那架势像鲍勃·费勒①准备朝本垒板奋力一击似的。沙夫托马上扣动了手里的点四五,可恨的是那把枪居然借着后坐力从他受伤的手中飞了出去。手榴弹朝他迎面飞来,沙夫托扑倒在地,试图伸手去够地上的枪。手榴弹打中他的肩膀后弹到了地上,滋溜溜地打着转儿。但没有爆炸。

沙夫托抬头望去。那个日本人站在女厕所的门框里,双肩无力地垂着。沙夫托马上就认出了他,只有一个日本人能把手榴弹扔成这样。他在地上又躺了一会儿,扳着手指数了数音节,然后站起身,两手拢在嘴边,大喊道:

飞球迅如雷——

两军战士皆钦佩——

触身——保上垒!

后藤传吾和鲍比·沙夫托一起钻进女厕所,把门一带,一人抿了一口后藤之前从一家商店里顺出来的波特酒,互相交流了一下近况。后藤传吾本来就有些醉了,让人不禁更佩服他还能把手榴弹扔成那样。"我一直靠苯丙胺来提神,"沙夫托说,"虽然它撑着你不要倒下,但同时也让你没法瞄准目标。"

"我发现了!"后藤传吾说道。他现在瘦得只剩一把皮包骨,这看上去不像他,而像他某个骨瘦嶙峋的叔叔或者舅舅。

沙夫托假装为他这句话生了气,摆出了一套柔道的站姿。后藤传吾不安地笑了一笑,挥挥手,"别打了。"他说。一颗步枪子弹穿过女厕所的墙打在陶瓷的洗手池上,留下一个弹坑。

---

① 鲍勃·费勒(1918—2010),美国著名棒球运动员,以快速球闻名。

"我们必须想点法子。"沙夫托说。

"唯一的法子：你活，我死。"后藤传吾说。

"别蠢了，"沙夫托答道，"喂，你们这群傻蛋还不知道自己被包围了吗？"

"我们知道，"后藤传吾疲倦地说，"很早以前就知道了。"

"那就投降啊，一群傻鸟！只要挥一挥白旗，你们全都能回家啦。"

"这不是日本人的处世之道。"

"那他妈就换条道儿啊！他妈的学会点变通行不行？！"

"你怎么会在这？"后藤传吾话题一转，"你有什么任务在身？"

沙夫托解释说他在找他的孩子。于是后藤传吾告诉他，这些母亲和孩子被关在王城里的圣奥斯定堂。

"嘿，"沙夫托说，"如果我们投降，你们会宰了我们，对不对？"

"对。"

"如果你们投降，我们绝对不会杀掉你们。我发誓，以童子军的名义。"

"对我们来说，生死并不重要。"后藤传吾说。

"喂，你就不能说点新鲜的吗？！"沙夫托说，"这场战争的输赢也不重要，是不是？"

后藤传吾转开目光，满脸通红。

"你们还不明白，喊着'万岁'冲上去送死——他妈的一点用也没有吗？"

"能想明白的只有那些喊着'万岁'的时候被弄死的人。"后藤传吾说。

仿佛是为了应景，左边休息区里的日本士兵突然齐声喊着"万岁"冲到了内场上。沙夫托把脸凑在墙上的弹孔上向外张望，看到他们正端着上了刺刀的枪冲过场地。领头的军官爬上投手丘，好像要往上面插旗似的，然后猛然被爆了头。他的身边已经有不少人被游击队员们小心摆在战壕里的步枪打得支零破碎。尽管在城市作战不是他们的长项，但是要击杀这些自杀式进攻的日本人，这可是老把戏了。有一名日本士兵已经快要爬到一垒教练席了，突然背上血肉横飞，于是他再也动不了了。

沙夫托回过头，看到后藤传吾正用一把左轮手枪指着他。他假装没看到。"看到了吧？我说的？"

"我已经看过无数次了。"

"那你为什么没有死？"沙夫托这句话固然不乏嘲讽的成分，但是它在后藤传吾身上引起的反应未免太激烈了。他苦脸一皱，哭出声来。"啊，妈的。你用枪指着我，结果你自己哭了？你怎么能这么不公平？你怎么不干脆再往我眼睛里踢一脚沙子算了？"

后藤传吾把枪转向自己的太阳穴，但是沙夫托早就料到了这一招。他现在已经对这些日本人有了足够的了解，看得出对方打算什么时候给你表演个切腹自尽。枪管一动，沙夫托就猛地扑了上去，等枪口对着后藤传吾的脑袋时，他已经用手指卡住了击铁和撞针间的缝隙。

后藤传吾瘫倒在地，抽抽噎噎地哭着。沙夫托真想上去给他一脚。"别哭哭啼啼的了！"他说，"你他妈到底有什么问题？"

"我到马尼拉来是为了赎罪——为了找回我失去的荣誉！"后藤传吾说，"我可以的。我也可以像他们那样死在棒球场上，我的魂魄将回到靖国神社。但是——你却出现了！你害得我没法全神贯注地赴死！"

"我给你一件可以全神贯注的事情，蠢材！"沙夫托说，"我儿子正关在墙那边的一座教堂里，那儿还有一群无助的孤儿寡母。你要真想赎罪，为什么不跟我一起去把他们救出来？"

后藤传吾恍恍惚惚地出了神，刚刚还一把鼻涕一把泪的脸现在一片木然。"我真希望我信仰的是你们的宗教，"他说，"我已经死过一次了，鲍比。我被埋在一座岩石砌成的坟墓下面。如果我信的是基督教，那我还能洗心革面，重新做人。但我不是，所以我必须活下去，接受我的报应。"

"好吧，什么屁话！对面的休息区里刚好有一个牧师，他只要花上十秒钟就能给你这头蠢驴施洗。"鲍比·沙夫托大步走出去，猛地把门一推。

这时他吃惊地看到有一个人站在几步开外的地方。那人穿着一身陈旧但洁净的卡其布军装，身上没有别的标记，只有领口排成五边形的五颗星星。他正把一根火柴戳进玉米穗轴烟斗里，徒然地吹着气。但是这个城市里的氧气似乎都被大火耗光了。他怒气冲冲地丢掉火柴，抬起头来，他那副黑色的护目镜套在瘦骨嶙峋的脸上简直就像一只骷髅。他看到鲍比·沙夫托，嘴巴张成了一个"O"形，好一会儿才把下巴合上。"沙夫托……沙夫托！沙夫托！"他说道。

鲍比·沙夫托感到身体不由自主地来了个立正。尽管他这几个小时已经累得半死不活，但是这种下意识的反应却还是自动做出来了。"长官，是的长官！"他倦怠地说。

将军花了半秒钟组织语言，然后说道："你本该在康塞普西翁，但你却没到。你的上头不知道该怎么办，急得要死。海军那边自从知道你在我手下工作之后就闹个没完，他们霸道得很，说你知道最高级的机密，决不能让你冒任何被俘虏的风险。一句话，你的下落和状况是过去几周里大家最关心的话题——不不，是最炙手可热的焦点。许多人都猜测你已经死了，或者更糟，你被俘虏了。我自然是不愿意听到这些风言风语的，为了夺回菲律宾的计划我真是分不出一点心。"一枚炮弹射了过来，从看台上炸下几块船桨大小的栏杆，扑簌簌地落在他们周围。其中一根栏杆像标枪似的猛然插入了将军和鲍比·沙夫托的中间。

将军趁机换了口气，然后接着往下说——仿佛他是在朗读一份事先写好的演讲稿似的。"现在呢，我却没想到，在这里，距离你任务地点十万八千里的地方，碰到了你，没穿军服，仪容不整，带着一名日本军官，闯进了一间女士们的盥洗室！沙夫托，你还有没有一点军人的荣誉感？还有没有一点社会道德？身为一名合众国军队的代表，你不认为自己的行为应该表现得更高尚一点吗？"

沙夫托不由自主地抖起了腿。他感到自己的胃部一阵焦灼，直肠里咕嘟咕嘟地冒泡。他的牙齿像一台打字机般咯咯作响。他察觉到后藤传吾跟在他身后出来了，心想不知道这可怜的傻蛋该做何感想。

"原谅我打断您，将军，我不是想转移话题或者什么，但是，您是一个人在这儿？"

将军朝男厕的方向一抬下巴。"我的副手在里面方便。他们也很内急，也幸亏我们刚好路过这地方。但是他们之中可没有一个人想要闯进女士们的盥洗室。"他严肃道。

"我很抱歉，长官，"鲍比·沙夫托匆匆答道，"包括您刚刚提到的那些事。但我仍旧把自己当作一名海军陆战队员，而陆战队员从不找借口，因此我也不会试图狡辩的。"

"这可不够！我需要你解释清楚你去了哪里。"

"我一直在外面，"鲍比·沙夫托道，"被命运之神耍得团团转。"

男厕所的门打开了，一名将军的副官无力地走了出来。将军根本没理会他，而是直直地望向沙夫托背后。

"恕我失礼，长官，"沙夫托侧身让到一旁，"长官，这是我的朋友后藤传吾。后藤君，这是陆军上将道格拉斯·麦克阿瑟。"

后藤传吾之前一直像一尊盐柱似的呆立一边,说不出话来。但他现在回过神来,深深鞠了一躬。麦克阿瑟微一点头。将军的副官在一边警惕地看着后藤传吾,手里已经摸到了自己的柯尔特枪。

"幸会,"将军轻快地说,"不过请告诉我,两位绅士,你们在女士们的房间里做什么买卖呢?"

鲍比·沙夫托知道如何把握机会。"嗯,这个问题问得有趣,长官。"他话锋一转,"不过刚刚呢,后藤君幡然醒悟,要皈依基督教啦。"

墙头的几个日本人用机枪朝他们开了火,稀薄的子弹打着旋儿穿过空气,打在地面上。陆军五星上将道格拉斯·麦克阿瑟久久地伫立在当地,紧紧地抿着双唇。他吸了吸鼻子,接着小心地摘掉护目镜,用纤尘不染的袖子擦了擦眼睛,然后又掏出了一方折得整整齐齐的小手帕,裹在鹰钩鼻上,用力擤了几声。然后他又把手帕轻轻折好,放回口袋里,挺了挺胸,朝后藤传吾走去,突然给了他一个大大的、紧紧的熊抱。其他几个副官一股脑儿从厕所里冲了出来,无言地看着这一幕,脸上写满了不安。鲍比·沙夫托窘迫得不得了,只好低头研究自己的双脚,把脚趾动来动去,然后伸手摸了摸头上结了疤的一条伤口,那是几天前被船桨砸破的。墙上的机枪手已经被美军的狙击手一一解决,他们在墙头翻滚着,发出夸张的叫声。游击队员从对面的休息区里跑了过来,碰巧看到这个感人的瞬间,他们纷纷惊呆在原地,下巴几乎掉到地上去了。

麦克阿瑟终于放开了后藤传吾僵硬的身体,大摇大摆地走了回去,向他的手下介绍起来。"来见见后藤君,"他说,"想必你们都听过那句话,'只有死掉的日本人才是好日本人'?但是这个年轻人却是个反例,我们都学过数学,只要举出一个反例,就能证明原命题是错的。"

他的手下们都审慎地保持了沉默。

"我看，把这个年轻人带到王城的圣奥斯定堂去受洗是再好不过的了。"将军说。

他的一名副官向前踏了一步，弯下腰，那角度仿佛随时准备在后背上挨一枪似的。"长官，我有义务提醒您现在王城还在敌人控制之中。"

"那么是该我们登场的时候了！"麦克阿瑟说，"沙夫托会带我们到那儿去，沙夫托和这些菲律宾好小伙儿。"将军亲亲热热地一把搂过后藤传吾的脖子，拥着他朝最近的大门走去。"我希望你明白，年轻人，等我在东京设立总部——情况允许的话，一年之内——的时候，我希望你在第一天一大早就去报道！"

"是，长官！"后藤传吾答道。考虑到所有情况，他也不可能说什么别的话了。

沙夫托做了一个深呼吸，仰起了头，望向浓烟弥漫的天空。"上帝啊，"他说，"平常我都低下头来向你祈祷，但我想现在是时候让我们面对面地谈一谈了。你看到了也知道了这一切，我不再多做解释，只想向你提出一个请求。我知道，这里的每一个士兵此时都在向你祷告，但是这个请求事关无数妇女儿童，事关麦克阿瑟将军，也许你可以把我的祷告放在第一位吧。你知道我的愿望，请你实现它吧。"

他从一名战友那里借来一个二十发子弹的汤普森冲锋枪小弹夹，然后他们开始朝着王城进发。王城的各个门口毫无疑问驻有重兵，因此沙夫托和游击队员们选择爬上已经被扫荡干净的机枪巢正下方的斜墙。他们把枪口转向王城方向，留下一名负伤的游击队员来操作。

当沙夫托第一次朝城中望去时，惊讶得差点儿从墙上摔下来。

王城已不复存在。如果不是事先知道这里是王城，他可能永远不会认出它来。所有建筑几乎都已夷为平地，马尼拉大教堂和圣奥斯定堂仍然耸立，但伤痕累累。几栋精美的西班牙老房子还残存下一些，仿佛是它们前身的一幅潦草匆忙的素描，屋顶、侧翼、墙，全不见了。但是大多数的房子都只剩下一地碎石与残破的红屋瓦，浓烟与蒸汽袅袅飘出。到处都是尸体，每家每户，像是一片狗尾巴草的种子撒播在新犁的沃土上。炮击已差不多停息，因为这里也没什么可以破坏的了——但每一片街区都还传来轻武器或机关枪的声音。

沙夫托正在想他是不是应该攻击其中一个大门，但在他想出一个具体的计划以前，麦克阿瑟与其他剩下的人也跟在他们后面爬上了防御墙。这显然也是将军第一次亲眼看见此时的王城，因为他一时之间完全愣住了，反常得一句话也没有说。他张大了嘴呆立良久，直到藏在下面废墟里的一小股日军余孽对他发起了攻击。之前留下的机关枪立即让他们熄了火。

他们花了好几个小时才辗转穿过街道进入圣奥斯定堂。一部分日军藏在教堂里，一路设下重重关卡，跟他们藏在一起的东西，听起来像是马尼拉所有饥肠辘辘的婴儿和暴躁爱哭的两岁小孩。教堂只是另一座更庞大的复合建筑的一部分，包括一个修道院和其他的设施。这些建筑大多被炸得千疮百孔，僧侣们在过去五百年里珍重收藏的宝物如今都倾倒在大街上。它们像弹片一样四散在附近，与那些被刺刀杀死的菲律宾男孩的尸首混在一处，包括绘有基督受难图的巨大油画，刻有罗马人将钉子敲入他手脚腕的精致木雕，圣母玛利亚将饱受折磨死去的基督置于膝盖之上的大理石雕，绣有鞭打柱、挥舞的九尾猫鞭和基督背上数百道血淋淋的平行伤口的挂毯。

藏身在教堂里的日本人还在教堂正门抱着必死的决心奋力抵抗，而沙夫托早已对此感到了厌倦。托将军手下炮兵的福，他们现在有无数种不从大门突破教堂的方法。因此，尽管现在还有一个美国步兵连正在朝教堂正门发动正面进攻，鲍比·沙夫托和游击队员们、后藤传吾、将军和他的副官们，早已在先前属于修道院的一个小礼拜堂里跪了下来。牧师领他们诵读了几段再精简不过的感恩祷词，然后用圣水为后藤传吾施了洗。沙夫托充当喜气洋洋的父亲，陆军上将道格拉斯·麦克阿瑟则做了教父。后来沙夫托只能想起整个仪式里的一个片段。

"你是否能抵御邪恶的诱惑，拒绝为其左右？"牧师说。

"是！"麦克阿瑟威信十足地抢先说道，鲍比·沙夫托也低声说了句"太他妈是了"。后藤传吾点了点头，于是他沐浴在圣水中，成了一名基督教徒。

鲍比·沙夫托借故离开，在这栋巨大的复合建筑里徜徉。它看起来就如同阿尔及尔的卡斯巴一样宽阔而疯狂，屋里十分昏暗、尘土飞扬，塞满了更多基督受难题材的作品，那些艺术家们好像一个个都亲眼见证过这些鞭挞，根本不需要任何牧师在他们身边说教"邪恶的诱惑"。他想起格洛丽带他前来的那一晚，于是又怀念地在那巨大的石阶上爬上爬下了一次。

那里有一处庭院，中央有一池喷泉，周围环绕着一条荫蔽的长廊，供西班牙修道士们徜徉，欣赏外面的花朵，倾听鸟儿的歌唱。而现在，歌唱的只剩下从头顶划过的炮弹。但是还有菲律宾小孩们在长廊内追逐赛跑，他们的妈妈、阿姨和奶奶则聚集在庭院一角，从喷泉中提出水，在成堆的点燃的椅子腿上架锅煮饭。

一个长着一双灰色眼睛、大约两岁大的孩子手里拿着一根木棍，追着几个稍大的孩子跑下了石廊。他的头发一半是鲍比的颜色，一半是格洛丽的颜色，而鲍比·沙夫托能看到格洛丽的血脉几乎像是光芒一般在他脸上闪耀。那个男孩跟他前几天在沙洲上看到的那个人有着相似的骨架，但是这副骨架包裹在肥嘟嘟的粉色血肉中。这个粉红色的肉团上有不少瘀痕和擦伤，想必是光荣地赢得的。鲍比蹲下身子，眼睛对上小沙夫托的双眼，正考虑该如何开口解释这一切。但是这个男孩先说了起来，"鲍比·沙夫托，你有伤伤。"他扔掉手里的木棍，走上来查看鲍比手臂上的伤口。小孩子从不烦恼如何开口，他们想到什么就说什么，沙夫托发现这实在是个避免情况变得无比尴尬的好办法。阿尔塔米拉家的人也许早就在小道格拉斯·M.沙夫托降生之日起告诉过他，总有一天，鲍比·沙夫托会带着荣耀自海的那边归来。因此他现在做的事情就像每天早上太阳升起，最普通不过却又宛若奇迹。

"我看到你和你的伤伤都很有适应能力，这是好事。"鲍比·沙夫托对他的儿子说道，但他随即意识到他根本无法将自己的想法传达给这个孩子。他想要给这个孩子脑海里留下点什么，留下点永不消失的东西，这种欲望比吗啡和性欲曾带来过的渴望都要强烈得多得多。

因此他抱起男孩，带他走过这栋巨大的建筑，走下半塌的走廊，走过堆在路边的碎石，走过日本青年的尸体，直达那巨大的台阶前，给他看那一层层厚厚的花岗岩，告诉他它们是如何被搬运到这里，一层一层地垒上去，年复一年，随着载满白银的帆船自阿卡普尔科来。道格·M.沙夫托以前玩过积木，因此他很快就理解了这件事。爸爸抱着孩子上下了几趟台阶，然后站在台阶脚下，向上望去。这个石阶的比喻已经深深地刻在了他的脑子里。不需他提醒，道格·M.沙夫托已经把双手高举过头，嚷道："好——大——喔——"他的声音在石阶上回荡着。鲍比想要向男孩解释的是，这就是石阶完成的过程，你将它叠上去，一层又一层，一次又一次——有时候帆船在一场台风里沉没，你失去了那一年应得的花岗岩，但你仍旧坚持着，直到最后，你才能完成这个"好——大——喔——"的成就。

他多么希望自己也能多说说格洛丽，说说她是如何刻苦地工作以完成自己的"台阶"。如果他像以诺克·鲁特那样伶牙俐齿，也许他能说出个所以然来。但是他知道，这个小小的脑袋瓜还不能理解这些，就像格洛丽第一次带他到这里来看这些台阶时他自己也不明白一样。现在道格拉斯·麦克阿瑟·沙夫托会深深记住的唯一一件事，就是他的父亲曾带他到这里来，抱着他上下这些台阶，如果他足够长命又善于思索，也许他总有一天会明白，正如鲍比自己一样。而这已经是一个好的开始了。

流言已经在庭院里的女人堆里传开了，鲍比·沙夫托回来了——迟到总比不到好！所以他也没时间发表什么长篇大论了。阿尔塔米拉家给了他一个任务：去找回11岁的男孩卡洛斯，前两天日军扫荡马拉特的时候抓走了他。沙夫托先找到麦克阿瑟和后藤传吾告了个假，但是这两人正沉浸于讨论后藤传吾的挖地道技巧，以及如何利用这种技术来重建日本。这是将军目前最热衷的计划，一旦把环太平洋地区都变成废墟，他就要采取行动了。

"你有需要弥补的罪过，沙夫托，"将军说，"而且你不能光跪在他们面前说一句万福玛利亚。"

"我明白，长官。"沙夫托说。

"我有一个小任务需要完成——最适合会跳伞的海军突击队员做的任务。"

"海军部会怎么想呢，长官？"

"在你完成这个任务之前，我可不打算告诉那群水手我已经找到你了。但等你完成任务之后——一切一笔勾销。"

"我马上回来。"沙夫托说。

"你要去哪儿,沙夫托?"

"去找一些需要先一笔勾销对我的恩怨的人。"

他带着一组重新安排、重整装备且大有增强的游击小队朝着圣地亚哥堡进发。这座古老的西班牙要塞在几个小时前刚刚被美国人解放。他们打开了通往帕西格河畔各处地牢和地洞的大门。要找到11岁大的卡洛斯·阿尔塔米拉,唯一要做的就是在数千具尸体中分辨出他来。几乎所有被日本鬼子赶进地牢的菲律宾男子都死了,要么死于赤裸裸的屠杀,要么死于洞窟内空气不畅的窒息,要么死于涨潮时淹没石室的河水。鲍比·沙夫托并不清楚卡洛斯长什么样,因此他只能选出那些比较年轻的尸体,将他们带给阿尔塔米拉家的人检视。他几天前吃的苯丙胺药效已经过了,他觉得自己好像只剩半条命。他提着一盏煤油灯艰难地穿过西班牙地牢,将昏黄的灯光投射在死者的脸上,口中低吟着对他来说仿佛祈祷的字句。

"你是否能抵御邪恶的诱惑,拒绝为其左右?"

第八十六章 智 慧

几年前,当兰迪终于受不了下巴里持续不断的压力时,他去了加利福尼亚中北部的牙医市场找人给他拔智齿。他的医疗保险包括这一项,所以价钱并不是问题。他的牙医给他的整个脑袋下部来了一次宽幕电影级别的全景 X 光,就是那种他们往你嘴里塞半卷高速胶片,用夹具把你的脑袋夹上,然后 X 光机绕着你的脑袋转动,从一条小缝里射出辐射,同时整个牙医办公室的人都躲在一面铅墙后敲击控制板,最后产出一张不太雅观的整个下巴的平铺图。看着这张图,兰迪尽量不去想"躺在地上被压路机来回碾压数次的人的脑袋"这样粗俗的比喻,而是努力将它想成一次映射变换——人类轻率地试图在平面上表现 3D 物体的漫长历史中的又一例而已。他的坐标平面的四个角就是智齿本身,连对牙科并无了解的兰迪都觉得它们看起来有些让人不安,因为每一颗智齿的个头都有他拇指那么大(不过也可能只是坐标转换造成的比例失真而已——就像著名的墨卡托投影中格外庞大的格陵兰),离其他牙齿的距离也颇远,(逻辑上来说)似乎把它们摆到了超出牙医负责范围的位置,角度也不对——不只是有点歪,而是几乎整个颠倒了。一开始,他只是想当然地把它归入了格陵兰现象的范围内。手里拿着他的下巴地图,他踏上"三姐妹"的领地寻找一位口腔外科医生。这已经开始对他产生心理上的影响了。这些牙齿个头真不小!由狩猎采集纪元的残留DNA碎片产生。专门将树皮和猛犸象软骨磨成易消化的软糊。而现在这些活的牙釉质大岩石却在一个纤小的克罗马侬人①头骨里无用得可怕——已经没有它们的容身之地了。想想他带了多少冗余重量在身上。想想那些宝贵的脑部地皮本可以用来做什么。它们没了之后,要拿什么填满他牙床里四个白齿形的大洞呢?在他找到人拔牙之前,想这些都没有意义。可一个又一个的口腔外科医生都接连拒绝了他。他们把X光片放在灯箱上,盯着它看,然后就白了脸。也许那只是灯箱里发出来的白光,但兰迪敢发誓他们的脸色变白了。他们全都遮遮掩掩地指出——就好像智齿通常长在完全不同的地方似的——智齿埋在了兰迪脑袋里很深很深很深的地方。下方的智齿位置那么靠后,如果要拔出来,会让他的整个颚骨结构碎成两半。这个位置上,动作稍有不慎,手术用不锈钢钻头就会直插进他的中耳。上面的智齿呢,也深深埋在头骨里,跟他的脑袋里负责感知蓝色的部分(一边)和负责停止一个人对糟糕电影产生怀疑的部分(另一边)缠在一起。在这些牙齿和空气、光线、唾液之间,还隔着一重重皮肤、血肉、软骨、重要神经中枢、给大脑供血的血管、鼓鼓囊囊的淋巴结储藏所、骨头的大梁和桁架、功能完好的丰富骨髓、几个功能令人不安地尚未了解的腺体,以及许多让兰迪之所以是兰迪的其他东西——全都是像睡着的狗一样不能随便惊动。

看起来,口腔外科医生并不愿意将手臂往患者脑袋里伸到比胳膊更深的地方。在可怜的兰迪带着他吓人的X光片来到他们办

---

① 智人的一支,生存于旧石器时代晚期的欧洲。

室之前很久，他们就已经过着住大房子开奔驰轿车上班的日子，试图给他拔智齿对他们来说根本没有一丝利益可图——而且与其说他嘴里的是智齿，不如说是《启示录》里的末日异象。要除掉这些牙齿，最好的办法是用断头台。根本没有一个医生愿意考虑给他拔牙，直到兰迪签了一份厚到钉不住的免责声明，几乎要用上三环活页夹那种，中心思想是认可手术的正常后果之一是病人的脑袋漂在一瓶福尔马林里被摆进美墨边境的一家黑店里。兰迪拿着声明，一个接一个口腔外科医生办公室地走了几个星期，就像一个在核战争后的废土上长着畸胎瘤的流浪汉，被一个又一个村庄里害怕的平民用碎石撵出来。直到有一天，他走进一间办公室，前台的护士几乎看起来像是正等着他来。她带他走进检查室跟医生做私人咨询——医生正忙着在其中一间小房间里干某件让许多骨粉扬起在空气中的事情。护士示意他坐下，给他端来咖啡，然后打开灯箱，接过兰迪的 X 光片，把它们贴了上去。她后退一步，抄起双手，惊奇地凝视着图片。"所以，"她低声说，"这就是那些大名鼎鼎的智齿！"

那是兰迪在那几年里最后一次去看口腔外科医生。他脑袋里还是有 24 满一样全天开张的隐隐作痛感，但他现在的态度变了，他不再将它当作可以轻易治好的异常状况，而是把它当作自己要背负的十字架，而且和其他一些人的苦楚比起来真的不算太糟。在这里，就像在其他许多出乎意料的场合中一样，他丰富的角色扮演游戏经验派上了用场，比如在许多史诗级的场景里他曾（如果不是身体上，至少也是心灵上）扮演过许多缺胳膊少腿，或依据某种特定的算法被龙息或巫师的大火球烧伤了一部分身体的角色，而游戏的精神规范正是要求你必须认真思考带着这样的伤势生活是怎样的感觉，并据此扮演你的角色。照那样的标准来看，他感觉脑袋里好像装了个汽车千斤顶，每几个月就把压力推上一层，那根本不是事儿。这点痛苦消失在了肉身的噪声里。

所以兰迪这样生活了几年，同时他和查琳渐渐地爬上社会经济学的阶梯，并发现自己开始和那些开奔驰车的人参加同样的派对。在一次那样的派对上，兰迪无意中听到某个牙医热情洋溢地赞美某个刚搬到这片区域来的杰出年轻口腔外科医生。兰迪咬住了舌头才忍住没问出一大堆各种关于"杰出"在口腔外科语境里到底意味着什么的问题——这些问题主要是出于纯粹的好奇，但很可能会让那位牙医误会。在程序员中间，谁杰出谁不杰出一眼就能看出来，但你要如何分辨一位杰出的口腔外科医生和一位仅仅是优秀的医生呢？容易给你惹上一大堆认识论方面的麻烦。一套智齿只能被拔出一次。你无法让几百个口腔外科医生来拔同一套智齿，然后科学地比较结果。然而看着这位牙医脸上的表情，很明显这一位新来的医生非常杰出。所以晚些时候兰迪凑到那位牙医身边，承认自己也许可以提供一个挑战——他自己就是一个挑战——让口腔外科那不可言喻的杰出技能派上用场，能不能请问一下那位医生的名字。

几天后他就和这位医生谈上了。他确实很年轻，聪明过人，比起口腔外科医生，他与兰迪认识的其他高智商人群（大部分是黑客）更有共同之处。他开一辆小皮卡车，还会在候诊室里放最新的《图灵》杂志。他留着络腮胡，有一群护士和其他女性助理时刻陪在他身边，倾心于他的杰出才华，帮他绕开大型障碍物，提醒他吃午饭。这个人看见兰迪的墨卡托-伦琴射线图贴在灯箱上时没有脸色发白。他反而把下巴从撑着的手上抬起来，站直了一些，好几分钟没说话。他的脑袋时不时微微一动，从坐标系的各个角度欣赏每颗牙齿精巧的畸形状态——它来自旧石器时代的重量，还有那些盘根错节的牙根，一直延伸到他脑袋里连解剖学家都从没画出来过的部分。

等到终于转过来面对兰迪时，他全身散发出一种传教士般的气质，充满神圣的狂喜，仿佛他发现了宇宙的对称性，仿佛兰迪的下巴和他杰出的口腔外科头脑是宇宙的建造者一百五十亿年前特别设计出来，只为了此时此刻在灯箱前遇见彼此。他没有说类似"兰迪，让我给你看看其中一颗智齿的牙根离将你和一只猕猴区分开来的那团神经有多近"，或"我的日程已经太满了，而且我正打算改行做房地产"，或"稍等一下，我给律师打个电话"这样的话。他甚至没有说"哇哦，这些浑蛋陷得真挺深"这类东西。这位年轻有为的口腔外科医生只是说了声"好的"，在原地尴尬地站了一会儿，然后径直走出了房间。这种社交无能的表现大大坚定了兰迪对他的信心。他的手下之一最后还是让兰迪签了份免责声明，规定如果口腔外科医生决定把兰迪的整个身体都塞进木材削片机都完全没问题，但仅此一次，这种做法看起来只是走个形式，而不是某种无法避免的《荒凉山庄》①式诉讼大戏的开篇。

于是那个重要的日子终于到来，兰迪专门让自己好好享受了一顿早餐，因为他知道考虑到他即将蒙受的神经损伤，这也许是他这辈子最后一次能够品尝食物，甚至咀嚼食物了。等他真正走进办公室，医生的手下们都惊异地看着兰迪，仿佛在说"天哪他竟然真的来了"，然后就令人安心地忙活起来。兰迪在椅子里坐下，他们给他打了一针，然后口腔外科医生走进来，问他 Windows 95 和 Windows NT 有什么区别——如果有的话。"这是那种唯一目的就是方便你分辨我什么时候失去意识的问题，是不是？"兰迪说。"其实还有第二个目的，我正在考虑换系统，想听听你的意见。"口腔外科医生说。

"好吧，"兰迪说，"我在 UNIX 方面的经验比 NT 多得多，不

---

①狄更斯的小说，讲述一桩纠缠数十年的诉讼案。

过从我所了解的看来，NT似乎真的是一个够格的操作系统，毫无疑问比Windows做得认真多了。"他停下来换气，突然意识到一切都不一样了。医生和他的手下们还在，在他视野中的位置看起来也和他刚说话时大概差不多，但现在医生的眼镜歪了，镜片上沾着血雾，脸上汗津津的，面罩上还挂着零零星星的小东西，看起来非常像是从兰迪身体很深的地方出来的，房间里的空气似乎因为飞扬的骨粉变得朦胧阴暗，护士们走路都一瘸一拐，面容憔悴，看起来需要美容、拉皮或去海滩休养几星期。兰迪的胸口、腿上和地板上到处都是血迹斑斑的棉片和仓促撕开的医疗用品包装。他的后脑勺因为被年轻有为的口腔外科医生的颅骨钻机的后坐力敲到椅子靠垫上而酸痛不已。当他试图接完那句话时（"所以如果你愿意付钱买高级版，我非常建议你换成NT系统"），他注意到自己的嘴巴被塞满了阻止他说话的某种东西。口腔外科医生将面罩从脸上拉下来，挠了挠他被汗水浸湿的胡子。他没有看兰迪，而是凝视着远方的某一点。他慢慢地、重重地叹了口气。他的双手在颤抖。

"今天是星期几了？"兰迪含着棉花含糊地说。

"像我之前告诉过你的一样，"年轻有为的口腔外科医生说，"我们拔智齿的费率是浮动的，按照手术难度收费。"他停了一会儿，努力遣词造句。"依你的情况，我恐怕四颗牙齿我们都要收取你最高费用了。"然后他站起身，摇摇晃晃地走出房间，兰迪推测他如此颓丧的原因不是工作压力，而是因为他知道永远不会有人因为他刚才的成就给他颁发诺贝尔奖。

兰迪回到家，大约一整个星期都躺在电视前的沙发上，一边像吃软糖豆一样大把吃口腔麻醉药，一边痛苦地呻吟，然后他就好了起来。他头骨里的压力消失了。就这么消失得干干净净。现在他甚至想不起来从前是什么感觉。

而此时此刻,在他坐着警车去他的新单人牢房的路上,他想到了自己的这一整出拔智齿大冒险,因为那段经历与他刚在情感上和年轻的艾梅丽卡·沙夫托经历的事情有许多共同点。兰迪这辈子交过几个女朋友——不多——但她们都像那些干不来这份活儿的口腔外科医生。艾米是唯一一个有足够的技术和胆量看着他说"好的",然后就这么钻进他脑壳里拿着战利品回来的人。对她来说,这么做大概很不轻松。作为回报,她会要他付出高额的代价。而这会让兰迪躺在那儿痛苦地呻吟好一阵子。然而他已经能感觉到体内持续不断的压力消失了,所以对于她走进了他的生命里,而他终于也有了这么做的头脑和(程度仍有争议的)胆量,他感到很庆幸,非常庆幸。在这几个小时里,他完全忘记了菲律宾政府在他脑袋上放的死亡标记。

根据他在车里这个事实,他推断出自己的新单人牢房在另一座建筑里。没人给他解释任何事情,因为他毕竟是个囚犯。自从在机场被捕后,他一直待在南部的一所监狱里,马卡蒂边缘的一座比较新的混凝土砖建筑。现在他们却带着他北上,来到马尼拉更古老的城区,估计是去某个更气派更哥特的战前设施。帕西格河畔的圣地亚哥堡里有位于潮间带的囚室,退潮时锁进去的囚犯在涨潮时就会被淹死。现在那里是个历史遗迹,所以他知道他们的目的地不是那里。

新牢房确实在那一圈围着王城区的主要政府机构中一座又大又吓人的老建筑里。它并不在重案法院那栋楼里,但是就在它旁边。他们在这些巨大的老石头建筑中的小巷里穿行了一会儿,然后在某个警卫室递交了文件,等着一扇大铁门打开,然后他们驶过一片铺了砖的看起来很久没清扫过的庭院,又递交了一些文件,等着一扇货真价实的吊门的绞盘转动,露出一个孔洞,让他们直接下到了建筑的地下。然后车子停下来,他们突然被许多穿着制服的人包围了。

接下来的程序诡异地像是他们停在了一家亚洲商务酒店前,只不过这里的制服男人拿着枪,而且并没有主动来帮兰迪拎电脑。他腰上绑着一根铁链,手铐拴在那根铁链前面,脚上也拴着让他迈不开步子的铁链。脚踝上的铁链中间又挂着另一根铁链,拴在腰上,好让他走路时链子不会刮到地板。他双手的自由度刚好足够让他抓住手提电脑,按在下腹上。他不仅仅是个普通的枷锁缠身的可怜人,还是个数字化的枷锁缠身的可怜人,"信息高速公路上的马利①的鬼魂"。一个处在他的位置上的人竟然可以用笔记本电脑,这件事如此荒诞而令人难以置信,让他甚至怀疑起自己对此极端愤世嫉俗的评估,即:"某人"——想必是那个"要向他传递某个信息"的"某人"——已经发现了他硬盘上所有数据都是加密的,现在正试图诱骗他启动并使用这台电脑,以便——以便什么呢?也许他们在他的牢房里装了摄像头,打算监视他。但打败这道陷阱很容易,他只需要不做一个彻头彻尾的蠢蛋就可以了。

警卫们带兰迪穿过一道走廊,经过一些并不适用于他的入监手续(因为他已经在另一所监狱填过表,个人财产也都上交了)。然后他们来到吓人的大铁门前,接着是味道不怎么样的走廊,随即他听见了监狱里那种常见的喧哗。但他们领着他远离喧哗声,来到另外一些看起来更古老、更少人迹的走廊里,最后终于穿过一扇老式的铁条监狱门,进入一间拱顶的长条石头房间,里面有一排牢房,大约六个,铁门沿着警卫的通道一字排开。就像主题公园里的模拟监狱。他们把他带进了最里面的牢房。等待他的是一架铁床,一张薄薄的棉床垫,铺着斑驳但干净的床单,上面放着张叠起来的军

---

① 狄更斯《圣诞颂歌》中的角色,因为生前没有行善积德,所以死后要一直戴着锁链。

用毛毯。一个旧档案柜和一张折叠椅已经放进了牢房，摆在一个角落，就靠着整个长条房间堵头的那面墙。档案柜显然是给兰迪当工作台用的，抽屉都锁死了。实际上，柜子被几圈沉重的铁链和一个挂锁固定住了，所以非常明显他就应该在牢房角落那里使用电脑，别的地方不行。像亚历杭德罗律师承诺的一样，一条电源延长线插在牢房门口旁墙上的插座里，铺过走廊，牢牢系在一根兰迪够不到的水管上，末端朝着档案柜的方向伸过去。但它到不了兰迪的牢房里面，所以要给电脑插电源，他只能把电脑放在档案柜上，将电源线插在后面，然后把另一头穿过铁栏杆抛给狱卒，让狱卒接进延长线里。

一开始这看起来只是令人发疯的控制狂行为，一种纯粹出于虐待癖的权力展示。但兰迪在被解开锁链锁进牢房里，自己一人思考了几分钟后，他改变了想法。当然，通常情况下兰迪可以把电脑放在桌上充电，充好之后再拿到床上用，直到电池用完。但电脑在亚历杭德罗律师给他之前就已经被取掉了电池，他的牢房里也不像是哪里有放着ThinkPad电池组的样子。所以他只能一直插着电源，而由于他们放置档案柜和延长线的方式，某些特定的无法改变的三维欧几里得时空性质迫使他只能在唯一的一个地方使用电脑：那个该死的档案柜上。他不认为这是偶然。

他在档案柜上坐下，检查了一圈天花板和墙上有没有监视摄像头，但他并没有很仔细找，也没指望能看到。要想分辨屏幕上的文字，他们需要分辨率非常高的摄像头，而那意味着摄像头一定很大很明显；隐蔽的针孔摄像机是办不到的。这里没有大摄像头。

兰迪现在几乎肯定如果他能打开档案柜的锁，他会在里面发现某种电子设备。他的电脑正下方大概有一根能够接收屏幕辐射信号的天线。而那下面则是另一台设备，用来将信号转换为数字模式，将结果发送到附近的监听站，也许就在这些墙壁的另一边。最底下的大概是给这些设备供电的电池。他在锁链允许的范围内晃了晃档案柜，发现它的底部确实比较沉，就好像最底下的抽屉里放了一块汽车电瓶。或者也许这只是他的想象。也许他们让他用电脑只不过是出于好心。

所以就是这样了。情况如此，待遇如此，一切都相当简单明了。兰迪启动电脑，只是为了确定它还能用。然后他铺好床躺下，只是因为能躺下感觉真的很好。这是至少一星期以来他第一次拥有类似隐私的环境。尽管艾维在帕西菲卡市的海滩上发表了一番古怪的反对自渎的警告，但现在正是兰迪解决一些问题的时候了。他现在需要集中十万分注意力，而某种特定的干扰需要被排解掉。在脑子里重新播放与艾米的上一次谈话已经足以让他勃起了。他将手伸进内裤里，然后突然就睡过去了。

他在囚室大门打开的声音中醒来，一个新的囚犯被领了进来。兰迪试图坐起身，却发现他的手还在内裤里，并没有完成它的使命。他不情愿地将手抽出来，坐了起来。他将双脚从床上挪到石头地板上。现在他背对着隔壁的囚室，那个囚室是他房间的镜像。例如，两个房间的床和厕所就挨在一起，中间是共用的隔墙。他站起来，转过身，看着另一个囚犯被带进他旁边的牢房。新来的是个白人男子，六十多岁，甚至可能七十多岁，虽然要说五十多或八十多也可以。总之他看起来精力充沛。他跟兰迪一样穿着连体囚服，不过带的配件不一样：没有电脑，而是戴着穿在一串大个琥珀念珠上的十字架，挂在银链上的某种奖章；还有几本书，抓在肚子跟前，一本《圣经》，一本厚厚的德文书，还有一本现在正畅销的小说。

狱卒们对他的态度无比虔敬，兰迪推测这人是个牧师。他们用他加禄语和他交谈，问他问题——兰迪猜想大概是关怀他的各种需求——而白人男子用宽慰的语气回答他们，甚至还讲了个笑话。他礼貌地提了个要求，一个狱卒匆匆走出去，很快又拿着一副牌回来了。终于狱卒们退出牢房，几乎是一边点头哈腰，一边有些千篇一律地道着歉。白人男子说了句什么，幽默地原谅了他们。他们紧张地笑了笑，离开了。白人男子在他的牢房中央站了一会儿，沉思地凝视着地板，也许是在祈祷着什么。然后他猛然回过神来，开始环顾四周。兰迪靠近隔栏，把手从铁杆中间伸过去。"兰迪·沃特豪斯。"他说。

白人男子将书像扔飞盘一样扔到床上，轻快地走向兰迪，和兰迪握了握手。"以诺克·鲁特，"他说，"很高兴见到你本人，兰迪。"他的声音毫无疑问，正是"教皇"——root@eruditorum.org 的。

兰迪僵住了好一会儿，像一个刚意识到自己被开了个天大的玩笑，却不知道这玩笑到底有多大或该怎么应对的人。以诺克·鲁特见兰迪僵住不动，于是流畅地填补了空白。他用一只手压弯那沓牌，将它们弹射到另一只手里。有那么一会儿，扑克牌在他双手间的空中排成一列，像一架手风琴。"不像 ETC 卡片那么万能，但出乎意料地好用。"他沉思道，"如果运气好，兰迪，你和我可以建造一座桥梁——只要你站在那里行使教皇的职责。"

"建造一座桥梁？"兰迪重复道，感觉——可能听起来也——有些愚蠢。

"我很抱歉，我的英语有些生疏了——我是指扑克牌游戏里的桥牌。你熟悉这种玩法吗？"

"桥牌？不熟。但我以为得四个人才能玩。"

"我发明了一种只要两个人玩的版本。我只希望这副牌是完整的——游戏需要五十四张牌。"

"五十四，"兰迪沉思道，"你的游戏跟'教皇'转换像吗？"

"一模一样。"

"我想我的硬盘里某个地方还存着'教皇'的规则。"兰迪说。

"那么我们就开始玩吧。"以诺克·鲁特说。

第八十七章 降 落

沙夫托跳下飞机。这里的空气冷得人一激灵,更不用提风冷因子有多高了。这是今年以来他第一次不用待在热得直冒汗的可恶环境里。

有什么东西在他背后猛力震了一下,那是仍旧挂在飞机上的强制开伞拉绳——好像没人相信美国士兵能自己解开伞索似的。他甚至能想象得到强制开伞拉绳当初是怎么在员工讨论会上发明出来的:"看在老天的分儿上,将军,他们只是些大兵!等他们一跳出飞机,说不定就开始胡思乱想自己的女朋友了,从口袋里摸出酒瓶灌几口,打个盹儿,你还没反应过来呢他们就全都以几百英里的时速砸地上去了!"

减速伞嘭地张开,兜满了空气,猛地把他的伞包的五脏六腑都拽了出来。一通连滚带翻之后,鲍比·沙夫托的身体把纠结成团的丝绸往下拽去,然后伞面展开了,他悬在空中,黑色的躯体挂在米白色降落伞的正中,简直是为下方的日本步枪兵准备的靶心。

怪不得那些伞兵总觉得自己高人一等:他们的视野这么广阔,比起那些可怜的总是趴在海滩上抬头寻找靠近碉堡的路线的海军陆战队员强多了。整个吕宋岛展现在他面前，他能看到北边一两百英里的地方，越过厚实得仿佛触手可感的茂密丛林，在远处北方的山脉里，藏着"马来之虎"山下将军和十万大军，他们每一个人都恨不得在身上绑上炸药，趁着夜色越过战线，冲进一大群美国士兵中间，为天皇引爆自己的身体。沙夫托的右边是马尼拉湾，哪怕隔着差不多三十英里的距离，他还是能看到在靠近海湾的地方丛林忽然变得稀薄棕黄，像一片从边缘开始向内枯萎的落叶——那就是马尼拉市的残骸。朝他的方向像舌头一样伸出的二十英里长的陆地是巴丹，它的顶部正对着一个蝌蚪状的岩石岛，它有着绿色的头部和细长的棕色尾巴：那是科雷希多岛。浓烟从许多地方升起，这里已经基本被美国人收复了。不少日本人宁愿选择在地下掩体里自爆也不愿意投降，这种英勇之举倒是为"那位将军"的某些手下提供了一个好主意。

  距离科雷希多岛几英里处的水面上，静静地立着一个奇怪的东西，它有点像一艘不对称的又矮又宽的战舰，但要比战舰大得多。它的周围环伺着许多美国炮舰和两栖部队。从它的顶端冒出一串细长的红色烟雾，朝下风飘去，那是几分钟前从沙夫托乘坐的飞机上绑着降落伞扔下去的烟幕弹。沙夫托一边下降，风一边吹着他朝那边飘去，现在他能看到这幢奇妙建筑的钢筋混凝土的纹理了。它本来是马尼拉湾的一块干出礁。西班牙人在这里建了一个要塞，美国人在上面添上了一串炮台，日本人占领它后，则把它变成了一个墙壁足有三十英尺厚的钢筋混凝土堡垒，又在上面添上了两个双管十四英寸的炮塔。这些枪炮很早就被打哑了，沙夫托能看到炮管上的细长裂痕和铁皮表面冰窟窿似的弹坑。尽管沙夫托正朝着这个固若金汤的日本人堡垒的屋顶落下，里面还塞满了一心想要舍生取义的重武装士兵，但他还是很安全的。每当有日本人企图把一杆步枪或一副望远镜探出炮孔，就会有半打美军高射炮从最近的船上朝着他近距离开火。

一艘小汽艇突然伴随着一阵喧哗从水边的一个小岩洞里蹿了出来，朝着美军的一艘登陆艇冲去。一百挺机枪几乎同时朝它开了火。成千上万超音速的子弹射入小汽艇四周的水中，每一颗都激起一串水花。这些小水花连成了一片白色的浪花，像火山一样在小汽艇四周喷发出来。鲍比·沙夫托用手指堵住了耳朵。小汽艇船头塞满的两千磅高爆炸药一同爆炸，冲击波掠过水面，形成了一圈超高速飞散的白色粉末状水花。冲击波像一粒棒球，直扑鲍比·沙夫托鼻梁而来。他暂时放弃了对降落伞的操控，让自己随风飘落。

先前落下的烟幕弹证明了乘降落伞的人类似乎也能够像那样降落在堡垒的屋顶上。鲍比·沙夫托当然就无可辩驳地成了这个主意最后的试验品。但是当他距离地面越来越近，脑袋也渐渐从爆炸的冲击中清醒过来后，沙夫托发现那个烟幕弹其实根本没有降落在屋顶上：它那小小的降落伞挂在了屋顶枝蔓横生的天线上。

各种各样活见鬼的天线！沙夫托在上海的时候就对天线有一种怪异的感觉。那些一号情报站的弱鸡就躲在他们屋顶布满了各种天线的小木屋里，他们根本算不上正规的士兵、水手或陆战队员。在日本人占领科雷希多岛之前，那里也满是天线。沙夫托在2702特遣队执行任务那会儿，也是走到哪儿都有天线。

在接下来的几秒钟里他要特别留意那些天线，因此他抓紧时间转过头去看了看那艘美国LCM[①]——那艘日军小汽艇想要撞毁的登陆艇。它正待在它该在的位置上，一边是环绕在它身后的海军舰船，一边是日军堡垒四十英尺高的陡峭墙壁，它正处于两者之间。就算

[①] Landing Craft Mechanized，机械化登陆艇。

沙夫托并不了解整个计划，他也能一眼认出那是一艘三型机械化登陆艇，仿佛一个长达五十英尺的钢铁鞋盒，随时准备朝海滩上吐出一台中型坦克。它有一对点五零机枪，正在尽职尽责地射击着城墙上某些沙夫托看不见的目标。但是他借助高度优势看到了一些日本人看不见的东西：那艘ＬＣＭ里运载的不是那种带炮塔和履带的铁皮罐头。它运载着的是另外一种铁皮罐头，上面连着许多管道和软管。

堡垒里的日本人正对着靠近的ＬＣＭ不断射击，但他们能够瞄准的只有它的前门，一块可以放下来充当坡道的铁板，说来你也许不信，它就是专门设计来让垂死挣扎的日本人浪费时间，用五花八门的武器试图在它身上开出几个洞眼的。因此这些防御者毫无进展。其他船上的高射炮已经开始疯狂地扫射城墙，这使得那些日本人几乎没法将脑袋或枪管从炮孔里伸出去。沙夫托看到天线的残骸在屋顶飞溅翻滚，偶尔还有炮火的尾迹划过，他只能在心里祈祷那些船上的炮兵能有点脑子，先别打了，至少在他降落到那堆狗屎天线上之前——就剩几秒时间了。

沙夫托意识到，当他和ＬＣＭ的军官们确认这次任务时，他想象中的情况和实际发生的一点也不一样。在二战中沙夫托已经是第五千次经历这种事情了，还以为他不会再为此感到吃惊了呢。这些天线，这些在侦查照片中看似微不足道的天线，实际上是一个相当庞大的工程——或者说在它们被那些压制了堡垒的海军炮火摧毁前，还是一个浩大的工程。而现在，它们变成了一堆对于伞兵来说尤其伤脑筋的残骸。这堆天线或者说残骸，完全是一摊搅和在一起的狗屎：菲律宾红木的木棍、成排的竹竿和焊接起来的钢架。最常见的则是伞兵们首先会注意到的东西：又长又尖的金属棍和好几英里长的钢缆线，纠缠成了一片荆棘网。有些绷得紧紧的，几乎可以切掉一个陆战队员的脑袋；有些则松脱掉落，尖锐的顶端指向半空。

沙夫托明白了，这个堡垒不仅是个武装要塞，更是日本人的情报中心。"沃特豪斯你个狗娘养的浑球！"沙夫托大吼道。据他所知，沃特豪斯还待在欧洲。但是当他用双手护住双眼，堕入梦魇的同时，他已经意识到沃特豪斯跟这必然逃不了关系。

鲍比·沙夫托落地了。他试图进行移动，周围的残骸也随着他一同移动：他已经成了它的一部分。

他小心翼翼地睁开眼。他的脑袋缠在一圈粗钢丝里——这条钢缆被冲力折断，卷在了他身上。透过层层线圈，他能看到三根直径大约四分之一英寸的金属管从他的身上钻了出来，还有一根穿过了他的大腿，一根穿过了他的上臂。他很确定自己摔断了一条腿。

他在原地躺了一会儿，倾听着周围的炮火声。

还有需要完成的事。他满脑子都是那个男孩。他用空出的那只手摸出钢丝钳，开始剪断荆棘的重重包围。

钢丝钳的钳口堪堪能剪断天线金属管。他摸索到扎进他背后的管子，剪断了它们。咔嚓，咔嚓，咔嚓，他剪掉了刺入手臂的管子，他探身剪断了刺穿大腿的管子。然后他将这些管子从身体里抽了出来，扔在水泥地上。滴答，滴答，滴答，滴答，滴答。血流如注。

他没有试图站起来，他拖着身体爬过堡垒的水泥屋顶。阳光把混凝土晒得温乎乎的，感觉不错。他看不到LCM，但他能看到它顶上探出的几根天线，他知道，他们已经就位了。

绳子应该就在这里，沙夫托用手肘撑起身子来仔细查看。没错，就在这里，一条马尼拉绳（当然啦！）绑在一个抓钩上，抓钩的一个尖头则嵌在屋顶边缘的一个弹坑里。

他终于抓住了绳子，并开始往回拉。他闭上眼，但尽量不让自己睡着。他不停地拉啊拉，直到最后摸到了一根又大又粗的东西：

一条软管。

就要完成了。他仰躺在地上，将软管的开口抱在胸前，转头环视四周，直到他看到他们之前在侦查照片上找到的那个通气口。原来它的上面还罩有一块薄铁板，但是现在早就不见了，它变成了屋顶上一个普普通通的洞，只是周围还残留着一些锯齿状的金属残片。他爬到通气口旁，将软管塞了进去。

某艘船上一定有人一直在观察他的行动，他感觉到手里的软管变硬了，好像一条苏醒的巨蟒。鲍比·沙夫托能感到双手之间燃油正在汩汩流淌，一万加仑的燃油直直灌入堡垒中。他能听到日本人在底下声嘶力竭地唱歌。现在他们应该能察觉到接下来会发生什么了。麦克阿瑟将军满足了他们的心愿。

现在，鲍比·沙夫托本该顺着绳子回到LCM上去，但他知道这永远也不可能了。现在谁也没法到他身边来，谁也没法帮助他了。软管中的燃油停止流动之后，他拼命地集中起仅存的意识。至少最后再假装一次他很在乎的样子。他拔掉白磷弹的拉环，扔掉手柄，听着它蹦蹦跳跳地从屋顶上滚过。他能感到白磷弹在他手中焕发出的活力，引信点燃时如野兽般呼之欲出。他把它扔进了通风口，一条直通向下的圆形管道，在一片灰蒙蒙的背景中漆黑的一个圆形，仿佛日本国旗焚成的灰烬。

随后，他一时兴起，也随着白磷弹一同跃入了通风口。

    矢志永忠诚
    启明星悬夜犹昏
    我落朝阳升

第八十八章　墨提斯

root@eruditorum.org 出现在兰迪隔壁的牢房里，这就像是一出自从他在尼诺·阿基诺国际机场着陆以来就专程为他上演的木偶戏中的最高潮剧情转折。如同所有木偶戏一样，他知道在他察觉不到的地方肯定藏着许多人，为了实现这一切正在付出艰苦卓绝的努力。谁知道呢，也许菲律宾国民生产总值里有相当一部分都花在做这些伪装给他看上面了。

兰迪的牢房地板上放着一份牢饭，牢饭上有一只老鼠。通常兰迪看见老鼠的反应非常不好：它们能够打破他从小到大接受过的教育为脑子里集体无意识的部分制造的安全壳系统，让他直接堕入希罗尼穆斯·博斯[①]的领地。然而目前情境下，他受到的影响并不比在动物园看见一只老鼠大。这只老鼠拥有出人意料地漂亮的鹿皮色皮毛，尾巴像铅笔那么粗，显然曾与某位农妇的切肉刀短兵相接，尾巴像根钝头电话天线，僵硬地在空中摇摆。兰迪肚子饿了，但他不想吃老鼠踩过的东西，所以他只是看着。

[①] 希罗尼穆斯·博斯（1450—1516），文艺复兴时期荷兰画家，作品中多描绘天堂地狱及各种怪异生物。

他的身体有一种睡了很久的感觉。他转向电脑，输入一个叫"日期"的命令。他左手的指甲看起来很奇怪，像是全瘀青了一样。仔细一看，他发现食指指甲上用圆珠笔画了个梅花，中指指甲上画了个方块，无名指上是个红心，小指上则是黑桃。以诺克·鲁特告诉他说，在"教皇"里，每一张牌都代表一个数值，就像在桥牌里一样：梅花是1到13，方块14到26，红心27到39，黑桃40到52。兰迪把花色画在了指甲上，以免自己忘记。

不管怎样，"日期"命令告诉他，他显然一觉睡过了昨天下午和晚上，以及今天半天。所以那只老鼠吃的其实是他的午饭。

兰迪的电脑运行的是Finux系统，所以启动的时候屏幕上是一片漆黑，粗大的白字从下往上一次一排地滚动显示，货真价实的1975年前后风格的界面。而且理论上来说是最容易被屏幕辐射窃密法读取的界面。兰迪输入"startx"，屏幕黑了一会儿，然后变成兰迪刚好很喜欢的某种靛蓝色，接着出现了米黄色的窗口，里面的字要小得多也清晰得多。现在，他正在运行 X Window[①] 系统，或者像兰迪这类人就直接叫它X。它能提供人们预期在用户界面上见到的一切图形化垃圾：菜单、按钮、滚动条，等等。就像任何UNIX系统下的东西一样（Finux也是其中一个变体），这里存在着一百万种只有年轻、寂寞或走火入魔的人才会去探索的可能性。兰迪在人生的不同阶段里这三种人都当过，所以他对这些可能性有很多了解。例如，此刻他的屏幕背景刚好是制服蓝，但它也可以是一张图片。理论上来说你可以用一部电影做背景，让你的所有窗口、菜单等都漂浮在无限循环播放的（比方说）《公民凯恩》上面。实际上，你可以将任何软件当作你的背景，它会高兴地嗡嗡运转，干着它该干的

[①]一种以位图方式显示的软件窗口系统。

随便什么活儿,甚至不知道自己被当成了桌面。这让兰迪对如何应对屏幕辐射窃密有了几分想法。

在目前状态下,对于屏幕辐射窃密来说,这台电脑和兰迪启动X之前一样脆弱。它跟之前黑底白字的时候没什么区别,只不过现在变成了米黄底白字。字体个头变小了,住进了窗口里,然而这并没有什么用:他电脑里的电子元件仍然需要完成一和零之间的转换,在高亮度(白色或米黄色)和最低亮度(黑色)之间来回切换,描绘出屏幕上像素点组成的图案。

兰迪根本不知道自己现在的生活发生了什么事,而且可能已经很久都不知道了,即使在从前他以为自己知道的时候也一样。但他目前的工作假设是,安排这整件事的人(第一候选人:"牙医"和他在波罗博洛财团里的同类)知道他的硬盘里有些厉害的东西。他们是怎么知道的?好吧,"教皇"——"巫师"——以诺克·鲁特——随便叫什么吧——在给飞机上的兰迪打电话的时候是知道兰迪手上有"林仙"的,所以天知道还有哪些人也知情。有人在机场安排了那次假缉毒抓捕,以便他们可以没收他的电脑,扯出硬盘,把里面的内容复制一份。然后他们发现上面的东西全都被双重加密了。也就是说,"林仙"信息本来就是用一种非常优秀的二战时期加密系统加密过的,虽然今人可以随便破解它们,但除此之外,它们还被顶尖的、无人能破的现代系统加密过。如果他们有点脑子,就连试都不会去试。想要拿到信息,唯一的办法就是让兰迪替他们破解,而他要解密有两种办法,一是让他的电脑对他进行生物识别(通过声音),二是输入一串只有他自己知道的密码。他们希望兰迪会破解"林仙"信息,并且像白痴一样将结果展现在桌面上。一旦那些东西出现在屏幕上,游戏就结束了。"牙医"(或随便是谁)的监视人员可以将拦截信息输入某种密码分析超级计算机,不消一会儿就能破解出来。

这并不意味着兰迪不敢打开那些文件——只是意味着他不敢让它们在屏幕上显示。这二者之间的区别是重中之重。"秩序"可以从硬盘上读取加密文件。它可以将它们写入电脑的存储器。它可以解密它们，并将结果写入电脑存储器中的另一区域，将数据无限期地留在那里，而屏幕辐射窃密的人却会被蒙在鼓里。然而一旦兰迪告诉电脑把那些信息展示在屏幕上的一个窗口里，"林仙"信息就属于屏幕窃密者了。无论他们是谁，想要破解"林仙"可能都会比兰迪的速度要快。

有意思的一点是，兰迪并不需要真正看见那些拦截信息就能做解密工作。只要他们在电脑存储器里，他就能用《编码宝典》里所有的密码分析技巧来对付它们。

他开始用一种叫作 Perl 的语言输入代码。Perl 是一种脚本语言，适合用于控制你电脑的功能并自动进行重复任务。UNIX 机器（就像这台电脑）的基础是包含着成千上万不同文件的文件系统，这些文件大多数是直接用 ASCII 文本格式编写的。有许多程序可以用来打开这些文件，将它们显示在屏幕上并编辑它们。兰迪打算写一份 Perl 脚本，让它在整个文件系统里游荡，随机选取文件，将每个文件在随机大小和位置的窗口里打开，翻阅一会儿，再关闭它。如果脚本运行得够快，到处都会不停地弹出窗口，像永不停歇的矩形烟花。如果这份脚本代替纯靛蓝色成为屏幕背景，那么这些东西就会出现在屏幕上兰迪真正在研究的那一个窗口的下面。如果监视他的人想追踪所有的动作，那肯定会发疯的。尤其是如果兰迪再写一个脚本让真正的窗口每几秒钟随机变换位置和形状的话。

在一个窗口里打开"林仙"拦截信息是非常愚蠢的——他不打算这么干。但他可以用这种技巧来掩盖他解码工作的其他内容。然而写了几行 Perl 代码之后,他突然意识到如果他在牢房里这么早就使出这种伎俩,监视他的人马上就会知道他已经察觉到他们的存在了。先让他将计就计一段时间也许会更好。

所以他保存了 Perl 脚本,暂时停止撰写。如果他一阵一阵地短时间编写脚本,每天打开一两次,输入几行就关上,那么监视者就不太可能跟上他的进度,哪怕他们恰好也是黑客。纯粹出于恶意,他改了一下 X 的窗口选项,让屏幕上的所有窗口都不显示标题栏。这样监视者任何时候都无法得知他在编辑的是哪一个文件,想要将一系列观察结果连贯起来理解他 Perl 脚本的内容也就更困难。

然后他又打开 root@eruditorum.org 发给他的那封用几行 Perl 代码表示"教皇"转换的旧电邮。用电脑执行时显得那么笨拙的步骤,现在把它当作操作一副扑克牌来理解,立刻显得非常直白——甚至很简单。

"兰迪。"

"嗯?"兰迪从屏幕上抬起头,发现自己身处菲律宾的一间牢房里时吃了一惊。

"晚餐送来了。"

说话的是以诺克·鲁特,他正隔着铁条看着他。他指了指兰迪牢房的地板,新的一盘食物刚刚滑了进来。"实际上,一小时之前就送来了——你可能会想在耗子出动之前先下手为强。"

"谢谢你。"兰迪说。确保桌面上所有窗口都关闭了之后,他走过去,将晚餐从一摊老鼠屎上端起来。晚餐是米饭和菲律宾烤乳猪,一种简单的传统猪肉菜。以诺克·鲁特早就吃完了——他坐在兰迪隔壁的床上,玩起了一种与众不同的单人纸牌游戏,偶尔停下来写下一个字母。兰迪仔细地看着他操纵牌堆,渐渐确定这正是他刚才在那封旧电邮里读到的步骤。

"所以你是因为什么进来的？"兰迪问。

以诺克·鲁特数完牌，看了一眼黑桃7，闭了一会儿眼睛，然后在餐巾纸上写下一个W。随即他说："扰乱社会治安，非法闯入，煽动暴乱，前两个我大概是真犯了。"

"跟我说说。"

"先告诉我你是为什么进来的。"

"在机场的时候我的包里被发现有海洛因，我被指控是世界上最蠢的毒品走私贩。"

"有人对你很不满吗？"

"这说来可就话长了，"兰迪说，"不过我觉得你会有点头绪。"

"好吧，我的情况是这样的。我之前一直在山上的一所教会医院工作。"

"你是个牧师？"

"现在不是了，我是个非神职工作人员。"

"你的医院在哪儿？"

"这儿的南边，森林地区里面。"以诺克·鲁特说，"那里的居民种植菠萝、咖啡豆、椰子、香蕉和其他几种经济作物。但他们的土地正在被寻宝猎人破坏。"

以诺克·鲁特突然提起了埋藏的财宝这个话题，有意思。然而他却这么守口如瓶，兰迪猜他是故意装傻。他试探一句："人们觉得那里有财宝？"

"老一辈说麦克阿瑟将军回来之前几个星期，很多日本卡车都往那条路上开去。过了某个点之后，谁也不知道它们去了哪里，因为路被封住了，他们还埋了地雷好吓跑那些好奇的人。"

"或者杀了他们。"兰迪说。

以诺克·鲁特丝毫不为所动："那条路指明了有可能埋藏黄金的

一块非常宽广的区域，好几百平方英里。大部分都是丛林，地势也都很凶险。火山众多，有些是死火山，有些还时不时会吐出泥石流。但有些地方平坦到可以种植热带作物，于是战后的几十年里，人们在那些地方定居，建立起了初步的经济。"

"土地所有者是谁？"

"看来你很了解菲律宾人了，"以诺克·鲁特说，"马上就问到了核心问题。"

"在这里问土地所有者是谁就像在美国中西部抱怨天气一样普遍。"兰迪沉思道。

以诺克·鲁特点点头："我可以花很多时间来回答你的问题。答案是土地所有权的分配模式在战后就变了，在马科斯统治之下又变了，近几年又变了一次。所以我们可以说有好几个时期。第一时期：战前。土地为某些家族所有。"

"当然。"

"当然。第二时期：战时。很大一块地方都被日本人封锁起来了。拥有土地的某些家族在占领时期繁荣昌盛，其他的则破产了。第三时期：战后。破产的家族离开了，昌盛的家族扩大了他们所占有的财产，教会和政府也一样。"

"为什么？"

"政府将土地的一部分——丛林——变成了国家公园。而在喷发之后，教会成立了我工作的那个传道会。"

"喷发？"

"20世纪50年代初，只是为了让事情更精彩——你知道，在菲律宾事情永远都不够精彩——火山开始活动了起来。几股火山泥流在这片区域喷发，夷平了几座村庄，让几条河流改了道，令很多人无家可归。教会建造那座医院就是为了帮助这些人。"

"一家医院可占不了多大地方。"兰迪评论道。

"我们也有农田,我们想帮助本地人变得更自食其力。"以诺克·鲁特看起来并不想多谈这个话题,"不管怎么说,之后事情逐渐稳定下来,一直持续到马科斯时期。那段时期许多人被迫把他们财产的一部分卖给了费迪南德和伊梅尔达,还有他们形形色色的表亲、侄子、好朋友和拍他们马屁的人。"

"他们在找日本战争黄金。"

"有些本地人靠假装记得金子在哪做起了生意。"以诺克·鲁特说,"一旦大家明白这件事是多么有利可图,这就像病毒一样传染开来。每个人现在都声称自己隐约记得战争时的事情,或是什么爸爸或祖父给他们讲的故事。马科斯年代的寻宝猎人们并没有展现出更加聪明敏锐的人身上理应有的那种谨慎的怀疑态度。他们挖了很多洞,一点金子都没找着。事情又平静下来,然后,最近几年,中国人来了。"

"华裔菲律宾人,还是——"

"华裔中国人,"以诺克·鲁特说,"中国北方人,喜欢吃辣的大个子。不是常见的说粤语爱吃鱼的瘦小的那些。"

"那这些人是从哪儿来的——上海?"

鲁特点点头:"姓荣,荣先生——或者荣将军,他怀旧的时候比较喜欢别人这么叫。荣先生有能力关掉中国任意一户家庭或工厂甚至军事基地的电力,按照中国的标准他就是一位杰出的政界元老了。"

"荣先生去那里想要什么?"

"土地,土地,更多的土地。"

"哪种土地?"

"丛林里的土地,奇怪吧。"

"没准他想造个水电站。"

"是,没准你还是个海洛因走私贩呢。说起来,兰迪,别怪我唐突,不过你的胡子上沾到酱汁了。"以诺克·鲁特将一只手伸过铁栏杆,递来一张纸巾。兰迪接过来,举到眼前,发现上面写着如下字母:OSKJJ JGTMW。兰迪假装擦了擦胡子上的酱汁。

"这下完蛋了,"以诺克·鲁特说,"把我擦屁股的纸全给你了。"

"至高无上的博爱,"兰迪说,"我发现你还给了我你的另一副牌——你真是太慷慨了。"

"小意思——我觉得你可能会想玩一会儿单人纸牌,就像我刚才一样。"

"为什么不呢。"兰迪说,将晚餐盘放到一边,拿过那副牌。

最上面一张牌是黑桃8。将它和下面几张牌拿开后,他找到一张王,四个角上画着小号星星。根据以诺克之前给过的暗示,这张是A王。很容易把它放到下面那张牌——一张梅花J的后面。他又翻了牌堆的大概三分之二,找到了那张画着大号星星的王,而B是Big的意思,所以他知道这张是B王。他将它挪到下面两张牌——梅花6和方块9的后面。他整理好牌堆,再一次翻看,重新找到那两张王牌并将手指伸进它们的位置。最后他的食指和中指之间夹了大半副牌——两张王,和它们之间所有的牌。上面和下面比较薄的两叠牌被他抽出来,交换了一下位置。以诺克看着这一切,似乎十分赞赏。

兰迪把目前在最下面的一张牌推出来,发现是一张梅花J。转念一想,他把那张J拿出来暂时放在膝盖上,以免影响到下一步。根据他画在指甲上帮助记忆的符号,这张梅花J的数值就是11。于是他从牌堆最上面开始数出十一张牌,将它们跟下面的牌分开,然后把两沓牌交换位置,最后拿起膝盖上的梅花J再次放到最底下。

现在牌堆最上面的牌是一张王。"王的数值是多少？"他问。以诺克·鲁特说："两张都是五十三。"于是兰迪这回可以省事了。他知道如果他从牌堆最上往下数，数到53的时候出现的就是最后一张牌。而那张牌刚好是梅花J，数值为11。那么十一就是密钥流的第一个数字。

以诺克·鲁特在纸巾上写的密文的第一个字母是O，而（他放下了手里的牌，空出双手来数字母表）O是第十五个字母。如果他将十五减去十一，就得到了四，而他都不用数手指头就知道第四个字母是D。他解出了一个字母。

兰迪说："我们还没说到你是怎么被捕的。"

"是的！嗯，是这样的，"以诺克·鲁特说，"最近荣先生自己也在丛林里挖了不少洞。很多卡车在那边来来去去，压坏了道路，轧死了流浪狗，你知道流浪狗是这些人的重要食物来源。有个小男孩就被其中一辆卡车撞了，现在还躺在我们医院里。荣先生的行动产生的废水污染了许多人赖以生存的水源。而且还有所有权问题——有些人觉得荣先生是在侵占政府所有的土地。而在某种非常薄弱的意义上，政府所有就意味着人民所有。"

"他有许可吗？"

"啊！你再次展现出了对当地政务的了解。正如你所知，正常的程序是当地官员找到那些在地上挖大坑的人，或者进行任何生产或破坏活动的人，要求他们申请许可证。简单来说他们就是要收贿赂，否则就把事情闹大。荣先生的公司并没有拿到许可证。"

"事情闹大了吗？"

"闹大了。但是荣先生和某些华裔菲律宾政府高干交情很深，所以根本没受影响。"

第二遍的时候，移动王牌的步骤很快就搞定了，因为一开始就有一张王在顶上。最下面的是一张红心 K，它被放到了兰迪的膝盖上。这小杂种的数值是 39，所以兰迪不得不数了大半副牌，才找到第三十九张牌——是一张方块 10。他将牌堆分开切换，又把红心 K 放回最底下。现在最上面的一张牌是方块 4，其数值是 17。他数出手上牌堆最顶上的十七张，停下来看第十八张牌，那是一张红心 4。红心 4 的数值是 26 + 4 = 30，但这里的所有数都要模 26，所以加上 26 是浪费时间，因为反正他又要马上减掉 26。得出的结果是 4。以诺克的密文里第二个字母是 S，它是字母表上第 19 个字母，从中减去 4，就得到了字母 O。于是目前为止破解出来的明文是"DO"。

"我明白是怎么回事。"

"我知道你肯定明白，兰迪。"

兰迪不知该对荣的事情怎么想。这让他不禁用道格·沙夫托的思路看问题。也许荣是在找"主库"，也许以诺克·鲁特也在找，说不定老科姆斯托克想破解"林仙"信息也是为了找它。换句话说，说不定主库的位置现在就在兰迪的硬盘里，而鲁特担心兰迪会像个白痴一样将它泄露出去。

他是怎么安排自己住进兰迪旁边的牢房的？教会的消息内线应该是一流的。鲁特可能几天前就已经知道兰迪锒铛入狱的消息了。他有足够的时间来计划。

"那你是怎么到了这里？"兰迪问。

"我们决定自己也闹点事。"

"'我们'指的是教会？"

"你说的'教会'指的又是什么呢？如果你是问罗马教皇和枢机主教团有没有戴上他们那带两个尖的帽子策划骚乱，那么答案是否定的。如果你说的'教会'指的是我家附近那群恰好都是虔诚天主教徒的本地社区居民，那么是的。"

"所以社区发起了抗议或者别的什么运动，而你是头目。"

"我只是一个榜样。"

"榜样？"

"这些人通常都想不到去挑战当权者。真有人想到的时候，他们总觉得这事特别新奇，干起来也特别积极。这就是我的角色。我抗议荣先生的事情已经有一段时间了。"

兰迪几乎可以猜到下面两个字母是什么，但他必须继续执行算法，否则会打乱牌堆。他得到一个 23，然后是一个 47，将其模 26 得到 21；将 23 和 21 从密文的下面两个字母 K 和 J 里减去（还是模 26），让他不出意料地得到 N 和 O。所以现在他解出了"DONO"。他继续一次一个字母地往下算，纸牌在他手里沾了汗，变得有些滑溜溜。最后他得到 DONOTUSEP，而在试图计算密钥流最后一个字母时他的手终于没拿稳。现在牌堆被打乱了，完全不可能恢复，提醒着他下一次要更加小心。但他能猜到信息肯定是什么样子的：DO NOT USE PC（别用电脑）。以诺克是担心兰迪不会料到屏幕辐射窃密的事情。

"这是杀鸡儆猴。你们是封锁了道路，还是做了什么？"

"我们封锁了道路，躺在推土机前阻止它们前进。有些人划破了几个车胎。当地人民发挥出了他们的聪明才智，事情有一点失控。荣先生在政府里的朋友受到了冒犯，叫来了军队，逮捕了十七个人。作为惩罚，保释金高得离谱——如果这些人没法出狱，就没法赚钱，他们的家人也得遭殃。我要是想的话是可以保释出去的，然而为了表现团结精神我还是选择了留在狱中。"

在兰迪看来，这个掩护打得挺好。"然而我猜政府里有很多人对他们竟然将一位圣人扔进了监狱这件事感到非常震惊，"他说，"于是他们就把你转移到了这里，这个有私人囚室的显赫豪华监狱。"

"你再一次展现出了对本地文化的深刻了解。"以诺克·鲁特说。他换了个姿势在床上坐着,胸前沉甸甸的十字架前后摇摆。那个奖章也挂在他脖子上,上头写着某些不同寻常的东西。

"你那里是不是画着什么神秘符号?"兰迪问,眯起了眼睛。

"对不起,你说什么?"

"我在这只能看得清你挂坠上的'神秘'(occult)字样。"

"上面写的是 ignoti et quasi occulti,意思是'不为人知,不显行迹'或者类似意思。"以诺克·鲁特说,"这是我所属的那个社群的格言。你一定知道'神秘'这个词本质上和恶魔崇拜仪式、饮用鲜血这些东西并没有关系。它——"

"我受过天文学训练,"兰迪说,"所以我很了解掩蔽①的事情——一个天体被另一个天体掩盖住,比如日月食。"

"噢。那好吧,我就不说了。"

"事实上,我对掩蔽的了解可能比你想的还要多。"兰迪说。看起来好像他只是在多此一举地重复,然而他说的时候对上了以诺克·鲁特的视线,又意味深长地瞟了他的电脑一眼。鲁特思索了一会儿,点点头。

"中间那位女士是谁?童贞玛利亚?"兰迪问。

鲁特摸了摸挂坠,但没有去看它。他说:"合情合理的猜测,但猜错了。这是雅典娜。"

"希腊女神?"

"是的。"

"这你怎么跟基督教达成一致?"

"那天我给你打电话的时候,你怎么知道是我?"

---

① 原文为 occultation,与前文的 occult 词根相同。

"我不知道,我就是认出你了。"

"认出我?那是什么意思?你并不认识我的声音。"

"这是不是在拐弯抹角地回答我关于雅典娜崇拜对阵基督教的问题?"

"你看了电脑屏幕上的一串字母——来自某个你从未见过的人的电邮——之后就能在电话里'认出'这个人,你难道不觉得这很了不起?是什么原理呢,兰迪?"

"我完全不知道。大脑有时候很奇怪——"

"有些人抱怨说电子邮件没有人情味——你我在通过电邮交流的时候,我们的联系是通过电线、屏幕和电缆传达的。有些人会说这比不上面对面交谈。然而我们看事物也需要通过角膜、虹膜、视神经,需要某些神经结构将视神经得到的信息传导到大脑里。所以看屏幕上的字就低等到哪里去吗?我不这么认为;至少在看屏幕的时候,你知道失真是存在的。然而当你用肉眼看见别人时,你会忘记失真的地方,以为自己对他们的体验是纯粹而直接的。"

"所以你怎么解释我是如何认出你的?"

"我会说在你和我交换电邮之前,你大脑里有某些神经活动模式是不存在的。姑且把它叫作 Root 形象。那不是我。我是坐在你旁边这张床上的一坨碳和氧气和一些其他东西。与之相比,Root 形象则是你的大脑用来指代我的某种会跟随你一生的东西,除非你遭受什么重大神经损伤。换句话说,当你想到我的时候,你想到的不是这一大坨碳水化合物,你想到的是 Root 形象。没错,有一天你可能会出狱,然后遇到某个人跟你说:'你知道,我也去过一次菲律宾,在森林地区瞎逛的时候碰到一个老浑账,跟我扯什么 Root 形象。'通过和这家伙——就这么说吧——交换意见,你可以毫无疑问地确认你脑子里的 Root 形象和他脑子里的 Root 形象源自同一坨碳氧等组成的东西：我。"

"再问一次，这跟雅典娜有什么关系？"

"如果你将希腊诸神当作真实生活在奥林匹斯山上的超自然生物，那么答案是否定的。但如果你将他们当作和 Root 形象同属一类的存在，也就是大脑用来代表它看见，或它自认为看见的外界事物的神经活动模式，那么是的。突然之间，希腊诸神就变得像真人一样有趣重要了。为什么？因为，就像你将来可能有一天会遇到另一个脑子里有自己的 Root 形象的人一样，如果你能跟一个古希腊人对话，而他开始谈论宙斯，你也许会——一旦你克服了自己一开始的心理优越感——发现你自己脑子里也存在这样一些精神形象，虽然你不把他们叫作宙斯，也不把他们想象成能挥舞闪电的泰坦之子，但是他们的产生与宙斯形象在希腊人头脑中产生一样，都是与外在世界的某些存在打交道的结果。说到这，我们可以讨论一下柏拉图的山洞——比喻界的一块砖——哪里需要哪里搬！"

"是不是那个，"兰迪说，"真实世界的存在是投射影子的三维真实事物，这个希腊人和我是被拴在山洞里看墙上的影子的可怜虫，只不过我面前的墙壁形状与希腊人面前墙壁的形状不一样——"

"——所以同一个影子投射在你的墙上和投射在他的墙上会显示为不同的形状，而我们可以说不同的墙壁形状对应的是你现代、科学的世界观和他古老、异教徒的世界观。"

"没错，就是那个柏拉图的山洞的比喻。"

就在这一刻，走廊里一个年轻狱卒拨动开关，熄灭了灯。此刻唯一的光源就是兰迪的电脑屏保：星系互相碰撞的动画。

"我想我们可以假定，兰迪，你面前的墙壁要平坦光滑得多，通常来说墙上的影子也比他墙上的要准确得多，然而很明显他还是可以看到同样的阴影，并从中归纳出关于投下阴影的那个东西的形状的结论。"

"好吧,所以你挂坠上的雅典娜不是一个超自然存在——"

"——不是住在希腊的一座山上那种,而是随便什么存在、模式、流派等这些东西。它们被古希腊人感知,并通过他们的感知器官和异教徒世界观过滤后,形成他们脑中被称为雅典娜的那个精神形象。这其中的区别是很重要的,因为戴头盔的超自然小妞雅典娜当然并不存在,然而触发被古希腊人称为雅典娜的精神形象形成的外部存在的那个'雅典娜'在当时必定存在,否则这个精神形象根本不会产生,而如果她那时候存在,那么她现在也很可能存在,假如以上这些全都成立,那么古希腊人——虽然在很多方面上他们都是彻底的白痴,然而他们的智商高得吓人——对于她的任何看法很可能仍然十分可信。"

"好吧,但为什么是雅典娜,而不是得墨忒耳或其他什么人呢?"

"这个嘛,大家都知道,要真正理解一个人,就必须先了解一个人的家庭背景,所以我们现在必须迅速地恶补一下古希腊神谱知识。我们从混沌开始,所有的神谱都始于这里,我喜欢把它想象为一片白噪声的海洋——完全随机的宽频静电噪声。出于某种我们无法真正理解的原因,某些两极对应的东西开始从这里联结——白天与黑夜,黑暗与光明,陆地与海洋。我个人喜欢把这些想成晶体——不是嬉皮士加州人的那种意义[①],而是指硬科技语里的谐振器,可以接受某些埋藏在混沌的杂音里的频道。然后在某个时刻,其中有几对实体乱伦相亲,诞下了泰坦。其实这也挺有意思的,泰坦提供了基本的神祇构成——有太阳神许珀里翁,海洋之神俄刻阿诺斯,等等。但他们都在一场叫作泰坦战争的权力争斗中被推翻了,取代他

[①] 晶体原文为 crystal,也有冰毒的意思。

们的是新的神明,比如阿波罗和波塞冬,填补了他们在原先所谓编制表中的位置。有些耐人寻味,像我之前说的,一些同样的存在和模式长期存在,只是对于不同的人来说会投射出稍稍不同的影子。不管怎样,现在我们有了普遍印象中的奥林匹斯山神明:宙斯、赫拉,等等。

"关于这些神明有几条观察结果需要注意:首先,除了一个我很快会谈到的例外,他们全都是媾和的产物,要么是男泰坦和女泰坦,要么是男神和女神,要么是神和林中仙女,或神和女人,或基本上是宙斯和随便什么人或什么生物。这就让我得到了第二条观察结果:奥林匹斯众神是你能想象到的最肮脏、最不正常的家庭。然而这个众神殿的混乱不对称性里有某些东西让它更加真实可信。就像元素周期表或基本粒子谱系表,或你能够从一具尸体里得出的任意解剖结构图一样,它具有足够的规律性,让你的头脑可以去理解,但同时也具有不规律的地方,暗示着它天然的起源——例如这里有太阳神和月亮女神,很明了也很对称,但却还有赫拉,一个除了'天后'头衔以外毫无意义的花瓶。还有狄俄尼索斯[①],他甚至不是个完全的神——他是个半人——但他却也能进众神殿,和众神一起坐在奥林匹斯山上,这就好像你走进最高法庭,却发现法官里混着一个小丑一样。

"我想说的重点是,雅典娜在每一个方面上都是异常的。首先,她不是通过任何普遍意义上的性生殖产生的。她是以完全成熟的形态从宙斯脑子里蹦出来的。根据故事的某些版本,这件事发生在宙斯搞了墨提斯之后,我们之后还会谈到她。然后有人警告他说墨提斯会生下一个夺走他王位的儿子,所以他就吃掉了她,后来雅典娜

[①]酒神狄俄尼索斯是宙斯与凡人(底比斯公主塞墨勒)生下的。

就从他脑袋里生出来了。不管你相不相信墨提斯的故事,我想我们都可以一致认为雅典娜的诞生有一些不平凡。她另一个异常的方面是,她没有搅入奥林匹斯山的道德败坏行为之中。她是个处女。"

"啊哈!我就知道你的挂坠上是个处女图。"

"是的,兰迪,你看处女的眼力很准。火神赫菲斯托斯和她大腿交过一次,但并没有进入过她的身体。她在《奥德赛》里的位置相当重要,然而通常意义的神话里有关她的内容却很少。唯一的例外也证明了这条规律:阿剌克涅的故事。阿剌克涅是一位非常了不起的织绣好手,后来她变得骄傲自大,开始将功劳都揽到自己身上,而不是把她的天赋归功于众神。阿剌克涅甚至公开向雅典娜提出了挑战,她也是掌管纺织的神明。

"别忘了,典型的希腊神话大多是这样的:无辜的牧童正在做自己的事,一位从他头顶飞过的神祇看到他,情欲勃发,于是扑下来把他强奸到傻。受害者还在恍恍惚惚不明所以的时候,那个神祇的妻子或情人在嫉妒的狂怒中就把他——这个无助、无辜的受害者——变成了(比如说)一只永生不死的乌龟,并且用神力把他钉在夹板里,一盘龟食就放在他刚好够不到的地方,让他永远曝晒在阳光下,被蚁群开膛破肚,被马蜂叮咬或别的什么。所以如果阿剌克涅惹的是众神殿里任意一个其他神,那没等她反应过来自己就已经变成地上一个冒烟的洞了。

"然而在这个故事里,雅典娜化作一位老婆婆出现在她面前,建议她表现出应有的谦虚。阿剌克涅拒绝了她的建议。终于雅典娜显出真身,向阿剌克涅提出织绣挑战。你不得不承认,她的做法简直公平得非比寻常。有趣的是,比赛的结果是她们俩战成平手——阿剌克涅真的像雅典娜一样厉害!唯一的问题就是她的织绣描绘的是奥林匹斯众神强奸牧童,跨种族乱交的最糟糕的一面。这幅织绣就是对所有其他神话的具体准确的描绘,这个故事似乎成了某种元神话。雅典娜勃然大怒,用她的纺锤敲了阿刺克涅一下。看上去她似乎是管不住自己的脾气,直到你想起来在和泰坦巨人打仗的时候,她把西西里岛扔到恩刻拉多斯头上砸死了他!她这么做的唯一效果就是让阿刺克涅认识到了自己的傲慢,然后她感到无比羞愧,因此自杀了。随后雅典娜还让她作为一只蜘蛛复活了。

"所以不管怎样,你可能小学就学过雅典娜头戴头盔,手持一张名叫埃癸斯的盾牌,是掌管战争、智慧和手艺——比如之前提到的织绣——的女神。往轻了说,这个组合也够奇怪的!尤其是阿瑞斯才应该是战神,而赫斯提亚是家政女神——为什么会出现职责的重复冗余?但是在翻译的过程中产生了很多错误。你瞧,我们经常用在我这样的老鬼身上的'智慧'(wisdom)一词,也就是我现在想透露给你的'智慧',兰迪·沃特豪斯,被古希腊人称为'狄刻'(dike)。那不是雅典娜女神掌管的东西!她是'墨提斯'(metis)之神,这个词的意思是'精明'或'灵巧',你也记得它在故事的一个版本中正是她母亲的名字。有意思的是,正是墨提斯——人物,不是属性——把魔药给了年轻的宙斯,宙斯让克罗诺斯喝下魔药,令他吐出了自己吞下的所有幼神,奠定了整个泰坦战争的基础。现在,它和手艺的联系水落石出了——手艺不过就是'墨提斯'的实际应用。"

"'手艺'这个词让我联想到在夏令营里制造劣质皮带和烟灰缸。"兰迪说,"我的意思是,谁想当他妈的流苏花边之神啊?"

"都怪糟糕的翻译。今天我们所用的词语中和它意义等同的,其实是技术。"

"好吧,现在好像终于有点头绪了。"

"那么我们不应该把雅典娜称作战争、智慧和流苏花边之女神,而应该说战争和技术之女神。在这里我们又一次遇到了和战神阿瑞斯管辖范围重复的问题。我们可以说阿瑞斯是个彻头彻尾的浑蛋。他的私人助手是'惊惧'和'恐怖',有时候还有'冲突'。他和雅典娜永远无法和睦相处,即便——也许正是因为——他们在名义上是掌管同一件事——战争——的神明。雅典娜的人类门徒之一赫拉克勒斯在肉搏中重伤过阿瑞斯两次,有一次甚至缴了他的械!你瞧,阿瑞斯身上耐人寻味的一点在于他彻头彻尾的无能。他被几个巨人锁住,关在一个青铜罐子里十三个月。他在《伊利亚特》里被奥德修斯的酒友之一重伤过。雅典娜有一次用石头把他打昏了过去。要是他没在战场上大出洋相,他就是在和每一个能搞到的人类女性上床,还有——听好了——他的儿子们全都是我们现在所说的连环杀手。所以对我来说,很显然能够认同战神阿瑞斯这个形象的人,都是那些常年被卷入战争中,非常清楚战争的愚蠢丑恶之处的人。

"而雅典娜则以支持奥德修斯而闻名,我们别忘了,他可是想出特洛伊木马这个主意的人。雅典娜指引奥德修斯和赫拉克勒斯渡过他们遇到的挫折和难关,虽然他们俩都是杰出的战士,但他们大多数战斗都是依靠着狡猾精明,或者换一个不那么贬义的词,'墨提斯',才赢得胜利的。而他们两个虽然也经常使用暴力(奥德修斯喜欢把自己叫作'掠城者'),但很明显他们的形象跟阿瑞斯和他的后代们那种不经大脑的狂暴的野蛮处于对立面——赫拉克勒斯甚至亲手除掉过阿瑞斯的几个神经病儿子。我是说,记录并不是很清晰——你又不能到底比斯的国家法院去查询这些人的死亡证明——但看起来全程得到雅典娜支持的赫拉克勒斯杀死了阿瑞斯那些汉尼拔·莱克特式的儿子的至少一半。

"所以谈到战争女神雅典娜,我们这么叫她到底是什么意思?注意,她最著名的武器不是她的剑,是她的盾牌埃癸斯,而埃癸斯上面有一颗戈耳工的脑袋,所以任何攻击她的人都有很大危险会被变成石头。她总是被形容为是平静而庄严的,却从来没人用这两个词来形容阿瑞斯。"

"我说不好,以诺克。也许他们代表的是防御性的战争和进攻性的战争?"

"这两者之间的区别被人们夸大了。还记得我说雅典娜跟赫菲斯托斯腿交过吗?"

"那句话确实在我脑袋里引发了清晰的形象。"

"神话就该这样!雅典娜/赫菲斯托斯这个配对也有点意思,因为他是另外一个技术之神。他的特长是金属、冶炼和锻造——传统的'锈铁带①'那一套。所以难怪雅典娜让他情难自禁!在他射精在雅典娜大腿上之后,她一脸恶心地把精液擦掉,将抹布扔在了地上。不知怎么它和土地结合起来,生出了厄里克托尼俄斯。你知道厄里克托尼俄斯是谁吗?"

"不知道。"

"雅典最初的国王之一。你知道他以什么著称吗?"

"告诉我吧。"

"发明了双轮战车——并且率先将银当作货币使用。"

"噢,老天爷!"兰迪用双手捧住脑袋,发出呻吟声,不过只有一小会儿。

"在许多其他的神话体系中,你可以找到许多和雅典娜共通的神明。苏美尔神话里有恩基,北欧神话里有洛基。洛基是发明者之神,但在心理上他与阿瑞斯更有共同点。他不仅是技术之神,也是邪神,他们拥有最接近恶魔的东西。美洲原住民的神话里有恶作剧

---

① 指老工业区。

精灵——非常狡猾的生物——例如郊狼和乌鸦，但他们还没有技术，所以他们还没有将恶作剧精灵和手艺合并在一起，生成这种混血技术专家之神。"

"好吧，"兰迪说，"所以显然你说这些，是想表达事情一定有某种举世皆准的普遍模式，这些模式经过原始、迷信的人们的感知器官和神经系统过滤，总会引发某种内部的精神形象，他们将这些当作神明、英雄，等等。"

"没错。而且这些在不同的文化之中都能找到，就像两个脑子里有 Root 形象的人通过交换意见能够'认出'我一样。"

"所以，以诺克，你想让我相信这些神——其实他们不是真的神，不过这个词挺好，够简洁——全都具有某些共同之处，因为诱发他们产生的外部真实是一致的，并且在全世界的文化中都具有普遍性。"

"正是。而在恶作剧之神这件事上，模式就是精明狡猾的人常常能得到不狡猾的人得不到的权力。所有的文化都对这一点相当着迷。其中一些，例如美洲原住民，会对他们充满敬仰，但从未将他们与技术发展结合起来。而其他文化则痛恨它，将它等同于恶魔，比如北欧文化。"

"所以才会出现美国人对黑客们又爱又恨这种现象。"

"没错。"

"黑客们总抱怨说记者把他们写成坏人，但你认为这种矛盾情绪源自更深的地方。"

"在某些文化里是这样。维京人——从他们的神话体系来看——会本能地厌恶黑客。但希腊人不一样，希腊人喜欢怪才，所以我们才会有雅典娜。"

"我就姑且信了——但战争女神的事又怎么说呢？"

"承认吧，兰迪，我们都认识像阿瑞斯一样的人。让阿瑞斯这个内在精神形象出现在古希腊人头脑中的人类行为模式，直到今天也依然存于我们身边，化身为恐怖分子、连环杀手、暴乱、屠杀，还有攻击性强、自命不凡但最后却被证明没有军事头脑的独裁者。然而就算他们如此愚蠢无能，这样的人也可以占领并控制世界上大块的区域，除非遭到抵抗。"

"你一定得见见我的朋友艾维。"

"谁来对抗他们呢，兰迪？"

"我很害怕你会说要我们来。"

"有时候可能是其他的阿瑞斯崇拜者，就像伊朗和伊拉克打起来的时候，没人在乎到底谁赢。但如果不想让阿瑞斯崇拜者统治全世界，就必须有人对他们还以暴力。这并不良善，但这是事实：文明需要一面埃癸斯。而归根结底，要击败这些浑蛋，只能通过聪颖、狡诈、'墨提斯'。"

"战术上的狡诈，像奥德修斯和特洛伊木马，还是——"

"以及技术上的狡诈，两者缺一不可。时不时会有战争完全靠新技术取胜——比如克雷西战役上使用的长弓。这种战斗几个世纪才会发生一次——人们发明了双轮战车、复合弓、火药、铁甲舰，等等。但有一个时期——举例来说，北方人相信'莫尼特'号是地球上唯一一艘铁甲舰，而南方人则相信'梅里马克'号才是唯一的铁甲舰，这两艘船刚好撞上了，于是拼命对轰了好几个小时。这个时间点完全可以代表军事科技突然出现惊人发展的那一刻——是指数函数曲线上那个肘形弧。现在世界上保守的军事机构花了好几十年才真正搞明白发生了什么事，然而我们那时候正处在第二次世界大战打得如火如荼的时候，每个稍微有点脑子的人都明白，哪边拥有最好的技术，哪边就能赢。所以德国那边我们有火箭、喷气式飞机、神经毒气、线导导弹。而盟军这边，我们有三项重大行动，基本上动用了每一个一流的黑客、书呆子和怪才：密码破译，你知道那后来促成了数字计算机的兴起；曼哈顿计划，给我们带来了核武器；还有辐射实验室，给我们带来了现代电子工业。你知道我们为什么打赢了第二次世界大战吗，兰迪？"

"我以为你刚才已经告诉我了。"

"因为我们造出来的东西比德国人的好吗？"

"你刚说的不就是这个意思？"

"但我们为什么能造出更好的东西，兰迪？"

"我猜我没有能力回答，以诺克，我对那个时期了解不多。"

"好吧，简短的答案就是，我们能赢，是因为德国人崇拜阿瑞斯，而我们崇拜雅典娜。"

"我是不是应该认为你，或者你的组织，也在里面插了一脚？"

"噢，拜托，兰迪！咱们别让这个话题堕落成阴谋论了。"

"对不起，我很累了。"

"我也是，晚安。"

然后以诺克就睡觉了，就这样。兰迪没睡。

向《编码宝典》进军！

* * *

兰迪正在挑战一项已知的密文攻击：难度最大那种。他手头有密文（也就是"林仙"拦截信息），别的什么都没有。他甚至不知道它们是用什么算法加密的。在现代密码分析里，这样的情况是很罕见的。通常算法都是众所周知的。这是因为学术界里大家公开讨论并攻击过的算法一般都比保密的算法要强很多。那些依靠算法保密的人，一旦秘密泄露就完蛋了。但"林仙"的来源时期可以追溯到二战，那时候人们对这些事情远远没有现在这么谨慎。

如果兰迪知道这些信息里加密过的一些明文的内容，这件事就要容易得多。当然，要是他知道全部明文，那他根本就不用去破译它。那种情况下，破解"林仙"只是一种学术实践。

完全不知道任何明文和知道所有明文之间还有一种中间态。在《编码宝典》里，相关内容归在小抄标题下。小抄指的是对信息里可能包括哪些词语和词组的有依据的猜测。比如说，如果你在破解二战时期的德军信息，你可能会猜明文里包括"希特勒万岁"或"胜利"这样的短语。你可能会随机挑出十个连续的字符，说："让我们假设这代表着'希特勒万岁（HEIL HITLER）'。如果是这样，那么对于剩下的信息我们可以得到什么结果呢？"

兰迪并没指望能在"林仙"信息里找到"希特勒万岁"，但也许还有其他词语可以猜到。他一直在脑袋里列各种小抄："马尼拉"，当然；"沃特豪斯"，也许。而他现在想到的是"黄金"和"金块"。所以，拿马尼拉来说，他可以从拦截信息里任意取一串连续的六个字符，说："如果这些字母是'马尼拉（MANILA）'的加密形式呢？"然后从这里着手。如果他要破解的是一段只有六个字符的信息，那么可以选择的只有一个这样的六字符段落。一条七个字符长的信息则会带给他两种可能性：可能是前六个字符，也可能是后六个字符。总结来说，对于一段有 n 个字符长的拦截信息，六字符段落的总数等于 (n − 5)。在一段 105 个字符长的信息里，MANILA 这个词语的可能位置有一百个。实际上是 101 个：因为当然有可能——甚至很可能——这里面根本没有 MANILA。但是这一百种猜想每一种都有与之对应的关于其他字符的衍生结果。这些衍生结果具体是什么，取决于兰迪对其根本算法的假设。

就目前情况而言：他越想越觉得自己的思路靠谱——多亏了以诺克，（现在回头看来）他在没有隔着铁栏杆向兰迪兜售神谱学分析的时候，多少还给了他一些有用的线索。以诺克提到国安局开始攻击那组后来发现是假冒伪劣的"林仙"信息的时候，他们假设这些信息跟另一个叫作"天蓝"的加密系统有关。果不其然，兰迪在《编码宝典》里读到，"天蓝"是一个日本人和德国人都用过的古怪的系统，它利用数学算法，每天都生成一份一次性密码本。虽然范围很宽泛，不过还是帮助兰迪排除了许多可能性。比如现在他知道了"林仙"不是恩尼格玛那样的转子系统。他还知道如果他能找到同一天之内发出的两条信息，它们很可能用的是同一份一次性密码本。

用的到底是哪种数学算法呢？爷爷旅行箱里的内容提供了线索。他记得爷爷和图灵、冯·海克赫伯在普林斯顿拍的照片，他们三个显然是在那里捣鼓 ζ 函数。箱子里还有几本关于这个问题的专著。《编码宝典》里也说 ζ 函数即使在今天也被应用在密码学中，作为序列发生器——也就是能够吐出一系列伪随机数的机器，而一次性密码本正是伪随机数。一切线索都指出"天蓝"和"林仙"关系密切，并且两者都是 ζ 函数的实际应用。

目前他最大的阻碍就是，他的牢房里一本关于 ζ 函数的课本都没有。爷爷箱子里的内容会是绝佳的资源——但它们现在正储存在切斯特家的一个房间里。不过另一方面，切斯特很有钱，而且他想帮忙。

兰迪叫来狱卒，要求见亚历杭德罗律师。以诺克·鲁特僵硬了片刻，然后又直接继续沉入了从容、安详的睡眠，就像他正待在自己最想待的地方。

第八十九章 奴　隶

每个人的气味各有各的不同,但焚烧之后的味道却总是相似的。当陆军的小伙子们领着沃特豪斯步入黑暗时,他警惕地嗅了嗅,祈祷不会闻到那种味道。

这里弥漫着一股汽油、柴油、灼热的钢铁、橡胶烧焦的硫黄味和炸药的混合气味。这些味道很刺鼻,他吸进了一大口废气,又呼了出来。就在这时,他嗅到了一丝烤肉的味道,他明白了,这个浇灌着水泥的岛屿根本与一座焚尸炉无异。

他跟着这群年轻士兵走入一条熏得发黑的隧道里,墙壁的材质杂色斑驳,混合了水泥、砖石和岩石。最开始这些是被雨水和海浪冲蚀的洞穴,随后被西班牙人用凿子、手提钻和炸药进一步扩大和开发,再然后是使用砖石的美国人,最后被日本人用水泥再次加固。

他们朝迷宫的深处走去,路上经过了不少充当了喷灯的隧道:石壁仿佛被一条在此流淌了百万年的洪流冲刷得一干二净,原本放着枪支或金属文件柜的地方只留下一摊摊熔化的银色液体。墙壁仍在散发着余热,给菲律宾本就炎热的气候火上浇油,让他们每个人的汗流得更厉害——如果那还有可能的话。

其他房间和走廊不过是这条烈火之河稍加停驻的回水处，朝门廊里张望，沃特豪斯能看见被烧焦而没有烧尽的书本，焦黑的纸张从爆裂的文件柜中四散落下——

"等等。"他说。他的护卫转过身，正好看到沃特豪斯钻进一扇小房间的矮门，那里有什么东西引起了他的注意。

那是一个沉重的大木柜，几乎烧成了一截黑炭，看起来就好像柜子凭空消失而它的影子却留在了原地似的。有人已经拽掉了柜子的半扇门，黑色纸屑从中涌出。柜子里原本装满了一沓沓纸片，现在都烧得差不多了，但是沃特豪斯将手插入那堆纸灰中（小心点！这里的很多东西还很烫呢），拉出了一捆几乎完好无损的纸片。

"这是哪里的钱？"那个士兵问。

沃特豪斯从顶上抽出一张，正面印着日文和东条的雕版画像。他把钞票翻过来，背面印着英文：十镑。

"澳大利亚。"沃特豪斯答道。

"哪里像澳大利亚了？"士兵瞪着上面的东条。

"如果日本赢了的话……"沃特豪斯耸了耸肩。他把那沓十镑纸币扔回了历史的余烬里，手里拿着那张孤本走出了房间。天花板上挂着一串灯泡，灯光掠过地上一摊水银似的东西，那是枪支、皮带扣、钢柜和门把手融合在一起的残余物，现在已经凝固了。

钞票上用一行小字写着：帝国储备银行，马尼拉。

"长官！你没事吧？"士兵问。沃特豪斯这才发现他驻足沉思了好一会儿。

"继续往前走吧。"说着，他把钞票塞进了口袋。

他在考虑把这钱拿走是否合适。他可以带走纪念品，但不能搜刮战利品。所以如果这纸币并没有价值，他可以带走。如果是真钱，就不行。

那么现在，任何一个不钻牛角尖的人都应该想到，这当然不是真钱，毕竟日本没有征服澳大利亚，以后也不可能征服澳大利亚。所以这张钞票当然是纪念品啦，对吧？

也许是对的。这张钞票确实毫无价值。但是如果沃特豪斯找到的是一张真正的澳大利亚十镑纸币，他也会发现上面用一行小字印着某个储备银行的发行许可。

两张纸，它们都号称自己价值十镑，看上去都非常正规，上面都印着某个银行的名字。但是它们一张是毫无价值的纪念品，另一张却是公私流通的法定货币。为什么？

归根结底，人们为什么会相信这一张纸上写的十镑而不是那一张纸上的呢？他们相信如果你拿一张真正的澳大利亚货币到墨尔本的一家银行里去，把它塞进柜台，就一定能换回真金白银——或者至少总能换出点什么。

信任的作用巨大，但是如果你想要让货币保持稳定，你就必须做出实际行动。你必须要在某个地方的地下室里拥有一大坨黄金。在敦刻尔克撤退时，当英国人察觉到德国即将入侵列岛，他们把所有的黄金储备都运到了战舰或邮轮上，将这些黄金横跨大西洋转移到多伦多和蒙特利尔的银行里。这样即便德国人占领了伦敦，英镑还是能正常流通。

而日本人也必须像其他人那样按规矩出牌。哦，当然啦，你可以通过恐吓来迫使沦陷国的国民向你臣服，但你不太可能将刀子抵在他们的脖子上，说，"我要你相信这张纸价值十镑"。他们口头上也许会说我相信，但实际上他们根本不相信。他们不会表现出相信。如果他们不表现出相信，这种货币就不会流通，工人们也无法拿到工钱（你可以把他们当奴隶使唤，但你总要给监工付钱啊），这种经济就行不通，你就无法攫取最开始引诱你来侵略这个国家的各种资源。从根本上说，你想要经营一个经济体，首先要有货币。当有人拿着你的货币走进银行时，你必须能提供相应价值的黄金。

日本人都是计划狂，沃特豪斯深知这一点。他在过去的几年里几乎每天都要花上十二个甚至十八个小时来研究他们那些被破译出来的电报，他太了解他们了。他熟悉日本人就像熟悉如何弹奏D大调音阶一样，日本人肯定考虑过如何支持他们的帝国货币，而且不仅仅是在澳大利亚，还有新西兰、新几内亚、菲律宾、中国的香港、中国、印度支那、朝鲜和"满洲国"。

你需要多少真金白银才能说服这么多人相信你的纸币确实值钱？你会把它们藏在哪里？

他的护卫又领着他向下走了几层，来到了地底深处一间大得出奇的房间里。如果说他们深入了这座岛的脏腑，那么这间房间就是阑尾之类的地方了。房间呈水珠状，墙上许多地方都带有光滑的波纹，残留着用凿子开拓洞室的痕迹。这里的墙壁是冷的，空气也是冷的。

房间里有许多长桌和至少三打空椅子——因此沃特豪斯试着先轻轻地吸入一点空气，他害怕闻到死人的味道。然而他并没有闻到。

这也说得通。他们处在岩石的中央，进出房间只有一个入口。这里的空气流通不畅，因此也不会有喷灯效应，所以火势不会蔓延过来。这个房间逃过了一劫。空气就像冷掉的肉汤一样浑浊厚重。

"这个房间里发现了四十名死者。"向导说。

"死因是？"

"窒息。"

"是军官吗？"

"有一个日本上尉，其他都是奴隶。"

在战争开始前，"奴隶"这个词对于劳伦斯·沃特豪斯来说就和

"箍桶匠"和"蜡烛商"一样早就过时了。但现在纳粹和日本人又复活了这个词,他时时刻刻都能听到这个词。战争真是不可思议。

他的眼睛开始逐渐适应了这间房间里昏黄的灯光。整个岩洞只由一个 25 瓦的灯泡照亮,四周的墙壁几乎吸收了所有的光线。

他能看到桌上摆着方形的东西,每把椅子前面都放着一个。他一开始以为那些是纸,确实,有一些是纸。但是等他逐渐能看清楚之后,他发现那是一些空心的木架子,上面排着各种组合模式的圆珠。

他摸出手电,拧开开关。手电只射出了一条油乎乎的烟组成的模糊黄色光柱,在他的面前翻滚盘旋。他走上前,挥去面前的烟雾,朝桌子弯下腰。

那是一个算盘,算珠仍然维持在某个计算的过程中。两英尺外又摆着一个算盘,然后又一个。

他转身面对那个士兵问:"算盘(abacus)的复数怎么说?"

"你说什么,长官?"

"是不是 abaci?"

"你说是什么就是什么,长官。"

"你的手下有人动过这些算盘吗?"

一阵议论。那个士兵跟其他人讨论了几句,然后派人分头去询问,其间还打了几个电话。这是个好兆头。有太多的人会直接答复:"没有,长官。"或其他任何他们觉得沃特豪斯想要听到的答案,这样沃特豪斯就永远不会知道他们说的是不是真话了。这个家伙似乎很明白沃特豪斯最需要一个诚实的回答。

沃特豪斯沿着那一列长桌徘徊着,双手小心翼翼地背在身后,凝视着这些算盘。大多数算盘旁都放着一张纸,或者一整本笔记本,还有一支铅笔。上面写满了数字。他能看到到处都是汉字。

"你们有谁看到奴隶的尸体了吗?"他问一名士兵。

"是的,长官。我帮他们把尸体搬出去的。"

"他们看着像菲律宾人吗?"

"不像,长官。他们看着像普通的亚洲人。"

"中国人、朝鲜人之类的?"

"是的,长官。"

几分钟后,答复传回来了:没有人表示自己碰过算盘。这是美国人在这个堡垒里最后抵达的房间,奴隶的尸体大部分都堆积在房间门口。日本军官的尸体压在最下面。门是从里面反锁的,这是一扇有点微微外凸的金属门,那是因为楼上的大火很快就把房间里的空气吸了出去。

"好的,"沃特豪斯说,"我要回到地上向布里斯班报告。我要像考古学家一样亲自仔细考察这个房间,确保没人会动房间里这些东西,尤其是算盘。"

第九十章 林 仙

第二天亚历杭德罗律师来探访兰迪，他们一边闲聊天气和菲律宾篮球联赛的话题，一边隔着桌子交换手写小纸条。兰迪给他的律师一张写着"把这张字条交给切斯特"的字条，然后又写了一张字条拜托切斯特翻翻那个旧箱子，把跟 ζ 函数有关的旧文件都找出来，想办法带给他。亚历杭德罗律师递给兰迪一张充满自我辩解但又沾沾自喜的字条，逐条列出了他最近在兰迪的案子上做出的努力。可能他原本是想让兰迪宽宽心，然而兰迪只是觉得他写的字条含糊得令人不安。他本以为到这时候该有些实质性进展了。读完字条，他怀疑地看向亚历杭德罗律师。对方做了个鬼脸，敲了敲下巴，代表"牙医"的意思，兰迪将其解读为那个亿万富翁正在阻挠亚历杭德罗律师的行动。兰迪又递给亚历杭德罗律师一张写着"把这张字条给艾维"的字条，接着递过一张字条拜托艾维查一查荣将军是不是"地穴"的客户之一。

之后的一个星期什么动静都没有。兰迪缺少他需要的关于 ζ 函数的信息，所以他这个星期没办法做真正的破译工作。但他可以为之后的工作先打好基础。《编码宝典》里面有大段大段的 C 代码，是用来做一些基础的密码分析操作的，但其中有很多是普通人写的代码（写得很差），而且也得重构成更新的 C++ 语言才行。于是兰迪就在干这件事。《编码宝典》里还描述了许多种可能会有用的算法，兰迪把那些也用 C++ 实现了一下。这些都是枯燥无味的活儿，可他也没有其他事干，而且做这种无聊琐事有一点好处，就是能让你熟悉数学里的每一点小细节。如果你不懂数学，就没法把它们写成代码。随着日子一天天过去，他的头脑越来越接近密码分析专家的头脑。他的密码破解函数库里日渐积累的代码记录了他的这一转变。

　　他和以诺克·鲁特养成了吃饭时和饭后聊天的习惯。他们两人自己的生活里都有不少劳心费神的事情要忙，所以一天中其他时间里他们互相并不理睬。通过逐条谈论过去里每一桩奇闻逸事，兰迪给以诺克讲述了自己至今以来的生活轨迹。同样的，以诺克也含糊地谈了一些二战时候的事，然后谈到生活在战后的英国是什么滋味，接着谈到 50 年代在美国的生活。显然他当过一段时间天主教神父，但因为某些事情被踢出了教会。他没有透露具体原因，兰迪也没追问。后面的事情就说得很模糊了。他提到他从越战时开始在菲律宾长时间逗留，这和兰迪的推测是符合的。如果老科姆斯托克真的让美国军队一寸寸搜索菲律宾的森林地带寻找"主库"，那以诺克肯定也想亲临现场，以便干涉或至少掌握他们的动向。以诺克还声称他一直在四处游走，试图把网络技术带进中国，但在兰迪听来那只是给其他事情打掩护的表面说法而已。

　　以诺克·鲁特和荣将军还有其他理由对彼此感到非常恼火，理解这一点并不难。

　　"比方说，如果我可以在这里扮演柏拉图的支持者，那你说的保卫文明到底是什么意思？"

"噢，兰迪，你知道我是什么意思。"

"是，但中国有文明，对吧？早就有了。"

"对。"

"所以也许你和荣将军其实是一边的。"

"要是中国的文明那么先进，那他们怎么没有任何发明？"

"什么——造纸，火药——"

"我指的是最近的一千年。"

"这可把我问住了。你觉得是为什么，以诺克？"

"这就好像二战时期的德国。"

"我知道30年代天才们都从德国逃走了——爱因斯坦，波恩——"

"还有薛定谔，冯·诺依曼，等等——但你知道他们为什么要逃亡吗？"

"还用说吗，当然是因为他们不喜欢纳粹啊！"

"但你知道到底为什么纳粹也不喜欢他们吗？"

"他们之中有很多是犹太人。"

"原因比反犹太主义更加深层。希尔伯特、罗素、怀特黑德、哥德尔，他们全都参与了将数学彻底打破然后重建的伟大工作。但纳粹们相信数学是一种英雄的科学，目的是将混沌转变为秩序——就像政治范畴里国家社会主义①应该做的那样。"

"好吧，"兰迪说，"但纳粹们不理解的是，如果你把一切打碎重建，这样的做法只会比原来更英雄。"

"没错。它带来新生，"鲁特说，"就像17世纪清教徒把从前的教义全部推翻，再从头一点点建立一样。我们一次又一次地见证泰

---

① 原文为 National Socialism, 德语 Nationalsozialismus, 缩写即 Nazism, 纳粹主义。

坦战争模式的重复——旧的神明被推翻，混沌归来，然而从混沌之中又诞生了同样的模式。"

"好吧。所以——再问一次——你谈论的是文明？"

"阿瑞斯总是会从混沌中再次出现，它永远不会消失。雅典娜式的文明赖以对抗阿瑞斯的力量的工具就是'墨提斯'，或技术。技术是建立在科学的基础上的。科学就像炼金术士的衔尾蛇，总是在持续不断地吞噬自己的尾巴。科学的进程无法进行，除非年轻的科学家能够自由地攻击并摧毁旧的教条，投身到眼前的泰坦战争中去。艺术和言论自由繁荣兴盛的地方，科学也会繁荣兴盛。"

"听起来有点目的论啊，以诺克。自由国家可以获得更好的科学，由此得到更强的军事力量，由此才能保卫它们的自由。你这是在宣布某种天定命运。"

"这个嘛，总得有人说出来才行。"

"我们不是已经超越那些东西了吗？"

"我知道你说这话只是想惹我生气。有时候，兰迪，阿瑞斯会被关进桶里几年，但从不会彻底消失。下一次他再出现的时候，兰迪，矛盾的中心将会是生物科技、微科技和纳米科技。谁会赢呢？"

"我不知道。"

"不知道难道没有让你有那么一点点不安吗？"

"瞧，以诺克，我已经尽力了——真的——但我现在不名一文，而且还被关在他妈的笼子里，好吗？"

"噢，别抱怨了。"

"那你呢？假如你回到你的地瓜田或随便什么地方，然后有一天你的铲子铛的一声铲上了某样东西，你突然挖到好几千吨黄金呢？你会把这些钱全投资到高科技武器研发里吗？"

不出意料，鲁特早有答案：金子是日本人从全亚洲偷来的，本打算用来支持大东亚共荣圈法定货币的发行。虽然不用说大家都知道，那些鬼子是整个地球历史上最臭名昭彰的浑球，但他们计划的一些方面其实也并非毫无可取之处。也就是说，虽然对于许多亚洲人来说生活还是会十分悲惨，但要是亚洲大陆的经济能跳到21世纪，或至少是20世纪的水平，并且能够维持一会儿，而不是每次哪个独裁者执掌中央银行的侄子失去对括约肌的控制力，废掉一整个主要货币的时候就崩溃的话，有很多人的生活水平会提高很多。所以拿一大堆金子去稳定货币状况是一种挺好的做法，而且考虑到这些金子是从谁那里偷来的，这也是唯一道德的做法——你总不能拿它去挥霍吧。兰迪觉得这个答案实在够复杂也够虚伪，而且和艾维在"寄生藤二号公司商业计划"最新版本里写的东西诡异地相似。

又过了几天后，以诺克·鲁特反过来问兰迪要是有几千吨黄金会做什么，于是兰迪提到了"大屠杀教育及规避方法信息库"。结果发现以诺克·鲁特对HEAP的事情有所了解，而且已经通过兰迪和"牙医"在群岛之间铺设的崭新通信网络上下载了它的众多修订版本。他认为HEAP和他关于雅典娜、埃癸斯等的理论是一致的，但也提出了许多难以回答的问题和尖锐的批评。

之后没多久，艾维本人前来探监，他没说几句话，但他向兰迪透露说没错，荣将军也是"地穴"的客户之一。在吉纳库塔跟他们一起坐在桌边的那些头发斑白的中国绅士（他们的大头照已经被兰迪笔记本上的针孔摄像机偷偷拍了下来），都是荣将军的得力副官。艾维同时还告诉他，法律上的压力减轻了，"牙医"突然拉住了安德鲁·洛布的缰绳，放宽了好些法律期限。艾维对沉船一字不提的事实似乎暗示着打捞行动进行得很顺利，或至少正在进行。

兰迪还在消化这些新闻，突然来了个新访客——不是别人，正是"牙医"本人。

"我猜你一定认为是我给你栽的赃。"休伯特·开普勒医生说。房间里只有他和兰迪两人,但兰迪知道最近的门外面就守着一大群助手、保镖、律师、复仇三姐妹和鹰身女妖或随便什么东西。"牙医"的表情带着一丝微微的笑意,但兰迪慢慢发现他其实非常严肃。"牙医"的上嘴唇总是卷着,或比正常的要短一些,导致他雪白的门牙总是微微暴露在外。他看起来要么有点像一只海狸,要么像是在不太成功地抑制一抹冷笑,取决于灯光照在他脸上的角度。连兰迪这样好脾气的人看到这张脸,都忍不住觉得它要是被拳头修理一顿看起来就会好得多。从休伯特·开普勒完美的齿列来看,很难说他到底是从小就一直被保护起来呢(自打第一颗恒牙从他的牙床里长出来就二十四小时把保镖带在身边),还是说他是因为对口腔外科矫形手术有非常强烈的个人兴趣才选择了这个职业。"我也知道你大概不会相信我,但我来是想说我跟机场发生的事情没有关系。"

"牙医"停下来注视了兰迪一会儿,但他们两人都不觉得有必要紧张地填补对话中的空白。于是在接下来这一阵漫长的暂停里,兰迪发现了"牙医"根本不是在笑,他的脸在自然静止的状态下就是这个样子的。光想象了一下从来无法摆脱这副要么像海狸要么像冷笑的样子,兰迪就禁不住打了个寒战。想想吧,爱人在你熟睡时凝视你,看到的却是这副样子。当然,如果传言可信,维多利亚·比戈自有收取报偿的方法,也许休伯特·开普勒这张讨厌的脸已经受到了应得的虐待和羞辱。想到这里,兰迪不禁微微叹了口气,感觉发现了一点轮回终有报的证明。

开普勒说兰迪不愿相信他嘴里吐出来的每一个字,这是绝对没错的。开普勒想要得到任何哪怕一丝信任,唯一的办法就是亲自到这间牢房来,面对面说这些话。考虑到此时此刻他本可以做的事——不管是为公为私还是两者兼顾——这让他的话变得颇有分量。

这暗示了如果"牙医"是想要对兰迪编造糟糕大胆的谎言,他大可以派他的律师来代劳,或者甚至给他发个电报。所以要么他是在说实话,要么他是在说谎,但让兰迪相信他的谎言非常重要。兰迪完全想不通"牙医"为什么要在乎兰迪是否相信他的谎话,而这就让他倾向于认为也许他真的是在说实话。

"那是谁给我栽的赃?"兰迪有点纯粹为问而问地问。他正写着一段相当了不起的C++代码,却突然被从牢房里揪出来跟"牙医"来了个惊喜会面,而他此刻感到的无聊和烦躁令他自己十分惊讶。换言之,他现在退回到了全面的书呆子状态,其强烈程度只有他早年在西雅图写游戏代码的时候才能与之媲美。他目前这种狂热书呆子化的深度和复杂度很难让外人明白。从脑力活动水平上来说,他现在是正拿着半打点着的火把、明代花瓶、活生生的小狗和开动的电锯玩杂耍。在这种心态下,他没法让自己在乎面前这个手眼通天的亿万富翁花了不少力气来跟他面谈。所以他问出了上面的问题,仅仅是作为一种敷衍的手段,潜台词其实是我希望你走开,但最低限度的社交礼貌要求我得说些什么。"牙医"在社交无能方面也是一把好手,所以他马上把这个问题当作真的是要求信息,回答了起来。"我只能猜测你和某个在这个国家权力很大的人闹了矛盾。看起来,某人正在试图给你传递一条——"

"不!停,"兰迪说,"别说出来。"休伯特·开普勒疑惑地看着他,于是兰迪继续道:"所谓信息的理论根本说不通。"

有那么一会儿,开普勒看起来真的很困惑,然后真的微微咧嘴一笑:"好吧,这显然不是为了除掉你,因为——"

"显而易见。"兰迪说。

"是的,显而易见。"

又一段漫长的沉默,开普勒似乎有些不知所措。兰迪弓起背,伸了个懒腰。"我牢房里的椅子太不符合人体工学了。"他说。他抬起双臂，动了动手指头。"我的腕骨又要开始疼了，我能感觉到。"

兰迪说这话的时候密切观察着开普勒，现在"牙医"脸上露出了毫无疑问的震惊表情。"牙医"只有一种面部表情（就是之前描述过的那种），但它的强度会变化，那个表情会根据他的情绪变得更强或更淡。"牙医"的表情证明了在此之前，他完全不知道兰迪被允许在牢房里使用电脑。在"试图弄明白到底他妈怎么回事"这件事上，电脑是最最关键的一项资料，然而开普勒竟然在这之前对此一无所知。所以不管"牙医"到底在乎到什么程度，他现在可得好好考虑一下了。那之后不久他就告辞了。

不到半小时后，一个扎着马尾辫的二十五岁左右的美国小伙子来跟兰迪简短地见了一面。他在西雅图为切斯特工作，刚刚坐着切斯特的私人飞机横跨太平洋，从机场出来就直接来了这里。他十分聒噪，像地狱里逃出来的蝙蝠一样，说话根本停不下来。突然坐着一个富豪的私人飞机横跨海洋，这段美妙的经历给他留下了很深很深的印象，他显然需要找个人分享激动的心情。他带来了一个"补给包"，里面的内容包括一些垃圾食品，几本烂小说，一瓶兰迪见过的最大的胃药，一台CD随身听，和一沓摞成立方体的CD。这家伙一直在念叨电池的事情。有人告诉他要带许多额外的电池，于是他就带了，果不其然，在机场行李员到海关检查员之间的路上，所有的电池都消失了，只剩下他揣在自己又长又松的西雅图垃圾摇滚男孩式短裤里的一包。西雅图到处都是这样的人：他们大学毕业的时候扔了枚硬币（正面去布拉格，反面去西雅图），然后就来到西雅图，以为他们年轻又聪明，就能找到工作开始赚钱。然后不像话的是，他们的期待还真的实现了。兰迪无法想象一个这样的人眼中的世界是什么样的。他花了很大工夫才摆脱这个人。这家伙也抱有一种（越来越惹人烦的）普遍的先入之见，觉得就因为兰迪在坐牢，他就没有自己的生活，除了和访客会面之外也没有其他事好做。

回到自己的牢房后，兰迪拿着随身听盘腿坐到床上，开始像玩单人纸牌一样把CD摆开。选集的组合颇为合理：一套两张碟的勃兰登堡协奏曲，一张巴赫管风琴赋格曲集（书呆子们对巴赫有种特殊的偏爱），几张路易斯·阿姆斯特朗，几张温顿·马沙利斯[①]，然后是落锤系统出品的各种CD——那是一家位于西雅图的唱片公司，切斯特是它的主要投资人之一。它是一家第二代西雅图乐坛唱片公司，签下的艺人全都是大学毕业以后来到西雅图的年轻人，他们来这里寻找传说中的西雅图乐坛，却发现它其实并不存在——所谓乐坛只是几十个到彼此的地下室里坐着弹吉他的人而已——于是他们被迫要么打道回府颜面扫地，要么选择凭空捏造他们想象中的西雅图乐坛。这催生了许多小型音乐俱乐部，许多乐队也成立了。他们的根基不是任何真实存在，而仅仅是反映了全球各地聚集到西雅图来寻找这虚幻桃源的年轻人的梦想与抱负。乐坛的这第二代浪潮遭到了原先那二十来个人里还没死于药物过量或自杀的人的强烈诟病。于是出现了一波抵制运动，然而抵制达到最高潮后大约三十六小时，又出现了一波抵制抵制的运动，主角是年轻的移民们，他们为自己天真地来到西雅图结果发现乐坛根本不存在，于是不得不自己创造乐坛的独特文化身份要求合法权利。怀着这份信仰，加上他们自己充斥着力比多的旺盛精力，再加上几个觉得这整件事简直后现代得引人入胜的评论员，他们成立了一大批第二代乐队，甚至还成立了几个唱片公司。而落锤系统就是其中唯一一个在六个月内既没有倒闭也没有被洛杉矶或纽约的大唱片公司全权收购的公司。

[①]两人均为美国爵士音乐家。

所以切斯特决定将他引以为傲的落锤公司最新作品选集送给兰迪。切斯特固执地选的几乎全是那些甚至不在西雅图，而是在北卡罗来纳州和上密歇根过于嬉皮的小型大学城里的乐队。不过兰迪也发现一张显然是西雅图本地乐队的CD，乐队名叫虚空达尔[①]。之所以说显然，是因为CD背面是一张模糊的几个乐队成员在喝大杯拿铁咖啡的照片，咖啡杯上印着一个连锁咖啡馆的商标，而据兰迪所知，这家咖啡馆还没有走上其他西雅图公司那条不出意料到令人厌烦的老路，摆脱城市范围的束缚，碾碎前进道路上的一切走向全世界。虚空达尔碰巧是从前兰迪、艾维和切斯特这群人玩角色扮演游戏那会儿，游戏里一个十分重要也格外邪恶的地狱神祇的名字。兰迪打开CD盒，立刻注意到里面的碟片是母带的金色，而不是唱片副本通常的银色。兰迪将金色母带放进随身听，按下播放键，立刻听到了还说得过去的后柯本时代音乐，经过了基因工程改造，与人们传统印象中的西雅图风格丝毫没有相似之处，却也正是当今西雅图音乐的典型。他又跳了几首歌，然后突然一边骂一边把耳机扯了下来，因为随身听正试图把一串表示非音乐内容的纯数字信息翻译成声音。那感觉就好像被针状的干冰戳穿了耳膜一样。

兰迪把金色碟片拿出来，放进了他笔记本电脑内置的CD-ROM光驱里。碟片里面确实有几个音频文件（他之前也发现了），除此之外几乎全部被电脑文件占满。里面有几个目录，或者叫几个文件夹，每个文件夹的名字都是他祖父的箱子里的一份文件。每个目录下面都是一大串文件，文件名为第001页.jpeg，第002页.jpeg，依此类推。兰迪开始打开这些文件，用的是他读《编码宝典》的那个网络浏览软件，他发现它们全都是扫描图片。显然切

[①] 原文为Shekondar，在史蒂芬森其他小说中也有出现，均有不同含义。此处音译。

斯特让一群手下把那些文件拆开，一页一页地"喂"给了扫描仪。与此同时，他一定还让某些大概是通过落锤公司认识的平面设计师仓促地搞了这份假的虚空达尔专辑封面。CD 盒里甚至还带了衬页，印着虚空达尔乐队的演唱会照片。它其实是对后西雅图乐坛的西雅图乐坛的戏仿，完全符合一位像其他所有人一样也梦想着搬去西雅图的菲律宾机场海关检查员心中对西雅图的不实想象。主音吉他手的样子看上去有点像是戴了假发的切斯特。

搞这么多瞒天过海的小动作其实没什么必要。切斯特直接把那些他妈的文件用联邦快递寄到监狱来估计都没啥问题。然而坐在华盛顿湖边的房子里的切斯特心里有一套对马尼拉的错误猜想，就像半个世界也都抱着对西雅图的错误印象一样。至少这一切让兰迪在埋头钻研 ζ 函数之前乐呵了一下。

提一句力比多的事：兰迪已经三个星期左右没发泄过了。之前他刚要解决这个问题，结果一位高智商超敏锐的前天主教神父突然住进了他隔壁牢房，睡在离他六英寸远的地方。打那时候开始，手淫这类事情基本没啥指望了。虽然兰迪并不真的相信任何神明，然而他一直在虔诚地祈祷能来一场梦遗。他的前列腺现在都涨得像个棒球一样大一样硬了。他每时每刻都能感觉到它的存在，并且已经开始在脑子里把它称为他的"一团火热的爱"。兰迪以前因为长期过量饮用咖啡导致前列腺有点问题，害得他乳头以下膝盖以上的部位都疼。泌尿科医生解释说，你的小兄弟在神经上跟你身体上几乎所有其他部分相连，而他不必动用任何修辞手段或举出任何具体论据，兰迪就相信他说的话。兰迪从那时起就一直相信，男人能够对交配这件事具有一种愚蠢的痴迷，在某种程度上是上述线路图的反映。当你准备将自己的遗传物质馈赠给外部世界的时候，即你的"枪"上好膛蓄势待发的时候，连你的小拇指和眼皮都会知道这一点。

所以兰迪无时无刻不在想艾梅丽卡·沙夫托——他所选择的性目标——也是合情合理的，而（火上浇油的是）她最近大概有很长时间都会穿着紧身潜水服。以诺克·鲁特被关进来的时候，这正是他思考的方向。但从那之后，显然他需要拿出钢铁般的意志力，一点也不能想艾米。从脑力活动水平上来说，他不仅正拿一堆电锯和小狗玩杂耍，还在走一根钢丝，钢丝的尽头就是破解"林仙"拦截信息。只要他眼睛盯紧目的地，一步一步往前走，他就能走到。穿紧身潜水服的艾米则是在下面的某个地方，无疑也在试图提供情感上的支持，然而哪怕往她的方向看上一眼，他也会粉身碎骨。

他现在正在读的是一组学术论文，日期可追溯到20世纪30年代和40年代早期。论文里到处是他爷爷画的标记，显而易见，他把里面任何可能在密码学方面派上用场的东西都找了出来。爷爷的目的如此明显，这对兰迪来说是件好事，因为他对纯数论的理解只能算得上勉强及格。切斯特的手下不光扫描了这些文件的正面，还扫描了反面——那里原本是空白的，但爷爷在上面做了很多笔记。例如里面有一篇艾伦·图灵写于1937年的论文，劳伦斯·普里查德·沃特豪斯显然在里面找到了一些错误，或至少是某些图灵论述得不够详细的地方，让他不得不写上好几页评注。一想到自己竟然胆大包天地参与了这样的纸上交流，兰迪全身的血都变凉了。当他意识到他的智力水平到底有多么欠缺时，他关掉电脑，爬上床去，陷入了整整十个小时抑郁症患者那种毫无用处的睡眠。最终他说服自己这些论文里大多数废话应该和"林仙"并无直接关联，他只需要保持冷静，仔细筛选材料。

两星期过去了。他关于"一团火热的爱"的祈祷灵验了，这给了他至少几天的时间放松一下，允许艾米·沙夫托的概念进入他的意识，尽管是以一种苦行僧般不带任何激情的方式。亚历杭德罗律师偶尔会过来,告诉兰迪事情进展不太顺利,意料之外的阻碍出现了。他本来打算收买的那些人全都已经被某个人提前收买了。这些会面对兰迪来说非常乏味,因为他觉得自己已经把事情看明白了。首先,引起这一切的不是"牙医",而是荣将军,所以亚历杭德罗律师一开始行动的方向就是错的。

以诺克在给飞机上的兰迪打电话的时候说过,他在国安局的老朋友正在为"地穴"的客户之一工作。现在看来,那位客户应该就是荣将军。因此荣将军知道兰迪手上有"林仙"。荣将军相信"林仙"拦截里有关于"主库"位置的信息。他想让兰迪破解信息,好让他知道在哪儿挖坑。所以才要安排笔记本电脑这一套。

亚历杭德罗律师所有释放兰迪的努力都会落空,直到荣将军得到他想要的信息——或他以为自己得到。然后突然间冰层就会破裂,兰迪会出乎意料地依据某种法律被释放。兰迪对这一切如此深信不疑,以至于他觉得亚历杭德罗律师的探访很烦人。他想要把情况解释清楚,让亚历杭德罗律师别再继续干徒劳无功的事,也别带来这些越来越绝望又无聊的进展报告了。然而荣将军十有八九也在监视他们的律师和客户会面,那样的话他就会知道兰迪已经看穿了大局,而兰迪并不想让荣将军知道这一点。所以他点头捱完和律师的会见,为了保险起见,回去之后他还努力装出困惑沮丧的语气把进展告诉以诺克·鲁特。

从概念上来讲,他现在来到了当初他祖父开始破解"林仙"信息的那一步。也就是说,他脑子里对"林仙"的原理已经有了一套理论。就算他不知道具体的算法,也至少知道是哪一类的算法,这就让他的搜索范围比之前小了好几个数量级。少得可以用现代计算机来探索,这是毫无疑问的。他进行了一段长达四十八小时的连续不断的黑客行动。他的手腕神经损伤已经严重到了火花几乎要从他指尖迸射出来的地步。他的医生告诫过他不要再用这些不符合人体工学的键盘工作。他的视力变得衰弱,他不得不将屏幕的颜色变成黑底白字,并且随着他眼睛聚焦能力的减退不断将字体调大。但是终于他做出了某种他觉得可以成功的东西,于是他将它启动,让它运行处理"林仙"拦截信息。这些信息一直躺在电脑的存储器里,但从未在屏幕上显示过。然后他睡着了。等他醒过来的时候,电脑通知他说得出了其中一条信息的可能破译结果。实际上是三条信息,全都是1945年4月4日拦截到的,所以是用同一份密钥流加的密。

和人类译码员不同,电脑并不会读英语。它们甚至无法辨认英语。它们可以以惊人的高速吐出可能的破译结果,然而给它们两条字符串,例如

SEND HELP IMMEDIATELY(立刻派遣支援)

和

XUEBP TOAFF NMOPT

它们本身并没有能力辨认出第一条是成功的破译结果,而第二条是失败的。但它们可以对字母进行频率统计。如果电脑发现E是最常出现的字母,接着是T,等等等等,那么很可能这段文字是某种自然人类语言,而不仅仅是胡言乱语。利用这个办法和另外一些稍微复杂点的检测,兰迪编写出了一套理论上说应该能力不凡的辨认成功结果的程序。而这套程序现在告诉他,今天早上,1945年4月4日的信息破解出来了。兰迪不敢让破解出的信息显示在屏幕上,以免里面包含荣将军想要的消息,所以他再怎么迫不及待也不敢直接读这些信息。但是通过一个叫作grep的命令,他可以不打开文本文件就对里面的内容进行搜索,由此他至少确认了"马尼拉"这个词在其中出现了两次。

以这次的破解结果为基础,只消几天工夫兰迪就彻底解开了

"林仙"。换言之，他算出了 A(x) = K 的公式，给他任意日期 x，他就能算出当天的密钥流 K。为了证明，他让电脑计算出 1944 年和 1945 年每一天的 K，然后用它们来破解在这段时间之内拦截到的"林仙"信息（并没有把结果显示在屏幕上），再对它们进行频率统计，验证出每一条信息都确实成功破解了。

于是现在他已经破解出了所有信息。但他无法阅读这些信息而又不把其中内容泄露给荣将军。现在，到了阈下信道出场的时候了。

在密码学术语里，阈下信道指的是将秘密信息悄悄嵌入另一串信息流的把戏。通常它意味着操纵图片文件里最不起眼的比特来传递文本信息这类的做法。兰迪在狱中辛苦劳作的时候从那里汲取了灵感。是的，他一直在做破解"林仙"的工作，这个过程包括摆弄不计其数的文件和编写许多代码。他这几个星期以来阅读、新建、编辑过的不同文件可能数以千计。它们的窗口上都没有标题栏，所以通过屏幕辐射窃密监视他的人估计很难搞得清哪个是哪个。兰迪可以在一个窗口里输入文件名，按下回车来打开一个文件，而这一切发生得那么快，监视人员很可能来不及读到或理解他输入了什么，文件名就会消失。他觉得这一点可以让他有一些回旋的余地。他在背景里留了一条阈下信道：编写了其他一些跟破解"林仙"完全没关系的代码。

他的点子来自翻阅《编码宝典》时发现的一条包含有摩尔斯电码列表的附录。兰迪在当童子军的时候就懂摩尔斯电码，几年前考业余无线电执照的时候又学了一遍，重新唤回记忆用不了多长时间。同样，他也不需要多久就写了一点代码，把电脑的空格键变成了一个摩尔斯电码按钮，让他可以通过用拇指按出点和横来与机器谈话。这样做看起来本来有点明显，幸而兰迪一半的时间都在读屏幕小窗口里的文本文件，而在大多数 UNIX 系统上，文本文件翻页的方法就是敲击空格键。他只需以某种特定的节奏敲击键盘即可——希望监视人员不会注意到这个小细节。输入的结果都会进入一个从不在屏幕上显示的缓冲区，再被写进标题毫无意义的文件里。所以，举例来说，兰迪可以在假装阅读《编码宝典》冗长的一章时用空格键敲出以下节奏：

—… ..— —. —.. ——— —.—

拼出来的结果应该是"班多克（BUNDOK）"。他并不想把生成的文件在屏幕上打开，但晚一点，在他输入一长串其他密码信息的时候，他可以输入

grep 多（毫无意义的文件名）-（另一个毫无意义的文件名）

grep 就会在第一个名字的文件里搜索，看看里面是否有包含"多"的字符串，并将结果写入第二个名字的文件，让他过很久之后再去查看。他还可以试试"grep 班"和"grep 克"，如果以上查找结果都是有效的，那么他就基本可以确信他成功地把"班多克"这个字符串输入到了那一个文件里。用同样的方法，他可以在另一个文件里写入"坐标"，再在另一个文件里写入"纬度"，还有许多不同的数字也都写进不同的文件，最后再用一个叫作"cat"的命令，慢慢将这些只包含一个词的文件合并成更长的文本。做这一切需要不可思议的耐心，跟（打比方说）用茶匙挖隧道越狱或用指甲锉磨断铁栏杆一样。但他在监狱里待了大约一个月的时间后，这样的时刻终于到来：突然他可以让一个窗口出现在屏幕上，里面包含如下信息：

主储藏库位置坐标
班多克藏点：北纬十四度三十二分
……东经一二零度五十六分

马卡蒂藏点：（下略。）
黄金乡藏点：（下略。）

这些全都是他随手瞎编的。马卡蒂藏点的坐标他写的是马尼拉一家豪华酒店的位置，酒店位于一个十字路口，那里是一座日本空军基地的旧址。兰迪电脑里碰巧有它的位置，是因为他刚刚来马尼拉给寄生藤公司的天线做 GPS 调查工作的时候记录过。黄金乡藏点给出的坐标就是他和道格·沙夫托去查看的那一堆金条的位置，加上一个很小的随机误差因子。而班多克藏点则是各各他的真实坐标，再加上几个随机误差因子，理论上会让荣将军在距离真正藏点大约二十公里的地方的地面上挖个大洞。

兰迪怎么知道有一个藏点叫作各各他，他又是怎么知道它的真实坐标的呢？是他的电脑用摩尔斯电码告诉他的。电脑键盘上有一些基本没用的 LED 灯：一盏是表示小键盘锁定打开的，一盏是表示大写锁定打开的，第三盏的作用兰迪甚至不记得了。仅仅基于"电脑的各个部分都应该受黑客控制"这一条普遍信仰，某地的某人写了一些叫作 XLEDS 的库程序，让程序员可以任意打开或关闭这些 LED 灯。这个月以来，兰迪一直在编写一个小程序，利用这些程序操控其中一盏 LED 灯，用摩尔斯电码输出一个文本文档的内容。在浏览电脑屏幕上各种无用垃圾信息作为伪装的同时，兰迪其实一直缩在那里盯着一闪一闪的 LED 灯这个阈下信道看，阅读破解出来的"林仙"拦截信息的内容。其中一条信息写道：

主库代号为各各他。主巷道坐标如下：北纬（下略。）

第九十一章　地下室

在历史的这个时间点上（1945年4月），人们还用"计算员(computer)"这个词来指代那些坐着进行数学运算的人。沃特豪斯刚刚找到了一整屋死去的计算员。任何一个神志清醒的人——除了沃特豪斯和他布莱切利园的古怪朋友们，比如图灵——若是看到这一幕，一定会觉得他们是会计或类似职务的人员，而他们正在各自完成自己的计算任务。沃特豪斯确实应该接受这种看法，因为这实在是太明显不过了。但是从一开始他就已经做出了一个假设，一种更加有趣而特别的看法。

那就是，这些奴隶是作为一个整体工作的，如同大型计算机器里的齿轮般，每一个人都负责进行这个复杂运算中的一小部分：从上一个计算员手中接过数字，进行一些运算，得到新的数字，然后传给下一个计算员。

中央局已经查清了其中五个死去奴隶的身份。他们来自西贡、新加坡、马尼拉和爪哇等地，但都有两个共同点，一个是华裔，一个是店铺掌柜。显然，日本人在整个共荣圈里撒下了一张大网，专门将这些使用算盘的高手搜罗到马尼拉湾的这个小岛上来。

劳伦斯·沃特豪斯在马尼拉废墟里也找到了一名计算员，一位姓顾的先生，他那小本进出口买卖在战时根本没法做（美军会击沉任何离开或靠近这个小岛的船只，这还怎么做生意）。沃特豪斯向顾先生展示了死去的计算员们留在桌上的算盘的照片。顾先生不仅告诉了他这些珠子的位置代表了什么数字，还花了几天给沃特豪斯上了几堂珠算基础课。沃特豪斯从中了解到的最重要的内容其实不是珠算技巧，而是像顾先生这样的计算员可以利用算盘做出多么迅速且精准的运算。

这时，沃特豪斯已经将整个问题简化成了纯数据，一半储存在他的脑子里，一半摊开在他的桌面上。这些数据包括所有那些被计算员遗留下的草稿纸上的内容。通过匹配草稿纸上的数字和算盘上的数字，想要还原出灾难降临那一瞬间他们正在进行的运算并不是一件十分困难的事——毕竟，按照战时标准，就连将数千士兵和数吨装备运送到这个远洋小岛，并在只折损了几十名士兵的情况下将它从重重武装的自杀性日本部队的手中解放出来，也只能算是"简单"。

据此他们可以（尽管过程很艰难）推断并计算出他们为了得到算盘上的数字所使用的算法。沃特豪斯已经看熟了好几个计算员的笔迹，而且也能证明这些草稿纸确实是从一个计算员传到下一个计算员再到下一个计算员的。有些计算员的桌上还摆着对数表，这也是一个非常有用的线索。这样一来，他就能绘出整个房间的地图，每个计算员都给上数字标号，用箭头指示出他们之间交流的网络，还有草稿纸和数据的流向。这张图让他能够对这个运算整体产生一个直观的观感，使他能够重现当时在这个地下室里进行的活动。

几个星期以来他得到的都是一些零散的线索，直到一天晚上，劳伦斯·沃特豪斯突然茅塞顿开，他从心底里感觉到，自己就要解开这个谜了。他连续工作了二十四个小时。这个时候他已经收集到了大量数据，且这些数据都契合他的假设，即这种运算是 ζ 函数的变体。他睡了六个小时，又爬起来，这次他工作了三十个小时。在他确认这毫无疑问是 ζ 函数的某种形式之后，他也算出了它的某些常量和项。他就要碰到谜底了。然后他睡了十二个小时，起床，在马尼拉逛了一圈醒了醒脑，然后又回去连续奋战了三十六个小时。现在剩下的这些都是趣味部分了，当那些你煞费苦心从碎片中拼凑出来的最大的那几块拼合在了一起之后，突然之间，一切都变得明明白白。

最后，所有的答案汇成了写在纸上的一个方程。他看着那个方程，心中涌起一种古怪的怀旧之情，因为这正是当年他在普林斯顿与艾伦和鲁迪一起研究过的同类方程。

他又睡了一觉，因为在完成最后的工作时他必须保持清醒。

最后的工作如下：他来到马尼拉一栋建筑的地下室里。这栋建筑如今成了美军信号情报总部，他是全世界屈指可数的能够进入这个特殊房间的人员之一。这个房间占用了地下室整层面积的四分之一多一点，同一层还有另外几个房间。有些房间比它还大，有些房间则作为某些制服上的军阶比沃特豪斯高的军官的办公室。但是沃特豪斯的房间有些与众不同：

（1）无论什么时候，都会有至少三名海军陆战队员徘徊在房间的正门口，端着霰弹枪和其他近距离杀伤武器。

（2）房间里连着许多电缆，它有自己独立于整栋大楼电力系统的保险丝板。

（3）房间里总是发出低沉但震耳欲聋的、有韵律的噪声。

（4）这个房间被称为"地下室"，尽管它只是地下室的一部分。当写下"地下室"这个词时，需要首字母大写。如果某人（比如厄尔·科姆斯托克中校）需要说出这个词时，他会在句子的一半突然刹住，以至于他前面吐出的单词会像撞车时的火车车厢一样一个撞在前一个上。实际上，他会用长达一整秒的停顿作为括号括起"地下室"这个词。在这停顿之中，他会先抬起眉毛，同时皱起嘴唇，改变整张脸的纵横比，使得那张脸看上去在垂直距离上无比细长。他会用眼睛扫射周围，确认没有从最近那场灾难中漏网而出的日本间谍正藏在他余光的死角里。然后他会吐出"地"字，接着是拖长了声音的"下"，最后是清脆而一丝不苟的"室"。然后又是长达一整秒的停顿，在这期间他会将头凑近对方，露出一种严肃的探询表情，似乎想要从对方身上得到某种口头或肢体语言上的确认，那就是他们刚刚交流了一件彼此心照不宣而事关重大的机密。然后他才会继续说完句子后面的部分。

沃特豪斯朝陆战队员点点头，其中一人帮他拉开了门。在地下室建成后曾发生过一件趣事，那时它还只是一堆木箱和一捆32英尺长的下水管，电工们还在鼓捣电线：厄尔·科姆斯托克中校想要进去视察地下室，但是由于一个文书失误，厄尔·科姆斯托克中校的名字不在准入名单上，因此招来了一场是非，甚至到了其中一名陆战队员拔出他的柯尔特点四五、拉开保险栓、上膛、直接将枪口顶在了科姆斯托克的右大腿上，并通过回忆他自己在塔拉瓦亲眼看见过的大腿开花的场景来警告科姆斯托克如果这么大一枚铅弹穿过他的大腿骨会给他带来什么短期或长期的后果。然而令每个人都大惑不解的是，科姆斯托克对这次的遭遇十分满意，简直满意极了，以至于他后来逢人就说。当然，现在他的名字已经在名单上了。

地下室里装满了ETC卡片机，还有几台没有商标的机器——因为它们很大程度上都是由劳伦斯·普里查德·沃特豪斯在布里斯班自己设计完成的。正确组装在一起之后，它们就成了一台数字计算机。像管风琴一样，数字计算机是一台可以通过改变其内部结构变化成任何一种不同类型机器的元机器。此时此刻，全世界只有劳伦斯·普里查德·沃特豪斯一人对数字计算机的了解深入到可以去改动它的内部结构，尽管他正在着手训练几名科姆斯托克手下的ETC员工学习这个。这一天，他将这台数字计算机变成了运算ζ函数的机器，因为他认为这正是被称为"天蓝"或"河豚"的这个密码系统的核心谜题。

这个函数需要输入一些数值，其中一个是日期。"天蓝"是用来生成每日一换的一次性密码本的系统，而他在那些算盘奴隶死去的房间里得到了一些旁证，在他们死去的那一刻，他们正在计算1945年8月6日——也就是四个月后的一次性密码本。沃特豪斯按照欧洲的书写惯例将日期记为（日期，然后是月份）06081945，去掉打头的0，即得到6,081,945，一个单纯的数字，不带小数点的整数，没有舍入的误差，没有任何数论学者最厌恶的模糊性。他将这个数字输入ζ函数。ζ函数还需要其他一些数值，那是由开发出这套密码系统的设计者（假设是鲁迪）自由选择的。猜测鲁迪会选用什么数值是沃特豪斯上个星期主要思考的内容。总之他输入了他猜测的数字，只是将它们转换成了二进制，再将这一长串1和0具现化成一排不锈钢扳动开关：往下是零，往上是一。

随后他戴上他的炮兵护耳，让那台数字计算机轰鸣着计算起来。房间里更热了。一个电子管烧了，然后又烧了一个。沃特豪斯换掉了它们。这并不费事，因为科姆斯托克中校一直向他提供近乎无限的电子管库存——在战争时期看来可不寻常。这些集中管中的灯丝热得发红，向房间里辐射出明显可感的温度。热油的气味从ETC卡片机的散热孔里逸出，输入卡箱里的一大堆空白卡片正在急剧减少，消失在机器中。一张又一张的卡片从输出口射出来，沃特豪斯拿起卡片，心脏怦怦直跳。

一切又安静了下来。卡片上只印着数字，别无其他。只不过那些数字碰巧与死去的奴隶计算员们身边算盘上的数字一模一样。

劳伦斯·普里查德·沃特豪斯刚刚又破解了敌军的一套密码系统："天蓝／河豚"现在已经是悬挂在"地下室"墙上的战利品了。然而，看着这些数字，他的心中又升起了那种熟悉的失落感——就像一名在非洲追逐传说中的怪兽的王牌猎手，当他最终一枪正中那只怪兽的心脏，走近尸体，发现那不过是一大坨乌七八糟的肉时所感到的失落。它的尸体那么脏，上面群蝇飞舞。这就是全部了吗？他为什么没能早点解决这玩意儿？现在所有的"天蓝／河豚"情报都能被破译出来了。他得一一读过它们，而上面不过写满了巨大官僚机构关于征服世界的老生常谈。老实说，他再也不在乎了。他只想快点离开这鬼地方，结婚，弹管风琴，给他的数字计算机编程，要是能找到谁为其中的某一件事向他支付薪水就更好了。但玛丽还在布里斯班，战争还没有结束——老天，我们甚至还没来得及打进日本呢，占领那里感觉需要花上一辈子，因为那些勇敢的日本妇女儿童会在足球场上挖出插着尖竹竿的陷阱——看起来他得到1955年才能退役了。战争还没有结束，而只要战争继续，他们就还需要他留在"地下室"里，重复他刚刚完成的工作。

"林仙"。他还没有破解"林仙"。那才称得上是个密码系统呢！但他太累了。他现在没法破解"林仙"。

他真正需要的是和某人谈谈。不必深谈什么话题，只是聊聊。但在这个星球上能和他聊聊的人不超过六个，而且他们没一个在菲律宾。幸好海底埋着长长的铜线，使得地理上的距离不再遥远，只要你有使用它们的权限。沃特豪斯正是如此。他站起身，离开了地下室，准备和他的朋友艾伦聊聊。

第九十二章 秋叶原

兰迪的飞机降落在成田机场时，一层低云如同丝绸面纱般遮蔽在乡村的上空。一眼就能知道这里一定是日本：这里只有两种色彩，运土机的橙色和尚未被运走的土地的绿色。除此之外，一切都是黑白的：灰色的停车场被白线分割成四方块，四方块上停着黑色、白色或灰色的车，渐渐延伸至航空合金色天空下银色的迷雾中。日本是令人宽心的，对于一个刚刚被从牢房里叫醒，拽到法官面前，被狠狠斥责一顿，开车送去机场并驱逐出菲律宾的人来说，这是个不错的目的地。

日本人看起来比美国人更像美国人。中产阶级的繁荣就像宝石工艺。现金流将一个人的棱角打磨平滑，正如河水打磨河床里的石头。这类人的终极目标仿佛就是让自己尽可能地和蔼可亲，不具威胁性。姑娘们尤其可爱，尽管兰迪会这么觉得可能只是因为他的大脑和小兄弟之间那令人烦恼的神经连接。老年人不是饱经风霜令人敬畏的样子，而是喜欢穿球鞋戴棒球帽。黑色皮革、铆钉和用来做饰品的手铐是无权无势的下层阶级的标志——那些在马尼拉更可能沦落到监狱里的人，而不是真正统治世界，神挡杀神佛挡杀佛的人。

"大门即将关闭。""巴士将在五分钟后发车。"在日本，所有事情发生之前一定会有一个带着气音的活泼女声让你提前有所准备。可以十分肯定地说，在菲律宾可不是这样的。兰迪考虑了一下要不要搭公车进东京，直到他恢复理智，想起来他脑袋里现在有一组很可能藏有不下一千吨黄金的矿坑的精确坐标。他叫了辆出租车。进城的路上，他路过了一起交通事故：一辆油罐卡车越过了白线，翻在了路肩上。然而在日本，连交通事故都有着古老的神道教仪式那种庄严的精确性。戴着白手套的警察指挥交通，穿着宇航服一样的连身工作服的救援人员从一尘不染的救护车上下来。出租车横穿东京湾，走的是三十年之前后藤工程公司建造的一条海底隧道。

兰迪最后住进了一家老旧的大酒店，"老旧"指的是酒店的物理结构是50年代建造的，那时候美国人和苏联人比着赛用最让人抑郁的工业材料建造最野蛮粗糙的太空时代建筑。确实，你可以轻易想象得出艾森豪威尔总统夫妇开着五吨重的林肯大陆停到这家酒店门前的画面。当然，酒店内部被拆除重新装修的次数比许多酒店蒸洗地毯的次数更多，所以一切都是完美无瑕的。兰迪感到一股强烈的冲动，想像一袋垃圾一样瘫倒在床上，但他已经受够了被圈在室内。他可以给很多人打电话，但他现在对电话通信私密性的不信任已经达到了顶峰。他所说的每一句话都会被审查。无拘无束地自由交谈是娱乐，小心翼翼地交谈则是工作，而兰迪现在不想工作。他给父母打了个电话报平安，然后又打电话给切斯特向他致谢。

然后他拿着笔记本电脑下楼，在酒店大堂里坐下。以东京的标准来看，大堂简直宽敞得铺张浪费。光是大堂底下的土地的价值估计就已经比一整个科德角[①]还贵了。在这里拿着屏幕辐射窃密天线的

[①]美国马萨诸塞州的旅游胜地。

人根本连靠近他都做不到,而且就算他们能做到,附近服务台的电脑也会造成大量干扰。他开始点饮料,在冰冷刺骨的浅色日本啤酒和热茶之间轮换,一边写了一份备忘录,大概解释了一下他上个月都完成了什么事情。

他写得很慢,因为他的双手现在被腕管综合征害得几乎不能动,任何一点类似打字的动作都会引起极大的痛楚。最后他到前台讨了支铅笔,用它一头的橡皮擦一次一个地戳键盘。他在备忘的开头写了个"腕",这是他们之间的一个小暗号,用来解释为什么接下来的文字似乎格外简洁,而且没有区分大小写。他刚打出这个字,就有一个特别可爱又不安的年轻和服姑娘走过来,告诉他商务中心有一队打字员随时待命,如果需要帮助尽可以叫他们来。兰迪在自己的能力范围内尽可能礼貌地拒绝了她,然而很可能并不够礼貌。和服女孩踩着小碎步退开,一边鞠躬一边一迭声地回答了一串短促的"嗨"。兰迪转回去继续用铅笔工作。他尽可能简明扼要地解释了一下他之前在做什么,以及他对荣将军和以诺克·鲁特的推测。关于"牙医"那边到底怎么回事这个问题,他就留下空间给大家猜测了。

写完之后,他将文件加密,然后上楼回房间去发电邮。他简直无法适应这个干净的居住环境。床单就像是用螺丝拧紧在床垫上,然后还上过浆。这是一个多月以来头一次没有下水道里温暖潮湿的臭气钻进他的鼻孔,没有尿液蒸发出的氨气刺激他的眼睛。在日本的某个地方,一个穿着干净雪白的连体工作服的人正站在一间房间里,拿着粗粗的水管喷枪,往一个富有曲线美的模型上喷出涂了大量聚酯树脂的新切的玻璃纤维。将模板扯下来,得到的就是像这个一样的浴室:简单的拓扑平面,只有最多两三个地方被下水口和出水口穿透。兰迪发邮件的时候,他打开龙头,让热水流进浴室平面里最大、最光滑的一个凹陷里。然后他脱掉衣服爬了进去。他从不泡澡，但考虑到现在似乎已经融进他血肉里的污垢，和他"一团火热的爱"，这个时候泡个澡再好不过了。

最难熬的就是之前的几天了。当兰迪完成他的工程，并把伪造的结果显示在屏幕上后，他还指望牢房的门会立刻弹开。他还以为他可以直接走到外面马尼拉的大街上，喜上加喜的是，艾米还可能会在那里等着他。然而一整天过去了，什么事情都没有发生，然后亚历杭德罗律师过来告诉他，他们也许可以达成某项交易，但还需要一些努力。结果他发现，这笔交易非常不划算：兰迪的罪名并不能被赦免。他会被驱除出境，并被勒令永远不得返回。亚历杭德罗从没说过这笔交易有多好，但他的神态动作里透露出的意思是埋怨也没什么用。在他们无法触及的高层，事情已经一锤定音了。

现在隐私已经不成问题，他可以轻而易举地解决他"一团火热的爱"带来的困扰，然而令他自己都大为震惊的是，他选择了不这么做。这可能是一种变态行为，他不敢肯定。之前一个半月的禁欲生活（唯一的释放只有大约两周一次的梦遗）毫无疑问给了他一种他从未体验过的心理状态——别说接近了，他可能之前听都没听说过。坐牢的时候，他被迫锻炼出无比坚韧的自制力，以免被性方面的思绪分散了注意力。过了一段时间后，他在这方面熟练得有些吓人。这是一种极度反自然的应对头脑／身体问题的方式，基本上与他从他婴儿潮时代出生的长辈那里吸收的每一条六七十年代风格的哲学都截然相反。这种能力对他而言通常是和令人害怕的厉害角色联系在一起的：斯巴达战士，维多利亚时代的人，以及20世纪中期美国的军事英雄们。这让兰迪在编程的时候也成了个厉害角色，与此同时，他怀疑这还让他在感情的问题上获得了一种比他从前经历过的激烈热情得多的心理状态。不过这一点在他能够跟艾米面对面之前都无法验证，而那似乎短时间内无法实现，毕竟他已经被她生活工作的国家驱逐出境了。仅仅出于实验目的，他决定暂时不要自己解决问题。如果这让他和从前西海岸那个具有病理性温柔的自己比起来更紧张暴躁一点，那又如何。人在亚洲的好处之一就是紧张、暴躁的人完全没什么稀奇的。也没听说过谁因为欲求不满而死。

于是他清清白白地从浴缸里出来，裹上一件纯白的袍子。他在马尼拉的牢房没有镜子。他知道自己大概是瘦了，但直到他爬出浴缸往镜子里看了一眼之后，他才意识到自己到底瘦了多少。青春期以来头一遭，他有了腰，这使得他身上的白袍看上去还挺像件正经衣服的。

他已经快认不出自己了。在这次"第三次商业进军"开始之前，他以为他人到三十五岁，已经弄明白了自己是个什么样的人，以后也会永远保持这样，只不过身体逐渐腐朽而资产净值逐渐增长而已。他从未想过他竟能改变这么多，这让他好奇改变的最终结果会如何。然而这仅仅是一个异常的自省时刻。他从中摆脱出去，回到了现实生活。

日本人在图形图像方面一直天赋异禀——从他们的漫画动画就可以很明显看得出来，然而其表现力的巅峰当数安全图示。燃烧的红色火苗，大地龟裂时建筑物分崩离析，门口一个逃窜的身影悬停在爆炸的闪光里。当然，兰迪并不能读懂这些图示旁边的字样，所以他头脑中理智的部分并不能起什么作用。每次他稍微放松警惕，这些可怕的图示就会发出光芒，噩梦碎片一般的图像从墙壁上或他房间的桌子抽屉里冒出来。他能读懂的部分也并不令人宽心。他躺在床上试图入睡，暗暗检查了一下贴心地放在床头的应急手电筒和（小了太多的）免费拖鞋的位置，以便下一次 8.0 级地震把玻璃从窗框里震下来的时候他可以火速逃出建筑又不让双脚被切成刺身。他凝视着头上的天花板，天花板上各种安全装置的 LED 灯组成了红闪闪的星座；在古希腊人那里，这个弯着腰的人形被叫作伽倪墨得斯[①]，给人插屁股的斟酒童子；而日本人那里，它被称为"英雄"，勇敢的赈灾工作人员，弯下腰为那些被压扁的玩意儿挪开头顶的一堆破碎混凝土板。这一切都让他沉浸在恐惧的海洋之中。他凌晨五点钟就爬起来，从迷你酒吧里抓了两包"日本零食"，沿着他记住的两条安全线路之一离开了酒店。他开始漫无目的地乱走，觉得迷路应该会很好玩。结果三十秒后他就迷路了。他应该带上GPS，把酒店的经纬度记下来的。

在"林仙"拦截里，各各他的位置是用精确到度、分、秒和十分之一秒的经纬度表示的。一分合一海里，一秒合一百英尺。各各他坐标的秒数精确到小数点后一位，也就是位置误差不超过十英尺。GPS接收器能够给你提供这样的精确度。但日本测量员在二战时候用的六分仪有没有这么精确，兰迪就不敢确定了。在他离开之前，他将坐标记在了一张纸条上，不过他把第二个数字四舍五入了，只表示为"XX度二十一分"，也就是说给出的误差范围有几千英尺。他又编了三个那附近的坐标，都离真正坐标好几英里远，然后把它们写成一个列表，真正坐标排在列表第二位。纸条最上方，他写上"这些地区的拥有者都是谁？"，用密文表示就是 WHOOW NSTHE SEPAR 等一串，然后花了一整个乏味到不可思议的晚上将两副纸牌的牌序同步，再用单人纸牌算法将整段信息加密。他把密文和那沓没用过的纸牌给了以诺克·鲁特，然后拿写着明文的纸条擦了擦晚餐盘里的油渍，放在排水沟旁。不到一小时，就有耗子出来把纸条吃掉了。

他一整天都在漫无目的地瞎逛。一开始非常单调压抑，他本打算停下，但随即就找到了感觉，并且掌握了购买食物的要领：走到

[①] 伽倪墨得斯，希腊神话中的美少年，受宙斯喜爱，将其带至天上为众神侍酒。

街角卖章鱼小丸子的绅士面前，发出新石器时代人的咕哝声，递上日元，直到你发现手上出现食物，然后吃就是了。

依靠着某种书呆子的归巢本能，他找到了秋叶原——电子产品区，于是逛了一会儿各种店铺，看着一年后才会在美国上市的那些电子消费品。就在这时候他的 GSM 电话响了起来。

"喂？"

"是我，我正站在一条粗粗的黄线后边。"

"哪个机场？"

"成田。"

"很高兴听到你的声音。叫你的司机送你到秋叶原的'美仕多拿滋'这来。"

半小时后兰迪到达目的地，正翻着一本电话簿那么厚的长篇漫画，这时艾维走了进来。不言而喻的兰迪／艾维问候协议要求这时候应该拥抱，于是他们就拥抱了，通常只鞠躬的其他甜甜圈食客似乎对此大为震惊。美仕多拿滋是座三层建筑，被塞进了大概跟一道螺旋楼梯差不多的面积里，里面挤满了在他们优秀又竞争激烈的学校里上过必修英语课的人。除此之外，兰迪大约一小时前还把会见的时间地点用无线电广播出去了。所以只要他们在这里，兰迪和艾维就只能讨论一些无关紧要的事。然后他们出去遛弯。艾维对这一片很熟。他带着兰迪穿过一道门，走进了"书呆子天堂"。

"很多人，"艾维解释道，"不知道平常被拼作和读作'天堂 (nirvana)'的词可以更准确地直译为 nirdvana，或者引申一下，也就是书呆子天堂 (nerdvana)。这就是书呆子天堂。秋叶原运转的核心。这里是电脑宅[①] 买必要装备的地方。"

[①] 原文为日语，下同。

"电脑宅?"

"个人电脑迷，"艾维说，"不过就像许多其他事一样，日本人会把它们做到一个我们几乎想象不到的程度。"

这地方的结构跟亚洲菜市场一模一样：像是一座迷宫，狭窄的过道穿过形形色色的小摊，摊子几乎不比电话亭大，小贩们将自己的商品摆出来展览。他们看见的第一样东西是个电线摊：上面至少有一百种不同类型不同直径的电线，全都包着色彩鲜艳的塑料绝缘层。"真是太巧了！"艾维说，欣赏着面前的展览，"我们得谈谈电线的事。"不消说，这里是绝佳的谈话地点：摊点之间的走道那么窄，一次只能走一个人。任何跟踪或接近他们的人将会被一览无余。一个小摊里挺立着一排排烙铁，看起来跟武术用品店的刀架似的。咖啡罐大小的电位器堆成了一座金字塔。"跟我说说电线的事吧。"兰迪说。

"不必我来告诉你我们有多么需要海底电缆。"艾维说。

"'我们'指的是'地穴'，还是普遍意义上的社会？"

"都有。显然'地穴'要是没有跟外界的联系不可能运作。但是因特网和其他的一切也一样依赖电缆。"

一位穿着风衣的电脑宅拿着个塑料碗当作购物车，在一排看起来被店主亲自打磨过的锃亮的铜线圈上弯下腰。头顶的架子上安着手指粗细的卤素灯，用来凸显它们几何学上的完美。

"所以呢？"

"所以，电缆是很脆弱的。"

他们漫步走过一个香蕉插头的展架，旁边还有弹簧夹夹在圆纸板上摆成的五颜六色的花圈。

"这些电缆曾经为邮电局所有。这些管理局其实也就是政府的分支，因此它们基本上对政府唯命是从。但现如今接进来的电缆都是公司所有并控制的，只唯股东马首是瞻。这就将某些政府摆上了它们不喜欢的位置。"

"好吧，"兰迪说，"他们曾经对信息在国家之间的流动方式拥有绝对控制权，因为掌管电缆的电信局是他们掌管的。"

"是的。"

"现在他们做不到了。"

"没错。他们眼皮底下发生了巨大的权力转移，然而他们却没能预见到。"艾维在一个贩卖各种泡泡糖颜色的LED灯的摊位前停下来。灯泡挤在小小的盒子里，像装在板条箱里熟透的热带水果，还有些则是插在泡沫板上，仿佛一朵朵迷幻蘑菇。他用手比画着"巨大的权力转移"的动作，可是在兰迪越来越扭曲的大脑里，这看起来像一个人在把沉重的金条从一堆挪到另一堆里去。走道对面，一百个微型摄像机死气沉沉的眼睛正盯着他们。艾维继续道："正如我们谈过很多次的一样，许多政府都想要控制信息的流动。中国可能会进行政治审查，而美国可能会给电子货币的流通制订规矩，以便他们继续收税。在从前，他们可以做到这一点，因为他们拥有电缆。"

"但现在却做不到了。"兰迪说。

"但现在却做不到了，而且这个变化发生得非常迅速，或者至少在智力进化速度缓慢的政府看来是这样的。现在他们已经被远远甩在了后头，感到害怕又恼怒，于是开始出手攻击。"

"他们出手了？"

"他们出手了。"

"用什么方式出的手？"

一个卖拨动开关的小贩正用抹布给一排排不锈钢货物掸灰。抹布的尖端突破音障，生成一个微小的音爆，将一个开关顶端的一粒灰尘冲了下去。所有人都在礼貌地无视他们。"你知道现在最先进的电缆的故障停机时间值多少钱吗？"

"当然知道，"兰迪说，"一分钟可能得要几十万美元。"

"没错。而且修复一条损坏的电缆至少需要几天时间，好几天。电缆的一点小故障，就可以给拥有它们的公司造成几千万甚至几亿美元的财产损失。"

"但那不是什么大问题呀。"兰迪说，"电缆现在都埋得很深，只有在深海地带才是暴露在外的。"

"是的——在只有拥有大国政府级别的海军力量的实体才能碰得到的地方。"

"哎呀，我靠！"

"这就是新的权力平衡，兰迪。"

"你不会是真的要告诉我政府威胁说——"

"他们已经这么干了。那根电缆并不是很重要——他们只是在杀鸡儆猴。政府切断海底电缆这件事情的经验法则是怎样的呢？"

"这就像核战争，"兰迪说，"很容易开启，后果不堪设想。所以没有人挑这个头。"

"但如果有人切了一根电缆，那其他想要控制信息流通的政府就可以说：'嘿，他们都干了，我们得表现一下我们有能力以牙还牙才行。'"

"这样的事情真的已经发生了？"

"不，不，不！"艾维说。他们在兰迪见过的最大的尖嘴钳展览前停下。"都还在虚张声势。他们的目标与其说是其他政府，不如说是拥有和运行新电缆的企业家们。"

兰迪的脑子里灵光一现："比如'牙医'。"

"'牙医'在私人投资海底电缆上花的钱比几乎所有人都多。被切断的那条电缆里就有他的少数股权，所以他已经是只笼中老鼠了。

他除了依令行事之外毫无选择——一点办法都没有。"

"要真是这样,"兰迪说,"那一切不就全完蛋了,迟早要爆发剪电缆战争。所有电缆都会被切断,故事结束。"

"世界的运转方式已经不是这样了,兰迪。各国政府会凑在一起协商,就像圣诞节之后他们在布鲁塞尔协商一样,他们会达成协议。战争不会爆发,通常不会。"

"所以——协议已经有了?"

艾维耸耸肩说:"据我所知是这样,拥有海军的人——即那些有能力任意切断电缆的人——和拥有并运作电缆的人之间达成了一种权力平衡。双方都害怕对方的手段,所以他们达成了君子协定。这个协定的官僚化体现就是IDTRO。"

"而'牙医'也参与进去了?"

"正是。"

"所以其实清扫'秩序'公司的行动背后是受政府指使的。"

"我高度怀疑就是科姆斯托克下的命令,"艾维说,"我觉得那是'牙医'在证明自己的忠诚。"

"那'地穴'呢?苏丹也参与了这份协定吗?"

艾维耸耸肩:"普拉加苏透露得不多,我把刚才那番话也告诉他了。我跟他说明了我对当前情况的猜测。他看起来简直有点被逗乐了,一副未置可否的样子。但他给了我理由相信'地穴'仍然可以按照计划上线运行。"

"你看,这我就不相信了,"兰迪说,"看起来'地穴'正是他们最可怕的噩梦啊。"

"谁最可怕的噩梦?"

"任何需要收税的政府。"

"兰迪,政府总能找到办法收税。要是最糟糕的事情发生了,国税局大不了把税收都建立在房产税的基础上——你总不能把房地产藏进网络空间吧。但别忘了美国政府只是这件事的一部分——中国人也扮演了很重要的角色。"

"荣将军!"兰迪脱口而出。他和艾维瑟缩了一下,赶紧环顾四周。电脑宅们毫不在意。一个卖彩虹色排线的人带着礼貌的好奇看了他们一眼,然后就转移了视线。他们走出集市,来到人行道上,天开始下雨了。十几个穿着迷你裙高跟鞋的几乎长得一模一样的年轻女人呈楔式队形从道路中间走过,手里撑着印有某个电子游戏角色的脸的巨大雨伞。

"荣将军正在班多克挖金子,"兰迪说,"他以为他知道各各他在哪里。如果他找到了,他将会需要一种格外特殊的银行。"

"他可不是全世界唯一一个需要特殊银行的人,"艾维说,"这么多年来,瑞士跟政府或和政府有关系的人可做了不少生意。希特勒为什么没有入侵瑞士?因为纳粹也离不开瑞士。所以'地穴'毫无疑问能够填补空白。"

"好吧,"兰迪说,"所以'地穴'会被允许继续存在。"

"不行也得行,世界需要它。"艾维说,"等我们挖到各各他的时候,我们也需要它。"

艾维的脸上突然浮现出顽皮的表情,他看起来一下年轻了十岁。兰迪看到他这个样子忍不住笑了出来,几个月来第一次真心实意地大笑。他的心情突然也来了个急剧的转变,整个世界看起来都不一样了。"光知道它在哪是不够的,以诺克·鲁特说这些宝藏都被埋在硬质岩石底下深深的矿坑里。所以除非我们开动一项大工程计划,否则拿不到金子。"

"你以为我为什么要来东京?"艾维说,"来吧,咱们回酒店去。"

艾维登记入住的时候,兰迪到前台拿信,发现有一个联邦快递信封正等着他。如果信件在途中被人动过手脚，那动手脚的人也把痕迹掩盖得很好。里面是来自以诺克·鲁特的一则手动加密的信息，他显然已经想办法完好无损地从牢里出去了。信息是几行看上去毫无规律的大写字母，分成五个一组。兰迪自从出狱以来就一直随身携带着一副纸牌：是他们事先定好用来破译信息的密钥。人在东京的时候，玩几个小时单人纸牌的前景看起来就远不如在监狱里时有诱惑力了——而且他知道破解手头这么长的信息肯定要花几个小时。但他已经在笔记本电脑上写好了程序让它按照以诺克的规则玩单人纸牌，以诺克给他的纸牌里包含的密钥也被他输入电脑，存在一张软盘上了。这张软盘他用橡皮筋跟口袋里那副牌绑在了一起。于是他和艾维上楼来到艾维的房间，路上停下来取了兰迪的电脑，在艾维查看他的信息的时候，兰迪输入密文，让电脑把它破解出来。"以诺克的信息说各各他上面的土地是教会所有的，"兰迪低声说，"但要到那里去，我们必须穿过荣将军和一些菲律宾人所有的土地。"

艾维似乎没听见他的话，他正全神贯注地盯着一个留言条。

"怎么了？"兰迪问。

"今晚的安排稍微有变，我希望你随身带了套体面的西装。"

"我不知道我们今晚还有安排。"

"我们本来要去见费迪南德·后藤，"艾维说，"我寻思着要在地上挖个大洞找他们应该没错。"

"我同意，"兰迪说，"安排有变是怎么回事？"

"老头子从北海道度假回来了，他想请我们吃饭。"

"哪个老头子？"

"公司的创始人，费迪南德·后藤的父亲，"艾维说，"道格拉斯·麦克阿瑟的门徒，亿亿亿亿万富翁，首相们的高尔夫球友和知己，一位叫后藤传吾的老人家。"

第九十三章　X计划

这是1945年4月上旬的一天。一名中年的日本寡妇感觉到脚底大地的震颤，唯恐发生了地震，赶紧匆匆忙忙地跑出了她脆弱的小屋。她住在九州岛的海边。她朝大海深处望去，看到一艘黑色的船出现在海平线上，正从它自己造成的一轮旭日中冒着滚滚蒸汽而来：当它开炮时，整个船体会有一瞬间被掩盖在红色的火光中。她希望那是"大和"号，全世界最伟大的战舰。这艘战舰几天前刚刚驶出海平线，她希望是它胜利归来了，希望那红色火光是庆祝的礼炮。但这是一艘美国人的战舰，它正在炮轰"大和"号刚刚离去的港口，大地的五脏六腑都在震荡，好像快要吐出来了。

直到那时，这名日本妇女还坚信她祖国的军队还在碾压美国、英国、荷兰和中国的士兵。那个奇怪的黑影一定是某种自杀袭击。然而那艘漆黑的战舰在那里停留了一整天，往他们神圣的国土上扔下了一吨吨的弹药，却没有一架飞机、一艘战舰甚至一艘潜水艇来将它击沉。

巴顿毫不礼貌地抢在蒙哥马利前渡过了莱茵河，这让为此策划良久准备率先渡河的后者十分不满。

德国潜艇 U-234 正在北大西洋上向好望角驶去，上面载着十桶一千二百磅的铀氧化物。这些铀氧化物将被送往东京，那里正在进行某种尚在初级阶段的实验，目的是开发出一种全新而极富杀伤力的爆破装置。

柯蒂斯·李梅将军的空军在过去的一个月里实施了多次危险的低空袭击，向日本城市投放了无数燃烧弹。东京的四分之一被夷为平地，83000 人死于这场火攻，这还不包括在名古屋、大阪和神户发动的袭击。

在突袭大阪的第二天晚上，几名陆战队员把美国国旗插在了硫黄岛上，记录这一瞬间的照片出现在了每一份报纸上。

在最近的几天里，红军，这支当今世上最让人闻风丧胆的军队，攻下了维也纳，占领了匈牙利的油田，同时苏联宣称其与日本签订的中立条约已期满无效。

冲绳刚刚被入侵，战况无比惨烈。入侵的一方拥有一整支庞大的舰队，日本人只能倾其所有来抵抗。随后而来的是"大和"号，上面的十八英寸舰炮都已准备就绪，船上只装载了单程的燃料。但是美国海军的密码专家早已拦截并破译了它收到的命令，这艘巨大的战列舰最终与 2500 名船员葬身海底。日本人向入侵舰队发动了他们的第一波"菊水"特攻：如乌云般扑来的神风特攻队的飞机、人操炸弹、人操鱼雷和装满炸药的快艇。

但是令德军最高指挥部不满且不解的是，日本政府向他们发出了一条信息，其中要求，如果德军的所有欧洲海军基地都已沦陷，也应向德国海军下令继续在远东配合日本人作战。这条信息经过"靛蓝"加密，很快就被盟军拦截到了。

在英国，认为战争实际上已经结束的艾伦·麦席森·图灵博士，早已将注意力从语音加密问题转到了开发"思考机器"上。从十个月前开始——也就是"巨人II型"的完成机型被送到布莱切利园之后——他终于能够使用一台真正的编程计算机了。早在任何一台计算机被实际制造出来之前,艾伦就已经"创造"出了它们。他从不需要实际动手的经验来帮助他构造这样一台机器,但他参与制造"巨人II型"的经验确实帮助他巩固了某些如何设计下一台机器的概念。他把它当作一台战后的机器,但这只是因为他身在欧洲,并不像沃特豪斯那样关心征服日本的问题。

"我一直在弄'存储'和'提取'的事。"罩在沃特豪斯脑袋上的电木耳机的小孔里传出声音。声音因为失真听起来十分怪异,几乎淹没在白噪声和一片令人恼火的嗡嗡声中。

"你说什么?"劳伦斯把耳机用力按在耳朵上,问道。

"'存储'和'提取',"那声音答道,"那是,呃,供机器运行的指令组,用来进行某种运算。它们是程序。"

"对!抱歉,我刚开始没听到。没错,我也在做这方面的事。"沃特豪斯说。

"下一台机器会有记忆存储系统,劳伦斯,通过将声波传输到装满水银的圆柱里——这个想法是从皇家学会的创始人约翰·威尔金斯那里借鉴来的,他三百年前就想到了这个办法,不过他用的是空气而不是水银。我——抱歉,劳伦斯,你刚刚说你也在做这方面的事?"

"我也在用电子管做这样的事,你们叫作真空管,大概。"

"你们美国佬叫什么都行,"艾伦说,"我想,如果你钱多得没处花的话,你可以用蒸汽火车头或者类似的什么来制造出一个存储／提取系统,雇上几千人来上润滑油。"

"水银线是个好主意,"沃特豪斯承认道,"廉价易得。"

"你已经用真空管做出一个'存储'和'提取'系统了吗?"

"嗯,我的'提取'可比我们的挖宝探险成功多了。"劳伦斯说,"你'提取'出那些你埋下的银条了吗?"

"没有。"艾伦心不在焉地回答,"它们不见了,消失在世界的噪声之中。"

"你知道吗,我刚让你做了一个图灵测试。"劳伦斯说。

"什么?"

"这台该死的机器把你的声音扭曲得一塌糊涂,我根本听不出对面是你还是温斯顿·丘吉尔。"劳伦斯说,"所以我只能诱导你说一些只有艾伦·图灵会说的话来确定对面是不是你。"

他听到线路对面传来艾伦有些刺耳的高声大笑,是他没错了。

"这个 X 计划确实了不起。"艾伦说,"'大利拉'[①] 棒极了,我真希望你能来亲眼看一看,或者听一听。"

艾伦在伦敦的某个指挥所里。劳伦斯则在马尼拉湾,在科雷希多岛的岩石堡垒里。他们通过一束伸展到世界上各个角落的铜线联系在一起。现在,全世界的海床之上都铺着许多这样的铜线束,但只有极少数特别的线束会进入这样的房间里来。这些房间只出现在华盛顿、伦敦、墨尔本,现在,多了一个科雷希多。

劳伦斯望向厚玻璃窗之外的工程师隔间,那里有一台全世界最精致也最昂贵的唱片机,正在播放一张最珍贵的唱片:里面全都是特意制造出来的完全随机的白噪声。那些噪声先跟劳伦斯的声音以电子方式融合在一起,随后才通过电线传输出去。在抵达伦敦后,这些噪声(经由那边播放同样的唱片而取得)将会与他的声音分离,再将分离后的结果传输到图灵的耳机中。这必须依赖两台唱片机的完美同步。要同步这两台机器,唯一的方法是在送出语音信号时同

[①] 大利拉(Delilah),《圣经·旧约·士师记》中的欺诈者,诓骗以色列的大力士参孙说出他力量的秘密。

时送出那恼人的嗡嗡声,也就是载波。如果不出差错,对面的唱片机将能识别出嗡嗡声,并将唱片同步。

换句话说,唱片就是一次性密码本。纽约的某个地方,贝尔实验室的深处,在重重的看守下,一扇上面印着"X计划"的紧锁的大门后面,技术人员还在生产更多的新登榜首的白噪声。他们制造出几个副本,将它们运送到全球的各个X计划站,再摧毁母版。

如果不是两年前——劳伦斯被派往囫根姆那会儿,艾伦去格林尼治村的贝尔实验室里工作了几个月,他们也许根本不会有这场对话。女王陛下政府派他去对X计划进行评估,看它是否真的安全。艾伦认为它是安全的,回来之后他就着手开发了一个更完善的版本,那就是"大利拉"。

这些跟死去的中国算盘奴隶有什么狗屁关系?

对于正透过玻璃窗凝视着旋转的白噪声唱片的劳伦斯来说,这其中的关系实在是再清楚不过了。他说:"上次我跟你聊天的时候,你说你正在为'大利拉'产生完全的随机噪声。"

"是啊。"艾伦漫不经心道。那是很久以前的事了,那个计划早就被"存储"在了他的记忆存储系统中。他要花一到两分钟才能"提取"出来。

"你试过什么算法来创造那种噪声?"

线路那边又停顿了五秒,然后艾伦开始滔滔不绝地讲起了用于生成伪随机数列的数学函数。艾伦可是受过传统英国寄宿制学校教育的人,他一张嘴就头头是道,整体框架、主题句、细节一个不少:

伪随机数

I. 警告:它们不是真正的随机数列,当然,只是看上去像罢了,所以才加上一个"伪"字

II. 问题概述

A. 看起来似乎很简单

B. 实际上十分困难

C. 失败的结果：德国人得以破译我们的机密信息，造成数百万人牺牲；人类将被奴役，世界进入永恒的黑暗时代

D. 如何判断一个数列是否随机

1，2，3，．．．（针对随机性的不同统计测验的列表，各个测验的优劣）

III. 我，艾伦·图灵，尝试过的方案

A，B，C，．．．（艾伦尝试过的用于生成随机数的不同数学函数列表；为什么几乎所有方法都惨遭失败；艾伦最初的自信如何变成惊讶、恼怒、绝望，最后又因为他终于找到了某些有用的方法而变成了谨慎的自信）

IV. 结论

A. 它比看起来要难

B. 这份活儿不是给粗心的人干的

C. 保持头脑冷静是可以完成它的

D. 在回顾时你会发现这是一个值得进一步深究的有趣的数学问题

当艾伦最终风卷残云地发表完这篇结构完整的《伪随机数的奇妙世界》之后，劳伦斯问道："ζ 函数怎么样？"

"想都没想过。"艾伦答道。

劳伦斯张大了嘴。他能看到自己在玻璃窗上映出的半透明的倒影，与飞速旋转的唱片的画面叠在一起，他还能看到自己的脸上露出了一点恼火的表情。ζ 函数的结果中一定有什么东西对艾伦来说很明显是非随机的，以至于他能立即否决它。但是劳伦斯却没发现这样东西。他知道艾伦比自己聪明，但他还不习惯一下子被他甩得

这么远。

"为什么……为什么不呢？"他结结巴巴地问。

"因为鲁迪！"艾伦大吼，"你和我还有鲁迪在普林斯顿的时候都在折腾那台该死的机器！鲁迪知道你和我能够造出那样的装置来。因此那是他第一个想到我们可能会用的东西。"

"啊，"劳伦斯松了口气，"撇开这个不谈，ζ 函数还是可以生成随机数的吧。"

"可能吧，"艾伦谨慎地答道，"不过我还没有试过。你不会是想用 ζ 函数吧？"

劳伦斯把算盘的事告诉了艾伦。透过重重噪声和嗡嗡声，他依然能感到对面艾伦的震惊。出现了一小段停顿，双方技术人员在更换唱片。通话再次接通之后，艾伦仍旧兴奋非常。"我再告诉你一些别的事吧。"劳伦斯说。

"好，你说。"

"你知道日本人使用许多种不同的密码，我们只破译了其中的一部分。"

"是的。"

"有一种尚未破解的密码，中央局称之为'林仙'。这种密码使用的次数很少，拦截到的总共只有三十几条。"

"是公司密码？"艾伦问。这是一种很合理的猜想，各大日本公司在战前都有自己的密码系统，举个例子，他们就花了很大的力气去窃取或破解三菱公司的密码。

"我们无法找到'林仙'的来源和目的地，"劳伦斯继续说道，"因为它们使用独特的站点密码系统。我们只能使用高频测向来推测它们的来源，而高频测向告诉我们，大部分的'林仙'信息都来源于潜艇。可能只有一艘潜艇，往返于欧洲和东南亚之间。我们还发现另外一些信息来自瑞典、伦敦、布宜诺斯艾利斯和马尼拉。"

"布宜诺斯艾利斯？瑞典？"

"是的。因此，艾伦，我对'林仙'产生了兴趣。"

"嗯，这也难怪！"

"其中的电文格式和'天蓝／河豚'是一样的。"

"鲁迪的系统？"

"是的。"

"顺带一说，那活儿干得漂亮。"

"谢谢，艾伦。现在你想必已经知道了，它的基础就是 ζ 函数，那个你怕鲁迪会想到这一步而不敢用在'大利拉'里的 ζ 函数。那么现在问题来了，鲁迪是不是从一开始就希望我们能破解'天蓝／河豚'呢。"

"是的，这是个问题。但是为什么他会这么做？"

"我也不知道，以前的'天蓝／河豚'信息里可能会有一些线索。我正在用数字计算机生成过去的一次性密码本，以便我破译以前的电文并阅读它们。"

"好啊，那我也用'巨人'这么做好了。它现在正忙着，"艾伦说，"处理'鱼'[①]的破译信息。不过我觉得希特勒的日子也不长了。等他完蛋之后，我就可以回布莱切利去慢慢破译那些信息了。"

"我也在研究'林仙'，"劳伦斯说，"我猜它们都与黄金有关系。"

"为什么？"艾伦问。然而正在这时，唱片机的拾音臂走到了唱片螺旋槽的最后，从唱片上抬了起来。时间到了。贝尔实验室和同盟国政府建立 X 计划网络，可不是为了给数学家们围绕这些模糊不清的函数闲聊个没完没了的。

[①] 德国使用的一种电传加密打字机系统。

第九十四章　登　陆

格特鲁德号帆船在日出后不久呼哧呼哧地驶入了小海湾，比绍夫忍不住笑了起来。船体的外壳已经长满了厚厚的藤壶，（他想）就算把船壳去了，给这些藤壶配上一根桅杆和一张帆，它也能驶到塔希提去。藤壶上还长着一段足有一百码长的海藻，拖在帆船的后面，这条细长滑腻的"尾巴"搅乱了帆船的尾迹。帆船的桅杆很明显折断过至少一次，现在插在船上的是一根粗糙的临时替代品，一根虽然经过刨刀加工但某些地方仍残留着些许树皮的树干，上面还挂着长长的金色树液，好像蜡烛上的烛泪，上头还沾着海盐。帆船的帆已经因为尘土和霉菌而变得黑乎乎的，到处用粗黑的线脚打着补丁，好像弗兰肯斯坦的缝合怪物。

甲板上的人也一个个憔悴不堪。他们甚至懒得下锚，直接把格特鲁德号开上了小海湾入口的珊瑚礁上，就算完事了。比绍夫的船员们全都聚集到了 V-Million——也就是那艘火箭型潜水艇——的甲板上。他们认为这是他们这辈子见过的最好笑的场景了。但是当格特鲁德号上的人爬进一只小舢板开始朝他们划来时，比绍夫的手下们记起了他们的礼仪，当即立正敬礼。

小舢板越来越近，比绍夫试图辨认出他们每一个人。他花了好一会儿工夫，总共有五个人。奥托的啤酒肚不见了，白头发更多了。鲁迪简直变成了另一个人：光滑的长发扎成了马尾垂在背后，留了一圈厚得令人难以置信的维京式大胡子，而且他好像在途中失去了一只左眼，因为他的左眼上罩了一块黑布！

"我的天，"比绍夫说，"海盗啊！"

另外三个人他从未见过：一个留着雷鬼头的黑人、一个棕色皮肤看起来像印第安人的家伙，和一个红发欧洲人。

鲁迪正凝神注视着水下十米处的一只黄貂鱼扑扇着多肉的翼状鳍。

"这水真清澈。"他评论道。

"等'卡特琳娜'追过来的时候，鲁迪，你就会怀念北方暗沉沉的海了。"比绍夫说。

鲁道夫·冯·海克赫伯转过他的一边眼睛望向比绍夫，脸上露出了一丝笑意。"请求登船，船长？"鲁迪说。

"允许登船。"比绍夫说。小舢板来到潜艇圆滑的外壳旁，比绍夫的手下向他们抛下绳梯，"欢迎来到V-Million！"

"我听说过V-1、V-2，但是……"

"我们可不知道希特勒到底造出了多少个V字打头的武器，所以我们选了个特别特别大的数字。"比绍夫自豪地说。

"但是君特，你知道'V'是什么的缩写吗？"

"复仇武器（Vergeltungswaffen），"比绍夫说，"你再仔细想想，鲁迪。"

奥托有点困惑，而困惑会让他感到恼火："Vergeltung是报复的意思，不是吗？"

"是的，但是它也有回报某人的意思，回赠，回馈，"鲁迪说，

"甚至是祝福的意思。我很喜欢这个名字，君特。"

"你得叫比绍夫将军了。"君特道。

"你是 V-Million 的最高指挥——没人在你之上了？"

比绍夫清脆地一碰脚跟，举起右臂。"邓尼茨万岁！"他喊道。

"你们他妈到底在说什么？"奥托问。

"你没看报纸吗？希特勒昨天自杀了，在柏林。新任元首是我的私交好友卡尔·邓尼茨。"

"难道他也是我们同盟的一员吗？"奥托嘟囔道。

"我还以为我亲爱的导师和保护者赫尔曼·戈林会成为希特勒的继任者呢。"鲁迪一副灰心丧气的语气。

"他溜到南方什么地方去了，"比绍夫说，"节食去了。在希特勒吞下氰化物之前，他命令党卫军逮捕那个死胖子。"

"说正经的，君特——你在瑞典登上这艘 U 艇的时候，它还叫另一个名字吧？而且那会儿还有几个纳粹在船上，没错吧？"鲁迪问。

"我把他们全忘了。"比绍夫将双手拢在嘴边，朝光滑的流线型指挥塔上大开的舱门呼喊道，"有人看到我们的纳粹了吗？"

这条命令回荡在整个 U 艇之中，在每个船员之间传递：纳粹？纳粹？纳粹？随后这回音不知在何处变成了：哪有！哪有！哪有！声音传回了指挥塔，传出了舱门。

鲁迪赤脚爬上了 V-Million 光滑的外壳，"你们有什么柑橘类的水果吗？"他笑了笑，牙床上有些本该是牙齿的地方现在只剩下红色的小坑。

"拿酸柑来，"比绍夫对一个手下说道，"鲁迪，我们给你准备了菲律宾小青柠，一大堆，绝对给你补维 C 补到你想吐。"

"对此我表示怀疑。"鲁迪说。

奥托只是责备地看着比绍夫，认为他就是那个害自己和剩下四个人整个1944年和1945年前四个月一直待在一起的罪魁祸首。最后他开口道:"那个狗娘养的沙夫托在这里吗?"

"那个狗娘养的沙夫托已经死了。"比绍夫说。

奥托转开目光,点了点头。

"我想你应该接到我从布宜诺斯艾利斯寄来的信了吧。"鲁迪·冯·海克赫伯问。

"G.毕晓普先生,存局候领,马尼拉,菲律宾。"比绍夫复述了一遍,"当然收到了,否则我们都不知道要在哪儿见你。我在去镇上重新'结识'以诺克·鲁特时领的信。"

"他活下来了?"

"他活下来了。"

"沙夫托怎么死的?"

"光荣地死的,当然。"比绍夫说,"对了,还有一条来自尤丽叶塔的消息:同盟有一个儿子啦!恭喜啊,奥托,你当舅公啦。"

这使得奥托露出了一个尽管黝黑皲裂但货真价实的微笑:"他叫什么?"

"君特·以诺克·鲍比·基维斯提克[①]。八磅三盎司,对于一个战争年代的婴儿来说真不错。"

人人都在握手,鲁迪高兴得掏出几根洪都拉斯雪茄来纪念这一刻。他和奥托站在阳光下,抽着雪茄,喝着酸柑果汁。

"我们在这里等了三个星期,"比绍夫说,"你们怎么延误了?"

奥托吐出了一口看上去很恶心的东西后说:"真是对不起啊,我们坐着这破木桶在太平洋上漂了这么久,辛苦你们在海滩上晒了三星期日光浴!"

[①]原文为Günter Enoch Bobby Kivistik,缩写即为G.E.B.基维斯提克。

"在绕过合恩角的时候,我们的桅杆断了,我们失去了三个同伴、我的左眼、奥托的两根手指,还有一些其他的东西。"鲁迪满怀歉意地说道,"我们的雪茄湿了,行程被打乱了。"

"没关系,"比绍夫说,"金子也不会跑掉。"

"我们知道金子藏在哪儿了吗?"

"还不知道,不过我们找到了一个知道的人。"

"显然我们还有许多需要讨论的问题,"鲁迪说,"在那之前让我先死一会儿。最好能死在一张柔软的床上。"

"好的,"比绍夫说,"在我们割断格特鲁德号的喉咙,让藤壶带她沉入海底之前,你们还有什么要拿出来的东西吗?"

"现在就沉了这婊子吧,求你了。"奥托说,"我甚至愿意站在这儿看她沉。"

"你得先去把五个标着'帝国元帅财产'的箱子搬出来。"鲁迪说,"它们在船底,被用来当压舱石了。"

奥托似乎吃了一惊,然后诧异地挠了挠胡子。"我都忘了它们还在下面。"过去这一年半的记忆又慢慢重现在他的脑海中,"我们花了一天才把它们搬进去。我真恨不得杀了你,我的背痛到现在。"

比绍夫说:"鲁迪,你带着戈林的色情作品收藏过来了?"

"我对他喜欢的色情作品可不感兴趣,"鲁迪顶了回去,"是文物,战利品。"

"它们会被船底的脏水弄坏的!"

"都是纯金的,带孔的金箔纸。不会被破坏的。"

"鲁迪,我们是来菲律宾把黄金运走的,不是运来!"

"别担心,总有一天我会把它们再运走。"

"那时我们就该有钱雇用装卸工了,可怜的奥托不用再贡献他的背了。"

"我们不需要装卸工，"鲁迪说，"等我运走金箔上的东西时，我会通过电线来完成的。"

他们全都站在 V-Million 的甲板上，欣赏着热带海湾的落日和飞鱼跃出水面的景象，附近鲜花盛放的丛林里传来阵阵鸟鸣和虫唱。比绍夫试图在脑海中想象一页金箔纸顺着从这里拉到洛杉矶的电线一路滑出去的画面。想象不出来。"下来吧，鲁迪，"他说，"我们需要给你补充一点维生素 C 了。"

第九十五章　后藤阁下

艾维在酒店大堂里跟兰迪碰头。他拎了个沉甸甸的四方形老式公文包,包把他瘦长的身子都坠到了一边,让他看起来像棵被风吹成渐进曲线的小树苗。他和兰迪搭了辆出租车去到"东京的另一区"——兰迪根本连想象都想象不出城市的布局——进入一幢摩天大楼的大堂,然后乘电梯一直往上,直到兰迪的耳朵里都因为气压差响了起来。电梯门滑开,有一位领班正等在那里,笑容满面地鞠躬迎接他们。他带着他们来到一间休息室,四个人正等在那里:两个年轻手下,费迪南德·后藤,还有一位老绅士。兰迪本以为会见到一个那种瘦小纤弱仿佛要变得半透明的日本老人,然而后藤传吾身材矮小健壮,留着白色的板寸头,年纪让他佝偻,却只是令他看起来更加紧凑结实。第一眼过去,他看起来更像个退休的乡下铁匠,或者大名①麾下的军士长,而不像是企业主管。然而五秒或十秒钟后,这个印象就被一套体面的西装、优雅的举止和兰迪对他真正身份的认识掩埋了。他是房间里唯一一个嘴没有咧到耳朵根的人:显

---

①日本封建时代的大领主。

然当你达到某个年龄之后，你就可以拥有用目光烧穿别人头盖骨的能力。像许多老年人一样，他对于他们还真的上门来了好像有一些惊异。

不过他还是拄着一根虬结的粗拐杖站起来，有力地跟他们握了握手。他儿子费迪南德伸手要扶他站起来，他假装恼火地瞪了他一眼，拒绝了——这一套动作看起来相当熟练了。大家先是简短寒暄了几句，兰迪一句也没听懂。然后那两个手下像不再被需要的护航战斗机一样消失了，领班带着兰迪、艾维和后藤父子穿过空无一人的餐厅——里面有二三十张铺着白桌布摆着水晶玻璃杯的桌子——来到角落的一张桌子旁，侍者正在那等着替他们拉开椅子。这栋大楼属于玻璃墙壁那一流派的建筑，窗户都是落地窗，透过密密的雨帘，他们可以眺望到一直延伸到地平线的东京夜景。菜单被派发给大家，上面印的只有法语。兰迪和艾维拿到的是给女士的菜单，上面没有价格。后藤传吾拿到了酒单，整整钻研了它十分钟才不情不愿地选了一瓶加利福尼亚白葡萄酒和一瓶勃艮第红葡萄酒。在此期间，费迪南德引导着他们就"地穴"话题进行了极其愉快的谈话。

兰迪控制不住地在一边的东京和另一边的空餐馆之间看来看去。此刻的安排仿佛是刻意提醒他们日本经济这几年来一直在滑坡——亚洲货币危机只是雪上加霜而已。他总有点感觉自己会看见窗外有企业高管一个个跳下来。

艾维大胆地问起他无意中在东京各地注意到的各类隧道和其他覆盖面广到难以置信的工程，询问后藤的工程是否跟它们有关系。这些问题至少让大家长从酒水单上抬起头了一会儿，不过儿子把问题接了下来，回答说是的，他们的公司确实在这些项目中贡献了绵薄之力。兰迪估摸着，要跟已故陆军将军道格拉斯·麦克阿瑟的私人好友进行礼貌的闲谈，大概不是件容易的事，你又不能问他有没有看最新一集的《星际迷航：更多的时空异常现象》。他们能做的只有抓住费迪南德，让他主导谈话。后藤传吾清了清喉咙，仿佛一座能移山填海的大机器轰隆隆地发动起来，然后向他们推荐神户牛肉。酒侍端着红酒过来，后藤用日语和法语混杂着对他进行了一番拷问，直到酒侍的额头沁出一层薄汗。他非常仔细地品了品酒。在他将红酒含在口中品味，眼神凝视远方的时候，空气里的紧张感一触即发。当他对两瓶酒都点了头的时候，酒侍看起来不仅松了口气，而且很明显被吓得不行。此处的言外之意似乎是主持一场真正一流的晚餐是一次不小的管理能力挑战，而后藤传吾承担这些责任的时候是不应该被社交性的闲谈打扰的。

到了这时候，兰迪的被害妄想症终于想起来发作了：后藤先生难道是为了一点谈话时的隐私才把餐厅整晚包场的？之前那两个手下仅仅是帮忙搬运不同寻常的大手提箱的助手，还是说他们其实是来这里检查有没有监视设备的保镖？这一次的言外之意似乎是不必麻烦兰迪和艾维动用他俩年轻漂亮的小脑瓜来考虑这些事。后藤传吾坐在天花板上的一盏嵌入式顶灯下。他的头发从脑袋上根根直立起来，像一簇茂密的法向量，光晕一般往四周发散。他脸上和双手上的伤疤多到令人敬畏，兰迪突然意识到他一定是参加过二战。考虑到他的年龄，这点本该是不言自明的。

后藤传吾问起兰迪和艾维从事现在这一行的经过，还有他们是怎么开始合作的。这本身是个合理的问题，然而这让他们不得不去解释幻想角色扮演游戏这个概念是怎么回事。要是兰迪早知道要出这种事，他宁愿直接从窗口跳出去也不会坐下来。不过后藤传吾相当波澜不惊地听完了他们的解释，并马上把话题引申到了日本游戏产业的最新发展上：目前产业的中心正在逐渐从游戏厅向具备真正故事的角色扮演游戏完成范式转移。等到说完的时候，他令他们感觉自己不是无足轻重的书呆子，而像是高瞻远瞩领先时代十年的天才似的。这多多少少令艾维（由他负责谈话）不得不也反过来询问后藤传吾自己是如何进入现在这行的。后藤父子试图对此一笑而过，仿佛在表示两个高瞻远瞩的年轻美国《龙与地下城》先驱者怎么可能对后藤传吾单枪匹马地重建了战后的日本这种不值一提的小事感兴趣，不过在艾维表示了一下坚持之后，大家长终于耸耸肩，提了一下他老爸也是干矿业的，所以他在往地里打洞这方面一直有点天分。他的英语一开始说得很勉强，但随着夜晚时间过去越说越好，仿佛他只是像维护电子管放大器一样，拂去许许多多存储器和处理能力上的灰尘，让它们重新上线。

晚餐端了上来。大家都不得不埋头吃一会儿东西，并感谢后藤阁下绝妙的推荐。艾维变得有些不管不顾，问老人家能不能给他们讲讲道格拉斯·麦克阿瑟的趣闻轶事。他咧嘴一笑，仿佛身上有什么秘密被发现了，然后说："我是在菲律宾遇见将军的。"就这样，他用柔术一般的功力把话题带到了每个人真正想谈的问题上。兰迪的脉搏和呼吸猛然加快了百分之二十五，所有感官都变得更加敏锐，就好像他的耳膜又在发胀作响了。他的胃口尽失。其他人好像也都坐直了一点，在椅子里微微挪动。"您在那个国家待了很久吗？"艾维问。

"噢，是的。待了好久，一百年。"后藤传吾说，有些冷淡地咧嘴一笑。他停顿了一下，让所有人都有机会感到强烈的不自在，然后才继续："我儿子告诉我你们想在那里挖一个坟墓。"

"是挖个地洞。"剧烈的尴尬之后，兰迪鼓起勇气说。

"请原谅，我的英语已经生疏了。"后藤传吾不太令人信服地说。

艾维说："我们所想象的按我们的标准来说应该是个大型挖掘工程，不过按你们的标准估计算不上。"

后藤传吾低笑几声:"这全看具体情况,许可证,交通运输。'地穴'也是个大型挖掘工程,但操作起来很容易,因为有苏丹支持。"

"我必须强调一下我们正在考虑的工作目前仍处于非常早的计划期。"艾维说,"遗憾地说,在物流问题方面我并不能给你们提供详尽的信息。"

后藤传吾差点就翻了个白眼。"我理解,"他不屑一顾地挥挥手说,"今晚我们不谈这些问题。"

这句话引发了一阵非常尴尬的沉默,兰迪和艾维都在扪心自问那我们他妈的要谈什么?"很好。"艾维说,他有些无力地把球又打回后藤传吾的半场。

费迪南德插了进来。"有很多人在菲律宾挖洞。"他说,意味深长地眨了眨眼。

"啊!"兰迪说。"你说的这种人我见过!"这句话让桌边爆发出一阵笑声,虽然气氛紧张但笑意仍是真诚的。

"那么你一定理解,"费迪南德说,"我们必须非常谨慎地考虑参与合资经营的事。"连兰迪都能轻而易举地翻译这句话:除非六月飞雪,不然我们才不会参加你们疯疯癫癫的寻宝游戏呢。

"拜托!"兰迪说,"后藤工程是一家声名卓著的公司。业界龙头。你们根本不必考虑合资经营这样的事情。我们绝不会提出这么冒昧的请求。我们可以预先支付贵公司的服务费用。"

"啊!"后藤父子意味深长地对视了一眼,"你们有了新的投资人?我们知道你们破产了。"

艾维咧嘴一笑道:"我们有了新的资源。"后藤父子露出困惑的表情。"恕我冒昧。"艾维说。他将公文包从地板上提到膝头,打开搭扣,将双手伸了进去。然后他做了一个在健身房里应该称作杠铃弯举的动作,把一块沉甸甸的纯金抬到了灯光下。

后藤传吾和费迪南德·后藤的脸顿时变得像石头一样。艾维举着金条等一会儿，才放回箱子里。

最后，费迪南德将椅子往后挪了几厘米，往他父亲的方向稍微转了转，基本上就表明他已经退出了谈话。后藤传吾则继续平静地、一言不发地用餐饮酒。非常非常漫长的十五或二十分钟过后，终于，他隔着桌子看向兰迪，问道："你们想在哪儿挖？"

"挖掘点在内湖南边的山里——"

"是，这你已经跟我儿子说过了。但那是一片大山区，很多人在那里挖过很多洞，全都没有一分钱收获。"

"我们掌握了更好的信息。"

"哪个老菲律宾人拿记忆跟你们换钱了？"

"比那更好，"兰迪说，"我们有经纬度。"

"精确到什么程度？"

"十分之一秒。"

这引发了又一阵沉默。费迪南德试图用日语说些什么，但被他父亲不耐烦地打断了。后藤传吾吃完晚餐，将刀叉交叉放在盘子上。五秒钟后就有侍者过来清理桌子。后藤传吾对他说了句什么，让他一溜烟地逃回了厨房里。这样一来，现在摩天大楼的这一整层就只剩下他们了。后藤传吾对儿子低声说了句话，令他拿出一支钢笔和两张名片。费迪南德把笔和一张名片递给他父亲，另一张名片递给兰迪。"我们来玩个小游戏吧，"后藤传吾说，"你有笔吗？"

"有。"兰迪说。

"我会写下一组经纬度，"后藤传吾说，"但是只写秒的部分，不写度和分。只写秒，你明白吗？"

"明白。"

"这信息本身是毫无用处的，你同意吗？"

"同意。"

"那么你也写下同样的部分就没有危险了。"

"确实。"

"然后我们交换卡片,同意吗?"

"我同意。"

"非常好。"后藤传吾开始写字。兰迪从口袋里掏出一支笔,写下秒数和十分之一秒数:经度 35.2,纬度 59.0。写完之后,后藤传吾已经在期待地看着他了。兰迪递过卡片,有数字的一面朝下,后藤传吾也递过他的。他们交换卡片,按照这边必要的礼数微微鞠了一躬。兰迪用手掌盖住后藤先生的卡片,将它转过来对着光线。上面写着

35.2/59.0

整整十分钟没人说话。兰迪是如此震惊,以至于他很长时间都没有意识到后藤传吾也跟他一样震惊。艾维和费迪南德是桌边仅剩的头脑还在运转的人,这会儿他们莫名其妙地面面相觑,两人都不明白发生了什么事。

终于艾维说了句什么兰迪没听见的话。他用力捣了兰迪一肘子,又说了一遍:"我去一下洗手间。"

兰迪看着他离开,默数到十,然后说:"失陪一下。"他跟着艾维走进男厕所:抛光的黑色石面,厚厚的白毛巾。艾维抄着双手站在里面。"他知道。"兰迪说。

"我不信。"

兰迪耸耸肩道:"我能说什么?他真的知道。"

"要是他知道,那大家都知道了。我们的防范措施肯定哪一步出了差错。"

"大家都不知道。"兰迪说,"要是大家都知道,下面早就一团乱

了,以诺克肯定也会通知我们。"

"那他怎么会知道?"

"艾维,"兰迪说,"他一定就是埋金子的人。"

艾维看起来大为愤慨:"你他妈逗我呢?"

"你有更好的推论吗?"

"我以为埋那些东西的人都被灭口了。"

"可以说他就是个幸存者。你不这么认为吗?"

十分钟后他们回到桌旁。后藤传吾已经把餐厅工作人员放了回来,甜点菜单也拿上来了。奇怪的是,老头子又回到了礼貌闲谈的模式,兰迪渐渐明白了他是在试图弄清楚兰迪他们是怎么知道他知道的事情的。兰迪漫不经心地提了一句说他的祖父1945年曾在马尼拉做密码分析专家。后藤传吾显而易见地松了口气,神色高兴了几分。随后就是更多毫无意义的闲聊,直到餐后咖啡送上来。这时大家长突然凑上前来说了一句,"在你们喝之前——先看看!"

兰迪和艾维看向自己的杯子,他们的咖啡表面浮着一层奇怪的闪光的东西。

"是金粉。"费迪南德解释道。后藤父子俩都笑了。"80年代,日本特别富裕的时候,这种做法很时髦:带金粉的咖啡。现在已经过时了,太招摇。不过你们尽管喝。"

兰迪和艾维喝了——虽然有一点紧张。金粉覆上他们的舌头,然后被冲下他们的喉咙。

"跟我说说你们的感想。"后藤传吾提出要求。

"这挺傻的。"兰迪说。

"是,"后藤传吾严肃地点点头,"是很傻。那么告诉我:你们为什么还想挖出更多的金子呢?"

"我们是生意人,"艾维说,"我们就是要赚钱的。金子值钱。"

"金子是价值的尸体。"后藤传吾说。

"我不明白。"

"你要是想弄明白，看看窗外吧！"大家长说，拐杖一挥，把半个东京划了进来。"五十年前，遍地是硝烟战火。而今却是灯火通明！你明白了吗？日本的领导人很愚蠢。他们把所有的金子都运出东京，埋进了菲律宾地底下的洞里！因为他们以为将军会带军进入东京偷走金子。但将军不在乎金子。他明白真正的金子在这里——"他指指自己的脑袋，"——在人们的智慧里，还有这里——"他伸出双手，"——在人们的勤劳里。扔掉我们的金子是发生在日本身上最好的一件事，让我们变得富有。而得到金子是菲律宾身上发生的最糟糕的一件事，让他们变得贫穷。"

"那就让我们把金子从菲律宾弄出来，"艾维说，"让他们也有机会变得富有。"

"啊！现在你说话有道理了，"后藤传吾说，"那你是打算把金子运出来倒进海里吗？"

"不是。"艾维说，紧张地笑了一声。

后藤传吾扬起眉毛："噢。所以说，作为交易的一部分，你想发财？"

这时，艾维做了一件兰迪以前从没见他做过，或者连差点儿做过都没有的事情：他发怒了。他没有掀翻桌子，也没有抬高声音。但是他的脸涨得通红，紧紧咬住牙齿，脸上的肌肉都鼓胀起来。他通过鼻子重重呼吸了好一会儿。后藤父子似乎都对此颇为印象深刻，所以很长一段时间没有人出声，好让艾维有机会恢复冷静。艾维看起来无法用言语表达他的想法，于是他干脆从口袋里掏出钱包，一阵翻找，直到他找到一张黑白照片。他把照片从透明保护套里抽出来，递给后藤父子。那是一张全家福：父亲、母亲、四个孩子，都是 20 世纪中期中欧人的长相和打扮。"我叔祖父，"艾维说，"和他的家人。华沙，1937 年。他的牙齿在那个洞里。你埋了我叔祖父的牙齿！"

后藤传吾抬起头对上艾维的视线，神色里既没有愤怒也没有辩解。只有悲伤。这似乎对艾维有了一些影响，他软下来，终于吐了口气，挪开视线。

"我知道你很可能别无选择，"艾维说，"但那仍然是你做下的事情。我从不认识他，也不认识我在大屠杀里丧命的其他亲戚。可只要能够好好安葬他们，我心甘情愿把每一盎司金子都扔进海里。如果你说这是必要条件，我就会这么做。但我真正打算做的，是用它来确保这样的惨剧再也不会重演。"

后藤传吾闻言沉思了一会儿，他的脸在东京的灯光照耀下像石头一样毫无表情。随即他取下挂在桌边的拐杖，重重拄到地上，撑自己站起来。他转向艾维，挺直腰杆，然后鞠了一躬。这是兰迪见过的最深的鞠躬。最后他直起身来，坐回椅子里。

紧张的氛围打破了。所有人都放松下来，而且也筋疲力尽了。

"荣将军很快就要找到各各他了，"过了好一会儿后，兰迪才又拾起了话题。"不是他找到就是我们找到。"

"那么一定是我们了。"后藤传吾说。

第九十六章 安 息

　　陆战队员的枪声回荡在墓园里，尖锐的爆裂声像弹珠机的弹子般在墓碑之间来回弹射。后藤传吾蹲下身子，将一只手插进松软的泥土中，摸起来很舒服。他握住一把泥土，让它们从他的指缝间落下，顺着他那套崭新的美国陆军制服的裤腿滑进裤脚的翻边里。他走到墓穴陡直的边缘旁，将手中的泥土撒在装着鲍比·沙夫托的军用棺材上。他画了一个十字，看着沾上零星泥土的棺材盖，然后努力抬起头，迎向这个阳光普照的生者的世界。除了地上的青草和几只蚊子外，他看到的第一个活物是一双穿着由旧吉普车轮胎改制的凉鞋的脚，这双脚的主人是一个裹在一件不成形的棕色粗布外套里的白人，头上还戴着一顶兜帽。从兜帽阴影之中凝视着他的是以诺克·鲁特那张出奇怪异的脸（胡子是红的，头发却是灰的）——每当后藤传吾在马尼拉四处执行任务时总会碰到这个人。后藤传吾感到自己被这道肆无忌惮的目光攫住了，浑身无力。

　　他们漫步在这一片万物生长的墓园之中。

　　"你有什么想要告诉我的吗？"以诺克说。

　　后藤传吾转过头，直视着鲁特的双眼："我听说忏悔室是一个绝对保守秘密的地方。"

"是的。"以诺克说。

"那，你怎么知道？"

"知道什么？"

"我猜你教会的兄弟们告诉了你一些你不该知道的事情。"

"别乱猜，忏悔室的秘密没有泄露出去。我没有和聆听你第一次忏悔的牧师说过话，就算我问了，他也不会告诉我的。"

"那，你怎么知道？"后藤传吾问。

"我有很多种了解事情的办法。比如我知道你是一个矿工，一个能在地上挖大洞的工程师，你我共同的朋友费迪南德神父是这么告诉我的。"

"是的。"

"日本人千方百计把你带到了这里，除非你要挖的那个洞有特别重要的价值，不然他们不会这么做的。"

"他们可能有很多种这么做的理由。"

"是的。"以诺克·鲁特说，"但合理的只有几种。"

他们沉默地又走了一段。鲁特每走一步都会踢到教士服的下摆。"我还知道其他的事，"他继续道，"在南边，有一个人给牧师带去了钻石。这个人说他在路上打劫了一个旅人，从他那里抢来了不少钻石。那个受害者因为伤势太重死了。那个劫匪将这些钻石捐给了教会作为忏悔。"

"那个受害者是个菲律宾人还是个中国人？"后藤传吾问。

以诺克·鲁特不动声色地望着他："有中国人知道这事？"

他们又继续向前走。鲁特很愿意从吕宋岛这头走到那头，只要后藤传吾愿意开口说话。

"我还有来自欧洲的消息，"鲁特说，"我知道德国人藏了宝。人人都知道,哪怕就在我们说话的这会儿,山下将军还忙着在北部的群山里埋下更多战争中掠夺的黄金。"

"你想从我这里知道什么?"后藤传吾问。跳过眼眶湿润的那一步,他的泪水喷涌而出,顺着脸颊流下。"我皈依教会是因为一句话。"

"话?"

"耶稣基督背负世人的罪,"后藤传吾说,"以诺克·鲁特,没有人比我更了解世人的罪。我曾浸泡在那些罪孽中,淹没其中,焚炙其中,深入其中。我像一个潜入狭长洞穴的人,洞里只有黑暗而冰冷的水。我抬起头,看到头顶有一点光明,便奋力朝它游去。我只想回到水面,重新呼吸空气。虽然我仍浸泡在这个世界的罪孽中,但至少我能呼吸了。这就是我现在的状态。"

鲁特点点头,等他继续说下去。

"我不得不忏悔。我看到的那些事——我所做的那些事——都太可怕了。我必须净化自己,这就是我在我的第一次忏悔中所做的事。"后藤传吾颤抖地长长呼出一口气,"那是一场太过漫长的忏悔,但它终于结束了。耶稣背负了我的罪,牧师是这么说的。"

"很好,我很高兴它对你有用。"

"现在,你却希望我再次提起这些事?"

"还有一些人。"以诺克·鲁特说。他停下脚步,转过身,点了点头。越过几千座白色的墓碑,在一个高坡的顶上站着两个穿便服的男人的剪影。他们看起来像西方人,这是后藤传吾唯一能看出来的。

"谁?"

"在地狱转了一圈又回来的人,和你一样。知道那些黄金的人。"

"他们想要什么?"

"挖出那些黄金。"

一阵恶心像一张湿床单一样裹住了后藤传吾的全身。"那他们得从一千具尸骨未寒的尸体中挖出一条隧道,那是一座坟墓。"

"整个世界就是一座坟墓,"以诺克·鲁特说,"坟墓可以被迁移,死者将得到重新安葬。体面的安葬。"

"然后呢,挖到黄金之后?"

"世界正在流血,它需要伤药和绷带,而这些东西需要花钱。"

"但是在这场战争之前,这些黄金也存在于世界上,存在于光天化日之下。但是看看发生了什么吧。"后藤传吾打了个寒噤,"储存在黄金里的财富是死的。这种财富会腐烂,会发臭。真正的财富是由每天起床工作的普通人创造的,是由学校里的孩子们完成功课、启迪智力创造的。告诉那些人,如果他们想要财富,他们应该在战后和我到日本去。我们在那里可以共同创业、建造房屋。"

"真像日本人才会说的话,"以诺克悻悻道,"你们永远不会改变。"

"我不明白你这话是什么意思。"

"那些因为失去了双腿而没法起床工作的人怎么办?那些失去了出去工作的丈夫和赡养自己的儿女的寡妇怎么办?那些没法启迪智力因为他们根本没有课本和校舍的孩子怎么办?"

"你可以给他们大把大把的黄金,"后藤传吾说,"但是很快,千金也会散尽。"

"是的,但是总有一些会变成课本和绷带。"

后藤传吾这次没有反驳。他太悲伤也太疲惫,没有心思去细想了。"你想要什么呢?你认为我应该把黄金捐给教会?"

以诺克·鲁特露出微微吃惊的表情,仿佛他真的从来没这样想过似的。"我想这个主意也不算太糟,教会有两千多年利用自己的资源帮助穷人的经验。虽然教会做的事并不总是完美的,但它确实对发展医院和学校做出过贡献。"

后藤传吾摇了摇头说:"我才加入你们的教会几个星期,但心里已经有了不少疑问。它对我确实有帮助,但是要给它这么多黄金——我不确定是不是应该这么做。"

"别用那种期待我为教会的缺陷辩解的眼神看着我,"以诺克·鲁特说,"他们已经开除我的神职了。"

"那我该怎么做?"

"也许你可以有条件地捐给教会。"

"什么?"

"比如你可以选择只用来资助儿童读书。"

后藤传吾说:"正是那群读书人造就了这片墓地。"

"那就加点别的条件吧。"

"我的条件是如果这批黄金能够重见天日,它应该被用来避免未来再次爆发这样的战争。"

"那我们要怎么做才能达成这个条件呢,后藤传吾?"

后藤传吾叹了口气:"你给我的这副担子也太重了!"

"不,我并没有给你什么担子,它一直都在那里。"以诺克·鲁特无情的目光落在后藤传吾那张饱经风霜的脸上。"耶稣背负了世人的罪,但世界并未改变:这是一个我们注定生活于其中的物理现实,直到死亡带我们离开。你忏悔了,你得到宽恕了,蒙主恩典,你肩上最重的那一部分被移除了。但黄金仍旧在那里,在一个地洞里。你以为在你吞下饼和酒时那些黄金就会化为尘土吗?我们所说的'变体'可不是这个意思。①"以诺克·鲁特转身离去,留下后藤传吾独自一人留在这座死者之城明亮的大道上。

---

① 变体(transubstantiation),原意为一种物质向一种物质的转化,在神学术语中指的是圣餐(即前文所述饼与酒)在神父祝圣时化为基督的体血。

第九十七章 回　归

"我会回来的。"兰迪在他到东京后给艾米的第一封电邮里写道。再回菲律宾完全不是个好主意，换作从前那个温和的兰迪，大概连想都不会想这么干。然而此刻他却在吉纳库塔苏丹国的海滩上，汤姆·霍华德的私人城堡下面，涂满了防晒霜吃好了晕船药，准备回归。考虑到山羊胡会让他容易被辨认出来，他把胡子剃了；又考虑到在他要去的地方（可能性最大的三个地方包括丛林、监狱和海底）头发没有什么用处，他用电推子在头上推了一圈，把头发都理成大约八分之一英寸长。这让他不得不找一顶帽子来避免头顶晒伤，而汤姆·霍华德的房子里唯一一顶兰迪能戴的帽子是某个头部肿大的澳洲外包商扔在这里的牛仔帽——它的味道引来了一些喜欢漫无目的大嚼特嚼的夜行啮齿动物。

一条螃蟹船停在海滩上，好几家巴夭族的孩子在上面玩闹，跟州际公路休息站里那些知道自己十分钟后就要回温纳贝戈[①]的孩子一模一样。这条船的主船体是用单根热带雨林木掏空做成的，五十英

[①] 位于美国内布拉斯加州的印第安保留区。

尺长，船身狭窄，兰迪坐在上面最宽的部分中间，伸出手就可以碰到两边船缘。船体大部分被棕榈叶编成的篷子遮蔽，不少叶子已经因为年久和盐渍变成了棕灰色，不过有一位老女人正用新鲜的绿叶和塑料捆绳对它进行修补。船的两边都有细细的竹子浮竿，用竹竿与船体相连。某种类似船桥的东西伸出船头老远，上面涂着鲜艳的红黄绿色花饰，像一条行进的船尾后拖着的一连串倒映着热带夕阳色彩的旋涡。

说到这个，此刻落日正在西沉，他们则在准备将螃蟹船里最后一批金条运出来。海边的陆地如此突兀地下降成陡壁，以至于没有道路与海滩相连。这大概是件好事，毕竟他们想让这次行动越隐秘越好。不过汤姆·霍华德在盖房子的时候往这里运过不少重物，所以他已经造好了一条短短的窄轨铁路。实际情况其实没有听起来那么厉害：不过是一对已经锈蚀的工字钢梁，垫在半埋在土里的混凝土枕木上，长度五十码，径直爬上一道四十五度斜坡，通向一小片可以通过私人道路到达的高地。高地上他还装了一架柴油驱动绞车，用来将重物拖上铁轨。这套装置用来完成今晚的任务绰绰有余：将几百公斤的金块——沉没的潜水艇里捞出来的最后一批金块——从海滩上拉上来，运进他房子的保险库里。明天，他和其他人可以在方便的时候用卡车将金块运到吉纳库塔，兑换成一串代表大额高度加密财产的比特。

巴禾族人跟兰迪在旅途中遇到的其他一切一样，令人恼火地拒绝表现出异国风情：主持工作的人坚称自己的名字叫作莱昂，海滩上的孩子们则总是在摆老套的功夫造型，一边还大叫"嗨——呀"兰迪知道这是《恐龙战队》[①]里的，因为艾维的孩子们也老做一模一

[①]美国电视剧，改编自日本特摄系列剧《超级战队》。

样的事情，直到他们的父亲在家里禁止所有模仿《恐龙战队》的行为。当第一个装满金条的牛奶箱被莱昂从螃蟹船高高的船桥上扔下来，半陷进底下像面粉一样的湿沙里时，艾维站到它旁边，试图用希伯来语为死者说几句庄严的祷词，然而他刚说出五六个音素，两个巴天族的孩子就把他归入了永恒静止物体那一类，决定用他来做战术掩护，站到他身子两边，疯狂地朝对方"嗨呀"。艾维并没有高傲到看不出这里面的幽默感，也没有多愁善感到明显表露出想要把他们掐死的意愿。

约翰·韦恩叼着烟拿着一把霰弹枪沿着海岸巡逻。道格拉斯·麦克阿瑟·沙夫托认为遭受蛙人袭击的可能性比较低，因为螃蟹船里的金条只值二百五十万美元，这点钱根本犯不着劳心费力组织海上袭击。约翰·韦恩在这里，是为了防止有人误以为他们在螃蟹船上装的财物有二百五十万的十几二十倍那么多。从流体力学的角度来看，这似乎并不可能。然而道格说高估敌人的智商甚至比低估他们更加危险。他、汤姆·霍华德和杰基·吴全都拿着突击步枪守在道路尽头。汤姆简直有点大摇大摆的意思了。在这个小情境里，他的全部幻想都得到了实现。

一个大塑料箱重重落到沙子里，摔开了口，撒出一堆碎裂的珊瑚。兰迪走过去，发现珊瑚和甲壳里夹着许多金箔，上面打着小孔。对他来说，那些小孔比金子本身更有意思。

然而每个人对此的反应都各不相同。道格·沙夫托在面对大量黄金时总是表现出卓尔不群的冷静沉郁，仿佛他一直知道金子就在那里，然而真的触摸它就会让他想到金子的来源和为了得到金子采取的手段。看见一块金砖就让后藤传吾差点吐在了他的神户牛肉上。对于正在海湾里懒洋洋地仰泳的埃伯哈德·弗尔，黄金是货币价值的实体化，而这对他——以及寄生藤公司其他人员——来说，几乎只是一个数学上的抽象概念——数论的某个特定的子子子分支的一种实际应用而已。所以金子对他的吸引力纯粹是知识方面的,跟一块月岩或一颗恐龙牙齿没什么两样。汤姆·霍华德则把它视作某种政治原则的化身,这原则几乎像数论一样纯粹,也一样和人类现实远远脱节。夹在其中的还有某种私人的报复感。对于海上吉卜赛莱昂,那只是一批要从 A 点运到 B 点的货物,而他会得到比它更有用的东西作为报酬。对于艾维,它是神圣与邪恶不可分割的混合体。对于兰迪——如果被任何人知道了,他会羞得要死,并且愿意毫不犹豫地承认这个想法有多腻歪——它是此时此刻最接近他和他心爱的人之间的物理联系的东西,因为这些金条是她几天前才从沉船里打捞出来的。现在他对这些金子真的只有这种程度的在乎了。实际上,在他决定雇用莱昂将他偷渡过苏禄海、进入南吕宋岛之后这几天,他不得不一遍又一遍地提醒自己这趟旅行的主要目的是打开各各他。

在黄金尽数卸下,莱昂往船上添好补给之后,汤姆·霍华德拿出一瓶纯麦芽苏格兰威士忌,兰迪对于经常光顾机场免税店的到底是些什么人的疑问终于得以解答。所有人都聚到海滩上喝酒庆祝。兰迪加入人群的时候有些紧张,因为他不知道要是祝酒的责任落到他头上,他到底该敬什么。敬发掘各各他?好像不能敬这个。艾维和后藤传吾心意相通的那一刻就好像一道火花越过气隙——突然,耀眼,还有点吓人——他们的共识里不可动摇的一点就是这些黄金全都沾满了血腥,而各各他则是一个他们准备去亵渎的坟墓。所以这并不是适合祝酒的材料。那么敬一敬抽象崇高的原则如何?

想到这,兰迪又遇到了一个难题,那是他站在汤姆·霍华德的混凝土房子下面的海滩上时慢慢浮现在脑海中的:汤姆在吉纳库塔找到的完美的自由就像一朵剪下来装在水晶瓶里的花。它很美,然而它已经死了，死的原因是它离开了生长的土壤。那么这土壤究竟是什么呢？笼统来看你大概可以说就是"美国"，但实际比那要复杂一些，美国只是一种在好几个地方都能看见的文化哲学体系中一个最难以忽视的样例罢了。有这样体系的地方不多。不消说，吉纳库塔就没有。最近的一个前哨站其实就在不远处：菲律宾对于西方关于自由的这一套吸收得还是挺多的。

最后这些都白想了。道格拉斯·麦克阿瑟·沙夫托提议为航行一帆风顺而干杯。两年前兰迪会觉得这样说平庸愚蠢。现在他明白，这是道格对这个世界的道德暧昧性的含蓄致意，也是对任何夸张的豪言壮语的一种先发制人的有效反击。兰迪一口闷下自己的威士忌，然后说："开干吧。"这话也平庸得令人震惊，然而在海滩上围成一圈这档子事弄得他着实紧张。他当初同意参与的是商业机会，可不是什么阴谋集团呀。

接下来就是四天在螃蟹船上的旅程。它以每小时十公里的速度日夜前行，航线紧贴苏禄海外沿的浅水区。运气不错，赶上了好天气。他们在巴拉望岛停下两次，民都洛岛停下一次，补给柴油，交易一些杂货。商品进入下面的船舱，人则走上面的甲板——其实只是几块交叉搭在船缘上的木板而已。兰迪感觉到比自己在青少年极客时期所感觉到的更加全然的孤单，但他并不因此难过。他长时间睡觉，排汗，喝水，读了几本书，剩下时间就在捣鼓他的新GPS接收器。它最显著的特征就是一根蘑菇状的能够接受到微弱信号的外接天线，在重重遮蔽的丛林里应该能派上用场。兰迪已经把各各他的经纬度输入到了它的存储器里，所以只要按几个键他就能马上看见目的地离他还有多远，在哪个方向。它离汤姆·霍华德的海滩几乎正好是一千公里。等到螃蟹船终于在南昌宋岛的一片滩涂登陆，兰迪一副麦克阿瑟式的派头在泥浆里艰难爬上岸时，目的地只有四十公里远了。

然而他眼前是拔地而起仿佛要朝他压过来的火山，黑漆漆的，笼罩着浓雾。经验告诉他，森林地带的四十公里要比之前的九百六十公里难走得多。

一座古老的西班牙教堂的钟楼从不远处的椰子树后探出来。钟楼由火山凝灰岩块砌成，在又一次令人目眩神迷的热带落日余晖中发出微光。多拿了几瓶水，又和莱昂一家人道过别后，兰迪开始向它走去。在路上，他从GPS的存储器里删除了各各他的位置信息，以防万一它被没收或抢走。

他的下一个念头暴露了他目前的心理状况：果实是树木的生殖器，这一点在你看到一丛圆鼓鼓的青椰子半隐半现地藏在棕榈树毛茸茸黑漆漆的腹股沟里时再明显不过了。西班牙传教士们竟然没把这整个物种连根铲除，真是令人惊讶。总之，等他来到教堂跟前的时候，身后已经跟上了一群光着膀子的菲律宾小孩，显然是不习惯看见有白人男性凭空出现。兰迪对此说不上多高兴，但没人报警他就觉得万幸了。

一辆造型可爱、重心高得吓人的日本多功能越野车停在教堂前，旁边围了一圈止在大开眼界的村民。兰迪感觉他们真是不能更高调了。一位五十多岁的司机倚在前保险杠上，一边抽烟一边和某些当地要人闲扯：一位神父，还有（见了鬼了）一名拿着栓动式步枪的警察。视野可见范围内的所有人都在抽万宝路，显然是有人为了示好分发给大家的。兰迪得让自己的思维方式变回菲律宾模式：偷渡回国的正确方式不是要执行什么间谍行动，三更半夜穿着哑光黑色潜水衣爬上某座孤岛，而是就这样大摇大摆地走进来，和每个看见你的人交朋友。因为他们又不蠢，他们肯定会看见你的。

兰迪点了根烟。他这辈子从没抽过烟，直到几个月以前。那时候他终于弄明白了抽烟是一种社交礼仪，拒绝别人递过来的烟可能会被看作一种侮辱，并且抽几根烟怎么样也要不了他的命。这些人里除了司机和神父没人会说一句英语，所以这是他与他们唯一的交流方式。再说，考虑到他经历的所有其他转变，顺便也变成个烟民又有何不可？说不定下星期他就要开始注射海洛因了呢。作为一种恶心又致命的东西，香烟倒是令人非常享受。

司机名叫马修，结果证明他与其说是个司机，不如说是个富有魅力的调停者或谈判者，扫清路上障碍的人，人形压路机。兰迪就这么被动地站在那里，同时马修大展其魅力，以一种令人捧腹的方式将他们从这次即席村民大会里解救出来。要不是那神父很明显是跟他们串通好的，这几乎是不可能完成的任务。警察唯神父马首是瞻，神父伴随着一系列眼神和手势跟他说了一段复杂的话，于是就这样，兰迪坐进了多功能越野车的副驾驶，马修则坐到了方向盘后。日落之后很久，他们才沿着路况恶劣的单车道马路开出村子，一群小孩跟在车后面跑，一只手放在车上，像护送车队的特勤处特工。这群小孩跟了很久，直到几公里后，路况才足以让马修挂到一挡以上。

这绝对不是一个适合开夜车的地方，然而马修显然对留在村子里过夜没有兴趣。兰迪很清楚接下来会发生什么：在迂回曲折的道路上缓慢地行驶许多个小时，途中会遇到的障碍包括一堆堆占了半条道、刚刚收获的新鲜椰子，以及扔在路上作为减速带，以免孩子和狗被车碾过的木头。他将椅子靠背放了下去。

明亮的光线射入车内，他立刻想到：路障，警察，射灯。光线被一个人影挡住了。窗户上传来一阵敲击声。兰迪转头一看，发现驾驶座空着，车钥匙也没插在点火器上。车子已经熄火变凉了。他坐起身来揉了揉脸，半是因为脸确实要揉，半是因为将双手放在看得见的地方大概是明智之举。挡风板上又传来敲击声，越来越不耐烦。窗户上都是水雾，他只能看见影子的形状。光线泛着红。他发现自己完全不合时宜地勃起着。兰迪摸索着窗户开关，但这辆车的窗户是电动的，发动机没打火的时候没法用。他转而摸索车门，直到他弄明白如何打开车锁。它几乎立刻就猛地打开了，有个人爬进了车里。

她坐到了兰迪腿上，斜躺着，头靠在他胸口。"关上门。"艾米说，兰迪依言而行。然后她扭动身体，直到她与他面对面，她骨盆的重心无情地摩擦着他肚脐与大腿之间的一大片区域——这几个月以来那里整个变成了他的一个巨大的性器官。她将他的脖子夹在小臂间，抓住了车座的头枕。他被困住了。现在显而易见的做法应该是一个吻，她往那个方向动了动，但随即又改了主意，因为此刻看起来似乎更需要进行一次严肃的对视。于是他们彼此凝视了大概有足足一分钟。他们交换的并不是恍惚朦胧的眼神，跟恋爱的幻想一点也沾不上边，更像是我们他妈的到底让自己搅进了什么破事儿里这一类的交流。就好像他们彼此都认识到一切是多么严肃这一点至关重要。情感方面如此，没错，但同时从法律和（找不到更好的表达方式了）军事的角度也一样。但是一旦艾米满意地看到她的男孩确实明白以上所有，她就允许自己露出一个微微有些不敢相信的冷笑，随即变成真正的咧开嘴的笑容，然后是一声放在一个没那么全副武装的女人身上就可以被叫作咯咯笑的声音，然后只是为了要让自己闭嘴，她用力抓住头枕的不锈钢滑竿，将脸凑到兰迪跟前，在时长约十次心跳的试探性闻嗅和磨蹭后，吻住了他。这是一个纯洁的吻，过了很久才放开，这与艾米对待一切事情的那种谨慎讥讽的态度完全一致，也符合他们在开车去惠特曼的路上某次她对于自己其实是个处女的暗示。

此时此刻，兰迪的生命得到了本质性的圆满。在这一切之中，他明白过来穿透窗户的光线其实是黎明的晨光，他努力让自己不要去想今天就算死了也甘心，因为他很清楚，虽然在这之后他可能会一夜暴富，骤然成名，或随便什么，但再也不会有什么能比得上此时此刻。艾米同样知道这一点；她让这个吻持续了很久很久，才终于抽身轻轻抽气，垂下头让额头抵在兰迪的胸骨上，她头部的曲线与他喉咙的线条完美契合，就像南美洲和非洲的海岸线。兰迪几乎无法忍受她对他胯部的压力。他将双脚撑在多功能越野车的地板上，扭动了一下身体。

她突然果决地动起来，抓住他宽大短裤的左裤腿，一把将它扯到接近肚脐眼的位置，他的平角短裤也被一起扯开了。小兰迪弹出来瞄准了她，直直矗立着，随着他每一次心跳微微摆动，在晨曦中发出健康的（他谦逊地想道）光芒。艾米穿着某种围裹式短裙，她忽然将裙子罩到了他身上，短暂地搭起一顶小帐篷。但她还在继续行动，手伸到身下把内裤扯到一边。就在他甚至还不敢相信这件事真的这样发生了的时候，她就已经用力坐了下来，给他造成一阵近乎电击的冲击。然后她停了下来——挑战着他。

兰迪的脚趾发出听得见的咯嗒声。他将自己和艾米抬到空中，体验到某种通感幻象，就像《星球大战》里著名的"跃入多维空间"那一幕一般。或者也许是安全气囊不小心弹开了？然后他射出了大概一品脱的精液——一系列永无止境的射精，支撑一次到下一次之间的连接的只有对于下一次必将到来的信念——到最后，如同所有建立在信念和希望之上的宏图伟业一样，它轰然倒塌，然后兰迪完全静止地坐在那儿，直到他的身体意识到它已经好一阵子没吸气了。他吸入足以完全填满肺部的空气，将肺部撑到极限（这感觉几乎可以和高潮媲美），然后睁开眼——她正低头看着他，带着迷惑的神色,不过(谢天谢地)没有惊恐或厌恶。他靠回到斗式座椅里,椅子挤住他的屁股,像令人不快的性骚扰。在椅子、艾米的大腿和其他穿刺状态下,他短期内是没法逃去哪儿了。而且他对艾米接下来可能会说的话感到有点害怕——她对这一切的可能回应足够列一张长长的单子,其中大部分会对兰迪造成打击。她撑起一边膝盖,抬起身子,抓住他夏威夷衬衫的下摆稍微清理了一下自己。然后她推开车门,拍了两下他长着胡须的脸颊,说了句"刮胡子",就从舞台左侧退场了。兰迪现在可以看见安全气囊其实并没有弹出来。然而他却感到了一个人在车祸中幸存下来后可能会有的那种生活发生翻天覆地变化的感觉。

他身上一团糟。幸运的是他的包就在后座,里面有另一件衬衫。几分钟后他终于从雾蒙蒙的车子里出来,环顾四周。他正站在一个坐落在倾斜高地上的小镇里,周围零零落落地散布着几棵特别高的椰子树。斜坡下,大约是南边,有一片植被,兰迪依稀认出是某种三层经济作物:地面层种着菠萝,齐人高的是可可和咖啡,再往上是椰子和香蕉。黄绿色的香蕉叶看起来格外怡人,大得仿佛可以躺在上面沐浴阳光。北边的山坡上,一片丛林正在企图征服山峰。

他所在的这个建筑区显然是最近才建起来的,由真正的测量员布局,受过教育的人设计,能够买得起崭新的瓦楞铁皮、ABS塑料下水管道和正经电线的人出资建造。与一般菲律宾城镇一样,它也是围绕着一座教堂建起来的。这座教堂很小——以诺克把它叫作小礼拜堂——但就算鲁特不说,兰迪也一眼就能看出它是芬兰建筑系学生设计的。教堂带着一点巴克·富勒[①]式的张拉整体风格——许多外露绷紧的拉索从管型支柱末端四下伸出,共同支撑着屋顶。屋顶

---

① 查德·巴克敏斯特·富勒,美国著名建筑师、工程师、哲学家。

的表面不是一整块,而是由一系列曲面组成。在兰迪看来它的设计实在是优美精良——他现在评判建筑物的唯一标准就是它们抵御地震的能力。鲁特告诉他,这教堂是一个传教团的教友们和当地志愿者合力建造的,由一家仍然在努力弥补战争罪行的日本基金会赞助材料。

教堂里传出乐声。兰迪看了眼手表,发现现在是星期天早上。他以弥撒已经做到一半了不便打扰为借口,没有去参加,而是漫步走向附近的亭子——瓦楞房顶遮着混凝土地板,里面放着几张塑料桌——早餐摆了一桌子。他在一群与他狭路相逢的鸡里引起了激烈的争议,它们似乎没有一只能搞明白怎么从他面前让开。它们害怕他,但头脑里的条理性又不足以将这分恐惧转化成合理的行动计划。几英里外,一架直升机正从海上飞来,慢慢降落在上方的丛林里某处的停机坪上。那是一架体形庞大的运输直升机、噪声大得莫名其妙,轮廓看起来很陌生,兰迪隐隐怀疑它是俄罗斯为中国客户生产的,属于荣将军业务的一部分。

他认出了杰基·吴,他正懒懒地坐在其中一张桌子旁,一边喝茶一边读一本色彩鲜艳的杂志。艾米在旁边的厨房里,用他加禄语跟正在准备早餐的几位中年女士闲聊。这个地方看起来挺安全,于是兰迪在露天处停下,输入只有他和后藤传吾知道的数字,看了一下GPS读数。根据接收器显示,他们离各各他的主巷道只有不超过4500米了。兰迪又看了一下方向,确认了目的地在从这里往山上走的地方。虽然丛林模糊了下面地表的形态,但他认为地点应该就在附近一条河的河谷里。

4500米似乎近得不可思议,他还站在那儿试图说服自己他的记忆没有出错,这时礼拜堂的大门突然打开,整个街区回荡着礼拜归来的人群的喧哗。以诺克·鲁特走了出来,(不出意外地)穿着兰迪会称之为"巫师袍"的东西。但他在穿过街区走来时脱下了长袍，底下明智地穿着卡其衣裤。他把袍子递给一位年轻的菲律宾侍僧，侍僧拿着袍子快速走回礼拜堂。歌声渐消，然后道格拉斯·麦克阿瑟·沙夫托从教堂里走了出来，身后跟着约翰·韦恩和几个看起来像是当地人的家伙。所有人都慢慢走向亭子。身处陌生之地引发的警觉，再加上之前那庞大而漫长得惊人的高潮带来的神经性后果，让兰迪的感官变得前所未有地敏锐，头脑前所未有地清醒，他已经等不及要出发了。但他也无法否认好好吃顿早餐是明智的做法，于是他握了一圈手，跟其他人一道坐下。大家聊了几句他坐螃蟹船的旅途经历。

"你的朋友们应该也这样入境。"道格·沙夫托说，然后解释道艾维和后藤父子本来昨天就该到了，但他们在机场耽搁了几个小时，最后不得不又飞回东京，摆平某些神秘的移民问题。"他们为什么不去台北或者香港？"兰迪把疑问说了出来，因为这两个城市离马尼拉都近得多。道格面无表情地看着他，指出上述两个地方都是中国城市，并提醒他说他们目前的假想敌是荣将军，荣将军在这些地方的影响力不容小觑。

几个背包已经准备妥当，里面大部分是瓶装水。等每个人都消化完早餐之后，道格拉斯·麦克阿瑟·沙夫托、杰基·吴、约翰·韦恩、以诺克·鲁特、艾梅丽卡·沙夫托和兰德尔·劳伦斯·沃特豪斯全都背上了背包。他们开始漫步上山，走出村落，进入一片旅人蕉和竹林的过渡带：直径有十厘米的竹竿从中央的根部辐射出来，高度至少有十米，像一场被冻住的爆炸。竹竿的绿色间夹杂着褐色的叶鞘。丛林的树冠越来越高，在这一条上坡的路上更是尤为明显。林间回荡着不可思议的啸声，像是过载的相位枪。等他们走进树冠的阴影下时，啸声里又夹入了蟋蟀的鸣叫。听起来仿佛有一百万只蟋蟀和一百万个发出啸声的随便什么东西，但时不时地所有声音会突然停下，又重新响起，所以如果有很多发声体，它们也一定全都在看同样的乐谱。

这地方遍地都是在美国只能养在花盆里的植物，然而它们在这里却长得有橡树那么大，大得兰迪无法认出它们就是（举例来说）沃特豪斯奶奶在楼下浴室的盥洗台上种的那种万年青。这里的蝴蝶种类多得令人眼花缭乱，没有风的环境似乎正合它们的心意。它们穿梭在巨大的蛛网之间，蛛网的样子让人想起以诺克·鲁特的礼拜堂的设计。但显而易见，这里真正的主宰是蚂蚁。其实最合理的看法是把丛林当作一个由蚂蚁构成的生命组织，其中有少许树木、鸟类和人类感染。有一些蚂蚁个头那么小，它们和其他蚂蚁之间的差距就好像那些蚂蚁和人类之间的差距一样大。它们在同样的物理空间内进行蚁群活动，却互不影响，就像是共用同一媒介的不同频率的信号。但也有不少蚂蚁在抬着别的蚂蚁，兰迪估摸着，它们这么做应该不会是出于什么大公无私的理由。

丛林茂密的地方人类无法通过，不过有不少地方树木之间有数米的间隔，林下植物也只有膝盖高，阳光可以照射进来。通过从一个这样的地点移动到下一个，他们朝兰迪的 GPS 指示的方向缓慢前进。杰基·吴和约翰·韦恩不见了，似乎是在跟他们平行的地方移动着，但动静小得多。丛林是个游玩的好地方，但你不会想在这儿住下，甚至停止移动。就好像王城区的乞丐们把你视作长了两条腿的自动提款机一样，这里的昆虫把你视作一块会动但防御并不太完备的食物。会动不是障碍，只不过毫无疑问地确保了食物的新鲜度而已。树冠遮蓬的支柱是参天大树——"苏门答腊八果木。"以诺克·鲁特说——细细的板状根爆炸一般伸向四面八方，单薄尖锐，像插入土里的大砍刀。其中一些几乎完全被缠在树干上的巨大蔓绿绒遮住了。

他们登上了一条宽阔平缓的山脊,兰迪都忘记他们是在上山了。空气突然变凉,湿气在他们皮肤上凝结。当啸声和蟋蟀的鸣叫停下时,他们听见下方传来溪流潺潺的声音。接下来的一个小时就用在慢慢地爬下通往溪流的斜坡上,他们走了一百米。以这样的速度,兰迪想,他们需要日夜兼程地走上两天,才能到达各各他。但他没有把这想法说出来。下山的时候,他开始意识到在他们头上(通常是在上方四五十米的高处)的生物量有多么巨大,并为此震惊。他感觉自己好像掉到了食物链的底端。

他们来到一片阳光更充裕的地方,然而这就意味着底层植物更加茂密,他们不得不拿出砍刀,一路砍到河边。以诺克·鲁特解释说从前有一小股火山泥流沿着上游河谷陡峭的两壁间流到这里,散开来冲倒了好几公顷古树,让更小型的植被有机可乘。这件事吸引了他们大约十秒钟的注意力,然后他们就又挥舞起了砍刀。最后他们终于来到河边,每个人身上都黏糊糊绿油油的,为了来到这里而砍伐的植物的树液、果汁和果肉弄得他们浑身发痒。此处的河床浅而多石,没有能够明显辨认的河岸。他们坐下来,喝了一会儿水。"这一切的意义何在?"以诺克·鲁特突然问,"我不是说这些物理上的阻碍让我灰心,因为我没有。但我很好奇你自己心里有没有弄明白这一切的目的。"

"寻求真相,仅此而已。"兰迪说。

"但毫无目的地寻求真相并没有意义,除非你是一个纯粹的科学家,或历史学家。你是代表企业来这里的。对吧?"

"对。"

"所以如果我是你们公司的股东,我可以要求你解释为什么现在坐在这条河旁边,而不是在做你们公司真正的业务。"

"假如你是个聪明的股东,那么没错,你确实会这么问。"

"那你的解释是什么呢,兰迪?"

"这个嘛——"

"我知道我们要去哪里,兰迪。"以诺克说出了一串数字。

"你怎么知道的?"兰迪语气有点激烈地问。

"我已经知道五十年了,"以诺克说,"是后藤传吾告诉我的。"

好一阵子,兰迪除了默默气到冒烟以外毫无办法。道格·沙夫托在大笑。艾米只是一脸心不在焉。以诺克沉思了几分钟,终于说:"最开始的计划是,用挖出来并装进某艘潜水艇里的一小部分金子把这片土地买下来。我们打算等到合适的时机,再把其他的金子挖上来。但潜水艇沉了,金子也跟着一起沉入海底。我心里揣着这件事已经好多年了。但随后人们开始购买这附近的土地——这些人显然是希望找到主库。如果我有钱,我就自己把这块地买下来了。但我没有,所以我得确保教会把它买下来。"

道格·沙夫托说:"你还没有回答以诺克的问题,兰迪,你在这里能带给股东们什么好处?"

一只红蜻蜓在溪流的一处回水上方盘旋,翅膀动得那么快,以至于肉眼看到的不是运动的翅膀,而是翅膀可能在的位置的概率分布,就像电子轨道:一种量子力学效应,也许可以解释为什么这只昆虫显然可以从一个地方瞬移到另一个地方,从一点消失又重新出现在几米外的另一点,又仿佛并没有穿过中间的空间。丛林里真是有不少鲜艳的东西。兰迪觉得在自然世界里,任何色彩这么鲜艳的东西一定是某种进化上的狠角色。

"我们把你在潜水艇里找到的金子变成了电子货币,对吧?"兰迪说。

"那是你说的,那些电子货币我还没花出去一分钱呢。"道格说。

"我们想为教会——或荣将军——或随便哪个最后得到那些金子的人做同样的事。我们想把它存进'地穴',变成可使用的电子货币。"

艾米问:"你知不知道要把金子从这里挪出去,必须穿过荣将军控制的土地?"

"谁说我们要挪它了?"

一分钟的静默,或者说是丛林标准的静默。

道格·沙夫托说:"你说得对。故事里说的哪怕有一半是真的,那这个设施比任何银行金库都要安全。"

"故事里说的全都是真的——还不止呢,"兰迪说,"设计建造各各他的正是后藤传吾本人。"

"我操!"

"他给我们画了那里的平面图。而且当地安全和国家安全的重要问题在这里都不是问题。"兰迪补充道,"当然,政府有时候不太稳定。但任何想要武力夺取黄金的入侵者都必须一路打进丛林里来,还会有千百万武装到牙齿的菲律宾人挡在他们的路上。"

"大家都知道菲律宾抗日人民军是怎么对付鬼子的,"道格说,用力点着头,"其实越共对付我们也是一样。没人会傻到这么干。"

"尤其是如果我们让你来负责的话,道格。"

谈话的大部分时候艾米都只是心不在焉地听着,但听见这句话时她转过来对她父亲咧嘴一笑。

"我同意。"道格说。

兰迪慢慢意识到,生活在这里的大多数鸟类和昆虫的移动速度都特别快,你甚至来不及转过头把它们收入你视野的中心。它们只作为你周边视觉里飞快划过的一个动作而存在。唯一的例外是一种小昆虫,它进化到了一种特别的生态位,专门以音速冲击人类的左眼球。兰迪的左眼已经挨了四下了,右眼一次都没。这会儿他又被撞了一次,正从冲击中回过神来,这时他们脚下的土地突然震了一下。它带来的心理影响有点像地震:先是难以置信,然后是一种遭到背叛的感觉,因为脚下坚实的大地竟然在鲁莽地晃动。但等这种感觉从脊椎里往上传到脑子里的时候,一切都已经结束了。河水还在流动,蜻蜓还在捕猎。

"感觉跟高爆炸药爆炸一模一样,"道格·沙夫托说,"但我什么都没听见。有人听见什么声音吗?"

没有任何人听见。

"这就意味着,"道格继续说,"有人正在很深的地底引爆炸药。"

他们开始沿着河床向上走。兰迪的GPS显示,各各他就在上游不到两千米处。河流渐渐开始有了正经的河岸,河岸越来越高、越来越陡峭。约翰·韦恩爬上左边河岸,杰基·吴爬上右边,这样两边的高地就都有人把守,或至少有人侦察。他们回到树荫下,这里的地面由某种沉积岩构成,偶尔一些地方夹杂着大块花岗岩,就像半融的巧克力里混着坚果一样。除了一整块的硬质岩石上面铺着凝结的火山灰和沉积物以外,下面肯定什么也没有。走在河床里的人现在移动的速度变得非常缓慢。有时他们涉入河水,努力对抗湍急的水流,有时他们则从一块大石头爬到另一块大石头上,或避开偶尔从河岸壁上突出来的摇摇欲坠的硬质岩石。每过几分钟,道格就抬起头来与杰基·吴和约翰·韦恩对视一眼——他们一定也在与自己的困难做斗争,因为他们偶尔会掉队。随着他们攀上山峰,树木似乎也变得越来越高,而现在它们的高度又加上了河岸比河床高出的两米、五米、十米,然后二十米乃至三十米。河岸现在真正是悬在他们头顶了:河谷几乎是一条埋在地里的管道,只有顶端的一线裂隙看得见天空。但此刻时间接近正午,阳光几乎是垂直地照射下来,照亮了所有从高处下来的东西。一只惨死的昆虫尸体从树冠组成的篷顶上飘落,像冬天的第一片雪花。头顶河岸渗下来的水滴形成一扇珠帘,每一滴都像钻石般闪烁着,让人几乎看不见后面的凹陷处。黄色的蝴蝶在落下的水滴间来回穿梭,却从不会被淋湿。

他们来到河流的一个缓弯处,遇上了一座大概二十米高的瀑布。瀑布底部还有一潭平静的浅水,填满了他们头顶凹陷的河岸形成的一个宽阔的甜瓜状的凹洞。垂直的阳光径直射入瀑布底部云雾般翻腾的白色泡沫里,炫目的光彩又折射出来,形成了某种利用自然光源的照明灯,照亮整个凹洞内部。石壁上的地下水结成水珠、汇成细流,在光线中闪烁。石壁上看不见的落脚点里,蕨类和大叶植物——寄生藤——向外伸出,在古怪的微微泛蓝的泡沫光线里摇曳,落下一道道光纹。

凹陷处的墙壁大部分被植被掩盖:脆弱的苔藓从岩石上长出来,像一层层的瀑布。几百英尺高处的树枝上生长的藤蔓半挂在山谷中,与伸出来的树根纠缠,为更细小的匍匐植物提供了天然的攀架,而这些匍匐植物又构成了潺潺不绝的地下水养出的饱满苔藓地毯的经纬线。山谷里全是五颜六色的蝴蝶,颜色纯得像有放射性,接近窸窣作响的水面的那些则是豆娘,大体上是黑色的,只有身体是浅绿色,在阳光中反射着光芒——它们围绕着彼此转圈,偶尔露出粉橙色或珊瑚红色的翅膀底面。但空气中还是充斥着许多没能幸存下来的东西,缓缓沿着纵向的气流飘入水里,然后被冲走:枯萎的叶子和昆虫的外骨骼,它们被发生在头顶上几百英尺处的寂静的战斗吸干掏空了。

兰迪一直在留神着 GPS 上的读数,GPS 在山谷里锁定任何卫星都十分艰难。但终于有数字显示了出来。他让它计算从这里到各各他的距离,答案马上跳了出来:一连串的零,只有最后才连着几位微不足道的数字。

兰迪说:"就是这里了。"但他一大半的话语都被高高的河岸上突然传来的爆炸声淹没了。几秒钟后,有人大叫起来。

"谁都别动,"道格·沙夫托说,"我们在地雷区里。"

第九十八章 小 抄

草丘上，一个男人蹲伏在一块墓碑的后面，透过三脚架上的一副望远镜跟踪着一个步伐坚定地穿过草坪的穿着长袍、戴着兜帽的身影。

"葬礼"。这就是出卖这群家伙的小抄。

那个被以诺克·鲁特抛在身后的穿着美军制服的日本人，一定就是那什么后藤传吾了。劳伦斯·普里查德·沃特豪斯在无数ETC卡片上见过这个名字，以至于他不用阅读卡片抬头打印出来的文字，哪怕隔着一臂远的距离也能通过那一串洞眼的形状认出"后藤传吾"这几个字来。除了后藤传吾以外，根据从东京发出的"天蓝／河豚"信息，他对另外二十几个在1943到1944年被派到吕宋岛来的日本采矿工程师和测量员的名字也了如指掌。但是，就沃特豪斯所知，其他所有人都已经死了。或者，他们已经和山下一起朝北边撤退了。

只有一个人活了下来，而且还住在马尼拉余下的废墟中，那就是后藤传吾。沃特豪斯本想向陆军情报部门告发他，但是现在这个杀不死的日本工程师受到麦克阿瑟将军个人的庇护，这个主意看起来就并不高明了。

鲁特正朝着另外两个参加鲍比·沙夫托葬礼的神秘白人走去。沃特豪斯从望远镜中望去,但是质量平庸的光学镜片加上草坪上腾起的热浪,令他看得很不真切。其中一个人看起来有种奇怪的熟悉感。奇怪是因为沃特豪斯并不认识几个留着大胡子、金色长发梳成背头,还戴着黑眼罩的人。

一个已然成型的想法毫无预警地从他的脑海里蹦出来,最好的想法总是这样出现。那些他从种子开始辛苦耕耘的想法,要么根本不发芽,要么就疯长成一株怪物。然而好的想法总是凭空出现,就像《圣经》中的天使一样。你不能因为它们十分可笑就忽略它们。沃特豪斯努力克制住不要笑出声来,不要过于激动。他的大脑中呆板、乏味而官僚的那部分感到有些恼火,要求他提出几条支持这个想法的证据。

他很快满足了它的要求。沃特豪斯知道,并且也已经向厄尔·科姆斯托克证明过,那些经由吕宋岛和附近水域中零散的发射机在空中暗暗传递的奇怪信息是经由"林仙"系统加密的。劳伦斯和艾伦两年前就已经知道这是鲁迪发明的系统,而现在,通过布莱切利园和马尼拉的数字计算机吐出的破译文本,他们又知道了更多的情况。他们知道鲁迪在1943年底出逃,很可能去了瑞典。他们知道一个叫作君特·比绍夫的,也就是把沙夫托和鲁特从水里捞出来的U艇的船长,最后也去了瑞典,还有邓尼茨说服他接手U−553在闵根姆搁浅之前负责的黄金运送工作。海军情报部门里全是一群被比绍夫迷倒的家伙,他早就成为众人关注的焦点了。沃特豪斯甚至见过他学生时代的照片。他正在窥视的两个人中较矮的那一个很显然就是同一个人,如今已经步入中年。另外那个个子比较高的,戴眼罩的,几乎可以肯定就是鲁迪·冯·海克赫伯本人。

那么，这就是个秘密同盟了。

他们有一个秘密通信系统。如果鲁迪是设计"林仙"的人，那么这个系统几乎是无法破译的，除非逮到类似"葬礼"这样罕见的漏洞。

他们有一艘潜艇。那艘潜艇既不会被找到也不会被击沉，一来是因为那是希特勒的新型火箭燃料动力潜艇，二来是因为它的船长是君特·比绍夫，史上最伟大的 U 艇指挥官。

他们还能得到某种程度的来自鲁特所属的那个奇怪的兄弟会的支持——那些"不为人知，不显行迹"的家伙。

而现在他们在试图招募后藤传吾，基本可以肯定，他就是埋下黄金的人。

三天前，沃特豪斯部门里负责拦截信息的小伙子们截获了一串在马尼拉某处和南中国海某个移动点之间快速传递的"林仙"信息。"卡特琳娜"立即朝后者飞去，刚开始还能接到逐渐微弱的雷达回波，抵达目的地后却一无所获。一组老到的破译员立即扑到这几条信息上，企图进行暴力破解。而劳伦斯·普里查德·沃特豪斯，这个经验丰富的老鸟，却到马尼拉湾的防波堤上散步去了。海湾突然吹起一阵风。他停下脚步，任由凉爽的风吹拂脸颊。一颗椰子从树上落下，在距离他十英尺外的地上摔得稀烂。沃特豪斯转过脚步，回办公室去了。

在这几条密集的"林仙"信息出现前，沃特豪斯正坐在办公室里收听美军广播电台。他们播报了一条讣告，三天后，某时某刻，英雄鲍比·沙夫托的葬礼，将在马卡蒂那个新建的大墓园里举行。

他坐在办公室里，面对着几条新鲜出炉的"林仙"情报，开始以"葬礼（FUNERAL）"作为小抄进行破译：如果这一组七个字母的字母串代表"葬礼"，那么剩下的部分会变成什么样呢？还是毫无意义？好吧，那么这一组呢？

就算天上突然掉下这么个馅饼，他也花了两天半时间不眠不休地工作才破译了这条信息。第一条信息是从马尼拉发出的，上面说："我们朋友的葬礼周六上午十点三十美军马卡蒂墓园。"

潜艇的回复："将前往建议你们通知后传。"

他再次将望远镜对准后藤传吾。那个日本工程师正垂头站在原地，双眼紧闭。也许他的肩膀真的在抖动，也许只是热浪干扰了视线。

但后藤传吾随后站直了身子，朝秘密同盟的方向踏出了一步。他停了下来，然后他又往前踏了一步又一步。他的身板奇迹般地挺了起来，似乎每一步都使他变得更坚定。他越走越快，越走越快，最后几乎跑了起来。

劳伦斯·普里查德·沃特豪斯并不擅长阅读人心，但就连他也能通过后藤传吾脸上的表情轻松猜测出他的想法：我的肩膀上有一副重担，我快要被压垮了。现在我要把这副重担交给别人。好极了！比绍夫和鲁迪·冯·海克赫伯向前走了几步迎接他，热情地伸出了他们的右手。比绍夫、鲁迪、以诺克和后藤传吾，他们集结在了一起，就在鲍比·沙夫托的墓前。

真遗憾。沃特豪斯也认识鲍比·沙夫托，他也想站着参加他的葬礼，而不是这样偷偷摸摸地蹲在一边。但是以诺克·鲁特和鲁迪会认出他来，沃特豪斯是他们的敌人。

真的是吗？在这个希特勒们和斯大林们纷纷粉墨登场的时代，一个可能还包括一个牧师在内，而且会因为参加自己成员的葬礼而危及自身存在的秘密同盟，这实在算不上可怕。沃特豪斯翻过身，躺在不知道谁的墓地上，思索起来。如果玛丽在这里的话，他就能把这个进退两难的问题告诉她，然后她会告诉他该怎么做。但是玛丽现在正在布里斯班,挑选伴娘的礼服和婚礼用的瓷器花样呢。

* * *

他再度见到这些人,是在一个月后,距离马尼拉以南几个小时路程的一片丛林的空地中。沃特豪斯赶在他们之前到达了那里,在一顶蚊帐下熬过了闷热的一夜。第二天早上,比绍夫手下半数的船员也抵达了这里,个个身上都带着彻夜行军的暴躁。正如沃特豪斯料想的那样,他们十分担心会被当地绰号"鳄鱼"的菲律宾抗日人民军首领伏击,因此在树林里安排了不少岗哨。这就是为什么沃特豪斯宁愿提前来这里熬一夜的原因了,因为这样他就不必煞费苦心地穿越他们的警戒线。

没有放哨任务的德国人开始用铲子掘地,在一块形似非洲大陆的巨大红色浮石旁挖了一个大坑。沃特豪斯就蹲在距离他们不到二十英尺的地方,盘算着如何能在众人面前露面而不被过于紧张的某个白人一枪撂倒。

他已经靠近到几乎一伸手就可以拍到鲁迪肩膀的距离,然后在一块湿滑的岩石上摔倒了。鲁迪听到动静,转过身,但只看到被沃特豪斯压倒的一簇灌木。

"是你吗,劳伦斯?"

沃特豪斯小心翼翼地站起身,让双手保持在对方视线之内:"棒极了!你怎么知道的?"

"别闹了,这世上没有几个人能找到我们。"

他们握了握手。略一思索,他们又抱了一抱。鲁迪给了他一支烟。德国士兵难以置信地望着他们。还有一些别人:一个黑人,一个印第安人,一个头发斑白、皮肤黝黑、看神情恨不得马上干掉沃特豪斯的人。

"你一定就是著名的奥托了!"沃特豪斯叫道。但奥托似乎并不乐意在人生的这个节骨眼上结交——哪怕只是认识——新朋友,不愉快地转过身走掉了。"比绍夫在哪儿?"沃特豪斯问。

"照料潜艇呢,藏在浅水里是很危险的。你怎么找到我们的,劳伦斯?"他赶在沃特豪斯之前回答了自己的问题,"通过破解那条长信息,显而易见。"

"是的。"

"但你是怎么做到的呢?我漏掉了什么?有什么'后门'?"

"不,破解起来并不容易。但不久之前我破译了你的一条信息。"

"'葬礼'的那条?"

"对!"沃特豪斯大笑起来。

"我当时真恨不得杀掉以诺克,他竟然发了一条带有那么明显的小抄的信息,"鲁迪耸了耸肩,"要教会这些人密码安全知识真是太难了,哪怕他们都是聪明人。教聪明人尤其难。"

"也许他就是想让我破译它呢。"沃特豪斯若有所思地说。

"有可能,"鲁迪承认,"可能他希望我能破解2702特遣队的一次性密码本,这样我就会来加入他们了。"

"我猜他可能是觉得如果你聪明得足以破解这些困难的密码,你就会自动加入到他那一边去。"沃特豪斯说。

"我不确定我能同意……听起来有点天真。"

"靠着信仰搏了一把。"沃特豪斯说。

"你是怎么破解'林仙'的?我没法不好奇。"鲁迪说。

"因为'天蓝/河豚'每天更换密钥,所以我假设'林仙'也一样。"

"我用另外的名字称呼它们,不过无所谓,继续吧。"

"不同的地方在于,'天蓝/河豚'的每日密钥只是当天的日期。一旦你发现之后就变得很容易了。"

"对,那是我故意的。"鲁迪说。他点起另一支烟,享受了起来。

"但是我却没办法算出'林仙'的每日密钥。也许是当天日期的某个伪随机数方程,也许是你们从某个一次性密码本上获得的随机数字。但不管哪种都无法预测,这使得'林仙'更难破解。"

"但你确实破译了那条长信息。你愿意解释给我听吗?"

"好吧,你们在墓园的聚会很短暂。我猜你们必须很快离开那里。"

"那可不是逗留的好地方。"

"因此,你和比绍夫要离开——回到潜艇上,我猜。后藤传吾回到将军指挥部的岗位。我知道他不会在墓园里告诉你们任何确切的信息。他随后才会告诉你们,用'林仙'加密信息的形式。你当然有理由对'林仙'充满信心。"

"谢谢。"鲁迪轻快地答道。

"但是'林仙'的缺点,正和'天蓝/河豚'一样,就是需要大量的运算。如果你有一台计算机器,或者一屋子训练有素的算盘手,那没问题。我猜你们在潜艇上就有一台计算机器?"

"是的,"鲁迪有些踌躇,"不过也没什么特别的,还是需要大量的人工运算。"

"但是马尼拉的以诺克·鲁特和后藤传吾不可能有那样的东西。他们必须手动加密信息——在一打打草稿纸上进行所有运算。以诺克已经知道算法了,他可以告诉后藤传吾,但你们必须使用同一个密钥来代入算法。你们唯一可以决定使用什么密钥的时间只有你们在墓园里聚会的那一会儿。你们说话的时候,我注意到你指了指沙夫托的墓碑。因此我想你们会使用上面的内容作为密钥——也许是他的名字,也许是他的生卒年月,也许是他的军籍号。最后试出来是他的军籍号。"

"但你还是不知道算法啊。"

"是的,但是我想它会与'天蓝/河豚'有关,而'天蓝/河豚'又和我们在普林斯顿学习的 ζ 函数有关。因此我坐下来,对自己说,如果鲁迪是在此基础上设计了这个终极密码系统,如果'天蓝/河豚'是这个系统的简化版,那么'林仙'会是什么样呢?这就给了我一些可能性。"

"而在这一些可能性中你挑出了正确的那个。"

"不,"沃特豪斯说,"那太难了。因此我到以诺克工作的那个教堂去了,去翻他的废纸篓。什么也没有。我又去了后藤传吾的办公室,一样翻。还是没有。他们俩都是写完一张草稿纸就烧一张。"

鲁迪的表情突然放松下来:"哦,好极了。我还以为他们会干出些大蠢事来。"

"并没有。那么,你知道我接下来干什么了?"

"你干什么了,劳伦斯?"

"我去找后藤传吾采访去了。"

"对,他都跟我们说了。"

"我把我对'天蓝/河豚'做的那些研究告诉了他,但我没有告诉他我已经破解了它。我让他随便谈谈过去一年在吕宋岛做了些什么。他告诉我的仍旧是他一直以来对外宣称的那个故事,说他本来是在某地修筑一些小型防御工事,逃出去之后他在一片丛林里迷路了好几天,直到来到圣巴勃罗附近,加入了正朝北边的马尼拉前进的空军部队。"

"'幸亏你逃出了那里,'我告诉他,'因为不久之后一个自称鳄鱼的抗日游击队头子就洗劫了丛林,因为他相信你们日本人在那里埋下了黄金。'"

"鳄鱼"这个词从沃特豪斯嘴里冒出来的时候，鲁迪厌恶地别过了脸。

"因此当上周以诺克从他藏在教堂钟楼顶上的发报机里传送出那条长信息的时候，我已经得到了两个小抄。首先，我假设密钥是鲍比·沙夫托墓碑上的一个数字。第二，我很确定'抗日人民军''鳄鱼'以及'黄金'或'宝藏'这样的字眼可能会出现在信息中。我也特别留意类似'经度'或者'维度'这样出现可能性很高的词语。准备好这一切之后，要破译那条信息也就不那么困难了。"

鲁迪·冯·海克赫伯长出了一口气。"好吧，你赢了，"他说，"你的骑兵队在哪儿？"

"骑兵队，还是加略山？"沃特豪斯开玩笑道。

鲁迪有些无奈地笑了："我知道加略山在哪儿，就离各各他不远。"

"你为什么觉得会有骑兵队？"

"我知道会有，"鲁迪说，"想要破解那条长信息必须有一整间房的计算者。飞短流长，秘密肯定会走漏出去。"鲁迪踩灭了还剩一半的香烟，一副准备离开的样子，"你来这里是给我们一个提议——以一种文明的方式投降，或许还能从宽处理。总之差不多。"

"正好相反，鲁迪。除了我以外没人知道。不过我确实在桌上留了个密封的信封，以免我神秘地死在这次丛林远足中。那个叫奥托的家伙名声可不好听。"

"我才不信你，那是不可能的。"鲁迪说。

"只有你不该这么说。你还不明白吗？我有一台机器，鲁迪！机器为我工作。因此我不需要一房间的计算者——至少，不需要人类计算者。在我读过破译的信息后，我就将所有的卡片烧毁。因此我是唯一的知情者。"

"啊!"鲁迪惊呼一声,后退了一步,望着天空,努力适应这个新鲜的事实。"那么,你的意思是你是来加入我们的啦?奥托那边可能有点麻烦,不过我们很欢迎你。"

劳伦斯·普里查德·沃特豪斯不得不停下来想想,这令他有些惊讶。

"大部分的黄金都会以这样或那样的方式用于帮助战争的受害者,"鲁迪说,"不过假设我们从中抽取千分之一作为佣金,就算跟潜艇上的所有船员平分,我们仍然可以跻身世界富豪的行列。"

沃特豪斯想象了一下如果自己是全世界最富有的人之一……感觉这个头衔跟他一点都不配。

"我在跟华盛顿州一所大学通信,"他说,"我的未婚妻让我这么做的。"

"未婚妻?恭喜恭喜。"

"她是闳根姆裔澳洲人,似乎有一支闳根姆族群居住在帕卢斯丘陵,就是华盛顿、俄勒冈和爱达荷交界的地方。大部分是牧羊人。但是那里有一所挺小的大学,他们需要一名数学教授。我可以在几年内当上系主任。"沃特豪斯站在菲律宾的丛林里,吸着烟,畅想着这一切。没有什么景象比这更怪异的了。"这生活听起来真不错!"他惊叹道,仿佛这是他这辈子第一次考虑到这件事,"对我来说再完美不过了。"

帕卢斯丘陵似乎距离这里还很远,他已经迫不及待要踏上旅程了。

"确实不错。"鲁迪·冯·海克赫伯说。

"你的语气可不是这么说的,鲁迪。我知道这对你来说可能没什么,但对我来说简直就妙不可言。"

"那,你的意思是说你不想加入我们?"

"我这么告诉你吧。你说大部分的黄金都会用于慈善,那么,大学是不会拒绝捐赠的。如果你们的计划成功了,帮我在大学里捐一个教席怎么样?那才是我真正想要的。"

"我会的,"鲁迪说,"我还会给艾伦在剑桥捐一个教席,再为你们俩捐两个满是电子计算机的实验室。"鲁迪的目光回到地洞上,德国人——大部分都已经从岗哨上撤了下来——正在有条不紊地工作。"你知道,这里不过是边边角角的藏宝处之一,是用于支持真正的各各他工事的原始资本。"

"是的,正如日本人规划的那样。"

"我们很快就能将它挖出来。现在我们不用担心'鳄鱼'了,应该能挖得更快!"鲁迪说着大笑起来。这是一个真诚的笑容,是沃特豪斯自踏进这里以来第一次看到他卸下心防的样子,"接下来我们会潜伏一段时间,直到战争结束。在那期间,也许我们还能剩下一笔钱给你和你的闷根姆新娘送一份体面的新婚礼物呢。"

"我们的婚礼瓷器是皇家阿尔伯特的薰衣草玫瑰。"

鲁迪从口袋里掏出一个信封,写了下来。"你能过来打个招呼真是太好了。"他叼着香烟喃喃道。

"在新泽西骑车的事情,现在想来简直像发生在另一个星球上。"沃特豪斯摇了摇头说。

"确实,"鲁迪答道,"等道格拉斯·麦克阿瑟进军东京的时候,那又会是另一个世界了。那就在那儿见,劳伦斯。"

"回见,鲁迪。祝你们顺利。"

他们又一次拥抱在一起。沃特豪斯退后几步,盯着插进红土里的挖掘铲看了一会儿,随后转过身,朝着全世界最庞大的一笔宝藏相反的方向,迈开脚步。

"劳伦斯!"鲁迪喊道。

"什么？"

"别忘了销毁你留在办公室里的那封信。"

沃特豪斯大笑："啊，那是我编的。免得有人想杀我。"

"那真是万幸。"

"你知道的吧，人人都说'我会保守秘密的'，结果最后一个人都没能做到？"

"是的。"

"那么，"沃特豪斯说道，"我会保守秘密的。"

第九十九章　卡尤塞

又一阵冲击波无声地穿过地表,在他们周围及膝的水中激起一阵阵波浪和回波。

"接下来这一段进展会比较慢,自己习惯习惯吧。"道格·沙夫托说,"每个人都需要一根探雷针——长刀或者棍子都行,树枝也成。"

道格带着把大刀,他就是那种会带刀的人,艾米则有她的波刃剑。兰迪把背包的轻质铝合金支架拆下来,分解成了几根管子。这花了不少时间,不过正如道格所说,现在大家的动作都要放得很慢。兰迪将其中一根管子抛向以诺克·鲁特,他扔得几乎毫无准头可言,但对方还是在空中抓住了它。每个人都装备完毕之后,道格·沙夫托给他们上了一课,告诉他们如何利用探雷针走出地雷区。如同他聆听过的每一堂课一样,这堂课也还挺有意思的,但只持续到道格说出要点为止。要点就是,你可以从侧面捅一颗地雷,它不会爆炸,但你不能垂直从上面捅它。"水是不利因素,因为它让我们没法看清楚自己他妈的在干什么。"他说。确实,这里的水浑浊不清,可能是因为里面悬浮着火山灰。你能清楚看到大约一英尺深的水下,但再往下一英尺就很模糊,再往下最多就只能看到泛着绿色的模糊形状了。一切都罩上了一层卡其色的泥沙外套。"另一方面,水也有一定好处,因为如果有地雷被你的脚以外的东西触发,水会变成水蒸气吸收一部分冲击。现在从战术上看,我们的问题在于我们的左上方:西河岸是暴露的,可能遭到伏击。可怜的老杰基·吴倒下了,没法继续保护我们的侧翼。毫无疑问,约翰·韦恩现在正尽力保护右侧。因为我们现在最脆弱的是左侧,所以我们现在要向那边河岸靠近,尽力躲进头上突出的河岸的掩护下。但是不要聚到一起走,我们得散开,这样如果有人触发地雷,就不会把其他人都炸飞。"

他们每个人都在河的西岸那边挑了个目的地,并且告知其他人,以免两个人走到一起去,然后大家开始各自探着路往那边走。兰迪努力抗拒抬头看的诱惑。大约十五分钟后,他说:"我知道之前那些爆炸是怎么回事了。荣将军的手下正在打通向各各他的地道,他们打算通过某种地下管道把金子运出去。这样从外面看起来他们就是在自己的土地上发掘,但他们其实是从这里运。"

艾米咧嘴一笑:"他们在抢银行啊。"

兰迪点点头,对于她没有更认真地对待此事微微有些恼怒。

"这片土地还无主的时候,荣将军一定是在忙着长征和大跃进,没空买。"以诺克说。

几分钟后,道格·沙夫托说:"你他妈到底在乎到什么程度,兰迪?"

"你是什么意思?"

"你愿意为了阻止荣将军得到金子而献出生命吗?"

"大概不愿。"

"你愿意杀人吗?"

"这,"兰迪说,有些猝不及防,"我说了我不愿意去死。所以——"

"别给我来那套杀人偿命的屁话,"道格说,"如果有人半夜闯进你家,威胁到你家人的安全,而你手头又有一把霰弹枪,你会用吗?"

兰迪不由自主地看向艾米。因为这不仅仅是一个道德难题,这同时也是一道测试,用来检验兰迪是否有资格做道格女儿的丈夫,他外孙外孙女的父亲。"这个嘛,我希望我能。"艾米假装没有在听。

他们周围的水突然发出咕咚声和嘶嘶声,每个人都瑟缩了一下。然后他们意识到有人从上面往水里扔了一把小石头。他们抬头看向上方河岸的边缘,看见某种微小的往复运动:是杰基·吴,正站在河岸上面冲他们挥手。

"我的眼睛靠不住了,"道格说,"你们看他没缺胳膊少腿儿吧?"

"是的!"艾米说。她笑逐颜开——她的牙齿在阳光里看起来格外洁白——也向他挥手示意。

杰基正咧嘴笑着。他一只手提着一根泥泞的长杆子:他的探雷针。他的另一只手里拿着个差不多有飞碟靶那么大的脏兮兮的罐子。他把它举起来,在空中晃了晃。"鬼子地雷!"他开心地叫道。

"赶紧放下,你这浑蛋!"道格喊道,"过了这么多年,它肯定变得特别不稳定了。"然后他脸上露出难以置信的困惑表情。"如果不是你,那他妈的是谁踩到了另一颗地雷?上面有人在尖叫。"

"我没找到他,"杰基·吴说,"他没再叫了。"

"你觉得他是死了吗?"

"没有。"

"你有没有听到其他声音?"

"没有。"

"老天爷,"道格说,"有人跟了我们一路。"他转过身,看向另一边河岸。约翰·韦恩已经探到了边缘,正将所有情况尽收眼底。他们交换了一串手势(他们带了对讲机,但道格轻蔑地表示只有低能儿和死外行才用这种辅助道具)。约翰·韦恩趴下来,拿出一副物镜有茶碟那么大的双筒望远镜,开始观察杰基·吴那一侧。

河床里的一群人继续默默地边探边走了一会儿。他们谁都弄不明白现在是怎么回事,所以还好有探雷这事儿让他们的手和脑子不会闲着。兰迪的探雷针触到了某个埋在几英寸的泥沙和碎石下的有弹性的东西。他猛地缩了一下,差点一屁股坐在地上,接着又花了一两分钟才让自己恢复镇定。覆盖在所有东西上的泥沙简直就像覆盖在尸体上的床单,空空荡荡但又充满了暗示。光是试图辨认下面的形状就让他头脑疲惫。他清掉一些碎石,轻轻用手抚过那东西。枯叶漂过水面,弄得他手臂发痒。"底下有个旧轮胎,"他说,"很大,卡车胎的大小,而且表面磨得跟鸡蛋一样光了。"

时不时地会有一只色彩艳丽的鸟从头上丛林的阴影中飞落,在阳光中一闪,每次都把他们吓个半死。烈日毒辣。兰迪离一开始的地方只挪动了几码远,现在他基本肯定自己在到达目的地之前就会中暑晕倒。

以诺克·鲁特忽然开始用拉丁语嘀嘀咕咕。兰迪转头一看,发现他手里捧着一颗滴着水、沾着泥巴的人类头骨。

一只闪着虹彩的亮蓝色小鸟从丛林里猛地飞出来,占据了附近的一块岩石,黑橙相间,长着黄色弯刀形鸟喙的脑袋对他一歪。地面又震动了一下,兰迪一缩,汗水像一道珠帘一样从他眉毛里洒落下来。

"石头和泥巴下面是钢筋混凝土,"道格说,"我看见戳出来的钢筋了。"

又一只鸟或别的什么从阴影里飞出来,以惊人的速度直直冲向水面。艾米发出一声古怪的哼声。兰迪刚要转头看她,这时上方突然传出一阵砰砰巨响。他抬起头,看见约翰·韦恩的突击步枪枪口的多孔式消焰器里爆出一团火光。杰基·吴也开了几枪。兰迪本来蹲着,结果来回扭头弄得他重心不稳,不得不伸出一只手撑住自己,还好没撑在地雷上。他看向艾米,她只有头和肩膀露在水面上,视线漫无目的,她的眼神兰迪一点也不喜欢。他站起身,朝她走了一步。

"兰迪,别这么干。"道格·沙夫托说。道格已经走到阴影下了,离河岸边缘挂下来的一层植被只有几步远。

水面上还漂着一块残骸,离艾米的脸不远,但它没有被水流冲走。它只有在艾米动的时候才会跟着动。兰迪又朝她走了一步,把脚放在一块他能透过浑浊水面看见的满是泥沙的岩石上。他像一只鸟般蹲在石头上,再一次将注意力转向离他大约十五英尺远的艾米。约翰·韦恩用步枪打了一系列点射。兰迪意识到那块残骸是被绑在细木棍末端的几根羽毛。

"艾米被一支箭射中了。"兰迪说。

"真他妈好极了。"道格嘀咕。

"艾米,你哪里中箭了?"以诺克·鲁特说。

艾米似乎仍旧说不出话。她笨拙地站起来,全靠左腿使力,那支箭也随之从水里露出来,现在可以看到它插在她右边大腿正中间。伤口一开始被水冲得很干净,但随后血就从箭杆周围涌了出来,开始沿着她的大腿分股流下。

道格正在和上面的人飞快地比着手势。"你知道,"他低声说,"我看得出,这就是那种简单的侦察任务突然变成真刀真枪的大战的经典案例。"

艾米用两只手抓住箭杆想把它折断,但木头太嫩,没法干净地断开。"我的刀不知掉在哪儿了。"她说。她的语气听起来还挺平静，但也是花了一番功夫才变平静的。"我想这个程度的疼痛我可以忍受一小会儿，"她说，"尽管我一点也不喜欢。"

兰迪看见艾米附近的水面下有另一块泥沙覆盖的岩石，离他大概六英尺远。他猛地一鼓劲儿，朝它跳了过去。但它在他双脚的冲击力之下倒向一边，害他整个人扑通一声摔倒在河里。他坐起身仔细一看，发现那块岩石其实是一个短粗的柱状物体，底面大约有西餐的主菜盘那么大，几英寸厚。

"兰迪，你看到的是一枚日本反坦克地雷。"道格说，"它已经很旧了，极其不稳定，而且里面的高爆炸药足够把我们这一小伙人全炸得身首分家。所以要是你能稍微停一会儿，别做个彻头彻尾的浑蛋，我们大家一定都会非常感激。"

艾米对兰迪伸出手掌。"我不需要你证明什么，"她说，"如果你是在试图表达你爱我，送他妈的情人节礼物给我就好。"

"我爱你。"兰迪说，"我想要你平安，我想要你嫁给我。"

"真是太浪漫了。"艾米刻薄地回了一句，然后哭了起来。

"我的老天爷，"道格·沙夫托说，"你们回头再来这一套！能不能先缓缓？射出那支箭的人早就不见了。新人民军都是游击队，他们最擅长销声匿迹。"

"不是新人民军射的。"兰迪说，"新人民军有枪，连我都知道。"

"那是谁射的？"艾米问，努力恢复冷静。

"看起来像根卡尤塞箭。"兰迪说。

"卡尤塞人？你觉得是个卡尤塞人射的？"道格面无表情地说。道格虽然感到怀疑，但终归还是愿意考虑这个可能性的，这一点让兰迪很钦佩。

"不是。"兰迪说，又朝艾米走了一步，跨过那枚反坦克地雷，

"卡尤塞人灭绝了,因为麻疹。所以这是一个精通西北印第安部落捕猎手法的白人制作的。我们对他的了解还有什么?他非常擅长在丛林里潜行。还有他是个彻头彻尾的他妈的神经病,就算被地雷炸伤了还要爬进灌木丛里朝人射箭。"兰迪一边说一边用探雷针戳河床,现在他又走了一步,离艾米只有六英尺了,"还不是随便朝哪个人——他射了艾米一箭。为什么?因为他一直在监视。他看见了之前我们休息的时候艾米坐在我身边,把头靠在我肩上。他知道如果他想伤害我,最好的办法就是朝艾米射一箭。"

"为什么他想伤害你?"以诺克问。

"因为他很邪恶。"

以诺克一副叹为观止的样子。

"好了,到底是谁?"艾米嘶声说。她现在恼火起来了,他觉得这是个好兆头。

"他的名字叫安德鲁·洛布,"兰迪说,"杰基·吴和约翰·韦恩永远也找不到他。"

"杰基和约翰非常厉害。"道格提出异议。

再向前一步,他快要能伸出手碰到艾米了。"这正是问题所在,"兰迪说,"他们是聪明人,没可能不用探雷针探测每一步就在地雷区里乱跑。但安德鲁·洛布可他妈不在乎。安德鲁完完全全是个疯子,道格。他会随心所欲在上面乱跑。或者爬,或者跳,或者随便什么。我敢打赌,被炸掉了一条腿但是不在乎自己死活的安迪,能比在乎自己死活的杰基更快地在地雷区移动。"

兰迪终于到达了目的地,他在艾米面前蹲下来。她俯下身,双手搭上他的肩膀,把重量靠在他身上。这感觉不错。她的马尾辫梢将温暖的河水涂上他后颈。那支箭几乎要戳到他脸上。兰迪掏出他的多用工具,把它变成一把锯子,艾米自己扶住箭杆,让他把它锯断。然后艾米张开手,猛一发力,向箭的尾端拍去。随着传进兰迪耳中的一声痛呼,它消失在了她的大腿里。她瘫倒在兰迪背上,发出抽泣。兰迪把手伸到她腿后面,不顾箭头刺破他的手掌,把它拔了出来。

"我没看到动脉出血的迹象。"以诺克·鲁特说,他在她身后能看得很清楚。

兰迪站起身,把艾米扛了起来。她像一袋大米一样瘫在他肩膀上。现在她的身体为他挡住了任何可能再次发生的弓箭袭击,这让他很不好意思。但她明确表示她现在没心情走路。

阴影就在四步开外:阴影,以及能够遮挡上方攻击的掩护。"地雷只能炸掉一条腿或者一只脚,对吧?"兰迪说,"要是我踩到地雷,艾米不会被炸死。"

"那可不是什么好主意,兰迪!"道格几乎是轻蔑地叫道,"你就冷静一下,慢慢来吧。"

"我只是想看看我有什么选择,"兰迪说,"我扛着她又没法用探雷针。"

"那就让我到你那边去。"以诺克·鲁特说,"哎,管他娘的!"以诺克站起身,直接几大步跨到了他们身边。

"狗日的死外行!"道格吼道。以诺克·鲁特没理他,在兰迪脚边蹲下开始探测。

道格迈出溪水,爬到岸边散落的几块岩石上。"我要爬上这块石壁,"他说,"到上面去支援杰基。他和我一起一定能找到那个安德鲁·洛布。"显然这里的"找到"是一长串严酷手段的委婉说法。河岸其实是一片饱受侵蚀的软质岩石,随处可见坚硬的黑色火山岩从里面戳出来。以诺克·鲁特才找到一块安全落脚点的工夫,道格已经攀着一块又一块突出来的石头爬过了河岸的一半。兰迪可不想做那个刚用箭射了道格·沙夫托的女儿的人。道格被突出的边缘阻挠了片刻,但在河岸上横着移动一小段后,他够到了一团纠结的树根,这对他来说简直就像一把通向上面的梯子。

"她在发抖,"兰迪大声说道,"艾米在发抖。"

"她休克了。把她的头放低,腿抬高。"以诺克·鲁特说。兰迪调整了一下艾米的位置,差点儿没抓住她被血弄得滑溜溜的腿。

后藤传吾在他们东京的那场晚餐时谈到的事情之一,就是通过移动岩石的位置调整溪流的日本艺术。小溪的潺潺声是由水流的模式决定的,而这些模式体现了河床中石头的位置。兰迪觉得这和帕卢斯的风有异曲同工之妙,他把这想法说出来,而后藤传吾要么觉得他见解格外深刻,要么就是在客气。不管怎样,几分钟后他们周围水流的声音突然发生了变化,于是兰迪自然而然地抬头看向上游的方向,看见有个人站在距离他们大约十二英尺的地方。这个人的头剃得光光的,被太阳晒得像三号桌球一样红。他身上穿的衣服曾经是一套十分得体的商务西装,然而现在基本已经和丛林融为了一体:红泥浸透了衣料,把它变得沉甸甸的,在他踉跄着站起身时坠得变了形。他拿着一根很长的大杆子,像巫师的法杖。他将杆子戳进了河床里,正换着手攀着它往上爬。等他完全站直,兰迪可以看见他右腿膝盖以下的部分全没了,虽然还有几英寸裸露的胫骨和腓骨露在外面。骨头已经烧焦开裂了。安德鲁·洛布用木棍和一条上百美元的丝质领带做了个止血带,兰迪基本可以肯定他在机场免税店的橱窗里见过这样的领带。止血带降低了他伤腿末端的鲜血流速,现在看起来大约相当于咖啡机开动时的样子。刚一站直,安迪就露出灿烂的笑容,开始往兰迪、艾米和以诺克的方向移动,靠那条好腿跳着,用巫师杖防止自己摔倒。他的另一只手里拿着一把大刀:鲍伊猎刀的大小,但还要加上顶尖的战斗生存用刀具配备的所有额外的尖刺、锯齿、血槽等其他功能。

艾米和以诺克都没有看见安德鲁。在道格之前的指引下，兰迪已经顿悟到了一件事，那就是杀人的能力本质上是一种心理状态，而不是运用什么物理工具的问题。一个拿着几英尺晒衣绳的连环杀人犯，要比一个扛着火箭筒的啦啦队长危险得多。突然之间，兰迪觉得自己具备了这种心理状态。然而他却没有武器。

简而言之，问题就出在这里，坏人一般总有武器。

安迪正直视他的眼睛对他微笑，正是那种你会对一个在机场大厅偶遇的老熟人露出的笑容。他一边逼近，一边调整握刀的姿势，为他准备发起的随便什么攻击做好准备。正是这个细节终于打破了兰迪的恍惚状态，让他抖落艾米，把她扔进身后的水里。安德鲁·洛布又往前走了一步，将巫师杖往地上一戳。巫师杖突然像火箭一样飞向空中，在水里留下一个冒着烟的火山口，当然那口子又马上被填满了。现在安迪像一只鹳鸟一样站在那儿，奇迹般地保持住了平衡。他弯曲剩下的一边膝盖，朝兰迪一跳，接着又跳了一步。然后他就死了，朝后倒去，兰迪耳朵聋了，或者这几件事是按照另外的顺序发生的。以诺克·鲁特变成了一根烟柱，中间是溅着火星子的白色火焰。安德鲁·洛布则变成了溪流中一个彗星形状的红色障碍物，其特征包括一条伸出水面的胳膊，一边仍然白得诡异的双层袖口，一颗小蜜蜂形的袖扣，还有一只紧紧抓住那把大刀的细长的手。

兰迪转过身去看艾米。她用一只手把自己撑了起来，她另一只手里握着一把实用的左轮手枪，正指着安德鲁·洛布倒下的地方。

兰迪视线的边缘有什么东西在移动，他迅速扭过头。水面上，一股幽灵状的浓烟正不断地从以诺克身上飘离，飘到阳光下，变得耀眼无比。以诺克只是拿着一把老旧的点四五大手枪站在那儿，口型按照某种死去语言的抑扬顿挫默默变动。

　　安德鲁的手指松开,猎刀掉下来,那只手臂松弛了下来,但没有消失在水面下。一只昆虫落到他拇指上,开始大快朵颐。

第一百章 黑　室

"好吧,"沃特豪斯说,"我是对保密略知一二。"

"我十分了解,"厄尔·科姆斯托克中校说,"这是一种优秀的品质。这也是为什么我们需要你,就算战争已经结束了。"

一队轰炸机从大楼顶上飞过,震得久经战火的大楼墙壁嗡嗡作响,声波直入他们头颅深处。他们趁此机会端起面前厚重的巴法洛咖啡杯和配套茶碟,抿了一小口寡淡发绿的军队咖啡。

"别被那种东西迷住了。"科姆斯托克的声音盖过了飞机的噪声,他抬头看了一眼威风的轰炸机队,他们正向北追击着负隅顽抗的马来之虎。"消息灵通人士认为日本只是在垂死挣扎,现在开始考虑战后的生活,不算太早。"

"我告诉过你,长官。我会结婚,然后——"

"然后,在西部的一所小小的学校教数学。"科姆斯托克抿了口咖啡,皱了皱脸。这个皱脸的动作紧随在抿咖啡的动作之后,仿佛扣动扳机一定会引起后坐一样。"听起来不错,沃特豪斯,真的。哦,当我们坐在这个曾经是马尼拉城的荒地里闻着汽油味儿打蚊子的时候,我们总是充满了各式各样美妙的幻想。我听过不下一百个人——大多是士兵——狂热地幻想着回家修整草坪。他们能谈论的话题只有修整草坪这回事。然而，等他们真的回到家时，他们会愿意去修整草坪吗？"

"不会。"

"没错。他们说得那么热情洋溢，只是因为当你只能蹲在散兵坑里抓蛋蛋上的虱子的时候，修整草坪听上去简直太棒了。"

服兵役的好处之一是它教你学会习惯大嗓门的男人吐出的粗鲁话语。沃特豪斯耸了耸肩。"也许我确实会讨厌修草坪。"他承认。

这时科姆斯托克降低了几个分贝，悄悄靠了过来，开始端出一副慈父般的架子。"不光是你，"他说，"你老婆可能也不会喜欢的。"

"哦，她就喜欢开阔的村野。她不喜欢城市。"

"你不必住在城市里呀。我们给你的薪水，沃特豪斯——"科姆斯托克停了一停，仿佛是为了吊他的胃口，抿了口咖啡，皱了皱脸，又一次压低了音量，"——够你买一辆漂亮的小福特或者雪佛兰了。"他又顿了顿，仿佛是让对面的人消化一下。"配上足以让你热血沸腾的 V-8 发动机！你可以住在十英里甚至二十英里以外的地方，每天早上以每分钟一英里的速度开来上班！"

"什么地方的十英里甚至二十英里以外？我还不确定我以后是要在纽约为电子银柜公司工作，还是去米德堡，为这个，呃，新玩意儿——"

"我们打算把它叫作'国家安全局'，"科姆斯托克说，"当然了，连名字也是机密。"

"我明白。"

"在两次大战间也有过一个类似的机构，叫作'黑室'。这是个好名字，不过有些过时了。"

"但那已经解散了。"

"是的，国务卿史汀生①干的好事，他说'绅士不会阅读别人的信件'。"科姆斯托克说着大笑起来，笑了好一阵子。"啊，世道早就变了，对吗，沃特豪斯？如果我们没有阅读希特勒和东条的信件，我们现在会是什么下场？"

"我们可就麻烦大了。"沃特豪斯承认道。

"你见过布莱切利园，你见过布里斯班的中央局。那些地方和工厂没什么两样，都是工业规模的信件阅读。"科姆斯托克说到这里，眼睛闪闪发光，他的目光仿佛拥有X光视线的超人般穿过大楼的墙壁看向外面。"这才是未来的大势所趋，劳伦斯。战争要大变样了，希特勒已经是过去时，第三帝国已经是历史，日本就要覆灭。然而这些，不过是对抗共产主义的前戏。要建造起一个能完成这次任务的布莱切利园，见鬼，我们几乎需要占据一整个犹他州那么大的地盘——如果我们继续采用老办法，继续让女孩儿们坐在X型打字机前工作的话。"

沃特豪斯现在终于明白他的意思了。"你是说数字计算机吧。"他说。

"数字计算机。"科姆斯托克重复道，他抿了口咖啡，皱了皱脸，"只需要几个房间的这种机器，就能替代一英亩坐在X型打字机前的女孩儿。"科姆斯托克换上了一副诡诈的笑容，身子前倾。一滴汗顺着他的下颚滴进了沃特豪斯的咖啡里。"它们还能取代一大堆电子银柜公司生产出来的东西。因此，你瞧，这是诸多利益的交会点。"科姆斯托克放下了杯子。也许他终于发现这杯劣质咖啡的下面不会藏着什么优质咖啡了；也许比起他接下来将要透露的内容，咖啡实在是太微不足道了。"我一直都和我电子银柜公司的上司保持着联

---

① 亨利·刘易斯·史汀生（1867—1950），1929年受胡佛任命为国务卿，同年下令关闭美国陆军密码局，即"黑室"。

系,上头对数字计算机的生意很感兴趣。很感兴趣。上头已经谈好了一笔有关这种机器的交易——要知道,沃特豪斯,我之所以告诉你这些,是因为我们相信你一定能保密。"

"我明白,长官。"

"这笔交易将帮助世界顶尖的商用机器制造商电子银柜公司和美国政府在马里兰州米德堡,在新的'黑室'的庇护下共同建造一个庞大的机房,这就是国家安全局。它将成为我们在接下来对抗国内外共产主义威胁的'布莱切利园'。"

"然后你是希望让我也搅进这件事里?"

科姆斯托克眨了眨眼,将身子向后一靠。他一下子变得冷酷而疏远起来。"说实话,沃特豪斯,不管你加不加入,这个计划都会执行。"

沃特豪斯轻笑出声,"我看出来了。"

"我跟你说这些只是想给你指明一条捷径,可以这么说。因为我敬佩你的专业技能,而且在我们共事的过程中,我对你产生了一种,不知道该怎么说,像对自己孩子似的怜爱。我这么说,希望你不要介意。"

"我当然不介意。"

"那就好!说到这个——"科姆斯托克站起身,走到他那整洁得惊人的书桌后面,从记事簿里抽出一张打印纸,"'林仙'的工作怎么样了?"

"仍在收集整理拦截到的信息,但还没有破解。"

"我这里倒是有一些有关'林仙'的有趣的消息。"

"是吗?"

"是的,一些你不知道的事。"科姆斯托克浏览着那张纸上的内容,"在占领柏林之后,我们找到了希特勒手下所有的密码情报人员,并把其中的三十五个送回了伦敦。伦敦的小伙子们从他们嘴里问出了不少详细情况,填补了我们许多情报上的空白。你认识那个叫鲁道夫·冯·海克赫伯的家伙吗?"沃特豪斯口腔里的水分仿佛一瞬间全部蒸发了。他抿了口咖啡,但没有皱脸。"在普林斯顿有过一面之缘。图灵博士和我都认为'天蓝／河豚'上有他的影子。"

"你们的看法没错,"科姆斯托克说着,抖了抖手里的纸,"但是你们知不知道,他很可能是个共产主义者?"

"我不了解他的政治取向。"

"是这样的。一来,他是个同性恋,而希特勒憎恨同性恋,所以这可能将他推向了赤色分子的怀抱。二来,他在第二大组工作时,顶头上司是俄国人。一般来说这些人都是亲希特勒的保皇分子,可谁说得准呢。总之,不管怎样,在战争进行到一半的时候,大概在1943年年底,他逃亡到了瑞典。是不是很有意思?"

"哪里有意思?"

"如果你有逃离德国的资源和手段,为什么不到英国去,为正义的一方而战?他不,他逃到了瑞典的东岸,跟芬兰。"科姆斯托克郑重其事地说道,"只有一水之隔,而芬兰是与苏联交界的。"他一掌将打印纸拍在桌面上,"我看,事情再清楚不过了。"

"你是说……"

"然后现在呢,我们就看到这些该死的'林仙'信息在周围乱窜。有些信息甚至是从这里,从马尼拉发出去的!另一些则来自一艘神秘的潜艇,但是显然,并不是日军的潜艇。这非常像是某种隐蔽的间谍活动。你不这样认为吗?"

沃特豪斯耸肩:"分析情报不是我的专业。"

"这恰好是我的专业,"科姆斯托克说,"我认为,这就是间谍活动。也许直接受命于克里姆林宫。为什么?因为他们采用的密码系统，按照你的说法，是基于那个共产主义同性恋鲁道夫·冯·海克赫伯所开发的'天蓝／河豚'系统的。我猜那个冯·海克赫伯只在瑞典睡了个囫囵觉，也许还跟某个金发碧眼的小伙来了一发，然后就脚底抹油跑到芬兰，投入拉夫连季·贝利亚[①]热切的怀抱中去了。"

"哦，天哪，"沃特豪斯说，"你认为我们该怎么办呢？"

"我打算把这个'林仙'重视起来。我们变得过于懒惰和自满了，我们的高频测向不止一次侦测到从这片区域传出去的'林仙'信息。"科姆斯托克向一张吕宋岛的地图伸出食指。随后他顿了一顿，意识到使用教鞭会显得更威严一些。于是他弯下腰，拿起一根长教鞭。随后他又意识到他距离地图太近了，只好又退后几步，才能让教鞭的尖头敲到几秒钟前他的食指刚刚碰到过的地方。终于调整好位置之后，他大力地在马尼拉南部分隔吕宋岛和民都洛岛的海峡的一片沿海区域上画了一个圈。"在所有这些沿海火山的南部，这就是那艘潜艇出没的地方。我们还没有找到这群浑蛋的确切位置，因为我们的高频测向都在北边。"教鞭猛地向上一划，指向中科迪勒拉山脉，山下藏身的地方。"但没有下次了。"教鞭充满报复性地向下一划，"我已经命令几个高频测向单位转到这片地区和民都洛岛的北方。下次那艘潜艇再传出'林仙'信息时，我们的'卡特琳娜'会在十五分钟内找到它。"

"好，"沃特豪斯自告奋勇，"那我也要加把劲努力破解这该死的密码了。"

"如果你能破解它，沃特豪斯，那就太好了。这将意味着我们与共产主义第一次密码战的胜利。它将大大有利于你和电子银柜公司还有国家安全局发展关系。我们会在乡间为你的新婚太太提供一幢

---

①斯大林时期的前苏联秘密警察局局长。

漂亮的房子，内附燃气炉和电动吸尘器——她很快就会忘掉帕劳瑟丘陵的。"

"听起来确实很诱人，"沃特豪斯说，"我都快等不及了！"说着，他走出了房间。

* * *

在一座半毁的教堂的石室里，以诺克·鲁特朝破碎的窗子外看去，皱了皱脸。"我又不是数学家，"他说，"我只是按照传吾说的进行计算。你得去找他加密信息。"

"给你的发报机换个地方，"沃特豪斯说，"做好随时要用的准备。"

* * *

后藤传吾正如他所说的那样，坐在正对着三垒的观众席上。球场已经修缮过了，但此时场地上没有人在打球。他和沃特豪斯几乎独占了这里，除了几个为了躲避北边的战乱跑到马尼拉来的可怜的农民——他们正在翻捡别人剩下的爆米花。

"你要求的事情太危险了。"他说。

"但我们会秘密行事。"沃特豪斯说。

"想想以后吧，"后藤传吾说，"总有一天，你所说的这些数字计算机将会破解'林仙'密码，是不是？"

"是的，用不了多久。"

"比如说十年吧，或者二十年，这个密码被破解了。那时他们会回去翻出过去所有的'林仙'信息——包括你想要发给你朋友的这一条——重新阅读它们。对不对?"

"是,没错。"

"然后他们就会发现一条信息,上面写着:'注意,注意,科姆斯托克设下了陷阱,高频测向站正在监控你们,不要发出信息。'那时他们就会知道科姆斯托克的办公室里出了个间谍,而那个间谍很显然就是你。"

"你说得没错,一点没错,我没想到这一点。"沃特豪斯说。随后他似乎又想起了什么,"他们也会发现你。"

后藤传吾的脸唰地白了:"别这样,我真的已经累了。"

"其中一条'林仙'信息中提到过一个名字缩写是后传的人。"后藤传吾把脸埋进手掌里,好半天一动也不动。不必明说,他和沃特豪斯想到的是同一个场景:二十年后,日本警察闯进成功企业家后藤传吾的办公室里带走了他,罪名是共产主义间谍。

"除非他们能破解密码。"沃特豪斯说。

"他们会的。你说过,他们会的。"

"前提是他们有这些信息。"沃特豪斯又说。

"但是他们的确有这些信息。"

"它们在我办公室里。"

后藤传吾一愣,惊呆了:"你不会是想要偷走那些信息吧?"

"我正是这么想的。"

"但是你会被发现的。"

"不!我会用假的代替它们。"

* * *

艾伦·麦席森·图灵的嗓音盖过了 X 计划校准的嗡嗡声。那张灌满了噪声的唱片正不紧不慢地在唱片机上旋转："你想知道随机数的最新进展？"

"是的，我想知道能够生成几乎完美的随机数列的数学函数。我知道你一直在研究这个。"

"哦，那倒没错，"图灵说，"我能生成比你我面前这个愚蠢的唱片的随机性高级好几个档次的随机数。"

"你怎么做到的？"

"我想到了一个理解起来很容易、算起来却特别麻烦的 ζ 函数。希望你有足够的真空管。"

"这你不用担心，艾伦。"

"手头有铅笔吗？"

"当然。"

"那好。"图灵应道，随即开始吐出一串函数符号。

* * *

地下室里热得令人窒息，因为沃特豪斯正在与一个散发着数千瓦热量的"同事"工作。这个"同事"吃的是 ETC 卡片，拉的也是 ETC 卡，它吃喝拉撒之间的事则由沃特豪斯负责。

他已经在那里打着赤膊坐了差不多二十四个小时，汗衫像头巾似的裹在头上，这样他的汗水就不会滴下来导致短路了。他不停转换着数字计算机前面板上的开关、后面板上的插接线，替换烧坏的电子管和灯泡，使用示波器检查故障的电路。为了让计算机能够进行艾伦的随机数函数运算，他甚至不得不匆忙设计一个新的电路板，并且自己把它焊出来。而在这整段时间里，他知道，后藤传吾和以诺克·鲁特正在马尼拉的某个地方用铅笔和草稿纸加密着最后的"林仙"信息。

他不必知道他们是否传送了那条信息,会有人来告诉他的。

果然,傍晚五点左右的时候,情报拦截部门的一名中尉面带喜色地走了进来。

"你们收到'林仙'信息了?"

"两条,"对方答道,两只手里分别拿有两张画有字母格子的纸,"他们撞在一起了!"

"撞在一起?"

"最开始是一台南边的发报机。"

"陆地上的,还是——"

"海上的,从巴拉望的东北角发过来的。他们发来了这个。"他挥了挥其中一张纸,"然后几乎是同时,马尼拉的发报机发出了信号,发来了这个。"他挥了挥另一张纸。

"科姆斯托克中校知道这事吗?"

"哦,是的长官!信息传来时他正准备下班。他现在正在跟高频测向小组、空军和所有相关人员联系。他说我们这回可逮到那群浑蛋了!"

"好,在你得意忘形之前,能不能先帮我一个忙?"

"当然,长官!"

"你们是怎么处理那些拦截到的'林仙'信息的原件的?"

"它们全部归档了,长官。你想要查看它们吗?"

"是的,全部。我需要它们来比对一下ETC卡上的版本是否正确。如果'林仙'的工作原理如我所料,那只要一个字母转录出错,我的所有计算都会白费。"

"我去帮你取来,长官!我今晚反正是不回家了。"

"真的吗?"

"当然不回啦,长官!我要留在这里等着看看那个该死的潜艇究竟怎么回事。"

沃特豪斯走到炉子旁,取出一沓温热的空白 ETC 卡。他现在已经知道了必须随时保持卡片温热,否则它们就会吸收热带气候中丰富的水分,卡在机器里。因此,在他将数字计算机迁入这个房间前,他坚持要求先装好一组炉具。

他将温热的卡片放入卡片打孔机的输入卡箱中,在键盘前坐下,将第一份拦截情报夹在面前。他开始输入字母为卡片打孔,一个接一个。这是一条较短的信息,只用掉了三张卡片。随后他开始打第二条信息。

中尉抱着一个纸箱进来了。"所有的'林仙'信息的原件都在这里了。"

"谢谢你,中尉。"

中尉越过他的肩头看过去。"需要我帮忙转录这些信息吗?"

"不用了。你要想帮我,就帮我把水壶灌满,然后今晚就别来打扰我了。我被这个'林仙'搞得心烦意乱的。"

"是,长官!"中尉说道,想到那艘神秘的潜艇正在被"卡特琳娜"追击,他脸上流露出了一种令人难以忍受的兴高采烈。

沃特豪斯打完了第二条信息,不过他早已知道这条信息破译之后说的是什么了:"陷阱重复陷阱不要发报停止附近有高频测向。"

他从打孔机的输出托盘上拿起那一摞卡片,整齐地插入放着之前所有"林仙"信息卡片的盒子里。随后他把盒子里所有的东西都取了出来——那是足有一英尺厚的一沓卡片——放进了自己的公文包里。

他从打孔机前取下那两份印有最新拦截信息的文件,同样放在旧的一沓文件上面。他公文包里的那沓卡片，他手里的这沓文件，里面的内容完全是一样的。全世界仅有此两份。他快速地翻看所有的卡片和文件，确保所有重要的拦截信息都在里面——比如告知各他位置的那条长信息，以及含有后藤传吾名字缩写的那条。他把那一整沓文件都放在了其中一个炉子上。

他又将另一摞一英尺厚的卡片插入了打孔机的送卡箱。他将打孔机的控制线与数字计算机连接在了一起，这样计算机就可以控制打孔机了。

接着，他启动了之前写好的程序，一个根据图灵的函数生成随机数列的程序。程序开始向计算机的随机存取存储器里载入，指示灯亮了起来，读卡机呼呼作响。随后它停了下来，等待输入：这个函数需要一个"种子"，一个启动它进行工作的比特流。什么都行。沃特豪斯想了想，敲进了几个字母：科姆斯托克。

打孔机开始工作，隆隆作响。空白卡片的数量渐渐减少，打了孔的卡片一张张飞出，轻快地落在输出托盘上。等它的工作完成之后，沃特豪斯抽出其中一张卡片，对着灯光，仔细地查看马尼拉纸上打出的矩形小孔。它们如同一扇扇门组成的星座。

"看起来和其他加密信息没什么不一样，"他坐在观众席上，跟后藤传吾解释道，"但是那些，呃（他差点说出了国家安全局的名头）……解码部门的小伙子，就算用计算机，也永远没法破解它——因为它根本就没有密码。"

他将新打出来的这一沓卡片放进标注着"'林仙'拦截件"的盒子里，把盒子放回书架的原位上。

最后，在离开实验室前，他回到炉子旁，将那沓拦截信息的一角塞到常明火旁。它一时没法点燃，于是他干脆掏出自己的芝宝打火机帮了它一把。他退后一步，看着它烧成灰烬，确认所有可疑的信息都已经彻底销毁。

他走到走廊里去找灭火器。楼上传来科姆斯托克手下小伙子们的声音，他们正聚集在无线电旁，如猎犬般狂吠不休。

第一百〇一章 通 道

等他终于从甲板上爬起来,耳朵里也不再嗡嗡作响之后,比绍夫说:"下潜到七十五米。"

深度表上显示的数字是二十。在某处,也许就在他们头上一百米的地方,一架盘旋的轰炸机正在设定深水炸弹下潜到二十米的时候爆炸——因此现在,水下二十米不是久留之地。

但是表盘纹丝不动,比绍夫不得不再次重复这一命令。这艘船上的每个人肯定都聋了。

要么就是 V-Million 的水平舵受到了损伤。比绍夫把脑袋贴在舱壁上,尽管他的听力没有完全恢复,他仍然能感到涡轮机发出的哀鸣。至少他们还有动力,至少他们还能移动。

但"卡特琳娜"移动得更快。

你怎么说那些老得丁零咣当的内燃 U 艇都行,但他们至少有枪炮。你可以浮出海面,到甲板上去,在光天化日之下还击。但是 V-Million,这艘潜水的火箭,唯一的武器就是它的隐蔽性。在波罗的海里,这没有问题。但是现在他们在民都洛海峡,一片如窗玻璃般透明的海域里。V-Million 好比被钢琴线悬在空中,被探照灯照得通亮。

现在，深度表上的指针开始移动了，指向了水下二十五米。比绍夫脚下的甲板因为另一枚深水炸弹爆炸的冲力而旋转起来。但是根据它旋转的方式，他能推断出刚刚那枚炸弹引爆得太早了，并没有造成太大伤害。他习惯性地低头确认了一下他们的速度，同时注意到了旁边的时间：17：46。太阳的位置将会越来越低，阳光斜照在波涛起伏的水面上，"卡特琳娜"的驾驶员不得不透过一片充满亮光干扰的"玻璃"观察水下。再过一小时，V-Million 就会彻底失去踪影。接下来，如果比绍夫能够严格控制他们的速度和方向，就能通过航位推测法了解自己所处的大概位置，然后趁着夜色驶过巴拉望航道，或者如果合适的话，驶过南中国海。但他真是想在婆罗洲的北岸找到某个海盗湾，找只猩猩结婚生子算了。

深度表的表盘上用纳粹特别喜欢的那种老式哥特字体写着"Tiefenmesser"。"Messer"是测量仪、测量表的意思，但也有刀子的意思。Das Messer sitzt mir an der Kehle. 刀架在我的脖子上，生死在此一线。当有一把刀架在你的脖子上的时候，你绝对不会希望它像现在 Tiefenmesser 上的指针那样移动。表盘上的指针每跳动一下，比绍夫和阳光和空气的距离又远了一米。

"我真想当个'Messerschmidt[①]'。"比绍夫喃喃道，那是用大锤砸碎 Messers 的人，同时也是一样会飞的好东西。

"你会再次看到阳光，再次呼吸到新鲜空气的，君特。"鲁道夫·冯·海克赫伯说道。本来在这种生死决战的关头，一个平民数学家是无论如何不该到一艘 U 艇的舰桥上来的。但他又实在没有什么别的地方可去，只好到这里来了。

[①]后半的"schmidt"来源于德语"Schmied"，意为铁匠。Messerschmidt（梅塞施密特）亦为二战期间德国空军飞机的一种型号。

鲁迪此时此刻的这句话说得很好，算是对君特的一种贴心的支持。但是要想救下这一整船人的性命，把这一整船的黄金运到安全的地方去，现在只能看君特的情绪稳不稳定——尤其是看他有没有信心了。有时候，为了能活着呼吸到明天的空气，今天你就必须得沉进黑暗的水底，这是一种真正的信仰——相信你的潜艇，相信你的船员——与这种信仰相比，任何圣徒的宗教顿悟都不值一提。

因此鲁迪的保证很快就被抛到了脑后——至少是被比绍夫抛到了脑后。比绍夫从这句话里获得了力量，他同样也从他手下的船员们说过的类似的话里获得了力量。他们的笑容、他们跷起的大拇指、他们的拍肩、他们展示出的勇气和积极性、他们对破损的管道和过热的发动机进行的精心修理——他从中都获得了力量。而力量给他信仰，信仰使他成为一名优秀的U艇船长。有些人会说他是有史以来最优秀的船长。但是比绍夫知道，还有许多人，比他更优秀的人，躯体被困在内爆的金属船体里，沉入了北大西洋的海底。

情况是这样的：太阳已经下山了，哪怕你是一艘被围歼的U艇，太阳下山也是每天雷打不动会发生的事。V-Million已经在巴拉望航道的水中钻出了一条隧道，一路呼啸着，以令人难以置信的二十九节的速度航行了好几个小时——这个速度是通常认为的U艇最高速度的四倍。

美国人会以这艘神秘的潜艇消失前最后侦测到的位置为圆心画出一个圈。但是V-Million的速度是他们以为的速度的四倍，实际的圆圈直径也应该是他们画出来的四倍。美国佬不会预测到他们露头的位置的。

但是他们必须露头了，因为V-Million的设计还不足以让他们永远以二十九节的速度跑下去。当它那两个六千马力的涡轮同时工作时，它消耗燃料和过氧化氢的速度实在快得惊人。燃料还有很多，但是到了午夜时分，它的过氧化氢就消耗殆尽了。它那点可怜的电池和电动机只够它浮到水面上，随后它只能在水面上透透气，靠燃油驱动。

因此V-Million和它上面的几个船员才得以呼吸几口新鲜空气。但是比绍夫没有上甲板，他正在处理轮机室里出现的新问题。这也许救了他一命，因为直到他听到炮弹打在潜艇外壳上的声音时，他才意识到他们被袭击了。

然后又是老一套，急速下沉——当他还是个在波罗的海上演习的愣头青时，他觉得这一套很刺激。但对于现在的他来说，这真是乏味透了。他抬起头，从敞开的舱门里看到天空中悬挂着一颗孤星，转瞬间他的视线就被一个从上面滚下来的伤兵挡住了。

仅仅五分钟之后，一枚深水炸弹正中V-Million的船尾，直接打穿了它的外壳和耐压壳。甲板在比绍夫脚下倾斜，他的耳膜开始胀鼓鼓的。在潜艇里，这些都不是好兆头。他能听到船员们为阻止海水灌进船首而砰然关上舱门，每关上一扇门，碰巧落在这扇门后面的人的命运就已敲定。但是人人都已在劫难逃，这不过是时间先后的问题。这些舱门并不是设计来阻挡五个、六个、七个、八个、九个甚至十个大气压的压力的。它们被一扇扇冲开，压力一层层向上堆积，V-Million船首的空气泡突然被压缩成一半，一半，再一半。每一波气浪都突如其来地撞在比绍夫的胸口上，几乎要把他肺里的所有空气都挤出来。

船首现在几乎已经直立，像表盘上的一根指针似的，所以也没有可供立足的甲板了。海水每冲破一层舱壁就往上抬升一截，剩下的船员们发现自己突然被海水淹没了，肺里的空气也被挤空，他们必须一直往上游，再次找到上方的空气泡。

最后，支离破碎的船尾终于插入了海底，V-Million停了下来,只剩下最前方的一个舱室还在绕着他们慢慢旋转。一座珊瑚礁被落下的船体砸得粉碎,发出巨大的声响。随后一切归于平静。君特·比绍夫和鲁道夫·冯·海克赫伯现在一起待在一个安全又舒适的压缩空气泡里,V-Million里所有的空气现在都被压缩进了这个汽车大小的气泡里。一片黑暗。

他听到鲁迪打开铝制公文包上插销的声音。

"别划火柴,"比绍夫说,"这里都是压缩空气,会烧得跟信号弹一样的。"

"那可真是太糟了。"鲁迪说着,转而打开了手电筒。灯光一闪就立即暗了下去,变成了暗褐色,最后缩成了一个小红点:那是烧掉的灯丝的余烬。

"电筒灯泡爆了,"比绍夫解释道,"但至少我还看到了你一眼,以及你脸上的蠢样。"

"你看起来也好不到哪儿去。"鲁迪说。比绍夫听到他把公文包合上,照原样扣了起来。"你说我的公文包会永远浮在这里吗?"

"我们头顶的耐压壳总有一天会被腐蚀,空气会从那里逸出去,先是一条细细的气泡,随后变成打着旋儿的浑浊空气,涌到海面上去。水平面会上升,托着你的公文包,顶到船首残存的耐压壳上,公文包里会充满海水。不过在公文包的某个小角落里也许还会留着一点空气,也许。"

"我在想要不要留张字条在里面。"

"如果你要留,就留给美国政府吧。"

"你的意思是给海军部?"

"间谍部,他们怎么称呼这个部门的? OSS[①]。"

[①]美国战略情报局(Office of Strategic Services),中央情报局的前身。

"为什么这么说?"

"他们知道我们在哪儿,鲁迪。'卡特琳娜'正守株待兔呢。"

"也许他们是用雷达找到了我们。"

"我考虑过这一点。但那些飞机来得太快了,你知道这意味着什么吗?"

"说吧。"

"这意味着那些追击我们的人知道 V-Million 可以跑得多快。"

"啊……所以你才会说有间谍。"

"我把设计图给过鲍比,鲁迪。"

"V-Million 的设计图?"

"是的……他可以凭此向美国政府将功折罪。"

"好吧,现在看来,当初就不该这么干。但我不是在责备你,君特。这是一种高尚的做法。"

"如今他们会潜下来找我们了。"

"你的意思是说等我们死透之后吧。"

"是的,整个计划都毁了。啊,好吧,同盟存在的时候运作得还不错。也许以诺克·鲁特能灵活应对呢。"

"你真的认为间谍会潜下来仔细搜检这艘船的残骸?"

"谁知道呢?"比绍夫说,"你担心这个干吗?"

"我的公文包里有各各他的坐标,"鲁迪说,"但我确定在整个 V-Million 里除了我的公文包里,别的地方没有纸质记录。"

"你之所以知道,是因为你是破译那条信息的人。"

"是的,也许我现在就该烧了那条信息。"

"那会要了我们俩的命,"比绍夫说,"不过好歹我们能在些许温暖和光明里死掉。"

"你几个小时以后就会在沙滩上晒太阳啦,君特。"鲁迪说。

"别说啦!"

"我说过的话本来就是打算兑现的。"鲁迪说。水里突然起了点动静,那是有人踢水潜入水里时激起的微弱水花。

"鲁迪?鲁迪?"比绍夫唤道。但现在,黑暗寂静的穹顶中只有他一人。

一分钟后,一只手抓住了他的脚踝。

鲁迪像爬梯子一样顺着他的身体爬了上来,把头探出水面,大口呼吸着空气。这空气可是好东西,氧气含量是平常的十六倍。他很快恢复过来,比绍夫一直托着他。

"舱门是开着的,"鲁迪说,"我看到有光透进来。太阳升起来了,君特!"

"那就一起走吧!"

"你走吧。我要留下来烧掉这些信息。"鲁迪再次打开公文包,用手翻弄着文件,取出了什么东西,然后又合上了公文包。

比绍夫动弹不得。

"我数三十秒就划火柴了。"鲁迪说。

比绍夫朝鲁迪声音的方向凑过去,张开双臂,在黑暗中抱住了他。

"我会找到其他人,"比绍夫说,"我会告诉他们有该死的美国间谍盯上咱们了。我们会抢先一步拿到黄金,绝不让他们染指。"

"走吧!"鲁迪叫道,"我现在只想让一切快点儿结束!"

比绍夫在他的两颊各吻了一下,潜入了水中。

他的眼前是一片朦胧的蓝绿色光芒,从四面八方向他照来。

鲁迪刚刚游到了舱门,打开了舱门再游回来,这差点儿就要了他的命。比绍夫现在却得找到舱门,游出去,一路游到海面上去。他知道这几乎是不可能的。

但这时，明亮而温暖的光突然充满了 V-Million 的内部。比绍夫回头向上望去，看到耐压壳的顶端化作了一片橘红色火焰的穹顶，一道人影映照其中，船的焊缝和铆钉形成了一道道线条，像地球仪上的经线般从中延伸开来。四周如白昼般明亮。他转过身，借着光轻松地朝下方的通道游去，游进控制室里，找到了舱门：一片蓝绿色的光芒。

一个救生圈被海水挤到了舱室顶上。他抓过救生圈，拼命把它压进水里，把它推出了舱门，随后自己也一蹬脚游了出去。

一丛丛珊瑚围绕在他身边，很美。他愿意留下来好好欣赏一番，但他还有任务在身。他抓紧救生圈，尽管没有感到身体的移动，却看到珊瑚正在下降。珊瑚之上躺着一个灰色的巨物，气泡和液体从它身上汩汩而出，然而它也变得越来越小，仿佛一枚火箭消失在高空之中。

他朝上望去，海水拂过他的脸颊。比绍夫的双手高举过头，紧紧地抓住救生圈的边缘。他看到一轮圆形的阳光穿入救生圈的圆圈中，随着他渐渐上浮，那光芒变得越发明亮、越发鲜红。

他感到膝盖传来一阵疼痛。

第一百〇二章 流 动

之后的一切在兰德尔·劳伦斯·沃特豪斯眼里都是历史了。他知道严格说来这是当下,所有那些真正重要的东西还在未来。然而对他来说,重要的事情都已经尘埃落定了。现在他有了自己的生活,他希望能去过自己的小日子。

他们把艾米抬回之前的教区小镇,那里的医生处理了一下她的腿,但他们没法把她送去马尼拉的医院,因为荣将军把他们堵在了这里。本来这事应该挺吓人的,但习惯了一段时间之后,他们只觉得这愚蠢又烦人。干这事的人对加密扩频封包无线电这类东西可是一点也不懂。因此道格和兰迪这样的人就可以很容易地与外部世界交流,将当前情况解释得一清二楚。兰迪的血型与艾米的吻合,于是他让医生把他的血几乎都抽干了。缺血让他在一两天内几乎智商减半,但即便如此,当他看见道格拉斯·麦克阿瑟·沙夫托开出他们发掘各各他所需的人手装备的购物清单时,他仍然能够方寸不乱地说:把那些都划掉。不用考虑什么卡车、钻机、炸药、铲车、挖掘机和盾构机,只要给我一台钻孔机、两个泵和几千加仑燃油就够了。道格立马给他搞来了所有东西。确实,他怎么可能不给呢,毕竟兰迪能想到这主意根本就是因为道格给他讲了那么多关于自己父亲的战争传说。他们轻而易举地就把购物清单传送给了艾维和后藤传吾。

荣将军把他们在镇子里堵了一个星期,地下的爆炸继续撼动大地。艾米的腿感染了,医生为了保她的命差点儿就要把她的腿锯下来。以诺克·鲁特跟她独处了一会儿,突然她的腿就好多了。他解释说他是用了某种本地偏方,但艾米拒绝透露详情。

与此同时,其他人为了打发时间,一直在清理各各他周围的地雷,并试图确认爆炸的位置。最后得到的结论是荣将军还需要在硬岩里挖差不多一公里的地道才能到达各各他,而他每天的进度只有几十米。

他们知道外部世界已经炸了锅,因为媒体和军方直升机一直在头顶上飞来飞去。有一天,一架后藤工程的直升机降落在小镇上。直升机带来了地底成像声呐装置,更重要的是还带来了抗生素。它对艾米腿里的丛林细菌几乎产生了魔法般的效果,这些细菌连青霉素都没遇到过,更别说这种让青霉素相形之下显得像鸡汤面的高精尖药物了。艾米的高烧几个小时就退了下来,不到一天她就能一瘸一拐地下地走动了。道路重新开放,然后他们的问题就变成了如何把人挡在外面——道路被媒体、投机取巧的淘金者和书呆子挤了个满满当当。他们显然全都认为自己正在见证某个根本的社会转折点,仿佛国际社会已经烂得无可救药,只有把它关闭重启一条路可走。

兰迪看见有人举着写着他名字的横幅,只好努力不去想那意味着什么。那几货车必要设备几乎没法从拥挤的交通里挤过来,但最后还是成功到达了,然后他们又花了冗长乏味的一个星期才把这些破玩意儿拖进丛林里。兰迪自己大部分时间都跟管地底成像声呐的人员混在一起。他们有一套很酷的装备,是后藤工程用来给他们要挖的地方做CAT扫描的。等所有的重型设备都到位的时候,兰迪对整个各各他内部构造的了解的分辨率已经达到大约一米。如果他喜欢,他可以在虚拟现实中在里面飞来飞去。实际上,他只需要决定在哪打那三个洞:两个从上方打进主仓库里,一个从侧面打,从河床那边几乎平行地穿过去,但角度略微向上,直到它连到他认定为主仓库最低位置的水坑里,那是个排水口。

从外部世界到达此地的人告诉兰迪,他登上了《时代》和《新闻周刊》的封面。兰迪不觉得这是好消息。他知道他拥有了新的生活。他对新生活的样子有一个具体的想象:基本上就是和艾米结婚,搞搞自己的事,直到老死。他没有算到上杂志封面和有人拉起写着他名字的横幅会对他的生活产生怎样的影响。现在他倒想一辈子赖在丛林里不走了。

运来的泵有房子那么大,非常强力。要克服它们必然引发的排气回压,它们非这么大不可。后藤传吾手下的年轻工程师们确保它们和上方的两个垂直洞口对齐:一个供应压缩空气,一个供应增压燃油。道格·沙夫托也想加入进来,但他知道技术的事情他不是行家,而且他还有别的职责:保卫他们的防线,不让淘金者或荣将军派来进行骚扰破坏的随便什么阴险爪牙通过。但道格已经传了"话"出去,于是道格那一大群有趣而阅历广泛的朋友从世界各地赶到各各他,现在都驻扎在了丛林中的散兵坑里,守卫着用尼龙绊网和其他兰迪根本不想知道的东西围起来的防线。道格只是叫他离防线远一点,他照做了。但兰迪能察觉到道格对这里的中心工程颇有兴趣,于是当"大日子"来临时,他让道格负责打开开关。

首先有一大堆祈祷活动:艾维从以色列带了一位拉比,以诺克·鲁特带来了马尼拉的大主教,后藤传吾用飞机请来了几个神道教的某种牧师,许多东南亚国家也参与了进来。他们全都为纪念逝者而祈祷吟诵，虽然祈祷的声音差不多都被头顶直升机的噪声淹没了。很多人觉得他们根本不应该打扰各各他，兰迪觉得他们基本上是正确的。但他还做了荣将军的隧道的地底成像，标示出地下这一条逐渐伸向藏金处的空气触手，并对媒体公布了所有三维地图，（他觉得比较成功地）证明了用这些金子做一些有益之事总好过让荣将军这样的人将它劫掠一空。有些人改变了立场，站到他这边，有些没有，但后面一种人里可没有谁上了《时代》和《新闻周刊》杂志封面。

道格·沙夫托是最后发言的人。他摘下网眼鸭舌帽，按在心口，然后泪流满面地说起了他几乎不记得的父亲。他谈起马尼拉之战，谈起他在圣奥斯定堂的废墟中第一次看见自己的父亲，谈起他父亲抱着他在那里的台阶上爬上爬下，然后转身去向日本鬼子降下天罚。他谈到宽恕和其他的一些抽象概念，话语被头顶上的直升机弄得模糊零落，不过在兰迪眼里，这只是让他的演说更加有力了，因为话题本来就是关于道格脑子里一些模糊零落的记忆。终于，他做完了一个在他心里和脑中非常清晰，但表达得非常糟糕的总结，然后按下了按钮。

泵用了几分钟将高度易燃的空气和燃油的混合体压入各各他，然后道格按下另一个按钮，触发了下面的一次小爆炸。随即世界隆隆震颤，接着渐渐平静，变成某种压抑的一阵阵嚎叫。一股白热的火焰从下面的排水口里喷出来，钻进河里，非常接近安德鲁·洛布倒下长眠的地方，掀起一片蒸汽云，逼得所有直升机都不得不上升。兰迪爬到那片蒸汽云的掩蔽之下，意识到这将是他所拥有的最后一刻隐私，于是在河边坐下来旁观。半小时后，那股蒸汽之中又多了一条白炽的液体的溪流，一流出来就沉到了小河底部，旁边裹着一层剧烈沸腾的水。很长一段时间里，除了蒸汽之外什么也看不见。然而在各各他燃烧了一两个小时之后，渐渐可以看到，在浅浅的河水下，漫延着铺上河床，正围绕着兰迪坐的那块岩石的，是一条明亮、厚重的金河。

附录："单人纸牌"加密算法

作者：布鲁斯·施奈尔

《应用密码学》作者

康特佩因系统公司[1]董事长

在尼尔·斯蒂芬森的小说《编码宝典》中，以诺克·鲁特向兰迪·沃特豪斯描述了一套代号为"教皇"的加密系统，之后说明该算法利用一副扑克牌进行。这两个角色随后用该系统交换了数条加密信息。这个系统名叫"单人纸牌"（在小说中，"教皇"是个代号，目的是暂时隐瞒它要用到扑克牌的事实），我之所以设计这个系统，是为了让外勤特工们能够安全地交流，而不需要依赖电子设备或携带可疑的工具。一位特工可能会遇到无法接触电脑，或携带秘密通信工具而遭到起诉的情况。但一副扑克牌……能有什么害处呢？

"单人纸牌"的安全性来源于一副洗乱的扑克牌中所固有的随机性。通过操作这副牌，一位传讯者可以创造出一连串"随机"字母，然后与他的信息相结合。当然，"单人纸牌"也可以用电脑模拟，但

---

[1]互联网安全公司，现被英国电信集团收购。

它设计的初衷是让人用手操作的。

"单人纸牌"的技术含量也许低,但它具备高技术含量的安全性。我设计"单人纸牌"的时候,是想要它即使在面对资金最雄厚、有最强大的计算机和最聪明的密码专家的军方对手时,也牢不可破。当然,我无法保证不会有人找到一种聪明的方法来攻击"单人纸牌"(更新的信息请关注我的网页),但这种算法毫无疑问要比我见过的任何依靠纸笔的加密方法都强。

但是这种方法并不快。替一条比较长的信息加密或解密可能得用上一个晚上。在戴维·卡恩的书《卡恩谈密码》中,他描述了一位苏联间谍使用的一种真正依靠纸笔的加密法。用那种苏联算法加密一条信息所需的时间和用"单人纸牌"差不多。

"单人纸牌"加密

"单人纸牌"是一种输出反馈模式流加密,有时候这也被称为密钥生成器(军方术语叫作KG)。其基本理念是,"单人纸牌"可以生成一连串1到26之间的数字流,我们通常将其称作"密钥流"。然后把它们一个一个地与明文字母相加模26,以生成密文。译码的方式则是生成相同的密钥流,从密文里减去模26,以此重新获得明文。

举例来说,要加密斯蒂芬森小说中出现的第一条"单人纸牌"信息,"DO NOT USE PC(别用电脑)":

1. 将明文信息分为五个字母一组(五个一组的字母里并没有什么玄机,这只是一种传统)。用X补足最后一组缺少的位置。所以如果信息是"DO NOT USE PC",那么明文就是:
DONOT USEPC

2. 用"单人纸牌"来生成十个密钥流字母(详情见后)。

假设它们是：

KDWUP ONOWT

3. 将明文信息从字母转换成数字，A = 1，B = 2，依此类推：

4 15 14 15 20 21 19 5 16 3

4. 用同样方法转换密钥流中的字母：

11 4 23 21 16 15 14 15 23 20

5. 将明文数字流与密钥流数字相加，模26（意思是，如果加起来的和超过26，就从结果中减去26）。举例来说，1 + 1 = 2，26 + 1 = 27，而 27 − 26 = 1，所以 26 + 1 = 1

15 19 11 10 10 10 7 20 13 23

6. 再将数字变回字母。

OSKJJ JGTMW

如果你精于此道，你可以学会在脑子里将字母相加，直接把第1步和第2步的字母加起来得出结果。熟能生巧。要记住 A + A = B 很容易；记住 T + Q = K 就没那么容易了。

"单人纸牌"解密

基本思路是，收讯者生成同样的密钥流，然后从密文字母中减去密钥流字母。

1. 将密文信息分成五个字母一组（密文信息应该已经是分好组的）。

OSKJJ JGTMW

2. 使用"单人纸牌"生成十个密钥流字母。如果收讯者与传讯者使用同样的密钥，生成的密钥流也会相同：

KDWUP ONOWT

3. 将密文信息从字母转换成数字：

15 19 11 10 10 10 7 20 13 23

4. 用同样方法转换密钥流字母：

11 4 23 21 16 15 14 15 23 20

5. 从密文数字里减去密钥流数字，模26。举例来说，22 − 1 = 20，1 − 22 = 5（很简单。如果第一个数字小于第二个数字，那么就在第一个数字上加上26再减。所以1 − 22 = ? 就变成27 − 22 = 5）。

4 15 14 15 20 21 19 5 16 3

6. 将数字再转换回字母。

DONOT USEPC

解密步骤与加密相同，只不过你是从密文信息中减去密钥流。

生成密钥流字母

这是"单人纸牌"的核心。以上对于加密和解密步骤的描述适用于任何输出反馈模式流加密。这一部分则是解释"单人纸牌"的工作原理。

"单人纸牌"使用一副牌来生成密钥流。你可以将一副54张牌的牌堆（别忘了两张王牌）当成一个54元排列。牌堆的可能排列顺序有54!，或大约 2.31×10^{71} 种。更棒的是，一副牌里（除去王牌）有52张牌，而字母表中有26个字母。这样的巧合错过就太可惜了。

一副牌需要有完整的52张牌和两张王牌，才能用来做"单人纸牌"加密。两张王牌必须有某种不同（这很常见，我写作时手上这副牌的王牌上画着星星：一张上是小星星，一张上是大星星）。将一张牌称作 A 王，另一张则叫 B 王。通常两张王牌上会有同样的图形元素，一大一小。将"B"王设作"大"王。要是图方便，你可以在两张王牌上写上大大的"A"和"B"，不过要记得，如果你被抓，就得跟秘密警察解释牌上的 AB 是什么意思了。

要初始化牌堆，将牌堆牌面朝上拿在手里。然后调整牌的顺序，排成密钥的初始顺序（后面我还会谈到密钥，但它和密钥流是不同的）。现在你就可以开始生成一串密钥流字母了。

以下是"单人纸牌"的规则：

1. 找到 A 王，将它下移一张牌（也就是把它和下面一张牌交换位置）。如果这张王位于牌堆最底下，就将它移动到最上面一张牌下面。

2. 找到 B 王，将它下移两张牌。如果王牌在牌堆最底端，就把它挪到从上数第二张牌下。如果王牌在倒数第二张，就把它挪到第一张牌下（基本上就是把牌堆当作一个循环……意思你懂的）。

记得一定要按顺序进行这两步。人很容易想偷懒，找到哪张王就先挪哪张。这没问题，除非两张牌挨得很近。

所以如果第 1 步前牌堆看起来是这样：

3AB89

在第 2 步后它应该看起来是这样：

3A8B9

如果你有疑问，只要记住一定先挪 A 王再挪 B 王。还有当王牌在牌堆底部时要小心。

3. 进行一次三重切牌。也就是说，把第一张王牌上面的牌和第二张王牌下面的牌交换位置。如果牌堆之前是这样的：

246B4871A39

那么在进行三重切牌操作后它应该是：

39B4871A246

"第一张"和"第二张"王牌指的分别是离牌堆顶部最近和最远的王牌。这一步不必考虑"A"和"B"的命名。

记住，两张王牌和它们之间的牌不要动，移动的是它们旁边的牌。这在手上很好操作。如果这三个部分中有一个部分没有牌（要么两张王牌挨在一起，要么其中一张在最上面或最下面），只要把那部分当作空白同样移动即可。

4. 进行一次计数切牌，看一下最底下那张牌。将它转换成 1 到 53 之间的一个数字（使用桥牌的花色顺序：梅花、方块、红心、黑桃。如果是梅花，它的值等于牌面数值。如果是方块，它的值等于牌面数值加 13。如果是红心，它的值等于牌面数值加 26。如果是黑桃，它的数值等于牌面数值加 39。两张王牌都等于 53）。从上往下数出上面得到的数字（有必要的话，我通常会从 1 数到 13，然后再重复，这比连续数一个大数字要容易）。在数到的那张牌后切牌，并且将底牌仍然留在最底部。如果之前的牌堆是这样的：

7 . . . 卡牌 . . . 45 . . . 卡牌 . . . 89

而第九张牌是 4，那么切牌之后的结果会是：

5 . . . 卡牌 . . . 87 . . . 卡牌 . . . 49

不动底牌的原因是要让这一步变得可逆转。这一点对它安全性的数学分析非常重要。

5. 找到输出牌，看一看最上面那张牌。用和上面相同的方法把它转换成 1 到 53 之间的数字，数出那么多张牌（最上面那张算作第一张）。把你数出的牌后面那张牌记到一张纸上（如果你遇见了一张王,什么都不要写,从第1步重新开始)。这就是第一张输出牌。注意,这一步并不会改变牌堆的顺序。

6. 将那张牌转化为数字。和之前一样,用桥牌规则来给它们排序:从最小到最大依次是梅花、方块、红心和黑桃。因此,(梅花)A 到(梅花)K 代表 1 到 13,(方块)A 到(方块)K 代表 14 到 26,(红心)A 到(红心)K 代表 1 到 13,(黑桃)A 到(黑桃)K 代表 14 到 26。

这就是"单人纸牌",你可以用它生成任意个密钥流数字。

我知道不同国家地区的纸牌也有不同。一般来说,你用怎样的顺序排列花色或怎样将牌转化成数字都无所谓。重要的是传讯者和收讯者要在规则上达成一致。如果你们规则不同,就无法进行交流。

牌堆密钥化

"单人纸牌"的安全性只取决于密钥。也就是说,破解"单人纸牌"最容易的方法就是弄明白交流者使用的密钥。如果你没有一份好的密钥,其他都是徒劳。以下是一些关于交换密钥的建议。

1. 洗牌。随机密钥是最好的。交流者之一可以洗出一副完全随机的牌堆,再按照它排列一副一模一样的牌。一副交给传讯者,一副交给收讯者。大部分人洗牌的技巧并不高明,所以至少要洗十次牌,并且尽量用一副玩过的牌,而不是刚取出来的新牌。记住要准备一副额外的按照密钥顺序排列的牌,不然只要犯一个错误你就永远无法破解信息了。还要记住,密钥只要存在就有危险。秘密警察可能会找到牌堆,复制它的顺序。

2. 使用桥牌排序。你在报纸或桥牌书上可能读到的那种桥牌手牌组合就类似于一个 95 位密钥。如果交流者能够统一用一

种方式把它转换成一副牌的排列顺序,并放好两张王牌的位置
(也许就放在讨论桥牌游戏时提到的前两张牌后面),就可以达
到目的。要小心:秘密警察可能会发现你的桥牌专栏,抄下排
列顺序。你可以尝试给具体使用哪个桥牌专栏订下某种可重复
的规律。例如,"使用你加密信息那天你家乡的新闻报上的桥牌
专栏",或诸如此类。或者使用一列关键词搜索《纽约时报》网
站,使用搜索结果里出现的文章的日期那天的桥牌专栏。如果
这些关键词被发现或截获,它们会看起来像某种口令。要拟定
自己的规则,记住,秘密警察也看尼尔·斯蒂芬森的书。

3. 使用口令来给牌堆排序。这个方法利用了"单人纸牌"
算法来生成初始牌堆排列,传讯者和收讯者共用一个口令(例
如,用"SECRET KEY")。以一副按照固定顺序排列的牌堆开始,
按照桥牌花色,从面值最低的牌到面值最高的牌。执行"单
人纸牌"操作,但不要做步骤5,而是根据口令的第一个字母
(在这个例子中就是19)进行又一次计数切牌(记住要像之前
一样,把上面的牌放到牌堆最底下一张牌的上方)。给每个字母
都执行一次该操作。使用另外两个字母来确定王牌的位置。但
是要记住,标准英语的每个字母只包含大约1.4比特的随机度。
要想让它变得同样安全,你需要至少80个字母的口令。我推荐
至少120字母(对不起,可用短密钥是安全不了的)。

输出示例

以下是一些数据示例,你可以练习一下你的"单人纸牌"技巧:

例1:用一副没有设成密钥的牌:梅花A到梅花K,方块A
到方块K,红心A到红心K,黑桃A到黑桃K,A王,B王(你

可以将它们当成是1—52, A, B)。前十个输出结果是：

4 49 10 (53) 24 8 51 44 6 33

当然，其中53这个数字是被跳过的。我将它写上去只是为了演示用。如果明文是：

AAAAA AAAAA

那么密文就是：

EXKYI ZSGEH

例2：使用第3种密钥设置方法，假设密钥是"FOO"，那么前十五个输出结果就是：

8 19 7 25 20 (53) 9 8 22 32 43 5 26 17 (53) 38 48

如果明文都是A，那么密文就是：

ITHZU JIWGR FARMW

例3：使用密钥设置方法3，设密钥为"CRYPTONOMICON"（"编码宝典"），那么"SOLITAIRE"（"单人纸牌"）这条信息加密后将得到：

KIRAK SFJAN

当然，你应该使用更长的密钥。这些示例只是练习用的。网站上有更多例子，你可以用这本书的Perl脚本来生成你自己的示例。

安全靠保密

"单人纸牌"设计的目的是就算敌人知道算法的原理，也能保证安全。我已经假定《编码宝典》会大大畅销，这本书将会随处可见。我假定国安局和其他所有人都会学习并留意这种算法。我假定唯一的秘密就是密钥。

这就是为什么将密钥保密如此至关重要。如果你把一副牌藏在了安全处，你应该假设敌人至少会想到你可能用了"单人纸牌"。如果你的保险柜里藏了一份桥牌专栏，你应该预料到会引起一些注意。如果任何团体有使用这种算法的名声，就应该料到秘密警察会创建一个桥牌专栏的数据库，用来破解密码。即使你的敌人知道你在用"单人纸牌"，它依然是一种强力的加密方式，而且一副普通的纸牌再怎么说也比你的笔记本电脑上运行的一个加密软件看起来清白得多，但这个算法并不能取代随机应变的能力。

操作说明

对任意一种输出反馈模式流加密来说，第一条规则就是你绝对不能用同一份密钥来加密两条不同的信息。跟我念：绝对不能用同一份密钥来加密两条不同的信息。如果你这么干了，就会完全破坏系统的安全性。以下是原因：如果你有两条密文流，$A + K$ 和 $B + K$，然后你用一个减去另一个，就会得到 $(A + K) - (B + K) = A + K - B - K = A - B$。结果是两条合在一起的明文流，非常容易破解。信我这句话：你可能无法从 $A - B$ 中得到 A 和 B，但专业的密码专家能够做到。这一点至关重要：绝对不能用同一份密钥来加密两条不同的信息。

精简你的信息。这个算法是被设计用来加密短信息的：几千个字母。如果你需要加密一本十万词的小说，还是用电脑算法吧。在你的信息里使用简称、缩写和俚语。别啰唆。

为了达到最大安全性，尽量在你的头脑中进行所有步骤。如果秘密警察来砸你家门，只要冷静地洗牌就好（不要把牌往天上扔，将牌捡起来后它的排列顺序能够保存下来多少会让你大吃一惊）。如果你有备份牌堆，记得也要把那副牌洗了。

安全性分析

这方面内容有很多，但过于复杂，在此不便赘述。

CRYPTONOMICON by Neal Stephenson
Copyright © 1999 by Neal Stephenson
Published by arrangement with Neal Stephenson c/o
Darhansoff & Verrill Literary Agents
through Bardon-Chinese Media Agency
Simplified Chinese translation copyright © 2017 by New Star Press Co., Ltd.
ALL RIGHTS RESERVED

图书在版编目（CIP）数据

编码宝典：全三册 /（美）尼尔·斯蒂芬森著；刘思含，韩阳译 . —北京：新星出版社，2017.8
ISBN 978-7-5133-2691-9

Ⅰ.①编… Ⅱ.①尼… ②刘… ③韩… Ⅲ.①长篇小说-美国-现代 Ⅳ.①I712.45

中国版本图书馆 CIP 数据核字 (2017) 第 148230 号

幻象文库

编码宝典

（美）尼尔·斯蒂芬森 著；刘思含 韩阳 译

策划编辑：贾 骥
责任编辑：曹晓雅
责任印制：李珊珊
封面设计：周伟伟
插　　画：Kuri

出版发行：新星出版社
出 版 人：谢 刚
社　　址：北京市西城区车公庄大街丙3号楼　100044
网　　址：www.newstarpress.com
电　　话：010-88310888
传　　真：010-65270449
法律顾问：北京市大成律师事务所

读者服务：010-88310811　service@newstarpress.com
邮购地址：北京市西城区车公庄大街丙3号楼　100044

印　　刷：北京鹏润伟业印刷有限公司
开　　本：910mm×1230mm　1/32
印　　张：40
字　　数：969千字
版　　次：2017年8月第一版　2017年8月第一次印刷
书　　号：ISBN 978-7-5133-2691-9
定　　价：168.00元（全三册）

版权专有，侵权必究；如有质量问题，请与印刷厂联系调换。